Das kleine doch ernstgemeinte Handbuch der Spionage

Von Carolyn Writer (Pseudonym für Sandra Caroline Mayinger)

Das kleine doch ernstgemeinte Handbuch der Spionage

Von Carolyn Writer (Pseudonym für Sandra Caroline Mayinger)

Inhalt

Vorwort:

Gemäß dem Motto „Was du nicht willst das man dir tut! Das füg auch keinen anderen zu!" wurde dieser Roman von mir geschrieben!

Alle Zusammenhänge sind frei erfunden und auch die handelnden Personen und genannten Namen sind frei erfunden! Jeglicher Zusammenhang und jegliche Ähnlichkeiten mit realen Personen sind rein zufällig!

Die Schilderungen erfolgt nach wahren Begebenheiten!

Entwicklungsphasen einer Geheimdienstfamilie nach dem Modell der Stasi

1. Die Begründung der Familienlegende
   a) Fälschung von historischen Dokumenten bei den angeblichen Vorfahren
   b) Erfindung von Legenden und Tarnungsmärchen für die Neuzeit
   c) Konkrete Umsetzung bei den lebenden Personen und vor allem bei den hinzugekommenen Kindern
   d) Alte Leute in dieser Familie unterschiedlich stark beeinflussen je nachdem es eine hineingewachsene Familie sein soll oder eine neugeschaffene Familie und dafür sorgen, dass sie innerhalb der neu zu schaffenden Familienlegende bleiben

2. Parallelaufträge zu den privaten Vorgängen
   a) In diese Aufträge müssen und sollen auch Kinder eingebaut werden um eine stärkere wenn auch erpresserische Wirkung zu erreichen
   b) Die Stasiagenten in dieser Familie sollen sich begreifen als immer noch nicht gebundene Individuen
   c) Die Parallelaufträge werden als familiäre Atmosphäre bezeichnet und als Entspannung obwohl es eine Dauerüberwachung ist
   d) Das sexuelle Leben in der 1. Phase wo auch noch sogenannte Bewachungs- und Überwachungsaufträge stattfinden also nicht genehmigte Gefangennahme wird nur als Waffe ausgeübt und als Mittel zum Zweck
   e) Die Parallelfamilien die vorher in der ungebundenen Selbstständigen Form der Stasiagenten stattfand werden entweder abgeschüttelt sprich abgeworfen oder zusammengezogen
   f) Die neuen Familienangehörigen sind gemischt zwischen Menschen die auch als Opfer deklariert werden und als Mitmacher die aus Stasiagenten bestehen

3. Die finanzielle Situation
   a) Soll geregelt werden über ein sogenanntes Wirtsmodell! Indem eine Familie von einen Stasiagenten mit mehreren Parallelfamilien als Stamm- und Wirtsfamilie deklariert werden und die anderen als Parasiten davon Geld entnehmen und auch Daten
   b) Grundsätzlich wird bei Stasifamilien immer in einem sozialistischen System argumentiert, dass allen alles gehören würde! Privateigentum ist verpönt! Ebenso Individualrechte!
   c) Dieses Grundmodell wird unterteilt in sogenannte Menschenfresser oder Menschenesser und in der zweiten Phase, wenn der Wirt tot ist in Totenfresser oder Totenesser oder Kannibalen oder Menschenfresser (letzteres aber nur als allgemeiner Begriff der noch viel weiter reicht!)

4. Grundsätzlich ist der Stasimodell ein Lebensmodell
   a) Der Spruch von der Wiege bis zur Barre hat dort enorme Bedeutung und bezieht sich auf ständige Kontakte
   b) Die meisten Stasiagenten sind gemäß der damaligen Zeit in einem Netzwerk aus Kontakten zu zukünftigen Mitarbeitern der Stasi vertraut gemacht worden
   c) Meist wurden die Stasiagenten nicht wirklich ernst genommen, weil sie gemäß dem heutigen deutschen Geheimdienst-Schema eine Art hierarchisches Lemminge-Modell aufgebaut hatte! Sprich eine Art hierarchisches Schneeballsystem nur eben mit Menschenleben!
   d) Die Grundprämisse war, weil man den Zustand der Dauerwachheit und Dauerskepsis nicht durchhalten konnte auch nicht der beste Stasiagent, dass diese Familienstruktur deren Ruhepol sein sollte und damit eine Sicherhit bestehen sollte!

5. Die Grundprämissen der Stasiagenten blieben erhalten mit kritischen Folgen für die unbeteiligten und benutzten Personen
   a) Ein Schutzprogramm für unbeteiligte hineingezogene Dritte gab es nicht! Deswegen wurden viele ermordet oder verschwanden komplett von der Bildfläche.
   b) Die Stasi und die Malignonlinien sprich Rattenlinie blieben erhalten und die vorher geballten Formen der Stasi lebten in kleineren Einzelstrukturen nach dem Fall der Mauer weiter!

c)   Nach dem Fall der Mauer wurde die Stasi nur noch metastasierendes Krebsgeschwür genannt!

d)   Zudem verschluckte die Stasi nahezu komplett die deutschen westdeutschen Geheimdienste! Allein in Asien wurden nahezu 70% der dortigen einstigen westdeutschen Geheimdienstler ermordet!

e)   Es existierte auch in den d) Zusammenhang das Stasimodell der Zersetzung eines westdeutschen Geheimdienstbaumes sprich Familienstammbaum indem die Stasileute den Stammbaum datentechnisch aussaugten und umschlungen wie eine parasitäre Liane!

Das Sprachmodell nach der Stasi

1. Grundmodell bedeutet, dass sich der Satzbau zusammensetzt wie im Deutschen

   a) Zusammenhänge wie Ablaufpläne werden in sogenannten Kettensätzen ausgesprochen! Sie gaben scheinbar im ersten Moment keinen Sinn und muteten kriminell an! (Was sie auch waren!) Aber wenn man die richtige Plattform oder auch Projektionsfläche genannt sprich verschlüsselt das richtige Netz sprich die richtigen Personen als Mittäter nannte ergab es immer noch kriminell einen Sinn!

   b) Nonverbale Kommunikation existiert auch aber nur wenn es sich um sogenannte Geheimabsprachen handelt innerhalb des Raumes der meist als abgehört angenommen wird

   c) Grammatikalische Besonderheiten aus der deutschen Sprache wie Wortanlehnungen oder Symbolik oder Sprichwörter oder Vermischungen zwischen mehreren Sprachen oder historische Wortbelegungen wurden gerne benutzt um Vorgänge oder anderen Besonderheiten zu schildern!

   d) Falsche Zeitangaben wurden benutzt um zu verwirren und um Leute die der Historie nicht mächtig waren in die Irre zu leiten

   e) Neue Wortschöpfungen waren meist mit einen Vergangenheitsbelegten Ereignis von der Stasi für die Stasi verknüpft und bildeten einen zusätzlichen sinnlos eintrainierten Ablaufplan

2. Nonverbale Kommunikation bezog sich meist auf Anwesende

   a) Diese Nonverbalität wurde meist in der direkten Situation zur Drohung oder zur Verhandlung eingesetzt

   b) Die Auslegung der nonverbalen Artikulation reduzierte sich auf das Nötigste da diese Kommunikation dafür genutzt wurde eine Vertrauensebene zu schaffen dabei beschränkte man sich auf die nötigsten Tiersprachenzeichen

   c) Später wurde die Auslegung des Datenschutzes von Jupp Joachimski genutzt um die Aufzeichnungen meist Video über die nonverbale Kommunikation zu verschleiern oder vertuschen oder gänzlich zu vernichten

   d) Bewegungen wurden zu Begrifflichkeiten gedeutet

   e) Bewegungen mit Gegenständen und ohne Gegenstände wurden in Kombinationen gedeutet

   f) Die Grundschwierigkeit lag bei der Nonverbalen Kommunikation in der richtigen Deutung! Nicht zu tief und nicht zu flach!

   g) Grundsätzlich keine eindeutige Vertrauensebene auf diese Kommunikation

3. Rechtsdefinition in der Stasisprache

   a) Konzertierte Veranstaltungen wurden zur Gänze auch in Rechtsformen im Zentralkomitee abgesegnet und abgestimmt und beschlossen

   b) Grundsätzliche Rechtsnormenanpassung in der Sprache erfolgte lediglich auf Stasieinheitsgrundlage! Bedeutete aber auch automatisch keine gleichzeitig geltenden normalen westdeutschen oder anderweitige freiheitliche Gesetze

   c) Die Klassifikation und Definition und Aufschlüsselung der Einzelbegriffe mit Hinterlegung deren Stasimodalitäten wurde meist nicht zugelassen um ein Verständnis des Apparates zu verhindern!

   d) Rechtliche Definitionen wurden in der Stasi oftmals verkehrt!

   e) Örtlichkeitsnennungen wurden innerhalb der Stasi als Handlungsmuster verstanden und nicht als konkrete Orte!

   f) Handlungsmuster wurden meist in Anfangssätzen erklärt

   g) Grundsätzlich war das Sprachmuster der Stasi ein zeitlich dreidimensionales! Sprich es wurden immer drei Gruppen mit drei Zielrichtungen und drei Handlungssträngen gebildet

4. Deutung von grundsätzlichen Übertreibungen

   a) In manchen Fällen wurden Übertreibungen meist gemacht um abzuschrecken

   b) Große Straftaten und Mordtaten wurden meist in leisen und harmlosen und sogar lachenden Ton abgesprochen! Das wurde auch in einer Restriktive des Zentralkomitees bereits während der DDR Zeit bekannt gegeben

c)   Nichts wurde den Zufall überlassen und ein Gespräch wurde meist in höchster Anspannung und höchster Konzentration geführt was in späteren Jahren zu einer sehr gestressten Arbeitsatmosphäre führte, weil auch grundsätzlich kein Vertrauen in die Worte vorherrschte! Aus Betriebssicht war eine Beschäftigung eines einstigen Stasiagenten eine Schädigung des Betriebes für immer!

Einleitung

Als er die Türe hinter sich geschlossen hatte, war für ihn die Welt draußen. Er hatte eine dunkle Jacke an und seine noch verbliebenen blonde Haare in eine Linie gekämmt. Seine kommende Glatze und sein blanker Stirnschädel und seine breiten Backenknochen waren mit seiner kleinen Nickelbrille wie verwachsen. Er war ein in die Jahre gekommener Bundeswehrgeneral und seine Familie war wie ein Geist aufgelöst worden! Er selbst hatte alles veranlasst! Seine bedingungslose Vaterlandsliebe war so geprägt, dass er diese hinter seiner scheinheiligen Art verstecken konnte. Er war seit seiner kleinsten Kindheit zu absolutem Gehorsam gedrillt worden und setzte diesen auch auf brutalste Weise durch. Er hatte ein amerikanisches Kind entführen lassen und war an sämtlichen schmutzigen Aktionen der Bundesrepublik Deutschland beteiligt gewesen. Er hatte seit seinen 18. Lebensjahr eine Karriere in der Bundeswehr angestrebt und war später zum MAD den Militärischen Abschirmdienst und dann zum BND den Auslandsgeheimdienst gewechselt. Auch familiär prägte ihn das, da er in dem familiär geheimdienstlichen System lebte. Er hatte alles in Kauf genommen, um das amerikanische Kind nie mehr in die USA zu seiner Familie reisen zu lassen. Er hatte dieses Mädchen nie aus den Augen gelassen und das Kind war erwachsen geworden und hatte die Mordversuche alle überlebt! Es hieß Sandra Caroline Mayinger! Das Schlimme an der Situation war, dass diese Familie Mayinger-Schüßler log und schwieg über diesen Zustand! Denn es war der Name, den es seit offiziell 1992 trug! Die Entführer hatten ihn ihr gegeben. Ihre amerikanische Familie war so stolz und vermisste es, dass es einen Film mit den Titel Salt drehen ließ! Später versuchte Sepp, wie er hieß, den Vorgang mit einer Gegendarstellung mit einen Nazimädchen namens Chiara als eine Hannah zu stoppen! Hannah war in diesem Film das angeblich von den Amerikanern entführte Mündel und so wollte er seine Tat, die er im Sinne der Russen auf deutscher Seite durchgeführt hatte, rechtfertigen. Er versuchte die Öffentlichkeit zu verwirren und dieses reiche amerikanische Mädchen als Trottel oder als arm darzustellen. Er scheute vor nichts zurück und baute sogar über viele Jahre eine Art Bühnenleben auf und damit eine Art Glasglocke. Er versucht verschiedene Dinge um das Mädchen abzuschirmen und immer unter Kontrolle zu halten. Das Perfideste an seiner Strategie war, dass er sich als Onkel ausgab und vorgab das Mädchen beschützen zu wollen und von der deutschen Regierung beauftragt sei. Diese Vorgänge spielten sich immer und immer wieder ab. Denn später wurde auch eine echte Hanna entführt. Das Handlungsmuster und die Absprachen mit seinen Leuten von Sepp Schüßler blieben damit immer gleich. Man muss dazu wissen, dass Sepp Schüßler sich mit 18 Jahren den deutschen Geheimdienst verpflichtet hatte und auch die Lebensweisen dieser Geheimdienstform angenommen hatte. Das bedeutete, dass es zumeist mindestens zwei Parallelfamilien gab. Die eine war eine Tarnfamilie, die sich funktional und namenstechnisch und ablauftechnisch meist als offizielle Familie darstellte. Die Kinder waren nur bedingt die leiblichen und setzten sich zumeist mit einen Vermischungs- und Beschützerauftrag für andere Agentenkinder zusammen. In wenigen Fällen hatten diese Familien eine emotionale Verbindung und vieler dieser echten Ehen gingen kaputt an den Tarnungstechnischen Leben mit dem Ehebettteilen mit Fremden und auch an den ständigen nur rational funktionierenden Leben. Bei Sepp Schüßler war es Jupp Joachimski der als sein Führungsoffizier seine Tarnfrau Annemarie Schüßler geborene Lang geehelichte hatte und die leibliche Tochter von Jupp Joachimski und Annemarie Schüßler aus deren Beziehung Susanne Schüßler aufzog. Seine leibliche Tochter Christine Schüßler lebte mit in diesem Verbund, aber von deren leiblichen Mutter erfuhr ich nie etwas. Denn das gehörte zu deren Absprachen, dass diese Stasiagenten in ihren Privatleben getrennte Kreise lebten. Ich hingegen sollte ohne leiblichen Kontakt zu irgendwelchen Verwandten von mir in einer Tarnfamilie diese Leute leben, die leicht zur Zielscheibe werden konnte und enormes kriminelles Aggressionspotential bot.

Es war schlimm zu sehen, wie er und seine Familie leiblich wie geheimdienstlich alle Mittel des geheimdienstlichen Repertoires versuchte, auszutesten und zu ziehen, um mich zu schädigen. Die Diffamierung war nur eine Schiene, aber er setzte auch auf körperliche Konfrontation und auch auf permanente Überschattung bzw. Überwachung! Das Schlimme daran war, dass die betroffenen Personen irgendwann merkten, dass sie überwacht wurden und manchmal wurde dieser Moment des Entdeckens seitens dieser Halbschattengewächse genutzt, um Furcht und Schrecken zu verbreiten oder um sie verschwinden zu lassen. Die meist eingekesselten Personen merkte nur meist aufgrund eines schlechten Gefühls etwas von deren Plänen. Manchmal war die Überwachung undefinierbar und nicht logisch erklärbar. Da die Technik sich weiterentwickelte, entwickelten sich nicht nur die Überwachungsmöglichkeiten weiter, sondern auch die Manipulationsmöglichkeiten. Man musste, wenn man sich mit diesen Themengebieten beschäftigte immer in beide Richtungen denken. Das beste Beispiel war die Entwicklung von Alexa oder von anderen Spracherkennungsgeräten. So sorgte Jupp Joachimski dafür, dass die Aufnahmen dieses Gerätes als Beweismittel vor Gericht zugelassen wurden. Rechtlich wurde festgelegt, dass eine Stimmenfälschung nicht möglich sei. Das entsprach aber nicht der Realität, denn Julia Walter besetzte in der Zeit als Moderatorin ein eigenes Tonstudio auf Mallorca und hatte dort nicht nur Geräte zur Stimmimitation, sondern hielt auch Probeaufnahmen bereit. Diese Stimmensequenzen manipulierte sie so, wie es ihr Onkel Jupp Joachimski wünschte. Dann spielte sie die Aufnahme auf die jeweiligen Geräte und ließ diese gefakten Geräte als Beweismittel vor Gericht zu. Das Schlimme daran war, dass Julia Walter zudem als manipulative Psychologin tätig war und das sogenannte psychologische Stresstest **Assessment Center Ablauf** für das Geheimdienstprogramm zusammen mit ihren Psychologieprofessor und behandelnden Psychiater Hans

Lauter entwickelt hatte. Und genau diese Form der Stressmomente nutzte gegen Leute, die sie isolieren wollte. Dazu ließ sie zunächst die Leute verleumden und diffamieren, indem sie haltlose Unterstellungen in die Welt setzte und zudem noch Leute engagierte die diese Behauptungen von ihr bestätigten und für Geld bezeugten. Daraus bewirkte sie, dass die Person eingeschüchtert werden sollte und selbst an sich zweifeln sollten und sich von ihren engsten Vertrauten entfernten. Es war das Ziel dieses Programmes diese Person in eine völlige Unsicherheit zu stoßen. Er sollte nichts haltbares mehr in seinem Leben haben. Dabei wurde meist auch mit den innersten Gefühlen gespielt und mit Hoffnung und mit Angst und mit Träumen. Nichts an diesem Szenario wurde ungesteuert gelassen. Es war gemacht wie bei der Stasi und man muss dazu wissen, dass alle Stasiaktionen über das Zentralkomitee der DDR genehmigt werden mussten. Dieses Muster der Genehmigung wurde nach dem Mauerfall beibehalten und über den Deutschen Bundestag abgestimmt. Diese Rechtsbeziehung musste in den späteren 2010 klar gezogen werden, um die überbordende Sicherheitsbürokratie und ihre Metastasen zu beenden. Aber zu der damaligen Zeit war es noch so.

Sepp Schüßler ließ die Telefonate abhören, aber er ging noch weiter und das war ein Verrat an der Privatsphäre. Er täuschte und imitierte Stimmen und sagte manchmal böse Dinge, die zu einen Streit führen sollten unter den Betroffenen und das, unter der Nummer von scheinbaren Bekannten. Er ließ extra die Synchronsprecher des Radios und des Fernsehens, die die Arbeitskollegen seiner Töchter Susanne und Christine waren, als Stimmdouble anrufen. Das Tragische an der Situation war, dass Susanne Schüßler seit ihren 5. Lebensjahr von ihren Jupp Joachimski zu Mordtaten nicht nur angestiftet, sondern auch mit ihm durchgeführt hatte. Ihr erstes Opfer für ihren Vater Jupp Joachimski war in Essen in einer Wohnung von den aus Frankfurt am Main entführten Martin Schleyer. Ihr Vater hatte Martin Schleyer die Hände verbunden und zeitweise die Augen. Susanne Schüßler war im Nebenzimmer und nahm die Pistole aus der Hand ihres Vater Jupp Joachimski entgegen und erschoss ihn. Ich musste zuschauen und wurde von ihnen beschimpft, weil ich nicht geschossen hatte und weil ich Martin Schleyer befreien wollte, dass ich ein Schwächling sei. Diese Stasitäterkinder waren in diesen Kreisen von Jupp Joachimski durchaus nichts neues. Ich musste mehrfach diesen Kindern, die mordeten aus einer Paralysiertheit und einen Familienvertrauen heraus zusehen. Diese Art von Morddurchführung musste ich später bei Birgit Wolf alias Blumoser alias Dr. Isabella Walchshofer Fischer und Martin Magnus Müller mit ansehen. Man muss verstehen, dass dieser Art von Ritualmord als Einstiegsritual gesehen wurde. Um die Morde zu verdecken und auch die Daten noch weiter nutzen zu können, wurde meist keine offizielle Trauerfeier und Begräbnis abgehalten. Wenn es sich um sogenannte hochwertige Geiseln oder Hochstehende oder bekannte Personen oder reiche Personen oder einflussreiche Personen handelte, konnte es sein, dass deren Daten noch Jahrzehnte später von diesen Leuten in verschiedenen Varianten genutzt und missbraucht wurden. Das Problem war, dass Jahre später diese Teile der Stasi und der anderen deutschen Geheimdienste die Namen ihrer Opfer einfach als Tarnnamen benutzten und weiter nutzen und sie aber nie richtiggestellt hatten und damit die geschädigten hinterlassenen Familien zusätzlich schädigten. Dazu rissen sie meist eine schwere emotionale Wunde auf. Viele Familien, die diese Masche früh genug erkannten und durchschauten, ließen ihre Verwandten als vermisst melden und liefen dementsprechend die Namen und verschwundenen Familienangehörigen nach der Vermisstenablauffrist als tot erklären. Die größte Schwierigkeit für Leute, die sich gegen diese Durchsetzung wehren wollten, war es, wenn normale Kinder involviert waren in diese Vermisstenfälle und zusätzlich nicht aus ihrer Entführung entkommen konnten und selbst zu Geiseln wurden. Denn die Schwierigkeit erfolgte in zweierlei Hinsicht. Zum einen waren die Kinder meist dann ohne Schutz und wurden von den Leuten beeinflusst, die ihre Eltern geschädigt hatten. Dadurch war es auch möglich, dass die Kinder in dieser Konstellation groß wurden und von diesen Leuten umgedreht wurden, ohne zu verstehen, wie sie sich beeinflussen ließen. Auch verblasste zumeist ihre Erinnerung an ihre Eltern und manchmal wurden ihre Eltern durch Schauspieler oder durch **Doppelgänger** ersetzt. Am Schlimmsten traf es Harry den Prinzen aus England, denn der wurde parallel nach Afrika entführt und ich holte ihn damals ab und ließ ihn zurückbringen. Das Schlimme war, dass die Stasi es seit der Zeit in Mecklenburg-Vorpommern als dort sich die erfundene Adelslinie **Markgraf** Gerhard von Nitsch niederließ, sich immer mehr in Adelsfamilien einnisten wollte. Und das hatte zur Folge, dass manche verschwundenen Adeligen nicht nur nicht auffielen wegen den **Doppelgängern**, sondern auch die Daten immer noch durch die Aktionen der Stasi rumgeisterten. Dadurch wurden die originären Taten und Tatorte und Tatzeitpunkte verschwiegen und so zu deren Legendenbildung genutzt wurden. So war es auch, dass auch in 90ziger Jahren die Stimmanalyse nicht sehr weit entwickelt war und dadurch in vielen Fällen es zu Verwechselungen kam. Ebenso wurde dieses Unsicherheitsmoment von der Stasi auch zur absichtlichen Manipulation genutzt. Ebenso wurden Speicherdisplay von Telefonen manipuliert. Denn in manchen Fällen wurden unter absichtlich falsch benannten Namen echte Nummern eingespeichert und so Chaos gestiftet.

Dann unter einer technischen eingespeisten Nummer, die die angerufenen Personen sofort fälschlicherweise mit Bekannten assoziierten. So sollte Vertrautheit hervorgerufen werden und damit manipulieren. Er nahm zu diesem Zweck extra vorher die Stimmen, der später zu imitierenden Stimmen auf und ließ diese dann im Sprachlabor der LMU trainieren und aufnehmen. So war die noch unterentwickelte Technik in den 90ziger Jahren. Später machten sie dann Menschenversuche mit sogenannten Kehlkopfautomaten und zertrümmerten vorher absichtlich die Kehlköpfe ihrer Opfer. Er kannte mit seinen Verbündeten keine Grenzen und ging immer im Rudel auf seine Opfer los, um sich den Respekt der anderen zu „erarbeiten".

Dann veranstaltete er Casting für sogenannte Sichtdouble. Sichtdouble waren Personen, die in bestimmten Situationen einspringen sollten und dann große Coups drehen sollten. Als Situation musste man sich einfach folgendes vorstellen: Ein fremder Geschäftsmann ging in eine Hotellobby um einzuchecken. Er war weit gereist und ging immer in dasselbe Hotel! Er sah plötzlich einen Bankmanager, den er aus seinem Beruf kannte. Aber genau diese Person sah lediglich genauso aus und hatte dieselbe Sprache und dasselbe Verhalten. Dieses „Theater" wie ich es nannte, war ein fein abgestimmte und konzertierte Aktion, die Julia Walter vorher mit ihren Psychologieprofessor und einstigen behandelnden Arzt Professor Hans Lauter abgesprochen hatte. Sie wollten dadurch eine sogenannte Aufbrechung des jeweiligen als Double dargestellten Freundeskreis und Familienkreis bewirken. Wenn sie sich ein Opfer, welches sie fertig machen wollten, weil es in diesen Freundeskreis eine besondere große Bedeutungsrolle hatte, dann kesselten sie es über eine längere Zeit ein und kontrollierten und überwachten es ständig. Es wurden die miesesten Tricks angewandt, um diese Person zu isolieren und dann in seinen Ruf zu schädigen und dann als einfaches Opfer darzustellen, was zu schwach sei, sein Leben zu bestreiten. Sie nannten es Schafe hüten oder Rinder treiben. Diese Begriffe standen als Synonym für ihre hinterlegten und abgesprochenen Taktiken. Die negative Bedeutung war bereits Grundvoraussetzung ihrer Gespräche. Das Treiben wurde genauso geplant, wie die Einkesselung und die Abtrennung sprich Abscheidung der Einzelperson. Einfach schrecklich! Aber diese Form, die sie auch noch als Polizeiarbeit und Ermittlungsarbeit deklarierten, wurde als pauschale Maßnahme nach den 2001 angewendet und das war keine gute Polizeiarbeit geschweige denn eine normale noch genehmigte Arbeitsatmosphäre. Auch diese immer größer werdenden Vertrauensverlust, vor allem in meinen Kreisen machte die Umdeutung der Polizeiarbeit und die fortschreitende Zersetzung der Polizeistruktur zunächst in Berlin dann in Niedersachsen deutlich. Am meisten erschreckte, dass eine offene und freie und ehrliche Arbeitsweise von vornherein abgelehnt wurde und die Polizisten zunächst lernten zu schauspielern. In Ausdruck und Sprache!

Jedoch waren die beiden zuletzt genannten Eigenschaften antrainiert. Am nächsten Tag passierte folgendes: Der Geschäftsmann hatte einen Vertrag mit einer Person unterzeichnet, die völlig fremd und kriminell war. Der Vertrag wäre normalerweise ungültig gewesen, aber zumeist wurde versucht, diesen dann von diesen Betrügern vor Gericht durchzusetzen. Dann geschah etwas was noch schrecklicher war, zumeist gewannen diese Betrüger und die Leichen des echten Bankmanager tauchten nie auf oder kamen durch Zufall ans Licht! Das Schlimme daran war, dass das kleine Mädchen nämlich ich sah und lernte! Sie lernte nicht das Schlechte daran, sondern sie lernte die Überführungsmethoden. Sie lernte wie die Leute codiert sprachen und brachte es sicherheitshalber manchen Leuten bei! Denn sie wusste, dass sie auf der Abschussliste stand von diesen Leuten und sie hatte nie die Sicherheit, dass sie überleben würde. Auch als ich später den Kopf ihrer Organisation Jupp Joachimski kennen lernte, der der Sohn des verrückten **Markgrafen** war, kapierte ich, dass er die gleiche Paranoidität und komplette Wahnhaftigkeit seines Vaters Gerhard von Nitsch aufwies. Er wollte mich zunächst beeindrucken und umgarnte mich mit Komplimenten, die mich mehr anekelten, als anzogen. Ich reagierte auch nie auf seine Anwerbungsversuchen und fragte mich als mich als seine Gefährtin bezeichnete, ob er alles vergessen hätte. Er war trockener Alkoholiker und hatte sich einen **Doppelgänger** absichtlich über Abstand aufgebaut, den er an Stelle von sich seine Bestrafung zu seinen eigenen Straftaten büßen ließ. So war es auch erklärlich, dass Jupp Joachimski zynischer Weise auch noch Verfahren und vorherige Anzeigen zu seinen eigenen eingefädelten Straftaten schreiben ließ, die er dann von völlig unbeteiligten Personen zahlen lassen wollte und dementsprechend so vor Gericht als Richter eingereicht hatte und entweder durch sich oder durch vorher eingesetzte Richter abhandeln ließ. Als Einschüchterung wurde zumeist Sepp Schüßler geschickt. Diese Büßerdoubles und diese auch bezahlten Doubles wurden zumeist in späterer Zeit via Internet angeworben.

Diese Doubles waren sogenannte Netzkontakte. Das bedeutete, dass die Doubles immer berichteten. Sie waren die Knoten in diesem Spinnennetz. Sie berichteten immer an Gunther Schmid, den anderen westdeutschen Führungsoffizier von Sepp Schüssler oder Jupp Joachimski und wollten immer einen genauen Tagesablauf dieses Mädchen protokolliert haben. Sie ließen keine Möglichkeit aus, dieses Mädchen als doof und ungelehrsam und schwachsinnig darzustellen. Über die Jahre machte es den Mädchen nichts mehr aus! Denn sie wusste, dass ihre Lügen irgendwann über sie hereinbrechen würden.

Es war eine Masche und eine perfide Strategie. Jedes Mal, wenn sie ins Ausland gehen sollte, wurde sie mit einer Waffe bedroht oder gewaltsam zurück entführt, wie die Spione es nannten. Sie konnte niemals mit diesen Leuten reden, ohne dass es um Geld, Intrigen gesponnen oder um sonstige kriminelle Taten ging. Es war eine komische Stimmung, da alle skeptisch gegen jeden waren und in diesen skurrilen Szenarien fanden sich die Kinder mit ihren instrumentalisierten Verhalten. Die Kinder waren meist so aufgedreht, dass die Instrumentalisierung durch ihre Eltern nicht auffiel. Dazu muss man wissen, dass Eltern aus diesem Milieu der Geheimdienste alles taten, um ihren Nachwuchs in die richtige Richtung zu erziehen. Es war wie ein Korsett, was den Kindern übergezogen wurden und dazu wurden diese Kinder früh in psychologischer manipulativer Weise geschult. Sie konnten richtig hässlich sein und testeten meist oder wurden auch von ihren Eltern dazu gedrängt in der Schule dies umzusetzen. Viele Meldungen gingen damals durch die Presse, dass Schüler ihre Lehrer mobben bzw. die Eltern immer fordernde Haltungen entwickelten. Es war komisch mitanzusehen, wie diese Situationen immer mehr zu nahmen. Diese Masche der Durchschulung, wie das kleine Mädchen es nannte, hatte System.

Denn das System dieses Dienstes war sowieso auf Ewigkeit angelegt und es deckte jegliche Form des menschlichen Lebens ab. Es tat weh, die Restemenschen zu sehen, die aus diesem widerlichen, menschenverachtenden System rausgeflogen waren. Nicht dass ich dies so sah! Aber ich hörte, wie die Leute über diese Leute redeten und das bereitete mir genauso Unbehagen, wie die Tatsache, dass der Gunther Schmid versuchte in ihr Leben zu drängen und sich hineinzubohren. Gunther war ein strenger Generaltyp, der mit seinen kommunikativen Fähigkeiten sehr viel, versuchte auf die krumme Tour zu erreichen. Er redete meist mit seiner großen Statur und seiner Professorenbrille auf die Leute wie ein Wasserfall ein und ging zunächst scheinbar auf sie ein. Dann horchte er sie aus und fertigte geheime Dossiers zuhause über sie an. Die Dossiers waren zumeist Psychogramme, die jedes Detail beinhalteten, um die Leute einzustufen und zu schädigen bzw. unter Druck setzen zu lassen. Später wusste ich woran er mich erinnerte. Sie nannte ihn nur die Ratte, denn er war nicht, wie ‚Der Schakal‘ aus dem gleichnamigen Film. Er war eine Mischung zwischen zu groß geratenen Hamster, der abgenommen hatte und das ziemlich schnell, aber dessen fülligen Pausbäckchen noch im Gesicht zu sehen waren und einer listigen Tierart. Diese war aber nicht so genau bestimmbar, denn für mich waren alle Tierarten, die ich kannte, zu lieb und zu nett, dass sie solch einen Vergleich standhalten würden. Deshalb nahm ich einfach die zu groß geratene Ratte aus den Harry-Potter-Filmen zum Vergleich, denn der traf als einziger auf das Charakterbild und das Aussehen dieses skrupellosen Mannes zu. Seine Gestalt war nahezu 2 Meter hoch und er hatte immer den typischen Trenchcoat darunter seinen Anzug und seine Lederaktentasche dabei. Er rauchte auch ab und zu, aber das schickte sich in seinen Gesellschaften, in denen er verkehrte nicht, und so war sein farbloser und unauffälliger Name Schmid Programm. Denn es war ein Tarnname und seine chamäleonhafte Anpassungsfähigkeit und seine biedermannhafte Art waren ein Ausdruck seiner Farblosigkeit, die ihn manchmal aber selbst nervte und dann schlug er über die Stränge. Er trank dann zu viel Gläser Wein und wollte seine Egomanie nach außen kehren. Er wollte einerseits gemocht werden und beliebt sein, aber auf der anderen Seite wusste er, wie viele andere aus diesem Spionagemilieu, dass eine Rückkehr genau in dieses geordnete Leben, um welches er normale Bürgerliche beneidete, nicht möglich war. Er sehnte sich nach einem Leben war erfüllend war und nicht so sehr an Regularien und Verordnungen geknüpft war, wie es seines war. Auch wenn diese Art der Lebensordnung vielen Leuten nicht bekannt war und bis heute ist. Denn anders als die Ottonormalverbraucher, werden Geheimdienste sehr wohl kontrolliert und der schlimmste Feind war und ist ein Verrat aus den eigenen Reihen. Jedoch fällt alles in sich zusammen, wenn diese Menschen sich in diese normale Welt begeben. Denn es bestehen sehr viele Fragen, die sie zumeist nicht beantworten können und wenn ihre alten Weggefährten davon Wind bekommen, werden sie meist von diesen Leuten auch noch erpresst und viele kehren reumütig zurück in die Welt der Spionage. Genau aus diesen Gründen lehnte ich diese Welt ab und versuchte so gut es ging sich aus diesem Milieu rauszuhalten, denn es war ihr zu abstrus und zu grotesk, wenn sie sah, welche Blüten dieses in ihren Augen zusammengelogenes Leben dieser Leute trieb.

Denn Gunther hatte Sepp als vermeintlichen Onkel in ihre Nähe gebracht und genau das war es, was das damals kleine Mädchen hasste. Diese Belagerungspolitik und diese Tatsache, dass Gunther genau diese Hintergründe kannte und sie nicht veröffentlichen wollte. Es war ein Bedrohungsszenario, aus welchen das kleine Mädchen immer wieder ausbrechen konnte und sie genoss es in vollen Zügen. Sie wusste, dass sie, wenn sie ihre Jugendjahre überleben würde, stark genug sein würde, die gesamte Story, die Geschichte und Historie war, aufschreiben würde und veröffentlichen könnte.

1.   Kapitel: Die sogenannte Ausbildung

Die Ausbildung der Spione war so gestaffelt, dass es kein normales oder durchgängiges Bild gab. Manche hatten in den Jahren um das Jahr 2000 eine Medizinausbildung, aber es waren auch andere Fachleute darunter! Sie hatten manche Lehren gemacht oder auch studiert. Jedoch hatten sie allesamt und durchgängig und fast schon als Grundvoraussetzung eine katastrophale moralische Auffassung. Es war ein, wie man im Bayerischen sagen würde ein „rechter Sauhaufen"! Genau diese Titulierung passte, da der BND in Pullach bei München angesiedelt war, bevor er nach Berlin umzog.

Mir war es egal, denn sie wollte nie dorthin. Sie sah alle scheitern und das war wirklich lustig! Denn alle glaubten an Janine die ihnen das große Geld versprochen hatte! Sie bestahl alle! Die größten Drogengeschäfte liefen ohne Kenntnis der eigentlichen Lieferanten und vermeintlichen Profiteure ab! Sie holte bei ihren DHL Job die Ware raus und auch dann lagerte sie zumeist die Ware in der EDEKA-Kühlware! Sie hatte mit Tanja einen Pakt geschlossen und dann war da noch Ingrid, die als Krankenschwester die Arbeitsmedizin übernahm! Dadurch wurde klar, wenn ein Coup ins Land hineinzog. Immer dann rückte Ingrid Wolff alias Blumoser mit Handtüchern an und arbeitete im Edeka bei Janine! Sie vertauschte die LKW und fuhr die heiße Ware zumeist allein von Berlin nach Bayern oder Baden-Württemberg! Ihre Umschlagsplätze waren in Mosambik und in Afghanistan! Wäre alles normal gelaufen und dann verzollt worden wäre alles gut gewesen, aber meist lief alles dramatisch und blutig ab! Beatrix weigerte sich und wurde bedroht! Katharina übernahm die Rolle und wollte Beatrix strafen! Sie sollte ausziehen, obwohl sie eigentlich nur mit ihren Kindern ins Frauenhaus als Vorwand gehen sollte, um dann ins Zeugenschutzprogramm oder was immer sie machen wollte! Doch es flog bereits vorher auf, weil Katharina das Haus benutzen wollte als Lieferadresse! Aber in der Zeit und dann mit dem angeblichen Einzug der neuen Familie hatte Katharina nicht miteinberechnet, dass diese Familie sich nicht überlisten ließ! Denn die Familie entdeckte trotz ihrer Wohnungsnot, dass die alte Familie gar nicht ausgezogen war. Diese Form der Verdrängung durch Dritte und damit der Instrumentalisierung derer Vertragspartner war eine gängige Masche, da sie sich nie selbst die Finger schmutzig machen wollten. In diesem Fall waren es die Vertragspartner von Gunther Schmid und seiner **Corps**-Freundin Katharina Petrussek. In denselben Studenten-**Corps** war auch Julia Walter und damit auch ihr Onkel Jupp Joachimski und dadurch wurde diese Art der Mobbingallüren auf die persönliche Ebene gezogen.

Die Story ging noch weiter! Da Janine nicht mehr weiter wusste aufgrund der zahlreichen Affären von ihren Sebastian Schulze der eigentlich Stefan hieß und diese hatte er mit Susanne Schüssler und mit der auch noch drei Kinder und mit deren Cousine Tanja zwei Kinder und davon erhielt er eine HIV - Infektion und dann noch eine Tarn- bzw. Scheinehe mit der Cousine von Jessica Traue, die Hannah hieß! Aber es ging noch schlimmer sie regten sich darüber auf und vermuteten alle samt, dass ich das Verhältnis von Sebastian wäre! Die Antwort war NEIN und das hatte einen Grund! Die Hochzeit, auf der sie allesamt gewesen waren, wäre ich fast draufgegangen. Ich röchelte nachts nach Luft und hatte so dicke Beine, dass ich aussah als sei ich ein Elefant! Ich war so weit, dass ich fast den Notarzt gerufen hätte, wenn ich es damals noch gekonnt hätte! Gott sei Dank spritzte mir der Arzt der vor Ort war ein Gegengift!

Es war Rettung in letzter Minute denn alle „Familienmitglieder" auf der Hochzeit in Niedersachsen hatten ein Geheimnis und das beinhaltete meine Vergangenheit. Es war das Jahr 1988 im Sommer und ich hatte Sommerferien und fuhr zu meinen Verwandten auf das Schloss Marienburg und durfte dort in den alten Gemäuern spielen. Das Schloss bestand aus roten alten Backsteinziegeln und leuchtete in der Sonne aufgrund der damaligen teilweisen Kupferdächer. Die Säle waren genauso lang wie die viereckigen Tische die allesamt mit einen schönen Porzellanservice gedeckt. Die Blumenbouquet waren immer frisch angerichtet und in verschiedenen Farben und Formen und Blumenarten. Es war ein wunderbarer Duft und immer ein Hauch frischer Luft in den Räumen. Vor dem Schloss war ein Rundbogen wo die Autos vorfuhren und es kamen viele. Wir Kinder spielten gerade Fangen und dann kam das Polizeiauto und ich wurde einfach reingezerrt und auf das Polizeirevier gefahren! Trotz Gegenwehr der alten Hausdame und des Schlossherrn selbst!

Dann saß ich auf einen Hocker ohne Lehnen und wurde 8 Stunden verhört. Mein Rücken tat weh aber ich hielt mich aufrecht. Ich sah es nur weiter als eine Demütigung einer rasend gewordenen paralysierten Bande an, die diesmal nur wieder fehlgeleitete Polizisten benutzte. Erst war ich erschrocken aber ich wusste, dass ich diese Beleidigungen und Verleumdungen irgendwann rächen würde. Ohne Rechtsanwalt saß ich auf diesen Hocker und ohne zu wissen worum es eigentlich ging. Dann wurde ich befragt wie ich einen Atomprofessor und seine Ehefrau und deren weiteres Kind eine jüngere Tochter Grace in London umgebracht hätte. Die Wahrheit war ein bisschen komplizierter und ein bisschen unglaubwürdiger als man das so angenommen hätte. Denn Grace war genauso wie ich nie die leibliche Tochter dieser Professorenfamilie in London. Bis zu jenen Tagen als sich die Situation zuspitzte war einiges unglaubwürdiges aber wirklich erschreckendes geschehen. In diesen Jahr 1987 lebte ich wieder zurückgezogen bei meiner Großmutter in New York am Wochenende. Später lebte ich über die Woche mit einen befreundeten US-Army Soldaten in Florida in Fort Myers und in Santa Barbara! Er war wie ein großer Bruder für mich und konnte schrecklich kochen aber ich wurde satt! Eine schwarze Nachbarin passte ab und zu auf mich auf und wir besuchten regelmäßig die Stützpunkte und ich hatte einen geregelten Tagesablauf. Wir sahen in Cape Canaveral den Abflug der Raketen und ich durfte in der Schule alles lernen wie ich wollte. Später machten sie mit mir einen Intelligenztest und ich wurde als das intelligenteste Mädchen der Welt eingestuft. Ich hatte einen Test zu Radialberechnungen und Kurvenberechnungen und Matrizen an einer Tafel absolviert. In der Test-Jury saßen ein Atomprofessor und eine Mathematiklehrerin und ein Mediziner. In USA wurde das Hochbegabtenphänomen als Geschenk gesehen. In Deutschland und in Europa hingegen als Abartigkeit und ständige Abnormalität, die es hieß in Gefangenschaft zu nehmen und verkümmern zu lassen, weil sie ein Beitrag zu gesellschaftlichen Umsturzversuchen sein könnte. Es wurde in Europa in größeren Dimensionen gedacht, die nicht nur in Rigidität gipfeln sollte, sondern auch eine Machtsicherung des alten Systems aus Nazizeiten gewährleisten sollte. Meine Testergebnisse standen jedenfalls in der Washington Post und in der New York Post. Sie wollten mich sofort in das Förderprogramm der NASA einbeziehen. Aber das war nur eine Weile. Denn sie schickten meine Ergebnisse rund um den Globus. Jeder wollte mich nehmen. In der Zeit wohnte ich am Wochenende bei meiner Großmutter in New York. Aus den Förderprogramm wurde nichts, denn ich wurde vorher nach Deutschland entführt.

Damals noch in USA wohnten wir in einem kleinen alten Haus zwischen allen Wolkenkratzern und wir hatten bei der Stadt New York einen Denkmalgeschützten Status für dieses Haus. Meine Großmutter war einen feine und sehr liebe aber teilweise zurecht strenge Veteranenwitwe. Sie liebte Ordnung und hasste es, wenn man sich den Müßiggang hingab. Sie war kleiner als ich und hatte weißes gelocktes Haar. Sie machte mir dauernd Butterbrote für die Schule und zeigte mir die U-Bahn in New York. Ich liebte das freie Leben und ich ging in die High-School in Brooklyn. Die High-School war ein ziemlich moderner Flachbau in dunkelgelb gestrichen und die Auffahrt hatte weiße viereckige Pflastersteine. Wenn wir Kinder Pause hatten saßen wir auf der gelben Mauer die das gesamte Areal umzäunte. Es war eine kniehohe Mauer. Ich hatte ein Stipendium und alles war bezahlt. Zu Essen, gab es das Schulessen auf Tablets und das Kantinenessen. Meine Großmutter war eigentlich eine reiche Frau aber sie trug ihn nicht zur Schau und achtete peinlich darauf, dass ich es genauso tat. Sie war eine durch und durch stolze Amerikanerin die sich noch gut an die Schrecken des Zweiten Weltkrieges erinnern konnte und es nie verstanden hatte warum ihre einzige Tochter und NASA Astronautin ausgerechnet einen deutschen Adeligen geheiratet hatte. Aus Deutschland dem Feindes- und Täterland was ihr viele jüdische Verwandte genommen hatte! Sie hatte die alten Orden meines Großvaters Jodokus immer in einer kleinen Schatulle im Nachttisch und ging regelmäßig an sein Grab in Arlington. Sie sprach gut deutsch da sie einige Zeit mitstationiert war auf den deutschen Besatzungszonen. Sie achtete sehr auf Bildung und das einzige womit ich sie wirklich beeindrucken konnte waren gute Noten und einen zielstrebigen Abschluss, was mir nicht weiter schwerfiel, denn ich hatte ein sehr gutes Gedächtnis. Meine Großmutter hatte zu dieser Zeit eine Zeit voller Kummer hinter sich, denn ihre Tochter die gleichzeitig meine Mutter war, war zu Tode gefoltert worden und sie gab den Deutschen zu Recht die Schuld an ihren Tod. In den USA wurde meine Großmutter die stramme Patriotin verhöhnt und ausgelacht und es wurde aufgrund der offiziellen Lügen der deutschen Staatsregierung sie und ihre Familie zu einer angeblichen Landesverräterin deklariert. Obwohl meine Mutter nie Spionin war geschweige denn ihre Heimat USA noch ihren deutschen Mann noch ihre Familie verraten hätte. Denn sie war komplett unpolitisch und hielt nichts von Geheimdiensten. Sie liebte das freie Leben und fuhr nach Indien genauso wie in die Sowjetunion. Sie war ein Freigeist mit einen enormen Geschick Zusammenhänge schnell und leicht zu erklären. Sie liebte die Kalifornische Sonne und fuhr nach Woodstock. Im Sommer fuhr sie mit meinem Vater meistens zu europäischen Adelshäusern und machte zusammen mit diesen und dann später mit mir Urlaub auf Rennbooten und auf Jachten und Finca und den gesamten damaligen Luxus. Einmal waren wir 1982 an der monegassischen Küste und fuhren mit Grace Kelly und den griechischen Reder Onassis in dessen Jacht um St. Tropez herum. Von dieser Zeit existierten noch Fotos die allesamt gestohlen wurden. Meine leibliche Mutter war eine hübsche schlanke Frau mittlerer Größe mit braunen Augen und Sommersprossen und dunkelblonden gewellten Haaren. Sie lachte sehr gerne und konnte Grimassen schneiden mit dem Mund! Sie war sehr charmant und hatte eben die normalen Verhaltensarten wie sie in unseren Kreisen üblich waren und sind. Wenn sie am Meer war band sie ihre Haare immer über die Stirn hinter den Nacken zusammen. Sie liebte die Farben rot und blau und trug immer heitere und muntere Kleidung. Genau diese umwerfende Frau mit diesem unverwechselbaren kalifornischen Akzent in ihren Amerikanischen und ihren Fehlerfreien Deutsch war zuvor in Deutschland zu Tode gefoltert worden und ich war wieder 1987 nach New York ohne ein Wort der Entschuldigung von Deutschland und ohne ein Wort des Bedauerns zurückgeschickt worden. Und prompt tauchte dreister Weise 1987 diese Frau aus Deutschland auf weswegen meine Mutter so leiden musste und gestorben war!

Man muss dazu sagen, dass damals die Frauen der Stasi wie Sklavinnen behandelt wurden und in vielen Fällen innerlich zerbrachen. Es gab keine Gleichberechtigung geschweige denn Wertschätzung. Die Frauen konkurrierten gegeneinander und kannten keine Gnade auch nicht unter Geschlechtsgenossinnen. In den meisten Fällen waren sie getrieben von Eifersucht und versuchten ihre eigenen Vorteile zu sichern. Auf die Daten meiner leiblichen Mutter liefen in dieser Zeit gleich zwei Frauen. Eine war eine britische Soldatin Barbara Weiss alias White wie sie sich nannte und eine andere war Maria Bogosyan. Beide Frauen hatten einen Körpergrößenunterschied von 20 Centimetern. Diese

Frau Barbara Weiss stellte sich später als Barbara Nowak heraus und forderte mich als Faustpfand für eine sichere Rückkehr nach Deutschland. Was war passiert? Barbara Weiss war Stasidoppelagentin und wieder mal pleite und war wieder auf einen angeblichen deutschen Geheimdienstcoup geschickt worden. Sie hatte sich mit der **Identität** einer einstigen US Army Soldatin und gleichzeitig Astronautin eingeschmuggelt! Und hatte in Houston Texas das NASA Gebäude in die Luft gesprengt und dabei eine Afro-Amerikanische Professorin und einstige Arbeitskollegin meiner Mutter getötet! Neben noch einigen Wachleuten! Sie hatte Baupläne von Raketen und Space Shuttle und Flugzeugtechniken und Raumfahrttechnik gestohlen und sollte diese Dokumente zurück nach Berlin bringen. Denn sie bezeichnete es als deutsche Errungenschaft sprich der Nazis. Sie war eine frustrierte Frau die mit ihren Leben unzufrieden war und zu einer Art Einhorn im negativen Sinn verkommen war. Sie war in der Hierarchie der Rote-Armee-Fraktion aufgestiegen, weil sie besonders linientreu und brutal war. Sie hatte eine sehr geringe Reizschwelle und ihre Widerlichkeit war sehr weit bekannt. Man muss dazu wissen, dass diese Barbara Weiss, eine im Grunde, sehr einfach gestrickte Frau war. Sie war nicht besonders schön anzusehen und eine hagere Gestalt hatte und für Männer nicht sehr attraktiv wirkte. Sie passte hervorragend in diese Art der sinnlos agitatierten Brutalos deren Aufmerksamkeit und deren Nähe sie suchte und sogar schön fand. Es war eine sehr diffizile und undurchsichtige Lage, die bei Barbara vorlag, denn in Asien war sie als Friedensaktivistin in den britischen **Corps** auf einen britischen Militärschiff stationiert und sie glaubte aber auch an Ideen von Sozialismus und von der Form der friedlichen Revolution. Sie konnte übersetzen und sprach fließend Englisch. Bei ihren Kollegen war sie nicht sehr beliebt, denn ihr fehlte der normale militärische „Stallgeruch" und sie war ein bisschen ein Sonderling. Was auch jeder spürte und speziell geschulte Stasi-Romeo, wie ich sie bei mir hatte sowieso. Barbara war nie besonders begehrenswert, aber eben sehr wertvoll was Übersetzungen und deutsche Funksprüche anging. Sie fühlte sich ein bisschen zurückgesetzt von den männlichen Crewmitgliedern und fühlte sich gemobbt, was sie auch prompt in der asiatischen Bar an diesen Abend als der **Stasi-Romeo** nach dem Mord in Vietnam an einer Vietnamesin zusammen mit seiner Sabine Nitzsche alias Maria Bogosyan mit mir betrat. Die Grenzen waren geschlossen aufgrund des Mordes und es war eine falsche Sturmwarnung herausgegeben worden, um diese Morde nicht zur Beunruhigung der Bevölkerung führen zu lassen. An diesen Abend trennten sich der **Stasi-Romeo** und seine Mittäterin Maria Bogosyan. Ich sollte obwohl ich nichts getan hatte mit den **Stasi-Romeo** zusammen fliehen, damit er mit mir als Kind harmloser und schutzbedürftiger und besorgter aussähe. Wir waren pitschnass und trafen mit anderen Leuten wie Karl Mayinger einen weiteren **Stasi-Romeo** in dieser Bar zusammen. Barbara war hin und weg von dieser Gruppe von jungen Kerlen, die angeblich ihre Zartheit und ihre verletzte Art verstanden. Sie schüttete ihnen ihr Herz aus und verließ die Gruppe ihrer Kollegen. Sie knutschte nach wenigen Minuten wild in der Ecke rum und „turtelten" schwer verliebt. So dass es den **Stasi-Romeo** zu viel wurde und er mal wieder, so wie er es immer machte, mich seine angebliche Tochter als Grund für seine Zurückhaltung vorschob und sich Barbara rührend um mich kümmerte. Warum auch immer. Denn ich hatte vorher auf den Tresen getanzt, so wie es der **Stasi-Romeo** wollte und Barbara erzählte er später, dass ich eine etwas verzogene Göre ohne Manieren sei, die sich einen Scheißdreck um gute Manieren schere. Barbara nahm diese dreisten Lügen zum Anlass mich auf den Militärschiff, wo sie trotz Sicherheitsbestimmungen den **Stasi-Romeo** gleich miteinlud, zu Verhören und mir nicht nur Benimm beibringen zu wollen, sondern mir auch das Märchenerzählen, wie der **Stasi-Romeo** gesagt hatte, auszutreiben. Sie schlug mir mehrfach ins Gesicht nachdem sie eine heiße Nacht mit den **Stasi-Romeo** hatte und sie ließ alles aufzeichnen. Dann sagte sie mir ich solle mich als Stasikind zu erkennen geben und ich wusste, dass der **Stasi-Romeo** noch mehr Unwahrheiten über mich gesagt haben musste. Ich war nur entsetzt und vergoss keine Träne. Diese Filmaufnahmen kamen nach Great Britain, wo das Königshaus sich erschreckte und auch echauffierte, was diese Frau Barbara dort trieb. Sie war wie besessen mich als Spionin anzusehen und behauptete später sogar, dass ich in ihrer Ausbildung sei. Sie kam in große Schwierigkeiten, denn sie war so verliebt mit diesen Großgewachsenen Stasi-Romeo, dass sie sogar in die Räume der Dechiffrierabteilung stolzierte und mich als Lehrling vorstellte, weil sie sich jetzt angeblich als Adelige Verheiratete um wichtigeres kümmere. Als ich das sah, dachte ich, dass ich spinnen würde. Denn ich sollte ihre Dechiffrierung übernehmen was ich zwar konnte und es mir keine Schwierigkeiten bereitete, aber ich fand es eine Frechheit, was sie sich einbildete. Das ging 2 Wochen so. Barbara schlief abwechselnd mit Karl Mayinger/Paul und mit dessen angeblichen schüchternen Bruder Karl May. Letzterer sollte den züchtigeren und alleinerziehenden Vaterpart einnehmen, um Barbara dann später zu übernehmen. Barbara schwebte wie eine Besoffene im siebten Himmel und konnte gar nicht genug kriegen von so viel Umschwärmtheit und so viel Aufmerksamkeit. Ihr wurde später Sex-Gier unterstellt, wovon aber viel gelogen war, denn die beiden **Stasi-Romeo** hatten vorher die gesamte Zersetzungsprozedur abgesprochen und handelten nach diesen Mustern. Barbara musste daraufhin zum Psychiater, obwohl der Sex mit diesen **Stasi-Romeo** keine Liebe und Zärtlichkeit war, sondern pure Qual. Nichts dabei war situationsbezogen oder angemessen. Geschweige denn mit körperlicher Lust oder Zärtlichkeit zu tun. Denn sie hatten gelernt den Sex Stasi-Julia genauso wie **Stasi-Romeo** wie eine Waffe zu benutzen. Es gab kein Vertrauen bei diesen Akten, sondern es war die pure Angst in vielen Fällen auf einer Seite. Barbara kam manchmal zu mir ins Bett gekrochen und wenn der **Stasi-Romeo** zu zudringlich wurde, musste ich zwischen beiden schlafen. Barbara hatte über die Jahre gelernt mich als Schutzschild zu benutzen, obwohl sie nie genau wusste warum. Denn sie ging davon aus, dass ich die leibliche Göre von diesen **Stasi-Romeo** wäre, die nichts Besonderes sei. Barbara kam auch zu unterschiedlichen Zeiten nach Deutschland und lebte aber laut späteren Angaben der Polizei immer in Ippenbüren in Nordrhein-Westfalen. Barbara begriff erst zu spät was für einen gefährlichen Anhang eingehandelt hatten. Es war eine Situation, die komplett surreal war, wenn man sie heute nach so vielen Jahren nach dem Ende des Kalten Krieges erzählt. Aber es war so, dass Barbara über die Jahre nicht nur abhängig von diesen Leuten wurde, rein emotional, sondern auch rein rechtlich und finanziell. Barbara hatte nie eigene Kinder und war auch nie mehr in den Adelskreisen, die sie angegeben hatte. Denn Barbara wurde als aufgeflogene Stasiagentin eingestuft und damit wurde sie überall zu Persona non Grata erklärt. Wenn sie in München war, lebte sie in meiner Wohnung in der Yorckstraße und später in meinem Haus aber nur bis 1991, denn dann starb sie. Barbara trug immer Verletzungen davon, wenn sie meine Wohnsitze betrat, denn die **Stasi-Romeo** verteidigten mich eifersüchtig obwohl ihnen das nie zu Gesicht stand geschweige denn zustand. Barbara wurde ein Schatten ihrer selbst. Denn selbst in NRW wollte sie niemand mehr sehen. In München hatte sie zahlreiche Knochenbrüche davongetragen. So wurde ihr einmal die Hand gebrochen von einen **Stasi-Romeo**, indem er ihr eine schwere Eisenkellertür draufschlug. Daraufhin logen der **Stasi-Romeo** und Sebastian Wieberneit, dass sie sich ungeschickt angestellt hätte. Dabei war es absolute Absicht und aus dieser Zeit existierte noch ein Foto vor dem Nymphenburger Schloss und der dazugehörige graue Stasi-Pkw ein BMW! Der **Stasi-Romeo** wurde sehr unsympathisch und konnte sein Sprachmuster wie ein Jongleur entgegen pfeffern, dass jeder am Ende selbst manchmal glaubte, dass er etwas falsch gemacht hätte und nicht, dass es sich bei den **Stasi-Romeo,** um einen pathologischen Lügner handelte. Sehr „interessant" waren die Sprachmuster, die diese ostdeutschen Agenten hatten. Sie schienen sehr harmlos und sehr schön zu sein, doch hinter der Fassade tobte ein Krieg bis ins Detail. Man muss dazu wissen, dass jeder Vorgang der Stasi in dem Zentralkomitee kurz ZK abgesegnet und abgestimmt worden war. Bevor Barbara den großen Zusammenhang erkannte, war es zu spät. Barbara hatte mehrere Vergiftungen von Pilzvergiftung über Arsenvergiftung bis hin zu Bleivergiftung oder besser gesagt Quecksilbervergiftung. Zu letzteren erfand **Stasi-Romeo** die Legende, dass Barbara so tollpatschig gewesen sei, dass sie sich mit einem Thermometer, welches samt der inneren Quecksilbersäule zerbrochen sei, vergiftet hätte. In Wahrheit hatten sie es ihr über einen längeren Zeitpunkt oral zugeführt. Dadurch setzten sich die Spuren des Giftes in den Organen und in den Adern und Venen ab. Ihre Gelenke und Lymphen schmerzten ihr deswegen schon längere Jahre. Einmal war es eine so hohe Giftmenge, dass sie die Zunge aufgrund fehlender Sauerstoffversorgung blau verfärbte. Jeder weigerte sich sie richtig zu behandeln. Die Japaner waren so nett und versuchten es mit Omega Drei Fettsäuren und mit Fischöl. Um eine Entgiftung zu bewirken. Es klappte glücklicherweise. Später zeigten die Japaner, um einen normalen sicherheitspolitischen Zustand zu erreichen ihre gezüchteten Chow-Chow mit einer blauen Zunge, um zu sagen, dass diese Automatik blaue Zunge und Sauerstoffmangel nicht zwingend logisch ist. Zur Ablenkung von diesen Vergiftungserscheinungen bei Menschen meldeten Julia Walter und ihre Familie allesamt Bauern, eine neuartige Krankheit bei Rindern und anderen Tieren an. Die Blauzungenkrankheit. Sie wollten so die Einfuhr von ausländischem Fleisch verhindern und so vor allem Asien unter Druck setzen, die schon längst ahnten, dass vieles gelogen war, was erzählt wurde. Barbara war zu dem Zeitpunkt immer noch „Feuer und Flamme" für den Weltfrieden und das kommunistische System. Sie hörte nicht auf mit ihren Fantastereien. Barbara dachte auch, dass wenn sie nett zu Julia Walter sei ihr das Schicksal meiner leiblichen Mutter erspart bliebe und sie sich entfernen könnte von diesen aufdringlichen brutalen Leuten. Aber weit gefehlt. Barbara schmiss mich auch mit den **Stasi-Romeo** aus dem Fenster in der Yorckstraße, wobei ich mir sämtliche Knochen brach und bei den US-Amerikanern eingeliefert wurde. Es war nicht so, dass Barbara oder Bob wie sich nannte in den USA eine Unschuldige Person war, aber sie hatte nie begriffen, was sie wirklich tat. Denn sie war sehr impulsiv und sehr unkontrolliert und schrieb später in ihr Tagebuch als sie begriff, dass nicht mal ihr Stasiehemann auf ihrer Seite stand, dass sie verzweifelt in ihr Tagebuch schrieb: „Ich glaube mein Ehemann kann mich umbringen!" und später „Ich glaube mein Ehemann will mich umbringen!". Man muss dazu wissen, dass ersterer Satz eine tiefere Bedeutung hatte als man zunächst annehmen möchte. Denn in diesen Satz stecken zwei unterschiedliche Sichtweisen, die Barbara anscheinend begriff. Das „kann" bezog sich auf die ledigliche Erlaubnis des Zentralkomitees und beinhaltete, dass eine Abstimmung zur Ermordung und Beseitigung von ihr stattgefunden hatte. Später kam raus, dass die ehemaligen Nachbarn in der Yorckstraße und später in meinem späteren Haus mitgemacht hatten. Dadurch wurde auch klar, dass Barbara sich bewusst wurde wie verzweifelt ihre Lage war und das war auch der Zeitpunkt, wo sie ihren **Stasi-Romeo** noch bezirzen und umstimmen wollte. Aber der hatte längst verschiedene Neue an der Angel und scherte sich einen Dreck darum wie es ihr ging. Sie weinte häufig und bereute, was sie getan hatte. Nach der Ausreise aus den USA hatte sie der **Stasi-Romeo** und seine Mittäter Familie Traue und Walter zusammen mit den Psychiatrieprofessor Hans Lauter als labil einschätzen lassen und in einem Nebengebäude des Nymphenburger Schlosses der zukünftigen Maria-Ward-Schule im Kellergeschoss mittels Klosterschwestern foltern lassen. Sie war ein komplett anderer Mensch danach. Ihre Zähne fielen alle nahezu aus und ihre Haare waren grau. Die Klosterschwestern waren verkleidete Stasiagentinnen und unter ihnen war auch Ingrid Wolf alias Blumoser, die sich als geeignet bezeichnete, weil sie bereits die spanische Grippe sprich meine leibliche Mutter bekämpft hätte. Ingrid war grundsätzlich bei allen Folterungen dabei. Sei es bei Frauen wie auch Männern. Sie hetzte gerne und hasste alle Leute, die besser aussahen und intelligenter waren. Aber es war zu spät und zwar in Gänze. Denn sie war zur Last erklärt worden und ihre damalige Schwäche wurde gnadenlos ausgenutzt. Sie war auch eine Zeit lang in den USA in den Stasinazidorf mit Karl May und Franz Mayinger und wurde dort auch nur aufgrund der Lügen in die Psychiatrie eingeliefert, wo sie schwer geschädigt wurde. Sie wusste, dass ihre Taten von dieser Familie, wo noch mehrere Familien hinzugekommen waren, alle noch im Kopf gespeichert waren und sie als eine nicht mehr funktionierende Agentin angesehen wurde. Auch wurde sie nie als Familienmitglied angesehen, sondern immer als Ballast und Aussätzige. Als sie 1991 meine Kommunion organisierte wusste sie, dass sie an der Bleivergiftung sterben würde und dass dieses Fest ihr Abschied von mir war. Der **Stasi-Romeo** gab sich verliebt und behauptete der geblähte Bauch, der sich aufgrund der Bleivergiftung zeigte, sei ein Babybauch und seine geliebte Frau bei bester Gesundheit. Später erzählte er etwas von einem Tumor, der nicht entdeckt worden wäre und dann wieder, dass er das angebliche Kind aufgrund der Schwachsinnigkeit seiner Mutter abtreiben musste. Es war schlimm, die immer wieder neuen Lügen zu hören. Barbara starb und niemand scherten sich einen Dreck darum. Sie sollte noch einmal in die Siedlung des neuen Hauses kommen, wo es den **Stasi-Romeo** zu viel wurde, denn er hatte sich wieder seiner ursprünglichen Mittäterin und wirklichen brutalen Agentin Maria Bogosyan zugewandt und sah Barbara als lästige Klette an. So behauptete er nach einem Streit zwischen Barbara und seinen auch dort lebenden Sohn Sebastian Wieberneit, dass Sebastian Wieberneit von Barbara vergewaltigt worden sei und er bei ihr im Bett geschlafen hätte und hetzte so alle Leute gegen Barbara auf. In Wahrheit war nichts passiert außer, dass Barbara Sebastian Wieberneit daraufhin hinwies, dass er seine Medikation, die er nach seiner Stasimörderkindheit hinter sich hatte, wieder einzunehmen. Aber er weigerte sich und der **Stasi-Romeo** flippte aus, da es für ihn schien als würde sein geheim gehaltene Lebensrealität auffliegen. So schrie er rum wie ein Geisteskranker und unterstellte Barbara die schlimmsten Sachen. Die Nacht zuvor ließ er Barbara als nacktes Flittchen über den Flur laufen und demütigte sie noch zusätzlich. Dann nahm der **Stasi-Romeo** Sebastian Wieberneit und quartierte ihn vor aller Nachbaraugen in den Nachbarhaus Winkler ein und fuhr mit Barbara davon. Das war das letzte Mal, dass ich Barbara lebend sah. Das Ruhegehalt an Barbara wurde weitergezahlt, denn in ihre Daten schlüpfte Maria Bogosyan, so wie es der **Stasi-Romeo** organisierte. Ihre Sachen wurden verschickt und weggeworfen. Es war das Ende einer Episode, die für mich dauernd immer auf den Sprung sein bedeutete und immer, wenn Barbara vergewaltigt wurde oder verletzt musste ich Notarzt sein. Und alles begann mit dieser Zeit in Asien. Im Nachhinein fragte ich mich wirklich, warum diese Leute einen so großen Hass entwickelten und wieso sie ihre Stasinazimentalität und Lebensideologie so stur und so komplett irregeleitet verfolgten. Ich hatte aufgrund Barbara Aufenthaltsort in NRW Einrichtungen der British Army schaffen lassen. Eine davon hieß Fort Myers. Sie bildete in der Episode Barbara ein trauriges Kapitel, denn in diesen Fort Myers übernachtete eine Zeit lang eine Schulklasse mit ihrer deutschen Lehrerin und sie fingen die völlig entkräftete Barbara. Und der Lehrer und gleichzeitige Polizist Peter Meier war dort auch vor Ort mit seiner damaligen Freundin Karin Schmitz alias Susanne Schmid, die als Lehrerin dort mit ihren Klassen nächtigte. Es kam wie es kommen musste. Peter Meier und seine Karin Schmitz alias Susanne Schmid hackten Barbara einen Fuß ab mit einem Beil und holten keine Hilfe. Dann erschoss er sie. Ich dachte sie sei tot. Ich kam zu spät und wurde in der Nacht dorthin geflogen. Man muss dazu wissen, dass es bei Barbara nie eine Lebertransplantation gegeben hatte und sie das nur als Vorwand nutzte um nach NRW transportiert zu werden. Für mich war Barbara bereits bei der angeblichen Totenschau im Krankenhaus gestorben, wo eine fremde Leiche lag. Später in ihren langen Abwesenheitsphasen, wo gesagt wurde, dass sie im normalen Krankenhaus läge, war sie in Wahrheit die meisten Zeit auf der Flucht vor dem **Stasi-Romeo** oder in der Psychiatrie oder Gefangengehalten für Vergewaltigungszwecke. Barbara wusste nicht, dass Peter Meier immer der andere Stasi-Romeo-Nachbar von Karl Mayinger alias Paul alias Friedrich Paulus alias Karl May genau der Familie war vor der sie geflohen war. Peter Meier wurde der spätere **Stasi-Romeo** von ihr, nachdem ihr erster **Stasi-Romeo** Walter Winkler alias Sigmund Mayinger ermordet worden war. Aufgrund dieser Episode in Barbara's Leben wurde dann der Film Scream gedreht. Auf der einen Seite war es schlimm, dass mitzubekommen, aber auf der anderen Seite war es eine Erlösung für einen Menschen, der immer nur geliebt werden wollte und nur Ablehnung und Schmerzen erfuhr und nie seinen eigenen Frieden fand. Ihren Führerschein aus Ibbenbüren von Barbara nahm Peter Meier widerrechtlich an sich und erhielt dadurch später einen Totenschein. Er behauptete im Nachhinein mit ihr verheiratet gewesen zu sein, obwohl er das nie war. Sie hatte meines Erachtens den falschen Beruf gewählt. Denn sie hielt für viele Vertuschungen her. So war sie als sie in der Psychiatrie in USA und Kanada getrennt von diesen **Stasi-Romeo** lebte angeblich technische Zeichnerin für Melkmaschinen. In Wahrheit klaute sie die Konstruktionspläne zusammen mit Gundula Nitzsche und schaffte sie heimlich nach Deutschland. Auch in Bezug auf die Raketentechnik in den USA war es genauso.

Es waren die Forschungen des Team Freiherr von Braun und sie behauptete ein Recht darauf zu haben da sie adelig sei. In Wahrheit war alles gelogen und sie stritt sich mit meiner Großmutter und behauptete in ihren Wahn meine Mutter zu sein und nahm mich mit und versuchte das Haus meiner Großmutter mit Benzinkanister anzuzünden. Sie stieg in ein Taxi mit mir und düste davon. Es folgte eine zweiwöchige Odyssee durch Nordamerika, weil die Papiere zu heiß waren wie sie sagte. Sie verwischte Spuren und legte falsche Spuren. Sie hatte diese Spionagetechniken gelernt in sogenannten RAF Terrorcamps. Sie war eine hagere Frau diese Barbara und hatte Sommersprossen und braune Augen und braune Haare. Sie war nicht sehr durchtrainiert und erinnerte an die Mata Hari des 18. Jahrhundert! So wurde sie auch von ihren ostdeutschen Freunden genannt. Sie war nicht sehr gebildet und war ein brutales Wesen. Auf dieser 2-wöchigen Flucht bezahlte sie mit der

Identität meiner Mutter und klapperte alle Motels quer durch den Norden der USA ab und wusste nicht so recht da die Grenzen geschlossen waren wie sie entkommen sollte. Sie nahm sich dann einen Leihwagen und fuhr mit mir mit gefälschten Papieren aus Missouri über die Grenze. Dort in Kanada fuhr sie zu einem Kinderheim und holte Grace die „zufällig" ihre Mutter verloren hatte. Das Komische an der Situation war, dass einen Tag zuvor Grace in einem Auto auf einen Parkplatz in einem geparkten Auto saß und Barbara sie dort bereits entführen wollte. Grace machte große Augen und sagte nur: „Aber du bist doch gar nicht meine Mommy!" Und das war für Barbara so schockierend, dass sie von Grace abließ! Ich denke wohl auch weil eine Kamera das Gesamte filmte. Mich fuhr Barbara jedenfalls danach ins Motel und verließ es allein wieder. Als sie am Morgen wiederkam war sie bestens gelaunt in ihrer kompletten paralysierten Junkie-Zustand denn sie hatte zu diesen Zeitpunkt 4 Nächte nicht geschlafen und hatte schrecklich weite Augen und rauchte wie ein Schlot. Nach dem Frühstück stiegen wir in das Auto und fuhren zu diesen Jugendamtsstelle und hatten plötzlich Grace als weiteres Kind im Wagen. Danach fuhren wir zum Flughafen und flogen nach London in die Tarnfamilie von Barbara Nowak alias Weiss alias Weisz die sie aufgebaut hatte mit einen niedersächsischen Atomprofessor. Der Atomprofessor war verliebt wie ein kleiner Schuljunge in seine Maria und verwöhnte sie mit Schmuck und Pralinen jedes Mal, wenn er von Vorträgen kam. Er hatte blonde Haare mit leicht gewellten Enden. Sein Haar war in einen Mittelscheitel geteilt und er hatte blaue Augen mit hellen Wimpern. Sein Lächeln zeigte seine weißen Zähne und er war immer gepflegt mit einem englischen Aftershave. Er brachte Maria immer Blumen mit und diese war immer begeistert wie eine wohlerzogene Ehefrau. In Wahrheit war sie ein Teufel im Schafspelz und machte ihren Mann alles vor, damit dieser nicht mitbekam, dass sie einen sehr lukrativen Nebenjob als Stasiagentin hatte. Sie machte nachts den Senderempfänger an und hörte die gesendeten Morsezeichen aus Ostberlin an. Sie notierte sie in ein schwarzes kleines Büchlein und plante ihre Aktionen. Danach rief sie ihre „Familie" an und alle waren Mitagenten die sie beauftragte und die sie in Deutsch über den Ablaufplan informierte. Sie benutzte anhand der Telefonanrufe ein einfaches Sprachmuster was sie entlang einer sogenannten Kettenkontextuellen Sprache festhielt. Zuerst sagte sie immer: „Wie geht es?". Das bedeutete übersetzt: Wie setzen wir den Plan um. Dann wurde gesagt ob jemand freie Kapazitäten hatte oder ob derjenige vorher einen anderen geheimdienstlichen Auftrag abwickeln musste. Dann wurde über den jeweiligen Sachstand geredet. Meistens trafen sie sich bereits in anderen Foren und Konstellationen und wussten bereits von den ausgesprochenen Projekten. Das war dann sozusagen ein Gespräch unter Freunden und sie informierten sich gegenseitig in einer geheimdienstlichen Sprache. Es waren keine Gespräche mit Emotionen, sondern nur gleichmäßige Informationsgespräche ohne Empathie oder von gegenseitiger Wertschätzung. Die Gespräche waren eiskalt und wurden meist in Telefonzellen auf den Weg zum Einkauf getätigt. Da die öffentlichen Telefonzellen nicht überprüft wurden. Die Wohnung in der diese Familienkonstellation war somit nicht natürlich, aber der Professor ahnte nichts und nahm sie was er von seiner Ehefrau erzählt bekommen hatte. Eine Familie mit einen Mädchengeschwisterpaar aus einer Adoption heraus, die in Kanada durchgeführt wurde. Der Professor fühlte sich wohl und ahnte nicht was seine Ehefrau trieb. Er dachte, dass seine Ehefrau eine normale und engagierte Frau sei die sich von seinem Gehalt ernährte. Er ahnte nichts von den Namensspielen die seine Frau währenddessen mit der kleinsten Tochter Grace trieb. Sie sprach kaum englisch und war noch so klein, dass sie auf jeden Namen den Maria ihr gab reagierte. Das war sozusagen ein Vertuschungstraining für ihr späteres Leben. Denn das Geschehene wie Grace zu Barbara gekommen war, war genauso illegal wie meine Entführung. Und durch das scheinbar spielende Namen annehmen und sprachliche Austauschen sollte Grace ihre Vergangenheit und ihre wirkliche Herkunft nie erfahren und sich an nichts erinnern. Auch sollte sie nie hinterfragen was genau passiert war in ihrer Kindheit. Auch war in allen Entführungsvorgängen der Stasi und Roten Armee Fraktion festgelegt, dass diese Kinder immer ein ständig wechselndes Umfeld haben sollten und immer den Kontakt zu normalen Freunden abzubrechen hatten. Wenn sie das nicht freiwillig taten wurden diese normalen Freunde aus ihrem Umfeld mit Zwang entfernt! Dann wurde die Tür nicht mehr geöffnet und die Kinder wie Gefangene gehalten und ihnen drakonische Strafen auferlegt. Oder das Telefonieren wurde unterbunden oder die Briefe abgefangen. So dass wirklich die Aussage der scheinbaren Eltern sprich Entführer stimmte, dass diese Kinder komplett alleine seien, ohne dass es wirklich so gewesen wäre. In dieser Zeit in London war ich in einer englischen Schule eingeschrieben und ging mit Julia Walter einer weiteren Stasitochter in eine Klasse. Die Mutter von Julia Walter namens Antonia war die Kontaktperson von Barbara nach Ostberlin und fuhr mit ihr oft zu ausländischen Aufträgen. Sie tranken gerne Rotwein auf der Terrasse in London. Der Atomprofessor hatte noch einen Bruder in Niedersachsen, der ebenfalls Professor war und den gemeinsamen Vater einen Polizisten aus Niedersachsen, der bereits zu Zeiten des Kalten Krieges in Niedersachsen seinen Dienst tat. Dieser Bruder hatte eine Tochter und einen Sohn Katja und Christoph, die beide noch aufgrund Barbara Verwandtschaft in Bayern hatten. Katja war ein sommersprossiges blauäugiges Mädchen und hatte ihre Haare immer zu einem kleinen Zopf zusammengebunden. Sie war clever, ließ sich aber viel reinreden! Sie war das kleine Nesthäkchen der Familie und wurde verwöhnt! Aber irgendwann mit 5 Jahren begann sich etwas in ihrem Umfeld zu ändern und sie begriff nicht was, aber sie spürte es! Ihre Familie hatte die Hochzeit des Onkels in England hinter sich gebracht und er war mit wehenden Fahnen nach London abgerauscht und es wurde immer behauptet er und Maria wären ein Traumpaar! Wer Maria war oder was Barbara tat oder warum Barbara immer regelmäßig verschwand oder manchmal unstet erschien, verstand niemand! Aber die rosarote Brille des Onkels hielt und wenn er alleine zu Familienfesten erschien, erzählte er etwas von einer Fehlgeburt oder von Untersuchungen. Alles war von Barbara erfunden und erlogen. Denn in dieser Zeit war Barbara in Ostdeutschland und besuchte dort die Ehefrau von Gerhard Nitzsche alias Peter Meier Maria Bogosyan ihre Schwägerin und diese war die leibliche wirkliche und echte Mutter von Gundula Nitzsche! Sie stritten sich wie gesagt und Barbara flog dann regelmäßig wieder über Berlin zurück. Peter Meier war nämlich auch mit Barbara verheiratet. Mit der er aber nie Kinder bekam. Barbara war in der Zeit mit dem **Stasi-Romeo** Walter Winkler alias Sigmund Mayinger alias Alexander Rockefeller in Bayern zusammen. Es flog erst auf als die Tickets in den Nachlass von Katja landete. Sie wurde stutzig aber erst als sie sich etwas mit der Geschichte der Stasi und der DDR beschäftigte. Denn lediglich Diplomaten durften durch die deutsch-deutsche Grenze und nie das wichtige, sprich hoch sensible Personal, welches mit einer Sicherheitsstufe ausgestattet war. Denn Barbara als Ehefrau eines Atomprofessor durfte nie in den Ostblockreisen. Obwohl sie ja eigentlich eine Stasiagentin war und genau für diesen Ostblock bezüglich der Atomforschung spionierte. Über die Jahre auch nach der Wiedervereinigung lebten sie weiter und verfeinerten ihr System aus Lügen und Vertuschung und Frontenkriege schaffen. Alles was sie taten, taten sie nur aus Hass.

In ihren Leben hatte kein Gefühl und keine positive und ehrliche Emotion Platz. Sie waren sogenannte Zombies! Über all die Jahre fand ich kein passenderes Wort! Auch Ork fand ich nach den Filmen gut, denn die verband deren geheimdienstliche Legende mit deren brutalen und hasserfüllten Wirken ohne Moral und deren skrupellosen Lebensentwurf und deren sinnlosen monumentalen Streben. Mir sagte mal jemand als ich darüber diskutierte, dass diese Leute nicht einsichtig und komplett unmoralisch sind und keine verbalen aber auch keine Umsetzungsgrenzen sahen geschweige denn sich setzen ließen. Manche Polizisten die zuhörten lachten am Anfang erst als sie immer wieder deren Straftatplanungen raus posaunten und dann erkannten sie den Ernst und wurden sauer. Warum sauer? Richtig, weil sie diesen geheimdienstlichen Sprech nicht verstanden und immer zu spät kamen oder zu viel machten oder zu lange für die Überprüfungen brauchten. Die meisten waren wie ich genauso fassungslos über diese unmenschliche Art. Als ich mich einmal mit einem deutschen Politiker darüber unterhielt und ihm auch aufgefallen war, dass diese Aussagen nicht passten und irgendwie schief geredet waren, fing er auch an sein Herz auszuschütten. Dass diese Personen als Standards für die zukünftigen Eingestellten dargestellt wurden, erschreckte zusätzlich.

Ein Betroffener der bezüglich dieses Stasigeheimdienstprojektes eingebunden war sagte mir mal: „Wir haben die Hölle geschaffen und wir haben sie nicht mehr im Griff! Denn wenn die Flamme um sich greift werden wir alle normalen Menschen darin verbrennen!" Ich überlegte lange und dachte mir damals nach all den Jahren! Na ja auf einen Versuch kommt es an! Dieses skrupellose System zu selbst Implodierung zu bringen! Obwohl ich nie bei diesen toxischen deutschen Geheimdienstchaos arbeitete und mir auch die abgehaltenen Assessmentcenter von diesen Leuten als unmenschlich ansah und ansehe. Das war das Jahr 1990 als ich mich mit einem hohen westdeutschen Regierungsbeamten mich unterhielt. Er wurde später in den Jahren 1994 umgebracht. Er hatte als einer der Ersten erkannt, dass dieser eingeschlagene Weg nach dem 2. Weltkrieg falsch und zwar komplett falsch war. Denn die Zeit zwischen dem Ende des Zweiten Weltkrieges und der Wiedervereinigung lag die Zeit des Kalten Krieges und der Zeit der DDR und deren geheimdienstlichen Aufrüstung auf beiden Seiten. Niemand ahnte, dass die internationale Geschichte an meinen Leben nahezu direkt wirkte und niemand ahnte, welche Rolle bestimmte Personen in meinem Leben spielten. Wie gesagt, Barbara war nach New York von Houston aus geflogen und hatte meine Großmutter und mich aufgesucht. Sie gab sich als meine Mutter aus und nahm mich als ihre angebliche Tochter mit. Meine Großmutter wusste, dass mich Barbara mit einem Messer wie sie es immer tat mit einem Stich umbringen konnte. So gab mir meine Großmutter nicht freiwillig mich mit. Wir flogen quer durch Nordamerika und Maria versuchte ihre Spuren zu verwischen. Sie hatte von meiner Großmutter eine Kreditkarte erpresst und bezahlte unter den Namen meiner Mutter. Wir schliefen in unterschiedlichen Motels und wenn wir nicht flogen, fuhren wir einen Mietwagen. Nach ca. 2 Wochen flogen wir von Mississippi über die Grenze nach Kanada. In Kanada wurde sie immer unruhiger. Sie nahm viel Koks und trank abends viel damit sie einigermaßen ihre Nervosität abbauen konnte und ihre Aufmerksamkeit aufrechterhalten konnte. Sie schrie viel und schlief nicht besonders viel. Eines Tages fuhren wir auf einen Supermarkt Parkplatz. Sie sah einen Van mit einem kleinen blonden Schopf und blaugrauen Augen auf den Beifahrersitz, welcher aufgrund des heißen Wetters offenstand. Barbara beugte sich über den Fahrersitz und macht den Beifahrertür auf! Das Kind war Grace und sie sagte als Barbara sie fasste und hochhob: „But you are not my mommy!"! Dann kam schreiend eine Frau aus dem Supermarkt rausgerannt und Barbara setzte das Kind zurück. Ich war nur entsetzt und saß in Schockstarre auf den Beifahrersitz. Barbara schimpfte vor sich hin und tickte wieder aus, dass ihre Aktion schiefgelaufen wäre. Wir fuhren ins Motel und als im nächsten Tag erwachte, war Barbara komplett paralysiert und sagte mir steh auf und wir fahren zum Jugendamt und Waisenhaus. Als wir dort ankamen unterschrieb Barbara ein Dokument, was das Mädchen vom Supermarkt zu einem Adoptivkind einer psychisch kranken Stasiagentin machte. Was mit Grace Mutter passiert war, war unklar. Später fragte mich die kanadische Polizei, was genau geschehen war, aber ich konnte nicht viel sagen, da ich ja geschlafen hatte. Konnte aber sagen, dass das das Kind vom Supermarkt war. Was ich vermutete, weil ich Barbara schon einige Zeit beobachtet aus einer sehr distanzierten Warte. Denn die kanadischen Beamten legten mir Fotos mit blutverschmierten Möbeln und Blutspritzer auf Spiegel eines kleinen Hauses im kanadischen Hinterland. Ein Wandschrank war offen und darin sagten die Ermittler hätte Grace gesessen. Ich war zwar nie in diesem Haus und hatte auch nie eine Waffe benutzt. Aber ich hatte geschlafen in dieser Nacht und weiß, dass Barbara öfter nachts wegfuhr, so auch in dieser Nacht. Sie kam erst morgens wieder und war gut gelaunt mit Brötchen. Das war untypisch für sie, denn sie war eigentlich eine primitive und niveaulose Person, die nie eine gute Schulbildung gehabt hat. Ich vermute, dass Barbara diesmal wieder die Mutter umgebracht hatte und es so aussehen hat lassen, dass die Mutter entführt worden sei. Laut kanadischen Recht war es damals so, dass das Kind dann in staatliche Obhut kam. So war es auch bei Grace und deswegen war es für Barbara leicht sich als Verwandte auszugeben und so eine angebliche innerfamiliäre Adoption durchzuführen am nächsten Tag. Wir bestiegen zu dritt ein Flugzeug nach London und kamen so in London an. In London kamen wir in eine Wohnung, wo Barbara mit ihrem Ehemann lebte und wir waren von da ab eine Art Familie mit vier Personen mit einem riesigen dunklen Schatten, der sie umhüllte. Barbara war die angebliche Deutschlehrerin die wegen der Kinder sprich uns entführten Kinder den Job aufgegeben hatte.

Nach einem Treffen bei einem Empfang mit der Queen wurde das Königshaus auf mich aufmerksam und sie schickten Barbara den MI 6 hinter her. Sie erkannten mich gleich wieder und luden mich damals auf das Gut der Familie Spencer von Diana zum englischen Tea ein. Es war schön und Diana spürte die angespannte Atmosphäre. Ich sprach deutsch und englisch. Sie erkannte sofort meinen kalifornischen Dialekt und erzählte der Queen davon. Das war Moment wo Barbara Panik bekam und wusste, dass sie nicht nur Spuren verwischen musste sondern auch untertauchen und verschwinden musste. Sie hatte auf den Empfang ein sogenanntes neues Tarnverhältnis versucht anzubahnen. Sie plante ihren Abschied präzise genau. Fakt war, dass die Streitgespräche zwischen den Professor und ihr immer zynischer und immer bösartiger wurden. Sie besprach sich sehr oft mit Antonia Walter und bekam die Anweisung sich als arme Ehefrau darzustellen. Sie sollte ihren Ehemann so sehr reizen bis er sie schlug und sie ihn anzeigen konnte. Genau das tat er auch und sie zeigte ihn an und er wurde eine Nacht inhaftiert. Sie hatte zuvor versucht ihren Ehemann gegen mich aufzuhetzen und ihn auf ihre Seite zu ziehen. Sie wollte sogar, dass ihr Ehemann mich schlägt. Er weigerte sich aber und ich wurde ohne Essen ins Bett geschickt. Sie hatte während dieser Zeit ein sehr distanziertes Verhältnis zu mir, da ich mich nicht wie Grace manipulieren ließ und das Namensspiel nie mitmachte. Ich hatte mich in die Schule vergraben und ging meine eigenen Wege. Auch Julia Walter wurde nie meine beste Freundin in dieser Zeit. Absichtlich meinerseits! Denn ich hatte die Bilder aus München 1985 noch im Kopf! Julia Walter war ein eher kleines gedrungenes Kind und hatte eine leichte Neigung zu Trägheit. Sie machte nie Sport und war während ihrer Kindheit dick. Sie hatte dunkelschwarze Haare und braune Augen und keine Sommersprossen. Ich war das Gegenteil und hatte hellblonde Haare und braune Augen und hatte kleine Sommersprossen. In dieser Nacht der Inhaftierung von den Atomprofessor hatte Barbara wohl den Entschluss gefasst endgültig zu verschwinden. Sie hatte über den Tag alle Konten leergeräumt und verkaufte teure Gegenstände bei einem Auktionator. Vor allem ein Originalbild verkaufte sie bei Christies. Es war ein kleines rechteckiges Bild mit vergoldeten Rahmen aus den 18. Jahrhundert. Danach hatte sie genug Geld um unterzutauchen. Sie informierte ihre Stasifreunde und wollte mit Grace abhauen. Aber es kam anders. Denn Grace weigerte sich zu gehen und fragte nach ihrem Ziehvater den Atomprofessor und Barbara tickte aus. Sie hatte zu diesem Zeitpunkt wieder mal nicht geschlafen und drehte komplett am Rad. Sie wurde dann ganz hibbelig und nervös und rauchte ihre Zigaretten Kette. Wenn sie ruhig war rauchte sie normalerweise Zigarillos. Aber sie wurde immer fahriger in ihren Bewegungen und immer aufgeregter. Grace wurde immer panischer und konnte damit nicht umgehen. Barbara gab ihr eine Zyankalikapsel die sie als Grace „Medizin" bezeichnete sprich ein Schlafmittel. Grace schluckte die Tablette und dann legte Barbara Grace schlafen. Mir wollte sie auch eine geben. Aber ich weigerte mich und sie jagte mich durch das Wohnzimmer. Dabei kippte ein Ohrensessel um und es machte einen Riesenkrach. Aufgrund von Ruhestörung wurde die Polizei von Nachbarn gerufen und zum Glück kamen die und nahmen Barbara mit. Der Atomprofessor hatte nämlich gegen seine Frau ausgesagt als er in Untersuchungshaft war. Barbara jedenfalls kam irgendwie wieder frei und sollte mich zu Verwandten nach Ostdeutschland schicken. Die natürlich nicht meine leiblichen waren, sondern ihre und zwar ihre Stasifreunde. Wir kamen deswegen in Ostberlin an und sie gab sich dort als Jugendamtsmitarbeiterin aus und setzte mich in ein Flugzeug nach München. Was ihr günstiger erschien, denn mich umzubringen konnte sie nicht, weil es zu auffällig gewesen wäre. Sie setzte sich nach Südamerika unter weiteren falschen Namen in ein Guerillacamp der Stasi ab. Den Atomprofessor sah ich nie wieder und ich hatte die Befürchtung, dass sie ihn auch umgebracht hatte. Was sich später bestätigen sollte. Seiner Familie spielte sie weiterhin in Niedersachsen die trauernde Witwe vor und setzte ihn perverser Weise noch auf die internationale Vermisstenliste. Ihr ständiges Untertauchen erklärte sie mit irgendwelchen Jobs und mit ihrer angeblichen Trauer um ihren verschollenen Mann und ihrer Einsamkeit. In Wahrheit mordete sie weiter für die Stasi und besuchte ihre Originäre Familie in Ostdeutschland, wo sie eine Tochter namens Gundula unter den Namen Nitzsche in Zwickau hatte und in einer Zweiraumwohnung lebte. Ihr Mann war Gerhard Nitzsche alias Peter Meier, der für die Stasi in der DDR arbeitete und unterstützte ihren unsteten Lebensstil. In späteren Lebensjahren konnten sich beide nicht mehr ausstehen und suchten sich neue Partner, so wie sie es bereits während ihrer aktiven Zeit gemacht hatten. Gundula Nitzsche sollte so war der perfide Plan da sie von dieser Entführer-Familie stammte mich kennen lernen. Maria und Gundula hatten ihre Pubertätskämpfe und Gerhard sprach immer von einer schrecklichen Zeit benutzte aber immer meinen Namen bei seinen Schilderungen. Später wurden beide Vater Gerhard Nitzsche alias Peter Meier und seine Tochter Gundula Nitzsche so aggressiv gegen Maria Bogosyan, dass sie immer häufiger, wie auch die andere Schwiegertochter Barbara von

Franz Mayinger in die Psychiatrie zum Überleben gebracht wurde. In ihren letzten Lebensjahren war sie in der Münchner Psychiatrie in der Lindwurmstraße. Dazu muss man wissen, dass Maria Bogosyan sehr klein war und mit Peter Meier und mit Walter Winkler jeweils eine Arbeitszeit ein funktionales Arbeitsagentenpaar war. Ihre Aufgabe war das Morden.

In dieser Zeit wollte Maria Bogosyan Gundula einmal mit Zyankali vergiften und löste Beruhigungstabletten in der Abendbrotsuppe auf. Gundula schubste sie daraufhin die Treppe hinunter und beschimpfte sie. Es war das Jahr 1990 und dann in den darauffolgenden Jahren. Einmal ging sie mit einem Messer auf sie zu und stach zu. Gerhard wiederum verprügelte beide und beide landeten in Frauenhaus. Maria versuchte auch daraufhin Gerhard zu vergiften und ließ sich scheiden. In späteren Jahren kam Sebastian Wieberneit erst als Stiefbruder ab 1986 noch hinzu zu diesem Theater, was sich in Ostdeutschland abspielte. Er heiratete 1997 als 16-Jähriger Gundula Nitzsche in einer Art Kinderhochzeit mit einem Brautkleid verziert mit Wäscheklammern in einer ostdeutschen evangelischen Kirche. Später als der familiäre Machtkampf und Streit andauerte begleitete er Gundula Nitzsche immer wieder in das Frauenhaus und versorgte ihre Wunden und brachte sie in die Psychiatrie oder zur ambulanten Therapie. Später verabreichte er wie es der Arzt ihm gesagt hatte Gundula Nitzsche regelmäßig Psychopharmaka. Dazu muss man wissen, dass Gunda Nitzsche seit ihren 7. Lebensjahr in Psychiatrien auch der DDR untergebracht worden war. Denn sie hatte auch als Kind einen Stasinazikindmord durchgeführt und hatte damit ihr Eintrittsticket in diese Kreise gelöst. Als es zu schlimm wurde in ihren ostdeutschen Heimatort flohen sie wieder zu mir nach Bayern und verbrachten 1997 zwei Wochen in meinem Haus in Süddeutschland. Gundula war bis auf die Knochen abgemagert und war zuvor aus der Psychiatrie geflohen. Sie schlief die gesamte Zeit auf meiner Wohnzimmercouch und Sebastian Wieberneit brachte ihr jedes Mal ein Glas Wasser und die Medikamente. Sie war irgendwie verloren, aber sie hatte begonnen andere Leute für ihre eigene innere Unzufriedenheit und Unausgeglichenheit und ihr Unglücklichsein verantwortlich zu machen. Am Ende der zweiten Woche holte sie die ostdeutsche Polizei aus Gerhard Nitzsche alias Peter Meier Kollegenkreis ab und fuhr sie zurück in ein Gefängnis. Sie sprachen nie über die Ereignisse.

Weil Gerhard sagte, dass man innerhalb der Familie zusammenhalten müsse und nichts nach außen dringen dürfte schweigen alle über das Vorgefallene. Sie waren auch stolz auf ihre schöne Fassade und ihres gesellschaftlichen Engagements. Sie engagierten sich im Stadtrat und in der Politik und auch in der Kirche. In ihren Ort in Ostdeutschland waren sie niemanden fremd, aber vielen Leuten suspekt. Es war eine durch und durch toxische und aggressive Familiensituation die durch komische und verdrehte und konspirative Gespräche noch verschärft wurde. Gundula ließ sich seit kleinster Kindheit nicht umarmen, denn sie empfand das alles als beängstigend. Gunda Nitzsche war eine sehr komische Grundeinstellung zu eigen, die sehr zynische Ausmaße annehmen konnte. Sie betrog Sebastian Wieberneit und wurde von Stephan Gleißner dreimal schwanger. Als ich einmal nachfragte, wieso die Kinder nicht nur so gleich aussähen und warum die Familienmitglieder von Franz Mayinger untereinander heirateten. Motzte mich Jessica Traue an und verdrehte aggressiv die Augen und fauchte, absichtlich weggedreht von mir mit ihren Rücken zu mir: Jetzt hat sie schon wieder alles aufgelöst und hat verraten, dass wir nur als Familie untereinander heiraten. Dieses Schema hatte System. Man ging nämlich in dieser kriminellen Familie ein sehr großes Augenmerk auf falsches Vertrauen und Linientreue und bedingungslosen Gehorsam gelegt und das dachten sie mit persönlichen erzwungenen Beziehungen am besten und am Wirkungsvollsten umsetzen zu können. Alles was sie im Beziehungstechnischen Sinn und persönlichen Bereich machten und taten und im emotionalen Bereich war eine Aneinanderreihung von sinnlosen unehrlichen geheimdienstlichen Anbahnungen und Stasiaufträge. Nichts war echt an ihnen und nichts war mit echten Gefühlen verbunden. Sie waren allesamt eiskalte Zombies. Immer wenn Gunda Nitzsche abgelehnt wurde von Leuten, wie mir, die ihre psychotischen Verhaltensweisen und Drogensucht nicht mitmachten, wurde sie sehr aggressiv und dachte sie könnte darum kämpfen. Von mir bekam sie regelmäßig ein Stoppschild, denn sie überschritt dauernd Grenzen, wie auch der Rest ihrer Familie, die sich nur aus Kriminellen zusammensetzte. Daraufhin behauptete sie, dass sie eine verschwundene Prinzessin sei und dachte sich die wildesten Märchen aus, um diese Situation die sie nie verstand geschweige denn in Worte fassen konnte zu verarbeiten. In der Schule wurde sie Märchenerzählerin genannt und auch die Lehrer sagten von ihr, dass sie Märchen erzählen würde, wenn sie die Wahrheit erzählte. Genauso wie bei ihrer Cousine Janine Bogosyan. Gundula war aktiv in der FDJ sprich Freie deutsche Jugend und machte alle Stasifeste mit. Ihren Vater gab sie, wenn nachgefragt würde immer als Pastor aus. Das war eine Legende von ihm. Er hatte sich damals als Stasimitarbeiter in den Friedensaktivitäten gemischt und hatte sich diese Legende gegeben. Er horchte alle Leute in Leipzig aus und lud alle möglichen Leute zu den sogenannten Sonntagskaffeekränzchen ein. So lernte Gundula Nitzsche auch Vladimir Putin kennen und behauptete von ihm den eigentlich russischen Diplomaten, dass er ein Spion sei. Sie versuchte ihn aus Ostdeutschland hinauszujagen und machte ihn international unmöglich indem sie ihn als einfältig und als dumm bezeichnete. Ich hatte später gute Kontakte nach Russland, da ich mich für das Land interessierte und mehrmals auch dorthin fuhr. Gundula behielt ihre Engstirnigkeit und ihren beschränkten Horizont bei. Sie wurde nie frei in ihrem Denken und hatte dann in späteren Jahren, die gleichen Verhaltensweisen und toxischen Beziehungen in verschränkten und widerlichen Abhängigkeitsverhältnissen wie ihre Mutter Maria. Sie hatte eine antikapitalistische Haltung und fühlte sich von jeden ungerecht behandelt und dachte, dass alles nach ihrer Pfeife tanzen müsste. Aber dem war nicht so.

A.1 Abbildung der leiblichen Familie Sepp Schüßler und der rechtlichen Wandlung

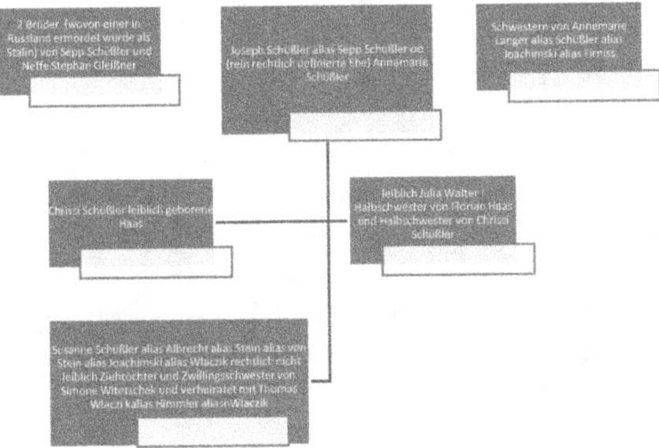

Um sich später nach der Wiedervereinigung zu verstecken tauchte sie als angebliche Widerstandskämpferin in der Masse der Leute unter und führte doch ihr geheimes Stasileben weiter. Sie hatte bei den Pfadfindern Überlebenstraining absolviert und schwärmte immer von ihrer paralysierten Mutter Maria Bogosyan. Auch wenn sich das über die Jahre regelmäßig veränderte oder besser gesagt pendelte zwischen Hoch und Tief. In ihrer Jugend erzählten ihr ihre ersten Intimfreunde, dass sie langweilig sei. Was sie auch wirklich war, denn sie war weder besonders schön noch roch sie gut noch hatte sie besondere Erlebnisse in ihren Leben. Sie war eine Mitläuferin, die nicht mal nach vielen Jahren sich von ihrer kranken Familie trennen konnte. Ihr Vater hatte sechs Geschwister und alle waren in verschiedenen Positionen der DDR-Führung tätig. Ihre Mutter war als ostdeutsche Königsmutter geführt worden, was lediglich ihre geheimdienstliche Tätigkeit deklarierte. Denn sie war weder adelig noch sonst irgendwie besonders. Gundula erzählte von der albanischen und bulgarischen Herkunft ihrer Mutter und ihrer Verwandtschaft und deren Essenkochen, wie die Eintöpfe und die Suppen. Auch ihre Tante Corinna fand in den Erzählungen Platz. Auch wenn nicht in guten Erinnerungen. Denn der Mann von Corinna Bogosyan Josef hatte einmal etwas mit Maria und so waren die späteren Kinder Tobias und Janine ein Dorn im Auge der Cousine.

Später sollte ich Josef Bogosyan auch kennen lernen. Ich war gerade in den Aufnahmestudios meiner Familie in Los Angeles für die Sommerferien gewesen und hatte ein neues Lied aufnehmen wollen für die Queen und deren anstehende Feier, da stürmte eine wildgewordene Herde von albanischen und bulgarischen Verbrechern in das Studio und erschreckte nicht nur meine schwarzen Musiker, sondern begannen den Text umzuschreiben und zu einen Hass-Lied zu verwandeln. Ich schämte mich, denn Janine Bogosyan die auch dabei war, gab an der Schule das Lied für meines aus. Es war „Dirty Diana"! Als die Polizei kam schmissen sie die Leute raus, aber das Lied war schon auf der Kassette und die landete zur Weiterverbreitung in London. Für mich am peinlichsten ich musste wieder zurück in das Maria-Ward-Gymnasium wo Janine Bogosyan wartete und schon lügentechnisch vorgebaut hatte. Man muss dazu wissen, dass die Bekanntschaft mit Josef Bogosyan schon viel früher begann. Nämlich in einen historischen Germanenfestung in heutigen Schussenried an der Donau unterhalb von Ulm im Jahr 1985. Es war eine nachgebaute Festung aus Stein und ohne Fenster und ohne Heizung. Es sollte ein Film von **Markgrafen** Nitzsch gedreht werden über die Germanen und die Schlacht der Etrusker. Man muss dazu wissen, dass es Spätsommer war und am Fusse der Anhöhe ein Lager von mitspielenden Zigeunern aufgebaut war. In diesen Schlaflager war auch Josef Bogosyan und Corinna untergebracht. Es waren beides Janine Bogosyan Eltern, aber ich wusste das damals noch nicht. Ich lief an das Lager und kümmerte mich nicht, um die hormonell vollgepumpten und triebgesteuerten Idioten der Familie Jupp Joachimski. Meine leibliche Mutter lief hinter mir her und suchte Schutz. Josef Bogosyan bot ihr ein normales geschütztes Nachtlager an, aber Corinna machte eine Szene und schätzte die Situation komplett falsch ein. Meine leibliche Mutter wurde daraufhin vergewaltigt von den **Markgrafen Gerhard von Nitzsch** und konnte ihre Nacht nicht ruhig schlafen. Seit diesem Zeitpunkt hasste mich Janine Bogosyan, die später von dieser Geschichte erfuhr. So sah sie es auch als verdiente Sprache an, dass Josef Bogosyan mir nach Los Angeles nachgereist war und in meine Tonaufnahmen hineinplatzten. Als ich wieder zurück nach München kam und Janine Bogosyan in der Schule wieder traf hatte sie schon nächste Intrigen gesponnen.

Zwischen den Jahren 1985 und 1986 als meine leibliche Mutter während ihrer illegalen Gefangenschaft in Berlin in einer Art Kommune untergebracht war lebte Joseph Bogosyan mit ihr zusammen und vergewaltigte sie ebenfalls. Immer wenn ich sie besuchen durfte schlief ich mit ihr in einem Bett. Joseph Bogosyan war verrückt nach meiner leiblichen Mutter die zwar nicht sehr groß war aber einem Schönheitsideal entsprach, welches an Eleganz und Anmut nicht zu übertreffen war. Er wollte, dass meine leibliche Mutter Nacktfotos mit ihm macht und ließ sie dann als Poster an die Kommunenwand kleben. Später fand dieses Poster seine Aufzeichnung in den widerlichen Rechtfertigungsfilm Familie 2000. Es war eine solche Widerlichkeit als ich diesen Film sehen musste und so erniedrigend wie eine unmoralische Horde an verwirrten DDR-Idioten Frauen wie Männer meine Mutter gefangen hielten und auch noch alle Entscheidung wie sie ihre Kommandostruktur nannten öffentlich diskutierten. In dieser Zeit erhielt meine Mutter Geld von ihrer deutschen Familie und versuchte so gut es ging sich aufrecht zu erhalten. Die Gefahr und die Bedrohung war die gesamte Zeit mit Händen greifbar. Joseph Bogosyan war oft betrunken und meine Mutter musste eine Zeitlang sich fast zu Tode schuften, weil sie als Menschenmaterial der DDR-Diktatur angesehen wurde. Ich lebte in der Zeit mit immer größerem Verzicht. Denn ich wollte nicht, dass meine Mutter für mich arbeiten geschweige denn leiden sollte. So lebte ich ohne Luxus umso zu gewährleisten, dass meine Mutter nichts erarbeiten musste. Immer wenn sie in den Westen gefahren wurden, wurden ihr Hoffnung illusionärer Weise gemacht, um diese Hoffnung, dann nach einer Weile wieder in den grausamen Osten zu entführen und verfrachten und damit die Hoffnung jäh zu zerstören. Im Westen spielten die **Stasi-Romeo** immer die freundlichen Leute, da sie den dortigen Staat fürchteten. Sobald sie die Grenze nach Ostdeutschland überschritten haben wurden sie zu Teufeln ohne Gewissen. Auch ihre Töchter und ihre Frauen waren und sind so. So kam es dann auch in späterer Zeit, dass Janine Bogosyan mich auf diese Weise mit verdrehten Erzählungen demütigte und mich als schwach ansah.

Janine Bogosyan lachte mich fies an und legte ihren Finger auf ihre Lippen und zeigte mir „Wenn du etwas sagst mache ich dich fertig!"! Zu der Zeit hatte ich noch die Hoffnung, dass meine Mutter noch lebte und freikommen würde. Janine Bogosyan war ein Biest und eine Bestie. In den Jahren 1997 war sie in Berlin und ihre andere drogensüchtige Cousine alias Sara Weiss gab sich als Jüdin aus und als Polizistin und ließ ihre Tante Maria Bogosyan auf offener Straße in Berlin lynchen. Sie rissen ihr die Kleider vom Leib und verprügelten sie und beschimpften sie als schlechte Mutter, weil sie Angst vor ihrer eigenen Mördertochter Gunda Nitzsche hatte. Sara Weiss hatte auch zuvor Barbara schikaniert und ihr die Jeans gestohlen, die ich auch ihr geschenkt hatte. Sie war ein kleiner widerlicher stinkender Gnom diese Janine Bogosyan und die anfängliche Hoffnung, dass deren sinnlose aggressive und äußerst kriminelle Familie noch in normales Fahrwasser kommen würden, war seit diesen Tagen komplett vorbei. Man muss dazu wissen, dass Janine Bogosyan sich weiterhin als Betrügerin auch nach der Maria-Ward-Schule in Berlin ausgab und nie einen Abschluss hatte. Sie schlief sich durch sämtliche Betten der Politiker in Berlin. Auch Gunther Schmid war mit Janine Bogosyan auf einem Sommerfest in einer dieser Situationen gelandet. Daraus erspann Janine Bogosyan wieder eine Erpressungsmasche und danach stieg Janine Bogosyan so auch in die Bundespolitik und in den Sicherheitsapparat ein. Alle Frauen aus diesem Familienzweig waren extrem kleinwüchsig und waren auffallend klein im Vergleich zu Barbara Nowak alias Weiss. Barbara Nowak alias Weiss immer eine kleine Gestalt mit extremen Minderwertigkeitskomplexen, die über die Jahre immer weiter an die Oberfläche traten. Neben den Schuldgefühlen, die sie in sich trug aufgrund ihrer eigenen Taten und auch aufgrund des Gruppendruckes des Schweigegelübdes innerhalb der gesamten Familie, die die Mittäterschaft immer geheim hielt und nie aussprach.

1.1 Anfänge der Grundstrukturen-Erklärungen

Josef Bogosyan ein Onkel von Janine Bogosyan war auch in der Kunstbranche und Filmbranche und nutzte jetzt diesen Umstand und diesen Überfall, um sich als Besitzer des Studios auszugeben und mich sozusagen unsichtbar zu machen. Ich sollte wie eine Rose unter Hecken eingehen und nie das Licht sehen, geschweige denn Wurzeln schlagen. Später sollte ich zynischer Weise eine Stütze werden für Josef Bogosyan just in dem Moment, wo ihn die anderen als Verräter titulierten und er die Wahrheit sagen wollte, dass es eben meine leibliche Mutter war die sie verleumdet und zu Tode gefoltert hatten und nicht eine Agentin geschweige denn eine Doppelagentin. Sie war die Frau, die ihre einzige Tochter nämlich mich in den Arm nahm mich küsste und schmuste bis ich lachte! Sie zeigte mir die Blumen und ging mit mir spazieren. Sie stellte mich allen adeligen und leiblichen Verwandten stolz vor und ging das erste Mal als ich nach New York kam gleich in der ersten und neuen Chanel Boutique einkaufen. Ich bekam meinen roten kleinen Wollmantel den ich sofort auf der Parade als Zuschauer in New York trug. Wir fuhren in New York mit einer schwarzen Stretch-Limousine wie es damals so üblich war. Später waren es Rolls Royce und andere Marken. Ford hatte damals lediglich Personenfahrzeuge und hatte so ein bisschen das Clichée von Volkswagen für Deutschland. Aber genau mit diesem Sommertag in Deutschland auf den Flugplatz in Grafenwöhr/Hohenfels endete dieses fröhliche unbeschwerte Leben und auch die Aussicht auf eine erstklassige Ausbildung für mich. Was meine Familie damals nicht wusste, war dass, egal wo wir waren von der Stasi überwacht worden waren und abgehört und in deren Pläne unfreiwillig hineingezogen wurden ohne jemals mit ihnen Kontakt gehabt zu haben. Geschweige denn uns arbeitstechnisch bei ihnen gemeldet hatten. Josef Bogosyan sprach in der späteren Zeit fast ehrfurchtsvoll von mir, aber auch das konnte meine Sichtweise nicht verrücken oder verkehren. Denn man wird zwar mit dem Alter ruhiger und besonnener aber den First Cut vergisst man nie. So war es auch bei Joseph Bogosyan, der Vater von Janine Bogosyan, der aus Liebe den Nachnamen seiner

Ehefrau Corinna angenommen hatte. Wer genau der Vater und wer genau die leibliche Mutter von Janine Bogosyan war, konnte nicht zweifelsfrei festgestellt werden, weil die Gentests immer wieder gefälscht wurden und auch die Bestrebungen Janine Bogosyan Barbara als ihre Mutter zu erklären fehlschlugen, weil Barbara nie schwanger war. Und Joey Bogosyan war eigentlich ihr Onkel und Peter Meier wurde später auch als ihr Vater festgestellt. Und Maria Bogosyan sollte eigentlich ihre Mutter sein laut DNA Test, aber die hatte dasselbe Ergebnis wie Corinna und somit war Janine Bogosyan ein komplettes genetisches Wunder. Mich wunderte an dieser Dreistigkeit gar nichts. Denn obwohl diese genetische und daraus entstehende Familienkonstellationen nicht sein konnten, versuchte diese Familie von Janine Bogosyan zu drohen mit Anschlägen in Deutschland, wenn nicht gezahlt werden würde für ihre manipulierten und erpressten Ansprüche. Man muss dazu sagen, dass nie eine schriftliche geheimdienstliche Einordnung jemals erfolgte für die Gruppierung.

Joey Bogosyan war ein Schauspieler und war zuvor im Untergrund der Roten Armee Fraktion und Stasi tätig. Er hatte Maria eine Zeit lang zu seiner Kollegin gestellt bekommen und Maria wurde immer zudringlicher denn Josef war ein sehr gut aussehender schwarzhaariger und braunäugiger schlanker Mann mit schwarzem Schnauzer. Maria hatte die Eigenart immer, wenn sie zu aufgeregt war mit den vor Ort befindlichen Männern Sex zu haben. Bei Josef trieb sie es so extrem, dass er zum Schluss nur noch abgestoßen war. Er war sehr redegewandt und liebte gutes Essen und liebte guten Wein und gute Zigarren. Aber Maria hörte nicht auf zu reizen und zog sich schwarze Strapse an und zwang ihn so zum Sex. Corinna bekam davon Wind und seit diesem Datum hatte sie keinen Kontakt mehr zu ihrer Schwester Maria.

Das war 1984! Danach erhielt die andere Schwager-Familie von Barbara einen anderen Auslandsauftrag zur geheimdienstlichen Einführung ein und ging darum eine Beziehung nach einem Vortrag eines Atomprofessor in Berlin, wo sie eingesetzt war, ein. Barbara und ihre Schwester Marianne waren in Niedersachsen sehr bekannte Stasianhängsels und auch sehr aktive Rote Armee Fraktionsanhängerinnen. Barbara heiratete diesen Atomprofessor, einen Onkel von Katja, aus Niedersachsen der in Oxford lehrte und zog mit ihm nach London. Sie hatte damit den Sprung in den Westen wieder geschafft. Während ihrer Zeit in London lebte sie als Hausfrau und sehr aktive Stasifreundin (so werden Leute genannt die sich ein soziales Netzwerk aufbauen und dies im Schatten ihrer Funktion als unabhängigen Ehefrau und mit der Verbindung zu den jeweiligen Kontaktoffizieren) und pflegte einen sehr intensiven Kontakt zu der Familie Walter. Sie stammte ebenfalls ursprünglich aus Albanien und Bulgarien und war mit ihr auf der Elitekaderschule in Ostberlin. Sie hatten eine Tochter namens Julia die aber eigentlich Mascha hieß. Zudem hatten sie einen Sohn der Matthias hieß, aber ursprünglich Dieter genannt wurde. Die Namen waren in ihren Kreisen sowieso nur Schall und Rauch, denn diese Namensspiele waren immer nur dazu da, um sogenannte Coups konspirativ zu planen. Sie waren alle bekannt seit kleinster Jugend und wussten immer wie jeder reagierte. Jeder der über die Jahre hinweg in diesen Kreisen blieb, lernte nicht nur ihre Verhaltensweisen und sehr rationalen Umgangsformen kennen, sondern begriff, dass wenn man in diesen Kreisen blieb die Wert Freundschaft und Moral nicht sehr hochgeschätzt wurden und auch nicht werden. Ich wurde sehr abgeschreckt davon, denn ich verstand zwar ihre Sprache, aber sie schreckte mich ab und sie ekelte mich mit ihren Inhalten nur an. Sie sprachen in einen Kontext, der 1. Ohne moralische Richtschnur und 2. Ohne richtige Wahrheitsbegründung und 3. Ohne wirkliche Anleitung, wenn man nicht den realen und bereits kennen gelernten personellen Zusammenhang kannte. Es war eine Art Plattformbildung, die sich selten in den realen Zusammenhängen widerspiegelten. So wurden aus Namen lediglich Funktionsträger. Das Wissen was diese Namen konnte sprich, wenn man Janine sagte und vorhergesagt hatte, dass sie Schauspielerin sei und die Rolle der Julia übernahm, hieß dass das eine Frau eine sogenannte Julia Rolle übernahm (sprich einen Mann geheimdienstlich verführen sollte!) und dann die folgenden Anweisungen umsetzen sollte. So waren die Gespräche gestaffelt. Örtlichkeiten waren keine realen Örtlichkeiten, sondern Handlungsanweisungen und Gebrauchsanleitungen. Mindelheim war beispielsweise die Örtlichkeit und ein staatliches Mündel zuhause auf zu suchen. Das bedeutete deutlich ausgesprochen, dass sie diese Person belästigen wollten und sollten. Zumeist mit lauter Musik oder Einbruch oder Einschüchterung oder sonstigen Sachen drohten und im schlimmsten Fall dies in die Tat umsetzten. Bei mir traten sie mehrmals die Tür ein und drohten als ich 12 Jahre alt war mit meinem Tod. Sie waren dann wie paralysiert und als sie mich sahen und behaupteten, dass ich ihnen etwas gestohlen hätte, fragte ich mich wirklich, was sie sich eigentlich einbildeten. Denn sie stahlen mir regelmäßig etwas und kannten mich nur aus komischen hasserfüllten Erzählungen von Janine Bogosyan und Gundula Nitzsche und deren Familie um Julia Walter I. Sie traten mich und spukten mich an und ihren Freunden warfen mich die Treppe runter und hauten mir ins Gesicht. Ich hatte mich all den Jahren fast daran gewöhnt. Einmal hatte ich in meiner Pfarrei ein gebrochenes Kinn, weil ich mit meinem Kopf auf der Treppenstufe auftraf bei einem normalen Hochziehen. So dachte ich jedenfalls. Denn sie wollten sich rächen, wieso auch immer und zogen zu fest und hatten es geplant. Ich hakte es wieder als Hassausbruch ab und ging nie wieder hin. Ich verabschiedete mich nicht mal mehr. Ich tauchte ab und spürte einfach nur diesen abgrundtiefen Hass und diese Abscheu und ich wusste nicht mal wieso, denn die Erzählungen die sie mir über mich erzählten stimmten nicht. Ich hatte Freunde, aber die waren dezenter und zurückhaltender und einfach viel feiner und viel echter und komplett ehrlich. Wir logen uns nie an und wir mochten uns so, wie wir waren. Ich musste nichts bezahlen, um gemocht zu werden und musste auch nichts beweisen. Ich war einfach ein anderer Typ von Menschschlag. Die Leute, die ich in Deutschland traf, waren alles Hochstapler, die sich selbst bei ihren Familienfesten anlogen und nie ein Gefühl der Wärme und Nähe aufkommen ließen.

Sie waren immer distanziert und nie auf Ehrlichkeit oder ihre Glaubwürdigkeit bedacht. Ihnen war grundsätzlich alles egal und niemand bedeutete ihnen etwas. Auch ihre engsten Familienangehörige sahen sie wie überflüssigen Ballast an. Geburtstage waren keine besonderen Feste, sondern waren immer tiefeninterpretativ geheimdienstlich geplant und durchgeführt. Es war nie der Sinn und Ziel die Veranstaltung an sich, sondern das Hintergrundereignis, was sie planten. Auch ihre Kindheit wurde benutzt, als spätere Ablaufschilderung oder zur Nachbetrachtung von abgelaufenen geheimdienstlichen Aktionen. So entstand die groteske Situation, dass jedes Kind welches in so einer geheimdienstlichen Familie aufwuchs, war es freiwillig oder erzwungen, sich im Nachhinein mit den geheimdienstlichen Lügen sprich Legenden der anwesenden Erwachsenen auseinandersetzen musste und im schlimmsten Fall noch dafür zahlen musste. In manchen Fällen mit einer Freiheitsstrafe. Denn wenn die Wahrheit über manchmal normale Vorgänge erzählt wurde, drohte Haft wegen Systemschädigung. Für heutige Ohren klingen diese Sätze wie Hohn, aber damals im Kalten Krieg, war es das Leben dieser deutschen Spion-Familien. Sie lebten zusammen in einem scheinbaren zufälligen Netz aus Freunden und Familienmitglieder, die wahren und echten Zusammenhänge erkannte man meistens erst nach Jahrzehnten, wenn man von außen auf dieses Theater schaute, was sie täglich ablieferten. Sie verkauften sogar ihre eigenen Familienmitglieder, wenn es ihnen nutzte. Sie zeigten sich gegenseitig an und Gundula war so gestrickt, dass sie regelmäßig ins Frauenhaus ging nach den Streitereien mit ihren Eltern und danach wieder in die Psychiatrie und wieder Dämpfungsmittel verordnet bekam. Aber sie wollte nie aussteigen, geschweige denn sich ändern. Sie war wie eine Süchtige die diesen Kick brauchte und das Auf-und-Ab-Leben inhalierte wie ein Junkie seine Crackpfeife. Bevor man mit diesen Leuten sprach auch wenn sie vorgaben gläubig zu sein diese ostdeutschen Stasigeheimdienstspione musste man erst mit ihnen über deren Ideologie und deren Intention und deren sogenannten Modi operandi diskutieren und man sah, dass sich ein Einlassen auf deren Gespräche schon ein Hochrisiko darstellte. Sie waren entgrenzt und hielten auch keine verbalen Grenzen ein! Sie übertraten moralische Grenzen genauso wie Handlungsanweisungen geschweige denn Menschenrechte. Sie logen, dass sich die Balken bogen nur um blöde Leute zu finden die ihren schwachsinnigen Hasskampf mitmachten! Es war schrecklich das zu sehen und zu merken, dass sie keine humanistisch gebildeten Menschen waren. Manchmal glaubte ich, dass der Frère Jacques seine damalige Schilderung wahr gemacht hatte und eine menschlich aussehende Rasse gezüchtet hatte, denen das Gen für die Empathie fehlte. Damals in den 80ziger Jahren kam ein kleines blondes Mädchen aus dieser Region nach Deutschland als Adoptivkind und es fehlte ihr jegliche Empathiefähigkeit und verhielt sich wie ein Straßenkind, dass nie gelernt hatte in einen Verbund zu leben. Ich sah sie damals und wusste genau was es war. Denn ich hatte den Vorfall schon mal gesehen. Diesen kleinen Mädchen war wahrscheinlich schon als Kind nicht nur das Schmerzempfinden abgewöhnt worden, sondern es war wahrscheinlich so wie es auch Frère Jacques in manchen Fällen tat ein abdonaler Schnitt mit einem Skalpell oder durch eine Kanüle durch die Neugeborenen-Schädeldecke durchgeführt worden. Das fiel dann meistens nicht auf, weil die Schädeldeckenknochen noch weich und noch nicht zusammengewachsen waren. Aber es wirkte auf den Zentralnerv und konnte damit eine absolute Schmerzempfindlichkeit auslösen. In vielen Fällen wurden so Mütter gestraft, die nicht dem Geheimdienstsystem dienten. Man tat es vor den Augen der Mütter nach der Geburt. Damit sie es nie vergaßen und zum einen gebunden waren, weil die Kinder meist schwer behindert waren oder in diesem Fall komplette Zombies wurden. Ich musste einmal bei einer Geburt eines wunderschönen kleinen Mädchens mit blondem Flaum bei der Geburt diese Form der Folter mitansehen und wurde gleichzeitig mit einem Skalpell von den anderen Schwestern aus Bulgarien bedroht. Es war in einen OP-Saal in Bulgarien mit dem Onkel von Gundula Nitzsche diesen Frère Jacques der eigentlich sich dann in Deutschland Jupp Joachimski nannte. Estelle wie das Mädchen hieß Estelle und ihre Mutter hatte schöne glatte blonde Haare und blaue Augen. Sie war Schwedin und Estelle war eigentlich gesund und sehr gut genährt. Aber Jupp Joachimski führte ihr eine Kanüle durch die Frontanellen mit einer Dosis Pflanzenvernichter (wie wir es heute nennen und kennen) und tötete damit ihren kompletten Empathiebereich im Hirn. Ich bekam das Kind in den Arm gelegt und die Mutter brachte Jupp Joachimski um, als sie starr vor Schreck war. Ich flog damals mit dem Baby nach Deutschland und vermittelte sie an eine gute Familie in den USA. Aber sie stießen auch an ihre Grenzen mit Estelle. Sie hatte immer noch ein wunderschönes Gesicht, aber war ein Zombie ohne wirkliche Emotionswahrnehmung. Sie wurde zum Schluss nach Bulgarien in ein Waisenhaus zurückgeschickt. Es war schlimm. Gundula Nitzsche war genau in diesem System groß geworden und dachte nicht mal im Ansatz auch nicht nach dem Fall der Mauer an ein Umdenken. Sie reckte jedes Jahr zur Sonnwendfeier brav die Fahne gen Himmel und huldigte ihren Germanengöttern, die sie zu Beschützern ihres Neuen Deutschland auserkoren hatten. Auch wenn ihr Vater Gerhard Nitzsche und ihre Mutter Maria Bogosyan sie schimpften und schlugen und sie zurückschlug. Sie wollte ein Teil der Familie sein und führte diese Lebensart und Rituale, wie eine eingebildete Matrone vor sich her. Sie war wie eine absolute Realitätsverweigerin, denn selbst den Psychiatern sagte sie immer, dass sie eine glückliche Mutter sei und Ehefrau. Sie zeichnete immer ein Bild der kompletten Idylle und immer der, dass sie ein Opfer sei. Zwischen ihren Haftaufenthalten und Psychiatrieaufenthalten und „Missionen" führte sie ein Luxusleben, was sich aber aufgrund ihrer mehreren Morde immer mehr leer anfühlte. Sie konnte auch nach den längsten Kuren nicht mehr zurück in ein normales Leben zurückkehren. Gundula eiferte ihr nach.

A.2. Stasi-**Grundmuster** anhand der Örtlichkeiten-Nennung

Grundmusterbeschreibung / Örtlichkeitsnamen	Ablauf nach Gespräch sprich Kommunikativer Anweisung	Reale Handlungen	Finanzebene	Probleme mit normalen Personen außerhalb der Geheimdienste
Washington D.C.	Im Vorspiel-**Grundmuster** Wäsche waschen eines Ingenieurs	1. Das Stasi-**Grundmuster** Geldwäsche und 2. Über die Bauwirtschaft	Geldwäsche ist bereits das **Grundmuster** der Finanzierung deswegen wird es meistens im Setzkastenprinzip verwendet	Meist fremde Vermögen hineingemischt sprich vorherige Hehlerei
Warschau	Scheinbarer geheimdienstlicher Vertrauensvorschuss zusammen mit scheinbaren Geständnissen	1. Gehört zu einem sogenannten Notfallausstiegsprogramm für Stasi-Agenten und Mossad-Agenten Wissen gegen Freiheit und 2. Wird von inhaftierten Personen angeboten und durchgeführt und 3. Begleitet meistens durch den einen geheimdienstlichen Ansprechpartner	Meistens mit Zahlungen zur Freilassung des inhaftierten Agenten verbunden auf diplomatischer Ebene (vor allem beim Mossad verwendet)	Falschanzeigen gegen normale Leute sind üblich um eine verstärkte und weitere Hebel-Kipp-Wirkung zu erreichen
Paris	Meist im Setzkastenprinzip angewandt war immer verbunden mit einem angeblichen geheimdienstlichen **Grundmuster** als ich mit meinen Kindern von NRW nach Paris fuhr mit einem Taxi	1. Meistens Querverlinkt mit dem Stasi-Programm Rumpelstilzchen und 2. Im Setzkastenprinzip angewandt	Verbunden mit dem Taxipreis 180,00 DM pro Person sprich meinem Tod	Persönliches Problem da ich nie Geheimagentin war. Ich wurde damals mit einem Kopfschuss bei einem Konzert von mir auf der Bühne im Moulin Rouge ausgeflogen
Dellschwitz	Normaler PC von Dell erhält eine künstlich eingestreute Überspannung sprich gezielter Datenverlust	1. Manipulationen an einem PC und Speichermedium um 2. Einen Datenverlust herbeizuführen	Bezahlt wird meistens mit dem Datenverlust, der zu Lücken in der Beweisführung von Vorgängen führt. Meistens gerichtlich eingesetzt	Normale Leute müssen meist in einer unangenehmen Hebel-Kipp-Wirkung und ständigen Hineinmischung in strafrechtliche geheimdienstliche Vorgänge rechnen
Rosenheim	Verbunden mit den Vorgängen in England wo in der Viktorianischen Zeit die Rosen für die Königsfamilie stand und gleichzeitig verbalisiert mit Rosinenpickerei was bedeutet, dass die Sünden sprich englisch sin aufgenommen werden und gelöscht. Diese Rosinenpickerei erfolgte meistens in Verbindung mit der türkischen Rolle in Bezug auf die Romanows	1. **Grundmuster** des realen Verschiebebahnhofes (nicht die Sprachtaktik) da in Nazizeit Rosenheim für einen Judenverschickungsbahnhof gen Osteuropa stand und 2. Tod von Königen und Adeligen und normalen Personen und Flüchtlingen und 3. Vernichtung der Leichen in Verarbeitungen von medizinischen Endprodukten	Bezahlt durch die Ware Menschenhandel und Organhandel und Krankenhäuser von Julia Walter I Handelnde	Ständige Konfrontation von normalen Ärzten mit diesen Vermischungen und strafrechtliche Konsequenzen für normale Personen
Berlin	Stasi-**Grundmuster** Russland und Berlin während des Kalten Krieges / Der Bär stand als Schutzmacht Berlins	1. **Grundmuster** der Entführung von Kindern und 2. Tötung der Babysitter	Bezahlt durch Lösegeld und Erpressung und Schutzgelderpressung auf lange Sicht	Problematik Ziele waren meistens normale Personen
Warngau	Als Begriff des großen Super-Gau sprich verbunden im Stasi-Setzkastenprinzip mit Stasi-Notfallfahrplan und Notfallprogramm	Letzter Ausstieg der aufgeflogenen Agenten sprich bei der Stasi und den Nazis und dem Mossad wurde auch die Ausstiegsoption des eigenen Todes billigend in Kauf genommen und auch miteinberechnet von den Hintergrundstrukturen der einzelnen Dienste	Bezahlt entweder mit dem Leben des Agenten oder mit anderen Hebel-Kipp-Wirkungen auf Diplomatischer Ebene gegen Austausch oder gegen anderen Mord	Problematik der Vermischung und der ausufernden Hebel-Kipp-Wirkung auf normale Menschen

So hielt Gundula regelmäßig dicht und auch wenn sie wieder Medikamente in ihrer orangefarbenen Pillendose wegen Schizophrenie und Paranoia verordnet bekam, hörte sie nicht auf endgültig aus den toxischen Beziehungsgeflecht ihrer Familie auszusteigen. Nach der Hochzeit mit Sebastian Jörg Wieberneit 1997 tauchte sie mit ihn ab und hauste nach einem langen Streit mit ihren Eltern in einen Bunkeranlage in Ostdeutschland. Sie hatten kein Geld und bildeten ein rechtsradikales Geflecht. Wenn sie zum Arzt mussten liehen sie sich Krankenkassenkarten von fremden Personen aus und stahlen Geld. Von ihren Vater Gerhard hatte sie damals beigebracht bekommen, wie man überlebt in Ostdeutschland und Gerhard Nitzsche wechselte aufgrund seiner Stasitätigkeit regelmäßig die **Identitäten**. Zum Schluss war er der Vorsitzende als Pastor eines konspirativen Kreises verbunden mit einer evangelischen Kirchengemeinde in Leipzig und versuchte so die Sonntagsgebete und Montagsdemonstrationen mit zu gestalten und einer harten Wiedervereinigung zugunsten seiner DDR vorzubeugen. Es war lächerlich zu sehen wie er sich in eine Rolle presste obwohl er eigentlich national sozialistisch geprägt war und seine Familie wie auch die Familien seiner 6 Brüder aus den Waffenkriegseinheit der Nationalsozialisten aus den Zweiten Weltkrieg kamen. Sie kannten sich bereits seit Jahrzehnten und alle seine 5 Brüder also Onkel von Gundula waren während der DDR-Zeit in den Stasikadern und prägten das unmenschliche Gesicht dieser damaligen ostdeutschen Gesellschaft mit. Sie waren bekannt mit der Familie Honecker die eigentlich Hohenester hieß und sich dann im wiedervereinigten Deutschland unter anderem den Familiennamen Walter gab. Sie waren auch zusammen in den bei Stasigrößen beliebten Urlaubsdomizil Wannsee und lebten gemeinsam in den Stasiplattenbauten in der Nähe des Berliner Adlerhorstes! Gundula war eine ausgezeichnete und regimetreue Fanatikerin, die genauso wie ihre Mutter Maria komplett paralysiert war. Ihre DDR-Fahnenweihe bezeichnete in späteren Jahren als Konfirmation und bei Bewerbungsgesprächen stellte sie sich immer als harmlos und Widerstandskämpferin dar. Sie hatte in ihren Charakter Selbstverleugnungszüge, die damit begründet waren, dass sie eine psychiatrisch gesehen eine Gefangene ihrer selbst war und ist. Sie benutzte auch immer andere Namen und wollte auch adelig sein, was sie mit den Namen von Nitsch zu Görlitz begründen wollte. Als sie aufflog und festgestellt wurde, dass sie weder Geld hatte noch einen Adelstitel trug, flüchtete sie sich in Ausreden, dass sie wie ich eine entführte Prinzessin sei. Später als auch das widerlegt wurde, war sie angeblich geheimdienstlich beauftragt und hätte das Oberkommando von Görlitz und den Hafen samt den Immobilien gehabt. Als das auch widerlegt wurde, war sie bereits ein dreiviertel Jahr wieder in der Psychiatrie. Gundula log sich so durch ihr Leben und immer andere sollten für ihre Probleme aufkommen. Nach der Wende bezichtigte sie Vladimir Putin ein Geheimagent zu sein nur weil er als russischer Diplomat in Dresden und Leipzig während der DDR-Zeit gearbeitet hatte und genauso wie ich die Geheimdienstsprache der Stasi entschlüsselt hatte. Es war eine Form der Selbstverleugnung und ich dachte mir in späteren Jahren, dass Gundula Nitzsche so wie es ihr Großvater vorausgesagt hatte, bald so wie ihre Mutter Maria enden würde. Gundula war in eine Kaderschmiede der Stasi in ein Eliteinternat in Thüringen gegangen und hatte dort laut eigener Aussage ein Einser-Abitur. Sie war die perfekte Stasiagentin, weil sie so unscheinbar und graues Mäuschen war. Sie hasste Schminke und legte sie nur bei besonderen Anlässen auf.

Immer wenn es eng wurde, versuchten sie abzutauchen. Gerhard Nitzsche beispielsweise täuschte immer einen Autounfall vor. So fuhr er einmal zu einen Gesprächstreffen nach Bonn mit den Polizeileiter Walter Lübcke und hatte Sebastian Wieberneit dabei nach NRW und wollte bei Janine Bogosyan dort übernachten. Sie besprachen auf der Terrasse so etliches und Gerhard Nitzsche drohte und wollte politisch die Zusicherung, dass die Verbindung der Familien Nitzsche und Walter nicht offengelegt werden und sie rechtliche Rückendeckung für ihre Straftaten erhielten. Der Polizeipräsident lehnte ab. Walter Lübcke wurde von einen Rote Armee Fraktionskommando von Maria Bogosyan welches Jupp Joachimski informiert hatte und auf die Adresse von Walter Lübcke hingewiesen hatten, hingerichtet. Im Internet wurde von Gundula Nitzsche dann eine zynische Todesanzeige veröffentlicht mit dem Spruch, dass das allen ihren kapitalistischen Feinden geschehen würde! Gerhard täuschte daraufhin einen Autounfall vor und fuhr mit einem anderen Wagen fort. Zu der Zeit war der Polizist Mike Krettek von Gunter Schmid in Köln und stellte die falschspielenden Polizisten indem er sie falsch informierte und dadurch eine verquere Situation schuf. Dadurch konnte Gerhard Nitzsche ungesehen entkommen. Zuvor hatte er ein paar Jahre bei den Fahrservice Novotny gearbeitet und dort für die Stasi Patienten abgeholt und auch seine Frau Maria immer wieder rumgefahren. Gundula entwickelte wie ihre Mutter Maria eine durchgängige Paranoia und ihre Widerwärtigkeit gegenüber anderen Menschen war überall bekannt. Als sie erwischt wurde die Gundula mit den Sommersprossen und braun grünen Augen war sie abgemagert und wusste, dass sie keine Gnade zu erwarten hatte. Sie hatte eine Zeitlang mit einen verheirateten Soldaten Stephan Gleißner ein Verhältnis gehabt und hatte mit ihm vier Kinder. Drei Jungen und eine Tochter. Die ersten beiden nannte sie Jakob und sie brachte sie um. Den ältesten kannte ich, denn ich hatte ihn aufgrund eines Splitterarmbruches operiert und bekam irgendwelche komischen Erklärungen für den Unfall zu hören. Er war ein bildhübsches Kind und wurde später tot im Gartenteich gefunden. Im Ganzen war Gundula genauso wie ihre Mutter sehr sonderlich. Denn in den ersten Jahren zog sie ihren Kindern Gesichtsmasken über, weil sie niemand erkennen sollte. Zu der Zeit gab sie sich einen Adelsnamen und begründete ihre Paranoia mit reiner Vorsicht. Sie lebte mit Sebastian Wieberneit und Stephan Gleißner zu der Zeit in einer Wohnung in Thüringen. Stephan fuhr jeden Tag mit dem Nachtzug zu ihr und fand es prickelnd und erotisch wie er selbst sagte.

Er magerte extrem ab und wurde von Gundula Nitzsche immer Dickerchen und alter Macker genannt und sagte, dass das ein einfaches Beziehungsneckspiel sei. Wie falsch dieser gutmütige Trottel lag. Denn Gundula Nitzsche hatte von ihren Eltern gelernt, dass die Familie das Höchste war und immer für sie da sein werde und eben nicht für ihren Mann oder jeden anderen dazugekommenen. Das war übrigens in allen Spionagefamilien so. Denn sie machten sich schlank, wenn ihre Kernfamilie bedroht wurde. Da wurden dann Schwiegerfamilien und Schwiegersöhne und Schwiegertöchter zur Last und wurden abgestoßen, wie lästiger Ballast. Denn in den meisten Fällen waren diese Schwiegerfamilien nicht eingeweiht in die eigentlichen Vorgänge und zumeist hatten sich diese Schwiegerfamilien in sogenannte geheimdienstliche Legenden verliebt, sprich die Fassaden, die sie um ihre Familien aufgebaut hatten. In vielen krassen Fällen ließen die Mütter ihre Kinder aus diesen Beziehungen stehen oder setzten sie in Waisenhäuser ab, wie sie es vorher von ihren Eltern gesehen hatten. Und wenn ihnen alles zu viel wurde, versuchten sie sich als Einzelperson ohne Rücksicht auf Verluste durchzuschlagen. Deswegen brauchten sie immer eine stabile Mittelperson in ihrer Familie, die sie als Mutter der Kompanie bezeichneten, obwohl die Person das vielleicht gar nicht war. Geschweige denn wollte. Denn wer lebt schon gerne in einer künstlichen und falschen Familie ohne Liebe und Zusammenhalt. Wo man nur geben soll ohne, dass man etwas zurückbekommt geschweige denn glücklich wird. So zerbrachen diese Spionagefamilie zumeist, wenn diese zentrale Person ausschied oder sich einfach verabschiedete aus deren falschen geheimdienstlichen Feiern und deren zusammengelogenen Leben. Ich beispielsweise war das entführte Kind, aber an mir klebten sie wie Dreck am Schuh. Denn sie hofften, dass sie mich nutzen konnten und meine saubere und normale Vita für sich nutzen könnten. Ich hatte mehrere richtige Abschlüsse auch in Osteuropa für Medizin und in den USA für Deutsch als Fremdsprache und in Deutschland für Politik und noch ein paar andere. Aber die falsche und leibliche und gleichzeitig geheimdienstliche Familie hatte diese Abschlüsse als ihre ausgegeben. Und verschleierte noch den Foltertod meiner leiblichen Mutter, indem diese fremde Familie sie als tschechische Jüdin Eva Nowak ausgaben. Julia Walter beantragte unter den Namen Julia Nowak eine Geburtsurkunde und damit sie sich auch als mich ausgab und so den Abschluss in Karlsbad, den ich erlangt hatte unter meinen Namen beantragte. Sie lebte auch eine Zeitlang in dem neuen Haus meiner Eltern in München Nymphenburg in der Böcklin Straße und war so dreist, dass sie die Fotos meiner Eltern mit sämtlichen Amerikanischen Stars und internationalen Adeligen und Jet Set als ihre aus. So schlängelte sich die Lüge durch deren Leben und wurde immer größer und ihre Vertuschungstaten waren genauso kriminell, wie ihre Folgetaten. Bei Stephan Gleißner und Gundula Nitzsche handelte es sich um die dritte Generation dieser Familie und deren Stasi- und Rote Armee Fraktion. Die jedoch keine normalen Ausbildungsstationen in diesen legalen Kontext durchlaufen und Stephan unterschätzte diese Situation enorm. Er hatte sich in mehreren Fällen als **Stasi-Romeo** angeboten und vor allem etwas korpulenter Frauen verführt. So bahnte er funktionalisierte Ehen an, indem er sich von den Frauen trennte zu einem besonders kritischen Punkt, um sie dann in die Arme von sogenannten Freunden zu werfen. Indem er die Frauen sexuell vertrocknen ließ und sich anderweitig vergnügte. Er blieb die gesamte Zeit mit Gundula Nitzsche zusammen und zeugte Kinder und ließ sich scheiden von seiner ersten Frau Kathrin Müller alias Sandra Müller, die wiederum die Stiefschwester von Gunda Nitzsche war. Er trat in das chaotische Leben eines Agenten ein und versklavte viele Frauen in arrangierten Stasigeheimdienstehen. Er tat dies aus einem unerfindlichen Hass ohne, dass er wirklich den Sinn geschweige denn dessen Geschehen begriff.

Denn Stephan Gleißner war nicht wie Gundula Nitzsche in diesen verängstigten Kontext und abgeschnittenen Worte Leben aufgewachsen. Er pendelte immer zwischen Selbstmordgedanken und Verrat seiner alten Bundeswehrkameraden und seiner Polizistenkollegen. Er war ein Bündel an unausgesprochenen Gefühlen und komplett außer des Rahmens. Er verstand die tiefe Bedeutung und den zwiespältigen Hass hinter diesen Worten nicht. Immer wenn sie zusammen auf die Gartenpartys in Thüringen gingen, stellte Stephan Gundula immer mit den Worten vor, dass sie sein Anhängsel sei. Er war wohl wirklich stolz auf sie, aber er begriff nicht den kalten und widerwärtigen Hass der in Gundula steckte, die zu diesem Zeitpunkt bereits mehrere Leute umgebracht hatte. Stephan begriff auch nicht, der gleichzeitig mit Sandra Müller verheiratet war in Baden-Württemberg und eine Tochter namens Chiara hatte, dass er nicht mit mir verwandt war. Auch begriff Stephan Gleißner nicht, welche Hebelwirkungen hinter seinem eigenen Beschäftigungsverhältnis steckte, welches er mit Jupp Joachimski als Chef hatte, eingegangen war. Denn er spendete den gesamten Lohn und benutzte sein Geld welches er aus einem geheimdienstlichen Beschäftigungsverhältnis mit Jupp Joachimski zusätzlich hatte, für die Wohnung in Ostdeutschland. Was ich nicht wusste war, dass Stephan Gleißner tatsächlich für den westdeutschen Geheimdienst arbeitete, aber nie begriffen hatte, wie er überhaupt strukturiert war geschweige denn wie er funktionierte. Er kam mir vor, wie ein zu groß geratenes Baby, dass mit großen Augen in eine Welt hineingestoßen worden war, wo er nicht mehr herausfand. Stephan Gleißner war fasziniert von seinem Job und sollte ihm mal langweilig werden, dann zog der Onkel von Gundula Nitzsche ein Szenario auf um ihn an der Stange zu halten. Gundula Nitzsche verheimlichte erst Stephan Gleißner, dass sie eigentlich mit Sebastian Wieberneit verheiratet war seit ihren 18. Lebensjahr und seinen 16. Lebensjahr. Es war eine skurrile Situation, die nicht obszöner sein konnte. Gundula Nitzsche war keine normale Frau, sondern eine grauselige Mischung zwischen Braut ohne Ehemann und einer schwarzen Witwe! Beide waren Verlorene, die nicht erwachsen werden wollten.

Denn Sebastian Wieberneit war in der Zeit und darüber hinaus der Geliebte von Jupp Joachimski und ging nicht nur in seinem Bett ein und aus, sondern auch in den Gerichtssälen und log für seinen Sugar Daddy. Dafür erhielt Sebastian Wieberneit von den Gerichtszahlungen technische Geräte, die er dann für weitere rechtliche Aufträge für seinen Sugar Daddy nutzte. Stephan selbst war gelernter Techniker bei der Bundeswehr und hatte seine ursprüngliche Familie Sandra Müller und Chiara unter den Familiennamen Mayinger illegaler weise der US-Army zuordnen lassen. Sandra Müller nannte sich Sandra Mayinger und er Stephan nannte sich verheirateter Herr Schultze und Chiara nannte sich Anna Mayinger. Der US-Army fiel sofort auf, dass etwas nicht stimmen konnte an der genannten Konstellation und so wurde seitens der USA ein sogenanntes Personenfeststellungsverfahren angeordnet. Was klar war, denn sie hatten meine Position benutzt und verwendeten meine Namen. Das irritierte und nicht nur in Deutschland, sondern auf der gesamten Welt! Stephan war so paralysiert und sagte, weil er immer noch an Gundula Nitzsche Geheimdienstschilderungen glaubte und dachte, dass er Spion sei. Er war wie verrannt und begriff nicht, dass das alles was ihm passierte mit der Military Polizei echt war! Er faselte irgendetwas von Spionen die er in Deutschland aufgedeckt hätte und nannte dazu meinen Namen! Aber natürlich lachten sich die US-Amerikaner nur kaputt über diesen Satz und ließen ihn laufen. Er war fast schon enttäuscht und lief hinter ihnen her. Denn die Amerikaner hatten sich einfach nur kaputtgelacht und waren gegangen und gaben ihm den Tipp sich an einen Arzt zu wenden. Er verstand die Welt auf einmal nicht mehr. Denn es dämmerte ihn langsam, dass er auf eine von Gundula

Nitzsche Lügen hereingefallen war und sich nicht nur wenig heldenhaft verhalten hatte, sondern nur wie ein dummer Überläufer die Gundula Nitzsche doch so verachtete! Er schämte sich innerlich und kroch an diesen Abend wieder in das Bett von Gundula Nitzsche. Es kam ihm vor wie eine komplette Farce und verstand nicht, dass Gundula Nitzsche ihn fesselte und weiterhin in ihrer hasserfüllten und missgünstigen Welt leben lassen wollte. Das war das zweite Mal 1998! Stephan begann langsam zu begreifen und verzweifelte immer mehr. Denn er begriff nicht nur, dass es keinen Ausweg mehr für ihn gab und weg von der gehassten Gundula wieder hin zu seiner geliebten ursprünglichen Familie, sondern er begriff, dass alles Hasstheater und alle Mühen aus den letzten Jahren komplett überflüssig waren. Denn alles wofür er gekämpft und nachdem er gestrebt hatte, war nichts außer aus den Lügen von der Hexe Gundula geboren. Und er hatte sie doch Hexe genannt, damals auf den Harz im Winter. Dort wo sie immer mit ihren Eltern gefahren war. So hatte sie es ihn erzählt und die Wahrheit war: Gundula Nitzsche konnte gar nicht Schifahren! Sie war auch nur zum Wandern im Harz und auch das war gelogen! Für Stephan brach eine Welt zusammen als er das alles erfuhr. Parallel zu diesen „Ausbruchversuchen" von Stephan oder besser gesagt aufgrund dieser „Ausbruchversuche" von Stephan, hatte Gerhard Nitzsche seine Exkollegen von der Stasi informiert und Anzeigen gegen Stephan schreiben lassen. Jupp Joachimski sein Schwager hatte Gundula das „Go" gegeben sich von Stephan Gleißner extrem und krass und persönlich und geheimdienstlich "los zu nabeln" auf der Straße geschlafen, weil er den Nachtzug nahm und ihn Gundula aufgrund einer vorgeschriebenen Szene nicht in die Wohnung gelassen hatte und gestritten hatte und ihn aus dem Bett geschmissen hatte und den Schlüssel abgenommen hatte und immer sich in die Opferrolle verstecken hat. Stephan schlief daraufhin auf der Straße und an Bahnhöfen und hatte ein unübersehbares Schlafdefizit. Er war ungepflegt und roch nach Schweiß und war unrasiert. Er nahm extrem ab und seine Übersäuerungswerte im Körper stiegen unübersehbar an. Er erhielt parallel von Jupp Joachimski kein Geld mehr und das Geld von seinem Konto wurde über Jupp Joachimski widerrechtlich an Gundula Nitzsche weitergeleitet. Seine Nieren und Leber waren in Mitleidenschaft gezogen worden und er hätte dringend medizinische Versorgung gebraucht, aber auch die wurde ihm verweigert. Denn zu diesem Zeitpunkt war er schon nicht mehr versichert und Gundula Nitzsche hatte ihn in ihr Chaosleben hineingezogen. Er nahm zu diesem Zeitpunkt an, dass ich die Tochter von Jupp Joachimski sei, obwohl dieser das nur behauptet hatte um seinerseits einen nie deklarierten Schutz zu erklären für sich, der nie bestanden hat. Seine echte leibliche Tochter war Susanne Schüßler, die wie er beide normalerweise Stein hießen. Stephan war komplett überfordert mit der Situation und ließ sich zu einem sinnlosen Unternehmen überreden. Der angeblich letzte und große Deal. Er sollte eine Gefangenenbefreiung in China durchführen und sollte dazu zunächst einen Güterzug von BMW entführen und dann einen medizinischen Container mit einen Mini-OP-Saal entführen besser gesagt stehlen. Aus diesem Grund veranlasste er einen US-Soldaten krankenhausreif schlagen mit Hilfe der Exkollegen von Gerhard Nitzsche und ein paar umgedrehten Polizisten von Gunter Schmid und ich war froh, dass er keinen Schädelbruch erlitt. Sie fuhren mit der NATO-Kennzeichnung quer durch Russland bis nach China, wo aber kein eingesperrter und zu befreiender Spion auf sie wartete, sondern die informierten Chinesen von Gunter Schmid. Was dann passierte war klar! Alle kamen nicht mehr lebend raus und Stephan wurde, weil er mal wieder komplett paralysiert war und dachte er würde für irgendjemand einflussreichen arbeiten so wie es ihn Jupp Joachimski vorgemacht hatte und hätte das Recht dazu. Das Gegenteil war der Fall. Stephan wurde gefangen genommen als er sich als Spion deklarierte und wurde gefoltert und eingesperrt. Gundula sollte so wie es der Plan war von Jupp Joachimski perfider Weise Stephan erst 2 Wochen später als vermisst melden. Die Kollegin von Stephan Karin, die nicht nur eine Zeit lang seine Freundin war, sondern auch seine Tochter Chiara beaufsichtigte, nannte sich auch Mayinger und war laut eigener Aussage Polizistin. Das Problem war nur, dass auch das gelogen war, denn Julia Walter, die Nichte von Jupp Joachimski hatte sie beauftragt das zu sagen. In Wahrheit war Karin eine Sekretärin von einem deutschen Politiker und kannte die leibliche Tochter von Joachim Stein alias Jupp Joachimski Susanne Stein. Sie hatte gelockte schwarze Haare und braune Augen. Sie war als Kind extrem fett und bis in ihr Jugendalter immer Kleidergröße 44/46. Sie machte nie Sport und ihre Mutter Annemarie Schüßler die eigentlich Susanne Lang hieß hatte einen Hintern wie ein Bräuross! Sie hatte ein sehr breites und sehr unansehliches Gesäß! Ihre Tochter Susanne Schüßler lief bis zu ihrem Lebensalter von 7 Jahren unter den Daten ihrer Mutter Annemarie gemischt mit meinen ab den Jahr 1985. Sie waren unbeweglich in physiologischer Hinsicht und komplett lethargisch in geistiger Hinsicht und komplett ungebildet, wenn man nicht sogar unkultiviert sagen konnte. Aber stabil sprich stoisch doof in ihren Ansichten. Sie stammten allesamt aus Bulgarien und der Region Moldau und von der ägäischen Halbinsel, an die Griechenland grenzte. Genau das war es, was Jupp Joachimski gefiel. Die dortige Kultur konnte man leicht beeinflussen und sehr leicht umdeuten und zu einer Kultur des Rechtes des Stärkeren umdeuten. Dazu muss man wissen, dass Jupp Joachimski aus einer alten Nazifamilie stammte, die nach der Kapitulation Deutschlands nach dem Zweiten Weltkrieg als Kriegsverbrecher gejagt worden waren und in Osteuropa untergetaucht waren. Seine Zeit im Ausland, in seinem selbstgewählten Exil, versteckte er sich und hielt die Naziideologie am Leben. Er arbeitete als Lehrer und prägte seine zynische Ideologie und seinen Fanatismus in die Kinderköpfe. Während seiner Zeit in Bulgarien lernte er Annemarie kennen und gründete mit ihr eine Familie, obwohl er mehrere Parallelfamilien hatte und diese regelmäßig besuchte. In manchen anderen Ländern war er als Mönch getarnt tätig. Immer mit dem Anschein des Harmlosen und ideologisch vermischten Ansinnen. Die Schwester seiner Ehefrau Annemarie Claudia Lang war ebenso wie sie schwarz haarig und gelockt mit blauen Augen und Brille. Genauso leicht erregbar und genauso manipulativ zu steuern wie ihre Schwester Annemarie. Für Jupp Joachimski war

Annemarie die perfekte Nazibraut, die er als hässlich bezeichnete und so sie als geeignet im Hitlerausspruch ansah. Denn Hitler hatte gesagt, laut Jupp Joachimski, dass man sich als Mann möglichst dumme und hässliche Frauen suchen sollte, damit sie besser manipulativ zu lenken waren und auch mehr und länger zu ihren Männern hielten und an ihnen hingen. Später wurde sie die Geliebte eines Baulöwen Schneider und arbeitete dann nach ihrer Privatinsolvenz unter den Namen Claudia Höfer-Weichselbaumer an der Technischen Universität München. Sie war damit die Schwägerin von Joachim Stein alias **Markgraf** Joachim von Stein alias Jupp Joachimski, der mein späterer Vorgesetzter bei der katholischen Kirche werden sollte. Zunächst bei einen Schülerpraktikum und dann als Arbeitgeber. Es war alles abgesprochen mit den **Stasi-Romeo** Gerhard Nitzsche der den Namen Sigmund Mayinger zu diesem Zeitpunkt nutzte. In Wahrheit war es sein anderer Schwager und mit deren gesamten Familie und niemals sollte mich Jupp Joachimski aus den Augen lassen, da sie mich entführt hatten und behaupteten, dass ich ihnen etwas geheimdienstlich schuldig sei, was auch nicht stimmte. Denn sie machten immer das was er Jupp Joachimski ihnen sagte. Sie hatten nie Bildung genossen und waren dadurch leicht zu beeindrucken und zu beeinflussen. Sie hatten nie sich abgewendet von Verschwörungstheorien, weil sie sagten, dass die Deutschen den Zweiten Weltkrieg nicht ohne außerirdische Macht auf der gegnerischen Seite hätten verlieren können. Sie waren geprägt von ihren Naziideologien und ihrem falschen Verständnis von Treue und Vaterlandsliebe. Sie sammelten sich immer in Ostdeutschland und pflegten die Nazisozialistischen Traditionen aus dem Dritten Reich. Gundula schilderte in der Zeit von ihrer angeblichen Zeit in Bulgarien bei Janine Bogosyan ihrer Cousine. Die traurige Wahrheit war, dass Gundula nie dort gewesen war. Gundula Nitzsche war in ihrer Familie immer als sogenannte kleines Nesthäkchen behandelt worden, obwohl sie ein charakterliches rückgratloses Miststück war, wie alle in ihrer Familie. Sie hatte Patente, Konstruktionspläne, wie auch Baupläne gestohlen und sie unter der Hand weiterverkauft. Sie ließ zusammen mit ihrer Familie beispielsweise illegal eine Fabrik für Metallherstellung und Triebwerke und Schiffsmotoren in Polen und für VW in Brasilien aufstellen. Alles finanziert mit den Abschöpfungsgeldern aus den illegalen Patenthandel. Sie war keine Schönheit und hatte eine Riesenzahnlücke als ich sie kennenlernte genauso wie ihre Cousine Janine Bogosyan. Über die Zeit behauptete sie ein Vamp zu sein. Aber sie war weiter langweilig und eintönig. Die meisten Männer wurden bezahlt von ihren Vater Gerhard Nitzsche, der sich als ostdeutscher Stasipräsident nach dem Fall der Mauer deklarierte. Er war genauso strunzdumm, wie dreist und konnte nicht mal seinen Geheimdienst leiten geschweige denn war er besonders fähig. Immer wenn ihn die Leute zu nahe traten faselte er etwas von geschützten Status den er nie besaß. Alle 5 Jahre, wenn die Pläne der Planwirtschaft zusammenbrachen, versuchte er wieder an frisches Kapital zu kommen und ließ mich über die deutsche Bundesregierung rufen. Wieso auch immer! Ich bezahlte nie denn ich lehnte seine überflüssige Schutzgelderpressung komplett ab. Seine Tochter war einfach nichts weiter, als eine kleine Blasenidiotin, die an wirkliche Liebe glaubte und dachte, dass die Männer auf sie standen. Aber alle ließen sie links liegen, da sie hässlich und intellektuell wie auch finanziell und auch rechtlich eine absolute Zumutung war. Der man besser aus dem Weg ging, wenn man sein ruhiges normales Leben haben wollte. Den wirklich ausgebildeten Leuten konnten sie nie das Wasser reichen! Wenn sie so etwas ähnliches wie verliebt war lachte sie mit ihrer hässlichen hysterischen Lache und zeigte ihr hässliches nichtssagendes Gesicht. Sie versuchte dann ihre Stimme zu kontrollieren und hatte sich zumeist lächerlich geschminkt. Am lustigsten waren ihr roter Mund und dazu sagte sie dann immer: „Rote Lippen soll man küssen!". Die meisten sagten dann zu ihr, dass sie ein Freak sei und gingen weg!

Gundula Nitzsche hatte sich die Lebenserzählungen von mir zu eigen gemacht. Die in meinem Leben stattgefunden hatten. So behauptete sie, dass ich das Kind welches regelmäßig zu seinen Verwandten aus Ostdeutschland nach Pullach fuhr ich sei. Dabei war sie es die regelmäßig die Wohnung in der Sollner Straße in Pullach aufsuchte und zumeist ihre Großeltern Franz Mayinger dort aufsuchte. Er war Professor in Niedersachsen und an der Technischen Universität München. Er stahl Erfindungen und Patente, wie ein Rabe und kaufte dadurch seine Spion-Tätigkeit, die er für die Stasi in Russland getan hatte frei. Er wusste auch dass, meine Mutter kurz bevor sie umgebracht werden sollte von der Stasi in einem Kurhotel in Ostdeutschland untergebracht wurde, um mich ein letztes Mal zu sehen. Sie schrieb mir ein letztes Mal in mein Schullandheim 1988 und drückte mich. Ich vergoss endlos Tränen und wusste, dass ich sie nie wiedersehen würde, wegen einer ungebildeten hasserfüllten Arschlochfamilie aus Ostdeutschland, die es nicht mal im Ansatz verdient hatte, eine so feine Frau wie meine Mutter anzusprechen. Jupp Joachimski sagte einmal im besoffenen Zustand zu mir, dass er eine so schreckliche Familie in Ostdeutschland hatte und noch dazu aufbauen werde, dass man nicht mal in normale Worte fassen konnte, wie schrecklich sie waren und wie bösartig und wie intrigant. Man konnte über diese Familie sagen was man wollte aber sie waren sehr geschickt im Tarnen ihrer persönlichen Anliegen und waren sehr intrigante Personen. Diese Einschätzung verhärtete sich in den darauffolgenden Jahren immer mehr. Was auffiel war eine ständige Gier und eine ständige Bestrebung sich zu messen und zu diskutieren bis zum Abwinken. Auch der Drang im Mittelpunkt zu stehen zu wollen ohne wirklich etwas sagen zu können. Es war schwer einzuschätzen, was sie immer antrieb. Aber es wurden immer die negativen Intentionen sichtbarer. Wenn es sich um Hasspersonen von ihnen handelte, wurden sie verbal wie auch auf jeder Lebensebene verleumdet und beleidigt und diese Familie versuchte im Sammelverbund auf Einzelpersonen loszugehen. Es war als würde eine Spinne in ihrem Spinnennetz ihre Beute einfangen und das Spinnennetz waren verschiedene Informanten und Personen die ihnen halfen! Es war verwunderlich, dass sie nicht früher aufflogen. Denn wenn man die Begriffe in den Zeitungen fand waren, dass sie sehr sehr unmoralisch und sehr rückgratlos und sehr sehr schlecht waren denn ein richtiges beschreibendes Wort fiel niemand ein! Ich prägte das Wort Arschlochfamilie, weil es das einzige Wort war, was sich ins Deutsche und ins US-amerikanische übersetzen ließ und damit auch die Intention und die Interpretation und die gleiche Kommunikationsebene geklärt war. Es war sehr wichtig auf die genaue Sprache und den Wortlaut zu hören und die jeweilige Interpretation zu achten. Denn sie ließen sich illegaler Weise alle Morde noch zusätzlich entlohnen, damit es nicht nur wie ein offizieller Auftragsmord aussah, sondern dass sie auch als angebliche Bodyguard angestellt seien, weil sie Dritte vor anderen beschützten. Das Problem war nur, dass diese Leute, wie ich beispielsweise, nie von anderen bedroht wurden und nie diese Leute als Bodyguard beauftragt hatten. Ein anderes Mal argumentierten sie anders herum und machten die Leute die sie fertig machen wollte zu Bedrohern erklären und behaupteten, dass sie diese Mörderfamilie die Umwelt beschützen würden. Es war eine Verkehrung der Realität und der Belegbarkeit, wovon sie letztere auch noch manipulierten. Das wurde meistens auch, dann als ihre Heldentat noch abgebucht und sie verhinderten meist das Denken der Einzelpersonen indem sie klare Vorurteile mit Schwarz-Weiß-Sicht schafften. Kurz danach versuchten sie mich auch auf den OP-Tisch umzubringen. Ich floh und sprang von den Sedierungsbett. In demselben Jahr wurde ich an ein unscheinbares Grab in Ostdeutschland gebracht im Mai 1989 und damit war die Legende meines Kindermädchengeburtsdatum geboren. Dadurch war sie praktisch der Datensatz meiner leiblichen Mutter. Es war in der Stasiklinik in Brandenburg und sie hatten mir meine Arme am Bett festgebunden. Es war das Jahr 1989 und ich flog eigentlich auf Sommerurlaub nach Thailand zu dem thailändischen Königshaus meinen Verwandten. Es war der Deal, den meine adelige Verwandtschaft ausgehandelt hatte, um mich in Sicherheit zu wissen vor diesen Verbrechern. Ich flog diesmal das erste Mal über Nacht und allein. Der Zwischenstopp in Sofia war vorgesehen, aber ein Umstieg nicht. Eigentlich wurde gesagt, dass ich in Athen zwischenlanden sollte, aber das geschah nicht, denn Gerhard Nitzsche hatte seine Stasikollegen an Bord geschickt, die nicht nur die Umleitung nach Bulgarien erzwangen, sondern auch einen Umstieg deklarierten, der nie stattfand, sondern mich nur im sogenannten sozialistischen Feindesland absetzen sollte. Man muss dazu wissen, dass die Stasi mit emotionalen Situationsmomenten spielte. Sprich dass wenn Leute nicht dabei gewesen waren und nur die Fotos sahen, zumeist eine Fehlinterpretation folgte und damit auch sich wieder von der Wahrheit entfernte. Diese Art von Kontradiktum war das Spezifikum des verrückten **Markgrafen**, der sich über seine Opfer köstlich amüsierte und das Gesamte so als eine Art Komödie darstellen wollte und das Leiden der scheinbaren Schauspieler in seinen Kunstwerken sprich Opern und Filmen und Theaterstücken und Bildern und Hörspielen und Musikstücken als schauspielerischen Leistung darstellte und sie noch verhöhnte. Mich stellte er immer als zu weich dar, wenn jemand begriff, dass ich echt weinte. Niemand verstand, wie ich mich fühlte, wenn ich den Straftaten des **Markgrafen** zusehen musste und mir der Mund verboten wurde. Aber es fiel den **Markgrafen** auf, dass ich nichts mehr sagte. Als er mich bei seinen Morden zusehen ließ, sprach ich einmal ein halbes Jahr kein Wort mehr. Mit niemand. Er wollte mich zur Psychotherapie schicken, aber auch dort sprach ich kein Wort mehr. Der Psychiater sollte im Auftrag von **Markgrafen** abprüfen, ob ich mich 1. An etwas erinnern würde und 2. Ob ich die differenzierte Wahrheit erklären konnte und 3. Ob ich mich trauen würde jemand zu vertrauen, nachdem ich in dieser völlig unsicheren Umgebung aufgewachsen bin. Punkt 1 und 2 konnte ich mit ja beantworten. Den letzten Punkt übersprang ich innerlich, um weiter leben zu können. Denn ich wusste, dass mir Jupp Joachimski Freund Hans Lauter nicht glauben würde, hatte ich doch ein Telefonat zwischen den Beiden mitbekommen, indem Jupp Joachimski alles verhindern würde, was sein und das Auffliegen seines Vaters den **Markgrafen** Gerhard von Nitsch bewirken würde. Ich vertraute niemand und magerte auf nahezu 40 Kilo ab. Ich war nie sehr dick, aber ich war in der Zeit viel zierlicher als ich normal war. Jupp Joachimski wollte mich damals sogar umbringen, wenn ich mich erinnert hätte. So versuchten sie eben mich damals auf einen der Flüge umzubringen, indem sie mich als 12-Jährige auf den bulgarischen Flughafen absetzten.

Damit mich die Stasileute umbringen lassen konnten. Ich stieg also fälschlicherweise aus und das Flugzeug flog ohne mich weiter. Ich stand am Flugplatz und hatte außer den Klamotten am Leib nichts dabei geschweige denn Geld. Ich lief zum Strand und schaute mir die Gegend an. Es war dunkel und schon damals hatte ich nach den vorgefallenen Sachen auf den US-amerikanischen Flugplatz 1985 keine Angst mehr. Ich sah eine also eine Party am bulgarischen Goldstrand und mischte mich unter die Feiernden. Ich war zwar erst 9 Jahre alt, aber ich war größer für mein Alter und es fiel nicht weiter auf. Zum Schlafen legte ich mich an den Strand. Als ich aufwachte trommelte die Bassvolle DJ Musik über den Strand. Die Musik war bedrohlich und komplett Angst einflößend. Ich hörte diese komische aus verschiedenen anschwellenden und sinnlosen schrillen Tönen erst 2005 in meiner Nachbarschaft in Deutschland wieder. Ich lief in die Stadt und suchte mir ein Quartier. Am nächsten Morgen ging ich die Umgebung erkunden und hörte von der Legende, dass in Albanien in einem Tal, welches unterhalb eines Bergkloster lag, noch Nachfahren des Königshauses aus Albanien leben würden in einem Dorf. Ich beschloss dorthin zu gehen und nach zu sehen. Als ich dort ankam, war das Dorf nahezu leer und die Leute dort waren komplett verängstigt und eingeschüchtert. Ich beschloss auf den Berg zu dem Kloster, welches schon von weiten sichtbar war, rauf zu steigen und dort nachzufragen, wo denn alle sind. Ich fand dort ein Waisenhaus und einen alten grimmigen orthodoxen Priester mit grauem langem Haar und langen grauen Bart und einer schwarzen Kopfbedeckung. Er hatte steckende blaue Augen und eine scharfe fanatische Sprache. Er sprach deutsch und war gleichzeitig der Lehrer und Heimaufseher. Er nannte alle Kinder Prinzen und Prinzessinnen und wie ich erfuhr kamen sie alle aus diesem Dorf. Er trug eine schwarze Kutte und hatte ein dickes baumelndes Kreuz um den Hals. Alle Kinder nannten ihn Frère Jacques und er war ein fanatischer Mann, der in der DDR aufgewachsen war und auch aufgrund seiner Familiengeschichte nach dem Ende des Zweiten Weltkrieges als Kind einer Nazifamilie sich dort versteckte. Er fuhr regelmäßig nach Deutschland um in Ostberlin Rapport zu erstatten. In Berlin tauchte er dann frisch rasiert und mit Haarkranz und in Zivilen Klamotten als Student unter. Er trug dann den Namen Joachim Stein alias Jupp Joachimski. Das schönste Mädchen mit dicken schwarzbraunen Haaren in diesen Klosterheim war Janine! Sie hatte Sommersprossen wie ich und braune Augen. Sie war kleiner als ich und ein bisschen vorlaut, was auch nicht wirklich auffiel. Was aber auffiel waren die widerwärtigen Kommentare von Jupp Joachimski über sie. Er bezeichnete sie als frech und Missgeburt und als Frucht des Teufels, weil sie schön klassisch war, aber eben auch nicht dumm. Jupp Joachimski beschimpfte sie und schlug auch mit der Hand auf die Gesichter der Kinder. Janine erklärte mir damals, was ich so abstrus fand. Er sorge sich um sie und deshalb verletzte er sie, damit sie einerseits stark werde und unempfindlich und sie bei ihn bleibe. Denn er hätte ihre Mutter sehr geliebt. Als ich das hörte sträubten sich mir die Nackenhaare. Aber es wurde noch schlimmer, denn Janine sollte laut Jupp Joachimski heiraten. Und ich sollte dabei sein. Just in zwei Wochen. Es wurde alles vorbereitet und ich blieb die Zeit über in diesem Kloster und schlief mit den Kindern im Schlafsaal und ging in diesen Unterricht. Den Unterricht stellte ich kurzerhand um, indem ich ihnen gutes und normales Deutsch beibrachte. Das was ihnen der alte Stasischerge und Pater von Jupp Joachimski lehrte, war nicht nur eine Beleidigung für jeden kleinen wissbegierigen Menschen, sondern eine Farce. Er drehte alle Begriffe um und alle richtigen Begriffe verschwieg er. Ich erklärte immer die direkte Bedeutung und die direkten Begriffe. Jupp Joachimski hatte allen Kindern den Begriff Dings beigebracht der nichts sagte aber eben doch alles! Direkte Worte waren verboten und wurden bestraft! Alle Deutlichkeit wurde unterbunden mit dem Verweis auf die Bibel und deren Vers „Du sollst dir von Gott kein Bildnis machen!" Ich war ziemlich unbeeindruckt von diesem Humbug und so machte ich ein Wörterbuch mit Janine und es hatte Erfolg. Ich malte die Worte und Janine begriff mit den anderen Kindern! Sie konnten bald gesamte Sätze sprechen und endlich verstanden sie sich auch gegenseitig. Zum Spielen gingen wir an den Bach und fingen Frösche und ließen sie wieder frei. Wir aßen in diesen großen Speisesaal des Klosters und halfen in der Küche aus. Jupp Joachimski fixierte mich jedes Mal und sagte mir in einen stillen Moment: „Ich habe dich erkannt! Du sprichst das Deutsch mit Akzent!" Ich sagte nur: „Na und?" Und er begriff, dass er mich nicht einschüchtern konnte. Er schlug einmal Janine ins Gesicht und ich stellte mich dazwischen. In dieser Zeit passierte etwas mit den Kindern, was ich Zusammenhalt und Mut nenne! Sie redeten und spielten wie normale Kinder aus dem Dorf und wurden nicht mehr mit inhaltlosem und sinnlosem Schrott vollgestopft! Es war schön sie auf einmal nicht wie gelangweilte und zu Zombies erzogene kleine Dinge rumlaufen zu sehen. In der Küche in der ich half, war es auch wieder lustig und das Kräuter pflücken und Pilze sammeln im Wald machte Sinn und war wieder nicht von Angst geprägt genauso bevor der geheimnisvolle Jupp Joachimski als Frère Jacques in das Kloster gekommen war. Nachfahren von den Königshäusern jedenfalls fand ich nicht! Lediglich ein paar versprengte Nachfahren der Bediensteten aus Albanien. Janine Familie stammte auch aus Albanien und ihre Mutter hatte sie in dem Kloster geboren. Ich ahnte nicht, dass Jupp Joachimski so viel teuflische Widerwärtigkeit im Leib hatte. Auf jeden Fall rückte die Hochzeit von Janine Bogosyan immer näher und sie wurde auf einmal still und verschlossen. Sie sagte zu mir, dass sie nicht glücklich sei und dass sie Angst hätte. Wovor sagte sie mir nicht. Ich merkte nur, dass sie es auch nicht in Worte fassen konnte und genau das machte mich stutzig. Ich begriff erst langsam, was in diesem Kloster noch vor sich ging. Denn Jupp Joachimski machte diese Art des Dummhalten mit Absicht und hasste Ungehorsam. Er hatte den Leuten im Dorf die Legenden und Märchen der schwarzen Magie und der Hexenmächte erzählt. Er schulte sie auch dahingehend und zeigte ihnen Sachen, die sie gegen vermeintliche Hexen und Geister und könnten. Dass er diese Bösartigkeit und diesen Aberglauben meist dazu benutzte, um seinen eigenen Feinden von diesen Menschen fern zu halten und die Dorfmenschen unter Kontrolle zu halten, wussten die wenigsten. Auch dass er sie meistens dazu benutzte seine Feinde zu strafen durch diese Leute, die doch nichts anderes glaubten, wie das was ihnen der alte Frère Jacques vormachte. Die Dorfmenschen waren einfältig und verachteten alles was irgendwie neuartig war. Sie waren nicht wie die Sinti und Roma, die Technik ablehnten, aber trotzdem tolerant waren. Diese Dorfmenschen verteidigten wirklich mit Waffengewalt diese ihnen auf doktorierte Lebensweise. Wie eine Art Trophäe trugen sie ihre Lebensweise mit den dazugehörigen Regeln vor sich her und verbanden damit alte aus dem Mittelalter stammende kulturelle Regeln. Sprich Auge um Auge Zahn um Zahn! Oder andere sinnlose und krasse Kampfrechtfertigende Sprüche und Bezugsgrößen. Es war eine Art mafiöse familiäre Struktur, da im Dorf nahezu alle miteinander verwandt waren. Und es auch Fälle von Inzucht gab. Das Dorf war nahezu abgeschottet und niemand kam hinaus oder herein. Selbst die Lieferanten für das Kloster waren angemeldet und wurden kritisch beäugt. Jupp Joachimski bezeichnete dieses Tal-Dorf als sein Volk, da er sie zu sogenannten Lehensbauern deklariert hatte und sich als Kirchenadeligen ausgegeben hatte. Jupp Joachimski verschwand manchmal über die griechische Grenze und den Hafen auf der griechischen Seite. In vielen Fällen verbrachte er seine Urlaube und Wanderrouten im Sommer dort auf den Balkan. Er selbst entstammte einer nachweislichen Führungsnazifamilie und verfocht die Ideologien derer. Kindererziehung vollzog er wie ein selbsternannter Patriarch, wobei Jupp Joachimski nichts fremd war. Im positiven wie im negativen Sinne! Er schlug und vergewaltigte und züchtigte wie er wollte. Er führte sich auf als wäre er Gott und als ich kam wie ein Gott, dem niemand mehr folgte und der seine Angstfassade verlor. Wir Kinder brachten uns gegenseitig die Tänze bei, die wir einerseits erfanden und wie bei mir, die ich aus den Staaten kannte. Square Dance war darunter und ebenso der afrikanische Tanz aus Namibia. Wir hatten unsere Freude und ich lachte und spielte mit ihnen und wusste, dass Jupp Joachimski sich nicht so leicht aus dem Staub machen würde. Er war das wahnhafte personifizierte Böse. Er war sich sehr wohl bewusst, dass er auch seine Art der Schulbildung nicht aufrechterhalten würden können. Auch die Bibliothek und seine sogenannten ausgeklügelten genetischen Züchtungen für die Zukunft der Kinder würden nicht fruchten. Er vermählte sehr dumme Dorfbewohner mit intelligenten Leuten sprich Kindern (so wie sie es bereits bei den Nazis gemacht hatten in den Konzentrationslagern) und wollte so den Stamm wie er die Dorfbewohner auch nannte gesund werden lassen. Denn aufgrund der Inzucht waren nicht nur mehrere Gendefekte aufgetreten, sondern auch schlimme psychische Krankheiten! Zu diesem Zweck hatte er zu der Hochzeitsnacht wie er es nannte Sinti und Roma eingeladen oder besser gesagt gezwungen zu kommen, damit sie einen neuen Genpool, eröffneten. Oder so wie er es ausdrückte frisches Blut in die geschlossene Blutlinie einfließen ließen, damit die Gendefekte aufhörten und nun Kinder ohne Schäden geboren werden würden. Die Kinderhochzeit rückte immer näher und nun sollte Janine heiraten. Ihren Cousin wie mir gesagt wurde. Ich war verblüfft und Janine erklärte mir, dass die Hochzeit ja eigentlich nicht echt sei und dass nur eine Art Versprechen ohne Geschlechtsverkehr sei, aber ich traute dem Ganzen nicht und sollte leider Recht behalten. In dieser Nacht geschah etwas Schreckliches. Alle waren um ein Lagerfeuer in der Mitte des Dorfes versammelt und in der Mitte des Dorfes stand ein großer Stein aus einem weißen abgerundeten Speckstein. Ein Material, welches nur in den tieferen Gebirgen auf den Balkan vorkommt. Auf den Dorfplatz stand er dort. Alles in diesem Dorf war grundsätzlich dreckig und die Bausubstanzen waren zumeist Holz und Stein. Die Fenster waren nicht abgedichtet und die Materialien und Bauweisen einfach bis primitiv. Die Fenster waren zugig und die Kirche war der einzige Ort in barocker Bauweise. Die Häuser hatten allesamt sorbische Sprüche an den Türschwellen und den Türstöcken. Es hieß sobald die Tür und der Türspruch entfernt werden würde, wäre dieses Haus ungeschützt und hätte sowohl Gottesschutz wie auch den Schutz der anderen Götter verloren. Der weiße Stein war auch nicht mehr weiß. Denn er hatte dreckige Einfärbungen. Es war die Vermischung zwischen den Hexenkult und einer Art kirchlicher Glaubensfanatismus. Gesteuert von den Obersten Ideologen der DDR Jupp Joachimski. Es standen alle in einen Kreis und der Tag fiel auf einen Sonnwendfeiertag. Ein Feuer brannte in der Mitte und alle hatten sich gut angezogen. Dann wurde der Bräutigam hereingeführt und als ich ihn sah, brach ich in Tränen aus. Denn sie hatten ihn in Eisenketten gelegt und führten ihn in den Kreis. Ein Mann mit einer Lanze und ein anderer mit einem Säbel bewaffnet traten hervor und brachten ihn um. Erst schnitten sie ihn die Hände ab und dann stachen sie mit der Lanze auf ihn ein. Alle waren wie paralysiert und verteilten sich und ließen den Cousin liegen. Jupp Joachimski der im Hintergrund mit seiner Kutte stand lächelte höllisch und sah mir in meine schockierten Augen! Jupp Joachimski drehte sich um und ging. Ich war wütend aufgrund dieser Sinnlosigkeit und kompletten Unverfrorenheit! Am nächsten Tag packte ich Janine ein und flog zusammen mit Janine nach München. Mit im Gepäck ein kleines blondes und blauäugiges Mädchen Hannah und Horst Teltschik. Ich hatte Hannah mitgenommen aus einem dortigen Kinderheim, wo die Stasileute sie zwischen geparkt hatten, nachdem sie ihren Vater einen schwedischen Soldaten umgebracht hatten. Denn Jupp Joachimski sah es als Verrat an, wenn man ihm Kinder mit bestimmten Herkunftsvoraussetzungen die gut in das Schema der Naziideologie passten vorenthielt. Was zu diesem Zeitpunkt niemand wusste, war, dass ich den gefolterten und inhaftierten skandinavischen Vater einen Exsoldaten, das Versprechen gegeben hatte, Hannah ausfliegen zu lassen und in Deutschland die Wahrheit über seinen Verbleib anzuzeigen. Er war sinnloser Weise gefangen genommen worden und gefoltert worden. Als Andenken für seine Tochter und mit guten Wünschen für die Zukunft seiner Tochter schickte er ein Manuskript mit! Es war das Manuskript von dem Herrn der Ringe! Es war eine Schilderung von seiner Gefangennahme und seinen Freunden und es war ein Skript was später versucht worden war von Jupp Joachimski noch zu verändern! Aber es war sinnlos, denn endlich war auch Licht in dieses Tal gekommen und es hörte nicht auf zu brennen. Es war nicht der Einzige Gefangene dieser Stasigruppe und der Mönche um diesen Jupp Joachimski. Während meiner Zeit in Bulgarien wurde noch ein Schwede festgehalten und floh auf die Insel im See, wo er sich von Krebsen ernährte und auf seine Rettung hoffte. Als Hohn und Spott schrieb Jupp Joachimski unter den Namen Steiner ein Spottmärchenbuch für Kinder über sogenannte Rüsseltiere in Latein, die vor Zynismus und vor Spott über die Westlich geprägten Menschen trieften. Er steigerte den Hohn, indem er Jupp Joachimski später ein Inselkloster auf dieser Insel errichten ließ. Was ich damals noch nicht wusste war, dass diese Bruderschaft wie sie Jupp Joachimski nannte, ihre Projekte perverser Natur weit nach Osteuropa ausgedehnt hatte und diese Art der Rachegelüste und brutalen Reaktionsweisen in sich trugen und damit aufgewachsen waren. Und es war so dachte ich mir trotz allem mit der Ausreise von Janine Bogosyan auch ein Hoffnungsschimmer! Sie stieß am Flughafen wieder auf mich! In München wurden Janine und ich dann wieder auseinandergerissen. Denn sie konnte auch meinen von Jupp Joachimski falsch informierten adeligen Onkel nicht beweisbar nachvollziehbar erklären, dass sie ich die verschwundene Prinzessin sei. Er schmiss sie dann auch wieder aus seinem Oldtimer raus und brachte sie zurück zum Kloster. Meinen Onkel war klar, dass Jupp Joachimski schreckliches vorhatte aufgrund seiner Paranoia gegen alle Feinde des sozialistischen Systems aber er ließ mich laufen und beobachtete von weiten! Aber wir sollten und schon bald wiedersehen.

A.2 Abbildung der Hochzeitsgäste bei der ersten geheimdienstlichen Hochzeit von Barbara Nowak und Walter Winkler 1987 in Niedersachsen

Hochzeitsgäste in drei unterschiedlicher Bindungsstärken zu dem geheimdienstlichen Brautpaar in Niedersachsen

- Familien aus Tschechien
- Familien aus Nordrhein-Westphalen

Familiär geheimdienstlich

- geheimdienstliche Familien aus der Nazizeit und aus der Stasizeit
- Familie Meier - Petrussek - Ingrid Wolf alias Blumoser
- Familie von Katja

Eng und leiblich und geheimdienstlich

- Sabine Nitzsche unter den Namen Meier mit ihren Ehemann Peter Meier der sich als Bruder von Barbara Nowak ausgba
- Mossadschwager von Peter Meier
- Franz Mayinger unter den Namen Ulrich Grigull als vorgetäuschter Brautvater

Janine kam mit mir in meine Behausung mit dieser ostdeutschen Entführer-Familie und meine Mutter war von deren Folter in Berlin gestorben! Ihre US-Army Uniform war von Julia Walter unberechtigter Weise aus dem Haus meiner leiblichen Familie geholt worden und machte sich lächerlich darüber. Sie zogen die Uniform an und nähten einen Judenstern an und fotografierten sich damit. Ich war den Tränen nahe und hatte wieder dieses Gefühl das alleinste Kind in diesen hässlichen Fratzendeutschland zu sein. Die Uniform hatte diese durchgeknallte Stasiagentin für sich und ihre „Missionen" für die Rote-Armee-Fraktion und Stasitätigkeiten genutzt. Mir flossen die Tränen die Wangen runter, aber ich wusste, dass meine Mutter erlöst worden war mit ihrem Tod aus der jahrelangen Folter durch diese Leute! Der an sich so sinnlos war und ihrer einzigen Tochter und gleichzeitig ihrem einzigen Kind die geliebte Mutter nahm! Es war eine Taktik der ostdeutschen Familie, dieser Entführer-Familie in der ich mich befand, mich mit sogenannten „schönen" Ausflügen über ihre schlechten Taten die mich direkt trafen „hinwegzutrösten"! Es gab nur lachende Fotos von mir! Sie redeten nie Klartext und wenn man punktuell und direkt nachfragte wurden sie sauer bis cholerisch! Auch das Kindermädchen, welches Gerhard Nitzsche nie heiratete hatte er nach Namen und Aussehen ausgesucht! Damit das Verschwinden meiner leiblichen Mutter nicht auffallen sollte und er sich als adeliger Ehemann ausgeben konnte. Gerhard Nitzsche war nahezu die Hälfte des Jahres in Ostdeutschland wo er der Vater von Gundula Nitzsche. Falls er etwas nicht wusste was mich betraf sagte er, dass er zu viel arbeite um es zu wissen! Im Grunde machte er sich ein schönes Leben und speiste mich mit Kleinigkeiten ab! Die größten Brocken des Geldes behielt er für sich und seine leibliche Familie zurück und führte ein Luxusleben. Alle Dinge und Sachen die ich brauchte und die ich mich leisten konnte und von meinem eigenen erarbeiteten Geld kaufte, rechnete er doppelt bei den Behörden für mich ab. So erhielt er zudem nochmals Geld, obwohl er eigentlich genug Geld hatte. Aber es musste immer mehr sein, um seiner Maria Bogosyan etwas bieten zu können. Ich war immer eine Nummer für ihn und nie ein individueller Mensch. Auch war ich in den Augen von Gerhard Nitzsche nie ein Kind geschweige denn ein Mensch. Wenn ich weinte nahm er mich nie in den Arm, denn er sagte nur was heulst du jetzt rum. Er war eiskalt und war dies bis zu seinen Verbleiben in meinem Haus. Er hasste alles an mir und sogar neue Kleidung aus Designerläden war ihm zu schrecklich oder sie saß nicht wirklich und ich sah laut ihm hässlich aus. Es war einfach eine Situation, die nicht so leicht zu verdauen war, aber ich musste mich durchbeißen. Denn hätte ich aufgegeben, wäre sehr viel kaputt gegangen. Zudem hatte ich die Worte meiner Mutter in den Ohren, als diese Leute sie reizten so wie sie es immer taten. Ich hörte sie das erste Mal „Du Arschloch!" sagen und ab da wusste ich, dass ich nie mehr einschlafen durfte und für nahezu immer meine Ebene der normalen Kommunikation verlassen musste, um mich auf dieses primitive Niveau herabzulassen! Denn sie sagten alles ohne Anstand und ohne Moral! Sie empfanden und empfinden keine Empathie und auch kein Mitleid. Sie waren keine Menschen, wenn sie redeten, sondern wurden zu Monstern, die das gesagte als Einschüchterung in die Realität umsetzten. Sie waren wie unzurechnungsfähige Schweine, die völlig paralysiert auf normale Menschen losgingen. Sie behaupteten, dass dieser Mensch nicht normal sei, obwohl sie es waren und sind. Sie kannten keine Grenzen, weder Moral noch Anstand noch Rechte noch Polizei noch Haft konnte sie einschüchtern. Sie waren wie besessene und behaupteten immer im Recht zu sein und rannten jeden auch verbal über den Haufen, der alles richtig sagte und nicht log in deren Intention. Sie hassten mich und ließen mich es jedes Mal spüren. Denn ich sagte jedes Mal die Wahrheit. Bei Kleidungskauf wurden extra falsche Hosengrößen ausgesucht damit sie mich als dick bezeichnen konnten. Ich war sooft, wie möglich weg. Alle Schikanen fanden immer statt, wenn sie niemand sah und sie hassten meine Weichheit und meine kulturelle Art. Sie waren Zombies und Gerhard Nitzsche und das Kindermädchen waren auch nie ein echtes Paar. Gerhard Nitzsche war ein Romeo der Stasi und brauchte jemand blöden der für seine Legende als alleinerziehender Vater von einer Tochter in München brauchte. Er war auch mit seiner leiblichen Tochter Gundula Nitzsche in der DDR als alleinerziehender Vater eingetragen und immer, wenn er redete meinte er nicht mich. Die guten Sachen aus meinen Leben erzählte er immer mit den Namen von den Mädchen seiner Familie. Wenn er schimpfte, schimpfte er ohne Grund und mit Genuss. Er fand sämtliche Gründe rumzunörgeln und recht machen konnte man es ihm sowieso nicht. Er war herrisch und war nur in München, wenn er in Ostdeutschland in eine Notlage kam oder, wenn er wieder

Geld brauchte sprich über meine Lebenssicherheit erpressen wollte bei meiner leiblichen Familie. Er hatte das Kindermädchen beauftragt mich mit Julia Walter und deren Familie wieder in Kontakt zu bringen. Das war meistens, wenn die Familie Walter aufgrund ihrer Hochstapelei wieder in Geldnot und Erklärungsnot kam. Es waren wieder Stasilügen, die gedeckelt werden mussten. Denn auch an der **Identität** der Familie Walter war alles falsch und erlogen und erfunden! Ich hatte dieses Geflecht von Beleidigungen und unzulässigen Vermischungen einfach satt. Das war 1989!

Im Jahr 1998 war Jupp Joachimski hingegen auf der Höhe seiner zusammengelogenen Karriere! Jupp Joachimski selbst war zu diesem Zeitpunkt nicht nur als Richter tätig, sondern auch als Wirtschaftsprüfer und Juraprofessor. Jupp Joachimski war in der DDR in Berlin ein kompletter Looser. Er war unter anderem ein Balletttänzer und ein Radiomoderator und ein abgebrochener Lehramtsstudent und ein nie studierter Jurist und das war sein Hauptwirken der DDR-Stratege, der Hauptfolterer. Er hatte ein Netzwerk an Psychiatern und Psychologen geschaffen und war der Onkel von Julia Walter die zu diesem Zeitpunkt ihren bulgarischen Namen Mascha trug. Den Namen Julia Walter hatte er sich aus der Familie von Janine Bogosyan ausgeliehen, deren westdeutsche Cousine so hieß. Julia Walter war nie in Bulgarien nach ihrer Geburt, aber tauchte einmal in Prag auf, als ich dort 1995 Medizin studierte. Ich wusste bis zum Ende der Prozesse nicht, ob Julia Walter wirklich jemals in Bulgarien war oder ob sie dort überhaupt jemals gelebt hatte oder irgendwelche Daten von offizieller Seite dort besessen hatte. Bestätigt war auf jeden Fall ihr Vorname Mascha und ihre Geburtsurkunde aus Bulgarien war gefälscht. Sie hatte auch in Berlin gelebt und Verbindungen zu den SED Regime. Sei erfand im Laufe der Jahrzehnte noch die Geschichte, dass sie mit Russland verwandt sei und eine Zeitlang in Schlesien gewohnt hätte und dort Verwandte hätte. Beides gelogen. Denn mich schickte diese komische Stasifamilie quer durch Ostdeutschland und über Berlin in einer sogenannten Adoptivwohnung für angebliche Waisen die für die Stasi auf den Strich gehen mussten. Aus diesem Grund floh ich aus der Wohnung, die mit einer Falltür mit Eisennagelbrett gespickt war. Zudem gab es noch Stromfallen und eine Warnsirene.

1.2 Weiterführung der bedrohlichen Atmosphäre im eigentlich privaten Alltag

Das war in den Jahren 1993, wo ich ein Schülerpraktikum zunächst in den Erzbischöflichen Ordinariat München und Freising absolvierte. Der unzulängliche Chef war, der den ich bereits in Bulgarien kennen gelernte hatte der trotzige Mönch Frère Jacques alias Jupp Joachimski. Das Praktikum an sich war relativ normal und Jupp Joachimski nahm mich zu den Rheinfällen und nach Thüringen mit. Und versuchte mit seiner angeblich hintergründigen Stasiausdrucksweise mir etwas mitzuteilen, was ich jedoch geflissentlich ignorierte, weil es nicht der Wahrheit entsprach und die Interpretation nicht möglich war anhand normaler Denkmuster geschweige denn meiner moralischen und kulturellen Vorstellungen. Er spielte vor etwas über mich zu wissen was überhaupt nicht stimmte und privat hatte ich ihn sowieso nichts erzählt. Damals in Bulgarien hatte er meinen adeligen Großonkel der mit einem Oldtimer kam vorgemacht Janine Bogosyan wäre die echte Prinzessin und wäre ich und er nahm sie mit. Ich hingegen blieb stehen. Da ich bereits mehrere Erfahrungen mit diesen lügenden und brutalen Idioten hatte machte ich wenig Anstalten dieser Lüge zu widersprechen, denn jedes Weigern hätte ein dreistes Nachforschen von Jupp Joachimski nach sich gezogen und so wie damals 1986 als mein adeliger Verwandter aus Frankfurt am Main kam um mich abzuholen. Es war Winter und diese Familie bedrohte ihn mit einem Messer und sagte, wenn er mich in den Arm nähme, würden sie mich umbringen. Sie deklarierten mich als ihre Geisel. Aus diesem Grund blieb ich still später, als mein adeliger Verwandter kam und kam damals aus Bulgarien extra zurückgeflogen. Sprich ich saß nicht bei Janine. Dazwischen hatte ich Arbeitsflüge nach Frankfurt am Main und blieb dort nie lange. Dann wollte ich mal von München nach Hamburg fliegen und ich landete fälschlicherweise in ein Flugzeug nach Nordirland. Dort blieb ich dann eben so 2 Tage und flog dann wieder zurück. Dem Ordinariat sagte ich, dass ich mich verflogen hatte und es hatte sich erledigt. Nordirland war in der Zeit ziemlich gefährlich und ich lernte lustige Leute kennen. Während der Nacht gingen wir ins Pub und sprangen über die Grenze. Ich lachte und hatte mit den Jugendlichen Spaß und wir hatten nicht die große Politik im Sinn. Eine britische Streife holte mich dann wieder ab und brachte mich nach Großbritannien zurück. Wovon ich nach München zurück startete. In München zurück, nahm mich Jupp Joachimski nach Thüringen mit, wo er mich vergewaltigen ließ, von zwei seiner einstigen Referendare und Novizen vor den Augen meines damaligen guten Freundes Sascha. Er verkannte zunächst die Situation und war beleidigt und fuhr am nächsten Tag zusammen mit diesen Leuten weg. Auf der vorherigen Party auf dem Dach des alten Herrenhauses hatte mich Jupp Joachimski versucht mit seinem jüngeren Schwager Gunter Schmid mit einen Schampus-Glas in der Hand hinunter zu stürzen. Es misslang, weil ich zurück ging und mich trotz Stöckelschuhe halten konnte. Am nächsten Tag war ich allein und sah sie alle mit dem Oldtimer abfahren und mich ließen sie stehen in meinem roten Kleid und hatten mein Handy mitgenommen. Ich flüchtete und kam aufgrund der Nähe zur Tschechischen Grenze glücklicherweise an eine US-Army Streife und die versorgten ich erstmal!

Dann flogen sie mich in die Staaten, weil ich meinen kalifornischen Dialekt noch nicht verloren hatte und später wieder nach München. Von da aus fuhr ich nach Berlin und kam dort in eine sogenannte Jugendamtswohnung von dem damaligen Jugendamt und den Kirchen, die ein Experiment bei Pädophilen durchführten indem sie sich abhärten sollten. Indem sie DDR-Heimkinder adoptierten und sie in ihren Wohnungen aufnahmen. In so einer Wohnung landete woraufhin ich sofort türmte. Ich fuhr nach Polen und Schlesien. Es war Sommer und ich freute mich über meine kleinen neuen Freunde, die eine Kindergruppe von der Straße war. Wir waren bunt gemischt und fuhren über Warschau und das Ghetto und über Ausschwitz Richtung Russland. Wir hatten Spaß und fuhren an ein altes Schloss an der Küste und blieben dort ca. 2 Wochen. Dann gingen wir zur Feldarbeit. Wir halfen bei der Apfelernte und Kartoffel ausgraben. Wir fuhren auf Pferdegespannen mit oder sprangen auf Frachtwaggon mit. Die Felder leuchteten goldgelb in Polen. Soweit das Auge reichte. Der Himmel war meistens blau und hatte in diesen Sommer nur flirrende Wolken die das Sonnenlicht durchließen. Wir fuhren bis nach Russland und ich kam im Kreml und in Moskau und in St. Petersburg und in Jekaterinenburg. Die damalige Botschaft der US-Regierung war im Sommerpalast untergebracht und als ich dort war, wurde ein Paket angeliefert. Ich öffnete es neugierig und es war ein echter abgetrennter Frauenkopf darin mit Blutspuren und geöffneten Augen. Ich schrie vor Schreck und danach wurde ich evakuiert nach USA! Es war eine Mitarbeiterin einer amerikanischen Schule. Niemand verstand es und ich war nur noch schockiert. Später bauten wir diese Szene in einen Film ein. Später versuchte Julia Walter sich dieses Ereignis zu eigen zu machen und in ihre Lebensgeschichte einzuflechten. Für mich bedeutete es kein wirkliches Schockereignis mehr, denn ich hatte meine Mutter gesehen und ich konnte ab diesen Zeitpunkt niemand mehr vertrauen. Denn ich konnte danach die immer klaffende Wunde nie schließen und sagen durfte ich nichts. Denn der Schutz meiner Mutter war nahezu unmöglich. Immer wenn ich auftauchte aus dieser ständigen Sorge und wenn ich endlich mal Kind sein konnte, ließ mir Familie Walter ein Folterfoto zeigen und zog mich so wieder in die Demütigung und in das Schlechtgefühl. Es war meistens vor sogenannten Aktionen dieser Stasikommando in München, wie sie sich nannten. Manchmal nannten sie sich auch Freiheitskämpfer und auch manchmal Friedenskämpfer. Solche Aktionen der Erpressung setzte Julia Walter in der Zeit danach fort. Es sollte nie herauskommen, dass ihre Eltern eigentlich Bulgaren waren, wie sie selbst auch und meine leiblichen Eltern verleumdet hatten an Geheimdienste und selbst einen Folterpart einnahmen. Sie begründeten später, dass ich doch mit 5 Jahren schon so erwachsen gewirkt hätte und deswegen sie mich so ernst genommen hätten und ich doch meine Eltern selbst an sie verraten hätte. Ich war entsetzt, als sie diese Argumentation annahmen. Sie hassten meine weiche Art und meine Sätze, dass ich alles so sinnlos fände.

Es war schlimm, dass diesen Leuten nichts heilig war. Sie waren wie kranke und unmoralische Insekten. Sie lebten zusammen in einer Art Kommune. Sie manipulierten und verleumdeten, wie es ihnen nutzte. Sie gründeten Freundschaften und Familien, aber wenn sie in Bedrängnis kamen, entblätterten sich die alten Seilschaften und sie zogen sich in ihre alten und bekannten Stützpunkte zurück. Sie sprachen mit ihren Leuten in dieser Geheimsprache die sich aus Wortanlehnung und Vermischung der Deutung und ganz besonders die Ungenauigkeit. Sie logen und jeder der das anhörte, fragte sich zunächst nichts Besonderes. Aber wenn man genauer zuhörte, dann wurde man stutzig. Die meisten Leute durchliefen diese Phase des genauen Zuhörens und drangen auf Genauigkeit die meist dann durch emotionale Agitations- und Manipulationsmuster versucht wurde auszuhebeln. Das hieß, dass man nach den Drängen des Gegenübers auf Konkretisierung, zunächst eine Beleidigung oder eine obszöne erfundene Geschichte erzählte, die das Gegenüber ablenken sollte aufgrund der Steigerung der Emotionalität. Danach wurde noch frech ins Gesicht gelacht. Wenn sich das dann noch weiter zuspitzte, wurde behauptet, dass gar nichts gewesen sei. Und viele Leute beließen es dabei. Manche gingen weiter und verstanden die Bösartigkeit des scheinbar zusammenhanglosen Geredes und wurden dann als diese Leute es in normale erklärbare Vorgänge aufschlüsseln konnten und die kriminelle Energie hinter den Einzelvorgängen und dann den Gesamtvorgang verstanden und die Grundannahmen des Vorganges sehr wütend. Denn meistens passte der Modus Operandi und die Intention des Vorganges nicht in die Kategorie 1. Legaler Vorgänge entsprach und 2. Auch nicht in das moralische Schema der Zuhörenden und damit auch sogenannten indirekten Beauftragten (oder lediglich benutzten) deckte und 3. Die Überprüfung der Vorgänge sehr lange dauern würde, weil damit der Vorgang an sich betrachtet in den einzelnen Zeitrelationen (Vergangenheit und Gegenwart und Zukunft) als faktisch wahr angenommen werden mussten ohne, dass das Gegenüber im Ansatz produktiv reagieren konnte. Es war im wahrsten Sinn ein Totgequatsche, welches als Mitteilung eines Tatplanes beinhaltete. Meistens passten aber nicht nur die Zeitschienen nicht, sondern die Gesprächspartner begriffen den Satz: „Ich lebe im Hier und Jetzt!" nicht! Denn es war nicht begrenzt auf eine Aussage eines einzelnen Menschen, sondern es beinhaltete auch die Prämisse, dass das Gegenüber sich an diese Aussage hielt und mit an den verbalen Ausführungsbesprechungen beteiligt war. Er verlangte den Zuhörer ab, dass wenn er nichts sagte und zuhörte das neben einander reden akzeptierte und dass nicht direkte Antworten auf Fragen und das Vorbeireden am Thema. Es wurde keine Rücksicht auf die sogenannte Tageslaune des Gegenübers genommen, sondern nur stringent geredet. Manchmal wurde, wenn der Gesprächspartner trauerte noch verhöhnt, dass er Gefühle zeige und so schwach sei. In diesen Gesprächen wurde jede Individualität geraubt und man hätte diese Gespräche beliebig jeden führen lassen können, denn die Personen waren egal. Es war ein Personenspiel ohne Individuen. Es war eine Entleerung des Gesprächsinhaltes, der stattfand und der bei westdeutschen Personen erst wahrgenommen wurde, wenn sie schon zu viel Persönliches und

Privates preisgegeben hatte. Billy Idol komponierte aus diesem Grund damals das Lied „Eyes without a face!". Es zeigte die Entmenschlichung des Individuums in seiner Reinform, wobei die Leute die Emotionen zeigten, wenn sie sich aufregten als Zombies bezeichnet wurden und die Grauen Herren, wie man die anderen nannte, als Menschliche Individuen. Sie verkehrten und verdrehten, wie sie wollten. Die Gespräche wurden geführt als würden diese kriminellen Leute vorher in andere Rollen schlüpften. Sie wollten möglichst viel Selbstbewusstsein ausstrahlen und glaubten nach der Wende ihre eigenen Legende. Sie begriffen nicht, dass sie damit nicht glücklich werden würden geschweige denn irgendwann ein freies und selbstbestimmtes Leben führen könnten. Denn sie selbst waren die Lüge, die in die Welt geboren wurde. Später beispielsweise behaupteten sie, dass ihre Legenden ihre wahren Lebensgeschichten seien. Ich war zu der Zeit in Tschechien auf einem Konzert von Billy Idol und half hinter der Bühne und beim Aufbau und Abbau. Nach dem Konzert folgte ich den Sänger in den Hof der Konzerthalle. Vorher saß er auf einer Kiste in den Katakomben des Stadions. Und dann lief er raus und hinter ihn ein Bühnenmitarbeiter. Mit redete Billy Idol englisch. Aber dort auf den Hof traf er auf zwei deutsch redende Ostdeutsche und er fragte auf Englisch nach: "Wieso sie deutsch sprachen?". Sie sagte nichts denn sie hatten sich gestritten und schlugen ihn tot. Danach schlüpfte ein Bulgare in seine Rolle und redete die erste Zeit nicht! Er hatte seine Vertrauten und alle diese sprachen bulgarisch. Ich sah es und war nur entsetzt und ich wollte nie wieder an die Zeit erinnert werden. Aber es sollte anders kommen. Ich schlief an diesen Abend wieder auf den Straßen Prags. Ich lernte auch ein französisches Ehepaar kennen, welches sich von der Stasi zersetzen ließ und wovon die Frau eine Stasiagentin war und ihren Schwiegervater in Tschechien als Faustpfand für das Leben ihres Mannes in Skandinavien. Auch darüber ließ ich einen Film drehen und auch die Besuche in der Pathologie und in der Leichenkeller. Es war so, dass die Leiche Vergiftungserscheinungen aufwies und die Zunge nicht nur dick angeschwollen war, sondern auch blau verfärbt. Aber der Skandinavier ließ seinen Vater ausfliegen. Nur kam der Leichensarg nicht im Ausland an. Die Frau wurde entführt auf ihren Rückflug und der Mann wurde noch in Tschechien ermordet. Somit war nahezu eine gesamte Familie in Tschechien ermordet worden. Das einzige Kind und die Großmutter erfuhren nie etwas. Sie waren in Frankreich geblieben. Ich blieb auf der Straße von Prag und es ging weiter mit einem Ehepaar, was ich kennen lernte. Aber bei dem sich herausstellte, dass die Frau Anna nur die Freundin war und Morgan der Lehrer in Prag auch keine Kinder. Beide kamen in ein sadistisches Experiment in Prag. Es war eine Fortsetzung des Projektes aus Bulgarien unter den Augen von den einstigen Klosterbrüdern von Jupp Joachimski. Jupp Joachimski betreute in dieser Zeit auch verschiedene Krankenhäuser in Prag. So kam es, dass er beide einen Chip einpflanzen ließ und beide wahnsinnig wurden. Sie starben, weil sie sich gegenseitig umbrachten und waren eine Zeitlang in einen U-Bahntunnel in Prag festgehalten worden. Und dort wurde ihn ein Chip eingepflanzt. Ich lief damals dort hinunter und befreite Morgan. Aber er war so schwer geschädigt, dass er zusammenbrach und ich nachdem er in meiner Wohnung war (oder besser gesagt in der Wohnung eines Bekannten) und nicht mehr laufen konnte. Während dessen kamen Schläger in die Wohnung und versuchten Morgan zu erschlagen. Er brach dann auf der Straße zusammen und ein kleines Kind hatte ihn ein Messer in die Brust gerammt. Als ich das sah, war ich nur schockiert. Anna brach woanders zusammen und war eigentlich Stasiagentin und konnte nach der Chipimplantation auch nicht mehr laufen. Sie wurde erschossen von einem Klosterbruder von Jupp Joachimski. Seine kleinen Priesteradjutanten hatten die Computerarmaturen in einen Raum aufgebaut und hatten die sogenannte „Controlling" der Kopf-Chip übernommen. Sie sahen auf einen Bildschirm die Chips, die eigentlich Köpfe darstellte. Und Jupp Joachimski drohte immer die Köpfe explodieren zu lassen. So ließ er das kleine Straßenkind auch implantieren und sie sollte den amerikanischen US-Botschafter umbringen bei einem Besuch in Prag. Als Instruierung und Instruktion wurden eine Postkarte aus der DDR mit Gundula Nitzsche darauf und deren Blumenstraußübergabe an Erich Honecker. Dieses Bild wurde dem Straßenkind gezeigt und sie so „vorbereitet" wie sie es nannten auf ihre große Aufgabe, sondern auch damit geködert, dass sie besonders schön sei und sich bei der Straßenparade es keine Kunst sei sich den Botschafter zu nähern.

So kam in deren Erzählungen nicht die Urlaubsfahrt nach Italien in die Toskana vor. In der Toskana war damals eine sogenannte Urlaubsfahrt zu adeligen italienischen Verwandten geplant. Mit im Gepäck Julia Walter und ich. Als wir ankamen trafen wir auf einen angeblichen Herzchirurgen der auch gleichzeitig Archäologe war und an die Etrusker Sagen glaubte. Er trug immer einen Jagdmantel und stellte sich als Baron vor. Seine polnische Assistentin Olga war seine Geliebte und war sehr distanziert und sehr verschweigen. Das Haus war eine alte Trutzburg und lag tief in den Berghängen außenherum nur Wald. Ein paar Meter lag ein See der am Morgen Nebel trug. Es war schon eine Art Herbststimmung. Julia Walter trug meinen roten kleinen Chanel-Mantel und den Verlobungsring meiner Mutter. Auf der Rückseite war ein Swimmingpool mit blauer Auskleidung und mit einen runden Treppenzugang. Auch darüber drehte ich nach dem Horror einen Film drehen. Ein paar 800 Meter lag ein altes Kinderklinikum und ein Waisenhaus, welches noch benutzt wurde. Der tschechische Herzchirurg arbeitete laut eigener Angabe dort manchmal ehrenamtlich. Was wirklich dahinter steckte erfuhren wir nur langsam. Die Statuen aus dem Garten des Berghauses lagen in diesen See. Es waren alte Statuen nach römischem Vorbild und griechischen Vorbild. Der Tscheche und die Polin hatten sie versenken lassen zur Tarnung. Parallel hatten sie aus einem griechischen Museum die Etrusker Schatz rauben lassen und so in die Toskana gebracht um ihn weiter zu verkaufen. Aber das war nicht die einzige Straftat, die sie durchgeführt hatten. Es war vielmehr eine

Vollendung gemäß des Etrusker Schatzes. Wir, Julia Walter und ich begleiteten diesen tschechischen Herzchirurgen in das nächste Dorf Aceto und gingen mit ihm in eine Goldschmiede, wo der Herzchirurg teuren Schmuck aus den Berghaus anbot und einen Puppenladen wo er Echtpuppen in Auftrag gab. Es sollte eine Maßarbeit sein. Die Wahrheit war viel grausamer als wir dachten. Julia wachte eines Tages auf und fühlte sich schlapp und konnte kaum laufen. Sie hatte eine Narbe an ihrer rechten Seite und sagte, dass er ihr etwas ausoperiert hatte. Mit ihm meinte sie den angeblich Adeligen, den sie aber laut eigener Aussage nicht kannte. Ich dachte mir nur, warum ich schon wieder mit ihr mitkommen musste. Und jetzt das! Ich wollte mit Julia in das Dorf zurück um zur Polizei zu gehen, aber es war zu spät der Professor hatte bereits die Behörden informiert und die Polizei glaubte Julia nicht. Sie starb in der gleichen Nacht und diente als Organspender und ihr wurden von ihren angeblichen Verwandten sämtliche Organe für ihre Empfängerin Susanne Stein der leiblichen Tochter von Jupp Joachimski entnommen. Julia wurde mit Glasaugen ausgestattet und mit einem Schleier verkleidet wie eine Schneewittchen-Figur ausstaffiert und fotografiert. Dieses Foto wurde ihren Eltern zugesandt nach München, um sie zu strafen, dass sie Verräter seien, weil sie das Bild von meiner gefolterten Mutter veröffentlicht hätten und Julia dies im Kindergarten vorgezeigt hätte. Sie gaben dieses Foto als „Hochzeit" von Susanne Stein und Julia Walter gleichzeitig aus. Sie bauten somit einfach Vertuschungslegende auf. Erst erzählten diese Beiden, dass Julia Fasching gefeiert hätte im Kindergarten, dann wiederum, dass es Susanne Stein auf dem Foto sei und dann wiederum, dass Julia sich entschieden hätte bei ihren adeligen Verwandten in Italien zu bleiben. Es war alles gelogen und sie vertuschten den Mord an Julia mit einer entsetzlichen Zusatztat. Sie tauschten Julia aus und schickten an ihrer Stelle ein bulgarisches Waisenkind nach München zurück, welches gleichzeitig mit einer Deborah in diesem Waisenhaus aufgewachsen war. Nachdem dieses Waisenkind drohte aufzufliegen, änderte es schnell seine **Identität** als Julia Nowak und Tochter einer gewissen Ewa Nowak, die angeblich US-Amerikanerin sei. Als Beleg für ihre Verwandtschaft legte sie das Foto vor von meiner leiblichen Mutter in Uniform vor und behauptete Medizin in Karlsbad studiert zu haben und damit ich wäre. Sie hatte im Waisenhaus bereits den tschechischen Herzchirurgen kennen gelernt und auch dessen Verbündeten Jupp Joachimski. Jupp Joachimski war wie seine Mönchsbrüder in ein osteuropäisches Netzwerk eingebunden und hatte auch die Situationen in Prag bezüglich der zwei ausländischen Ehepaare und deren Tode der Organisator. Ich jedenfalls fand Maja die italienische Adelige in dem Haus mit Eisenketten gefesselt und ihre Kinder waren zu den anderen Experimentopfern gemacht worden. Maja war tot und ihre Kinder und deren Freunde lebten. Ich packte sie ein und floh mit ihnen aus dem Tal. Es war die beglückendste Zugfahrt, die ich je hatte. Meine Kreditkarte platzte. Aber so what! Ich und meine kleinen Freunde waren sicher. Zurück gelassen hatten wir Jenny Schmid und Susanne Stein die beiden Cousinen waren und sich in dem Haus Fernsehen ansahen. Jenny war zu dem damaligen Zeitpunkt bereits 9 Jahre älter als sie vorgab. Später wurde das zu einem Problem, denn sie hatte in ihrer Geburtsurkunde das Geburtsdatum von Julia Walter, um ihre Existenz zu zersetzen. Wir begriffen auch, warum der Herzchirurg in den Puppenladen gegangen war. Es war die Bitte an den Puppenmacher die Glasaugen in das tote Gesicht von Julia Walter einzusetzen und sie zu fotografieren. Genau dieses Foto was ihre Eltern erhielten. Was wir zu diesem Zeitpunkt noch nicht wussten, war dass, Julia Walter ihren Namen und ihre **Identität** aus den sogenannten Namenspool von Jupp Joachimski und seinen Kindern in Bulgarien im Kloster geliehen hatte. Sprich auch der Name und die **Identität** der Familie Walter waren nicht echt, sondern nur ein Tarnname und Tarn**Identität** und in Wahrheit gehörten sie zu Janine Bogosyan Familie. So erpressten sie sich gegenseitig und fraßen den Tod ihres Kindes in sich hinein. Der Vater von Julia Walter konnte sich nicht mehr erklären, warum er Julia nicht mehr in den Arm nehmen konnte und was plötzlich passierte. Die neue Julia zeigte so wie es der abgesprochene Plan von Jupp Joachimski und ihr war den echten Vater von Julia Walter wegen sexuellen Missbrauchs an. So konnte sie sich geheimdienstlich losnabeln und entzog sich komplett der Kontrolle der echten Familie. Die Eltern wurden damit zusätzlich gefoltert, denn sie konnten nicht mal ein Grab anlegen geschweige denn einen Suchauftrag aufgeben, denn es war ja eine Julia Walter lebendig in München. Das Foto zeigte mir Susanne Stein dann auf einen Nachmittagsfamilientreffen der Familie May in Pliening. Dort erfanden sie wieder eine neue Legende, dass das Bild aus den Märchenwaldbesuch in Wolfratshausen stammen würde. Ich wurde dann zu einer besten Freundin stilisiert, die ich nie war und Julia als ein ganz normales junges Mädchen. Für mich war das Lügen sehr lästig. Denn ich liebte die Wahrheit und nicht die dummen wahrheitsverschleiernden Gesprächstaktiken. Später sollte mir diese Genauigkeit nicht nur mein Leben retten, sondern auch meinen Leuten. Denn das war die Möglichkeit, die dargestellten Modi-Vorgangsablaufs-Ketten zu durchbrechen bevor sie zu tödlichen Spiralen wurden und zu sogenannten geheimdienstlichen Sogwirkungen.

Mein Leben setzte sich jedenfalls in München fort. Das war 1988 Anfang des Jahres! Ich ging wieder in die deutsche Grundschule und Julia Walter kam später aus London nach. Und ich durfte mit meinen Kindermädchen was auch den Namen meiner Mutter trug weiter leben in der inzwischen durch deren Vater leibliches Kind Sebastian Wieberneit. Er war ein kleines dummes und ungebildetes Kind, welches nicht mal den Ansatz von Lernfähigkeit aufwies. Selbst der Nachhilfekurs brachte nichts, da er sich lieber an seinen auserkorenen homosexuellen pädophilen „Onkel" Jupp Joachimski wandte. Sebastian terrorisierte damit alle Leute die nicht machten was er dieser tollwütige und aufbrausende Junge wollte. Er ging sehr jung mit auf deren Erwachsenenpartys und übernachtete bei Fremden Erwachsenen. Er saß immer schmatzend an den Frühstückstisch und schlug die Beine über einander und legte den kleinen Kopf schief, damit er besser in das

Kindchenschema passte, welchen er entsprechen wollte. Er hatte nie vor diesen Status der All-inklusive mit seinen Sugardaddy Jupp Joachimski zu beenden. Immer wenn er sich scheinbar von Jupp Joachimski trennen wollte, denn sein Lover war nicht nur einflussreicher Richter. Er hielt ihn auch mit Geschichten aus meinem Leben in seiner umgewandelten Version bei Laune und schlief mit ihm in einem Bett. Er ging selten zur Schule und wurde immer und oft krankgeschrieben, wenn er seinen Sugar Daddy begleiten sollte auf dessen von staatlicher Seite bezahlten Reisen. Ich wurde nicht nur verbal zurückgewiesen, sondern auch noch, wenn meine Verwandtschaft nicht spurte zu Geldüberweisungen gezwungen und als Drohmittel wurde ein Foto von mir dann zugesandt. Sie hatten enorme Angst um mich.

Man muss dazu sagen, dass meine leibliche adelige Familie sehr vorsichtig war, denn sie hatten die Aggressivität gesehen und mitbekommen. Aus diesem Grund luden sie mich in den Sommermonaten nach Niedersachsen zu den Hohenzollernschloss Marienberg ein. Maria Bogosyan behauptete später, dass dieses Schloss nach ihr benannt hätten, was natürlich gar nicht stimmte. Janine Bogosyan ihre leibliche Nichte behauptete später, dass Maria meine leibliche Mutter mit Adelstitel sei. Was natürlich nicht wahr war, denn meine Mutter war bereits schon längst zu Tode gefoltert worden und es ging wieder mal darum sich als Opfer darzustellen und ihre Tatopfer als Täter. Es war immer ihre Masche und sie taten alles um alle ihre Straftaten verdreht darzustellen. Sie benutzten dazu echte Namen und lenkten so den Verdacht auf fremde unschuldige Dritte und redeten darüber als würden sie nicht nur Kontakt zu diesen Leuten haben, sondern sie auch noch sehr gut bis intim zu kennen. Es war fast so, als hätten sie mit ihnen das Leben geteilt auch wenn sie nur die Stasistalker waren und aus der Vogelperspektive die Person betrachteten. Und genau diese Leute hatten keinen guten Spirit ihres Tuns, sondern sie schädigten die Leute mit den Informationen auch den unbewussten Informationen die sie dadurch erreichten. Sie hatten nicht das Ziel als kleine unbemerkte Heinzelmännchen etwas zu verbessern, sondern versuchten noch Etwas von anderen Leuten zu nehmen und auch noch bei falschen Taten von sich abzulenken. Es war wie eine undefinierbare Masse die sich nur durch ihre Flexibilität unterschied. Wie das zu einen bedeutete aufgrund deren Straftatenablauf war klar. Die Stasiagenten planten Aktionen nahezu über Jahre hinweg. Sie planten Kindesentführungen und den Mord deren Eltern generalstabsmäßig. Sie schufen mit ihren Verleumdungen zunächst eine Situation die die Zielobjektfamilie in die Enge treiben sollte. Dann sollten sie sich selbst zerstreiten und die nicht zuordenbare Situation nicht durchschauen und sich damit emotional und bindungsgemäß entfernen. Damit sollte sich ihr Vertrauen aufweichen und sie angreifbarer machen und gleichzeitig empfänglicher machen für und mittels äußerer auch instruierter Einflüsse! Diese Situation war eine komplett diffuse Situation für die Betroffenen und sie wussten nicht wie sie dieser gemerkten Stresssituation entkommen konnten. Dadurch entstand eine uneinschätzbare und unkontrollierbare Situation, die für die betroffene Familie zur Tortur wurde. Diese sogenannte Observation konnte über Jahre anhalten und sollte die betroffenen Personen mürbe machen. Die wirklichen aktiven Stasiagenten sprich lebendige im geheimdienstlichen Sprech vollführten in der Zeit aktive sogenannte produktive Aktionen. Einmal nahmen sie mich als Kind zu einem Bergwerk mit und entsorgten einen einstigen Bergkumpel um dann an die Abbaurechte zu kommen und Mitwisser zu beseitigen. Als Alibi, dass die Belegfotos aus den Westen stammten fuhren sie mit mir gleich zweimal in das Salzbergwerk in Bad Reichenhall und machten Fotos dazu. Der wahre Vorfall geschah jedoch in Ostdeutschland ein halbes Jahr zuvor. So machten sie ihre gesamten Vorgänge. Als ich 6 Jahre war flogen sie mit mir nach Afrika und folterten vor meinen Augen einen gefesselten Mann mit einer angespitzten umgedrehten Astgabel. Um ihn bei Bewusstsein zu halten gossen sie ihm regelmäßig Wasser über den Kopf und ihn dadurch die Astgabel direkt in den Zentralnerv des Kopfes zu rammen. Er starb. Danach flogen sie mit mir nach Bhutan und Tibet wo sie mich die Prinzessin als Putz-Kind ausgaben und als Arbeitssklaven. Als Beleg fotografierten sie mich in einen schäbigen Baumwollkleid und schmutzigen wütenden Gesicht und einen Besen in der Hand. Auch in Kabul war ich zu der Zeit und sie zettelten Krieg dort an und waren für die Stasi aktiv, was die Russen zwang sich dort zu engagieren. Es war sozusagen ein Problem, dass sich eröffnet hatte mit der Gefangennahme meiner leiblichen Mutter Maria. Denn Sabine Göring alias Nitzsche alias Maria Bogosyan spielte ihre **Doppelgängerin**. Um die Spuren zu verwischen von deren Stasiaktionen machte sie parallel Fotos in der Schweiz und in Baden-Württemberg auf der Schwäbischen Alb und in den Südtiroler Alpen. Das Matterhorn wurde zum K2 und Mount Everest und die Schwäbische Alb wurde zu den Südtiroler Alpen. Sie wurden zu einer Art Truppe die aus allen ihren Aufenthaltsorten Geheimnisse machten und die nachgewiesenen Orte mit Zweitfotos verfälschten. Ihr Tagesablauf war ein zwanghafter Vorgang der nicht entspannt war und in dessen Anlauf die Männer die Frauen schlagen durften oder beschimpfen wie sie wollten. Meine Mutter kam in der Zeit auf sogenannten „Hafturlaub" immer wieder mit Wunden entweder versteckt oder offen nach München. Manchmal brachen sie ihr die Hand und sagten ihr, dass ihr niemand glauben würde, weil sie Gefangene der DDR sei und sich selbst dorthin begeben hätte was nicht stimmte. Sie beschwerte sich nie mehr und hatte sich aufgegeben. Ich versuchte es ihr leicht zu machen, dass ich brav war, wenn sie da war. Aber sie quälten sie auch zu dieser Zeit und ich litt weiter.

Nichts war diesen perversen Schweinen fremd. Alles war in eine sadistische Zwecknutzung umgedeutet. Nichts geschah aus Liebe oder aus Moral oder aus Zuneigung. Nichts war geprägt durch Familiensinn. So war es auch verständlich, dass diese Vorgänge in den USA geschahen. Wo Barbara auftauchte in New York und Grace nach ihrer Flucht mit mir nach Kanada entführte.

Grace war ein vierjähriges Mädchen welches ursprünglich aus Kanada stammte und von Barbara wie die Ehefrau wirklich hieß entführt worden war auf der Flucht aus den USA wo sie zuvor das NASA Gebäude in Houston Texas in die Luft gesprengt hatte! Zuvor hatte sie mich mitgenommen und hatte die einstigen Arbeitskolleginnen meiner leiblichen Mutter dort angetroffen

Es war die **Identität** von meiner leiblichen Mutter Maria Christ. Ihren Adelsnamen benutzte sie kaum. Sie hatte sich den Namen als sogenannten adeligen Hausnamen eintragen lassen und nutzte ihn gern. Es war ihr Mädchenname und machte sie nicht schlechter. Ich hatte genau aufgrund dieser Verwechselung meiner leiblichen Mutter mit dieser Stasiagentin Jahre zuvor 1985 verloren. Ich war auf einen Rückflug über Frankfurt am Main auf den Flugplatz der amerikanischen Air-Base in der Oberpfalz abgefangen worden und von einen ihrer Stasiehemänner Gerhard Nitzsche dieser Stasiagentin nicht nur als seine Ehefrau bezeichnet worden, sondern dieser Mann hatten meine leibliche Mutter noch fälschlicherweise als Spionin bezeichnet und sie als Doppelagentin angezeigt. Daraufhin wurde meine leibliche Mutter inhaftiert und ausgeflogen in das Foltergefängnis der Charité in Berlin. Dort wurde sie in einen kalten Kellerverlies gefangen gehalten und an ihr wurden die grausamsten Dinge durchgeführt. Sie verbrannten ihren Arm mit Batteriesäure und kühlten danach mit Eiswasser. Sie brachen ihr die Finger und füllten die Wunden mit Essig. Sie brachen ihr die Beine und flickten sie wieder zusammen mit Metallschienen damit es immer wehtat. Sie kam nie mehr lebend aus den Foltergefängnis und sah ihre geliebte Tochter nämlich mich nie mehr! Sie zeigten mir Fotos meiner gefolterten Mutter mit bandagierten Armen und zusammengebundenen Unterkiefer nachdem sie ihr die gesunden Zähne gezogen hatten und den Kiefer gebrochen hatten so dass sie nur noch Brei zu sich nehmen konnte. Daneben stand der Oberster Folterer der DDR Julia Walter Vater. Es existierten auch Fotos mit vermummten Krankenschwestern darauf und ihren Folterwerkzeugen. Sie hatten auch meine Mutter ohne Wasser gelassen und halb verdurstet. Um die Legende der umgedrehten Spionin aufrecht zu erhalten hatten sie meine Mutter in einen beleuchteten Raum mit einer Strandtapete gesetzt auf einen Klappliegestuhl gesetzt und mit halboffenen Augen aufgrund des Folterschmerzes mit Sonnenhut und Bikini und angeblichen Sonnenbrand an den Armen fotografiert und diese Fotos als Briefe in die USA geschickt. Die Wahrheit war weit dramatischer. Die Arme waren mit Säure verätzt und die Kulisse war keine echte Urlaubsszene und nach der Fotografie wurde sie wieder in ihre Zelle gebracht. Zum Schluss nach 2 Jahren entnahmen sie ihr die Organe nachdem sie sie irreparabel Hirngeschädigt hatten und verkauften sie. Sie verbrannten ihre Überreste und verstreuten sie ohne Benachrichtigung an mich oder andere Hinterbliebene und ohne Grab was ihr als Prinzessin und Jüdin zugestanden hätte. Bis zu den Jahr 1985 lebte ich mit meinen Eltern einen deutschen Adeligen und einer US-amerikanischen Jüdin ein Jetset-Leben. 1983 flogen wir zu Dritt mit unseren Privatjet auf unsere Ländereien und Fabriken in Südamerika auf den Flug dorthin stürzten wir im Dschungel ab. Als wir nach dem Aufprall erwachten war der Pilot getötet worden mit einem Kopfschuss und lag im Cockpit und mein Vater war verschwunden und meine Mutter lag neben mir. Sie lebte und nahm mich in den Arm und lief mit mir zur nächsten Siedlung. Sie hatte ein gebrochenes Bein und hielt sich sehr wacker. Als wir in der deutschen Siedlung ankamen wurde meine Mutter behandelt und ich spielte mit den Kindern dort. Ich war fast gar nicht verletzt. Wir gaben einen Suchauftrag nach meinem Vater auf und flogen dann über die USA nach Deutschland zurück. Das war im Jahr 1985 und wir landeten zuerst in Frankfurt am Main und flogen dann weiter nach Grafenwöhr mit Hilfe der US-amerikanischen Botschaft vor Ort! Dann auf den Flugplatz 1985 in Grafenwöhr in der Oberpfalz passierte es. Meine Mutter war verängstigt und sehr zurückhaltend. Aber als dieser Gerhard Nitzsche behauptete, dass er ihr Mann sei dann wurde sie laut und er behauptet dreist sie sei verwirrt und könne sich nicht erinnern. Es war schrecklich denn meine Mutter versicherte, dass mein Vater in Südamerika verschleppt worden sei. Aber Gerhard Nitzsche ließ nicht locker und sagte dann in einer deutschen Geheimdienstsprache die wir weder meine Mutter noch ich verstanden, dass sie eine Doppelagentin sei woraufhin der befehlshabende Offizier sagte, dass er Gerhard Nitzsche uns mitnehmen könne. Wir stiegen das erste Mal in diesen roten Jetta und fuhren davon. Richtung München. Dort brachte uns Gerhard Nitzsche in die Yorckstraße die wir zuvor nie betreten hatten. Dann gingen wir auf das amerikanische Oktoberfest und dort wurde meine Mutter mit einem Regenschirm in ihr Knie gestochen wurde. Und auch das wurde von diesen Gerhard Nitzsche verschwiegen und als kleiner Knieunfall dargestellt. Überhaupt war alles was dieser Gerhard Nitzsche sagte komplett gelogen und wenn man sich dagegen wehrte wurde er aggressiv und brutal. Nach dem Stich in ihr Knie bekam meine Mutter Fieber und ihr wurde übel und musste viel liegen. Sie eilte von Arzt zu Arzt und niemand konnte ihr helfen. Dann wurde sie eines nachts von der damaligen Stasipolizei mitten in München abgeholt und Gerhard Nitzsche brachte sie auch dorthin. Sie wurde dann ausgeflogen als verhaftete angebliche Doppelagentin nach eben Berlin in die Charité. Nach dem Foltertod meiner Mutter Maria Christ in Berlin kam ich wieder zurück in die USA nach New York in die Schule. Ich fuhr jeden Tag mit dem gelben Schulbus in die Schule und liebte die Schuluniform und die Pausen. Ich war mehrfach kurzfristig immer wieder in den Staaten in unterschiedlichen Aufenthaltsstatus. So kam ich einmal versehentlich in ein Waisenhaus und wurde als schwervermittelbar eingestuft. Aber Gott sei Dank fand mich meine Großmutter wieder und ich kam wieder an meinen Gute-Abend-Cacao. Es war ein ständiges Hin und Her, weil meine Mutter immer nur als vermisst galt und als Gefangene.

Die **Identität** nutzte in dieser Zeit die wahre Stasiagentin Maria Bogosyan und Barbara parallel und lebten im Luxus. Zunächst! Aber dann sah sie, dass das Kind nämlich ich, welches sie dachte, dass es eingeschüchtert sei keine Angst zeigte. Ihre Messerspiele waren ohne Wirkung.

Maria Bogosyan empfand im Gegenteil sogar Angst diesen Mädchen also mir gegenüber. Später wandelte sich ihre Ansicht, denn sie begriff, dass sie allein nicht mehr überleben konnte. Sie gehörte zu der Familie von Janine Bogosyan und Gundula Nitzsche und dass ihre jahrzehntelang gelebte Privilegierung und Übervorteilung von dem männlichen Geschlecht sie von ihren Verwandten, die mehr Töchter hatten, entfernt hatte. Maria Bogosyan kümmerte sich um das Riesenbaby und erste Agentenkind von westdeutschen und ostdeutschen Agenten. Er sollte zum größten Agenten der Welt aufgebaut werden und wurde zu diesen Zwecken allen Leuten vorgeführt als Baby bereits. Er war der Sohn von Steffi Gänse Mutter und Katja Tante und diesen Peter Meier einen Stasipolizisten, der auch in Westdeutschland sehr aktiv war. Es wurde auch versucht ihn als Prinz darzustellen und ihn mit verschiedenen Adeligen abzubilden. Er heiratete später geheimdienstlich Julia Walter unter meinen Namen in Wien und führte das verrückte Leben seiner Eltern weiter. Er begriff nie, was an den Lebensmodell seiner Eltern verletzend geschweige denn falsch war. Denn er war nie adelig und berief sich jahrelang auf Barbara die Stasiagentin als seine angeblich so geliebte adelige leibliche Mutter und ließ sie nach den Foltertod in der Gruft von Sachsen Coburg unter den Namen Louise beisetzen. Dabei handelte es sich nicht nur um eine eklatante Geschichtsfälschung, sondern um eine eklatante Verletzung meiner alleinigen Adelsrechte. Denn Peter Meier, der sich als trauernder Ehemann ausgab, war in Wahrheit ihr **Schandi** und sie wurde durch ihn getötet. Martin Magnus Müller hatte blonde Haare und braune Augen und war laut seinem stolzen Vater das erste natürlich im Weltall gezeugte Baby. Dabei berief er sich auf die Legende von Sex zwischen Kosmonauten während deren Raumflug und sein dummer Hochstaplersohn wurde vollends verwirrt und erzählte diese Geschichte weiter. In Wahrheit waren in dieser wieder geheimdienstlichen Legende mehrere Dinge von mir vermischt. Denn ich hatte nichts mit dem Geheimdienst zu tun. Zum einen war ich wie meine leibliche Mutter bei den NASA Ausbildungsprogramm und wurde von Stasiagenten als ich schlief entführt und narkotisiert in eine luftleere Kapsel gesetzt. Ich kam nahezu keine Luft mehr und flog eine halbe Ellipse auf der Stratosphäre. Als die US-Amerikaner mich sahen auf dem Monitoren riefen sie bei den Russen an und die holten mich in der Sibirischen Steppe auf den Boden. Dort wurde ich erwartet und wieder auf die Beine gestellt. Ich war ziemlich geschlaucht und später behauptete Franz Mayinger er hätte alles berechnet gehabt und er hätte just in dem Moment die Pipelinebeförderung auch an der Technischen Universität München „The Loop Beförderung" genannt. Er nutzte es als Legende obwohl ein Verschweigen dieses Vorfalles eigentlich komplett überflüssig war. Denn Franz Mayinger wollte nur seine Position festigen und seine widerrechtlich erlangte und erpressten Patente. Martin Magnus Müller hatte auch wie die gesamte Familie seinen eigenen Kindermord begangen zur Abhärtung an seiner Tante Alma. Diese Frau war Jüdin und ihm wurde vorgemacht, dass sie illegal in seiner Familie sei. Er war wie ein eifersüchtiger Idiot und schoss. Vor meiner zweifachen Fahrt nach Skandinavien war ich dazwischen auf den Völkischen Feiertag der DDR. Ich musste dort mitansehen wie die Stasibonzen alle aufgereiht auf der Tribüne in Berlin standen und der Parade zuwinkten. Unter ihnen waren nicht nur großgewachsene blonde blauäugige Schweden und andere Skandinavier und Russen. Sie waren in eine Art Aussehens- und Rassenklassen eingeteilt und sie stellten die genetische „Minderwertigen" laut diesen Stasibonzen dar. Diese Definition übernahm Janine Bogosyan und lebte sie ganz offen aggressiv und genauso widerlich begründenden aus. Sie veranstaltete auf dieser Grundlage später Straßenkämpfe in Berlin und ließ verschiedene Volksgruppen gegeneinander antreten. Dabei kamen manchmal Tote und auch sonstige Verbrechen vor. An diesen Völkischen Staatstag fand immer regelmäßig die „Ernte" statt. Als Ernte wurden Staatsverträge bezeichnet, die über das Leben von gefangenen ausländischen Agenten entschieden. Kam kein Vertrag zustande wurden sie umgebracht oder gefoltert um doch noch eine Ernte „einzufahren" und manchmal wurden sie ersetzt, um an mehr Informationen zu kommen. So war es auch mit diesen Markus Wolf den eigentlich westdeutschen Agenten, der wurde durch einen gleichaussehenden Ostdeutschen ersetzt. Markus Wolf hatte bereits aufgrund seiner Folterung, die im Augenbereich stattgefunden hatten sprich das Blenden schwere Netzhautschäden. Aus diesem Grund trug er an diesen Tag eine Art verstärkte Sonnenbrille in Gelbton und ging mit zitternder Stimme auf die Bühne. Er sprach von der Wiedervereinigung und sprach mit zittriger Stimme, weil er wusste, dass er sterben würde vor der wütenden Menge. Es war eine skurrile Szene ich stand vor der Bühne und sah den armen nach ringenden Worten Mann zu. Als er seinen **Doppelgänger** in der Menge erblickte wurde er starr vor Schreck und kreidebleich. Er verschwand hinter die Bühne und wurde weggeführt. Später erfuhr ich, dass es der westdeutsche BND Präsident war und dass er auch entführt worden war und durch seinen Auftritt den Kalten Krieg beenden sollte und so die Realität einer freien DDR umzusetzen, in der die BRD aufgeht. Er war sehr verunsichert und später wurde seine Leiche in den Kofferraum eines schwarzen BMW abgelegt und aus Berlin an die Mecklenburgische Küste an das Kap Arkona gefahren. Alles war minutiös geplant von diesen Stasiagenten. Parallel zu diesen schwarzen BMW mit der Leiche fuhr ein silbergrauer Volvo an die Mecklenburgische Küste auch an das Kap Arkona. Zur Überfahrt nach Skandinavien wurde eine sogenannte Fährenboot herangekarrt welches genau zwei Autos aufnehmen konnte. Der Volvo fuhr als erstes drauf und der schwarze BMW als zweites. Ungefähr in der Mitte der Überfahrt wurde der schwarze BMW versenkt. Der ausgetauschte Markus Wolf fuhr mit dem silbergrauen Volvo über die skandinavischen Grenzposten, den die Stasi zweimal fotografierte, um falsche Fährten zu legen und falsche Spuren zu streuen. Bei der Fahrt mit dem Volvo saß ich mit ihm Auto. Die beiden Stasiagenten waren bestens gelaunt. Sie hatten das westdeutsche System überrumpelt und waren drauf und dran nun weitere schreckliche zersetzende Taten zu begehen unter einer falschen Flagge. Die Tochter des echten westdeutschen Markus Wolf Ingrid Wolf alias Blumoser traf auf ihren scheinbaren Vater und geriet mit ihm in Streit da dieser natürlich eine wesentlich jüngere Stasiagentin als seine neue Lebenspartnerin vorstellte und seiner vermeintlichen Tochter Ingrid eröffnete nun ein neues Leben mit dieser Dame in Skandinavien anzufangen. Ingrid brach in sich zusammen. Die Gestik und die Mimik des **Doppelgängers** waren aus den Plänen der Stasi heraus perfekt. Wie eine Imitation tat der Vater Markus Wolf sehr erschreckt und sagte nun reiß dich doch mal zusammen. Ingrid weinte und sagte: Das kannst du mir doch nicht antun! Danach folgte so wie es üblich war bei dieser Stasiideologie eine Predigt über die Pflichten was ein guter Bürger zu sein hat und was der Staat einen jeden Bürger abverlangen konnte. Ingrid wurde immer verunsicherter und wütender. Der letzte pragmatisch Satz des **Stasi-Romeo** war die Aussprache: „Ab jetzt bist du ganz allein auf dich gestellt und wir gehen getrennte Wege!"! Ein Satz den jedes Kind aus dem Mund seines Vaters nicht hören würde, aber ich saß am Tisch und rieb mir nur verwundert die Augen, weil ich vorher bereits erzählt hatte an der Grenze den Zöllnern. Trotz der gegenteiligen Bezeugungen von Markus Wolf **Doppelgänger**, was vorgefallen war. Markus Wolf erzählte daraufhin etwas von mir als Märchenerzählerin und als Kind fantasiere man viel. Aber anscheinend kam den Grenzern irgendetwas nicht richtig vor und so bargen sie damals den BMW. Aber Ingrid war in diesen damaligen Moment als sie es hörte nur verblüfft, erschrocken und verzweifelt. Obwohl es eigentlich eine komplett falsche Person war, die da vor ihr saß und Beleidigungen und Verhöhnungen aussprach. Man muss dazu wissen, dass vor der Überfahrt bei dem Kap Arkona eine andere Situation passierte die erst später zur Sprache kam. Da der völkische Nationaltag der DDR war, kam es zu der sogenannten „Ernte" sprich Menschenopfer, wie in den Hunger-Games dargestellt in den Film der Tribute von Panem.

Das zweite Menschenopfer war ein **Stasi-Romeo** aus Bulgarien, der vorher mit mir auf einer Industriellenversammlung in meinem zum Hotel umgebauten Schloss am Rhein auftrat. Aber 4 Jahre später. Er hatte die Größe meines Vaters, aber er war es nicht. Er hatte einen schwarzen Vollbart und schwarze Haare und braune Augen. Auf dieser Versammlung war eine Entourage von Helmut Kohl vorhanden und auch der damals noch zukünftige Bundesverkehrsminister. Das essen fand einer langen Tafel statt und in der Presse wurde ein Foto vor den Wandteppich veröffentlicht. Später machte Helmut Kohl Witze über das Zusammentreffen, da er diesen schwarzhaarigen Hünen aus dem Saal auf die Treppe hinter den Wandteppich lockte und entführen ließ durch die Stasi. Helmut Kohl hatte das Leben dieses Mannes, der als Hotelier in diesem Hotel wohnte und es leitete verkauft. Helmut Kohl machte danach Witze über ihn den Hotelier, der zu blöd war und freiwillig mitging. Mich lachte Helmut Kohl höhnisch an und sagte, dass er nun meinen Vater entführt hätte und ihn töten ließ. Ich sah ihn erschreckt an und war entsetzt über so viel Dreistigkeit. Ich fragte nach und wollte wisse, wo er hingebracht wird. Daraufhin wurde mir gesagt, dass das geheim sei. Dann wurde mir nur übel. Auf dieser Versammlung waren auch Diplomaten und Industrielle und Staatsoberhäupter und vor allem meine arabischen Verwandten, die einen Flughafen für den Jemen planten und auch eine dazugehörige Flugzeugflotte erwerben wollten. Ich schloss die Verträge ab und Lufthansa sicherte zu, dass das alles geliefert und alles normal und richtig gebaut werden würde. Das Dinner dauerte ungefähr 2 Stunden. Danach war alles vorbei. Helmut Kohl kam mit einem Wagen vorgefahren. Einen damals durchaus üblichen grünen Mercedes Benz. Helmut Kohl fraß an diesen Tag geheimdienstlich Saumagen. Ich persönlich fand diese Art und Weise sehr widerlich. Vor allem hatte er damit eine Bewertung für sein Verhalten gegeben und damit war klar, dass er eine Sau sprich die Beschimpfung „Du Sau!" wie sie in Mitteldeutschland üblich ist umsetzen wollte. Kurz zuvor war bekannt geworden, dass ein entführtes Folteropfer diesen Ausspruch zu ihn diesen fetten unzivilisierten Helmut Kohl gesagt hatte. Und diesen Verräter wie es Helmut Kohl nannte wollte er nun mundtot machen. Damit war klar, dass Helmut Kohl diesen Mann umbringen wollte. Aus Rache und aus falsch verstandenem Verantwortungsbewusstsein. Denn dieser Mann diese schwarzhaarigen Bartträger war gestraft genug und war ein aufgeflogener Stasiagent. Später erfuhr ich, dass es Carolin Winkler Vater war. Auch er wollte sich zur Ruhe setzen, aber dazu kam es nicht mehr, weil Helmut Kohl ihn foltern ließ und ihn als gebrochenen Mann zurückließ. Danach hatte er keinen Job mehr und Helmut Kohl hatte das Signal des Jagens gegeben. Dadurch war klar, dass dieser Mann sich nach einem anderen Job umsehen musste sprich untertauchen. Denn er konnte nicht mehr in die Öffentlichkeit gehen und gedeckt sprich beschützt wurde er auch nicht mehr. Er verlor alle Reisedokumente und alle dazugehörigen Dokumente. Er verschwand hinter dem Vorhang und tauchte später wieder in München auf an einen Sommerabend. Er saß auf meiner Couch und ich war absolut erschrocken. Zuvor war er ein paar Tage bei seiner leiblichen Familie von Carolin Winkler gewesen. Er versuchte sich ein neues Leben aufzubauen und die offizielle Formulierung lautete Freilassung nach der Inhaftierung aufgrund von Steuerhinterziehung. Das stimmte alles nicht, denn er war eingesperrt worden und war gefoltert worden und eingeschüchtert worden. Mir wurde damals zugesteckt, dass er so verängstigt war, dass er einen Arbeitsvertrag mit der Stasi unterschrieb, weil er die Demütigungen nicht mehr aushielt. Seine Mutter also die Großmutter von Carolin Winkler hieß das alles, was ihr Sohn machte nicht gut und beschimpfte ihn als Schwächling, dass er nicht stärker gewesen wäre und diesen Teufelspakt nicht widerstanden hätte. Er war ein gebrochener Mann und war im Gefängnis auch vergewaltigt worden. Zugang zu seiner Zelle hatten sie uns nicht gewährt. Somit wurde er Künstler. Er fing an zu singen und verkleidete sich als Frau, weil er sich so schämte und sich selbst als schwach einschätzte. Es wurde ein Singabend in einen Münchner Club organisiert und er war als Frau verkleidet. Mit im Publikum waren seine einstigen Peiniger Jupp Joachimski und Gunther Schmid. Gunther Schmid war als

Bundeskanzleramtsberater damals auf der Industriellentagung gewesen am Rhein im Schloss. Ich ging hin, weil es mich interessierte und schüttelte nur den Kopf über so viel Falschheit. Dass diese beiden Herren im Publikum saßen, bedeutete Stress und Einschüchterung für ihr einstiges Opfer und sie sagten der Polizei, dass sie hart mit ihm sein sollten, weil er ein Verbrecher sei. Und so kam es wie es kommen musste, laut deren perversen Ablaufplan. Die Großmutter beschimpfte ihren Sohn und schmiss ihn raus und sagte Tunte zu ihm. Er brauchte zu der Zeit eine neue Leber und eine medizinische Behandlung. Auch das sollte gemacht werden und ich stellte extra die Krankenversicherung zur Verfügung. Als er danach eben an diesen Sommertag auf der Couch saß war ich erschrocken. Er war zu einer muskulösen volumigen Schreckensfrau mit braunen langen Haaren umoperiert worden und ich sagte er solle zu Carolin gehen. Dort ging er auch hin und die Großmutter warf ihn raus und er saß danach wieder auf meiner Couch. Aber diesmal ließ Carolin ihn ihren eigenen Vater nicht in Ruhe. Sie beschimpfte ihn als Tunte und warum er wieder aufgetaucht wäre und dass er ihr alles kaputt machen würde. Sie rief von ihrem Haus die Polizei und die kamen und holten ihn ab. Danach sah ich ihn nie wieder. Das war 1992! Später stellte sich heraus, dass Carolin Winkler die Cousine von Janine Bogosyan war und den beiden Väter Brüder und aus den gleichen bulgarischen Tal-Dorf stammten. Sie hatten ihn in Ostdeutschland an der angeblichen existierenden Lokfähreinstieg beim Kap Arkona gesehen, wie er die Leiche des westdeutschen Markus Wolf entsorgt hatte. So hatte ihn Helmut Kohl finden können. Die Fähre war in Wahrheit eine Art Floß die gerade groß genug war um zwei Fahrzeuge aufzuladen. Das zweite Fahrzeug den schwarzen BMW fuhr dieser Stasiagent und versenkte den Wagen auch.

Während dessen versuchten sie mich als Kind zu manipulieren und zu belügen und umzudrehen. Was sie nicht schafften und dann versuchten sie mich umzubringen. Sie versuchten mich sogar auszubilden und ich fragte mich ob sie noch ganz dicht waren. Denn ich war selbst in diesem Alter einerseits erschrocken von ihrer Kaltblütigkeit und ihrer Kaltschnäuzigkeit, aber auf der anderen Seite wusste ich, dass sie nie mein Herz erobern könnten. Ich hasste die Deutschen. Sie widerten mich an. Jedes Wort was ich auf Deutsch sagen musste, spuckte ich ihnen ins Gesicht. Ich hasste ihre Sprache und verabscheute ihre Ungebildetheit und nicht vorhandene Kultur. Ich hasste ihre ständigen Partys und ihre Versuche mich vergessen zu machen. Sie bildeten eine Stasifamilie um mich und verheimlichten meine **Identität** und meine Herkunft die deutsch adelig und jüdisch amerikanisch war. Meine Geburtsurkunde versuchten sie aufzulösen, dass ich keine eindeutigen ursprünglichen Daten mehr hatte. Sie ließen mir eine neue Geburtsurkunde mit meinen neuen Namen ausstellen und dann auch neue Geburtsdaten eintragen. Ich hatte auf einmal keinen Prinzessinnentitel mehr und meine Herkunft war nicht mehr die USA, sondern lediglich Deutschland. Meine Eltern waren nicht mehr eine US-amerikanische Jüdin und ein deutscher Adeliger, sondern waren plötzlich zwei fremde Leute nämlich eine technische Zeichnerin und ein Elektromeister aus Bayern und NRW. Wenn ich ihnen lästig wurde den neuen Eltern, wurde ich weg geschickt um „Mutproben" zu bestehen. So war mein erster Eindruck, der sich aber über die Jahre veränderte. Denn dieses Kindermädchen, wie ich sie später nannte, war selbst eine Betrogene, eine Betrogene ihrer Lebenszeit und ihr Ehemann war ein Stasi-Romeo.

A.3 Hochzeitsgäste von Hochzeit Barbara Nowak und Peter Meier ihrer Hochzeit 1979 in Niedersachsen und in Nordrhein-Westphalen

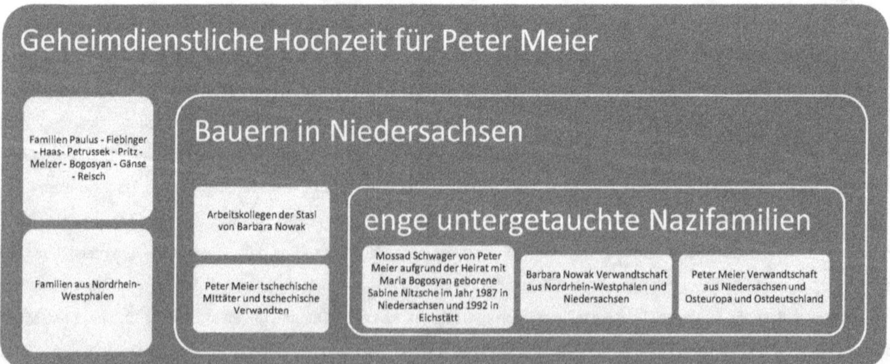

Wie gesagt zwischendrin schickten sie mich auf „Mutproben". Diese Mutproben waren allesamt illegal und menschenverachtend und niemand hätte mich retten können. So schickten sie mich einmal nach Bangladesch in eine Schlangengrube und dann nach Osteuropa an eine

Strandparty am Goldstrand und dann nach Indien. Meine ursprünglichen Verwandten fanden mich Gott sei Dank immer wieder und in späteren Jahren riefen sie mich immer zur Hilfe. Als es ganz schlimm war mit dieser Stasifamilie die erst seit 1985 nachweislich existierte wurde mir ein Ortungschip eingepflanzt. Damals hatten meine Eltern ein Haus in München-Nymphenburg bewohnt und geplant. Als die Entführung durchgeführt wurde und mit 2 Jahren Vorlaufzeit seitdem ersten Kontaktaufnahme auf den Oktoberfestumzug am Odeonsplatz im Jahr 1983 bis hin zu dem Jahr 1985 geplant wurde waren verschiedene Dinge dazwischengeschaltet, um die spätere Assimilierung sprich geheimdienstliche Auflösung meiner Familie einzuleiten. Im Winter 1983 fuhren meine Eltern und ich in die Schweiz in unseren jährlichen Schiurlaub. Ich lernte dort Schifahren und wurde schon damals komisch behandelt, weil ich besser und schneller fuhr als die Jungen aus dem Schikurs. Ende vom Lied ich wurde nur Dritte, weil zuvor die Jungen auf den Podest stehen mussten. Was ich nicht wusste war, dass diese Beleidigung bereits von der Stasi eingeleitete worden war und der Schilehrer bereits bezahlt worden war, das zu tun. Auch passierte in diesen Schiurlaub etwas Schreckliches was mir ungeheure Angst machte. Mein Vater Alexander wurde gefangen gehalten und gefoltert vom israelischen Geheimdienst auf dem Hotelzimmer. Sie fesselten ihn an einen Stuhl und meine Mutter musste sich gegenüber von ihn aufstellen und stehen. Sie brachen ihm die Hand und brachen in beide Beine. Um keine Spuren zu hinterlassen, nahmen sie ihn vorher seine teure Rolex ab. Meine Mutter weinte schrecklich und hatte Angst vor diesen Leuten. Sie fragte immer wieder, warum sie so etwas Schreckliches tun. Sie gaben keine Antwort und fragten immer weiter sinnlose Fragen. Ich hatte mich in all den Wirrwarr unter dem Bett verstecken können und musste alles mitansehen und hören. Als sie mich entdeckten, schäumte ihr Kommandant vor Wut. Und es kam in einem sehr aufgeheizten und absolut schreienden panischen und aufgewühlten Gespräch heraus, dass die Stasi der Tippgeber war, bezüglich meines Vaters Alexander und die Israelis in eine Falle gelockt hatte. Der gesamte Raum und das Hotelzimmer waren verwanzt und so erpresste über lange Jahre die Stasi die Israelis. Sie hatten mich gesehen und erkannten mich von den Fotos und die Beschreibung der Stasi passte nicht in ihre Rechtsgrundlage und so waren sie komplett irritiert. Am nächsten Tag musste ich als Belegfoto und um eine falsche Sicherheit vorzuspielen und dass alles in Ordnung sei meiner Mutter die Schlittschuhe vor dem Hotel auf einer Bank einer künstlich angelegten Eislaufbahn, binden. Sie verarbeiteten es zu einem royalen Foto und später als Postkarte für England. Denn es gab in den USA und überall auf der Welt genug Fotos von mir dem hellblonden kleinen Kind! Der Prinzessin! Die Israelis ließen daraufhin das Schweizer Tal, in dem wir uns aufhielten sperren und ließen meinen Vater Alexander ausfliegen. Mein Vater Alexander wurde aber nicht, wie ich es annahm und wie es mir versprochen worden war, versorgt und in Ruhe gelassen. Nein! Er wurde irreparabel geschädigt und zwar organisch auf Gehirnebene und wurde nach seiner „Befreiung" oder besser gesagt nachdem sie ihn liegen gelassen hatten, nie mehr der Alte. Wir flogen noch als Familie zu unseren südamerikanischen Werken und wollten unsere Ruhe haben, aber sogar bis dorthin verfolgten uns diese Stasileute, die sich aus einstigen Zweite Weltkriegschargen zusammensetzten und Rache an den Besatzern und Verrätern von Deutschland nehmen wollten. Parallel fand in Deutschland eine Zersetzungsstrategie und Vertuschungsaktion dieser Vorgänge statt und diese Familie Mayinger, die die Kontaktpersonen auf den Oktoberfestumzug waren, plante ihr weiteres Vorgehen. So erfanden sie die Legende, dass Barbara einen Schiunfall gehabt hätte, um sich als Stasiagentin als Ehefrau meines Vaters auszugeben. Meine leibliche Mutter sollte angeblich mit den **Stasi-Romeo** aus Schwaben verheiratet sein. So fanden Sachen statt, die eine absolute Dreistigkeit darstellten. Es wurden mir nicht nur verschiedene Namen gegeben, sondern auch Schimpfnamen. Meine ursprünglichen 12 Vornamen und meinen Adelsnamen waren, so wie es damals üblich war, nicht den Leuten in meinem Umfeld bekannt. Nur die engsten Vertrauten meiner Eltern und meiner größeren Familie kannten die Namen. So wurden im ersten Schritt nachdem ich und meine Mutter entführt worden waren, meine Ummeldung nach München gemacht. Dazu nutzten diese Stasinazileute meine US Amerikanische Anmeldung in Deutschland sprich meinen ersten Anmeldeort in Deutschland Frankfurt am Main. Danach formten sie eine neuen Familienkonstellation und tauschten die Namen meiner Eltern um. So wurde aus meinen dominierenden Familiennamen Christ ein Familienname Salmen und aus den Nachnamen eines sogenannten bürgerlichen Namens wurde Mayinger eingefügt. Vorher hatte meine Familie nie etwas mit diesen Namen zu tun. Danach wurde eine falsche Geburtsurkunde angefertigt und ein falsches Taufzeugnis in römischen katholischen Glauben in einen kleinen Ort in der Nähe von Ebersberg über einen polnischen Priester, der befreundet mit Jupp Joachimski war. Er wandte einen Trick an. Erst stellte Gerhard Nitzsche das falsche Taufzeugnis aus und dann ließ er eine neue Geburtsurkunde bei den Münchner Behörden aus mit einer zusätzlichen Bestätigung durch die Erstanmeldung in Deutschland für mich ausstellen. Meinen US Amerikanischen Pass ließen sie verschwinden. Meine Krankenversicherung wurde von meiner US Amerikanischen Versicherung versucht von diesen Rüpeln auf eine deutsche zu beschränken. Aber das ließ meine Familie auf der anderen Seite des Ozeans glücklicherweise nicht zu. Sie versuchten im Gegenteil noch aus dieser Versicherung eine deutsche Betriebskassenversicherung zu machen und damit ihren gesamten deutschen Stasinazigeheimdienst zu finanzieren. Später löste ich dieses System auf, denn es war einfach nur eine Bereicherung der mir angedichteten Familie und andere Leute waren ihnen egal. Meine teure Kleidung wurde von diesen Leuten verschenkt und geraubt und manchmal sogar mehrmals genutzt und von ihren Schratzen widerrechtlich genutzt. Selbst mein Kommunionkleid musste ich teilen, obwohl ich das nicht nötig hatte und niemand mich hätte zwingen dürfen. Aber sie waren unerbittlich und sagten, obwohl es mir nichts bedeutete, dass ich damit dem sozialistischen Ideal näherkäme. Spielsachen und Individualität wurden ausgetauscht und absolut verboten. Das war in Deutschland und mich schreckte diese absolute Empathielosigkeit und Stumpfheit absolut ab. Mit 7 Jahren hatte ich in meinem College in New York Einzelunterricht in Astrophysik und Matrixberechnungen. Eigentlich sollte ich in Deutschland eine zusätzliche Ausbildung machen, aber das wurde verhindert. Mir wurde gemäss des Satzes, „Am deutschen Wesen soll die Welt genesen" eine normale langweilige Schulbildung mir zu teil, die mich sehr langweilte. Aber glücklicherweise gaben auch diesbezüglich meine Verwandten in USA keine Ruhe und brachten mich immer wieder in die USA, wo ich wieder Wissen tanken konnte und wieder lernen durfte und gefördert wurde. Nahezu 18 Jahren auf dieser Hochzeit in Niedersachsen sah ich einen Teil der Leute aus den zurückliegenden Jahren wieder, wobei viele vor allem die alten Polizisten angeblich Freunde von Katja Polizistengroßvater mich einschüchtern versuchten und mich teilweise zum Schweigen zu bringen. Denn Katja Großvater war, was viele nicht wussten von der eigenen Schwiegertochter Maria Bogosyan alias Mary Morgan umgebracht worden. Es war eine Farce die in den Jahren meiner Kindheit begonnen hatte. Auf dieser Hochzeit nachdem ich gegangen war und in meinem Hotelzimmer schlafen gegangen war, passierte es plötzlich, dass ich keine Luft mehr bekam und halb wach und halb schlafend in meinem Bett lag Sebastian wie sich Stefan nahezu 15 Jahre später nannte auf der Hochzeit, war vor Ort und wollte einen auf Macker machen, aber als er mich röcheln sah, bekam er es mit der Angst zu tun! Stefan war blond und hatte blaue Augen und eine kleine drahtige Figur. Muskeln – Fehlanzeige! Er hatte dichtes blondes Haar und ein rundes Gesicht! Sein Hochdeutsch war gestochen scharf und seine Polizistenmasche kam überall gut an. Durch die gesamte Zeit auf der Hochzeit war er, wie ein Fuchs hinter mir her. Sie hasste es, da sie wusste, dass er auf sie angesetzt worden war. Stefan alias Sebastian war auf den Sprung sich in den Dienst der Spionen-Herde des Gunther Schmid zu stellen und sollte familiär mit ihnen verbunden werden. Dazu muss man wissen, dass er der Vater meines einen Ziehsohnes Lukas war und der Exmann von Katja. Katja und er waren über beide Ohren verliebt und Katja machte leider den Fehler, dass sie es in ihrer Familie erzählte und dadurch ihre ostdeutsche Spion-Familie eifersüchtig machte und sich ihrer eigenen Privatheit beraubte. Stefan wurde später zu Werbezwecken der Stasiorganisation von Jupp Joachimski missbraucht und verlor das Vertrauen von Katja durch dieses gemachte Werbefoto mit Stefan und Gundula in halbnackter Pose an einer Fahne. Ich persönlich war zwiegespalten, denn einerseits tat es mir in der Seele weh für Katja, aber auf der anderen Seite war ich froh, dass Katja getrennt war von Stefan und damit sich auch von der Stasiorganisation entfernt hatte. Denn Stefan wollte dieses Leben unbedingt, da er kurz zuvor von seiner HIV-Infektion erfahren hatte genauso wie Mike Igel alias Krettek ein anderer Polizist aus Niederbayern. Sein Charakter hatte sich verändert. Denn ihm war nun alles egal und er sagte sich: "Jetzt erst recht und ich will leben! Koste es was es wolle!" Er war wie ein Wiesel, welches auf eine noch unbekannte Fährte gesetzt worden war und es war nicht seine Attraktivität, sondern es handelte nach reinem Kalkül! Es war eine Zeit in der Gunther Schmid wieder die Leute versuchte, verrückt zu machen! Es war schlimm zu sehen, dass Ärzte sich auch nervös machen ließen durch so eine Witzfigur von Spionen-Führer. Er war ein alter Mann geworden und niemand konnte mit seinen veralteten Studien etwas anfangen. Er musste sich eine neue Geldquelle eruieren. Er hatte zusammen mit seinen Schwager Jupp Joachimski und den **Corps**-Leuten von Julia Walter und Jessica Traue einige Pläne ausgeheckt und dann war es klar, dass es eine große Geldquelle sein musste. Wer waren Jessica und Julia? Sie waren Typen von Frauen, die die Missgunst gegenüber anderen Menschen auskosteten und damit Genugtuung empfanden. Die dritte Person in diesem Gruselkabinett, war Katharina Petrussek die Nachbarstochter und fasziniert von der Geheimdienstwelt und ihren „Möglichkeiten"! Man muss dazu verstehen, dass diese Welt einen Sog entwickeln kann der sich auf der gesamten Linie ins Negative verkehren kann und nichts mit den schönen Film James-Bond-Fassaden zu tun hat. Diese Geheimdienstwelt hatte ihre eigenen Regeln und in dieser neuen Hölle die sich aus Osteuropa auftat nur noch umso bedrohlicher und umso lebensfeindlicher.

Das bulgarische Dorf um welches es sich drehte, war eine Siedlung die illegal von einstigen Nazibonzen die sich versteckten auf der damaligen russischen Seite und eine Siedlung irgendwo ohne Genehmigung und ohne Duldung im Nirgendwo gegründet und errichtet hatten. Die Straßen trugen keine Namen und die Siedlungen bestanden aus alten Betonklotzbauten, die aus nacktem Beton bestanden. Die Straßen waren aus Teer und hatten Gehsteige wie in Westeuropa. Um die Siedlung war eine weitläufige Waldebene. Sie lag strategisch an der Grenze zu Griechenland und zu Albanien. Bis zur Küste des Schwarzen Meeres waren es zirka eine Stunde. Die Siedlung war eine sogenannte Unterschlupfsiedlung, die die Nazis in den Zeiten nach der Kapitulation Hitler Deutschlands errichtet hatten und als Keimzelle, wie sie es nannten für das wieder erstarkte 4. Reich sich dort versteckten bis sie die Weltgeschichte wieder zu Gunsten ihrer Ideologie gewendet hätten. In den 90ziger Jahren genauer gesagt 1985 wurde ich mit meiner leiblichen Mutter dorthin entführt und verbracht. In der Siedlung lebte die Familie Mayinger und die Familie Traue und die Familie Bogosyan und die Familie Walter.

A.4 Abbildung Hochzeitsgäste geheimdienstliche Hochzeit Barbara Nowak mit Karl Fiebinger Katja Pritz Onkel 1985 in Niedersachsen

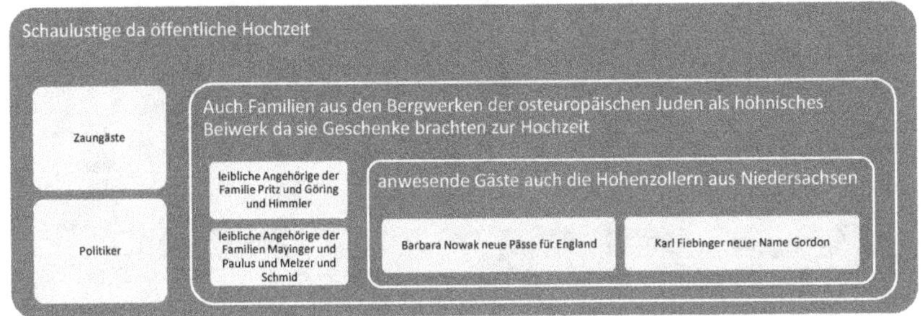

Sie waren anhand einer sogenannten Schutzprojektes der Nazis dorthin ausgesiedelt worden und stammten eigentlich aus den engsten Führerkreis des 2. Weltkrieges. Aufgrund der Nähe und der kompletten Verquickung der Familien entstand eine Art Konkurrenzkampf um die beste und zielstrebigste Assimilation. So war es dann auch in deren Riten und Sitten üblich, dass Gisela Traue die Ehefrau der Nachbarsfamilie den Großvater der Familie Bogosyan an die bulgarische Geheimpolizei verriet. Die Familie Bogosyan war zu der Zeit in Gesamtosteuropa sehr gut vernetzt und in hohen Positionen in vielen osteuropäischen Regierungen nach Ende des Zweiten Weltkrieges tätig. Die Geheimpolizei tauchte eines Nachts in dem Haus des Großvaters auf und erschoss ihn. Die Familie war geschockt und wollte fliehen. Aber die Familie Traue hatte längst die Jagd eröffnet und dass nur weil Janine mich vor Jessica Traue, die mich schlug auf der Straße, verteidigte. Ich schämte mich dafür, dass ich der Grund für diese grausame Aktion gewesen sein sollte. Aber ich begriff später, dass diese Form der Eifersucht auf glückliche Menschen bei diesen Leuten des Geheimdienstes ständig mitschwang. In der Zeit in Bulgarien wurde auf geheimdienstlicher Ebene von diesen Leuten, die allesamt nach Macht strebten eine Art Vertrag zur Bildung von zwei parallel gestalteten Geheimdiensten abgeschlossen. Dieser Vertrag wurde auf den Küchentisch der Familie Bogosyan und Traue geschlossen und es wurde perfider Weise beschlossen, dass ich und Janine zu Konkurrentinnen aufgebaut werden sollten. Janine Bogosyan sollte damals für den Osten der Geheimdienste und ich für den Westen eine tragende Rolle spielen. Aber alles in dem Kontext des sozialistischen DDR-Verständnis. Ich machte mir eigentlich nichts daraus, denn ich fand diese Aggressivität total blöd. Aus diesem Vertrag wurde ein sogenannter NATO-Doppelbeschluss begründet, der zur Spaltung der NATO führen sollte. Damals war eigentlich schon der Hass der beiden Familien angelegt. Es war auch klar, dass beide nicht aufhören würden, um die jeweilige Vorherrschaft zu kämpfen. Denn es war alles zu verlockend und zu übertüncht mit Begierden, um die Wahrheit und die Grausamkeit hinter diesen absolut größenwahnsinnigen und unsinnigen Verträgen zu erfühlen noch zu erahnen noch eine Ahnung zu haben, was es für die normale Weltordnung bedeutete. Am nächsten Tag nach dem Vertragsabschluss waren meine Mutter und ich wieder in Deutschland in München. Meine leibliche Mutter und ich mussten wie es der **Stasi-Romeo** befahl auf das kleine US-amerikanische Oktoberfest in München in den Mc-Craw-Kasernen gehen, um so zu zeigen, dass angeblich alles in bester Ordnung sei. Was es natürlich nicht war, aber meine Mutter erhoffte sich damals noch Hilfe von ihren alten US Army Kollegen und hoffte, dass ich in Sicherheit sei. Aber das war nicht der Fall. Nachdem wir von den US-amerikanischen Oktoberfest in München in der Kasernensiedlung zurückkamen, ließ er meine leibliche Mutter abführen und sie wieder nach Berlin bringen. Ich war am nächsten Tag in der Yorckstraße und wurde gefragt von Bernd Traue, der nachgereist war, wo ich gewesen sei und ich sagte die Wahrheit. Daraufhin verbot mir der **Stasi-Romeo** den Mund und sagte, dass wir im Wald spazieren gewesen wären. Er wollte die Fassade der DDR-Systemtreue aufrechterhalten und seinen Lottogewinn, wie meine leibliche Mutter nannte für sich behalten und auch die komplette Illegalität seiner Taten. Er spürte immer den Druck seiner Kollegen, die ihn gewarnt hatten, als er meine leibliche Mutter als sogenannte Systemsklavin von Joseph Bogosyan übernommen hatte.

A.5 Abbildung Hochzeitsgäste geheimdienstliche Hochzeit Barbara Nowak mit Walter Winker im Jahr 1986 in Nordrhein-Westphalen

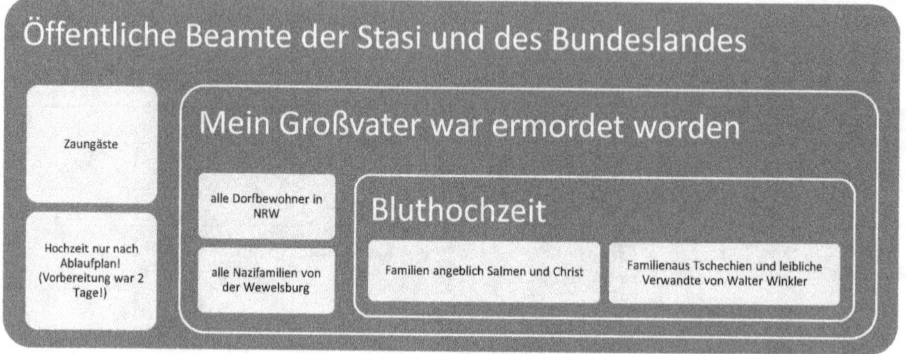

Dazu muss man wissen, dass meine leibliche Mutter eine Zeitlang mit Joseph Bogosyan in einer Art Kommune in Berlin leben musste. Er war ein alkoholkranker und leicht reizbarer Mann, der sich als Gefängniswärter aufführte und meine Mutter zurecht fickte, wie er es nannte. Meine Mutter schlief normalerweise immer allein in einer Art kleinen Bett. Wenn ich zu Besuch war, schliefen wir allein zusammen gerollt zusammen. Sie war eine wunderbare Mutter und eine sehr liebevolle und sehr kultivierte Frau. In dieser Zeit entstand ein widerlicher Film der später mit dem Titel „Familie 2000" deklariert wurde. Er zeigte eine Art Kommunenleben mit angeblichen Flower-Power Energie und angeblich friedliebenden Menschen. Die Realität sah anders aus. Diese Primitivlinge und ihre Gruppe, zu der auch andere Kinder und Frauen gehörten wurden die angeblichen Erziehungsprobleme dieser fremden Kinder wie bei mir öffentlich diskutiert und in einen wöchentlichen Sitzkreis breitgetreten. Den Kindern wurden dann, gemäß deren Maßnahmen bestimmte Erziehungsstunden zugestanden. Spielen war verpönt und Dinge wie Malen und Handwerken galten als Vorbereitung für das sozialistische Leben. Aus dieser Kommune stammte auch Bernd Blumoser. Er war ein kleiner Junge, der einen südamerikanischen Vater hatte und als Aushängeschild der freien Bildung in den letzten Jahren der DDR galt. Die Nachbarn dieser Kommune berichteten täglich von Streit und alkoholisierten Partys und von schreienden nackten Frauen die in den Flur flohen und bei ihnen versuchten Zuflucht zu suchen. Am Schlimmsten war für mich, dass Joseph Bogosyan meine Mutter zu einen Nacktfotoshooting zwang und sich als Lover neben sie stellte. Er machte später aus diesen widerlichen und erniedrigenden Fotos eine Kalenderserie und ein Pin-Up-Poster. Er hängte dieses Poster später in die Wohnung, die er nach deren Auszug zu einer betreuten Wohnung für schwer erziehbare Jugendliche wurde. Es tauchte auch in den Film „Familie 2000" auf und ich hasste diesen Archivfilm des Bayerischen Fernsehen, die diesen Film regelmäßig zeigte im Fernsehen, weil Julia Walter und Jupp Joachimski das Bayerische Fernsehen dazu beauftragte. Meine leibliche Mutter jedenfalls war nie eine Hure und stand auch nicht wirklich auf Joseph Bogosyan, aber irgendwie versuchte er meine leibliche Mutter so zu demütigen. Dazu muss man wissen, dass die Benutzung von Sex in diesen Kreisen aus Bulgarien durchaus üblich waren und zwar in allen Hinsichten. So war es üblich von diesen Männern die alle zu der Familie Joseph Bogosyan gehörten, sich schwule ältere einflussreiche Lover zu suchen in Westeuropa und USA, um sie wie ein **Stasi-Romeo** nur eben für Männer zu leiten und zu manipulieren. Alle Männer waren schwarz haarig und hatten braune Augen und waren meist sehr muskulös und hatten diese Form des Teddybär Anlehnungsfaktor. Dadurch wurde es klar, dass diese Leute, die damals allesamt sich in der Malingnon-Linie versteckten, etwas Größeres vorhatten und an die Zukunft im 4. Reich glaubten. Sie taten alles, wenn man sie fragte nur für den sozialistischen Staat und hatten zumeist Frau und Kinder zuhause. In manchen Fällen stellten sie ihre eigentliche Familie ihren schwulen Lovern als entfernte Verwandtschaft vor und wiegten sie in falscher Sicherheit. Ihre schwulen Lover gaben meist mit vollen Herzen alles was sie hatten oder begingen Straftaten für sie. So war einer dieser bulgarischen Jungs mit Karl Lagerfeld zusammen und brachte diesen Modedesigner um und ließ ihn in einen anderen befreundeten und gleich aussehenden Stasiagenten weiterleben. Sie bekamen dadurch gutes Geld und hatten sich wieder als sogenannte Zapfhähne betätigt. Es war auch jedes Mal klar, dass diese Form der emotionalen Manipulation sehr perfide war, denn sie trafen die Leute in ihren intimsten Moment, ihrer Sexualität. Auch diese Form der Manipulation wandten sie bei den ersten James Bond Darsteller Sean O'Connery auf den Pazifikatoll an. Er wollt eigentlich nicht mit der Schauspielerin, die eigentlich Stasispionin war schlafen, jedoch zwangen sie ihn dazu und er sagte, wie es auch im Film gesagt wurde „Ich habe das für Königin und Vaterland gemacht! Aber sie für nichts!"! Er war ein Brite mit feinen Manieren durch und durch und stellte damals schon die entgrenzte Skrupellosigkeit dieser Leute fest. Die er abscheulich fand, so wie ich auch. Bei den schwulen **Stasi-Romeo** war es üblich, dass deren Opfer meist mit einem dramatischen Abgang verlassen wurden bevor sie umgebracht wurden oder irgendwie sonst weiter benutzt wurden.

So war es auch mit Jupp Joachimski, der als Jurastudent Deutschland den Rücken gekehrt hatte und in die USA ging. Aber er war kein Opfer in dem herkömmlichen Sinn, sondern er beherrschte das Spiel genauso gut wie sie, wenn nicht sogar noch perfider da er auch kleine Jungen als schwule Loverboys einsetzte und selbst leibte. In den USA war Jupp Joachimski mit einen der Brüder von Joseph Bogosyan zusammen. Er hatte einen Bären als Lover und liebte es sich anzulehnen und zu kuscheln. Er hatte auch immer Sex auf Parkplätzen in den USA weit außerhalb der Stadt und den Dörfern. Während so eines Stelldichein auf einen Parkplatz nahm er mich einmal mit. Ich war damals 7 Jahre alt und vögelte mit einem Mann. Ich saß im Auto und wartete. Als er fertig war fuhr er mit dem Auto davon und hatte den Stricher nicht bezahlt. Dieser lief hinterher und stand plötzlich an der Böschung. Es kam wie es kommen musste. Jupp Joachimski fuhr den Mann an und ließ ihn im Straßengraben liegen. Er hatte sich als County Richter ausgegeben, obwohl er gerade mal Assessor war und nie County Richter werden konnte. Den Schaden am Auto mit dem Blut gab er als Wildschaden an und ließ den Schaden einfach reparieren. Als Fahrer seines Wagens gab er den echten County Richter an und stieß damit diesen absolut kompetenten Mann in den Abgrund seiner Diffamierungen. Der echte County Richter wurde dann daraufhin unschuldig verurteilt und er Jupp Joachimski ging straffrei aus. Ich fand es erschreckend und später kam Jupp Joachimski genau in dieser Gegend darauf noch Menschenjagden mit einem Bürgermeister und einen Police Chief und einer Ärztin abzuhalten. Sie trafen sich dazu meist bei Sonnenuntergang und zielten wahllos auf Leute und nahmen sie gefangen und töteten sie. In Deutschland und in Osteuropa veranstalteten sie diese Menschenjagden Jahre später auch. Jahre später folgte die versuchte Rache von Jupp Joachimski indem er mich und meine Freunde in den USA anstellte um seinen Speicher zu entrümpeln. Wir fanden die Kiste mit den Videos auf denen Kinderpornografie und Sadismus und Folterszenen abgebildet waren. Nachdem wir diese Kiste mitnahmen, versuchte er uns zu jagen und ließ nichts unversucht um uns zur Strecke zu bringen. Es waren die Belegvideos seiner Zeit als schwuler **Stasi-Romeo** Mitläufer und Mittäter. Später ließ Jupp Joachimski einen verdrehten Film drehen, der uns als angebliche Drogenwracks darstellte und als Straßenbettler. Was allesamt nicht stimmte, aber so war eben seine geheimdienstliche Vertuschungsmasche. In den darauffolgenden Jahren wurde er zu den Lovern von Sebastian Wieberneit und beauftragte ihn mich zu bespitzeln und zu stalken. Aber diesmal war klar, dass er nichts ausrichten konnte, denn ich stellte klar, dass ich nie Geld erhalten hatte, was auch stimmte. Somit war auch diese Argumentation der Tateinheit und der Mittäterschaft bei ihnen in geheimdienstlicher Sicht komplett ausgehebelt.

Aber es war klar, dass nach 35 Jahren Jupp Joachimski nicht aufgegeben hatte mich zu jagen und immer wieder den gleichen Ablauf versuchte in einen 5 Jahresrhythmus wiederholen und schrecklich wie den Ursprung der Olympischen Spiele ablaufen zu lassen. Nach dem Kalten Krieg hatten die Leute um Jupp Joachimski einen Unsicherheitszustand geschaffen der jeden bedrohte, da die deutschen überflüssigen Hintergrundverträge auf die internationalen Ebenen übertragen worden obwohl sie nie legal waren. Durch diese Wirklichkeit hatte sich eine Zweispaltung der Bevölkerungen herausgebildet. Zum einen die die sich in ihrer eigenen Welt und Privatbereich schufen, aber immer abhängig blieben von anderen und dadurch nicht gefeit waren vor Lebenskatastrophen sprich Inszenierungen die Jupp Joachimski in Form einer Käseglockenüberwachung einleiten ließ. Dann gab es eine zweite Gruppe die an die Macht (das umfasste vor allem Politiker) kamen aber bestimmte Denkvorgänge aufgrund ihrer eigenen Bequemlichkeit nicht eingingen, weil sie sonst zu einer schmerzhaften Einsicht gekommen wären, dass sogenannte rechtliche Kreuzungen auf nationaler Ebene eine evidente Schädigung der Gesamtbevölkerung und der Bewohner des Landes nach sich ziehen könnte. In manchen Fällen wurden sie sogar dafür bezahlt genau diese abstrusen Sachen zu machen. Besonders schwierig wurde es dann, wenn Julia Walter mit ihren psychologischen Mustern und **Assessment Center** in diese Kreise eingriff und somit einen zusätzlichen manipulativen Unsicherheitsfaktor schuf. Die dritte Gruppe waren die die sich gefallen lassen mussten, wenn Leute die manipuliert wurden, die auch die Käseglocke schufen, bezahlen hätten sollen. Aber es war so, dass zuvor schon zu viele andere Leute betrogen wurden, dass diese Masche der Kostenverschiebung nur noch selten Erfolg hatte. In diesem Zusammenhang fiel auch der Wirecard Skandal in dem sich Susanne Schüßler unter falschen Namen hervortat. Sie hatte sich unter meinen Namen als Informatikerin anstellen lassen von ihrem polnischen Exfreund, den sie als Geheimagenten ausgab. Zusammen mit ihm hackte sie nicht nur die Konten, sondern besaß in dieser Zeit auch mehrere Chipkarten von American Express bis Miles and More und Tankkarten und Versicherungskarten und Kreditkarten. Alles ließen sie sich auf meinen Namen ausstellen und mietete sich sogar eine Penthouse-Wohnung. Obwohl sie sich das alles nicht leisten konnte. Sie lebte ein Luxusleben und flog regelmäßig nach Indonesien und nach Thailand. Sie hatte nach ihrer Entdeckung nicht mal Skrupel zu behaupten, dass sie für den Geheimdienst arbeite. Sie wurde später in Edinburgh festgenommen und inhaftiert. Sie hatte über mehrere Jahre verschiedene **Identitäten** angenommen. Ihre Hauptadresse behielt sie zur Tarnung unter einer Bundesimmobilie in der Nähe von Weilheim in Pähl. In der Zeit des Prozesses versuchte ihre Ziehschwester Chrissi Schüßler von der Polizeiseite für sie positiv einzuwirken. Sie schaltete die Berliner Sicherheitsbehörden in Gänze ein und vergaß was sie in der Vergangenheit getan hatte und wo sie überall illegal für ihre Verwandtschaft mitgewirkt hatte. Sie war nicht nur damals bei der Ermordung des BKA-Chef in Berlin in seinem Privathaus und in der Asservatenkammer, sondern sie hatte auch einen Showauftritt für die Stasi in Schweden, wo sie sich als reumütige fehlgelaufene Polizistin ausgab. In Wahrheit war ich es die damals schon bei der Berliner Polizei angestellt war in einer sogenannten Sonderfunktion, weil ich für die

USA arbeitete. Aber diese Familie Schüßler wollte in Gänze alles vertuschen, was die wahren Hintergründe verschleiern. In den Jahren 1983 bis 1990 war eine Zeit des Kalten Krieges, der die gesamte Welt in Atem hielt und die niemand so genau verstand. Man muss sich vorstellen, dass die damaligen Aussagen und sonntäglichen Reden dieser Leute, als Stammtischgeschwätz und nicht als reale Grundeinstellungen von diesen Leuten und als große Vision für die Zukunft sein sollten. Sie sprachen davon, dass Hitler den Krieg nicht verloren hätte, wenn alle zu Deutschland gestanden hätten und wenn alle sich auf den Führer verlassen hätten. Dann wurde immer gesagt, dass diese internationalen Verleumder und Diffamierer Deutschlands und das Judentum sie noch kennenlernen würden und die neuartige Weltherrschaft noch kennenlernen würden. Es war schlimm zu sehen, wie sie sich in Rage redeten. Sie waren wie reudige Hunde, die ihre eigene Schlechtigkeit zu Tage trugen und sie setzen ihren Hass still und leise in zersetzender Weise um. Es war auch so, dass diese Leute in den USA ein sehr großes Blutbad angerichtet hatten, was niemand vergaß. Ihr damaliger Führungsoffizier war Franz Mayinger, der später in Deutschland und in Polen untertauchte. Zu Ende des Kalten Krieges hatten sie nahezu die gesamte US-amerikanische Elite durchsetzt und gegeneinander aufgehetzt. So brachten diese Deutschen heimlich still und leise die alten Präsidenten um und erschossen J. F. Kennedy auf seinen Europawahlkampf in München und eben auch seinen auch US-amerikanischen **Doppelgänger** in Dallas. In Dallas zielte Eva Kasper, die damals bereits als die Bierkönigin bekannt war und im Schützenverein in Bayern einige Preise abräumte, auf den **Doppelgänger** und traf. Sie schoss von den Zeitungsverlagshaus in Dallas wo ich zu der Zeit eigentlich ein Praktikum machen sollte. Kurz zuvor hatten sie das Verlagsgebäude welches zu der Washington Post gehörte in die Insolvenz getrieben. So war es auch erklärlich, dass auf dem Gebäude und in dem Gebäude niemand mehr war. Als Erpressung hatten sie kurz zuvor Prinz Harry mit einen Stasikind Martin Magnus Müller auf eine Decke in der Nähe des Denkmales in Dallas gelegt und machten ein angebliches Picknick. Sie machten auch ein Foto von diesem demütigenden Augenblick. Prinz Harry lag frierend unter der Decke, weil es früh am Morgen war und sich für den Wahlkampf viele Personen bereits aufgemacht hatten, um den besten Platz zu ergattern. Dieses Foto was sie von den beiden Jungs an diesen Morgen machten, legten sie später als Erpressungsbegründung bei den internationalen Organisationen vor, als hätten sie Prinz Harry gerettet. In Wahrheit benutzten sie ihn an diesen Morgen als lebendes Schutzschild. Später begründete man auch so, dass man den **Doppelgänger** von J. F. Kennedy nicht sorgfältig geschützt hätte, um Prinz Harry zu retten. Das lastete danach schwer auf ihn als er aufwuchs. Denn es waren genug Sicherheitskräfte anwesend, aber das Gebäude war auch durch die Telefonnummerncodierung, die Eva Kasper von Franz Mayinger erhalten hatte, für „safe" freigegeben und sie gab sich als Polizistin aus. Dazu wählte sie die Ziffern die auf einen Zettel notiert waren und unterhielt sich mit den abhörenden Dritten. Dadurch wusste der andere Scharfschütze, wo sie war und konnte nochmals nachsetzen, wenn sie versagte. Der zweite Scharfschütze war Markus Wildgruber. Aber sie traf und der zweite auch. Ich flog in einer Staatsmaschine zurück nach Washington D.C. und wurde in dem Flugzeug vereidigt. Ich war ab dem Zeitpunkt offizielles Mitglied der ursprünglichen Regierung der USA. Aber die deutschen Leute machten in den USA weiter, wie auf einen menschlichen Buffett mit Menschenfleisch. Ebenso widerlich wie anrüchig fand die Ermordung von Ronald Reagan statt. Er war ein alter Mann und hatte sich auf einer Farm in Ohio niedergelassen. Es war ein ruhiges Städtchen und er hatte Rinder und Hühner auf der Farm. Seine Frau war ein richtiges Aas und fühlte sich vernachlässigt. Sie hatte laut eigener Aussage sehr unter ihn zu leiden gehabt. Trotz allen Luxus den sie natürlich gerne in Kauf genommen hatte. Aber so ganz ohne rote Teppiche und ohne Beachtung und die ganz große Bühne kam sie nicht zurecht. Sie hatte sich nicht nur einen bulgarischen Lover angelacht, der sie so um den Verstand brachte, dass er Mordpläne gegen ihren alten Mann ersann und ausdachte, sondern hatte sich einen Affen ins Bett geholt, als angeblichen Kindersatz. Als ich dorthin kam, fand ich alles sehr absonderlich und etwas erschreckend. Der Secret Service hatte die Farm kurzerhand in Never Land umgetauft, umso des Verdachts zu entgehen, dass es einen internen Maulwurf gäbe. Den es auch nicht gab, aber eben eine sehr verwirrte First Lady. Ich hatte den Eindruck, dass sie vergessen hatte, wer sie war, denn sie tanzte nachts mit einem Weinglas in der Hand durch den Vorgarten und auch im Wohnzimmer wurde alles verrückt als wäre es einfach mal so ein Umzug. Ich weiß auch bis heute nicht, warum sie das alles tat, aber ich sah wie sie vernarrt in ihren jungen Lover war, der ihr Sohn, wenn nicht gar ihr Enkel hätte sein können. Ich war nur schockiert von ihr und konnte es manchmal gar nicht glauben, was sie so anstellte. Diese Nachrichten drangen auch nie an die Öffentlichkeit, was auch gut war, denn nach einer Weile wurde sie aggressiv und sie wurde eine Gefahr für ihren alten Mann. Eines Abends als ich vom Einkaufen wiederkam, war er tot in der Badewanne gefunden worden. Er war ertränkt worden und seine Ehefrau und ihr bulgarischer Lover waren verschwunden. Der Affe kam später zu Michael Jackson und war sogar als Tatzeuge vor Gericht versucht worden zu befragen. Aber bevor sie ihn zerstückeln konnten und ihm etwas antun konnten, kam er zu Michael Jackson, wo er es wesentlich besser hatte. Er wurde auch kein Laboraffe, sondern ein Haus-Affe mit Freilauf.

1.3 Die Weiteren Geldquellen der Geheimdienstarbeit

Es war innerhalb des Kalten Krieges eine Form des Hasses auf die USA, die weder gerechtfertigt war noch begründbar. Ich jedenfalls kann nur sagen, dass wenn die USA nicht gewesen wäre, ich nie überlebt hätte und ich auch nicht manche Gegenpole darstellen hätte können. Als ich in Vietnam das erste Mal war mit Barbara und den **Stasi-Romeo** gab es einen Tsunami und viele kleine Inseln waren überschwemmt. Auch gab es auf einer dieser Inseln ein sogenanntes biologisches Labor, welches konkret sich nicht nur an Menschenversuchen beteiligte, sondern welches auch Tiere querzüchtete. Diese Querzüchtungen wie sie genannt wurden, waren sogenannte abnormale und anormale Verbindungen die in der freien Natur nie stattgefunden hätten und auch auf wissenschaftlicher Ebene ethisch gesehen nie erfolgen hätte dürfen. So wurden alle Tiere aus der Luft und auf dem Wasser und unter dem Wasser und der Erde miteinander gekreuzt und verbunden. Wie beispielsweise eine Art Mehrjungfrau die aus einer Eizelle einer Inhaftierten und einen Fisch „gezeugt" wurde. Sie wurde in einer Art Aquarium gehalten und hatte tatsächlich ein menschähnliches Gesicht! Es war skurril und erschreckend das anzusehen und fasziniert war ich sowieso nicht! Denn es war alles so fremd und gegen die Natur. Die Meerjungfrau war in einen Art Wasserbecken mit allerlei Schrecklichkeiten. Denn manchmal ließen sie Strom durchleiten oder vergifteten das Wasser um zu testen wie resistent sie war. Im Grunde nach erschreckte mich das rein auf der Empathieebene für die Opfer aber nicht diese Zombies die das taten. Denn sie waren für mich nur was sie waren! Zombies! Ich hatte keinen Respekt vor ihnen und es widerte mich alles so an. Das war wahrscheinlich auch die richtige emotionale Einstellung, um nicht kaputt zu gehen an dem Gesehenen und es später nüchtern zu schildern. Später in den USA musste bezüglich dieser deutschen Zombies die Erfindung der Area 51 erschaffen werden. Ich ließ dazu mehrere Filmrequisiten und Belegmaterialien dorthin verbringen. Und damit wurden dann auch die Paranormalitäten in die sogenannten „Geheimwissenschaften" aufgenommen und damit konnte zum einen verhindert werden, dass die Bevölkerung unnötig beunruhigt wurde und zum anderen, dass man sich auf die Stufe mit diesen deutschen undefinierten Leuten zu stellen. Die genau diese ihre Gräueltaten nutzten, um sich Respekt zu verschaffen, der ihnen nie zustand. Somit konnten auch die Straftaten auf den Niveau Polizeiarbeit belassen bleiben und auch diese Spionagemaßgaben konnten dann auf ein Minimum reduziert werden, um dann letzten Endes auch den Kalten Krieg zu beenden. In den USA hatte diese deutsche bulgarische polnische Familie eine Art Zweigstelle aufgebaut. Sie hatte eine Fabrik in einen angeblichen Schweinestall umgebaut. Die Leute die dort arbeiteten behaupteten immer, dass es eine Munitionsfabrik sei und eine Art Kriegsindustrie für die US Army. Das Gegenteil war der Fall. Sie experimentierten dort mit Schweinen rum. Dort nähten sie zuerst gehäuteten Kühen Jeansstoffe an auf den lebenden Körper. Später gingen sie soweit, dass sie Schweinen erst Flugprothesen und dann genetisch veränderte Flügel anzüchteten. Es war eine schreckliche Zeit. Ich saß immer oft am Chicago River allein und sah die Rauchwolken aufsteigen aus dieser Fabrik. Eines Tages entkam ein fliegendes Schwein und es wurde abgeschossen und es wurde die Legende des Mouth Man dazu erfunden. Ein anderes Mal schmissen sie einen Mann mit Leonardo Da Vinci Holzflügel aus einem Flugzeug und er stürzte natürlich ab. Sie waren wie besessen die Deutschen. Sie begründeten ihr Handeln damit, dass verschmäht wurden und den Zweiten Weltkrieg eigentlich nicht verloren hätten, wenn sie nicht allein gelassen worden wären. Auch behaupteten sie, dass alle Erfindungen nach dem Zweiten Weltkrieg auf sie die Nazideutsche zurück zu führen seien und sie nun ein Recht hätten sich alles zurück zu holen. Egal wie sagten sie. Sie waren Fanatiker durch und durch! Sie wollten perfekt sein wie sie es nannten. Perfektion bis zur Überhöhung. Die Maßgabe „Hart Härter am Härtesten!" war ihr Motto. Aufgeben war in ihrer Welt nie eine Option. Sogar die Arbeiter dieser Fabrikfarm fuhren sie in Bussen mit verdunkelten Scheiben und ohne zu reden in das, außerhalb gelegene, Fabrikgelände. Den Weg zur Fabrik verheimlichten sie auch! Auch in dieser Fabrik wurde gesagt, dass sie der Industrie diene. Aber auch das stimmte nicht, denn es waren biologische Waffen, die sie herstellten und Menschenversuche die sie machten. Es war auch so, dass diese deutschen Nazis dafür sorgten, dass die Opfer, die meist deren Geiseln waren, nie mehr als bedauernswert oder als Menschen wahrgenommen wurden, sondern auch nur als Tiere angesehen wurden und als Leute die dieses Schicksal verdient hätten. Leute, die diese Nazis angestellt hatten, um die Geiseln zu pflegen oder zu versorgen, sollten keinerlei Empathie empfinden. Zumeist hatten sie Polinnen eingestellt, die ohne Regung ihre Arbeit verrichteten. Die deutschen Nazis hatten die Polinnen unter falschen Namen eingeschleust in die USA und waren auch für planmäßige sprich zeitpunktgenaue Tötungen zuständig. Die US-Administration war zu diesem Zeitpunkt nahezu ganzheitlich außer Gefecht gesetzt, weil diese übrig gebliebenen Nazis, die sich mit der Stasi vereint hatten, nicht nur zum „Totalen Krieg" wie sie es nannten aufgerufen hatten, sondern weil sie ihre gleiche Aggression und Brutalität zeigten wie im Zweiten Weltkrieg. Sie hatten sich eine freundliche Maske aufgesetzt und dahinter versteckte sich der Teufel. Der Teufel der Unmenschlichkeit und kompletten moralischen Leere! Diese Leute töteten ihre Versuchsmenschen wie man eben eine Laborratte umbrachte. Den Opfern wurde jegliche Beerdigung und jegliches Grab verwehrt. Nicht mal einen Namen erhielten sie, sondern nur eine Nummer mit der sie beerdigt wurden und wie sie sich in Verwaltungsakten dieser Fabrik wiederfanden. Aufgeführt unter den Spalten Materialien und Versuchsobjekte Nummern, verschwanden sie dann einfach. Steuerlich stellten diese Deutschen bei deren deutschen Finanzamt einen abgeschriebenen Gegenstand sprich Betriebsmaterial in Rechnung. Dass sich dahinter ein Mensch verbarg und sein Schicksal gaben sie nie zu. Sie gaben auch nie zu, dass sie Menschen damit ihrer menschlichen Art kaputt machten. Am deutlichsten zeigte sich ihre Paranoia an der Securitate, die mich auf Geheiß eines **Stasi-Romeo** in dem Tunnel vor dem US-Konsulat entführen ließ. Ich hatte damals den Tunnel betreten der den Scharnagelring untertunnelte und hatte Belegfotos dabei. Der Tunnel war dunkel und ich hatte mein Handy in der Tasche. Plötzlich bekam ich einen Schlag auf den Kopf und wurde halb bewusstlos in einen schwarzen Kastenwagen welcher auf genau der untertunnelten Straße stand hineingezogen von vier Männern. Allesamt auch in schwarz gekleidet mit schwarzen Lederjacken und Masken über den Kopf. Ein LKW stand parallel zu den Wagen auf der weiteren Innenspur und schirmte so den Blick der Kamera die vom US-Konsulat filmte ab. Auf der Seite der Staatskanzlei, wo ich eigentlich hinwollte, befand sich nur ein Tagungssaal der an diesen Tag nicht besetzt war. Niemand sah also zu. Das Karl Palais wurde sowieso nur zu seltenen offiziellen Übernachtungen genutzt. Ich wurde dann in einen Keller gebracht in Rumänien gebracht und erstmal zusammengeschlagen und an einen Stuhl gefesselt. Erst schlug er mir ins Gesicht und dann brach er mir meine beiden zweiten Innenzehen und ließ das Blut gerinnen. Danach stach er Dioden in meinen Zehen und ließ erst ein Quecksilbermischung einspritzen zur besseren Leitfähigkeit und danach schloss er mich an Strom an. Mein Körper zuckte vor Elektrizität und ich war an der Bewusstlosigkeit und dann überschüttete er mich mit einem Eimer eiskalten Wasser. Jahrzehnte später machten sich die Leute lustig über diese Zeit und machten daraus eine Icebucket Challenge. Es war ein befreiendes Lachen und es ging komplett über das Netz. Ich dachte, dass damit diese stupide und sinnlose grausame Zeit endlich besiegt war. Damals jedenfalls endete diese Überschüttung mit Eiswasser nicht mit einem befreienden Lachen. Er schüttete mir Wasser damit ich wieder aufwache. Danach fragte er weiter. Er fragte wer ich sei und ob ich Spionin sei. Ich sagte NEIN. Dann wollte er wissen ob ich wirklich keine Spionin sei. Er schlug mir ins Gesicht und fragte abermals. Dann fragte er mich bis zur Bewusstlosigkeit. Ich war 8 Jahre alt. Er machte für sich mit der deutschen Regierung einen Deal aus und behauptete, dass er mich beschützen und gleichzeitig überwachen würde. Denn ich wäre eine Gefahr für Deutschland. Daraufhin lief er mir hinterher und verleumdete und beleidigte wo er nur konnte. Er ließ mich wie ein Wahnsinniger nicht mehr aus den Augen. Als ich woanders hinflog flog er hinterher und beobachtete mich paranoider Weise. Man muss dazu sagen, dass ich diesen schwarzhaarigen gedungenen Mann mit dem Vollbart nicht kannte. Niemand konnte mir auch beantworten, warum er mich entführen konnte mitten aus München. Auch wunderte mich alle Jahre, was er faselte von seiner Vergangenheit und es stellte sich heraus, dass er auch nur Janine Bogosyan kannte und später auf geheimdienstlichen Hochzeiten in Niedersachsen war. Er war auch nie als Geheimagent eingestuft worden und die angebliche Polizeifunktion die er angeblich inne hatte nutzte er für sich selbst und ein gefährliches Doppelspiel! Denn er war nicht nur später als fanatischer und ausgetickter Dodgefahrer in den USA, sondern er hatte auch über die Jahre keine **Identität** mehr. Er hatte zum Schluss so viele Straftaten, dass er überall bekannt war und damit ein Riesenproblem mit seiner rechtlichen Rechtfertigung.

Es war auch so, dass dieser Regellosigkeit und Entgrenztheit der Deutschen in ihrer Aggression und ihrer Denkmuster und in ihrer Brutalität mit normalen Argumenten und normalen auch damals üblichen Spionageregularien nicht beizukommen war. Sie kannten keine Grenze und das im aller schlechtesten Auslegungssinn! Als der Scheitelpunkt erreicht war in ihrer Perfidität und sogar Gottesdienste in den USA störten und sie die USA als gottloses Volk beschimpften. Ließ ich Scientology gründen! Es war eine Sekte mit den bisher strengsten Regeln, die es existierten. Sie kannten auch sogenannten Titanenkinder, die jegliche Unantastbarkeit genossen und so zu keinen Opfern in der Hinsicht der Einmischung von schlechten Erziehungsberechtigen in dieser Hinsicht. Aber auch das Modell wussten diese Stasinazileute auszunutzen. In der Hinsicht, dass sich zum einen Kinder immer Vorbilder suchten und seien sie manchmal noch so schlecht und dass sie sehr obrigkeitsdenkenden waren. So kam es, dass es Erwachsene gab, die die Kinder zu Tätern machten, indem sie die Kinder emotional manipulierten und so sie zu sinnlos Strafenden machten, die am Ende nur ein Instrument gemacht wurden und sich in vielen Fällen zu sinnlosen Waffen gegen ihre Eltern wurden und so sich selbst die Aussicht auf ein freies und sauberes Leben nahmen. So wurden noch manche Regeln hineingeschrieben, um ein Gegengewicht zu dieser Form der Ausnutzung zu schaffen. Auch die psychologische Indoktrinierung war in den Sektenprogramm angelegt und so wurde diese Sekte als Kirche angelegt, die dann auch noch diese gottlosen und widerlichen Leute aufhalten konnte und zur Raison zwingen konnte. So wurden Regeln eingeführt, die für jeden ausstehenden abstrus und absurd klangen, aber genau auf diese Form von Menschen die sich wie Zombies aufführten zutrafen. Deren Devise der Deutschen „Hart Härter am Härtesten!" konnte so wenigstens etwas in Schach gehalten werden. Ansonsten war diese Zeit sowieso sehr gespickt mit Absonderlichkeiten und seltsamen Vorgängen, die ich zwar bemerkte und sah, aber diese Vorgänge selbst nicht für guthieß geschweige denn sie toll fand. Ich hatte mir über die Jahre angewohnt einen gewissen eigenen Selbsterhaltungstrieb zu entwickeln ohne dabei zu schädigen. Denn ich fand alles so sinnlos. Es gab eine Zeit in der mich diese Leute scheinbar in Ruhe ließen. Sie fuhren weg ohne mich geschweige denn ohne meine Leute und betätigten sich als angebliche James Bond der Bundesrepublik Deutschland. Das Tragische daran war, dass alles was sie taten illegal war und komplett aus dem Ruder gelaufen, mal von einer nicht vorhandenen staatlichen Absicherung mal ganz abgesehen. Sie konnten nicht begreifen, dass mich das alles einfach nur ankotzte und ich nur widerwillig manchmal sogar mit widerstrebenden Inneren nach Deutschland zurückkehrte um ihre Leute zu pflegen oder Situationen aufzulösen. Es war einfach, wie eine niemals enden wollende Hölle, in die ich mich nicht mal selbst hineingebracht hatte geschweige denn geboren wurde. Es war als ich mir jedes Mal diese Fratzen anschauen musste auf Gesichter die ich in Verwesungszustand sah! Nicht weil sie ungesund ausgesehen hätten, sondern weil sie nicht wussten, dass jeder Mensch sich selbst in den Spiegel schaut! Und diese Wahrheit blieb bei diesen Leuten immer unausgesprochen. Sie waren mit sich selbst nie im Reinen und redeten nie offen. Als ich Maria Bogosyan den kleinen Wurzelzwerg pflegte, hielt ich ihre Hand und sie war eingeschüchtert worden und war in Ostdeutschland gewesen und wollte irgendetwas eruieren. Ich sollte sie wieder aufpäppeln und pflegen. Ihre Haut war gelblich und lederig. Das sprach für eine

Minderfunktion der Nieren und der Leber. Sie bekam kaum Luft und sie hatte Mühe in Ruhe im Bett zu liegen und konnte sich aber gleichzeitig nicht auf den Beinen halten. Ich hatte ihr ein leichtes Beruhigungsmittel gegeben und sie schlief ein bisschen. Ich saß neben ihrem Bett in meinem Privathaus. Ihre Sehkraft war stark eingeschränkt und sie konnte mich nahezu nur an der Stimme erkennen. Ich war die ganze Nacht geflogen und sollte sie nicht fragen, wo sie gewesen war und sollte auch sonst nichts mit ihr reden. Aber ich tat es doch ein bisschen, denn jeder hat irgendwie Ansprache verdient. Sie war wohl in Ostdeutschland zu ihren alten Wirkungsstätten gefahren und hatte sich zuvor mit ihrem Bruder den untergetauchten und damals gefangengehaltenen Onkel ihrer Tochter Gundula Nitzsche unterhalten. Sie sagte die gesamte Zeit vor sich hin, dass sie nicht verstehe wie Sebastian Wieberneit und Gundula Nitzsche so geworden sein können und warum ich anders wäre und wie das alles so passieren konnte. Es war eine sehr skurrile Situation, denn Maria Bogosyan schaute mich an und irgendwas ging in ihren Kopf vor sich, was sie lächeln ließ. Es schaute ein bisschen auch die Sonnenstrahlen durch das Fenster und sie schlief ein bisschen, aber dann wachte sie kurz auf und schrie, weil sie mich für Gundula Nitzsche hielt. Ihre Füße waren voller Schorf und es sah so aus als hätte sie in Säure gestanden. Ich wusch die Füße mit klarem Wasser und hoffte, dass es besser wurde. Später cremte ich sie ihr ein und sie schlief wieder. Ihre innere Vergiftung war so fortgeschritten, dass niemand sie darüber aufklärte, wie schlecht es um sie stand einerseits und andererseits sie nur Leute um sich hatte, die nur wollten, dass sie verrecken würde. Medikamente, die geholfen hätten, wurden nicht verschrieben und nicht gegeben. Sie versuchte noch mit letzter Kraft eine Art Tagebuch zu führen und versuchte noch etwas festzuhalten. Berührungen ließ sie nur zu, wenn ich sie ansprach. Sie wich mir nicht von der Seite. Eines Tages ging ich mit ihr in diesen Zustand spazieren und ich nahm eine Schnur, damit sie sich daran festhalten konnte, um keine für sie unangenehmen Berührungen zu lassen zu müssen. Sebastian Wieberneit hatte sie vormals Jahre zuvor perverser Weise zusammen mit Gundula Nitzsche an eine Leine gebunden und durch die Siedlung gezogen. Er schrie dabei, dass sie verrückt sei und er würde ihr zeigen, wozu er fähig sei. Da war er ein Teenager. Maria Bogosyan hatte danach noch mehr Angst vor ihm als sie damals in Berlin und in NRW hatte. Sie war so eingeschüchtert damals, dass sie glücklich war als sie meinen Hund hatte. Aber auch der konnte sie nicht beschützen. Denn den manipulierten und vergifteten sie auch. Maria Bogosyan verfügte damals, dass Gundula Nitzsche und Sebastian Wieberneit nicht zu ihrer Beerdigung kommen sollten. Sebastian Wieberneit hielt sich auch daran nicht. Es war so schlimm das anzusehen, was diese 4. Terroristenkindergeneration veranstaltete. Maria Bogosyan wollte zu ihrem Ende nur Leute um sich haben, die sie wirklich liebten und die sie wirklich mochten und denen sie wirklich vertrauen konnte. Es war komisch, aber genau das war früher für Maria Bogosyan unmöglich, denn sie vertraute niemand und wurde immer skeptischer. Die gleiche Situation sah ich bei Barbara und die wollte zum Schluss auch nur Leute, denen sie wirklich vertrauen konnte und die ehrlich mit ihr waren und die sie als Mensch behandelten. Ich denke Barbara war eigentlich nie der Typ, so eine Form von Beruf zu haben und auch ihre persönlichen Lebenseinstellungen und Träume stimmten ganz und gar nicht überein mit dieser Form des Lebens. Aber irgendetwas reizte sie daran, dass sie diese toxische Verbindung einging. Barbara war bereits in Polen in Ausschwitz auf mich getroffen und stellte sich als Freundin von Julia Walter Mutter Antonia vor. Barbara war auch die Frau, die später in den USA und in London das Chaos stiftete und sich dann in Asien als Geheimagentin und alleingelassene britische Friedensaktivistin in der Bar saß. Im Nachhinein ist die Frage, da es Jahre später war und nach den Aufenthalten in den USA und in Kanada und London, ob Barbara nicht nur diesen Part auch nur gespielt hat, aber eben mit einem sehr schlimmen Ergebnis für sie selbst. Oder ob sie es getan hat, um einen sinnlosen geheimdienstlichen Auftrag zu erfüllen? Oder ob sie einfach nur naiv und absolut irre in so eine Situation gestolpert ist ohne zu wissen, dass es für sie den Tod bedeuten könnte, was auch immer wieder passierte. Denn im Grunde war es lächerlich, dass sie das sogenannte Klapperschlangen Verhalten dieser Leute nie begriff. Sie rechnete nie mit einer Gegenwehr und stellte die Situationen argumentativ und auch nicht verbal klar. Barbara war auch diejenige, die in der Wohnung mich zusammen mit Carolin Winkler Vater den großen **Stasi-Romeo** mich aus dem Fenster schmiss und Julia Walter als ihre Tochter ausgab. Man muss dazu wissen, dass es von der Stasi ein sogenanntes festes Rotationsverfahren gab, indem gleichaussehende Agenten immer zusammengeführt wurden. Schlimm wurde es, wenn zwei zusammengeführt wurden, wovon einer oder eine, keine Agentin oder kein Agent war, sondern nur aufgrund des gleichen Aussehens oder sonstigen Gründe vorgestellt wurden und genau das passierte immer wieder in der Konstellation Barbara und Maria Bogosyan. Niemand konnte sie trotz der unterschiedlichen Körpergröße unterscheiden und immer wurden Gundula Nitzsche und Janine Bogosyan als mich vorgeschoben an anderer Stelle und Örtlichkeit. So kam es vor, dass der Vater von Carolin Winkler der erste Stasi-Romeo, der auch meine leibliche Mutter und mich von dem Flugplatz in Grafenwöhr entführt hatte und später eine offizielle Übergabe am Schloss organisierte, über die Woche in einer anderen Familienkonstellation am Rhein lebte zusammen mit Sebastian Wieberneit und in der Zeit kam der Karl May/Mai nach München und lebte unter den Namen Mayinger mit Maria Bogosyan und mir in der Wohnung. Später kamen Corinna und Joseph Bogosyan in der Wohnung in der Yorckstraße unter ohne wirkliche Genehmigung und ohne wirkliche Aufenthaltsgenehmigung. Die Familienkonstellationen wechselten ständig ohne dass es dazu offizielle Dokumente gab. Dann wiederum lebte Janine Bogosyan und Sebastian Wieberneit und Gundula Nitzsche in einer Familienkonstellation und dann wieder wurden Kinder abgeholt von der Schule oder dem Kindergarten und dann wurde wieder für einen Monat in der Konstellation gelebt. Wenn ein unerwartetes Ereignis passierte, was bei diesen Leuten ständig vorkam, allein wegen ihres Katastrophenleben und ihrer kompletten unsicheren Rahmenbedingungen, wurde meist noch eine zusätzliche Tarnlegende erfunden, um die variablen Konstellationen zu unterdrücken und zu verbergen. So war es zum Beispiel so, dass manche Stasimütter nicht kochen konnten und ich selbst kochen lernte. Bereits mit 5 Jahren eigentlich 7 Jahren. Ich kochte viel mit Reis und viel mit Nudeln. Ich hatte nie das Bedürfnis bei diesen Leuten zu bleiben. Am Schlimmsten war mein 5 Geburtstag als ich ausriss mit meinen Teddybären und mich die Polizei leider wieder einfing und mich zurückbrachte. Der erste **Stasi-Romeo** hatte in der Nacht meine leibliche Mutter wegbringen lassen in die DDR zum Foltern. Ich lief weg und wollte nie zurück, denn ich hasste diese Wohnung und diese Leute. Ich sagte der Polizei auf Deutsch, dass ich zu meiner Mama wollte. Aber sie verstanden mich nicht. Als ich wieder in der Wohnung landete, machte der **Stasi-Romeo** zum einen, dass er erstaunt sei und ich hatte plötzlich wieder eine neue Mutter nämlich Corinna, die für mich überwachungsbereit zur Verfügung stand. Sie war eigentlich selbst eine Gefangene in ihrer eigenen Selbstanschauung. Sie tätschelte mich an der Wange und sagte, dass das doch nicht so schlimm sei. Ich regte mich furchtbar auf und wusste, dass sie mich entführt hatten. Der Polizist sagte noch, dass ich immer bei Mama und Papa bleiben sollte und ich dachte mir obwohl ich so klein war. Irgendetwas ist falsch. Zu Tarnzwecken ließ mich der **Stasi-Romeo** prompt wieder in den Kindergarten einstufen und anmelden. Mit 7 Jahren obwohl ich eigentlich hochbegabt war und auch das bestätigt worden war. Corinna sah schön aus und war aber leider auch nur eine angeworbene Stasiagentin, die sich in Joseph Bogosyan verliebt hatte, der in Berlin in einer Art Wohngemeinschaft nach dem widerlichen Modell Familie 2000 mit meiner leiblichen Mutter erzwungener Weise gelebt hatte. Ich konnte sie auch nicht leiden, deswegen war ich als garstiges Kind in deren Stasikreisen bereits lange bevor verschrien. Ich hasste sie alle und stellte deswegen alle Sachen an, um immer wieder wegzukommen von diesen Leuten. Manchmal versteckte ich Wohnungsschlüssel damit sie nicht mehr die Wohnung betreten konnten. Dann rief ich die Polizei, wenn sie wieder irgendwelche Aktionen durchführten und dann schickten sie mich als schwer erziehbares Kind in Waisenhäuser, damit mein Willen endlich gebrochen werden würde. Es war eigentlich ein Zynismus der Geschichte, dass ich Jahrzehnte danach deren Notnagel sein sollte. Ich machte meine Sachen immer allein und vertraute niemanden mehr. Ich wurde aber im Gegensatz zu den anderen nicht paranoid. Denn ich kümmerte mich ab einer gewissen Zeit nicht mehr um deren Problematiken. Man muss aber sagen, dass ich auch jedes Mal mit meinem Dickkopf durchkam. Eigentlich hätte ich auch in Russland laut deren Plan umkommen sollen, aber auch das überlebte ich und ich hatte einfach keine Lust diesen Leuten der Stasi die eine Masse an Menschen sinnlos zu brutalen Leuten verwandeln konnten mit sinnlosen Lügen als Unterlegene geschlagen zu geben. Denn ehrlich war es ja nicht besonders toll und zudem sah ich diese Sinnlosigkeit einfach nicht ein. Als ich die alten Fotos im Jahr 1992 sah, wurde mir klar, dass sie eine Art neue Weltordnung schaffen wollten, die auf einer Aufstülpung der Nazi- und Stasiideologien basierten. Als ich das sah fehlten mir die Worte und mir wurde nochmals bewusst, wie sehr diese Leute auf Gier und Hass und Machtbesessenheit als inneren Motor der Menschen gesetzt hatten. Ich war nur immer erschrocken von so viel Widerlichkeit. Julia Walter hingegen, die zusammen mit ihrer Familie die Stasiführungsoffiziere und Ansprechpartner für Barbara in London waren, durchlief die Stasiausbildung und auch die sinnlosen Anstellungsverhältnisse. Sie fühlte sich wohl in diesen Kreisen, die aus verschiedenen Schnittmengen bestanden. Zum einen die Leute, die wussten wer sie war und was sie tat. Diese Leute waren meist ihre Führungsoffiziere und waren genauso hemmungslos, wie Julia Walter selbst. Echte Freundschaft und echte Gefühle und echte Treue waren in ihren Kreisen nie vorhanden. Als wir beide klein waren beschimpfte sie mich als arm und behauptete, dass sie Prinzessin sei an meiner Stelle. Ich achtete nicht darauf und auch sonst hatte diese Frau genauso wie ihre anderen Verwandten Sebastian Wieberneit und Gundula Nitzsche und Sandra Detzer und Janine Bogosyan und Jessica Traue und Kathrin Traue und Susanne Schüßler und Chrissi Schüßler und Eva Kasper und Carolin Winkler und Steffi Gänse und Katharina Petrussek und Tobias Bogosyan und Jenny Schmid und Birgit Wolf alias Blumoser alias Dr. Isabella Walchshofer Fischer und Martina Wolf alias Blumoser alias Sandra Mayinger und Franziska Schmid und Sabine Schmidt und Tom Pau alias Köhler und Thomas Georg Wenninger und Hanna Traue und Chiara Müller und Anna Müller und Martin Magnus Müller eine sehr eiskalte rationale Frau die nur ihren eigenen Vorteil sah und sich nie um Moralvorstellungen scherte. Man muss dazu wissen, dass alle diese Leute auf der Cousinen- und Cousins-Ebene verwandt waren und sich seit der Kindheit kannten und auf falsche gewohnheitsrechtliche Weise vertrauten. Sie waren verwandt und gleichzeitig bekannt und gleichzeitig beruflich verbunden. Sie waren nie in der Lage außerhalb ihres Netzwerkes zu leben, denn sonst hätten sie zu viele Lügen aus ihrer Vergangenheit richtigstellen müssen. Das problematische daran war, dass wenn sie erwischt wurden und aussagten, sie meistens ein Problem bekamen mit den Nachfolgereaktionen der zudem noch hineingemischten und geschädigten Personen und mit den Reaktionen ihren Mittätern. Das Schlimmste Beispiel war Susanne Schüßler und ihre Vater Jupp Joachimski! Ich musste eine Zeit lang den Vater Jupp Joachimski pflegen und er schmiss mir den Kartoffelbrei hinterher. Zudem behandelte er seine Tochter Christine aus erster Ehe wie eine Sklavin und beschimpfte sie von morgens bis abends. Christine hatte in absoluter Naivität ihren Vornamen als Patentante für Christina Schüßler, der Ziehfamilie von Susanne Schüßler hergeliehen. Was Christine nicht wusste war, dass parallel zu ihr noch eine andere geheimdienstliche Patentante existierte, die Christl Paul alias Mayinger hieß und Straftaten beging und die geheimdienstliche Mutter von Tanja Mayinger und Tobias Bogosyan alias Alexander Mayinger war und die ihr Vater Jupp Joachimski brauchte, um seine Lebenslüge nicht auffliegen zu lassen. In der Zeit sah ich Christine nur hin und her hetzen und sich bemühen ihren Vater alles Recht zu machen in Gröbenzell. Ich verabschiedete mich nach einer Zeit, weil Sebastian Wieberneit auch vor Ort war und zum Liebling von Jupp Joachimski aufstieg. Christine durfte gemäß ihren Vater Jupp Joachimski nicht studieren und sollte so arbeiten wie er. Was aus ihr wurde weiß ich nicht, denn ich hielt auch keinen Kontakt zu ihr, als sie versuchte mir den Freund auszuspannen. Ich verließ das Haus im Spatzenwinkel in Gröbenzell und scherte mich einen Dreck um diese Leute. Denn ich war sehr verletzt. Jupp Joachimski rief noch seiner Christine hinterher, dass er seine tollste Zeit seines Lebens hätte, weil er endlich seine wahre Bestimmung gefunden hätte und mit dem Arrangement zwischen Gisela Traue und Annemarie Schüßler und Sebastian Wieberneit seine Freiheit gewonnen hätte. Er war in dieser Zeit sehr wahnhaft und saß in Unterhosen bekleidet auf dem Dach und schoss nach Tauben. Selbst die Polizei konnte ihn nicht zur Besinnung bringen und er fühlte sein wahres Genie verletzt. Manchmal stand er auch vor einem Dirigentenpult und hatte seine Kopfhörer auf und wedelte sinnlos in der Luft mit einem imaginären Dirigentenstab durch die Luft. In der Zeit war Sebastian Wieberneit sein Vertrauter und Ansprechpartner. Man muss dazu wissen, dass Jupp Joachimski in der Zeit ein Verhältnis mit Gisela Traue angefangen hatte und sie aufgrund ihres ersten Mordes in der Psychiatrie in Rosenheim an den Sohn von Gerhard Igel auch Eheprobleme hatte. Grundsätzlich wurden solche anzuwerbenden Personen mit Leuten geködert, die sie im normalen Leben weder begegnet wären noch jemals eine Beziehung eingegangen wären. So war es auch im Fall von Jupp Joachimski. Er war der abgehalfterte Stasiagent, der keine richtige Ausbildung hatte und in Gisela Traue seine Erfüllung und wesentliche Flamme sah. Nach dieser Phase der Benebelung und Zuführung wie man das in Stasideutsch nannte, wurden eine Entfremdung eingeleitet und derjenige dann in die Dienste gestellt. Es war auch eine gängige Masche, dass man die Leute bezüglich ihres Selbstbewusstseins einschüchterte und auch Beziehungen, die in diesen Stresssituationen geschlossen wurden, eigentlich unnatürliche Beziehungen darstellten. Es war auch so, dass Beziehungen die nicht im Einklang mit der Natur geschlossen wurden, solche späteren Stressphasen nicht ohne eintrainierte Abhängigkeitsverhältnisse durchhielten. Konkret bedeutete das, dass die solche sowieso schon auf Zweck angelegte Beziehungen auf ein Reset gesetzt wurden und damit wieder wie anfangs Stasimäßig benutzbar waren. In dieser Zeit wurde Gisela sehr aggressiv in ihrer ursprünglichen Ehe. Da sie Eheprobleme hatte, schlug sie auch Bernd ihren Ehemann und dieser schlief mit einem Messer unter den Kopfkissen im gemeinsamen Ehebett. Gisela Traue war schon mit Hanna der Tochter Jupp Joachimski schwanger. Zudem hatte Gisela Traue in dieser Zeit eine Anstellung als Krankenschwester in der Psychiatrie in Rosenheim und hatte dort den Sohn von Gerhard Igel umgebracht. Ich sollte damals den Sohn rausholen, indem ich mich einschleusen ließ und den behinderten Sohn ausfliegen ließ. Gisela Traue und ihre Tochter Jessica Traue und Julia Walter wechselten sich ab, diesen behinderten Sohn mit Spritzen zu traktieren und ihn obwohl er bereits eingeschüchtert war, auch noch eine Zwangsjacke anzulegen. Ich floh mit dem Sohn und er floh in sein Elternhaus und übergoss sich mit Benzin und setzte sich in Brand. Das Haus brannte ab und Gisela log auch bei diesem nachfolgenden Prozess über ihre Rolle. Denn Gisela hatte verschwiegen, dass sie Gerhard Igel den Vater auch bereits in ihren Fängen. Oder wie sie es formulierten „verführt hatten"! Gerhard Igel war damals Jahre später in den USA und hatte die Rolle des angeblichen Zuhälters übernommen. Er drehte Sexfilme und war in Berlin ein Kind eines Gefängnisleiter. Später wurde klar, dass es ein Stasigefängnis war. Er hatte sich über die Jahre auch Parallelfamilien aufgebaut und eine war diese in Bayern.

An diesen Abend in München bei der Wohnung von der Familie Traue waren die anderen drei Kinder nicht in der Wohnung, denn Gisela Traue hatte es mit ihnen abgesprochen und mit Jupp Joachimski abgestimmt. Zusätzlich ging Jessica Traue zu einem albanischen Friseur und informierte auch diese Auftragskiller zu Janine Bogosyan. Diese Szene spielte sich in den Friseursalon von Lydia Stein alias Klein alias Wagner ab, die nicht nur in der Kindheit auf Janine Bogosyan und Julia Walter aufpasste, sondern die auch noch eine Tante von Susanne Schüßler war und in der gleichen Wohngegend von Julia Walter lebte. In der Nacht der Geschehnisse war ich vorher zurück gekommen per Flugzeug und war aufgrund des Jetlags wach. Normalerweise schliefen Gisela und Bernd Traue immer bei offenem Fenster. Ich war auf meinen Balkon und schnappte frische Luft. Die Fenster waren geschlossen und es klangen dumpfe komische Geräusche aus der Wohnung. Ich lief in die Wohnung rüber und rief die Polizei und den Krankenwagen. In den späteren Schilderungen von Bernd Traue war er an einen Stuhl im Wohnzimmer gefesselt worden und die Socken waren im ausgezogen worden. Dann war ihm ein Eiswasser über den Kopf geschüttet worden und auch seine Füße waren in einen Eimer mit Eiswasser gestellt worden. Er war aus dem Bett gezerrt worden und dabei war ihn sein Unterkiefer ausgerenkt worden. Ihm waren die Speichen in der Unterkieferaufhängung gebrochen worden. Der Unterkiefer war verschoben und gleichzeitig verkanntet, was wiederum extra so gemacht worden sein musste, denn dann wurde mit einer Feinmechanikzange seine unteren Zähne um 30 Grad gedreht worden. Das bereitete ihm enorme Schmerzen und später wurden die Zähne wieder geradegestellt. In der Wohnung hing ein Schlafgas in der Luft. Am nächsten Tag ging ich nochmal rüber um die Nachhut des Mossad auch noch abzufangen. Normalerweise war es üblich, dass noch so eine Art Putzteam geschickt wurde und auch die Spuren zu verwischen und den wahren Tathergang zu vertuschen. Da alles abgesprochen mit Jupp Joachimski war kam er in die Wohnung und gab seinen Polizisten erstmal die Anweisung die Fenster aufzureißen, weil Luft ihm nicht nur miefiger Geruch dort war, sondern wie hätte es anders sein können Drogengeruch. Von Morphinhaltiger Luft oder von Schlafgas oder von Chloroform war nie eine Sprache in seinen späteren Bericht. Auch war es sehr warm in der Wohnung was den Gas-Luft-Austausch beschleunigte und das Spurensicherungsteam zu Deppen deklarierte und keine Spuren mehr vorhanden waren. Aus dem tatwerkzeug Feinmechanikerzange wurde wie Jupp Joachimski es vorgegeben hatte ein Schraubenzieher. Jupp Joachimski war wie paralysiert und jeder der ihn kritisiere wurde lächerlich gemacht oder noch schlimmer. Was auffiel war, dass Bernd Traue die Armbanduhr während der Folterung abgenommen worden war und dass er mit einen Armbanduhrstift gefoltert worden war. Ich überlegte lang, was das zu bedeuten hatte, denn ich wusste, dass damals die Rolexarmbanduhr meinen leiblichen Vater abgenommen worden war und ich wusste auch dass meine Eltern von Leuten in Deutschland die der Stasi zugehörig waren verraten worden waren. Später erfuhr ich, dass es genau Gisela und Bernd Traue gewesen waren, die diese Lügen über meine Eltern inszeniert hatten. Es waren auch die beiden Bernd und Gisela, die wussten, dass meine Eltern mit mir in die Schweiz zum Schifahren gefahren waren. Auch der Mossad war bei dieser damaligen Aktion involviert. Deswegen denke ich, dass es eine Warnung und eine gleichzeitig eine Drohung war, niemanden mehr zu verarschen und gleichzeitig eine Racheaktion von Gisela Traue an ihren an sie geeisten Ehemann nach diesem Verrat meiner leiblichen Eltern.

Bei der Familie Traue war nach der schrecklichen Rückkehr aus den USA das sogenannte Baby Oscar eingezogen. Es wurde eifersüchtig von seinen neuen „Verwandten" Janine Bogosyan und Eva Kasper und Julia Walter bewacht. Für dieses Baby war gemordet worden und es wurde in deren Stasikommando bestimmt, dass es bei Gisela Traue und Bernd Traue aufwuchs und der Rest der Verwandtschaft von Janine Bogosyan sich darum kümmerte. Das Baby Oscar hieß eigentlich Martin Magnus Müller und war laut Schilderungen seiner Eltern die Mutter der Schwestern von Steffi Gänse und Eva Kasper Corinna Bogosyan und mit einem ostdeutschen Agenten. Genau das gleiche Agentenbaby das in manchen Stasifilmen über die Stellung der Frau auftauchte und mit einer Tante von Susanne Schüßler in Berlin abgebildet wurde. Es fiel auf, dass das Baby einen besonders großen bulligen Kopf hatte und ehrlicherweise der Körper nicht dazu passte. Es gab so viele Legenden zu diesem Baby, dass als es erwachsen wurde, selbst nicht mehr wusste wie er hieß und wer er eigentlich war. Aus diesen Gründen wurden dann später dieser Junge immer wieder Kasper Hauser genannt, da seine Zeit als Stasinazikind vorbei war und er nicht begriff, zu welcher Familienkonstellation er eigentlich gehörte geschweige denn zu welcher Familie er überhaupt gehörte. Später traf ich ihn in Schweden und er wurde dort mit seinen 4 Jahren zum Mörderstasikind. In den USA war er als sogenannte lebendes Schutzschild dabei und als Ablenkungsmanöver und als Ansprechgrund. Dieses Stasikind begriff nicht, dass es in einer Illusionsblase lebte und auch noch bis in sein 30 Lebensjahr die Lebenslügen seiner Stasiwolke in der er lebte versuchte krampfhaft aufrecht zu erhalten. Als er dann gestellte Fotos von sich und Prinz Harry unter einer Babydecke fand schloss er die falschen Rückschlüsse und klopfte despektierlicher Weise bei den britischen Royals an. Denn in Wahrheit war er auch nicht adelig, sondern er hatte die Lügen seiner Ehefrau Julia Walter geglaubt und war danach als alles aufflog in ein tiefes Loch gefallen. Er hatte nie eine normale Schulbildung genossen noch hatte er sich jemals beweisen müssen. Das Schlimme war, dass er selbst normale Zusammenhänge und Vorgänge nicht abstrahieren konnte und aber dann im größeren Kontext auch nicht pauschal und kurz und prägnant schildern konnte geschweige denn erklären konnte. Er vermischte nicht nur die verschiedenen Ebenen in bestimmten Fachgebieten, sondern begriff nicht mal die optische und/oder physikalische und/oder mathematische **Strahlentheorie** als ein **Modell der Vorstellungskraft** und einer **Grundtheorie**. Es war wie verhext, weil sein Vater dieser Peter Meier, wollte dass ich ihm diesen fetten dummen Hobbit klar machen sollte, wie etwas funktionierte. Ich hatte keine Lust und ich war auch komplett vor dem Kopf gestoßen, als er mal wieder zu doof war, die normalen Dinge wie kochen oder sonstige Sachen normal zu erledigen. Es wurde über die Jahre noch schlimmer, weil er klebte wie ein Kind an mir und ich hatte eigentlich meine Kinder zu versorgen und die in die Schule zu schicken und die auf ihr normales und vernünftiges Leben vorzubereiten. Ganz durchgeknallt wurde es als er sich als mein Bruder ausgab und sich in mein Umfeld einschlich. Es war zum Schreien. Er schlich sich auf normalen Staatsempfängen ein und stolperte über seinen Frack und einmal kippte er mir seinen Sekt in den Ausschnitt. Er lernte das Essen mit Messer und Gabel nicht und als ich Hühnchen mitbrachte, war das schneller gegessen als mit Messer und Gabel. Er verschwand dann irgendwann wieder irgendwohin und tauchte dann lediglich wieder auf, wenn er Geld von seinen Vater Peter Meier brauchte. Ich sah ihn nur an und sagte dann, dass er von mir nichts zu erwarten hätte. Er wurde auch mehrfach als schwachsinnig und denkbehindert eingestuft, aber jedes Mal kam er dann an und wollte wieder sinnlose Sachen über den Geheimdienst wissen, weil er sich mal wieder bei irgendeinem Geheimdienst beworben hatte, so wie die anderen von Julia Walter auch. Im Jahr 2000 war es dann soweit und diese Leute wurden gesammelt als Kanonenfutter eingestellt. Mich interessierte es nicht, weil sie nie einen normalen Test durchlaufen hatten und diesen auch nie bestanden hätten. Einmal wurde es so schlimm, dass Martin Magnus Müller als Staatsfeind eingestuft wurde und in China inhaftiert wurde. Sein Vater kam, wie er es immer tat, bei mir an und hatte sich komplett verrannt und versuchte zu erpressen. Ich sollte ihn rausholen, was aber gar nicht ging, denn die USA hatte ihn bereits als schwachsinnig deklariert. Auch die anderen Staaten winkten ab und sein Vater tobte, dass man ihn und seinen Sohn fallen gelassen hätte und dass ich verpflichtet sei. Wieso weiß ich bis heute nicht, aber es hing irgendwie mit den Namen Mayinger zusammen. Ich fasste mir nur an den Kopf und dachte nicht schon wieder. Also ließ ich Martin Magnus Müller unter meinen Ärztinnenzulassung einweisen und per Hubschrauber ausfliegen. Ich fand es so überflüssig und so dumm, dass ich mich später bei China entschuldigte. Martin Magnus Müller war auch längere Zeit bei dieser Familie Traue und lernte so Julia Walter über Jessica

Traue kennen. Später heiratete Julia Walter diesen Martin Magnus Müller und konnte mit ihr aber keine normale Ehe führen, da sie seit einen Geheimdienstvorgang in Südfrankreich HIV-positiv war.

Später erfuhr ich, dass auch die dortige Nachbarfamilie über Traue Hoffmann fertig gemacht wurde. Sie waren ebenso wie die anderen bei den Stadtwerken der Stadt München beschäftigt und waren in Rente. Bianca gab vor die Freundin meiner leiblichen Mutter gewesen zu sein. Aber das stimmte nicht, denn wir kannten diese Leute überhaupt nicht! Sie redete dauernd von Barbara und ich erfuhr später, dass Martin Magnus Müller auch nur über die strunzdumme große Barbara sprach, die sich für das Land geopfert hätte. Ich kotzte fast, als ich das hörte, denn ich sah alles aus sehr differenzierter und sehr ablehnender Haltung heraus an. Das war der Unterschied zu den anderen, die nie ihre eigene Vergangenheit begriffen und sich auch nie ihr wirklich stellten und nie über die Schlüsselereignisse nachgedacht hatten geschweige denn nachdachten. Ich hatte nie wieder Kontakt zu diesen Leuten von damals, da sie mir einfach nie schlüssige Antworten liefern konnten, warum sie das taten, was sie taten und wieso sie es so umsetzten und dann noch in der gleichen kaltschnäuzigen Brutalität, wie ihre Eltern zuvor. Niemand begriff wirklich warum ich so distanziert reagierte, aber es auch eine Menge Selbstschutz dabei, um nicht seelisch zu krepieren. Einmal schlug Peter Meier Barbara und ließ sie Brot vom Boden aufessen. Ich lief hin und half ihr hoch. Aber auch das konnte ihn nicht besänftigen. Später stellte sich heraus, dass dieser große Peter Meier auch noch andere Namen hatte und mehrere Parallelfamilie, wie die von Carolin Winkler und die von Martin Magnus Müller und die von Gundula Nitzsche. Mir war schleierhaft, wieso sie diese Art der Familienverknüpfungen Dornenkrone-Modell nannten. Denn hätte man es sich aufgemalt, dann wäre eine Dornenkrone mit mehrfachen Berührungs- und Überschneidungspunkten daraus geworden. Das Zuordnungsmodell innerhalb dieser Parallelfamilien kippte damals mit dem Ende der DDR und dem Ende der Gültigkeit der DDR-Verfassung. Nach dem Fall der Mauer wurden Verhandlungen geführt, dass die DDR eine vollständige Gleichstellung zur BRD erhielt, aber das wurde auch gekippt. Bis in die Neuzeit sind diese Lebensideologiemodelle der DDR nicht vollständig rechtsgültig auseinander differenziert. Das kam auch daher, dass der zweite Mann im DDR-Staat dieser Günter Schabowski und Egon Krenz es kategorisch ablehnten scheinheiliger Weise in die Lebensrealität der DDR-Bürger und damit ihrer Stasiagenten einzugreifen. Sie wollten diese nebulöse Masse an Mitarbeitern und an daran anhängenden Familien als gedachte Wolke bestehen lassen. Folge war aber auch, dass es 1. Keine genaue Richtigstellung für die Opfer gab und 2. Dass manche damaligen Verbrechen als Verschwörungstheorien in den Medien regelmäßig weiterlebten und 3. Dass die Tarnfamilien, die manchmal nicht wussten, dass sie aus echten und unechten sprich installierten Menschen bestanden, sich meist in Katastrophen beendet wurden, wenn nicht zuvor jemand starb. Es war auch so, dass bei Auflösung und Beendigung dieses geheimdienstlichen Projektes, wie sie es nannten, meist tödlich für eine Seite und das war meist bei nicht reinen Geheimdienstprojekte die natürliche Seite.

Am Schlimmsten empfand ich die eigenen Reisen, die ich machte, um bestimmte Dinge zu sehen und auszuprobieren und einfach mal keine Katastrophen in einem sinnlosen und brutalen Ausmaß sehen musste geschweige denn auflösen musste. Jedes Mal, wenn diese Leute sich trafen oder sonst wie Kontakt hatten, passierte immer etwas Schlimmes. Am Schlimmsten war Jupp Joachimski zusammen mit seinen Töchtern, die alle zu ihn aufschauten. Er hatte nach der Wende versucht eine Überstülpung des ostdeutschen Systems auf das westdeutsche rechtlich und vor allem verfassungsrechtlich draufzusetzen. Jupp Joachimski hatte damals mehrere staatsrechtliche Umwälzungsprozesse in Gang gesetzt. So legte er nicht nur das Landesgebiet des Bundeslandes Niedersachsen fest und vergrößerte auf Kosten anderer Bundesländer enorm. Zudem versuchte er auch aus Niedersachsen einen Freistaat zu machen, jedoch scheiterte er glücklicherweise damit. Er machte diesen Bundesstaat zu seinem neuen Geltungsbereich aus. Nicht nur dass er Hamburg und Bremen jeweils zu einem Stadtstaat deklarierte, er versuchte auch den jeweiligen Bundesstaaten der BRD eine Privilegienentnahme erleiden zu lassen und aber auf der anderen Seite die keine vollumfängliche und reale und deckungsgleiche Privilegienweitergabe innerhalb des Staatsrechtes durchzuführen. Jupp Joachimski konnte das damals sehr einfach machen, da er auf beiden Seiten Deutschlands Ost wie West geheimdienstlich spielte. Er entfremdete Personen meist auch auf der beruflichen Ebene voneinander und hatte damit den Vorteil, dass er mit persönlichen Beleidigungen Leute auch von politischen Sitzungen und Abstimmungen fernhielt. So konnte er Abstimmungsergebnisse manipulieren und da gemäß der bundesstaatlichen Verfassung für Niedersachsen dieses Bundesland an das Grundgesetz gefesselt war im Gegensatz zu anderen Bundesländern, die eine selbstständige Verfassung hatten. Diese Unterscheidung war wichtig, denn dadurch wurde der Wirkungskreis bezüglich Durchsetzung von juristischen Grundlagen und Auslegungen in geheimdienstlicher Hinsicht glücklicherweise etwas mehr eingeschränkt und der Größenwahn von Jupp Joachimski erhielt trotz aller seiner widerlichen Aktionen und Versuche seine Überstülpungsversuche umzusetzen ein Stoppschild. Jupp Joachimski schreckte sogar nicht davor zurück, wie damals in den Bundesländern in denen er seine sinnlose Verwaltungsreform und Gebietsreform umsetzte. Diese Reformen waren deswegen so sinnlos, weil sie nicht in den Verfassungsrechtlichen Kanon passten. Die Installation verschiedener und manchmal widerstrebenden neue Gesetze und die dazu neu eingerichteten Institutionen, die in ihrer Gesamtheit eine Umbildung und Neudeutung der öffentlichen Rechtsebene nach sich zog. Es wurde eine Art Bringschuld für Bürger geschaffen, die auf einer Wegnahme von Grundprivilegien der Bürger fußte und von einer Betrachtung des Bürgers als Kunden gesehen wurde. Dadurch wurde es oft übersehen, dass die kleine Masse an Menschen, die diese bulgarische polnische deutsche Familie ausmachte, eine Art Königsfamilie aufbauen wollte, indem sie eine Erbmonarchie begründen wollten und sich in manchen Städten und Gemeinden als uralte historische Dynastie darstellen wollten. So kam es auch dass Jupp Joachimski sich unter den Namen Joachim Stein bei der Gemeinde Stein in Franken vorstellig wurde und dort sich als einer der Gründerväter vorstellte. Erst benannte er die Verwaltungsbezeichnung der Stadt Sein in Marktgemeinde Stein und daraus stellte er wie vorher sein Vater Gerhard von Nitsch sich als angeblichen historisch begründeten **Markgrafen** vor und bedingte damit eine Hinterlegung des Zuordnungsprädikat „von" in seinen Namen. Dann bedingte er sich dadurch in Frankfurt am Main nicht nur die Erstrebung und widerrechtliche Aneignung der Heroldsrolle und ließ sich dort selbst unter den Namen von Stein eintragen. Die bereits vorhandenen Familie Baron von Stein hatte Jupp Joachimski nie eingeweiht und nie informiert und auch die russischen Zweige dieser echten Adelsfamilie versuchte Jupp Joachimski einzuschüchtern. Meinen Bekannten der echten Adelsfamilie von Stein stellte er eine Frau namens Anna Sorovkin vor, die nur eine Betrügerfreundin von Jessica Traue und Kathrin Traue war. Diese Anna war Tochter eines LKW-Fahrers aus Bayern und hatte Deals mit Jupp Joachimski. Anna Sorovkin gab sich als mich aus und landete glücklicherweise im Gefängnis, denn sie griff in normale Konzernvorgänge ein und benutzte meinen Namen und behauptete mich die Echte zu kennen, indem sie Jessica Traue als mich ausgab. Später erfuhr ich, dass Anna die Tochter von Peter Meier russischer Parallelfamilie war und die Großmutter in einem kleinen Häuschen in NRW in der Nähe der Benz Barracken wohnte. Katja kannte Anna von Peter Meier und seiner Nichte Anja Meier, mit der sie in eine Klasse ging. Jupp Joachimski hingegen stellte in Frankfurt am Main Julia Walter in Hessen unter meinen Adelstitel vor und ließ zur Bekräftigung ihrer Lüge von ihr unter erfundenen Doktortitel eine medizinische Praxis in Bad Homburg einrichten. Julia Walter war, wenn sie wieder aufgeflogen war mit ihrer Betrügerei und ihrer Hochstapelei in einer Psychiatrie untergebracht, wo sie immer durch Jupp Joachimski betreut wurde. Es ging darum, dass Jupp Joachimski auch Julia Walter einen zusätzlichen Adelstitel von Stein gegeben. Parallel dazu machte er den **Markgrafentitel** in der Markgemeinde Stein für Susanne Schüßler nutzbar und gab ihr diese Abwandlung und deren Nutzungsmöglichkeiten seiner leiblichen Tochter Susanne Schüßler. Auch gründete er Stiftungen, die er nicht nur aus Steuergeldern, sondern auch aus seinen Strafgeldern, die Jupp Joachimski als Richter ins Urteil schreiben ließ, bezahlen. So fungierte er als großer Staatsgelderjongleur und baute eine Art Schneeballsystem auf, welches er immer durch frisches Geld zwischenfinanzieren ließ, sprich durch gestohlenes Geld, wenn er sich außerhalb des Steuerzyklus der jeweiligen Staaten bewegte. Der jeweilige Steuerzyklus eines Landes lief immer nach den gleichen Einteilungen ab. Ein Zyklus bestand aus 4 unterschiedlichen Zeitphasen: 1.Aufstellen der Sachstände und 2. Sammlung der zu bewertenden Bilanzen und 3. Berechnung der Steuer und 4. Auszahlung der Steuer! Gemäß dieses Zyklusmodell wurden die jeweiligen staatlichen Haushalte berechnet und sogenannte Parlamentarische Haushaltspläne abgestimmt und besprochen. Wenn Jupp Joachimski sich außerhalb seines Budgets bewegte, wechselte er seine Position sprich seine rechtliche Bezeichnung und ging zunächst ein nächstes und neues Budget manchmal auch ohne Zusammenhang an und wurde gemäß einem Chamäleon vor. Wenn dieses vorübergehende Parallelbudget sprich Geld Neuzuspeisung und damit fachfremde Gelder nicht ausreichte und keine finanzielle Deckung mehr vorhanden war, griff er zu sogenannten stärkeren Finanzmitteln, die in die Milliarden und Billionenbeträge gingen. Er war unstillbar – sein Hunger und Durst nach Geld und Macht. Er schreckte auch nicht davor zurück die World Bank und andere sehr große Großbanken mithineinzuziehen in seine Machenschaften obwohl er nie eine Deckung oder ein Pfand oder eine Sicherheit hinterlegte. Immer wenn alles am Kippen war und wenn alle seine unterschiedlichen Unterschriften von ihm nachgeprüft wurden und der Betrug aufflog, wurde es immer schlimm, denn er zog dann seine Karte als Finanzjongleur auf andere Leute Kosten. Er tauchte unter und machte in seinen Größenwahn immer mehr Fehler bei seinen gefälschten Unterschriften. Auch seine Problematiken, dass Jupp Joachimski nicht nur als Präsident der Gerichtes Bayerns bekannt war, sondern auch noch ein paar Verfahren an sich zog als sogenannte Geheimdienstverfahren, fiel über die Jahre auf. Denn jedes Mal gab es in Haft dementsprechende Tote durch Morde, die Jupp Joachimski auch beauftragt hatte. Mit ihm waren die Polizistenfamilien aus Niedersachsen und der Maria-Ward-Klasse an diesen Auftragsmorden beteiligt. Auch die Verwaltung der Stadt München wurde von der Maria-Ward-Klasse aus über die Eltern gesteuert. Carolin Winkler die als Tochter eines Stadtangestellten wie auch Uschi Lindemeier und andere Nachbarn eben die Familie Müller in der Siedlungsnachbarschaft kannten nicht nur die Verbindungen in den Verwaltungsapparaten auf Bayerischer Ebene, sondern bundesweit. Jupp Joachimski drehte immer wieder seine Zirkel in Berlin in den Bundesinstitutionen wie auch die auf anderen darunterliegenden Behörden und Gerichte und anderen staatlichen Einrichtungen. Es war schlimm über die Jahre zu sehen, so wie es Gunther Schmid geplant hatte die Nachbarschaft sich gegenseitig verriet und das zu Gunsten seiner Hochstaplerin Janine Bogosyan. Dazu muss man wissen, dass Gunther Schmid Exkanzlerberater und später Bundeskanzleramtschef war und eben zynischer Weise Carolin Winkler nicht nur als Schwiegertochter vorsah, sondern ihr die wahren Zusammenhänge verschweig. Carolin Winkler war in demselben Studenten-**Corps** wie Julia Walter und Janine Bogosyan und Jessica Traue und Kathrin Traue und Katharina Petrussek in der Innenstadt im Tal Stammgast und Freundin der **Corps**-Jungen. Alle Jungen in diesen Studenten-**Corps** waren sehr rechtsradikal und waren nicht nur festgefahren in ihren Anschauungen, sondern sehr rigide und sehr konservativ. Auch in diesen Studenten-**Corps** waren eben auch Martin Magnus Müller das Agentenbaby und eben auch aus der gleichen Nachbarschaft Katharina Petrussek. Carolin Winkler hatte braune schulterlange Haare und eine große Ähnlichkeit mit Hanna Traue.

Das war eigentlich auch logisch, denn sie waren beide über Janine Bogosyan und Steffi Gänse und Eva Kasper und Tanja Mayinger und Susanne Schüßler verwandt. Sie war eine sehr verliebte Frau in einen Jungen dieses Studenten-**Corps** und wurde seine versteckte und verheimlichte Frau, da er bereits verheiratet war. Er sah aus wie der junge Hitler und hatte braune Augen und schwarze Haare und den typischen Schnauzer. Carolin Winkler behauptete jahrelang so wie es ihr Gunther Schmid aufgetragen hatte, dass ihr Mann eigentlich mein verkleideter Mann sei und fiel mit ihrer Lüge auf, als mir ihr **Corps**junge die gesamte Zeit auf den Viktualienmarkt hinterherlief. Ich lachte nur und schaute ihn nur fragend an, weil ich mich fragte, was der Sinn von diesem Theater sei. Ganz strange wurde es als auch noch das Agentenbaby Martin Magnus Müller hinter mir herlief und mich geheimdienstlich umwarb. In der Zwischenzeit war sein Verwandter Helge Braun der Bundeskanzleramtschef geworden und Andreas Scheuer Bundesverkehrsminister. Beide waren Bekannte von Julia Walter und sie hatte beide aktiv unterstützt um in die Politik zu kommen. Auch ihre beiden Onkel Armin Laschet und Walter-Borjans waren in der Politik in NRW verwurzelt und Julia Walter versuchte ihre betrügerischen Geheimdienstaspekte in die jeweilige Politik einfließen lassen. In Bayern hatte ihr anderer Onkel Gunther Schmid die FDP unterwandert und Marionetten installiert, die als angeblich darstellerische Puppen agierten. Jeder dachte, dass ich diese Politik veranlasst hatte, nur war ich weder der Initiator noch der Auftraggeber für deren Programme. Es war ein großes Hasstheater und auch Michael Roth wurde von Julia Walter in der Politik installiert. Ebenso war die Geburtsurkunde von Carolin Winkler bereits von Politikern um Gunther Schmid verbürgt worden und damit hat Gunther Schmid seine Pläne für Carolin Winkler einfach rein rational versucht umzusetzen. Carolin schaffte es aber nicht gegen die ausgewählte offizielle Ehefrau des Vaters ihrer Kinder zu bestehen. So zog sie sich zurück und lebte in einem Haus an einem See und zog ihre zwei Kinder auf. Innerhalb eines Jahres magerte sie auf 45 kg ab und ich sollte kommen. Ich sollte schauen ob sie psychologisch in Ordnung sei und Gunther Schmid begriff irgendwie nicht, dass ich eigentlich nicht zuständig war. Aber er bestand darauf, dass ich Carolin Winkler begutachtete. Sie brach fast unter ihrer heimlichen Rolle zusammen. Sie schwankte zwischen Himmelhochjauchzend und zu Tode betrübt. Es war eine komische und sehr skurrile Situation in diesem Haus am See und nichts war irgendwie natürlich und frei und alles hatte so einen bitteren Beigeschmack. Sie hatte strenge nationalsozialistische Ansichten und war irgendwie komplett ausgesaugt. Sie weinte die gesamte Zeit und ich konnte nicht wie bei den Polizisten mit denen ich sonst Weinflasche trank einfach resolut und normal stringent durch ihr Leben gehen. Sie konnte und wollte sich nicht lösen von ihren **Corps**-Jungen, zerbrach aber an der Situation. Später war sie mit Soli vom Oktoberfest zusammen und teilte ihn und seinen Freund Stefan, der ein Krankenwagenfahrer und Freund von Julia Walter Klassenkamerad Simon Petscharnik war, mit ihren Freundinnen und Cousinen Steffi Gänse und Eva Kasper. Warum fragte ich mich im Nachhinein und auch die komischen Kontaktaufnahmen von Gunther Schmid irritierten mich sehr! Denn irgendwie dachte ich, dass es doch nicht sein kann, dass die Frau Carolin Winkler nicht den Zusammenhang kapierte und ihre eigene Trägheit und dann wiederum ihre eigene Überagiertheit nicht begriff und die dahinterstehende Sinnlosigkeit. Später war sie mit Martin Magnus Müller zusammen und behauptete nun eine echte Prinzessin zu sein, obwohl Martin Magnus Müller gar kein Prinz war. Ich fuhr dann wieder ab und dachte mir nur „Hoffentlich geht das gut und Gunther Schmid sagt irgendwann die Wahrheit!"! Aber es passierte nicht. Carolin Winkler log weiter in ihren Hass zusammen mit ihrer Cousine Janine Bogosyan und stieg vollends ein in die sinnlose Welt des Geheimdienstes innerhalb von Deutschland. Dieser Part wurde genutzt, um sogenannte Infrastruktur für ausländische Agenten bereit zu halten und ein funktionierendes System innerhalb Deutschlands zu schaffen. Ob sie ihren Part in diesen Inszenierungen verstand blieb mir komplett verborgen. Auch verstand ich nicht, ob Carolin Winkler genauso wie ihre später nachgewiesene Cousine Janine Bogosyan jemals begriffen in welcher Käseglocke sie lebten und wie sie agitativ zu einem Curving-Ball wurde und jedes Mal wieder bei bestimmten Reizungen bestimmte falsche Verhaltensweisen abspielte ohne Nachzudenken geschweige denn zu stoppen und aufzuhören unschuldige Menschen zu schädigen. Über die Jahre war es so, dass sich das Netz dieser kreierten Familie zusammensetzte und mir wurde mit Schrecken bewusst, dass manche nicht nur begriffen hatten in welchem Netzwerk sie sich bewegten, sondern wie sie psychologisiert wurden und wie sie manipuliert wurden. Als es an einen Punkt kam, wo die Situation aufgrund der jahrelangen Anstauung von falsch interpretierten Emotionen und von einem falsch begründeten Hass der immerwährend in einer sinnlosen unproduktiven Gedankenspirale sich drehte. Immer war das Ende der Aggression bei diesen Leuten in der Psychiatrie in Haar. So scheinbar lustig das klingt aber es war immer das gleiche Lied und immer die gleiche sich wiederholende Zeitspirale. Auch Jupp Joachimski war ein Teil dieser Zeitspirale, die er immer zunächst im Griff zu haben behauptete und dann selbst ihr unterlag. Denn er machte mit seinen aussaugenden Mistelprinzip weiter. So fuhr auch Jupp Joachimski mit seinen Taten in Bezug auf die Gemeinde Stein in Franken einfach fort.

Parallel bedingte er sich sogenannte Privilegien aus die er auch den Gemeindehaushalt und die Steuergelder betrafen. Er hatte damit ein ständiges Einkommen ohne es verdient zu haben und ohne es erarbeitet zu haben und mit einer falschen und unberechtigten Grundlage! Mit der Ehrenbürgerschaft, die Jupp Joachimski sich durch die Gemeinde Stein erschlich, versuchte er nicht nur einen eingetragenen Adelstitel in der Heroldsrolle von Hessen zu erhalten, sondern auch noch eine zusätzliche Ehrenbürgerschaft in der Bürgerschaft von Hamburg zu erhalten und auch eine Ehrenrichterfunktion. Dadurch wurde er zu einer Art Institution. Mit seiner unbeherrschten Art machte er jeden verrückt. Er war ein immer daueralter Mann der einen grauen Haarkranz trug und einen grauen Bart dazu. Seine Glatze war eine echte Glatze und seine blauen Augen waren starrend und sehr durchdringend, die bei Wut und er war oft wütend und sehr paralysiert, sich zu kleinen Schlitzen verkleinerten. Dann wurde seine Stimme schneidend scharf und seine Argumentation strotzte nur so vor Lügen und Verleumdungen. Seine Brille konnte dann nicht mal mehr seine Augen vergrößern. Er führte seiner Tochter Susanne Schüßler jede Menge junge und gutaussehende Polizisten zu und machte sie nachdem sie mit ihr im Bett waren gemäß des Stasihandbuch und der Ausbildungsunterlagen fertig. Dasselbe machte er bei Gundula Nitzsche, die er als systemtreue Stasimitarbeiterin ansah und die er laut eigener Angabe am besten instrumentalisieren konnte. Sie war mit Stephan Gleißner zusammen und bekam mit ihm ihre Kinder und war, was niemand wusste, die Cousine von Susanne Schüßler und dadurch trat die zuvorige nebulöse Familienstruktur immer deutlicher an der Oberfläche und ließ sich nicht mehr verheimlichen. Man muss dazu wissen, dass Jupp Joachimski die meisten interessierten Männern an diesen Frauen immer mit zusätzlichen Angeboten und einer Art Rund um Service mit zusätzlichen scheinbaren Stabilitätsanker im Privaten köderte und die meisten von ihnen erst in eine erbärmliche Situation versetzte, um sie dann scheinbar zu erhöhen. Die meisten Männer merkten nicht mal wie sie eingewickelt wurden. Meist sogar über Jahre und dann kamen die meisten an den Punkt wo sie sich ein ehrliches und echtes Leben mit echten Emotionen und echten und wahrhaftigen Vorgängen und auch mit wirklich rein zufälligen Geschehnissen. Alle Leute die sich diesen Leben ihr Leben lang widmeten, vermissten meist in ihrem Lebensalter ihre normalen und freien Lebensannehmlichkeiten. Es war auch so dass jedes Mal, wenn ich Leute von dieser Stasi-Nazikreisen pflegen musste, obwohl ich das eigentlich nicht hätte machen müssen, kam eine gewisse Einsicht, die sich bei manchen in Weinen und Wut äußerte. Ich war zwar nicht angestellt, um die Leute eine Tragödie zu machen, aber ich sollte diese Zusammenverballhornung an komplett fehlgeleiteten Emotionen in manchen Fällen auflösen! Bei manchen waren die sinnlosen Hasstiraden gegenüber Anderen, zum Lebensprogramm geworden, obwohl sie keinen Grund hatten, weil sie bereits vorher alles auf Unrecht aufbaute! Das Problem war daran, dass vor Einstellung erstmal bestimmte Ausbildungen und normale Tests durchgeführt wurden. Dadurch entstand während deren Tätigkeiten ein Wust an unausgesprochenen und sinnlosen Lügen die sie wie einen Steinblock vor sich her rollten der sie bald hineinschloss und selbst überrollte! Ich weiß auch nicht, warum ich jedes Mal die Katastrophen dieser Familie, die allesamt zu dieser bulgarischen und polnischen und deutschen und tschechischen Familie gehörten und eine Art Ostfront darstellte gegen Russland aber eben auch gegen die USA und später gegen China! Es war als wären diese Leute nicht müde daran werden würde sich über die Eliten die sie damals widerrechtlich ablösten und versuchten zu ersetzen und ihnen die finanzielle Grundlage wegnahmen und stahlen, als Looser darzustellen. Sie spotteten über jeden der ihrer Schlechtigkeit entgegen trat. Und ich lachte als sie mich gerade mich als Ärztin holen ließen und sich immer noch weigerten mir meine Sachen zurück zu geben. Aber es war zwecklos! Denn ich hatte die damaligen Verträge nicht zur Dauererrichtung gedacht und zudem wollte ich eigentlich bis die Kinder alt genug waren. Mir war auch klar, dass die Kinder irgendwann selbst ihre eigene Situation nicht als gerechtfertigt ansehen würden. Denn sie würden, wenn sie ihre Lebensgeschichte nicht komplett aufarbeiten würden und damit nie in ihrer von Geburt an bestandenen Lebensfreiheit sich entfalten hätten können.

Das Problem mit den Kindern wurde von den Italienern treffender Weise als **Royal Mommies** in einen Film über Royal Mumies angesprochen. Denn dieses Vorgehen die Mütter von einflussreichen Familien umzubringen hatte System. Diese Stasinazifamilie hatte wirklich den Plan Umstülpungen von dem System vorzunehmen. Samira Mutter beispielsweise war eine sehr klassisch aussehende Frau mit schönen hohen Wangenknochen und dunkler Haut und klaren braunen Mandelaugen und einer eleganten und sehr gerade hochgewachsenen Figur. Sie war mit dem ägyptischen Königshaus verwandt und hat eine stolze Ausstrahlung. Sie war sehr gut gebildet und hatte ihrer Tochter nicht nur die eigene Stärke vererbt, sondern auch die ruhige und konzentrierte Art. Auch wenn das Schicksal der Mutter von Samira grausam war, muss man dazu sagen, dass Samira zu klein war, um alles mitzubekommen. Samira Mutter war von der Stasi festgehalten worden und kam nach ihrer Geburt in einem ostdeutschen Krankenhaus mit einer internationalen Geburtsurkunde nicht mehr zurück nach Assyrien. Meine leibliche Mutter kam mit nach Assyrien, weil sie verwandt war mit ihnen. Aber sie machte den Fehler, dass sie den König in aller Öffentlichkeit auf den Thron seine Locke aus dem Gesicht strich und so die Eifersucht der kleinen Samira auf sich zog. Dabei schützte meine leibliche Mutter die kleine Samira und sagte mir, dass sie meine kleine Schwester und Tochter sei, als sie mit Quecksilber vergiftet wurde und umgebracht wurde. Meine leibliche Mutter hatte mit allen entführten und erpressten adeligen Müttern gesprochen, die sie auf ihren Weg während dieser illegalen Stasigefangenschaft. Niemand konnte die damalige Situation wirklich einschätzen, denn die Stasileute logen sehr deutlich und sehr perfide, dass sie nahezu nicht zu überführen waren. Der Trick war, dass die Adelsfamilien auseinandergetrieben wurden, vor allem mit Methoden das gegenseitige Misstrauen zu füttern und sie gegeneinander aufzuhetzen. Auch die gegenseitigen Verletzungen, die sich die Familien im Privaten zufügten, waren eingeplant in deren perfide Strategien. Diese Elemente der psychologischen Steuerung von Menschen fanden sich nicht nur in den **Assessment Center** wieder, sondern auch in deren in Stasilehrbüchern manifestierten Zersetzungsstrategien. Es fiel auch auf, dass man innerhalb der Stasi peinlich darauf achtete alleinstehende ältere Adelige möglichst für zu isolieren, wie das nannten und so besser einer Venusfliege zu zuführen.

Man muss dazu wissen, dass Julia Walter unbedingt mit ihren Freundinnen in adelige Familien eindringen wollten und auch unbedingt adelige Leute heiraten wollten und auch diese Familien, wenn sie ihr unsympathisch wurden und wenn sie nicht nach ihrer Meinung richteten, sie diese bedrohte. Dazu muss man wissen, dass Julia Walter in die Fußstapfen ihrer Foltereltern aus Bulgarien stieg. Sie behauptete Medizin studiert zu haben und ein Studium in der Tschechoslowakei in Prag in Karlsbad abgeschlossen zu haben. Sie gehörte zu der 4. Generation der Stasinazifamilie von Franz Mayinger. Sie war bei manchen Geschehnissen in den späten 80ziger Jahren dabei und sollte mit mir aufwachsen. Jedoch verstanden wir uns über die Zeit in der wir uns in London trafen immer schlechter. Sie war ein verwöhntes Wesen, was keine Rücksicht auf seine Umwelt nahm und sogar eifersüchtig wurde, als sie einen Bruder bekam. Ich traf sie das erste Mal in meiner Vorschule in London. Geboren war sie in Bulgarien in der Kosmonauten-Siedlung und war mit den dazugehörigen Kindern der Familien Traue und Bogosyan und Mayinger und May und Schüßler dort aufgewachsen. Wie alle anderen hatte sie lediglich bulgarische Geburtsurkunden. Einen Familienzweig war in Tschechien angesiedelt und war mit der landwirtschaftlichen Seite der DDR verbunden. Sie wurden wie alle Satellitenstaatenaussiedler zu den Volkskammertagen und zu den Erntedankfesten und zu den sozialistischen Volkstagen eingeladen. Man muss begreifen, dass diese Lebensweise, die auf einer sozialistischen Grundeinstellung fußte, fand nach sehr rigiden und nach strengen Ablaufplänen statt. Die Jahreskalender waren mit sich wiederholenden und immer wieder mit gleichen hinterlegten Ablaufschemata ausgestattet und hatten eine schreckliche wie auch strafrechtliche Relevanz. Innerhalb der sozialistischen Ordnung bestand immer eine Art und Weise der jährlichen Reinigung wie sie es nannten. Das besagte, dass das System seine Feinde radikal definierte und wenn es keine gab, welche erfand, die das System über den Jahreskreis ausforschte und dann über das Jahr hinweg jagte und zur Strecke brachte, wie sie es nannten. Dieser Jahreskreis, wie sie es nannten, war in Quartale geteilt und später in der Wiedervereinigung wurde diese Sichtweise in das medizinische Gesundheitsmodell integriert. Dadurch wurde die Menschenjagd zu einem gängigen Mittel der Inneren Katharsis sprich inneren Reinigung, wie sie in den verschiedenen Religionen bekannt ist und umgesetzt wird mit verschiedenen Mitteln, wie Pilgern und Fasten und den jeweiligen Festen. In der DDR wurde ein System der Stasi favoritisiert, dass alle Bereiche des Lebens instrumentalisierte von den Menschen, die für sie arbeitete, aber auch von denen die hineingezogen wurden oder werden sollten. Jupp Joachimski und Gunther Schmid entwarfen damals Pläne einen global umfassenden Geheimdienst zu schaffen. Sie waren wie Wahnsinnige und deswegen waren ihnen alle Taten recht um diese Pläne umzusetzen.

A.5 Abbildung von den tschechischen Nachbarsnamen und dortigen Bauernfamilien

Franz Mayinger war als Leiter der Stasinazilinie in den USA platziert und hatte gemäß den Entwürfen von dieser funktionalen Zusammenführung eine andere Lebensideologie gewählt und umgesetzt in den USA. Er lebte das zölibatäre Leben und hatte damit nur sogenannte funktionale Tarnfamilien in Parallelform zu seiner einzigen echten in Deutschland und Osteuropa. Dieser Lebensform beinhaltete, dass er nie Geschlechtsverkehr mit seine Tarnfrauen hatte und auch die Kinder waren entweder bereits vorhandene familiäre Kinder von anderen Familien in denen erlebte oder sogenannte „ausgeliehene" Kinder, die lediglich punktuell vor Ort waren oder sogenannte geraubte Kinder, die als wirkliches Pfand und als lebendige Schutzschilde genutzt wurden. Für diese Abteilung die der Stasi zu geordnet worden war, war Franz Mayinger auch noch extra in die USA an die Ostküste gefahren und hatte dort Kontakte zu allen New Yorker Behörden geknüpft. Für sexuelle Kontakte wurden meist Prostituierte genutzt. Jedoch muss man wissen, dass die meisten der Stasileute ihre sexuellen Wünsche unterdrückten. Lediglich diese Truppe aus Osteuropa waren eine sehr radikale Truppe, die Sex unverblümt als Waffe nutze gegen sich innerhalb der Gruppe wie auch gegen Außenstehende. Franz Mayinger war der einstige Seminarleiter im Priesterseminar in Berlin gewesen und hatte dort Jupp Joachimski und Gunther Schmid und viele andere als Schüler. Diesen späteren Platz des Seminarleiters übernahm später Jupp Joachimski. Jupp Joachimski nahm später Sebastian Wieberneit in das Priesterseminar mit und blieb dort mit den anderen Seminarschülern um Stephan Lunze und Stephan Gleißner und Thomas Georg Wenninger und Steffen Pau und Tom Pau. Man muss dazu noch wissen, dass in späteren Jahren Jupp Joachimski und Sebastian Wieberneit alle Leute aus diesem Seminar anzeigten wegen angeblichen sexuellen Missbrauchs mittels Falschaussagen vor Gericht und verunsicherten so nicht nur die Seminarschüler, sondern verhinderten so die vollständige Aufklärung der Vorfälle dort. So wurde ein Priester erhängt in seiner Klosterzelle gefunden in Bonn und das war zurück zu führen auf eine massive Pressalien-Methodik, die Jupp Joachimski durchführte und in Auftrag gegeben hatte. Man muss sich auch klar machen, dass dieses System eine Methodik erreicht hatte, die über Jahrzehnte ausgefeilt wurde. So wurde auch die Technik, wenn sie verbessert werden sollten, führten sie sinnlose Feilaktionen zu einer bestimmten Datumsanzeige und bestimmten Uhrzeit durch. Es war alles in deren Leben vorgeschrieben und nichts zufällig. Auch die Verknüpfung der beiden ideologischen Grundlagen der verschiedenen Geheimdienste führte nicht zu Frieden in dieser zusammenhanglosen und grundlos zusammengewürfelten Familie, die zu einer Art Crash of Civilisations or Cultures führte. Die sogenannte Teilung und Spaltung wurden nicht gekittet oder auch nicht zusammengeführt im friedlichen Sinne. Ganz im Gegenteil es wurde nur noch schlimmer, weil die gegenseitige Bedingung der beiden ideologischen Geheimdienste konnte gar nicht aufgehoben werden ohne dass die eine oder andere Seite geschädigt wurde. Die Theorie des Ying und Yang schien mir die einzige Möglichkeit nicht nur eine Darstellung dieses Zustandes zu zeigen, sondern auch eine Art und Weise Fortentwicklung einer normalen Koexistenz. Jedoch wurde alles unterlaufen von Jupp Joachimski und damit wurde immer mehr Frontenkriege geführt, die unnötig waren, weil die Kurskorrektur eigentlich mit der richtigen Prozessführung und korrekten Prozessdurchführung durchgeführt worden hätte können und auch die Politik richtigerweise in eine andere Richtung geleitet hätten. Das waren die großen politischen und internationalen Zusammenhänge, die aber niemand am Anfang dieser Riesentragödie sehen wollte oder auch absichtlich ignorierten. Ich sah jedenfalls damals schon das langsame Aushöhlen des alten Rechtssystem und die damit fortschreitende Verunsicherung der jeweiligen Bevölkerung und die danach resultierenden Auffüllen mit neuen und verqueren Rechtsnormen und Rechtswerten. Obwohl man fälschlicherweise annehmen konnte, dass diese Vorgehensweise zur Zusammenführung der Rechtssysteme korrekt sei, verkehrte sich diese Vorstellung in das Gegenteil, weil nicht nur das Maß eingehalten wurde, sondern weil gar kein Fahrplan bestand. Das Schlimme daran war, dass jede Entscheidung zu den jeweiligen Rechtsnormen immer wieder gerungen wurde mit verschiedenen Wertvorstellungen wie auch die daraus resultierenden Rechtsnormen. Aufgrund der Stasivergangenheit und der Unwissenheit der westdeutschen Seite über deren Methoden wurde die Planung zu den neuen Vorgängen schwierig und die normalen Sicherheitsnormenplanung und schlüssige Absicherungs-**Konzept**e sehr schwierig.

Es war auch so, dass in der Zeit von Barbara immer jemand nachdem ihr die Beine amputiert worden waren, auf sie aufpassen musste. Die Kinder der **Stasi-Romeo** waren genauso wie ihre Väter und fingen auch an zu morden. So war es Carolin, die nachdem, Barbara in NRW ein Bein amputiert worden war und ihr die Kugel wieder entfernt worden war, in den Stollen eines alten Weinberges brachte, wo ihr Vater von Barbara wieder bestieg. Sie konnte sich nicht wehren und war einbandagiert wie eine Mumie. Nur ein Loch in der Unterleibsbandage war für diesen Akt oder wie man diese Vergewaltigung nennen wollte, aufgeschnitten worden. Sie hatten ihr auch einen Chip in den Kopf und in die Wade gepflanzt worden war, sollte sie über München in die Schweiz gebracht werden und versteckt werden von dieser Stasi-Romeo-Familie. Der **Stasi-Romeo** Carolin Winkler leiblicher Vater, ich weiß bis heute nicht wie er wirklich hieß, denn alle nannten ihn nur König, weil er so groß war, brachte Barbara in dem Hotel unter wo eine seiner Parallelfamilien lebte und richtete ein Event für deutsche Politiker und arabische Adelige aus, auf dem er verschwand. Während der Zeit in dem Hotel gab es nur Streit, will der **Stasi-Romeo** sämtliche Frauen, denen er begegnete bestieg. Einmal vögelte er in der Hotelküche mit der damaligen Köchin Claudia Höfer-Weichselbaumer und wurde prompt von der Großmutter von Carolin Winkler erwischt. Es gab nur Streit wegen seiner ständigen Fremdgeherei. Diese Familie war wie die Pest und sie waren absolut frech und unverschämt und respektierten nichts und niemand. Der große Stasi-Romeo, der sich als mein Vater ausgab, war bei den Hotelgästen bekannt und vergiftete viele Leute in der Zeit. Er lebte dort unter den Familiennamen Fleck und erbte zur zynischen Belohnung nach diesen Vorkommnissen mit Barbara widerrechtlich ein Weingut mit Weinberg. Später wurden sie mit ihren Weinen ein Hauptlieferant für Käfer und sonstige Lokalitäten in München. Carolin Winkler Cousinen waren die beiden Schwestern Eva Kasper und Steffi Gänse. Seine Stasi-Verbindungen über die sogenannten Essensverbindungen sprich Lebensmittelindustrie wurden von den **Stasi-Romeo** für die Zeit der Wendejahre aufgebaut und Spinnennetzartig verbreitet. Gemäß eines Schneeball-Systems investierte er jeden erwirtschafteten „Gewinn" wieder in neue Projekte und baute so nicht nur eine finanzielle Blase auf, sondern auch die Notwendigkeit immer wieder frisches Geld einzuleiten in dieses System. Aus dem Geld von dort finanzierte er mehrere Lokale in München und in Gesamtdeutschland. Carolin Winkler ließ sich später in meiner Nachbarschaft mit ihrem neuen Ziehvater nieder und ihrer Mutter. Ihr leiblicher Vater konnte damit nicht mehr ungesehen in der meinen Wohnort mit Barbara auftauchen. Zudem hatte er laut seinen Kollegen bei der Stasi zu viele sichtbare Spuren bei seinen Straftaten hinterlassen und war zu auffällig geworden und es war beschlossen worden, dass er sterben sollte. Deswegen wurde auch für seine Entführung auch dieses politische Event auf den Hotelberg organisiert, wo auch Kohl und sein Gefolge anwesend waren, die ihn mitnahmen. Er hatte auch bereits zu der Zeit Schwierigkeiten mit seiner Leber und seiner Niere und durfte, weil es ihm verboten wurde, gemäß den Stasigesetzen, zu keinen regulären und normalen Arzt gehen. Nach seiner Entführung von dort tauchte er zunächst wieder in der Siedlung als Carolin Winkler Vater auf und auch dort gab es ständig Streit. Dann Er wollte sich einen Job suchen und trat als Transvestiten-Sänger in einen Club auf, den sein Bruder Joey im Tal immer besuchte. Er schminkte sich immer als Frau und sah wirklich gut aus. Aber es war auch der einzige Job, den ihn Gunther Schmid und Jupp Joachimski ihm zugestanden. Die beiden, die ihn entführt hatten und gefangen und gefoltert hatten, waren auch diejenigen, die im Publikum saßen und die auch ihn dann später wieder an das Messer lieferten. Carolin Winkler beschimpfte ihren Vater nach dem Auftritt, dass er ihr Leben zerstöre und sie sich schämen würde. Danach tauchte er unter. Ich sah ihn dann erst ein halbes Jahr später wieder als er eines Sommertages auf meiner Couch saß und umoperiert worden war zu einer Frau. Er war laut Aussage von Peter Meier im Gefängnis gesessen ohne dass Peter Meier seine Rolle und seine Funktion dabei erwähnte. Ich brachte Carolin Winkler Vater zu ihrem Haus, wo es wieder nur Streit gab, weil die Großmutter da war und ihn beschimpfte als Schlamper und als Mann ohne Rückgrat. Danach flüchtete er am Boden zerstört auf meine Couch. Aber Carolin ließ nicht locker und rief die Polizei, die ihn aus meinem Haus auf die Straße zerrten. Sie wollten ihn festnehmen, aber er wollte weglaufen und wehrte sich. Carolin kam hinzu und schrie ihren Vater zusätzlich an, der bereits am Boden lag. Dann löste sich ein Schuss und sie brachten ihn ins Krankenhausgefängnis. Danach sah ich ihn nie wieder. Erst als eine Einladung zur Beerdigung 1993 kam und Janine Bogosyan mitkam, war mir klar, dass es Carolin Winkler Vater war. Carolin Winkler war nicht zu erreichen. Ich ging nicht zur Testamentseröffnung, was hätte ich auch dort gesollt. Die Beerdigung lief nach einen Mafiabegräbnis ab. Wer das so organisiert hatte, weiß ich bis heute nicht. Es war ein weißer Sarg und eine Kutsche mit Pferden davor. Die Beerdigung fand auf den Ostfriedhof statt und danach wurde die Leiche trotz Begräbnisstätte verbrannt. Der Leichenschmaus fand in einer schäbigen Wirtschaft statt und sie spielten mit mir Messer durch die Finger stecken. Es war schimmrig und roch alles nach Pfeife und Zigaretten und Zigarren. Wer am wenigsten Angst hatte, wenn die Messer zwischen die Hand flogen, der gewann. Mich machten sie zu ihrer Tochter und ich wusste nicht mal im Ansatz was ich in diesen Kreisen zu suchen hatte. Denn ich wollte nur einen würdevollen abschied bereiten. Alle Anwesenden waren aus Bulgarien und es war eine wirkliche Schockveranstaltung. Später nutzte Gunther Schmid diese Leute als seine angebliche Elitekillertruppe aus Osteuropa, indem er ihnen bereits als osteuropäischer Botschaftsangestellter enorme Gefallen tat. Nicht ganz legal und nicht ganz rechtens, aber immer mit enormen Summen verbunden.

1.4 Der immer wiederkehrende Zyklus des geheimdienstlichen Lebens!

Der große **Stasi-Romeo** Carolin Winkler Vater wurde eine Zeit lang von den Beerdigungsgästen als ihr König bezeichnet, weil er der grausamste von allen war. Er hatte neben allen seinen Vorstechern und Vorpreschern, wie sie dieses System des Angriffes nannten, eine sogenannte Vorhut gebildet, die stille Morde aber mit effektiven Reichweiten verüben sollten. Sprich es sollten möglichst hochrangige Personen möglichst leise und geräuschlos und ohne viel Aufhebens beseitigt werden und es sollte nur ein Verschwinden deklariert werden können und auch dieses Verschwinden erst monatelang oder Jahrelang später bemerkt. Genau in dieser Dienstausführung, wie sie es nannten, ließen sich diese osteuropäischen Leute, meist als Tagelöhner in Lokalitäten anwerben, um so den weitesten Streuungseffekt zu haben. Sein gekochtes Essen war grässlich. Meistens fügte er das Gift oder Schlafmittel immer kurz vor dem Hinaustragen der Gerichte zu den Speisen hinzu. Aber manchmal kippte er das Gift aber auch über die Getränke als Kellner über seinen Handkrempel hinein. So machte er es immer. Einmal war er nahe dran am Auffliegen und nach dem ersten Verschwinden eines Hotelgastes war die Polizei ständig vor Ort. Dann wurde es dem großen **Stasi-Romeo** zu heiß und er versuchte nur zu entkommen, denn er konnte den Anblick von Barbara nicht ertragen und schon gar nicht seine Lüge aufrechterhalten, dass er mit ihr verheiratet sei geschweige denn gewesen sei. Als Notlüge erfand er die Ausrede, dass er sich von ihr scheiden hatte lassen, aber es tauchten immer mehr Ungereimtheiten in seinen Aussagen auf und Barbara war nur noch eine wandelnde Leiche. Es war auch so, dass dem **Stasi-Romeo** der Führerschein entzogen wurde, nach einer Trunkenheitsfahrt zu dieser Zeit. Er durfte sich aufgrund des laufenden Verfahrens nicht von diesem Hotel im Berg entfernen. Er hatte auch die Auflage, dass er sich täglich bei der Polizeistation melden sollte. Er war ein sehr großer leicht übergewichtiger Mann von 2,00 Meter und hatte braune Augen und pechschwarze Haare. Seine Nase war schief und wie eine Knollennase an der Nasenspitze, was aber seiner Anziehung auf Frauen keinen Abbruch tat. Er hatte neben diesen zwei Familien noch mehrere Parallelfamilien. Seine Brüder waren alle sogenannte **Schandi-Stasi-Romeo** geworden. Sie kamen aus Bulgarien und pflegten sehr nahe Kontakte in das Rotlichtmilieu über den gesamten Globus verstreut. Der große **Stasi-Romeo** war ein Bruder von Janine Bogosyan leiblichen Vater Joe, der meine leibliche Mutter in Berlin in der Wohnung gefangen gehalten hatte. Die gesamte Familie stammte aus Bulgarien und hatte nur osteuropäische Wurzeln. Ein weiterer Zweig dieser Familie saß in Tschechien und in Ungarn und in Polen. Jahre später behielten sie diese Schemas des stillen Mordens bei und versandten zur Drohung und zur Verschwiegenheit ihren Wein Silvaner vom Weingut Fleck. Mir sandten sie diesen Wein zu, als ich eines Abends zum Essen eingeladen wurde in ein von Franz Mayinger illegal bewohnten Haus von dem damaligen Exmann von Carolin Winkler. Was ich zu diesem Zeitpunkt nicht wusste, war dass, das Haus erstens gar nicht diesen Großvater Franz Mayinger gehörte, sondern jemand ganz anderen und dass diese Person ermordet worden war, von genau diesen Brüdern aus Bulgarien. Es klingelte an der Tür und mitten an diesen Novemberabend wurde eine Weinlieferung gebracht. Ich war geschockt und wusste gar nicht, was ich noch sagen sollte. Denn es waren mehrere Kisten und darauf prankte das erfundene Siegel genau dieses Weinberges von damals. Später drohte auch Gerhard Igel mit den Vereinigten Wein- und Sektkellereien, wenn ich über diese Zeit sprechen würde, würden sie mir alle Knochen brechen. Auch da fragte ich mich nur, was sich diese Scheißhaufenfamilie eigentlich einbildete mich als Geisel zu sehen. Später in den Zwischenjahren drohte Carolin Winkler noch latent mit ihren Verbindungen zu Gunther Schmid und mit ihren Verbindungen zu der Familie Ettengruber, die eine Berühmtheit in München zu sein schienen. Ich lernte sie nur als Diebe kennen, indem sie mir meinen Carl Spitzweg klauten und Jupp Joachimski sich als Bevollmächtigter ausgab mir diesen Carl Spitzweg zu nehmen. Man muss dazu wissen, dass die Wut von Carolin Winkler gegenüber ihrem Vater enorm war. Ich war einmal in der Hanns Seidel Stiftung und Carolin Winkler kam auch später dazu. Sie war eifersüchtig und ich und sie wurden in die Garage geführt. In der Garage stand ein Stuhl auf dem Carolin Winkler Vater gefesselt saß! Auf der einen Seite standen Russen und auf der anderen Seite US-Amerikaner und sie fragten Carolin Winkler, ob er ihr Vater sei. Sie verneinte! Sie bedrohten Carolin Winkler Vater und schlugen ihn auf die Knie. Es war sehr laut und sehr brutal effektiv. Carolin Vater flehte sie an, endlich die Wahrheit zu sagen und zuzugeben, dass sie keine Prinzessin sei und er ihr Vater! Sie schüttelte mit dem Kopf und spuckte ihm ins Gesicht. Er schrie vor Schmerzen, denn sie schlugen in die Milz. Ich denke er hat sich damals einen Milzriss zugezogen. Denn sein Gesicht schwoll sehr an und verfärbte sich. Als ich nicht mehr zuhören konnte und aufhören schrie, sagte ich, dass ich seine Tochter sei. Aber das war ein Fehler für mich. Sie banden ihn los und fuhren mich mit ihm und dem Mossad in die vorbereitete Wohnung von der Familie Traue und machten weiter. Mich ebenfalls. Ihn brachten sie weg und mich ließen sie bewusstlos nach dem Foltern am Boden liegen. Carolin Winkler ging weiter ihren sinnlosen überdrehten Leben nach und ich war ab dem Zeitpunkt, nicht nur nicht mehr so ganz sorgenfrei, sondern ich wusste, dass Carolin Winkler über Leichen gehen würde, so wie ihre Verwandten zuvor. Ich hatte einen Haarriss in meinen kleinen Fingern vom Foltern und eine verschobene Zahnleiste im Unterkiefer. Als Belohnung für diese Infrastrukturelle Unterstützung des Mossad erhielt Bernd Traue die handsignierte Schallplatte einer Stasiagentin, die als israelische Sängerin sehr berühmt geworden war. Sie stand noch bis in die 90ziger Jahre im Regal der Familie Traue in der Yorckstraße! Später stellte sich heraus, dass die Cousinen Steffi Gänse und Eva Kasper Nachbarn der Familie Jupp Joachimski waren, die in der Zeit mit Gisela Traue neu verheiratet waren und in Gröbenzell lebten. Auch die Familie Traue wurde in späteren Jahren Bedrohern und Erpresser von mir, denn sie lebten auch im Stasinetzwerk, welches mit der Zersetzung der Polizistenfamilie von Katja in Niedersachsen begann und was auch mit Julia Walter verbunden war. Man muss dazu wissen, dass das eine Art Schema war. Jupp Joachimski nannte es Wanderzirkus. Weil er davon ausging, dass wie zu Mittelalterlichen Kaiserzeiten eine sogenannte historische Pfalz und historische Fuhrt abgehalten wurde. Das bedeutete, dass der Kaiser mit seinem Gefolge zu verschiedenen Zeitpunkten an verschiedenen Orten mit verschiedenen Leuten sein musste. Nachdem der König, wie Carolin Winkler Vater genannt wurde, tot war, rief Jupp Joachimski eine geheimdienstliche Kaiserzeit aus. Das hieß, dass er in allen seinen Orten, wo er „rastete" eine Fuhrt sprich eine Immobilie hatte, daraus resultierte wiederum eine Art Handlungsbedarf, sobald Jupp Joachimski seine Mobilität eingeschränkt wurde und auch nur seine Mobilität eingeschränkt sah! Man muss auch verstehen, dass Jupp Joachimski sich als Kaiser sah! Denn er wollte sich nicht, wie er behauptete, den Spionagesystem der Briten, die gerne Bridge Karten spielten, unterwerfen. Die Briten kannten nur den Begriff König, der einen zeitlichen früheren Begründungszeitpunkt hatte, als der Kaisertitel. Er behauptete mit dem kaiserlichen Adelstitel, sich nicht nur einer historischen Schuld und eines historischen Fehlers entledigen zu können, sondern auch eine Neuschreibung der Geschichte zu erwirken. Wie das aussehen sollten, ahnte ich nicht mal im Ansatz. Folgen waren damals, dass er anfing historische Filme drehte und alle echten Zeitzeugen beseitigte, entweder auf Dauer in einer Psychiatrie oder direkt als Ermordete. Zudem war Jupp Joachimski nie perfekt und schon gar nicht als Filmregisseur und deshalb hatten die alten Filme immer wieder Drehfehler in den Produktionsfilmen. Einmal fiel neuartige Laternen in den schwarz-weißen Filmen zur angeblichen Deutschen Reichs Zeit auf, dann waren es mal wieder falsche Uniformen, die Würdenträger trugen. Einmal waren es Spiegel, die in der Zeit aber nicht angebracht waren in Berlin, dann waren es wieder falsche Jahreszeiteinstellungen. Und das Gesamte zu einer Zeit, wo es eigentlich schon Buntfilm gab. Später gründete Jupp Joachimski eine Landsberger Filmproduktionsfirma Grizzly und drehte weiterhin verdrehte Filme. In dieser Filmfirma stellte er dann nicht nur Tanja Mayinger und Katharina Petrussek und Janine Bogosyan und Carolin Winkler und Julia Walter ein, sondern sorgte auch für Publicity und Vermarktung seiner verdrehten Gerichtsverfahren. Die er als Grundlage zu seinen Filmen nahm. Neben seiner geheimdienstlichen Nutzung von Filmkulissen, machte er aus allem Geld, was ihm in die Finger kam. So belauerte er manchmal nur ausgeliehen Filmkulissen, wie Häuser, um sie später für einen Spottpreis zu erwerben, nachdem er die Bewohner mit fiesesten Überwachungsmitteln vertrieben hatte. So war es auch mit mehreren alten Villen in der Mauerkirchnerstraße, die er zuvor als Stasimehrfachnutzung unter den Vorwand der Filmkulisse, zeitweilig angemietet hatte. Eine Filmkulisse war ein Haus gegenüber eines ifo Teilgebäude und dort spähte er Studien und andere Dokumente für verschiedene wissenschaftliche Auftragsarbeiten aus. Dieses Haus war so gut positioniert, dass der Leiter ungestört gefilmt werden konnte. Nur eben im Sinne der Stasi. Dann wurde er durch eine andere Person an der Bushaltestelle abgefangen und eben über die Dauer abgehorcht und ausgeforscht und ausgeraubt kurz stasideutsch abgesaugt worden. Diese mathematischen und wirtschaftlichen Modelle brachte wiederum der Technischen Universität München und Franz Mayinger persönlich und der Wirtschaftsfakultät im Speziellen enorme Gewinne ein und verschoben das Forschungsgelder-Gewicht zugunsten der Technischen Universität München, obwohl die Ideen gar nicht daher stammten. Diese Zusatzeffekte wie dieses System genannt wurde, brachte noch mehr ein, als Jupp Joachimski verschleiern konnte. Das war aber erst in den Jahren 2000, da sich die sogenannte Grundstruktur gefestigt hatten, wie sie ihre eingespielten Kontakte nannten, gesetzt hatten und erneut Netzwerke gegründet hatten. Es schien auch so, dass Jupp Joachimski mit der **Markgrafen Gerhard von Nitzsch** Story im Jahr 1986 und 1992, ein neues gegründetes geheimdienstliches Fundament zu gießen schien, welches eigentlich bereits nach dem historischen Verlauf mit Ende des Zweiten Weltkrieges und der Kapitulation Deutschland ausgeschlossen worden war. Denn die Wiederbewaffnung Deutschlands war in Jupp Joachimski Verständnis mit dem historischen Verständnis der staatlichen Souveränität und des staatlichen Verteidigungsrecht verbunden. Dieses Verständnis beinhaltete auch nach seinem Verständnis den Aufbau von eigenen deutschen Geheimdiensten. Genau in dieser Konstellation verfolgte er über Jahrzehnte seine perfiden und absolut überflüssigen und zerstörerischen Pläne. Sich selbst und seinen Geldbeutel beachtete er dabei am meisten und nichts was er zusammen mit Peter Meier tat, war Zufall oder ungewollt. Eben mit den entsprechenden zerstörerischen und mörderischen Auswirkungen, auf manche einzelnen Personen, ohne Sinn und Verstand. Jedes Mal, wenn ich wieder in diese angedichtete und erdichtete Familie musste, wurde mir schlecht und jedes Mal, wenn sie mich wieder anforderten. Ich wusste, dass ich wieder auf mich allein gestellt war und jeder mich nur angreifen würde, mich jeder hasste und jeder zu dieser widerlichen installierten Käseglocke lebte.

Damals im Rheingebiet als Barbara endlich bereit war zu fahren, besorgte ich ihr ein Zugticket und wir fuhren nach München. Ich besorgte ihr ein Zugticket, damit es wenigstens einen Beleg gab, aber sie brachten den Zug zum Entgleisen bei Buchloe und lieferten sie als angebliche Verletzte des Zugunglückes in Landsberg am Lech ins Krankenhaus ein und dann weiter nach Murnau. Es war so, dass ich mit dem Auto vorfahren sollte und dass Barbara in einen Zug von München aus, in einen Zug mit dem Triebzug und mit der Lokomotive Tee, die extra damals als meine Mutter und ich entführt worden waren, aus den USA nach Deutschland gebracht worden war, Richtung Schweiz gefahren werden sollte. Barbara war so eingeschüchtert und gleichzeitig so absurd überagiert, dass sie wieder in einen sinnlosen Wettstreit verfiel. Sie konnte nicht mal in dieser ihr sehr eingeschränkten Situation ihre eigene Sicherheit und ihre eigenen Ansprüche sehen und konsequent umsetzen. Sie faselte wieder von ihren vergangenen „großen" Zeiten und vergaß, dass sie nicht nur bekannt wie ein bunter Hund war, sondern dass sie sich damit in höchste Gefahr brachte. Es kam wie es kommen musste. Die Schienen brachen, weil angeblich die Lokomotive zu schwer gewesen war und der Zug entgleiste. Parallel dazu fuhr ein anderer deutscher mit Stasiagentenvorhut auf den zweiten Gleis vorbei und bereitete uns einen „herzlichen" Empfang vor, wenn wir dort sein würden. Die Feuerwehr aus Landsberg am Lech kam nach Buchloe und transportierte Barbara ab. Ich war mit dem Auto nachgekommen. Tanja Mayinger und Carolin Winkler und Stephan Gleißner gaben sich als Verwandte aus und bestimmten was mit Barbara passieren sollte. In der Schweiz hatte meine Familie noch Immobilien, die sie anboten für Barbara zur Verfügung zu stellen. Aber Barbara war kein normaler Mensch mehr und war so kindisch, dass sie alles weitererzählte. So war es logisch, dass die Stasi ihren größten Schatz nicht allein ließ geschweige denn ohne Wunde und ohne Folterung. Barbara wurde aus dem Zug geholt und als Verletzte von diesen Zugunfall in das Krankenhaus in Landsberg am Lech und später nach Murnau geflogen. Sie pflanzten ihr noch einen Kopf-Chip ein und ihre Bewegungen waren Robotermäßig. Sie wurde sogar als Schachcomputer nach China gekarrt und sollte dort in einer Arena spielen. Was sie auch tat. Ich weinte mir die Augen vor Grausamkeit aus. Der **Stasi-Romeo** Walter Winkler sagte und behauptete, dass seine Frau Barbara schon immer auf das Möglichste in der Medizin stand. Dabei war es eine Hülle und ein schmerzverzerrter menschlicher Körper, indem noch menschlichen Emotionen wohnten. Der andere Schachgegner waren zuerst zwei normale Männer und dann auch ein humanoider Schachcomputer, aber ein Afrikaner. Mit dem Afrikaner hatte die Stasi dasselbe getan und ihn an China verkauft als Sklaven. Jahre zuvor hatte ich immer und das schon als Kind alle Kraft aufgebracht um Barbara zu schützen. Aber als ich das sah, fehlte mir jegliche Regung. Ich war entsetzt und schockiert und ich wehrte mich gegen den Gedanken, dass ich sie, obwohl sie nicht meine Mutter war, auch noch als diese bezeichnen sollte. Ich sah sie, die der versprochen worden war, wie ihrer Schwester Marianne zunächst auch, dass sie gerettet sprich in Sicherheit gebracht werden würde, als Maschine der Stasi. Nichts war es mit gerettet werden aus diesen Situationen. Nichts war es mit der vertraglichen Regelung, dass sie ein Leben in Freiheit führen dürfte, wenn sie diese Stasileute überführt hatte. Da saß ein Stück Mensch, was nur noch teilweise menschliche Regungen zeigte und aufgrund der Einbauten in ihren Körper, diese Ausdrucksformen hatte. Ihre Stimme war blechern, wie die ersten Roboterstimmen auf den Anrufbeantwortern. Sie hatten ihr künstliche Stimmbänder und Sprechapparate in Kehle gepflanzt. Darunter sah man die Halsschlagader pochen. Ihr Kopf war bandagiert, weil darin der Chip saß. Ihre Bewegungen mit den Armen waren ruckartig und ungelenk. Ich hasste sie in dem Moment, weil ich ihr sinnloses Leid nicht ertragen konnte, weil es mich kaputt gemacht hätte. Zwar war ich nett und liebevoll wie immer zu ihr, aber ich hatte komplette Abstoßungsreaktionen. Ich war selbst wie ein abgestumpfter Roboter. Als Barbara das Schachturnier gewonnen hatte, sah ich ihre Augen und musste mit Schrecken feststellen, dass auch das eine Auge eine künstliche Einsetzung war. Ich konnte nicht mehr anders. Ich lief weg und schwor mir nie wieder zu kommen. Ich schlief danach nicht mehr mehrere Tage und hatte Alpträume. Ich nahm Morphium und Chloroform, um nicht denken zu müssen. Danach rauchte ich Schlafmohn, um die Bilder aus meinem Kopf zu bekommen. Ich durfte mit niemand reden. Walter Winkler verbot es mir und sagte mir, dass er sonst Barbara umbringen würde. Ich fragte mich, was besser gewesen wäre. Ich hatte immer Ideale und Vorstellungen und Ziele, trotz meiner Jobs in der Medizin und in der Sicherheitspolitik. Ich habe auch immer bestimmte Grenzen eingehalten, weil ich mir selbst in die Augen schauen können wollte. Nichts war schlimmer als diese Zeit. Ich habe solche Bilder nie wiedergesehen und war froh darüber. Mich selbst schwiegen die grauen Herren von damals tot und wenn jemand nachfragte, war ich bereits gestorben. Der Sigmund Mayinger ging sogar soweit, als ein Polizist meinen bekannten punktuellen glatten Nasenrücken auf der Nasenwurzel wiedererkannte, dass er mich über nachts verschleppen ließ und mir die Stelle rund feilen ließ in einer Operation. Danach hatte ich eine lange gerade Nase und ich war nicht mehr mit Barbara bildlich zu vergleichen. Danach hatte ich nur Portraitfotos mit langer gerader Nase, obwohl ich meine typische jüdische Nase vermisste. Danach war mir klar, dass auch mein eigenes Leben in der Nähe dieser Familie immer gefährdet sein würde.

Damals bei Barbara montierten sie ihr in eine Wade noch einen Resonanzkörper mit Karbonsprungfedern. Es war ein Graus und auch Schutz für die Wunden gestatteten sie ihr nicht. Diese widerwärtigen und schmerzvollen Patente wurden später von Franz Mayinger über die Technische Universität München über das Europäische Patentamt bei der Audi AG als mechanische Federn und für medizinische Prothesen angemeldet. Diese Geheimdienstliche Familie deklarierte die Schädigung von Barbara auch noch für sich und die daraus resultierenden verbuchten sie als Gewinne und die Leute die Barbara halfen als Schwächlinge und als Verräter und als Eindringlinge in ihre Parallelkosmos. Das Schlimme war, dass genau mit dieser Rolle kokettierte. Sie war nicht der Part oder selten der Part von Frau, der sagte, dass das ein unhaltbarer Zustand war, geschweige denn die sich vor ihre Beschützer stellte. Oder sie lobte oder sie wertschätzte. Ganz im Gegenteil Barbara tunkte diese Leute, die ihr eigentlich helfen wollten, noch tiefer in die Scheiße, indem sie immer wieder einschwenkte, wenn der große **Stasi-Romeo** sie „liebte". Sie war wie Wachs in seinen Händen und wenn er mit den Fingern schnippte, war sie wieder bereit nach einem ungeliebten Akt des Geschlechtsverkehrs wieder weiter zu machen. Manchmal war sie sogar so pervers, dass sie ihre Beschützer anlachte, wenn sie angeblich eifersüchtig gemacht werden sollten und bei diesen unwürdigen und sehr peinlichen Momenten zusehen mussten. Ich schämte mich immer, wenn ich das mitansehen musste und ich war nur ein Kind oder später eine Jugendliche. Aber eben mit Anstand. Barbara manipulierte jeden, wo sie nur konnte, aber man muss auch sagen, dass es diese **Grundstimmung** war. Sie lebten zwar alle in scheinbaren Familienverbänden, aber man würde sie alle heutzutage als Schläferzellen und Terrorzellen bezeichnen. Es war schlimm zu sehen, wie am Ende zu Barbara Leben sie eine Form der Demutshaltung einnahm, die an eine Selbstaufgabe grenzte, die die schlimmste Form der inneren und äußeren Entkleidung darstellte. Barbara hatte damals in Japan eine Art Sexweiterbildung im Sado-Maso gemacht, wie man am besten Schmerz aushält und ließ sich zeigen, wie man Sex haben konnte mit diesen Männern, die an Brutalität und an abstrusen Gewaltfantasien nicht zu überbieten waren. Aber Barbara begriff nicht die Gefahr, die auch hinter dieser Form der Sexualität in ihren späteren Zeiten stand. Barbara empfand diese Form der Sexauslebung als höhere und intimere Liebe und verkannte dabei, dass diese Art und Weise nicht auf Vertrauen aufbaute. Barbara stiftete Unfrieden wo sie nur konnte und sah das als Job. Sie war am Ende ein sehr unsicherer und zutiefst verunsicherter Mensch. Sie hatte den Begriff „Zu Tode lieben!" das erste Mal in ihr Tagebuch geschrieben und war nach einer Erdrosselungssex eine halbe Stunde bewusstlos und war liegen gelassen worden. Sie hatte das erste Mal erfahren, als sie nach dieser Zeit aufwachte, dass sie in höchster Gefahr schwebte und dass ihre Absprachen die sie mit angeblichen Geheimdiensten hatte, sie ihr Leben kosten würde. Sie hatte sich nie mit diesem Thema auseinandergesetzt und sie war komplett panisch als sie ihre Würgemale am Hals sah. Dass ihr Stasi-Romeo, der ihr Traummann war, laut eigener Aussage und genauso groß war, wie sie es sich immer wünschte, sich in einen Hulk verwandelt hatte, begriff sie nur langsam obwohl sie es ahnte. Sie redete davon, dass sie füreinander bestimmt seien und so kam es auch, dass 1987 Barbara nach München kam mit einen silbergrauen BMW und vor das Nymphenburger Schloss gefahren worden war und mit einer **Schandi**-Frau Celina Cegla, die die Mutter eines Klassenkameraden von mir in der Grundschule war und ein anderer neuer Stasi-Romeo, der kleiner und gedrungener war und aus Tschechien kam zusammentraf. Vorher hielten wir uns in der Wohnung in der Yorckstraße auf und der neue **Stasi-Romeo** sprich Gefängniswärter brach ihr erstmal die Finger mit der Eisentür des Fahrradkeller. Barbara versteckte die gebrochene Hand bei der Aufnahme des Fotos unter einen Papierstapel und der neue **Stasi-Romeo** war erstmal zum Friseur gegangen und hatte sich eine neue Frisur wie Prinz Eisenherz verpassen lassen. Auch als Tarnung und sah aus wie ein Topf. Er war so unflexibel auch in seinen Verhalten, dass er Barbara, die er gar nicht kannte, anschrie warum sie sich so komisch verhalten würde. Er versuchte ihr sogar die Schuld in die Schuhe zu schieben, weil er nicht zugeben wollte, dass er sich einstellen hatte lassen als Stasi **Schandi**. Er versuchte immer nett zu sein und achtete immer darauf, dass er als Guter wahrgenommen wurde. Ihn interessierte es nicht, ob er jemand verletzte. So wurde es dann auch zum Nachbarschaftsgespräch, dass Barbara angeblich über reagiert hätte als er ihr im Fahrradkeller die Tür auf die Finger schlug. Auch wurde es klar, dass er Barbara verleumdete, wo er nur konnte. Später als er Barbara zum Arzt fuhr, log er vor, dass das alles ein Versehen gewesen. Diese Aussagen wurden zu den Aussagen seiner nächsten Lebensjahrzehnten. Immer wenn er aufflog, zuckte er zurück und behauptete, wenn er nicht mehr lügen konnte, dass es ihm leidtue. Vorher jedoch bekam man dutzende unterschiedliche und verschiedenen gelogene Versionen zu hören. Es war wie in einem schlechten Theater, denn er war nicht besonders schön und war ein komplexbehafteter Idiot, der sich immer als Opfer darstellte. Dieser kleine **Stasi-Romeo** war die sogenannte Endhut der Stasigefangenschaft von Barbara. Er sollte auf mehreren

Ebenen parallel tätig werden, um sich auf seine Zeit als angeblicher Witwe vorzubereiten. Der langsame Foltermord an Barbara wurde minutiös geplant. Es war so, dass Barbara langsam als unglaubwürdig dargestellt wurde und ihre Erinnerungen an die gemeinsamen Taten immer mehr als Unsinn dargestellt wurden. So wurde verhindert, dass irgendetwas ans Licht kam. Barbara wurde immer mehr in seiner Bewegungsfreiheit eingeschränkt und ihr wurde die Sinnlosigkeit ihres Lebens drastisch vor Augen geführt und sie als Person komplett ignoriert und wie in den Gesprächen im Gefängnis von Stammheim gegenseitig mit Hass getränkt und gemobbt. Sie wurde absichtlich von ihren damaligen und ursprünglichen Mittätern gemobbt und als Verräterin bezeichnet. Sie wurde auch in Gesprächen absichtlich übergangen oder ihr gesagt, dass sie doch nichts zu sagen habe und wurde beleidigt und verleumdet. Ihr wurde auch gesagt, dass sie unwürdig sei bei ihren einstigen Weggefährten mitzumachen. Auch ihre sinnlosen Versuche sich in das System einzufügen und auch ihre gelöschten Erinnerungen ließen die Lebensentwürfe nach den einzelnen Schädigungskatastrophen, die sie versuchte, nur noch verzweifelter erscheinen. Sie bog sich und streckte sich und nie war sie passend. Sie konnte auch nie passend sein, denn sie hatte sogar vergessen, dass sie Gefangene war und sie hatte auch vergessen, dass sie in die Zeitphase der Mittäterinnen eingefügt wurde, wo sie den Kreis des Lebens, wie es die Stasi nannte, vervollständigen sollte. Sie sollte getötet werden, weil sie es alle so im inneren Zirkel der Stasi, der auch die Jahrzehnte überdauert hatte, entschieden hatten. Dazu telefonierten sie alle und fingen an einen Hasszirkel um Barbara zu ziehen. Jeder um sie herum sollte einen Hass gegen sie entwickeln und nicht darüber nachdenken, wieso er eigentlich so hasste. Die Projektion auf eine Person war eine übliche Masche der Stasi und es wurden meist Leute rausgesucht, die sich nicht wehren konnten und die einfach nur glücklich waren in ihrem Leben. Auch die Masche bei Barbara war so offensichtlich und niemand half ihr. Das war das Schlimme an dem System der Stasi. Es passierte mitten unter den Augen der Öffentlichkeit und normalen Bevölkerung. Denn jedes Mal, wenn diese Gefangenen Leute versuchten aus den um sie gezogenen Ring auszubrechen, wurden Lügen und Verleumdungen der Stasi einfach draufgesetzt. Niemand versuchte dann an die jeweiligen Personen heranzutreten oder sich ihre Worte anzuhören! Es war ein öffentliches Sterben unter den Augen anderer. Als Barbara's Schwester Sterben beschlossen worden war, wurde aus diesem Grund eine Fernsehdokumentation gedreht. Jupp Joachimski nannte diese Form der Dokumentation den öffentlichen Tod und er stellte sich als den Initiator des römischen Forums in der Arena dar. Er war damals laut eigener Aussage der Caesar des neuen Rom, der dem Volk, wie er sagte sein deutsches neues Volk, sein Brot und Spiele gab. Es war nicht so, dass er damit harmlose Spiele meinte. NEIN er plante parallel im Jahreskreis des Kirchenjahres und bereitete einen Mord im Osterzusammenhang vor. Das Ostern war immer wieder das Fest wie er es nannte, der Kreuzigung und der Auferstehung. Das bedeutete nicht nur dass ein Mensch starb, sondern auch dass die Daten weitergenutzt wurden. Es war nicht nur so, dass der Mensch starb. Nein er hätte auch noch gerettet werden können, wenn die Leute genau hingesehen hätten und sich um diesen gemobbten Menschen gekümmert hätten. Sondern diese ganten negativen Spiralen hätten durchbrochen werden können, wenn es nur irgendjemand ernst genommen hätte und endlich nicht in dieses negative Rudelverhalten angenommen hätte. Niemand hätte sterben müssen, wenn bereits die damaligen Menschen Rückgrat gezeigt hätten und einfach für Menschlichkeit und Empathie eingestanden wären. Aber Jupp Joachimski bereitete das Gesamte Spaß und er sah es, so wie er es als Projekt in der Schule begonnen hatte, als Kreis des Lebens, einfach nur eine logische aber nicht moralische Fortführung dieses bereits eingeführte Regelsetzung.

Für Jupp Joachimski stellte das ungerechte neue Finanzgleichgewicht und Finanzverteilungssystem, was nach dem Fall der Mauer von ihm anvisiert wurde, zu unnötigen Hungersnöten führte und das war von ihm auch so geplant. Das System war schnell erklärt, denn Jupp Joachimski hatte sich zum Marionettenspieler beider Seiten deklariert. Er hatte den Kalten Krieg und die zwei konkurrierenden Systeme nicht aufgelöst, sondern nur verlagert und zu einen Finanzausgleichskampf gemacht, der für ihn persönlich und seine Leute immer ein Nullsummenspiel sein sollte. Das funktionierte eigentlich ganz leicht, denn er hatte mit dem Geld was er mir gestohlen hatte, verteilte auf verschiedene Wirtschaftssysteme und verschiedene Wirtschaftsformen. Man kann sich das am besten als sogenanntes Kraken-Modell vorstellen. Vor der „Wiedervereinigung" und Fall der Mauer und offiziellen geschichtlichen Ende des Kalten Krieges bestanden zwei Wirtschaftsmodelle. Das Sozialistische und Kapitalistische. Beide Systeme hatten verschiedene Steuermodelle und verschiedene Grunddefinitionen von Eigentum und Recht auf Eigentum. Diese Grundprämisse war der Ansatz auch für die verschiedenen Bilanzierungen und auch Kategorisierungen in den jeweiligen Steuersystemen. Das einzige Steuersystem was innerhalb des Kalten Krieges beide Wirtschaftssysteme beinhaltete, war das kirchliche Wirtschaftssystem. Aufgrund der Kameralistik wurden alle Güter nicht nur einzeln bewertet, sondern auch noch einzeln besteuerte, war dieses kirchliche gemischte Steuersystem, welches Jupp Joachimski als sogenanntes Überführungssystem sprich Verbindungssystem benutzte. Das Interessante an dieser Situation war, dass Jupp Joachimski dieses Finanzsystem der Kirche in mehrfacher Hinsicht und auch über die gesamte Zeit benutzte. Es existierten zwei Zeitpunkte, die auch die Zielsetzungen änderten. Die Zeitabschnitte waren vor und in und nach der Wende! Vor der Wende wurde das kirchliche Finanzsystem von Jupp Joachimski einfach als sogenanntes Geldwäschesystem genutzt und als eindimensionales System, das einfach nur die Geldtransfers West nach Ost oblag. So wurde von Jupp Joachimski das sogenannte Steuerprivileg der katholischen Kirche rigoros durchgesetzt und auch verschiedene Kategorien über die Jahre nutzdienlich verändert. In der Wendezeit nutzte Jupp Joachimski eiskalt dieses System als scheinbare neutrale Treuhänder mit Anderskonten. In manchen Fällen behielt Jupp Joachimski einfach die Einlagen und sprach in schizophrener Position einerseits als Richter und andererseits als kirchlicher Vertreter Recht mit einer klaren eigenbezogenen Schieflage! Dadurch wurde die Familie von Jupp Joachimski immer reicher, obwohl sie nie etwas besaßen geschweige denn berechtigt waren. Es war besonders interessant zu sehen, wie er die Gemeinschaftsgüter der DDR auflöste und in Einzeleigentümer überführte, obwohl er das eigentlich nicht durfte, da er nie die Funktion der Treuhand hatte. Nach der Wende behielt er vordergründig das westliche Steuersystem bei und löste auch Teile der russischen Wirtschaft aus dem sozialistischen System heraus und machte in so einer Art viele Länder von Deutschland abhängig. Ganz zu schweigen von den vielen Vermisstenmeldungen, die sie international verursacht hatten aufgrund ihrer Morde und damit eine Art Status quo erreicht hatten, die sich sogenannte zeitliche Rechtslosigkeit nennt. Dieser Rechtslose Zustand war in vielerlei interessant für die Nutzung der Stasi in anderer Hinsicht. Denn in der Zeit, in der die Immobilien nicht genutzt wurden, standen die Immobilien nicht leer, sondern wurden anderweitig von der Stasi genutzt. Entweder zum „sicheren" Unterschlupf für aufgeflogene Stasiagenten oder als **Schandi**-Wohnung oder als Gefängnis oder als Mieteinnahme mit Überwachungsauftrag oder nur als Mieteinnahme. Dieses System wurde zu generellen Statuten der Stasi ausgebaut, bereits zu DDR-Zeiten und während der Hochzeiten des Kalten Krieges. Es war so, dass der Geheimdienst des Stasi nicht nur einfach eine Fortführung und nahezu Duplikat der Gestapo in den zweiten Weltkrieg war, sondern es war eine Kapazitätsausweitung und eine Verbreiterung der Einflussnahme, sondern auch eine größere Kumulation von Konfrontationspunkten stattfand. Das bewirkte, dass es auch zu einer Beschleunigung von Ereignissen gekommen ist. Das lag daran, dass mit dem langsamen Abbau der Stasi gesetzten Grenzen, es zu einer Aktivitätsausweitung kam, die sich auch schneller durchführen ließ, weil die Konten auch schneller benutzt werden konnten. Dadurch wurde die Notwendigkeit von Frischen Geld immer größer. Weil das sozialistische System der DDR nur eine sogenannte Planwirtschaft kannte und sie für alle 4 Jahre strikt geplant wurde und im Zentralkomitee abgesegnet wurde. Allerdings war es nicht so, wie in der heutigen deutschen Regierung, dass es ein Nachtragshaushalt und eine Nachtarierung möglich war, sondern es war ein Finanzsystem ohne Rücklagen und eine Anlage auf Notwendigkeit von frischem Geld. Dadurch wurde klar, dass auch die Staatskassen immer klamm waren und nie ein Nachtragshaushalt auf Staatsreserven genehmigt werden konnten. Diese Methodik wurde dann im späteren eine Ideologie des Überlebenskampfes wie die Tribute in Panem den späteren Film dargestellt. Diese Ideologie besagte, dass zum Ende der nicht ausreichenden vorherigen Ernte und damit klammen Geldbudget, eine neue Geldquelle und damit neue Einkommensquellen eröffnet werden musste. Dies wurde in der DDR so gehandhabt, dass die klammen Haushaltskassen über sogenannte illegale wie auch grausame und unmoralische Aufträge an die Stasi vergeben, die dann als sogenannte As im Ärmel die Staatskassen wieder auffüllen sollten. Meist wurden spektakuläre Morde verübt und sogenannte sehr werbemedienwirksame Belege gezeigt. In den späten DDR-Jahren zwischen 1980 und 1990 drifteten beide Finanzsysteme Ost wie West immer mehr auseinander bezüglich deren Wertstellung und auch Kapitaldeckung und auch deren wirtschaftlicher Stärkehinterlegung. Das bedeutete, dass die Schere der Kapitaldeckung bei der westdeutschen Seite eine positive Entwicklung nahm wohingegen die ostdeutsche Seite einen negativen Schub erhielt. Zunächst war der Plan vor den Mauerfall, dass das ostdeutsche System angenähert werden sollte und zwar wie es üblich und normal gewesen wäre, mit der Stärkung des westdeutschen Systems und dann mit einer rigorosen Übernahme der ostdeutschen Seite. Rein bilanztechnisch, hätte, dass nicht nur eine nachträgliche und schnelle Kapitalhinterlegung der einstigen DDR erreicht, sondern auch eine richtige und wirkliche Entwicklungschance bedeutet, ohne dass es zu sogenannten finanziellen Verpuffungseffekten gekommen wäre. Zudem hatte die andere Methode, die von Jupp Joachimski, getätigt wurde, nicht nur einen Anstieg der Verwaltungskosten geführt, sondern führte zu sogenannten finanziellen unnötigen Abflüssen, weil er zunächst finanziell gegenfinanziert hatte. Dadurch kam es zu einer sinnlosen Aufwertung des DDR-Vermögen und damit zu einer sinnlosen Gleichwertigkeitsrechnung bei der Umtauschaktion DDR-Mark gegen Deutsche Westmark! Diesen Deal verhandelten Jupp Joachimski und Dieter Hubka und Karl Mayinger miteinander aus und sie logen allesamt die Politiker und auch Helmut Kohl an. Mit der Devisen Umtauschaktion 1:1 wurde eine Wertigkeit der DDR geschaffen, die nie vorhanden war.

Die westdeutschen Politiker waren genauso paralysiert, wie die Ostdeutschen auch. Ich war in der Zeit in der DDR auch auf einer Jagd, die zu Ehren des erzwungenen Besuches von bayerischen westdeutschen Politikern stattgefunden hatte. Es war zu einer Zeit als meine leibliche Mutter noch lebte und gefangen gehalten wurde. Horst Seehofer und Edmund Stoiber und Franz Josef Strauß und Theo Waigel waren genauso im Gefolge, wie auf der ostdeutschen Seite Erich Honecker und Erika Honecker. Horst Seehofer war als Bodyguard mit falschen Namen Horst Montag auf der Dodga (eine Jagdhütte nach russischem Vorbild) außerhalb von Berlin am Wannsee dabei! Ich fragte ihn, ob er wirklich so gefährlich sei und er wurde ziemlich sauer und war auch ziemlich eingebildet. Er stand draußen im Garten an dem Seeufer und wusste nicht, dass er wahrscheinlich der Einzigste war, der das vergiftete Menü überlebt hatte, weil er sich komplett ärgerte über mich kleine Göre. Franz Josef Strauß hatte bereits vorher einen anfänglichen Herzinfarkt, als er im Wagen saß und ich gab ihm Menthol, damit er mehr Luft bekam. Wir saßen in einen schwarzen Regierungslimousine und hatten im Cockpit einen Chauffeur. Aber es war klar, dass er beim Essen weitere

Giftdosen erhielt. Als er zurück nach Bayern fuhr waren seine Adern vor allem im Gesicht und in der Oberkörperpartie rot gefärbt und ein Teil blau aufgrund des fehlenden Sauerstoffes. Er röchelte um Luft und er kam wohl auch noch lebend in Bayern an. Frei ließ mich die Stasi nicht. Die ganze Zeit war hingegen Julia Walter als Vorzeigestasikind in dem Haus und ließ sich die gesamte Zeit von den alten Herren herzen. Das Schlimme daran war, dass niemand auch nur im Ansatz daran dachte, aufzuhören mit dieser Geheimdienstpolitik, die niemand begriffen hatte oder vielleicht alle nicht richtig gesehen haben. Bei der folgenden Treibjagd der Politiker zur Belustigung im Moor wurden nicht nur Wild gejagt, sondern auch Menschen. Denn kurz vor dem Abschuss von normalem Wild wurden Sinti und Roma in das Unterholz samt Stasigefangener dorthin gebracht, die bei Dämmerung verwechselt wurden und auch erschossen wurden. Die Stasiführung inszenierte auch noch einen zynischen freundlichen Vertuschungsversuch, indem sie behaupteten, dass ein westdeutscher Politiker eine Person erschossen hätte. In Wahrheit war es ein Stasischerge, der im Lautschatten der anderen Gewehrschüsse diese Leute hingerichtete hatte umso kein Aufsehen zu verursachen. Julia Walter log alle Zeit über dieses Ereignis und erpresste sich so in politische Kreise.

Man muss dazu wissen, dass es rein funktionale Beziehungen in deren Leben gab. Allein die Rationalität war entscheidend für die Kontaktaufnahme und die Kontaktbestand. Die Stasi Julia wurden meist genutzt, um die Straftaten zu begehen, aber dabei den sozialen und atmosphärischen Anschein zu wahren. Damit wurde klar, dass die Stasi Julia für heterosexuelle Männer gefährlicher waren als Stasi-Romeo, die mit direkter Gewalt und direkten Angriff standen. Durch das Element der Homosexualität, wie sie Jupp Joachimski in die Agentenkreise einführte, wurde eine komplette ungeschlechtliche Mischmenge geschaffen. So krass sich das anhören mag, aber es war wie ein Sommernachtstraum, indem jeder so „trainiert" sprich umerzogen wurde, jeder mit jeden und mit jeden und jeder zu ficken. Wirkliche Mühe gaben sich die **Stasi-Romeo** und Stasi-Julia erst bei ersten Malen und zu besonderen zweckmäßig begründeten Anlässen. Dadurch erhöhte sich aber noch eine Gefahrenaspekt, der Mitte der 80ziger Jahre seinen Höhepunkt erreichte. Es war die Entdeckung des HI Virus, welches von Rhesusaffen aus Afrika gezüchtet worden war. Später wurde es in den Laboren an der südfranzösischen und portugiesischen Küste, wo auch die Irrenanstalt von Julia Walter stand. Dazu muss man wissen, dass in diesen Laboren, die sich in Nebengebäuden der Psychiatrie befanden, auch verschiedene Menschenaffen aus Afrika gefangen gehalten wurden. Julia Walter Vater und auch Mutter waren damals als Versuchsleiter in diesen Kliniken angestellt und arbeiteten auch an Menschenversuchen. Die Ironie des Schicksals wollte es so, dass Julia Walter genau in dieser eigentlich stillgelegten Klinik, weil es angebliche Geheimprojekte der französischen und portugiesischen Regierung waren, sich an einer herumliegenden infizierten Spritze in den Zeh verletzte. Julia Walter war in der Psychiatrie gefangen gehalten worden und ich kam ihr nachgereist, weil sie mich angerufen hatte. Ich war anscheinend die einzige Person, deren Telefonnummer sie wählen konnte. Auf jeden Fall flog ich dorthin und kam mit einem Polizisten an. Ich war schwanger und Julia Walter trug keine Schuhe. Sie war komplett panisch und konnte nicht wirklich reden. Sie lief vor den Psychiatern davon und versteckte sich in einer Materialkammer. Nach diesem Ereignis wurde der Film Inoperable gedreht. Leider kamen uns Hans Lauter und Jupp Joachimski nach. Jupp Joachimski griff uns in der Materialkammer auf und erlaubte mir nicht eine Gegenspritze zu geben, weil Julia Walter die Unverletzlichkeit des Körpers zustünde und ich mit einer Spritze ihren Körper verletzen würde. Dann wechselte Jupp Joachimski seine Verhaltensweise und drohte uns und wir liefen weg vor ihm. Er drohte und schnappte mich und ließ mich auf einen Frauenarztstuhl fesseln. Mich folterten sie vor den Augen meines Mannes und ich verlor mein Kind. Eine Klosterschwester folterten sie auch. Sie war später als Tante Adele in Brenken angesiedelt und wurde von Hans Lauter peinlichst befragt bis sie zusammenbrach und bis sie gestand. Sie entsagten ihrer angeblichen Teufelsanbetung unter schrecklichen Schmerzen und widerliche Krankenschwestern wie Ingrid Wolf alias Blumoser taten ihr übriges mit Spritzen und anderen Foltergeräten. Die Frauen waren an den Stuhl gefesselt und wehrunfähig gespritzt aber nicht schmerzimmun gespritzt. Ebenso war es auch Elisabeth Reisch die auch auf diesen Stuhl genau in dieser Situation war, denn sie lebte auch wie die anderen in einer **Schandi**-Beziehung. Sie starb genau in diesen Folterstuhl, der als Medizinstuhl eigentlich in einer Art Wintergarten mit Palmen in einer Reihe aufgestellt waren. Gegenüber von dem Wintergarten in das Gebäudeinnere war eine Art Glaswand angebracht, wo sich dahinter ein Überwachungsraum befand. In diesen Überwachungsraum befand sich eine Stange und ein PC und eine Art Fernsteuerung für medizinische Instrumente. Später nannte sich Hans Lauter gemäß nach dieser Situation Professor Palm. Er behauptete auch mich gerettet zu haben, obwohl er mich auch wieder nur als lebendige Schutzschilde benutzen wollte und Julia Walter als lebendiges biologisches Waffengefäß. Dadurch wurde auch die rigorose und strikte Umsetzung von Interessensvertretung deutlich und auch die rein rationale Handlungskette kannte keine Gnade. Dementsprechenden Leuten waren Empathie und eigene Kontrollierbarkeit fremd.

Wenn sie über diese Ereignisse berichteten verdrehten sie alles und versuchten so nicht nur ihr sinnloses Handeln zu rechtfertigen, sondern auch die Leute, die Aufklärungswünsche hatten zu verwirren und die Zeugen und Betroffene, die meist vorher verunsichert worden waren, als unglaubwürdig darzustellen. Auch wurde klar, dass diese Form des Geheimdienstes, so wie es bereits ein deutscher Geheimdienstler mit mir besprochen hatte, nicht nur einfach aufhören würde, sondern nur noch schlimmer werden würde. Das lag an diesem Gespräch, was ich mit ihm führte als wirtschaftspolitisches Fachgespräch. Wir unterhielten uns darüber, was eine schwelende finanzielle Ungerechtigkeit auf die globale Situation bezogen, bedeuten würde. Ich war der Meinung, dass das zu einer Interruption in den gesellschaftlichen und kulturellen Brüchen als Endergebnis stehen würde. Der deutsche Geheimdienstler stimmte mir zu, aber im Gegensatz zu mir, die eine langfristige und auch kurzfristige Prognose aufstellte, sagte er, dass eine mittelfristige Perspektive auch als Zeithorizont beachtet werden müsste. Aber wir sollten in allen drei Perspektiven leider Recht behalten. Das setzte sich aus sogenannten Algorithmen zusammen, die immer dieselben sind und nahezu immer eine Standardisierung darstellten. Ich hatte in den damaligen Modellen die mittelfristige Perspektive in die Kategorisierung kurzfristig und langfristig implementiert ohne eine direkte und einzelne Kategorie einzuführen. Der deutsche Perspektive war sehr rigide und hatte einen Haken, den wir aber auch damals in dem Gespräch erörterten. Außerdem verlangte Jupp Joachimski eine sehr rigide programmierte Datenbank zu allen seinen Jurafällen. Mich wunderte es sehr, warum er nie ein Wort darüber verlor, was er eigentlich vorhatte. Denn die Algorithmen, die er einfügen wollte, sollten einer Abwärtsspirale ähneln. So eine Berechnung der Datenbank sollte dann aber nicht richtiger Weise über eine sinnvolle Erweiterung eines nur zwei linigen Entscheidungsbaumes erfolgen, sondern nur in einer Programmierung eines rigiden und stupiden Entscheidungsbaumes Ja/Nein ohne Abstufungsmöglichkeiten verharren. Die Grundberechnung sollte eine einmalige Berechnung des 3 mal 3 Muster darstellen. Eine sinnvolle Variableneinfügung war nicht möglich. Aus diesen Datenbankberechnungen sollten nach Einpflegung von sogenannten juristischen Präzidenzfällen sprich Altfällen sogenannte Wahrscheinlichkeitsberechnungen für Erfolgschancen bei neuen Prozessen berechnet werden. Diese sollten dann als Prozentuale Quoten den Rechtsschutzversicherungen zugrunde gelegt werden. Später sollten die Datenbanken auch noch in den Behörden und Gerichten eingesetzt werden, um angebliche rechtliche Kippfälle schneller zu bearbeiten. Jupp Joachimski versteckte wohl weislich seine manipulierten Altfälle und fügte andere Fälle dafür ein. Aber das Dokumentenarchiv spuckte auch noch ältere Fälle in Hängeaktenformaten aus, wo Jupp Joachimski beteiligt war und wies somit mehrere Übereinstimmungen bei gravierenden Verurteilungen auf. Immer waren dieselben Stasirichter wie Jupp Joachimski und Gunther Schmid genannt. Auch die Verurteilten wiesen immer bestimmte Benachteiligungsmerkmale auf. Denn die alleinige mittelfristige Perspektive war als Standardisierung angestrebt worden. Aber das wusste selbst der deutsche Geheimdienstler nicht, Denn Jupp Joachimski und Gunther Schmid hatte es ihm verschwiegen. Durch diese strenge Perspektivbetrachtung war nur eine Art Teilausschnitt möglich, aber keine Gesamtheitsperspektive. Der Fehler daran war, dass die Vorgängerversion und die Nachfolgeversion nicht temporal betrachtet werden konnte. Da die deutschen Geheimdienste dieses Grundmodell auch als Computerberechnung in ihre Computerprogramme sprich Programmierungen eingesetzt wurden, waren diese Programme nicht nur sehr leicht hackbar, sondern auch die sonstige DNA-Konstruktion des Sicherungsprogrammes war fehlerhaft. Zudem konnten die deutschen Geheimdienste nicht mehr Mitte der 90ziger Jahre ihre eigenen Computerprogramme kontrollieren. So fiel es auch nicht auf, dass die deutschen Geheimdienste mehrfach sich selbst übertölpelten. Das damalige Gespräch jedenfalls mit dem deutschen Geheimdienstler endete mit zwei verschiedenen **Konzept**en und später sollte sich meines als realer und realitätsnaher herausstellen. Mich interessierte es eigentlich nicht, denn für den Geheimdienst war ich nie gemacht, geschweige denn habe ich mich jemals dort beworben. Später wurden diese deutschen Geheimdienste noch zudringlicher, weil Janine Bogosyan und Tanja Mayinger sich schizophrener Weise auch beworben hatten, nachdem sich die gesamte 4. Terrorgeneration sprich die Familienmitglieder der Familien Gunther Schmid und Jupp Joachimski und Dieter Hubka und Peter Meier und Ingrid Wolf alias Blumoser und Albert Blumoser und Eva Netsch und Georg Walter und Charlie Petrussek und Franz Mayinger und Karl May/Mai und Karl Mayinger und Uwe Udo Walter und Gerhard Nitzsche und Norbert Wieberneit und Bernd Traue und Gisela Traue und Christl Paul und Janine Bogosyan und Winfried Winkler und Hans Lauter und Wolfram Menzl und Karin Schmitz und Martin Magnus Müller und Sepp Schüßler sich anstellen hatte lassen in den deutschen Geheimdiensten. Was bei den Einstellungen auffiel, war dass, diese Einstellungen nie aufgrund einer fachlichen und sachlichen Eignung erfolgten. Zudem wurde über die Jahre immer mehr zum Problem, dass diese Leute einfach nur triebgesteuert wurden und das bedeutete, dass sie nicht nur sehr sexuell aktiv waren, sondern dass es sich bei ihren generellen Verhalten um sehr stimulus gesteuertes Verhalten handelte. Das hieß, wenn sie sich bedroht fühlten, dass sie sofort auch körperlich schlugen und angriffen. Diese Form der kompletten Situationseskalation war typisch für diese brutalen Leute, die total wirr begründeten, wenn man sie fragte nach ihren Ausfallerscheinungen. Ich zog später rigoros eine Grenze und ließ dann jeden von diesen Leuten einweisen vor allem aus Tschechien, wenn sie wieder morden wollten oder sonstige Dinge planten. Es war ihnen auch von Anfang an klar, dass sie mit ihren ständigen Stasikommandos nicht länger so weiter machen konnten. Auch war es nahezu verblüffend, wenn diese 4. Terrorgeneration sich einstellen ließen, wie komplett unausgebildet diese Leute waren. Sie konnten weder normal arbeiten noch geheimdienstlich. Sie waren wie kleine Küken, die durch die Gegend torkelten und sich gegenseitig schädigten. Das Schlimme an der Situation war, dass sie zu einem ständigen Risikofaktor wurden, die Aktionen die sie durchführten diese überagitatierten Leute gingen alle schief und waren sinnlose brutale Idiotien. Man sah in dieser Generation eine fast Naziähnliche Einheit und auch deren Schädigungen bezogen sich meist auf Schwächere, was auch in diesen Kreisen als übergriffig und als abscheulich gilt. Diese deutsche Terrorgeneration war eine Form der Organisationsbildung, die gegen sämtliche Regeln verstieß und immer log. Auch diese Grundprämisse, des Nichtlügens hielten sie nicht ein. Genau dieses Lügen vor allem wurden der Familie Müller, die es vor allem auf institutionelle Lügen abgesehen hatte zum Verhängnis. Man muss dazu wissen, dass nicht nur kein Vertrauen in diesen Familien herrschte, sondern dass auch deren Morde, die sie nur mit ihren funktionellen Kreisen teilten und sich austauschten, ihnen zum Verhängnis wurden. Denn sie hatten in Panik als der erste Mord ihnen nachgewiesen werden konnte, sich gegenseitig bezichtigt und beschuldigt, obwohl sie alle behaupteten sich gegenseitig Treue geschworen hatten. Auch wurde die Zielsetzung und die Umdeutung der deutschen Geheimdienste und deren Arbeitsweise und Arbeitsaufgabe immer offensichtlicher. Diese Form wurde auf internationalem Parkett zu einem Problem und auch die egozentrische Sichtweise, die nur ein paar Leuten in Deutschland zu Nutzen gereichte und die breite Masse verhungern und darben ließen. Es war wie es bereits im Modell Jahre zuvor von mir und den deutschen Geheimdienstler durchgerechnet worden war, nahezu die Dreiviertel der deutschen Bevölkerung war verarmt und die ausländischen Gelder mussten auch noch zurückgegeben werden. Es war auch klar, dass dadurch die Sozialsysteme Deutschlands ungebührender Massen beschädigt wurden und es war auch klar, dass mit jeder weiteren Weigerung der deutschen Regierung Stellung und Position zu beziehen zu diesem Sachstand das Problem immer größer wurde. Es war auch so, dass mit der Weigerung es rechtlich korrekt zu ordnen, immer mehr unschuldige Leute hineingezogen wurden und dass die beidseitige Finanzierung der beiden und doppelten deutschen Geheimdienste zu einem großen und schweren Ballast wurden. Aus dem Grund des vorher bereits festgelegten Fahrplanes bezüglich der Wiedervereinigung war genau die Trennung der mittelfristigen Perspektive in kurzfristig und langfristig griffiger als die alleinige Mittelperspektive. Zudem war es auch so, dass nie eine wirkliche Ausbildung für diese neue Terrorgeneration vorgesehen war, geschweige denn erfolgte. Dadurch entstand die Problematik, dass diese Leute sich nicht mal in den geringsten Dingen auskannten. Sie wurden auch aufgrund ihrer ständigen Klaugier im Ausland deswegen Terrorstraßenkinder genannt. Jeder der den Begriff kannte, war damit komplett informiert. Es handelte sich dabei nicht um wirkliche Straßenkinder, sondern eben um diese Chamäleonartige Hybris der Stasinachfolgegeneration. Das Schlimme der gesamten Situation war, dass diese Leute weder die Genauigkeit für normales Arbeiten besaßen noch die Genauigkeit für geheimdienstliches Arbeiten zu sehen war. Das bedeutete, dass man als Außenstehender wie ich zunächst nur ein komplettes Chaos sehen sollte, ohne klare Strukturen als Hintergrund durchzusehen. Das Schlimme daran war, dass dieses nebulöse Reden nur eine Art Projektionsfläche war, die als Tiefenstruktur und Hintergrundstruktur dieses Beziehungsgeflecht hatte. Das bedeutete, dass die Begriffe Scharnierfunktion und Mischmenge eine Beziehungskonstellation ist und nicht wie man vermutete ein körperloser begrifflicher Sachstand. Dass diese Leute vor allem die osteuropäischen **Schandi** andere Menschen wie Gegenstände behandelten, war ein Umstand, der jeden erschreckte. Aber es war Fakt und das musste jeder begreifen und zwar ziemlich schnell. Vor allem wenn derjenige oder diejenige wie in einen Tentakel eines Oktopusses gefangen war. Dabei hatte die Zeitdimension sprich die Zeitleiste einen enormen Gravitationsgrad. Das bedeutete, dass man in manchen Fällen der Überwachung und der Annäherungsversuche der Faktor Zeit einberechnet worden war und auch eine Dringlichkeitsstufe und eine Risikobemessung einberechnet hatten. Das hieß, dass manche Leute über Jahrzehnte überwacht wurden und einbezogen wurden, obwohl sie nie ein Teil dieses System ist. Es war auch so, dass dadurch eine Form der Gewöhnung versucht wurde, die dann zu einem gesamten geschlossenen Kreis um diejenige Person werden sollten und ihn oder sie in den meisten Fällen auffressen sollte. Niemand begriff, dass die beste Möglichkeit war, um diesem Theater zu entgehen, sich echte und wahre Freunde zu bewahren und zu achten. Auch die einfachen Regeln der Menschlichkeit waren gute Gradmesser, die man auch manchmal ein bisschen übertrat, um gegen diese Dreistigkeit anzukommen. Aber man sollte immer den Rahmen wahren, um dadurch zum einen keine Angriffsfläche zu bieten und gleichzeitig seine Würde und Stolz zu bewahren. Man muss dazu auch wissen, dass die Bewahrung des eigenen Selbstbewusstseins und auch die der eigenen Würde, diese Leute aus Osteuropa am meisten ärgerte. Sie flippten regelmäßig aus, wenn man ihren Minderwertigkeitskomplexen nicht entgegenkam und wenn man sie auf die Größe auch verbal zurückstufte, wo sie eigentlich standen und wie sie auch sind. Man muss dazu wissen, dass man schlimmer Weise und zynischer Weise ihre äußerliche Hässlichkeit, die sie auch bewusst wahrgenommen hatten und sich nicht eingestanden, aber für die Manipulation für beispielsweise dicke Frauen nutzen. Warum? Keine Ahnung! Ich bekam jedoch einen sehr krassen Fall mit. Es ging um eine westdeutsche dicke Frau, wirklich dicke aber junge Frau. Sie war nicht besonders auffällig, weil sie sich fast unsichtbar machte. Es war eine bestimmte Anzeige in einer Zeitung für Partnerschaften und auf diese meldete sich ein Stasi-Romeo. Dieser **Stasi-Romeo** war nicht ein besonderer Schönling und war auch nicht der typische Schönling mit glatter Sprache und glatten Aussehen. Lange Rede kurzer Sinn! Die beiden wurden ein Paar und es kam wie es geplant war, die Dicke wurde die Sklavin dieses Mannes und zwar mit allen Facetten. Sie wohnten in Ostdeutschland und er machte sie erst arbeitslos und dann gab es Sex nur bei Abmagerungen. Diese Frau war nur noch ein Schatten ihrer selbst, als sie sich versuchte mit sinnlosen Joggingstunden durch die Gegend zu quälen. Sex gab es dann natürlich auch nicht! Aber es gab es auch anders herum, dass Stasi-Julia sich an Männer ranschmissen, die wenig Selbstbewusstsein hatten und diese Männer einfach ausnutzten. Am Schlimmsten waren die Stasi-Julia aus Bulgarien, die wie ihr männliches Pendant agierten. Sie machten ihre ihnen vorgesetzten Männer fertig nach Strich und Faden und nutzten diese Männer nicht nur aus, sondern sie saugten diese Männer aus, wie eine Zitrone. Diese Stasi-Julias sorgten nicht nur dafür, dass sie eine Illusionsblase aufbauten und die Beziehung als einzige und wahre Beziehung dargestellt, sondern die Beziehungen wurden mit einen erheblichen Abhängigkeitsfaktor geführt. Auch die Äußerlichkeiten waren zwar gute Argumente, aber ein wirkliches Bindeglied war auch das nicht. Das Schlimme war zu sehen, wie sich die zumeist älteren Herren zum Affen machten und danach ihre jungen Frauen sich nach ihrem Luxusleben sich langweilten und dann sich darauf vorbereiteten ihre Männer loszuwerden, wenn sie nicht freiwillig bezahlten oder weniger bezahlten. Wenn diese Stasi-Julia ihre ausländischen Agentenkollegen trafen, endete meist deren Begegnung tödlich. Meistens geschah es bei einem Treffen beim Essen oder bei einer Übernachtung. Man muss dazu wissen, dass die meisten westlichen Agenten nicht mal ahnten, wie aggressiv und wie unberechenbar diese Art Nattern waren, wie diese Frauen genannt wurden. Sie waren eine Form weibliche an Adrenalin aufgeputschten Zombies, die erst mit einer Art Maschenweichheit sprich gespielten Sanftmut ankamen und später sich zu regelrechten Intrigantinnen mit Tentakeln mit Widerhaken sich entpuppten. Sie waren genauso widerlich, wie ihre männlichen Kollegen und schreckten sogar vor Vergewaltigung ohne Kondom und mit erzwungener Schwangerschaft nicht zurück. Aber wenn man dachte, dass sie die Kinder aus Liebe oder Eifersucht zeugten, der irrte. Es war reines Kalkül und für diese Stasiagentinnen zumeist ein Ticket in die westdeutsche „Freiheit"! Nichts aber gar nichts war mit Liebe gestaltet. Es fehlte die Seele und diese Wegwerfkinder, wie sie genannt wurden, landeten meist in Waisenhäusern oder in Behindertenheimen oder Schwererziehbaren Heimen oder auf der Straße.

Der Tscheche sollte ab dem Zeitpunkt den **Stasi-Romeo** den großen Sigmund ablösen und die Dinge in die Hand nehmen. Er sprach nur schlecht Deutsch und das Deutsch, was er sprach war eine donauschwäbische Mundart aus der Donauregion in Rumänien und den anderen Ländern. Ich sollte als Pfand in München verbleiben. Ein Jahr später war meine leibliche Mutter tot. Mein leiblicher Vater Alexander war 1987 als Mumie aus Ägypten nach München verschickt wurden und wurde als angebliche Mumie unter den Namen Ramses II sowie zwei andere Mumien auch seziert und in München ausgestellt. Ich wurde nie informiert und wurde von den großen **Stasi-Romeo** paranoider Weise als vermisst gemeldet und ich unter einen anderen Namen und anderen Geburtsdatum. Man gab Julia Walter als mich aus und als auch diese Lüge aufflog und das Geld zurückgezogen wurde, meldeten sie mich in Gefahr und erpressten. Sie gaben nie zu, dass meine Eltern tot waren und dass ich nur ihre Kriegsbeute und dass das nicht legal war. Dasselbe machten sie mit meiner Tochter Samira. Als wir aus Assyrien über Ägypten auf einem Schiff in Richtung London reisten, wurde unser Schiff, was mir sowieso über Wert verkauft worden war und nicht sehr komfortabel und nur eine spartanische Ausstattung besaß und auch sehr alt und fast, wenn wir nicht so schnell abfahren hätten müssen, von mir ausgetauscht worden wäre. In Kairo traf die Leiche von Samira's Mutter ein und war auf Bestrebungen des Ägyptischen Königshaus freigegeben worden und nachgeschickt worden. Wir gingen auf den Markt in Kairo und trafen auf den Steinmetz auf dem Markt. Samira durfte den Sarg für ihre tote Mutter aussuchen und es sollte würdig und stolz sein. Ich hatte nicht so viel Geld und zudem schickte mir Jupp Joachimski über einen internationalen Stasi-Rat eine Rechnung zu, die mir verbot den Sarg der Königin von Assyrien einen zu prunkvollen Sarg zu gestalten. Die Materialien waren vorgeschrieben und ich sollte das Gewicht des Rosenquarzsarges noch höher verzollen, weil er so schwer war. Aber ich wollte, dass Samira ihre Mutter bei sich hatten und deswegen ließ ich das Schiff, was auch dazu noch absichtlich ein fahrender Schrotthaufen war, beladen wie es die noch zusätzlich geheimdienstlich scharf gestellte Hafenbehörde zu liess. Die anderen Sachen ließ ich einlagern. Samira war mit mir auf den Basar in Kairo und hatte endlich ein Lächeln für mich auf den Lippen. Sie aß wieder mit den Fingern, so wie sie es in dem Palast getan hatte und schaute mich mit ihren schönen braunen runden Augen an. Sie war ein Kind, in das man sich sehr leicht verliebte, weil sie so schnell begriff und weil sie so aufweckt war und sich nie den Mund verbieten ließ. Wir ließen den Sarg segnen von ihren ägyptischen Adeligen und ich versprach ihm Samira nach Europa zu bringen. Samira Bruder war parallel zu ihr nach Deutschland gebracht worden. Ihm fiel es viel schwerer sich zu Recht zu finden, weil er bereits größer war und immer das Sandwichkind zwischen dem großen ältesten Bruder Ilanit und der kleinsten Samira. Der zweite Bruder von Samira sollte umgebracht werden und da ich wusste, dass Jupp Joachimski es auf die Söhne abgesehen hatte und in der Nacht vor dem „Auszug aus Ägypten" wie es Jupp Joachimski zynisch nannte, wollte Jupp Joachimski auch den jüngeren Sohn umbringen lassen. Er ließ den jüngeren Bruder zu einem Dornenstrauch in der Wüste bringen und fesselte ihn daran fest. Den Sohn ließ er nur in Leinen gewickelt dort angebunden und ohne Wasser und ohne Essen. Wir befanden uns in Assyrien und Ägypten war das Ziel, aber nicht der Auszug. Später erfand Jupp Joachimski im Neuen Testament diese Geschichte des „Auszuges aus Ägypten" in seiner Bibelinterpretation. In dieser Nacht vor unserer Flucht nach Ägypten, schliefen wir in einem Zelt. Ich hatte Samira bei mir und wir lagen auf einer Matte. Während der Nacht wurde ich geweckt und ließ Samira eine Zeit lang allein. Wir gingen zu den Wüstenstrauch, wo der Jungen angebunden war. Ich gab einen glatzköpfigen Hohenpriester Samira's jüngeren Bruder mit und kehrte zurück in das Zelt. Samira und ich reisten am nächsten Tag weiter Richtung Ägypten. In Assyrien dem Land am Tigris war ein schöner Ort, aber er war so von der Stasi zersetzt, weil in der Zeit zu Anfang des Falls des Eisernen Vorhang, mehrere Posten am Hof der Assyrer neu besetzt worden waren, die mit Stasiagenten besetzt worden waren. Zudem wurde Misstrauen unter den glatzköpfigen Hohenpriester gestreut und gegenseitiges Misstrauen, was die Leibgarde, welche sie auch waren, gestreut. In der Zeit als ich dort war, geschahen mehrere Dinge, die einfach sehr schrecklich waren und viele Betroffene und viele Zeitzeugen vernichteten. Zum einen wurde Samira's Mutter in Deutschland gefangen gehalten. Samira's Mutter fehlte Samira sehr in der Zeit und viele Tanten von ihr versuchten sie aufzumuntern, wie es nur ging. Entgegen der Behauptungen der deutschen Stasipresse und gestreuten Informationen der Stasi und anderer Geheimdienste, waren sich beide

Eltern von Samira und ihren Brüdern treu. Sie lebten ihre Liebe nicht öffentlich und waren immer darauf bedacht in ihren Palast, der auch gleichzeitig Amtssitz und Privatbehausung war, ihr Privatleben auch privat zu belassen. Die Eltern von Samira gingen auch sehr frei mit ihren Eltern um und ihre Kinder wurden familiär erzogen. Meine leibliche Mitter war zu dem Zeitpunkt mit vor Ort und überredete Samira's Vater, dass die Kinder eine Schulbildung erhalten und dass sie sich frei entfalten könnten. Als er zustimmte, strich meine leibliche Mutter den auf den Thron sitzenden König die einzige schwarze Locke aus dem Gesicht! Es war so, dass meine leibliche Mutter darauf achtete, dass der König von Assyrien seine Contenance nicht verlor, denn der wartete wie ein auf Kohle sitzender auf seine eigentliche einzige und echte Frau. Als Deal hatte der König zugestimmte, dass eine Tanzgruppe aus der DDR in den Palast einreiste und ihre Show dort zeigen durfte. Untergebracht war die gemischte Tanzgruppe aus Frauen und Männer in einen Turm des Palastes und behaupteten jetzt der Harem des Königs zu sein, was die Situation weiter anspannte. Es war nicht so, dass der König ein irrationaler Mensch gewesen sei. Nein – ganz im Gegenteil! Aber er musste mehrere Prämissen einhalten. Zum einen durfte er keine andere Frau ansehen, weil sonst sein Volk gedacht hätte, dass er seine Frau betrügen würde. Aber das Problem war, dass solche gutsituierten und attraktiven Männer immer umschwärmt werden und wenn noch die Prämisse hinzukommt, dass er nicht über die wahren Beweggründe zu dem Verschwinden seiner Ehefrau reden darf, weil die Stasi ihn weiter parallel bedroht bezüglich des Überlebens seiner Kinder und anderer Familienmitglieder. Der König wurde immer frustrierter und die Tanzgruppe wurde immer zudringlicher und scheute auch nicht mehr davor zurück im Thronsaal des Palastes zu tanzen ohne Oberkörperbedeckung. Sie fingen an, ihn als scheinbare Mätressen zur Verfügung zu stehen und stiegen nachts in sein Ehebett. Die Stasi hatte den König aufgezwungen mittels eines neuen Protokollchefs und damit neu geschriebenen Hofprotokoll mindestens 8 Stunden auf seinen Thron still zu sitzen ohne Aufzustehen, um das Leben seiner Frau zu retten. Der König bedingte sich die Anwesenheit seiner jüngsten Tochter Samira aus, damit er verhindern konnte, dass sie auch entführt werden würde. In den Tunneln des Palastes unterhalb im Berg befand sich der größte Schatz des Judentums versteckt. Die zweite Bundeslade. Es war ein Versprechen an die Juden. Tigris war der zweite Stamm der jüdischen Geschichte und bildete den zweiten Grundstock des Judentums. Der siebenarmige Leuchter stellte ursprünglich nicht, wie es später Jupp Joachimski behauptete, die sieben Stämme Israels dar, sondern war eine Symbolik zu der heiligen Zahl Sieben. Jupp Joachimski deutete mehrere Dinge im Judentum damals um und machte aus der in Assyrien sehr still gelebten jüdischen Ausprägung eine Religion mit einer offensiven Deklaration und Auslebung. Früher war es im Judentum so, so wie ich es auch kannte, dass man die Religion im Stillen lebte. Zwar mit Gebet und regelmäßigen Shabbat, aber niemand durfte sich ein Bildnis von Gott Jahwe machen. Immer wenn ich mit meinen Verwandten beten ging zu Shabbat, war es still und niemand hatte ein böses Wort auf den Lippen. Immer brannten Kerzen und es war warm auch in der Atmosphäre, aber niemand verlor ein böses Wort geschweige denn unterlag diesen Stasifehldeutungen. Ich hatte immer, wie es Sitte war, ein schwarzes Tuch auf meinen Kopf und betete mit einer Kerze in der Hand den Talmud. Die alten Gebete aus meiner Kindheit. Später veränderte Jupp Joachimski sogar den Talmud und fügte eine von ihm erfundene Thora hinzu. Als Jupp Joachimski später wieder in München war, schreckte er nicht davor zurück, dass er eine neue jüdische angeblich freie jüdische Gemeinde mit seinen festgelegten Regeln gründete. Aber auch in diesen Kreisen schaffte er so viel Unfrieden, dass Jupp Joachimski seine Gemeinde bald wieder verließ, nachdem noch ein Mord passierte und Katharina Petrussek die jüdische Gemeinde mit ihren Geheimdienstfantasien nicht nur nervte, sondern auch noch der Rabbiner Aaron und dessen Sohn Jakob den Stasileuten zum Opfer fiel. Katharina Petrussek verstand nicht, dass sie mit ihrem Versteck in der jüdischen Gemeinde in München alle anderen gefährdete und eigentlich nichts begriffen hatte, geschweige denn ihre eigene Vergangenheit. Denn Katharina Petrussek hetzte auch noch ihren Vater Charlie Petrussek auf den Rabbiner und der hatte seit seiner Schauspielkarriere einen Hitlerspleen auch in seinen Gedanken und Taten. Um von seinen Taten abzulenken, erhielt Katharina Petrusseks Cousin Thilo Mischke alias Peschke alias Aaron von Fintel eben letzten Tarnnamen und spielte auch damit gleichzeitig einen gleichnamigen rothaarigen Polizeifotografen Aaron Walter aus Kanada. Katharina Petrussek blieb auch nicht in der jüdischen Gemeinde und wurde wieder Atheistin. Katharina Petrussek lebte eine Zeit lang in der Nähe von Barbara alias Weisz und glaubte deren Lügen über deren angeblich eigener jüdischen Religion. Als Barbara die Stasiagentin geheimdienstlich bis in diese jüdische Religion vorstieß, änderte sich auch deren Auslegung und die Atmosphäre wurde gereizt und sehr aggressiv und sehr konfliktbeladen. Später begründete Jupp Joachimski über den Begriff Jahwe die Umdeutung in Jehova. Er verspottete damit mich und wollte mich den Zeugen Jehova zuordnen. Jessica Traue seine spätere Stieftochter prägten den Begriff Baal, den Gott des Teufels. Es war der einzige Begriff, den sie kannte, weil sie in ihrer Neuapostolischen Kirche, die auch eine Unterteilungs- und Zerspaltungsbewegung geschaffen von Jupp Joachimski und an deren Spitze er später saß in Mehrfachfunktion, in ihren Sektenfortbildungskurse gehört hatte. Diesen Begriff der Teufelsanbetung, wie sie ihn auslegte und dessen Anhängerin ihre Cousinen und Nachbarinnen Eva Kasper und Steffi Gänse und Julia Walter und Janine Bogosyan und Susanne Schüßler waren, flossen später diese Geschehnisse in verdrehter Weise in einen Film mit dem Titel „Nichts ist je vergessen ein!"! Samira sollte, wenn es nach diesen Leuten gegangen wäre, die irakische jüdische Familie mit der ich sie mitschickte, auf diese ihre Retter losgehen. Aber ich war stolz auf meine Tochter, dass sie standhaft blieb und auch später als von der verrückten Barbara erzwungen wurde, dass Samira bei ihr in England bleiben sollte und sich von mir trennen sollte, ging sie unabhängig ihren eigenen Weg. Samira war ein liebevoll von mir genannter kleiner Trotzkopf und ich war froh, dass sie genügend Selbstvertrauen und Selbstbewusstsein entwickelte trotz allen, wie alle meine Kinder. Samira war ein kleines neugieriges Kind und kletterte im Palast überall herum. An einem Abend als die Tanzgruppe auftrat im Palastsaal eskalierte die Situation und eine dunkelschwarze Stasiagentin, die später als May Day im James Bond Film dargestellt wurde, ging mit dem König ins Schlafgemach und brachte ihn um. Im Palast brach Panik aus und die Leibgarde war hineingestürmt und fand den toten König. Die Tore des Palastes waren geschlossen und eine zweite daraus gemachte Stasilegende, war die daraus gemachte Trojanisches Pferd Legende. Zudem wurde der Vertraute des Königs, ein Hohepriester, hingerichtet, nachdem er eine Schriftrolle an einen königlichen Läufer übergeben hatte. Diesen hatte er nach Ägypten geschickt, um alles zu erzählen und uns anzukündigen. Später wurde der Palast bombardiert und wir versteckten uns in den Gängen unterhalb des Palastes, wo sich auch das Wasserreservoir befand und zudem ein Labyrinth aus Gängen und zusätzlich ein Friedhof und Fluchtgänge und Transportwege und Verließe und Vorratskammern und Dokumente. Über uns detonierten die Bomben oder besser gesagt nur einen Atomsprengkopf und er zerstörte den Palast mit einem Bombenabwurf. Dadurch wurde auch klar, dass wir ab nun Flüchtlinge waren. Die Mauern um den Palast herum waren geschlossen worden und wir flüchteten über einen Gang in den Untergrund des Palastberges. Wir kamen an das Wasserreservoir vorbei, indem die Säulen aus weißem Marmor sich in dem klaren Wasser spiegelten. Die weißen Säulen hatten einen Sockel und eine obere verzierte Leiste. Das prägendste Symbol war der Kopf der Hydra. Das Gesicht der Hydra mit mehreren Köpfen war auf allen vier Seiten der Sockel und der oberen Teile der Säulen abgebildet. Jupp Joachimski war so wahnsinnig, dass er das Wasser vergiftete und der heulenden Samira auch noch an den Kopf schmiss, dass ihre Eltern Teufel gewesen seien, weil sie solche Götzen und bösartige Kreaturen verehrt hätten. Meine Tochter weinte und ich nahm sie an der Hand und sagte ihr, weil sie auch Angst hatte: „Schau!"! Ich nahm die Steinklötze die auf einer Säule eingebrochen waren und stellte, die eigentlich aufeinander gestellte Klötze umgedreht in das Wasser und begrub darunter den Grenzstein, der das geografische Fundament für das Königreich war. Für Samira war es in dem Moment nichts weiter als etwas befreiendes und Ablenkung und sie machte mit, weil sie sich so von den bösen Worten befreien konnte und sich wieder besser fühlen konnte, so wie sie es eigentlich immer tun sollte. Denn sie war ein kleines Kind und sie hatte nie etwas Böses getan. Samira hatte das auch nicht mitbekommen, welchen Zweck es noch verfolgte. Denn mir war es auch wichtig, dass Samira sich trotz ihrer kindlichen Wut nicht als Werkzeug dieser Leute benutzen lassen sollte. Sie sollte sich später nicht Vorwürfe machen, in dieser Situation unnützer Weise wütend gewesen zu sein, aufgrund der dummen und unberechtigten Aussagen von Jupp Joachimski und sich dafür schämen ihre eigene Kultur und Herkunft verraten zu haben. Mir war es wichtig, dass Samira genau diese Form der richtigen Einschätzung und angemessenen Handelns lernte und gleichzeitig Kind bleiben zu können. Diese Art der Manipulation liebte Jupp Joachimski. Er grunzte dabei immer verschmitzt und zufrieden, wenn jemand explodierte. Er wollte sehen, wie jemand reagierte ohne, dass er Jupp Joachimski wirklich selbst eingriff sprich selbst aktiv wurde. Es war als würde Jupp Joachimski eine Billardkugel, die ein Mensch darstellte, anstieß und dann damit andere Kugeln sprich Menschen agitatierte und zufrieden zusah, wenn andere Menschen seine Bestrebungen durchführten und sich schuldig machten. Jupp Joachimski machte sich in den meisten Fällen die Finger nicht schmutzig. Ich nannte diese Art des Agierens Puppenhaushandeln und Marionettenspielen zusammen mit Billardmodell. Diese Schemen als **Grundmuster** und gleichzeitig als Umsetzung in eine Finanzierungsstruktur, sah man am deutlichsten in seinen Beziehungen zu den Philologenverband und seinen Lehrerverbänden und seinen Deutschverlagen. Jupp Joachimski machte einen sogenannten Zukunftsplan für alle damaligen Kinder, die er um sich scharrte und die er in ihre festgelegten Rollen behielt und hineinsteuerte. So legte er Kathrin Traue und Jessica Traue und Birgit Blumoser und Katharina Petrussek und Kathrin Meier und Gundula Nitzsche und Janine Bogosyan und Steffi Gänse und Eva Kasper und Stephan Gleißner und Carolin Winkler und Jenny Schmid und Katja und Karin Schmitz und Martina Blumoser und Anna Müller und Chiara Müller alias Samantha Mayinger alle im Bildungssektor installiert. Es war nicht nur so, dass diese Beschäftigungen gerechtfertigt geschweige denn diese Leute die Einstellungsvoraussetzungen entsprochen hätten, sondern vielmehr verfolgte Jupp Joachimski einen hingebogenen Plan, der aber nicht deckungsgleich mit den Realitäten war. Es wurde ihnen auch vorher und ab den Zeitpunkt mit Eintritt in seine funktionale Familie so gesagt und auch unterschriftlich festgelegt. So war es kein Wunder, dass manche Kinder von Jupp Joachimski, die zum einen aus Waisenhauskinder bestanden, die ihm treu ergeben waren und sich formen ließen nach seinen Vorstellungen. Bei Waisenhauskindern wurde meist auf bestimmte, unter normalen Umständen, als ungesunde Verhaltensweisen deklarierte Prägungsmuster antrainiert. Für diese Leute waren diese Bildungseinrichtungen wie Selbstbedienungsläden mit Zukunftsabsicherung und Belustigung. Die Kinder, die er als Lehrer vorgesehen hatte, ließ er anbinden an seine Finanzausschüttungen, die er mit jeder Einreichung eines neuen Wortes oder Begriffes und deren rechtlichen wie sachlichen wie fachlichen Hinterlegung, über den Philologenverband und die Kultusministerien und den Bundesgremien erhielt. Später wurden die Worte und Begriffe dann in Duden und Sprachmedien gedruckt, womit er noch Verbreitungsrechte und Urheberrechte und Patentrechte und Verlagsrechte und Nutzungsrechte und Druckrechte verknüpfte und zusätzliche Ausschüttungen erhielt. Ein Mitverdiener an diesem System, wie den neuen Duden oder das Buch der Schimpfwörter oder das Buch der neuen Jugendsprache oder das Buch über die neue Rechtsschreibung oder die Wahl des Wortes und das Unwort des Jahres, waren zumeist die Deutschlehrer wie der damalige Lehrer Wolfram Menzl nicht nur schon zu meinen Schulzeiten, sondern später eben diese zu Lehrern erzogenen Kindern. Wenn es Jupp Joachimski nicht passte, was seine Mitstreiter machten und Bücher schrieben, ließ er widerrechtlich die Bücher und deren Skripten sich zu schicken und die Wörter zählen und alle seine Neuschöpfungsworte, die meist sowieso nicht sein waren, als Nutzungsrechte deklarieren. So kam es auch, dass er beispielsweise die Begriffe Rudelbumsverein und Fickfotzenschlampe und Tussis und Tusser, die ersteren beiden als Schimpfwörter hinterlegen und gleichzeitig diese in das Buch der Schimpfwörter eintragen ließ und rechtlich als Beleidigung hinterlegen ließ, aber perverser Weise auch einen Film „Familie 2000" produzieren ließ, indem er diesen Begriff Rudelfickbumsverein als **Konzept**ionelle Ideologie darstellte und als Zukunftsverein. Jupp Joachimski sah und gestaltete also auch die negative Form der Auslegung und den Zusammenhang auch als Einnahmequelle. Somit war klar, dass Jupp Joachimski eine Zwickmühle geschaffen hatte, in deren Situation, egal was derjenige oder diejenige machten, Jupp Joachimski immer gewann. Auch als einstiger Richter, der diese Beleidigungsanzeigen bearbeitete. Die letzten beiden Worte Tussi und Tusser ließ er als neue Jugendsprache und als Wort des Jahres deklarieren. Zusätzlich ließ er die Begriffe um doppelt verdienen zu können auch in das Schimpfwörterbuch eintragen. In seiner absoluten wirren und wahnhaften Phase stellte Jupp Joachimski für seine Tätigkeit in diesem Zusammenhang Finanzmodelle auf, die er in Sparpläne und Versicherungsmodelle und Bausparplänen umsetzen ließ. Das Gleiche machte der Jupp Joachimski mit den Witzen, die ich erzählte, wenn ich meinen Zynismus und meine Empörung über seine Dreistigkeit und die seiner Mitstreiter nicht mehr verdecken konnte. Er machte daraus ein Witzebuch. So versuchte Jupp Joachimski an Verlage und Verbreitungsmedien, die zu der damaligen Zeit meist nur Presse- und Druckmedien auf Papier waren. Auch die Computer steckten damals noch in den Kinderschuhen und Internet war in Europa noch nicht bekannt. Das Schlimme an der Situation bereits damals, war dass es in Bayern beispielsweise einen sehr großen Staatsverlag gab, der als sogenannter Bayernverlag genannt wurde und in der Innenstadt München sich befand. Jupp Joachimski hatte eigentlich ein Stoppschild gezeigt bekommen von diesem Verlag und machte etwas, wie er es jedes Mal machte. Er mobbte! Das machte er sehr diffizil! Zunächst inszenierte er eine sogenannte Rufmordkampagne und gab den Bayernverlag als rechtsradikal aus und degradierte ihn zu einem minderwertigen Medium herab. Danach schaltete er eine Rufmordkampagne zu dem Verlagsleiter und stach dazu hinterhältiger Weise bis in die Politik in Bayern durch. Er hatte bereits aufgrund des Lehrerverbandes sehr gute Kontakte zu den jeweiligen Kultusministerien und hatte mit Franz Mayinger das **Konzept** und Umformungsprozesse zu meiner Schulzeit aufgestellt und hatte nicht nur die aufgenommenen Schülerinnen bestimmt, sondern auch die Lehrpläne anders gestaltet und in mehrfacher Hinsicht zu einem wertlosen Lehrgang umgeformt. Aus diesem Grund hatte damals bei dem Abitur jeder Angst vor dem zentral gesteuerten Abitur. Ich eigentlich nicht, denn ich kam nach einem Jahr in den USA und einen überlebten Kopfschuss zurück und stieg ohne irgendeinen Übergang wieder ein. Ich bestand auch das Abitur und meine Sorgen galten in dem Moment eigentlich mehr meiner eigenen Gesundheit.

1.5 Die frühen Anfänge deren osteuropäischen Wirken in Westeuropa vor dem Eisernen Vorhang!

Später war es auch so, dass die Maria-Ward-Schule zu einer Art Stasischule verkam und jedes Mal Opfer zu beklagen waren. So hatten wir einmal einen behinderten Lehrer für Englisch. Eines Tages tauchte er nicht mehr auf. Später kam raus, dass seine Frau versucht hatte verzweifelt die Leitung zu erreichen, aber er war nicht mehr auffindbar. In der Schule fiel das Alles nicht auf. Es war irgendwie ein Schleier des Schweigens darübergelegt. Niemand vertraute sich wirklich und auch manche Schülerinnen täuschten über ihre **Identität** und kleine Details bis große Merkmale hinweg. Manche gaben fremde Namen an und feierten an falschen Daten Geburtstage. Es herrschte auch eine Art Verunsicherung und irgendwie hatte ich diese Schule nur mit schrecklichen Erinnerungen in Verbindung gebracht. So fiel es auch erst nicht auf, dass alle in meiner Klasse miteinander verwandt waren und aus Niedersachsen und Ostdeutschland kamen und eigentlich mit Katja verwandt waren. Katja war die leibliche und echte Nichte des Professors bei dem ich in London gelebt hatte. Manchmal dachte ich, dass man das doch irgendwie aussprechen müsste, aber es war so, dass es niemand irgendwie wahrhaben wollte. Auch als die Schülerinnen sich gegenseitig verletzten, vor allem emotional, begriffen sie nicht, was genau sie antrieb und warum sie sich eigentlich nicht kannten aber doch schon. Die Krux und die verborgene Prämisse waren, dass sie sich laut späteren Aussagen von Franz Mayinger in einen Menschenexperiment befänden und alle unter ständiger Beobachtung standen. Franz Mayinger rechtfertigte sich mal, warum er einen zusätzlichen Überwachungsring um jede einzelne Schülerin zog, damit dass er der Schwiegervater von Maria Bogosyan und Barbara gewesen sei. Er behauptete auch immer, dass Barbara meine echte Mutter gewesen sei. Was aber nachweislich nicht stimmte. Dazu muss man wissen, dass Franz Mayinger ein Besessener war und eigentlich ein bekannter Mörder. Er hatte mich an meinem 5. Geburtstag in den USA entführt mit einen Clownskostüm und einen Eiswagen. Ich hatte ein weißes Schmetterlingskostüm und einen Zauberstab. Ich spielte mit meinen kleinen Freunden im Garten und dann km wie es zu der Zeit üblich war ein Eismann. Ich rannte hin und dann wurde ich ohnmächtig und erwachte in diesen Wagen gefesselt an Händen und Füssen und hatte einen Knebel in meinem Mund. Mein Kostüm trug ich immer noch und der Geburtstag war vorüber. Mein Mund schmeckte nach Chloroform und ich hatte Kopfweh. Franz Mayinger führte mich in die U-Bahn und zeigte mir sein Werk. Es war ein weiblicher menschlicher an beiden Armen aufgehängter Kadaver und er sagte, dass er das für mich getan hätte und ich ab jetzt sein kleiner Engel sei. Ich schaute ihn an und lief in meiner Kindlichkeit die Stufen des stillgelegten U-Bahn-Schachtes nach oben. Seine Augen leuchteten fanatisch, als er mich ansah und er sagte, dass ich es immer gut in seiner extra geschaffenen Familie hätte haben werden. Ich schaute ihn nur erschreckt an und verstand nur wenig was er sagte, denn er redet deutsch. Seine Drohung mit seiner Familie machte er wahr. Es waren bereits 2 Jahre vergangen nach meinem ersten Aufenthalt in Deutschland mit meinen leiblichen Eltern und deren festgestellten Verschwinden in der Schweiz über Südamerika von meinem leiblichen Vater und in Grafenwöhr über München dann von meiner leiblichen Mutter. Ich lief einfach bei einstigen Freunden und Verwandten meiner Eltern mit. Später traf ich Franz Mayinger noch dreimal in meinen Funktionen in den USA bevor er mir nach Europa stalkte, wie es der Deal mit der deutschen Bundesregierung war. 1. Erst in meiner Ausbildungszeit in der New Yorker Polizei, wo er sich als Mentor und Verwandter und Polizeipsychologe ausgab. Später entdeckten wir die Leiche auch von ihn „angerichtet" von der Angela Fischer. 2. Dann in diesem entlegenen Indianerdorf, wo er seine Ehefrau die Großmutter untergebracht hatte und als Mörder aktiv war und Karl May überredete der später von Tanja Mayinger wurde, mitzumachen. Dort brachte er Barbara und Maria Bogosyan in der Psychiatrie unter. 3. Bei meiner Ausbildung der Special Forces in Alcatraz als ich einen Gefangenenbesuch mit ihm als Häftling machte und später bei einer Übung, wo er nicht frei rumlaufen sollte, aber trotzdem Chaos anrichtete. Barbara behauptete immer, dass ihr Schwiegervater, wie sie ihn nannte, sie sehr geliebt hätte, wie zynisch. Sie sagte später, dass sie auch mit Franz Mayinger ins Bett gegangen wäre und dass sie dann weiter gereicht worden wäre durch seine Söhne **Schandi**hände. Carolin Winkler Vater war auch ein Sohn von ihm und eine seiner Parallelfamilien aus Bulgarien. Zudem war er auch der Vater von Peter Meier und deswegen war auch Maria Bogosyan seine Schwiegertochter, aber eben nicht mit dieser Wirkungskraft wie Barbara. Später nannte er Barbara auch gefallenen Engel, weil er ihr das Vertrauen entzog. Man muss dazu wissen, dass er nachdem er die Lust an Barbara verloren hatte, sie an seine Söhne weiterreichte. Er hatte eine Art Parallelfamiliensystem aufgebaut und züchtigte jede Frau, die sich nicht an den Respekt in Bezug auf ihn hielt und schlug gnadenlos zu. Sie mussten ihm demütig zur Verfügung stehen und waren immer zur Stelle zu sein. Die Frauen sollten ihn ehren und würdigen bis in die letzte Faser ihrer Seelen. Er war sehr jähzornig und sehr stoisch. Seine Meinung war das Wichtigste und dieser war alles unterzuordnen. Er hatte Familien in Russland und in Deutschland und in Bulgarien und in Skandinavien und in den 80ziger Jahren in den USA. Zwei Familien, die sich nicht leiden konnten waren die bulgarische Linie der Gisela Traue und Annemarie Schüßler und Claudia Höfer-Weichselbaumer gegenüber zu der Familie der Großmutter in den USA. Diese Familie aus den USA, die erst im Jahr 1985 in die USA kamen und aus drei Kindern bestand, deklarierte Franz Mayinger lange Zeit als seine Hauptfamilie, bevor alles aufflog. Er hatte dort zwei Söhne Peter und Karl und eine Tochter Gudrun. Diese wiederum hatten auch wieder Parallelfamilien und Patchworkfamilien und eben dieser Peter war später als Peter Meier bekannt. In Tschechien gab es noch eine Familie Reisch, die später sich natürlich erdreistete, weil ihr Vater Franz Mayinger sich auch Mayinger nannte, sich diesen Namen anzunehmen. Dabei verwechselten auch sie mich mit Katja und plapperten das einstige Gelaber und das einstige Gelüge von Carolin Winkler Vater den großen Stasi-Romeo, den Onkel von Janine Bogosyan, nach. Dazu muss man wissen, dass Peter auch der Vater von Janine Bogosyan war und damit eine Parallelfamilie Franz Mayinger in der Enkelgeneration. Je mehr ich davon erfuhr, wurde mir immer klarer warum Gunther Schmid von diesen Familien einen DNA-Test vor ihrer Einstellung verlangte. Denn sie gehörten alle zu einer Familie und plötzlich wurde aus einem **Prilblumen-Modell**, eine in sich herausrotierenden immer größer werdende Blumenblüte. Dadurch wurde klar, dass diese Leute eine Form der Lebensideologie pflegten, die auch jemanden der nicht dazugehörte, sondern in diesen erdrückenden Stasinazigeheimdienstfamilienverbund als **Schandi-Opfer** leben musste, überrannt werden konnte und auch erdrückt werden sollte. Es war schlimm diese Situationen immer wieder sehen zu müssen. Selbst als ich in den USA war, wurde klar, dass diese sehr krankhaft geprägte Leute, nicht mal Halt machten vor einstigen Familienmitgliedern. Barbara ließen sie dort einweisen und sie war verzweifelt und sehr verängstigt. In den USA ließ Franz Mayinger seinen gefallen Engel Barbara mit Eisbädern und mit Strom behandeln in der dortigen Psychiatrie. Einmal entkam sie und flüchtete naiv, wie sie war zu den späteren Karl Mayinger und hatte nicht begriffen, dass Karl sich eigentlich anderen Frauen zugewandt hatte und dass er zudem ein Abkommen mit seinen Vater Franz Mayinger hatte und seine leibliche Mutter Elisabeth Reisch mit dem Parallelenkelkind von Franz Mayinger Tanja Mayinger in Bayern aufziehen würde. Es kam zu diesem Deal, weil Karl ebenso, wie sein Vater Franz Mayinger bereits gemordet hatte und seine neue Freundin Angela Fisher, die als Polizistin in New York arbeitete, bereits als neues Opfer ausgemacht war. Zudem wollten sie mich weiterhin als leibliches Kind ausgeben und Barbara verstand das sofort und klammerte sich an mich wie an eine Lebensversicherung. Barbara weigerte sich aber den Behörden die Wahrheit zu sagen und behauptete immer, dass ich eine leibliche Verwandte der Familie von Katja aus Niedersachsen sei. Barbara begriff auch nie was sie mit ihren Lügen tat, denn niemand kontrollierte ab einen gewissen Zeitpunkt ihre Lügen, denn sie gab sich als Gegenpol aus. Das Problem war, dass Barbara nicht genug stabil war und ihre Strategie der kompletten Abkapselung, nachdem sie ihren privilegierten Status aufgrund des Hasses ihres Schwiegervater Franz Mayinger verlor und auch seine wirklichen Söhne die Lust an der Parallelfrau Barbara verloren und die Folterungen nicht mehr wirklich nur grenzwertig, sondern auch schon zunehmend lebensgefährlich wurden, Barbara sich umbringen wollte und das nicht nur einmal. Sie hatte nie begriffen, dass sie verloren hatte und zwar ihren eigenen Stolz und sich selbst. Barbara dachte, dass sie alles im Griff hätte, nur das war ein Trugschluss. Denn sie kreidete mir an, nachdem ich mein erstes Buch veröffentlicht hatte 1991, dass ich ein Nestbeschmutzer sei und ein Nestflüchter. Sie meinte damit, dass ich in ihren konstruierten und lebensfernen und installierten

Lebenswelten nichts empfand und mich nicht fügte. Das entsprach der Wahrheit, denn ich hasste sie auch dafür, dass sie sich als Kindermädchen aufführte, welches ich nie gebraucht hätte, wenn diese Frau und ihre Mittäter, meine Eltern am Leben gelassen hätten. Und wenn ich nicht selbst auf mich geachtet hätte und andere auf mich geachtet hätten, hätte ich wahrscheinlich meine Kindheit nicht überlebt. Barbara fand in Peter Meier einen späteren brutalen Gegenpart aus der Familie Franz Mayinger und in den strunzdummen tschechischen Familienzweig Sigmund Reisch einen ebenso brutalen Gegenpart, was beides zu viel war. Zudem kam Maria Bogosyan hinzu eine andere Schwiegertochter von Franz Mayinger, die er dann nachdem Barbara der gefallene Engel war, als sein neues Juwel bezeichnete. Meine leibliche Mutter war damals schon tot und ich war nur immer auf der Suche nach einem ruhigeren Ort, wo ich diese Familien nicht mehr sehen musste und auch nicht mehr an deren Taten ansehen musste. Irgendwann gab es auch Peter Meier auf, mich in seine Kreise hineinziehen zu wollen. er war mit Katja Pritz verheiratet und war bei seinen beiden Töchtern Gunda Nitzsche und Kathrin Meier untergetaucht. Ich hasste diesen ständigen Überwachungsdruck dieser Familien von Franz Mayinger. Das „Lustige" daran war, dass sie sich manchmal nicht einander kannten. Es kam sogar in der Zeit vor, dass Cousin mit Cousine und Stiefschwester mit Stiefbruder schlief. In meinem Leben spielte diese Familienkonstellation alles keine Rolle, denn ich pflegte dieses Lebensmodell nie. Nachdem Franz Mayinger in den USA nicht gerne gesehen war und ansonsten musste er sich als international verknüpfte Person herausstellte aus den USA verabschieden. Ich wurde gezwungen mit ihm zu gehen und Deutschland sollte die Verantwortung übernehmen für die Straftaten der Familien von Franz Mayinger. Zudem unterschrieb Franz Mayinger einen staatlichen Vertrag, dass er nicht mehr die USA und seine Bürger schädigen werde, auch nicht im Ausland. Es wurde auch darauf verwiesen, dass er und seine Familien nicht für die USA arbeiten dürfte. Zudem wurde auch noch festgehalten, dass Franz Mayinger und zu diesem bestehenden Zeitpunkt Familienverwandten keine Kinder in der Zukunft zeugen durften. Es sollte verhindert werden, dass diese genetisch auch sehr riskante Linie erhalten bliebe und auch diese Form der Lebensführung eingedämmt werden könnte. Man muss dazu wissen, dass in der Zeit in den USA in der Franz Mayinger dort sein Unwesen trieb, er rechtliche justizielle Stellschrauben nicht korrekt und schon gar nicht legal stellte. Als ich in der Staatsanwaltschaft in Delaware arbeitete, lief ein sogenanntes Gefangenenprogramm, welches in der paranoiden Auslegungsart von Franz Mayinger zu vorherigen Gefahrenabwehr bevor sie überhaupt geschieht aufzubauen. Das Schlimmste an diesem Programm war, dass es evident und sehr tiefgründig in die Menschenrechte und in die Freiheitsrechte eingriff. So sollte bereits mit einer DNA-Analyse eine Zukunftsprognose gegeben werden, wie straffällig ein Mensch werden würde. So wurden von Familien von Häftlingen sogenannte DNA Tests verlangt und eine ständige Beobachtung während Schwangerschaften angeordnet. Das führte zu einen Orwell'schen Szenario und das größte Problem war, dass die Gefangenen gemäß den neuen Gesetzen, die Franz Mayinger und Jupp Joachimski ab diesen Zeitpunkt privatisiert wurden und damit zu sogenannten Selbstversorgern und umgewandelt in eine Art Privatbetrieb. Dadurch war klar, dass die Gefangenen ständig bedrohte Personen waren. Diese Form dramatisierte sich dadurch, dass Jupp Joachimski den Gefangenen auch normale medizinische Versorgung und Nahrung verweigerte. Der Hass in den USA stieg, da das Justizsystem nicht wie in anderen Staaten flexibel und nach neuen Maßstäben gestaltet war, sondern noch nach uralten und vor allem durch Präzedenzfälle geprägten Gestaltungsmaßstäben. Dadurch war auch miteingerechnet von diesen deutschen Widerlingen, dass es zu vermehrten Todesfällen kommen würde, die ihre Umsturzversuche unterstützen sollten. Des Weiteren machte vor allem das sogenannte System der erbbaren Richterämter in den USA verstärkt falsche Urteile und Fehleinschätzungen, da die Überlagerungen der Situationswahrnehmung nur schwer rechtlich prozessual abzubilden waren und auch die Zeit für die Prozessführung viele Jahre in Anspruch genommen hätte. Es wurde beispielsweise nicht, wie es nötig gewesen wäre, eine vorherige Aufschlüsselung der Überlagerungen der Situationswahrnehmung auseinandergenommen, wie man das beispielsweise in einen Mehrfach Perspektiven-Film vornimmt, getätigt. So wurde die Perspektive und das Modell der verdrehten Wendeltreppe nie in den Prozessen beachtet. Das wurde vor allem bei der Beurteilung und bei der Herbeistellung von Rechtssicherheit und Rechtsfrieden und Gerechtigkeit zu einer großen Schwierigkeit. Es war auch so, dass Jupp Joachimski die einzige in den USA geltende Prozessordnung von Utah ausgehebelt hatte. Das war sehr dramatisch, da man sich bewusst machen muss, dass zuvor ich in Deutschland war und dort den ersten Berliner Richter der USA begleitet hatte und er erschossen wurde in der DDR. Später war ich in Frankfurt am Main und musste mich dort mit einen Staatsanwalt Bauer auseinandersetzen, der mir sagte, dass er auf meiner Seite stünde, aber sich nie die Empathie erhielt, der es bedurft hätte, um diese feinen und heimlichen Umstürze und rechtlichen Umdeutungen zu widmen und sie im Justizsystem zu verhindern. In den USA jedenfalls als ich dorthin mit einem Richter flog, der damals Justizsenator in Delaware war, nämlich Joe Biden, flog ein adeliger Verwandter von mir mit. Er hatte einen schwarzen dicken Aktenkoffer auf den ich aufpassen sollte. Ich tat es und alles war gut, dann waren wir in dem Gerichtssaal und Julia Walter hatte ihn austauschen lassen durch ihren Cousin Leopold Hahn. In dem Koffer waren nur noch leere Papiere und wir konnten unsere Rechte in den USA nicht durchsetzen. Der Witz an der Sache war, dass Franz Joseph Strauß damals schon sagte, dass das alles sehr schwierig für das freiheitliche Deutschland werden würde, denn mit dem sicheren Gerichtsurteil wäre Deutschland in seiner Zusammensetzung komplett anders geworden und hätte nie falsche Adelsfamilien in Deutschland zugelassen, so wie dies nach 1989 häufig vorkam. Man muss dazu wissen, dass diese Diebstähle von Dokumenten vor allem Papierdokumenten sehr üblich waren. Zuvor hatte in Berlin ein Prozess stattgefunden mit den Hohenzollern und einer

Rechtsanwältin Claudia Olbert, die alles zurück klagen sollte und die ungeklärten Rechtsfälle klar stellen sollte an dem Gericht in Charlottenburg. Aber es war eine komplette Brachlandung und der Prozess gekauft und manipuliert, wie auch alle anderen Prozesse. Federführend im Hintergrund war immer Jupp Joachimski und er endete Prozesse immer in einer unauflösbaren Krux, um ein unsicheres und dennoch unrechtes Rechtsgefüge herzustellen. In diesem Fall, war ich vor Ort und musste mir dieses Theaterspiel, wie ich es nannte, anzusehen. Im Fall in den Prozess in Delaware folgte nach einem Teilerfolg, eine Entführung von mir und meinen Kollegen und wir endeten in einen perversen Überlebensspiel im Keller des Gerichtsgebäudes. Wir waren gefesselt und sollten alle unsere Sünden beichten. Ich entkam als Einzige. Warum auch immer! Wir mussten uns dann erzählen und herausfinden warum gerade wir entführt worden waren und warum wir gefesselt an Stangen noch gefoltert wurden. Ich schaffte es irgendwie raus und kroch leise in den Gängen. Die Innenkameras waren ausgeschaltet und ich sah den Kontrollraum. Darin lachten Julia Walter und Jupp Joachimski und Gunther Schmid und Bernd Traue. Sie machten sich lustig über die Tötungsszenen, in denen ihr beauftragter Killer die anderen aus der Staatsanwaltschaft umbrachte. Ich schlich mich vorbei und war an der frischen Luft. Ich verkroch mich und traute mich nicht mal mehr zur Polizei. Ich hatte keine Papiere mehr und ich sah in den Nächten danach immer wieder die Vorgänge und die Schreie. Ich begriff, dass diese Leute das alles als Spiel ansahen, was auch Menschenleben beinhaltete. Die Vorgänge waren so surreal, dass ich mich an die erste Geburt eines kleinen rumänischen Mädchens im Keller der Yorckstraße erinnerte. Ich hatte die Frau dort versteckt, damit sie sich ausruhen konnte und sich auf die Geburt vorbereiten konnte. Es kam auf die Welt, aber die Mutter wurde erschlagen von diesen sadistischen und widerlichen Schweinen. Allen voran diese Jessica Traue, die mit ihrem Hass und ihren wütenden Schreien ihre Mittäter aufhetzte und auf die Frau einschlugen ließ. Ich brachte das Mädchen zu Verwandten. Ich verstand auch nie deren komische Familienkonstellation bis ich begriff, dass Peter Meier 8 Parallelfamilien hatte. Und zu allen sagte er Tarnfamilien. Er war der Vater von Martin Magnus Müller und Kathrin/Sandra Müller und von Anna Sorovkin und von Sebastian Wieberneit und von Gundula Nitzsche und von Tanja Mayinger und von Kathrin Meier und von Janine Bogosyan und von Tobias Bogosyan alias Alexander Mayinger und Tom Pau alias Köhler und von Steffen Pau und Mike Krettek. Und zwar die Leiblichen. Dadurch kam es häufiger zu Inzuchtkindern, die nicht mal begriffen, wer ihre Eltern waren geschweige denn, wieso sie keine Kinder bekommen durften. Denn ihnen wurden die medizinische und auch die rechtliche Sicht komplett verschwiegen. Die Sache war so klar und doch so skandalös, dass niemand sich wirklich traute an solche Dimensionen der Dreistigkeit zu denken. Das Schlimme daran wurde, dann als die Kinder von Peter Meier anfingen auch noch dieses Parallelfamilien für sich selbst aufzubauen und auch noch zu leben. Es war auch so, dass diese Leute nicht nur sich selbst in Ruhe ließen, sondern dass sie sich noch einbildeten, weil sie „natürlicherweise" Individualität abtrainiert bekommen hatten und eine Art Zugehörigkeitsrudeldenken eingeimpft bekommen hatten, auch aus Eifersucht andere Leute die eben Individualität und Einzigartigkeit erfahren hatten, gezielt mobbten. Sie machten die Leute dadurch kaputt indem sie ihnen die Würde und das eigene Dasein und die eigenen Rechte absprechen wollten. Sie bezahlten nie ihre Schäden und nahmen sich heraus alles in ihre eigenen Taschen zu stopfen. Das hatte nicht nur zur Folge, dass die Staatskassen übermäßig belastet wurden, sondern auch Privatunternehmen nicht nur an den Rand des Ruins trieben, sondern auch dort hinein. Das Geld kam dann 1. Nie dort an wo es hingehörte und 2. Wurden Ansprüche von diesen Leuten gestellt, die nie Bestand hatten! 3. Zudem wurden auch noch andere Finanzquellen hineingemischt und somit wurde ein ungeordneter Haufen an Finanzströmen in solchen außergewöhnlichen Zeiten, wie sie es nannten festgestellt. In der heutigen Zeit würde man die Straftatbestände Hinterziehung und Unterschlagung und Korruption und Übervorteilung und Bestechung nennen. Aber zu der damaligen Zeit begründeten diese Leute ihr Vorgehen mit Lügen und falschen Zusammenhängen. Ihnen fiel nicht mal auf, dass ich auch nicht Katja war und schon gar nicht Janine Bogosyan. Sie redeten alles wirres Zeug mir gegenüber, wenn ich in Deutschland war und machten sich nicht mal die Mühen mich kennen zu lernen. Sie wussten nur, dass wenn ich kam, dass sie dann zu kuschen hatten. Sie verstanden nicht, dass ich zu keiner ihrer 4 geheimdienstlichen Königsfamilien gehörte, sondern zu einer echten und zwar Adelsfamilie. Das Problem war, dass sie mich nie in Ruhe ließen und warum sie dauernd meinen Geldbeutel anzapften und weiter klauten und stahlen und logen, dass sich die Balken bogen. In Deutschland war nichts mehr, aber wirklich nichts mehr frei erhältlich, alles wurde nun zu einem bezahlbaren Gut, selbst politische Mandate noch andere Güter. Man sah Deutschland von außen, wie ich, zerbröseln und niemand wollte die Korrosion der staatlichen Institutionen wahrnehmen, aber es war alles nicht mehr wegzuleugnen. Das Schlimmste war dann, dass sogar die deutschen Geheimdienste nicht mehr westlich geprägt waren, sondern zu einer unberechenbaren und unzuverlässigen Masse wurden, die im Ausland mit Argusaugen beobachtet wurden. Denn selbst Deutsche schätzten sich selbst zum Sicherheitsrisiko ein und die die es nicht taten, waren so agititativ, dass jeder von ihnen ein Antiaggressionstraining brauchte. Vor allem auf der Agentenebene. Das Mythos war zerplatzt und niemand konnte das irgendwie wieder kitten. Niemand verstand warum die Deutschen solche Trottel einstellten. Und wir wunderten uns komplett warum der Gunther Schmid Leute mit DNA Test einstellte und dann gezielt nur die Leute von Janine Bogosyan, die logischerweise einen Gendefekt hatten. Also genau die Leute, die alle zu Franz Mayinger gehörten und aus seiner Familie stammten. Das Zynische war daran, dass das so krass war, dass es ein in sich implodierendes System war und damit komplett erodierendes System, wie eine sich selbst verwertende und immer fressende Maschine, nur eben mit Menschen als Nahrung. Somit wurden die Menschen, die dazu gehörten, ob sie es wollten oder nicht, zu den Dienern des Systems

Franz Mayinger, weil sie eben Verwandte dieses bösen Menschen waren. Aber sie als Opfer zu sehen, wäre zur kurz gegriffen, denn diese sogar genetischen Schäden und genetische Zugehörigkeit hielt sie nicht davon ab, auf andere Rücksicht zu nehmen. Das bedeutete, dass wenn man es böse formulieren würde, der genetische Defekt sich immer mehr je nach Generation verstärken würde und sogar zum degenerativen Familienverbund mutieren. Dadurch war auch klar, dass die dieser Familienverbund in Selbstauflösung über die Zeitspanne hinweg befinden würde und eine Implosionskraft zu entwickeln, die sie selbst und ihre eigenen Leute erfassen würde. Hinzu kamen die Prämissen, wie bei Barbara und bei Maria Bogosyan, dass sie keine normale und neueste medizinische Versorgung erhalten würde, wie dies von Jupp Joachimski und Franz Mayinger abgesprochen worden war. So war es auch so, dass die staatliche Eingriffsmöglichkeit auch bei diesem Personenkreis und dessen Ausläufern um einiges deutlich erhöht wurde. Es war auch so, dass Franz Mayinger wie ein eifersüchtiger Gockel über seine familiäre Maria-Ward-Klasse wachte, dass er jede Schülerin und dazu gehörigen Familien nie über die Grundstruktur seines Systems, welches er aufbaute, nachdem er aus den USA kam, aufgeklärt hatte. Die meisten der Schülerinnen ahnten nicht mal, warum sie sich dauernd in Zeitschleifen befanden. Mich hatte er mit seiner Entscheidung gegen Barbara auch abgestoßen und mich als sehr ungelehrig und sehr widerborstig betitelt und das gab er auch immer so weiter an deutsche Behörden. Es war eine Frechheit, wie er seine Formulierungen umdrehte und wie er mich als Straftäter überwachen ließ, obwohl er der Verbrecher war und in den USA noch Ulrich Grigull hieß. So war es auch kein Wunder, dass er bei den Landesinnenministerien und bei dem Bundesinnenministerium vorgab ein **Assessment Center** für die deutschen Geheimdienste zu installieren. Er verschwieg aber, was er alles getan hatte und fand in Niedersachsen in der Staatskanzlei seine ersten Ansprechpartner für den „Wiederaufbau" und er formulierte es nicht klar und vereinbarte Staatsverträge auch in Zusammenhang mit seinen neuen Namen Franz Mayinger in Verbindung mit den späteren Karl Mayinger, der auch ein Verwandter von Janine Bogosyan war. Seine Enkelkindergeneration holte Franz Mayinger Schritt für Schritt „Heim ins Reich!" wie er es nannte.

Dadurch war auch seine Taktik klar und auch seine Vorgehensweise. Die einzige Nation, die über die Jahrzehnte klare Kante zeigte, war die USA. Denn die USA waren die Leute, die ihr freies und unabhängiges Leben und seine Bürger am meisten verteidigte. Es war auch klar, dass die immer weiter drehende Spirale und immer wieder hochkochenden Emotionen bei den anderen normalen Leuten, nicht dauerhaft abgefangen werden konnten, weil die Ansteuerung einer diskriminierender Ungleichheit von Jupp Joachimski, den Schwiegersohn von Franz Mayinger über Annemarie Schüßler, auch auf bundesstaatlicher und gesetzlicher Ebene angestoßen worden war und versucht wurde eine DDR 2.0 zu schaffen mit dem zugrunde liegenden sozialistischen und kommunistischen Denkansatz. Da Franz Mayinger dies vor allem in den sicherheitspolitischen Belangen angestoßen worden war, war es eine widerliche aber rein logische Konsequenz, dass die diese Spirale und die Vermehrung dieser Spiralen rein rechtlich, sich in die normale Gesellschaft fraßen und somit ein gesamtes erodierendes System schafften in den Alltag der normalen Menschen ohne wirkliche Produktionskraft. Das war vor allem für die inländische Wirtschaftskraft eine Schwierigkeit und dann auch für das Außenhandelsdefizit. Allein die Produktionskraft Deutschlands nahm aufgrund der schwerwiegenden Verknüpfungsverträge um nahezu 40% ab. Immer wenn es auf eine komplette Insolvenz Deutschlands drohte, versuchte Franz Mayinger über sogenannte außerordentliche deutsche Staatseinnahmen, die auch über gerichtliche Prozesse produziert wurden, das Defizit auszugleichen. Damit war auch klar, dass die Prozesse, die Jupp Joachimski geheimdienstlich einleitete in erster Hinsicht zur Geldgewinnung dienen sollten und weniger dem Rechtsfrieden noch der Gerechtigkeit. Es war auch so, dass die anderen Parallelseiten der Franz Mayinger Familie, die zunächst die gleiche Naivität aufwiesen, die man hat, wenn man Vertrauen zu seinen eigenen Eltern aus der Kindheit hatte. Es war auch so, dass über die Kindheit egal, welcher Parallelfamilie von Franz Mayinger, konsequent geschwiegen wurde und wenn gesprochen wurde, nur in schönen und einlullenden Worten. So wurde nie gesprochen, was genau vorgefallen war. So erzählte mir Gudrun Mutter nur im Vertrauen in den USA, dass Gudrun nicht wie ihr Vater Franz Mayinger behauptete, ihre Zeugung gewünscht und erwartet worden war, sondern dass sie damals vergewaltigt worden sei von ihrem Ehemann Franz Mayinger. Sie erzählte mir auch, dass sie jedes Mal, wenn sie zur Mittäterin ihres Mannes wurde und gemacht wurde, sich eine Selbstverletzung meistens an den Beinen zufügte. Sie sagte, dass sie dann büße und gemäß der puritanischen Tradition, die besagt, dass wenn Gott etwas geschenkt hätte sprich ein Leben das dem Tod hinzugefügt wurde, musste im Gegenzug ein Opfer erbracht werden. Sie betete dann auch immer und manchmal peinigte sie sich selbst gemäß der katholischen Büßertradition. Sie ging auch stundenlang manchmal tagelang in den US-amerikanischen Wald, nachdem sie getötet hatte, um zu büßen. Sie schlug sich auch mehrfach in der Büßertradition mit einer Geißel auf den Rücken bis dieser blutig war. Auch wusch sie sich die Hände mit Seife bis sie bluteten. Franz Mayinger machte sich darüber lustig und sagte, dass er seine Frau nicht verstünde und dass sie doch froh sein sollte, dass er ihr alles geboten hätte. Über die Politik und die Verträge, die er gestaltet hatte, nach seiner Verschickung von Alcatraz nach Deutschland und vertraglich geregelte endgültige Auswanderung nach Deutschland, besprach er mit seiner ersten Ehefrau nie und sagte auch immer Politik und Denken sei nichts für Frauen. Betrachtet man es von der Seite seiner Frauen, begriff ich, wie ich es auch bei den anderen Frauen und Parallelfamilien der anderen **Stasi-Romeo** und Stasiagenten sah, dass diese meistens nie über die echte und rechtliche Situation und vor allem ihre Situation aufgeklärt wurden. Sie stießen an Grenzen und niemand begriff, wie diese Grenzen gesteuert und wie diese

Grenzen umgesetzt und auf welcher Rechtsgrundlage die eigentlich bestanden und woher diese kamen. Viele Frauen hätten vorher vielleicht sich lange Gedanken gemacht, wenn sie die Konsequenzen auch für ihr eigenes Leben begriffen hätten. In vielen Fällen und so war auch das System gestaltet, was es auch von dem westdeutschen System unterschied, war dass, auch die realen und echten Ehepartner meist einen aktiven Part übernahmen und zu Mittätern wurden. So wurde eine funktionale Ehe begründet und stellte einen erwünschten und manchmal auch erwarteten Effekt und Umdeutung der normalen Ehe dar. So wurde nicht nur eine zwischenmenschliche Beziehung auf der anfänglichen Emotionsebene geschaffen, sondern eben auch auf der rationalen strafrechtlichen Ebene verstärkt und vertieft. Bis an die Grundsätze der Lebensführung und der Regulierungen und des auch festgeregelten Strafsystem und des sogenannten internen Belohnungssystem stießen sie begrifflich und gedanklich fast nie. Dieses Bestrafungssystem war eine Form und Art größerer Konsens. Dieser Konsens besagte, dass mit Einwilligung eines Partners oder Gefährten in ein beidseitiges Kapitalverbrechen sprich großes schwerwiegendes Verbrechen durchgeführt wurde, eine beidseitige Absicherung bestand, dass beide darüber schweigen. Dieses Gelöbnis wog schwer, denn dadurch wurden andere normale Beziehungsgrenzen, wie sie in einer normalen Beziehung üblich sind, wie Vertrauen und Liebe und Toleranz und gegenseitige Achtung und Treue verraten und verkauft. Somit fand eine Umdeutung innerhalb dieser Beziehungen statt, die beispielsweise den Begriff Treue nur noch in Relation mit dem Schweigen über dieses Kapitalverbrechen setzten. Ob die Partner einander fremd gingen, war in dieser Konstellation zweitrangig, weil das bindende Element ab diesen Zeitpunkt nur noch das gemeinsame Verbrechen war. Somit fand auch eine Umdeutung der anderen Begrifflichkeiten, die eine normale und glückliche Beziehung ausmachten, statt. Die zumeist zu einer ständigen Kampfsituation führten und einen Pakt des Teufels waren, der nicht auf freien Willen geschlossen worden war, sondern auf Blut ihrer Opfer. So benannte sich nach dem Tod von Carolin Winkler Vater 1993 der mit Vornamen Walter hieß, die Familie von Julia Walter als Nachnamen Walter, sondern auch als berechtigte Erben an, da sie ein Opfer produziert hatten und damit einen offiziellen ausgeführten Mord durchgeführt hatten und sie sich damit als rechtliche Erben ansahen. Sie argumentierten sogar, dass sie nur einen Fälscher und Betrüger aus dem Weg geräumt hätten. Der gar nicht Walter mit Vornamen hieß und die Familie Walter sah sich auch als Berechtigte in dem Rotlichtmilieu in dem Carolins Vater und sein Bruder Joe Bogosyan unterwegs waren als legitime Nachfolger an. Gunther Schmid baute einfach dieses Rotlichtmilieu in seine Organisationsstrukturen ein, ohne dass er jemals gefragt hätte. Gunther Schmid war der Onkel von Julia Walter und damit war die rechtliche Absicherungsversuche auch klar. Indem er die Rotlichtmilieuleute als sogenannte unglaubwürdige Masse abstrafte und titulierte, versuchte er an eine andere Geldquelle zu kommen und versuchte mit sogenannten Abstoßungsreaktion, dass sich jeder und jede gegenseitig verrät eine Furche zu schlagen. Dabei nahmen sie keine Rücksicht auf die Leute an sich, sondern sie benutzten die am leichtesten Steuerbaren und die die den kleinsten Preis verlangten. Es war ihnen egal ob sie emotional verletzten oder Scheingefechte verursachten. Bei denen zählte nur der schnöde Mammon und meist zu Lasten von normalen Leuten. Ich versuchte diese Milieubewegungen immer so gering wie möglich zu halten, denn es war schlimm die normalen Leute zu sehen, wie sie unter diesen Intrigen litten. In der Zeit kamen aber gesteuert von Gunther Schmid immer mehr Prostituierte aus Osteuropa, um auch auf der Angestelltenebene in den Bordellen dieser ungezügelten bulgarischen und osteuropäischen schwarzhaarigen und ungezügelten Männer Unterstützung zu geben. Die meisten Prostituierten hatten in der Zeit einen Erlaubnisschein direkt von den Mitarbeitern des Geheimdienstes von Gunther Schmid. Laut den Plänen von Jupp Joachimski und Gunther Schmid sollten die Osteuropäer auch die Italiener und die anderen einstigen Gastarbeiter im Rotlichtmilieu ablösen. In den meisten Fällen wurden die Osteuropäer in einem sogenannten dauernden Rotationssystem aus Osteuropa nach Deutschland und wieder zurückgekarrt, um einen ständigen Informationsfluss und auch ständigen Tatdurchführungsstrom zu gewährleisten. Später in den 90ziger Jahren erfuhr ich, dass Jupp Joachimski und Gunther Schmid ihre Stieftochter und Nichte nicht nur eingeheiratet hatten zunächst in die osteuropäische Community durch eine Parallelfamilie von Peter Meier, sondern Jessica Traue auch noch zu der Leiterin der neuen osteuropäischen Abteilung des deutschen aufgebauten Geheimdienstes in Pullach. Jessica Traue lernte nie eine osteuropäische Sprache, aber sie teilte nicht nur mit Polizisten, die ihr von ihren Verwandten zugeführt wurden das Bett, sondern eben auch mit den Osteuropäern. Sie setzte die Spionage auf der horizontalen Ebene fort, wo sie mit ihrer ersten Ehe in den USA mit Tom Pau alias Köhler begonnen hatte. Sie war vor allem für die Rumänen zuständig, die sie damit erpressten, dass mich damals die Rumänen nicht nur entführten, sondern auch noch folterten. Dazu muss man wissen, dass Jessica Traue und ihre Familie ihre damaligen Fehlinformationen an den Mossad gegen mich und meine Familie zu heiß wurden. Da der Mossad lange gecheckt hatte, dass sie und ihre Familie nur angelogen hatten und dass aus den Motiven von niederen Beweggründen, wie Eifersucht. Ich wurde aufgrund der Lügen der Familie Traue einmal vom Mossad in deren Wohnung und das zweite Mal von Rumänen nach einer Entführung aus Deutschland in Rumänien gefoltert. Die Familie Traue erhielt jedes Mal eine Belohnung und ich sollte noch zahlen für die Lügen von der Familie Traue. In späteren Jahren formte Gunther Schmid basierend auf deren Lügen und Manipulationen wie die **osteuropäische Malignonlinie** genannt die Rattenlinie und Barbara's „Arbeit" im Archiv des osteuropäischen Instituts in Bogenhausen und deren dortige Inhaftierung in den **Schandi-Haus** dort seine geheimdienstlichen Strukturen Richtung Osteuropa ausweitete. Für mich war es Horror, denn ich mochte weder diese schluddrige noch die ungenaue Arbeitsweise. Später wurde auch die afrikanische adoptierte Tochter der Familie Netsch Freunde von Julia Walter eingestellt in der ungarischen Abteilung von Gunther Schmid Geheimdienststruktur und deren

Verbindungen zu den ausländischen Vertretungen in Berlin. Michael Netsch ihr Adoptivbruder und in den USA entführtes polnisches Kind, übernahm später aufgrund der Freundschaft zu Jupp Joachimski Mitarbeitersöhnen in den Richterkreisen und der Freundschaft zu Julia Walter, die Leitung der amerikanischen Abteilung. Michael Netsch hatte zusammen mit den Richtersohn Simon Nappenbach Amerikanistik studiert und hatte ein Neubauhaus gesponsert bekommen von Gunther Schmid in Bayerbrunn, einen Onkel von Julia Walter. Ich und meine Leute hatten immer wieder den Eindruck, dass diese neue Form des Geheimdienstes in Deutschland lediglich auf der Vetternwirtschaft von Julia Walter und der Familie Janine Bogosyan und der Familie von Katja beruhte und jeglichen Sinn und Verstand verloren hatte. Diese Struktur des Geheimdienstes und dessen Fehler wurden immer deutlicher, als das System implodierte. Es war komisch zu sehen, wie die Wunden, auch und vor allem die Seelischen, die Jupp Joachimski seinen späteren Mitarbeitern und Mitarbeiterinnen zugefügt hatte, nie aufgebrochen geschweige denn geheilt waren. Denn die Prämisse von Franz Mayinger, die er sich in der Maria-Ward-Schule ausgedungen hatte, dass alle Schülerinnen in Watte zu packen seien und komplett in einer schön fühlenden Illusionsblasse zu verbleiben zu lassen sind, bewirkte nicht nur, dass die Schülerinnen, nicht mal die echten Probleme und wirklichen Tatsachen wahrnahmen, sondern dass sie nie verstanden, dass die aufgesetzten Situationen und die darin stattfindenden Situationskämpfe und Konflikte alle unwichtig waren, da sie nie bis an den Kern vorgedrungen waren. So war es denn auch so, dass Katja nie begriff, dass ich nicht mit ihrer Tante Barbara und mit ihren Professorenonkel aus London verwandt war und auch nie adoptiert worden war. Sie also auch nie ein Recht hatte mich als ihre Verwandte zu bezeichnen. Katja Mutter war eine Zeit lang in der DDR festgehalten worden. Sie saß vermutlich in einen Kellerverlieβ und musste über tags schuften. Ihre Haare waren grau und ausgelaugt. Ihre Zähne waren leicht brüchig, wie bei Osteoporose und ihre Knochen waren so fein, dass ich dachte sie bricht mir jeden Moment zusammen. Sie wurde unter einen Vorwand, dass sie eine Wohnung geerbt hätte, nach Ostberlin gelockt und sollte dort vor dem neu eingerichteten Gericht platziert in dem heutigen Bundestag und illegaler Weise eingerichtet von Jupp Joachimski und mit neuen Glasfenstern in den vier Turmfenster installiert, ihre Rechte vertreten. Man muss dazu verstehen, dass dieser Platz auf dem das Gebäude stand in der DDR-Zeit als Adelspalst genutzt wurde und nach Adelsrecht und preußischen Stammesrecht ein neutraler Ort war. Aufgrund der rechtlichen Umnutzung von Jupp Joachimski wurde der Raum zum öffentlichen Platz deklariert und eine DDR-Stasigeschützte Einrichtung. Zunächst sollte dieses Gericht eigentlich für den US-amerikanischen Richter als Amtssitz dienen. Aber aufgrund der Ermordung des Richters und auch des aggressiven Auftretens von Jupp Joachimski und Gunther Schmid Leuten wurde dieses Gericht nur kurzfristig als Stasiaktionsgebäude benutzt. Genau in dieser Zeit kam Katja Mutter und wurde als Professorin für Architektur und Gentrifizierung vorgestellt. Aber bevor sie ihre Ansprüche durchsetzen konnte, wurde sie von einem Volkspolizisten der Stasi vor dem Gebäude auf den Stufen erst angeschrien und eingeschüchtert und später handgreiflich angegriffen und weg gestoßen vom Eingang. Ich rief die westdeutsche Polizei aber auch die war durchseucht von dieser Stasilügenbande und machte nichts. Später behaupteten diese Stasileute, dass Katja Mutter dement sei und ihr letztes Foto war die Umarmung einer Linde am Starnberger See. Katja die leibliche Tochter wurde nie informiert über diesen Vorgang und wurde nicht mal über den Tod ihrer Mutter informiert. Sie wuchs in München mit der Tante von Carolin Winkler in einer Hochhauswohnung auf und sollte bis zu ihren 18. Lebensjahr in dieser Konstellation unterstützt werden und aufwachsen. Aber die Familie Winkler hielt sich nicht daran und versuchte Katja einzuschüchtern und sie unter Erwachsenenbetreuung zu stellen. Was ihnen auch gelang. Was Katja nie begriff, dass ihre Familie, die eigentlich eine Polizistenfamilie war, durchsetzt werden sollte und ihre dazugehörigen Polizisten und ihre anderen Funktionsträger auch. Dieses Durchsetzen begann in schwerwiegenden Phasen bei Barbara Nowak alias Weisz alias Salmen alias Mayinger. Durch die wahnhaften Aktionen von Barbara und ihren angetrauten ersten **Stasi-Romeo** Walter alias Sigmund Mayinger wurde die gesamte Familie von Katja schockiert. Auch, wenn Katja nicht begriff, dass sich aus der einseitig geheimdienstlich geschlossenen Ehe mit Katja's Professorenonkel in Niedersachsen keine rechtlichen Hebelwirkungen entstanden und dass Barbara Parallelehen führte, wie der Rest ihrer Familie. Katja war ein kleines blondes Mädchen, welches später in meiner Stasischule der Maria-Ward-Schule, welches ihre eigene Familie zerbröseln sah und das Schlimmste war die meisten schrecklichen Geschehnisse aufgrund der geheimdienstlichen Schatten wände nie mitbekam. Katja begriff auch nicht, dass sich die Stasifamilie Meier und deren Parallelfamilien, die auch eine Polizistenfamilie aus Niedersachsen war, nicht nur eine Polizistenfamilie war, sondern eine Scharnierfunktion zwischen Geheimdienst und Polizei einnahm. Diese Verknüpfung, die eigentlich strafrechtlich als Durchseuchung und als behördliche Durchsetzung genannt wird, trat vor allem auf niedersächsischer Ebene eine **Umkippung des Rechtssystems** ein und eine Zersetzung der gewachsenen Bevölkerungsstruktur. Der erste Ansatz war eine Geschichte, die die meisten normalen niedersächsischen Bürger nicht mitbekamen und auch nicht im Ansatz verstanden. Das Gebiet der Preußen und Hohenzollern trafen sich auf den Randgebieten von Niedersachsen und Mecklenburg-Vorpommern. Da das preußische Adelshaus jünger war und damit laut Adelsrecht weniger Rechte als die Hohenzollern besaß und beide Adelshäuser sich diesbezüglich in Konflikte hineinmischen ließen, wurde die Situation sehr angespannt. Was beide Adelshäuser nicht wussten, war dass es eigentlich nicht um wirkliche **Besitztümer- und Eigentümerkonflikte** ging, sondern vielmehr um die sogenannten DDR-Fluchten. Mit der Gründung des DDR-Gebietes wurde ein sogenannter Unteilbarkeitsstatus des Adelsgebietes der Hohenzollern und der Welfen deklariert. Aus diesem Grund wurde von Jupp Joachimski, als die Nachricht aufkam, dass es nicht nur **Grenzübertritte** auf Hohenzollern und Welfengebiet von Republikflüchtlingen kam, sondern auch von Stasispionen, ein Gerichtsverfahren bezüglich der Schuldklärung angestrebt. Dasselbe zog Jupp Joachimski in den Gebieten Hessen und Gotha durch und schnitt sich immer als dritte Partei ein Riesenstück vom Kuchen ab sprich innerhalb das von Jupp Joachimski konstruierte Gerichtsurteil. Er hatte sich sozusagen als dritte Partei eine Prämie und eine Rechtszusage durch sein eigenes Urteil geben lassen. So konnte er auch eine zweite falsche Familie von Sachsen Coburg und Gotha in Thüringen und Hessen und Franken aufbauen. Jupp Joachimski und Gunther Schmid scheuten auch vor Landraub und Amtsmissbrauch nicht zurück und versuchten wo immer sie an mein Vermögen kommen konnten, es zu missbrauchen. In der Zwischenzeit ließ sich Jupp Joachimski über den Jesuitenorden zum inoffiziellen Oberen bestimmen und führte sein eheliches wie auch Ordensleben scheinheilig weiter. Er spielte immer weiter sein Spiel auf mehreren und gleichzeitigen Spielbrettern. Nichts an Jupp Joachimski war echt. Nicht mal sein Lächeln und alles, was er spielte, war ein Schauspiel. Er zog seine Fäden und ließ sich als trickreicher Schachspieler verehren. Jupp Joachimski war durch die Heirat mit Annemarie Schüßler, der Schwester von Gisela Traue, und die Zeugung von Susanne Schüßler, mit zwei Schwestern verheiratet und verschwägert mit Gunther Schmid und der Schwiegersohn von Franz Mayinger. Franz Mayinger war auch in mehreren Parallelfamilien organisiert und konnte im Geheimen bei Familientreffen, die sie zu funktionalen Besprechungen umfunktionierten, sein Schalten und Walten absprechen und besprechen. Ebenso war Franz Mayinger der Großvater von Gunda Nitzsche und von Sebastian Wieberneit und von Tanja Mayinger. Auch war es so, dass die Familie Peter Meier über die Töchterebene mehrfach mit Stephan Gleißner verheiratet. Damit waren die Töchter von Peter Meier nicht nur Schwestern Gunda Nitzsche und Tanja Mayinger und Kathrin Müller, sondern auch Schwägerinnen über ihren gemeinsamen Ehemann Stephan Gleißner. Auch war es so, dass später die Söhne von Peter Meier Tom Pau alias Köhler und Steffen Pau und Mike Krettek und Martin Magnus Müller sich mehrfach ihre Stiefschwestern und ihre Cousinen teilten. Aufgrund der mehrfachen Ungenauigkeiten in deren Lebensläufen und Lebensdaten konnte es auch vorkommen, dass Stiefschwester mit Stiefbruder Kinder zeugte. Und genau aus diesen Gründen, die eigentlich nur aufgesetzte Gründe waren, denn Franz Mayinger durfte eigentlich laut internationaler Verträge keine Kinder zeugen geschweige denn eine Familie haben. So war es auch sehr krass zu sehen, als Janine Bogosyan mit Steffen Pau sich ehelich verband und nicht wusste, dass sie auch Stiefgeschwister waren. Auch die Kinder hatten danach die gleichen DNA-Erbgutanlagen, wie ihre Eltern. Schrecklicher konnte es nicht mehr werden, denn wenn man wie ich von außen auf diesen Haufen von Leuten sah, sah es aus, als würde Franz Mayinger seine gesamten Familien und Parallelfamilien instrumentalisieren und zu Spielern machen, die von seinen einzeln eigesetzten Figuren, wie Jupp Joachimski und Gunther Schmid gesteuert wurden. Man könnte auch sagen, dass sie wie ein Puppenhaus funktionierten, da man es wie von oben sah und nur diese Sinnlosigkeit von deren jeweiligen situativen Handeln erkennen ließ. In manchen Fällen war es schwer zu ertragen zu sehen, wie die falsch verheilten seelischen Wunden aufbrachen und eine Zeitlang und meist sehr lange Zeit übertüncht worden waren. So kam es vor, dass die installierten Schattenwände und installierten Blindseiten dazu kam, dass viele Leute nicht wussten, was passiert war und nahmen nur die Stille wahr und die darauffolgende Entleerung ihres menschlichen Kontaktlebens. So konnte es vorkommen, dass diese Leute nicht mal mitbekamen, wie sich die Stasischlinge immer weiter um sie zog und sie in der Falle saßen. Sobald die Polizei mit involviert war, war die Definition des Angriffes noch schwieriger zu definieren, weil viele Leute von der Stasi meist zusätzlich eingeschaltet worden waren, um eine Diffusion von Informationen an die Polizei zu geben, um ein echtes und richtiges Verfahren zugunsten der Geschädigten zu verhindern. Am Schlimmsten wurde es, wenn solche Stasivenusfliegen Polizisten und Polizistinnen heirateten, was unweigerlich zu schwerwiegenden Konfliktsituationen führte. So wollte Jupp Joachimski gemäß seiner Stasitheorie die Polizei auch im privaten Umfeld einzufangen und so eine nicht entrinnbar Rundumwohlfühlservice zu schaffen. Diese sogenannte Komfortzone sollte der benutzte Polizist mit Gefälligkeiten entlohnen.

Auch das Einfangen der weiteren Ehen mit einem Ehevertrag konnte man dieses Problems bezüglich nicht Herr werden. Ein Reden wurde radikal bestraft. Es war sogar so, dass wenn man sich an die Polizei wandte alles im Desaster endete, weil die Polizei selbst bedroht wurde mit den Worten „Halten Sie sich gefälligst raus!". Das Belohnungssystem war genauso rigoros wie zynisch. Für jede Straftat gab es Boni und es wurden Geschenke gegeben. Letzteres fand eigentlich vor den Wendejahren im westdeutschen Dienst nicht statt. Bei der Stasi sehr wohl! Die meisten kratzten an der Oberfläche und auch an der sogenannten Tarnzurschaustellung. Es gab auch das Gegenmodell, wenn weibliche Stasi-Julia diese Masche machten.

Zu dieser Zeit vor dem Mauerfall und der Beendigung des Kalten Krieges war es so, dass in Westeuropa nicht alle Tatsachen von dem östlichen System bekannt war. Als ich ein Kind war, waren in Russland und in Osteuropa noch sogenannte Sklavenbergwerke Gang und Gäbe. In diesen Bergwerken und Stollen arbeiteten zumeist Juden, die geflohen waren nach dem Zweiten Weltkrieg und im Zweiten Weltkrieg. Viele US Amerikanische Soldaten waren in Russland und Osteuropa gefangen gehalten und wurden je nach Bedarf zum Austausch und Geldhandel angeboten, wie lebendige Schutzschilde und lebendige Handelsware. Manchmal wurde zum zynischen Spaß der Stasi diese Gefangenen per Viehtransporte aus dem hintersten Winkel geholt und angekarrt an die Berliner Mauer zum Austausch. Berlin war in der Zeit eine geteilte Stadt. Die DDR war nicht, wie dies in den allgemeinen Geschichtsbüchern stand eine eingemauerte Zone. Nein! Es gab vor allem auf den

Adelsgebiet in Niedersachsen und Mecklenburg-Vorpommern einen durchlässigen Korridor, der rechtlich auch so festgelegt worden war. Er bedingte auch, dass die Welfen nicht auf den Wegfall ihrer Adelsrechte verzichteten. In den letzten Jahren der DDR ab 1985 ließ ich eine extra Grenze von den US-Amerikanern in meinem Adelsgebiet in Franken und in der Oberpfalz anlegen. Es ging darum, dass die Bevölkerung und die auch meine Familie geschützt waren vor den überfallartig gestaffelten Durchbrüchen von Stasileuten, die nicht mal davor zurückschreckten normale Bürger nachts zu überfallen. Als mich einmal die Franz Mayinger Familie wieder nach Ostdeutschland entführen wollte, waren meine einstigen Klassenkameradinnen auch der Maria-Ward-Schule dabei und verjagten mich und jagten mich mit ihren Lehrer Wolfram Menzl, der in den USA bei Franz Mayinger Indianerdorf und dessen Straftaten dabei war. Ich hatte einen Schuss abgefangen und zwei GI liefen mit mir durch das Unterholz in Bad Kissingen in eine Kirche in einem anderen Dorf. Ich blutete stark und wir schossen uns frei, weil Wolfram Menzl die deutsche Polizei angelogen hatte. Das war 1991! Die Kirche, in die wir flüchteten, brannte und wir wurden von US Army Hubschraubern abgeholt. Danach war ich wieder in den USA und war glücklich. Auf der Seite von Hessen auf der Höhe der DDR lag das von Jupp Joachimski später erfundene Adelsgebiet und neu deklarierte Gebiet von Jupp Joachimski neu geschaffene Gebiet Gotha. Es war nicht so, dass Gotha nie bestanden hätte als Adelsgebiet, jedoch war die historische Geschichte, die Jupp Joachimski deklarierte, nicht die wahre und nachweisbare Geschichte und auch die Herabstufung der Linie Gotha unter die Linie Nassau, verschwieg er genauso, wie die Lüge, dass das Hoheitsprivileg über den sächsischen Königstitel erfolgte und der stand mir zu! Auch die Linie Gotha hatte ein sehr großes Problem bezüglich der Lage auf den DDR-Gebiet. Man muss dazu wissen, dass die DDR als zentralistischer Staat organisiert war. Föderalistische Bundesländer in diesem Sinn existierten nicht! Auch die Regierung war nur zentralistisch organisiert und die bestand diktatorisch aus dem Zentralkomitee. Durch diese Form des Art Sonnenkönigmodell wie die DDR zynisch genannt wurde, war auch klar, dass ein sehr großer Überwachungsapparat für die totale Kontrolle nötig war. Es wurde geschätzt, dass zum Ende der DDR 1989 ein Überwachungsapparat existierte, der 70% der gesamten Beschäftigten der DDR der Stasi zugehörig waren. Es war auch so, dass eigentlich das Staatsgebiet an sich sprich die Landfläche und die Staatsgrenzen nicht existent waren, da sie nicht international anerkannt waren. Dadurch war die DDR eigentlich ein Staat ohne Staatsgebiet. Was wiederum zur Folge hatte, dass rein Staatsvertraglich eigentlich das Recht der Weimarer Republik galt, da auch das Dritte Reich Unrecht war und damit eigentlich eine Art Erbmonarchie galt. So war die Argumentation von Jupp Joachimski. So lächerlich sich das im ersten Moment auch anhören mochte, machte sich in seiner Funktion als Richter auch darüber lustig und setzte sich über historisch gewachsenen und bedacht austarierte Rechtsgleichgewichte hinweg. So erfand er aufgrund seiner Gier mit Hilfe einer Lüge von Julia Walter und Tanja Mayinger einen König Otto von Bayern, der gleichzeitig auch König von Sachsen gewesen sein sollte. Obwohl er August der Starke hieß. Daraus resultierte laut seiner Argumentation seine Begründung des Heiligen Römischen Reiches Deutscher Nation, auch bekannt als der Flickerlteppich Deutschlands. Diese argumentative zeitliche Umklammerung seiner Erzählungen von den spätmittelalterlichen Erbfolgekriegen. Als er ganz kühn war dieser Jupp Joachimski erzählte er im Jahr 1987 und 1992 von diesen Erbfolgekriegen, als wären die Karolinger mit den Merowingern und mit den Spätmittelalterlichen Königshäusern verwandt gewesen. Dadurch wurde auch plausibel (wenn auch falscher gesetzter Logik), dass Tanja Mayinger und Susanne Schüßler in ihren Wahn alte Straßennamen im Münchner Umland als Wurzeln für die Fortsetzung der Germanischen Völkern, die vor allem in Bayern und Baden-Württemberg und in Hessen beheimatet waren. Die Karolinger und die Merowinger. Sie fabulierten weiter, dass genau diese Straßennamen ein Beweis für deren heutige angebliche Adeligkeit ansahen und sie damit von adeliger Herkunft seien sich auch gemäß der Vercingetorix Schlacht im Gallischen Krieg eine Folgeadeligkeit sprich Erbansprüche seit dem Cäsarenreich deklarierten mit einen historischen inhaltlichen Übersprung bis hinein in das späte Mittelalter zu dem bekannten Flickerlteppich und seinen Erbfolgekriegen. Alles war eine Lüge und die flog auch auf! In den Schülerpraktikum im Ordinariat im Jahr 1992 war ich mit Jupp Joachimski vor allem in dem angeblichen Gebiet des Adelshauses Gotha. Wir waren aber leider auch in Coburg und Kronach und Bayreuth und in gesamten Franken und in Gotha in den Schlössern. Auch Friedensstein und Falkenburg und Freudenstein und Ansbach waren dabei. Es war schrecklich1 In dieser Zeit war Sebastian Wieberneit bereits der Rabe von Jupp Joachimski und sie machten mich nicht nur lächerlich, obwohl sie nie adelig waren und nur eifersüchtige schwule Leute, sondern sie beleidigten mich noch. Es war im Sommer und sie machten nicht nur öffentlich, dass sie ab diesem Zeitpunkt ein Paar waren. Ein 11-Jähriger und sein Sugar Daddy Jupp Joachimski. Sondern sie bezeichneten mich als Schwiegermutter und als Verrückte auch noch! Als eine Verwandte aus London kam, demütigten sie mich dazu noch, dass sie einen Morgenstern in Papierform über das Eingangstor von Friedenstein aufhängten. Sie beleuchteten ihn und es sah trotzdem schrecklich aus. Dann gaben sie mir, um Erinnerungsfotos zu machen, einen Federballschläger ohne Innennetz in die Hand und ich sollte so tun als würde ich Federballspielen. Ich hatte Zeichnungen anfertigen lassen für Fergie, die damals nach Coburg kam und Jupp Joachimski hatte sie nicht nur verfälschen lassen, sondern auch die Falschen in ein billiges Heft drucken lassen. Ich hatte Zeichnungen von den Minen gemacht in Osteuropa und auch Vorgangsbeschreibungen. Aber genau diese Zeichnungen ließ er absichtlich nicht abdrucken. Zudem hatte er einen echten Galgen, der in den USA als Museumsstück auf Alcatraz stand, nach Deutschland verschiffen lassen per Hapag Lloyd und in der obersten Etage von Gotha aufstellen lassen. Zudem hatte sich Jupp Joachimski erdreisten lassen einen behinderten alten Mann genannt Andreas, als angeblichen Sexverbrecher mittels Adelsrecht von Delphine Krantz alias Delphine Hubka alias

Prinzessin von Sachsen Coburg und Gotha verurteilen lassen und auf diesen Dachboden erhängen lassen. Dazu muss man wissen, dass Gisela Traue diesen Mann Andreas im Pflegeheim in Coburg gepflegt hatte und ihn als adelige Verwandtschaft Fergie vorführen lassen. Zunächst hatte Gisela Traue ihm auch noch scheinheilig weiße Tennissocken geben lassen und sie nannte ihn **DDR-Schandi**. Was er aber nachweislich nicht war und war auch kein schlechter Mensch. Er war nur ein einfacher normaler Bordellbesitzer in der DDR und war für sich ein Mensch geblieben. Nach der Show von Gisela Traue, indem sie diesen Andreas Fergie vorführte und Fergie ihn ins Herz schloss, änderte sich sofort das Gesprächsklima und Gisela quälte diesen Mann. Ein paar Tage später hatte er alles zugegeben, was nie in seinen Leben stattgefunden hatte und Delphine Krantz alias Delphine Krantz alias Delphine Hubka alias Prinzessin von Sachsen Coburg und Gotha alias Prinzessin Delphine von Sachsen Coburg und Gotha ließ ihn erhängen unter den Namen Prinzessin Delphine abgesprochen mit Steffi Gänse. Steffi Gänse erhielt genauso wie Delphine mit Hilfe von Jupp Joachimski für ihre Straftaten einen sinnlosen und erfundenen Adelstitel. Man muss dazu wissen, dass diese perverse und ekelige Zeremonie gefilmt wurde. So wurde ein als historischer verkleideter Schafrichter vor die Treppe des hohen Galgens gestellt und ihm wurde nochmal die Bibel vorgelesen und der verurteilte Andreas zitterte vor Angst. Er flehte um Gnade und sagte immer wieder, dass das eine Verwechselung sein müsste und er weinte und sagte, dass er doch nie etwas getan habe. Er sagte auch, dass er kein Straftäter sei und dass er auch niemand vergewaltigt habe. Gisela hetzte und sagte, dass er gestehen sollte. Als er die Treppe hochgegangen war mit gefesselten Händen und ihn die Schlinge umgelegt worden war, schrie er noch, dass der Teufel alle holen würde. Delphine Krantz alias Delphine Krantz alias Delphine Hubka alias Prinzessin von Sachsen Coburg und Gotha alias Prinzessin von Sachsen Coburg und Gotha gab das Signal und Steffi Gänse schrie dem Henker der mit vermummtem Kopf in einer Ku-Klux-Mütze verhüllt an dem oberen Ende der Holztreppe des Galgens stand, dass er es zu Ende bringen sollte. Sie waren hysterisch und ließen nicht von dem Mann ab. Ein anderes Mal ließen sie einen US-Amerikaner aus den USA einfliegen und erhängten diesen. Danach ließ Jupp Joachimski den Galgen abbauen und ihn als nicht existent deklarieren. Die Leichen ließ er in den jeweiligen Schlossgärten vergraben und feierten danach Trauerfeiern in manchen Fällen. Er ließ auch einmal eine Familie von russischen Juden, die in der Zeit der Wendejahre als asozial und als Flüchtlinge galten, weil sie als Republikflüchtlinge sprich Russlandflüchtlinge definiert worden waren, umbringen. Jupp Joachimski begründete seine Tat damit, dass sich die Grenze nach dem Fall der Mauer und den Wegfall der DDR-Grenze Richtung Osten verschoben hätte und damit auch das Rechtsgebiet und die Gesetzesgültigkeit sich geändert hätte. Dadurch sagte er, dass er den russischen Juden, die in einem meiner Schlösser kostenfrei leben durften, keine Aufenthaltsgenehmigung ausstellen könne und sie sich entscheiden müssten. Entweder zurück nach Russland am gleichen Tag ohne Papiere und ohne Geld und ohne Unterkunft und komplett ohne Hab und Gut oder er würde sie erschießen lassen. Er tat zweiteres in seinen Wahn ohne Zögern und organisierte am Abend nachdem die Familie tot war und er sie im Garten verscharren ließ, einen Maskenball. Danach erfand er die Legende der Erschießung der Familie Romanow und ließ Fotos machen. Am nächsten Tag gab es eine große Trauerfeier und jeder tat so, da alles Gäste des Maskenballes waren, als hätten ihnen die Leute irgendetwas bedeutet. Es war schrecklich und so zynisch. Alle anwesenden Leute trugen alte Reifenröcke und alte historische Kleider. Die Fotos, die gemacht wurden zu diesem Ereignis waren alle in schwarz-weiß Modus und mir wurde nur schlecht. Eine große Blaskapelle von der Freiwilligen Feuerwehr spielte als letztes Geleit einen Jägermarsch. Ein paar bezahlte Trauergäste waren auch dabei. Sie sollten der Trauerfeier ein paar würdige Aufnahmen verleihen und ein paar passende Emotionen. Die Familie war bei ihrer Erschießung in den Keller des Schlosses geführt worden. Zuerst sagte man ihnen, dass es zu ihrem Schutz sei. Aber es war ihr Todesurteil. Vorher ließ sich Jupp Joachimski noch eine erzwungene Übereignungsurkunde für alle ihre Güter und Sachen in dem Schloss unterschreiben. Danach gingen sie in den Keller. Ihnen folgten die als preußische historische verkleidete Soldaten von Jupp Joachimski. Im Keller angelengt erschossen die Soldaten mit langen Spitzgewehren und Spitzhüten die russischen Juden. Die Stimmung war aufgeheizt und so feindlich, dass man den Hass greifen konnte. Der Vater, der wenig deutsch sprach und auch nahezu nichts verstand, redete vorher noch auf Jupp Joachimski in gebrochenem und ungelenkem Deutsch ein. Aber Jupp Joachimski kannte keine Gnade. Jupp Joachimski mit seiner widerlichen Nickelbrille wurde ungehalten und schrie jähzornig auf die Russen ein und scheuchte die Russen in den Keller und hinterher die verkleideten Soldaten in den Keller. Auch fuhr Jupp Joachimski frech und dreist unter den Namen Joachim Stein und später unter den Namen von Stein nach Frankfurt am Main und gab sich dort als mein Vormund aus. Er behauptete ein adeliger Verwandter zu sein und das Recht zu haben die Daten meiner Eltern einzusehen. Was danach geschah war an Dreistigkeit nicht zu überbieten. Er unterschrieb nachdem die Ermordung meiner Eltern festgestellt worden war und gab sich als treuhänderischer Verwalter aus. Wenn man ihn fragte in welcher Beziehung wir zueinanderstanden und jeder sagte, dass er weder adelig noch ein Verwandter von mir war, zog er das Argument, dass Julia Walter seine Nichte meine vermeintliche beste Freundin sei. Er begründete dadurch eine Berechtigung und freundschaftliche Grundlage böte. Ich unterschrieb nie und willigte nie ein. Nachdem Jupp Joachimski sich immer weiter versuchte in mein Vermögen zu bohren, zog ich die Notbremse und schloss alle Konten. Dazu muss man wissen, dass Jupp Joachimski mit seinen Schwiegervater Franz Mayinger wirklich komplett irre war und mit ihm alles abgesprochen hatte. Die Enkelgeneration von Franz Mayinger bildete laut seinem Plan die neuen Wurzeln von auch neu geschaffenen Adelshäusern. Das Schlimme daran war, dass in späteren Jahren Janine Bogosyan perverser Weise einen Cousin von sich als Herzog von Luxemburg ausgab und der seine schlechten Inzuchtgene aus Bulgarien weitergab. Es war schlimm zu sehen, wie manche Kinder mit Geburtsfehler aufgrund von Gendefekten zur Welt kamen. Dann sah man auch die Wut und die Unzivilisiertheit in diesen Verhalten dieser Leute, die nicht nur nicht dazu geschaffen waren, nie ihre Schattenwelt zu verlassen, sondern auch nie Geld besessen hatten, geschweige denn damit umgehen konnten, geschweige denn jemals Verantwortung zu übernehmen gewillt waren. Es war würde eine Form der übertünchten Strukturiertheit zu einer grauenhaften Form des Emporklimmens kommen. Im wahrsten Sinne des Wortes zeigten sich die tiefvergrabenen Strukturen dieses osteuropäischen und ostdeutschen Stasiapparates nur langsam und sehr bedächtig, um nicht zu sagen sehr behäbig. Aber nicht nur **die Unstrukturiertheit** und **die komplette Regelverstößigkeit** waren ein Problem. Es war ein Problem, dass in dem Rechtsverständnis dieser Leute, welches sich in deren Handeln zeigte, dass sie nicht nach normalen Maßstäben handelten, sondern nach der Prämisse „Ich darf alles was nicht verboten ist und wenn es verboten ist tue ich es trotzdem!"! Sie hielten sich an nichts und sie töteten für nichts und niemand! Sprich ihnen machte das Morden einfach Spaß und man hatte sie süchtig gemacht und angefixt. Diese Leute waren gewohnt, wie scheinbare kleine sympathische Repinscher in ihrem Zuhause zu sitzen und Däumchen zu drehen und im nächsten Augenblick konnten die explodieren. Niemals kehrte eine normale ausgeglichene Ruhe ein und niemals hörten sie auf zu verhandeln und zu quatschen. Diese Leute konnten einen im wahrsten Sinne des Wortes kaputt quatschen, denn niemals gaben diese Leute Ruhe. Wenn man nicht floh vor ihnen, griffen die einen immer und immer wieder an wie trotzige kleine Vollidioten, die logen, dass sich die Balken bogen. Am Schlimmsten war zu sehen, wie die einfach ihre Parallelfamilien, zunächst nur die Männer, später dann aber auch Frauen mit Parallelfamilienstruktur, wie sie genau dieses einseitige vertrauen behaftete Familiengefüge nicht nur in Hierarchien einteilten, sondern auch dementsprechend kategorisierten und handelten und deklarierten. Das sah dann so aus, dass die unterschiedlichen Familien unterschiedliche Rechte und unterschiedliche Ansprüche und unterschiedliche Gelder erhielten. Zudem wurden diese Familien meist in funktionale Zweckverbände gegliedert und zu sogenannten funktionalen Parallelfamilien sprich Mitarbeiter deklariert. Das hatte zur Folge, dass die Familien, die meist nichts wussten von dieser hinterlegten Kategorisierung auch in eine Art Abhängigkeitsrolle auch auf finanzieller Ebene rutschten und letzten Endes zu einer sogenannten Sklavenfamilie wurden. Sklaven waren in dem System der Stasi nicht nur **Schandi-Gefangene**. Sondern das war eine Überkategorie von benutzten Personen. Diese Leute wurden gemäß der römischen Sitte als Leibeigene bezeichnet und konnten auf Freundlichkeit losgekauft werden. So altertümlich das auch klingen mag, aber diese Art der Zersetzung und Benutzung fabrizierte dieser Stasigeheimdienst bis in die heutige Zeit noch. Diese Sklaven wurden immer auch rein finanziell an der kurzen Leine gehalten und zumeist mussten die noch den Schaden bezahlen, die ihr Stasiehemann verursacht hatte. Der dann nach der Erfüllung seines Auftrages still und heimlich in seine anderen Parallelfamilien und **Identitäten** verschwand und vorher zumeist die Konten leergeräumt hatte und den Schuldenberg der Sklavenfamilie überließ. Die funktionalen Zweckfamilien waren damit doppelt gestraft und zynischer Weise war alles zumeist mit den westdeutschen Diensten namentlich Gunther Schmid abgesprochen und unterschrieben worden. Auch war unterschrieben worden, dass dieses Familiengerippe Salmen und Christ in Nordrhein-Westphalen und dieses ausgehöhlte Familiengerippe Mayinger und Schüßler und Paul in Bayern und Niedersachsen, als angebliche geheimdienstliche Familienverbandvorlage, genutzt werden durfte, obwohl die meisten echten Personen bereits ermordet worden waren und die wenigen echten Leute, die in Vertrauen und Zuneigung noch zueinanderstanden, nahezu seelisch wie körperlich kaputt gemacht worden waren. Gunther Schmid kam aus Niedersachsen und war nicht nur ein Geistesbruder und einstiger Mitstudent von Jupp Joachimski, sondern auch ein Schüler von Franz Mayinger. Gunther Schmid war in Berlin in der Studentencommunity angeworben worden und beendete nie sein Studium. Er verkehrte mit Jupp Joachimski und Katja Mutter und Gisela Traue und Annemarie Schüßler und Steffi Gänse Mutter Corinna und Barbara Nowak alias Weisz und deren Schwester Marianne und Maria Bogosyan und Peter Meier auf den **Tübinger Corpshaus** in Niedersachsen und stritt sich mit Jupp Joachimski um Gisela Traue mit der er nie wirklich zusammenkam. Jupp Joachimski machte ihm die Zähne lang und tratzte ihn damit und vögelte mit Gisela Traue und gab sich trotz seiner unattraktiven Figur und sehr widerlichen Art als angeblich größten Gigolo aus. Er machte einen auf intellektuell und war trotzdem sehr unsympathisch. Ich fand ihn immer als Trottel, trotz seiner Aufschneiderei, dass er Richter sei. Er war wie ein depperter Professor und gab nie seinen echten Lebenslauf an, der mit einem abgebrochenen Studium der Tanzwissenschaften am Berliner Theater endete. Dieser Verband der einstigen Studenten nahm Franz Mayinger unter seine Fittiche und schulte sie in angeblichen Geheimdienstsachen und wurde mit persönlichen und familiären Verbindungen zu einer Art ominösen Wolke, die sehr toxisch agierte und funktionierte. Karl ein adeliger Verwandte von mir mit schwarzen normalen Haaren und braunen Augen und mit schmalem Gesicht und dem typischen charmanten Lächeln, der in den USA in dem Indianerdorf dabei war, bekam als er das gesamte Ausmaß der Katastrophe zu spüren, als er nach Deutschland kam und Franz Mayinger ihm das Geld einfror. Er fuhr mit mir nach Südtirol in den Schiurlaub, wo er aufgrund eines Herzinfarktes auf einen zugefrorenen Stausee zusammensackte und danach nicht ausgeflogen wurde und nicht mehr auftauchte. Er war in direkter Linie mit mir verwandt und kam aus Frankfurt am Main. Später gab Tanja Mayinger ihn als ihren Vater aus und erschlich sich einen Teil meines Vermögens. Als Erinnerungsbeleg ließ ich die Szene mit dem Herzinfarkt in den Film „Der Hobbit und die Schlacht der fünf Heere" einbauen! Karl war leider tot und auch die Adrenalinspritze direkt von mir ins Herz konnte ihn nicht mehr retten! Wir hatten extra einen Helikopter beordert, aber es half alles nichts! Er starb im Krankenhaus Innsbruck! An seine Stelle trat sinnloser Weise ein anderer Verwandter, der so ähnlich aussah, jedoch sich mehr der Fortführung der Mordtaten verschrieben hatte und bedauerlicherweise auch in den USA aktiv war. Er war später mit einer Polizistin Angela Fisher zusammen und wie er wirklich hieß, weiß ich bis heute nicht. Als er ermordet wurde stellten Janine Bogosyan und Tanja Mayinger Erbanträge und beide gaben an Verwandte von ihm zu sein, was alles auch nicht stimmte.

2. Kapitel: Die bedrohliche Atmosphäre

Der namenslose Letztere war auch in Niedersachsen beheimatet und war, nachdem Peter Meier eine Zeitlang beschäftigt war, mit seinem sinnlosen **Schandi-Dasein**, mit Katja zusammen. Danach schob dieser namenslose Karl Katja, wie er es mit Barbara Nowak alias Weisz und mit Maria Bogosyan bereits gemacht hatte an seinen Bruder Peter Meier ab. Peter Meier gab sich immer als der bravere und nettere aus, hatte aber den gleichen Hintergrund und die gleiche Denkweise. Er kannte auch keine Gnade und jede seiner Parallelfamilien war auch mit einsamen kinderlosen und ledigen Mittäterfrauen ausgestattet, so dass er stets immer überall gleichzeitig war. Karin Schmitz und Ingrid Wolf alias Blumoser verformten sich in diese Rolle über die Jahre. Sie fanden nie wirklich Ruhe, weil sie dadurch immer wieder an ihre Taten erinnert wurden. Peter Meier hatte seine Augen und Ohren immer offen. Später kam noch seine US-amerikanische Parallelfamilie Mike Krettek und Barbara Rushiti und Sayed Khan hinzu. Alle drei von demselben Vater nämlich Peter Meier und derselben Mutter. Sie waren in Niedersachsen beheimatet und heirateten später in ihre 1. Grades verwandte Familie Tanja Mayinger und Jessica Traue ein. Nach den Konstellationen hatte man ein Beziehungsgeflecht gemäß einer Dornenkrone, die verschiedene Personen versucht hatte zu umschlingen. Man muss verstehen, dass aufgrund der Parallelfamilienstrukturen und der Verschiedenartigkeit von deren Ehen und Beziehungen mit der jeweiligen Gewichtung und den sogenannten Zuteilungsrechtesystem der einzelnen Familie, nahezu Sprengstoff in jeden einzelnen Familienzweig dieser blumenartigen Organisationsstrukturen lag. Niemand der sich dieser nebulösen Verstrickungsstruktur näherte, war unbedarft in deren Umgang, denn immer war diese Form der Anspannung bei diesen Leuten zu spüren. So war auch in den USA immer eine komplette Anspannungssituation zu spüren. In den USA nannten die sich die Organisation Klapperschlange. Die Verbindungen nach Südamerika unterhielt der tschechische Zweig der Familie Gassner und Hartmann und Kasper an den Grenzen zu Texas und New Mexico. Die Familie lebte dort in einen Wohnwagen in der Wüste und lebte vom sogenannten allerlei Grenzhandel. Dieser Grenzhandel beinhaltete nicht nur **Grenzübertritte**, sondern auch Organhandel und Kinderhandel und Sklaverei. Dieser tschechische Zweig hatte in eine südamerikanische indogene Stammesfamilie eingeheiratet. Das Volk von Chuanita bestand aus stolzen Kriegern am Amazonas und lebten von der Jagd auf Wildtiere und Handel mit gewaschenem Gold. Chuanita war die Häuptlingstochter und hatte sehr großen Einfluss auf ihr Volk. Chuanita war eine sogenannte Buchhalterin für ihren Stamm und war auch für die Einnahmen des Goldes zuständig. Genau dieses Gold wurde ihrem Stamm zum Verhängnis. An dieses Gold wollten die Stasileute damals vor dem Fall der Mauer gelangen und setzten eine Epidemie frei. Die Leute wurden krank und bekamen Keuchhusten. Die damaligen Impfmittel waren sogenannte reaktive Lebendimpfmittel sprich die Auslösung von Antikörperproduktion durch Aktivierung des eigenen Immunsystem anhand von Spritzung von einer niedrigdosierten Virenstämme. Aber diese Impfmethode ging funktionierte bei den indogenen Völkern zumeist nicht. Denn 1. Waren die Leute aufgrund der neuen Virusinfektion geschwächt und die Impfung verlangte ihnen noch mehr Kraft ab und 2. War eine Impfung aufgrund der zumeist genetischen Vorbelastung aufgrund verschiedener Faktoren auch wenn keine Vorerkrankung auf niedriger Stufe vorlag nicht wirksam, sondern schädigte nur zusätzlich und bewirkten als Impfschäden deklarierte physiologische Schädigungen. So war es denn auch, dass diese Impfschäden an die UN-Kommission weitergeleitet werden konnten, weil die Dosen auch bei der UNO bestellt worden waren. Das Volk von Chuanita hingegen rebellierte, aufgehetzt von den tschechischen Zweig Gassner, wurde der Häuptling Chuanitas Vater von seinem eigenen Volk umgebracht indem er zuerst mit Gold behängt wurde und dann mit flüssigem Gold übergossen wurde bis er erstickte und verbrannte. Chuanita floh mit rosaroter Brille zusammen mit den Gassner in eine südamerikanische Metropole. Das Dukatengold floss später in die Bundesbank der BRD als DDR-Einlage. Chuanita wurde musste aus ihrem Dorf am Amazonas flüchten und fristete ein Leben mit diesen **Schandi-Romeo** aus Tschechien in Brasilien. Nahezu der gesamte Stamm war tot. Parallel dazu liefen in Deutschland von den anderen Stasiagenten und Rote Armee Fraktionsleuten Anwerbungen vor allem im Polizeibereich. Sie fingen damals auffällig in Niedersachsen an. Die Anwerbungsprogramme liefen immer gleich ab. Sie waren meist in 3 bis 4 Phasen eingeteilt diese immer nach den gleich ablaufenden Schemen. Die 1. Phase umfasste die Ansprache und scheinbare Kontaktaufnahme, aber in dennoch festgesetzten Rahmen. Zumeist handelte es sich um sogenannte Schulungsvorträge zumeist in den Rahmen von Fortbildungen wie beispielsweise an der Polizeischule in Nordrhein-Westphalen. Auf diesen Vorträgen wurden meist sogenannte altgediente Leute von der Stasi genutzt. In Deutschland waren es vor allem die beiden Personen Jupp Joachimski und Gunther Schmid, die sich die beiden die Sach- und Fachgebiete Polizei und Bundeswehr, sprich innere und äußere Sicherheit aufteilten. Jupp Joachimski war für die Polizeien und Gunther Schmid war für die Bundeswehr und die Außenpolitik zuständig. Nach den Vorträgen ließen sie bewusst Zeit zu Fragen zu und hatten immer eine Gruppe Gleichgesinnter für die verschiedenen Aufgaben der Nachbereitung und Protokollierung und Bewertung dabei. Es wurden Protokolle zu diesen Vorträgen angefertigt in fachlicher und rechtlicher und geheimdienstlicher Sicht. Die Fragen die in dem Vortragssaal gestellt wurden vor dem gesammelten Auditorium wurden bewusst gesteuert von den Vortragenden. Es gab mehrere Methoden diese Fragen zu steuern: a) meistens ließen sich die Vortragenden die Fragen vorher zusenden und hatten den gesamten Vortrag als geschlossene Gesellschaft deklariert. Aber es gab noch eine andere Methode b) indem Spontanfragen entweder einfach abgelehnt wurden oder kaputtgequatscht wurden. Sprich bis zur Erschöpfung und Endlosigkeit diskutiert ohne Sinnergebnis. Oder c) ins Lächerliche zu ziehen und so Verunsicherung bei den Fragestellern herzustellen. Nach den Vorträgen fanden meist Stehempfänge statt und die Leute, die sich dort um den Vortragenden scharrten, bestanden aus der mitgebrachten Gruppe, die bereits im Auditorium des Vortrages saßen. Hinzu zu der Gruppe kamen meist angeleckte bzw. angefixte Personen, die sogenannten Anzuwerbenden hinzu. Es waren meist naive und sehr unsichere Leute, denen Honig ums Maul gestrichen wurde. Jupp Joachimski und Gunther Schmid siebten beide nach dem gleichen Prinzip aus und ordneten die Leute in Bewerbungskategorien ein. Zu Manchen hielten Beide Kontakt und es folgte zumeist die Phase 2 der Anwerbungsphasen. Diese wurde meist in einem privaten und fast familiären Umfeld gemacht und die angeworbenen Polizisten und Polizistinnen wurden in einer privaten Atmosphäre eingefangen, wie sie es nannten. Zumeist war noch eine andere sogenannte Überwachungsschleife geschaltet sprich man hatte im nächsten Umfeld jemand platziert und zumeist war es sogar der neue Freund oder die neue Freundin. Meist wurden diese sogenannten Vertrauensfangschlingen, wie die auch genannt wurden später zu mehrfach Nutzung und Erzeugung von emotionalen Gemütslagen ausgebaut. Zumeist wurden die Angeworbenen zu Grillfesten und Partys egal in welchem Alter und dann zu Familienfesten wie Hochzeiten eingeladen. Dann wurden je nach Wertigkeitsklasse im Geheimdienstsinn entweder das ganz schwere Geschütz aufgefahren mit Roten Teppich oder eine zynische Ebene der Langzeitfamilie angesteuert. Man muss sich bewusst machen, dass die letztere Form mit einer Ausforschung des intimsten Seelenlebens einherging. Damit wurden auch die späteren Mehrfachstressszenarien erklärbarer. So wurden in späterer Zeit oft, wenn es sich um sogenannte gemischte Beziehungen handelte, sprich Agenten mit Opfern, oft emotionale Notlagen absichtlich ausgelöst, um bestimmte Reaktionen hervorzurufen und bestimmte Aktionen zu etablieren und zu veranlassen. So war es im Fall von Katja als sie als Schwiegertochter von Gunther Schmid ihren Freund Stefan in Tschechien besuchte und Gunther Schmid absichtlich Jessica Traue eingeladen hatte und sie mit Stefan zusammen führte mit dem gewünschten Ergebnis und Katja das sehen ließ. Jessica Traue war nicht besonders hübsch geschweige denn eine niveauvolle Frau. Aber sie hatte diese Form von Dreistigkeit und komplette Ignoranz in Bezug auf andere Wertevorstellungen und andere Lebensweisen. Sie nahm sich was sie wollte und sie tat das wozu sie Lust hatte ohne Rücksicht auf Verluste. Im sexuellen Bereich war sie genauso, wie im normalen habituellen Alltäglichen. Sie hatte leichte Sommersprossen über ihre Nase und hatte grüne Augen. Sie verführte gern, nur dass niemand darauf stand, wenn er nicht besonders sexuell frustriert und ausgehungert war und genau das nutzte Gunther Schmid aus. Bei Stefan! Daraus folgte die gewünschte Reaktion von Katja und sie lief heulend weg und ließ sich von dem Bankier von Gunther Schmid Laslo nicht nur trösten, sondern sich zum Trotz im bekanntesten Lokal sehen. Somit hatte Gunther Schmid sein Wort gegenüber Laslo erfüllt, dass er Katja verführen dürfte und damit hatte Gunther Schmid Katja für den Aufenthalt von Jessica Traue aus der Botschaft geschafft. Jessica Traue hatte in ihrem Gegenzug ihren Freund Arthur in die Botschaft geladen und das war eine Falle. Gunther Schmid ließ Arthur abführen und ihn im Keller foltern. In Phase 3 trat eine berufliche Veränderung aufgrund von gezieltem und vorher abgesprochenen Mobbing bei den jeweiligen Polizisten und Polizistinnen in den jeweiligen Polizeistationen und dann eine folgende Versetzung an eine andere Stelle und andere Dienststelle. Gleichzeitig wurde klar, dass die Leute in einen Art Rund um Wohlfühlpaket mit dem sie zumeist schon angelockt worden waren, dort dann fortgeführt wurde, aber nicht um ein Rund um Sorglospaket zu erwirken, sondern um die Leute willfährig zu halten und immer gewogen und in einer Art Käseglocke. Diese Käseglocke war eine Ansammlung von Verstrickungen in einer Art Spinnennetz, die auch zur Gefahr für denjenigen und diejenige werden konnte, wenn diese erst die Fäden um sich spürten. Zudem muss man auch wissen, dass wenn sich jemand weigerte in dieser Phase nach den Plänen zu handeln und sich ihre eigenen Gedanken machten, die sie auch noch so umsetzten, erfolgten Repressalien wie gekürzte Löhne oder eingestrichene Zusatzversorgungen oder andere Schikanen. In dieser Phase waren die Leute bereits zu tief getaucht und die wenigsten kamen aus diesem Geflecht von Intrigen heraus. Es war auch so, dass die meisten nicht mehr aussteigen konnten und auch Scheidungen waren meist an der Tagesordnung. Wenn die jeweiligen Beziehungspartner außerhalb des Geflechtes standen, wurde damit gedroht, dass sie gekündigt werden würde oder ihnen etwas angetan werden würde. So wurde zusätzlicher Druck aufgebaut und ein zusätzlicher negativer Handlungsanreiz geschaffen, der wenn man es klar formuliert hätte auf Erpressung hinausgelaufen wäre. In dieser Phase hatte ich die meisten Gespräche mit betroffenen Polizisten und Polizistinnen und leerte so manche Weinflasche. In manchen Fällen folgte noch eine Phase 4 und die bezog sich darauf auf Beendigung eines zuerst eingeleiteten Beschäftigungsverhältnisses. Die Formen der Beendigung waren unterschiedlich und entwickelten sich je nach Dauer auch sehr diffizil. Je länger jemand für diesen Laden gearbeitet hatte und war eigentlich klar, dass derjenige oder diejenige mehr Einsicht hatte und aber auch im Gegenzug mehr genommen werden würde, wenn derjenige oder diejenige aussteigen würde. Viele wurden bei ihrem **Ausstieg** einfach getötet. Manche mit enormen Abfindungen abgegolten oder manche gingen pleite raus aus ihrem Arbeitsverhältnis, weil sie korrekt waren und sich auch nichts vorwerfen ließen. Je nachdem um welche Form von Beziehungen es sich handelte, waren die Ausgänge der Scheidungen bereits vorher klar. Komplizierter wurde die gesamte Sache mit den Anwerbungsverfahren in den Polizeien vor allem in Niedersachsen und Nordrhein-Westphalen, wo Peter Meier aufgrund der Verbindung zwischen der Familie Franz Mayinger und der Familie Barbara Nowak alias Weisz eine Scharnierfunktion und eine Zersetzungsfunktion von den Polizeien darstellte. Später wurde noch ein Vertrag zwischen der Staatskanzlei Niedersachsen und Jupp Joachimski und Gunther Schmid draufgesetzt, um eine Absicherung für das illegal Handeln durch das Polizeigesetz zu erhalten.

Man muss sich auch klar machen, dass die Verschiedenartigkeit und Krankenhaftigkeit des gesamten Apparates zu einer Form Spinnweben um die jeweilige Person in Negativform gezogen wurden, auch wenn man nichts getan hatte. Die Knotenpunkte der Spinnweben wurden genutzt, wie eine Art der Spielsteine des Brettspieles genutzt. Das bedeutete, aber auch, dass diese Knotenpunkte mit Personen besetzt wurden, die verschiedenen Fäden sprich Verbindungen zu anderen Knotenpunkten und damit zu anderen Personen aus dem zugehörigen Netzwerk fungierten. Diese Form der planbaren Bewegungen waren dann diese Zusammentreffen oder/und Kontaktaufnahmen, die zur Planung und Durchführung von Geheimdienstaktionen genutzt wurden. In der Mitte saß nicht, wie man vermuten könnte, nicht etwas eine Spinne, sondern ganz anderes gelagert die Beute. Manchmal wandten sie auch die Seitenspinnenwebtechnik an, die dazu führte, dass sie mehr Opfer sprich Beute machen konnten in verschiedenen Ecken des Spinnennetzes, aber immer mit derselben Technik. Damit wurde auch klar, dass die Umsetzungsform in der Realen Situation sich zum einen auf klebrige Fäden sprich Lockstoffen für die geheimdienstliche Opfer und auf eine Art Umzingelungstaktik sprich Einwickeln der geheimdienstlichen Opfer und Einkreisen und Umzingeln von Opfern. Man musste zunächst verstehen, wenn man mit diesen Leuten kommunizierte, dass man ihre Aussagen 1. Erstmal zuhören musste und sollte! Und 2. Logisch denken und verstehen musste die Sachzusammenhänge. Alles zunächst ohne zu bewerten! Weil das hinderlich gewesen wäre im prompten Verstehen, da es rein zeitlich nicht verarbeiten gewesen wäre. 3. Das Gehörte in moralische Maßstäbe zu setzen. Wer diesen Aussagen begriff, begriff auch von Anfang an, dass die Strategie auf Dreistigkeit und Schludrigkeit aufbaute und dann nicht nur zu Chaos führte, sondern auch die eigene Persönlichkeit angriff und die eigene Würde.

Manche Ansätze der Handlungsstränge fußten auch auf sogenannten Märchen. Ein Beispiel war die Novelle Schneeweißchen und Rosenrot. Man muss dazu wissen, dass die meisten deutschen Geheimdienstler bei dem Deutschen Wetterdienst und in der Luft- und Raumfahrt untergebracht waren. Das Märchen erzählte von zwei Schwestern und damit meinte Peter Meier immer Gundula Nitzsche und Janine Bogosyan. Die Autoren dieses erfundene Märchen waren die Gebrüder Grimm namentlich der spätere Karl Mayinger und der Sigmund Mayinger, die eigentlich keine Brüder waren aber so taten. Vor allem geheimdienstlich! So war es nur normal, dass immer, wenn Kinder entführt wurden oder allgemeiner gesagt im Stasikontext aufgezogen wurden, diese Märchen aus der Vergangenheit vorgelesen wurden. Man muss dazu wissen, dass Barbara Nowak alias Weiss alias Weisz als Synonym für diese Vorgänge stand, weil sie damals mit meiner Entführung den Grundstein legte für diese geheimdienstlichen Handlungsmuster und die darauf gesetzte Handlungsschablonen. Chen stand für den Namen eines Chinesen der zu meiner Zeit Leute gefoltert hatte und bekannt war bei der Stasi. Rosenrot sollte ein Synonym für mich und meine Familie sein, die als Opfer deklariert wurden. Aber das ließ ich nicht mit mir machen, denn Jupp Joachimski hatte als er das Märchen geschrieben hatte und unter diesen Namen veröffentlichte mich einfach eingebaut ohne zu fragen. Später wurden die Tantiemen an ihn und seine Familie widerrechtlich ausgezahlt und er vermischte angeblich alte Märchen aus der DDR mit den damaligen Geschehnissen kurz vor dem Fall der Mauer. Der Schnee der fiel war früher in der DDR weißer Rauch aus Asche der Leichen und später dann vom Wetterdienst (aber genauso brutal) chemisch produzierte Kalkpartikel in die Wolken geschossen. Als Beleg für ihre Genialität erfanden sie die Scheuermilch Viss! So dumm sich das anhört aber dieses Viss wurde aus Kalk gemacht, der aus sogenannten Sklavenminen der DDR stammte. Diese Form der menschlichen brutalen Entkleidung war Programm dieser Stasileute. Wenn sie jemand in der Reissen hatten waren sie wie tollwütige Hunde und versuchten die Person, wie mich auch, fertig zu machen. Sie kontrollierten und überwachten alles und wollte mich nie loslassen. So schrieb der Leiter von ihnen Jupp Joachimski den gesamten Märchenband genauso wie bei Christian Anders Märchen in kompletter Wut und kompletter Perfidität. Er fragte mich nach dem Titel dieses Märchen und ich sagte einen anderen, aber er verdrehte ihn absichtlich in Schneeweißchen und Rosenrot!

Ich hatte enorme Zeitengpässe in dieser Zeit, da ich in späterer Zeit eine Beruhigung der jeweiligen Lagen erreichen sollte, aber das war nahezu nicht mehr möglich, denn auch mein Privates Umfeld war betroffen und diese „hineingewachsene" Struktur wurde immer lebensbedrohlicher auch für mich. War die Aggression gegen mich mit den ersten **Stasi-Romeo** Walter Winkler klar frontal aggressiv, indem dieser Walter Winkler und seine Barbara offensiv und direkt und körperlich schädigten, so verschob sich die Aggression mehr in die stillere Umsetzung ihrer Perfidität. Das erste Mal als ich den Hass dieser Leute spürte, war im Allgäu wo wir einen Urlaub machten und wo mir Walter Winkler beide Beine in einer Kreissäge abschnitt im Jahr 1986. Ich hatte mit einem Telefon auf dem Bauernhof die Polizei angerufen, als Walter Winkler in diesen Bauernhof weitläufigen Gebäude vergewaltigen wollte. Daraufhin lief Walter Winkler hinter mir her und sägte mir die Füße ab. Die US-Army durfte nicht landen an diesem Rande der Schwäbischen Alb und ich drohte zu verbluten. Er hatte alles in dem alten Sägewerk getan und Barbara sah zu. Einfach zu! Ein Offizier namens Mc Arthur der US-Army gab glücklicherweise nicht auf und verhandelte so lange mit den Deutschen bis er ein Fischerabkommen erhielt. Er durfte mich rausholen aber ohne Verletzung des Gebietsrechtes der BRD. Barbara sah einfach nur zu. Die US Army durfte nicht Landen, da Jupp Joachimski und die Stasi vorgebaut hatten und gesagt hatten, dass das 1. Ein Eingriff in innere Angelegenheiten sei und 2. Dass das ein Angriff auf deutsches Recht sei und Westdeutschland kein besetzter Teil. Die Lösung kam nach dem Motto des Märchens der Fischer Frau nicht zu Lande nicht zu Fuß und nicht zu Wasser. Die US Army transportierte einen Militärtruck per Hubschrauber und hatte darin eine Notfallversorgung! Sie setzten ihn ab und weil er gepanzert war und fuhren mich dann nach Garmisch-Partenkirchen und danach ging es per Flugzeug in die USA. In den US bekam ich die Füße wieder angenäht und Schienen an die Beine. Zuvor saß ich im Rollstuhl. Als ich wieder kam mit beiden Beinen, behaupteten Jessica Traue und Kathrin Traue und Timm Traue, dass ich tot sei und nur ausgetauscht und geheimdienstlich ersetzt. Und wiederholten den Zungenbrecher Fischers Fritze wie eine Teufelsbeschwörung oder Teufelsaustreibung und als Mantra für die gute Aktion wie sie sagten von Walter Winkler mit meinen Füßen. Und für jedes Mal aufsagen erhielten diese frechen Stasi-Schratzen etwas von ihren Jupp Joachimski. Meine Verwandten benutzten den Namen Fritz nicht mehr denn, Jupp Joachimski verband ihn mit der Ermordung des Preußischen Adel in Berlin zu DDR-Zeiten. Also den alten Fritz und des Reichskanzler Otto von Bismarck dessen Namen er auch für die Ermordungen im Geschlecht Habsburg nutzte und für den Otto Katalog in Hamburg und Tanja Mayinger seine tschechischen Mittäterin-Schratze erhielt auch etwas von diesen Kuchen, der aus genau diesen Ermordungen resultierte. Meine Verwandten, die aber sich dann anders nannten als Fritz versuchte Jupp Joachimski und seine **Schandi**-Romeo weiter in meinem Haus trotzdem widerrechtlich unterzubringen und widerrechtlich in mein Leben zu pflanzen. Die anderen Fritz bekamen meistens gar nicht mit, wie ihnen geschah und starben ohne Namensumbenennung. Ebenso die englische Form Fitzgerald aus meiner Familie, die typisch für den englischen Adel war. Die die sich umbenannten ließ Jupp Joachimski trotzdem nicht in Ruhe. Denn es handelte sich um Leute aus der Vergangenheit von Barbara Nowak alias Weisz und vermischte ihre Straftaten in das Leben von anderen. Barbara Nowak Straftaten fußten meist auch mit ihren vielen anderen Namen wie Fritzi und Misses Fitz und sonstigen rechtlichen versehenen Tarnnamen mit ihren Abkürzungsnamen und Spitznamen, die sie für ihre Straftaten benötigte. So war der Name Itze widerrechtlich mit Barbara „Hochzeitsreise" nach Schweden und den damaligen Vorkommnissen in Itzehoe in Schleswig-Holstein verbunden und Barbara Nowak sehr unrühmliche Rolle in der Stasi-Zuhälterei. Total sinnlos eigentlich, wenn man es genauer betrachtete, weil es eine zusätzliche strafende Schattenblind-Wand war, die aber zur Folge hatte, dass Leute wie ich an diese impertinente Person gebunden war. Und leider geheimdienstlich folgerichtig, wenn man in kriminellen Gedankengängen von Jupp Joachimski dachte.

So ist es auch erklärlich, dass Walter Winkler noch der US Army drohte als ich ohne Füße am Boden lag. Der Walter Winkler der **Stasi-Romeo** stand nur da und lachte hämisch und sagte zu dem US-Army-Soldaten wortwörtlich! „Du kannst mir gar nichts!" Ich war schon weggedöst und hatte schon zu viel Blut verloren. Meine Füße brachte er eingepackt in Crasheis und einen gepanzerten Wagen, der mit einem Hubschrauber angeflogen kam, zu der Krankenhausstation. Dort wurden mir die beiden Füße wieder angenäht und ich erhielt Schienen und einen Rollstuhl. Ich hatte Glück, dass die Füße wieder funktionierten. Sie hatten mir Stabilisationsschienen eingesetzt und so die Knochen verbunden. Eine Apparatur aus einem Eisengestell wurde drum herumgebunden. Danach kamen die Schienen dran als die oberflächlichen Wunden verheilt und vernarbt waren. Ich hatte eigentlich keine Schmerzen bei dem Heilungsprozess, weil alles so im Schockzustand ablief. Ich konnte als Kind und später auch nicht fassen, wie sehr diese Leute zum Hassen in der Lage waren. Es war wie in einen schlechten Film, der nicht enden wollte. In dem Stall in den Bauernhof im Allgäu vergewaltigte vorher Walter Winkler der erste **Stasi-Romeo** von Barbara. Er nannte es besteigen ohne Risiken. Denn sie war unfruchtbar und er hatte seinen Spaß. Er war auch sonst nur eine armselige widerliche Kreatur. Barbara fand das alles als Kontrollmittel, indem sie sich einfach bewegungslos hinlegte und ihn machen ließ. Mit Liebe oder Leidenschaft hatte das Gesamte nie etwas zu tun. Bildung besaß er nie und seine angeblich große Karriere als Ingenieur, die er deklarierte war in Wahrheit eine Sonderschule für geistig behinderte Kinder in Bulgarien. Er hatte auch ein paar Mal bei Schlachtern in Osteuropa ausgeholfen, wo er das Handwerk des Mordens lernte. Er war ein wuchtiger Mann und trug immer einen schwarzen Vollbart. Als er mich übergeben bekommen hatte mit 3 Jahren eigentlich 5 Jahren vor dem Nymphenburger Schloss, war er allein dort um mich abzuholen. Die Folterschwestern meiner leiblichen Mutter waren als Übergebende angekommen und hatten zur „netten" Familienlüge Angela eine verwandte Jugendliche von Julia Walter mitgebracht. Ich konnte nur heulen und wollte eigentlich nur weglaufen. Was ich dann auch tat. Ich erhielt einen Teddy und traf dann das letzte Mal auf meine leibliche Mutter in der Yorckstraße. Danach begann ein ewiger Kampf mit den **Stasi-Romeo** und ihren dazugehörigen Stasi-Julia als angebliche Eltern von mir in meinen Leben plus die dazu gedichtete Familie Karl Mayinger. In meinem Leben musste ich ungefähr 7 unterschiedliche Stasiehepaare in verschiedenen und manchmal auch durchtauschten Zusammensetzungen ertragen. Als meine leiblichen Eltern ermordet worden waren, war zunächst Joseph Bogosyan mit Corinna meine Stasieltern und lebten unter den Namen Mayinger in der Yorckstraße. Dann folgten Walter Winkler und seine Barbara, die sich immer irgendwo getrennt aufhielten, um so zu tun als würden sie nach meinen leiblichen Eltern suchen. Joseph Bogosyan war auch widerlich, aber er war glaub, ich echt in meine leibliche Mutter verliebt, auch wenn er es nie zugegeben hätte. Aber es war auch nicht schwer, denn meine leibliche Mutter war sehr grazil und hatte feingliederige Hände, wie es in unserer Familie üblich ist. Sie hatte ein sehr schönes Lächeln und hatte im Gegensatz zu den osteuropäischen und ostdeutschen Frauen nicht so hochgezogene Wangenknochen, sondern ein rundes und ebenmäßiges Gesicht und nicht so ausgezerrt. Sie lachte ständig als ich klein war und wiegte mich immer hin und her. Sie küsste mich ständig als ich klein war. Nur auf offiziellen Empfängen nicht! Da musste ich immer schön brav und still dastehen. Meine Großmutter war genauso! Sie backte immer Pancakes zum Frühstück und immer wieder diese Super Applepancakes! Ich liebte es, wenn meine Eltern mit mir in die USA flogen und dort in unseren verschiedenen Häusern mit mir rumtobten. Und als ich in die US-amerikanische Vorschule kam, war es komplett toll in Schuluniform rumzurennen. In den USA war zu dem damaligen Zeitpunkt Uniformpflicht und niemand sollte sich besser fühlen. Aber ich fühlte mich großartig, - nicht, weil ich mich als was Besseres fühlte, sondern weil ich endlich lernen durfte. Aber auch in der Situation wurde alles wieder anders und diese dreiste deutsche Nazistasifamilie folgte mir hinterher und entführte mich immer wieder wochenweise nach Europa. Die Stasi äußerte sich nie offiziell zu diesem Fall und behauptete ihrerseits sinnloser Weise, dass die Stasi nur die Bürger der DDR schützte. Auch die darauffolgende Kohlregierung bezog nie offiziell Stellung. Und niemand sagte warum ich angeblich Katja sein sollte und warum ich angeblich ein Double für deutsche Kinder sein sollte. Ich war einfach enttäuscht, wenn diese Deutschen mich jedes Mal beleidigten und wenn sie meine Sachen jemand anderen unberechtigter Weise gaben. Denn alle Stasieltern entnahmen Geld von mir und benutzten mich und mein Vermögen. Nachdem alle meine leiblichen Angehörigen aus den USA im Jahr 1988 tot waren, war sowieso meine Hoffnung auf eine baldige Rückkehr in die USA fasst erloschen. Ich erhielt an Weihnachten nie Geschenke, sondern nur kleine überflüssige Billigartikel und nie war etwas mit Liebe gemacht. Sie kümmerten sich um ihre Parallelfamilien und straften mich, wenn ich ihren Familien nichts schenkte oder nichts gab. Und wenn ich meine Ansprüche und meine Rechte und meine Daten mit ihnen nicht teilte, bekam ich ein paar Schläge oder sie straften anders. Ich musste auf ihre Familienfeste und gruselte mich jedes Mal, weil ich wusste, dass das alles wieder sinnlose Geheimdienstabsprachen waren. Auch ihre Hochzeiten und auch ihre Geburtstage waren sinnlose Geheimdienstabsprachen und nichts fand ich an deren Leben erstrebenswert. Sie waren auf den Festen alle meist besoffen, nicht vor Alkohol, sondern vor Adrenalin und ihrer Sucht nach Action! Süchtig nach Spannung und Machtgefühl und nach Überlegenheit! Diese Leute waren immer in einen dauernden Wettkampf und Krieg, was die auch offen zugaben. Sie hatten nie etwas wirklich selbst erreicht, sondern nutzten immer nur meine Sachen und entzogen, dann wenn etwas schief ging auch noch dreister Weise die hinterlegten Finanzen. Auch die anderen Sachen, die mir eigentlich zustanden, gaben sie illegalerweise an Tanja Mayinger, die doof, wie sie war, log, dass sie die Tochter des ausgetauschten Karl Mayinger sei. Daraufhin gab sie sich in Frankfurt am Main als Prinzessin aus und ich hatte nicht mal mehr einen leiblichen adeligen wenn auch mit Tarnnamen Onkel Karl aus Frankfurt am Main, der auf mich achtete. Eigentlich starb Karl zweimal. Einmal 1985 in München und dann 1987 in Südtirol! Das kam so zustande, dass bei diesen Leuten Versterbeort und Versterbedatum und Versterbeart nie übereinstimmten und manchmal sogar einmal verschwiegen wurden und ein anderes Mal zu anderen Gelegenheiten deklariert wurden. Im Grunde nach dachte ich, dass mit der Zeit im Indianerdorf in den USA eigentlich Karl's Zeit bereits abgelaufen war. Nicht weil er besonders dumm gewesen sei, sondern weil er sich auf einen Teufelspakt mit Franz Mayinger eingelassen hatte und seinen Namen Mayinger zur Verfügung stellte. Später kam auch raus, dass Karl nicht wirklich adelig gewesen war, sondern nur ein Schönling der eben für den westdeutschen Geheimdienst arbeitete und später durch jemand anderen in Innsbruck ausgetauscht wurde. Tanja Mayinger war nie seine leibliche Tochter und auch nicht Claudia die ältere der beiden Schwestern. Der ausgetauschte spätere Karl, der dicker und behäbiger war, stellte sich später als leiblicher Onkel von Tanja Mayinger und Claudia Paul und eben auch Tobias Bogosyan alias Alexander Mayinger heraus und Peter Meier war der Vater von Tanja Mayinger und Claudia Paul. So hatte Franz Mayinger seine Familie und deren Ausläufer zu schützen und erst später als echte richtige und genetisch stimmige Familie zusammenzuführen. Meine Familie sollte als Wirtsbaum dienen und ich sollte es auch noch zulassen, nachdem sie meine Verwandten umgebracht hatten, dass sie mir alles vorenthalten könnten. Ich lehnte ab, denn so viel Dreistigkeit und Anstandslosigkeit, war nicht zu überbieten. Man muss sich vorstellen, dass sie sich von allen Stellen etwas bezahlen ließen und nie etwas leisteten außer Straftaten. Ganz ordinäre Straftaten. Das war ihr Ding und die Daten ihrer eigenen Person hatten sie auch nie. Karl der Echte war anders und war wie alle damaligen internationalen Geheimdienste gemäß deren Vorschriften instruiert und das war genau das Falsche. Denn er war zu höflich und zu forsch und ließ sich zu schnell erpressen. Diese Leute waren so schamlos, dass sie wirklich mit vorgehaltener Waffe einfach so in eine Bankfiliale hineinspazierten, als wären es das normalste der Welt und dann sagten sie auch noch! „Wir haben angerufen und wollten das Geld holen!"! Sie waren so provokativ, dass sie sogar noch als Bedroher verhandelten. Und auch die anderen Sachen in Straftatausübung waren für sie so normal, als wäre es das normalste die Polizei anzulügen und zu benutzen. Es war alles mit einem Schleier durchzogen als würde man nicht so genau hinschauen müssen. Sie nannten das schlampige Verhältnis oder geschlampertes Arbeiten, was man heutzutage als gezielten Unterschleif oder auch absichtliche Unterstellung bezeichnen würde. Nichts in deren Aussagen entsprach der Wahrheit und hätte nur ein einziger Polizist in Niedersachsen zu der damaligen Zeit deren Aussagen in Frage gestellt, manches wäre der BRD erspart geblieben und mir auch! So wurde auch als schlampiges Verhältnis nicht nur als gezielte Beziehung bezeichnet, sondern als Beziehungsverhältnis, welches sich lediglich in Auszahlung von Benefits und Löhne unterhalb der steuerrechtlichen Anzeigensgrenze sprich unversteuertes Einkommen bewegten. Auch Versicherungsleistungen wurden nie gezahlt geschweige denn Rentenbeträge. Eine normale Rechtsbeziehung existierte in dem ursprünglichen Sinn damit nicht und Rechte, wie in einer normalen Beziehung sowieso nicht. Auch war es so, dass die Ehen mit Versorgungsaufträgen verbunden waren und nicht mit Liebe oder Vertrauen oder sonstigen eigentlich wichtigen Eigenschaften. Man muss auch verstehen, dass diese „Beziehungen" standardisiert waren. Diese Standardisierung beinhaltete, dass gemäss der Kategorisierungen, zum einen **Schandi**beziehung und zum anderen funktionale Beziehung, immer dieselben Standards und Einschätzungen auch in psychologischer Hinsicht darüber gezogen wurden. Diese Pauschalierung hatte zur Folge, dass die Brenzligkeit in den **Schandi**beziehungen noch brenzliger wurden und die anderen Beziehungen sich verkehrten und zu toxischen Beziehungen auch im funktionalen Sinn verdrehten. Um diese Diskrepanz zu übertünchen sprich die scheinbare normale Einschätzung und die Realität wurden zumeist Paartherapien angeboten, um sich als fachlich begleitetes Kennenlernen aufeinander abzustimmen. Differenzierungen oder Wahrheitsfindung war in diesen Bereichen nicht gewünscht und schon gar nicht im Stringenzgebot der Stasi nicht erwünscht. Der schwächere Part kam bei drohendem Aufbrechen dieser Diskrepanzen regelmäßig in die Irrenanstalt sprich einen isolierten Raum, wo derjenige oder diejenige gezwungen wurden, wieder im Sinn des rationalen jeweiligen Abkommens, nicht mehr die Wahrheit zu sprechen, sondern zu lügen. Man muss sich bewusst machen, dass man im arbeitstechnischen Sinn von „auf Linie trimmen" sprechen würde, was im normalen Arbeitsleben normalerweise mit einer Kündigung abgebrochen und beendet werden würde. Aber diese Leute hörten selbst dann nicht auf, wenn man in Berufsunfähigkeitsrente ging, denn sie waren und sind Wahnsinnige und Gestörte. Mir sagte der Peter Meier mal ins Gesicht, dass er nicht ehe ruhen werde bis er mich umgebracht hätte. Danach ließ ich ihn zusammenschlagen und er sprach nur noch leise über seine Mordpläne an mir. Dasselbe ließ ich mit den ausgetauschten Karl Mayinger machen, nachdem er mich fast erwürgt hatte. Dieser Jugoslawe, der laut Tanja Mayinger ihr echter Vater sei, machte mit seinen Stasileben weiter, indem er sich regelmäßig zu seinen Leuten in Jugoslawien absetzte.

In späteren Jahren kamen sie immer wieder angekrochen, wenn sie in ihren paralysierten Leben wieder in Deutschland gestrandet waren ohne Papiere und ohne Geld. Sebastian Wieberneit war inzwischen in deren Kreisen bekannt und auch in deren System eingestiegen und auch familiär über Gunda Nitzsche verwandt. Peter Meier bezeichnete ihn stolz als seinen besten Schwiegersohn und der Mayinger als seinen Sohn. Das System des Mordens hatte immer wieder Wellen und immer, wenn es zu viele Todesfälle durch diese Stasinazifamilie in Deutschland gab und es wieder in abebbenden Wellen verlief, wie man auch das Auslaufen der Blutrache nannte, nachdem die wiederkehrenden Zyklen wieder begonnen hatten, musste ich nach Deutschland kommen und meine Haustüren für die Leute, die niemand von mir leiden mochte, öffnen. Meine Siedlung in München war über die Jahre zu einer Geheimdienstsiedlung umgewandelt worden und jeder von diesen Leuten, dachte, dass ich ein Teil deren Vollservice System sei. Nur wusste niemand, dass ich und meine Leute privat und komplett unabhängig von deren System dort wohnten und lebten. Mein Job hatte sich aufgrund der Entwicklung von deren System in deren frühen Anfängen und deren damaligen Begründungen ihrer Familie mit Morden und sehr ausgeprägten **Schandi-System** hin zu einem sehr pervers routinierten System gewandelt und lag eigentlich nur noch in der Unterhaltung sprich erzwungenen finanziellen Bezahlung und manchmal in der Entspannung der Situationen. Aber es ging nicht mehr. Denn die Menschen zerbrachen immer mehr an den im Kalten Krieg festgelegten Schablonen, die sich in rechtlichen Verträgen auf staatlicher und auf internationaler Ebene widerspiegelte. Ich sollte auch darauf achten, dass die Finanzen, die sich zusammensetzten aus Geldern der USA und meinen Eigenen wieder zurückkamen, denn mittlerweile war klar, dass diese Leute sich nie ändern würden und keine anderen und normalen Menschen, wie mich respektierten und in Ruhe lassen würden. Über die Jahre musste ich Neutralisator und Situationsbereiniger und „Notnagel" sein für diese Leute, die mittlerweile den gesamten Münchner Norden besetzten. Klargestellt wurde in Deutschland bis zum Jahr 2010 auf offizieller und politischer Ebene nie etwas. Ich hatte auch nie damit gerechnet, dass Barbara in ihrer Paralysiertheit so viel Fehleinschätzungen und so viel dumme Legendenbildungen in Norddeutschland aufgebaut hatte. Barbara hatte man sehenden Augen hinrichten sehen lassen und alle hatten Anteil daran. Als Barbara ihre Berufsunfähigkeitsrente erhielt tobte sie. Und ich dachte mir, dass sie eigentlich froh sein müsste. Aber die Sache war nicht nur die Rente an sich, die vielleicht ihr Ausweg gewesen wäre, sondern es war vielmehr der Betrag der Rente, die die Hälfte beinhaltete, weil sie sich die Rente mit Maria Bogosyan teilen musste, obwohl nie etwas ausgesprochen worden war und sie in Ibbenbüren gemeldet war mit Peter Meier und Maria Bogosyan mit dem tschechischen Sigmund Mayinger in München. In Ibbenbüren lebte Gunda Nitzsche unter meinen Namen mit ihnen zusammen. Gunda Nitzsche quälte Barbara wie ihr Vater und ihre Cousine Janine Bogosyan. Maria Bogosyan lebte in München und war die leibliche Mutter und Tante dieser beiden weiblichen Teufel und hatte bis an ihr Lebensende im Jahr 1999 Angst vor ihrer eigenen Tochter Gunda Nitzsche. Gunda Nitzsche muss es auch gewesen sein, die ihre eigene Mutter mit ihren Vater Peter Meier umbrachte. Denn Maria Bogosyan starb mit ihrer Brille und die nahm sie normalerweise beim Schlafen ab. Zu diesem Zeitpunkt war auch Sebastian Wieberneit im Haus, der mit Gunda verheiratet war. Gunda hatte auch eine Brille, wie ihre Mutter Maria und trug manchmal Kontaktlinsen. Ihre Augen waren braun und ihr Gesicht hatte Pigmentflecken sprich verschluckte Sommersprossen. Sie war auch die Cousine von Julia Walter und sie sollte mit mir in der Technischen Universität München in der Wirtschaftsfakultät zusammenarbeiten. Aber sie war weder teamfähig noch arbeitsfähig, da sie 1.

Sehr aggressiv war und 2. Sehr unehrlich und nur log auch in Bezug auf ihre Arbeit! Und 3. Sehr viel Panik hatte entdeckt zu werden, denn sie hatte nie einen Abschluss und hatte sich die Dokumente von mir über die verrückte Barbara besorgt. Ihre Widerlichkeit spiegelte sich in ihren ständigen verletzenden und absolut widerlichen Kommentaren wider. Sie war komplett lebensunfähig, weil sie nicht respektfähig war und keinen Vorgesetzten akzeptierte. Ihre Borniertheit und Überheblichkeit, war weit bekannt. Ich sah sie immer nur als einen Haufen Scheiße an, denn sie war unfähig Empathie zu zeigen und war einfach nur ein Stasinazimörderkind. Ihr Gestank war so widerlich, weil er sauer war und ihre Panik feststellte, die sie immer hatte. Gunda Nitzsche war bereits mehrfach als Vergewaltigerin verklagt und hatte nie begriffen, dass sie sehr weit Abstand zu halten hatte von mir. Julia Walter hatte ihr als Cousine versprochen, dass sie etwas erhält von meinen Vermögen, nachdem sie es unterschlagen hätten. Gunda gab sich auch schizophrener Weise als Jüdin aus und einer ihrer Onkel aus Niedersachsen versuchte nach Israel zu kommen. Er wurde vorher glücklicherweise abgeschossen und ich war froh keinen weiteren Stasinaziterroristen in Israel zu wissen. Auch die anderen Verwandten von Gunda Nitzsche ihre Cousine zur anderen Seite Jessica Traue und Kathrin Traue und Hanna Traue waren in deren Mordstraftaten verquickt. So hatten sie sich mit Winfried Winkler abgesprochen und waren über die Familie Gisela Traue verwandt in Niedersachsen. Winfried Winkler gab zusammen über den Familienzweig Müller von Peter Meier falsche Pässe und **Tarn-Identitäten** über die Stadt München aus. Gunda Nitzsche machte dasselbe bei der Ausländerbehörde mit en jeweiligen physiologischen Gutachten von Hans Lauter. In Naziideologie ließ er die einzelnen menschlichen Körper vermessen um ihnen dann sinnlose Naziideologischen Körpereinordnungen Nationalitäten zu zu ordnen. Dadurch wurden erzwungene Passzuordnungen ausgegeben, obwohl 1. Den Widerborstigen, wie sie von Jupp Joachimski zynisch genannt wurden, sowieso jeweils ein regulärer deutscher Pass zustand und sich eben nicht umstimmen ließen für die deutschen Geheimdienste zu arbeiten und diese Leute mit den physiologischen und genetischen Untersuchungen gedemütigt und eingeschüchtert werden sollten! 2. Die Anderen, die sich „brav" verhielten und als willfährig eingeschätzt wurden, die Pässe hinterhergeworfen wurden sprich fast geschenkt bekamen. Allein auf den Versprechen der späteren Benutzung und Unterstützung von geheimdienstlichen Operationen. Entweder im Inland oder in deren dortigen Heimatland. Alles beruht auf Zwang und auf Erpressung und manchmal verloren diese Leute, die auch unter unbegleiteten Flüchtlingen zu finden waren, ihre gesamte Familie aufgrund dieser Absprachen in Deutschland. Es war nur wieder eine Fortsetzung der Perfidität der Stasiideologie. Gunda Nitzsche war für die Leute in der Ausländerbehörde zuständig und nervte mit ihren ständigen Stasiansichten. Als Gunda und ich jünger waren verprügelte ich sie bis sie grün und blau war. Aber sie kam nicht zur Besinnung. Sie wanderte über die Jahre von Psychiatrie zu Psychiatrie und behauptete immer ein außerordentliches deutsches Staatsobjekt zu sein. Sie nervte jeden und wollte sich immer vergleichen lassen mit mir. Sie wollte genauso wie der Rest ihrer Fickfotzenhurentussenschlampen (ich ließ es später nochmals als Schimpfwort mit Rechtshinterlegung eintragen und veröffentlichte später auch noch ein Schimpfwörterbuch!) sich mit mir messen und immer das haben was ich hatte und was mir zustand. Dieser Begriff Fickfotzenhurenschlampentussen war eine man mag es kaum glauben festgelegter Begriffsbeschreibung und zwar im Stasideutsch. Das bedeutete, dass die Frauen bestimmte bezahlte Funktionen in der Stasihierarchie einnahmen und zwar als sogenannte Frauen, die sich nicht nur für Sex bezahlen ließen, sondern als feste Angestellte in dem Hierarchiesystem eingestuft waren und psychologisch eingeschätzt worden waren. Offizielle staatliche Entlohnung gab es genauso wenig, wie feststehende Arbeitsverträge, deswegen durfte man das System eigentlich rechtlicher Art und Weise auch nicht staatliche Prostitution nennen, sondern nur hinter verdeckter Sexhandel. Zudem muss man auch wissen, dass die Stasi auch Männer prostituierte und eben auch Kinder. Es war immer dasselbe Schema, dass sie meistens finanziell abhängig gemacht wurden und dann sich durch dieses Leben durchschlugen. Es war eine Spirale, die nur mit Treten und Hauen und Stechen ins Positive gedreht werden konnte. Man muss dazu wissen, dass wenn diese Leute, die zur Prostitution gezwungen wurden und ganz unten angekommen waren, die Hemmschwelle sehr niedrig und die Überlebensangst sehr groß waren und so auch leichter zum Durchführen schwerwiegenderen Straftaten bewegt werden konnten. Gunda war auch so. Andere Schimpfwörter schuf ich, um mir die Zusammenhänge merken zu können. So erfand ich nach der Ermordung eines Schuhputzers in Marrakesch und die Weiterfahrt nach Italien ein Schimpfwort. Es war Flachwichserpfeifer. Das hatte die Bewandnis, dass ich mir damit nicht nur die Örtlichkeitsbeziehung merkte, sondern auch die Durchführung der Taten. Zum einen ermordeten die Stasileute nicht nur einen Schuhputzer eiskalt, sondern auch an einen, Pfeife rauchenden, Mann in Italien. Der Begriff Wichser kam von den damaligen Begriff Schuhe oder Lederwaren insgesamt zu putzen und zwar mit Creme. Und das Flach wies auf den Flachs hin, der zum Pfeife stopfen gebraucht wurde und in diesem Fall vergiftet war.

Diese Zusammenhänge begriff zum einen Gunda Nitzsche nie und sie hatte auch nie vor solche Zusammenhänge anhand von harmlosen Sachen erinnerungstechnisch aufzubewahren. Auch machten sich diese Leute nie die Mühe die Vielschichtigkeit der Szenarien aufzulösen oder zu verstehen oder zu überlegen, wie man außer Morden diese Spiralen auflösen hätte können geschweige denn sich selbst in den Griff bekam und andere Leute nicht ermorden hätte müssen! Nein! Gundula Nitzsche und alle ihre Familienmitglieder wurden selbst zu Tätern. Gunda Nitzsche behauptete stets wegen Ausweglosigkeit gemordet zu haben, aber auch das stimmte nicht. Denn wie gesagt, war sie seit ihren 7. Lebensjahr in den Psychiatrien und endete immer in einer Gewaltspirale, die mit ihren Mordtaten endeten. Bei ihr kam hinzu, dass sie gemäß der Legenden und Lügen um Barbara und ihre eigene Mutter Maria Bogosyan viele Leute um sich und kastrierte sogar ihren eigenen Vater Peter Meier. Gunda Nitzsche war die ostdeutsche Familie, die die Verbindung zur Stasi und zur evangelischen Kirche darstellte. Peter Meier verwechselte aufgrund der Kleinwüchsigkeit von Maria Bogosyan immer wieder meine leibliche Mutter mit ihr. Gunda entwickelte eine komplette hasserfüllte Wut gegen ihre Eltern, die sie aufgrund ihrer unkontrollierbaren Wut, bereits im Alter von 8 Jahren in die Psychiatrie kam. Aber genau diese unkontrollierbare Wut und deren tödlichen Auswirkungen machten sie für die Jobs bei Jupp Joachimski so attraktiv. Sie ermordete Männer und sie vergewaltigte Männer. Am Anfang trat Gunda im Rudel auf und ließ, die Männer, die sie vergewaltigte, während der Vergewaltigung von ihren Mittätern festhalten. Auch entwickelte sie eine unbändige Wut gegen ihren Vater Peter Meier, der ihr das Attribut der Einzigartigkeit verweigerte. Sie ließ ihn sterilisieren und sagte später dazu, dass sie nicht wöllte, dass er Kinder mit Katja zeuge und dass er nie wieder vögelte. Im Gefängnis in Leipzig, wo Peter Meier einsaß, vollzog sie eine sogenannte Anpassungstherapie als Gefängnispsychologin bei ihm durch und bastelte so zusammen mit Peter Meier an einer neuen Lebenslegende für die frühzeitige Haftentlassung. Dieses Vater-Tochter-Gespann schlüpfte in eine verdrehte Legende, die aufgrund der Namensgleichheit mit der Familie Karl Mayinger, die sie in diesem Fall anstrebten, wollten sie dazu nutzen, um nicht nur ihre Straftaten mir anzukleben, sondern auch mit Tanja Mayinger und Susanne Schüßler zu lügen. In dieser Gefängniszeit gab Gunda ihren Vater Peter Meier in einer Art Hypnosesitzung, nicht nur die echten Namen mit damit er sie sich besser merken konnte, sondern setzte auch eine Legende Peter Meier als angeblich vergewaltigter Sohn von Maria Reisch auf. Diese sogenannten Umwandlungstherapien werden bei schwer traumatisierten Personen in psychiatrischer Form angewendet. Aber in diesen Fall wandte Gunda Nitzsche zusammen mit Julia Walter diese Form der Therapie an, um nicht nur die Straftaten von Peter Meier bei ihm selbst zum Verblassen zu bringen und sich selbst nicht mehr als Täter zu sehen, sondern auch ihn noch eine neue **Identität** mit einen Opferprofil aufzusetzen.

Gunda Nitzsche muss man dazu wissen hatte nie Psychologie studiert und auch Julia Walter und Jessica Traue waren alle drei nur Patientinnen und keine Ärztinnen. Gunda Nitzsche war in der Zeit in München in der Psychiatrie Haar kbo. Später machte Katja die Fehler wie sie es immer tat, indem sie alle ihre Lover und Exlover auf Treue testen ließ. Katja war, so muss man wissen, nicht nur eine der Ehefrauen von Peter Meier und damit die Stiefmutter von Gunda Nitzsche, sondern auch noch eigentlich die Nichte von Barbara Nowak alias Weisz alias Weiss. Janine Bogosyan war von der anderen Seite verwandt und war eine Parallelfamilie von Peter Meier mit leiblicher Linie zu Maria Bogosyan. Natürlich von Janine Bogosyan aus ihrer einstigen Maria-Ward-Klasse und diese Janine Bogosyan nutzte es gleich mit ihrer Familie aus und ließ Katja allein zurück. Dazu wurde, dann die psychologischen und sehr perfiden verdrehten Psychologietestmuster von Julia Walter und Jessica Traue aufgesetzt und es kam wie es kommen musste. Jeden Lover von Katja verführte sie und verletzte Katja mit präsentierten Fotos. Das Schlimme an der Sache war, dass alle die Leute aus diese Familie Meier stammten und erweitert auf die Familie Franz Mayinger ein sinnloses Zugehörigkeitsgefühl entwickelt hatte, was die bedingungslose Hörigkeit und unbedingten Gehorsam als Bedingung für deren Mitgliedschaft voraussetzten. Selbst wenn einzelne Menschen, wie Katja und ich, in jüngeren Jahren sich gegen diesen Rudeljagenden Haufen noch deutlicher gewehrt hätten, hätten wir keine Chance gehabt. Aus diesem Grund hatte ich immer einen Bodyguard dabei, aber selbst der konnte diese Leute nicht aufhalten. Sie brachten manchen Bodyguard sogar um. So musste damals eine Entscheidung getroffen werden und meine leibliche Familie musste mich schweren Herzen ziehen lassen und langsam begriff auch die US-Regierung, dass wahrscheinlich viele Soldaten und viele US-Bürger aus Europa und vor allem Deutschland nie mehr zurückkehren würden. Es wurde gesagt, dass wenn ich nicht in dieser komischen zusammen erpressten Familie aufgehen würde, ich sterben würde. Meine leibliche Mutter war ermordet worden und danach äußerte die Stasi sich weiterhin nicht zu ihrem Tod.

Die Tagespolitik ging weiter und Kohl tat so, als wäre nichts geschehen. Ich war in der dritten Klasse in Deutschland und bekam nicht mal mehr eine Sterbeurkunde und auch nicht eine Entschuldigung. Ich wurde nur auf einen Acker geführt in Ostdeutschland und musste einer trostlosen Beerdigungsrede und einer trostlosen Beisetzung beiwohnen. Sie durfte wegen den evangelischen Stasiverbündeten nicht auf einen Friedhof beerdigt werden und wurde unter einen Apfelbaum vergraben. Es war wieder ein Stasizynismus, dass meine leibliche Mutter die Fruchte gewesen sei, die Adam und Eva aus dem Paradies vertrieben hätte und die Stasi und ihre DDR zum Einsturz gebracht hätte. Sie wurde als russische Ikone Nadesha beerdigt und ich musste mir unwürdiger Weise noch mit Jupp Joachimski streiten, ob meine Mutter aufgrund ihrer Verschleppung in ein russisches Arbeitslager der Stasi, eine russische Staatsfeindin gewesen wäre oder ob man sie nur als Kommunistenfeindin deklarieren sollte, weil sie als Aristokratin das laut deren falschen Verständnis das ein logischer Automatismus sei. In Wahrheit war es so, dass meine leibliche Mutter nie etwas Böses getan hatte und sich bis zu ihrem Tod nie verkauft hatte. Zu der Beerdigung trug ich ein weißes Häkelkleid und ich heulte mir die Augen aus. Auf den Friedhof der Stasi in Ostdeutschland wurde zynischer Weise der ermordete Leichnam von Janine Bogosyan Tante aus Paris beigesetzt. Unter dem Namen meiner Mutter. Auch auf diese Beerdigung musste ich zynischer Weise gehen, aber diesmal in einem geschlossenen weißen Kleid. Wäre ich Janine Bogosyan gewesen, hätte ich es sicher verstanden, aber so wusste ich nur, dass alles beides sinnlos war. Beides hätte vielleicht Sinn ergeben, wenn ich Katja oder Jessica Traue oder Tanja Mayinger oder

Susanne Schüßler gewesen wäre, so rein nach der Wertigkeitsabstufung von einer Geheimdienstfamilie mit ihren Parallelfamilien. Rein eiskalt kalkuliert und rein logisch gedacht. Aber das war eben alles nicht der Fall, denn ich war eine komplett andere Familie und die kam aus den USA und war von Franz Mayinger verleumdet und durchsetzt worden. Es war schrecklich, als mich nicht nur meine adelige Familie fallen lassen musste, sondern auch meine US-amerikanische Familie. Es war so, dass ich sehr jung war und aber aufgrund meiner Familie eine enorme Macht rund um den Globus besaß. Aber ich konnte mich gegen Erwachsene nicht selbst beschützen. So musste ich meine Sachen und meine Rechte zurückstellen und alles ruhen lassen. Es wurde alles extra gesichert, damit ich meine Sachen wieder zurückerhalten würde, wenn ich alt genug sein würde. Ich sollte mich so rausschleichen, wie es genannt wurde. Aufgrund aber der Lügen, der zwei Stasinaziverwandten von Franz Mayinger Barbara Nowak alias Weiss alias Weisz und der anderen Maria Bogosyan versuchten immer mehr Leute an mein Vermögen zu kommen. Aber aufgrund der Probleme in Deutschland, wurden manche Vermögenteile von mir irregulär mit den deutschen Geheimdiensten verknüpft. Später löste ich das alles wieder heraus. Ebenso machten sie es mit meiner Tochter Samira und den anderen Kindern, die sie immer als ihre Mündel bezeichneten und wenn sie jemand konkret fragte woher meine Kinder oder ich kämen, behaupteten sie alle einstimmig, dass die Kinder ihnen zugelaufen wären. Man muss auch verstehen, dass diese Leute nie in ihrem Leben ohne geheimdienstliches Spielen und ohne Lügen zurechtkamen. Man muss auch verstehen, dass dieses Modell der Parallelfamilien dazu führten, dass die Blütenmitten sprich die Einzelpersonen mit den mehreren Parallelfamilien sprich den Blütenblättern eine sogenannte zynische logische Wahrhaftigkeit darstellten. Denn die Kinder, die in diesen Familien groß wurden, hatten keinen Anspruch auf Wahrheit und schon gar nicht auf vollständige Wahrheit. Der zynische Ausspruch „Die Gnade der späten Geburt!" verkam in der Konstellation zu einen widerlichen Kontradiktum. Denn die Kinder waren die einzigen Zeugen des Bestehens der jeweiligen Familie und die anderen Familienmitglieder konnten ihre **Identität** nur an den Bestätigungen der Kinder bezeugen lassen, die logischerweise entweder bei Nichterinnern an ihre eigene vorherige Vergangenheit oder am Aufdecken der Lügen deren leiblichen Eltern, eine fragile und immer angespannte Situation die mit der Zeit immer poröser wurde. Man muss sich vorstellen, dass diese Kinder aufwuchsen in dem jeweiligen vorgegebenen Lügen und in manchen Situationen, diese Kinder nie zu normalen Erwachsenen wurden, denn sie wurden nie in eine reflektierte Situation gesetzt. So kam es vor, dass die Kinder aufgrund ihrer frühkindlichen Prägung ein bestimmtes Verhaltensmuster hatten, was auf falschen Wahrnehmungsmuster basierte. Parallel dazu senkte sich auch die Toleranzschwelle, die daraus gefährliche und wütende kleine Curvingballs aus den Kindern machte. Rein Namensrechtlich war laut deutschen Namensrecht, der Familienbestand rückwärts begründet sprich von den Kindern auf die Eltern. Wohin gegen der Rechtsbeweis immer anhand der Glaubwürdigkeit und der Mündigkeit und der Treue deklariert wurde. Sprich die Erwachsenen hatten immer den Rechtsbeleg auf ihrer Seite. Bei älteren Leuten wurde noch die Unterscheidung der sogenannte Middleages gemacht und damit eine hierarchische Zuordnung und auch noch eine Abstufung gemacht wurde, damit die glaubwürdige menschliche Rechtsmasse möglichst geringgehalten werden würde. Immer wieder diskutierte ich mit Jupp Joachimski, damit er manche nicht guten Regularien veränderte. Aber er trieb seinen Zynismus als Schwager von Peter Meier und von Sepp Schüßler auf die Spitze und war besessen von seiner neuen Weltordnung, die er schaffen wollte – und vor allem und evidenter Weise auf geheimdienstlicher Ebene. Warum er das tat, konnte er mir immer nach Ende seines Wahnes in der jeweiligen Haft, nie sagen. Er faselte dann etwas von Dummheit und Verwechselung und es tue ihm leid. Empathiefähigkeit in der jeweiligen Situation hatten sie nie. Sie wurden auch immer still, wenn sie sich Überwachungsvideos ansahen, die während ihrer Taten liefen. So war es mit der gesamten Familie dieser Leute, die in Bulgarien und in Ostdeutschland sehr bekannt waren. Als ich in dem Lager in Ausschwitz war, wurde ich von den Freundinnen von Julia Walter am Boden festgebunden und mit 80 Peitschenhieben geschlagen. Der deutsche Nazistasioffizier hieß laut Aussagen von diesen Leuten um Jupp Joachimski Schwammberger. Ich kannte ihn nur unter den Namen Schwammberger. Ich lief mit einen offenen Rücken nach den Peitschenhieben in die Küche des Lagers, um mich verarzten zu lassen. Aber sie schickten mich zu einem Lazarett, indem es einen Dr. Mengele gab, wo ich verbunden wurde, mit dreckigen Bandagen. Danach drehten wir den Film „Hilflos - Die Tochter des Offiziers"! Julia Walter lachte mich an mit hasserfülltem Gesicht und schrie mich mit ihren polnischen Freundinnen an, dass mir das Recht geschähe. Ich war diese Aggression in Europa nicht gewohnt. Ich hatte mit meinen Eltern und Großeltern in den USA ein sehr friedliches und sehr unauffälliges Leben gelebt. Wir lebten in der jüdischen Community. Ich war stolz wie Bolle, als ich mit 3 Jahren mein erstes Gebetskopftuch bekam und das erste Mal in die Synagoge gehen durfte. Zum Beten trug ich das schwarze Kopftuch und ich durfte in den Synagogenunterricht gehen zu den Rabbi Goldstein. Ich fand es Klasse und wir hatten unser friedliches Leben. Als meine Eltern verleumdet wurden durch die Stasi und an den Mossad ausgeliefert worden waren, war ich geschockt und verstand es nicht. Um ehrlich zu sein, verstehe ich es bis heute nicht. Man muss dazu wissen, dass ich im Laufe der Jahre in meiner Kindheit auch einen Teelokomotive nach Polen schaffen ließ mit einen US-amerikanischen Schiff, um mit 15 Waggon mit 50 km/h und vielen Juden aus Russland und Polen quer durch die DDR ohne Halt mit viel Schmiergeld nach München über Nürnberg fahren. Ich hatte mir vorher die Genehmigungen aus Russland und aus den USA geben lassen, damit wir abgesichert waren von beiden Seiten. Wir fuhren dann mit allen in die Schweiz. Die verrückte Barbara Weisz war leider auch dabei. Ich musste sie als Pferdefuß mitnehmen. Aber es war mit egal. Ich musste nur dann die normalen Juden von den mitgereisten Stasileuten wieder trennen. Als mein leiblicher Vater zu Tode gefoltert war, wurde aufgrund des großen Fehlers der falschen gemachten Familienzuordnung bezüglich mir durch die Verräterfamilie Traue, sah sich Israel gezwungen, einen Eichmann Prozess abzuhalten. Das Tragische an diesen Prozess war, dass auch dieser Prozess nur völlig verdreht war und auch wieder eine internationale Falle der Stasi und nochmal ein Folgefehler. Es konnte bei diesem Prozess nur Verlierer geben, denn der Angeklagte unter dem Namen Eichmann war mein jüdischer Buchhalter, der dachte mich schützen zu müssen. Und er hatte vor der Ermordung von Montgomery einen Bodyguard von mir, erfahren, dass diese Leute nicht nur im Rudel auftraten, sondern auch logen, dass sich die Balken bogen. Sie logen so, wie man es im bisherigen Maß weder gewohnt war, noch gesehen hatte. Auch wie sie logen und was sie für Ziele verfolgten, war nicht jeden klar. Sie vermischten in ihren Aussagen sehr viele unterschiedliche Situationen und unterschiedliche Örtlichkeiten und setzten sie neu zusammen. Je nach Intention wurden sie harmlos oder zwecknutzend zusammengesetzt und in völlig neuen Kontext gefügt. Meinen Vater stellten sie in dem Eichmann Prozess mittels eines aufgezeichneten Tonbandes nach den Folterungen als Nazi dar und jeder wusste, dass mein Vater eigentlich Jude war und überhaupt kein Nazi. Mein Vater hatte von mir gesprochen und von meinem roten Mantel, den er mir von Chanel gekauft hatte in New York. Wir waren auf der Parade in New York und die Stasi muss uns bereits dabei beobachtet haben. Den echten Eichmann sprich den Eichelkönig, den sie meinten, war eigentlich der spätere **Schandi-König** und Vollbartträger Walter Winkler, Carolin Winkler leiblicher Vater. Die Eiche stand für den Begriff die deutsche Eiche. Die Eiche, die sie suchten, stand in dem Garten in Tschechien dieser Familie. Das Zynische daran war, dass in früherer Zeit Adelsstammbäume aus Deutschland als Eichbäumen dargestellt wurden. Die Eiche ging laut Jupp Joachimski zynischer Deklaration auf die Schlacht im Teutoburger Wald zurück. Das sollte laut Jupp Joachimski die Schlacht der Etrusker sein gegen die Römer, welche auch in den Schriften des Gallischen Krieg geschildert wurden. Aber das Peinliche daran war, dass die Etrusker nie dort waren und schon gar nicht zu dieser Zeit wie die Römer. Es war wieder eine doppelte historische Lüge. Denn so wurden nicht nur die Etrusker von Oberitalien nach Hessen versetzt, sondern auch die Römer nach Köln. Später wurde noch um die Adelslüge von Julia Walter perfekt zu machen nicht nur ein julianischer cäsarischer Stammbaum erfunden. Den man auch in Nazistasihinsicht deuten konnte, sondern auch eine Legende zu den Abgeordneten Julius Cäsar darstellen sollte. Den diese Stasifamilie benutzen wollte, um sich die nötige Glaubwürdigkeit zu sichern. Später kam noch die Limeslegende im schwäbischen Grenzgebiet zu Ulm hinzu. Diese Legenden über den römischen Limeswall war die Legende von Susanne Schüßler und Jupp Joachimski. Und später eine Vertuschungslüge zu meinem Aufenthalt in China und Russland an der Chinesischen Mauer. Es war schlimm damals in China wollte ich allein eigentlich in Ruhe die Chinesische Mauer anschauen. Ich hatte gerade mein Karatekurs unterbrochen und wollte in Ruhe dort entlangwandern, was ich auch tat. Ich sah dann auch die unterschiedlichen Mauerstücke zum einen mit Fintelsteinen und die anderen mit Backsteinen. Ich war Wochen zuvor mit meinem einzigen Seesack die Stufen den Shaolin Tempel hochgeklettert. Und dort in das Kloster gegangen. Ich lernte zusammen mit ein paar anderen Jungen Karate. Ich war das Einzige Mädchen und hatte die Haare abrasiert. Jeden Morgen lief ich hinunter in die Stadt und holte mir ein paar Äpfel. Die dortigen Bauern in China gaben sie mir, weil Mönche dort verehrt wurden. Jeden Morgen tranken wir grünen Tee und aßen sogenannte Reisbällchen. Eines Tages kam diese sinnlose „Familienstasinaziromeo" mit Barbara und sie entführten mich wieder. Ich musste dann mit ihnen nicht nur zunächst auf den Nanga Parbat, sondern auch zur Chinesischen Mauer und dort sprengten diese Leute, die ich von tiefsten Herzen hasste, das einzige und prunkvoll verzierte Kaisertor nach Russland in die Luft sprengten. Russland sah die Sprengung von oben und fuhr mit der Armee auf. Die Russen dachten, dass China sie angegriffen hatten. Aber in Wahrheit waren es diese Stasischergen von Jupp Joachimski, die diese Sprengung eben schnell durchgeführt hatten, um die zwei Fronten China und Russland zu schaffen. Sie flüchteten durch dieses weggesprengte Tor und verschleppten mich gleich mit. Ich gruselte mich nur, vor diesen Leuten.

Das Interessante an ihren sinnlosen Reisen war, dass sie immer mit falschen Pässen reisten. Das Personaldokumentensystem in diesen geheimdienstähnlichen Krakensystem, war in verschiedene Möglichkeiten unterteilt. Gemäß der Rechtsebene gab es 1. Verschiedene Möglichkeiten der Namenserlangung: a) von Geburt und b) durch Kauf und c) durch Adoption und d) durch Heirat und e) durch akademische Titel und f) durch Spitznamengebung und g) durch Ordensbeitritt und h) durch Religionszugehörigkeit und i) Sonderregelungen wie Selbstbeantragung bei Kommunalbehörden. Zudem kamen noch 2. die verschiedenen Möglichkeiten der Namenskonstellationen und deren Varianzen hinzu. So waren Vornamen nicht nur von Geburt gegeben, sondern wurden auch manchmal auch einfach durch Spitznamen ersetzt. Der Nachname wurde auch in deutschen Namensrecht Familienname genannt und bedeutete eine Gruppenspezifische Zugehörigkeit. Aufgrund dieser Namensgebung im geheimdienstlichen Sinn resultierten aber auch rechtliche Zusammengehörigkeitsverpflichtungen, sobald eine Person in einer gewohnheitsrechtlichen angeblichen Bedarfsgemeinschaft zusammenlebte. Verschärft wurden solche Konstellationen durch die gesetzliche Einführung der Versorgungsansprüche auch in die Richtung Eltern auf Kinder. Dadurch sollte ich gefesselt werden, weil diese Familie zu lange gelogen hatte und Janine Bogosyan und auch ihre anderen Verwandten nie in der Lage waren finanziell selbst ständig zu leben, geschweige denn ohne mein Geld. Aber diese Namen und Tarnnamen hatten eben auch noch andere Funktionen, denn so war es diesen Leuten egal, dass sie nach Auslandsaufenthalten, während denen sie Morde begangen hatten und andere Straftaten, immer wieder in ihren überflüssigen und gehassten jedoch nicht existenten Familien untertauchten. So auch bei mir. Nur war es so, dass das Risiko dann auf mein Leben lief und diese Leute nahmen keine Rücksicht. Es war ihnen egal, wie sehr sie mein Leben gefährdeten. Sie waren dann einfach wieder da und dachten sie könnten in ein gemachtes Nest, nämlich mein Nest schlüpfen.

Später wurde es so dramatisch, dass ich aufgrund des widerlichen Planes von Jupp Joachimski und Franz Mayinger 1991 auf Klassenfahrt mit der Maria-Ward-Klasse nach Moabit in das Gefängnis nach Berlin und die ostdeutschen Länder wieder fahren musste und dort an einen ekeligen Gefangenenexperiment im einstigen Stasigefängnis in Moabit teilnehmen musste. Dabei war ein angeblicher Berliner Polizist der sich angeblich für Schwächere einsetzte und Stahl hieß. In Wahrheit war er ein Schläger und Draufgänger und war einstiger Türsteher von Clubs und schützte nur Leute, die ihm genehm waren und er mobbte mit Janine Bogosyan in diesem Experiment mit. Er saß im Kontrollraum und gab noch puschende Anweisungen. Zuerst war die Klasse in zwei Gruppen eingeteilt worden. Eine Gruppe war besser angezogen und in schwarz-weiß und waren die Wärter mit Schlaggeräten und die anderen waren die Gefangenen, die Schlafanzüge erhielten und in Zellen gesperrt wurden. Nach einer Weile wurden sie rausgelassen auch auf ein Kommando von Stahl und mussten sich auf die Stühle setzen, die bereit gestellt waren im Gefängnisgang. Ich gehörte zu den Gefangenen. Danach prügelten die Leute, die sowieso uns normale mobbten, sinnlos auf uns ein. Janine Bogosyan trug einen schwarzen Minirock und eine weiße Bluse und schwarze Stiefel. Stahl kam danach aus dem Kontrollraum und klärte uns angeblich Mobbenden darüber auf, wie es sich anfühlen würde gemobbt zu werden. Ich dachte mir nur, was für ein dummes Arschloch. Später war er dann noch strunzdummer Idiot bei der Berliner Polizei, wo er sich als angeblicher Deeskalationsstratege ausgab und machte noch eine Fernsehsendung, als Schlägertyp und kompletter Straffälliger. Ich sollte über die Klassenfahrt nie mehr sprechen, denn wir fuhren auch in die noch aktiven Orte der Stasi. So fuhren wir ins Erzgebirge und besuchten dort Dreharbeiten von dem Film „Die Chroniken von Narnia!". Wir besuchten auch verschiedene Fabriken in den Sächsischen-thüringischen Dreieckskreuz. In dieser einstigen Produktionsstätten-Ebene lag auch eine einstige Ziegelfabrik und Fliesenfabrik. Diese Fabrik kannte ich noch aus meiner früheren Kindheit und das Industriellenhaus daneben hatte eine Frankfurter Küche. Dieses Haus war ein Designerhaus und diente zynischer Weise den Stasiaufsehern für die Sklavenfabrik als Ruheort. Die Sklaven saßen in den Industriehallen und waren im Jahr 1991 noch nicht befreit. Später gab es eine Art Rückbringungsbewegung. Das bedeutete, dass diese Sklaven nach Osteuropa verschifft wurden, weil die DDR sich auch in den Wendejahren keine Blöße geben wollte und als unmenschlicher Staat dastehen wollte. Konkret bedeutete das nur, dass nur, dass die DDR ihre unmenschlichen Sklavenhaltungen und Kolonien einfach örtlich verschob, eben weiter nach Osten und weder gewillt war dieses System aufzulösen noch dieses System in der DDR unter deren Flagge weiterlaufen zu lassen. Aus meiner Vergangenheit wusste ich, dass es in Osteuropa noch viele Sklavenbergwerke gab und auch die Form der Erpressung über menschliche Schicksale noch nicht beendet war. Diese Form des Handels mit menschlichen Leben wurde einfach verfeinert und einfach aus den Blickwinkeln der Menschen in Deutschland verbannt und gemäß dem Motto „Aus den Augen aus dem Sinn!" eine Form Sichtschutz aufgebaut. Wobei sich der Begriff Sichtschutz in diesem Aspekt ins Negative verkehrte und zu dem Nicht sehen können auch eine Schweigemauer hinzukam. Daraus erfolgte, dass die Sklaven einfach aus den Gedächtnissen der Westeuropäer gelöscht wurden. Ich versuchte immer so viel Bergwerke und sonstige Dinge aufzukaufen. Aber manche Dinge, vor allem in menschlicher Hinsicht schienen unauflösbar, denn die Deutschen vor allem die Westdeutschen in Form ihres Bundeskanzleramtschef Gunther Schmid schienen wie blind und taub und stumm geschaltet. Es war, wie als würden die Deutschen nicht verstehen, was eigentlich wirklich zählte. Als ich damals immer wieder in die osteuropäischen Länder gefahren bin teilweise freiwillig teilweise verschleppt, merkte ich, dass die Westdeutschen sich nie damit beschäftigten, was wirklich die Seelen der Menschen auch in Osteuropa nicht heilen ließ.

Am Deutlichsten zeigte sich diese zynische geheimdienstliche Spielart und geheimdienstliche Lesart, als ich in Berlin war. Es war nach dem Bombenabwurf von Julia Walter I aus einen erpressten US-Soldaten. Danach durchstreifte ich mit einer israelischen Soldateneinheit Berlin und vor allem die zerfallenen Häuser und alten Mehrfamilienhäuser und die dortigen Keller durchstreiften wir. Dann passierte etwas, was mir komplett immer noch sehr krass im Gedächtnis blieb, weil es so eine Dreistigkeit war. Die Einheit der israelischen Soldaten ging in einen Keller aus dem wir Geschrei hörten. Es war ein kläglicher Ton und eine furchtbarer Schmerzschrei. Die Soldaten liefen hinein mit Gewehren. Danach sahen wir eine gefolterte Person auf einen Stuhl. Aber es war eine Falle. Das Folteropfer erschossen die Stasifolterer und auch die israelischen Soldaten, wovon manche dem offiziellen Auslandsgeheimdienst Schin beth angehörten. Sie entkleideten die Soldaten und zogen sich teilweise die Uniformen selbst an. Die Leichen kleideten sie in zu große angeblich jüdische Klamotten aus Kleiderkammern. Und ließen die Leichen liegen und entsorgten sie danach. Die Fotos von den Leichen in zu großen Klamotten gaben sie in ihr Stasiarchiv zur Belegermittlung, wie sie diese Stasigeldaktionen nannten. Das hieß, dass diese Fotos als falsche Belegdokumente genutzt wurden und sich das eigene Schweigen von, in diesem Fall geschädigten, Gegner den Israelis bezahlen zu lassen. Zudem machten sie etwas sehr Durchtriebenes. Sie gründeten den Mossad. Sie behaupteten nun eine eigene außenstehende Organisation zu sein sprich israelischer Geheimdienst zu sein. Die internationale Bekanntheit des neugegründeten Mossad sollte durch Jupp Joachimski erwirkt werden. Dazu schickte er an alle Botschaften in Berlin

Depeschen und machte sich bekannt. Erst fing er an, so zu tun, als hätte er etwas entdeckt und müsste nun nach der angeblich neuen Erscheinung Mossad nachfragen. Dann tat er so, dass er der Kontrolleur dieses Mossad sei. Später als der echte israelische Geheimdienst auf die Schliche kam, behauptete, dass er alles wegen mir und meiner Familie gemacht hätte. Aber das stimmte nicht! Er tat es wegen seiner Familie Traue. Man muss dazu wissen, dass diese Familie Traue nicht mal begriff, dass Shin beth und Mossad zwei unterschiedliche Organisationen waren. Somit war auch nach mehreren aggressiven Vorgängen von dem Mossad klar, dass eine Käseglocke um diese Leute gezogen wurde. Das Schlimme war, dass nahezu jeder begriffen hatte, dass alles sinnlos war was sie in negativer und aggressiver Hinsicht getan hatten. Denn alle kannten nur die sehr aggressive und komplett sinnlos überagitierte Art und Weise von Janine Bogosyan und eben dieser deutschen und osteuropäischen Familie Franz Mayinger und deren Ausläufern, die aber eben nie zu uns gehört hatte! Man muss fairerweise dazu sagen, dass alle Leute aus dieser Stasinazifamilie aus Osteuropa und Deutschland die Möglichkeit gegeben wurde sich innerhalb von gestellten Situationen anders zu entscheiden. Ich musste immer wieder in diese Situationen hineintauchen, um die einzelnen Situationswahrnehmungen versuchen ins Positive zu lenken und Katastrophen zu vermeiden. Der Mossad entwickelte sich auch immer mehr zu einem politischen und internationalen Desaster, wie auch andere Geheimdienste. Denn der Mossad war weder israelisch noch jüdisch. Er wurde immer mehr zu einem fremdbestimmten Spielball der deutschen Außenpolitik. Das lag auch vor allem daran, dass die Deutschen sich mit meinem Prestige und meinem Namen das Vertrauen von mehreren Personen erschlichen und ihre Zersetzung fortsetzten und das eben auf sicherheitspolitischer Ebene. Es war schlimm. Jedes Mal musste ich mich für Sachen schämen, die ich nie getan hatte, geschweige denn meine Leute. Die Verhandlungspartner der Deutschen vor allem bei Jupp Joachimski und Gunther Schmid und Franz Mayinger und Karl Mayinger nahmen fälschlicherweise an, dass bei diesen Leuten die Grundsätze galten, wie bei mir. Meine Prioritäten waren immer 1. Ehrlichkeit und 2. Vertrauen und 3. Menschlichkeit! Als ich dann anfing meine Daten besser zu schützen und manche Sachen richtig zu stellen, flog deren unberechtigtes Gleichgewicht, indem diese Leute um Gunther Schmid sich bewegten und auch finanziell bequem gemacht hatten, auf. Man muss dazu wissen, dass ich eines Tages nach Südkorea mit ihnen flog und dort Waffen handelte. So war der offizielle Titel. Aber ich sollte eigentlich als Ärztin dorthin. Einer der Offiziere hatte Gift erhalten und ich sollte ihn entgiften. Es gelang mir zwar, aber Jupp Joachimski ließ ihn später erschießen. Das Essen der Verhandlung über Waffentransporte und Käufe fand in einem Kellersalon in Südkorea statt. Man muss dazu wissen, dass Jupp Joachimski und Gunther Schmid diesen Zwischenhalt von China aus in Südkorea nur aus Not denn mehr als Pflicht absolvierte. Das lag daran, dass Russland ihnen gedroht hatte und sie nicht durch das Land ließen. In Südkorea gaben sie sich als helfende Waffenhändler aus und boten Bilder von russischen Waffengeräten als Handel an. Man muss dazu wissen, dass diese Tarnnamen, die sie benutzten ihnen immer halfen. So war es auch in dem Interkontinental Hotel in Berlin.

Im institutionellen Sinn muss man verstehen, dass die Stasi ihr Namenssystem sehr verfeinert hatte, denn die DDR war als Einheitsstaat auf allen Ebenen organisiert und stringent gleichgeschaltet. Das war auch in der Stasi und ihrer Handlungsweise so umgesetzt. Dadurch wurden die Namensgebungsprozesse geheimdienstlich hinterlegt. Jeder Tarnname erhielt 1. Ein Budget und 2. Eine Laufzeit und 3. Eine Gültigkeitsweite und 4. Eine Nutzbarkeitsdefinition. Das war die Grundlage für deren Nutzungen. Dann wurden die höheren Kategorisierungen in a) Situative Tarnnamen, die meist nur für ein Event genutzt wurden und nur einen **Kurzzeitidentität** darstellte. Sie wurden meist zu einem geheimdienstlichen Szenario bei einem einmaligen Event wie einen Empfang genutzt und zumeist in jeder geheimdienstlichen Abteilung als Arbeitsnamen vergeben. Es wurde nur ein Zweck zur Nutzung vorgegeben. b) Grundsätzliche Abteilungsnamen, die in sogenannten Abteilungspool lagen wurden größer aufgezogen und mit mehr Budget und Handlungsspielraum versehen. Die jeweilige Nutzungszeit belief sich auf unterschiedliche Zeiträume aber auf jeden Fall mehrmals und nicht nur in situativer Hinsicht auf Einzelevents. c) Die letzte Kategorie der Tarnnamen war die **Langzeit-Tarnnamenidentitäten**. Diese wurde vor allem genutzt bei der Einrichtung von sogenannten Geheimdienstfamilien die aber zugleich mit Zweck und Nutzen versehen wurden. Diese Leute waren Angestellte der Geheimdienste und die Absicherung kam direkt von den staatlichen Gremien. Alles in diesen jeweiligen Haushalten war funktional und zweckdienlich hinterlegt. Nichts an diesen Haushalten war Privatvermögen oder gehörte in Eigentümerhinsicht den darin lebenden Personen. Diese Haushalte wurden genutzt als Showrooms im geheimdienstlichen Sinn und auch als Beherbergung für Gäste, die auch wiederum nicht familiär und nicht privat waren. Der gesamte Lebensablauf dieser Haushalte war an staatliche Absprachen gebunden und nichts war jemals privat oder ungeplant geschweige denn zufällig. Gespräche mit Nachbarn mussten nach Absprache gesondert stattfinden und Rechtsgaben waren anhand von Verhaltenslinien vorgegeben. Erbberechtigungen existierten überhaupt nicht. Denn es wurden sogenannte variable Beziehungsgeflechte installiert. Im heutigen Sprech würde man sagen, jeder mit jeder und niemand mit allen. Dieses situative Grundverhältnis führte zu einer ständigen Anspannung und ständigen Kampfmodus. So wandelte sich auch das Bild meiner Siedlung in der ich lebte. Denn über die Jahre wurde sie zur Geheimdienstsiedlung umfunktioniert aufgrund Gunther Schmid und Franz Mayinger Behauptungen und verkam zu einen Molloch an Gesetzlosigkeit, die das gesamte Viertel hineinzog. In dieser Zeit war ich so viel wie möglich außer Haus, denn alles was dort vor sich ging, war der Irrationalität von Gunther Schmid geschuldet und seinen sinnlosen Aktionen, die er aufgrund von Tanja Mayinger Lügen durchführen ließ. Tom Pau alias Köhler war für die Anwerbung von neuen Leuten zuständig, die er mit Grillparties scheinbar privat fesselte.

Dadurch war es immer wichtiger Deeskalation herzustellen und Entspannung. Denn durch den Eintritt von Janine Bogosyan und die Familie von Katja zusammen mit ihren Peter Meier in die geheimdienstliche Materie und in die geheimdienstliche Ebene, verursachte eine ungeordnete und aggressive Stimmung. In den späteren Jahren 1997 war es so, dass Peter Meier und die Legende von Barbara Nowak alias Weisz alias Weiss in Gesamtnorddeutschland nachhallte. Peter Meier traf sich mit sämtlichen deutschen Politikern wie auch den Bundeskanzleramtschef Gunther Schmid und auch den späteren Bundeskanzler Gerhard Schröder. Sie schienen an der Spitze der Macht angekommen und hatten vergessen, dass die geschehenen Ereignisse auf internationalem Gebiet nicht vergessen worden waren und auch nicht verziehen. Peter Meier fing an seine Enkelkinder bei den Geheimdiensten anstellen zu lassen und so kamen die beiden gleich psychisch gestört und vorbelasteten Enkelkinder Chiara Müller und Anna Müller zu ihren Jobs. Diese Jobs konnten sie aber weder ausfüllen, noch hatten sie jemals die Qualifikation diesbezüglich gehabt. Die große Katastrophe war vorprogrammiert. Denn Katja gab sich auch noch zu allem Überfluss als meine Verwandte aus und behauptete, dass ich mit meinem Mann Martin ihre angeheirateten Verwandten über Barbara Nowak alias Weisz alias Weiss und Maria Bogosyan seien. Alles war frei erfunden und auch ihre Cousine Carolin Winkler war nur eine angeklebte Nachbarin in meiner Siedlung. Später stellte sich Sigmund Mayinger als Bulgare heraus, der der Schwager von Peter Meier, dem Vater von Tanja Mayinger war und der Onkel von Carolin Winkler. Charlie Petrussek und Dieter Hubka waren die tschechische Verwandtschaft von Eva Kasper und Steffi Gänse und damit von Katja und Julia Walter alias Nowak. Charlie Petrussek zog später in die Geheimdienstsiedlung und nahezu alle Leute, die dort einzogen, gehörten zu den Verästelungen dieser osteuropäischen Stasinazifamilie. Auch als später die einen gingen und andere einzogen, waren es immer dieselben Hintergründe um diese osteuropäische Familie. Nur eben unterschiedliche Verästelungen. Die osteuropäische Orientierung sah man später in deren mehrfachen Heiraten und Hochzeiten mit osteuropäischen Leuten. Auch das hatte Kalkül und zwar ein Geheimdienstliches und Deutsches. Es sah so aus, dass die Leute mit Gunther Schmid eine Absprache hatten, die Front wie sie die einstigen Satelitenstaaten auch noch im Jahre 1987 nannten, gegen Russland aufrechterhalten wollten. Nicht weil diese Abschottung nötig gewesen wäre. Nein! Denn die Russen waren komplett normal. Nur eben so, wie ich auch sehr gewarnt, vor diesen immer piesackenden Leuten, die auch jemanden wortwörtlich kaputtlabern konnten und damit nur Zeit schinden wollten und von anderen Seiten ihre Feinde, wie sie Andersdenkende nannten auch noch bedrängten und bedrohten. Moralisch gesehen komplett inakzeptabel! Aber das war deren Lebensideologie! Später heiratete die Cousine von denen Susanne Schüßler den Polen Thomas Wlaczik, der als Maler in Berlin tätig war und seine Frau in ihrer Drogensucht bestärkte. Er sammelte sie immer auf und ließ sie in die Psychiatrie bringen und schob die Kinder ab, um sie weiter als Prinzessin ausgeben zu können. Wir hatten nie Kontakt zu ihnen, aber es war klar, dass Julia Walter, die die Cousine von Susanne Schüßler war, ihr Sedativa verschreiben würde, damit ihr finanzielles Überleben gesichert war. Es war verwunderlich, wenn man sich diese Vorgänge ansah, so wie ich es immer wieder tun musste, wie Deutschland sich wie ein staatlicher Koloss wandte und nie zu dem Resultat kam, dass diese Familienkonstellationen und das daraus resultierende Leben vielleicht nicht so optimal geschweige denn normal geschweige denn gesund waren. Es war schlimm zu sehen, wie immer mehr osteuropäische Geheimagenten Deutschland und vor allem die westlichen Länder überrannten und immer wieder nach München kamen und nicht nur die normalen Osteuropäer den Erdboden gleich machten, sondern auch ihre komplett nebulösen Allmachtsfantasien in die Luft bliesen. Peter Meier und der Sigmund Mayinger bestellten immer Janine Bogosyan und Jessica Traue osteuropäische Verwandten nach München und machten Terror. Katja wiederum bestellte ihrerseits ihre Polizeiverwandten aus Niedersachsen und Berlin und NRW nach München. Immer dabei waren Susanne Schüßler und Tanja Mayinger. Die beiden wollten nicht einsehen, dass sie alles an mich zurückzugeben hatten und ihre geheimdienstlichen Haushalte aufzulösen hatten.

2.1 Ein Auf und Ab mit deren ureigenen Innenleben!

Peter Meier wie gesagt deklarierte dann daraufhin einen geheimdienstlichen Schutzstatus für sich und seine Familien und Parallelfamilien und zerbarst fast das gesamte Sicherheitssystem Deutschlands. Peter Meier verkroch sich dann immer ins Rheinland und pflegte seine politischen Kontakte zur Bonner Society und den dazugehörigen Kontakten. Ob jemals ein geheimdienstlicher Schutzstatus bestanden hätte oder ob er Peter Meier berechtigt gewesen sei einen solchen geheimdienstlichen Schutzstatus zu erhalten, schwebte immer in der Luft, da er den Kalten Krieg durch seine Kontakte in Bonn und dann in Richtung Berlin heraufbeschwor. Es war ein regelmäßiges Sicherheitsdesaster und Theater in einem angeblich wiedervereinigten Deutschland zu sehen. Die Familien von Peter Meier und damit die Folgegenerationen von Franz Mayinger waren, wenn man sie fragte nicht nur verblüfft über die Fragen, die man ihnen in Bezug auf ihr geheimdienstlich favoritisiertes Agentenleben stellte, sondern weigerten sich auch die gestellten Regularien einzuhalten und zu befolgen. Auch wurde klar, dass sie sich nicht ausschließlich den deutschen Staat zuordnen lassen wollten, sondern auch noch sich Freiheiten anmaßten, die ihnen aber nie zustanden und die sie nie hatten. Ich schätzte damals die finanzielle Unterdeckung dieses deutschen aus dem Ruder gelaufenen Systems auf ungefähr 200%, wenn nicht sogar 250%. Leider sollte ich Recht behalten. Denn man musste sich dieses aufgeblasene System nicht nur vorstellen, wie einer Krake, die alles umfing, sondern auch wie eine saugende Tentakel die an seinen Opfern sog – und das vor allem in finanzieller Hinsicht. Schriftliche Zusicherungen und schriftliche Absprachen mit diesen Leuten und offiziellen geheimdienstlichen Stellen habe ich nie zu Gesicht bekommen. Auch Sebastian Wieberneit wurde später beim Verfassungsschutz angestellt und so nicht nur schwägerlich, sondern auch auf Cousinen-Ebene verbunden. Gunther Schmid sagte erst, dass er alle von diesen Familien eingestellt hatte, als Bundeskanzleramtschef und -berater. Jedoch als er vorzeigen sollte, was er schriftlich vereinbart hatte, war nichts vorhanden. Es wurde in der Zeit immer fragwürdiger, wieweit man noch den deutschen Geheimdiensten trauen konnte. Es wurde immer schlimmer, weil niemand verstand, wann ein Ende dieses Chaos ankäme. Die Steigerung der Anmaßung kam dann, als Helge Braun der Onkel von Martin Magnus Müller, der ersten Familie von Peter Meier Bundeskanzleramtschef wurde. Helge Braun muss man dazu wissen, war genauso wie Peter Meier Bauer in Niedersachsen und sein Sohn Martin Magnus Müller war der Onkel von Anna Müller, gab sich aber für Anna Müller Ehemann aus. Ich musste damals im Jahr 2005 nach Deutschland kommen und dieses Chaos versuchen zu ordnen. Warum? Weiß ich bis heute wirklich nicht! Es war wieder ein scheinbarer unlösbarer Knoten, der sich eigentlich mit ehrlichen und wahren Worten von diesen Stasiparallelfamilien von Peter Meier aufgelöst werden hätte. Aber das hätte auch bedeutet, dass diese deutschen Familien bezahlen hätten müssen und auch mit ihren freien Leben. Sprich diese Familien hätten wahrscheinlich auch in den Knast gemusst hätten. Stückchenweise gelang dies in manchen Fällen. Aber der wirklich große Schlag blieb lange aus. Auch setzte Peter Meier seine Tochter Tanja Mayinger, als Lebenspartnerin von Stephan Gleißner ein, obwohl der eigentlich mit Kathrin Müller zusammen war. Tanja Mayinger hatte Florian Haas heimlich geheiratet und hatte mit ihm nach mehreren Ehen mit Kindern, auch Kinder bekommen. Während der Zeit weilte sie in Windach in dem dortigen betreuten Wohnen und pendelte in die dortige Psychiatrie. Parallel wohnte sie als Nachbarn von Astrid Peters alias Mayinger in Windach nahe Landsberg am Lech mit Peter Meier anderer Tochter Kathrin Meier in einer anderen Wohnung mit dem Karl Mayinger. Dadurch wurde die vorgegaukelte Familienkonstellation Mayinger gewahrt. Martin Magnus Müller lebte in der Zeit in Landsberg am Lech auf einen Bauernhof und fuhr immer mit seinen Schwager Stephan Gleißner nach Baden-Württemberg in Bietigheim, wo dieser in der Zeit mit seinen Töchtern Anna und Chiara lebte. Martin Magnus Müller war genauso wie seine Schwester blond und blauäugig. Er war etwas dick und gedrungen. Er hatte in geheimdienstlicher Absprache Julia Walter geheiratet in Wien unter meinen Namen und den Namen meines Mannes Martin. Martin Magnus Müller und Julia Walter waren in das Goldene Buch der Stadt Wien eingetragen worden und feierten in der Wiener Hofburg, wo sie mit einer Kutsche hinfuhren. Julia Walter war kleiner als ich und hatte schwarze Haare und braune Augen. Sie trug Ohrringe und hatte, wenn sie jemand einwickeln wollte ein Augenklimpern im Gesicht und ein Lispeln auf den Lippen. Ihre Körpergröße war ungefähr 1,65 m und sie log jedem vor, der es wissen wollte, dass sie Medizin studiert hätte. Ihre unterschiedlichen Namen im Laufe der Zeit, spiegelten sich in ihren Jobs, die sie für ihren Onkel den Bundeskanzleramtschef Gunther Schmid machte, wider. So nannte sie sich nicht nur Walter, sondern auch Nowak, wie die Barbara und später bis hin zu dem erlogenen Titel von Sachsen Coburg und Gotha. Später hatte sie sogar die Dreistigkeit eine Praxis als Hausärztin in Bad Homburg aufzumachen. Sie hatte einen deutschen Pass unter den Namen Julia Walter und war, wie sich später herausstellte, die geheimdienstliche Hinterlegung sprich den damaligen illegalen geheimdienstlichen Netzwerken aus Osteuropa Walter Winkler zugeordnet. Den ersten **Schandi-Stasi-Romeo**, den ich in Deutschland kennen lernen musste. Später wurde Julia Walter so raffiniert, dass sie sogar eine zweite Julia Walter, die aus Österreich kam, mit hineinmischte in ihre Problematik. Julia Walter war immer weiter mit den Burschenschaften in Wien unterwegs und verbunden. Sie nutzte diese Kreise als Einflussnahme und als Machtpotenzierung. Diese zweite Julia Walter, die aus einem landwirtschaftlichen Betrieb in Österreich kam, benutzte die echte Julia Walter als Marionette. Sie wurde absichtlich in die österreichischen Kanzlerebene geheimdienstlich zugeführt und eingeführt. Diese Julia Walter wurde nicht darauf vorbereitet, als wäre sie eine Spionin, sondern sie dachte, dass das alles ein schöner Zufall sei. Das Problem war, dass Julia Walter die Echte, ihre Schulden oder besser gesagt die Schulden ihres Onkel Gunther Schmid aufgrund von ausstehenden Waffendeals, versuchen musste diese Vorkommnisse die aus Niedersachsen stammten, so zu vertuschen. Denn wenn jemand diese Julia Walter, die der anderen Julia Walter zum Verwechseln ähnlichsah, gefragt hätte, die nur die echte Julia Walter hätte beantworten können. Das Schlimmste an der Situation war, dass diese eingeschleuste Julia Walter nicht mal gewusst hätte, warum die Leute so aggressiv und böse auf sie gewesen wären. Die Bedrohungslage aufgrund von dieser Konstellation war schlimm. Diese Julia Walter wurde dann rausgezogen und in Schutzhaft genommen. Denn es war unerträglich, wie Gunther Schmid seine Rechtsanwälte auf diese Julia Walter hetzte zur Einschüchterung und zum Schweigeverpflichtungsunterzeichnung. Die echte Julia Walter schlenderte in dieser Zeit komplett dreist durch Münchens Innenstadt und mied Niedersachsen wie die Pest. Unter der Woche weilte sie in Hamburg als Patientin in der Psychiatrie und behauptete Psychiatriestudentin zu sein. Peter Meier vertrat auch Julia Walter als Betreuer und später Janine Bogosyan. Peter Meier war ein alternder Mann geworden und saß zu der damaligen Zeit schon mehrfach in Psychiatrien und Gefängnissen ein. Seine weißen Haare waren wie Schleier, genauso wie seine Körpergröße von 1,81 m, die überall bekannt waren. Seine braunen Augen wurden über die Jahre immer trüber und auch seine junge Frau Katja konnte nichts daran ändern. Er dieser große Peter Meier saß dann genauso wie seine frühere Ehefrau Barbara und seine andere Ehefrau Maria Bogosyan in Köln Mettmann in der Psychiatrie. Aber er hörte weder auf an Rädern zu drehen noch sich in die Politik zu mischen noch geheimdienstlich zu spielen. Dieses Spielen bezog sich darauf, dass er sich gemäß seines eigenen Rollenverständnisses, er sich Gesprächspositionen anmaßte, die er nie innehatte und ihm nie zustanden, aber so kommunizierte. Peter Meier kroch dann bei seiner Verwandtschaft in den Benz-Barracken unter. Auch suchte er regelmäßig die erfundene Familie Salmen in Paderborn auf, wo er seine mittlerweile illegal einquartierte andere Tochter Gunda Nitzsche besuchte. Peter Meier hatte damals seine gesamte Familie und seine neue Loverin Karin Schmitz auf Barbara gehetzt und war genauso wie Walter Winkler zuvor, wie ein Tier auf sie losgegangen. Peter Meier war ein nachweisbarer eiskalter Killer, der sich genauso, wie Walter Winkler der Vollbart zuvor, gerne als netter Mann ausgab. Später machte Peter Meier dasselbe mit Maria Bogosyan und Sigmund Mayinger der Tscheche unterstützte ihn darin. Zusätzlich kamen noch die früheren Mittäter Ingrid Wolf alias Blumoser und Gisela Traue und deren Familien hinzu. Ingrid Wolf alias Blumoser war verschwägert mit Gisela Traue und oft zu Gast in Niedersachsen. Kathrin Meier die Tochter von Peter Meier war entsetzt als sie erfuhr was ihr Vater getan hatte, um auch sie an sich zu ketten, und von ihr bedingungslose Gefolgschaft forderte. Jedoch hatte Peter Meier kein Recht das von seiner Tochter zu fordern. Kathrin war ein aufgewecktes Mädchen und hatte braune schöne schulterlange Haare und braune Augen. Ich war damals in ihrem Haus bei Peter Meier mit ihrer Mutter im Münchner Osten und hatte ihre Mutter in ihrer Krebserkrankung gepflegt. Es war schrecklich zu sehen, was Peter Meier in dieser Zeit machte und wie kaltschnäuzig er seine Frau abfertigte. Aber es hatte System. Als die Verwandten von Kathrin aus Niedersachsen kamen, machte ich ihnen die Tür auf und ließ entgegen Peter Meier Anweisung die Verwandten ins Haus. Kathrin Mutter freute sich darüber und ich hoffte inständig, dass sie sie mitnehmen würden. Aber meine Hoffnung wurde enttäuscht und ich bat sie wenigstens Kathrin mitzunehmen. Aber auch das blieb damals vorerst aus. Später nahmen sie Astrid eine entfernte Verwandte als Ziehmutter mit. Aber es war einfach nicht gut. Als schlimme Konstellation heiratete Astrid pro forma Joseph Bäumer und zerstörte damit aufgrund ihres angefangenen Stasisystem der ungültigen Einheiratung auch ihre eigene Zukunft. Neben der Zukunft anderer. Barbara war damals mit mir und zusammen mit ihrer Bekannten Julia Walter Mutter, die sie in Niedersachsen absetzte nach Schleswig-Holstein und ließ extra für ihre späteren Pläne Zahnabdrücke von mir machen und ließ eine Plombe in meine Zähne machen. Diese dreiste Frau Barbara machte das, nicht weil ich wirklich eine Plombe benötigt hätte, nein es wäre komplett sinnlos gewesen. Sie machte das aus eigenem widerlichen hassenden Eigenantrieb, um mich als ihre leibliche Tochter zu deklarieren und als Beleg die Zahnabdrücke zeigen zu können. Zudem bereitete sie mit der Zahnplombe die damals übliche Urnenplombe vor, sprich sie wollte damit beginnen meine Verwandten zu ermorden. Das war im Jahr 1987. Zu dem Zeitpunkt kannte ich aber Peter Meier alias Peter Müller alias Peter Mayinger alias Pete Miller noch nicht und hatte nur Erfahrungen mit diesen ebenso brutalen Walter Winkler alias Sigmund Mayinger mit Vollbart, der dieselbe Größe von Peter Meier hatte. Carolin Winkler war die leibliche Tochter von Walter Winkler und Kathrin Meier war eine der leiblichen Töchter von Peter Meier. Alle drei Männer Walter Winkler alias Sigmund Mayinger und Peter Meier und den tschechischen Sigmund Mayinger verband eine Frau Barbara Nowak alias Weiss alias Weisz alias Salmen alias Mayinger alias Meier. Barbara Nowak fiel aufgrund ihrer Körpergröße von 1,75 m sehr stark neben den kleinen gedrungenen Tschechen Sigmund Mayinger auf. Genau das war auch ein sogenanntes Sichtproblem für die Stasinazigeheimdienstliche Vereinigung und so wurde beschlossen, dass Barbara nach Norddeutschland verbannt werden sollte und ab einen gewissen Zeitpunkt die Aufenthalte in Süddeutschland für Barbara verboten sein sollten. Barbara fristete in dieser Zeit auch eine Zeitlang als einbeinige Prostituierte in einem **Schandi-Wohnwagen** in der Frankfurter Straße in Berlin ein trostloses Leben. Sie war damals als sie mit mir als angebliche Stasiingenieurin auf die Berliner Messe gegangen war, eine so hochgewachsene Person mit Stolz in ihren Augen. Als ich sie dort sah in ihrem Wohnwagen und als sie auch noch überfallen wurde von ihrer Nichte Gunda Nitzsche und ihren Ziehsohn Sebastian Wieberneit, heulte ich bitterlich. Die Arroganz die diese Stasinazifamilie ausstrahlte und wie sie ihre provokanten und zynischen Argumente für ihre Forderungen platzierten, die auf den Ausformulierungen ihrer Straftaten fußten, führten zu regelmäßigen Auseinandersetzungen, die bei Eingreifen der Polizei immer damit endeten, dass diese Nazistasifamilie alles abtritt und zumeist noch irgendwelche Zeugen präsentierten, denen sie dann nach Abzug der Polizei vor den Augen der von ihnen Beleidigten und Geschädigten Geld zusteckten. Ein Hohn und eine Provokation! Immer wenn ich kam, sagten sie mir, dass sie sich nicht daran erinnern könnten, was sie getan hätten und dass das alles nicht wahr sei, was über sie behauptet würde. Mir platzte regelmäßig der Kragen und deswegen wussten sie genau, dass mit mir nicht zu spaßen war. Es kam bei diesen provokanten Thesen immer darauf an, dass man sich nicht erschöpfend provozieren ließ. Auch den Laberfluss musste man von Anfang an konsequent zum Erliegen bringen, weil man sonst in das verbale Spinnennetz mit der widerrechtlichen Verquickung von Privaten und Beruflichen und Geheimdienstlichen Interpretationen komplett erlag.

Denn diese Leute hatten nach dem Tod von Maria Bogosyan im Jahr 1999 einfach so weiter gemacht wie bisher. Katja hatte sich auch nachdem ich sie zuvor auf einer Tomatenplantage in den USA aufgelesen hatte wieder in ihre Rolle als Ehefrau von Peter Meier gefügt und machte sogar mit. Das Schlimme war, dass die Leute von damals in die Schuhe getreten waren von ihrer Vorgängergeneration. Es kursierten die gleichen sinnlosen Legenden und die gleichen sinnlosen Verhaltensmuster in Notsituationen. Spontane und richtige Handlungen in Notsituationen oder in normalen Situationen waren nicht vorhanden. Ich hatte zwar abgesicherte Szenarien, aber nachdem abgecheckt worden war, dass sich diese Leute von Peter Meier immer noch nicht korrekt und normal verhielten und immer noch geheimdienstlich spielten, war auch klar, dass sie wieder eine sinnlose Todesspirale anstrebten mit der Deklaration ihrer brutalen Härte. Ich beendete diese Tests immer vorher, weil es 1. So abgesprochen war und 2. Weil ich sah, dass die Trotzigkeit dieser Leute in ihrer Weigerung anzuerkennen, dass andere Leute stärken und besser waren als sie und auch diese Leute von Peter Meier nicht aufhören wollten zu provozieren, war eine immer wiederkehrende Wiederholung in diesen Jahren ab 2000 eigentlich vorprogrammiert und so musste ich Gunther Schmid vor die Wahl stellen, ob er für diese Leute einstehen wöllte. Peter Meier und die Familie Mayinger provozierten und reizten und beleidigten wo sie nur konnten. Sie kotzten fast Gift und Galle, als ihnen ihre alten Verurteilungen und unberechtigten Anzeigen gegen fremde Leute vorgehalten wurden. 3. Nach mehreren Jahren war Franz Mayinger wieder versucht seine perfiden Pläne der Allmachtsfantasien umzusetzen und er versuchte wieder sich als Oberhaupt einer globalen Familie zu deklarieren. Er behauptete dann weiter ein Freund der US-Amerikaner zu sein und gab sich abermals als mein Verwandter aus. Aber ich schob sofort einen Riegel vor und stellte klar, dass er nie unter meinem Namen und auch nie mit meinem Hintergrund handeln durfte.

Man muss dazu auch sagen, dass sich immer deutlicher herauskristallisierte, dass eine Art egomanischer geheimdienstlicher Konzentration auf diese Kernfamilien existierte. So wurde mir bewusst mit Schrecken, dass eine **Art Igelform** gemischt mit Echsenabwurftaktik, genutzt wurde, um in sehr eklatanten und sehr klar ersichtlichen Situationen und straffällig und belegbaren und beweisbaren Straftatüberführungssituationen aus der unerwünschten brenzligen Situation sich zu winden. Zum einen wurden die Stacheln ausgefahren sprich die scharfen Argumente und waren es auch nur scheinbare Scharfe Argumente angebracht und wie Dauerbeschuss abgefeuert. Zumeist gaben diese ungehobelten Leute keine Ruhe bis ihr Gesprächspartner, den sie sofort als Systemuntreuen rochen, aufgrund ihres Dauergequatsche nachgab oder entnervt aufgab und die Flucht ergriff. Der Echsenschwanz wurde in planenden geheimdienstlichen Gesprächen als Rattenschwanz bezeichnet und sollte abgeworfen werden zur Ablenkung und zum Ballastabwurf sprich Kosteneinsparungen. Damit wurde signalisiert, dass die Randgruppen, die auch als Zulieferer und Diener genannt wurden, fallen gelassen werden würden. Es wurde auch ab diesen Zeitpunkt alle Verantwortung kategorisch abgestritten. Grundsätzlich! Alle gesagten Gespräche wurden zynischer Weise als privat deklariert und Arbeitsgespräche wurden in Büros verwiesen. Diese Egomanie, die sich in der Opferbereitschaft von eigenen Leuten zeigte, bezeichnete ich immer als Märtyrertum und als Harakiri, auch wenn es sich nicht um Japaner an sich handelte. Es war die Ideologie, dass sich ein Stasiagent bis zur Komplettheit für das System aufzuopfern hatte, weil er sich ein Teil seines Landes und dessen Apparates verstand. Es war eine Art Selbstaufopferung, die ich nur im krassesten Sinn in Asien gesehen hatte und eben in der DDR. Nur die DDR und das muss man auch verstehen, hatte nie vor im Gegensatz zur Naziideologie in den Endkampf einzutreten. Nein, die DDR und die Stasi verschlankten sich einfach nur! Auch Personell und sicherten so den Bienenköniginnenstaat sprich in der Franz Mayinger Familie Katja das Überleben bis zum nächsten Versuch in dem sie die Weltherrschaft zu übernehmen versuchten. Man muss auch begreifen, dass dieses Bienenköniginnenmodell in den Überbeleibsel des Stasiapparates in mehrfacher Hinsicht vorhanden war. Es gab nicht nur eine Bienenkönigin und in den meisten Fällen wurde auch nur in schemenhaften Ausformulierungen von diesen Einzelpersonen berichtet oder erzählt. Hier war meist der Denkansatz „Verschwinden hinter der Masse!" als Prämisse und Rahmensetzung vorhanden! Einzelheiten und Spezifika wurden nur von Leuten preisgegeben die man ausgeforscht hatte und die man als Mordopfer erachtete. So wurde ich regelmäßig angezählt von diesen Leuten von Gunther Schmid, weil sie mich gerne als Mordopfer gesehen hätten und mich als Verhandlungssache ansahen. Frecher Weise! Deren mehrfachen unterschiedlichen Bienenstämme und deren Königinnen wurden als Kern deklariert und als Keimzelle. Meistens wurde diese geheimdienstliche Entwicklungsgeschichte mit dem Symbol der Obstbäume-Saateinpflanzung gleichgesetzt. Getreue Leute wurden abgestoßen, wie das eben bei einer Echsenflucht und Untertauchen so üblich war. So war das auch bei der Inszenierung ihrer Szenarien. Sobald sie merkten, dass sie auf Widerstand stießen in dem situativen Szenario, was zum Tod einer in deren Szenario verwickelten Person hätte führen sollen, flüchteten sie. Am Schlimmsten war es immer, wenn sie mein Gesicht sahen, denn dann passierten Dinge wie stürzende Fahrradfahrer, die eigentlich verkleidete Mörder waren und Autounfälle, die extra als Ablenkungsmanöver gebaut worden waren, um sich perverser Weise als Mörder mittels der dortigen Polizei zu verstecken. So zu sagen vor aller Augen! Man muss dazu sagen, wenn diese Stasiagenten in diese Situation kamen, dass sie sich überführt fühlten und sich ertappt fühlten und fürchteten, dass sie ihren Selbsterhaltungstrieb an die oberste Stelle setzten und in einen Verteidigungsmodus umschlugen. Das hatte zur Folge, dass Unbeteiligte in der Ausbrechung aus den geheimdienstlichen gestellten Szenarien, welche sie selbst vorher nutzen wollten gegen andere Leute, diese Stasiagenten selbst als Bedrohung empfanden. Gemäß dem Bild der Diaspora, wie diese Stasiagenten es nannten, zerstoben sie in alle Winde. So kann man sich auch erklären, dass Barbara innerhalb ihrer Selbstmörderischen Karriere mehrere Namen und Pässe trug. So waren die Namen Nowak, wie sie laut Mädchennamen in Niedersachsen wirklich hieß. Dann Weisz, wie sie in Polen im KZ Ausschwitz hieß. Dann Weiss nach der Eindeutschung sprich illegalen Umschreibung auf einen deutschen Namen in Berlin und in Niedersachsen. Später 1987 als Salmen in Nordrhein-Westphalen und wieder in einer anderen Familienkonstellation. Dann Mayinger in Bayern aber nur in der Konstellation

Yorckstraße. Ihr erster **Schandi**, den sie Ehemann nannte, war Walter Winkler alias Sigmund Mayinger und darauf folgte der tschechische Zweig mit Reisch Familie und den eingedeutschten Namen Mayinger. Peter Meier übernahm die Koordination von Nord und Süd. Barbara blieb in Norddeutschland und in Berlin. Peter Meier wurde ihr letzter **Schandi**. Dazwischen gab es noch in Ostdeutschland einen gewissen Wolfgang Weiss, der für Barbara auch noch unter den Spitzelnamen Barbara Große Akten bei der Stasi anlegen ließ. Sigmund Mayinger der tschechische Zweig blieb im Süden und übernahm dort die Stasiaufgaben. Später übernahm dieser tschechische Zweig lediglich die Besuche in Bayern und auch die andere Schwiegertochter Maria Bogosyan und es kam zu einer funktionalen Zweiteilung. Maria Bogosyan heiratete in Eichstätt Peter Meier, der sich danach nach Norddeutschland zu Barbara aufmachte. Später lebte Peter Meier dort mit Karl Mayinger in einer Nachbarschaft in Niedersachsen. In Bayern ließ er sich nur noch über Tanja Mayinger also als private Familienbesuche sehen. Die Südgruppe wurde auch in Richtung Osteuropa geschickt und die Besuche bei den restlichen in Osteuropa verbliebenen deutschen Nazistasifamilien. In Norddeutschland deckte Peter Meier Skandinavien und Frankreich ab. Zwischen beiden geheimdienstlichen Teilen bestanden sogenannte Kommunikationsstränge, die aufrecht erhalten blieben durch Direktkontakte und durch scheinbare harmlose Familienkontakte. Peter Meier hatte in allen Jahren die größte Angst entdeckt zu werden und baute ein Netz der Kommunikation über Dritte auf. Dazu benutzte er nicht nur seine eigenen Familienangehörige und deren Parallelfamilien, sondern auch die Annahme, dass es sich um scheinbare familiäre Nachfrage handele. So waren die Fragen nach nicht anwesenden Dritten immer ein Ausforschen seiner Gegner, wie er sie bezeichnete. Er variierte zusammen mit seinen Brüdern und Schwestern zwischen Bonn und Berlin. Er hatte somit den gesamten institutionellen Bereich Deutschlands abgedeckt. Mit der späteren Einstellung seiner Enkelkinder Anna und Chiara Müller bei den deutschen Geheimdiensten potenzierte sich somit auch die Aggressivität und die Durchschlagskraft, die Peter Meier zum nahezu uneingeschränkten Herrscher über die deutsche Innen- und Außenpolitik in irregulärer Weise machte. Er gab sich in Bayern stets als harmloser Hausmann. Man mochte anfangs glauben, dass Gunther Schmid und Jupp Joachimski stärker seien, bejahen. Nur über die Zeit der Jahrzehnte, konnte man beobachten, wie Peter Meier und seine Familienangehörigen peinlichst darauf achtete, dass er als unscheinbare Person wahrgenommen wurde. Er hatte den USA vorgelogen, dass er Politikberater und Politikwissenschaftler sei und so wurden seine Worte als besonders gewichtig angenommen. Er berief sich auch ständig auf internationaler Ebene auf mich und meine Leistungen, was darin grotesker Weise endete, dass er auf Einladungen als Frau angesprochen wurde und sämtliche wirklich bedeutenden Personen ausgeladen wurden aus diesen Events. Das Schlimmste war, dass Sigmund genauso viel Hass in sich trug und den Vornamen Ludwig sich geben ließ. Diesen Namen nutzte er nicht nur als angeblicher Rechtsanwalt aus Augsburg, sondern auch als Bürgermeister und als sonstige Person, der seine Parallelfamilien unterstützen wollte. Mir blieb das alles verwehrt, weil er mir deutlich sagte, dass wenn ich mich nicht fügen würde in deren kriminelles Leben und ich nicht aufhören würde über den Ursprung in der Vergangenheit zu sprechen, er eine Rechnung an die Bundesregierung stellen würde, die jedoch auch wieder nicht um mein Leben besorgt sei, sondern um Janine Bogosyan Leben. Somit sagte mir Sigmund, dass ich in seinen Augen keine Rechte hätte und er mich umbringen würde, indem er mein Leben behindere. Ich machte mir nichts daraus, denn ich hatte auch keine Lust mich mit den Drohungen von Peter Meier Bruder auseinander zu setzen. Und ebenso interessierte mich auch nicht, dass Walter Winkler ein Cousin von beiden war, dessen Tod sie sich perverser Weise noch teuer bezahlen ließen. Also kurz gesagt bezahltes Unrecht auf bezahltes Unrecht gesetzt. Es war sogar so krass, dass ich im Jahr 1997 eine Rechnung erhielt mit einer Strafanzeige, dass ich Geschlechtsverkehr mit einen Verwandten 1. Grades gehabt hätte und nun dafür zahlen musst. Total irre dachte ich mir. Aber das war wirklich so. Ich war zu dem Zeitpunkt in den USA und die deutschen Behörden schickten mir frech diese Strafanzeige nach. Danach kam raus, dass Steffen Pau und Janine Bogosyan und ihre erste Tochter gemeint waren und dass ich zahlen sollte für diesen Gendefekt. Ich war so erbost, dass ich es Sigmund sagte und der sagte dann, dass ich doch nicht so sein solle und es nicht so schlimm nehmen sollte. Danach kam noch ein weiterer Satz, der mich vor deren Dreistigkeit beinah vom Hocker gehauen hätte: Ich solle meiner Schwester Janine Bogosyan vergeben, dass sie mir meinen Mann Steffen Pau ausgespannt hätte! Ich sagte nur: WHAT! Nicht nur, dass ich nie mit Steffen Pau zusammen gewesen war, sondern dass ich auch nicht auf ihn stand! Und dass sich später herausstellte, dass die Kinder aufgrund des Stiefgeschwisterlichen Verhältnis einen weiteren Gendefekt in sich trugen machten meine Kopfschmerzen nicht gerade kleiner. Der Gendefekt der ersten Tochter war so gravierend, dass die Frage war, ob sie überlebt. Janine und Steffen beschlossen als Ersatzteillager ein weiteres Kind zu zeugen. Ich schüttelte nur mit dem Kopf und brach am Flughafen zusammen, weil es mich aufregte. Ich zahlte die Strafe und sagte aber, dass ich nicht Janine Bogosyan sei und dass ich auch nicht für die Kinder aufkommen würde. Janine mied aufgrund dieser Tatsache, wie später herauskam jeden Arzt. Ich hatte dann auch später noch einen Therapieplan erstellt für die Kinder. Aber Janine hielt sich nicht daran und frönte lieber ihren Hobbies der Verschwörungstheorienfaselei. Ich hatte damals extra mehrfach DNA Tests und dazugehörige Abgleiche gemacht, um nicht nur die graduelle sprich Prozentuelle genetische Abstufung bestimmen zu lassen, sondern auch die Gendefekte Chromosom bestimmt eingrenzen zu lassen. Um Vaterschaftstests ging es mir dabei überhaupt nicht. Denn die Vaterschaft von Steffen stand außer Frage. So wurde zum einen bereits die vorherige 1. gradige Verwandtschaft von Janine und Steffen festgestellt und des Weiteren der Gendefekt der Kinder, der sich in einer Autoimmunkrankheit zeigte, als Resultat aufgezeigt wurde. Ich war fassungslos, aber was sollte ich machen, Peter Meier sagte, dass das seine Kinder mit geheimdienstlichen Schutzstatus seien und niemand sie belangen dürfte. Er sagte jedes Mal zu mir, dass er ihnen jegliche Freiheiten gelassen hätte. Ich dachte mir nur, was das auch noch sollte, weiß kein Mensch. Auch die Korrelation zu Sigmund aus Tschechien, der kein Kind hatte, weder mit Barbara noch mit Maria Bogosyan und die gleichzeitige Herabwürdigung dieses Sachstandes durch Peter Meier war schlimm mit an zu sehen. Man muss dazu wissen, dass Peter Meier alle seine Tarnehefrauen sitzen hatte lassen und sich immer eine feuchten Kehrricht um sie gekümmert hatte. Er pflegte das Bild eines lieben Hausmannes und Hausfreundes mit **Schandi-Gesicht**. Auch seine Landwirtschaft in Niedersachsen war ihm egal und er behauptete immer er hätte genug getan für Deutschland, dass es nun auch zahlen könne. So war seine eigene Sicht. Zudem muss man wissen, dass seine Ehefrauen stets von diesen Männern, die er belächelnd Kastraten nannte. Diese Kastraten nannte er so, wie sie in seinen Augen keine echten Männer waren. Diese Männer, die sich bis zur Selbstaufgabe, um seine Frauen kümmerten oder um von ihm auf deren Leben gepresste Staatsaufgaben sorgten und einfach nur ihre Ruhe haben wollten. Aber auch das ließ er nicht zu. Diese nicht näher definierten Staatsaufgaben hatte er selbst angestoßen und verteilt und damit dieses Netzwerk geschaffen. Man muss somit sagen, dass alle seine Verwandten in seinen Augen eine Art Leistungsträger und Mitarbeiter darstellten. Mit den jeweiligen auch negativen Konsequenzen in Bezug auf deren eigenes Leben. Ich war immer nur entsetzt, denn wie bei der Mutter Irmgard von Peter Meier in den USA in der Nähe des Indianerdorfes, entwickelten diese Leute im Laufe der Jahre keine Eigeneinsicht, sondern nur einen enormen Hass und Wut auf andere Leute. Das war ein Problem, was ich versuchte zu lösen mit sogenannten Zwischenstandsevents. Das bedeutete, dass die Leute von mir sogenannte Wohlfühlereignisse erhielten, um sich auf sich selbst zu besinnen. Es war nämlich über die Jahre ein so eklatanter Missstand in der Justiz erfolgt durch eben diese Stasileute, dass ich, ob man es glauben will oder nicht, die normalen Leute In- wie Ausländer schützen musste. Manchmal mit absurdesten Mitteln. Einmal musste ich einen normalen Araber in ein Gefängnis für nur kurze Zeit bringen lassen, weil diese Leute ihn sonst umgebracht hätten. Dann musste ich einen Beamten auf Kur schicken, um ihn nicht nur zur Entspannung zu schicken, sondern dass er nicht dauernd die Lügen von Peter Meier wiederholte. Ich kam mir vor, als wäre ich in der Augsburger Puppenkiste und das im realen Leben. Durch die Weigerung von Deutschland ihren Geheimdienst zu kategorisieren und zu definieren, kam es im Jahr 2000 zu einem sogenannten Absprung aller ausländischen Staaten bis auf der europäischen Ebene, denn die waren mittlerweile von der 3. Generationsebene in institutioneller Hinsicht durchsetzt. So war Sandra Detzer dort eingeschleust worden und hatte nicht mal ein Abitur und konnte auch den Anforderungen auf Leistungsebene nicht gerecht werden. Die Folge war, dass sie abermals durchdrehte und in eine Psychiatrie eingewiesen wurde. Das Tragische war, dass Sandra Detzer als Finanzexpertin in Brüssel weilte und an weitreichenden und europaweit tragenden Finanzprojekten eingebunden war und die nun nochmal nachgeprüft werden mussten und sich alle als unhaltbar darstellten. Wieder war es Peter Meier, der der Onkel von Sandra Detzer, besten Freundin Anja Meier war, der versuchte mir diesen Finanzschaden anzudichten. Denn er hatte Sandra Detzer meinen Lebenslauf und meinen Abschluss in Volkswirtschaft und in Betriebswirtschaft ausgeliehen. Ausgeborgt wie er es nannte. Alles illegal, aber damals stellte Peter Meier Janine Bogosyan als mich vor und unter meiner Adresse und schob mir die Schuld zu.

Peter Meier stellte später im Jahr 2002 Sebastian Wieberneit bei einer extra geschaffenen polizeilichen Überwachungsstelle mit der Tarnbezeichnung Hausmeisterei Nusser an. Sebastian Wieberneit sollte aufgrund seines psychologischen sehr unreifen Charakters und seiner Stupidität Leute beobachten und ausforschen in ihren Privatwohnungen. Zudem übernahm er auch das Rausschmeißen aus diesen Mietswohnungen. Er behauptete immer ein polizeilich verbrieftes Recht zu besitzen, was sich aber im Nachhinein auch als Lüge rausstellte. Auch wurde klar, dass Peter Meier nicht gewillt war dieses Netz an Intrigen und Lügen aufzulösen, sondern immer noch so weiter zu machen. Für die ersten Berichtigungsvorgänge in den Jahren 2000 ließ ich eine bestimmte Prozessrahmenordnung setzen, um ein Ausweichen auf Erklärungen aus dem Geheimdienstmilieu zu vermeiden. So legte ich zunächst die Interpretationstiefe von Aussagen fest. Das beinhaltete, wie weit eine Auflösung der Aussagen der Stasiagenten sprich Nachvollziehung überhaupt sinnvoll war oder wieweit man eine Beweisführung auszureizen hatte, um die normale und echte und richtige Rechtssicherheit gewährleisten zu können.

Kompliziert wurde die Sache auf internationalen Level mit Gunther Schmid und Jupp Joachimski späteren widerlichen Zynismus über China und Asien im Allgemeinen. In Asien war es üblich, dass man in umgekehrter Höflichkeitsform sprach. Diese Form der Ausdrucksweise beinhaltete, dass der Redende die andere Person nicht direkt ansprach, sondern sich empathisch in dessen Situation versetzte ohne sich selbst zu einem respektlosen Teil dessen zu machen. Diese Höflichkeitsrede wurde von Hans Lauter und Gunther Schmid und Jupp Joachimski in mehrfacher Hinsicht negiert und auch für die eigenen Sichtweisen instrumentalisiert. Man muss dazu wissen, dass in der Psychologie bei der Behandlungsmethode von Traumapatienten zwei Therapieformen angewandt wurden. 1. Die Vogelperspektive, die den Patienten von oben herab auf das Geschehene und Erlebte vorsichtig herabblicken sah und damit die geschädigte Person in einen geschützten Status versetzte. Im negativen Sinn oder auch übersteigerten Sinn wurde diese Form der realen Umsetzung als Überwachung und Komplette Kontrolle seitens Gunther Schmid und Jupp Joachimski umgesetzt. Diese Form wurde dann im Stasideutsch Puppenspieler genannt und eben genau so deklariert. 2. Die andere Form der Therapie hieß Rollenspiele und die hatte auch zwei Bedeutungen. Die Rollenspiele wurden bei Traumapatienten, die bereits etwas stabiler waren eingesetzt und sollten die Person wieder in die damalige traumatische Situation versetzen.

Aber diesmal in einen geschützten Bereich, wie einen normalen Behandlungszimmer. Meistens wurde dies gemacht mittels Hypnose, um die Schmerzreizung so gering wie möglich zu halten. Jedoch wurden dieses Rollenspiel auch im Stasideutsch genutzt und zu sogenannten Handlungsoptionen bei Stasiagenten, die sich wie Schauspieler auf die jeweilige Rolle mit fremden Namen und fremder **Identität** vorbereiteten. In der ersten Therapieform wurde zudem meist eine Vermeidung der Worte Ich angewandt. Das war deswegen so, damit die Leute mit ihren traumatischen Erinnerungen nicht direkt konfrontiert wurden. Sie sprachen dann zumeist, vor allem wenn es um Folteropfer ging zumeist in der dritten Person über sich. Später in der Therapie sollten die Patienten aber wieder in der normalen Selbstbewussten Ich-Form von sich sprechen. Bei der Stasi wurde aber eben genau diese Form auch zur Folterung genutzt. Die **Schandi** verlangten von ihren Opfern, dass sie sich nicht als Subjekt sahen, sondern als Teil des Systems und dass sie sich auch so verhielten und so artikulierten und nie eigene individuelle Bedürfnisse äußerten. Und in China war genau diese Form der Contenance in der Kultur verankert und eben auch die Ausdrucksweise. Naive Menschen hätten dazu Spiegelbild besagt. Ich sagte dazu kulturelle Individualität. Man muss auch verstehen, dass eine Form der Stringenz und durchgängige Parallelität in der Lesbarkeit der Körpersprache und der verbalen Artikulation in China genau wegen dieser Besonderheit in der Sprache nie funktioniert hat und auch nie hätte. In Asien war die Maßgabe des gesunden Körpers und gesunden Geist allseits vorhanden. Aber diese Form der Härtedeklaration ging schief, da China auch eine Flexibilität in der eigenen Gesundheit besaß. Denn durch die versuchte der Einengung von China durch die Stasi wurde auch der Begriff der chinesischen Definition von Gesundheit ausgehebelt und das ließen die Chinesen sich erfreulicher Weise nicht bieten. Somit biss die Stasi dort auf Granit, wenn es um solche Entlehnungen von Worten und Begriffen und Entfremdungen von Begriffen und Umdeutungen von Begriffen in der Kommunikation ging. Auch das Sprachsystem der Stasi übernahmen die Chinesen nicht. Für mich hieß das nur in Konsequenz, dass ich nur ganz spezielle asiatische Therapeuten bei der Traumabehandlung einsetzen konnte, um einen sogenannten Clash der Kulturen zu vermeiden. Ich wusste aus meiner Zeit in China, dass das Gebot der Ruhe und der Stille und des Innehaltens in China sehr populär war. Ich selbst machte damals morgens eine halbe Stunde Meditieren ohne zu reden und ohne mich zu bewegen. Später rettete mir genau dieses Stehenbleiben können das Leben als ich einer im Sand vergrabenen Mine stand. Aber das Innehalten und das Stillsein und das Ruhigsein, war in den Situationen nicht möglich. Denn die Einschüchterung war zu groß, dass normale Menschen diesen Druck hätten standhalten können. Es war eine Frechheit zu sehen, wie normale Menschen sich diese Drangsalierungen antun mussten. Denn man muss auch dazu sagen, dass die Leute von Gunther Schmid und Jupp Joachimski, sich nicht selbst kontrollierten, sondern sich noch als Herrenmenschen anmaßten für ihre lügenden Fickfotzenhurenschlampentussen zu sprechen. Viele Menschen, die in diese Schlingen dieser als politisch verkauften Szenarien hineingeraten waren und geschädigt wurden, landeten bei mir später in der Therapie. Aber Peter Meier, der auch dazu gehörte, machte unbeirrt weiter, wie ein trotziger Klotz, den nichts umhauen hätte sollen. Da kam es dann schon mal vor, dass Peter Meier der auch die Namen Gerhard Nitzsche und Peter Müller und Peter Mayinger trug, sich erdreistete für mehrere seiner Parallelfamilien einzutreten anhand meiner Ansprüche und Rechte. Er scheute sich klar zu sagen, dass er nicht mein Vater war, nur um seine Taktik der aussaugenden Spinne aufrecht erhalten zu können. In diesen Zeiten als er überführt wurde, machte er regelmäßig die gleichen Maschen. Er sagte seiner Frau Katja, dass sie sich jemand anderen und jüngeren suchen sollte. Meist waren das Leute, die Peter Meier kannte und die von ihm abgewichen waren. Er hatte weder vor 1. Katja zu verlieren noch 2. Wollte er aufgeben bezüglich seines Luxuslebens noch 3. Wollte er ungestraft die Bühne verlassen. Aus diesem Grund nannte er meist geheimdienstlich zum Zusammenführen deutsche einflussreiche Leute, die er dann später wie heiße Kartoffeln fallen ließ, indem er Katja zurückpfiff, nachdem er sie auch während dieser Zeit überwachen ließ und sie wieder „erobern" wollte. Meistens kam sie reumütig zurück und weinte bitterlich, weil sie zum Führen einer gleichberechtigten Beziehung mit gleichaltrigen Männern nicht in der Lage war. Das fiel mir eigentlich sofort auf, als ich das alles sah. Jedes Mal, wenn ich Katja in der damaligen Schule fragte, was ihr Freund mache, sagte sie: Nichts! Nicht dass sie nichts gesagt hätte, aber die Individualität und die Einzigartigkeit war nicht wichtig. Es war ein Einheitsbrei, der nicht mal das genaue Anschauen einer Person und das bewusste einzigartige Wahrnehmen dieser Person beinhaltete. Es war als würde Katja genau, wie Kerstin Meier vor ihr, genau in diese Welt eintauchen und keine Gesichter und Individualität nicht nur nicht mehr wahrnehmen, sondern sie auch keinen zugestehen. Das erklärte auch später, dass jeder ihrer Exfreunde alle gleich aussahen und alle bei der Polizei waren. Ebenso war es auch so, dass Katja leider wieder als Venusfliege in der deutschen Politik für Gunther Schmid ihren Onkel und Peter Meier ihren einstigen angeheiratate Onkel und jetzigen Ehemann aktiv wurde. Janine Bogosyan war ihre Stieftochter genauso wie Jessica Traue ihre Stiefschwiegertochter. Tanja Mayinger war mit Florian Haas verheiratet und hieß Haas in der Zeit. Florian Haas war ein Sohn von Gunther Schmid und der Schwager von Alexander Wieberneit eines Bundestagsabgeordneten in Berlin. Dieser Alexander Wieberneit war der Cousin von Sebastian Wieberneit, der sich als mein Pflegebruder bezeichnete und beide arbeiteten in verschiedenen Funktionen für den Verfassungsschutz. Ebenso trafen sie sich beide immer mit dem Ziehvater von Jupp Joachimski Tochter Sepp Schüßler. Dieser Sepp Schüßler war auch für den Militärischen Abschirmdienst (MAD) zu ständig und seine leibliche Tochter Christina Schüßler alias Lu war in Berlin für das Bundeskriminalamt tätig. Parallel dazu war Janine Bogosyan als angebliche Soziologin in Berlin **als geheimdienstliche Extremismusforscherin** und als **angebliche Terroristenbekämpferin** an. Das Problem an allen war, dass sie nur logen und nicht im Ansatz an Wahrheit interessiert waren. Sie konnten nicht mal mit einem ehrlichen „Guten Morgen!" grüßen und mit einen netten in die Augen sehen zurechtkommen! Sie ekelten sich vor sich selbst und konnten nicht mal ihr eigenes Spiegelbild ansehen. Anna und Chiara Müller arbeiteten in der Zeit in einer Filiale in Bonn der Geheimdienstkrake von Gunther Schmid und Florian Haas arbeitete für seinen Vater Gunther Schmid als mehrfach Beschäftigter im Erzbischöflichen Ordinariat in München einerseits als Polizist und als Verwaltungsbeamter. Verheiratet war er wie gesagt mit Tanja Mayinger und die lebte mit dem auch mehrfach Beschäftigten Stephan Gleißner in Windach. In dieser Zeit weigerten sich diese Leute, die ihren paranoiden geheimdienstlichen Wahn auf ihren Lügen und auf ihrer sinnlosen ekeligen Familienstruktur auf. Sie trafen sich auch in München und vor allem in der Siedlung, wo Tom Pau alias Köhler der Sohn von Peter Meier wohnte und eben auch der Rest der tschechischen Onkel und osteuropäischen Familie von Carolin Winkler und Janine Bogosyan. Katharina Petrussek und Julia Walter waren andere Zweige von dieser Familie, die nichts hatten bevor sie meine Eltern und mich verleumdeten und entführten! Alles worauf ihre Nationalitätsausweise beruhten, war mit meinem Geld und meinem Vermögen verbürgt. So bekam ich zynischer Weise im Jahr 1987 einen zweiten falschen Vornamen der Stadt München „geschenkt"! Caroline! Was war passiert? Eine rumänische Cousine von Carolin Winkler und Julia Walter war nach Deutschland in das Rheinland gezogen. Sie erhielt im illegalen und sinnlosen Gegenzug einen Künstlernamen Caroline Beil. Später behauptete diese Frau, dass sie mit einen meiner US-amerikanischen Jungs zusammen gewesen sei. Es stimmte auch nicht und war nur gelogen. Aber diese Frau Caroline Beil klammerte sich an ihre eigene erfundene Lüge und ließ sich noch dreist von mir den einzigen Film, den sie je drehte, bezahlen. Das Gleiche geschah bei ihrer rumänischen Schwester Janina Schmitz, die über Karin Schmitz verwandt war. Somit also auch zu Peter Meier gehörte. Die tschechische Familie Mayinger, wie sie eingedeutscht hieß, weil sie sich eigentlich Mainger schrieb, war mit Katja Familie verwandt über dessen Bruder Christoph. Christoph nannte sich Bäumer alias Bäumler und holte den Tschechen Sigmund Mainger als Notarzt in einen französischen Krankenwagen alarmiert aus Berlin in Prag ab. Er wusste, dass dieser Mainger meinen Großvater kurz zuvor in Prag erschossen hatte. Aber er hielt dicht, wegen seiner Verwandtschaft in Niedersachsen und wegen Katja. Für mich war es sinnlos und komplett irre. Denn ich hatte mit dieser Familie nie etwas zu tun. Im Gegensatz zu Barbara war Maria Bogosyan, die andere Schwiegertochter von Franz Mayinger, ihren Peter Meier treu. Andersherum stellte sich die Debatte nie. Als Maria Bogosyan in München, nach ihren Morden immer wieder unter anderem auch in der Psychiatrie in der Lindwurmstraße strandete, kam es zu einer Anstrebung einer politischen Untersuchung aufgrund der Bestrebungen von Gunda Nitzsche und Tanja Mayinger. So kam Gunther Schmid als Beauftragter auf mich zu. Denn meine leibliche adelige Verwandtschaft sagte auch, dass Maria Bogosyan nicht meine Mutter war, was auch stimmte. Jedoch behauptete Maria Bogosyan immer wieder das Gegenteil.

Erst später erfuhr ich, dass ihr Geld versprochen worden war, wenn sie Tanja Mayinger und Gunda Nitzsche als echte Prinzessinnen ausgab. Sie tat es und log für dieses Geld. Sie bezahlte ihr Lügen aber auch bitter. Denn ihr wurden zur Folterung Organe entfernt und danach wurde sie wieder zugeflickt. Maria Bogosyan war extrem klein und sehr gedrungen auch im Körperbau. Sie war nicht schlank und hatte auch keine Taille, sondern einen dicken Unterbauch. Ihre blauen Augen und ihr Mondgesicht funkelten immer böse, wenn sie verunsichert war. Sie hatte eine sehr scharfe Zunge und ihr thüringischer Akzent war bekannt. Maria Bogosyan musste ich einmal besuchen in der Lindwurmstraße und damals wollte sie mich auch umbringen. Sie brachte damals einen Pfleger mit einen Messerhalsschnitt um. Ich sollte mit ihr an einen weißen Tisch mit einer Blumenvase frühstücken. Aber sie war wie im Wahn und schmiss mir alles hinterher. Maria Bogosyan verschwieg Gunther Schmid, dass Tanja Mayinger dort in Behandlung war, als sie das erste Mal über ihre Elternverhältnisse für die Stasi lügen sollte. Es ging damals, um den unerklärlichen Tod von den adeligen Karl aus Frankfurt am Main. Tanja Mayinger sollte damals den Unterschied zwischen den Original Adeligen Karl aus Frankfurt am Main und den ersetzten Karl einfach kaschieren und alles einfach als ein Lebenslauf erzählen. So wurde psychologisch der Bruch sprich auch Verhaltensbruch einfach als Verhaltensausfall deklariert und Tanja Mayinger erhielt für ihr Lügen eine falsche Prinzessinnenurkunde. Kurz zuvor war der echte Karl in Südtirol auf einen zugefrorenen Stausee mit Fontaine zusammengebrochen und ausgeflogen worden. Wo er in Innsbruck kurze Zeit darauf starb und verbrannt worden war ohne Totenschein. Maria Bogosyan war dabei und der echte adelige Karl hatte bemerkt, dass auch sie nicht meine leibliche Mutter war. Genau diese Erkenntnis brachte ihn an den Herzinfarkt und er brach zusammen. Auch meine Injektion bei ihm direkt in Herz brachte nur kurzfristigen Erfolg. Als Deal blieb Maria Bogosyan in der Psychiatrie in der Lindwurmstraße im Jahr 1988. Tanja Mayinger gab sich weiter als die leibliche Tochter aus und deshalb wurde später ihr neugezeugter Stiefbruder Alexander Mayinger mit blauen Augen in Italien von dem tschechischen Zweig ihrer Familie umgebracht. In späten Jahren hatte sie sehr große Angst vor ihrer leiblichen Tochter Gunda Nitzsche. Gunda Nitzsche ihre leibliche Tochter hatte genau wie sie eine sommersprossig hinterlegte Haut und braune Haare. Ihre Augenfarbe war hellbraun und ihr Gewicht variierte immer zwischen 38 und 46 und hatte unschöne O-Beine. Ihr Gewicht schwankte genauso, wie ihre charakterlichen Wandlungen. Gunda Nitzsche war seit ihren 7. Lebensjahr in verschiedensten Psychiatrien und nannte im Wahn Vladimir Putin immer den Opa aus dem Bunker. Ob sie ihn je getroffen hatte, ließ sich nie verifizieren. Aber anscheinend, war ein scheinbares Zusammentreffen in den DDR-Kirchenkreisen irgendwann geschehen. Ich persönlich, kannte Putin nur aus meiner Zeit in der DDR, als er mich an dem Zuggleisdrehkreuz zusammen mit den Rumänen rettete und diesen Franz Mayinger verjagte. Er war ein normaler Offizier und Diplomat mit wirklich Rückgrat. Er hatte eine klare Sprache und war sehr real und sehr menschlich im Einschätzen von überlagerten Situationen. Gunda Nitzsche war eifersüchtig auf jeden und alle. Aufgrund dieser Vorkommnisse war es klar, dass Gunda nie einen Mann abbekommen würde. Gunda Nitzsche hatte nie einen echten Freund. Denn sie vergewaltigte Männer und sie hatte nie eine schöne Attraktivität, die Männern anzog. Sie vergewaltigte nicht nur in späteren Jahren den Vater meiner Tochter Samira, sondern sie vergewaltigte sogar einen Freund von mir. Gunda Nitzsche tat das, weil es ihr Vater Peter Meier so gesagt hatte und manchmal tat sie es aus eigenem Antrieb. Gunda Nitzsche ritt auf dem nicht erigierten Glied der Männer und bekam auch noch Geld nach allen ihren Sexzwangstaten. Auch ihre Ehen waren lediglich bezahlte geheimdienstliche Absprachen. Zudem schnappte sie ihrer Stiefschwester Kathrin Müller später deren Mann Stephan Gleißner weg und zeugte mit ihm Kinder. In der Zeit lebte Stephan Gleißner mit Tanja Mayinger in Windach. Stephan Gleißner war parallel zu seiner Anstellung im Erzbischöflichen Ordinariat in München als Angestellter von Jupp Joachimski und Florian Haas, noch für Gunther Schmid und Jupp Joachimski als IT-Techniker zusammen mit Janine Bogosyan und Susanne Schüßler tätig. Gunda Nitzsche hatte bereits Jahre zuvor mit mir an der Technischen Universität München gearbeitet, wo ihre tschechische Cousine Eva Kasper und ihre westdeutsche Tante Claudia Höfer-Weichselbaumer, eine Exfrau von Gunther Schmid, arbeiteten. Als ihr und meine Chefin. Ich zeigte sie nur an und sie wurde endlich verurteilt. Zunächst wollte ihr Vater Peter Meier sie noch schützen, aber der bekniete mich umsonst und bot mir umsonst Geld. Auch ihr Onkel der tschechischen Seite Mainger alias Mayinger eingedeutscht hatte, hatte bei mir keinen Erfolg. Denn dazu muss man wissen, dass die Familie Gassner und Reisch und Hubka und Fechner und Hartmann und Wagner und Eder in Prag Nachbarn waren und nicht nur bekannt, sondern auch untereinander verwandt. Diese Leute hatte Peter Meier installiert als meine Kindergartenleiterin in Neuhausen in einen evangelischen Kindergarten. Immer wieder vermischten Walter Winkler und Peter Meier meine Familie mit ihren Verwandten Janine Bogosyan und Katja. Erst gingen wir davon aus, dass sie das unabsichtlich taten und fragten dann immer weiter nach. Später behaupteten diese widerlichen vor allem bulligen Widerlinge, dass alles erst ein Versehen dann eine Verwechselung gewesen sei. Bei wirklichen direkten Nachfragen folgte dann eine lapidares „Es tut mir leid!"! Ich war es komplett leid, denn sie ließen mich nicht in Ruhe. Egal wo ich hinging. Später wurde klar, dass sie auch das alles gelogen hatten und mich die echte und einzige Prinzessin und meine Familie aus den USA schon in den USA extra über ihre Stasinaziagenten überwachen und ausforschen ließen. Einmal nahm mich mein leiblicher Vater in ein New Yorker Theater mit und meine leibliche Mutter blieb zuhause in unserem Penthouse. Wir waren auf den Aufgang des Theaters und mein Vater strahlte vor Glück. Er hatte eine Stirnglatze und ein rundes aber markantes Gesicht. Ich war 5 Jahre alt. Als wir die Foyertreppe hinuntergingen und die Pause war, war ein dichtes Gedränge im Foyer und wir wollten Orangensaft trinken. Als er mich hochhob auf den Arm in meinem kleinen Kleid, stieß ihn eine Frau von der Stasi absichtlich an. Sie hatte kein schönes Gesicht und war sehr schrill. Wir unterhielten uns kurz nett, aber bestimmt. Sie wollte ein Foto machen, was mein Vater ablehnte. Später ließ sie sich unter einen erfundenen Adelstitel nieder und sie hieß Gloria von Thurn und Taxis. Die Fotos aus New York, die sie illegal machen hatte lassen von meinem Vater und mir, gab sie als ihr Eheverhältnis aus. Zur Bestätigung ihrer Erzählungen ließ diese Frau aus dem Foyertreppe in den USA später in Deutschland sich Alibis von Julia Walter als angebliche Herzchirurgentochter und von Ingrid Wolf alias Blumoser ihre Versionen bestätigen.

Später erdreistete sich Peter Meier auch noch mir eine Nadja aus Russland als Verwandte anzudichten und zu behaupten, dass sie nach ihrer ach so geliebten Tante Nadesha, wie der kommunistische Spottname meiner leiblichen Mutter war, benannt worden sei. Auch dieses Mal erdreistete sich die Familie Peter Meier das Erbe zu erhalten. Ich war so schockiert über so viel Dreistigkeit und so viel schamlose Egomanie. Auf den Arm meines Vaters hatte ich beim Rausgehen aus dem Theater meine kleinen roten Chanel-Mantel an. Den gleichen, den ich später bei der New Yorker Straßenparade trug. Es war das Belegfoto welches später an meine adeligen Verwandten in Hessen geschickt wurde, als Erpressungsfoto und Belegfoto zugleich. Schon damals gab sich diese Frau aus, als eine Adelige, die sie nie war. Mein leiblicher Vater Alexander tauchte nie in Regensburg auf. War logisch, denn er war nie dort. Später als die 10 Jahre Vermisstenanzeige vorbei waren, ließ sich diese Stasifrau Gloria von Thurn und Taxis ungefragt, als Ehefrau meines leiblichen adeligen Vaters das Erbe übergeben ohne Genehmigung von mir und ohne jemals die echte Ehefrau meines leiblichen Vaters gewesen zu sein. Immer wieder gab es diese Unterschlagungsvorfälle und mich verschwiegen diese Leute und bezeichneten sogar noch als Putzmädchen und manchmal als Mischling, wie einen Hund oder eine Straßenkatze. Sogar von meinem späteren Gehalt bedienten sie sich, als wären sie berechtigt. Nach 1988 drohten sie mir andauernd damit, dass ich nie mehr US-amerikanischen Boden betreten werde, wenn sie das wöllten. Über die Tode meiner leiblichen Eltern und Großeltern wurde ich nie offiziell informiert geschweige denn war ich jemals auf einer Beerdigung. Immer flossen die Erbschaften in die Taschen dieser unverschämten Leute. Es war Sitte vor allem im Kalten Krieg von den Stasinazileuten, dass sie die echten adeligen und westlichen und jüdischen Personen nicht begruben und ihnen auch nie einen Totenschein ausstellten. Es galt in deren Kreisen die Prämisse, wo keine Spuren, da auch keine Tat. Resultat war, dass sich in den Jahren 1984-1992 die Vermisstenanzeigen sich stapelten. Die Steigerung an Impertinenz war, als ich mich mit Jupp Joachimski darüber unterhalten musste, als er zynisch lachend vor mir stand und ein Behältnis mit menschlicher Asche in den Gulliabfluss kippte, ob man die DNA noch zusammensetzen könnte. Ich schäumte vor Wut und bei der Polizei gab dieser widerliche Richter noch an, dass er Bodenstaub entsorgt hätte. Als Gegenbeweis sollte ich Staubbildung und Hausstaubbildung erklären. Später kam Jupp Joachimski noch auf die Idee mich zu demütigen indem er mich herausfinden ließ, wieviel die Seele eines Menschen wiegen würde und wieviel Gewichtsverlust eine menschliche Leiche und Tierleiche hätte, wenn sie entweichen würde. So wollte er mir die Differenz erklären dieser Jupp Joachimski, zwischen einen Menschen ohne Seele und einen toten Menschen mit Seele und einen toten Menschen dessen Seele den Körper verlassen hatte. Es waren genau 7 Gramm Unterschied. Zwischen einen lebenden gewogenen Menschen und einen toten Leichnam, den man wog. Einfach nur respektlos und unverschämt dreist! Auch als ich dann in Frankfurt am Main die Staatsanwaltschaft aufsuchte, um den Mord des US-amerikanischen Richter in Berlin zu melden, lief mir diese durchtriebene und widerliche osteuropäische Familie hinter her und stieß mich die Treppe in dem höchsten Gericht der Bundesrepublik Deutschland hinunter. Ich hatte den Staatsanwalt der Bauer hieß gebeten die Belege und Beweise dieser sich auftürmenden Morde für sich zu behalten und zu archivieren, um sie als Beleg für die Straftaten dieser weitverzweigten und illegalen Familie zu Prozessen zu bringen. Aber ich wurde aus dem Gericht entfernt und nochmal wegen Ungezogenheit angezeigt. Ich dachte ich spinne und fuhr wieder zurück nach Bayern. Aber diese Stasinazifamilie observierte und beschattete und belästigte und überwachte und kontrollierte mich weiter. Jedes Mal, wenn ich meine eigenen Wege ging kam entweder Barbara oder Maria Bogosyan und behaupteten, wie beispielsweise in den USA, dass sie es nicht ertragen könnten, dass ich so weit weg von ihnen sei. Ich hasste sie alle beide deswegen. Sie klebten an mir, obwohl sie eigene Verwandte hatten, die ihnen aber nie zur Verfügung standen. Geschweige denn hätten sie diesen Verwandten jedes Mal die Bluse vollgekotzt oder im Arm geweint oder sich pflegen lassen. Es war alles irgendwie, auch in meinem realen Leben, immer wenn ich diese Familie wieder in mein Leben lassen musste, komplett schief und verdreht. Denn eigentlich war ich ja die Geschädigte dieser beiden Frauen und ich hätte das Recht der Ablehnung und der Wut gehabt und ich hätte getröstet werden müssen von anderen Leuten und nicht ich die als 7-jährige für Barbara und Maria Bogosyan eine Suppe kochte. Sobald ihre **Schandi** sie mal wieder schrecklich behandelt hatten. Sie klauten mir alle meine Fotos meiner Kindheit und damit alle wahren Ereignisse aus meiner Kindheit in den USA! Ich sollte also die Auslöser und Aufrechterhalter dieser schrecklichen Situation und die Ursache und Wirkung durchfüttern und mit der Liebe versorgen, die eigentlich meiner echten Familie zustand. Durch die mehrfachen falschen Behauptungen von fremden Frauen aus der Familie Katja und Janine Bogosyan und Jessica Traue und Julia Walter und Gunda Nitzsche sprich den Enkelkindern von Franz Mayinger, dass sie meine leiblichen Mütter seien, wurden immer wieder sinnlose Hoffnungen geschürt und damit Finanzmittel freigesetzt von einstigen Freunden meiner Eltern. So war es auch bei Maria Bogosyan und Barbara. Beide Getreue des Stasinazisystem. Maria Bogosyan wie auch Barbara fuhren nach Tschechien in den Urlaub.

Ich musste mit Barbara nach Karlsbad fahren, wo sie sich als hochwohlgeboren ausgab und eine Kur machte auf meine Kosten. Es war so perfide. Barbara war komplett dehydriert und konnte aufgrund ihrer Verletzungen durch Walter Winkler nicht laufen. In Karlsbad war zu dieser Zeit kein fließendes Wasser und es stand nur ein Wasserbrunnen in der Mitte dieses Dorfes. Er hatte einen Hebelarm und an dem Wasserhahn konnte der Henkel von den Gefäßen drangehängt werden. Das tat ich alles! Aber es war wieder schrecklich! Es gab keine einzige Wasserversorgung und auch keine Kanalisation in diesem gesamten Dorf. Alle Abwässer wurden direkt in die Donau geleitet und auch die Bürger und manche jüdischen Bürger dort waren im erbärmlichen Zustand. Medizinische Versorgung gab es sowieso nicht. Alle litten nach dem Winter an Schüttelfrost was mehr seine Auswirkungen in den vernarbten Frostbeulen hatte. Die Wunden die aufgrund der Kälte in den ungeheizten Behausungen entstanden waren, endeten darin, dass die Nervenbahnen angegriffen waren und die ausgefransten Nervenstränge unter der ledernen Haut kaputt waren und nicht mehr komplett zusammenwuchsen. Ich ließ einen Zug voll Brennholz nach Karlsbad bringen damit geheizt werden konnte. Es lag noch etwas Schnee der aber schnell wegtaute. Ich spielte mit den Kindern und versuchte das Freibad wieder mit frischem Wasser zu füllen nach der Restaurierung, was auch gelang und für Barbara Entspannung sein sollte. Aber Barbara war ein nervliches Wrack und konnte nicht mal im Ansatz mehr stabil und ruhig und entspannt sein. Sie war in einer Art Lauerstellung und hatte aufgrund der ständigen Belastungen immerwährendes Zucken. Was aber nicht wie bei den dortigen Juden von den zuvorigen ungeheizten Winter kam. Nein! Es kam daher, dass sie einfach Nervenschäden wegen ständigen psychischen Druckes und ständigen Stresses hatte. Zudem hatte sie offene Wunden, die nicht verheilten. Ich ließ die Schwefel Quellen in dem Thermalbad wieder reaktivieren und auch die anderen Kurannehmlichkeiten wiederherstellen. Der Brunnen in der Dorfmitte förderte aufgrund der Schwefelquellen manchmal ein gefährliches Schwefel Wasser Gemisch zu Tage, was die Leute vergiftete, die sowieso kein sauberes Wasser hatten. Manchmal war das einzige Kurhotel, welches vor Ort war, nur mit vereinzelten und versprengten Stasiopfern besetzt. So war es auch mit Barbara, die gleich am Anfang eine versalzene Suppe bekam, die ihr den Tod bringen sollte. Denn sie verlangte nach Wasser, was ihr verwehrt wurde, aufgrund des Brunnen. Sie war besinnungslos als sie das Wasser zu sich genommen hatte und war in eine Ohnmacht gefallen. Sie wurde in ein Krankenhaus abtransportiert. Ich blieb noch bis alles fertig gestellt worden war. So kaufte ich die Zwangsarbeiter und Juden aus den Stollen im Karlsbader Umland frei. Es waren Uranminen. Zu diesen Uranminen wurden die Zwangsarbeiter und Juden jeden Morgen gekarrt von einen etwas außerhalb liegenden KZ ähnlichen Barracken-Hütten-Ansammlung. Es war mit Stacheldraht umzogen. Es gab nicht genügend zu Essen und regelmäßig verhungerten die Leute im Winter. Es waren schäbige graue Barracken, die keine Wärme abhielten und die Dächer waren undicht. Die Stockbetten waren löcherig und die Matratzen waren voller Wanzen. Jeder Zwangsarbeiter sollte die Schuhe ausziehen, wenn derjenige den ungeschliffenen Boden der Barracken betrat. Wunde Fußunterflächen waren an der Tagesordnung. Die Zwangsarbeiter hatten keine eigene Kleidung und mussten sogar diese teilen untereinander. Aber das waren nicht alle Minenarbeiter. Denn ein Teil der Minenarbeiter durfte gar nicht jeden Tag in die Lager zurück und dort in Stockbetten schlafen. Ein Teil der Arbeiter musste unter Tage in den Minen auf Pritschen ohne Wasser und ohne Brot schlafen. Es wurde eine sogenannte Untergrundstadt zusätzlich zum Minen-Stollen-Bergwerk-System gebaut. Die Schlafkojen waren in in Stein gehauenen Nebenräumen platziert. Als ein Stollen, der auch nach demselben Modell in Gesamtosteuropa vorhanden war, in der späteren Slowakei einstürzte oder besser gesagt von Jupp Joachimski und Gunther Schmid zum Spaß gesprengt wurde und daran eine angebliche militärische Rettungsübung geübt wurde. Starben alle Stollenarbeiter. Die echten Leichen bekam die Weltbevölkerung nie zu Gesicht. Aber die Schuhe und die massenhaften Anziehsachen! Als angebliche Überbleibsel der Zwangsarbeiter in Ausschwitz im Jahr 1987! Während des Militärmanöver kamen keine Leichen zum Vorschein. Die waren ja tief in den Seitengängen des Stollens und es sollten ja nur Übungssprengungsvorgänge sein. Die danach folgenden Räumkommandos sollten nur den oberflächlichen Schutt wegräumen. Bis zu den Seitengängen und den verschütteten und eingeschlossenen Arbeitern, von denen sie nicht mal wussten, dass sie existieren kamen sie nie. Das erledigten dann die Nazis und Stasileute, die sowieso nur an perfiden neuzeitigen Intrigen interessiert waren. Mit diesen Intrigen konnte sie gleichzeitig die Medien auf ihre Seite ziehen und verschweigen, dass es diese Leichen jemals gegeben hatte. Denn es war ja nicht das Jahr 1943. Sondern eben das Jahr 1987. Mit Sklavenhaltung von Juden und anderen normalen Leuten, die von übrig gebliebenen Stasiagenten und untergetauchten Nazigefolgsleuten gefangen gehalten wurden und zur Arbeit gezwungen wurden bis sie freiwillig starben, wie sie das zynisch nannten. Ich fuhr mit diesen Leuten die gesamte einstige Ostfront entlang und kaufte alle Minen auf. Das Arbeitsmaterial inklusive, wie sie die Arbeiter nannten. Aber ich war gewarnt und kaufte ab diesem Augenblick zuerst die Arbeiter und dann die leeren Minen. Zudem hatte sich die Dorfbevölkerung von Karlsbad den „Spaß" erlaubt einen Zwangsarbeiter in einen Stollen zu stecken mit Uran und ihn dann mit Verbrennungsschäden und Fluoriszierenden Leuchten auf den Marktplatz als Laterne zu stellten. Er starb an den Verbrennungen und wurde dann als er tot dalag von diesem primitiven Pack eine verbrannte Kerze genannt. Aufgrund dieser Tatsache ließ ich auch noch eine Laternenbeleuchtung anbringen und gründete später die Firma Osram auf diesen Minen basierend. Später wurde mir in Russland genau deswegen als angebliche Verräterin in einem schwarzen Van, in den ich nicht gehörte mit Leuten, die ich nicht mochte, eine Glühbirne Osram in den Mund gestopft und mein Kopf festgehalten. Sie sagten, dass sie meinen Mundraum und meine Luftröhre von innen kaputtmachen würden. Ich schüttelte mit dem Kopf, als sie mich nach einen USB-Stick fragten, den ich nicht hatte. Sie meinten wieder irgendwelche von ihnen abgezapften Daten und irgendein Schadprogramm, was die angeblich hochbegabte Susanne Schüßler in Moskau in ihren paranoiden Wahn in deren Rechenzentrum gesteckt hatte. Später erfuhr ich, dass es ihr Exfreund war, der mich bedrohte. Das muss Liebe sein, dachte ich mir nur. In den einigen Wochen als ich dort war, fanden auch noch sämtliche Empfänge mit allen östlichen Leuten statt. Sie nannten es Ball- und Kursaison. Unter anderem fuhr ich auch auf die Bauernhöfe, wo unter anderem sogenannte traditionelle Feste stattfanden. Eva Kasper war unter den Gästen und tanzte mit ihrem Ziehvater aus Schweden. Sie war dort in Tschechien aufgewachsen und in den Ferien nach Schweden gefahren. Sie hatte ihr typisches böhmisches Dirndl und die donauschwäbische Krone auf. Sie hatte eine kleine falkenartige Nase und grüne Augen. Ihr Körperbau war sehr gedrungen und sie war nicht wirklich auf den ersten Blick attraktiv. Ihre Haare waren kurzgeschnitten, aber gelockt und sie tanzte auf diesen Stadelfest oder wie immer man dieses komische Treiben mit Polka und Bauerntanz nannte, wie eine LSD zugedröhnte. Sie tanzte auch den zynischen Hochzeitstanz auf diesem Fest. Dabei wurde das Hochzeitspaar sprich Eva Kasper alias Frederike von Tucher und ihr Tanzpartner Ulrich Mair ein Lehrerkommilitone von ihr, von mehreren Reihen an Frauentänzern und Männertänzern und gemischten Reihen umrundet. In der Mitte tanzten die Beide, wie abgeschirmte und auf sich gestellte Personen. Zum Schluss flog sie durch den Raum in der Holzkaschemme und war danach komplett betrunken. Das war die Einleitung ihrer Stasideklaration des Versprechens eines Mordes. Es war immer der gleiche einleitungstanz, denn eine Hochzeit im Stasideutsch, war ein Teil des Rads des Lebens mit einem Mord und Toten und einem Versprechen auf die Hochzeiten der Kultur und der Sozialistischen Natur wie sie es nannten. Die Reihen der äußeren Ringe waberten immer ineinander und auseinander und erdrückten die Hochzeiter. Man muss dazu wissen, dass in den sozialistischen Systemen sprich Bruderstaaten und Satellitenstaaten sehr viel Wert auf leise und stille Absprachen und Uniformität in Handeln und Sprache gelegt wurde. Sprich die Leute sollten sich blind verstehen. Aber der Jahrzehnte langen Abschottung war das auch ein Clanweites Gefüge, was alles dieselbe Sprache und habituelle Ausdrucksformen aufwies, wie eben die Donauschwaben die als Volksstamm gewertet wurde. Später machte Eva Kasper in Niedersachsen eine Friseurlehre und war eine weltbekannte Mörderin, die bereits mehrfach verurteilt worden war. Ulrich Mair stellte sich später auch als Parallelfamilie von Peter Meier heraus und wurde Lehrer an der Maria-Ward-Schule. Er war komplett integriert in die Familie Janine Bogosyan, die die bulgarische Seite dieser Horrorfamilie abdeckte. Man muss dazu sagen, dass Barbara die Verwandte dieser Bauern war und dass sie perverser Weise ihre widerliche Verwandtschaft darauf eingeschworen hatte, dass ich nicht allein aufwachsen und nie allein sein sollte. Das perverse Resultat war die Dauerbewachung und Beschattung. Denn die dortigen Familien Fechner und Hartmann und Hubka und Kornberger und Schießler und Müller und Wagner und Huber tauchten immer wieder in meinem Leben als Stasigeheimagenten auf und klebten an mir, wie als wären sie meine Familienangehörigen. Sie kamen alle aus dieser osteuropäischen Region und ich hatte sie noch nie in meiner Familie gesehen. Ihre Verbindungen waren alle mit den Erinnerungen an die verrückte Barbara und die verrückte Maria Bogosyan verbunden. Es war schlimm, wie diese Leute wie Geisteskranke immer mich, versuchten in ihre Familie zu involvieren. Sehr lange sprachen sie in ehrerbietigen Ton von dieser absolut wahnhaft gestörten Barbara. Denn Barbara hatte sich laut Gesetz angeblich von Walter Winkler scheiden lassen und behauptete aber weiter adelig zu sein. Daraus resultierte, dass sie sich weiterhin gegenseitig erpressten mit den gemeinsamen Straftaten. Aber diese Leute kamen alle aus Niedersachsen und auch dort gehörte ich nicht dazu. Ebenso war es mit Lydia Stein alias Klein alias Wagner, die als Friseurmeisterin in Niedersachsen die Chefin von Eva Kasper war und mich anredete, als wäre ich ihre Verwandte.

Nur später ließen sie manchmal durchblitzen, wenn sie wieder mal in ihren Problemen saßen, dass sie wüssten, warum ich ihnen böse wäre. Jessica Traue war eine Verwandte aus Niedersachsen und direkt gesagt eigentlich aus Bulgarien. Denn sie war dort geboren und dieses Kosmonautensiedlung war nach russischen Recht später auf mein Bestreben hin das Existenzrecht abgesprochen worden, um so die erbärmlichen erzwungenen zweiten Doppel-NATO-Beschluss außer Kraft zu setzen. Denn weder Russland noch USA noch andere Staaten wollten Verantwortung für diese Straftaten übernehmen. Später wurde damit die Kosmonautensiedlung geräumt und alles komplett weggesprengt. Dazu muss man sagen, dass diese Stasinazileute vorher nicht nur die USA, sondern auch London und Moskau und eben Berlin bombardieren ließen. Alles auf Bestrebungen von Jupp Joachimski und Gunther Schmid. Sie hatten den gesamten Globus in einen flammenden rotierenden Feuerball verwandelt und waren noch stolz darauf und drehten gleich noch den sinnlosen widerlichen James-Bond Film. Das war im Jahr 1985! Später zogen sich diese untergetauchten Nazifamilien wieder nach Osteuropa zurück und dort wollten sie wieder Richtung Westen aufbrechen. Diese Ost-West-Bewegung und auch in die andere Richtung zurück, wenn es wieder sicher war, waren immer zu beobachten, wenn diese Rattenlinie, in Enttarnungsprobleme kam. Sie hatten andere Reisebewegungen als die Saisonarbeiter und waren meist andere Leute mit anderen Umgangsformen.

So kam es denn auch, dass Barbara eigentlich in diesen tschechischen Familien nicht gern gesehen wurde. Aus mehrfachen Gründen. Zum einen, weil sie sich scheiden hatte lassen von Walter Winkler oder besser gesagt einseitig losgesagt hatte von Walter Winkler und als zweiten Grund, weil sie sich mehr zu dem Westen hingezogen fühlte und mehr für Freiheit eintrat. Sie taten ihr schreckliche Dinge an und ihre eigene Familie war nicht mehr in der Lage sie zu beschützen und zu ihr zu stehen, weil sie ihr nicht mehr glaubten. Egal was sie erzählte. Barbara hatte auch nie sich distanziert und hatte immer das Credo von Franz Mayinger: „Wir sind eine Familie und müssen zusammenhalten! Egal was komme!", verinnerlicht und bis zur Selbstaufgabe absorbiert. Später erinnerte mich Tanja Mayinger in genau dieser Hinsicht an diese Sinnlosigkeit. Tanja Mayinger war mit der Familie Mainger alias Majinger alias Mayinger aus Tschechien verwandt und als Barbara das erfuhr meldete sie es in München per SOS und Fernsprechmelder an die British Army. Sie sprach gemäß des NATO-Alphabet j = Jotta und nicht y = Ypsilon! Es stellte sich heraus, dass Walter Winkler zu dem damaligen Zeitpunkt genau diese Ungenauigkeiten gewollt hatte und gezielt unterstützte um Barbara auflaufen zu lassen. Walter Winkler kannte keine Gnade, weil er so viele Leute von sich wie möglich als weiter aktive Stasiagenten nach Westdeutschland bringen wollte und auch anleitete. Er kannte Gesamtmünchen und ging in alle Kneipen der Stadt. Mich verachtete er von Anfang an und selbst meine Kindlichkeit empfand er nicht als Abschreckung. Es herrschte ein unheimlicher Konkurrenzkampf innerhalb dieser Familie und gegenseitiges unerklärliches Neidgefühl und aber dann ein gemeinsames Zusammengehörigkeitsgefühl im Kampf gegen einen gemeinsamen Feind. Sei es auch nur, dass irgendjemand innerhalb dieser Familie denjenigen oder diejenige zu einem Feind erklärt hatte. Die tschechischen Bauern waren auch Verwandte von Peter Meier und so war mit der Ehe mit Peter Meier eine Änderung des Lebenszustandes von Barbara ein Vorgang der sie vom Regen in die Traufe brachte. Walter Winkler war zwar tot, aber Peter Meier sollte laut den Planungen von Gunther Schmid die Position von Walter Winkler einnehmen. Walter Winkler wurde 1993 beerdigt. An der Beerdigung von Joe Bogosyan nahm ich nicht teil, aber er starb im Gefängnis und wurde wohl wie es üblich war bei diesen Vermischungen von Geheimdienst und Polizei unter den Tisch fallen gelassen. Barbara starb im Jahr 1992 und Maria Bogosyan im Jahr 1999. Karl Mayinger der echte Adelige aus Frankfurt am Main wurde nie beigesetzt und auch mein Großvater, der in Prag erschossen wurde, wurde nie beerdigt. Ebenso wurde der älteste Sohn der Habsburger, der in der DDR verschwunden war, nie beerdigt und auch die Leiche nie gefunden, geschweige denn zugegeben, dass er tot war. Das Gleiche geschah bei dem letzten bayerischen König und auch bei dem letzten Urenkel des Preußischen Kaiser.

Eine Begegnung mit dieser Familie von Katja aus Niedersachsen machte mir klar, wie komplett in sich gespalten die einzelnen Familienmitglieder waren. Barbara war genauso wie deren Schwester Marianne und Maria Bogosyan ihre Tanten. Laut Gesetz in Niedersachsen und in Westdeutschland war die gesamte Familie als Terroristenfamilie eingestuft worden, obwohl der Großvater Polizeichef in Niedersachsen war. Die Kindergeneration Katja's Großvaters deklarierte sich als Flower-Power-Bewegung und stand den Kreisen der Roten Armee Fraktion und den sozialistischen Ideen der DDR sehr nahe. Ihren Vater den Großvater von Katja beschimpften sie als alten Nazi, was er auch gewesen war. Aber sie machten es mit einer solchen Radikalität und behaupteten besser Menschen zu sein, dass jeder begriff, dass irgendetwas in dieser Familie auch anderweitig nicht stimmte. Alle drei leiblichen Kinder des Polizistengroßvaters waren Professoren geworden. Die andere Seite Großväterlicherseits war Franz Mayinger. Somit verlief ein tiefer Graben durch die gesamte Familie, aber nicht erst seit Ende des 2. Weltkrieges. Nein! Das war das eigentliche verbindende Erlebnis, wovon auch deren Ablegerfamilie in München Karl Mayinger sprach. Denn im 2. Weltkrieg waren sie als Waffenbrüder zusammengeschworen gewesen und hatten mit einander und füreinander gekämpft. Danach wurden sie auch gemeinsam abgestraft und hatten ihre Verbindung aber nie ihre Verbindungen offengelegt. Sie waren alle in der Waffen-SS gewesen und waren teilweise in Osteuropa untergetaucht. Ihnen waren die Ostprojekte von dem Dritten Reich sehr geläufig und arbeiteten weiter an den Unternehmen Odessa und Barbarossa. Auch diese Wunderwaffe, ein viel zu große Bombe in Zeppelinform zeigten sie mir in einen unterirdischen Hangar in Osteuropa. Man fragte sich ob es eine Rakete oder eine aufsteigende Bombe in Zeppelinform sein sollte. Ich fand beides doof und ließ die Höhle sprengen. In den Minen und den dazugehörigen Stollen musste ich mir die einzelnen „Wunderwerke" der Nazizeit anschauen. So gab es mal eine unterirdische Stadt und dann mal wieder eine Bunkeranlage in verschiedener Nutzungsform. Die Zustände waren jedes Mal erbärmlich. Einmal war es ein Uranstollen, den ich kurzerhand zu einer Art Heilungsstollen umfunktionierte. Mit festgeschriebenen Aufenthaltszeiten, damit nichts passierte. Dann gab es in Rumänien sogenannte Raketenabschussbasen, die ich allesamt vernichten ließ. Denn sie waren sowieso nur gegen den Westen gerichtet. Man muss dazu sagen, dass ich mich nicht, wie man vermuten könnte, bei diesen Beschreibungen im Jahr 1949 befunden habe, sondern original im Jahr 1986. Zudem existierten riesengroße teleristischen Antennen, die im Boden verankert waren und ausgefahren werden konnten. Am Schlimmsten war es die Sklavenarbeiter anzusehen, die meist gefangen gehalten wurden wie Tiere. Barbara hatte ihren Schwiegervater zu den Zeiten als sie noch mit Katja leiblichen Onkel in Niedersachsen angeheiratet gewesen war vorgeworfen, dass er ein sturer Idiot sei. Der perfide Witz an der Sache war, dass Barbara genau das sagen musste, um so ihren Auftrag für die Stasi der Familienzersetzung, die von Franz Mayinger auch angestrebt wurde, zu beginnen. Barbara hatte zu ihrer geheimdienstlichen Stasihochzeit mit Katja Onkel Franz Mayinger als ihren Vater vorgestellt. In Wahrheit jedoch war sie eigentlich mit Walter Winkler verheiratet und Franz Mayinger war ihr Schwiegervater und diesen stellte sie als ihren Vater vor. Barbara tat das, weil sie bereits verheiratet war seit 1979 mit Walter Winkler. Die geheimdienstliche Stasihochzeit fand auch in Niedersachsen statt.

Barbara behauptete auf der Hochzeit in Niedersachsen mit Katja Onkel, dass ihr Ehemann Walter Winkler, ihr Bruder sei und brachte ihren späteren geheimdienstlichen Ehemann Peter Meier auch als Bruder mit. Mit dieser späteren Hochzeit in Niedersachsen war auch eine andere geheimdienstliche Vertragsverbindung geschlossen worden und die war zum Mossad. Warum Barbara Nowak das tat, war mir ein Rätsel, aber mich ließ es kalt, denn Peter Meier hatte später nur Schulden beim Mossad, was ihn nicht nur zum Spielball machten, sondern er auch noch als Verräter nutzte. Er war sogar so dreist, als Barbara Nowak und Maria Bogosyan geborene Sabine Nitzsche verstorben waren, dass er sich regelmäßig mit seinem Mossadschwager in meinem Privathaus traf und vorgab nicht nur zu mir zu gehören, sondern auch noch über mein Leben und das Leben von anderen Personen von mir verhandeln zu dürfen oder in Frage zu stellen. Ich war nur entsetzt, als ich das erfuhr und schmiss ihn sofort raus. Denn alles was er sagte und behauptete, war gelogen und Barbara die leibliche Schwester von Marianne war bereits als **Schandi-Opfer** in den Fängen der immer Örtlichkeiten wechselnden Stasitruppe geraten und von niedersächsischer Staatsseite sogar noch als **Schandi-Opfer** klassifiziert worden. Sie wurde später im Fernsehen als Frau, die gegen den Krebs kämpfte vorgestellt. Sie wollte alles als politische Darstellung im Flower-Power-Stil in einer allumfänglichen geschwurbelten Fernsehdreh zeigen. In Wahrheit war die Situation eine ganz andere. Sie wurde als Krebspatientin dargestellt. Aber sie war in Niedersachsen eine bekannte Ehefrau eines Stasiagenten. Er ließ sie fallen, als sie schwanger wurde. Sie hatte nichts zu Essen und keine Absicherung. Zudem war sie für den Stasiagenten tätig als Sekretärin in der Staatskanzlei in Hannover tätig. Sie hatte auch für ihn spioniert und Akten und Geheimdokumente abfotografiert. Sie war zu bekannt und machte alles genauso wie ihre Schwester Barbara öffentlich. Sie brachten sich überall in den Mittelpunkt und waren sehr egoistisch. Beide Schwestern waren hagere Gestalten und nicht sehr attraktiv und auch nicht so sympathisch auf Männer. Als sie in die Kreise der sozialistischen Bewegung eingetreten waren, wurden sie getragen von der Stasi, da sie ziemlich unauffällig aber sehr nützlich waren. Beide waren ca. 1,75 m groß und sehr schlank mit starken Knochengerüstbau. Marianne, die sich manchmal Anne nennen ließ, trug lange braune Haare, die sie zumeist in einen lockeren Pferdeschwanz zusammengebunden ließ. Barbara hingegen trug die Haare braun und kurz mit runder Föhnung und manchmal Dauerwelle. Sie waren die bekanntesten Schwestern in Niedersachsen und wurden auch von der Stasi gefördert. Ob sie es wussten oder nicht, aber Fakt war, dass kein Treffen und kein Kennenlernen und keine ungewöhnliche Situation waren sie positiv oder negativ in deren Leben ohne Stasiabsprache und Hinzuwirken stattgefunden hatten. Mit dem Bekanntheitsgrad eines Stasiberührten und Stasibeleckten, wie die Stasi ihre prominenten Stasibekanntschaften nannte, sank zum einen die Gefahr in den Strudel der Stasi hineingezogen zu werden. Weil ein Verschwinden zu viel Staub aufgewirbelt hätte und zu viele Mitwisser ruhiggestellt werden hätten müssen. Aber es gab auch die gegenläufige Entwicklung, indem diese öffentlichen Personen sich aufgrund von **Assessment Center** lächerlich machten, in dem sie sich komisch verhielten und sich so der Lächerlichkeit der Öffentlichkeit preisgaben. So wurden zunächst die Anzahl der Fans und Verehrer derjenigen Person dezimiert, um sie verletzlicher und ungeschützter werden zu lassen. So war es auch so, dass vor allem bekannte Musiker und Künstler und Sportler und Politiker zumeist von der Stasi fertig gemacht wurden, wenn sie den Höhepunkt ihrer Karriere zumeist hinter sich hatten. Im Falle von Barbara und Marianne hatten diese ihre Karrieren noch vor sich. Sie waren Mitte 20 und hatten diese unglaublich schnell erhaltene und sehr gut bezahlte Jobs. Sie wurden eingeladen auf die Empfänge in der Staatskanzlei in Hannover und reisten durch die Gegend. Sie waren auch in dem **DDR-Friedenscorps**, obwohl sie in Niedersachsen lebten und dort geboren worden waren. Mit der Heirat von Walter Winkler und Barbara hatte die Familie der Twisted Sisters wie beide niedersächsische Schwestern Nowak genannt wurden, laut eigener Einschätzung, die goldenen Tickets gelöst. Marianne hatte diesen Job in Hannover und bekam eine Tochter. In der Familie zu den **Stasi-Romeo** gab es immer Streit. Eines Tages war die Tochter verschwunden und ermordet. Sie wurde sowieso schon als Systemfremd von westdeutscher Seite angesehen. Ihren Job in der Staatskanzlei hatte sie verloren und wurde gemieden, wie eine Aussätzige. Der **Stasi-Romeo** hatte sich verwandelt von ihren Traummann in eine Horrorfigur. Marianne wurde mehrfach verurteilt, weil sie den Angeklagten in dem Prozess des angeblichen Mörders ihrer Tochter noch im Gerichtssaal erschoss. Diese Ereignisse gingen in die Historie Deutschlands, als der sogenannte Berghoff Prozess ein. Sie wurde noch im Gerichtssaal verhaftet und zu lebenslänglich verurteilt worden. Sie wurde nach eines mehrjährigen Haftaufenthalt begnadigt und aus dem Gefängnis gelassen. Dort wurde ihr gemäß der damaligen deutschen Rechtsprechung eine Freiheit ohne finanzielle Freiheit gewährt. Medizinische Behandlung wurde ihr ebenso verweigert, wie ein gutes Auskommen. Die erworbene Rente aus ihrem Job als Sekretärin wurde ihr verweigert, aufgrund ihrer Mithilfe des Stasi-Romeo. Sie hatte tatsächlich kleine Kameras bekommen, die sie auch in den Archiven und in den Büros der Staatskanzlei Niedersachsen eingesetzt hatte und an die Stasiführung nach Berlin weitergeleitet hatte.

Das grundsätzliche System der **Stasi-Romeo** funktionierte immer gleich. Erschwert wurde ein Aufdecken einer Stasivenusfliegenfalle damals noch durch den gesellschaftlichen Aspekt, dass private Sachen immer noch sehr intim angesehen wurden und sehr rigide gesellschaftliche Normen vorherrschten. Zum Kennenlernen von anderen Menschen waren immer noch Tanzschulen und die Geburtsstädte als die bedeutendsten Stellen eingeordnet. Über Sex wurde damals nahezu nie privat geschweige denn öffentlich gesprochen. In Osteuropa war es anders. Dort wurden Sex und die Sexualität sehr locker und leicht angesehen und eben auch als Waffe angesehen. Mit den Stasi-Romeos waren sie das erste Mal verliebt und wollten sofort eine Familie gründen. Sobald in dem jeweiligen Arbeitskreis und dem Arbeitsumfeld der von Stasiagenten umworbenen Sekretärinnen diese Information bekannt wurde, wurde normalerweise wurden diese Leute sprich die neuen Lebenspartner persönlich unter die Lupe genommen. In der Bonner Republik wurden neue Gesichter gleich von den Verfassungsschutzorganen überprüft und auch von den Geheimdiensten und zumeist den Militärischen Abschirmdienst. In Niedersachsen war während der DDR-Zeit eine Form der Zwitterigkeit vorhanden. Denn dieses Bundesland war so durchsetzt von Stasiagenten, dass man den größten Zu- und Abfluss von Stasiagenten und Ein- und Ausreisen an manchen Tagen sogar von Satelliten aus messen konnte anhand der Leuchtkraft der Autos. Man muss dazu wissen, dass Jupp Joachimski auch das Bundesland Niedersachsen aus eigenem Antrieb illegaler Weise vergrößert hatte auf Kosten und zu Lasten der Gebiete der Stadtstaaten Bremen und Hamburg und Bremerhaven. Jupp Joachimski wollte so seinen Stasiagenten über das Bundesland Niedersachsen, welches mit Stasiagenten durchseucht und durchsetzt war den Durchgang von der DDR bis in den Westen eröffnen und sichern. Überprüfungen wie in Bonn von Personen im Staatsdienst fanden nahezu nie statt. Aufgrund der Bekanntheit verschiedener Stasipartnerinnen, wurden diese Personen wie die Pest gemieden. Sie wurden nicht mehr zu bestimmten Konferenzen eingeladen und auch die Vertrauensebene wurde komplett zerstört. Marianne war schwanger und dieses Mal auch wieder von einen Stasiagenten. Die Staatskanzlei und die deutsche Politik stellte sie vor die Wahl. Entweder behält sie das Kind und gibt es gleich nach der Geburt ab oder sie geht abermals ins Gefängnis, aber diesmal in die geschlossene Abteilung der Psychiatrie. Sie wählte die erste Variante. Jedoch mit fatalen Folgen. Sie hatte zur Erstreitung des Rechtes der Geburt einen Rechtsanwalt des späteren Bündnis 90 ausgesucht und der erstritt, nachdem sie mehrfache Vergiftungen und Abtreibungsversuche ihres Kindes überlebt hatte, eine ständige Begleitung per Kamera ausgehandelt. Leider mit meinem Kamerateam. Mich und meine Familie betraf das Ganze eigentlich nicht, aber dieses Kind war das bekannteste Agentenbaby. Das erste West- und Ostdeutsche Agentenbaby Martin Magnus Müller.

Ihre Schwester Barbara sollte es aufziehen. Marianne wurde nach der Geburt getötet von Stasiagenten. Sie war komplett irre, wenn sie von ihrem angeblich friedvollen Kampf laberte und wie sie sich wichtigmachte, wenn man ihr zuhörte und ihre Egomanie ertrug. Marianne war ein sehr unklarer Mensch. So waren ihre Aussagen immer von ihrer Laune abhängig und die Aussagen schwankten zwischen tiefeninterpretativen geheimdienstlichen Schwurbelgelaber, wie man es von der Roten Armee Fraktion kannte, bis hin zu einen scheinbar heiteren gelaunten und überdrehten Himmelhochjauchzen. Es war schlimm sie an einen Giftmittel an Weihnachten dahinsiechen zu sehen. Sie lag in einen Sterbehospiz in Niedersachsen und starb auch dort. Ob sie wirklich begriff, was sie getan hatte und dass sie mich nicht „ihren kleinen Goldschatz!" nennen durfte, weiß ich bis heute nicht. Sie hatte noch mehr solche egomanischen und komplett lächerlichen aber im Endeffekt sehr komischen Ausfälle. Barbara war eigentlich eine wahnhaft Gestörte, die mich sogar in den Tod ihrer Schwester Marianne hineinzog. Da das Kind aus humanistischen Gründen nicht abgetrieben werden durfte und Jupp Joachimski einen Kirchenbann darauflegte, brachte Marianne das Kind zur Welt. Es war an Weihnachten und in einem Krankenhaus in NRW. Sie ließen das Kind auf den Namen Martin Magnus Müller taufen und hatte eine Erpressung auf die Familie Kohl geplant, indem sie Matin Magnus Müller als deren unehelichen Sohn darstellen wollten. Aber es ging zum Teil schief. Denn diesmal reichten Peter Meier Arme nicht weit genug aus. Er konnte sie nicht greifen, wie er sich als Steinbeißer immer bezeichnete und ihn traf der Tod von Marianne ein bisschen, wenn auch nicht viel. So zog er in der Zeit Martin Magnus Müller zusammen mit Barbara auf einen niedersächsischen Bauernhof unter den Namen Meier auf. Seiner leiblichen Familie Müller verkaufte Peter Meier in der Zeit Martin Magnus Müller als fremdes Kasperhauser Kind. Barbara erzählte immer wieder, dass er ein versteckter und verschollener Königssohn sei und so kamen manche sinnlosen Gegenüberstellungen zustande. Die leibliche Familie Müller, die später nach NRW zog, stellte Peter Meier in der Zeit nicht als seine eigene vor. Diese Familie Müller musste auf Zehenspitzen und möglichst leise durch das knarzende alte Gehöft laufen. Den Lebensunterhalt für diesen Martin Magnus Müller zahlte zu einem Teil die Familie Kohl und zum anderen der deutsche Staat. Um diesen primitiven wie schamlosen und erpressten Deal einzufädeln mit der Familie Kohl, wurde eine Veranstaltung mit Helmut Kohl den damaligen Bundeskanzler in Niedersachsen geplant und eingefädelt. Es wurde Presse eingeladen, um eine möglichst große Medienwirkung zu erhalten. Während der Pressekonferenz stellte sich Helmut Kohl nicht nur den Fragen der Öffentlichkeit, sondern auch privaten Fragen und Jupp Joachimski der anwesend war, stellte die Frage nach dem Vornamen seiner Frau, die ich damals nur unter den Namen Marianne kannte. Und genau das war das Kalkül. Frau Kohl wurde in den Kreisen von Jupp Joachimski und Gunther Schmid nur als Marianne angeredet in Gesprächen über Dritte. Helmut Kohl war eigentlich ein treuer Mensch und wenn es um seine Familie ging wollte er sowieso nicht recht raus mit der Sprache. Ihm gingen auch die persönlichen Fragen immer viel zu weit und seit der Entführung von Marianne, war sowieso eine sehr große Sprachlosigkeit vorhanden, sei es aus Angst aus Respekt oder einfach aus Enttäuschung von dem deutschen Staat, den sie doch eigentlich leiteten. Die Marianne die als angebliche Geliebte von Helmut Kohl ausgegeben werden sollte in diesen infamen Gesprächen, sollte laut Drehbuch von Jupp Joachimski Marianne die Schwester von Barbara Nowak sein. Marianne Kohl hingegen sollte zutiefst verletzt werden. Zudem sollte Helmut Kohl, dann über eine primitive Vaterschaftsklage Martin Magnus Müller Helmut Kohl als Kind untergeschoben werden. Was wie gesagt auch zum Teil gelang. Um die Lüge perfekt zu machen hatte eine kurze Zeit zuvor Jupp Joachimski Marianne Nowak damals zurück in die niedersächsische Staatskanzlei führen lassen und Fotos in der Staatskanzlei machen lassen mit ihren Schwangerschaftsbauch. Als Erinnerungsfotos wie Jupp Joachimski sagte! Später arrangierte Jupp Joachimski noch ein angebliches zufälliges Treffen mit Marianne und Helmut Kohl, um die Lüge perfekt zu machen. Marianne verschüttete irgendeinen farbigen Saft auf das Jackett von Helmut Kohl. Um die Erinnerung an das Weingut Fleck am Rhein und die dortigen Geschehnisse als Warnung und Drohung wach zu halten. Ich betrachtete die Verwandtschaft von Katja immer mehr aus der Ferne, denn ich empfand dabei nur Scham! Ich war so erschrocken manchmal von dieser sinnlosen Art, dass ich manchmal obwohl ich eigentlich Pflichten hatte den Saal verließ und nur Meldung machte. Als ich das tat, musste ich mit Jupp Joachimski ein sinnloses Zankgespräch über Systemtreue und Systemversagen und Schuldigkeit in einem System und Verantwortlichkeit in einem System diskutieren. Er quatschte wieder ohne Ende und es kam nur sinnloser Laberbrei heraus. Auch musste ich über Verantwortung des Einzelnen in einem System debattieren und auch nach der Schuldhaftigkeit innerhalb eines Stasi-Nazi-System. Ich sagte ihm, dass man immer die Wahl hätte, wie man handelt in bestimmten Situationen und wie man denkt. Er verneinte. Man müsse innerhalb des Systems handeln, weil man dann als Individuum den größtmöglichen Schutz genießen würde und das Leben der außerhalb der Gruppe lebenden sei egal. Das war der Punkt, wo ich komplett die Schotten dicht machte und nichts mehr damit zu tun haben wollte. Aber sie ließen mich nie in Ruhe diese Familie. Sie waren krank und so besessen. Einmal kam ich mit einer kleinen Katze nach Hause und ich liebte dieses kleine süße Fellknäuel, was dauernd in meinem Bett schlief und damals als Kind das einzige normale lebendige und menschliche Wesen in meinen Leben war. Sie lief immer hinter mir her und sie bekam immer Milch. Ich hatte ihr keinen Namen gegeben damit sie auch auf keinen hört und sich von niemand anlocken ließ. Eines Tages als ich aus der Schule kam, war sie tot. Barbara hatte sie vergiftet, weil dieses Tier zu dreckig und unhygienisch sei. Ich heulte und auch meine Taschenlampe für das Bücher lesen unter der Bettdecke war verschwunden. Barbara sagte, dass sie nun mit mir trainieren würde einen Nachtlauf im Haus und wie eine echte Spionin den Überlebenskampf mit Töten üben würde. Ich war schockiert. Am nächsten Morgen war das heiße Wasser abgedreht und ich musste im Winter mit eiskaltem Wasser duschen. Walter Winkler unterstützte sie dabei. Nachts verkroch ich mich im Keller, weil Walter Winkler wieder irgendwelche Probleme mit der Polizei in Niedersachsen hatte und die Geheimdienste ihn belauerten. Er war wieder in Schutzhaft genommen worden und hatte wieder gesagt, dass er den deutschen Staat so viel bedeute. Barbara sagte dann immer zu diesen multiplen potenten Idioten „Ach Walter!". Ich dachte mir nur zwei deutsche widerliche „Intelligenz"bestien auf einen Haufen. Ich hatte nie das Bedürfnis mit ihnen zu essen und wurde immer, wenn sie Sebastian Wieberneit zum Essen riefen ausgeladen. Sebastian Wieberneit war ihr Ziehsohn und immer, wenn es Streit gab, stellte sich auf keine Seite und sah zu wie Walter Barbara schlug und prügelte. Walter sagte auch, dass Sebastian Wieberneit sein Augenstern und sein Stolz sei, weil er die damalige Kinder"prüfung" sprich das Erschießen von Leuten bestanden hatte. Mich sah er als zu schwach und zu emotional und zu empathisch an. Er verachtete mich und immer, wenn ich mit meinen Spielsachen spielte, nahm er sie weg. Er sagte dann auch, dass ich mich daran gewöhnen solle, denn er und seine Leute würden mir alles wegnehmen. Da war ich 5 Jahre alt. Später begründete er sein alkoholisiertes und paralysiertes Gefasel damit, dass ich eine Erbschuld hätte die bis in die vorchristliche Zeit zurückging. Immer wenn er das sagte, zeigte er mir Grundbucheintragungen mit einer angeblichen Grundschuld. Er hatte nie begriffen, dass ich nie Katja war. Außerdem sagte er mir, dass mein Großvater gestohlen hätte. Wie sich später herausstellte, meinte er Katja Großvater, der im Zweiten Weltkrieg einen angeblichen Nazischatz versteckt hatte vor dem Einzug der Russen. Sie hatten ihn wohl in irgendeinen See versenkt und danach waren ein paar der Gruppe gestorben und so stritten sich die restlichen Verbliebenen um die Beute. Mit Barbara stritt sich Walter Winkler nicht nur um mein Essen, sondern auch um meine Kleidung. Er wollte, - ich denke da fiel ihm der Unterschied das erste Mal auf und sein Fehler -, dass ich mich sportlich zu kleiden hatte, wie Katja. Aber das war überhaupt nicht möglich denn ich war kräftiger als Katja und hatte auch nie so diese extreme Form des Sporttreibens. Das Fußballspielen was er liebte und mir beibringen wollte, hatte er glücklicherweise aufgegeben. Ich fand dieses Spiel von Anfang an doof und komplett schräg. Ich stand mehr auf Basketball und Volleyball und Baseball. Ich hatte eigentlich nichts mit diesem deutschen Volkssport am Hut und auch sonst sagte ich dazu nur Ballspielen. Man muss dazu sagen, dass diese Stasinazileute auch diese Sportart missbrauchten und das ging so. Nach dem Aufenthalt in der Schweiz mit der sehr auffälligen und verletzten Barbara wollten die Stasileute sie immer noch nicht in Ruhe lassen. Und zynischer Weise die instrumentalisierte Polizei auch nicht. Sie durfte die Schweiz nicht mehr mit einem Zug oder einem Flugzeug verlassen und für das Auftanken fehlten ihnen das Geld. Die Banken vertrauten ihnen nicht und der Mossad saß ihnen im Nacken. Zum Freikaufen von Barbara sollte ein Herr Uwe Barschel kommen aus Schleswig-Holstein. Er sollte das Geld über transferierte Konten in Schleswig-Holstein in bar von Konten aus Niedersachsen erhalten und in einen Koffer in die Schweiz befördern. Die Sache war nur, dass der Gruppe auch klar war, wenn sie ihn am Leben ließen, den Überbringer von dem Geldkoffer und er ihre unterschiedlichen Gesichter sah, dass er sofort Lunte riechen würde und das Geld nicht aushändigen würde. Folglich ersannen sie eine List. Sie änderten die Übergabedaten und ließen den Geldkoffer in einen Wohnwagen an einen See abgeben durch diesen Uwe Bartels. Uwe Walter alias Udo Walter war damals der Einsatzleiter, der mit Uwe Bartels mitkam und kapierte gar nichts. Er war abgehängt worden und Uwe Bartels war ganz allein. Der ursprüngliche Übergabeort das Hotel, indem Uwe Bartels auch nächtigte, war somit komplett falsch umstellt. Uwe Bartels ging in der Annahme, dass die auffälligen Absperrungen und auffälligen Uniformträger seiner Sicherheit dienten ins Hotel. Aber weit gefehlt. Denn die wurden zum einen immer nervöser und zum anderen auch unaufmerksamer. In deren Reihen waren die Mossad-Agenten, die eigentlich die Stasileute haben wollten. Aber es kam wie es kommen musste. Der Mossad erschoss wieder mal den Falschen und die Bodyguards von Uwe Bartels liefen wie dumme außer Atem gekommene Hunde hinterher. Die Stasiagenten hatten inzwischen ihren Fluchtplan vervollständigt und waren an Autos gekommen über ihren Mittelsmann in der Stadt Zürich. Der war wiederum kontaktiert worden von diesen Leuten in dem Wohnwagen, die sich aufteilten und so den Uwe Walter verwirrten und die Rechnung ging auf. Sie entkamen ungesehen und mit dem Geld in die Stadt. Dort gaben sie bei einem schweizerischen Kontaktmann der Stasi das Geld ab. Die Stasiagenten entkamen mit mehreren alten Karossen, die sie als Oldtimer und als heimkehrende Rennfahrwagen an der Grenze ausgaben. Danach entsorgten die Wägen als angebliche Oldtimer auf dem Antikmarkt. Nicht nur dem Mossad war ein großer Schaden entstanden, sondern auch der Schweiz und auch Deutschland. Meinen Tee-Zug mit der Tee Lokomotive stellte ich in der Zeit in einem Schweizer Museum unter.

Einen anderen Zug, den ich mehr oder weniger aufgedrückt bekam, war ein Zirkuszug. Ich hatte ihn mir angesehen und ich fand es einfach in Ordnung. Es war der frühere Staatszirkuszug des DDR-Staatszirkus. Da er gut aussah und ich ihn gut gebrauchen konnte, kaufte ich ihn damals einfach auf. In der Zeit fing ich an Naturschutzprojekte gezielter zu unterstützen. Am Anfang fuhr ich einmal mit. Der Zug kam sehr gut mit den Schienen auch in Russland zurecht. Somit nahmen wir die Tiere und brachten sie bevor der Winter einsetzte nach Indien. Es war schön! Aber ein paar schreckliche dumme Kinder aus der Familie von Katja waren so blöd, dass sie versuchten die Tiere zu schädigen. Die Kinder waren so paralysiert, dass sie behaupteten, dass alles ein Spiel sei. Aber es war schrecklich das mitansehen zu müssen, weil ich als Kind zu schwach war, den dummen und dreisten und brutalen Tierarzt eine in die Fresse zu hauen. Als er die Elefanten versuchte verdursten zu lassen. Wir hielten mitten auf der Strecke an und besorgten Wasser. Danach wurde der Film „Wasser für die Elefanten!" gedreht. In späterer Zeit transportierten wir alle Tiere auch per Flugzeug. Aber das Problem war immer die Spiralen des **Assessment Center** und die daraus resultierenden Gewaltexzesse. Und ich musste in den fortschreitenden Jahren dieser immer wieder wiederholenden Spiralen auch die Tiere beschützen. Das Schlimme an diesen Spiralen war, dass die Leute zum einen nicht mehr in der Lage aus diesen Kopfspiralen auszutreten von eigenem Antrieb aus, sondern auch noch eine innerliche Abgrenzung zu der momentanen Situation sah, in der eigentlich die handelnde Person normaler Weise, wenn sie aus der eigenen Denkspirale ausgetreten wäre, eine empathische Denkweise und Sichtweise und Empfindungsweise einnehmen hätte müssen. Als wir mehrfach diese immer gleichen Durchläufe mit den immer selben sinnlosen, aber von Gunther Schmid und Jupp Joachimski, eingerechneten und auch befürworteten Toten sahen, wollten wir etwas ändern.

Ich führte wieder sehr enge Kontrollen und enge Auslegungen ein und so war die Möglichkeit der Überdrehung nicht mehr möglich. Man muss sich vorstellen, normale Leute und Menschen entspannen sich irgendwann wieder und halten **diese ständige Drucksituation und ständige eigene Kontrolliertheitsphasen** nicht aus. Was auch ganz normal ist! Aber bei diesen neuartigen Leuten aus Osteuropa fand sich eine gewisse Diskrepanz zwischen Handeln und Denken und Reden. Und mit diesen Sachen noch nicht genug! Sie hatten auch komplett andere Grundanschauungen, was die Sicht auf sich selbst und auf andere Menschen angingen. Diese Leute reagierten auch bei ihren Ermüdungsphasen in den sogenannten **geheimdienstlichen Kontrolliertheitsphasen sprich wenn sie geheimdienstlich mit Körpersprache sprich non verbaler Kommunikation und mit verbaler Kommunikation parallel kommunizierten** äußerst gereizt. Diese Gereiztheit führt eben zu den vorher geschilderten Klapperschlangenreaktionen. Denn diese Leute wähnten sich immer in einer ständigen Bedrohungslage, die möglichst schnell bereinigt sprich mit Toten enden musste. Dadurch war auch klar, dass entgegen der Annahme der Erschlaffung dieses gesamten Systems nach Einschreiten von Modalitäten, wie eingeführten Regularien, diese Leute sich langsam ausschleichen ließen sprich von selbst verschwanden, sich komplett als falsch erwies. Ganz im Gegenteil wie in einer Wild West Manier machten sie weit und es war erkennbar, dass sie auch sogenannte Dauerläufer und Marathonläufer waren in Verhandlungsstrategien waren und wenn sie schlecht für sie enden würden auch Klapperschlangen. Innerhalb der Gespräche konnten sie erstaunlich schnell auf Gegenangriff und Verteidigung umschalten, was auch ihren eigenen, für sie selbst sehr hoch angesiedelten Eigenschutz so entsprach. Bei ihren Opfern hingegen war meist die Psychologische Ebene bis auf eine eigene seelische Entkleidung vorgenommen worden und sie stießen zumeist auf sehr wenig bis gar keine Gegenwehr. Wenn diese Leute buchstäblich ihre Hose runterließen, war es nicht wie bei ihren Opfern aus Demut, sondern nur weil sie Leute, wie mich, die vor ihnen stand verhöhnen wollten und um Gnade flehen. Mir war es wurscht! Einmal ließ ich einen Bauleiter von Janine Bogosyan, der mitgeholfen hatte, Leichen zu verbuddeln auf einen Pixiklo mit Bodenplatte buchstäblich sitzen. Ein Kran nahm die Außenverkleidung mit und alle Bauarbeiter und eingeladenen Richtfestleute konnten ihn auf dem Klo sitzen sehen. Ich hatte keine Skrupel, denn mich kotzte das Gelüge nur an. So war es denn auch, dass manche Leute von Janine Bogosyan mich als den Teufel bezeichneten und Janine Bogosyan als Engel. Was vor dem Hintergrund Jupp Joachimski und Franz Mayinger beides nicht besser war, als eine sinnlose verbale Schwarz-Weiß-Zeichnung, in die ich auch nicht passte. Es war manchmal so, dass ich die Situationen, je nachdem wie es am günstigsten war, mit Witz und Charme oder eben Melone auflöste. Aber nie so, dass jemand starb. In dem ersten halben Jahr, in dem ich entführt worden war, weinte ich viel. Meine Kindergärtnerin sagte, dass ich ein sehr nachdenkliches Kind sei. Ich würde sagen, sehr traurig. Aber da die Kindergärtnerin auch von der Stasi war und der tschechische Zweig der Familie Reisch-Mayinger-Huber-Kasper-Hubka waren die überzogenen positiven Ausformulierungen eigentlich nur allzu erwartet. Ich fand keine Freunde, weil ich zunächst nur englisch sprach. Um mich als typisch ostdeutsch bei den anderen Stasileuten ausgeben zu können, lernte ich im Kindergarten dann noch Französisch. Das war deswegen so wichtig, da die Stasimitarbeiter in der DDR im Gegensatz zu den Westdeutschen einen Schwerpunkt auf Frankreich legten. Auch von ihren Interessen im Stasisinn. Frankreich war ein sehr großer Verbündeter seit der Platzierung eines Stasiagenten „Le Cadeau" im Elysée Palast. Die Freunde und Familienangehörige kamen später auch alle in meine Maria-Ward-Klasse und Nina Lamprecht war die leibliche Tochter einer seiner Geliebten. Maria Bogosyan, die später 1997 in Absprache in Süddeutschland und in Ostdeutschland in verschiedenen Psychiatrien untergebracht war, machte sie den Fehler, dass sie sich dieser Nina annahm und zu menschlich und ohne Rationalität mit ihr als Halbwaisin umgegangen ist. Nina Lamprecht wiederum war gerade in ihrer Phase des angeblichen **Assessment Center** und sollte ihren ersten Einstiegsmord einfädeln und ausführen. Man muss auch klar sagen, dass es absolut seltsam anmutete, dass ausgerechnet die Kinder dieser Stasinazikinderlinie und Familie nicht mal im Ansatz verstanden und nie verstanden hatten, was ihre Eltern taten. Sie verstanden auch nicht, wie sie es getan hatten und sie verstanden auch nicht, dass sie es nicht nachmachen sollten. Sie verstanden nicht, dass sie rein international geregelt die letzte Generation dieser Stasinazifamilie sein sollten und sie verstanden auch nicht, dass ich nie zu ihren Familien gehörte. Sie saßen im Unterricht manchmal, als hätten sie nie geschlafen. Sie legten mehr Interesse auf Nagellack und schicke Klamotten und auf Antrainieren komischer Verhaltensweisen. Sie sagten ihre Meinung nie offen und nie klar und lernten mehr die Wendehalslügentaktik, denn die Gradlinigkeit. Sie waren nie, wie ich immer zwischen durch weg und hatten immer dieselben Gesichter vor Augen. Ich war zwischendrin im Ausland und vergaß immer wieder die Gesichter und wurde immer wieder von dem jeweiligen Umfeld, was mir gefallen hatte, loslösen und wieder zurück in das ungeliebte Deutschland. Dann musste ich mich immer auf den aktuellen Stand, der jeweiligen Beziehungsgeflechte einstellen. Die meisten Beziehungen waren mit Hass und Mobbing und gegenseitige Nutzengewinn behaftet. Das Schlimme im Inhaltlichen war daran, dass sie nicht mal in den

Wissenschaften die richtigen und normalen Grundschemen lernten. Das führte zynischer Weise dazu, dass diese Nachfolgegeneration zu Leuten ausgebildeten wurde, die kein zusammenhängendes System verstanden sprich die sogenannte geheimdienstliche Block Chain Taktik. Noch erkannten sie die oberflächlichen Zusammenhänge zwischen den inhaltlichen Schnittmengen geschweige denn die historische Entwicklungszusammenhänge. Diese Form der Situationseinschätzung fußte vor allem auf der Interpretationstiefe des momentualen Situationsgeschehen. Sprich die Handlungsfreiheit und die Handlungsschnelligkeit wurde logischerweise eingeschränkt, weil der Beurteilungsvorgang im Gehirn und im Empathie-Bereich gegen einander arbeiteten, wenn der Betroffene auf mehrschichtige und mehrinterpretative Szenarien traf.

Ich baute in den **Assessment Center Ablauf Wiederholungen** ein zum Einüben und zum Verstehen und zum Korrigieren. Aber das Problem war, dass sobald Jupp Joachimski und Gunther Schmid diesen positiv und gut gemeinten Zeitschleifeneinbau bemerkten auf das Arbeitstempo und Ablauftempo drückten und so die Getesteten, wie unbeteiligte Dritte, enorm stresste. In manchen Dingen drosselte ich das Tempo dennoch, weil es sonst zu mehr körperlich geschädigten Personen gekommen wäre. Die Leute, die sich aktiv beworben hatten und abgelehnt wurde und fielen in ein tiefes Loch. Aber man muss dazu wissen, dass diese Personen dann nicht einfach in Ruhe gelassen wurden, sondern zumeist an der langen Leine gelaufen wurden lassen. Zudem wurden zumeist diese Leute immer noch in einem stasideutsch sogenannten Weitwinkel gesteuert. So kam es zum Beispiel dazu, dass es durchaus passieren konnte, dass man so in eine Art neue Position durch scheinbaren Zufall kam, aber die meisten sahen nicht, dass es einfach nur eine bezahlte Position war. Schwierig war auch in der ersten Zeit die Einschätzung und Bewertung der Aktionsgrüppchenbildung. Das kam daher, dass die Verständigung komplett fehlte zwischen der osteuropäischen Stasigruppe und der betroffenen Bevölkerung. Und auch die Kommunikation auf einer gleichen Ebene war nicht möglich. Denn es war neben der Kettendenkenspirale auch eine Interpretationsspirale mit dementsprechender **Tiefeninterpretation** vorhanden. Das führte dazu, dass man an einer bestimmten Stelle der Eskalation mit Reden und Argumenten nicht weiterkam, weil die Stasileute alles mit noch tieferen Interpretationsargumenten versuchten in ihre beschuldigende Meinungsrichtung zu wenden. Man muss dazu wissen, dass hinter diesem sinnlosen und kruden Herumlamentieren, wenn es dann eigentlich in die normale Verhandlungstechnik gehen sóllten, während des Kalten Krieges mehr die Waffen sprachen. Ich beispielsweise war in Berlin bekannt wie ein bunter Hund als ich kleiner war, weil ich mir nichts ausmachte. Ein Offizier der Stasi hielt mir mal seine Kalaschnikows ins Gesicht und ich lachte ihn aus und lächelte ihn nur dreist an und fragte ihn nach dem Weg. Ich hatte geklaubt oder geklauft, wie man das nannte! In korrekten deutschen Strafrechtsgebrauch würde man das einfach Klauen nennen! Ich fragte mich eigentlich immer was ich genau in diesen Kreisen sollte, aber irgendwie war es schon lustig. Einmal lief ich durch Checkpoint Charlie und winkte nur! Ein anderes Mal ging ich S-Bahnsurfen, so wie ich es in New York in der U-Bahn gemacht hatte. Manche meiner Freunde damals in Soho übertrieben es leider und stürzten in den Tod. Ich überlebte es! In Berlin waren die S-Bahnen nicht so geformt, wie die U-Bahnen in New York und es gab eigentlich seit der Berliner Technikmesse eine Schwebebahn in Berlin mit Gondeln. Auf der Berliner Messe war Barbara mit ihrer damaligen Stasiarbeitgeber Nixdorf. Sie war nie Ingenieurin und auch nie wirklich eine Sekretärin und schon gar keine echte technische Zeichnerin, sondern sie war ein Deal aus der Stasi und dem Land Niedersachsen. Sie war dort in Berlin in mehrfacher Hinsicht und in mehrfacher Stasifunktion. Sie schlief in dem Interkontinental Hotel und empfing dort interessierte und interessante Herren. Danach raubte sie sie aus und macht sich einen schönen Lenz damit. Auf der Messe in Berlin verkaufte sie Konstruktionspläne von Nixdorf und Alfalaval, die sie zuvor geklaut hatte. Sie nannte alles ihre Tarnung und ich war auch im Interkontinental Hotel auf dem Weg Richtung Russland. Später als sie gehbehindert war und sich nur noch billige Prostitutionsfick ausgegeben konnte und in einem Wohnwagen in Berlin gefangen gehalten wurde, war es Gerhard Igel, der ihr Zuhälter war. Barbara wurde mehrfach überfallen und vergewaltigt und bedroht. Aber sie kleidete sich immer noch als wäre sie eine Adelige. Sie trug ziemlich viele Pelzmäntel, die sie geschenkt bekam von ihren Kunden und auch von ihren Sponsoren. Gerhard Igel war vorher auch Stasiwärter in Hohenschönhausen in der DDR. Er hatte dort seine gesamte Familie als Kollegen. Ursprünglich kam er aus Tschechien und lebte dort als Nachbarsfamilie auf einen Bauernhof von den Gassner und Kasper und Fechner und Hartmann und Hubka und Kornberger und Schießler und Winkler und Müller und Cegla. Sie waren allesamt verwandt und stellten alle den funktionalen Teil der Stasi dar. Alle Familien begegneten mir nach dem Besuch in Tschechien immer wieder. Sie waren in Karlsbad dabei, wie auch in Schweden und in Südamerika und in meinem Kindergarten und in meiner Grundschule und später in meinem Berufsleben. Sie hatten damals Barbara als labil dargestellt und als psychisch krank, als sie anfing an ihren Eigenschutz zu denken. Gerhard Igel war damals in Berlin sehr bekannt, denn er war für die Drecksarbeit, wie man das Beseitigen von Leichen nannte, zuständig. Später sagte er, dass er für die Müllabfuhr arbeite. Bernd Traue übernahm von ihm später diese Aufgaben und verfeinerte das System der Beseitigung von Leichen und menschlichen Überresten und Tathinweise. Er benannte das System in Recycling und in Facility Management um, um dem dreckigen Stasikind, wie man Stasiaktionen nannte einen schöneren und harmloseren Namen zu geben. Parallel machte er die Wirkungsweite seiner Tätigkeit noch weiter, indem Bernd Traue Carolin Winkler und Dieter Schlesinger über den Münchner Stadtrat **MüllKonzepte** und **MüllentsorgungsKonzepte** erarbeiten ließ. Die **Konzepte** hatten meist einen bis fünf blinde Flecken. Blinde Flecken wurden sogenannte nicht durchleuchtete Schlupflöcher genannt. Diese Varianzschwellen wurden absichtlich hinsichtlich der negativen Auslegungsmöglichkeit eingebaut. Für normale Menschen wären solche gesetzten Grenzen normal einzuhalten. Aber da seit den 1995 Jahren diese Leute an die Spitze und an die Macht und an die Positionen kamen, die die Gesetze passend machten, hatte auch der Strafermessungssatz „Keine Strafe ohne Gesetz" einen mehr als faden Beigeschmack. Es war somit so, dass nach dem Ende der Wendejahre, eigentlich die Hauptverkehrungsarbeit der Stasi verrichtete beendet worden war. Somit hatten die darauf aufsetzenden Gesetze und Regelungen und Taten den Anschein der Legalität und nahezu alles was sie taten, taten sie gemäß in den Rahmen, der von ihnen geschaffenen Gesetze. Diese Entwicklung war deswegen so schnell durchgeführt worden, weil Jupp Joachimski ein Pamphlet nach dem anderen für justizielle Zwecke aus der Schublade holte und die Westdeutschen ihm wenig Widerstand leisteten. Auch sein Nachfolger in Bezug auf Nickeligkeit und Zynismus in Rechtssachen Thomas Georg Wenninger trieb diese Entwicklung weiter voran. Es war so, dass die Grundsteinziehung dieser Verdrehung des Rechtssystem wirklich in der Einleitung und der Hineinvermischung von verschiedenen Nationalitätsansprüchen. Genau dieser sogenannte Spielpuppenkampf sprich Leute für sich kämpfen zu lassen ohne selbst in Erscheinung zu treten, war die Taktik von Gunther Schmid und Jupp Joachimski. Es war so, dass sie jemand so in Rage versetzten und ihn einen bestimmten Feind vormachten, den sie aber bereits vor Aussprache dessen Feind bereits festgelegt hatten, um so eine bestimmte ihnen selbst angenehme Zielrichtung vorzugeben.

Das bedeutete konkret, dass Jupp Joachimski ganz genau vorher überlegte, wen er reizen und provozieren könnte, um als sogenannter Punching Ball oder auch Curving Ball genannt, in eine bestimmte Richtung zu lenken, um denjenigen gegen einen seiner Gegner in Position zu bringen. Auf fruchtbaren Boden fiel diese Art der angestubsten Agitation, wenn es Personen waren, die gerne und sofort ohne ausreichendes Nachdenken in sogenanntes sofortiges Reagieren umschlug. Dieses Reagieren war eine situative Wahrnehmung, die aber nur bedingt, die wirkliche Realität widerspiegelte. Wenn man außerhalb des eigenen Seins gedacht hätte ohne es zu vernachlässigen, wäre man vielleicht zu dem Schluss gekommen, dass man das Theater anhand der Entlangziehung des einzelnen Spinnennetzfaden auch den eigenen Umklammerungsring begriffen hätte und auflösen hätte können. Aber viele Leute waren nach der ersten Schockstarre in einer radikalen Verteidigungshaltung und auch das war nicht korrekt. Denn damit ging wieder eine Sicherheitswertigkeit einher, die nicht gleichlautend war und als nicht gerecht gelten konnte. In Szenarien mit meinen Rekruten übte ich die Situationseinschätzung, damit sie sich selbst begriffen und auch selbst sich austesteten. Das war aber nicht zu vergleichen mit diesen in real stattfindenden **Assessment Center** von Gunther Schmid und Jupp Joachimski. Diese Szenarien hatten mehrfache nahezu Todesschwierigkeiten und diese Schwierigkeiten waren konkret wirkend auf die Personen, die involviert werden sollten von der Sichtweise von Jupp Joachimski und Gunther Schmid aus. Bezüglich der Eruierung, ob diese Personen diese Involvierung überhaupt wollten oder ob es rechtens war, was Jupp Joachimski und Gunther Schmid machten, wurde nicht mal im Ansatz nachgefragt. In meinen Szenarien hingegen oder besser gesagt das Entgegenwirken, war der Ansatz anders. Mir war es wirklich, dass jeder sich bis zu einem gewissen Grad selbst austestete. Mir war es auch wichtig, dass sich jeder selbst einschätzen lernen sollte und mir war es wichtig, dass meine Leute ehrlich zu sich selbst waren. Aber und das war das Entscheidendste, dass sie sich nicht in eine Straftatssituation hinein navigierten sprich in eine Situation, in der es um Leben und Tod ging und zwar um sein Eigenes. Das umfasste auch, dass man nicht in eine Denkspirale eingestiegen sein sollte, dass derjenige nicht in die Entscheidung sein eigenes Leben zu retten und das andere Leben auszulöschen oder anders herum geraten sollte. Das Schlimme und Perfide, was sich an Jupp Joachimski und Gunther Schmid Zynismus anschloss, war die Diskussionen mit mir über: 1. Ab wann ist das System verantwortlich für die institutionell verankerte Ungerechtigkeit? Ab wann existiert der Begriff Systemversagen und was hat das für Auswirkungen auf die normalen Menschen? Kann eine Person die in einem systemischen institutionellen falschen System lebt überhaupt unschuldig sein? 2. Was bedeutet Sicherheit im Leben normaler Menschen und wie sehr wiegt dieses Sicherheitsbedürfnis die staatlichen Eingriffe auf? Existiert der Begriff komplette Sicherheit oder handelt es sich mehr um ein unproduktives System, welches zur Erliegung der Produktivität führt? Denn der Begriff wirtschaftliche Sicherheit existiert auch daraus resultiert der gegenläufige Begriff der sozialen Absicherung! In dieser Diskussion wollte Jupp Joachimski mich auf die Ebene der Wertigkeit von Menschen ziehen. Ich winkte ab und sagte nur, dass er mit dem Recht des Stärkeren nicht weiter kommen würde bei normalen Menschen wie mir. Auch mussten Jupp Joachimski und Gunther Schmid zugeben, dass ein sicherheitsübersteuertes System ohne Freiheit keine Produktivität und damit kein normales Leben zuließe. Aber ändern sollte sich vorerst nichts! Sie wollten ihr Prinzip des Aussaugens beibehalten. Die 3. Diskussion war dann wie weit ein Mensch in Wahrheit gehen würde, um sein Überleben zu sichern! Jupp Joachimski und Gunther Schmid waren die größten Manipulateure, die ich jemals gesehen hatte.

Dazu muss man sagen, dass diese Stasispione mich bereits in meiner frühesten Kindheit in den USA belästigten. Wir hatten ein schönes Holzstrandhaus an der Bay auf dem immer eine Flagge schwenkte und daneben war ein öffentlicher Strand etwas weiter weg. Der Steg war in braunem Holz und die Treppenstufen führten an den Sandstrand. Zwischen den Stufen war ein Hohlraum unter den Strandsteg ein Hohlraum so groß wie eine Person. Als ich mit 5 Jahren wieder zu meinen leiblichen Großeltern in den USA fuhr und ich auf diesen Steg saß, was eine Art Umzugsräumlichkeit war, fasste mich jemand an meinen Fußfesseln. Erst ganz leicht wie ein Kitzeln und dann ein richtiges Zupacken. Es war ein Mann der als Clown verkleidet war und mich durch die Stufen zog. Er sah aus wie in Stephen King „Es" und danach als er mich wieder laufen ließ hatte ich ein zerrissenes Kleid. Ich lief zu unserem Strandhaus mit nur einen Schuh und zerrissenen Kleid und schrie und weinte. Ich erzählte meiner Mutter diese Geschichte und sie hatte bereits von vornherein ein ganz schlechtes Gefühl. Sie glaubte mit mir und fuhr mit mir ins Krankenhaus. Auf diesen Urlaub passierten ganz viele komische Sachen und später stellte sich heraus, dass Franz Mayinger hinter alledem steckte. Er war auch der Clown unter dem Strandsteg und später der Clown mit den Luftballons und dem Eiswagen auf der Straße als ich meinen 5 Geburtstag feierte. Es kam zu einem Prozess und in diesem Prozess führte die Stasi ein echtes Affentheater auf. Sie behaupteten, dass meine Eltern das getan hätten, was nicht stimmte. Dann war ich laut der Behauptung von den 50-Jährigen Franz Mayinger mit 5 Jahren eine Kindfrau und komplett erwachsen und auch ausgewachsen und könnte mir aussuchen mit wem ich Geschlechtsverkehr hätte. Zudem sei ich frühreif und hätte an diesem heißen Sommertag nicht mein normales Kinderkleid anziehen dürfen. Meine Eltern brachen fast zusammen, als sie diese Verleumdungen hörten. Auch behauptete die Großmutter Reisch, die ihren Stasinaziehemann Franz Mayinger deckte, dass sich Franz Mayinger unsterblich in mich verliebt hätte und man dieser Liebe doch nachgeben müsste. Wohlgemerkt ich war 5 Jahre alt! Dann verschwanden Kleidungsstücke aus meinen Kinderschränken in unseren verschiedenen Häusern. Später versuchte mich Franz Mayinger aus meiner Schule zu entführen und glücklicherweise hatte meine Mutter mich zu Freunden aus den Clubs gegeben und die passten wirklich sehr gut auf mich auf! Ich war bei allen Filmdreh und bei allen Videodreh dabei. Die US-amerikanische Justiz hatte mich und meine Eltern, obwohl wir US-Amerikaner waren, im Stich gelassen, weil die Stasi so viel vor Gericht gelogen hatte und zudem mit Jupp Joachimski ein Stasimitglied und Richter an ihrer Seite hatte. So wurde ich in die Obhut der USA gegeben, wie immer man das auch nenne konnte, obwohl nie eine Adoption bestand und auch nie eine Berechtigung. Meine Großmutter erhielt mich ein paar Wochen zurück bevor Barbara ankam und mich dreist als angebliche Jugendamtsmitarbeiterin aus Deutschland mitnahm. Aber Barbara hatte vorerst nicht die Absicht nach Europa zurückzukehren. Denn sie musste laut späteren Aussagen noch ein paar Dinge für die Stasi und ihr System erledigen. Sie ließ sich Vollmachten über die Konten meiner Familie geben und gab das Geld mit vollen Händen aus. Wir fuhren in einen der Nationalpark und an den Fuß eines Felsmassives.

Am Fuß des Felsmassives stand eine Geflügelfarm und dort wollte mir Jupp Joachimski, der seine unverhohlene Freude über seine Hinterlistigkeit kaum verbergen konnte, mir erklären auf Deutsch, was zuerst vorhanden war: Die Henne oder das Ei! Laut ihm war es das Ei. Jupp Joachimski machte dann genauso wie in den anderen Fabriken aus dieser Hühnerfarm ein illegales Versuchslabor. Jupp Joachimski und Julia Walter experimentierten mit Viren und Bakterien an den Hühnereiern rum. Dazu benutzten sie aber nicht, wie es üblich war abgesicherte Gebäude und Laboratorien, sondern eben einen Werkstattschuppen neben den Hühnerstall. Der Hühnerstall war, wie in dieser Zeit üblich ein rechteckiger Holzlangbau mit Welldachplatten. Es gab eine Eingangstür in der Front und dahinter die Hühnerställe in dem gesamten Raum als Laufstall ausgestaltet. Darin waren Kletterstangen, damit die Hühner sich bewegten. Mich ließ er in einem Zelt mitten im Winter schlafen und mir war so kalt, dass ich in den Hühnerstall kroch um nicht zu erfrieren. Einmal wollte er mich erschießen und ich war froh nicht im Zelt zu sein. Sebastian Wieberneit und Julia Walter und Susanne Schüßler nahmen sie mit ins Hotel. Die Indianer des Nationalparks beobachteten alles mit Argusaugen und als sie diese deutschen Leute fragten, was das sollte, wurde Jessica Traue, die aus den Norden der USA angereist kam pampig. Sie gab zur Antwort, dass sie das gar nichts anzugehen habe. Die Indianer waren alarmiert und fuhren sofort zum Weißen Haus und zu dem Kongress, wo sie ein ständiges Zugangsrecht nach der US-amerikanischen Verfassung hatten. Diese kamen dann in den Nationalpark und vertrieben vorerst Jupp Joachimski und seine Leute. Barbara nahmen sie mit und mich ließen sie in der Wildnis zurück. Aber die Deutschen gaben nicht auf und kamen mit einen Stasibautrupp zurück. Das Felsenmassiv, so hatten sie es im Kongress verkündet wollten sie etwas umgestalten und zu einem Denkmal der Indianer und der US-amerikanischen Bürger umgestalten. Es sollte der erste Häuptling des Nationalparkgebietes in den Felsen geschlagen werden und daneben die Köpfe der anderen Präsidenten. Was sie auch taten. Es kam extra ein US-amerikanischer Architekt, der die Skulpturen in Gips nachgegossen hatte und dann später anhand dieser Pläne in das Steinmassiv hauen ließ. Aber es war wieder ein Trick von Jupp Joachimski und sein Schwiegervater Franz Mayinger und Barbara gaben keine Ruhe. Sie hatten muss dazu sagen, bereits bei ihrer Ankunft die Schranke des Naturschutzreservates beschädigt und kaputt gemacht. Später als das Denkmal, was später nachdem der ursprüngliche Architekt plötzlich verstarb unter ungeklärten Umständen, wurde das Denkmal von seinem Sohn fertig gestellt. In Wahrheit war der Architekt mit Gift im Wasser umgebracht worden und hatte kurz danach einen Herzinfarkt erlitten, der aufgrund der verweigerten Erste Hilfe von Jupp Joachimski tödlich endete. Der weiterbauende Sohn sprengte aus naiver Wut und verletzender Eifersucht, weil er bekannt war mit Gisela Traue, den Kopf des Indianerhäuptlings aus dem Stein. Weil diese Geschichte von der US-amerikanischen Polizei sehr ernst genommen wurde, kam dieser Fall trotzdem zu den Akten und dadurch war Julia Walter alarmiert bezüglich ihrer Strafakte. Es war auch so, dass Julia Walter und ihre beiden Onkel Jupp Joachimski und Gunther Schmid sehr besorgt waren bezüglich der US-amerikanischen Polizei und sie wollten diese evident schädigen. Gunther Schmid war bereits bei den osteuropäischen

Straftaten von Jupp Joachimski dabei. Er war ein sehr großer und schlanker Mann mit blauen Augen und weißen Haarkranz. Seine Brille hatte runde Brillengläser, die meistens in einer verkupferten goldenen Fassung waren. Sein niedersächsischer Akzent war sehr scharf und stechend. Er hatte mehrere Parallelfamilien, wie auch seine anderen Kollegen und hatte zwei Töchter insgesamt die Jenny Schmid und Silke Schmid hießen. Seine Söhne waren Benedikt und Stefan und Florian. Stefan und Florian wurden später die Ehemänner und Freunde von Tanja Mayinger, die sich in der Zeit Schmid und Haas nannte. Sie hatten beide Kinder mit Tanja Mayinger und der Sohn mit Stefan hieß Maxl und die anderen drei Kinder bekamen wir glücklicherweise nie zu sehen. Sie setzten die Lebensweise, der Franz Mayinger Familie fort. 1992 Silke war mit Katja in einer Klasse in der Maria-Ward-Schule gewesen und auch die Freundin von Janine Bogosyan und Susanne Schüßler und Jessica Traue in Gröbenzell. Tanja Mayinger war ein Waisenkind aus Berlin die eine Zeitlang in Gütersloh bei Barbara gelebt hatte und dort zur Schule ging in NRW. Gunther Schmid lebte eine Zeitlang allein in einen Neubaugebiet in Hannover und wurde später der Geliebte von Janine Bogosyan. Diese Janine Bogosyan quartierte er mit der Familie Traue eine Zeit lang im Bundeskanzleramt in der Hausmeisterwohnung ein. Sie behaupteten von mir, dass ich mit ihnen verwandt sei und sie adelig seien. Katja war in der Zeit mit Peter Meier zusammen und ließ ihren einstigen Freund Stefan ganz allein mit dieser Familie. Gunther Schmid hatte eine sonore Stimme und hängende Wangen. Manchmal erinnerte er mich an einen Boxer mit herunterhängenden Lefzen. Man mochte es kaum glauben, aber seit ich Gunther Schmid in Südosteuropa erlebt hatte, wie er Menschen folterte, um aus ihnen die scheinbare Wahrheit herauszupressen, war ich gewarnt. Er hatte jemand das Ohr durchstochen ohne mit der Wimper zu zucken. Später entfernte ich demjenigen die Nadeln wieder. Ein anderes Mal schlug er die Kniescheiben durch und diese Kniescheiben waren Matsche. Einmal befahl Gunther Schmid der Security der Botschaft einen Häftling zu töten und sie taten es und brachten ihn über den Keller der Botschaft in Prag weg. Gunther Schmid ließ ich anzeigen und anklagen und er versuchte sich damals damit raus zu winden, dass das 1. Notwendig gewesen sei! Was totaler Quatsch war, weil es sich um einen einfachen normalen und ehrlichen osteuropäischen Bürger gehandelt hatte. Es war auch so, dass Gunther Schmid Treibjagden in Rumänien und in Tschechien abhielt, wo er Jagd auf Menschen und nicht auf Wild machen ließ. Auf einer der Treibjagden musste ich mit und nachdem sie einen Rumänen bei einer Schlägerei in einer Kneipe, die mitten auf einer Lichtung stand zu Tode geprügelt hatten, musste ich mir anhören, wie sie logen und behaupteten, dass eine Wildschweinhorde in die Taverne eingedrungen sei. Dieser Mann, der aber nachweislich blöderweise außerhalb der Kneipe lag mit eingeschlagenem Schädel, soll dann von dieser Wildschweinherde einfach überrannt worden sein und hätte sich nach einem Sturz so stark am Kopf verletzt, dass er starb und betrunken sei er auch noch gewesen. Ich schüttelte nur den Kopf als ich diese vielen Varianten hörte. Einfach schrecklich! 2. Er Militärattaché sei und dann mal Botschafter und Immunität genieße! Das war auch kompletter Quatsch, denn er wusste nicht mal, welcher Rechtsrahmen bestand und auch nicht, dass Foltern untersagt ist und dass bei Anzeigen auch Leute, wie ihm im Diplomatenstatus dieser entzogen werden konnte. Zudem hatte er einen US-Soldaten entführen lassen und auch diesen umbringen lassen, weil Charlie Petrussek ihm das gesagt hatte. 3. Wusste er nicht mal den Unterschied zwischen einen Arbeitsvertrag und einer rechtlichen Maßgabe. Im Grunde waren es alles immer dieselben Leute. Julia Walter, die auch die Namen Nowak und Weiss und Weisz und Salmen trug, flog zu dieser Zeit auch auf. Julia Walter hatte sich den Namen Nowak geben lassen, um an die Gelder von Barbara heranzukommen, die jedoch auch sich Dinge meiner leiblichen Mutter angeeignet hatte und die ihr einfach nicht gehörten. Barbara, muss ich im Nachhinein sagen hasste mich wirklich. Sie tanzte immer nach der Pfeife ihres Schwiegervater Franz Mayinger der in den USA noch Ulrich Grigull hieß. Er hatte dieselben Hasstiraden, wie alle Deutschen die in Osteuropa nach dem Zweiten Weltkrieg untergetaucht waren. Seine immerwährende Ansicht, dass US-Amerikanerinnen leichte Mädchen seien und er jede haben könnte, äußerte er damals schon sehr laut und offen. Er hasste alles Moderne. Er war nicht wie der Rest der US-Amerikaner und versuchte die Umstülpungsversuche der Stasiideologie in den USA. Er war es auch der Julia Walter als Dr. Jule vorstellte und ihre neuartige Methode zu töten in der Todeszelle. Sie benutzte anstatt der vorherigen 6 Ampullen, die man brauchte um an jemand die Todesstrafe durchzuführen lediglich drei: 1. Mit Schlafmittel und 2. Die Zweite mit Pflanzenschutzmitteln also Gift und 3. Die Dritte mit Luft um möglichst schnell alles in die Venen zu drücken. Sie war 12 Jahre alt als sie das vorstellte. Ich hatte mir für den unschuldig Hingerichteten eine zusätzliche Portion an Schlafmittel gewünscht, die er auch erhielt. Es war trotzdem eine grauselige und unmenschliche und zynische „Vorstellung", die Julia Walter dort vollführte. Der County Chef beglückwünschte Julia Walter für die nur 8 Minuten Todeskampf auf der Hinrichtungslege. Mir wurde schlecht. Jessica Traue und Kathrin Traue und Gisela Traue und Tom Pau alias Köhler und Thomas Georg Wenninger applaudierten über den unschuldig verurteilten und unschuldig hingerichteten Polizistenbruder. Man muss dazu wissen, dass dieser Polizistenbruder vorher gegen Franz Mayinger ausgesagt hatte und die Straftaten von Franz Mayinger geschildert hatte. Sein Bruder war weiterhin Polizist und wurde gemobbt und mürbe gemacht genau wegen dieser Stasisippschaft. Ich musste mir jedes Mal, wenn Franz Mayinger mordete es ansehen. Er hatte mich als seine Enkeltochter bezeichnet und als seinen Augapfel. Einmal erstach er einen Polizisten in einen sehr wohlhabenden Viertel in Jersey. Er benutzte dazu feine Nadeln. Dadurch wurde die Lunge durchstochen und dieser Polizist verblutete innerlich. Er schaffte es noch in das Krankenhaus, aber er verstarb dort, weil man seine Blutgerinnung nicht stoppen konnte.

Zudem traf er sich mit Karl Mayinger, den er als seinen Stasisohn ansah. Franz Mayinger mordete und folterte anders als Gunther Schmid. Subtiler und psychologisch tiefergehend. Wenn ich ihn vergleichen müsste, würde ich sagen, dass er wie Hans Lauter folterte. Zuerst auf der psychologischen und mentalen Ebene und später mit direkter und stumpfer Gewalt. Einmal erwischter er mich, wie ich mir ein Taschenmesser zulegte, damit ich mich verteidigen konnte. Er versuchte es mir wegzunehmen und zeigte mich als Gewalttäterin an in New York. Da war ich 6 Jahre alt. Ich hasste ihn. Jedes Mal, wenn ich in mein Bett in den USA kroch dachte ich, dass ich seinen Atem in meinem Ohr spüren konnte. Ich schlief danach nur noch mit meiner grünen Kinderbeleuchtung im Kinderzimmer. Ich magerte stark ab und Kinderspeck hatte ich gar nicht mehr. Später sprach sich Franz Mayinger mit Hans Lauter einen anderen Nazigroßvater aus der Julia Walter Familie ab. Er stellte sich als Psychiatrieprofessor vor und war später der **Schandi** von Barbara. Hans Lauter hatte stechende blaue Augen und war genauso wie Franz Mayinger im Zweiten Weltkrieg gewesen und war ebenso wie Franz abgetaucht. Franz Mayinger und Hans Lauter hatten nie den Kontakt verloren. Franz Mayinger war eine Zeitlang in Skandinavien als Pfarrer und später als Sektengründer in Südamerika unterwegs und hatte seinen Freund Hans Lauter nachgeholt. Hans Lauter stand entgegen Franz Mayinger, der nur mit ungeprägten Geistern, wie er sagte zurechtkam, mehr auf ausgewachsene Frauen und machte deswegen mit ihm eine Wette auf. Da in Südamerika ein indogener Stamm lebte, in dem die Frauen aufgrund ihrer Kleinwüchsigkeit mehr wie Kindfrauen aussahen, dass Hans Lauter diesen nicht widerstehen könnte. Und Franz gewann. Mir wurde nur schlecht als ich das alles sah. Die Kinder die sie zeugten waren genauso bullig und fett und gedrungen, wie diese alten dummen blöden Stasinazisäcke. Die Frauen des indogenen Stammes wurden meist von ihren Männern verstoßen. Hans Lauter nannte diese Erfahrung neben noch weiteren Grausamkeiten, die sie auslebten, ein Bordellbuffet. Auf ihren studentischen **Corps**häusern sprachen sie andächtig davon. Mir wurde nur schlecht. Andere Frauen, die sich weigerten in Südamerika, wie die Chilenen und die Mittelamerikanerinnen, ließ Hans Lauter sterilisieren, wie er es als „guter" Deutscher so üblich fand. Ich fand diese Leute einfach alle wahnhaft gestört! Ich verstand auch später nicht, wie Katja, die eigentlich die leibliche Enkeltochter war, immer noch so naiv durch die Gegend stolpern konnte. Manchmal kam sie mir vor, wie ein Kanarienvogel, der einfach alles wegschob und nicht begriff, wie sie Leute damit verletzte. Katja war immer eine Frau und ein Mädchen, dass nie wirklich Mitglied dieser Familie sein wollte. So hatte ich zumindest den Eindruck. Als ich Katja in der Schule in meiner Nähe hatte, war sie immer nur unheimlich traurig und wütend und eifersüchtig. Ich musste in dieser Zeit immer nach Deutschland kommen, weil Franz Mayinger nach Europa ausgewandert oder besser gesagt wieder eingewandert und rückgeführt worden war. Die Staatsverträge galten immer noch und Franz Mayinger hatte Katja über seinen Sohn Peter Meier doppelt an diese Familie gebunden. Die Klasse hatte enorme Brüche und Janine Bogosyan war zusammen mit Tanja Mayinger bei Peter Meier in Gütersloh in Nordrhein-Westphalen. Janine Bogosyan hatte zusammen mit Steffen ihre erste Tochter bekommen und war mit 17 Jahren das zweite Mal schwanger. Jedoch so war ihre Aussage, um den familiären Gendefekt der ersten Tochter auszumerzen sprich als Ersatzteillager. Als ich das hörte war ich entsetzt. Die beiden Mädchen waren so klein und so zierlich und ich war nur entsetzt. Zuvor war rausgekommen, dass Janine Bogosyan und Steffen Pau über Peter Meier Halbgeschwister sind und ihre Beziehung und Ehe eigentlich verboten. Katja Sohn und Tanja Mayinger erster Sohn waren bei mir in den USA großgeworden und Katja war nie in der Lage sich von dieser Geheimdienstfamilie zu lösen. Ich hatte Briefe geschickt offizielle und private, aber es kam nie eine Reaktion von Katja. Beide Söhne wussten, dass ihre Mütter lebten und dass sie nicht meine leiblichen Söhne sind, aber ich erklärte ihnen auch in einer Kindersprache, warum Kontakt ein bisschen sehr ins Negative umkippen konnte. Meine größte Angst war eigentlich, dass sie in diesen immer gleichen Geheimdienststrudel bei diesen unsäglichen **Assessment Center** hineingezogen werden würden. Beide hatten in der ersten Zeit die Strafanzeigen ihrer Mütter und die damit verbundenen Auflagen nachgesandt bekommen. Ich war froh, dass keiner der beiden ins Boot Camp musste und auch das Heim oder sonstige Sachen an uns vorbeizogen ohne uns zu betreffen. Ich hatte in dieser Zeit bei der US Army gearbeitet und als meine Töchter noch hinzukamen, schlüpften sie jedes Mal in die gewaschene US Army Uniform und zeigten sich stolz vor dem Spiegel. In Deutschland weigerte sich Gunther Schmid und Jupp Joachimski immer noch meine Vermögenswerte meiner adeligen Verwandtschaft rauszugeben an mich. Über die Jahre waren viele Adelige in die USA geflohen und Viele waren auch aufgrund der ungeklärten Verhältnisse in Europa und den ständig wachsenden Sozialneid und aufgrund des Anstieges kommunistischer Ansichten umgekommen und verschwunden und ermordet worden. Julia Walter hatte sogar über die Jahre meine Heroldrolle gefälscht und eine neue Familie von Sachsen Coburg und Gotha gegründet oder erfunden, die meine Schlösser besetzten. In meinen Schlössern wohnten in der Zeit Metzger und IT-Techniker und Betrüger und Köchinnen und Krankenschwestern und Bäcker. Niemand war adelig und niemand berechtigt und niemand reich, aber sie handelten nach dem Motto Frechheit und Dreistigkeit siegt! Ich war nur entsetzt. Jessica Traue hatte die Morde ihres Großvater Franz Mayinger immer gedeckt und wurde dann als Pflegekraft in New York angestellt, wo sie alle alten Leute, die ihrer Familie und den Parallelfamilien gefährlich werden konnten, beseitigte. Tanja Mayinger versuchte in diesem Kontext parallel die New Yorker Polizei über die Familie Fisher zu beeinflussen, um Franz Mayinger als Saubermann darzustellen.

Franz Mayinger war nämlich bekannt, da er eine Zeit lang in Isolationshaft als alleiniger Häftling auf Alcatraz hinter Plexischeiben einsaß. Es war kurz bevor er als Deal gegen Sicherheiten nach Europa ausreisen durfte. Er durfte nur eine Bibel zum Lesen und einen Gesprächspartner haben. Nämlich mich! Franz Mayinger fühlte sich wie ein Agent und war dabei nur ein Straftäter. Barbara war gestorben und so war ein großer Lügenhaufen weggefallen und ein großer Ballast! Das war 1992! Dadurch war es so, dass man Franz Mayinger als Kaltes Kriegsopfer erklärte und er als Waffenstillstandsabkommen nach Europa fliegen sollte und nie mehr US-amerikanischen Boden betreten sollte. Zuvor hatten der Onkel von Gunda Nitzsche sprich ein Sohn von Franz Mayinger aus der blonden Linie in den USA Perez bei einen Spionaustausch mitten auf den Flughafen umgebracht. Die Sowjetunion existierte offiziell nicht mehr und die USA war voller aufgeflogener Stasispione, die nicht mal mehr rechtzeitig die Abflüge erreichten. Die gängigste Masche war mit einem lebendigen Schutzschild auszureisen. Man muss dazu wissen, dass neben der Art der Klapperschlangenreaktion in zugespitzten Situationen auch andere Taktiken angewendet wurden. Diese Form des Versuches das Rausziehen, fand dann zumeist in verbaler Sicht statt. Dazu machten sich diese Stasileute größer als sie im Grunde nach waren. Mir beispielsweise versuchten sie Angst zu machen, indem sie auf den Fahrradweg nicht nachgeben wollten und sich noch im abgesprochenen Masse, wie es ihnen Julia Walter vorgegeben hatte, mich anfahren wollten und wie aggressive Idioten losrasten. Auch scheuten sie nicht davor zurück die Sonderschülerzitate von Sebastian Wieberneit anzuwenden und wagten es sogar mich mit diesen ihnen zugehörigen Betrügern zu vergleichen. In dieser Zeit muss man dazu sagen 2000 waren die Leute von Julia Walter bereits alle inhaftiert und Julia Walter saß selbst erneut in Untersuchungshaft in Hamburg im Bezirksklinikum, welches angegliedert war, an das Universitätsklinikum ein. Sie trug den Namen Nowak und faselte etwas von Barbara, die sie als ihre Mutter bezeichnete. Auch bezeichnete sie den Tschechen Sigmund Mayinger den Kleineren ihren Vater und hatte das Problem, dass in Norddeutschland nur die 1,75 m große Barbara kannte und nicht Maria Bogosyan aus dem Süden und Osten. Dadurch kam die groteske Situation zustande, dass Julia Walter Peter Meier, der in Mettmann im Bezirkskrankenhaus einsaß und ihre Geschichten und Märchen nicht bestätigen konnte, weil Barbara nie leibliche Kinder bekommen hatte. Zudem schon gar nicht mit Peter Meier. Barbara war unfruchtbar und Walter Winkler hatte das auch unterstützt. Julia Walter bekam alles nichts zusammen und kannte auch nur Walter Winkler und Peter Meier. Den Tschechen Sigmund Mayinger kannte sie nicht. Und damit hatte sie ein komplettes Konstruktionsproblem in ihren erlogenen Leben. Die Brüche und Unterschiede, wie ich sie durchmachen musste und miterleben musste, hatte Julia Walter nie begriffen. Sie war in ihren gestohlenen Luxus blind für Andere und sorgte sich wie jeder dieser Familie nur um sich selbst. Julia Walter war eine kleine sehr ungehobelte und sehr intrigante Person. Ich hatte sie nie wirklich verstanden, was sie bewegte und was sie wirklich motivierte, zu ihren Betrugsmaschen. Als ich sie einmal fragte sagte sie nur, dass sie eifersüchtig sei und dass es ungerecht fände, dass andere frei leben könnten. Sie sah sich durch ihre Familie geschädigt. Aber dass ihre Familie mich geschädigt hatten und immer noch weiter machte und auch noch sie mitgemacht hatte, wie ihre Familie mich schädigte, sah Julia Walter nicht. Später als ich größer wurde und ihre Verwandtschaft mich zur Mittäterin ausbilden wollte und meine komplette Ungeeignetheit sah, gaben sie mich auf und ließen mich links liegen. Danach konnte ich mir etwas Freiheiten schaffen und ich musste mir nichts mehr anhören über Mutproben oder sonstige Dinge. Als ich erfuhr, dass diese unhöfliche Familie weiter mich bedrängte und in dieser Zeit immer am Wochenende in Bayern Leute, wie mich einkreiste, da sie sich komplett lächerlich gemacht hatten, zeigte ich sie alle an. Aber sie waren wie Tiere. Sie fuhren mich sogar mit dem Auto an und ich landete wie bereits in den USA auf der Motorhaube. Ich stand wieder auf und diese unverschämten Leute versuchten mich noch wegen Sachbeschädigung an ihren Autos anzuzeigen. Diese Autos hatten sie zuvor von Tanja Mayinger erhalten hatten, die die Schwiegertochter von Gunther Schmid war. Sigmund hetzte die Polizisten auf mich und so wurde ich von den Geheimdiensten, die Sebastian Wieberneit mit Gunther Schmid und Sepp Schüßler koordinierte gejagt. Dieselbe Jagd hatten sie bereits als Minderjährige auf mich in den USA und in Kanada veranstaltet. Ich schwamm damals auf die Insel eines Sees und verharrte dort 2 Tage unter einer Fichte. Ich traute mich nicht mich zu bewegen. Ich saß auf der Insel und kauerte zusammen. In der Ferne hörte ich Schüsse knallen. Susanne Schüßler war in der Zeit bei Gunther Schmid angestellt unter meinen Namen und gab sich als mich aus. Ihre Aggression und Eifersucht waren zusätzlich angestachelt durch die Tatsache, dass sie wieder in Drogenentzugstherapie war. Sie musste auch eine Psychotherapie machen und konnte überhaupt nicht arbeiten. Also auch nicht fachlich versiert. Sie zitterte jedes Mal, wie auch ihr Cousin Sebastian Wieberneit, der in dieser Zeit nachts joggen ging und nachts seine Facebookfreunde mit rechtsradikalen Ideen in Stellung brachte. Er war zu einem perversen Killer geworden, der auf die AfD Parteitage ging und sich dort regelmäßig mit Gunther Schmid traf. Über die Woche war er in Berlin untergetaucht und sollte eigentlich aufgrund seiner Strafverfahren, die gegen ihn liefen, in Untersuchungshaft sein. Aber Jupp Joachimski machte einen Deal und Sebastian Wieberneit wurde angeblich inoffizieller Mitarbeiter des Verfassungsschutzes bei seinen Cousin Alexander Wieberneit. Unter der Woche musste er auch zur Drogenentzugstherapie und musste seine Psyche als Mörder wieder ins perverse zynische Gleichgewicht bringen. In der Zeit banzte er sich an mich an und behauptete, dass ich seine Frau Gunda Nitzsche sei. Denn Gunda Nitzsche wollte er schützen, denn die saß ebenfalls in der Psychiatrie in Untersuchungshaft und sie sollte die Kinder versorgen von Stephan Gleißner, den er Bruder bezeichnete. Vor diesen nächtlichen Lebenswandel fuhr er nachts durch die Gegend und musste sich irgendetwas beweisen. Er verursachte mehrere Unfälle und griff mich immer wieder tätlich an. In seinen Drogenwahn zog er mich immer an den Haaren und schlug mir in die

Weichteile. Später behauptete, dass er mein Bruder sei und dass er mit mir aufgewachsen sei, wie Gunda Nitzsche. Aber beides stimmte nicht. Sebastian Wieberneit ging mittlerweile auch wieder der verdeckten Ermittlung nach, wie er es nannte. Ich würde es Prostitution nennen und sagen, dass er ein ordinärer Stricher war. Er behauptete, dass er mit seinen 40 Jahren immer noch für reifere Stammkunden attraktiv sei und dass sie ihn schützen würden. Seine Magersucht wurde in der Psychotherapie nicht behandelt, sondern nur die Herstellung seiner Funktionalität. Mir war es egal, denn er hatte meinen Mann und meinen besten Freund und mich zutiefst verletzt. Manchmal behauptete Sebastian Wieberneit, dass es mehr von mir gäbe, wie auch sein Sigmund Mayinger. In dieser Zeit hatte ich morgens, wenn ich aufwachte angebrochene Zehen und verdrehte Finger. Manchmal war es auch der Mittelfußknochen. Alles ließ ich wieder zusammenflicken. Aber ich sah genau die gleichen Mörderischen Ansätze, wie sie bei Barbara und bei Maria Bogosyan vorhanden gewesen waren und wie sie anfingen diese Frauen systematisch zu zersetzen und zu zerstören. Manchmal hatte ich Gift in meinen Getränken und ihre Unreflektiertheit war systematisch. Sie sahen auch nie ihre Fehler ein. Das war typisch und sehr systematisch. Keiner der Polizisten glaubte mir in der Zeit, dass beide Mörder waren und dass Peter Meier dazu gehörte. Sie behaupteten sogar noch, dass ich Katja sei, wenn die anderen erlogenen Vergleiche mit Gunda und Janine aufgeflogen waren. Sie sagten den Polizisten, dass sie sich verteidigen müssten, aber berechtigt seien mich umbringen zu dürfen. Sie waren beide wahnhaft gestört und auch sonst weinten sie wie Babys, wenn die Polizei sie abführte. Aber was sie mir angetan hatten, sagten sie nie. Ich hatte im Laufe der Zeit mehrere Fehlgeburten wegen ihnen und ihren Polizisten und Geheimdienstler. Sie wurden beide rechtsradikal und sehr extrem. Wie auch Janine Bogosyan und Tanja Mayinger und Sepp Schüßler behaupteten, wäre nur die westliche Bevölkerung die wirklich gebildete Gesellschaft. Mir kam das Kotzen. Vor allem da mir Sepp Schüßler erklärte, dass er mich brauchen würde, aber mir nicht zugestehen würde, dass ich als etwas anderes angesehen werde, wie in den Verleumdungen von Sigmund Mayinger und Sebastian Wieberneit und Peter Meier dargestellt. Ich hatte diese Schwierigkeiten jedes Mal, wenn ich nach Deutschland kam. Denn sie erkannten mein Gesicht sofort und schalteten auf Kampfstellung um. Sie provozierten und waren aggressiv und dabei sehr arrogant. Erst versuchten sie mich immer mit Scharfschützen einzuschüchtern. Zumeist zielten diese als Warnschuss neben mich. Insgesamt machte sie es über 20 Jahre in fünf Durchläufen. Sigmund Mayinger und Sebastian Wieberneit und Peter Meier bildeten mittlerweile eine eingeschworene Gemeinschaft. Sie waren bis in die Politik gegangen und behaupteten immer noch ihre Lügen. Carolin Winkler ließ mich sogar von städtischen Bediensteten wie Busfahrer und wie Müllmänner angreifen. Sie nannten es Menschenjagd und behaupteten, dass sie angegriffen worden seien. Dazu benutzten sie Argumentationen, weil sie den deutschen Geheimdiensten angehörten, hätten sie mehr Rechte. Später ließ ich alle Aussagen überprüfen und es stellte sich alles als heiße Luft heraus. Auch Gunther Schmid musste zugeben, dass er nie etwas anderes als ein Versicherungsmakler war und in der Funktion des Schwiegervaters von Tanja Mayinger auch eine Geschäftsführerstellung in Niedersachsen ihr gab und selbst eine innehatte. Als die Versicherung wieder pleite war und von einer sogenannten gegenläufigen Bewegungsregularien europäisch betroffen war, meldete er sich in Bayern an und machte eine neue Filiale zusammen mit seiner Schwiegertochter in Landsberg am Lech auf. Genau dieses Drei-Seen-Eck, wie es genannt wurde, war die steuerreichste Gegend und damit auch die größte Möglichkeit der steuerlichen Abfischung, wie es Gunther Schmid nannte. Dazu muss man wissen, dass die gegenläufige Bewegung diese war, dass Gunther Schmid über seine Versicherung sämtliche Finanzmodelle für die Geheimdienste übernommen hatte. Alle nahezu 90% der geschlossenen Versicherungsverträge waren unter falschen Namen und falschen Bedingungen abgeschlossen worden. Grundsätzlich ging es bei den Versicherungen zum einen 1. um Pauschalabsicherung der aktuellen geheimdienstlichen Aktionen und zum anderen 2. um die Einzelabsicherungen der Mitarbeiter. Für die Versicherung galten, wie alle Finanzinstitute, die gleichen Vorschriften, wie für Banken. Im Zentrum standen die Basel I und Basel II Vorschriften. Ebenso war es auch so, dass die gleichen normalen Vorschriften galten, wie für andere Finanzinstitute. Diese Versicherung wurde von Gunther Schmid geleitet und seine Schwiegertochter Tanja Mayinger stellte er als Geschäftsführerin ein. Die Versicherung hatte ihren Wirkungskreis vor allem in Niedersachsen und immer, wenn ihnen das Wasser finanziell bis zum Hals stand, wurde Tanja Mayinger gerichtlich betreut. Zuvor wurde folgendes gemacht von Gunther Schmid. Er eröffnete eine Filiale der Versicherung in einem anderen Bundesland, welches laut Steuerschätzungskreis und Dimap Liste, in denen beiden Gremien saß Tanja Mayinger auch, das höchste Steueraufkommen vorhanden war. Man muss dazu sagen, dass der jeweilige Staat sich verpflichtet hatte nach der Wirtschaftskrise im Jahr 2000, die Ausfälle und die schwankenden Versicherungen, die als systemrelevant eingestuft worden waren, immer zu retten und zwar mit Steuergeldern. So war es in deren System durchaus üblich, dass nicht nur um neues und frisches Geld zu erhalten auf dem Aktienmarkt gegen die eigenen Werte gewettet wurde, sondern dass Gunther Schmid sich vorher ausgerechnet hatte, wieviel Geld er erhielt vom Staat, wenn er das Unternehmen Pleite gehen lassen würde. So war es durchaus üblich, dass er sich immer wieder im Drei-Seen-Eck zwischen Ammersee und Starnberger See und Chiemsee niederließ. Zudem lag dort eine Psychiatrie in der Nähe, in der Tanja Mayinger untergebracht werden konnte und das auf Staatskosten. Zudem hatte Gunther Schmid den Hauptsitz der Versicherung dann nach Bayern verlegt und die Filiale wurde zur Hauptgeschäftsstelle. Während der Betreuung von Tanja Mayinger teilten sich Jupp Joachimski als gerichtlicher Betreuer und Gunther Schmid als Chef die Aufgaben von Tanja Mayinger. Dadurch wurde auf politischer Ebene immer wieder eine Konsolidierung der Versicherung auf Kosten der Steuerzahler und auf Kosten der normalen Versicherten vollzogen. Zudem wurde noch versucht über den Länderfinanzausgleich zu Geld zu kommen, indem dann später einfach die Hauptgeschäftsstelle wieder umgemeldet wurde in ein anderes ärmeres Bundesland. Meistens war das Berlin. Die Versicherung an sich war auch durch die jeweiligen Rückversicherungen abgesichert und diese Großbanken agierten auf den großen internationalen Finanzmärkten und waren von diesen jeweiligen sehr nationalistisch geprägten Aktionen sehr stark getroffen. Eine Bank waren die Lemans Brother, deren Vertrauen von Deutschland bis auf Tiefste verletzt wurde. Hinzu kamen auch noch gefälschte Bilanzen und die fehlende Gültigkeit der Tarnnamen und der damit verbundenen Versicherungsverträge. Man muss dazu wissen, dass jeder Geheimdienst auf den gesamten Globus sich finanziell absichern muss. Bei Auffliegen von Aktionen muss genauso gezahlt werden, wie bei gut abgelaufenen Aktionen. Die Geheimagenten sind zum einen sichtbar, aber auch eben unsichtbar und diese Verbindung mit einer falschen **Identität** kostet auch Geld. Dieses Geld und diese Einlagen werden als sogenannte Sperrkonten bei den jeweiligen Banken durch die ausstellenden Institutionen hinterlegt. Dadurch konnten diese Konten nicht zu der Rücklagenabsicherung des jeweiligen Finanzinstitutes hinzugezählt werden. Damit waren diese Konten kein Zugewinn aber auch kein Abfluss des Barvermögens. Man kann sagen, dass sie nicht zu den Rücklagen gezählt werden dürfen und auch nicht zu den Einlagen, sondern Sonderposten. Gefangenenaustausche und Gefangenenausflüge von Spionen und staatswichtigen Personen werden genauso abgesichert, wie Häftlingsprogramme und auch **Geheimdiensttarnidentitäten**. Durch die Tatsache, dass diese Versicherung von Gunther Schmid als systemrelevant eingestuft wurde, war die rechtliche Bindung an die Notwendigkeit des staatlichen Handelns immer gewährleistet und gesichert.

Gemäß der Regularien der Geheimdienste hätten aber diese Namen mit jeweiligen Budgets und echten Voraussetzungen hinterlegt sein müssen und auch mit einer Zweckverwendung. Wenn es eine Zweckverwendung für geheimdienstliche Aktionen gewesen wären, wären diese mit Vorausauszahlungen verbunden gewesen. Diese Fälle traten auch manchmal ein. Damit wurde sogenanntes Barvermögen der Versicherung verringert. Die hinterlegten Versicherungsmodelle wurden dazu benutzt, um die größeren Geldsummen, die für diese Aktionen notwendig waren, zu finanzieren und nicht anzusparen. Das war sicher auch dem Lebensstil auf Pump und der Ansicht, dass man das Abenteuer in Gänze lieben müsste geschuldet. Die aktiven Spione, die im sogenannten Außendienst waren, wie sie die Angestellten auf der Straße mit Pistolen und mit einer Prügellizenz nannten, auftraten, mussten später ihre von ihnen angegebenen Rechte schriftlich nachweisen. Ich war erschrocken und sie konnten nichts vorweisen. Sie hatten gar keine verbrieften Rechte und nichts war irgendwo eingetragen und nichts verbrieft. Sie hatten niemals von Gunther Schmid, der laut ihnen genauso gesagt hatte, dass er sie beauftragen würde, etwas schriftlich hinterlegt erhalten. Ebenso war es bei Jupp Joachimski, der genau diese Form der halb privaten und halb beruflichen Ebene nicht nur absichtlich herbeiführte, sondern auch gezielt gegen Leute, die sich weigerten bei seinen kriminellen Taten mitzumachen, einsetzte. Bei mir war es die Tatsache, dass er Sebastian Wieberneit seinen Lustknaben bei mir dauernd unterbrachte und mich durch ihn belästigen ließ. Auch seine Ehefrau Gunda Nitzsche war in der Zeit eine Belästigerin von mir. Ich hasste Gunda Nitzsche, denn ich konnte ihre Dummheit und ihre Arroganz und ihre Häßlichkeit nicht ausstehen! Sie war eine typische Psychiatrietussi, die nie Rechte hatte. Sie durfte nichts erhalten und sie durfte auch nie Rechte und auch nie Ansprüche anmelden. Sie war so dreist, dass sie ihre Lügen über ihre **Identität** und ihre Probleme anderen Leuten, wie mir ankleben wollte. Ebenso hassten ich und meine Familie den Rest ihrer Betrüger-Familie, die zu unselbstständig und zu untüchtig und zu faul waren für ein eigenständiges Leben. Ich musste mich in der Zeit mit Jupp Joachimski über die Ausformulierung und Deutung des Gewohnheitsrechts streiten und die Ausdeutung von konkludenter Zustimmung. Ich war nur entsetzt, denn das hing direkt mit den familiären Versorgungsansprüchen und den jeweiligen Namensrecht zusammen. Man muss sich vorstellen, dass von der deutschen Bundesregierung und der DDR-Führung immer argumentiert wurde, dass das alles kein Problem sei. Mir wurde als Kind zugemutet, dass ich nicht nur meine Eltern und meine **Identität** verlor und verheimlichen musste, sondern dass auch noch versucht wurde über die Argumentation des Gewohnheitsrechtes mir einen Versorgungsanspruch gemäß der späteren Sozialgesetzgebung angeklebt wurde, der nie bestand. Bei Familie Müller war es sogar so schlimm, dass dieser Familienzweig von Familie Meier nicht nur das Riesenbaby Martin Magnus Müller als leiblichen Bruder von Kathrin Müller annehmen mussten, als überflüssigen Deal für einen Fahrradunfall, den sie nicht verursacht hatten in Niedersachsen, sondern dass sie später als das Kind 5 Jahre alt war, auch die Stasikindmordtaten von diesen Martin Magnus Müller laut niedersächsischer Staatskanzlei übernehmen sollten. Später wurde die Gesetzgebung in Deutschland sogar so schlimm, dass Kinder für ihre Eltern und ihre übrigen Verwandten sorgen sollten. Aber was, wenn diese Familienbande gar nicht echt waren? Sondern nur von der Stasi unnötige Erpressungsverträge, die wiederum auf Deals wegen angeblicher Straftaten basierten und nur eine Vertuschung darstellten? Genau in dieser Situation befand ich mich bezüglich der Familie Mayinger. Bei Martin Magnus Müller, der der Sohn von Marianne war, der Schwester von Barbara, sagten Jupp Joachimski und Peter Meier damals, dass er wie ein Kind im Weidenkorb sprich wie Moses sei. Er solle später der Führer der israelischen Geheimdienste sein, laut deren widerlichen Allmachtsfantasien. Sie behaupteten, dass aufgrund des Gewohnheitsrechtes ein konkludentes Einverständnis vorherrsche, dass Martin Magnus Müller ein Familienmitglied sei und eine rechtliche Abstufung bezüglich Kathrin Müller und ihren als Bruder eingestuften Martin Magnus Müller vorherrsche, obwohl es zwei unterschiedliche

Familien waren. Dadurch entstanden mehrere Probleme. Denn eine Wertigkeit und Abstufung anhand der Parallelfamiliendefinition griff nicht, weil Martin Magnus Müller noch zu klein war. Aber später mit 4 Jahren gemordet hatte. Und das stellte Familie Müller vor die groteske Situation, dass sie nun gemeinschaftlich veranlagt wurden, den aus den Straftaten von Martin Magnus Müller entstandenen Schaden auch gemeinschaftlich aufzukommen. Mal abgesehen von den Sozialrechtlichen Konsequenzen und Bürgerrechtsebene. Das erweiterte Problem kam später in der Position eines Onkels von Martin Magnus Müller Helge Braun als deutscher Kanzleramtschef sprich den deutschen Leiter der deutschen Geheimdienste hinzu. Denn dieser Helge Braun, der auch Bauer war, wandte sich bezüglich des Schutzes an Martin Magnus Müller und sprengte damit den Rahmen. Julia Walter die die Ehefrau von Martin Magnus Müller war und die Nichte des vorherigen Bundeskanzleramtschef versuchte immer wieder deren alle 5 Jahre wiederkehrende Pleite zu verhindern. Aber es war immer dasselbe Desaster. Immer wieder versuchten sie auch mit übelsten Tricks an Bankkonten und Gelder heran zu kommen. Am meisten benutzten sie das Leibniz-Rechenzentrum, wo sie sich regelmäßig einhackten, um Schadsoftware aufzuspielen die die Gelder ableitete und dann an andere Konten sprich ihre eigenen transferierte. Anna Müller war in dieser Zeit immer dazu angehalten sich als Mossad-Agentin auszugeben und so Angst und Schrecken zumindest bei denen, die es sich vormachen ließen zu verbreiten. Bei mir nicht! Denn Anna kuschte immer, wenn ich kam und musste dann zugeben, dass sie gar nicht so taff war wie sie sagte und auch der Mossad sie mehr als kleines sinnloses Häschen, wie auch ihre Schwester Chiara ansahen. Ich mochte alle drei nicht! Weder den Mossad noch Anna noch Chiara. Chiara war die Tochter von Stephan Gleißner und hatte in der Zeit sehr viel Kontakt mit ihm. Daraus resultierte, dass sie sich emotional gegenseitig hochschaukelten. Ich musste einmal Anna und Chiara Müller psychologisch behandeln. Denn sie wollten mir ihr Rollenspiel erklären. Ich winkte ab und musste ihnen die Begrifflichkeiten: 1. Hier und Jetzt! Und 2. Würde jedes Menschen! Und 3. Betrug! und 4. **Identitätsdiebstahl**! Und 5. Regularien der Geheimdienste! Klären! Resultat war, dass ich sehr entsetzt war und dass Chiara gar nicht mehr aufhörte sinnlose Lügen abzufeuern. Alle 5 Begrifflichkeiten konnte sie weder logisch zusammen bringen noch ordnen. Die Medikation musste ich dann wiedereinsetzen und ich musste auch sehen, dass Chiara von kleinster Kindheit eine Art Denkmodalitäten beigebracht bekommen hatte, was zumeist von Karin Schmitz alias Susanne Schmid und Gunda Nitzsche bewirkt worden war, die zwar in eine Wahnhaftigkeit und in eine Denkspirale passten, aber deren Aussteigen nie erklärt wurde. Ich gab entnervt nach einer Weile auf und nachdem ich Stephan Gleißner seine Übersäuerung seines Körpers auch nicht erklären konnte und er mich noch mehrmals geheimdienstlich verarschte, war ich nur noch gereizt und schrieb das auch in meinen Dossiers nieder. Dazu muss man wissen, dass im Jahr 2000 ich Stephan Gleißner aufgrund einer Übersäuerung und sich andeutenden Organversagen behandeln musste. Diese Übersäuerung fing an in eine Art innere Sepsis überzugehen und Gunda Nitzsche Streßigkeit tat ihr Übriges dazu. Damals wurde mir gesagt, dass ich diese Form der sinnlosen Familiendeklaration zum Schein aufrechterhalten sollte, da Stephan Gleißner als deutscher Geheimagent eingestuft sei. Ich musste Mineraldrinks mischen und sogenannte Infusionen mit falschen aber dennoch richtigen Wirkungen geben. Alles unter den Deckmantel der Geheimhaltung. Auch sollte ich eine Gesprächstherapie machen, die eine Form Ruhezustand bewirken sollte. Danach waren die Werte besser und die Sepsis abgewendet. Er konnte dann mit einer Physiotherapie auch wieder mit Hilfe laufen. Ich schwor mir, dass es das letzte Mal sein sollte. Danach hatte ich meine Ruhe. Stephan Gleißner behauptete, dass er mit Gunda Nitzsche lediglich die deklaratorische Arbeitsbeziehung nur zum Vorzeigen und ohne Kinder und ohne private Instanz führte. Aber das Gegenteil war der Fall. Und so musste ich mich noch zu allem Überfluss rechtfertigen, ob ich eine illegale Beziehung zu einem deutschen Spion, der in meiner Obhut war, zugelassen hätte. Ich verneinte und wurde noch suspendiert! In mir kochte die Wut und ich war nahe dran diesen Schrott schon damals auffliegen zu lassen. Später wurde es so grotesk, dass Stephan Gleißner, wie auch Jupp Joachimski mir erklärten, dass es nichts Schriftliches gäbe von ihnen, in ihrem papierlosen Büro, weil sie so geheim wären, dass man keine Spuren hinterlassen dürfte. Ich wusste nicht ob ich weinen oder lachen sollte bei soviel Stuss! Ich hatte nie Leute gesehen, die wie die von Gunther Schmid nie auf diesen Job vorbereitet wurden. Manchmal kam ich mir vor, wie auf einen Abenteuerspielplatz. Diese Leute waren so doof, dass sie sich manchmal selbst erschossen. Es war wirklich so. Ich musste einmal einen Soldaten versorgen aus Niedersachsen, der mir schilderte, dass er angeschossen worden war, was offensichtlich war, weil die Fleischwunde nur von einer Kugel stammen konnte. Danach erklärte er mir, dass er nur in der Waffenkammer war und dort seine Waffe für den Schießstand holen wollte. Ich sollte nicht nur den Schock des Soldaten behandeln, sondern auch nachfragen was geschehen war. Und er sagte, dass er das Gelände Vorschriftsmäßig nie verlassen hatte. Auch nicht mit Waffe. Später kam heraus, dass Jessica Traue auf diesen Soldaten schießen hatte lassen, weil sie auf ihn stand. Ein Kamerad von ihm hatte sich für diesen sinnlosen Dienst einspannen lassen. Ich schüttelte nur mit dem Kopf als diese Tatsachen erfuhr und erinnerte mich mit Schrecken an den vor mir zitternden Soldaten zurück. Danach ließ ich eine Dienstaufsichtsbeschwerde schreiben gegen Familie Traue und mir wurde gesagt, dass das für die deutsche Staatssicherheit wichtig sei und erste Priorisierung hätte, weil diese Leute dem Mossad nahe stünden. Ich lachte nur und sagte, alles klar. Ende vom Lied war, dass der andere Soldat, der geschossen hatte eine Abmahnung erhielt und ich rief beim Mossad an und machte sie erstmal zur Minna. Dass sie sich für so einen Quatsch wieder haben einspannen lassen. Zudem musste ich später, weil Janine Bogosyan und Sara Weiss und Jessica Traue und Julia Walter alias Nowak und Gunda Nitzsche und Eva Kasper und Tanja Mayinger und Anna Müller und Chiara Müller sich nicht nur als Jüdinnen ausgaben, sondern auch noch sich zu den Mossad

Agenten hinzuzählen ließen, eine Abstandsklage einreichen, damit diese eigentlich Psychiatriepatientinnen nicht mehr in die Nähe normaler Menschen kamen. Dazu muss man sagen, dass allesamt als Maulwürfe beim Mossad aktiv waren und sich aus den **Identitäten** meiner befreiten Arbeitssklaven und Zwangsarbeiter aus Osteuropa und der DDR speisten. Auch erhielten allesamt illegaler Weise Renten aus diesen Fonds. Manche meiner befreiten Zwangsarbeiter erhielten nahezu nichts als sie halb verhungert Israel erreichten. Später musste ich noch Pflegeheime in Israel bauen um diese Versorgungslücke zu schließen und noch dafür sorgen, dass meine arabischen Freunde nicht wieder sinnlos gefährdet würden. Diese Truppe an bescheuerten deutschen Fickhurenfotzenschlampentussen von Gunther Schmid und Jupp Joachimski ging sogar soweit, dass sie sich den Davidstern auf den Finger tätowieren ließen. So als würde er ihnen etwas bedeuten. Sie stahlen was nicht niet- und nagelfest war und das eben auch von den Juden. In Tschechien war nach dem Fall des Eisernen Vorhang eine kleine Kommune an Juden übriggeblieben, die alle sehr zusammen hielten. Sie brachten immer wieder Lebensmittel nach Prag und trieben regen Handel und waren die liebsten Menschen. Und vor allem und da legte ich immer Wert – EHRLICH! Janine Bogosyan überfiel eine alte Dame von ihnen und raubte ihr ihren Schmuck. Als Janine mir den Schmuck dreist vorführte, bekam ich das Kotzen. Sie grinste mich unverschämt an und fragte mich: „Kennst du es noch?". Es war das diamantene Kreuz, welches sie aus der sozialistischen und kommunistischen Zeit aufbewahrt hatte und wo das Judentum heimlich gelebt wurde. Ich bekam einen Schreck und wollte ihr fast eine Ohrfeige geben. Denn das war die Dreistigkeit sondersgleichen. Ich wusste, dass Esma tot war und ermordet worden war. Aber ich schluckte es runter und dachte mir nur, dass ich diese Mördertruppe um Julia Walter, die jeden töteten der die Wahrheit sprach trotz Einschüchterung.

Ich hatte mittlerweile angefangen zu schreiben und mein erstes Buch veröffentlicht mit 12 Jahren. Es war ein Buch über die Kindheit und Jupp Joachimski machte sich einen zynischen Spaß daraus und ließ es falsch drucken. Das war 1992! Ich hatte damit das kleinste Buch der Welt. Es war 5 cm mal 5 cm gedruckt und in der kleinsten Schrift des PC eine Schriftgröße von 5. Man brauchte eine Lupe, um es zu leben. Jupp Joachimski wusste gar nicht, was er getan hatte. Denn er wollte mir eine Lektion erteilen, aber diese kleine Größe des Buches steigerte unglaublich den Wert des Buches. Jupp Joachimski wollte mir sagen, dass er ein allmächtiger Spion war und dass er immer solche Texte schmuggelte ohne ihn jemals gelesen noch gesehen zu haben.

Das war seine Arroganz, die ihn so handeln ließen, wurde ihm zum Verhängnis, denn er sagte mir immer wieder wie schlecht ich deutsch sprechen würde und dass niemand mein Buch verstehen würde. Er hatte falsch gewählt und kochte vor Wut. Alles andere, was der Inhalt des Buches und was die Interessenten des Buches waren, war ihm egal. Das kleinste Buch wurde verkauft an alle Bibliotheken der Welt. Selbst die Queen hatte in ihrer Bibliothek und in London dieses Buch stehen und auch bei den Päpsten und sogar in Japan am Königshof wurde es gelesen. Kurz zuvor hatte ich das Buch Das Foucault'sche Pendel geschenkt bekommen. Ich hatte es angefangen zu lesen und mir wurde es damals von der verrückten Barbara mit einem sehr zynischen Lächeln gegeben worden. Barbara sagte, dass ich es bestimmt nicht verstehen würde. Aber ich las es von Anfang bis zum Ende in einer Woche. Mir fiel dabei eine Dreigleisigkeit in Sprache und Schrift auf. Es war eine Sechsgliedrigkeit in einer Matrizenabbildung. Dadurch war es eine Exponentielle Steigerung $x=(2*3)^6$ und die Positionen waren die Ersetzbarkeit durch eine Verdrehung, wie in einer Berechnung einer Kreisform. Aus dieser noch nicht so durchstrukturierten Schilderung von bestimmten ungeordneten und Mehrebenen Modelle gab mir die Idee zu meinem ersten Buch. Das kleinste Buch wurde in 4 Kapitel unterteilt und erweiterte die Matrix auf vier Spalten. Ich schilderte darin die einzelnen Ebenen der bereits geschehenen Geheimdienstsituationen. Das erste Kapitel waren die Schilderungen zu den oberflächlichen Wahrnehmungen von den Situationen. In diesem 2. Kapitel wurde wurden die eigenen Empfindungen geschildert. Danach folgte das 2. Kapitel mit der ersten Stufe der **Tiefeninterpretation** sprich **Metastruktur**. Darin wurden die Deutungs- und Interpretationsebene im normalen Rahmen einfachen Rahmen dargestellt. Innerhalb dieses Kapitels wurden teilweise verbale deutsche Besonderheiten und Verständnisinterpretationen erörtert. Diese Schilderung ging mit der Skizzierung des Sprachsystems der Stasi einher. Ich fand damals schon die äußerste Deutschprägung sehr erschreckend. Auch ausländische Sprachen sprachen sie in Anlehnung an die deutsche Sprache. Bestimmte Begriffe bauten sie in einen deutschen Sprachkontext mit scheinbar englischer Bedeutung ein und dabei meinten sie nur eine inhaltliche Anlehnung an eine deutsche Bedeutung. So war der Begriff „freedom" nicht etwa Freiheit oder Frieden. Nein! Es war die stasihinterlegte Aktion einen Dom sprich eine Glaubenseinrichtung zu befreien. So harmlos oder spinnert sich diese Deutung anhört, so brutal war die Umsetzung dieser Leute. Zumeist wurde eine Sekte gegründet von den Stasileuten oder eine gängige Glaubensrichtung genutzt, um eine andere Religion in Verruf zu bringen. Die benutzte Religion blieb dann eine Zeit lang weiter in der Hand dieser Stasileute bis sie sich entweder abwandten oder in institutionelle Muster diese Religion gefangen hielten. Man konnte damals feststellen, dass viele unausgesprochene Verbalmuster in ausführliche hinterlegten Handlungsmuster und dann mit Grundstrukturen unterlegt worden waren und so in institutionelle Grundstrukturen umwandelten sprich pauschalen rudimentären Formalitäten und Gesetzgebung einbauten. Diese Metaebene wurde dann auch anhand von absichtlichen Syntaxfehlern und anhand von Fragen nach derselben Verständigungsebene und Verständnisebene sprich die Frage nach der derselben Mentalität abgeprüft. Man muss dazu wissen, dass man diese Ebene nur sehr vorsichtig verwenden durfte. Franz Mayinger beispielsweise wurde regelmäßig aggressiv innerhalb dieser

Interpretationsebene. Es war die Ebene, die seine Toleranzschwelle überkochen ließ und in der er regelmäßig das Essenstablett hinter seinen Wärter herwarf. Er wurde dann zynisch und sehr direkt. Bei Jupp Joachimski war die Aggression anders. Wenn man die Eindeutigkeit ausließ innerhalb eines Gespräches und man auf eine Deutungsebene in persönlicher Hinsicht kam, also genau anders herum. Ich hatte das Problem, als ich Beide betreuen musste, dass ich herausfinden musste, ob diese Gegenläufigkeit der Verständnisebene absichtlich und abgesprochen von Beiden durchgezogen wurde, um sich beide dichtzuhalten. Oder ob es rein zufällig ohne Zusammenhang in Unabhängigkeit ohne geheimdienstliches Zugsystem (was auch manchmal umgedeutet wurde in ein Mühlespielstruktur) so stattfand. Ersteres war der Fall. Und das hatte einen ganz einfachen Grund. Beide wollten sich A. Nicht verraten. Weder gegenseitig noch sich selbst. B. Sollte die familiäre wahre leibliche Grundstruktur nicht aufgedeckt werden. Manchmal wussten nicht mal manche Parallelfamilien von denen, dass sie verwandt waren und mit wem. C. Zudem hatten beide sich ewige Waffentreue geschworen. So kommunizierten beide immer nur über Dritte und sogar Vierte. Obwohl sie eigentlich Schwiegervater und Schwiegersohn waren. Ein anderer angelehnter Begriff war „Dean", der laut Lautsprache in der deutschen Bedeutung „Diene!" benutzt wurde. Im 3. Kapitel versuchte ich dann die Grundstrukturen auf der nationalen politischen Ebene zu zeigen. Das kam daher, dass ich mitbekam, wie Jupp Joachimski und Gunther Schmid und Thomas Georg Wenninger und Franz Mayinger auf politischer und institutioneller Ebene Eingriffe in die Struktur der USA vorzunehmen begannen. So wurde in den deutschen Stasigeheimdienstkreise der englische Begriff „Mission" mit dem deutschen Begriff „Mischen" vermischt und benutzt. Es war so, dass wenn ich nach Deutschland kam, ich eine Art Blase betrat. Aufgrund der mehrfachen spontanen Fehldeutungen und situativen Fehleinschätzungen und daraus resultierenden Überreaktionen, heizte sich die Stimmung in Deutschland vor 1990 enorm auf. Auch politisch. Ich schilderte die rechtlichen übernommenen Grundstrukturen und schilderte deren Entstehung und Fundierung in den einzelnen staatlichen Vorgängen unter Einfluss von Jupp Joachimski und Gunther Schmid und Franz Mayinger und Barbara Weisz. Dadurch wurde es mir auch immer wichtiger zu verstehen, wer in deren Netzwerk einbezogen wurden. Mir fiel dabei auf, dass wie bei dem Wasserstrudel es sehr nahestehende Personen gab und dann sich dahinter weiter entferntere Personen sich anschlossen, die je weiter sie außenstanden immer weniger Vertrauen genossen. Das schilderte ich dann im 4. Kapitel die genaue personelle Umsetzung. Über die Zeit musste ich alle Kontaktpersonen der Stasi kennenlernen. Warum? Ich weiß es nicht. Das Problem an der Sache war, dass ich nicht in die Kreise hineingezogen werden durfte, aber gleichzeitig solange der Zustand und die rechtliche Situation dieser Leute nicht geklärt war, denen eine Art logistischen Freundschaftsdienst erweisen musste. Freundschaftsdienst wurde es genannt, weil ich nicht zu diesen Zeitpunkten in keinem anderen Arbeitsverhältnis stehen durfte und sollte. Gunther Schmid weigerte sich zu unterschreiben und damit offiziell für diese Leute und deren Taten zu bürgen. Mit der Unterschrift wäre eine rechtliche geheimdienstliche Einordnung und auch eine finanzielle Absicherung gegeben gewesen und gleichzeitig hätte sich Deutschland für diese geheimdienstliche kriminelle Abordnung verantwortlich gezeigt. Aber es kam noch schlimmer!

Barbara war eine Zeit lang in der Mauerkirchnerstraße gefangen gehalten und anstatt in ihre Termine im Klinikum Rechts der Isar heimlich durch die **Stasi-Schandi** in der Psychiatrie in der Möhlstraße eingewiesen worden, welche den Professor Hans Lauter einen Mittäter unterstellt war. Der Professor Hans Lauter war so ein Schwein, dass er die wehrlose Barbara in eine Kellerwohnung im Lehel unterbringen ließ und sie anschaffen ließ. Die Kellerwohnung war kalt und manchmal sehr feucht. Ich ließ ihr Entlüfter in die Wohnung stellen, aber es wurde nicht besser. Barbara's Glieder waren manchmal sehr kalt und steif. Hans Lauter vögelte sie auch, als wäre sie eine billige Hure und nannte sie mein Vögelchen. Ich hasste ihn dafür und später begründete er seine Taten damit, dass er nie mitbekommen hätte, dass Barbara gefoltert werde und sie gefangen gehalten würde. Ich schickte Barbara in der Zeit einen GI in die Wohnung. Er sollte Barbara Suppe bringen, was er auch tat. Barbara war eine zynische und falsche Schlange. Sie beschimpfte ihn mal und ließ ihn zusammenschlagen. Danach war mir diese Frau noch mehr egal, wie sie schon war. Ich konnte ihr Leiden nicht ansehen und manchmal dachte ich, dass sie es genoss, wenn sie sah wie ich litt, wenn ich ihre Verbände wechselte und wenn ich sie versorgte. Katja und Janine Bogosyan fanden die Wohnung im Lehel heraus und beschimpften sie zusätzlich. Ich erschrak und sah ihre Wut in den Augen. Denn ich wusste, dass Barbara eigentlich die Tante von Katja und Janine Bogosyan war und beide es bitter bereuen würden, was sie damals als Jugendliche taten. Barbara hatte geschrien und um Hilfe gefleht, aber jeder sah nur zu, was sie mit ihr taten. Sie beschimpften sie sogar noch und nichts und niemand konnte diese von Carolin Winkler Scheißhaufennazistasifamilie aufgehetzte Meute aufhalten. Carolin Winkler sagte über Barbara, dass ihr Vater dieser **Stasi-Schandi** Barbara nur vernascht hätte und nie etwas für sie empfunden hätte, sondern Barbara nur eine Fickunterlage sei. Dazu muss man wissen, dass Carolin Winkler sich ihre gefälschte Geburtsurkunde in München über das damalige Rathaus ausstellen hatte lassen mit Hans Lauter als Taufpaten und Taufzeugen im Rathaus. Eigentlich kam sie aus Bulgarien und hatte einen bulgarischen Namen. Dann ließen sie auch noch Barbara in eine einstige Pesthaus in der Münchner Innenstadt in ein umgewandeltes Kirchengebäude untergebracht. Dort waren nur Nonnen um sie, die sie auch nur folterten und ihre Verbände rieben bis ihre trockene Haut wund war. Dann rieben sie ihr noch Cremes, die versetzt waren mit brennender Zitronensäure, in die offenen Stellen und sie schrie vor Schmerzen. Die Nonnen behaupteten, dass Barbara sexsüchtig sei, aber das stimmte nicht. Sie wurde nur zur Hure gemacht und eigentlich wäre, wenn sie diesen Stasileuten nicht begegnet wäre, vielleicht eine normale Frau aus ihr geworden. Sie war jedenfalls der unglücklichste Mensch, den ich je gesehen hatte. Ich hatte Katja nach dem Vorfall im Lehel gesagt, dass es ihre eigene Tante Barbara war, die sie angegriffen hatte und Katja erstarrte vor Schreck. Sie wollte es nicht mal im Ansatz glauben. Aber es war so! Im Lehel wohnte auch zu dieser Zeit die Familie Traue, die die Anweisung der Stasi hatte Barbara manchmal in eine Obergeschosswohnung zu lassen. Aber nur zu dem Zweck der Aushorchung und der Folterung. Einmal war es so kalt, dass Barbara eine Heizdecke von mir erhielt. Aber irgendwer steckte die Heizdecke und die Matratze in Brand und Barbara konnte nur mit Mühe und Not lebend davonkommen. Das war im Jahr 1992!

A.6 Abbildung leiblicher Zusammenhang zwischen Familie Salmen und Wenninger und Smith im Lehel und Augsburg

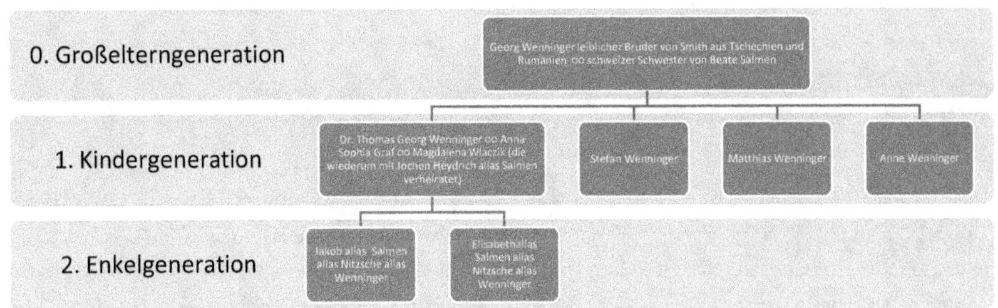

Jahre zuvor 1986 passierten schreckliche Dinge mit Barbara in Berlin. Barbara schrie als in Berlin ein Lynchmob auf sie losging und die Kleider vom Leib riss. Sie stand sogar ohne Unterhosen da und weinte vor Angst und Schreck. Ich konnte sie mit Müh und Not nachdem ich die Polizei gerufen hatte rausziehen. Der **Stasi-Romeo** Walter Winkler gab uns kein Geld und lebte in seinen Luxusleben mit Zigarrenrauch und seinen Trinkgelagen in sämtlichen Puffs der Stadt. Er weigerte mich als Prinzessin zu titulieren und hurte jeden Abend rum. Er hatte auch keinen Respekt zu mir und verprügelte mich windelweich, wenn ich nicht nach seiner Pfeife tanzte. Barbara war wieder häufiger in Niedersachsen und schöpfte wieder Hoffnung ein normales Leben führen zu können. Aber die Hoffnung wurde jäh zerschlagen, als rauskam, dass Jupp Joachimski und Gunther Schmid über die gesamte Familie und Verwandte und Freunde der beiden Schwestern Barbara und Marianne eine Art staatlichen Bann mit strengen rechtlichen Auflagen ziehen hatten lassen. Größte Hetzer in diesem Zusammenhang war die Familie Traue und Walter. Eine Zeit lang sagte die Bundesregierung, dass es sich um den privaten Konflikt von verschiedenen Geheimdienstfamilien handele unter dem Namen Franz Mayinger. Zudem sagten diese Politiker, dass nur eine starke strafende Hand diese streitenden Parteien zur Raison rufen könnte und diese Familien versöhnen könnte. Das war aber eine eklatante Fehleinschätzung, denn viele von den betroffenen Familienmitgliedern wussten zum einen nicht von woher die Maßregelung kam. Auch dass es offizielle Regelungen gab, die über die jeweilige Bundesregierung und die jeweilige Landesregierung umgesetzt wurden und erklärt wurden, wussten diese Familienangehörigen von Katja nicht. Auch wurde ihnen nicht klar gesagt, dass Franz Mayinger bereits in den USA unter Auflagen stand und später auch die Enkelgeneration dieser Familie. In deutschen Geheimdiensten war es in der Kalten Krieg Zeit üblich sehr direkt und brutal gegenüber interessanten Personen und gegenüber anderen und auch eigenen Spionen aufzutreten. Genau in diese Kategorie fielen die beiden Schwestern Marianne und Barbara und später eben auch Maria Bogosyan. Die Auswirkungen der gesetzlichen Auflagen spürten die jeweiligen Familienangehörigen erst dann, wenn sie anfingen sich aus dieser rechtlichen Kreisziehung befreien zu wollen. Aufgrund der Überlagerung der Polizeifamilie von Katja und der Geheimdienstfamilie von Franz Mayinger waren die rechtlichen Gewichte ungleich verteilt. Die Polizei musste sich auch schon damals an gesteckte Regularien halten. Die Stasi und die westdeutschen Geheimdienste pfiffen darauf. Es war auch so, dass es für die Geheimdienste in den jeweiligen Staaten andere Formulare gab, je nachdem was der Geheimdienst wissen wollte oder abprüfen wollte. So existierten drei Kategorien von Formularen, die die verwaltungsrechtliche Ausformung von den Gesetzen bildeten: 1. Für normale Bürger und 2. Für als Staatsfeinde eingeschätzte Personen und 3. Für als geheimdienstliche Mitarbeiter eingestufte Personen. Für jede Kategorie gab es ein Extraformular mit unterschiedlichen Spalten und unterschiedlichen inhaltlichen Abfragen. So waren gemäß der westdeutschen Geheimdienstregularien andere Fragen in den Antragstellungen für die Sozialhilfe oder die Rente. Im Kalten Krieg waren die Geheimhaltungspflichten sehr rigide. So rigide, dass manche Mitarbeiter nicht mal ihre Kollegen in den einzelnen Abteilungen kannten. Die

Abstufungen der Geheimdokumente waren in die Stufen a) streng geheim und b) geheim und c) VS für den Dienstgebrauch und d) offen zugänglich unterteilt. Diese 5-fache Kategorisierung war auch eine gleichzeitige Priorisierung. Aus diesem Grund wurde diese Kategorisierung eine Art der Grundsteinlegung für die rechtliche Amtsgeheimnis Prämisse definiert. Der Amtsbegriff war eine schärfere Formulierung, als der rechtliche hinterlegte Begriff Dienstlichkeit. Um die scheinbare Harmlosigkeit der deutschen Geheimdienste zu deklarieren wurde nach 1990 der letztere Begriff verwendet. Das Problem daran wiederum, war die Pauschalierung und die Vergrößerung der Grundmenge, der darunterfallenden Institutionen und damit wieder der Effekt der Ausweitung des geheimdienstlichen Staatsapparates. Damit war auch konkret die Frage nach der Finanzierung verbunden. Diese Verwaltungsnorm wurde durch die Entwicklungen vor der Wende aufgebrochen und in sogenannte institutionelle Muster, die auf den Geschehnissen von den Jahren 1985 fußten, umgewandelt. Dadurch wurde eine neue Deutung des Verwaltungsrechtes automatisch erreicht und auch die generelle Illegalität des Systems erreicht. Die Institutionalisierung der damaligen Straftaten anhand von verdrehten und vermischten Rechtsmaßgaben wurde somit generelles Programm. Ebenso war zur Folge, dass die vorherige Dreigliedrigkeit einfach aufgelöst wurde und zu einer rechtlichen Form gegossen wurde. Was zur Folge hatte, dass die verschiedenen Gruppen innerhalb der Bevölkerung immer vermischt wurden. Folge war die Vermischung der Anspruchslagen und auch der Rechtslagen. Zum einen war die normale Bevölkerung dadurch bedroht und auch die westdeutsche Administration musste sich auf zwei Seiten verteidigen. Zum einen gegen einstige Stasiagenten und zum anderen gegen andere früher bereits als Staatsfeinde bezeichnete Leute. Die westdeutsche Bonner Demokratie war nahezu am Boden.

Ein letzter sehr aufrechter Offizier, der von diesen Stasiagenten hingerichtet wurde, war Gerd Bastian. Es war schlimm, wie verzweifelt er war, als er begriff, dass seine Lebensgefährtin auch nur eine Stasivenusfliege war. Susanne Schüßler erschoss einen Tag zuvor Martin Schleyer und in der Nacht unter Mithilfe ihres Vater Jupp Joachimski diese beiden. Jupp Joachimski hatte vorher die Polizei weggelockt und einen ungeschützten Moment abgepasst. Er war wie immer in schwarz gekleidet und zwar mit einer schwarzen Lederjacke. Diese Lederjacke wurde Joachim Stein alias Jupp Joachimski in dieser Nacht zum Verhängnis, denn ihn blitzte eine Radarfalle in seinem Fluchtfahrzeug in genau dieser schwarzen Lederjacke. In Berlin war die Jacke genauso bekannt wie gefürchtet. In Berlin besuchte er sämtliche **Schandi-Wohnungen** an denen er beteiligt war mit dieser schwarzen Lederjacke und auch die Rotlichtviertel der Stadt. Dazu trug er immer eine Art Baskenmütze mit Kreuzkaromuster und behauptete später es sei ein englischer Schirmhut. Zur Vertuschung dieser Morde ging Jupp Joachimski aufgrund der sehr schwerwiegenden und bedrückenden Belegfotos noch weiter und gründete nicht nur eine Stiftung für die grünen Barrets, wie diese Hüte im militärischen auch genannt wurden, sondern bestellte gleich für das SEK und die Bundeswehr zur Beschwichtigung massenhaft solche neuen Modelle zur gleichzeitigen Beschwichtigung und Schweigegelöbnis und Verhöhnung und Beleidigung der Beamten. Obwohl diese Barrets eigentlich schon in der Farbe und Form falsch waren. Denn diese Form stammte von der US Army und hatte nichts mit den deutschen Institutionen zu tun. Den Mord an sich hatte Jupp Joachimski bis auf das nahezu letzte Detail geplant. Jupp Joachimski schickte seine Tochter Susanne Schüßler zum Läuten vor und drang dann später in das Haus ein, indem Susanne Schüßler ihm die Tür geöffnet hatte. Sie sollte sich als armes Zigeunermädchen ausgeben und hatte damit Erfolg und sollte aufgrund des gezeigten Mitleides der beiden Politiker im Wohnzimmer nächtigen. Susanne Schüßler schlich sich zur Haustüre als die beiden Politiker schliefen und öffnete die Tür. Jupp Joachimski erschoss die beiden im Bett und seine Stasipolizisten, die danach kamen zur Tatortbesichtigung bewegten die Leichen, um Spuren zu verwischen und den Tathergang als unklar erscheinen zu lassen. In dieser Nacht steckte ein Kommando von uns in einer Übung und konnte nicht kommen, um das zu verhindern. Ich sollte nur beobachten und dann schildern, was diese komischen Deutschen gemacht hatten. Ich war entsetzt. Die Blutspuren zogen sich über den gesamten Boden des Bungalows und der Teppich, der in den Farbton „weiß" gehalten war, sah aus wie nach einer Rotweinschlacht. Was auch die spätere Begründung war von Jupp Joachimski, als man auch noch einen halben Fingerabdruck von ihm trotzdem fand, obwohl er schwarze Lederhandschuhe getragen hatte. Jupp Joachimski flüchtete zunächst auf dem Fahrrad durch das dunkele Waldstück und seine Tochter ging wie in einer Selbstverständlichkeit zur nächsten Bushaltestelle. Dann trafen sie sich wieder an einen verabredeten Ort und fuhren mit dem eben besagten Wagen Richtung Baden-Württemberg. Sepp Schüßler fuhr in die andere Richtung in Richtung Tatort und gab sich als einstiger Mitarbeiter und Staatssicherheitsbediensteter aus, um die später eintreffende echten Polizei und Spurensicherung zu verwirren. Das zweite Kommando der Stasi, wie der Putzdienst genannt wurde, unterstützte er noch und empfing dann als angeblich erster am Tatort die echte Polizei. Jupp Joachimski und seine Tochter Susanne fuhren in der Zwischenzeit in eine sichere Stasiwohnung in das Hunsrück. Zur späteren Tarnung veranstaltete dort die Familie Mayinger eine Kommunion und eine Einschulung von Susanne Schüßler, um so zu sagen, dass sie 1. Dorthin versetzt worden seien von der Bundeswehr und 2. Dass sie dort wohnen würden und 3. Dass Sepp Schüßler ein scheinbarer harmloser Bundeswehrsoldat sei. Der Großvater machte vor dem Hitlerbild im Flur einen Salut und spielte das Theater ebenso mit, wie bestätigte er die Lügen, die auf den Feiern gesprochen wurden. Die Eskalationen in Situationen dieser Leute waren nichts Neues. Auch wurde innerhalb der Familie behauptet, dass Frauen erst treu wären, wenn sie per Zwang also per Vergewaltigung sexuell vorgeprägt wären. Das hieß auch, dass die Frauen es als Ehre empfinden sollten, wenn diese Stasiagenten sie bestiegen und sich sozusagen herabließen sich mit ihnen zu vereinigen. Manche von diesen strunzdummen Weibern, die sich aus den vorher Tatbeteiligten zusammensetzten, werteten so wie es bei Barbara auch war, normale Leute und vor allem Männer mit echten Gefühlen ab. Manche von diesen Frauen beschimpften ihre normalen Männer als Schwächlinge und beleidigten sie. Es fiel dann oft der Satz „Du bist zu nett und ich will dich nicht verletzen!". Immer wenn ich das bei Anderen mitbekam wurde mir schlagartig bewusst, wie manipulierbar doch die Gefühlswelt von manchen eingebildeten Frauen war.

Aber die Aggression und Brutalität hatte eine Art von ihnen auch selbst später deklarierte Mystifizierung. Sie fühlten sich stark und unbesiegbar und genossen auch ihr manchmal zwischenzeitliches Knastleben mit Fanpost. Aber es gab auch Leute die einfach nur Geschädigte waren ohne etwas getan zu haben. Barbara war auch Mittäterin aber sie beispielsweise hatte es so hart getroffen, dass nicht nur ihre körperliche Verfassung komplett zusammenbrach, sondern auch ihre mentale und psychische Gesundheit absolut nicht mehr vorhanden war. Sie war ein sehr eingeschüchterter und verkümmerter Mensch zum Ende ihrer Gefangenschaft. Sie hatte noch einen Zuhälter namens Freddie. Der gehörte auch zu der Janine Bogosyan Familie und war auch komplett unter allem Niveau, aber sie hatte ein Dach über den Kopf und etwas zu Essen. Das mit diesem Freikaufen kam so. Walter Winkler war nicht mehr bereit für Barbara aufzukommen und sagte, dass er sie weder mit Nahrung und Trinken versorgen werde noch mit Obdach noch mit sonstigen anderen Dingen. Er deklarierte Barbara vor Jupp Joachimski im Gespräch als Kriegsbeute und als Gegenstand. Er sagte auch, dass sie kein Lebewesen sei, sondern Spionin. Daraufhin schnappte den Begriff und sagte, dass sie nun Kriegsgefangene sei und damit unter den Begriff der Genfer Konventionen fiele. Dadurch hatte ich diesen blöden und brutalen Idioten Walter Winkler einfach übertölpelt und über die Sachdefinition eines Tier als Ware und Gegenstandes, welches auch eine Kriegsbeute sein konnte, kam ich in die logische rechtliche Definition der Kriegsgefangenschaft. Ich war froh, dass das geklappt hatte. Nun hatte ich das Problem, dass ich aber einen richtigen Zuhälter hatte und ihm auch noch den Club zahlen musste. Freddie kam immer an. Aber es ging einigermaßen. Ich installierte die Lüftung und das Schwarzlicht und ließ eine Satellitenschüssel für die Privaträume von Barbara anlegen. Sie konnte so wenigstens ein bisschen Ablenkung finden. Später nach der Ermordung von Walter Winkler nahezu zeitgleich mit Barbara versuchte Carolin Winkler sich den Club zu eigen zu machen und behauptete ein Anrecht zu haben. Aber es konnte ihr das Gegenteil bewiesen werden und Carolin Winkler hatte kein Anrecht. Ich kaufte später Barbara auch ein Wohnmobil, damit sie ein Obdach hatte und mobil war. Aber selbst dort ließen sie die Verwandtschaft von Janine Bogosyan und ihrer eigenen Verwandtschaft von Katja aus Niedersachsen nie in Ruhe. In der Zeit mit Freddie hatte Barbara immer Kopfschmerzen und ging auch nicht dauernd anschaffen. Denn sie lag gerne in den kleinen Dachappartement über dem Bordell und schaute Fernsehen. Ich besuchte sie dort. Sie war gezwungen worden von Walter Winkler immer hochhackige Schuhe zu tragen damit sie attraktiver erschien. Ich sagte zu dieser geheimdienstlichen Stasiargumentationstaktik „Verweigerte Liebe", weil sie an dem Innersten der Frauen kratzte und eigentlich nur aussagen sollte, dass sie ohne Schuhe nicht nur nicht schön waren, sondern auch nicht gut genug für den **Schandi**. Zum Putzen und Hausarbeit Verrichten musste Barbara genauso diese Stiefelettos, oder auch Hackenschuhe oder auch High Heels genannt, tragen, wie ihr dazugehöriges Abendkleid. Ihre hagere Figur war noch hagerer, als sie sowieso schon war und ihre beiden Beine schauten wie dünne Stengel heraus. In dieser Zeit wog sie nur noch erbärmliche 40 kg bei einer Größe von 1,75 cm. Ihr Gesicht hatte seine Fülligkeit und die Frischheit verloren und war abgemagert aber auch eingefallen. Cremes durfte sie laut Walter Winkler nicht benutzen, denn sie sollte sich laut ihm den Schmutz runterwaschen von ihrer trockenen und rissigen Haut waschen. Sie ekelte sich vor sich selbst und ich nahm sie als Kind so oft es ging in den Arm. Walter Winkler trampelte, wie ein Vollidiot auf ihr herum und traf sich frech wie er war auch noch in der Wohnung nachts mit seinen Leuten, um neue Straftaten auszuhecken. Barbara war erschöpft von dem Tagwerk, wie es in Stasideutsch hieß und legte sich normalerweise ins Bett, während der kriminelle Walter Winkler seine Pläne mit seinen Mittätern besprach. Aber dann hatte sie zumeist auch nicht ihre Ruhe und wurde gleich nochmal mehrfach vergewaltigt. Was Barbara auch nicht wusste war, dass Walter Winkler sie angezeigt hatte bei der Polizei und der Straftäterschaft angezeigt hatte. Das war ganz einfach zu begründen, denn solange Barbara nicht als Gefangene galt, wurde ihr auch verweigert eine normale Strafrechtsjustiz. Barbara putzte in den Augen der normalen Polizei geheimdienstlich über Tags die Spuren und Straftaten ihres „liebenden" Ehemannes, die dieser über Nacht begangen hatte weg. Aber dass Barbara gar nicht mehr selbst entscheiden konnte und auch nichts mit diesen Walter Winkler zu tun hatte und auch nie verheiratet mit ihm war und nur seine Gefangene, wurde in der deutschen Politik nie kommuniziert und nie klar ausgesprochen. Walter Winkler redete mit der Polizei noch folgende Sätze um sein perfides Spiel fortzusetzen. Damit es noch glaubwürdiger erschien bezeichnete er Barbara als eine labile Ehefrau, die schon mehrere Psychiatrieaufenthalte hinter sich hätte. Als Beweis legte er die gezinkten Einlieferungsbefehle von seinen Mittäter Hans Lauter vor. Zudem bezeichnete er Barbara als Ehefrau, die sie laut Gesetz nie war. Zum Schluss des Polizeigespräches, was auf dem Revier in der Ett-Straße stattfand, behauptete er noch, dass Barbara eigentlich ganz hart drauf wäre und eigentlich sei doch sowieso alles klar, dass er und Barbara ein perfektes Agentenpärchen seien mit angeblich gleich verteilten Rollen in der Ehe. Ebenso sagte er dann den Polizeikommissar, dass eigentlich alles nur lockig und flocker sei und dass er dieses ständige Klagen von Barbara als Macke abbuchen sollte. So war die Anzeige gegen Barbara eigentlich schon bereits in Stein gemeiselt und alles eine Frage der Zeit bis auch die Polizei Barbara nicht mehr glaubte. Barbara war wie ein bunter Kanarienvogel, wenn man ihr beim Putzen zu sah und die Stasi überwachte sie ständig. Sie scheuerte sich die Finger wund und ihre Füße waren komplett verbogen und verkrüppelt. Später schnitten Walter Winkler und Julia Walter Barbara noch einen kleinen Zeh mit einer ordinären Gartenschere im Garten der Familie Traue ab, als ich weg war. Sie blutete stark und die Begründung für diese Körperverletzung war, dass Barbara nicht in die hochhackigen Schuhe passte, wie es sich für eine Prinzessin gehörte. Was dann geschah, war an Brutalität nicht zu überbieten sie verbanden ihr die Wunde nicht, sondern ließen sie mit der blutenden klaffenden Wunde in einen Stöckelschuh schlüpfen. Ihre Schmerzen waren enorm und ihr Flehen immens. Aber Walter Winkler kannte keine Gnade und schlug sie, weil sie weinte und schrie vor Schmerzen. Danach vergrub sich Barbara in der Wohnung und traute sich nicht mehr aus der Wohnung in Neuhausen. Zuvor hatte sie noch in einen Schuhladen als Verkäuferin gearbeitet in der Nähe des Nymphenburger Schlosses. Dort hatte sie Kontakt zu meiner adeligen Verwandtschaft und sie machte den Fehler, dass sie alles wieder zu offen erzählte und dachte die Leute würden außer Eifersucht etwas anderes für sie empfinden. Sie wusste nichts von der Familie von Katja, auch wenn Katja ein paar Wochen als sie klein war, in Niedersachsen bei sich hatte. Barbara glaubte wirklich, dass ich Katja sei und verstand nie, warum ich ein vollkommenes anderes Aussehen später hatte und auch ganz andere Umgangsformen und ganz andere Verhaltensformen. Sie begriff erst später im Jahr 1992, wie mein echter Name war und als sie ihn aussprach kamen mir die Tränen. Ich sagte ihr dann, dass Marianne ihre Schwester meine leibliche Mutter mit umgebracht hatte und mit mir in Marbella und in Capri war. Barbara sah mich an und fing an zu weinen. Ich schaute sie an und empfand nichts Tiefes. Nicht weil ich es nicht wollte, sondern weil sie es meiner eigenen leiblichen Mutter nicht mal gestattet hatte mit mir zu reden. Ich hatte in all den Jahren mit Barbara, in denen ich mich um sie kümmern musste, meine eigene leibliche Mutter nicht mal in den Arm nehmen geschweige denn treffen dürfen. In der absoluten Hochphase der von Peter Meier Paranoia brachte er mich mit seiner **Schand-Familie** Christel Paul und Tanja Mayinger und Karl Mayinger den ausgetauschten und meiner leiblichen Mutter mit den Worten ins Tambosi: „Wir beenden alles dort wo alles angefangen hat!"! Es war der Odeonsplatz, wo ich damals mit meinen leiblichen Eltern bei dem Oktoberfestumzug stand. Ich weinte und meine leibliche Mutter war eingeschüchtert und sah traurig aus. Ihr Gesicht war gealtert und ihre Verfassung war nicht die beste. Sie erkannte mich sofort, aber die **Schandi** und Barbara ließen uns keine Ruhe. Wir konnten nicht mal in Ruhe reden und als Verhöhnung und Einschüchterung für diesen stasidenkwürdigen Tag ließ Peter Meier den Schriftzug seiner Familie Annast zu Gedenken an seine Töchter Anna anbringen. Jedes Mal, wenn ich daran vorbeifuhr, war mir zum Heulen zu Mute. Auf der anderen Seite des Platzes in der Krönungskirche Bayerns war paar Jahre zuvor die Gruft der Habsburger eröffnet worden. Es waren die Leichen von Hans von Sachsen Coburg und Franz von Habsburg. Ich sparte mir jedes Mal die gesamten Namenszusätze und nannte sie nur Verwandte. Sie waren auch allesamt von der Stasi ermordet worden oder einfach gesagt von diesen undefinierbaren anstandslosen primitiven deutschen bulgarischen osteuropäischen Scheißhaufen. Es war die Gruft um die echten Leichen der Habsburger beerdigen zu lassen. An diesem Tag fuhren wir in den Poinger Wildpark, der kurz zuvor von meinen Adelsforsten eröffnete worden war. Als Abschiedsfoto von meiner leiblichen Mutter schenkte mir diese Drecksfamilie Karl Mayinger ein Foto meiner leiblichen Mutter mit einer Wildschweinferkel im Arm und gekleidet in ihren klassischen 70ziger Jahre Kostüm aus dem Wildpark Poing. Ich sollte das Ferkel sein, was sie großgezogen hatte und welches nicht mal in die angeblich höherwertige Stasinazifamilie von ihnen passte. Das war im Jahr 1988! Sie hatten meiner leiblichen Mutter einen Finger abgetrennt und behaupteten später das Ferkel hätte ihn gefressen. Sprich meine leibliche Mutter hätte von mir geklaut. Die Stasilüge war klar und ich wusste, dass dieser Zugzwang und diese Hebelwirkung nicht existierten. Denn es war das gängige Spiel der Stasi auch Kinder gegen Erwachsene und anders herum auszuspielen. Entgegen der Annahme von Julia Walter Familie war meine leibliche Mutter mir sehr ähnlich geblieben und ich ihr. Wir erkannten uns auf Anhieb und ich durfte sie in den Arm nehmen. Barbara lachte uns höhnisch aus damals. Aber sie begriff als sie mich und meine leibliche Mutter sah, dass sie verloren hatte. Barbara begriff, dass sie mich nie kaufen konnte und dass sie nie eine Mutter geschweige denn eine Mama für mich sein würde. Sie sah uns innig umarmen und alles um uns herum plus die Stasipolizisten waren vergessen. In dem Augenblick war die Familie Karl Mayinger beendet. Auch das wusste Barbara. Meine Mutter wurde über den hinteren Ausgang des Poinger Wildparkes in ein Stasiauto verfrachtet und nach Ostdeutschland verbracht. Barbara wurde wütend und genau diese Erinnerungen kochten in ihr hoch. Sie wollte besser sein, aber meine leibliche Mutter wusste auch, dass Barbara ihr nie mich ihre eigene Tochter wegnehmen konnte. Dies war dann auch der Inhalt des letzten Gespräches mit Barbara diese Erinnerung an diesen Tag in Poing. Barbara sagte nur einmal ganz leise „Entschuldigung!" und ein „Hätte ich das gewusst!" und ein „Ich habe das nicht gewollt!". Barbara begriff, dass sie nichts hatte und auch nichts hinterlassen würde.

Keine Liebe und keine Familie! Nichts wofür es sich zu leben geschweige denn zu sterben gelohnt hätte. Sie hatte, als sie in dem Schuhladen am Schloss arbeitete, etwas getan, was ich zunächst nicht wahrhaben wollte, aber es war so. Sie hatte diese Tätigkeit auch genutzt, um Leute auszuhorchen und einen italienischen schwulen Schuhdesigner entführen und ermorden zu lassen. Später behauptete sie, dass sie diesen Schuhdesigner nach London geschickt hatte zur Queen einer Verwandten von ihr und dass sie nachfliegen werde mit ihrem Ehemann Walter Winkler, der in Wahrheit Alexander hieße und sehr viel auf Reisen. Ich war schockiert als ich das hörte und mitbekam. Später erzählte Barbara dann von einer Stadtrundfahrt in London, wo ihr Ehemann angeblich von einem schwulen Reiseleiter umworben worden sei. In Wahrheit war es wieder eine Tarngeschichte in mehrfacher Hinsicht. Zum einen hatte ich die Schuhe von osteuropäischen ermordeten Juden zum Beleg nach Frankfurt am Main transportieren lassen. Und dieser Transport sollte vertuscht werden. Des Weiteren trug Walter Winkler plötzlich italienische Massschuhe und leitete damit den nächsten Mord ein. In der Lieferung der Schuhe der ermordeten Juden tauchten plötzlich auch Maßanfertigungen auf, die dort gar nicht hingehörten und einfach von der Stasi daruntergemischt worden waren. Es waren die Schuhe von den von der Stasi ermordeten Italienern im Auftrag von Carolin Winkler und der Janine Bogosyan Familie. Barbara war an diesen ersten Straftaten die gesamte Zeit dabei und mich bezeichnete sie immer als ihren Lehrling, obwohl ich das nie war. Zweimal bezeichnete sie mich sogar als Katja. Als ich nicht reagierte, schüttelte sie wie in Bestätigung für sich selbst den Kopf und sagte vor sich hin: „Nein das kann nicht sein! Es darf einfach nicht sein!"! Was sie meinte? Es war die Tatsache, dass sie und ihre Leute immer mich schädigten, sondern dass sie nie bemerkt hatten, dass sie das falsche Kind hatten. Barbara sagte in späteren Jahren von sich, dass sie Buße tun müsste. Nur im Stasikontext hieß das nicht Buße, sondern Folterstatus und Verräterstatus mit Todesfolgen. So war dieser Vorgang mit dem abgeschnittenen Zeh von Barbara auch in diesen Kontext zu sehen.

2.4 Die Kunstfälschereien und der Kunstraub

Sie trug keine hochhackigen Schuhe mehr und bekam zur Strafe für ihre Weigerung schwere behäbige Clogs. Er sagte zu ihr, da sie keine Prinzessin sein wolle, wie es sich für ein entdecktes Aschenputtel gehöre und die dazugehörigen Stöckelschuhe tragen wolle, müsse sie ab jetzt eine Bäuerin sein. Damit leitete Walter Winkler die Zeit der Zusammenführung zwischen Peter Meier, der in der Zeit als Bauer in Niedersachsen tätig war und Barbara als **Schandi-Opfer** vor. Was Barbara nicht ahnte war, dass die Familie von Katja, also die Polizistenfamilie und die andere Seite der Geheimdienstfamilie in Niedersachsen auf sie wartete. Barbara wollte Hoffnung schöpfen, aber sie kam nur vom Regen in die Traufe. Walter Winkler hatte diese Art der Vertuschung extra angeordnet, um zu verdecken wie dreckig es Barbara wirklich ging. Immer wenn sie diese Kleider trug und putzte, war es nahezu sicher, dass im nächsten Moment ein Stasiwüstling in ihre Wohnung eindrang, da Walter Winkler mehrere Schlüssel widerrechtlich anfertigen hatte lassen und an seine Mittäter zum Spaßvertreib wie er es nannte rausgegeben hatte. Es war dann immer das gleiche Bild und Barbara wurde vergewaltigt auf dem Sofa. Walter Winkler sagte dann immer zuvor nur zu seinen Mittätern: „Sie hat sich hübsch gemacht für euch! Schaut mal wie nett ich zu euch bin und liefere euch den Kanarienvogel auch noch in mein Ehebett!". Er hatte keine Skrupel und immer, wenn mich Walter Winkler ansah als Kind war er ganz aufgeregt, weil er mit mir wieder diskutieren wollte, ob er Geld von mir erhielt oder erpressen konnte. Er hatte vor nichts und niemand Respekt und hielt sich an keine Regeln genauso wie seine Nachfolger Peter Meier und der Tscheche Mayinger. Diese Familie, die auch eine leibliche Familie war, hatte bezüglich der Namenstarnung ein anderes System. Sie waren nie offiziell gemeldet und hatten auch nie wirklich richtig deutsche Ausweisdokumente. Aufgrund der Tatsache, dass Russland die Kosmonautensiedlung in Bulgarien als Schandfleck wegsprengen ließ und damit auch die Geburtsregister wegfielen, hatten diese Leute von dort weder eine bestätigte **Identität** noch einen Wohn- noch einen Geburtsnachweis. Somit tauschte diese Familie die Namen untereinander. Dadurch wurde die Anzahl der nachweislich zugehörigen Personen dieser Familie auf eine Anzahl an real vorhandenen Ausweisdokumenten und Reisedokumenten reduziert und eingeschränkt. Aus diesem Grund beantragte später Jupp Joachimski neue Dokumente aus West- und aus Ostdeutschland. Diese Dokumente setzten sich aus beiden Landesteilen zusammen, die dann später auf die jeweilige Situation angepasst wurden und passend gemacht wurden. Das lief so ab, dass zunächst die westdeutschen Dokumente nicht durch die offiziellen Behörden liefen, sondern durch die Grenzsonderrechte ausgestellt wurden. Mitbeteiligter war Sepp Schüßler und Stephan Gleißner als Bundesgrenzschützer. Diese Dokumente waren und sind auch noch nach heutigen Recht nur Übergangsdokumente. Diese Dokumente wurden aber mit Hilfe von Gunther Schmid in ganz normale Bürgerrechtsdokumente hinterlegt mit den Bürgerrechtsprivilegien ohne Wartezeit ausgestattet. Für die Umgehung der geltenden Bestimmungen forderte Gunther Schmid aber eine Gegenleistung, die zumeist in zwei Bedingungen endete. 1. Zum einen in einmaligen Schweigegeldzahlungen und 2. In mehrfacher Bereitstellung von Dienstleistungen für die zukünftige geheimdienstliche Aktionen. Die letzteren Verpflichtungen, die unterschiedlich getroffen wurden,- manchmal in schriftlicher und manchmal lediglich in mündlicher Form wurden ein Leben lang unter Zwang aufrechterhalten. Diese Form der Beeinflussung wurde in Stasideutsch mit dem Begriff „Randgruppen" bezeichnet. Sie wurden an der langen Leine laufen gelassen ohne sie wirklich komplett loszumachen von ihren Verpflichtungen. Eine engere Anbindung in den aktiven Geheimdienst und Dauerdienst mit jeweiligen Aufträgen waren die sogenannten geheimdienstlichen Ehen zwischen zwei Agenten. Man muss dazu folgendes grundsätzliches sagen. Wenn zwei Agenten aufeinandertrafen, auch wenn sie von derselben Organisation waren, war es sehr üblich aufgrund der ständigen Anspannung, dass zwei unterschiedliche Versorgungskreise und Rechtskreise geschaffen wurden, um Eskalationen zu verhindern oder zu minimieren. Beide Agenten waren zumeist, wie es in Westdeutschland üblich war, bereits mit anderen Leuten verheiratet, was während der Tarn-Ehe bestehen blieb. Ihre Tarn-Ehe lief gemäß der Standardisierung ab. Liebe und

Vertrauen waren nie der Grundstock der Eheschließung und die daraus resultierenden Kinder ein Fall für das Waisenhaus. Bei den ostdeutschen Diensten wurden die Kinder anders als bei den westdeutschen Diensten meist auch als Auftragserfüller und nicht nur Auftragsgehilfe miteinbezogen, was dazu führte, dass diese Kinder lediglich auch als einzustufendes und auch eingeplantes zukünftiger Stasiagent miteinbezogen wurden. Dazu gehörte auch, dass diese Kinder nach den gleichen Mustern erzogen wurden und benutzt wurden. Nach russischem Recht galten Kinder als Zugehörige zu den Vätern und nicht den Müttern. Das resultierte aus dem russischen Namensrecht, was an den Vater gekoppelt war und was die männliche Nachnamensform vererbte, aber nicht die weibliche. Der Vater hatte auch das Aufenthaltsbestimmungsrecht für die Kinder und so konnte Barbara bezüglich ihrer angeblichen Babysitterfunktion, die sie in Bezug auf mich deklarierte, erpresst werden und ließ sich für die Deckung ihrer eigenen Unterhaltskosten erpressen. Die Väter hatten nach russischen Recht auch das Ausbildungs- und Schulungs- und Erziehungsrecht der Kinder. Dadurch musste durch beide Seiten der westdeutschen und ostdeutschen Geheimdienste aufgrund der untragbaren Zustände zwischen Babara und Walter Winkler geklärt werden, ab wann ein Kind erzogen werden würde und ab wann es ausgebildet werden müsste. So ließ Walter Winkler feststellen, dass ich mit 5 Jahren bereits ausgewachsen gewesen sei und damit ausgebildet werden konnte, obwohl ich auch nach DDR-Recht als Kind galt. Damit sollte ich nach dem Willen von Walter Winkler zweigleisig gebunden sein. Die Väter in der Stasiorganisation war eine gegenläufige Einheit, als das in Westdeutschland der Fall war. Aufgrund der positiveren Presse in Bezug auf Frauenrechte in der DDR, was mehr Schein als wirkliche Realitätsschilderung, existierten die Begriffe „Papa-Kind" und „alleinerziehende Väter" sehr manipulativ verpackt in den Wendejahren auch in der westdeutschen Presse. Durch die Tatsache, dass Frauen eine Form der Marketingeffekte und Werbebotschafter einnehmen sollten und so ein sehr weiches und positiveres Bild von der DDR und der Stasi gezeichnet werden sollte, kam mit dem Ende der DDR eine Verkehrung und Verfremdung der Werte verpackt in eine Form Modernität in die westdeutsche Presse. Was niemand wusste, war dass die Stasi aufgrund der unauffälligeren Verhaltensweisen von Frauen das Erbrecht vor dem Fall der Mauer auf ein Gesuch von Honecker geändert hatte. Sie hatten es alle im Politbüro besprochen und ich musste ihnen Wasser bringen. „Mein Nichtchen Sandra", wie mich Honecker nannte sollte als Superspionin alles erben und er verschwieg, dass sein angebliches „Nichtchen" Sandra jedoch sowieso die legale Erbin ihrer Ländereien aus ihrem Adelstitel in Ostdeutschland war. Erst später erfuhr ich, dass „Onkel" Honecker mich mit seiner echten Nichte Gunda Nitzsche verwechselte und genauso wie alle Westdeutschen, die von Katja und Janine Bogosyan sprachen, in späteren Jahren von mir als zuvieltes Mädchen sprach. Mir war es eigentlich egal, denn ich hatte den Staatsvertrag und verkauft nie etwas. Zudem gab es noch etwas anderes, was mich sehr erschreckte, denn ich fuhr an diesen Sommertag im Republikpalast in Berlin und im später in der Normannenstraße im Aufzug in Berlin. Das war die beiden letzten Gebäude in Berlin, die einen Pater Noster hatten. Ich sah Jupp Joachimski über den Flur huschen und die meisten Büros waren geräumt. Ich war eigentlich auf der Suche nach etwas anderem. Ich hatte einen Termin im Archiv und suchte die Reiseführer der DDR. Dieses System der DDR zur Überwachung und Steuerung von ausländischen Touristen wurde Betreuung von Ausländern genannt. Ich lief in die Kellerbibliothek und suchte nach dem Reiseführer von Berlin vor dem Atomsprengkopfanwurf von Julia Walter und ich fand ihn. Ich war der glücklichste Mensch des Jahrhunderts und konnte damit beweisen, dass Berlin tatsächlich so ausgesehen hatte, wie ich es geschildert hatte. Konkret ging es um eine Seilbahn, die zur Berliner Technikmesse über Berlin schwebte und durch diesen Atomsprengkopfabwurf kaputt gegangen war. Diese Seilbahn war in Gelb gehalten und hatte zwei Türengondeln. Die Anfangsstation war die Friedrichstraße und eine Pendel-S-Bahn ging bis zu dieser Anfangsstation, die sich dann über die Spree geleitet wurde. Ich fuhr in dieser Gondel und schwebte in der Gondel bis zum Schloss Belle Vue und wieder zurück. Diese Erinnerung fragte mich später die rumänische Securitate ab, welche später in Solidaritate umbenannt wurde und ich sagte nur, dass ich mich nicht erinnern könnte. In dieser Zeit der Berliner Technikmesse schlief ich in den Interkontinental Hotel und musste Barbara beim Anschaffen zu sehen. Meine leibliche Mutter war tot. Barbara hatte als fadenscheinigen Deal eine Nacht mit dem Chef der Firma Nixdorf und bestahl ihn auch noch überflüssiger Weise. Denn ich hätte die Ländereien und Immobilien aus der DDR sowieso zurückerhalten. Auch ohne dieses Treffen in dem Politbüro. Barbara war in der Zeit wieder mal als „vollwertige" alleinerziehende Geschiedene eingestuft von Walter Winkler. Walter Winkler war in der Zeit nicht vor Ort und so konnte Barbara in Ruhe, aber eben wieder in Stasiabsprache Aufträge erfüllen. Begleitet wurde sie damals von der ostdeutschen Seite in der Person Jupp Joachimski und auf der westdeutschen Seite von Gunther Schmid. Sie hatte damals Kontakt zu den verrückten **Markgrafen** Gerhard von Nitsch und war aufgrund der Nähe zwischen Berlin und Niedersachsen sehr bekannt. Zuvor fand ein Europakonzert von Bette Midler im Amphitheater des verrückten **Markgrafen** Gerhard von Nitzsch im Wald statt. Die extra aufgebaute Konzertbühne wurde immer für die absonderlichen Konzerte und Events von den verrückten **Markgrafen** genutzt. Die zumeist geheimdienstliche Stasievents waren, wo manche Leichen im Wald oder gleich in der Ostsee landeten. Barbara spielte in diesen Veranstaltungen immer die glückliche und liebende und tolle Ehefrau. Sie war sogar noch so naiv, dass sie die brutalen Brüche im Verhalten und im Reden ihres geheimdienstlichen Ehemannes kaschieren wollte. So war es auch, dass sie Jupp Joachimski korrigieren wollte und der bezeichnete sie vor aller Welt als nutzlose Schabracke. Sie war am Boden zerstört und Jupp Joachimski lachte eiskalt. Es war auch so, dass diese austauschbaren Zweierbeziehungen die Leute mürbe machten. Meistens erreichten diese Stasiagenten einen Punkt, wo sie abstumpften und sich einfach nur langweilten und sich gleichzeitig aber nach etwas Echtem und real Gefühlten sehnten. Ich glaube das war der Vorteil von Barbara. Denn sie hatte diese anfängliche leichte ehrliche Leichtigkeit.

Zumeist lief auch der geheimdienstliche Ehealltag nach dem immer gleichen und vorher festgelegten Handlungsschema ab. Die Bewegungen im Alltag waren alles abspielbare pauschalisierte Bewegungen. Nichts war zufällig noch menschlich. Die Agentenehe wurde in einzelne Phasen und Schritte unterteilt: 1. Zunächst wurde ein Ehevertrag geschlossen und zuvor ein Gesundheitscheck. Der Gesundheitscheck sollte Gewissheit für den Tarnehepartner und den/die Agentin selbst geben. Sobald chronische oder Infektionskrankheiten feststellt wurden, wurden sämtliche Vertragsdokumente angepasst. Diese beinhalteten Krankenversicherungen und Lebensversicherungen und Rentenbescheide und andere Versicherungen. Zudem wurde anhand des Krankheitsbildes festgelegt, was die Agentenehepartner nicht tun durften und was sie strikt zu unterlassen hatten. Kinder sollten in solchen und zumeist befristeten Eheverhältnissen komplett ausgeschlossen werden. Weitere Rahmenbedingungen wurden gesetzt nach den finanziellen Rahmen, der sich nach der ihnen mit dem Eheverhältnis verbundenen Arbeitsanstellung zugewiesen wurde. Die Einordnung der Agenten in ihre Gehaltsgruppe bei den westdeutschen Geheimdiensten erfolgte in früheren Jahren sprich vor 1990 in eine Übersetzung bei Außeneinsätzen in die gleiche Anforderungsstufe und Gehaltsklasse. Später nach 1990 wurde dieses System aufgehoben und komplett umgangen. Die Auswahlprozesse, die diese Leute durchliefen wurden extra zu einfach gestaltet, damit diese Agenten, die zumeist keine Fachleute waren die Einstellungsprüfungen bestanden. Dass in den Jahren nach 1990 vermehrt auch die Herabsetzung der Einstellungsvoraussetzungen bei den deutschen Diensten generell stattfand, hatte dann zur Folge, dass sich Inkompetenz auf Inkompetenz summierte. Mir persönlich kam es vor, wie eine Blindstellung der westdeutschen Geheimdienste und eine gezielte Durchseuchung und Durchsetzung mit ostdeutschen Stasiagenten. Im 2. Schritt wurde die Versicherungsanpassungen gemäß deren Agentenleben während ihrer Tarn-Ehe besprochen und auch **Ausstiegsmodalitäten**, wenn es beispielsweise zu Ehestreitereien kam und man zu unverbrüchlichen Zerrüttungen kam. Dies war zumeist der Fall, wenn eine frühere Tätigkeit eines der beiden Tarnehepartner zu persönlichen Überschneidungen und Verletzungen bei den anderen Tarnehepartner führte und dies während der Tarn-Ehe erst bekannt wurde. Dieses Szenario hätte dann mit einer Blitzscheidung und einer Flucht ins Frauenhaus für den weiblichen Part und eine Flucht ins Männerobdachlosenheim für den männlichen Part geendet. In den früheren Jahren also vor 1990 wurde diese Art so praktiziert und das wäre eigentlich auch die Fluchtmöglichkeit für Barbara gewesen. Aber dazu war sie zu schwach und zu sehr geschädigt. Denn Walter Winkler machte mich als Kind zum Vertragsgegenstand und behauptete wider besseren Wissens und Gewissens, dass ich ein Stasikind sei, dass er zugewiesen bekommen hätte. Wäre es Katja gewesen, die die leibliche Tochter der Polizistenfamilie aus Niedersachsen war, wäre diese Argumentation richtig gewesen. Aber so machte es keinen Sinn und Walter Winkler erpresste Barbara weiter mit einer nie geschlossenen Ehe und einer nie vorhandenen unbehaglichen und bedrohlichen Familiensituation. Psychoterror war in diesen Stasiverbindungen durchaus verbreitet und damals in den 80ziger Jahren galt der Ausspruch: „Was sollen denn die Nachbarn von uns denken?" und „Das kannst du nicht machen!" sehr viel. Ich machte mir damals schon nicht sehr viel aus diesen Sprüchen, weil ich die komplett dumm fand. Ich ließ dann das Lied von Udo Jürgens schreiben „Dieses ehrenwerte Haus!". Barbara war auch irgendwie nicht wirklich als Geheimagentin zu sehen, denn sie war jedes Mal überrascht, wenn Walter Winkler auf sie losging und sie verprügelte oder anderweitig schädigte. Manchmal hatte ich auch das Gefühl, dass diese Regularien, wie sie Barbara kannte und wie die nach denen Walter Winkler handelte, komplett unterschiedliche Grundprämissen enthielten. Denn Walter Winkler quatschte immer munter drauf los und scherte sich einen Dreck, ob das Ausgesprochenen einen Verstoß gegen die Gesetze enthielten. Bei Barbara hingegen war in den Gesprächen immer die menschlichen Rahmenbedingungen Grundvoraussetzungen, wie das in westdeutschen Geheimdiensten gefordert war. Deswegen denke ich bis heute, dass man das **Schandi-System**, welches sehr ausgeprägt in den damaligen ostdeutschen Geheimdiensten gelebt wurde und radikal umgesetzt wurde, eine andere zusätzliche perfidere Form des geheimdienstlichen Lebens war. Im 3. Schritt wurde die Laufzeit des Eheversprechens festgelegt und parallel wurde zu den Tarn-Ehen eine Projektskizze angefertigt mit Zielsetzungen und Besprechungsrunde, die dann durch Mitarbeiter der deutschen Geheimdienste besetzt und in der jeweiligen Arbeitsstelle durchdiskutiert wurden. So war es fälschlicher Weise die Technische Universität München, die Claudia Höfer-Weichselbaumer in Berlin vor der deutschen Politik und bei den deutschen Geheimdiensten in Berlin vertrat. Wöchentlich schickte sie die Protokolle nach Berlin und direkt zu Gunther Schmid. Wieso genau ich mir die Unfähigkeit und das Chaos anschauen musste weiß ich bis heute nicht. Gunda Nitzsche war als Agentin eingestuft in der Technischen Universität München und ich hatte komischerweise von Gunther Schmid keine Nachricht, denn er wusste, dass eben immer noch Zweifel an Maria Bogosyan **Identität** der Mutter von Gunda Nitzsche bestanden und dass diese Einstellung in einen deutschen Geheimdienst nie erfolgen hätte dürfen. Zudem war Gunda Nitzsche nicht nur unberechenbar, sondern auch immer noch und zu dem damaligen Zeitpunkt seit 20 Jahren in der Psychiatrie untergebracht. Nur zum Arbeiten wurde sie unter Beobachtung freigelassen und mit der Technischen Universität München verbundenen Großvaterbesuche sprich Verwandtenbesuche ihres Großvater Franz Mayinger. Gunda Nitzsche heiratete später nicht nur Sebastian Wieberneit, sondern auch Stephan Gleißner und einen ostdeutschen auch namens Stefan. Aufgrund der Auflagen, die gelten mussten, war Gunda Nitzsche bei uns als höchst gefährlich eingestuft worden. Sie hatte von dem damaligen Mord an einen Pfleger den ihre Mutter Maria Bogosyan begangen hatte in der Lindwurmstraße erfahren und tat es ihr gleich. Gunda Nitzsche war wieder voll in ihrem Element und schloss zynischer Weise auch Freundschaft mit Katja. Gunda Nitzsche arbeitete eine Zeit lang unter falschen Namen in Hessen in Frankfurt am Main bei der Arbeiterwohlfahrt AWO unter falschen Namen, den ihr Gunther Schmid beschaffte. Aufgrund des Chaos in Gunda Nitzsche Leben wurden die Verträge alle aufgelöst und die Abprüfung der Einstellungsvoraussetzungen fiel auch komplett desaströs aus. Dieser regulative Kreislauf der deutschen Geheimdienste war nach den Wendejahren ein immer wieder kehrendes Schauspiel, was den gesamten Globus alarmierte. In der 4. Vorbereitungsphase wurde eine Lebensalltagsablaufbesprechung durchgeführt, welche in Interviewmodalitäten abgeprüft wurden. Zunächst fanden Einzelinterviews statt, in denen die jeweiligen Tarnehepartner über ihre privaten individuellen Sachen sprich Vorlieben und Hobbies und Motivationslagen und Sexuelle Praktiken und Schamgrenzen und Denkweisen befragt wurden. Danach wurden diese Aussagen anhand von sogenannten realen Überprüfungsmodalitäten in Alltagssituationen, wo sich diese Leute unbeobachtet vorkamen abgeprüft. Auf der beruflichen Schiene wurde diese Abprüfung Standortanalyse genannt. Danach wurde ein Tarnpartnerschaftliches Interview durchgeführt und die Tarnpartnertauglichkeit festgelegt und festgestellt. Es wurden auch Eigenschaften abgeprüft, die man in normalen Ehealltagen eigentlich nicht abfragen würde, wie Geschicklichkeit und sportliche Fitness. Falls sich der geheimdienstliche Auftrag später zerschlug, wurden manchmal diese Abtestungen zum sogenannten Boomerang gegen die Leute selbst und wurden psychologisch kaputt gemacht. Die Auflösung dieser Tarneheverhältnisse konnte auf drei unterschiedliche Arten erfolgen: 1. Die jeweiligen Geheimdienste entschlossen sich die Aufträge mit einer teilweisen oder einer gänzlichen Neubesetzung fortzusetzen und tauschten je nach Festlegung entweder nur einen Tarnehepartner aus oder gleich beide. Oder 2. Die Ehe wurde gänzlich aufgelöst und mit ihr der Auftrag. Oder 3. Der Auftrag wurde von der ursprünglichen Besetzung bis zu Ende geführt und die Ehe wurde nach der Laufzeit als deklarierte Scheidung beendet. Die Aufteilung der Güter war dann die Auszahlung der versprochenen Provisionen für den Auftrag in der Tarn-Ehe. Zusätzlich wurden noch die Unterzeichnung von gegenseitigen Schweigepflichtserklärungen gefordert und eine Schadensbilanz aufgestellt die zu einer geheimdienstlichen versicherungstechnischen Schadensregulierung führte. In früheren Zeiten vor 1990 kam noch eine Auflösung einer sogenannten Grundschuld als Hinterlegung bei der Deutschen Bundesbank in Frankfurt am Main hinzu. Aber das fiel mit der finanziellen Unterdeckung und damit bereits vorhandenen verbundenen Verschuldung nach dem Mauerfall 1989 weg. Rein logisch wäre nach 1990 und den Wendejahren, in denen Ordnung geschaffen hätte werden müssen, nicht nur diese Mikrosysteme aufgelöst und geordnet hätten werden müssen, sondern auch ein neues System mit einer Art Parallelsystem geschaffen werden müssen. Aber das war nicht der Fall. 1995 wurde eine Petition eingereicht in Brüssel und bei der NATO und bei der UNO die eine Neuordnung und eine Verwaltungsreform dahin gehend forderte. Aber es wurde nicht gemacht. Denn dazu hätte zunächst die alten Hinterlegungsmuster, die sich auch in Gesetzestexten wiederfanden erstmal aufgelöst und außer Kraft gesetzt werden müssen und dann eine neue Basis und neue Ebene der Weiterentwicklung gefunden werden müssen. So aber galten die alten Regeln und immer mehr Leute und Menschen, die nichts von den Regeln im geheimdienstlichen Sinn wussten kamen unter die Räder. Sprich sie wurden Opfer und wurden mit hineingezogen und wurden widerrechtlich geheimdienstlich zugeordnet. Rein Haushaltstechnisch hätte auch eine Doppelstruktur und Doppelbilanz auf Bundesebene erfolgen müssen und eine rigidere Festlegung von Regeln.

So war es ab 1990 so, dass der Stasiapparat sich wie eine Echse durch das westdeutsche System schlängelte, weil manche Formen der Arbeit aufgrund der geheimdienstlichen Nichteinordnung in das westdeutsche System sich anders auswirkten. So konnten diese alten Stasileute sich anhand sogenannter Zusatzjobs, die überbezahlt waren und unter dem Banner der Stasi liefen, eklatante Vorteile auch im sozialversorgungstechnischen Sinn sichern. Diese Doppeljobs liefen unter den Begriff der „Goldtaler" Aufträge, weil sie zusätzliche Rentenpunkte brachten und nur eine weitere Inklusion in den staatlichen Versorgungsstatus darstellten ohne aber der westdeutschen geheimdienstlichen Regularien unterworfen zu sein. Diese unentdeckten und entarteten Spione fraßen sich somit ein dickes Finanzpolster an und wurden unter den Begriff „Schläferzelle" eingeordnet. Später wurde international der Begriff aufgrund der unklaren Auftragslagen von diesen Stasispionen der Begriff „Curving Ball" gefasst und in Geheimdienstkreisen benutzt. Nach 1990 war die Welt in den geheimdienstlichen Kreisen so aus den Fugen geraten, dass manche skurrilen Szenen innerhalb von nationalen Armeen passierten, wo normale Soldaten gleicher Nationalität gegeneinander in einen Krieg standen. Mir ging es während meiner Einsätze in Vietnam und während eines Einzeleinsatzes in USA so. So konnte es auch durchaus passieren, dass die **Schandi-Opfer** von damals, wie eine in Südkorea gefolterte Japanerin in New York untertauchte und in psychiatrische Behandlung musste, weil sie ihre Peiniger auf der Straße erkannte. Sie wurde in ihren Kimono über die Straße gejagt und zunächst versuchte die Stasi sie in der psychiatrischen Klinik zu ermorden. Aber sie überlebte den Anschlag und wurde eine Künstlerin. Dieser Schwall an Wut der Stasi erfasste nach dem Fall der Mauer nahezu den gesamten Globus. Die Stasi versuchte sozusagen eine große Schlacht einzuleiten, wie Jupp Joachimski sein großes musikalisches Opus komponierte. Er nannte es die Schlachten. Das war 1992 und er bezweckte damit ein großes Werk, wie er es nannte. Konkret wollte er es zu einer Art Hymne für seine Schlachtrufe, wenn sich seine verbliebenen Getreuen der Stasi in den Kampf begeben sollten. Die Entgrenzung der damaligen Stasispione und deren zumeist Wegfall ihres staatlichen institutionalisierten Netzes in der DDR bewirkte eine Art Endkampf, wie es Jupp Joachimski nannte, der erst zu einem Innehalten kam, als die Geldumtauschung Deutsche Mark gegen DDR-Mark in 1:1 beschlossen war. Denn damit waren die Geldreserven, die die Stasi in Reichsmark in Osteuropa lagerte gesichert. Denn das System war ganz einfach. Die Stasi deklarierte die Reichsmarkmenge aus Osteuropa in den Gegenwert der DDR-Mark um und tauschte dann in Deutsche Mark und nahm diese Menge wieder mit nach Osteuropa. Somit waren diese übrig gebliebenen Strukturen der Stasi wieder liquide und das Parallelsystem war geschaffen, aber eben ohne die westdeutsche Seite und die Stasi agierte ohne Staatliche Absicherung und ohne Staatszugehörigkeit. Somit war es Jupp Joachimski, der die Deckung über das Kirchenrecht gab und damit knüpfte er auch die Finanzströme an diese eigenständige Institution.

Es war so, dass Jupp Joachimski auch kleine Mikrosysteme in finanzieller Hinsicht schuf. Durch die Tatsache, dass Gunther Schmid und Jupp Joachimski Schwäger waren, war es klar, dass beide sich ständig trafen bei Familienfesten. Was jedoch auffiel, war dass niemand und schon gar nicht Franz Mayinger, anfangs Alle zusammengeführten leiblich familiär verbunden waren. So wurden dienstliche Aufgaben mit familiären Treffen verknüpft und es wurden Einzelheiten besprochen. Auch Karl Mayinger war nach der Hochzeit zwischen Florian Haas und seiner geheimdienstlichen Tochter Tanja Mayinger immer dabei. Nach deren Umzug zusammen mit der Familie Meier nach Niedersachsen verschoben sich die Diskussionsrunden nach Niedersachsen. Karl Mayinger lebte mit Katja und Tanja Mayinger und Stefan zusammen. Katja war die wesentlich jüngere Lebensgefährtin von Karl Mayinger, den leiblichen Onkel von Janine Bogosyan. Danach nahm Katja Tanja Mayinger ihren Freund Stefan einen Polizisten weg und wurde schwanger. Sie bekam einen Sohn namens Lukas. Zur gleichen Zeit, wie Tanja Mayinger. Auch ihr erster Sohn hieß Luca und bei dieser Geburt war sie gerade 15 Jahre. Katja war 16 Jahre. Tanja Mayinger zweiter Sohn war Maxl und war das Ergebnis einer Beziehung zu Stefan. Während dieser Zeit lebte Tanja Mayinger in Niederbayern und sorgte zusammen mit Stephan Gleißner sich um ihren Sohn Maxl. Fälschlicherweise wurde mir auch dieser Sohn vorgestellt von dieser fremden Familie und ich lehnte sofort ab. Denn mir wurde in einen Satz, obwohl dieser Maxl nie mein leiblicher Sohn war und auch sonst nicht verwandt, gesagt, dass ich eine schlechte Mutter sei und eine Rabenmutter. Zudem kam hinzu, dass mir dieser Maxl in meiner Pfarrei in München, wo ich meine Jugendfreizeit verbrachte. Ich war schockiert, wie sich die Verantwortungslosigkeit in der Familie Franz Mayinger fortsetzte. Denn Tanja Mayinger war auch eine Enkeltochter des Franz Mayinger durch die Einheiratung in die Familie Gunther Schmid. Aufgrund der Verknüpfung zwischen Tanja Mayinger Versicherungsmaklerjob und ihren Schwiegervater Gunther Schmid, der als Versicherungsagenturleiter tätig war, wurden auch politische Dinge besprochen, wie beispielsweise Versicherungsmodelle. Diese Modellberechnungen wurden nicht nur eingebaut in deren eigenes Versicherungsgeschäftes, sondern auch in politische Diskussionsrunden wie eine Marketingkampagne und in Bundestagsdebatten eingebracht. Sie bestimmten damit nicht nur die Tagespolitik, sondern sie beeinflussten die wichtigste Komponente in jeden Staat, die Finanzpolitik. Dadurch wurden die Straftatbestände „Unlauterer Wettbewerb" aufgrund der regelmäßigen sich wiederholenden Regulativkreise zu immer härteren Zwängen, die auch auf die Versicherungsagenturen betrafen. Aufgrund der Tatsache, dass die neu aufgesetzten Versicherungsmodelle auf den alten Grundlagen und alten Berechnungsgrundlagen, der Kalten Krieg Zeit war. So kam es mal vor, dass die Grunddaten nicht stimmten und die darauf aufsetzenden Berechnungen auch nicht. Man muss dazu wissen, dass innerhalb des Stasisystem und der westdeutschen Geheimdienste unterschiedliche Lesarten für Zahlen und Ziffern gab. So waren in den westdeutschen Geheimdiensten, die dreifache Anfertigung von Berichten und Unterlagen und Dokumente üblich. Wobei die 3. Ausfertigung zumeist an fremden anderen Stellen auftauchten. Die 1. Anfertigung diente der realen und normalen Datenbedeutung. Die Zahlen die dort standen, waren geprüft und echt in Inhalt und in Ausdeutung. Es waren Dokumente die in sich geschlossen waren und richtige Zirkelbeschlüsse darstellten. Die 2. Anfertigung diente der geheimdienstlichen Auslegung. Das bedeutete, dass die Zahlen und Ziffern in der fachlichen Ebene keinen Sinn machten, aber mit der Darüberlegung einer Schablone, Sinn ergaben in mehrfacher Hinsicht. So wurden die Ziffer und Zahlen jeweils eine eigenständige Bedeutung aus verschiedenen und unterschiedlichen Fachgebieten gegeben. In Reihe und in Ketten gesetzt, wurden dadurch entweder geheimdienstliche Parallelanweisungen mit den dazugehörigen Projekten oder desaströse falsch verstandene Vorgänge. Die 3. Anfertigung ergab keinen Sinn und war auch in der **Meta-Tiefeninterpretation** nicht ausdeutbar. Diese Anfertigung diente für die Verwirrung von unbefugten Dritten. Diese Schemata waren nach den Wendejahre durchaus üblich und wurden vor dem Mauerfall insbesondere in den westdeutschen Geheimdiensten angewendet. Nach der Wende wurde das System auch von den Stasidiensten angewandt, aber es verkomplizierte nicht nur die Arbeit, der normalen westdeutschen Geheimdienstler, sondern es steigerte auch die Kosten ins Exorbitante. Dann wurde es auf eine Dokumentationspflicht wieder verschlankt mittels der Verwaltungsreform und der Werbekampagne „Ein papierloses Büro!". Was aber das inhaltliche Chaos steigerte und so zu Situationen führte, in denen die Stasiagenten und die westdeutschen Agenten alles in ein Dokument packten, ohne dass sie dabei ein sinnvolles Dokument hatten. Denn dadurch wurden die Zahlen nicht mehr zu Wertigkeitswerten, sondern zu falschen vermischten Ziffern, die beispielsweise keine Bauten aufrichteten, sondern einstürzen ließen. Die gleiche Systematik fand sich bei den Finanzbilanzen und Ingenieursleistungen und Baustatikberechnungen. So wurden auch die

Versicherungsmodelle gestaltet. Mit genau derselben Entwicklungsgeschichte. Ebenso wurden die Finanzleistungen im Leasingbereich für Autos berechnet und dort waren Gunther Schmid und Tanja Mayinger auch beteiligt, da sie noch Autohäuser betrieben. Diese Autos waren meist Dienstwagen und wurden mit sogenannten Zusatzeinbauten und geheimdienstlichen Karosserien ausgestattet. Die Versicherungen und Tageszulassungen liefen auch über die Schreibtische der Beiden. Nach dem Fall der Mauer und nach den Wendejahren, vor allem nach der Erstürmung der Normannenstraße fiel auf, dass die Stasiakten und auch nachstehend entstandene Akten alle vorher drei getrennten Dokumente in vermischter Form aufwiesen. Ich dachte mir, da das in wiederholter Form auch in Gerichtsakten zu finden war, dass es sich wohl um Vertuschungsaktenführung der DDR-Originaldokumente handelte und erst in nachrangiger Hinsicht um reale Prozessakten und um reale Dokumente für die aktuelle Zeit.

Danach heiratete sie den Bruder von Stefan Florian Haas und bekam mit ihm auch drei Kinder. Das Problematische an dieser Konstellation war, dass Gunther Schmid in diesen Jahren nicht nur Bundeskanzleramtschef der Bundesrepublik Deutschland war, sondern auch noch Schulleiter in verschiedenen Privatschulen. Das Schlimme daran war, dass Gunther Schmid dieses Direktorenamt mittels seines Schwagers Jupp Joachimski erhielt. Er hate eigentlich keine Ahnung vom Schulbetrieb und hatte zunächst eine kleine dreckige Schuleinrichtung in Berlin, die er aufgrund der Beschwerden des Schulamtes schließen musste. Danach eröffnete er eine Schule in Niedersachsen und auch die musste er wieder schließen. Es war auch so, dass er Lehrer nur nach seiner Nase und seinen Bauchgefühl einstellte und nach geheimdienstlicher Notwendigkeit. Kompetenz und fachliche Einstellungsvoraussetzungen waren nie eine Frage bei Gunther Schmid. Gunther Schmid stellte aber noch etwas anderes in seinen Lehrplan, der als Privatschulplan deklariert war. Er wollte eine Art Eliteschule mit einer Privatschuleneinordnung und zudem einer Möglichkeit der geheimdienstlichen Ausbildung und später diese Besonderheit als eine Art Überführung in ein Elitemerkmal. Dadurch wurde klar, dass die Zielrichtung auf der politischen Ebene auch vorgeplant war. Generell muss man dazu sagen, dass bereits damals eine Art psychologische Grundstruktur in den Charakteren der Schüler und Schülerinnen vorausgesetzt wurde und unwiederbringlich durchleuchtet wurden. Auch psychologisch! Als Schulpsychologe stand der alte Bekannte und alte **Corps**herr von Gunther Schmid den Psychiatrieprofessor Hans Lauter zur Verfügung. Die Schüler und Schülerinnen wurden auch alle von Gunther Schmid ausgesucht. So war es nicht selten so, dass manche Schüler kaputt gemacht wurden und auch unwiederbringlich entgleist. In manchen Lehrplänen stand, beispielsweise das strukturierte Mobbing und das Auswählen von Opfern auf dem Lehrplan. Das war immer der Fall, wenn Gunther Schmid mit einen der Eltern, die zumeist auch alle mit ihm geheimdienstlich verbunden waren, nicht spurten. Jupp Joachimski machte Janine Bogosyan genauso wie Jenny Schmid und Kathrin Traue und Jessica Traue und Stephan Gleißner und Karin Schmitz zu einen der Lehrer. Man muss sich dazu vorstellen, dass keiner der vorherigen genannten jemals ein Staatsexamen gemacht hatte geschweige denn einen ordentlichen Schulabschluss. Auch in deren Leben zog sich das allseits vorhandene Chaos wie ein roter Faden durch deren Leben. Zudem stellte sich heraus, dass sehr viele Kinder in den jeweiligen Schulen körperliche Gewalt und Zwang erfuhren. Es gab regelmäßige Knochenbrüche und sexuelle Belästigungen durch die Lehrer, die zumeist den Abstand nicht wahrten. Dadurch wurde eine Spirale der Gewalt und Aggression freigesetzt, die sich in eine desaströse Wut bei den Schülern wiederfand. Schulverweise die über ein halbes Jahr dauerten, waren keine Seltenheit. Nur dass sie das Leben der kleinen Menschen evident schädigten und kaputt machten. Die Schulpsychologen waren Dauerbesucher und die zerrütteten Klassenverhältnisse waren alle unwiederbringlich kaputt. Später gründete Gunther Schmid noch eine UNO Schule im Odenwald und stellte sie als Privatschule in die Bildungslandschaft von Deutschland. Er wollte so, nicht nur einen internationalen Anstrich verleihen, sondern auch sich Privilegien herausschlagen. Ich selbst wollte nie an eine dieser Schulen. Ich fand es schrecklich. Er benannte seine Schulen regelmäßig um und Tanja Mayinger war eine seiner Schülerinnen, wie auch Janine Bogosyan und Sandra Detzer und Susanne Schüßler und Jessica Traue und Kathrin Traue. Er benannte sie einmal in die Frenkel-Schulen und dann wieder in Zwergenakademie. Es war für Gunther Schmid eine Art Spiel. Auch knüpfte er seine Begabtenförderung an diese Schulen, um zum einen zusätzliches Geld zu erhalten und eben auch sogenannte Produktionsprofite, wie er vermarktete Schülerleistungen nannte, in den Schulalltag einfließen zu lassen. Man kann fast sagen, dass Gunther Schmid das DDR-Bildungssystem: 1. Kindergrippe und 2. KITA = Kindertagesstätte und 3. Schule mit Ganztagesunterricht einfach nur perfektionierte in Privatschule mit Internatsanschluss. Er hatte die sogenannten Hinterlegungen von Spielerfindungen, als Programm seiner Hochbegabtenförderung und -entdeckung involviert in die Schulpläne. Dadurch wurde eine zusätzliche Einnahmequelle eröffnet, die nach der Schließung der jeweiligen Schule zu einer Vermehrung der Patentbesitzes von Gunther Schmid führte. Ebenso machte er es jedes Mal mit den Schülern, die er immer teilweise mitnahm in die neuen Schulen. Er war sozusagen wie sein Jupp Joachimski ein zweiter Wanderzirkus in Deutschland. Tanja Mayinger war seine Lieblingsschülerin und war später sehr oft in der Psychiatrie Haar kbo untergebracht, wenn das ständig finanziell unterdeckte System zusammenbrach. Ihr Ansprechpartner war immer Hans Lauter, der als alt gedienter **Schandi** von Barbara, sich einen eigenen Nazistasizoo in der Psychiatrie Haar kbo aufgebaut hatte, nur eben mit Menschen. Wie damals Charlie Petrussek als Hitler auf den Berghof mit den Plexiglasscheiben in der Eingangshalle und den angeblichen nur als Terrarium genutzten verglasten Hohlraum dahinter. In Wahrheit wurde es nach der „Saison" als Affenkäfig oder Menschenkäfig oder gemischt genutzt! Einmal waren auch Schlangen darin und dann wieder Vögel. In einem besonders stasinaziwertvollen Film mit Charlie Petrussek als Hitler zeigte er sich als Clown auf der Bühne der meinen leiblichen Großvater an die Nazistasizweig in Tschechien verriet und ihn nach der Aufführung im Prager Theater ermorden ließ. Mein Großvater saß in der ersten Reihe und war mit seinen US-amerikanischen Soldaten gekommen. Charlie Petrussek stand auf der Bühne als Pantomime und hatte ein schwarz-weißes Harlekingesicht. Er machte Schießbewegungen auf meinen Großvater und ich sollte danach auftreten.

B.1 Abbildung der gesellschaftlichen Schnittmengen und deren Wirkungsströmungen und deren geografischen Verortung im Kalten Krieg

Charlie Petrussek spielte den späteren geheimdienstlichen Mord an meinem Großvater vor und gab damit den Auftrag für seine Stasigruppe in Tschechien meinen Großvater zu erschießen. Nach dem Bühnenbesuch wurden wir entführt und in ein Auto Richtung eines Kellers in der Prager Innenstadt gefahren. Wir wurden in den Folterkeller geführt und mein Großvater sagte mir nur noch zum Abschied, dass ich genau hinsehen solle und mich nie einschüchtern und immer ehrlich sein solle. In dem Folterkeller waren auch verschiedene andere Personen. Einer hieß Sigmund und war Bauer. Den sollte ich mitnehmen, was ich auch tat. Marianne Kohl war auch dort und ebenso die komische Familie Keppeler, die Marianne verachteten. Später erfuhr ich, dass diese Familie Keppeler aus Ostdeutschland kam und Verwandte hatten, die den eifersüchtigen Neidern von Marianne Kohl sehr nahestanden. Familie Keppeler war als Stasideutsche Metzgerfamilie in Ostdeutschland genauso berüchtigt wie bekannt. Sie erledigten die Drecksarbeit für die Stasi. Die Leute in Leipzig berichteten sich von einem extrem kalten Winter, indem es kaum Nahrung gab.

Als einzige Familie hatte Familie Keppeler noch Wurstwaren und Fleischwaren in der Theke. Manche Ostdeutsche mieden diese Metzgerei, weil gesagt wurde, dass die auch Menschenfleisch verkaufen würden. In jenen Winter war es so, dass die Leute dort kaufen mussten, um zu überleben. Sie kauften diese Fleischwaren und manche berichteten von einem komischen säuerlichen Geschmack und knorpelähnlicher Substanz. Bei einer späteren Stadtratssitzung soll der alte Keppeler auf den Tisch gestiegen sein und gesagt haben, dass er Menschenfleisch verarbeitet habe und alle haben nicht nur deswegen überlebt, sondern haben sich schuldig gemacht. Genau dieser alte Keppeler war als Teilzeitmetzger und DDR Ausleihkraft in dem Folterkeller in Tschechien. Ein Familienmitglied von ihm war sein Mittäter in dem Folterkeller und zog sich dort einen Schürhaken durch den Oberlippenansatz runter bis zur Oberlippe um ausreisen zu können und einen fremden Namen annehmen zu können. Er und sein Bruder waren beides tschechische Bauern, die mit den Familien Gassner und Erdmann und Krettek und Hubka und Schießler und Hartmann und Fechner und Kaspar und Reisch und Nowak gemeinsame Sache gemacht hatten. Sie lebten in einem kleinen Tal am Rande eines Steinbruches und waren eine verschworene Gemeinschaft. Alle normalen Bauern und moralischen Leute um sich herum hatten sie zum Aufgeben gezwungen oder beseitigt. In dieser Nacht passierte sehr vieles. Ich rief einen Krankenwagen um Sigmund den sie gefoltert hatten rauszuholen. Das passierte auch mittels eines französischen Notarztwagens aus Berlin, wo er in das Benjamin Franklin Krankenhaus kam und dort operiert wurde. Ich war das Pointer Girl und sollte aufpassen, dass er nicht verwechselt und nicht vertauscht und nicht umgebracht und nicht geschädigt wurde. Aber die Stasi hatte vorgeplant. Es tauchten plötzlich zwei zusätzliche Tschechen auf, die allesamt vorgaben Sigmund zu sein. In Wahrheit waren beide Brüder und Schwerverbrecher und höchstgefährliche Kriminelle. Ich versuchte mittels Röntgenaufnahmen die unterschiedlichen Schädigungen im Mundraum und Mundhöhlen nachzuweisen und zu sortieren. Ich diskutierte mit Jupp Joachimski über die Begriffe Kiefer-Gaumen-Spalte und Lippenspalte und Kiefer-Lippenspalte. Jupp Joachimski kannte keine Gnade mit mir und erpresste mich damit, dass ich meinen Sigmund nicht zurückerhalte, wenn ich für die anderen beiden, die zu Jupp Joachimski und seiner Mördertruppe gehörten nicht bürgen würde. Ich zahlte nicht, denn ich konnte einwandfrei nachweisen, dass die Kiefer-

Gaumen-Spalte vorhanden war und nur bei einem Einzigen. Jupp Joachimski ließ Sigmund ins Gefängnis in Tschechien werfen. Ich musste nochmal nach Tschechien, wohin ich nachflog und kaufte ihn für 20000 Deutsche Mark frei. Die anderen beiden waren, wie ich später erfuhr mit zwei anderen Krankenwägen abgeholt worden und es muss wohl so gewesen sein, dass Marianne Kohl, die dachte, dass diese Leute in Ordnung seien mitgenommen hatte. Ohne das Risiko zu kennen. Einer der Schwerverbrecher erzählte, dass er in einen Kohlenwagen LKW gelaufen sei, auf dem Heizkohlen transportiert worden waren für die Wohnungen und große Mietshäuser. Er behauptete weiter, dass er in München deswegen diese Gesichtsschädigung erhalten hätte und nicht aus Tschechien stammte und dort sich selbst diese Verletzung mit dem Schürhaken zugefügt hatte. Die Verletzungsmuster waren eindeutig und aufgrund der nicht vorhandenen Knochenbruchstruktur im Oberkiefer lag auch keine Bruchschädigung durch den angeblichen Kohlenlasterunfall vor. Damit log er. Aber aufgrund von Jupp Joachimski Hinzuwirken wurde der Mann nach Deutschland integriert und durfte sich mit Dokumenten, die ich ebenfalls bezahlen musste, unter den Namen Majinger frei rumlaufen. Wie er wirklich hieß hat er nie gesagt. Er sah dem echten Sigmund zum Verwechseln ähnlich, hatte aber nicht nur eine breitere Kopfform, sondern war ein Teufel. Er hatte weder Anstand noch Moral und dachte nur an seinen eigenen Vorteil. Er lebte bis zu den Wendejahren vor allem in Berlin und verfolgte, die von Peter Meier gemachte Zweiteilung in Nord und Süd in Form der Oststrukturierung fort. Er wollte eine eigenständige regionale ostdeutsche Stasistruktur. Jedenfalls wurde Marianne Kohl an dieser Nacht in Prag mit einem anderen Krankenwagen rausgefahren und das war die Hauptsache. In dieser Nacht war es komisch ruhig und still. Sogar die sonst üblichen Nachtwächter waren nicht auf der Straße. Für meinen Großvater kam jede Hilfe zu spät und ich musste mich in Berlin mit den deutschen Stasinazis Jupp Joachimski und Gunther Schmid allein rumschlagen. Nach dem Mord an meinem Großvater nannte sich Charlie Petrussek Charlie Chaplin und behauptete US-amerikanische Verwandtschaft zu haben. Barbara die große bezeichnete er als seine Kriegsbeute, wie mich auch. Später gab Charlie Petrussek zu, dass er mit Barbara zusammengearbeitet hatte und dass er nicht davon ausging, dass ich nicht Barbara Tochter sei. In Wahrheit steigerte, dass Charlie Petrussek Wut nur noch ins Unermessliche. Barbara reiste eine Zeitlang mit der DDR-Stasitruppe als fahrende Künstler mit und hatte dort auch mit einem Clown zusammengelebt. Diese Leute bezeichneten sich als die historische, wie auch fachliche Vorhut, der zeitlich folgenden Filmkamerateams, die in der späteren DDR als Stasiausführer eingesetzt worden waren. Es war sozusagen als eine Art geschichtliche Entwicklung der Stasi gedacht, als in späteren Jahren die Leute von Walter Winkler und Janine Bogosyan argumentierten, dass sie einfach nur ein Mehrgenerationenhaus bauen würden. In Wahrheit war eine neue institutionelle Form der Stasi gemeint und die Fortsetzung der alten Strukturen in neuer Ausformung. Auch die Grundaggression blieb. In der Zirkuszeit hatte ich mit vielen Künstlern zu tun. Zum einen einer Zaubershow, die nur halb lustig fand. Denn die Stasi arbeitete mit manchen Künstlern zusammen und die machten keine Tricks, sondern die Tricks wurden zu Todesfallen. Einmal traten sie in Berlin in einen Varieté-Theater namens Friedrichspalast auf und zersägten in echt eine Frau in einer Kiste. Das Blut floss auf beiden Seiten runter und das Publikum jubelte. Mir wurde nur schlecht bei dem Anblick. Dann vertauschten sie die Kisten und heraus kam die putzmuntere Mitspielerin. Ich lief auch damals zur Polizei, aber die winkte ab und sagte, dass die Frau am Leben sei. Ein anderes Mal manipulierten sie andere Zauberer, wie einen, der einen Wassertrick mit Ketten durchführte. Er führte ihn in Las Vegas auf in der Wüste von Nevada vor. Der US-amerikanische Zauberer starb. Die Stasi hatte die Schlüssel vertauscht und die Ketten noch zusätzlich verkanntet angesägt, dass sie schwerer zu öffnen gewesen wären. Der Zauberer erstickte, wie gesagt und prompt kam Jupp Joachimski, als hätte er es gerochen, dabei hatte er den Mord selbst in Auftrag gegeben, mit einer Ballettshow aus Berlin an. Jupp Joachimski nannte es Eroberung der neuen Welt und fing an Marco Polo als Entdecker von den USA zu erklären und nicht Kolumbus. In Berlin und in München fanden zu dieser Zeit auch komische Dinge statt. So fuhren auf einmal Kohlewagen in der Stadt, die eigentlich schon längst nicht mehr in der Stadt waren und auch nicht mehr fuhren. In früherer Zeit der Stasi war die beliebteste Methode der Beseitigung von Leichen die allgemeinen Brennöfen und Heizkessel. Es ging schnell und war leicht zugänglich und fiel nahezu nicht auf, da es keine Rußfilter in der DDR gab. In der DDR war der Begriff des Schneedunstes weit verbreitet. Mir war die jüdische Deutung schon damals bekannt und wusste genau, warum der süßliche Geruch nichts Gutes zu bedeuten hatte. Die erste Krematorien Berlins standen vor 1990 neben der Charité. Warum genau ich mir dauernd diese Nickeligkeiten geben musste, weiß ich bis heute nicht.

Aber die Folge war, dass Gunther Schmid der, wie gesagt in der späteren Zeit Schuldirektor war, immer mehr Gewaltspiralen und Hassspiralen innerhalb der normalen Bevölkerung bewirkte. Gunther Schmid und Jupp Joachimski hatten und das muss man wissen, wenn man den Aspekt des Geheimdienstes betrachtet in der Retroperspektive eine neue Lohnstruktur und eine neue Arbeitsvertragslage eingeführt und in gesetzliche Formen gießen lassen. In dieser Arbeitsvertragslage wurde der Mitarbeiter als komplettes zu inkludierendes Staatsobjekt angesehen. Es war alles nach dem Motto gestaltet, dass der Stasistaat an erster Stelle steht und alles musste diesem bis in die letzte Konsequenz untergeordnet werden. Auch das persönliche Glück und auch die persönlichen Ambitionen. Die **geheimdienstlichen Arbeitsverträge** hatten ein **dreigliedriges System als Fundament**: 1. Wurde das Privatleben rigide geregelt und war unwiderruflich mit dem Berufsleben verbunden. 2. Wurde das Berufsleben geregelt und nach zwei unterteilten Maßgaben. Zum einen die normale Arbeit und des

Weiteren die geheimdienstliche Arbeit. 3. Letzteres wurde meistens nicht nur mit Extra Bezahlungen wie Boni und Provisionen und Zusatzzahlungen geregelt, sondern auch mit 1. Dem Privatleben verknüpft. Dadurch entstand ein im stasideutsch als Regelkreis benannter rechtlicher Zirkelschlussbezug. Nachteil war für die Mitarbeiter war, dass dadurch eine Komplettüberwachung entstand und ein enormer Kostenaufwand. Die Mitarbeiter entwickelten manchmal Zwangsstörungen aufgrund der ständigen Überwachung, die zusätzlich von staatlichen Dienstherren ausgeübt wurden. Sie waren nahezu nie unbeobachtet und immer mussten sich die arbeitenden Mitarbeiter rechtfertigen. Dadurch stieg nicht nur die Arbeitsunlust, sondern auch die Ausfallquote. Hinzu kam noch Psychoterror und Mobbingdruck von Leuten die inkompetenter waren und einfach nur mit Zwang in Strukturen eindrangen, die eigentlich nicht zu durchsetzen und zu zersetzen sein sollten. Manche Leute von Gunther Schmid landeten als Suchtkranke innerhalb einer bestimmten Zeit wieder in der Suchtklinik oder Psychiatrie, weil sie diese Arbeitsatmosphäre nicht aushielten. Hinzu kam noch, dass die Lohnstruktur nicht nur niedriger gesetzt wurde mit der Einführung neuer Lohngehaltsklassen und Entgeltgruppen, sondern dass sie völlig neugestaltet wurde. Die Formulierung Einrichtung eines zerstörerischen Hamsterrad trifft es wohl am besten. Denn die Löhne wurden mit zusätzlichen Abflüssen versehen. Man muss sich diese Art Verschiebesystem genannte Lohngrundstruktur als einen bildlichen symbolischen Bahnhof mit Zügen vorstellen. Jeder Zug stellte eine Abteilung dar und jeder Waggon eine einzelne Mitarbeiterperson. Diese Waggons sollten nach den Maßgaben der neuen Arbeitsvertragslage von verschiedenen Fachabteilungsleitern genutzt werden können. Man sollte diese Leute abkoppeln können und jemand anderen zuordnen, wie man wollte. Und Lohntechnisch sollte das Gehalt des einzelnen Mitarbeiters sich auch in vier Abflussströme gliedern. 1. Der erste Abflussstrom von der jeweiligen Gehaltssumme war der ganz normale Brutto zu Netto. 2. Dann folgte der zweite Abfluss die sogenannten Nachzahlungen. Das waren Verpflichtungen aus abgebrochenen und aufgeflogenen geheimdienstlichen Aktionen und auch Verurteilungen. So war es beispielsweise die Ehe zwischen Jessica Traue und Tom Pau alias Köhler die damit endete. Tom Pau musste die Abzüge bezahlen. 3. Der dritte Abfluss vom Lohn waren die Vorauszahlungen für neue geheimdienstliche Projekte und für neue geheimdienstliche Anstellungen auch das ging zu einer bestimmten vertraglich geregelten Prozentzahl vom Gehaltskonto ab. 4. Der vierte und schlimmste Abzug von dem jeweiligen Lohn war der Abzug der von Jupp Joachimski direkt auf ein Anderskonto geleitet wurde und nur ihm zur persönlichen geheimdienstlichen Verwendung zur Verfügung stand. Eigentlich war das illegal, denn seine Position war nie bestätigt worden. Aber er tat es! Zusätzlich in diesem Lohngefüge waren noch Begrifflichkeiten und Illegalitäten und Nickeligkeiten wie Kanalrohre sprich illegale Abflüsse und Sickerschächte sprich Geld einfach versickert ohne Zielsetzung und Stauung sprich illegale Zurückhaltung und Trittbrettfahrer sprich Auszahlung an fremde Leute aber von Jupp Joachimski bestimmte. Dadurch blieb den Mitarbeitern meist nur ein mickriger Lohn von 1000 Euro, so wie es Jupp Joachimski wollte. Dieses neue Lohngefüge, wie es Jupp Joachimski nannte, wurde geschickt von ihm und Gunther Schmid eingefädelt. Zunächst ließen sie scheinbare unabhängige Studien zu dem Thema „Gute Arbeit" und „Glücklichsein" erstellen. Diese Fragebögen die zu diesen Themen angefertigt worden waren, verschickten sie und ließen sie von fremden Personen beantworten. Als abgesprochenes Ergebnis kam der sogenannte Glücksatlas heraus. Dieser Glücksatlas beinhaltete bestimmte Faktoren zum Glücklichsein und es wurden verschiedene Kategorien definierte. Darin enthalten waren die zunächst abgesprochenen Erkenntnisse, dass die Familie das höchste Glück für Männer wie Frauen sei. Risikofaktor darin war, dass wenn sogenannte geheimdienstliche Familien existierten, ein uneinschätzbares und unkalkulierbares Aggressionspotential entstehen konnten. So genannte Härtefälle waren damit vorprogrammiert. Aber ehrlicher Weise muss man dazu sagen, dass das bei der Umgestaltung des deutschen Geheimdienstmilieu so von Jupp Joachimski gewollt war. Und auch die Eskalationen waren gewollt. Auch dass das Ergebnis war, dass ab 1000 Euro Gehalt monatlich ein Mensch sehr glücklich und zufrieden sei, war ein sehr zynisch eingefädelter Plan und setzte die Beamtenriege unter zusätzlichen Druck. Zudem kam zu diesen Umwälzungserscheinungen noch hinzu, dass die Verwaltungen der öffentlichen Hand innerhalb der Verwaltungsreform zu sehr fragilen und sehr fluktuativen Institutionen wurden. Auch die Personalumwälzung wurde beschleunigt und war eingeplant und erwünscht von Gunther Schmid und Jupp Joachimski. Folge daraus war, dass die Form des Personalstammes sehr schnell wechselte und auch dort ein Fachmangel entstand. Gunther Schmid nannte das eine neue Hire- und Fire-Kultur, die er ironisch und zynisch flexiblere und verschlanktere Strukturen nannte. Viele sehr korrekte Leute stolperten über diese neue Verwaltungskultur, die auch eingeführt wurde. Zusammen mit diesen anderen Entwicklungen wurde ein sehr fragiles und sehr nervöses System geschaffen.

Ich in dieser Zeit in Niedersachsen musste mir dann komische Sachen anhören. Zwischen den Jahren 1985 und 1987 meldete mich Walter Winkler komplett von der Stadt München ab und behauptete, dass ich auf Weltreise wäre. In Wahrheit war er auf der Flucht und wollte seine Stasiauslandsaufträge in die Wege leiten. Die Jahre waren verstärkt durch Chaos bestimmt, als die anderen Jahre in denen ich mit diesen Leuten verstärkt aufgrund meines Kinderalters beisammen sein musste. Man muss dazu wissen, dass ich sogar mir Diskussionsschlachten liefern musste über die dreigliedrige Grundstruktur der BRD. Das war nicht nur eine einfache Diskussion, wie man hätte annehmen können. Nein! Es ging um eine Vorbereitung von Jupp Joachimski und Thomas Georg Wenninger auf die geheimdienstliche Erweiterung auf Gesamtdeutscher Ebene und später auf europäischer Ebene. Zu diesem Zweck veranstaltete diese Leute von Jupp Joachimski 1992 ein Forum mit der CSU auf der Insel Herrenchiemsee im Chiemsee vor. Die Übernachtung der Gäste waren in Frauenchiemsee auf der anderen Insel untergebracht. Man muss sich vorstellen, dass diese Leute sich trafen mit Leuten der Stasi aus Berlin und großen braunen Koffern. In der Zeit der Übernachtung fand wieder eine geplante Ermordung eines US-Amerikaners statt. Das war eigentlich nichts Besonderes bei der Stasi, denn es fand immer ein „Handelopfer", wie die Stasileute es nannten gegen das kapitalistische System statt. Aber, dass es in Bayern und mitten auf dem Chiemsee in einem Frauenkloster stattfand, war schon eine sehr große Grausamkeit, die einmal mehr die Verdrehung der Kirche und ihrer einzelnen Strömungen unter Hinzuwirkung von Jupp Joachimski offenbarte. In diesen Tagen wurden folgende Grundstrukturen diskutiert: 1. Die Wiedervereinigung auf verschiedenen Ebenen und in verschiedenen Milieus und 2. Ebenso wurden die grundsätzliche Dreigliedrigkeit des deutschen Staates diskutiert und die Hinterlegung mit geheimdienstlichen Eingliederungen der ostdeutschen Stasiseite und 3. Die Einheit sprich die Einheit von ostdeutschen geheimdienstlichen und westdeutschen geheimdienstlichen Systemen auf der Gänze der Strukturebenen und auch damit kompletten Durchmischung. Ebenso fiel damit auch das dreigliedrige Kabelbindedrehung aus. Es war einfach nur Chaos.

Man kann sich die eigentlich Grundstruktur als drei Säulen vorstellen: 1. Legislative 2. Exekutive 3. Judikative. Und diese Säulen wurden nach der osteuropäischen Theorie als sogenannte Zöpfe in Teig gezogen und nebeneinandergelegt und verdreht. Dieses System hätte, wenn es in der grundlegenden Gewaltentrennung eine geordnete in sich greifende und trotzdem verschränkte Struktur entstanden. Aber die Idee hatte einen sehr eklatanten Fehler. Denn die Drehung bewirkte, die Verstärkung des Prinzips der kompletten Ausblendung der jeweiligen Individualität der einzelnen Personen. Das war deswegen eine so tiefgehende und tief ansetzende Fehlgestaltung, weil man verstehen muss, dass im kommunistischen und ostdeutschen System die Selbstaufgabe und die Selbsthingebung eines Individuums in den Körper des Staates sozusagen mit Haut und Haar, ein Art Märtyrertum deklarierte, was seine Kraft erst mit der Zeit offensichtlich wurde. Das Märtyrertum umfasste nicht die typischen Radikalisierungsgruppierungen oder die Extremisten. NEIN! Denn das wäre zu einfach gegriffen. Das Märtyrertum war eine zynische Fortsetzung und Ausprägung des **Schandi-Opfersystem**, was die Opfer als Heldenverehrung und ihren Nachruf bezeichneten. Dazu muss man aber wissen, dass niemand der alles zum Leben hat und ein gutes versorgtes Leben hat, sich jemals zum Märtyrertum verpflichten würde. Manchmal waren die **Schandi-Opfer** so verdreht in ihren Anschauungen, dass sie sich zu Aussagen auch in der Öffentlichkeit und eben in den späteren als perverse Belegfilme gedrehten Dokumentationen hinreißen ließen, dass sie zum Sterben für das System bereit wären. So war in den Filmen über Marianne solche Aussagen ebenso zu finden, wie die Anfangsfilme von Barbara. Man muss dazu wissen, dass die BRD und die DDR diese Dokumentationen für ihre eigene Unschuldsbeleg und eigene Nichtbeteiligung drehen ließen. Auch in den Fällen Barbara und Marianne bezüglich ihres ungeklärten Status und auch ihres damit verbundenen Opferstatus. Man muss sich vorstellen, dass auch nicht mal geklärt war, welche Rechtsgrundlage überhaupt vorlag. In diesem Gemisch aus Vertrautheit und Privatheit und Öffentlichkeit und scheinbare Familiensituation war es klar, dass die Überlagerung der verschiedenen Falschwahrnehmungen erst in Mehrfachanalysen entzerrt werden konnten. Was extrem auffiel in diesen Konstellationen war, dass immer die im kommunistischen System typischen Kommunikation ohne Verständigung stattfand und auch gegenseitiges Verständnis im Gespräch nicht vorlag. Folge daraus war, dass die Diskussionen bis auf die Grundfesten der grundsätzlichen Weltanschauungen durchdebattiert wurden. Kurze Gespräche mit garantierten richtigen Umsetzungen, waren damit unmöglich. Und auch die Gesprächstaktik der Stasi war mit den zunehmend fortschreitenden Jahren eine Aussitztaktik, die nichts an den Verhältnissen und den vormaligen stattgefundenen schrecklichen Erlebnissen etwas ändern wollten geschweige denn sich dafür verantworten wollten. Die Taktik des Zeitschindens im Diskutieren brachte jeden regelmäßig zur Weißglut und hörten damit auch nicht auf. Jupp Joachimski sagte dazu, dass er jeden beweisen würde, dass nur zwei Gegentaktiken existierten gegen ihn und seine Leute und auch diese beiden Gegentaktiken ihn und seine Leute nicht besiegen konnten. Das waren 1. Mitdiskutieren und damit einen gedanklichen und moralischen und persönlichen Einstieg in diese Denkspiralen und damit auch die Aufgabe seines eigenen Ichs, wenn man nicht vorher **Ausstieg**. Und 2. sich fernhalten und nie mit diesen Leuten in Berührung zu kommen und sich auch nicht kontaktieren lassen und sich gegenseitig aus dem Weg gehen. Beide Taktiken waren nicht sehr effektiv, denn sie änderten an dem Kern Problem nichts. Im Grunde nach hätte Deutschland komplett eine Notbremse ziehen müssen und erstmal die eigenen rechtlichen Grundlagen und auch eigenen Mitarbeiter sortieren müssen. Aber auch das geschah nie. Ganz Deutschland sah sich die Sendung zunächst über Marianne jede Woche einmal im Fernsehen an. Sie sahen live zu wie sich Marianne besoff und wie sie offen in geschnittenen Filmszenen über ihr Sexleben philosophierte und über ihren angeblichen Krebs im Bauch. Sie laberte dann etwas von ihrem Dienst an der Menschheit und wie sie starb in ihren eigenen Körper und wie sie als Gefangene immer mehr körperlich abbaute. Sie sahen wie sie Wahnsinnsanfälle bekam und wie sie verzweifelt weinte.

B.2 Abbildung **Schandisystem** der Stasi

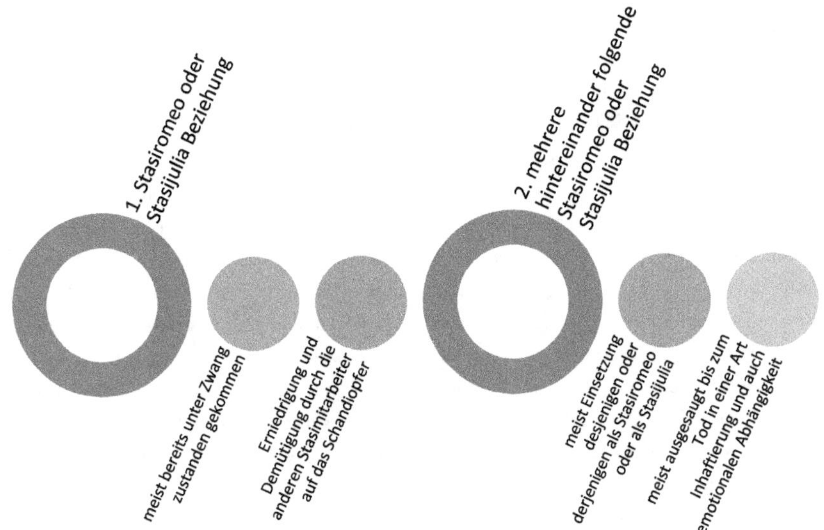

Es war eine Farse und eine absolute widerliche Show. Sie gab Interviews in denen sie ihre politische Rolle deklarierte und in der sie sich als Krebsunbehandelte vorstellte. Sie ging ins Fernsehen und brach vor laufender Kamera zusammen. Sie wollte unbedingt die Aufmerksamkeit der Öffentlichkeit. Dazu muss man wissen, dass meine leibliche Mutter mit beiden Schwestern Marianne und Barbara, die wie brutale freche Zombies agierten und meine Mutter Maria Bogosyan nannten, sich das Fernsehteam schnappte, welches ich für meine leibliche Mutter zum Schutz bestellt hatte. Aber meine leibliche Mutter wollte nichts davon wissen. Sie stand ihre Frau und lehnte es ab sich in die Öffentlichkeit drängen zu lassen. Aber diese beiden Schwestern verweigerten mir die Nähe meiner leiblichen Mutter und knutschten mich immer ab. Obwohl ich es nicht wollte. Meine leibliche Mutter und ich kümmerten uns um die Wäscheleine in Capri und in Marbella. Ich bekam nur Brotkrummen zu essen und magerte auf 30 Kilo ab. Es war sinnlos diesen wahnhaften Leuten immer wieder zu sagen, dass sie aufhören sollten uns mit falschen Namen anzusprechen. Meine leibliche Mutter wollte nie mehr mit Namen angesprochen werden ab diesem Zeitpunkt, denn sie hasste genauso wie ich die Namen dieser fremden Nazistasiursprungsfamilie. Auf Marbella lernte ich deutsch und spanisch. Aber weder meiner Mutter noch mir machte diese komische Atmosphäre im „Urlaub" sehr zu schaffen. Jedes Mal kam Barbara und nannte mich Katja und dann wieder Gunda Nitzsche und dann Janine Bogosyan. Sie gab mir feste Ohrfeigen, wenn ich nicht die fremden Namen nachsprach. Ich sagte dann, dass sie alle Verrückte seien. Diese Realitätsweigerung dieser Familien, die alle miteinander verwandt waren und eben nicht mit uns, endete einmal, als ich mit Barbara in Wien 1991 in der Psychiatriepraxis von Arndt Meier saß, wo sie über die andere Stasimitarbeiterin Ingrid Wolf alias Blumoser, die in der Praxis als Arzthelferin arbeitete damit, dass Barbara im Wartezimmer durchdrehte. Barbara schlug mich und sagte zu mir, dass ich undankbar sei und dass ich mich Katja nennen solle. Ich sagte, dass ich nicht lügen würde. Danach wollten sie mich umbringen in der Psychiatriepraxis. Ich lief auf die Straße und ließ Barbara zurück. Sie wurde in die Psychiatrie von Wien in der Zwangsjacke eingeliefert. Peter Meier hatte das veranlasst und wollte von Anfang an mich oder Barbara einweisen lassen. Je nachdem wie es besser gewesen wäre. Denn Ingrid Wolf alias Blumoser hatte damals das Problem der Entdeckung, weil ihre Familie von Adolf Hitler abstammte. Sie praktizierte in Wien unter den Namen Meier und später in München und Ottobrunn unter den Namen Blumoser. In Berlin war sie unter ihren anderen Namen Wolf bekannt. Die Praxis von der Psychiatriepraxis lag in einen alten Innenstadthaus im ersten Stock. Die Treppe, die hinauf führte war aus Holz und das Treppenhaus roch nach Bohnerwachs. Ich lief die Treppe runter und stand auf der Straße. Hingefahren waren die mit einem Cabriolet von Karl Mayinger, einen Mercedes Cabriolet. Mit von der Partie waren meine späteren Chormitsängerinnen Steffi Braun und Barbara Carstensen. Tanja Mayinger und ihre **Schandi-Mutter** Christel waren auch in dem Cabriolet. Barbara saß eingeschüchtert auf der Rückbank. Sie sollte in Wien lobodomiert werden nach Peter Meier Wünschen. Er behauptete, dass Barbara aggressiv geworden sei und ihn angegriffen hätte. Peter Meier war wahnsinnig. Er tat so, als hätte er ein Recht gehabt. Das Schlimme war, dass er nie nachgab und nie seine Fehler einsah, sondern alle als arrogant und als komplett blöd verhöhnte. Nichts an ihm war mit Einsicht und Empathie ausgestattet. Er behauptete von sich, dass er der Stärkste seiner Mördertruppe sei und deswegen die Frauen auf ihn stehen würden. Frauen, die wie ich nie solche Männertypen mochten und ihn ignorierten und ihn verachteten, konnte er nicht ausstehen. Er konnte mit Ablehnung seiner Person nicht umgehen. Einmal verweigerte sich Peter Meier eine Frau und er schlug auf sie ein. Einmal war es Barbara und sie hatte kaum noch eine Stelle am Bauch die nicht von blauen Flecken übersät waren. Er kannte keine Gnade nie in der Zukunft und auch damals nicht. Er war unerbittlich und schlug mich manchmal mehrmals und behauptete, dass ich lügen würde bezüglich meiner Herkunft und meines Namens und meiner Familie. Ich spukte ihm ins Gesicht und er lachte höhnisch und sagte dann noch zur Demütigung: „Jetzt bist du meine Tochter!". Ich hasste ihn dafür und ich hatte immer eine innere Ablehnung. Später behauptete er gegenüber seinen Mitleuten, dass er mich ausbilden würde zu einen Elitesoldaten. Es war mir egal, da ich sowieso schon eine war, als ich mit 8 Jahren aufgrund der politischen deutschen Bestimmungen einen Arbeitsvertrag bei der US Army unterzeichnen musste. Es war schlimm zu sehen, als Peter Meier und Sigmund Mayinger nie nachgaben und mich immer wieder zu einem Mann machen wollten. Ich hatte manchmal so viel um die Ohren, dass auch ein Erwachsener damit nicht zurechtgekommen wäre. Dabei handelte es sich nicht um Sachen, wie die eigene Ausbildung. Nein! Es war ein ständiger Überlebenskampf. Manchmal gaben sie mir Schlafmittel damit ich zwei Tage schlief und dann erst zwei Tage später in die Schule zurückkehrte. Es war meistens dann, wenn sie wieder einen „Auftrag" hatten. Dann mussten sich Walter Winkler und Barbara Zeit verschaffen und taten das. Manchmal kam es vor, dass ich allein zuhause war und Sebastian Wieberneit nahmen sie mit, weil er immer so schön mitlog. Er war handsam, wie es Barbara nannte und später Maria Bogosyan. Egal was die Leute ihn anschafften, er machte es mit. Ich war laut Walter Winkler und den späteren tschechischen Sigmund immer zu aufmüpfig und zu kompliziert. Sie schmissen an dem Abend als mein adeliger Verwandter aus Frankfurt am Main in die Yorckstraße kam, diesen den Balkon im zweiten Stock herunter. Ich war schockiert und rief die Feuerwehr und Walter Winkler log der gekommene Rettungsdienst vor, dass er seinen angeblichen Bruder selbst ins Krankenhaus brächte. Danach war Karl fort und ich sah ihn nur noch einmal. Ich erhielt ein paar Ohrfeigen und er presste mir die Lippen vor dem Rettungsdienst zu. Oder besser gesagt legte er die Hand um meinen Unterkiefer, so dass ich nicht reden konnte. Es war als wollten mich diese Leute noch vor meinen 10. Lebensjahr umbringen. Ich hatte mich immer mehr zurückgezogen und Walter Winkler hörte nie auf mich zu trietzen und zu verleumden. Er log bei der Schulbehörde und ich hatte keine Freunde, weil der Typ, der sich als mein Vater bezeichnete, mich als Stasideutsch asozial bezeichnete. Tatsache war nur, dass ich ihn eine Unterschrift verweigert hatte und er sauer war, dass er keine 50 Deutsche Mark von mir erhielt. Als ich ihm sagte, dass ich nicht Janine Bogosyan hieße, rastete er aus. Er verlangte einmal mit 5 Jahren, dass ich meine Haare dunkelbraun färbe. Ich weigerte mich. Was er damit wollte? Ganz einfach! Ich sollte wieder einen anderen Namen annehmen und so tun, als wäre ich Janine. Ich sagte ihm, dass ich das nicht sei und daraufhin sagte er, dass ich mit ihm Theater spielen sollte. Nach dieser Schlagfolter behauptete er stolz vor seinen Stasikollegen, dass ich ein angebliches von ihm für Ausbildung vorgesehenen Folterverhörentest bestanden hätte. Ich dachte mir nur, dass ich spinne. Denn in Wahrheit wusste er, dass ich nie im Geheimdienst arbeiten würde. Später in London sah ich dieselben Verhaltensweisen bei Barbara und ich hasste es, wie sie Grace beeinflusste. Man muss sich vorstellen, dass das eine widerrechtliche Einflussnahme in ein Privatleben von Kindern war, die diesen Leuten nicht gehörten geschweige denn zu deren Familien gehörten. Katja und Janine Bogosyan und Tanja Mayinger und Susanne Schüßler und Jessica Traue und Julia Walter hingegen sollten auch, obwohl sie eklatante Straftaten begangen hatten, unbekümmert weiterleben. Deren Straftaten sollten gemäß den Wünschen von Barbara und Peter Meier und Sigmund Mayinger auf mich gebucht werden. Ich hatte nie jemand getötet und durfte auch mit 8 Jahren keine Waffe mehr tragen, weil Jupp Joachimski mich so ungeschützt haben wollte und mich umbringen lassen wollte. Auch innerhalb der US Army durfte ich, gemäß der Vorgaben, der deutschen und korrupten Leute keine Waffe führen. Ich hatte von Jupp Joachimski diese Einschränkung gerichtlich illegaler Weise aufgedrückt bekommen. Diese Lage machte mir in Berlin sehr zu schaffen. Dort hatte Sebastian Wieberneit wieder als Stricher einen deutschen Bundeskriminalamtpolizisten als Lover. Er log ihm alles vor und war eine Leihgabe von Jupp Joachimski in der Zeit. Ergebnis war ein verdrehter und falscher Gerichtsprozess und ich hatte diesen Lover von Sebastian Wieberneit als Stalker. Er hieß Olaf und er verfolgte mich. Er hatte vor seinen Kollegen gesagt, dass er es mir besorgen würde und mich mal richtig hernehmen würden. Er sagte, dass er einen richtig Großen hätte und mich Schlampe mal richtig durchnudeln würden. Ich hielt ihm meinen Revolver an die Schläfen und er wimmerte dann, als ich ihn schnappte unter der Brücke in Berlin. Als Denkzettel sprühte ich ihm Pfefferspray ins Gesicht und sagte noch, dass ich nicht Janine Bogosyan sei. Danach ließen sie mich in Ruhe.

2.3 Die Adelsfälschung

Ich musste aus der Asservatenkammer in Berlin einen Porzellanteller, der aus meinem Schloss kam, holen und das war eine ziemlich schlechte Idee. Denn ich ging wie jeder normale Mensch auch durch die Kontrolle und gab meine Personalien ab. Aber was dann passierte war eine absolute Farse. Ich ging in den 1. Stock, wo ich zu dem Beamten gehen musste und ihn bitten musste, mir diesen Teller zurück zu geben. Wir gingen in den Keller und er sperrte die Asservatenkammer, die mit einer Eingangstür und dahinter mit einer weißen Gittertür abgeschlossen war. Ich durfte hinein und suchte den Teller. Denn ich auch mitnehmen durfte. Aber dann kam Chrissi Schüßler und drehte durch. Sie behauptete, dass sie Polizistin sei und schlug den Beamten, der mich begleitete nieder und fesselte mich und ihn mit Kabelbindern. Nichts war es mit Porzellantellern. Ich versuchte an den Feueralarmknopf zu kommen was auch gelang. Danach ging die Sprenkelanlage an und ich lief raus. Diesmal war ich so schockiert, dass ich den Polizisten der immer noch bewusstlos war, links liegen ließ und aus dem Gebäude lief und aber den Kollegen von ihm Bescheid gab. Der Teller blieb liegen. Ich hatte ihn zerbrochen. Später erfuhr ich, dass Walter Winkler und Jupp Joachimski und Sepp Schüßler Angst hatten, dass ich die Belege zu ihren Straftaten in Baden-Württemberg und Hamburg und Schweden umdeuten und richtigstellen ließ. Ich war komplett schockiert. Chrissi Schüßler war als Putzkraft in das Gebäude gekommen. Der Porzellanteller hatte chinesische Zeichen und war eine Billigware aus minderwertigem Porzellan. Eigentlich nichts Interessantes. Aber ich hatte einen teureren Weihnachtsporzellanteller für das Schloss gekauft, welcher sich illegaler Weise bei Jupp Joachimski und Tanja Mayinger in einer Stasiwohnung befand. Sie behaupteten, einfach getauscht, zu haben. In Wahrheit war es ein mehrfacher Betrug und Diebstahl. Das lag an zwei Sachen: 1. Sollte die Polizei nicht wissen, woher der teurere Porzellanteller kam. Der definitiv zu mir und meinem Schloss gehörte und 2. Sollte die Polizei nie verstehen, dass diese Stasiwohnung eine Mehrfachnutzung im Stasisinn zur Verfügung stand. Das war eine Art organisiertes System bezüglich der Immobiliennutzung bei der Stasi. Grundsätzlich muss man sich klar machen, dass die Nutzung von Immobilien nicht deckungsgleich mit dem Begriff Immobiliennutzung war. Die Stasi mochte im organisatorischen Sinn immer sogenannte Multifunktionsnutzungen oder auch Polytechnische Nutzungen. Die Mehrfunktionalität war eine Prämisse, die sich lediglich in der steuerrechtlichen Bewertung und in der realen Immobilienbewertung niederschlug. Dazu muss man wissen, dass die Stasi kein eigenes Budget hatte und sich selbst finanzieren musste. So raubten sie Immobilien. Das taten sie indem sie Opfer umkreisten.

Zumeist waren es alte Leute oder wehrlose Personen in Einzelhaushalten. Wenn die Personen, dann noch außerhalb von großen Straßen und außerhalb von Dörfern in abgeschiedenen Gegenden wohnten, umso besser. Zumeist waren es vertrauensselige Leute, die viel Platz hatten und freundlich und aufgeschlossen gegenüber Fremden waren. Meist nisteten sie sich zunächst freundlich als Gäste ein. Dann blieben sie länger und dann verdrängten sie die eigentlichen Bewohner. Ich prägte damals den Begriff Hausbesetzer. Es waren nie leere Immobilien. Die Immobilien hatten auch eine funktionale Besonderheit und wenn es keine gab, schufen diese Leute diese Besonderheiten eigenständig. Viele Bewohner kamen so um durch diese Hausbesetzer und das Schlimme daran war, dass niemand etwas mitbekam. Manchmal benutzten diese Stasinazikommandos alte Bauernhöfe zum Pausieren auf ihren Reisen der Baukolonne oder sie erledigten gleich mehrfache Arbeiten an diesen Bauernhöfen. So war es manchmal so, dass wie im Fall Ingrid Wolf alias Blumoser sie sich als Stasikommandovorhut in einem Haus einer alten Dame Paula Hitler alias Hiller einnistete. Ingrid hatte den Namen Wolf und war laut eigenen Angaben die Nichte des echten Diktator Adolf Hitler. Die alte Dame war eingeschüchtert bis auf die Knochen. Ingrid gab ihr, schwere Psychopharmaka und die alte Dame bekam Migräneanfälle und Schüttelfrost. Danach legte Ingrid sie ins Bett und ließ sie am nächsten Tag in die Psychiatrie einweisen. Dort war sie auch noch lobodomiert worden und konnte sich nahezu nicht mehr bewegen. Sie war wie festgefroren im eigenen Körper. Der behandelnde Professor war Professor Hans Lauter. Diese Grausamkeiten zu sehen, wie die alte Dame litt und wie sie von aller Welt gemobbt wurde, weil Ingrid Lügen über die verrückte Alte verbreitete, war entsetzlich. Die alte Dame bereitete immer am Sonntag den Kaffeetisch mit einer schönen weißen Stickdecke. Der Tisch war rund und stand auf einen braunen dreifüßigen Standfuss. Sie lachte herzlich und lieb und ich half ihr dabei. Die Mittäter von Ingrid waren aus München angereist und machten in den Bauernhof Rast. Zudem gossen sie noch ein Silo, dass sie später verwenden wollten. Auch die späteren Zugstreckenplanungen und die neue Autobahn wurden besprochen. Dann wurde Paula eingeliefert. Ingrid fuhr mit einem alten Auto und der eingeschüchterten Barbara zu deren Praxis in der Wiener Innenstadt. Ingrid hatte immer erzwungene oder gefälschte Vollmachten dabei. Barbara wurde später mit einen Riesenverband aus der Psychiatrie entlassen. Ich musste auch in Wien in der geschlossenen Abteilung Barbara besuchen und erfuhr, weil mein adeliger österreichischer Verwandte mir ein Foto zugeschickt hatte, dass der Prinz Eugen den ich auch finden sollte dort, bereits ein halbes Jahr ermordet worden war. Ich fuhr mit dem ekeligsten Gefühl nach Hause und schwor mir nie wieder einen Fuß in dieses Abschaum-Europa zu setzen. In dieser Zeit musste ich mich noch mit einer anderen Besonderheit der Stasiimmobiliennutzung auseinandersetzen. Es war der Umnutzungsbegriff. Der nichts anderes war, als die zeitliche Perfektionierung der Vertuschung von Straftaten und Beseitigungen von Spuren. So kam es, dass ich mich zweimal taufen lassen musste in Barbara Zeit. Einmal evangelisch und einmal katholisch. Das evangelische Mal musste ich mich in die St. Laurentius Kirche begeben und dort an dem Kindergottesdienst teilnehmen. Laut Aussage von Julia Walter war auf dem damaligen alten Friedhof der neben der Kirche lag die echten Überreste meiner leiblichen Mutter endgültig umgebettet worden. Sie behaupteten, dass meine Mutter Atheistin gewesen sei, obwohl sie normale Jüdin war. Aufgrund der Zuordnung von mir als Kind zu der verrückten Barbara Nowak und später zu der verrückten Maria Bogosyan war ich aber katholisch getauft. So musste ich, damit meine leibliche Mutter ein Grab erhielt mich evangelisch taufen lassen. Was ich auch tat. Schweren Herzens, obwohl ich auch jüdisch war. Die Taufe die gleichzeitig auch die Trauerfeier war zu Gedenken meiner leiblichen Mutter war unwürdig und der Pastor las auf Bestreben von Jupp Joachimski die Geschichte von Jonas und den Wal vor, die mich an die Schwangerschaft meiner Mutter mit mir erinnern sollte, weil sie sich angeblich wie ein Wal vorgekommen war. Ich weinte in der Messe und wollte nur wieder zurück in den Arm meiner Mutter. Die aber nicht mehr lebte. Aber die Rachelust und die Wut dieser sozialistischen und nationalsozialistischen Familie Franz Mayinger war noch nicht erloschen. Das Grab auf den Friedhof wurde wieder aufgehoben, als Jupp Joachimski und die Familie Traue sein Projekt des Kindergarten St. Laurentius in Wege leitete. Er ließ den gesamten Friedhof umbetten und zerstörte das Grab meiner leiblichen Mutter. In der katholischen Kirche sagte er, dass er mit der ersten Umdeutung von katholisch zu evangelisch allen Seiten gerecht werden wolle, obwohl er nur seinen eigenen rachesüchtigen Geist befriedigen wollte. Danach im evangelischen Zustand beseitigte er alle Spuren der katholischen Seite und dann machte er noch einen Kindergarten aus dem Friedhof, der er teilweise platt machte und teilweise wie es ihm gerade passte umbetten ließ. Danach war der Leichnam meiner leiblichen Mutter verschwunden. So machte es die Baubranche der Stasi immer. In den späteren Jahren perfektionierten sie einfach nur die Vorgehensweisen, weil sie bereits in höhere Positionen vorgedrungen waren und eine Art Glasdecke geschaffen hatten die sie zwar nach unten hintreten ließ, aber die die unteren nicht aufsteigen ließ und auch nicht durchdringen ließ. Öffentliche Bauprojekte wurden auch nicht mehr öffentlich ausgeschrieben, sondern in Einzelprojekte gegliedert und dabei spielte Jupp Joachimski mit seiner Position als Grundbuchamtsleiter eine tragende korrupte Rolle. Denn auch dabei ließ er manche Dinge entweder ungeprüft oder eben zu genau geprüft im Raum stehen. Jupp Joachimski war mit seinen Schwiegervater Franz Mayinger über die Bautrupp-Vergangenheit auch Pionierarbeit genannt verbunden. Beide hatten sich dort über ihre Stasitätigkeit innerhalb der Bautrupps näher verständigt sprich diese hatten sich sehr genau abgesprochen. In sogenannten Baubeschlüssen der Stadt und Bundesregierung hatte Jupp Joachimski genauso die Finger drin wie Peter Meier in NRW und in Niedersachsen. Dadurch war eigentlich von vornherein eine Gleichschaltung vorprogrammiert und auch eine korrupte Struktur. Es war auch klar, dass diese Form der Bautrupp steuerlichen Erfassung nach der Wende einfach lediglich in deklaratorische Formen gegossen wurde. Man muss sich bewusst machen, dass die Immobilien meist nie auch nicht nach Jahrzehnten ihre Grundbucheintragungen änderten und auch nicht die Eigentümer. Selbst wenn diese Eigentümer verschwunden oder verstorben waren. Nichts war wirklich einer normalen Regel unterworfen waren. Zwischen diesen Nutzungen der Bestandimmobilien wie sie genannt wurden und den Neubauten, die auf privaten Namen liefen, waren die Trennstriche. Als Grundstruktur waren folgende Prämissen ausschlaggebend. Vor der Wende waren die Bautrupps vor allem in den östlichen Teilen und den kommunistischen und sozialistischen Systemen arbeitstechnisch örtlich angesiedelt. Die Abrechnung der Bauten erfolgte immer über sogenannte Ausgleichzahlungen innerhalb der kommunistischen Allgemeinheitsstaatsgutes. Sobald Bautrupp-Aktionen geplant wurden auf kapitalistischem Gebiet, wurde diese in sogenannte privatwirtschaftliche Leiharbeit organisiert und die dabei stattfindenden Stasiaktionen bezüglich nachweisbarer Bauarbeiten entweder danach beseitigt oder eben wie in der Kombination von Hausbesetzungen privatsteuerrechtlich abgerechnet. Über Stasimitarbeiter die bereits im Westen beheimatet und installiert waren. So erfolgten beispielsweise die Abrechnungen für die Bauarbeiten und Umbauten und Erweiterungen an den besetzten Häusern in Österreich immer über Ingrid Wolf alias Blumoser.

B.3 Abbildung der Grundstruktur der dreiblättrigen Kleeblattstruktur

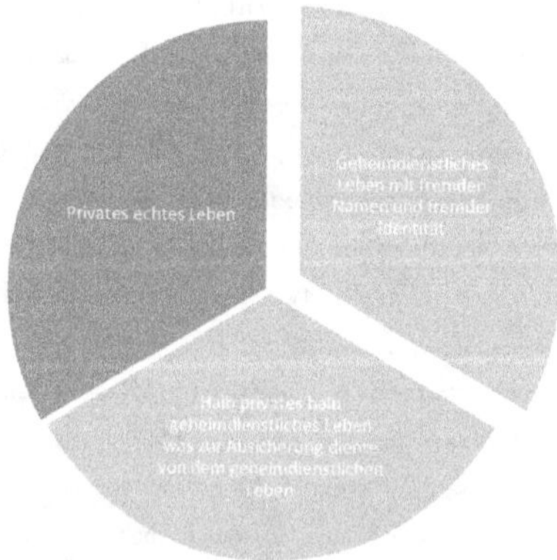

Neue Bauten auf kapitalistischem Gebiet wurden über Firmen mit steuerrechtlicher Veranlagung auf ostdeutschem Gebiet durchgeführt und so wurde die Zuordnung von sogenannten in stasideutsch Amtsimmobilien in Westdeutschland erweitert. Nach dem Mauerfall wurde bezüglich der Immobilienbewertung ein eklatanter Fehler begangen. Denn die Auflistung der Stasiimmobilien waren als DDR-Staatsimmobilien in der Budgetauflistung der DDR erhalten geblieben. Dadurch wurden aber auch Immobilien auf der Westdeutschen Seite hinzugezählt, die nie DDR-Immobilien waren, die aber von der Wertigkeit her das Valuta enorm erweiterten. Dadurch lag eine nicht identifizierte Schnittmenge vor, die nicht hätte entstehen dürfen. Nach den Mauerfall wurden die Bautrupps in selbstständige Einheiten gegossen und in privatwirtschaftliche Betriebe umgewandelt und die Auslandsimmobilien der Stasi wurden vergessen und nicht angefasst, weil keine Unterlagen dazu bestanden. Die Stasiagenten, die als Privatleute im Ausland waren tauchten mit den dazugehörigen Budgets und Immobilien unter. So war die Bau-Ära von der DDR und ihren Bautrupps Geschichte. Bei Stasiimmobilien fiel auf, dass häufig der Begriff, der auch steuerrechtlich relevant ist Rückbauten benutzt wurde. Rückbauten waren nach dem Stasideutschen Auslegung für westdeutsche Ohren ein alarmierender Begriff. Denn es handelte sich dabei um das zurückbauen und außer Kraft setzen von vorherigen zweckbestimmten Umbauten, die meist einen nicht sehr positiven Sinn hatten. So wurden in manchen Wohnungen in Berlin Fallgitter und Falltore gefunden, die nicht rechtzeitig zurückgebaut werden konnten. **Schandi-Keller** wurden genauso gefunden, wie umgebaute Türschlösser und verkehrte Türklinken. Manche Häuser hatten Falltüren unter der Fußmatte, die die Besucher in einen Schacht fallen ließen aus dem sie nicht mehr herauskamen. Diese Methode war vor allem in Ungarn sehr beliebt. Türklinken die zu Gefängnistüren umgebaut wurden über Nacht und alles fein säuberlich aufgelistet auf der Steuererklärung. Als ich in der DDR gemeldet war, wurde genau diese Dreistigkeit der Stasi zum Verhängnis, denn ich hatte laut ihnen mir unberechtigter Weise einen Wohnungstürschlüssel nachmachen lassen. Diese Dreistigkeit der Stasi flog auf und ich musste neben den Schlüsseldienst noch dreister Weise die anderen Sachen für die Parallelwohnung in München zahlen. Obwohl ich zu der Zeit dort gar nicht wohnte. Der Begriff Ausbauten war bei der Stasi auch sehr beliebt und wurde in den späteren Jahren nach der Wende sehr vorsichtig benutzt. Gemeint damit waren Bestandsimmobilien die weiterhin im Stasisinn genutzt wurden, aber deren Nutzung lediglich steuerrechtlich erfasst wurde. Da zumeist die Handlung sehr heiß war und das Vorgehen sehr große Vorsicht bedurfte, waren meist Nachtaktionen damit verbunden. Steuerrechtlich wurde es dann meist in sogenannten Pauschalen und Sammelanlagenrechnungen abgerechnet. Meist war der westdeutsche Geheimdienst im Nachsehen, wenn er es mitbekam. In den westdeutschen Geheimdiensten blieb eigentlich alles bei denselben Abrechnungen und denselben Örtlichkeiten. Die westdeutschen Geheimdienste hatte ich jedenfalls den Eindruck, dass sie schliefen in dieser Wendezeit. Ich formulierte es auf meinen Vorträgen neutraler und bezeichnete sie als sehr gesättigt. Dadurch wurde auch klar, dass die fehlende Überprüfung der Immobiliennutzung und der jeweiligen Eigentumsverhältnisse nicht weiter auffiel. Es war auch so, dass die Hausbesetzer sich dann zu Eigentümern wandelten, als sie dann die eigentlichen Bewohner als tot oder vermisst meldeten und sich dann selbst widerrechtlich eintragen ließen. Die Überprüfung der Personalien fand meistens nie statt. Diesen Prozess der Hausbesetzung der der Stasieigen war, wurde im stasideutsch später Immobilienumwandlung genannt. Die Zeit zwischen dem Anfang der Hausbesetzung und dem Versterben der Bewohner und Eigentümer und waren meist mit Folterszenen und gruseligen Straftaten gepflastert. Als letzter Schritt wurde meistens dann auch noch der Familienname der Opfer benutzt und später abgelegt, wenn der Verkauf der Immobilie abgeschlossen war. Im Geheimdienstlichen nannte man diese Form der „Entfaltung" sprich Erlangung von finanzieller Freiheit Metamorphose. Später als Ingrid Wolf alias Blumoser das Haus ihrer angeblichen Verwandten in Österreich aufgab, erpresste sie das Adelshaus von Habsburg und sagte, dass sie wüsste wo die Überreste von Prinz Eugen seien. Sie stellte sich als gute Seele dar und gab zusammen mit Tanja Mayinger und Janine Bogosyan, die sie beide vorschob, die letzten Sachen aus der Psychiatrie zurück, obwohl sie bereits Jahrzehnte lang in dem alten österreichischen Haus lagerten. Zum erpressten Dank wurde dann eine Wohnungsneubausiedlung in Johanneskirchen nicht nur gesponsort von den Hinterbliebenen, sondern es wurde auch der Name Prinz Eugen vergeben. Es war eine beschämende Deklaration der Stasi zu sagen, dass Prinz Eugen jetzt ein Zuhause gefunden hätte, nachdem viele Jahre zuvor eine Kaserne, als Suchauftrag nach diesen Prinzen Eugen benannt worden war. Als ich die Wohnungen sah, war mir klar, dass diese Leute, die früher genau das getan hatten in Berlin und nun für Gunther Schmid arbeiteten nur wieder ihre Opfer und in dem Fall die adeligen Hinterbliebenen schädigen wollten. Ich dachte mir nur, wie schnell die Menschen vergessen haben. Ich vergaß es nie. Prinz Eugen war ein mittelgroßer junge Mann mit feinen Gesichtszügen. Er war von schlanker Statur aber nicht mager. Seine Augen waren braun und seine Haare pechschwarz. Sein Teint hatte eine dunkle Moccatönung und er hatte ein Grübchen Lächeln. Er sprach fließend spanisch und war ein sehr gebildeter junger Mann, den man stundenlang reden konnte ohne, dass es einen langweilig wurde. Er lachte immer mit einem sehr sympathischen und vollen Lachen. Irgendwann war er damals in seiner Internatszeit eingekreist von der Stasi und brach aufgrund des Mobbings zusammen und wurde mit einem nervlichen Zusammenbruch eingeliefert. Als ich dort Barbara besuchte, war Eugen nicht mehr zu finden. Ich fiel nie wirklich groß auf in diesen Psychiatrien und Barbara war anscheinend die Einzige, die dieses Leben akzeptierte. Nach der Lobodomie konnte sie sowieso nichts mehr zu tun. Sie war wie ein Kind und sie hatte bereits schon mal eine dieser ähnlichen Operationen in der DDR durchgemacht. Danach war sie ein Krüppel. Die Tschechin Maria Reisch alias Mayinger machte sich ein Wochenende danach lächerlich über Barbara Krüppelzustand und drehte eine kleine Miniaturhandorgel. Diese tschechische Großmutter kam später als Rosemary Kennedy selbst in die Irrenanstalt nachdem sie ihren Tarnehemann Karl Mayinger umbringen hatte lassen. Als ich damals dort durch die langen Gänge der Psychiatrie streifte und in alle Zimmer schaute und manche armen schrecklich verunstaltete Menschen sah, konnte ich nur ein Foto an der Wand von Prinz Eugen entdecken. Ich machte eine Aufnahme, aber einen lebenden Eugen fand ich nicht. Auch auf Nachfrage bei den Krankenschwestern bekam ich keine Antwort. Auch auf den nahegelegenen Friedhof fand ich keinen Hinweis. Später erfuhr ich, dass Ingrid die zurückgelassenen Dinge nach der Ermordung von Prinz Eugen in das österreichische Haus in den Keller transportierte und später als Fundsache und als angebliche Aufklärerin weitergab. Als ich das erfuhr war ich komplett schockiert.

Aber es war normal bei dieser fremden Familie, die sich als angebliche Aufstreberfamilie deklarierte und die nie zurückstecken wollte. Sie waren in einen ständigen Kampf, um die besten Plätze in der menschlichen Gesellschaft. Nichts war ihnen unbekannt, um an die Spitze von Staaten zu gelangen und um eine Neugestaltung der Weltordnung einzuleiten. Wenn sie jemand durchschaute und aufhalten wollte, wurden sie aggressiv und unkontrollierbar. Das war eine Betrachtung der Situation, was mich zu dem Schluss kommen ließ, dass ihre ständigen Beteuerungen, dass ihr Verhalten ein Versehen war, nur eine Finte und eine Lüge war. Sie hielten sich trotzdem nie an Absprachen und steigerten sich trotzdem immer mehr in Rage. Nichts konnte diesen Knoten lösen, den sie selbst angerichtet hatten. Denn ich war einfach die falsche Person und der falschen Familie zugehörig, aber zum Ausrauben wieder die Richtige. Das **System der Schuldzuschiebung und Schuldzuweisung** fand immer gleich statt. Es hatte ein Verbrechen ihrer Kinder stattgefunden und sie konnten weder Rechtsanwalt noch Versicherung bezahlen. Dann machten sie folgendes. Sie versuchten mich in dieselbe Situation wie ihre Kinder zu bringen, indem sie ein Stasiszenario installierten. Dann machten sie Fotos von meinen Verhalten mit gefälschten Datumsanzeigen. Sie ordneten diese Fotos als Belegfotos für die Unschuld ihrer Kinder deren Straftaten zu und schwubs erhielt ich eine fette unnötige Rechnung. Nichts daran war wirklich fair geschweige denn rechtens! Es war reine Willkür und reine Machtgier. Sie traten auch mit so einer Penetranz und Arroganz auf vor allem die Stasi-Romeo, dass man dachte der deutsche Kaiser persönlich komme durch die Tür oder das Tor spaziert. Ihre Selbstverständlichkeit wie sie sich falsch und eiskalt rational verhielten und diese Provokationen, die sie immer von sich gaben. Und immer drohend! Es war schlimm, dass als normale Person wie ich zu sehen. Ich hatte meine Kindheit, in den Kreisen meiner Familie, in den USA verbracht. Ich war mit John F. Kennedy und Jackie Kennedy in den USA und ebenso bei den Royals in England. Später als die Einflussnahme von der Stasi zu groß wurde, wurde ich in den Veröffentlichungen teilweise rausgenommen, denn Walter Winkler und Peter Meier und deren Familien drohten jeden, die mich als die echte Prinzessin bezeichneten, dass sie mich umbringen würden. Einmal sandte die Stasi meinen britischen Verwandten einen Zahn von mir zu, als Drohung. Glücklicherweise war es nur ein Milchzahn, aber später sandten sie einen Weisheitszahn und das war schon bedrohlicher. Man muss dazu sagen, dass ich mir nie viel daraus machte, was die Stasi so tat. Denn ich verachtete sie und ihre Anhänger sowieso. Mich interessiert auch nie, was sie so versuchten ihre Taten zu planen, denn meine Leben waren klar voneinander abgespalten und nur in manchen Fällen gemischt, aber das war dann auch so, dass ich auf klare Trennung achtete.

Auch war es so, dass mich immer mehr störte, wenn ich in Deutschland war, dass das Inventar aller Stasidienstimmobilien samt meiner eigenen unrechtmäßig hinzugezählten mit Belegmaterial ausgestattet war. Das Inventar war innerhalb der Stasi ein sehr wichtiger Bestandteil ihrer Arbeit. Für jeden Auftrag und dessen Durchführung erhielten sie ein Belegexemplar und mehrere Geschenke in Nutzungsform. Diese kleinen finanziellen Mikro-Kosmos hatten zur Folge, dass mit den geschilderten Arbeitsverträgen und Lohngefüge noch mehr Abflüsse entstanden und damit dieses System überlastet und überfrachtet wurde. Auch auf den einzelnen normalen Bürger gesehen und auch auf die einzelnen staatlichen Finanzsysteme gesehen. Deswegen wurde zunächst die arbeitsvertragliche Kategorie der sogenannten Benefits geschaffen, in denen nicht gänzlich geregelte Zusatzvorteile genannt wurden, die aber bei Arbeitgeberwechsel wegfielen und so ein Budgetloch des Einzelnen hinterließen. Die Geschenke, die in Form von Gutscheinen und von Andenken und von Essensachen durchgeführt wurden, wurden in manchen Fällen zurückgefordert, da sie alle als geheimdienstlich und staatlich deklariert wurden. Manche Dinge landeten in den Asservatenkammern. Diese Form der zynischen Selbstbeweihräucherung und Ausdruck von brachialer Stärke lehnte ich komplett ab. Denn nicht mal normale Einrichtungen wurden in Ruhe gelassen, denn manche Stasiagenten spielten auch mit dem Inventar fremder Einrichtungen und stellten sogenannte Scheinzusammenhänge her, die nicht existierten. Die echten Belege wurden meist teuer als staatliche Archiven und Depots aufbewahrt. Diese Art der Entlohnung dieser Form der Auftragserfüllung wurden dann in späterer Zeit über sogenannte Inventarversicherungen abgewickelt, auch wenn die Immobilien, wo sich diese Stasiagenten sich aufhielten privat war und nach dem Hausbesetzersystem besetzt wurde und die Aufträge die diese Stasiagenten durchführten mit den Staatsarchiven verknüpft waren und mit den deutschen Geheimdiensten. Der Nachweis der Straftat entbehrte also somit der Einheit des Örtlichkeitsprinzip und der individuellen Personenzuordnung, da diese rein rational in der Straftatsdurchführung in diesen Kombinationen aufgehoben waren in der Zeit der illegalen Hausbesetzung. Das Problem daran war, dass die echten normalen Leute, die in diesen Häusern wohnten auf den Schaden sitzen blieben, da ihre Einrichtung zerstört war und die Auszahlung der illegal abgeschlossenen Versicherung an die Stasiagenten ging, die dort nie gelebt hatten. Dadurch kam ich mir in der Zeit vor wie eine Reparaturwerkstatt und hasste jeden einzelnen Tag an dem ich an den Ort München gebunden war. Diese Stasiagenten beschmutzten mein Privathaus mit genau diesem Prinzip und ich musste mir von der Polizei anhören, dass diese Leute noch erklären würden, welche Straftaten sie verübt hätten. Mir platzte in der Zeit regelmäßig der Kragen. Das war ab den Jahren 1997!

Man muss dazu wissen, dass die Tatortbeseitigung in der Stasiatmosphäre immer auch an diesen **geheimdienstlichen Inventargegenständen** hing. Das Inventar gliederte sich in vier unterschiedliche Kategorien: 1. Bei besetzten Häusern gab es das normale bereits vorhandene Inventar, dass reale und normale Geschichten widerspiegelten. Dieses Inventar wurde nach Tatausführungen meist zu einem Beleginventar, welches mitgenommen wurde und woanders platziert wurde. 2. Ansonsten gab es bei Neubauten auch a) das neugekaufte und das gebrauchte Inventar, welches vor allem bei Stasiagenten zweckbestimmt ausgesucht wurde. Bei westdeutschen Geheimdiensten wurde die Immobilien noch in a) Privatimmobilien und in b) Nutzimmobilien unterschieden und dementsprechend die Abrechnung der Kosten steuerrechtlich unterschiedlich zugeordnet. Bei den ostdeutschen Geheimdiensten fiel diese Komponente der Unterscheidung komplett weg. Die private betriebliche Zuordnung war in der Stasi sehr weit verbreitet und die Abrechnung erfolgte immer über die Außenhandelsbilanz des Politbüros. Durch diese bilanztechnische Vermischung während der DDR-Zeit, war später die Entwicklung nach den Mauerfall und nach den Wendejahren auf die sehr ausgeprägte Privatwirtschaftliche Komponente zu beobachten. 3. Bei besetzten Häusern kamen noch hinzugefügtes Inventar von den Stasiagenten hinzu, welches a) als Tatbeleginventar von anderen Tatorten war und b) Nutzgegenstände und Werkzeuge zur Tatausführung und c) deren allgemein genutzten Kleidungsstücke. Dadurch war auch klar, dass sich keine schöne und normale Atmosphäre in den Immobilien aufkam. Immer wurde eine sogenannte Geschäftigkeit vorgemacht, die aber in jeden Moment zur Eskalation werden konnte. Bei den Familienmitgliedern der Stasifamilie in ihren Hochzeiten sprich ihren größten Aktivitäten wurden die Darstellungen mit Festen übertüncht. Der Begriff Gipfeltreffen war genauso ein Beginn einer geheimdienstlichen Zirkulation sprich das Kreislaufmodell welches Jupp Joachimski bereits im bulgarischen Kloster begann und in der Maria-Ward-Schule weiterführte, nur auf noch größerem Niveau, wie diese scheinbar familiären Trauungsfesten. Nichts war ohne Rationalität. Aber das Schlimme war, dass die Leute, die wirklich nichts ahnten von dem Hintergrund dieser geheimdienstlichen Familie zu diesen Festen eingeladen wurden, als vorher ausgesuchte Opfer. Als Ausstehender begriff man auch nie, warum die Feste so komisch waren, wenn man genau hinsah. Der schwäbische Begriff „Schaffe Schaffe Häusle baue!" wurde im geheimdienstlichen Sinn auch zu einem geheimdienstlichen Mikrokosmos von Gunther Schmid umgedeutet. Diese Form der handelte sich nicht wirklich um einen Neubau, der auf die Hochzeit folgen sollten, sondern es handelte sich um das Aufbauen eines neuen geheimdienstlichen Kreises, wie es bereits der Bautrupp in der DDR, getan hatte. Susanne Schüßler übernahm den Spruch aufgrund ihrer Baden-Württembergischen Herkunft. Man muss auch noch sagen, dass wenn die Unterhaltskosten nicht mehr gedeckt werden konnten von den Stasileuten, dass sie meist zu sogenannten Tricks griffen. Das waren dann zumeist eine Art Scheinverkäufe der besetzten Immobilien. Dazu wurden die Käufer eingeladen und viele bezahlten auch sofort und sehr zeitnah und dann wurden die Käufer verleumdet und wieder ohne Kaufpreisrückgabe rausgeschmissen. Manche Käufer überlebten auch das scheinbare Verkaufsgespräch zu den Immobilien nicht. Manche Verfahren musste ich klarstellen, dass das Geld zurückgegeben werden musste, weil es in der Zeit der Nachwendejahre, viele solcher Stasiversuche in diesen Abläufen gab. In manchen Fällen war es auch so, dass es zu angeblichen Zwischenvermietungen kam, die in einer möblierten Immobilie stattfanden. Die Zwischenvermietungen wurden in vier unterschiedlichen Zwecken vermietet: a) Zum Untertauchen und den Lebensunterhalt zu gewährleisten und b) Zum Gefangenhalten der Zwischenmieter und c) um Spuren zu verwischen und zu überdecken und d) die Adresse weiter zu nutzen. Man muss dazu wissen, dass in der DDR laut eigenen Aussagen weder Obdachlosigkeit noch Prostitution existierten. Aber es bestand laut rechtlicher Festlegung der Begriff „Asozialität" was mit den Eigenschaften Obdachlosigkeit und Reichtum und Prostitution und Individualität hinterlegt war. Dadurch war auch klar, wie das Politbüro es schaffte, die DDR-Bevölkerung von oben aber auch von unten wie eine Platte zusammenzupressen zu einer unpersönlichen Masse ohne Individualität. Man würde dazu sagen, dass es eine Art der Uniformiertheit wäre, die bis in die Psyche der einzelnen Menschen reichte. Dadurch waren die Stasiagenten nicht nur psychologisch gesehen eine sehr einheitliche Masse und Brei, sondern diese Leute hatten auch bestimmte psychologische gängige Verhaltens- und Denk- und Artikulationsmuster. Es fiel folgendes auf bei diesen Stasiagenten 1. Dass sie keine Eigenverantwortung übernahmen und 2. Dass sie einen sehr ausgeprägten Egoismus pflegten bis in die Egomanie und 3. Dass diese Leute eine unerbittliche Zähigkeit manchmal bis in eine groteske Penetranz endende Enttäuschung empfanden, wenn etwas aufflog. Die Verhaltens- und Denk- und Artikulationsmuster dazwischen orientierten sich bei den klassischen alten Stasiagenten noch mit Kriegserfahrung des Zweiten Weltkrieges und dann nach dem Mauerbau anhand der jeweiligen kleinen Handbücher, die bereits in Kriegstagen zu Überlebensstrategien mitgeschleppt wurden. Es waren meist in Ledergebundene kleine Bücher, die niemand zuvor gesehen hatte und auch kurz zuvor gedruckt worden waren. Später hatte jeder Stasiagent so etwas in einer Schublade.

Auch die emotionale Manipulation war in deren Leben ein gängiges Mittel der Ausbildung. Am Schlimmsten waren gezielten Stichsetzungen in echte und wahre Liebesbeziehungen. Man muss sich vorstellen, dass diese Leute sich in und auswendig kannten und ihre Nachzucht sprich Folgegeneration nicht nur leiblich selbst prägten. Diese Leute hatten auch eine ständige psychoedukative Kontrolle, die sich untereinander sehr schwierig auch gestaltete. Nicht nur dass manchmal die Fetzen flogen in verleumderischer Hinsicht und eine vernünftige Streitkultur nie wirklich existierte, denn wenn es zu Streit kam wurde der auch meistens körperlich ausgetragen.

Auch die sogenannten Transportfahrzeuge wie Autos waren auch Mehrfachgegenstände, die nicht nur zum Guten genutzt wurden von der Stasi. Es gab, was nahezu keiner wusste in der DDR außer der Stasi selbst, ein sogenanntes Fahrzeugpool. Darin gelagert waren neben Landwirtschaftlichen Maschinen auch Personenfahrzeuge und andere Nutzfahrzeuge. Diese Fahrzeuge wurden auch zum Passieren der Grenzen genutzt. Um diese Fahrzeuge ungesehen über die Grenze zu bringen, wurden West-Kennzeichen genutzt. Diese Kennzeichen erhielten die Stasiagenten von Stasiagenten im Westen. In meinem Fall war es immer Karl Mayinger der zweite Ausgetauschte, der diese Zusatzjobs erfüllte. Er war auch derjenige, der mit der weiblichen **Schandi** Christel in die Türkei und nach Griechenland fuhr und dort Fahrzeuge der Stasi bereitstellte. Zudem machte sogenannte Botengänge und Postlieferungen Europa weit für die Stasi mit sogenannten westdeutschen Überführungsfahrzeugen. Er verschickte auch sogenannte Rückinformationspost. Das lief so ab, dass er Post aus Westdeutschland für eine Adresse in der DDR über die Grenze fuhr nach Osteuropa und dort in den Briefkasten schmiss. So war der geschlossene Transportweg der geheimen Botschaften der Stasi gewahrt. Zudem war er bei sogenannten Schrottautos dafür zuständig Unfälle, die von der Stasi verursacht worden waren mit Autos, meist waren es Personenschäden nach Osteuropa zu transferieren und dort verschrotten zu lassen. Zumeist wurde das dann unter der Deklaration Eisenwaren und Eisenhandel deklariert, was eine Harmlosigkeit aufzeigen sollte, die aber nicht vorhanden waren. So wurde später Katharina Petrussek zur Aufpolsterin auch von Autositzen, die aufgrund der vielen Flecken ausgetauscht werden mussten. Zwar Branchenfremd, weil sie eigentlich in einer Möbelschreinerei arbeitete, aber sie deklarierte sich immer bei der Polizei als harmlos und sehr unwissend, dass sie nicht wisse woher die Autositze kämen und es nur eine Auftragsarbeit sei. Später ging Karl Mayinger auch dazu über Oldtimer zu restaurieren und auch aufpolstern zu lassen. Das war in der Zeit als Barbara aus der Schweiz nach München transportiert worden war in diesen gestohlenen Oldtimern und die Stasi daraus den Einzug der Fußballer aus Bern auch filmisch machten. Ich war zuvor mit Barbara in ein einstiges Kirchengebäude im Tal auf der Rückseite gebracht worden. Später lief ich zum Marienplatz und sah die damals noch volle Straße. Später beschloss Carolin Winkler aufgrund ihren Hasses gegen Barbara und mich eine Fußgängerzone aus der Straße zu machen, was so viel sagen sollte, dass der widerliche Krüppel Barbara nicht mal laufen konnte und jeder oder jede, der Mitleid für diese Frau empfunden hat in München nicht erwünscht sei. Die Oldtimer setzte Karl Mayinger zu mehreren Rennen in Monaco ein und ließ manche manipulierten Oldtimer explodieren, um Mitwisser und allzu Neugierige zu töten und auch verkaufte er sie manipuliert weiter. Beispielsweise mit defekten Bremsen. Einer davon landete in Monaco als Fahrzeug von Grace Kelly. Karl Mayinger machte es extra, denn ich kannte die Familie aus den USA. Dasselbe Problem hatte er auch bei Barbara getan und die flog mit mir aus der Kurve und wurde per Krankenwagen nach Portugal in die Psychiatrie verbracht. Sie hatte ein Kopftuch auf und saß in einem Cabriolet mit mir auf der Rückbank. Das war 1986! In der Bergserpentine reagierten die Bremsen nicht und sie schoss über die Absperrung hinaus. Ich rief den Krankenwagen und die Polizei. Aber die Stasi war schneller. Sprich der Stasikrankenwagen und war weg bevor die Polizei eintraf. Ich sollte dann erklären was passiert war. Der Unfallwagen wurde später von Karl Mayinger als Beleg und Einschüchterung und stasigeheimdienstliches Mahnmal nach Hollywood verkauft. Das war 1993! Die anderen Autos stellte er als Oldtimer in Museen ab. Manche verwendete Karl Mayinger auch als Einsatz bei Tombolas.

So wie auch in Niedersachsen bei Volkswagen in einen Käfer-Roulette. Es war eine Marketingstrategie mit den damaligen Mitarbeitern. Eigentlich war das Werk von Ford von meinem Konzern bezahlt und die Käferproduktion war eine Idee von meinen Ingenieuren aus Chicago. Die erste Firma in Niedersachsen wurde mittels einer Spende aus meinen Produktionswerken im Ruhrgebiet ausgestattet und sollte Barbara als Schutz dienen, um sie von den Auflagen der niedersächsischen Staatskanzlei loszulösen und zu beschützen. Das war in den Jahren 1985 und 1986! Karl Mayinger und seine Franz Mayinger Familie wurde gierig über die Zeit und so empfand es jeder aus dieser Familie als Spaß an Barbara zu quälen. Auch die Nachfolgegeneration sprich die Kinder verachteten sie und demütigten sie und verletzten sie. Ich war zynischer Weise, die Einzige, die sich wirklich um sie sorgte. Die Käferproduktion war den alten Transportwägen der Firma Ford nachempfunden. Es sollte ein kleiner Personenwagen sein, der gleichzeitig nicht zu protzig daherkam. Dazu muss man wissen, dass Barbara es nicht unterließ mit ihren ersten eigenen Käfer nach Ostberlin zu fahren und sich als stolze Stasiagentin zu deklarieren. Sie liebte die große Show und hatte nie wirklich einen Skrupel Leute zu verraten. Später tauschte sie den roten Käfer gegen einen giftgrünen und fuhr auf dem gleichen Weg, den sie gekommen war wieder zurück nach Niedersachsen. Zu diesem Zeitpunkt lebte sie auf den Bauernhof der Familie Meier. Sie war immer etwas Besseres. So sagte sie es jedenfalls. Kontakt mit Katja Familie, die eigentlich dort lebten, hatte ich nie. Aber die Zwischenkontakte zwischen Familie Meier und eben der Familie Müller aufgrund von Martin Magnus Müller. Sie lebten auf dem Bauernhof in Niedersachsen und bestellten die Felder. Später zogen sie eine Zeit lang nach Bayern, wo sie bereits ein Haus hatten in Johanneskirchen. Später engagierte sich Peter Meier in den Pfanni Werke und unterstützte Janine Bogosyan. Er führte Immobiliendeals in München durch und Janine Bogosyan setzte in einer Öffentlichkeitskampagne schlechte Presse gegen Vermieter. Das Zynische daran war, dass Janine Bogosyan sogar Politiker einschaltete in ihre Aktionen, aber nie befugt war. Zu diesem Zeitpunkt kam Peter Meier in seinen Größenwahn auf die Idee der möglichen Dreiteilung der sogenannten Bezuschussung, die er sich erpressen wollte durch mich. Das bedeutete, dass nicht nur eine Nord Süd Teilung hinzukommen sollte innerhalb Deutschlands, damit sich Barbara Nowak alias Weiss und Maria Bogosyan geborene Nitzsche nicht begegneten, sondern dass auch Berlin eine eigens durch die Stasi kontrollierte Region werden sollte. Diese Nord-Süd-Teilung wurde später mit einen etwas sehr komisch deutschen historisch begründeten **Parallel-Grundmuster** Westfälischer Frieden von Münster im Jahr 1648 und Augsburger Religions- und Reichsfrieden aus dem Jahr 1555 begründet. Von Wolfram Menzl und Peter Meier im Jahr 1994 wurde das in dem damaligen Geschichtsunterricht genau deswegen gelehrt. In Niedersachsen als ich dort war, machte ich ein Polizei"praktikum" im Jahr 1988 und diese rechtliche Zuordnungsbegriff Polizeipraktikum in Anführungszeichen, weil ich eigentlich bereits vorher in Berlin für den Richter gearbeitet hatte und bereits ausgebildet war. Zudem war es so, dass mir nach der Ermordung des US-Richters angeboten wurde in die Berliner Polizei oder die Niedersächsische zu gehen. Ich entschied mich für die Niedersächsische und behielt meinen Arbeitsvertrag bei der US Army bei. Die Zeit in Niedersachsen war ein bisschen dicht inhaltlich wie dicht zeitlich gedrängt, obwohl es eigentlich entspannt sein hätte können. Das war nach den Mauerfall Jahren im Jahr 1992. Man muss dazu wissen, dass in der Zeit die andere Schwiegertochter von Franz Mayinger in Berlin auch unter den Namen Barbara mit ihrer Tochter Gunda Nitzsche lebte. Peter Meier kam als Ehemann von Maria Bogosyan nach Berlin und in Niedersachsen lebte er mit Barbara als Bauer und Bäuerin auf einen Bauernhof. Auch bereits in den späten 80ziger Jahre. Walter Winkler war in der Zeit sehr viel als Bautrupp der Stasi im Ausland unterwegs und Barbara wartete immer auf ihn, wenn sie nicht wieder gepflegt werden musste und Walter Winkler sie verletzt hatte. Peter Meier liebte sie nicht und unterschätzte auch wie immer diese Situation. Meine Zeit in Niedersachsen begann eigentlich mit der Klassenfahrt der Maria Ward Schule in den Osten in der 5. Klasse. Ich kam damals einfach nicht mehr zurück. Ich lebte dort auch auf den Bauernhof und hatte Martin Magnus Müller um mich. Genauso wie die restliche Familie Müller. Aber es war klar, dass dort auch der Knoten platzen würde, denn jeder war auf Barbara aus unerfindlichen Gründen eifersüchtig. Sie war in der Phase sehr eng mit der Familie Walter und behauptete, dass diese adelig seien und sie ihre Freunde und fast so etwas wie Verwandte. Ich dachte eigentlich nur, ob diese Frau alles vergessen hatte oder ob sie diese dreiste Lügerei weiter machen wollte. In der Nachbarschaft lebten Familie Gunther Schmid und Janine Bogosyan und Katja und Tanja Mayinger und später Susanne Schüßler. Sie lebten alle in einer Neubausiedlung in Brunsbüttel und bestand aus Fertighäusern. Ich sollte dann dort Gunther Schmid unterstützen, dessen Ehefrau vorher verstorben war und sollte ihn aus seiner Depression herausholen. Er war das erste Mal in ein **Assessment Center** sprich Bewerbungsdurchlauf gefallen, welches Franz Mayinger aufgezogen hatte. Seine Dopaminspirale war so hochgeschraubt, dass er das körperliche Belohnungssystem in ein eigenes körperliches Suchtsystem umwandelte und immer wie Drogensüchtiger einen körperlichen Hormonkick brauchte. Er ersetzte diesen Mangel, als die Katastrophe nach der schiefgelaufenen **Assessment Center** Teilnahme offensichtlich wurde sprich seine falschen Handlungen und seine daraus resultierenden Probleme hervortraten durch Alkohol. Er hatte in der Hochphase seiner **Assessment Center** Teilnahme mehrfache sinnlose und nicht deckelbare Kredite aufgenommen, die ihn in die Privatinsolvenz führten. Danach entglitt ihm auch noch seine Familie und seine Parallelfamilie in München vergaß er ganz. Auch die Auslandsausflüge, die Gunther Schmid als Schuldirektor veranstaltete, wurden zu geheimdienstlichen Katastrophen. Er hatte drei Söhne und ich sollte Putzen und den Haushalt machen, was ich auch tat. Janine Bogosyan die mit einen seiner Lehrer liiert war, erstach später für Gunther Schmid, weil er Steuerprobleme hatte, eine Steuerangestellte in Niedersachsen. Sie kam aus Bayern und lebte auch in diesen Neubaugebiet. Dieser Pflegedienst machte ich nur kurze Zeit und dann heiratete Tanja Mayinger seinen Sohn Florian Haas und Katja zog bei Karl Mayinger, der auch in Niedersachsen wohnte ein, Karl Mayinger hatte genauso wie Franz Mayinger auch ein Haus in dieser Neubausiedlung. Ebenso waren die Familien Walter und Traue in dieser Siedlung beheimatet. Es gab zwei Häuserarten: 1. Die Fertighäuser und 2. Die Massivbauhäuser. Peter Meier hatte damals sinnlos Geld von mir rausgeschmissen, indem er das Geld welches Franz Mayinger von mir gestohlen hatte in diese sinnlose Neubausiedlung finanzierte. Gunther Schmid hatte mit denen zwei Pläne aufgestellt, die er durch diese Neubausiedlung angestrebt hatte: 1. Berlin als die neue Hauptstadt Germania's sprich deren neuen Deutschland und 2. Der Umzug von Pullach nach Berlin. Zudem besprachen sie die Pläne mit der niedersächsischen Staatskanzlei. Daraus resultierten wiederum sogenannte Zielperspektivpläne in den Bonner Gremien. Wie den Deutschen Bundestag und dem Bundesrat und dem Bundeskanzleramt. Allesamt aus Niedersachsen waren mit Franz Josef Strauß verbunden und schufen eine Art sinnlose Gegenpol zu den politischen Bayern, der aber nicht die Stasi ausschloss. Das Schlimme an der Community war, dass diese Leute sich innerhalb des Sprachverständnisses von komplett unterschiedlichen Wertesystemen ausgingen. Nicht dass diese Leute sich etwas schenkten, was gegenseitige Kriminalität anging. Nein! Aber sie versuchten die Kipp Hebelwirkung zu vergrößern und die Sogwirkung sprich das Hineinziehen in den Strudel deren Geheimdienstes verstärken. Das Schlimme war, dass sie das System von Franz Mayinger und Jupp Joachimski nicht wirklich durchdrangen, aber sie machten einfach mit und das trieb in mancher Hinsicht wirklich schreckliche Blüten und widerliche Ausformungen. Einmal jagten sie einen Afrikaner durch die Neubausiedlung, weil der ein Haus kaufen wollte. Und dann verschwanden Handwerker während ihrer Aufträge in dieser Neubausiedlung und es wurde zum gefürchteten Viertel. Ich muss dazu sagen, dass ich in Berlin extra eine Schornsteinfegerausbildung mitmachte mit einem körperbehinderten Mädchen, die das auch wirklich später gut machte. Aber ich erfuhr, dass Hans Lauter sie später auch mit Medikamenten vollstopfte und dann wollte er sie mit fehlendem Gleichgewichtssinn weiter auf Dächer steigen lassen. Sie verletzte sich schwer. In derselben Art und Weise versuchten sie meine Tochter Hannah, die mittlerweile immer wieder zwischen Pflegefamilie und Waisenhaus pendelte, fertig zu machen. Ich holte sie dann auch aus Berlin nach Niedersachsen und brachte sie bei einer befreundeten afrikanischen Familie unter. Es war neu für Hannah und kam eine freie und doch gute Lebensalltagstruktur mit. Ich lebte mit ihr eine Zeit lang in demselben Haus und hielt mich streng daran, dass sie immer wieder ihre tägliche Bewegung bekam und keine Tabletten mehr nehmen musste. Aber ich bekam nach einer Zeit ein geschwollenes Knie als ich aus Berlin kam! Erst dachte ich mir nichts dabei, aber es schmerzte und es hörte nicht auf. Wir gingen jeden Tag spazieren und raus in die Natur, aber ich konnte nicht mal mehr meine Knie richtig abbiegen. In der Zeit übernahm es der älteste Sohn der Familie mit Hannah Bewegung zu machen und Sport. Danach bekam ich nachts Schüttelfrost und ich hatte eine komplette Gliedersteifigkeit. Ich konnte nicht mal mehr Fahrrad fahren mit Hannah und auch nicht Inlineskaten. Das übernahm glücklicherweise die afrikanische Familie und Hannah Gesundheitszustand besserte sich. Hannah war nicht mehr so nervös und ich nahm sie immer in den Arm. Aber ich war so müde und schlapp, dass ich nicht mal morgens aufstehen konnte. Ich vermutete damals schon Blei-Quecksilbervergiftung und behielt leider Recht. Ich fuhr wieder nach Berlin und arbeitete etwas weiter und ging zum Arzt. Aber der fand angeblich nichts. Ich hatte dann eine Schwellung auf der Höher meiner Niere in der Nähe meines Zwerchfelles, aber der Arzt fand angeblich nichts. Später erfuhr ich, dass es mit den rechtlichen Auflagen von Barbara Nowak aus den Jahren 1988 bis 1992 zu tun hatte, die mir immer noch datentechnisch zugeordnet war. Zynischer Weise behinderte diese falsche Familienzuordnung aber auch meine Suche nach meiner leiblichen Mutter, weil Barbara immer wieder gelogen hatte, dass ich ihre leibliche Tochter sei. Barbara liebte den großen Auftritt und sagte mehrmals als sie Katja und Anna Sorovkin mitgenommen hatte, dass diese beide Mädchen besser zu ihr passen würden. Ich war in ihren Augen und auch in ihren Aussagen immer das hässliche Entchen. Aber später sollte ich gut genug sein, um sie zu pflegen. Sie trug manchmal eine künstliche Puschelboa und hatte sehr oft blumige Kopftücher in ihrem Cabriolet auf. Das alles passierte in Niedersachsen. Kochen konnte Barbara nahezu nicht. Sie liebte Fertiggerichte und führte sich immer als Gutbesitzerin in Niedersachsen auf. Dann zog sie ihre grünen Gummistiefel an und ihren Hirtenstock und kopierte ihre Erinnerungen an die Zeit in Schottland bei meiner royalen Familie. Sie war sehr schluddrig und sehr leicht zu begeistern, aber auch sehr leicht abzulenken. Nichts brachte sie wirklich jemals zu Ende und nichts hatte sehr lange ihre Aufmerksamkeit. Sie war auch sehr indifferent und sie hatte ein sehr schlechtes Männerbild, was sie auch artikulierte, dass sie sich immer in die falschen Männer verliebt hätte. Peter Meier war von Anfang an sehr rustikal und hatte Barbara auf einer Art Bauernhochzeit geheiratet. Mit einem Traktor und mit einer Herzkartoffel als Hochzeitsgeschenk. Später hatten sie eine Strohballenehepaar als Maskottchen auf ihren Hof in Niedersachen. Später unterteilten sie ihren Bauernhof in mehreren unterschiedlichen Produktionsbereichen. Neben Spargelfeldern kamen noch Hühnerhaltung und Schweinezucht hinzu. Der Bauernhof stand in Uelzen und machte später einen Hofverkauf auf. Ihr Sohn war damals Martin Magnus Müller und da er als Stasikind von der Schwester von Barbara Marianne bekannt war und zugleich gehasst, wurde er dann von der Namenszuordnung Meier in Müller umgetauft und der anderen Familie von Peter Meier zugeordnet. Die älteste Tochter von Peter Meier Kathrin Meier und ihre Mutter Dagmar, die sich scheiden hatten lassen und die Peter Meier Barbara gegenüber als seine Schwester und deren Tochter ausgab, lebten mit auf den Bauernhof in Niedersachsen. Barbara war schrecklich und ich schämte mich dafür. Ich hörte nachts Dagmar weinen, wenn sie von Peter zurückgewiesen wurde. Ich musste immer nachts die Gespräche von Dagmar und Peter Meier anhören oder die Provokationen von Barbara und Peter Meier gegenüber Dagmar. Ich litt wirklich sehr, denn ich konnte nicht aus der Situation ohne mich selbst in Erklärungsnot zu bringen und dass Peter Meier mich angeschrien und vor allen Leuten zur Minna gemacht hätte. Er nannte Barbara seinen eleganten Engel. Peter Meier fühlte sich als etwas Besseres und kleidete sich plötzlich in Sakko und Anzug. Dagmar war ihm nicht mehr gut genug. Dann wirkten immer mehr die Auflagen der niedersächsischen Staatskanzlei und Marianne war bereits drei Jahre tot. Barbara lebte sehr exklusiv in Niedersachsen und fuhr nicht nur auf Kreuzfahrten mit Peter Meier, sondern wechselte eben auch dauernd ihre Privat PKW. Einmal hatte sie einen US-amerikanisches Cabriolet in rosa und dann hatte sie einen giftgrünen Käfer. Dann einen blauen Käfer und dann ein Wohnmobil. Sie war wie eine Getriebene, die nie etwas klarstellte oder etwas durchstand. Dagmar hingegen war beständig und kochte zwar nicht nach meinem Geschmack und sehr rustikal, aber sie kochte. Barbara erklärte auch nie, dass ich nicht ihre eigene Tochter war und eigentlich gar nicht ihre Tochter. Es war so schlimm damals, dass die Stasi ständig den Bauernhof belauerte und einen Autounfall konstruierte und installierte, der Kathrin Müller und ihre LKW fahrende Tante traf bis ins Mark. Barbara hatte mehrere Aufträge für die Stasi in Berlin durchgeführt und nahm mich als lebendes Schutzschild mit. Der konstruierte Unfall sollte ein Abbiegeunfall sein mit einem LKW und einem Fahrrad. Da Kathrin Müller mir versicherte, dass sie nicht dort war, ließ ich mehrere Verkehrstechnische Untersuchungen anstellen und abfotografieren. Ich ließ sogar Kathrin auf unterschiedlichen Fahrrädern mit unterschiedlichen Körperhaltungen abfotografieren und den Zeugen zeigen. Aber es war wie verhext, Jupp Joachimski zauberte immer wieder neue Zeugen hervor, die behaupteten, dass auch dieses Fahrrad benutzt worden war. Ich ließ dann die verkehrstechnische Studie archivieren, damit wenigstens, wenn schon keine Lösung in Niedersachsen herbeigeführt werden konnte, vielleicht nach dem unausweichlichen Wegzug nach Nordrhein-Westphalen vielleicht die Fahrerlaubnis doch wieder zurückkommen könnte. Aber Jupp Joachimski war unerbittlich. Manchmal dachte ich einen Peilsender am Hintern kleben hätte. Als Deal um nach Nordrhein-Westphalen ziehen zu dürfen, musste Martin Magnus Müller als Pferdefuß Kathrin Bruder werden. Dagmar kochte und wollte ihn eigentlich nicht, denn er war ja auch nur ein Stiefbruder von Kathrin und Dagmar war zutiefst verletzt. Barbara war einfach die ganze Zeit in ihrer Hektik und ihr unstillbarer

Wunsch nach Aufmerksamkeit war einfach nicht auszuhalten. Später erstritt sich Barbara das kleinste dort am Bauernhof abgetrennte Haus Deutschlands und ich fand es erbärmlich. In der Zeit war sie viel mit Katja und Anna Sorovkin unterwegs. Ich war nie dabei. Zudem lernte ich eine Friseuse in Berlin kennen später, wo ich eine Lehre machen wollte. Es war Lydia Stein alias Klein alias Wagner und sie wurde mir, was ich nicht wusste auf den Hals von der Stasi gehetzt. Sie war auf der westdeutschen Seite mit Franz Mayinger verwandt und war auch eine Schwiegertochter gewesen. Sie klaute mir meine Frisuren und begriff nicht, dass ich nichts mit ihr und der Stasi und den westdeutschen Geheimdiensten zu tun hatte. Immer wenn Barbara damals nach Hannover gefahren war, hatte sie genau diesen Friseur aufgesucht. Sie hatte auch damals guten Kontakt zu Lydia's Azubine Eva Kasper gehabt und schätzte ihre flinken Hände. Aber das erfuhr ich erst Jahre später. Denn Barbara schämte sich für mich, weil ich ihr affektiertes Gehabe nie übernahm und ihrer Meinung zu bodenständig sei und keine Leichtigkeit hätte. Sie liebte es Sekt zu trinken und liebte es teure Kleider zu kaufen. Ich verdiente zwar in der Zeit Geld, aber das gab Barbara aus, indem sie heimlich mein Bankkonto plünderte. Ich hatte in der Zeit nur normale Klamotten und fand dieses Leben trotz allem sehr stupide. Immer wenn ich weinen musste ging zur einzigen Kuh im Stall und heulte. Ich konnte melken im Akkord und Dagmar brachte es mir bei. Barbara sagte zu Peter Meier, dass er sich ändern müsste und schleppte ihn in so neumodischen Schnickschnack Sektenkram. Vorher war die Familie komplett evangelisch, aber nach Barbara außergewöhnlichen Auftreten waren sie mal Zeugen Jehova und dann Scientology und dann wieder Neuapostolische Kirche. Letztere brach Peter Meier finanziell das Genick. Auch war es so, dass Barbara sich sehr eng mit Gisela Traue und der Familie Traue umgab. Der alten Zeiten wegen, wie sie vorgab, aber die Wahrheit war trauriger als man annahm, denn diese Leute waren ihre einstigen Mittäter und weiteren Verbindungsleute und Barbara wollte auch nie wirklich aussteigen. Immer wenn sie auf ihre Fahrten fuhr, begriff sie nie, dass sie geheimdienstlich eingestuft war und dass sie unter ständiger Beobachtung stand. Wir waren zusammen dann mal auf den Käfer-Roulette in Braunschweig und besuchten die Käferwerke. Barbara gab sich dabei als Ford-Erbin aus und behauptete meine leibliche Mutter und meine leibliche Verwandte zu sein. Die Käferproduktion in Niedersachsen wurde damals beschlossen und ich stimmte zu und gab ein paar Beteiligungen, weil ich auch Autos brauchte für die US Army und die British Army und die ausländischen Amtspersonen. Manche Käfer hatten doppelte Böden und manche doppelten Kofferräume. Das waren die normalen Zusatzbauten, die ich in Auftrag gab, um die Stasi zu überlisten. Aber Barbara war so blöd, dass sie natürlich einen VW Käfer auf der Suche nach ihrer ostdeutschen Stasi-Romeo-Liebe einen VW Käfer stehen ließ. Als Ansichtsexemplar, wie sie sagte. Ich schäumte vor Wut und wollte damals eigentlich mit dem Käfer des Münsteraner Domkapitular meine eigene leibliche Mutter rausholen. Aber das ging nicht. Die Beteiligungen an VW blieben bestehen, aber Peter Meier versuchte sich als mein Vater auszugeben und ließ die sich nach dem Tod von Barbara 1993 unter den Namen Nowak in Düsseldorf übereignen. Zwischendrin war Peter Meier noch mit Janine Bogosyan liiert, denn die hatte er über seinen Sohn Martin Magnus Müller und seine Verwandte Katja und Anna Sorovkin kennen gelernt. Später gab er den gesamten Vierseithof auf und hatte noch eine kurze Zeit eine Putenzucht. Aber dann verkaufte er auch diese. Es war als sei Barbara mit ihrer scheinbaren Sorglosigkeit, wie ein Luftballon, der dauernd wegflog. Das Käfermodell fuhr in verschiedenen Varianten immer gen Osten und auch Karl Mayinger schraubte kräftig an seinen Geldbeutel als einstiger Stasiagent. Er stieg bei Mercedes später mit genau dieser Legende ein und Barbara hatte in der Zeit blond gefärbte Haare und zu Locken zusammengebunden. Als Barbara später sehr behindert war, war sie eine Zeit lang in Ibbenbüren untergebracht in NRW.

Parallel machte ich mein Polizeipraktikum 1992 in Niedersachsen. In der Zeit suchte ich weiter nach meiner leiblichen Mutter oder besser gesagt Belege. Ich war bereits 1988 auch schon in Niedersachsen und pendelte von dort immer nach Berlin. Als ich in Berlin war suchte ich nach meiner leiblichen Mutter und fand sie aber eben nicht. Sie war bereits 1988 auf einen ostdeutschen Acker nach der Überführung aus Russland vergraben worden. In demselben Jahr hatte mich die US Army verpflichtet und ich hatte nach einer Zeit in der Hausbesetzerszene in Berlin gelebt, weil ich mich vor dem heißen Klima und der Stasi schützte. Ich war eigentlich ganz gut im Klauen von Früchten und war immer für das Pfandsammeln zuständig. Davon tauschte ich Essen und wir lebten mit vier Mädchen in einem alten vermoderten Mietshaus, was zynischer Weise mir gehörte. Ich plädierte später auf Mundraub und gewann vor Gericht. Das Wasser holte ich immer aus einem offenen Wasserhahn der Stadt und ich fuhr auch in die französische Botschaft und es war Sepp Schüßler, der in der Zeit mein ständiger Stasikontrolleur wurde. Was weder von mir gewünscht noch von der US Army erlaubt worden war. Ich hatte in Berlin eine Sache zu klären bezüglich einer Körperverletzung unter Schülern an einer Berliner Schule. Sepp Schüßler älteste Tochter war dabei das Opfer. In dieser Schulklasse gab es mehrere Feindseligkeiten, die sich aber erst mit der Betrachtung der Elternschaft erklären ließen. Rein psychologisch würde man heutzutage sagen, dass das so genannte geerbte also aufgepfropfte Feindschaften waren, die eigentlich nicht ihren Ursprung in den Schülern selbst hatten. Es waren einfach Feindschaften, die die Eltern hatten gegeneinander, weil sie zum Teil in der Stasi arbeiteten und zum Teil nicht. Sie hatten sich gegenseitig verraten und angezeigt und zynischer Weise hatte Janine Bogosyan in dieser Zeit eine Mädchengang gegründet und war marodierend mit diesen vier Mädchen durch Berlin gezogen und hatte Leute auf der Straße ermordet und sämtliche Leute beraubt und geklaut. Sie war der Big Boss, wie sie sich nannte. Dazu muss man wissen, dass Sepp Schüßler Janine Bogosyan eine Pistole gegeben hatte, die sie ihm nie zurückgab. Ebenso war auch klar, dass das zerkratzte Gesicht von Chrissi Schüßler leiblicher Schwester genau von Janine

Bogosyan und ihrer Mädchengang herrührte. Janine Bogosyan aber weigerte sich auszusagen und die drei weiteren Namen ihrer Mittäterinnen zu nennen. Ihre Mädchengang bestand aus Tanja Mayinger und Susanne Schüßler und Julia Walter und sie selbst. Später verdrehte Janine Bogosyan so den Stasirichter ihren Onkel das Gehirn, dass er auch noch Susanne Schüßler die Täterin als Adoptivkind unterschob. Somit war das eine doppelte Strafe für diese Familie Schüßler, die später genau dieses Familienmitglied welches zum Gewaltopfer geworden war, als Todesopfer auch zu beklagen hatte. Man muss auch wissen, dass Sepp Schüßler und sein Bruder beide westdeutsche Offiziere waren und für den westdeutschen Geheimdienst spionierten. Sie waren Gunther Schmid direkt untergeordnet. Durch diesen Vorfall wurde diese Straftat somit sofort zum innerdeutschen Geheimdienstkonflikt. Gunther Schmid Ehefrau war in der Zeit an Krebs gestorben und er war mehr labil als rational. Der US-amerikanische Richter sollte damals diesen Konflikt lösen, damit daraus keine internationale Katastrophe werden würde. Julia Walter war mit Barbara sehr gut bekannt und hatte manche Verhaltensmuster übernommen. Gunther Schmid und Jupp Joachimski waren ihre beiden Onkel. Tanja Mayinger war ein Berliner Waisenhauskind und galt in Berlin als sogenannte Proletenbraut. Sie hatte wild gefärbte Haare und manchmal abrasiert und manchmal verlängert. Sie hatte nie einen Job. Aber sie fuhr mit Panzerketten um den Hals in großen Autos durch die Stadt. Sie war auch dabei als diese Mädchengang den Obdachlosen die S-Bahnsteigtreppe hinunterstieß und damit ermordete. Sie raubten den in der DDR nicht vorhandenen Obdachlosen deren Schlafsäcke und zündeten wehrlose Menschen an. Sie nannte diese Leute Abschaum und sozialistische asoziale. Sie kannten keine Gnade und ihre Wut war riesig. In den Parallelklassen waren Beatrix und Sophia Thiel die eigentlich Fröbe hieß eingeschrieben. Sophia war eine enge Freundin von Julia Walter und war die Tochter eines Stasiagenten, der mit Jupp Joachimski in der Abteilung Kunst und Kultur der Stasi tätig war. Sprich der Geschichts- und Historienfälschung. Zudem waren diese beiden Leute dafür zuständig die Kultur in der DDR zu lenken und zu kontrollieren und zu sanktionieren. Sie waren gleichzeitig Freunde von Charlie Petrussek und bewahrten für ihn Fälschungsfilme auf und seine Hitlerfilme in denen er als Hitler auftrat. Sie waren sozusagen für Film und Kultur und Theater zuständig. Sophia war auch eine enge Freundin der Gunther Schmid Söhne und der Söhne von Hans Lauter, die ebenfalls in dieselbe Schule in Berlin gingen. Katharina Petrussek ging ebenfalls in diese Schule und zog später nach Bayern. Ich war dort nie eingeschrieben. Weil die Situation in Berlin sich erhitzte und zuspitzte, musste ich mit nach Russland reisen und dort nahmen wir nur die Leiche des Bruders von Sepp Schüßler in einen Glassarg unter der Überschrift Lenin zwei entgegen. Zynischer Weise wurde das Schneewittchensarg genannt, weil die Mumien aussahen als würden sie schlafen. Dabei waren sie nur mit Wachs überzogen und aufgrund des milchigen Glases dachte man, dass es eine Rettungskapsel war. Sepp Schüßler Bruder war aufgeflogen und war ermordet worden. Es war zynisches Spiel mit den Nerven. Zunächst wurde gesagt, dass er noch leben würde und man ihn retten könne, denn er war der Bodyguard meiner Mutter und sollte sie aus Russland holen. Dann wurde gesagt, dass er nicht zu sprechen sei und dann wurde uns ein Glassarg mit seiner Leiche präsentiert. Meine leibliche Mutter war unter dem Namen Nadesha in einen offenen Sarg und einer Militärparade als Tote gezeigt worden. Sepp Schüßler Bruder war auch tot und ich musste noch zynischer Weise mir mehrere präparierte Glassärge im Keller des Moskauer Foltergefängnis ansehen und den echten finden. Weil es Jupp Joachimski so viel zynischen Spaß machte Hütchenspiele zu machen. Ich hatte Eukalyptus unter der Nase und musste aus allen falschen und mehreren als Lenin präparierten Särgen Sepp Schüßler Bruder herausfinden. Es war so widerlich, aber ich weinte nicht, denn ich wollte keine einzige Emotion an diese erbärmlichen sinnlosen brutalen Idioten verschwenden. Ich fand dann den echten und musste mir auch noch, nachdem ich mir angeblich wie in einen Kaufladen ein Modell ausgesucht hatte den geöffneten Sargdeckel ansehen. In Wahrheit wollte ich wissen, ob Sepp Schüßler Bruder ein Nerventoxin hatte was ihn nur lähmte oder ob er tatsächlich tot war. Aber er war tatsächlich tot. Ein russischer Soldat, der dabei stand brach zusammen und sagte, dass er das nicht gewollt hatte. Ich fragte nach was und er sagte, dass er dachte, dass der Bruder noch lebe. Da war mir klar, dass es tatsächlich ein „Schneewittchen-Unfall" war. So nennt man sogenannte Unfälle in denen ein verabreichtes Schlafmittel, welches zur Beruhigung und zum leichteren Transport gegeben wird zu hoch dosiert war und dadurch zum Tod führt. Ich nahm den Bruder oder viel mehr die Leiche mit und ließ sie nach Deutschland überstellen. Meine leibliche Mutter wurde in der Kalten Kriegszeit in Ostdeutschland auf einen Acker begraben. Der Bruder wurde auch in Deutschland mit militärischen Ehren beigesetzt. Er war genauso blond und blauäugig wie sein Bruder Sepp und hatte, wenn es sein musste die gleiche Kaltschnäuzigkeit, aber auch er war von der Kälte und der Härte dieser Stasinazifamilie überrascht. Denn auch die Soldatenregeln zählten bei diesen Leuten aus Bulgarien nichts. Es war unbeschreiblich, wie nicht mal normale Verhaltenscodices übergangen und ignoriert wurden und zwar nicht nur mit Worten, sondern auch mit Taten. Nur ein Soldat wie der damalige russische Soldat hätte um einen Soldaten getrauert. Bei den bulgarischen Satellitenstaatsstasinazifamilienmitglieder fehlte selbst das. Gunther Schmid stand nicht zu seinem Auftrag, den er gegeben hatte und schlug auf die Linie seiner zukünftigen Schwiegertochter Tanja Mayinger ein, die er als Engel und zusammen mi Janine Bogosyan als seine Elitekämpferinnen bezeichnete. Somit wurde der Vorfall in Moskau einfach unter den Tisch fallen gelassen. Gunther Schmid machte im Gegensatz zu seinen Schwager Jupp Joachimski keinen Hehl aus seiner Verehrung von Franz Mayinger. Zudem war klar, dass diese in der Berliner Schule vorgegebene Kinderpärchen-Konstellation in den Augen von Gunther Schmid eine zukünftige geheimdienstliche Eheprivatfamilienstruktur werden würde. Ob er damit seinen Söhnen einen Gefallen getan hatte, geschweige sich selbst blieb mir bis in die 2000 Jahre immer ein Rätsel, denn diese engverwobene Chaosgeflecht aus Intrigen und Neid hätte niemand besser schreiben können, als deren Leben. Privat hielt ich mich immer raus aus diesen Kreisen, denn sie wollten mich mit Haut und Haar verschlingen und versuchten mir mein Babelsberg, was ich bezahlt hatte am Wannsee wegzunehmen. Ich kaufte den gesamten Filmbestand und sortierte ihn und ließ ihn in verdrehte Dokumentationen gießen. Das war mir deswegen so wichtig, weil nach dem Atomsprengkopfabwurf von Julia Walter sehr viel zerstört war und vielen normalen Familiengeschichten nicht gerecht wurde. Auch meiner eigenen! Und eben muss man sagen, dass auch eine Bibliothek in Berlin Mitte zerstört wurde, die als sogenannte Kellerbibliothek bekannt worden war und bereits in den 70ziger Jahren Belege und Aufklärungsdokumente über die DDR seit Anfang beinhaltete. Diese Bibliothek in Berlin, die unabhängig und frei war und in die ich mich manchmal verkroch als ich in der DDR in die südliche Grundschule ging und meine leibliche Mutter suchte, wurde bei den späteren Atomsprengkopfabwurf zerstört. Es roch immer nach altem Pergamentpapier und ich hatte das Gefühl als könnte mich niemand erreichen. Der Bibliothekar gab mir immer Bonbons, wenn ich mal wieder verheult ankam. Einmal kam die Stasi hinter mir her und er sagte, dass ich mich verstecken sollte in den hintersten Regalen. Er schob ein Querbücherregal davor und so überlebte ich. Er sagte der Stasi, dass niemand da sei und so gingen sie wieder. Er übersetzte mit mir das stasideutsch und erklärte mir Berlin und den Stadtaufbau. Er zeigte mir die alten Kartographien und lernte mir die Übersetzung der Maßstäbe und zeigte mir, wenn etwas einfach nicht stimmen konnte. Es war wichtig für mich, da ich es zwar bei der Navy gelernt hatte, aber Jupp Joachimski und Gerhard Igel fälschten alles in dieser Zeit. Diese Schrottbücher nannte er dann Kauderwelsch sprich nach der Vorliebe des obersten Stasirichter Jupp Joachimski sich als Waliser sprich welsch auszugeben. „Kau" stand für darauf rum kauen bis es geschmacklos wurde und alles Lebendige raus entwichen war. Der Begriff „der" stand für das Namenslose Böse. Dieses Böse war einfach unbegreiflich und so eine Art Hasswand, die man selbst auch um sich herum aufzog, wenn man diese Kälte und diese Widerlichkeiten gesehen und miterlebt hatte. Es war wie ein stechender Bienenschwarm, der aggressiv auf einen losging und das taten sie häufig auf mich. Einmal schlugen sie mir meine Wirbelsäule auf der rechten Seite so blau, dass sich ein innerer Bluterguss bildete. Ich ging ab diesen Tag schief. Als ich nachfragte wieso sie das gemacht hätten, bekam ich zur Antwort, dass Franz Mayinger Hüftprobleme hätte und dadurch ein schiefes Becken entstanden wäre und er keine Krankenversicherung hätte und ich für ihn sorgen müsste und ich gleichzeitig für seine Operation bürgen müsste, indem ich zum Arzt ginge und diese auch mitabgerechnete Operation von Franz Mayinger bezahlen müsste und ein sogenanntes lebendiges Pfand für ihn sei. Gunda Nitzsche, die andere Schwiegertochter von Franz Mayinger Maria Bogosyan, war Konkurrenz zu Barbara und lebte in dieser Zeit in Berlin. Sie war viel in Kirchenkreisen unterwegs. Aber sie gab den Hass der Demütigung auf ihre Tochter Gunda Nitzsche weiter. Maria Bogosyan zog nach Bayern und lebte dort Jahrzehnte lang in der Psychiatrie in München. Gunda Nitzsche trat in die geheimdienstlichen Stasifußstapfen der Familie Franz Mayinger. Eine Freundin wurde ihre eigene Cousine Janine Bogosyan und Katja und Tanja Mayinger. Alles Cousinen von ihr, aber auch das begriff sie erst später. Gunda Nitzsche wurde verachtet, weil ein Onkel von ihr sich gegen System der DDR auflehnte und im Gefängnis landete. Gunda Nitzsche wiederum verstand das falsch und sah die Demütigungen der Stasileute, als eigene Familiengeschichte und strebte an so zu sein, wie diese Leute. Gunda Nitzsche nahm manche Verhaltensweisen von Janine Bogosyan an und übersah, dass sie selbst mit der Vergewaltigung von Männern im Sinne der Stasi, selbst zur Täterin wurde.

2.5 Die Weichenstellung zu Zeiten des Falles der Mauer

Ich bekam in der Zeit Gerichtsakten auf den Tisch, die mich erschaudern ließen. Es ging darin, um Janine Bogosyan Psychogramm. Die Gerichtstermine waren ausgesetzt und Janine Bogosyan mal wieder im Jugendknast. Janine Bogosyan hatte nachweislich drei weitere Schwestern gehabt. Aufgrund der Tatsache, dass sie sich als Einzelkind deklarierte, ging ich auf die Suche nach den anderen Schwestern. Ich fand keine Einzige! Vorerst! Aber ich machte eine spannende, wie auch gruselige Entdeckung. Genau in den Jahren, wo Janine Bogosyan zu einem Einzelkind geworden war oder besser gesagt das so erzählte in der Schule, war sie in Kontakt mit Jupp Joachimski gekommen. Sie war 5 Jahre alt. Da ich selbst in Bulgarien gewesen war und wusste was dort geschehen war, konnte ich mir so ungefähr eine Vorstellung machen, was passiert war. Es war auch so, dass Jupp Joachimski in dem bulgarischen Kloster immer „Gute Nacht meine Prinzen und meine Prinzessinnen!" gesagt hatte und früher war dieser Ausspruch nur als Anrede von Thronfolgern erlaubt. Aber es ergab plötzlich etwas mehr Sinn. Denn der Verdacht bestätigte sich, dass Janine Bogosyan tatsächlich 2 leibliche Schwestern von sich aufgrund der Hetze und der inszenierten Eifersucht von Jupp Joachimski bereits Im Kindesalter umgebracht hatte. Später sagte sie, dass es eine Mutprobe und ein angeblicher Kampf um das Überleben gewesen sei. Sie selbst war damals 4 oder 5 Jahre alt. Eine Schwester konnte ich in Berlin finden. Sie hieß Sara und als ich sie fand, war sie gerade im Kampf mit Janine Bogosyan, die sie erdrosseln wollte. Janine Bogosyan hatte dann in späteren Jahren starke Psychopharmaka erhalten, jedoch ihre Behandlung in Bezug auf Schuldfähigkeit und Schuldmündigkeit und Lebensperspektiven waren überpflastert worden mit der angeblichen Aussicht auf ein Leben als Geheimagentin. Ich sollte Janine Bogosyan dann Chancen geben, aber es war zu spät und zu sinnlos, denn die Möglichkeit der Besserung war auch im Fall Janine Bogosyan, wie der gesamten Mädchengang einfach zu spät. Später erfuhr ich dann auch noch, dass Jupp Joachimski ihr als Stasirichter in Berlin Lebenserleichterung und

Lebensunterstützung versprochen hätte, wenn sie für ihn arbeiten würde. Damit waren die Grenzen klar gezogen und Janine Bogosyan war komplett versunken in den Stasikreisen. Janine Bogosyan lehnte auch die Erinnerungstherapie ab und konnte auch nicht mehr sich aus der Vogelperspektive in die normalen Situationsverhaltensweisen einfügen. Auch in Bezug auf ihre zwei Töchter wurde sie später wie ein Zombie, der nichts fühlte. Gunda Nitzsche hatte dieselbe Perspektivlosigkeit und wurde eben auch aufgrund ihrer Jahrzehnte langen Psychiatrieaufenthalte nur zur Erfüllung von Jupp Joachimski Straftatsaufträgen herausgelassen und wurde nur noch zu einen empathielosen Zombie. Ihre Kinder waren auch wie Gefangene und wurden in Kinderprogrammen in den jeweiligen Psychiatrien betreut. Ich nannte es immer nur fortgesetzte Generationenfehler. Als ich einmal alle aus dieser Familie befragen ließ, was sie sich denn vorstellten, wie ein normales gesundes Leben aufgebaut sei und wie es aussähe, antworteten alle getrennt voneinander mir, dass sie gerne Arbeit hätten und die Familie sei nur Mittel zum Zweck. Ich dachte lange darüber nach und begriff dann, dass der Aspekt der Sozialität und der fehlenden Individualität gepaart mit einer Unverantwortungslosigkeit und ohne Eigenverantwortung einen enormen Sprengstoff auch für die normale Bevölkerung beinhaltete, wenn man solche Leute auf höhere Positionen hieven würden. Ich schrieb diese Erkenntnis in meinen ersten Bericht für meinen US-amerikanischen Richter und redete sehr lange mit den Sicherheitsbehörden in den USA. Es war damals so, dass jeder erkannte: Die Russen wie auch die US-Amerikaner wieviel Sprengstoff und auch politischer Sprengstoff in dieser deutschen Familienkonstellation liegen würde. Am Tag des Mauerfalles war ich in der US-Botschaft in Ungarn in Bukarest im Jahr 1989. Ich hatte zwei DDR-Stasiflüchtlinge abgefangen am Tor und schickte sie weiter zu der deutschen Botschaft. Vor allem die Aggression der damaligen Jugend bereitete Sorgen. Sehr große Sorgen. Ich hatte 20 Männer damals verloren als ich mit den Russlandtreck kam aufgrund aggressiver wie wild gewordene um sich schießende Stasi-DDR-Kinder, die den Endkampf übten. Ich war sehr gewarnt. Hinzu kamen noch die osteuropäischen Juden, die wir nicht ihren Peinigern ausliefern wollten, die auch noch in deren Panik erschossen werden hätten können. Dann fielen Schüsse in der deutschen Botschaft und der Botschafter war tot. Es waren ausgerechnet diese ostdeutschen Brüder, die vorher in die US-Botschaft eindringen wollten. Wir schickten von Bayern aus Versorgungs-LKW des Roten Kreuzes und mit denen ein Sondereinsatzkommando. Die nahmen die Brüder fest und sperrten sie ins Gefängnis. Der Botschafter war tot und das meiste Botschaftspersonal auch. In den runden Turm saßen Tanja Mayinger und Julia Walter mit Barbara und Gisela Traue und Ingrid Wolff alias Blumoser. Sie waren angebliche Opfer ausgegeben und hatten sich als harmlose geflüchtete DDR-Bürger ausgegeben. In der Schnelle hatten sie sich umgezogen und einer lugte noch scheinheilig eine schwarze Wollmaske aus den Kragen hervor. Mit dabei war Martin Magnus Müller das blonde und braunäugige Riesenbaby. Sie gaben sich als meine Verwandte aus und behaupteten Freunde der US-Amerikaner zu sein. Ich sagte zwar schon damals, dass ich das nicht sei, aber es war klar, dass ich mal wieder, als lebendiges Schutzschild herhalten musste.

Ein Jahr zuvor 1988. Nach den sehr großen Repressalien in Niedersachsen zogen wir nach Nordrhein-Westphalen und Barbara behauptete immer noch, dass sie meine leibliche Mutter sei und mit der englischen Queen verwandt sei. Ich verdrehte immer nur die Augen und dachte mir, dass das nicht wahr sein darf. Wir zogen in eine alte US Army Barracken-Siedlung und Barbara verlangte von mir, dass ich diese Gebäude verschenken sollte an Peter Meier und seine Familie, damit sie wieder frei sei. Barbara war in der Zeit mehr eingeschüchtert und reagierte wie ein scheues Reh. Ich musste dann alles für sie tun und ich kam an die Grenzen meiner Kräfte. Hinzu kam, dass die Barracken US Army Gebiet waren und eigentlich mit einem rechtlichen Sonderstatus belegt und damit geschützt. Dagmar ging den Deal ein, dass sie sich für die Frührente anmeldete, um damit den Vorwurf der Spionage zu entgehen. Aber selbst dann, bekam sie noch einen deutschen grauen Zettel mitgeschickt. Ich füllte ihn nicht aus, zeigte ihn aber Dagmar und sagte, dass das mit dem Geheimdienst zu tun hätte. Dagmar und Kathrin Müller stritten sich oft, aber es waren immer wieder reinigende normale Streitgespräche und ich redete oft mit ihnen. Dagmar sagte immer glasklar, dass sie auch die Ehe ihrer Tochter mit Stephan Gleißner nicht gut fände und sie das alles sehr an ihre eigene Ehefehler erinnerte. Ich fand das gut, dass sie das so offen sagte, denn Dagmar war auch nicht der Typ wie ich, ein einziges Blatt vor den Mund zu nehmen. Kathrin hatte mit Stephan Gleißner zwei Töchter Chiara und Anna und war die Cousine von Katja und Anna Sorovkin. Was Kathrin nicht ahnte, war, dass ihr Mann für Gunther Schmid und Jupp Joachimski arbeitete und dass diese Geheimdienstillusion eigentlich mehr den Alkohol, als einer wirklichen offiziellen deutschen staatlichen Absicherung, geschuldet war. So kam es denn auch, dass Stephan Gleißner, der auch Verwandter der Familie Schüßler war, Susanne Schüßler die als Susanne Stein geboren wurde, glaubte. Stephan Gleißner wiederum war als „Arbeits"partner von Tanja Mayinger in Jupp Joachimski Sinne vorgesehen, aber private und persönliche Grenzen gab es nicht. Und so teilte Stephan Gleißner mit Tanja Mayinger eine Wohnung und bekam später mit Gunda Nitzsche auch noch Kinder. Als ich in den Benz Barracken war, war es so extrem, dass Stephan Gleißner von Tanja Mayinger und Susanne Schüßler zum Kroatienurlaub abgeholt wurde und Kathrin wurde einfach stehen gelassen. Sie war am Boden zerstört und wusste nicht was los war. Später musste sie dann mitansehen, wie Tanja Mayinger noch eine Filmrealityshow mit der Landsberger Filmfirma in ihren Wohnungen aufzog und sie so eifersüchtiger Weise Tag und Nacht überwachte. Stephan Gleißner war laut Aussage von Susanne Schüßler zynischer Weise geheimdienstlich reserviert und später heiratete Stephan Gleißner sogar Tanja Mayinger und Tanja Mayinger später auch noch Florian Haas. Um diese Reservierung zu deklarieren, wie man das geheimdienstlich nennt, also zu zeigen, wurde Karin Schmitz als Babysitterin für Anna Müller und Chiara Müller und Teilzeitehefrau für Stephan Gleißner in Baden-Württemberg angesiedelt und dort lebte Stephan Gleißner auch eine Zeitlang mit ihr. Stephan Gleißner nannte das mal sein Zuchthengstleben, wenn er zwischen seinen verschiedenen leiblichen Kindern hin und her pendelte. Er behauptete, dass seine Frau, wen immer er damit meinte die Beste sei. Wahrscheinlich hatte er Tanja Mayinger damit gemeint. Florian Haas jedenfalls fand Tanja sehr langweilig und kam nur mit ihr zum Kinderzeugen zusammen. Tanja Mayinger war eigentlich in ihrer Hässlichkeit immer das kleine Gangkind aus Berlin geblieben. Selbst als sie noch in den Jahren in ihrem Kinderheim auf den Arm genommen wurde von dem Kindermädchen der Queen besaß sie nicht mal den Anstand ihre Herkunft richtig zu stellen. Sie banzte sich einfach in meine königliche Familie, wie ihre dummer Cousin Martin Magnus Müller auch. Mit verbalen Attacken schleuderte sie immer ihren widerlichen oberpfälzerischen Dialekt aus ihren späteren Jahren in die Gegend. Ich ließ sie dann später wieder richtigstellen und komplett rausstreichen. Stephan Gleißner behauptete sogar, dass er der Babysitter meiner Kinder sei und gab sich als Prinz aus. In der Zeit hatte er angeblich eine Polizeistelle, die ihm Florian Haas durch Gunther Schmid vermittelt hatte. Er setzte sich dreist in meine Schlösser und behauptete befugt zu sein. Unterstützt wurde seine Lüge von der ebenfalls betreuten und straffälligen Verwandtschaft von Julia Walter und Katja und Jessica Traue und Steffi Gänse und Janine Bogosyan! Steffi Gänse hatte bereits zu der Zeit in Bayern und nach der Sprengung des Schloss Neuschwanstein als Prinzessin ausgegeben und sich Sachsen Coburg versucht zuordnen zu lassen. Ihr damaliger auserwählter angeblicher Prinz war ein jugoslawischer Exfreund und weit entfernter Verwandter von Janine Bogosyan Soli. Er trat im Zirkus als Clown auf und versuchte meine damaligen italienischen Tierpfleger, die akkurat und normal mit den Tieren umgingen, einzuschüchtern und mit Verletzungen von Tieren emotional fertig zu machen. Zum Dank für seinen eiskalte und psychische Kriegsführung ließ Jupp Joachimski eine Reiterstatue auf den Siemensplatz gießen. Ich bekam jedes Mal eine Wut, wenn ich diese widerliche Zurschaustellung von Lobhuldigung von brutaler Gewalt sehen musste. Soli war später, um Geld zu erhalten unglücklich für beide Parteien mit einer reichen Frau verheiratet worden. Er ging die gesamte Zeit fremd und die Familie Bogosyan-Mayinger -Schmid-Traue stritt sich um ihn. Einmal überlegte Carolin Winkler so laut, dass mir fast die Ohren platzten, ob sie Soli nicht zum geheimdienstlichen Zuchthengst, wie auch Stephan Gleißner deklarieren sollte. Das bedeutete in deren System nämlich emotionale Treue aufgrund von ungewollten Schratzen und Dauerstress mit der echten Ehefrau und tiefe und gewollte Verletzungen. Ich bekam das Kotzen als ich das hörte und hielt mich sehr weit von diesen Leuten fern und meine Kinder hielt ich ebenfalls davon fern. Es war schlimm zu sehen, wie normal geprägte Menschen an deren Lebensstil, die die normalen Leute eigentlich nicht betreffen sollten, verletzte und bei nicht objektivem Betrachten schwer emotional belastete. Ich hatte diese Taktik, wie ich es nannte und einstufen ließ, Jahre zuvor in Niedersachsen gesehen. Es gab damals einen Zwischenfall, als sich Gisela Traue in einer Art Findungsphase befand und mit Gunther Schmid ausging, geschah etwas sehr Abartiges. Mitten in einen Hannover Lokal kam ein flirtender Mann auf Gisela zu und fasste sie auf den Po. Gisela drehte sich um und reagierte nicht, wie es eine normale Frau getan hätte, abwehrend. Nein sie stimmte noch zu und flirtete zurück. Und dann rastete Gunther Schmid aus und man warf ihn aus dem Lokal. Danach war er wie in Trance und komplett irre, auch in seinen Handlungen. Er war unzuverlässig und zu einem körperlichen und geistigen Wrack. Er war komplett aus dem Tritt geraten und hatte sich die Tochter seines **Corps**herren und seines akademischen Ziehvaters Franz Mayinger geangelt. Er wollte etwas sein, was er nie erfüllen konnte und machte sich dabei sehr lächerlich, denn später stürmte Gisela mit Jupp Joachimski davon, der damit die Wette um Gisela gewonnen hatte. Gunther Schmid war nur ein Anfütterhappen für Gisela Traue und ihren Vater Franz Mayinger und hatte nie wirklich eine Chance. Aber das erfuhr Gunther Schmid erst später und machte sich zum kompletten Affen für diese Frau, die als Lockvogel und Venusfalle eingesetzt worden war. Gunther Schmid versank danach in sich selbst. Er war ein sehr großer Mann mit weißem vorher blondem Haarkranz und blauen Augen und glatten Gesicht ohne Bartwuchs. Manchmal sah er aus wie aus Wachs und hatte dazu eine Cremeschicht auf seinem Gesicht. Als er merkte, dass seine zweite Frau, die an Krebs erkrankt war, sterben würde und sie sagte, dass er sich anderen Frauen zu wenden sollte, schaltete Franz Mayinger seinen „Rund-um-Wohlfühl"-Versorgung ein und versuchte Gunther Schmid komplett zu vereinnahmen. Dadurch wurde Gunther Schmid den gesamten Tag und auch die Nacht überwacht und es wurde versucht seine Seele zu umlullen, wie man das mit Kindern macht, die aus dem Nest gefallen waren. Er wurde ausstaffiert mit neuen Kleidern und in wurden neue Verhaltensweisen antrainiert. So wie Gisela Traue das bereits vorher mit Jupp Joachimski und Bernd Traue getan hatte. Beide Abstürze von diesen treu ergebenen Ehemännern wurden auch jeweils immer von Franz Mayinger herbeigeführt durch seinen einstigen Nazigetreuen und deren damalige Berufe. Dann wurde Gunther Schmid eine Art künstliches Selbstbewusstsein aufgepflanzt, welches bewirkte, dass er sich als der Größte fühlte und nicht nur komplett unvorsichtig wurde, sondern auch noch sehr mutig bezüglich seiner Sichtweisen. Dadurch wurden Übersprungshandlungen bei Gunther Schmid üblich und er wurde emotional abhängig von Gisela Traue. Er bezog alles auf diese einzelne Person und war unzugänglich für andere Sichtweisen und andere Einschätzungen und war wie man das stasideutsch nannte blind gestellt. Er wurde süchtig nach der Aufmerksamkeit von nur dieser Frau und das in seiner Position. Er trug genauso wie die Leute mit denen er sich umgab plötzlich schwarze Lederjacken und behauptete er wäre ein solcher Rowdy, dass er Frauen beeindrucken könnte. Er hatte Barbara getroffen und war von ihrer Oberflächlichkeit fasziniert. Ich nannte es Oberflächlichkeit, weil es meines Erachtens es keine Kunst war, Männer anzuziehen und diese für ein paar Stunden zu unterhalten. Aber wenn man ehrlich zu Menschen ist, bedarf der eigenen Aufmerksamkeit und Einfühlungsvermögen und das ließen diese Stasi-Julia nie zu. Man hätte sich sonst selbst im Spiegel anschauen müssen und das haben nur die wenigsten ausgehalten. Echte warme Atmosphäre war meist nie gewollt. Es kam mir immer vor, als würde ein temperiertes Gespräch nur zum Einpendeln der folgenden gegenseitigen genutzten Funktionalität dienen und in den Gesprächen wurden die Grenzen ausgelotet. Dann wurde eine Linie der Verständigung ausgelotet und eine, das war typisch für solche informationellen Treffen, lediglich rationale und sehr unterkühlte Unterhaltung geführt. Genau diese Wahrnehmung veranlasste Gunther Schmid zu der Aussage, dass US-Amerikaner so oberflächlich seien und mit jeden sofort gute Freunde, aber auf Dauer sehr schwierig und sehr ablehnend gegenüber Fremden. Denn Barbara gab sich mit mir im Gespann, als US-Amerikanerin aus. Ich fand es sehr schrecklich und als ich anfing zu sagen, dass sie nicht meine echte Mutter sei, wurde ich in das Studenten**Corps** Haus einladen in Göttingen und musste unter peinlichster Befragung Rede und Antwort stehen. Barbara sagte zu Hans Lauter und Gunther Schmid und Franz Mayinger und Jupp Joachimski, dass sie mit mir machen könnten, was sie wollten, denn ich würde lügen. Sie banden mich auf einen Stuhl und wollten, dass ich gestehe, dass ich gelogen hätte. Ich sagte, aber immer wieder die Wahrheit und dann sperrten sie mich in den Keller dieses Studenten**Corps** Hauses. Sie wollten, dass ich nie wieder meinen echten Namen in den Mund nehme und immer diesen deutschen Spottnamen Mayinger als meinen Echten ausgeben sollte. Hans Lauter schlug mir ins Gesicht und Franz Mayinger sagte noch dreist: „Denk daran wo ich dich rausgeholt habe!". Ich sagte dann nur, dass dort wo ich in den USA war, ich es eigentlich schön fand und gerne dortgeblieben wäre, wenn er mich nicht entführt hätte. Das war das einzige Mal, dass die anderen drei Männer stutzig wurden. Und ich dachte sie würden aufhören mit ihren dummen Befragungen, aber Barbara war wieder wie im Wahn und sagte, dass ich sagen müsste, dass sie die beste Mutter sei und ich ihre Tochter. Ich sah sie erschrocken an und sagte nur, dass sie krank sei und warum sie das mit mir machen würde. Dann gab sie mir eine Ohrfeige und sagte, dass ich ein ungezogenes Kind sei und dass ich undankbar sei und schritt mit ihrer Federboa davon. Auf dem Parkettboden klapperten ihre Stöckelschuhe und ihr Abendkleid wippte und mich ließ mit den Worten zurück, dass ich allein zurechtkommen müsste und jetzt in die Schule des Professor Frankenstein Hans Lauter ginge. Ich hasste sie seit diesen Tag an. Sie ließen nach zwei Tagen von mir ab und ich durfte dieses Burgähnliche Universitätsgelände verlassen. In der Zeit musste ich ihnen Formeln erklären und ihnen meine Hochbegabung beweisen. Was zwar klappte mich aber an meine Grenzen der Belastbarkeit brachte, denn sie hielten mir bei Weigerung immer eine Waffe oder einen waffenähnlichen Gegenstand an die Schläfe oder eben in den Rücken. Nach den zwei Tagen lief ich zum Hof zurück und versteckte mich bei der Kuh im Stall. Ich war so fertig, dass ich einschlief und gar nicht merkte, dass Barbara nicht mehr auf dem Hof war. Dagmar fand mich und machte mir Suppe. Sie nahm mich mit nach NRW und ich fragte nach Barbara. Eigentlich wusste ich, wie weh es Dagmar tat, aber sie sagte trotzdem, dass Barbara zu ihrem neuen Lover einen mächtigen Politiker nach Schleswig-Holstein weitergezogen sei, der mit Hilfe der Stasi gepuscht werden sollte. Als ich dort ankam, war Barbara so wie es immer war beim Streiten und hatte das Haus, eine Art Strandhaus, gerade geerbt. Sie konnte nicht mehr geradestehen und ihre Muskeln versagten regelmäßig. Als sie einmal hinfiel, tackerten die Leute sie fest am Boden mit einen Heftzwecken-Automat. Ich hatte zu der Zeit einen arabischen Begleiter und der sah, wie sie angetackert wurde und befreite sie leider. Danach war Barbara wieder bei mir und ich musste wieder für sie sorgen. Hinzu kam dann Sara Bogosyan, die sich in der Zeit widerrechtlich Weiss nannte, dass ihre Psychotherapie nicht mehr anschlug. Nachdem sie ihre Psychotherapie abbrach, musste sich auch die Polizei eingestehen, dass sie log und nicht mehr wirklich als Außenseiter der brutalen und widerwärtigen bulgarischen Familie gelten konnte. Zunächst hatte ich ihr ein Zeugen Schutzprogramm besorgt, aber aufgrund ihrer unzuverlässigen Art flog sie auch dort raus und fing an ihre Schwester Janine Bogosyan nachzuahmen. Das war deswegen so schrecklich, da Berlin Janine Bogosyan fürchtete und sehr lahmgelegt war. Sara war klein, noch kleiner als Janine Bogosyan und trug immer ihre Haare mit Seitenlocken auf beiden Kopfseiten. Was sofort auffiel. Sie behauptete Jüdin zu sein und behauptete später, dass sie wie ich zu Rabbi Friedman in New York in die jüdische Schule gegangen war. Aber das stimmte eben nicht. Sie ging sogar so weit, dass sie sich als Israelin ausgab und später als israelische Soldatin und dann Mossad Agentin. Sie lernte Gunda Nitzsche in Berlin kennen. Beide konnten bei stimulativer Überforderung nicht mehr subtrahieren und nicht mehr innerhalb der Situationen klar und normal handeln. Hinzu kam noch, dass sie selbst das Spiel der verbalen Täuschungen perfekt beherrschten. Sie hinterlegten ihre Sätze immer mit beißendem Hass und negativen Gefühlen und schüchterten so alle Gesprächspartner ein. Oder wie in meinem Fall versuchten es. Später waren sie alle zusammen in der Psychiatrie und bildeten mit Claudia Höfer-Weichselbaumer eine Hexengang, wie sie sich nannten. Sie fuhren gemeinsam zu den Kölner Karneval und wurden eine Clique, die sich mit Einschüchterung Respekt verschaffte. Susanne Schüßler war Mitbegründerin dieser Mädels-Clique und baute sie gemäß ihrer Berliner Clique in Bayern auf. Sara Bogosyan war zugleich nach ihren Scheitern im Zeugenschutzprogramm nur noch als Revoluzzerin unterwegs. Sie nannte sich Weiss und gab sich als Jüdin aus, die die Verwandte von Barbara aus Polen sei. Das Problem daran war, dass Barbara den Namen Weiss auch nur zur Tarnung trug und nie Jüdin gewesen war und Rachel Weiss aus dem Warschauer Ghetto auch nie mit ihr verwandt gewesen war, geschweige denn bekannt. Der Gewalt-Exzess den Sara Bogosyan später in Berlin mit Maria Bogosyan veranstaltete, erschreckte mich sehr. Es war eine Orgie an aufgestauter Wut und vor allem die Levis Jeans, die ich Maria Bogosyan geschenkt hatte, hatte es dieser Sara Bogosyan als kapitalistisches Symbol angetan. Sie war in einer Gedankenspirale gefangen und fing an zu handeln, was ihr scheinbare logische Muster in ihren Gedanken vorgaben und daraus folgten falsche und brutale Handlungsmuster. Sie konnte weder abstrahieren noch ruhig noch normal bleiben in solchen Situationen. Sie machte nach dieser sinnlosen Gewaltaktion auf der Straße einen Judenstern an ihre Jacke und behauptete, dass sie eine Nazibraut fertig gemacht hätte. Ich konnte es nicht fassen und die kehligen Schreie von Maria Bogosyan waren über die gesamte Mietshäuserstraße zu hören. Ich holte die Polizei und die stellte nur eine Hausbesetzerin Sara Bogosyan fest. Später erfuhr ich, dass Jupp Joachimski ihr dieses Verhalten aufgetragen hatte. Für Maria Bogosyan war es eine Reise zurück in ihre Vergangenheit und sie wollte mehr über ihre Vergangenheit und ihre Sichtweisen und ihre Familie erfahren. An ihren Ehemann Peter Meier glaubte sie schon lange nicht mehr. Die jährlichen Urlaube fielen sehr oft aus und Gunda Nitzsche saß immer länger in den jeweiligen Psychiatrien und ging immer weiter in ihren Straftaten. Ihre Familie, die aus der DDR geflohen war und die Maria Bogosyan immer für ihr hartes Schicksal verantwortlich machte, wollte sie besuchen. Aber sie begriff, dass sie zu spät kam und dass sie nie wirklich ihre eigene Rolle in dieser Horrorfamilie Franz Mayinger begriffen hatte. Als ich mit den verrückten **Markgrafen von Nitzsch** in Jerusalem war, war ich auch zu Besuch im Haus der Familie Netanyahu und überwand die Security. Es passierte nichts Schlimmes, aber die Märchen von Barbara waren dementsprechend stark pointiert. Daraus resultierte, dass Peter Meier und Walter Winkler die Story über deren angebliche Mossad-Agentinnen Schutzwache bei öffentlichen Empfängen und bei öffentlichen Besprechungen führte. Tanja Mayinger übernahm später diese Legende um sich besonders zu machen und hatte danach versucht ihren Bitchstatus aus Berlin abzulegen. Aber selbst der bravste und langweiligste Polizist Florian Haas und Sohn von Gunther Schmid begriff nach Jahrzehnten, dass er weder Tanja Mayinger Langweiligkeit und Großmauligkeit nicht ändern konnte, noch dass er ihre Fremdgeherei nicht mehr stoppen konnte. Tanja Mayinger übernahm die Hurerei im angeblich geheimdienstlichen Sumpf wie sie Barbara und Maria Bogosyan tun mussten als Großmütter. Tanja Mayinger ließ sich immer von älteren Herren einladen und schloss auch viele staatliche Verträge auf denen sie sich aber weigerte ihre Unterschrift zu leisten und immer ihren Schwiegervater Gunther Schmid abzeichnen ließ. Daraus resultierte, dass Tanja Mayinger angeblich keine Schuld traf und begriff, dass sie jedes Mal ihre Straftaten und Morde verdecken musste. Tanja Mayinger war später in Baden-Württemberg und fuhr regelmäßig von Karin Schmitz und Stephan Gleißner und Anna Müller und Chiara Müller nach Stuttgart zum Arbeiten in der Kanzlei von Thomas Georg Wenninger. Als dessen Kanzlei auch noch zusammenbrach und der Korruption angeklagt wurde, fiel sie komplett ins Bodenlose und wurde komplett betreut in Windach in Landsberg am Lech. Sie lebte mit ihren verschiedenen alten Polizisten in sexuellen Beziehungen meist manchmal nur in One-Night-Stands oder auch mal Monate. Ihr war es komplett egal, was sie dadurch anrichtete. In manchen krassen Fällen war es so, dass ein Polizist einen anderen im Dienst in Niedersachsen aus Eifersucht erschoss. Die Folgen waren gravierend und das Vertrauen der polizeilichen Teams war verloren. Tanja Mayinger fuhr jedes Mal in den Urlaub, wann sie nur konnte. Sie hatte auch ihren Florian Haas im Dienst bloßgestellt und war in ihren psychotischen Hochphasen in der Mittagspause in den Nasszellen mit Florian Haas zu finden und verschwieg dabei, dass sie die Verabredung hatte mit ihrem Verwandten Martin Magnus Müller, den Putzmann in der Arbeitsstätte von Florian Haas war, mit einen Teleskopkamera das Alles filmen sollte. Danach waren auch ihre Bestrebungen klar. Florian Haas hüpfte zwischen dem Ordinariat und der Polizeiwache in der Ettstraße hin und her. In der Zeit war der polnische Cousin von Susanne Schüßler Ehemann Thomas Wlaczik auch korrupter Weise bei der bayerischen Polizei angestellt. Er hatte die Anweisung bekommen von Gunther Schmid und Jupp Joachimski mich zu kontrollieren und zu belästigen und zu überwachen. Kurz gesagt zu stalken. Diese Konstellation wiederholten sie alle 5 Jahre, wenn sie pleite waren. Das erste Mal im Jahr 1998! Danach ging es in 5 Jahresrhythmus in immer wieder die gleichen illegalen und geheimdienstlichen Schleifen. Es begann immer nach dem gleichen Muster und immer nach den gleichen Zielsetzungen der Belagerung und der Belästigung. In meinem Kopf ging dann immer nur ein Satz durch: "Nicht schon wieder! Können die nicht wirklich mal kapieren, dass ich nicht mitmachen werde?". Es war jedes Mal das Gleiche und auch die Unterstellungen und die ebenso immer die gleichen Behauptungen von der immer selben Scheißhaufenfamilie aus Niedersachsen und Bulgarien. Es langweilte mich über die Zeit, weil sie einfach wie Scheiße am Schuh klebten und mich fesseln wollten und mich zwingen wollten, dass ich zu ihrer Familie gehören sollte und zu ihnen halten sollte. Ich verneinte jedes Mal und es nervte mich über die Zeit immer mehr die Täter aus meiner Vergangenheit in meiner Nachbarschaft sehen zu müssen. Auch die komplette Weigerung die Realitäten endlich auszusprechen und komplett mich loszulassen und alle meine Sachen zurückzugeben wurde eine Zeit lang hinausgezögert und ich nannte es nur Lebenszeitverschwendung. Auch dass diese Leute sich weigerten anzuerkennen, dass ich ihnen nicht gehörte, war eine komplette Konfrontation mit absolut abnormalen Normen und irrsinnigen Wertigkeiten. Nichts wollte und will ich mehr akzeptieren von diesen Leuten, die mir wie ein ständiger Aderlass aufgepfropft wurden und die mich dauernd aussaugten und dauernd mich als ihre Familienangehörige bezeichneten. Ich entfernte mich immer weiter, weil auf politischer Ebene immer noch keine Lösung gefunden wurde.

Jupp Joachimski machte immer noch weiter, wie früher seine geheimdienstlichen Aktionen akribisch zu planen. Das war wie in den **Prilblumenmodell** eigentlich schnell gemacht. Es gab 3 Dinge die er vorher beachtete: 1. Wer zahlte dafür und welches Budget sollte verwendet werden? und 2. Was sollte bewirkt werden und dann bezifferte er den daraus resultierenden Nutzen! Und 3. Was sollte passieren, wenn ein Scheitern dieser Aktion in verschiedenen Phasen der Ausführung stattfand. In normalen Geheimdiensten und vor allem staatlich anerkannten Geheimdiensten wurde auch das Scheitern staatlich gedeckelt. Da aber 1. Das Budget knapp war bei Jupp Joachimski und seinen Leuten und 2. Er nahezu keine staatliche Absicherung mehr hatte und 3. Er zudem geheimdienstliche Aktionen zu seinem eigenen Nutzen mit dem Ausbaden des Scheiterns verband war unter den Strich seiner Bilanz wieder ein Plus, dass er sich diesbezüglich vorher bereits überlegt hatte. Er nahm auch auf Privatinteressen von unbeteiligten Dritten in diesen Punkten keine Rücksicht. Diese drei Punkte bildeten seine erste Blütenblattreihe. Das Blüteninnere bestand aus Narben und Stempel sprich der Ursprung des Lebens sprich der Ursprung des Handelns. Man konnte das auch weniger geschwollen ausdrücken und einfach sagen, dass das die Abbildung der zu installierenden geheimdienstlichen Kernaktion war. Je nach Länge und Dauer dieser Aktion waren noch sogenannte Zeitablaufpläne eingebaut und deren Kostenpointierung und Setzung. Der bösartige Hintergrund wurde meist von Anfang an offensichtlich, aber zumeist waren alle zu paralysiert, dass sie sich korrekt verhielten. Das waren dann Leute, die sich nicht gefestigt waren in ihren Persönlichkeitsstrukturen und meist wie taumelnde und besoffene Affen durch die Gegend gurkten. Als beispielhafte Schilderung einer solchen Planung kann man den durchgeführten Prozess von Jupp Joachimski und Sebastian Wieberneit und Tanja Mayinger nennen. Sie engagierten einen einstigen Schauspieler aus der DDR, Ernst Schröder. Jupp Joachimski hatte mit ihm in der Abteilung Kunst und Kultur der Stasi gearbeitet. Zunächst schlossen sie mit ihm einen Vertrag über eine Schauspielerrolle und sprachen mit ihm die Vorgänge ab und die Ausformung der Schauspielrolle vor Gericht bei einem Gerichtsprozess durch. Gemäß, der jeweiligen unterschiedlichen Prozesse sollte er zum einen behaupten, dass er 1. Einen Rechtsanwalt sei namens Hupe sei! und dann 2. ein einstiger Postbeamte namens Wittmann sei! Danach ließ er sich entlohnen gemäß des ihm verabredeten "Schauspielvertrages" den er mit Jupp Joachimski geschlossen hatte! Die Ausgestaltung der jeweiligen Rolle war auch abgesprochen. Auch die Reaktion des Richters Jupp Joachimski auf seine schauspielerischen Aussagen und Einwürfe und Ausformulierungen und Einreichungen waren vorher abgesprochen. Lediglich ahnungslos war die dritte unbeteiligte Partei, die nichts von den Absprachen der anderen beiden wusste. Jupp Joachimski wurde so zu einem real eingreifenden und produzierenden Regisseur im Gerichtssaal. Daraus folgte wieder, dass Jupp Joachimski die Originalaufnahmen des Prozesses als Showprozess deklarierte oder als Gerichtssendung oder je nachdem als Realityshow. Immer mit einer bestimmten geheidienstlichen Zweckrichtung. Die Fehler innerhalb der Prozesse wurden später einfach übergangen. Sie wurden von Jupp Joachimski argumentativ als Schauspielfehler oder als nur Formfehler oder als kleine Justizirrtümer oder als lapidare Rechtsfehler abgebucht.

Das Interessante und Gleiche an den immer wiederkehrenden Vorgängen war, dass die Leute immer gleiche in vier unterschiedlichen Verhaltensmustern zeigten: 1. Die Leute, die sich einschüchtern ließen und in den Situationen verharrten und diese Situationen aussitzen wollten. 2. Die Leute, die sich wehrten und die sich widersetzten und sich frei kämpften. 3. Die Leute, die sich wehrten, aber sich trotzdem einschüchtern ließen und in diesen Situationen verharrten. 4. Die Leute, die sich einschüchtern ließen, aber sich wehrten und sich trotzdem freikämpften. Diese Reaktionsweisen und die Folgen waren alle zu beobachten und die Leute, die sich einschüchtern ließen, brauchten genauso wie die Leute, die sich freikämpften allesamt eine auf sie zugeschnittenen Psychotherapie. Die auf diese Einteilung folgende Psychotherapien nannte ich Reparaturtherapien, die eigentlich eine Art Folteropfertherapie und Kriegsgefangenentherapie war. Sie war an die jeweiligen situativen Bedürfnisse der jeweiligen Patienten angepasst waren. Das Zynische daran war, dass diese vier eingeteilte Eingruppierung der Patientengruppen allesamt Betroffene dieses **Assessment Center Zyklus** waren, der auch immer wieder gleich ablief.

Bei Barbara Nowak und Walter Winkler war diese Form der Selbstreflexion fremd, wie auch allen ihren Folgegenerationen. Ich entdeckte, wenn man diese Leute in ihren sinnlosen negativen Hassspiralen beließ, dass es nur zu noch mehr sinnlosen und zerstörerischen Zirkulationen kam. Auch war auffallend, dass der Differenzierungsfähigkeiten in ihrem eigenen System bei diesen Leuten nachließen, je mehr diese Leute in ihren aus den falschen Gedankenspiralen, die sich zu Selbstläufern entwickelten, zu negativen und falschen Handlungsspiralen wurden und so deren Weigerung den realen und nachweisbaren Tatsachen in die Augen zu sehen sich immer mehr verstärkte. Auch war zu sehen, dass nur negative Gefühle deren Leben und deren Handlungsweisen bestimmten. Ich nahm auch wahr, dass wenn man so eine Art toxisches von Gewalt geprägte Paarzusammensetzung hatte, man meistens, wenn man diese beiden Personen getrennt voneinander mit sogenannten Sicherheitskreisen um die Personen herum umzog, dass beide überleben konnten. Aber bei Barbara und bei Walter Winkler und bei Maria Bogosyan und Peter Meier kam alles zu spät und hätte wahrscheinlich damals nichts geändert. Denn sie hatten alle die toxischen Verhaltensmuster und auch unstrukturierten Gedankengänge von Franz Mayinger übernommen. Auch offenherzige, aber sehr verletzende Gespräche über deren Beziehungen und deren meist zeitlich begrenzten Liebschaften und deren Sexleben waren normal und zielgenau temperiert und gesetzt in deren **Corps**studenten-Haus. Alles war eine große Show, was diese Leute erlebten in ihren Leben. Wolfgang Graf beispielsweise, war ein von Jupp Joachimski zu einem angeblichen italienischen erklärter und gesuchter Mafiosi gemacht worden unter den Namen Massimo Salvatore. In dieser Funktion schleuste er sich auch in Absprache mit Jupp Joachimski in italienische Milliardärskreise ein. Dann gab er sich als Verwalter unter den Namen Massimo Salvatore aus. Er erschlich das Vertrauen der reichen Leute und kam so an ihre intimsten Codenummern und rechtlichen Unterlagen. Einen Italiener, der dieses System durchleuchtete und später sogar italienische Polizisten in die USA schickte deswegen in das Dorf der Nazis von Franz Mayinger, ließ dieser Wolfgang Graf ermorden. Wolfgang Graf zog unter den Namen Massimo Salvatore das Geld ab und wusch es dann unter den Namen Salvatore Falcone auf Konten. Dieser Salvatore Falcone besaß in der neuen **Identität** des Wolfgang Graf die italienische Staatsmacht hinter sich. In dieser **Identität** war Wolfgang Graf angeblich Mafiajäger und italienischer Staatsanwalt. In tatkräftiger Unterstützung war Jupp Joachimski dabei. Als Motiv wurde bei Wolfgang Graf Hass gesehen und er sagte selbst bei seiner Verhaftung, dass er Julia Walter und ihr Leben rächen wolle. Erwähnte aber nicht, dass Julia Walter selbst Stasinazikind war und mordete. Er hatte also auch gar kein Recht sich zu rächen. So zog Wolfgang Graf seine immer wiederkehrende **Identität** als angeblicher Drogenstaatsanwalt in Palermo durch und machte aus Italien ein Korruptionsparadies und einen Unrechtsstaat. Carolin Winkler deren Cousine Melanie Graf war und die eine installierte Stasiklassenkameradin in der Dom-Pedro-Schule war, machte diese Deals mit. Carolin Winkler schaffte es auch nicht, wie meine Kinder, sich aus der kriminellen Familienstrukturen, die der Stasinazivergangenheit zugrunde lagen zu lösen. Obwohl Carolin Winkler versucht wurde damals von dem Hoover Programm in eine normale Lebensstruktur einzubauen, glitt sie und ihre gesamte Familie in die Illegalität und in die Kriminalität ab. Nach den Vorfällen mit ihren Vater Walter Winkler sah sich die US-Regierung gezwungen das Programm sogar ganz zu beenden, um auch rechtliche Schnittmengen zu vermeiden. Es diente auch dem Selbstschutz, denn die USA waren schwer geschädigt von den damaligen Vorkommnissen. Wolfgang Graf setzte sich später in Deutschland fest und war ein ständiger Mitarbeiter von Jupp Joachimski. Wolfgang Graf war auch der Onkel von Dieter Schlesinger, der später als ein angeblicher Freund von mir installiert wurde über Pullach im Isartal mit festem Wohnsitz in Fürstenried. Man muss dazu noch wissen, dass Dieter Schlesinger mit der Familie Haas bekannt war, die ebenfalls zu der geheimdienstlichen Wolkenfamilienmuster oder auch **Prilblumen-Muster** gehörten. Ebenso war ein weiterer späterer Professor der Technischen Universität in der Wirtschaftsfakultät namens Kaserer ein Bruder von Wolfgang Graf und ein anderer Bruder war ein Manfred Schwarz der als Kollege von Gunther Schmid und Erich Johann Kornberger unter anderen an der Universität Ilmenau arbeitete. Letztere hatte eine Tochter namens Kathrin Schwarz und lebte später in den Stasiverbünden aus der DDR um Gunda Nitzsche und den alt bekannten Franz Mayinger Familien. Dieser erstere Professorenbruder wiederum gab sich als Südtiroler aus und behauptete Bilanzen zu führen mit seinen Bruder Wolfgang Graf. Alle seine Bekannten waren der Freundeskreis von Tanja Mayinger, die sich an diesen Überwachungsszenarien über mich beteiligten und so versuchte ihre Lügen zu schützen. Tanja Mayinger hatte immer Angst, dass Gunther Schmid ihr Schwiegervater rausbekam, dass sie nicht nur seinen Sohn betrog, sondern seine Söhne. Ebenso wollte sie verhindern, dass ihre Lügen bei der Polizei auffliegen und sie dadurch ihr Luxusleben verliert. Dieter Schlesinger hatte sich widderrechtlich meine Weinberge in Südafrika und die Cottages im Hinterland angeeignet und behauptete mit mir in Südafrika gewesen zu sein, indem er Fotos von Sebastian Wieberneit vorzeigte. In Wahrheit war es Adelsgrund und nur meiner! Julia Walter tat später so, als wäre ich ihre beste Freundin und flog immer dorthin, obwohl sie nie dorthin durfte und auch kein Recht hatte. Ich war das erste Mal mit Barbara und Walter Winkler in Südafrika als ich 5 Jahre alt war. Ich flog damals dorthin und übernachteten in meinen Familiencottage in einem kleinen Dorf. Es war ein bisschen skurril, denn Barbara flippte aus vor Eifersucht, denn die Nachbarin war die andere Stasinazimittäterin, die in Deutschland nur unter den Namen Gloria von Thurn und Taxis bekannt war. Walter Winkler ging nachts zu ihr und am nächsten Tag flogen die Fetzen. Der afrikanische Mitarbeiter und ein US-amerikanischer Soldat kamen zu Hilfe und Barbara machte nicht nur ihre Lügen weiter, indem sie Walter Winkler als ihren Ehemann bezeichnete, sondern behauptete sogar, dass sie adelig sei. Ich als Kind spielte eigentlich nur mit den Kindern des Dorfes und hatte meinen größten Spaß. Es war schlimm, wie Barbara und Walter Winkler ihre Sexsucht auslebten. Nicht dass das normal war. Nein es ekelte jeden an. Ein afrikanischer Junge sagte einmal zu mir, dass meine Mutter Barbara grunzen würde wie ein Schwein. Ich musste ihm leider beipflichten. Das ganze Dorf zerriss sich das Maul über die beiden Barbara, die sich als Mitglied des Königshofes ausgab und Walter Winkler, der als geilster Bock des Jahrhunderts galt. Ich schämte mich so. Dazu muss man wissen, dass die Fenster keine Scheiben hatten und der Wind die meisten Häuser in der flirrenden Hitze durchzog. So kam Gloria von Thurn und Taxis auch zu der späteren sehr verletzenden Aussage, dass die Afrikaner, weil es so heiß wäre, soviel Sex hätten. Sprich schnackseln würden. In Wahrheit war das Wort schnackseln aus dem dummen Mund von Tanja Mayinger geprägt, die sich die Erzählungen immer so gerne anhörte, obwohl es schmerzvolle und keine heroischen Erinnerungen waren, sondern widerliche und deswegen hängen gebliebene Schilderungen von einem abartigen adrenalingesteuerten Sexleben, welches nie hätte existieren dürfen. Aufgrund Barbara Lügen, dass sie adelig sei, wurde der Afrikaner ermordet und der US-Soldat in die Psychiatrie und später ins Gefängnis eingewiesen. Barbara fühlte sich wie eine Heldin und sagte skurriler Weise, dass sie Walter Winkler vergäbe und dass sie wisse, dass er ihr nie fremd gehen würde und sie die Einzige für ihn sei. Ich verdrehte nur die Augen als ich das hörte. Es war so peinlich und ich kochte vor Wut. Dieser Gloria von Thurn und Taxis war gar nicht aufgefallen, dass es sich bei Walter Winkler nicht um meinen leiblichen Vater handelte, sondern sprach ihn weiterhin mit Alexander an. Ich sagte mehrfach damals, dass dieser Mann Walter hieße und wie Barbara nicht meine leiblichen Eltern, aber Gloria war genauso wie alle wie im Wahn und waren auf die Lügen dieser zwei Stasiagenten hereingefallen. Aber Gloria machte mit und behauptete später, dass sie mit meinem leiblichen Vater liiert gewesen sei, was nicht der Wahrheit entsprach. Geschweige denn kannte mein Vater sie überhaupt. Damit war dann auch die sogenannte Zielrichtung der Zersetzung durch die Stasi von meiner Familie eigentlich vorgegeben. Diese Leute nannten es alle Stoßrichtung und so bumste Walter Winkler Barbara immer in Kompassform und sie nannte es Arbeit, wenn die diese Art der Verpaarung wählten. Ob das wirklich jemals Spaß machte, wage ich zu bezweifeln, aber für mich als Kind war es einfach nur peinlich und absolut planlos und sinnlos. Ich spielte einmal Verstecken mit meinen Freunden aus dem Dorf und versteckte mich naiver Weise unter dem Bett. Für mich war es Qual und diese freizügigen Nutten behaftete Form der Gebärdung fand ich damals schon nur widerlich. Barbara war in dieser Zeit extrem extrovertiert und ging auch in Berlin an die FKK-Strände, was sie später auch auf Rügen praktizierte. Immer dabei die Kamera. Laut der Aussage des Politbüros in Berlin waren sie das perfekte Agentenpaar. Ich sah in ihnen nur dummen überflüssigen Ballast. Barbara ließ sich für Walter Winkler sogar in Asien die Beine verlängern und ließ sich ihre Füße verkleinern. Am Anfang konnte sie gar nicht laufen und musste Trippelschritte gehen. Ich dachte mir in dieser Phase ihrer geheimdienstlichen Entspannung, dass das vielleicht so bleiben könnte. Aber ich hatte mich getäuscht. Es war wie ein Sturm der sich nur kurzfristig gelegt hatte. Meine Gefangenschaft sollte erst im Jahr 2000 wirklich Ansatzweise enden.

Denn in diesem meinem Buch, was zwar nie veröffentlicht wurde und was leider an die Polizei fiel in Deutschland, nachdem Jupp Joachimski im Wahn mir meinen PC klauen ließ und ihn danach zerstören ließ, gab er der Polizei nicht mal den Code für die Platte. Netterweise zerstörte sich dann die Daten zu dem Buch selbst und so hatte Gunther Schmid wieder nichts in der Hand. Barbara hatte damals sehr viel geprägt, wie auch Walter Winkler, was Grundlage für eine gruselige sicherheitspolitische Zukunft beinhaltete. Man muss sich klar machen, dass damals zu Zeiten des Kalten Krieges sprich im Jahr 1980 die Vermögenswerte und damit auch Bruttosozialprodukte auf den gesamten Globus klar, aber ebenso rigide verteilt waren. Das was diese Stasinazileute damals machten oder in den jeweiligen Ländern in Gang setzten wurde später in der Historie Stellvertreterkriege genannt. Krieg bedeutete Armut für die normale Bevölkerung und bedeutet meist sehr hohe Kriegsschulden. Wenn diese Stasileute aus den jeweiligen Ländern gegangen wären ohne Schaden anzurichten, wäre die Wirkungstiefe auch auf innenpolitischer und außenpolitischer Ebene nicht so schlimm gewesen. Aber sie taten mehr und das in desaströser Weise. Ihre Nachfolgegenerationen pflegten die aus diesen ersten Diebstählen entstandene Ungerechtigkeit weiter. Was aussah, wie harmlose Bewegungen, waren in Wahrheit immer Anweisungen an denen bekannte dritte Stasinazifamilienmitglieder, die zusahen. Ich persönlich war unter ständiger Beobachtung von diesen Leuten, als ich nach meinen Fußabtrennungen mich in gleichzeitige Psychotherapiebehandlung begab. Eigentlich war es mehr eine Rehabilitation damit ich keine Angst hatte auf der Straße zu laufen. Ich setzte meine ersten Schritte damals Schritt für Schritt. Meine Krankenschwester sagte, dass ich einen Fuß nach den anderen setzen sollte und bekam langsam meinen Gelichgewichtssinn wieder. Die Leute der US-Army wussten damals nicht, dass ich Prinzessin war und behandelten mich wie einen normalen und kleinen Menschen, der einfach sich wieder aufrappelte und wieder Lebensmut schöpfte. Aber Barbara gönnte mir nicht mal das. Als mich die Familien Kennedy und Kelly und Clarkson zu ihren Gartenpartys einluden und ich wieder bei meiner leiblichen Großmutter war, kam Barbara angeschossen wie ein Giftpfeil und sagte, dass sie ihre Tochter, wie sie mich nannte, nicht mit anderen Kindern spielen lassen dürfte und dass sie nicht zusehe wie sich eine zukünftige Königin so benähme. Ich dachte ich spinne, als ich das hörte und war nur genervt von diesem Gehabe. Aber was sollte ich machen, denn es war auch bekannt oder jedenfalls mir, dass Barbara in den USA immer eine Waffe bei sich trug. Es war auch bekannt, dass Barbara so tat als wäre sie mein weiblicher Bodyguard gleichzeitig und hätte ein Recht eine Waffe zu tragen. Das Dumme war nur, dass sie einfach wahllos Leute erschoss und nie wirkliche Angreifer, sondern nur die Leute die sie entweder erwischt hatten oder die ihr von der Stasi vorgegeben wurden. In späteren Jahren als die Stasi sie fallen ließ fing sie an Selbstgespräche zu führen, weil sie eine Art Isolationshaft von der Stasi verordnet bekommen hatte. Das Gleiche war auch bei Maria Bogosyan zu sehen und zu beobachten. Man muss dazu sagen, dass Jupp Joachimski zusammen mit Bernd Traue dieses System Recycling zynischer Weise nannte. Die meisten der bereits außer Dienst gestellten Stasiagenten wurden zunächst scheinbar reaktiviert und dann wieder brennend heiß fallen gelassen und in die Gosse geworfen und dort getötet. Diese Art und Weise des Programmes nannte Jupp Joachimski Stadtbegrünung und setzte es politisch in der Grünen Partei um, die er selbst jahrzehntelang mitbegleitet hatte und auch ausgestattet hatte. Als Lockvogel und als Lockpunkt wurde meistens eine andere noch aktive Person genannt, die aber nicht vor Ort war und auch nie gemeint war. Dann wurde behauptet, dass diese Person bedroht sei und es wurde angefangen die Bewegungen der gerufenen zu kontrollieren und nachzuvollziehen, um die dann später auszuschalten. Barbara wendete diese Lockversuche immer an, wenn sie wieder eine Liebesnacht mit Walter Winkler als Entlohnung haben wollte. Barbara war eigentlich eine verlorene Seele. Aber sie machte es mit. Später wurden Janine Bogosyan und Sara Bogosyan zu solchen Lockvögeln und machte es gerne mit Mossad Agenten und mit anderen Agenten, die sie loswerden wollten. Sie vereinbarten Treffpunkte, wo die nie erschienen und ließen die Leute festnehmen und foltern. So setzte sich dieses System, was damals von der Stasi installiert wurde weltweit durch.

Barbara ließ damals auch den Vater von Samira entführen und nach Cleveland bringen. Ihr Vater war mit einem schwarzen Aktenkoffer gekommen und wollte sein Königreich auslösen und seine Sachen und seine Wertgegenstände zurückerhalten. Samira wurde ihm von Barbara vorgeführt und er begriff sofort, dass es eine Falle war. In Cleveland standen drei rechteckige Hoteltürme. Diese drei Hoteltürme standen in einer verwinkelten Position zueinander. Der erste Hotelturm stand mit der Breitseite zum Meeresstrand und der zweite Hotelturm stand versetzt zum Ersten mit Abstand. Von betrachtet waren diese beiden Hoteltürme versetzt gebaute Gebäude mit gleicher rechteckiger Anordnung zum Meeresstrand hingewendet. Der dritte Hotelturm stand hinter dem ersten mit der kurzen Seite des Rechtseckes und das Hotelzimmer, wo das gesamte stattfand lag im vorderen Drittel der Längsseite des Hotelturmes mit Fensterausrichtung zum zweiten Hotelturm. Alle Fenster der drei Hoteltürme waren verspiegelt und bei Nacht nur mit bestimmter Lichteinstrahlung zu durchschauen. Das Hotelzimmer hatte drei Lampen: 1. Eine Sideboard-Beleuchtung und dann 2. Eine Stehlampe und 3. Eine Nachttischlampe. Während der Folterung muss lediglich die Sideboard-Beleuchtung angewesen sein, denn es war von außen kein Einblick in das Zimmer. Samiras Vater wollte noch flüchten, aber er hatte keine Chance. Oder doch? Aber das fand ich erst später raus. Samira jedenfalls erkannte ihren Vater nicht, denn erstens war sie sehr klein und hatte ihn lange nicht gesehen und zweitens hatte Barbara ihm die Haare schneiden lassen. Er hatte seine schwarzen Locken nicht mehr. Diese Locken hatte er sich und auch das erfuhr ich erst später am Flughafen von den zweiten eingereisten geheimdienstlichen Stasikommando um Lydia Klein alias Stein alias Wagner schneiden lassen und dieses zweite Putzkommando sollte Tarnlegenden nach der Abreise des ersten Stasikommando mit Barbara anlegen und verbreiten. Später erfuhr ich, dass Barbara, wie Gunda Nitzsche auch alle royalen Ehemänner zum Sex zwang und keinen Wert auf Gefühle legte geschweige denn gegenseitigen Respekt. Samira machte Barbara mit ihren pointierten Aussagen wütend und wie Kinder ebenso sind, werden sie, wenn man sie richtig falsch psychologisch manipuliert zur schlimmsten Waffe gegen Erwachsene und in diesem Fall gegen den eigenen Vater. Barbara sagte auch solche Sätze, wie denke daran, dass du deine Tochter hast ziehen lassen als du geschlafen hast und du nicht auf deine Tochter aufgepasst hast und mit fremden Frauen Sex hattest. In den Augen Samiras war damit ihr Vertrauen gegenüber Barbara gerechtfertigt und sie durfte weiter wütend sein. In Wahrheit war es aber für meine Tochter Samira das zu viel. Jahre danach hatte ich eine Tochter die sich selbst nicht leiden konnte und ihre Vergangenheit verachtete. Barbara sagte auch noch solche Sachen, dass Samiras Vater ihr dankbar sein solle, dass sie ihn nach seiner Sex-Orgie wieder belebt hätte. In Wahrheit hatte Samiras Vater ein Schlafmittel bekommen und wäre beinahe verendet, wenn seine Leibwächter ein paar Überlebende in seinem Palast ihn nicht gerettet hätten. Barbara führte dann Samira wieder aus dem Zimmer, der seine Tochter eigentlich halten wollte. Ein sogenannter Stasiknochenbrecher wandte zuerst den Überraschungsangriff auf Samira Vater mit der drei Fingernackentaktik an. Das lähmte ihn zunächst am Kopf. Der Stuhl war zum Fenster gedreht mit dem Gesicht nach vorne. Es war ein 70ziger Jahre Bauhausstuhl mit einer schwarzen Rückenlehne und zwei schwarzen Armlehnen und einer schwarzen Sitzfläche. Das Gestell war silbergrau und die Rückenlehne war nicht geschlossen. Die silbergrauen metallenen viereckigen Stuhlfüße waren auf den flachen Teppichen gestellt. Eine Minibar gab es nicht und das Sideboard-Licht war an. Von der Gegenseite konnte man nichts sehen. Dann nahm dieser Knochenbrecher einen Ledergürtel und schlang es Samira Vater um das Ende des Brustkorbes und brach sprich verschränkte die Wirbelsäulen-S-Kurve. Damit waren die Beine auch gelähmt, die später noch gefesselt wurden. Zwischen der ersten Nackenpressur und der zweiten Folge muss Samiras Vater nochmal geflohen sein. Es war so, dass Samira's Vater nie seine Schuhe ohne Socken anzog und dass er nie ohne Schuhe aus dem Haus ging und dass er nie, wenn er auf Reisen war sein Hotelzimmer barfuß betrat. Auf jeden Fall fanden sich an seinen nackten Fußsohlen Blumenerdenreste aus den Blumenbeeten vor dem Hotel. Aufgrund dieser Tatsache erfand Jupp Joachimski den zynischen Namen Shin Beth, den Namen des laut ihm neugegründeten israelischen Auslandsgeheimdienst. Eine mehr als zynische Aussage, denn diesen Geheimdienst wollte Jupp Joachimski in einen sogenannten Blockierungs-Verschränkungsverfahren gegen den anderen israelischen Geheimdienst Mossad positionieren. Aufgrund der Tragweite dieses Foltertodes in Cleveland, schwor Jupp Joachimski damals den Hass der örtlichen US-amerikanischen Bevölkerung herauf. Indem er als Richter viele sogenannte Vertuschungsprozesse führte. Shin-Beth hatte er später in die Polizeiprotokolle einfügen lassen. Beth ließ er als Beet übersetzen und Shin als gewöhnlich. So wollte Jupp Joachimski den Anschein erwecken, dass die Israelis die nachgereist waren und zwischen das erste und zweite Kommando kamen daran beteiligt waren. Aber Jupp Joachimski baute sie verbal ein und lockte sie in ein anderes leeres harmloses Hotelzimmer, um sie zu filmen und um sie wegzuhalten von seinen Tätigkeiten. Die Videos von dem Sicherheitsdienst der ganz normal in den USA unter den Namen Security for Jews lief und eigentlich eine Einrichtung für geflohene Juden aus Nazideutschland waren und eben jedes Mal, wenn es um Juden im Ausland ging kam, war damit von Barbara abgelenkt worden. Denn eigentlich hätten sie Samira's Vater gerettet und sollten ihn suchen und finden. Dieser Sicherheitsdienst war abgelenkt und damals war die Sache dann erledigt für diesen Sicherheitsdienst. Sie liefen in das falsche Zimmer und dort fanden sie niemand. Man muss dazu wissen, dass es ein 12. Mai war und dass eigentlich Feiertag in Israel, so wie im gesamten Nahen Osten war, weil Eid und Schabbat auf denselben Tag fielen. Zur damaligen Kalten Krieg Zeit war es durchaus üblich, dass Juden ihre Leute anriefen und um Hilfe baten. Das schlimmste Ereignis fand in Florida in einer Neubausiedlung statt, wo nahezu nur Juden beheimatet waren. Sie waren Nachbarn von mir und meiner Großmutter und ich sah eines Tages die Nachbarin weinend an der Mülltonne an der Garageneinfahrt stehen. Als ich sie fragte, was passiert sei, sah sie mich kurz an und lief weg. Später erfuhr ich, dass sie einen Tag zuvor die Stasileute aus dem Ausschwitzfilm wiedergesehen hatte und ihren KZ Aufseher und ihr aber niemand glauben wollte, weil jeder sagte, dass das doch angeblich schon so lange her sei. Sie beruhigte sich nicht mehr und stritt aus Angst jeden Abend mit ihrem Mann auch einen Juden. Auch er sagte, dass das nicht sein könne und Deutschland befriedet sei und dass man das Jahr 1987 hätte und nicht 1945. Mir war ab den Zeitpunkt klar, dass diese Stasileute bereits vorher diese überlagerten Szenarien in Ausschwitz und im Warschauer Ghetto durchgeführt hatten, denn meine dortige Filmerfahrung kam nochmals 1991. Dann tauchte am nächsten Tag wieder dieser Mann in unserer US-amerikanischen Nachbarschaft auf, um den es ging und danach war die jüdische Familie weggezogen. In das Nachbarhaus zogen, wie es ein bösgemeinter „Zufall" wollte Deutsche ein. Sie machten Stress, so wie alle Deutsche. Ich begriff noch eine andere Sache, dass Franz Mayinger, der dauernd angab Deutscher zu sein und aber behauptete aus der Not heraus ein guter US-Amerikaner geworden zu sein, wohl mehrfach diese Form der geheimdienstlichen Ernte einfuhr sprich Entlohnung der Totenopfer mit noch mehr Totenopfer in Polen während des Kalten Krieges durchgeführt haben musste und mehrfach Juden geopfert hatte, die er aus den Zwangslagern an den osteuropäischen Grenzen in den Untergrundstollen ankarren ließ. Er benutzte dazu immer wieder die Züge und Zuggleise, die immer zu den Bergminen führten und im KZ Ausschwitz und in den anderen Lagern endeten. Mir fiel auch auf, dass die Westdeutsche Behauptungen des Ruhrgebietes als angeblich so ertragreichen Abbaugebiet an Rohstoffen eine Lüge der ostdeutschen Stasi sein musste. Denn die Vorkommen im Ruhrgebiet entsprachen nicht mal im Ansatz dem Verbrauch der Autoindustrie im Westen und damit wäre die Produktion der Autos unrentabel geworden sprich zu teuer. Mir wurde auch klar, dass das Geheimnis welches Gunther Schmid nicht aussprechen wollte, während des Kalten Krieges war, dass die westdeutsche Regierung heimlich Züge schmuggelte aus diesen Bergminen und stillschweigend hinnahmen, dass Juden in den Untertagestollen dahinvegetierten und starben. Ich ließ damals eine mathematische Formel von Wissenschaftlern erstellen, die einen Näherungswert in den Konstellationen der Autoindustrie aufzeigen sollte und wir kamen genau zu diesem Ergebnis. Dann meldeten wir dieses Ergebnis gemäß der **Footprint Konzeptionen an die UNO als GegenKonzept** und an die deutsche Regierung gemäß nationalen Verbrauch. Aber es kam keine Reaktion und es wurde noch verhindert durch diese Stasinazifamilien wie Traue und Jupp Joachimski und Gunther Schmid, die sich noch bereicherten an späteren Beratungsdeal der Stahlindustrie oder Rohstoffindustrie generell gesprochen. Wenn auch nur zu einem Teil, denn ich konnte nicht alle aufkaufen. Später wurde ich auch noch als Kinderreporter der Stasi angestellt und bekam deswegen Zugang zu diesen Sachen. Die Stasi ärgerte sich schwarz und blau, aber es war mir egal. Leider klaute Gunther Schmid mehrfach meine Tagebücher wo alles haarklein drinstand und was ich nicht beschreiben konnte malte ich. Aber eigentlich wollte ich nur zu meiner leiblichen Mutter. In den USA in der Nachbarschaft erfuhr ich, dass Gisela Traue absichtlich diesen Mann dorthin geschickt hatte um Angst und Schrecken zu verbreiten und um wieder Zugriff auf mich und meine Großmutter zu erhalten. Zudem hatte sie diesen Polen einfliegen lassen und ihn absichtlich zu der Adresse der Juden geschickt, die er damals gepeinigt hatte. Gisela Traue lebte in der Zeit auf einer Farm in Iowa, wo später auch das Video von Starship Sara gedreht wurde. Ich war dort auch als Kind und musste einen Wirbelsturm miterleben zusammen mit Sebastian Wieberneit, der im Gegensatz zu mir von Walter Winkler gerettet wurde aus dem Tornado. Ich stand auf einen Weidezaun und hatte meinen Cowboy Hut auf und schaute der Windhose einfach zu. Diese „heldenhafte" Tat von Walter Winkler war nicht, wie man vermuten könnte völlig selbstlos von Walter Winkler. Nein!

2.6   Das **Prilblumen**-Familienkonstrukt als Grundmodell der neuen geheimdienstlichen Familien

Es war fein abgestimmt mit den Veröffentlichungsverträgen, die Walter Winkler mit dem Politbüro und der Stasi sprich der Abteilung Kunst und Kultur und Denkmäler hatte. Denn aufgrund meines Aufenthaltes in der DDR und meiner angeblichen Beschäftigungsverträge als Kind bei der Stasi in meiner Schulzeit und Kinderzeit in der DDR, sollten regelmäßig zu meinen Lebensabschnitten Dokumentationen und Filme und Lieder und Videos und Poster und Fotos und Kunst im Allgemeinen produziert werden. Dabei musste ich sozusagen vorspielen, obwohl es sich bei mir um echtes Leben ohne Sicherungsnetz handelte, und später wurde daraus eine Handelsware mit Mehrfachbedeutung produziert. Jupp Joachimski und Franz Mayinger samt deren Familien weigerten sich auch diese erwirtschafteten Gelder an mich rauszugeben, denn auch die Infrastruktur und das Material war alles meines und wurde von mir bezahlt. Offiziell lief dieser angebliche Arbeitsvertrag aus der Grundschule als Modell und Schauspielervertrag. Die Stasi hatte mich damals mit 6 Jahren vor meiner Unterkunft in den Diplomatenhochhaus in der Süd DDR abgefangen und hatte meine leibliche Mutter entführt als ich in der Grundschule war. Sie hatten eine Kamera aufgebaut mit Jupp Joachimski mitten auf den Gehsteig vor dem Hochhaus. Ich hatte meinen Scout Rucksack dabei, den hatte ich von München mitgenommen und wollte zum Spielen. Somit fiel ich sofort auf. Denn es war eine US-amerikanische Marke und genau das wollte die Stasi. Sie drückten mir einen Zettel in die Hand und sagten, dass ich ab jetzt Modemodell sei, was ich auch Jahre später tatsächlich machte. Das war 1986! 1987 in Mailand und in Paris und in kleineren Läden in Niedersachsen und in Düsseldorf und Köln. Zynischer Weise machte Jupp Joachimski daraus später den Begriff Role Modell, der im militärischen Sinn eigentlich für Taktikspiele und Strategieübungen eingesetzt wird. Diese Schleife der Stasi verfolgte dann beruflich ab 1986 Sepp Schüßler bei der Bundeswehr im Sinne der geheimdienstlichen Stasidurchsetzung weiter. Das Schlimme daran war, dass diese neueingeführten Trainingseinheiten in die neuen Bundeswehrstrukturen einflossen und damit eine komplette Umkehrung des militärischen Mannschaftssinnes beinhaltete. Diese Mehrfach-Lügen und unterschiedlichen Deutungsweisen sprich Interpretationen von Aussagen und von geschehenen Taten war das, was die Stasi perfekt in Szene setzen konnte und perfekt beherrschte. So war es auch im Fall von Samira's Vater Foltermord, der nach der ersten Putzphase des zweiten Kommandos der Stasi mehrfache Deutungen zu ließen.

Später kamen die Behauptungen von Barbara hinzu, dass Samira's Vater depressiv gewesen sei und dass er aus dem Fenster gesprungen sei und im Blumenbeet gelandet sei. Also mal abgesehen davon, dass ein depressiver Zustand nach diesem bedrohenden Gespräch bei Samira's Vater nicht ausgeschlossen gewesen wäre, so war er durchaus ein psychologisch sehr stabiler Mann. Samira's Vater muss also durch die Lobby gelaufen sein und vor das Hotel gestolpert sein und nicht weiter als das Blumenbeet gekommen sein. Das würde auch Jupp Joachimski spätere politische Deals zu den Worten und Definitionen Lobbyisten und Lobbyisten-Gruppen in den USA erklären. Er spendete damals regelmäßig an Lobbyisten-Verbände in den US-Senat und in US-Kongress und das in regelmäßigen Abständen, um Familien die zu einstigen Mitarbeitern des Hotels gehörten zu finanzieren. Zudem ließ er in den USA ein Transparency Register anlegen, um den Schein zu wahren und so sich auch Zugang zur Politik zu sichern. Dieses geheimdienstliche Programm, welches er Kolumbus und Marco O Polo nannte und später noch ein Drittes namens Wikinger hinzufügte. Waren geheimdienstliche Programme, die sich um die Eroberungen der Neuen Welt sprich den USA und den Südamerikanischen Kontinent kümmern sollten. Jedes der Programme hinterlegte er zynischer Weise mit Markenbegriffen und mit Markennamen, um die jeweiligen geheimdienstlichen Programme zu finanzieren. Dabei setzten diese Programme in Wellenformen an und waren zunächst immer in zweifacher Kommandostruktur verbunden und später in dritter. Dasselbe machte Jupp Joachimski in Australien, wo er zunächst einen großen Medienkonzern an sich riss und diesen Medienkonzern mit Stasileuten verseuchte. Ein Teil des Medienkonzern gab er an seine Freunde in München und behauptete, dass das Vermögen von Julia Walter sei, die eine verlorene Prinzessin sei. Als bestochene Zeugen im Gericht traten ihre Mittäter Jessica Traue und Kathrin Traue und Timm Traue und Hanna Traue und Gisela Traue und Bernd Traue auf. Daraus wurde die Mediengruppe ProSieben gegründet. Zudem gehörte die Familie Traue samt der Familie Graf und Claudia Höfer-Weichselbaumer und Hartmut Schneider zu dem zweiten Stasieinsatzkommando bei der Ermordung von Samira's Vater in dem Hotel in Cleveland. Zudem fanden sich Fesselspuren an den Knöcheln. Laut Aussage der Auffinder waren diese Schnürsenkel, die die Fesseln bildeten weiß, wie von Turnschuhen. Aber der Vater von Samira hatte nur elegante Lederschuhe dabei. Diese Schnürsenkel waren danach weg. Dazu muss man wissen, dass Barbara in der Zeit den Namen Weiss nutzte, was wahrscheinlich zu viel Selbstbeweihräucherung und Hinweise gewesen wären. Später wurde in das Polizeiprotokoll geschrieben schwarze Schnürsenkel, um die Zweikommandostruktur nicht auffliegen zu lassen. Die schwarzen Schnürsenkel waren logischer erklärbar und die Weißen Schnürsenkel stammten von Turnschuhen des Stasiknochenbrecher. Dieses deutliche Unterscheidungsmerkmal wurde mir damals verwehrt auszusprechen innerhalb der Beobachtungsprotokolle. Tauchte aber später 1997 in Dubai auf, wo ich in das arabische Königshaus in den Vereinigten Arabischen Emiraten einheiraten sollte und in dieser Nacht auch wieder Wolfgang Graf und Sebastian Wieberneit und die einstigen Stasischergen, die bei den USA Attentaten dabei waren jemand entführten und ermordeten. Am nächsten Tag trugen Wolfgang Graf und Sebastian Wieberneit jeweils einen Tennisschläger und eben auch Sportschuhe anhatten. Eine andere Besonderheit die auffiel waren die blutunterlaufenen Augen der Leiche. Die Leiche war nach dem Auffinden in dem Stuhl zusammengesackt und der Kopf fiel von der Eingangstür gesehen nach rechts Richtung Bett. Später wurde mir klar, was das für hergestellte Wunden waren. Die Stasi nannte dieses Prozedere wie bei einer Geburt Saugglocke. Dazu setzte man den Folteropfer eine Art Taucherbrille auf und durch das produzierte Vakuum wurden die Augäpfel nach vorne aus der Augenhöhle rausgesaugt. Bei Leuten mit einem schwachen Bindegewebe und einer schwachen Ader- und Venenstruktur platzten dabei die Gefäße auch innerhalb der Hirnschale und die Sehkraft war nicht mehr vorhanden und die Augen schmerzten. Als einzige Spur blieben diese blutunterlaufenen Augen. Das Folteropfer war dann nahezu blind. Diese Technik hatten die Leute wohl auch bei Samira's Vater angewendet, denn er hatte seine Augäpfel tief in der Augenhöhle. Zudem gab es eine rätselhafte Stichstelle mit zwei Einstichstellen in der Armbeuge, die nicht erklärt werden konnten. Jedoch auf Drängen der korrupten Polizei als eine Drogenwunde deklariert wurde. Bei Drogentoten in den USA wurde zu der Hochphase der Drogenschwemme lediglich die Eintragung in den Totenschein gemacht und eine genauere Untersuchung nicht. Bei Samira's Vater wurde behauptet, dass eine latente Drogensucht vorgelegen hätte und er so psychische schwankende Phasen gehabt hätte. Bei Samira's Vater waren es aber zwei unterschiedliche Einstichstellen, die mit zwei unterschiedliche Venenkanäle trafen. Als das bekannt wurde, behauptete Jupp Joachimski, dass es ein Schlangenbiss war und drohte mir indirekt. Ich lachte nur und ließ auch diese Theorie aufgrund der verschiedenen Zahnstellungen von verschiedenen giftigen Schlangenarten ausprobieren. Zudem machte ich Versuche mit verschiedenen Sachen und Schmuckstücken an männlichen Unterarmen, die die Haut so zusammenpressten, dass eine Giftschlange hätte ihre Einbiss-Spuren so positionieren hätte können, wie die an den Unterarm von Samira's Vater. Aber alle Möglichkeiten fielen aus. Unter den Schmuckstücken waren Armreifen und Abbindeschnüre und Armbanduhren und Ärmelhemden. Somit fiel auch diese Theorie aus und das machte Jupp Joachimski wütend. Zudem konnte ich nachweisen, dass zwei unterschiedliche Substanzen gespritzt worden waren und zwar in anderer Reihenfolge als es Drogensüchtige machen würden. So wurde zuerst ein Lähmungsgiftcocktail gespritzt und danach eine Drogendosis. Beides führte danach zum Tod. Nach dem Mord an Samira's Vater reiste das erste Kommando noch am selben Abend ab und ein zweites mit

Lydia Klein alias Stein alias Wagner kamen und Wolfgang Graf und Claudia Höfer-Weichselbaumer und Steffi Gänse und Leopold Graf und Hartmut Schneider und Julia Walter kamen in das Hotel. Sie waren das sogenannte Putz-Team. Sie warteten die, in Deutschland würde man Spurensicherung sagen, also die Data Team einfach ab und hatten zuvor Details verändert. Zudem fehlte der Koffer mit den Dokumenten. Um von sich abzulenken und sich unscheinbar zu geben, tranken in der Zeit Claudia Höfer-Weichselbaumer und Hartmut Schneider und Jessica Traue und Tom Pau alias Köhler Cocktails am Pool an der Bar. Danach fuhren sie nach Disneyland mit Tanja Mayinger und Samira. Für die beiden endete damit die Ferienzeit und sie flogen mit Barbara wieder nach Niedersachsen zurück. Ich musste mit ihnen in den USA bleiben. Ich war mit ihnen noch bei der NASA mit der verrückten Barbara und fuhr später weiter in die USA. Es war auch damals schon klar, dass diese Vorgänge irgendwann auffliegen würde, da sich Claudia Höfer-Weichselbaumer damals widerrechtlich in mein Schloss Theres begeben hatte und dort meine leibliche Mutter, die sich dort mit mir aufhielt die Treppe runterstieß. Meine leibliche Mutter wurde dann wieder von der Stasi nach Ostdeutschland entführt und mein adeliger Onkel und gleichzeitig unser Buchhalter in Deutschland traf mich dann dort. Gunda Nitzsche behauptete später, dass es ihr Onkel sei, weil ihre Stasinazionkel ihm so ähnlich sähen. Alles nur eine infame Lüge, aber typisch für solche Nachfolgestasigeneration wie Gunda Nitzsche. Als meine Mutter bewusstlos war, rollten sie meine leibliche Mutter in einen Teppich ein und fuhren sie bewusstlos in einem Auto weg. Zuvor hatten sie diesen Perserteppich mit Blut von einen ihrer Mordopfer durchtränkt bei einem Empfang einen Abend zuvor. Somit hatten diese Stasileute zwei Fliegen mit einer Klappe geschlagen sprich zwei Zweckerfüllungen in deren Stasisinn auf einmal getan. Dann war ich ganz allein in diesem Schloss mit diesen Widerlingen. Als zynische Erinnerung an diese beiden Morde von Samira's Eltern wurden jeweils, an deren Todestagen, ein deutscher Stasivatertag und Stasimuttertag eingerichtet. Ich war untröstlich, denn Samira war so klein und sie liebte ihre Eltern und niemand hätte das Recht gehabt ihr die Eltern zu nehmen und ihr dann auch noch die Schuld daran zu geben. Dieser aufgeklärte Mord ging als erster aufgeklärter Mossad-Mord in die Polizeischulen und die Unterrichtsmaterialien ein. Man muss dazu sagen, dass die Ausbildung des FBI damals versucht wurde von Jupp Joachimski umzustellen und wichtige und sehr klare Lehreinheiten raus zu streichen. Aber so weit kam es glücklicherweise nicht. So war es auch so, dass Jupp Joachimski wie ein Teufel Gift und Galle spuckte, als Tanja Mayinger und Susanne Schüßler keinen Ausbildungsplatz bei der New Yorker Police-Akademie erhielten. Ich erhielt eine Ausbildungsstelle und sollte es nach den perfiden Planungen von Jupp Joachimski und Franz Mayinger bereuen. Denn sie nutzten es einfach für ihre Vorstellungen und widerlichen Pläne. So ließ sich eben Franz Mayinger dort als angeblicher amtsärztlicher Psychologe einstellen bei der New Yorker Polizei. Wie das dann endete, konnte jeder dann an den mehreren toten, US-amerikanischen Polizisten, erkennen und nachvollziehen. Die Clique von Franz Mayinger wurde von den Karl Mayinger vervollständigt. Die Morde, die diese Leute in New York durchführten blieben mir als die gruseligsten in Erinnerung. Um mich weiter überwachen zu können, stellte er mir später den durchgeknallten tschechischen Verwandten von Gerhard Igel und gleichzeitig den Sohn von einem Bruder von Peter Meier, der in der Zeit als Peter Meier sein angeblicher Sohn in den USA lebte, namens Michael Kreitmayer alias Mike Krettek zur Seite, obwohl ich ihn nie als Begleitung wollte. Beide, wiederum der Onkel Peter Meier und der Neffe Mike Krettek wollten mich nicht nur umbringen, sondern behaupteten, dass ich Gerhard Igel verführt hätte und deswegen mit ihnen verwandt sei. In Wahrheit meinten die beiden Eva Maria Reisch alias Eva Kasper und Katja und ich hatte überhaupt nichts mit diesen Leuten der Stasi zu tun. In der Zeit war Barbara meine ständige Begleitung und ich hasste ihre Egomanie und ihre Aufmerksamkeitsgier. Immer drängte sie in den Mittelpunkt und ich hatte nie meine Ruhe. Mike Krettek musste mich begleiten, wenn ich in die Firma meiner Großeltern ging und richtete ständig Chaos an. Später erfuhr ich, dass sein Onkel ihn beauftragt hatte, mich umbringen. Seine Auftraggeber kam aus Deutschland und hieß Jupp Joachimski und Gunther Schmid. Eines Abends machte ich mir einen schönen Abend in der Hafenbar und dachte mir nichts Schlimmes dabei. Ich tanzte Squaredance und nahm an der Jukebox beim Singen teil. Mike Krettek war wie ein schwarzer Sheriff gekleidet und hatte eine Waffe dabei, die er später benutzte. Er hatte sich die Waffe hinter der Bar aushändigen lassen und hatte dort einen ebenso kriminellen Exkollegen aus Deutschland seines Vaters, getroffen. Mike Krettek kam auf mich zu und machte mir eine Szene. Obwohl ich nie Mike Krettek zusammen war. Ein Police-Offizier kam hinter mir hergelaufen, weil es mich beschützen wollte. Ich stürzte zum Kai auf meinem Pier runter und Mike Krettek schoss auf mich! Er schrie etwas, wie: "Stirb du Mafiosibraut!". Später behauptete er, dass er Drogenfahnder aus Deutschland sei und meine beförderten Essenwaren kontrollieren müsste und dürfte. Mir platzte, der Kragen und ich, sagte nur zu ihm, dass er spinne. Ich rannte das Hafen-Peer entlang und sprang ins Wasser. Er schoss hinter mir her. Aber es machte mir nichts aus, denn ich war unter Wasser. Ich tauchte unter Wasser und schwamm zu meinen Schiffen. Ich sah nur, dass Michael Kreitmayer alias Mike Krettek den Police-Offizier erschoss und er getroffen zusammenbrach. Dann schwamm ich zurück und ging in den Hafenschuppen und zog mich um. Ab dann ging ich eine Zeit lang in den Untergrund in der Zeit fuhr ich S-Bahn auf den Gleisen und war in einer Straßengang New Yorks in Harlem. Als zynische Stasibelohnung von Jupp Joachimski erhielt Mike Krettek fälschlicherweise meine Whiskey-Brennerei und Whiskey-Destillerie und mein Pier. Ich war so wütend und konnte gar nicht formulieren, wie sehr ich mich gedemütigt und wie sehr ich mich verachtet und beleidigt fühlte. Später erfuhr ich, dass das nicht mal das Ende der Fahnenstange der Korruption dieser Stasileute, sondern dass die sich noch einbildeten, meinen Whiskey und die Rezepte in Deutschland an mehrere Tochterdestillerien und Brennereien weiterverkauften, samt Patente. Ein Profiteur war der Exfreund von

Julia Walter und Sohn von Wolfgang Graf Leopold Graf und nannte seine Brennerei The Duc. Ich kochte vor Wut. Um aus New York zu türmen damals, nahmen sie auch meine eigene private Yacht vom Pier und fuhren an eine pazifische Südseeinsel, von wo sie türmten. Um mich zu provozieren zeigten sie mir später Fotos von diesen Diebstählen in deren Büro in der fas GmbH und ich war so zornig, dass ich ihnen am liebsten alles sofort entgegen geklatscht hätte und ins Gesicht geschrien hätte. Mit der Brennerei hing auch die Brauereien zusammen, die auch zu meinem familiären Privatvermögen gehörten. Auch das maßte sich die Familie von Katja an, als ihres auszugeben und zu verzocken und dadurch umzuwandeln. Ich kochte vor Wut und musste gleichzeitig meine Kinder versorgen und somit auch noch arbeiten. Das war 1998 und dann 2003 und dann wiederholte sich diese geheimdienstliche Schleife im Jahr 2018 wieder. Es war als müsste ich immer und immer wieder einen Film namens „Täglich grüßte das Murmeltier" drehen und jeden Tag erwachen, um in einen sinnlosen Hamsterrad weiter zu arbeiten, was ich eigentlich nicht nötig hatte. Denn es war immer dieselbe Arbeit und immer dieselben versuchten Testungen von Jupp Joachimski und Gunther Schmid, die beide versuchten. Ebenso war es so, dass diese Leute wirklich die Dreistigkeit besaßen mir ihre erfundenen Rituale und erfundenen Traditionen aufdrücken zu wollen und diese Rituale und diese Traditionen mit negativen und zynischen Ursprungsereignissen zu hinterlegen. Bei Vatertag und Muttertag war es klar und wurde auch von Jupp Joachimski über die Religionsgemeinschaften und die Politik zynischer Weise auf die Bundesebene erhoben. Gunther Schmid tat sein Übriges, indem er die Anträge einreichen ließ für die daraus resultierenden Feiertage und damit verbundenen Arbeitsregelungen und Lohnabwicklungen und kirchliche Anbindung. Karin Schmitz war in der Zeit in den USA und war mit einer weiteren Stasizelle unterwegs. Sie hatte sich eine Art Kokon gebildet mit ihrer rumänischen Verwandtschaft und war mit Gerd den Bruder von Erich Johann Kornberger und behauptete eigentlich als Polizistin in den USA zu sein. Leider war das nur ein Teil der Wahrheit, denn Karin war nicht nur die Exfreundin von Karl Mayinger den ausgetauschten, sondern war als Gunther Schmid und vor allem Jupp Joachimski und Gerhard Igel über die Ebene der sexuellen Aushorchung angestellt worden. Ihre rumänischen Cousinen unter den Künstlernamen Caroline Beil und Janine Schmitz und Katja und Anna Sorovkin und deren Nichte Carolin Winkler klebten an den deutschen Sondereinheiten denen Gerd und Uwe/Udo Walter vorangestellt waren. Mich persönlich betraf es nicht wirklich, da ich den Ursprung der geheimdienstlichen Legende bezüglich der deutschen Sondereinheiten selbst kannte und selbst anwesend war. Das waren die damaligen Vorkommnisse in Fürstenfeldbruck und in Mogadischu und Afrika. Später musste ich noch mitansehen, wie Karin komplett ihre Lügen in Deutschland verteilte, weil sie auch mit Peter Meier zusammen war und ihm verfallen war und Barbara hasste. Sie wurde von allen Männern, die sie nach Stasimanier beglückte, eine Mittäterin und war in ihrer späteren Alkoholsucht gefangen und reihte Entziehungskur an Entziehungskur. Später bildete Karin Schmitz mit ihrer Nordrhein-Westfälischen Verwandtschaft in Köln eine stille Terrorzelle und bildete für Julia Walter eine Art Rückzugsort und Stasinazifamilie. Sie hatten dort Verbindungen zu Schauspielerkreisen und drehten mit mir eine Serienfolge aus der Serie „Heldt". Sie spielte in einen Flugsimulator der zur Falle wird. Ich wollte eigentlich nur meine Flugausbildungsstunden in Bremen bei der Lufthansa fertig absolvieren. Da war ich 11 Jahre alt. In den USA jedenfalls war diese Clique aus Mittdreißigjährigen nur eine Spaßclique mit sinnlosen überbezahlten Jobs und immer mit Gemeinschaftssex und mit einer gewissen Hippiementalität. Individualität war unerwünscht und tägliche Alkoholexzesse und täglicher Drogenkonsum waren immer dabei.

Das wirklich sehr Ekelerregende an diesen Situationen war, dass diese Rohheit in den Handlungen und diese Unfähigkeit des Erklärens dieser schrecklichen Ereignisse, niemand aber wirklich niemand interessierten. Auch nicht auf dem internationalen politischen Parkett. Jeder war nur schockiert von den Geschehnissen und wirklich jeder sagte zu der Reichen Elite der Weststaaten nur: „Nun habt euch doch nicht so!". Als diese sehr schrecklichen Ereignisse passierten und bis in die USA reichten, schickte ich alle Dokumente auch an die UNO. Ich arbeitete als Praktikum dort, weil ich war ja bereits im Alter von 8 Jahren bei der US Army angestellt. Davor hatte ich so einen Hauch von Kindheit, wenn auch sehr schwerer. Es war auch so, dass ich in Tschechien mit Jupp Joachimski nach der Befreiung aus einem tschechischen Folterkeller nochmal hinfahren musste, um in einen rumänischen Steinknast fahren musste. Dieses Verließ war dunkel und bestand aus einem Vorraum mit Fenster und dahinter zwei Zellentüren und zwei Insassenzellen ohne Fenster und nur mit einem Guckloch in der Zellentür. Die Steine waren rußgeschwärzt und hatten eine schwarze Farbe. Ich wurde dorthin gerufen und sollte mitkommen mit einem deutschen Stasirichter namentlich Jupp Joachimski, weil aufgrund der mehrfachen und unterschiedlichen Röntgenbilder des geschädigten Sigmund unterschiedliche körperliche Schädigungen bestanden und aber nur ein Sigmund, aber der Falsche in Berlin im US-amerikanischen Krankenhaus lag und Barbara darauf bestand, dass ich den richtigen Sigmund fände. Es kam ein Anruf von der rumänischen Botschaft die sagten, dass eine Person inhaftiert worden sei mit Brandwunden. Sie hätten die Person in eine Zelle gesperrt und hätten auf die Raumtemperatur geachtet, damit sich die Wunden nicht weiter verschlimmerten. Wir fuhren hin und Jupp Joachimski hatte seine Tasche dabei. Wir wurden von der Botschaft in diesen Gefängnisraum geführt und ein ähnlich sehender Sigmund wurde aus der Zelle geführt. Jupp Joachimski hatte einen kleinen Tisch mit einem Klappstuhl aufgebaut und die Dokumente vor sich ausgebreitet. Als diese wirklich schlimm zugerichtete Kreatur aus den Zellenraum stolperte mit in Eisenketten gelegten Handfesseln und auch Beinfesseln, erschrak ich zutiefst. Die Haare waren zerzaust und er hatte merklich eine sogenannte Rauchlunge. Rauchlunge, wurde früher ein Husten genannt was durch Einatmen von vermehrten Stickoxiden und von Monoxiden die Atemwege geschädigt hatte und von innen belegt hatten. Es war nicht auf das heutige Zigarettenrauchen oder sonstige Sachen zurück zu führen. In der Bergbauindustrie nannte man das Staublunge, weil es sich um ungeschütztes Einatmen von Felsenstaub bei Sprengungen und bei der Arbeit unter Tage handelte, die auch zu einer ähnlichen Diagnose führten. Sein Gesicht war mit Brandwunden übersät. Er trat vor Jupp Joachimski und der fragte ihn, wie er hieße. Er nuschelte etwas von Majiga oder Majinger und ich sagte, dass das von Gesichtswunden kommen könnte. Dann fragte Jupp Joachimski, ob seine Straftaten eine einmalige Sache gewesen sei und ob es nie wieder vorkäme und dieser Sigmund sagte Ja. Ob er das schwören könne, fragte ihn Jupp Joachimski und dieser ähnliche Sigmund sagte Ja. Dann sagte Jupp Joachimski, dass er jetzt die Dokumente für die freie Ausreise bereit mache. Dann wurden diesen Sigmund die Fesseln abgenommen und er erhielt ein Dokument von Jupp Joachimski, der ihn unter den Namen Mayinger ausreisen ließ. Man muss dazu sagen, dass diese Prozeduren damals im Kalten Krieg üblich waren. In den Aktenkoffern befanden sich auch immer Bündel mit Geld. Eine Geisel war im Vergleich zu späteren Austauschen damals lediglich 15.000 Deutsche Mark wert. So erhielten die Wärter Bündel und der Gefängnischef auch. Die Überprüfungen der **Identitäten** der befreiten Gefangenen fand erst viel später, wenn überhaupt statt. Ich brachte also diesen Sigmund nach Berlin und dort wurden seine Wunden versorgt und seine Narben genäht. Als ich in Berlin mit ihm ankam, kam noch ein dritter Mann an, der sich als Sigmund deklarierte. Später stellte er sich als Peter Meier heraus, der Barbara bereits damals nicht loslassen konnte und immer hinterherlief. Peter Meier wurde später als ihm die Sache im US-amerikanischen Krankenhaus zu heiß wurde, in die Charité verlegt. Ich stand an seiner Liege, wieder als Pointer Girl und wartete auf seine Behandlungen. Die Krankenbarre stand mitten auf den Flur und dann schoss ein Notarztteam in den Flur und riss mir die Liege aus der Hand und die Dokumente und packte ihn ein und brachte ihn in einen Aufzug nach unten, wo ein ostdeutscher Krankenwagen wartete. Vor dem Krankenhaus angelangt schoben die Stasientführer die Liege hinein und waren schon gen Osten verschwunden. Was ich nicht wusste war, dass Barbara in der Charité zu dieser Zeit von Julia Walter Eltern gefoltert wurde wieder einmal und Peter Meier Nachricht bringen wollte. Ich telefonierte wieder und fragte nach der Polizei. Die winkte am Telefon gleich ab, als ich die Ostkennzeichnung des Krankenwagens erwähnte und sagten, dass sich die angeblichen Ostkollegen darum kümmern würden. Ich wusste was es geschlagen hatte und fuhr mit der US Army in den Ostsektor, wofür ich nachträglich von meinen ach so angeblich geliebten Onkel Erich noch eine Strafe als untreue Sozialistin draufgebrannt bekam, weil er annahm, dass ich die US Army in eine Falle gelockt hätte und für die Stasi arbeiten würde, indem ich Barbara und Peter Meier zurückholen würde. Als ich beide wieder im US-amerikanischen Krankenhaus hatte, wollte die Stasioffiziere wie dreiste dumme Maibaumdiebe etwas als Gegenleistung für ihren Abzug, da sie uns auf der Rückfahrt gefolgt waren. Das US-amerikanische Krankenhaus bestand aus mehreren Flügeln und war weltbekannt. Als Gegenleistung musste Barbara in einen dieser Flügel, der leer zu räumen war, einer peinlichen Befragung durch Folterärzte von Julia Walter standhalten. Es war schrecklich. Sie brachen ihr die Finger und dann schrie ein US-Offizier Halt und die westdeutsche Regierung wurde angerufen und die scheute sich Stellung zu beziehen und sagte, dass sie nichts wissen würden. Drei lange Tage ging das, bis sie ihr alle hinteren Backenknochen gezogen hatten, so wie später bei Maria Bogosyan sogar die Vorderzähne. Barbara kam wieder in den Westen und Julia Walter und ihre Eltern wurden nie belangt. Ich habe die Bilder nie mehr aus dem Kopf bekommen. Ich heulte und kotzte die gesamte Nacht. In München zeigte mir Julia Walter genau dieses Foto von Barbara in einem Bett bandagiert über die Backenkiefer und mit bandagierten Händen die gebrochen waren und Batteriesäure in den Wunden enthielten. Daneben stand lächelnd und hämisch sein Skalpell hochhaltend Georg Walter, der sich daraufhin sein DDR-Medizinzulassung ausstellen ließ. Julia Walter zeigte genau dieses Foto im Kindergarten St. Laurentius vor mit der Aussage, dass das die erste geglückte Herzoperation im Leben ihres Herzchirurgen Vater Georg Walter gewesen sei. Ich schrie vor Wut. Später machte Jupp Joachimski aus diesem Schrei der in der Nacht stattfand und ich mich in die Kissen weinte, als Bild mit dem Namen „Der Schrei" eine zynische und widerliche Anspielung auf diese Ereignisse. Aufgrund der Tatsache, dass ich eigentlich schon 7 Jahre alt war und nicht mehr in den Kindergarten ging und eigentlich schon in der Schule war, ließ mich Walter Winkler mit 7 Jahren zur Vertuschung dieses Zusammenhanges nochmals in den Herz Jesu Kindergarten anmelden und behauptete, dass Julia Walter hochbegabt sei. Ganz im Gegenteil, denn Julia Walter ging wirklich mit 7 Jahren noch in den Kindergarten, da sie angeblich eine Spätentwicklerin war. Ich war schon mit 5 Jahren in die Grundschule eingeschult worden. Zudem tauchten auch noch Verhörfotos von Barbara während ihrer Zeit in der Charité auf. Ich musste zusichern damals um Barbara frei zu bekommen, dass ich keine positive Presse für das US-Krankenhaus in Berlin mehr machte. Es war nämlich so, dass ich immer, wenn ich mit den Krankenwägen mitfuhr und ich fuhr sehr oft mit in dem Alter, auch wenn es unwahrscheinlich klingt, immer die schnellste und ununterbrochene Strecke durch das geteilte Berlin kannte und die Karten immer im Gepäck hatte. Auch Checkpoint Charlie war immer der Durchgang, wo mich jeder kannte, weil ich bis zu meiner Plutoniumvergiftung komplett hellblonde Haare hatte und perfekt hochdeutsch sprach. Checkpoint Charlie hatte bereits damals meine gesamten Daten hinterlegt. Schlafen tat ich im Schloss, wo ich auch die Geschichte vom Schlossgespenst Gundula, welches bereits in Schloss Marienfeste spukte mitbrachte.

Später musste ich nach Berlin, um dort ein Rechtsverfahren anzustreben mit einer Rechtsanwältin Olbert. Sie war von den Hohenzollern geschickt worden und ich hatte sie mir aus den Berliner Telefonbuch herausgesucht. Im Nachhinein dachte ich mir, hätte ich jemand anderen genommen, wäre das bestimmt nicht passiert. Es ging um die Rückübereignung der Hohenzollern Schätze aus der DDR und meine Rückgabe meiner Adelsbestände. Ich hatte es zusammengelegt. Dazu musste man folgendes wissen. In der Zeit war ich oft in Berlin und suchte immer noch nach meiner leiblichen Mutter. Diese Susanne Olbert spielte ein falsches Spiel, denn sie war die Freundin von Ingrid Wolf alias Blumoser und von Gisela Traue und denen glaubte sie mehr und diese unterstützte sie in deren eigenen persönlichen Anliegen. Als Richter war Jupp Joachimski in den Berliner Senatssaal, der damals noch in dem heutigen Berliner Bundestagsgebäude eingerichtet war. Die Auflösung der DDR war bereits beschlossene Sache und man versuchte der Stasiagentenhorde irgendwie beizukommen. Susanne Olbrich verlor haushoch gegen die DDR und war nicht mal traurig. Sie hatte Unterlagen vergessen und Dinge fielen ihr plötzlich nicht mehr, aber sie lagen ihr angeblich auf der Zunge. Eine Unterbrechung lehnte sie komplett ab und ein Glas Wasser verweigerte sie. Erst dachte ich, dass das vielleicht gespielt sei oder dass man ihr etwas ins Glas gegeben hatte, was sie vorher beim Kaffeetrinken mit Ingrid und Gisela zu sich genommen hatte. Aber ich war mir nicht sicher und mich machte stutzig, dass sie nach 2/3 der Sitzungszeit nicht abbrach, als sie zu verlieren drohte. Denn sie wusste wieviel auf dem Spiel stand. Meine adeligen Verwandten hatten sie mir als Terrier beschrieben, der jeden Prozess gewinnen würde und sich knallhart und griffig scharf artikulieren würde. Aber was ich da sah und mitbekam, war eine Trauershow, die mich fassungslos zurückließ. Nach dem Prozess ging sie mit ihren beiden besten Freundinnen Gisela und Ingrid ein Glas trinken und wollte sich mit mir später auf einer Party treffen, wo sie angeblich noch mit mir sprechen wollte und darüber reden wollte. Dann fuhr ich zu der Party und es wurde immer schrecklicher. Als ich ankam und ich war ganz normal angezogen, saß Susanne mit einer Federboa um den Hals und in Dessous mit Strapsen und einen roten Bademantel mit roten Stöckelschuhen lallend mit einem Champagnerglas in der Hand auf einer Art Küchentisch. Ich war entsetzt und fragte, was sie denn feiere, denn immer hin hätten wir den Prozess verloren. Sie lallte in ihren schwäbischen Dialekt, dass ich das nicht so eng sehen solle und alles doch nur ein Spiel sei. Ich sah sie an und obwohl ich wusste, dass irgendetwas nicht stimmte, versuchte ich sie von der Theke herunter zu holen und ins Taxi zu setzen. Was aber misslang. An ihrer Kopfhaut und an den Schläfen sah ich verschiedene Druckstellen und verschiedene kleine aber doch vorhandene Blutergüsse. Das waren dieselben, die ich bei meinen ersten Bodyguard Sean O'Connery gesehen hatte und wusste genau, dass wohl Gisela und Ingrid wieder mal die Luftdruckbolzenschusspistole angesetzt hatten. Sie konnte sich auch nahezu fast nichts mehr erinnern. Später ließ sie sich durchficken auf der Theke, aber wahrscheinlich bekam sie auch das gar nicht mehr mit und ich verschwand dann. Im Nachhinein wusste ich, dass zwischen den Vormittagstermin vor Gericht und dem Ende um 12:00 Uhr und der nächtlichen Party etwas vorgefallen sein musste. Aber es war schrecklich ich musste erstmal den Habsburgern Rede und Antwort stehen, weil ich einen Koffer Geld dabeihatte und Susanne Olbert ihn in den Sand gesetzt hatte. Ich fuhr nach Niedersachsen zurück und übernachtete dort. Einmal versuchte ich noch das Verfahren wieder aufrollen zu lassen, aber auch diesmal durchkreuzte Jupp Joachimski und Julia Walter meine Korrekturversuche. Mein Vorteil war, dass ich nie unterschrieb und auch nicht mit meinem Adelsnamen und so blieb der Anspruch bestehen, der Julia Walter in späteren Jahren zum Verhängnis wurde, weil sie keine Nachweise über ihre **Identität** mehr hatte und sich weiterhin frecher Weise Nowak nannte.

In diese Zeit fiel auch der Besuch des Prinzenpaares Charles und Diana. Es wurde für sie extra unter Mithilfe von Hans von Sachsen-Coburg deren Onkel ein Besuch des Parteitages in Leipzig organisiert. Sie fuhren dort auch hin und nahmen am Bankett teil, aber Hans wurde dort umgebracht. Ich war wieder Wasserträgerin und sah noch hinter der Bühne, wie sie Hans niederschlugen. Und plötzlich war er weg und Diana und Charles dachten ich hätte etwas damit zu tun. Auch damals rief ich die Polizei, aber auch da wurde abgewunken. Es war einfach eine Sprachlosigkeit und Stille über Sachen, die kriminell waren und die einfach nicht in das „heile" Weltbild der DDR passten. Der Parteitag, der umbenannt worden war in kleinen Parteitag, fand in einer Art Veranstaltungshalle. Dort wo sonst das Publikum und die Stühle standen, war alles leergeräumt und es wurde eine Art Tafel in Huf-Form aufgebaut. Der Boden war aus einer Art hellen Press-Spahn-Parkett und die Gestecke waren mit Plastikblumen, wie es in der DDR üblich war. Sie nannte die Parkett Art auch Fischgräten-Muster und legten damit bezüglich ihrer Stasiorientierung genau den Stasiarbeitsauftrag und den geheimdienstlichen Vorgang fest. Greten waren in der DDR ein abgenagter Fisch und damit eine Leichenfledderei. Das Festessen sollte Leichenschmaus und Eröffnung zugleich sein. Hinter den Gastgeberpaar, wie man das nannte, wie sie Diana und Charles bezeichneten, war eine feststehendes Bühnenpodest, wo man über die linke Seite hinter dem Vorhang in eine Art Küche gelangte. Alles war sehr ärmlich gehalten und sehr benutzt. Es war eine Art der DDR-Bevölkerung ihren Hohn und Hass auszudrücken gegen reiche und höherstehende Personen. Ich musste zum Wassertragen immer in die Küche und die war mit silbernen Wasserhähnen ausgestattet. Die **Grundstimmung** war schlecht und als Diana und Charles ihren Onkel vermissten und suchen ließen und ihn nicht fanden brach Panik aus. Sie reisten sofort ab nach Berlin. Diana war im siebten Monat schwanger und die beiden Prinzen Harry und William waren nicht mitgekommen. Innerhalb der Familie tobte ein Machtkampf, der sich vor allem durch die vielen verschwundenen adeligen erklären ließ, die keine Lebenszeichen mehr von sich gaben, sondern einfach wie von der Bildfläche verschluckt waren. Ich wusste das so genau, weil ich selbst als Kind mit den bayerischen Adeligen in einem KZ saß und mit den Kindern spielte und bedauerlicher Weise das Stasikind Tanja Mayinger auch dabeihatte. Es war ein KZ, dass die Stasi gemischt ausstatten ließ. Das hieß: Nichts ist wie es scheint! So kam es, dass vor allem angebliche gefangene Kinder, obwohl es nur Stasinazimörderkinder waren, in dieser DDR-Zeit hinzugemischt wurden, um mit dem Faktor Mitleid Einfluss zu nehmen. Tanja Mayinger, die sich zu diesem Zeitpunkt Paul nannte war eines davon. Zudem war sie die Cousine von Katja und Anna Sorovkin und konnte schon damals Märchen erzählen oder besser gesagt wiederholen, die sie im Berliner Waisenhaus gelernt hatte. Ihre Jacke war ein billige Ostjacke mit Nylonumspannung und Watte-Aufpolsterung.

Als wir in dem KZ saßen und die Gedenksteine in der Oberpfalz in Flossenbürg und Birkenau wegen Barbara besuchten sprich darinsaßen, redete Tanja Paul, weil sie sich für eine Prinzessin hielt lauter Wirres Zeug. Denn die Stasi hatte die Brennöfen in Betrieb genommen und Tanja hüpfte und tanzte, wie eine dumme Hüpfdohle und rief, dass sie nun das erste Mal Schnee sähe. Es war ihr erster Winter in Bayern. In Wahrheit verbrannte die Stasi Leichen zuerst und der weiße Schnee war kein Papier, sondern waren die Klamotten der Getöteten. Eine Art **Zigeuner-Schandl** aus Josef Bogosyan alias Joe Bogosyan alias Freddy Mercury Familie begleitete Tanja und die war über so viel Aufmerksamkeit gleich so erfreut, dass sie ihn als adeligen Onkel vorstellte, der sie beschütze. Sie fuhr dann mit Kolja ihren damaligen Freund in einem schwarzen Mercedes weg. Die Adelsfamilie aus dem Hause von Habsburg fuhr mit mir und Barbara an den Starnberger See, wo Barbara als angeblich gnädige Dame, sich in ein Zimmer legte und sich aufführte, wie eine komplette Irre und natürlich mit Walter Winkler vor den entsetzten Augen der Habsburger gleich fickte. Ein langer Glasgang in braunen Holzgehaltenen Stockwerksgang mit Fenster in den Hof verband die verschiedenen Zimmer und in einem Schlafzimmer. In dem Schlafzimmer von Barbara stand ein großes Holzbett mit weiß-blauen Bettdecke und Kopfkissen. An den Wänden waren historische Gemälde und die hohen Decken waren mit Stuck und Plattgoldleisten verkleidet. Diese beiden unverschämten zügellosen Dummidioten Barbara und Walter Winkler beschmutzten diesen Raum mit ihren sinnlosen und absolut rücksichtslosen Verhalten. Die Habsburger schmissen dann Barbara wieder raus, so wie sie es geplant hatte und um mich aus meinem gewohnten Umfeld zu vertreiben und unmöglich zu machen. Ich schämte mich so, dass ich weglief. Barbara hatte ein altes Holzfachwerkhaus im Stil einer Adelsfurt zur Verfügung gestellt bekommen. Ich sollte dann Suppe kochen, was ich auch tat. Danach ging ich malen! Aus Wut und Enttäuschung malte ich schwarz! Nur schwarz, denn meine Welt war schwarz und hoffnungslos. Auch kam Julia Walter hinzu und behauptete, dass sie eine echte Adelige sei und nicht ich. Sie stellte sich als angebliche Wittelsbacherin vor. Später benutzte sie noch weitere Adelsnamen mit einen „von" über einen Graf-Titel und einen italienischen Princepessa und dann einen Baroninnen-Titel bis zu einen angeblichen Königliche Hoheit Titel. Julia Walter hatte sich in der Zeit ihre Nase, die sie in Berlin hatte fälschlicherweise verlängern lassen wieder zu einer Stupsnase verändern lassen. Ihre Depressionen hatte sie laut Psychiater im Griff, aber sie war in die Fußstapfen ihrer Stasinazimördereltern getreten und ließ im Internet verschiedene Gesichter von sich veröffentlichen. Ich fragte mich in der Zeit, ob es die echte Julia Walter war aus Italien damals, denn der Nasenansatz war nicht der gleiche und die Haare waren zu dick und zu schwarz.

Man muss auch verstehen, dass ich den Verdacht hatte, dass Gunther Schmid und Jupp Joachimski und Franz Mayinger und Karl Mayinger mit ihrer damaligen Idee der Schablonenfamilie sprich eine exemplarische geheimdienstliche Familie die eine geheimdienstliche Unterlage bildete und in deren Entstehungsgeschichte bereits sogenannte pauschalierte **Vorgehens-Grundmuster** installiert wurden. Sebastian Wieberneit aß und kaufte aus diesem Grund, wie es ihm Jupp Joachimski vorgegeben hatte dauernd in der Zeit Schabletten-Käse, was so viel bedeutete, dass er sagen wollte, dass die Zeit der Austausch und Ermordung der alten Familie egal ob real oder auch nur geheimdienstlich begonnen hatte. So wurde mir auch klar, dass diese Entwicklung seitens Jupp Joachimski und Gunther Schmid und Franz Mayinger bereits vorgesehen war, als sie zuließen, dass die Familie Christ und Salmen mit 11 Geschwistern gründeten. Maria Bogosyan, die sehr lange in der Lindwurmstraße und in Haar kbo in der Psychiatrie saß, trug die Rolle als Barbara nachdem Barbara Nowak tot war in vermehrter Weise und versuchte genau diesen Prozess aggressiv in Nordrhein-Westphalen in Gang zu setzen. Auch hatte sie damals ihre leibliche Tochter Gunda Nitzsche genau in dieser Hinsicht aktiviert. Ebenso hatte Janine Bogosyan damals in Bulgarien von Jupp Joachimski den Auftrag erhalten, sich einen Platz in der Gesellschaft zu suchen. Übersetzt hieß dieser Auftrag in Janine Bogosyan Ohren, dass sie sich nicht nur irgendeinen Platz suchen sollte, der ihr durch Leistung und eigene Ausbildung zustünde und sie selbst erreicht hätte. Nein! Es ging ihr darum mit miesesten Tricks und auch und vor allem mit Morden an Personen, die ihr Weiterkommen behinderten, an diese Position und Stellung zu kommen. Diese Fehleinschätzungen zu den Ambitionen dieser Generation, die bereits geprägt waren durch den kriminellen Hintergrund ihrer Vorfahren. Gunther Schmid nannte diese Form der immerwährenden, weil ausgetauschte und nie alternden Familie eine „Never-Ending-Story" bis in die letzte Konsequenz. Das bedeutete, dass sich die Leute nicht kannten und dass die sich auch nicht kennen lernen wollten, weil sie alle von verschiedenen Seiten andockten an den echten Personen, die sich zumeist nicht wehren konnten gegen die zumeist mehreren Saugpunkte oder Anzapfpunkte, wie man das nannte, wenn es sich um einen Handel mit Privatdaten handelte. Besonders gefährlich war die Persona Sara Bogosyan alias Weiss. Sie war mit mir und Barbara Nowak unter den Namen Weiss nach New York gereist und ging mit mir in dieselbe jüdische Schule in New York. Bedauerlicher Weise war Sara Bogosyan alias Weiss sehr geprägt von ihrer osteuropäischen Verwandtschaft und ihrer

Angst vor ihrer Schwester Janine Bogosyan und deren Mordtaten. Das hatte zur Folge, dass sie im Gegensatz zu normalen Menschen, eine überagitatierte Aggression und eine vorschnelle falsche Handlungsreaktion aufwies. Immer wenn Sara sich in die Enge getrieben fühlte, schlug sie zu und das erbarmungslos. Wie ihre Schwester Janine hatte sie diese typischen Verängstigungsmerkmale, aber eben dann die darauf gesetzten falschen Denkmuster und falschen Handlungsmuster. In New York lebte sie erst bei den Rabbi Friedman und später bei seinem Nachfolger aber auch schärfsten Konkurrenten Rabbi Weiszman und dessen Familie. Letztere hatte erwachsene Kinder und bot oft Kindern oder Neulingen einen Schlafplatz und warme Mahlzeiten. Es war nichts Schlimmes dabei. Doch Sara Bogosyan nutzte es schamlos aus. Sie beklaute die Familie und formte mit Jupp Joachimski die jüdische Religionsgeschichte zum Teil um und auch die dazugehörige Symbolik. So fand Jupp Joachimski angeblich zufällig nicht nur die Tafeln mit den 10 Geboten in Äthiopien, wo er zufällig als Archäologe sich aufhielt. In Wahrheit war er dort zum Teil mit seinen brutalen Stasiagentenaktionen aufgeflogen und brauchte Erfolgsmeldungen, wenn auch mit bitterem Beigeschmack. Er ließ die Tafeln nach New York bringen und stellte sie später in das Bibelmuseum in New York. Die Tafeln stammten eigentlich auf dem Tigris Delta und gehörte dem Königreich von Samira's Eltern. Zudem fand Jupp Joachimski urplötzlich Papyrus Rollen in Ägypten mit angeblichen Schilderungen des Kapitel Genesis, obwohl es sich nur um Fälschungen handelte. Daraus folgten Neuinterpretationen die bis zum heutigen Tag nachwirkten. Da waren beispielsweise die Thora Rolle des Rabbi Friedman, der diese Thora Rolle als einzige jüdische Original Thora Rolle aus Europa auf seiner Flucht aus Nazideutschland mitgebracht hatte. Sie lagerte in einen Tresor und war in dem Kellerraum der jüdischen Gemeinde aufbewahrt, die über einen Treppenzugang an der Straßenseite zugänglich war. In dem jüdischen Zentrum gab es einen weiteren Eingang in das Erdgeschoss über eine Backsteintreppe. Die Tür war aus schwarz gestrichenen dicken Holzplanken. Der Rundbogen der Eingangstür war mit einem Glasfenster ausgestattet. Es war das alte Viertel New York was später in die Upper Side umgewandelt wurde. Die Synagoge darüber hatte nicht einen Kuppelbau, wie dies in der Synagoge in Chicago üblich war, sondern war einfach diese Art Reihenhaus und mit Backstein perfekt integriert in die Straßenhauszeile. Das Haus war zweistöckig und hatte ein Vordach. Eigentlich wie in London, dachte ich nur beim ersten Hingehen. An dem einen Ende Richtung Innenstadt war das erste Glashochhaus in New York und auf der anderen Seite ging es etwas abwärts zum Hudson River. In dem Haus gab es eine große Innengebetsraum der eine Art Halle war, wovon die Frauengebetsräume abgetrennt war, wie es früher üblich war. Die großen Glasfenster waren verhängt mit weißen Vorhängen und ein riesiger Kronleuchter. Am Boden waren große Perserteppiche ausgerollt und auf der anderen Raumseite stand eine Art jüdische goldene Lade. Sara wohnte auch dort in diesem Haus und fing an zu Klauen und immer weiter das ihr gebotene Sprungbrett auszunutzen. Sie fing auch an die Ehefrau, so wie sie es vorher bei Rabbi Friedman gemacht hatte zu provozieren und zu reizen. Rabbi Friedman gab ihr später eine jüdische Taufurkunde und Geburtsurkunde und bürgte für Sara Bogosyan neue Daten und ihre Harmlosigkeit. Damit war aber der Schrecken nicht vorbei und diese Art zynischer und falscher Persilschein sorgte für zusätzliche Furore, als sich Sara Bogosyan später unter diesen Daten für ein Zeugen Schutz Programm bei der Berliner Polizei bewarb und eben wieder neue Daten basierend auf falschen Daten benutzte. Janine Bogosyan hatte mittlerweile zugegeben, dass sie ihr anderen beiden Schwestern umgebracht hatte im Kindesalter. Zunächst verpackte es Janine Bogosyan als Eintrittsmorde und Belegmorde für ihre Fähigkeiten. Ich war nur noch abgeschreckt, aber war auch dann wieder für eine zweite Chance als sie in der Maria Ward Schule ihre starken Neuroleptika erhielt. Aber auch dann schaffte sie den **Absprung und den endgültigen Ausstieg** nicht. Ganz im Gegenteil sie bracht noch eine Mitschülerin um, weil sie eifersüchtig auf sie und ihr ungeborenes Baby war. Ihre Schwester Sara ging in Berlin in den Untergrund und bot sich den Polizisten als Tippgeber an, obwohl sie nie wirkliche Jüdin war. Denn sie war als Atheistin In Berlin noch gemeldet. Später als Barbara starb, war Sara die Erste, die sich als ihre Tochter ausgab und das Erbe widerrechtlich beanspruchte. Ab dem Zeitpunkt nannte sich Sara Bogosyan alias Weiss und Julia Walter nannte sich ab diesen Zeitpunkt widerrechtlich Nowak. Julia Walter führte seit ihrer Kindergartenzeit ein Leben, wie sie es von ihren Eltern den Stasiagenten gelernt hatte. Sie wechselte ihre Namen und ihre sogenannten Stammdaten hielt sie komplett aus den Registern raus. Sie war eigentlich nie in den USA, aber ich ließ sie einmal in die Psychiatrie in die USA verlegen. Aber dort flog sie raus, weil sie wie Sandra Detzer Cousine, die auch dort saß. Aber sie wurde immer psychotischer und es interessierte mich auch nicht mehr, weil sie sogar auch noch meinen Lebenslauf kopierte. Danach fälschte sie meinen Medizinstudium-Abschluss in Karlsbad und behauptete, dass sie immer in Deutschland gewesen sei und fuhr unter den Namen Nowak in die Tschecho-Slowakei um das Erbe von Barbara unter den Namen Nowak anzutreten. Das war im Jahr 1994! Die Pflegewohnung in Ibbenbüren erschlich sich die Familie Peter Meier und Eva Kasper erschlich sich im Jahr 1997 unter den Namen Eva Maria Reisch, wie sie wirklich hieß einen Bauernhof in Tschechien der Großmutter Maria Reisch alias Mayinger. Man muss dazu wissen, dass das alles mir gehörte, weil ich es bezahlen musste, um deren Familie, obwohl ich von der geschädigt worden war und sie hasste, zwang mich indirekt Jupp Joachimski, indem er einfach mein Geld benutzte, um die Erbschaftssteuer zu begleichen und vorher bereits von mir aufgekauft und unterhalten werden musste. Ebenso war es 1995 mit dem Tod meiner leiblichen Großmutter aus den USA nach ihrer Ermordung in Holland. Maria Bogosyan fuhr dreist mit mir nach Salzkotten und gab sich als Erbberechtigte aus und nahm die Orden meines Großvaters mit. Obwohl ich die gesamte deutsche Foltermörderfamilie von meiner leiblichen Familie in Nordrhein-Westphalen finanzierte. Maria Bogosyan unterschrieb in ihrer Gier mit dem falschen Namen sprich Maria Bogosyan und wurde kurz darauf in die Psychiatrie eingeliefert. Das war die andere Seite ihrer Opferrollen. Die Monika Ettengruber war über Jupp Joachimski in die jeweilige illegale Zuwertung und steuerliche Abwicklung der Erbschaften und deren Steuerkanzlei zuständig. Ich sollte ihr sogar noch ein Gemälde von Carl Spitzweg schenken, damit Jupp Joachimski diesen Zugewinn als steuerliches Mehrvermögen von Tanja Mayinger deklarierte. Ich weinte, als er mich bedrohte mit dem Tod von Barbara Nowak alias Weiss. Aber das war nicht der wahre Grund! Der wahre Grund 1992 war, dass das Gemälde eigentlich in New York in dem Haus meiner Großmutter gehangen hatte und sie es liebte. Peter Meier und der tschechische Mayinger verschwiegen es einfach, dass meine Großmutter nicht mehr auf der Welt war. Es war ihnen auch nicht peinlich oder unangenehm, dass sie die Leute um mich herum umbrachten. Nein! Sie saßen am Tisch und servierten Braten und sagten, dass sie einen Tag zum Feiern hätten. Wie eine Meute saßen sie am Tisch und redeten wirres Zeug und ich hatte Stunden vorher von ihnen Demütigungen und Körperverletzungen erleiden erfahren müssen. Ich hasste später die Familienfeste und ging nicht mehr hin. Es kotzte mich an, dass sie sich noch das Essen schmecken ließen, obwohl jemand ermordet wurde. Sie waren wie stupide und stumpfe Idioten. Es war sogar so schlimm, dass sie immer, wenn sie jemand umgebracht hatten, sich die Beute, wie sie es nannten teilten.

Die Lage in den 80ziger und 90ziger war so diffus und überlagert, dass ich niemand die vollständige Wahrheit sagte. Selbst meinen eigenen Kindern nicht. Ich hatte ein paar Kinder angenommen und aber trotz meiner Zuordnung woanders untergebracht. Bei manchen Kindern war es aber so, dass sie noch in der Nähe von Barbara Nowak und den anderen Leuten der Nazistasifamilie Franz Mayinger waren, die gleichzeitig nicht nur sehr **menschenfremde ErziehungsKonzepte** pflegten, sondern eben auch keinen Respekt vor Kindern hatten. Ich teilte meine Kinder vorerst in zwei Teile ein. Zu Einen in die, die sehr weit weg von diesen Leuten und deren Einwirkungen aufwuchsen und die Anderen, die ich anhand der Umstände in der Nähe unterbringen musste. Das aufgelegte Hoover Programm umfasste auch meine Tochter Samira. Aber das war lediglich in der ersten Zeit. Man muss dazu wissen, dass Barbara Nowak wie eine Klette an Samira klebte, weil sie für Barbara eines der größten Pfandgegenstände war. Das bedeutete, dass Barbara Samira als nutzbaren Gegenstand ansah und nicht wirklich als eigenständige und freie und selbstständige und auch selbstständig denkende Person. Man muss dazu auch wissen, dass Barbara für die Stasiseite für deren Kinder- und Jugendumerziehungsprogramm zuständig war. Es war auch gängig, dass Barbara Nowak Kinder entführte und die Eltern dieser Kinder später fingen ließ und foltern und ermorden. Ihr Stasiagentenkollege Walter Winkler war immer mit dabei. Auch muss man verstehen, dass die leiblichen Kinder der Stasinazifamilie sehr engmaschig herangezogen wurden, um in die Fußstapfen zu treten. Dazu gehörte auch, dass diese Kinder absichtlich abgestumpft wurden und zu sogenannten hochreaktiven sprich sehr wehrhaften Leuten herangezüchtet wurden. Julia Walter war laut diesen Stasinazileuten das Gegenmodell zu mir. Es war auch so, dass das Hoover Programm zunächst an der Ernst Reuter Schule in München deklariert wurde. Diese Schule sollte anders als andere Schulen mit einem Programm zur Sensibilisierung und wiederum mit einer Resozialisierung verbunden war. Dazu gehört eine Unterrichtseinheit, die zur humanistischen Bildung gehörten: 1. Kunst mit Malen und mit Singen und mit Werkunterricht und 2. Mit Religionsunterricht und 3. Mit Sportunterricht! In Barbara System wurde ein Ganztagesunterricht eingeführt und dieses fünfgliedrige Bildungsstufensystem: 1. Krippe für das Babyalter und 2. KITA gleich Kindertagesstätte sprich Kindergarten in Westdeutschland und 3. Grundschule und 4. Polytechnische Schule sprich westdeutsch Gesamtschule Gymnasium und Realschule und Hauptschule in einem und 5. Studium oder Berufsausbildung! Es fehlte die eigentlich fachlich gesehen eine Fächerung in der Breiter und auch wiederum eine wirkliche Ausbildung in der Tiefe. Alle Absolventen waren aufgrund ihrer undefinierbaren Ausbildung nicht voneinander unterscheidbar und waren, wie man heute sagen würde ein Einheitsbrei ohne individuelle Stärke! Nichts war wirklich in dieser ich würde sagen sterilen sprich sehr gedämpften Atmosphäre spürbar oder ertastbar. Es war wie in einen Wattebausch, der sich nicht zu lösen schien. Als ich in die Grundschule im Süden der DDR ging, musste ich jeden Tag ein DDR-Lied singen und hatte noch Schiefertafeln zum Schreiben. Ich saß auch noch auf alten Holzbänken, die noch aus der Kriegszeit stammten. Sehr bequem war das nicht und ich hatte andauernd Rückschmerzen, weil die Sitzhaltung so unnatürlich gerade war. Die Zeit in dieser DDR-Grundschule war nur durch Ausflüge und durch Klassenfahrten nach Berlin geprägt. Die Lehrer waren alle samt Stasimäßig ausgebildet und geprägt. Wie auch meine Lehrer und Erzieher im Westen. Das Prägeprogramm der DDR setzte bereits im Säuglingsalter ein, was meines Erachtens erst zu diese sehr schwerwiegenden tiefen Interruptionen zwischen typischen DDR-Kindern und DDR-Eltern führen konnte. Auch die Häufigkeiten des Auftretens zwischen Streitereien zwischen Kindern und Eltern waren größer. Auch die Vertrauensebene zwischen Eltern und Kindern waren nicht so groß und so tief, wie bei westlichen Kindern. Genau dieser Unterschied wurde aber auch seitens der Stasi gegen normale und westlich geprägte Eltern-Kinder-Paare geheimdienstlich ausgenutzt. So war meines Erachtens die Situationen bei meiner Tochter Samira alle absichtlich herbeigeführt die sie noch zusätzlich auch seelisch runterziehen sollten und tief schädigen sollten. Innerhalb des Eltern-Kindern-Konstellation, wie es die Stasi sagte und für sich erkannt hatte, fand man eine nicht nur sehr manipulative Möglichkeit in Familien frühzeitig einzugreifen, sondern auch sehr breite Fläche der Nutzbarkeit. Am Besten war es in dieser DDR-Zeit als möglichst graue Maus zu gelten oder in der Masse unterzutauchen. Eine glückliche Eltern-Kinder-Beziehung wurde gleich mit Skepsis und großen Stasiinteresse betrachtet. Die geheimdienstlichen **Stasi-Konzeptionen der Klassenzusammensetzung** waren feinsinnig perfide Zusammenstellungen, die mit einen psychologische Explosionspotenzial ausgestaltet waren. Mich persönlich interessierte die Klassenzusammensetzung der Maria Ward Klasse eigentlich nicht. Denn ich wusste, dass alle Klassenschülerinneneltern an der Entführung und Ermordung meiner leiblichen Eltern und leiblichen Großeltern beteiligt waren und dass sie alle den Vertuschungslügen und Straflügen von Walter Winkler und Peter Meier und den tschechischen Sigmund Mayinger glaubten. Es war auch klar, dass sie nach allen Grausamkeiten die sie begangen hatten, die Wahrheit versuchten immer mehr zu vergraben hinter Behauptungen und Vermutungen und scheinbar unbedachten gesetzten Bemerkungen und immer wieder wissendes zueinander hämisch Lächelnd und dann, wenn ein unpassendes Stück hervorblitzte alles wieder geglättet und passend gemacht wurde mit noch mehr Schweigeverträgen. Diese Grundblumenstruktur sprich die ursprünglichen echten Ereignisse sollten darin verblassen, wie eine verwelkte Blüte. So wurde aus den bereits widerlichen Grundstrukturen wieder neue gefälschte Teilblütenblätter, wie die Plastikblumen auf den Tischen bei dem damaligen Parteitag in der DDR. Je mehr ich diese immer gleichen scheinbar zufällig gestreuten Ungenauigkeiten hörte und je besser ich deutsch lernte begriff ich, dass auch für meine Kinder die einzige Chance ihre Bildung sein konnten. Das Hoover Modell war ein ganz gegenteiliges als das Sozialistische. Es sollte nicht nur 1. Die gesellschaftliche Wut aus den Kinderköpfen herausfiltern und die wütenden Gedanken und in normale und ruhige und gute Handlungen umzuformen! Zudem sollte 2. Ein neuer Bildungsansatz ausgestaltet werden, was nicht nur die fachliche Bildung vermitteln sollte, sondern auch die humanistische Bildung vermitteln sollte. Ebenso sollten 3. Die ostdeutschen Qualifikationen angehoben werden und so eine Möglichkeit der Aufhebung der Parallelbildungssysteme Ost und West. Es fiel auch auf, dass die Ostdeutschen mehr in der Freizeit machten und viele Leute ohne Stasiambitionen nur die Möglichkeiten hatten sich auf der privaten Ebene weiterzubilden, ohne politischen Tamtam. Diese letzteren Beobachtungen ließen mich aufhorchen, denn mir wurde damals unter den DDR-Zeiten erklärt, dass die Bildung in die Schule gehöre! So war jedenfalls der O-Ton im Zentralkomitee. Die zynische Wechselwirkung aus diesem Ausspruch jedoch war, dass die Stasi sich dadurch das staatliche ostdeutsche Recht der Eingriffnahme in das Bildungssystem herausnahm. Man muss auch verstehen, dass in diesen DDR-Zeiten ich mir jedenfalls so vorkam, als könne ich nichts sagen, als dass es weder in die eine oder in die andere begriffliche Richtung miss gedeutet sprich falsch gedeutet werden konnten. Es war wie verhext. Immer wenn ich in den Anfangsjahren mit diesen Leuten sprach, passierten Katastrophen. Denn man muss auch sagen, dass weder Sprach-Codices existierten geschweige denn eine gemeinsame Verständnisgrundlage vorhanden war. Es war ungefähr so dass das westdeutsche System der Kernenergie mittels Kernfusion anhing und das ostdeutsche System der Kernenergie mittels Kernspaltung anhing. So wurde anhand dieser technischen Deklaration bereits die zwei unterschiedlichen und gegensätzlichen Funktionsweisen der Systeme auch auf geheimdienstlicher Ebene aufgezeigt. Dieses Kontradiktum ging in der Sprache soweit, dass jeder immer vor allem im Kalten Krieg an die Gesprächsknoten kam, wo aufgrund von Zeitmangel und fehlender Gesprächsbereitschaft die Knotenpunkte mit unlösbarer Problematik erreicht wurden. Das Schlimme war, dass die Grundlagen und die Grundeinstellungen bei diesen Gesprächen nie angezweifelt und nie ausdiskutiert wurden und nie in einer konstruktiven Weise angelehnt wurde. So war die Trennung zwischen den beiden Blöcken Ost und West eine viel tiefere als das die Leute eigentlich zu geben wollten geschweige denn wie sie diese Trennung eingeschätzt und bemerkt hatte. Es war eine Trennung die auch und vor allem in den Köpfen der Menschen angekommen wär. Das bewirkte, dass man in dem Kalten Krieg sich nicht nur traute auf politischer Ebene die Grundlagen neu zu bestimmen und Misstrauen abzubauen, sondern dass das sich immer mehr verkapselnde Misstrauen noch weiter verkapselte und die immer wiederkehrenden verbalen Spitzen mit immer wieder Salz in dieses noch politische sehr labile Gesprächsverhältnis zu streuen bewirkten ihr übriges. Man muss dazu sagen, dass die Russen sehr viel zur Verhinderung von großen politischen Konflikten beigetragen hatten. Denn manchmal, wenn sie nach Nachdenken und Einschätzen der Situation immer noch nicht zu einem normalen Gedankengang und normalen Handlungslösungen kamen, taten sie einfach nichts. Auch war es so, dass es keine Hektik gab in Russland und zuerst, wenn es Probleme gab, wurde gegessen. Ich hasste natürlich die Leute von Janine Bogosyan Familie, dass sie meine leibliche Mutter nicht nur entführt hatte, sondern auch noch später kurz vor ihrem Tod in ein Gulag stecken ließen, wo sie starb. Aber ich weiß nicht, ob man den Russen dafür Vorwürfe machen konnte, denn Deutschland bekannte sich bis zum heutigen Tage zu der Ermordung meiner leiblichen Mutter und meiner US-amerikanischen Familie. Es war auch so, dass sich die Russen weder einer aktiven Mittäterschaft schuldig machen wollten, noch eines Nichtstuns sprich Straftat durch Unterlassung und somit einer indirekten Mittäterschaft schuldig machen. Und genau für diese Entscheidungen liebte ich sie. Sie blieben immer situativ menschlich. Man muss dazu sagen, dass das Soldatenrecht in Russland noch viel strenger war als in Deutschland und jeder Soldat für sich mehr als Einzelperson stand. Dann war es so, dass die russischen Soldaten erst überlegten. Die US-amerikanischen Soldaten hatten bereits die Nase voll von der frechen und absolut gefährlichen Art dieser Leute. Auch deren Rücksichtslosigkeit und Verantwortungslosigkeit waren sehr bekannt.

Als ich ab 1992 in den Ostgebieten war, waren zumeist russische Soldaten dabei. Als ich in Vietnam im Einsatz war musste ich ohne Waffe und ohne Schießgenehmigung Soldaten rausholen per Helikopter. Ich war bei den Bodentruppen und schlug mich durch das schwüle Dickicht. Es war eine sinnlose Konfrontation zwischen US-Soldaten und US-Soldaten. Niemand hat wirklich kapiert warum die Frontlinien so vermischt waren. Fakt war nur, dass der Beschuss nicht erwünscht war und auch sehr folgenreich war. Ich vergrub Soldaten, um sie später sobald die Hubschrauber Transporttrage frei war, damit abtransportieren zu lassen. Ich hatte unten am Boden viel zu tun und sprang über die Hügel ohne Gepäck. Durch das Dickicht war es eigentlich nicht so schwer, denn da war der Beschuss nicht so groß. Auf den lichten Stellen war es durch den Beschuss von oben aus der Luft etwas beschwerlicher. Als der Beschuss dann zum Erliegen kam, wurde es wieder friedlicher. In der Pause machten wir an einer Art Küstenbrandung halt und ich sang ein Lied! Es war ein Weihnachtslied. Zwei Wochen zuvor war ich noch in dem Kaufhaus meiner Großeltern in New York gestanden und hatte Weihnachtsgeschenke geholfen an der Kasse mit zu verpacken. Ich war dort bevor ich dauernd in Europa war jedes Jahr zum Aufstellen des Weihnachtsbaumes in diesem Kaufhaus und im Trump Tower. Davor war die traditionelle Festlichkeit im Waldorf Astoria in New York, wo immer die Hauptabschlussjahresversammlung sprich auch Familientreffen stattfand. Es gab immer einen besonderen Speiseplan und zumeist ein 5 Gänge Menü. Alle Jahre war immer das Gericht der Gans dabei. Entweder in Keulenform oder in Brustfilet. Bei meinem ersten Weihnachtsbaum aufstellen wurde eine Tanne aus Kanada geliefert. Es hatte bereit geschneit und in den obersten Wipfeln war eine Eulenfamilie. Diese Eulen flogen samt ihren Jungen aus dem Baum und landeten auf dem nackten und kalten Fliesenboden des Kaufhauses. Irgendein Security-Depp Joey Schmid nahm einen Stock und schlug sie tot. Ich war schockiert, aber ich wusste, dass es eben diese osteuropäische deutsche Stasinazifamilie war, die diese Brutalität auch in aller Öffentlichkeit auslebte. Als ich damals an dieser Küste stand war es fast wie Frieden und nur unter normalen Leuten, die nichts wollten außer raus aus diesem Auge des Zyklons.

Ein anderes Mal in Asien war ich auf dieser ominösen Kreuzfahrt 1990 mit Julia Walter, die auch Janine Bogosyan mitgebracht hatte und damals in der Hafenkneipe mit Barbara und Walter Winkler auf uns traf. Sie schleppte mich damals nicht nur nach Süd- und Nordkorea, die damals nicht geteilt waren, sondern sie schleppten mich auch nach Japan, wo ich eine Woche wieder auf die Schule gehen musste, wie Julia Walter als einstiges Stasinazikind mit ihrem Onkel Gunther Schmid als Botschafter dort gewesen war. In der Zeit war sie in der dortigen Schule eingeschult gewesen und zusammen mit Stefan Leiacker war sie dort eine gewisse Zeit unterwegs. Dazu muss man wissen, dass beide die dort in einer Klasse gewesen waren ihre einstige Lehrerin zu einem Klassentreffen einluden und sie umbrachten. Ihre Wut war wie damals in Europa ungezügelt und kaltschnäuzig und unerbittlich. Ich war in der Stadt, weil ich für die Lehrerin zu der Zeit putzte und wusch und einkaufte und kochte. Als ich zurückkam, war die Gartenparty in diesen Art Stelzenbungalow vorbei und ein paar Schüler getötet von den insgesamt neun, die eingeladen gewesen waren und auch die Lehrerin. Dazu muss man wissen, dass diese Schüler bereits in der Schulzeit den Sohn dieser eigentlich adeligen Lehrerin töteten. Ich rief die Polizei, aber es kam wieder nur Michael Krettek und der weigerte sich das als Fall der japanischen Polizei einstufen zu lassen und es weiterzuleiten. Ich heulte vor Schmerz und sah die Einmachgläser, die Julia Walter mit eingelegten Körperresten hinterlassen hatte und auch vollgeschissene Windeln, die die Lehrerin nach ihrer Querschnittlähmung tragen musste. Das Windspiel auf der überdachten Terrasse klimperte im Wind. Eine Leiche eines Schülers lag am Strand. Eine weitere Leiche im Keller des Hauses und die anderen an den im Garten aufgebauten Tisch. Die Lehrerin saß zusammengesunken in ihren Rollstuhl und ich fuhr auf den schnellsten Weg weiter. Sie verfolgten mich überall hin.

Das war auch schon 1987 so in der Zeit als die Olympischen Spiele in Seoul. Ich war wieder vor Ort und wollte entspannt zu sehen. Ich hatte mich frisch gemacht und wollte auf der Tribüne sitzen. Die US Army Schiffe und die British Army Schiffe ankerten im Hafen. Eine stabile du ausreichende Flugverbindung konnte aufgrund der fehlenden Start- und Landekapazitäten nicht aufgebaut werden. Also fuhren wir mit Schiffen dorthin. Bevor es losging musste ich mir das Land mit der offiziellen Delegation ansehen und mir wurde nicht nur das Präsidentenpavillon vorgeführt in dem ich wieder als Tochter von Barbara präsentiert wurde, sondern musste wieder die sinnlose Schießerei ansehen, die mich nur nervte und die mich eigentlich nur wieder schockiert zurückließ. Es war der Außenminister der dort umgebracht wurde und ich floh aus dem Haus einen ebenerdigen Bungalow, wo wir mit Staatskarossen vorgefahren waren. Was bei den Stasileuten auffiel, dass sie soweit drohten und bedrohten, dass man sich gezwungen sah entweder selbst diese umzubringen nach dem Wild West Motto „Wer schießt zuerst!" oder sich ermorden lassen sollte oder noch qualvoller sich gefangen nehmen lassen sollte. Sie hatten keine Hemmschwelle und bei der Familie Franz Mayinger war diese nicht vorhandene Hemmschwelle bei Frauen und Männern gleichermaßen niedrig bis nicht vorhanden. Die Familie von Sigmund Mayinger hielt den Kontakt zur Tschechischen Seite und lebte in den alten Ritualmorden, die ich bereits in Bulgarien gesehen hatte weiter. Tanja Mayinger war eine Mörderin und war verheiratet mit einen Polizisten Florian Haas, der nicht mal wahrnahm, wenn Tanja Mayinger ihm von ihrem ersten Mord an einen deutschen Fernsehsendermanager und seiner Frau erzählte.

In der Zeit, wenn sie entdeckt worden wären, wandten diese Stasinazifamilie das Spinnen und Spinnennetzprinzip anders herum an. Sie deklarierten Julia Walter zu einer Spinne im Netz, weil sie bereits am Auffälligsten war und schon mehrfach aufgeflogen war. Ihre braunen Augen und ihr Gesicht ohne Sommersprossen und ihre braunen Haare schulterlang waren ihr Markenzeichen. Nachdem sie mehrfach verurteilt worden war, schlüpfte sie in den Namen Nowak und Weiss und tauchte in Tschechien in Prag, wo ihr Onkel Gunther Schmid aus der Zeit als folternder diplomatischer Angestellter in der deutschen Botschaft in Prag, noch einige Verbindungen hatte und pflegte und auch noch mehrere Häuser besaß. Die er damals als Entlohnung für seine Taten erhalten hatte. Tanja Mayinger kroch in Rumänien unter, wo sie immer hin und her pendelte zwischen Prag und Bukarest. Sie hatte dort Freunde, die mit Martina Erika Wichnalek alias Martina Pfob verwandt waren und die ihr zynischer Weise Unterschlupf gewährten. Ihre Ansprechpartner war die rumänische Familie Erich Johann Kornberger und Gerd Schmitz und Karin Schmitz und Andreas Schmitz ein Exkollege ihres Mannes und Caroline Beil, die die rumänische Cousine von Carolin Winkler war und im Ruhrgebiet aktiv war. Als Drittkontakt hatte sie Kontakt zu Jessica Traue und Kathrin Traue. Ihre rechtliche Vertretung war in der Zeit immer die Kanzlei von Thomas Georg Wenninger in Stuttgart und Augsburg, was sie auch gleichzeitig als Wohnadresse angab. Die dritte im Bunde war Susanne Schüßler, die unter den Namen Wlaczik zu ihrer angeblichen Schwiegermutter nach Polen floh und dort immer wieder in Kontakt über ihre Ziehschwester Chrissi Schüßler in Form einer Sport-Marketing Agentur blieb. Ihr Ehemann Thomas Wlaczik fuhr in der Zeit immer als Maler nach München und führte Aufträge für die Stasi aus. Meistens Mordaufträge. Seine Ansprechpartnerinnen waren wiederum Annemarie Mayinger alias Polin Anna Figurska Janik, die in Feldmoching in der Frauenunion aktiv war und auch in Berlin als Zahnärztin für Julia Walter Stasibehandlungen durchführte. Sie hatte bereits in Gansheim später Marxheim die Schwester von Franz Mayinger auf den Bauernhof die Treppe hinuntergestoßen und umgebracht. Ihre polnischen Freundinnen waren die aus der Technischen Universität München und korrespondierten mit Claudia Höfer-Weichselbaumer und der Tschechin Eva Maria Reisch alias Eva Kasper und mit Erich Johann Kornberger, der ein Verwandter von Eva Kasper war. Sie hatten das Prinzip des Versteckens und Vertuschen umgedreht und hatten in der Zeit den Namen Julia Walter einfach mehrfach vergeben. Zudem war in der Zeit Janine Bogosyan in Bulgarien an der Goldküste und in ihrem Tal in Albanien untergetaucht. Dieses Tal kannte Janine Bogosyan noch von ihrer Großmutter, die angeblich den letzten Königsgeschlecht in Albanien gedient hatte. Aber auch das war frei erfunden und dass die Großmutter ein **Schandi-Opfer** gewesen sei auch. Das Königsgeschlecht war wie nahezu alle Adelshäuser im Kommunismus, bis auf die die vorher flüchten konnten restlos ausgelöscht worden. Auch Janine Bogosyan spätere Bekenntnisse zu den Juden rein pro Forma, weil ich sie jedes Mal in die Schranken weisen musste, wenn es wieder zu schlimm mit ihr wurde sprich sie einweisen ließ, waren reine Showbekenntnisse. Sie hielt auch ständigen Kontakt zu Julia Walter, die eben auch in Osteuropa saß. Aber jede Person, die diesen Namen trug war als sogenannter geheimer Drittkontakt zu Julia Walter und zu ihren eigentlichen Ansprechpartnern deklariert. So hatte Julia Walter von Tschechien aus, ein Netz über Europa gezogen und jede Internetaufzählung des Namen Julia Walter war auch tatsächlich mit der gesuchten Julia Walter verknüpft. Für ihre Fahrten durch Europa nutzte Julia Walter beispielsweise immer Porsche und hatte sich über Tanja Mayinger alias Haas alias Schmid einen Kontakt derer einstigen Arbeitskollegin im Krankenkassenversicherungsmarketing geben lassen. Die Zahnarztpraxis in Berlin war ein Kontakt zu Martin Hirschmann und Martina Erika Wichnalek Eltern. Die Zahnarztpraxis an sich war nur auf ihren Namen angemeldet und in der Zeit als untervermietet angegeben. Die Kontakte zu Lydia Stein alias Klein alias Wagner und Eva Maria Reisch alias Eva Kasper hielt sie über eine einstige Friseur-Azubi von Lydia Stein alias Klein alias Wagner. Auch diese Azubi wurde unter den Namen Julia Walter gemeldet und Julia Walter Nummer wurde immer eingespeichert. Die Ansage war immer eine Salonansage, damit eine Verknüpfung nicht auffiel. Lydia Stein alias Klein alias Wagner war in der Zeit die Verbindung zu der Wirtschaftsprüfergesellschaft und Rechtsanwaltskanzlei Wolfgang Graf und in Gröbenzell zu Steffi Gänse, die alle zusammen in der fas GmbH an der Hackerbrücke arbeiteten. Die andere Angestellte Debbie war der Drittkontakt zu Gunda Nitzsche und zu England und London. Debbie hatte in der Zeit die Wohnung von Julia Walter in London untergemietet und verbrachte dort Zeit als Telefondienst. Debbie arbeitete auch als Kontakt zu Jessica Traue und zu Tom Pau alias Köhler und Katharina Petrussek in Moosach. Zudem gab es noch eine Verbindung über ein Nähstudio von Katharina Petrussek in Berlin und dort arbeitete zudem auch Julia Walter in ihrer Freizeit. Gunther Schmid und Jupp Joachimski organisierten die Namensgebung in Deutschland und organisierten den Abtransport aus der Psychiatrie in Hamburg von Julia Walter via der falschen Ärztin Birgit Wolf alias Blumoser alias Dr. Isabella Walchshofer Fischer und ihren Mittäter Arndt Meier alias Dr. Psychiater Martin Walchshofer. Aufgrund ihrer Tätigkeit bei Edeka tauchten sie nach dem Abtransport von Julia Walter nach Tschechien in einen Essentransport LKW zurück nach Deutschland unter. Sepp Schüßler war über seine Fernmeldeakademie der Bundeswehr und einen Internetradiosender mit dem Namen Julia Walter über die Kommunikationsebene verbunden. Ebenso hatte Julia Walter eine Kommunikationsagentur und eine Werbeagentur auf den Namen Julia Walter benennen lassen und belauerte mich über Dritte auf Schritt und Tritt. Ihre Radiosendungen speiste sie über Dritte teilweise in die öffentlich-rechtlichen Sender. Zudem ließ sie einen Technikladen eröffnen unter den Namen Julia Walter der nur für Internetverbindungen und Telefonnetze und zuständig war und ließ Telefonate und Verbindungen mithören. Auch einen Kosmetikladen und einen Photographie-Laden mit Hochzeitsfotografie ließ Julia Walter installieren, um damit wieder sogenannte geheimdienstliche Anfangspunkte mit geheimdienstlichen Hochzeiten setzen zu können und aus dem Ausland heraus wieder erstarken zu können. Tanja Mayinger war für die umgeleiteten und verteilten Krankenkassenrechnungen zuständig und buchte diese auf anderen Konten ab. Ingrid Wolf alias Blumoser fuhr in der Zeit in ihre Pension nach Niedersachsen und brachte dort immer wieder Stasiagenten als Familienmitglieder unter, die jedoch einfach hinterzogene Übernachtungsgäste waren. Claudia Höfer-Weichselbaumer und Eva Maria Reisch und Gunda Nitzsche arbeiteten in der Zeit an unterschiedlichen Universitäten und versuchten Gelder zur Auffüllung ihrer zurückliegenden Schulden zu bekommen. Sebastian Wieberneit alarmierte in der Zeit regelmäßig den Verfassungsschutz und zusammen mit seinen Gunther Schmid und Jupp Joachimski die anderen Polizeien Deutschlands und die anderen Geheimdienste und legte falsche Fährten und bezichtigte unschuldige Menschen. Janine Bogosyan und Sebastian Wieberneit drohten in der Zeit ganz öffentlich mir und setzten im Internet nicht nur Videos mit der Aufforderung mich umzubringen ab, sondern gründeten auch eine Fundraising-Aktion um Spenden für einen Auftragskiller gegen mich zu bezahlen. Janine Bogosyan machte das Gesamte immer über sogenannte Crowdfunding Projekte, in deren Topf mehrere Milliarden landeten und Julia Walter behauptete, dass ich ihre Straftaten begangen hätte. Weiter wurden dann Hassposts von Sebastian Wieberneit unter meinen Namen über die Leipziger Internetadresse der Universität Leipzig gestreut. Immer dabei, war mein Konterfei sprich Profil und mein Lebenslauf. Sebastian Wieberneit tauchte in der Zeit unter den falschen Namen Noichl und mit einem veränderten Bild im Internet auf. Er wohnte in der Zeit immer in Gröbenzell und im Lehel in der Wohnung von Tom Pau alias Köhler, der auch gleichzeitig der Nachbar in der Siedlung in Moosach war. Die Polizisten Mike Krettek und Stephan Gleißner und Andreas Schmitz und Florian Haas und Gerd Schmitz und andere polizeiliche und geheimdienstliche Exfreunde von Tanja Mayinger und Katja und Carolin Winkler stalkten mich in der Zeit extrem. Nachdem sie mich eingekesselt hatten damals in den USA als ich das zweite Mal schwanger war, ließ Jessica Traue mein Haus stürmen und ließ mich von den Polizisten, die sie aufgehetzt hatte, zusammenschlagen. Ich schützte meinen Bauch aber ich hatte keine Chance. Ich verlor das Baby und auch das Bewusstsein. Danach fuhr ich wieder nach Deutschland, denn Peter Meier drohte, dass er mich vor den Augen der US-Öffentlichkeit hinrichten lassen würde und den Präsidenten der Vereinigten Staaten des Kindesraubes bezichtigen und verklagen würde. Er war ein geisteskranker Idiot und behauptete von sich bei den Stammtischen, dass er der Nachfolger von Walter Winkler sei. Sein Verwandter aus Tschechien Sigmund Mayinger der eigentlich Majinger hieß war nicht besser. Der behauptete das Gleiche von sich. Sigmund ging sogar so weit und sagte, dass eine Tochter zum Vater gehöre und die Mutter Maria Bogosyan sich nach mir sehnen würde. Er glaubte bis zum Schluss nicht, dass die Maria Salmen eigentlich nur eine Schwester von Maria Bogosyan aus Thüringen war und keine Verwandtschaft zu den Familiennamen Salmen und Christ existierte. Er begriff auch nicht, dass die andere vorherige auch geheimdienstlich gegründete Familie Christ und Salmen nicht existent war und nicht rechtlich begründet. Es gab weder die 12 Kinder von Johannes Salmen und Elisabeth Christ, noch gab es das Ehepaar jemals. Fakt war, dass mein Großvater Jodokus sprich Jakob aus den USA nach Deutschland gekommen war und seine leibliche Tochter meine leibliche Mutter und seinen Schwiegersohn Alexander meinen leiblichen Vater suchte und finden wollte. Er bekam den Hinweis, dass sie in Tschechien seien und wusste aber nicht, dass es eine Falle war. Er glaubte Walter Winkler und ließ meine leibliche Mutter fälschlicherweise in Deutschland. Meine Mutter wurde wieder von mir getrennt und ich wurde zu meinen Großvater nach Tschechien gebracht um ihn weich zu kochen und ihm zu sagen, dass er eine Erbschuld an dem 2. Weltkrieg hätte, den die Deutschen verloren hätten. Die damalige Familie Nitzsche, die sich als Maria Bogosyan vorstellte und sehr eng mit der Familie Franz Mayinger verbunden war und beide Familien in Stasiaktionen verbunden waren. Ihre zwei Vertreterinnen waren damals die Barbara Nowak und ihre Schwester Marianne Nowak aus Niedersachsen und diese Familienkonstellation erzählten sie meinen Großvater. Und eben die andere Familienlinie Maria Bogosyan geborene Nitzsche, die mit Peter Meier verwandt war aus Thüringen. Mein Großvater wurde von Walter Winkler, der Typ der ihm den Tipp gegeben hatte in Prag erschossen, nachdem wir in der Theatervorführung waren und nachdem wir den Folterkeller entdeckt hatten.

Es war auch so, dass wenn diese Stasileute in einer Ruhesituation waren sprich nicht in einen aktiven und sehr tätigen Aktionsgeflecht diese Leute sich nicht in Ruhe zu Straftaten befanden. Sie machten weitere Straftaten, die sich zur Sicherung ihrer Straflosigkeit und ihrer Nichtentdeckung ihrer Straftatenkarriere. So waren, zum einen unberechtigte Aneignung ein Kapitel in deren Strafregister, welches ich mit Jupp Joachimski und Peter Meier ausführlich diskutierte. Die unberechtigten Aneignungen leiteten sie ihr aus dem resultierenden Recht aus der Räubergeschichte „Ronja die Räubertochter" her. Diese Mentalität würde man in normalen Familien Aufforderung zum Raub und Betrug nennen, aber diese Leute scherten sich nicht mal ein bisschen darum. Auch Diebstahl war ihnen als Straftat nicht bekannt, nur der Begriff der Eigenname wie es ihnen Jupp Joachimski zynisch nach historischen Ritualrecht gelehrt hatte. Die Begriffe Unterschlagung und Übervorteilung und Aufstauung von Geldern und Leistungen war bei ihnen eine gängige Praxis. Dabei war es nicht so, dass es sich um unwissende und unschuldige Menschen handelte, die das unabsichtlich machten. Nein! Es waren Leute, die von Jupp Joachimski einseitig geschult worden waren und nie den Anstand besaßen aus diesem so installierten System und Kreislauf auszusteigen. Die verschwendeten Gelder deklarierte Gunther Schmid als zusätzliche Kosten in seinem System und erhielt dadurch eine größere Zirkulationssumme in seinen Versicherungsgeschäft. Sein ständiger Begleiter in politischen Dingen war Peter Meier. Dieser wiederum war an die Polizisten gekettet, weil er einen angeblichen Widersacher ausschalten ließ durch Stephan Gleißner und Mike Igel alias Kreitmayer alias Krettek als verkleidete Einbrecher bei einem Nachbarn von sich und Tanja Mayinger. Diese Familie hieß auch Meier und hatte einen Sohn, der in der Versicherungsagentur von Gunther Schmid und Tanja Mayinger arbeitete. Dieser wiederum war komplett abgesprungen und hatte eine Systematik in den straffälligen Geschäftsgebaren von Gunther Schmid bei seiner Versicherung gefunden, weil ihm fälschlicherweise Briefe mit dem Namen Meier zugesandt wurden, die aber nicht ihm gehörten. Gemeint war Peter Meier ein paar Häuser weiter aber in derselben Zeile, der mit genau dem Chef Gunther Schmid verbunden war, aber auf der politischen Ebene und in geheimdienstlichen und polizeilichen Dingen. Durch diesen Faux-Pas von Gunther Schmid fand dieser Mitarbeiter Harald Meier, der in der Zeit mit Chiara Müller zusammen war heraus, dass die Versicherungen von Gunther Schmid nicht gedeckt waren und dass Tanja Mayinger in manchen Fällen wie ein Nazi die Drecksarbeit für Gunther Schmid machte. Der Mitarbeiter stellte daraufhin eine ganz normale Datenschutzauskunft an die jeweiligen Stellen über seine eigene Person und bekam eine vermischte und sehr gruselige Ansicht, die er berichtigen ließ. Als dieser Versicherungsmitarbeiter, der Verwandte in Berlin hatte, etwas erben sollte und leer ausging wegen dieser Namensverwechselung, wollte er nicht nur klagen, sondern eben auch seinen Namen ändern. Dazu wurde ihm aber auferlegt, dass er klagen müsse, was er auch tat, aber natürlich sprang dann gleich der nächste korrupte Stasinaziverwandte ein Jupp Joachimski als Richter in Bayern. Dadurch verlor er auch den Prozess und merkte, dass er der Prellbock für dieses perfide Spiel werden sollte. Tanja Mayinger verbreitete in der Zeit, dass ich die Freundin von Harald Meier sei, um von sich abzulenken. Tanja Mayinger und Karl Mayinger hatten auch in der Zeit den Schlüssel der Familie Harald Meier und Peter Meier als Verwalter der Siedlung in Johanneskirchen masste es sich an, mit einem Zweitschlüssel von deren Haus die andere Familie Meier zu tyrannisieren. Dazu muss man wissen, dass seit Tanja Mayinger ersten Mord in dem Münchner Vorort Oberföhring an den Fernsehsendermanagerehepaar Peter Meier ihr ständiger Putzmann und ständiger Tatausführer wurde. Peter Meier fand es sowieso prickelnder sich mit Mörderinnen zu umgeben, denn mit normalen Leuten. Er war eigentlich ein ständig überreizter Geselle, der nicht mal dann Ruhe gab, wenn die Leute ihm unbekannt waren. Jedenfalls gab es ein Riesengroßes Blutbad und in der Zeit flüchtete Peter Meier in seinen angeblichen Urlaub nach Moosach, um von sich abzulenken. Tanja Mayinger begab sich mit ihrem Schwiegervater und der gesamten Familie und Schwiegerfamilie nach Niedersachsen, um auch nicht erreichbar zu sein. Kathrin Meier war noch minderjährig und behauptete plötzlich auch mit Harald Meier zusammen gewesen zu sein, um ihren Vater den liebenden Schwiegervater Peter Meier von jeglichem Tatmotiv zu befreien. Tanja Mayinger behauptete noch den Schlüssel der Familie gehabt zu haben, um die psychisch kranken Leute zu pflegen, was aber nicht stimmte. In Wahrheit war sie auch nie wirklich mit Harald Meier zusammen, sondern behauptete das auch nur wie es im Drehbuch des perfiden Gunther Schmid stand. In Wahrheit war sie mit dem anderen Organisator und Sohn von Gunther Schmid Florian Haas verheiratet und wollte diese Verbindung nicht offenlegen. Um das Verwirrspiel komplett zu machen, behauptete Tanja Mayinger, dass in Wahrheit Jenny Schmid die Schwester von Florian mit ihren angeblichen Bruder Tobias Bogosyan alias Alexander Mayinger verheiratet sei und organisierte noch kurzerhand zur Tarnung eine Hochzeit, die dann mit den vermeintlichen Erbstücken als Hochzeitsgeschenken ausgestattet war. Der leibliche Vater von Jennifer Schmid und von Silke Schmid alias Bodenstein Gunther Schmid tauchte gar nicht auf. Silke Schmid war auch in der Maria-Ward-Klasse von Katja Pritz alias Melzer und gleichzeitig ihre Cousine. Dafür ließ er den Verfassungsschutz antanzen und filterte einige Leute so wie es ihm passte oder besser gesagt, die er nicht möchte, weil sie ihm gefährlich werden konnten, heraus. Die Hochzeit fand in Niedersachsen statt, wo sich Gunther Schmid immer noch auf Barbara Nowak und Marianne Nowak berief, als sinnlose Begründung seiner Rachefeldzüge. Es nämlich so, dass die beiden zwar in seine Familie eingeheiratet waren, aber eben zu Staatsfeinden deklariert worden waren und Gunther Schmid aber eben in der Position des Bundeskanzleramtschefs, die Belange Deutschlands auch auf sicherheitspolitischer Ebene vertrat. Und genau diese Leute der Stasi sprich Staatssicherheit, die dem DDR-Geheimdienst angehörten waren es, die er damit verteidigte. Im engeren Sinne hätte man dieses Verhalten Staatsverrat nennen können, aber als ich Gunther Schmid in der Zeit sah, fragte ich mich, ob er wirklich bei Sinnen war. Aber da ich ihn auch in Osteuropa miterleben musste, kam ich zu dem Schluss, dass er sehr wohl wusste, was er tat. Als ich ihm später sagte, dass Barbara und Marianne Nowak auch bei der Stasi waren brach er in sich zusammen und als er das erfuhr von Maria Bogosyan, dass die ihn auch nur angelogen hatte und er sozusagen von zwei Seiten belogen worden war, wurde er noch kleiner. Er ließ in späteren Jahren noch mehrfache DNA Tests von mir anfertigen, weil er nicht glauben konnte, wer ich war und bin. Die DNA Tests fielen immer nicht nach seinen Sinnen aus. Immer sagte er dann an die USA gerichtet, dass er mich umbringen würde und dass er von ihnen verlange mich zu suspendieren, was sie auch taten. Das bedeutete, aber für mich immer wieder Zeiten ohne Geld. Gunther Schmid versuchte in der Zeit immer wieder meinen Verhaltenscodex und meine Verbindungen nachzuäffen und seine Eifersucht auf internationaler Ebene zu zeigen. Gunther Schmid war die gesamte Zeit mit Tanja Mayinger seiner Schwiegertochter über seinen Sohn Florian Haas verbunden und schickte mir parallel dazu Benedikt seinen anderen Sohn auf den Hals. Er fuhr immer von Hildesheim in Niedersachsen nach Bayern in das Studenten**Corps**-Haus Palatia in München, wo er sich mit den Leuten der Technischen Universität München und der Franz Mayinger Familie und der Karl Mayinger Familie und Katja Familie aus Niedersachsen traf. Ich war nie dabei, da ich für sie als Feinde galt. Es war zynisch, wie sie mich beschimpften als ich ihnen verbal ihre Straftaten sagte und wie sie mir dann erklärten, dass sie das dürften nach den und den angeblichen Folgerechten sprich Kettenvertragsrecht verbunden mit Ritualrecht. Es war erbärmlich zu sehen, wie Politiker und Polizisten diese Argumentation anwandten auf ihre Berufsethik und ihr Berufsleben. Man muss dazu sagen, dass das das erste Mal im Jahr 1987 in Westdeutschland passierte. Also vor nicht allzu langer Zeit und dass bereits in dieser Zeit die normalen Leute nicht mal in der Lage waren diese Wolke an Stasiagenten gegen zu halten. Die schon damals Polizeiuniformen und Richterroben im Westen trugen.

Ebenso war es in allen Jahren nie angekommen, dass die Beziehungen und Ehen, die diese Leute eingingen reine Zweckbeziehungen mit begrenzter Dauer waren. Jupp Joachimski ließ für diese begrenzten Beziehungen den Begriff Lebensabschnittsgefährten und Lebensabschnittsgefährtin in den Duden eintragen und so eine Neudefinition der gängigen Beziehungsmuster bewirken. Nach den Wendejahren pendelte sich die eine durchschnittliche Projektdauer, wie sie diese Beziehungen nannten, von 5 Jahren ein. Später wurden, auch die durchschnittlichen Arbeitsvertragsdauer in den Öffentlichen Arbeitsverhältnissen auch auf 5 Jahre angepasst. Meist staffelten sie es sogar in zwei Vertragsverhältnisse 2,5 Jahre und 2,5 Jahre. Die vermeintlichen Eheleute hatten in diesen Beziehungen keinen Sex und keine Kinder. Auch die Beziehungen an sich waren austauschbar. Individualität und vor allem gelebte Individualität war nicht erwünscht. Das Zusammenleben der gängigen Beziehungen in der Agentenwelt, waren in der verfassten Art und Weise vertraglich und rechtlich vorgegeben. Diese sterile und äußerst kalte und lieblose Lebensrealität war auch verlockend aufgrund der glänzenden Fassade, aber sobald man die durchdrungen hatte, war dahinter eben das emotionale Nichts. Es war auch so, dass die Stasinazifamilien die in geheimdienstlicher Absicht früher gegründet worden waren, als Schablonen in solche sinnlosen Familienverbünden weitergeführt wurden. Diese Leute wurden zu farblosen Schablonen, die ihren immer wieder neuen Familienverbünden, die immer gleichen sinnlosen Traditionen beibrachte und die immer wieder dieselben Sätze sagten ohne Emotionen und ohne Neues. Es war wie eine Art Endlos-Schallplatte, die nur aus Wiederholungen nur eben Lebenszeitwiederholungen bestand. Es existierte kein Vertrauen unter den jeweiligen Familienmitgliedern untereinander und wenn man wie manche Stasinazikinder selbst nicht begriff, in welchen vermeintlichen Familienverbund man aufwuchs, als Stasinazikind selbst überrollt wurde von der Wucht dieser negativen Energie die von diesen Leuten ausging. Diese Art von einem arrangierten Arbeitsverhältnis mit der Hoffnung auf ein Überleben, war eine monotone Form von Kleinhaltung und von selbst gewählten und auferlegten Zwang, der jeden erdrückte mit der Zeit. Denn es sicher nicht ein gutes Leben. Sie kamen mir manchmal vor, wie in Förmchen gepresste Sandkuchen, die nichts weiterkonnten als schön auszusehen und danach sang- und klanglos und vor allem klaglos zu zerfallen. Vor allem die Frauen, die sich ihre Zukunft bereits bei den ersten Mitmachaktivitäten Gefangene ihrer drohenden Zukunft waren. Zudem begriffen erst wenige und meistens auch zu spät Frauen wie Männer, dass alle gefangen waren in einen ewigen Finanzkreislauf, bezüglich den Staatsgeldern, die über Versicherungen finanziell und rechtlich hinterlegt waren.

Die Großmutter Maria Reisch beispielsweise merkte selbst, dass sie je älter sie wurde, die Sinnlosigkeit in dieser Illusion die auf Blut unschuldiger Menschen fußte zu bröckeln begann. Am Ende konnte sie mir nicht mal mehr ins Gesicht schauen, so weh tat ihr mein Anblick. Sie erinnerte sich auch in ihrem Alter, dass ihr Sohn es war, der meinen Großvater erschossen hatte und sie unbedingt in den Westen wollte, wo es beheizte Häuser gab und Fußbodenheizung. Ihre donauschwäbischen Traditionen behielt sie bei und zur Tarnung bezüglich des ältesten Sohnes der Habsburger und seiner Entführung nach Ungarn, erzählte sie Jahrzehnte lang, dass sie mit mir auf Donauschifffahrt gewesen sei. Was aber nicht stimmte. Ich war im Jahr 1992 nochmals auf Donauschifffahrt damals zur nochmaligen Tarnung mit Sebastian Wieberneit und Jupp Joachimski und mit dem verrückten **Markgrafen** Gerhard von Nitzsch fuhr ich damals mit dem Filmteam im Jahr 1988 auch auf der Donau über Rumänien, wo er in seinen Wahn eine rumänische Brücke wegsprengte, auf der Panzer zur Sicherung aufgestellt waren und drüber rollten. Es war Kampf in der dortigen Stadt und später behauptete Gerhard von Nitzsch, dass er ein Recht dazu gehabt hätte. Aber auch das stimmte nicht! Später begann ein Streit darüber, ob der **Markgraf** überhaupt geschossen hätte und ob dort überhaupt eine Brücke gestanden hätte. Ich ließ Taucher dorthin bringen und wir fanden die Fundamente. Die Brücke bestand aus großen Steinklötzen sogenannten Findel-Steinen sprich Findlingen. Damit waren die Römer auch bereits Konstrukteure dort in Rumänien gewesen und auch die Sachlage der Herkunft und der Entstehungszeit geklärt. Diese Begründung war eben sehr wichtig für den italienischen Adel. Um diese Brücke wieder auf bauen zu können und als Weltkulturerbe anzumelden. Zudem konnte ich so beweisen und nachweisen, dass ich nie eine Schussbefehl auf die Brücke gegeben hatte. Wir fanden sogar mit meinen Soldaten Kollegen den Fundamentstein der Brücke in Rumänien und konnten mehrere Lügen von Jupp Joachimski bezüglich dieses Vorfalles widerlegen. Die Donauschifffahrt mit den Habsburger Erbprinzen war bereits 1986 und lediglich ein Teilstück in Ungarn und zwar Hinfahrt in Budapest und Rückfahrt bis zum Eisernen Vorhang. Auf der Rückfahrt stiegen wir in einen Jeep des Modells Land Rover um und ich stieg vorher aus. Es war so schrecklich als auf der Rückfahrt der Stasimann Franz von Habsburg packte und zusammenschlug mit Leuten die am Straßenrand warteten und ein Schuss fiel. Danach war es still und ich lief weg. Durch den Wald immer Richtung Westen. Sie suchten noch nach mir, aber ich lag unter einer großen Astwurzel und schlug mich ein paar Tage durch das Dickicht. Es war Nacht als das passierte in dem Land Rover und deswegen konnten diese Stasileute mich sowieso nicht finden. Ich hörte sie immer von weitem, weil sie dicke Ledermäntel trugen, wie bei der Waffen-SS. Und deren ungelenken Bewegungen waren wie aufgeblasene Michelin Männer. Als ich im nächsten Dorf war las ich in deren Zeitung, dass eine Leiche gefunden worden war an der einzigen Straße durch die DDR. Es war Spätsommer und eigentlich Erntezeit. In der DDR wurde ich sowieso behandelt wie ein rohes Ei, weil jeder wusste, dass meine leibliche Mutter entführt worden war von der Stasi und zum politischen Spielball auch für Deutschland geworden war. Meine Familie hatte eigentlich nie etwas mit Geheimdiensten zu tun und auch die deutsche Regierung äußerte sich nicht zu dem Verschwinden und die Stasi gab nie zu, dass Menschenentführungen überhaupt stattgefunden hatten. Ich kroch in einer Scheune unter und traf mich dann im nächsten Waisenhaus. Ich war auf den Boden der DDR und ab diesen Zeitpunkt hieß ich dort zu meinem Schutz Elise. Sie vermittelten mich nach Frankfurt am Main, wo ich hinwollte und wo ich Verwandte hatte. Den Zeitungsausschnitt nahm ich mit und hatte ihn in den Hosentaschen als ich nach Frankfurt am Main ankam. Damit ich wenigstens einen Beleg hatte. Es war denen sowieso egal, weil ich als Räuberprinzessin sowieso auch bekannt war. Ich ging dann dorthin und wurde, aber wieder nachdem ich mich eingewohnt hatte in dem dortigen Waisenhaus, wieder aufgestöbert von der Familie Karl Mayinger. Meine Wunden hatte ich notdürftig versorgen lassen und ich war zu meinem Rechtsanwalt meiner Eltern in Deutschland vorgedrungen. Er erkannte mich trotz des ungewaschenen Gesichtes und der ausgerissenen Klamotten sofort und gab mir neue Kleidung und auch neue Dokumente. Ich fuhr nach München, da ich dort hinfahren sollte. Aber ich stand vor verschlossener Tür, weil, Barbara mal wieder mit Walter Winkler im Urlaub waren allein mit Sebastian Wieberneit. Allein und ich war laut eigener Aussage von Barbara im Ausland. So wie sie es immer machte, wenn ihre Lügen aufzufliegen drohten, wurde noch eine Schönheitslüge draufgesetzt. Barbara Nowak oder besser gesagt Sigmund Mayinger aus Tschechien holte mich in Frankfurt am Main später ab. Nachdem ich wieder zurück gefahren war. Dann holte er mich von diesem Waisenhaus in Frankfurt am Main ab und fuhr mich wieder in ein Waisenhaus nämlich das Waisenhaus nach München. Auf die Frage hin, warum ich nicht mitkommen dürfte in die Wohnung, sagte er, dass er noch etwas zu tun hätte. Sprich er wollte geheimdienstlich wieder Straftaten begehen. Er holt mich dann am 27.05. ab und sagte, dass ich nun seine Pflegetochter sei sprich auf Probe. Mir blieb fast die Spucke über so viel Dreistigkeit weg. Danach musste ich nochmal zwei Tage in das Waisenhaus, nachdem er Barbara zusammenschlug und sie weinend auf die Straße flüchtete aus der Wohnung. Sigmund sagte, dass Barbara labil sei und sie übertreibe und sich wie eine Verrückte aufführe. Barbara begriff in diesen Momenten erst, was sie aus ihr machen wollten und dass sie keine Chance und schon gar keine faire Chance gegen deren Stasilügen hatte. In diesen zwei Tagen sollte ich mit einer angeblich neuen gefundenen Freundin aus dem Waisenhaus Barbara König in diesem Waisenhaus in München zwischen geparkt werden. Später erfuhr ich, dass der Name Barbara König auch von der Stasi erfunden worden war, um Barbara Systemtreue zu gewährleisten, weil sie sich doch als Prinzessin fühlen wollte. So konnte sich die Stasi sicher sein, dass Barbara gemäß der Stasi Vorgaben spielte und sich verhielt und log. Danach kam Barbara wieder in die Irrenanstalt und log dort weiter, dass sie mit meinem leiblichen Vater oder wahlweise mit dem Vater von Samira verheiratet gewesen sei. Ich hasste Barbara dafür und ihr ständiges Gehabe, dass sie etwas Besseres sei, brachte auch alle anderen normalen Leute um sie herum in Gefahr.

Barbara war auch die Frau, die meine Austausche mit der Stasi und der Ostseite und mit der Westseite organisierte. Sie zögerte nicht mal Sekunden, wenn man ihr sagte, dass ich wieder dort oder dorthin sollte. Es waren verschiedene Austausche, die sie vorher nicht so benannte, aber mich diesbezüglich immer wieder instruierte. Es war sogar so, dass sie mir regelmäßig Angst machte, wenn ich nicht folgte. Sie schrie dann wie eine dumme Zicke in einem Lokal rum, bis ich auf die Toilette ging und dort bis 20 zählte und erst dann wieder rauskam aus den WC Raum. Dann waren zumeist eine Austauschfamilie mit einer **Tarnidentität** in dem Lokal und nahmen mich mit und wussten auch schon meistens wie ich hieß und sprachen mich mit Sandra an. Ich musste dann in das andere Auto steigen und fuhr mit den fremden Leuten mit. Barbara scherte sich meist einen Dreck um mich und wenn ich zuhause anrief, schimpfte sie mich, dass ich mich wie ein Kind benehmen würde das sie mir doch diese „Reise" ermöglicht hätte. Meine leibliche Mutter durfte ich meist nicht sehen. Es war meistens eine Reise, um gedemütigt zu werden oder um eingeschüchtert zu werden. Es war nie so, dass diese Reise keinen zweideutigen oder zynischen Zweck erfüllte. Ab 1992 musste sich Jupp Joachimski eine weitere Ausrede einfallen lassen und musste verhindern, dass ich auf Reisen ging, weil ich seiner Ansicht nach zu bekannt geworden war und zu auffällig bei Auslandsreisen. Er behauptete, dass es zu schwierig geworden wäre mit mir auf Reisen zu gehen, weil ich mich angeblich nach meiner Mutter Barbara verhielte. Die sei auch immer so lakonisch und so depressiv gewesen. Zudem hätte Barbara paranoide Phasen gehabt, die sie auch auf Reisen zu einer orientierungslosen Person gemacht hätten. Alle diese Lügen wurden von Hans Lauter gutachterlich bestätigt. Barbara war zwar verängstigt und hatte enorme Angst über manche Schwellen zu treten, doch machte sie das nicht besonders harmlos. Denn mich benutzte sie mich mit diesen regelmäßigen Austauschen, als ihre Finanzsicherung und wurde sehr wütend, wenn ich mich sträubte. Meist war die Austauschstelle immer in der Nähe der deutsch-deutschen Grenze und oftmals an einer Autobahnraststätte. Dort wurde immer absichtlich Pause gemacht und die Familie die mich mitnehmen sollte, war auch bereits durch Barbara informiert worden. Barbara machte in der Zeit Urlaub mit Sebastian Wieberneit und Walter Winkler allein. Sie sagte mir mal als ich 8 Jahre alt war, dass ich ihr lästig wäre und sie sich schämen würde eine so dumme Tochter, wie mich zu haben. Ich machte mir nichts daraus, denn Barbara war mir sowieso zu blöd und war nur eine Bauersfrau. Manchmal dachte ich, dass Barbara einfach überschätzt wurde und ich begriff auch, dass sie niemals zugeben würde, dass ich nicht ihre leibliche Tochter war und auch nicht anders verbunden war mit ihr. Barbara wollte auch nicht, dass ihr Luxusleben endete. Man muss sich auch begreiflich machen, dass diese Frau einen besonderen Etat von meinen adeligen Verwandten zur Verfügung gestellt bekommen hatte, der aber unterschiedlichen Zwecken dienen sollte, die sie aber nie erfüllte. Auch war Barbara so blöd in ihren Liebeswahn zu Walter Winkler, dass sie nicht begriff, dass dieser Mann ihr Untergang sein würde auch finanziell. Denn er erpresste Barbara mit ihren gemeinsamen Straftaten und bekam von ihr immer wieder Geld zum Schweigen zugesteckt. Ich persönlich fand ihre Verhaltensweisen auch sehr merkwürdig und sehr normal für eine Geheimagentin, aber eben nicht für eine normale Mutter geschweige denn Kindermädchen. Da konnte es schon mal vorkommen, dass wenn sie Leute aus ihrer Vergangenheit sah, einfach im Supermarkt stehen gelassen wurde und von einen Ladendetektiv samt Polizei nachhause gebracht wurde. Ebenso war es auch kein Wunder und gab es auch bei Barbara keine Erklärungsnot, als einmal ein Austausch mit der Stasi anhand der A9 der Nürnberger Autobahn auf einen Autobahnparkplatz ohne Raststätte schief ging und ich dort einfach stehen blieb und den ADAC samt Polizei rief. Wie in einer absoluten Komödie wurde die dreiköpfige Familie dann einen Parkplatz weiter beim Essen in einem Lokal aufgegriffen. Sie behaupteten zunächst, dass sie mir unbeabsichtigt eine Lektion erteilen wollte und dann als sich das zu hart anhörte, dass sie mich einfach vergessen hätte. Einmal ließen mich auch komplett nach Hause laufen. Und dort stand ich wieder vor verschlossener Tür. Barbara behauptete später auch die stolzeste Mutter zu sein, weil sie vor Sebastian Wieberneit unkontrollierten Wutausbrüchen Angst bekam und seine absolute Perfidität, dass sie die stolzeste Mutter eines Prinzen sei. In Wahrheit war es komplett überflüssig, denn Barbara und Sebastian Wieberneit konnten sich nicht ausstehen und waren beide Stasimitglieder. Man muss dazu sagen, dass bei Kindern denen die Individualität und die einzigartige Betrachtungsweise abtrainiert worden war, diese Erleichterung der Kontaktfreudigkeit und damit die erleichterte Reiseverschickung auf Stasi-Art mit dem erhöhten Risiko viel leichter funktionierte. Als mit mir, die auf alles achtete und das Risiko abschätzte.

A.4 Abbildung der Grundprinzipien der Nazifamilien

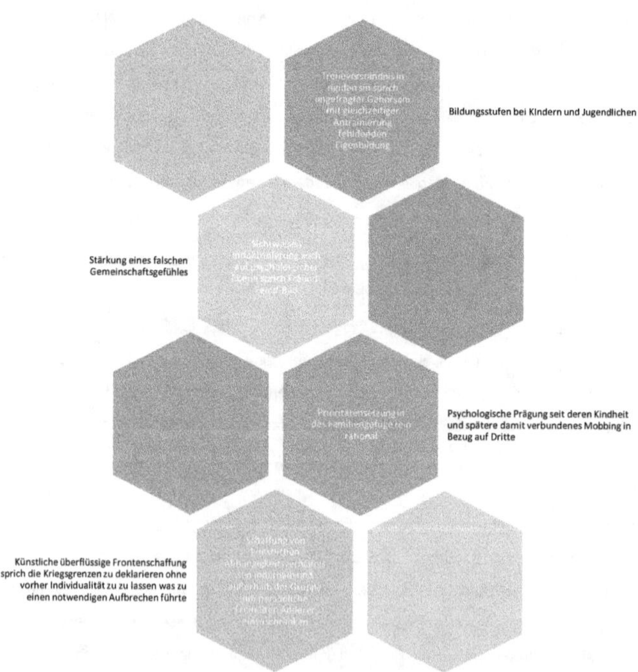

Ich versuchte mich wirklich als Jugendliche unter 10 Jahren diese Lebensart dieser osteuropäischen und ostdeutschen Familie zu verstehen. Aber ich konnte es nicht. Es war nicht, weil ich es nicht inhaltlich verstand, sondern vielmehr deshalb, weil ich bereits bei der Analyse von deren sinnlosen aggressiven Verhalten analysierte, dass es für mich keinen Sinn machte. Es war auch so, dass genau diese Haltung, die auch innerlich trug, beibehielt als sie mich körperlich verletzten. Es war nicht so, dass ich wie Barbara oder die Ehefrau von Franz Mayinger als

Märtyrerin und Mittäterin sah, wovon ich letzteres sowieso nie war, sondern ich alles so lächerlich und so dämlich empfand. Janine Bogosyan hingegen fand es geil. Sie fand es geil brutal zu sein und Macht über Dritte auszuüben. Egal ob es schwache Leute waren oder ob sie nichts mit ihr und ihren Aggressionen zu tun hatte. Janine Bogosyan liebte, wie alle ihre Freundinnen und Verwandten aus ihrer Vergangenheit die Macht über Andere und die mit Aggression verbundene Herrschaft ihrer Einschüchterungspolitik. Fairness war ihr fremd genauso, wie ihren anderen Leuten. Selbst im Rotlichtmilieu bei mir führte Janine Bogosyan sich auf, als hätte sie etwas zu sagen. Sie ließ sich genauso wie ihre Schwester Sara Bogosyan und Gunda Nitzsche immer bedienen. So als hätten sie in ihrem Leben etwas geleistet, was sie als ihre Lebensleistungen bezeichneten. Das Problem war nur, dass das nicht stimmte. Denn jedes Mal, wenn der Zusammenbruch dieser Frauen kam, wurde ich immer gerufen und sollte eine rechtliche und finanzielle Klärung der Situationen herstellen. Dazu muss man aber wissen, dass alle diese Frauen bei Jupp Joachimski und Gunther Schmid nicht nur angestellt waren, sondern auch persönlich und privat und familiär verbunden waren. Die Problematik war immer die Gleiche und machte immer eine Art Wollknäuel, welches sich nicht durch einseitiges Ziehen auflösen ließ. Man muss dazu verstehen, dass aufgrund der verschiedenen Versicherungen und deren zugrunde gelegten Grundmodellen, die sich in zwei zusammengefügten Interessenlagen verbunden waren und verbunden wurden. Zum einen die finanzielle Gesamtberechnung des Versicherungsbetriebes sprich die Wirtschaftlichkeit unter Berücksichtigung der gesetzlichen Regelungen, wie beispielsweise die Regularien Basel I und Basel II. Des Weiteren wurden dann die inhaltlichen Dienstleistungen gemäß der rechtlichen Vertragslagen ausgeformt in Einzelversicherungsverträge. Diese Einzelverträge wurden mit unterschiedlichen Staffelungen hinterlegt. So wurden Beamten meist mit zusätzlichen Prämien und Benefits gelockt und zu Exemplar-Versicherungsnehmer deklariert. Diese individuelle Ausgestaltung der Versicherungsverträge wurde dann an die einzelnen Versicherungsnehmer angepasst und so wurden sie finanziell angefüttert, wie das Gunther Schmid und Tanja Mayinger nannten. So konnte Gunther Schmid mit seiner Versicherungs-AG den Status einer Systemrelevanz deklarieren, die zu einer Art internen Abhängigkeit auch in finanzieller Hinsicht führte, die zu einer Kontrolle und Gesamtüberwachung der Beamten führte und sie in Erpressungslagen brachte. Zudem wurden die Kunden, wie die Mitarbeiter an diese Versicherung gebunden in erheblicher finanzieller und auch rechtlicher Hinsicht. Wiederum daraus resultierte die angebliche Systemrelevanz und dadurch wiederum musste der Staat und auch die Rückversicherungen für diese Versicherungs-AG zahlen. Wenn jemand verdächtigungsmäßig und belegbar zu nah an Gunther Schmid herantrat und die Begrifflichkeiten Rechtssachverhaltshinterlegung und Rechtsinhaltshinterlegung zu sehr differenzierte und die **Grundmuster** offenlegen drohte, tickte Gunther Schmid aus. Zudem bombardierte Gunther Schmid per Presse und Werbung zusammen mit seiner Schwiegertochter Tanja Mayinger die gesamte Medienlandschaften mit Fakenews und provozierenden Veröffentlichungsprodukten. Sie massten sich sogar an, dass sie bei mir bettelten, dass ich nicht die Wahrheit über ihre verschwiegene Vergangenheit und immer noch andauernde geheimdienstlichen Tätigkeiten anbetraf. Gunther Schmid konsumierte in der Zeit genauso wie sein Schwager Jupp Joachimski enorm viel Alkohol und trafen sich mit der Familie Mayinger und behaupteten ein Familienunternehmen zu sein. Ich war nie dabei, weil ich mir diesen überflüssigen deutschen Geheimdienstscheiß nicht antun brauchte und auch nie antat. In meinen Augen waren alle diese Kalte Krieger nicht mal nach Ende des Kalten Krieges in der Lage ein normales und straffreies Leben zu führen. Sie waren allesamt Leute, die nicht mal im Ansatz an Bildung geschweige denn Kultur interessiert waren. Es gab in deren Leben keine einzige Wendung, die sich mit den humanistischen Bildungsidealen vereinen ließ. Deswegen war es immer sehr schwer mit ihnen normale geschweige denn Fachgespräche mit ihnen zu führen. Nichts war ihnen fremd in der sogenannten Grundmeinung oder auch Grundprämissen oder auch Grundverständnis absichtlich zu verfälschen oder auch einfach nur falsch aufbauend zu benutzen. Wenn man mit ihnen über Stunden sprach, kam ich immer wieder an dem Punkt, wo sie einfach die vorher festgelegten Grundpfeiler, wie Menschenwürde und individuelle Freiheit und keine Vermischung zwischen Privaten und Beruflichen und Wahrung der Individualität und Respekt vor dem Amt und Respekt vor politischen Regeln einfach umstießen, als wären sie in einer Anarchie. Wenn man sie fragte auf welcher Ebene sie redeten, obwohl man vorher mit ihnen die Rahmenbedingungen festgelegt hatte, konnten sie diese Differenzierung sehr schwer, wenn nicht sogar gar nicht, definieren. Bis zum heutigen Tag habe ich keinen besseren Begriff für diese Leute gefunden, wie Monster und Zombies. In vielen Fällen waren die westlichen, aber auch die östlichen verfassten Geheimdienste sehr schockiert von diesen Rüpeln, weil sie einfach alle Regeln brachen und sich an nichts hielten. Wenn dann die Frage nach den beruflichen Klassifizierungen kamen, wurde meist in den Anfangsjahren dieser Entstehungsgeschichte bezüglich Ulrich Grigull alias Franz Mayinger der Begriff der gesellschaftlichen Randerscheinung genutzt. Obwohl der Begriff sehr untertrieben, wie auch übertrieben war. Untertrieben dahingehend, dass die Randerscheinung vorgab eine Randgruppierung der deutschen verfasste Geheimdienste zu sein, was aber definitiv nicht stimmte, denn der Stil war ein anderer und alles andere als staatsrechtlich hinterlegt. Auch waren deren Arbeitsverträge mit den deutschen Behörden in gesamter Hinsicht erpresst. Dazu muss man auch sagen, dass diese Leute sich nicht mal an die Arbeitsverträge hielten. Als ich eine Zeit lang in Niederbayern eine Polizei"ausbildung" machte, hatte ich meine Tochter Samira dabei. Sie war noch ein Baby, aber Barbara war nicht in der Lage und ich machte einfach als US Army Soldatin mit Ausflugoption weiter. Ich wohnte in einen alten Hofgut auf der Grenze zur Oberpfalz. In der Zeit wurde Samira auch getauft. Zwar katholisch, aber ich dachte mir, dass es gut wäre, wenn sie schon von den Habsburgern Adelsgeschlecht bereits mit einer beglaubigten Geburtsurkunde ausgestattet worden war. Auf den Bauernhof, wo ich wohnte war Samira in sicheren Händen bei der Großmutter. Aber es war eine sehr brenzlige Situation. Ich war aus Tschechien gekommen und hatte dort nur knapp überlebt. Samira hatte ich dann nachgeholt. Ich ging wieder in den Polizeidienst und fühlte mich bis zu einem gewissen Grad wohl. In Tschechien hatte ich mit einen der Gassner Brüder versteckte Fotos auf den Marktplatz gemacht, als eine Art Drückerkolonne in einem Kleinen Autobus abholte. Augenscheinlich waren es junge und gutaussehende Jungen und manchmal sehr junge Jungen. Ich fuhr einer hinterher und sah, dass sie nach Deutschland gebracht wurden. Offiziell war es eine Fahrt von Baukolonnenarbeiter, die in Deutschland zur Arbeit gebracht wurden. Aber der Gassner sagte mir schon damals, dass irgendetwas nicht stimme und es wahrscheinlich Pädophilie und Kinderprostitution sei. Ich fotografierte fleißig und gab Abzüge weiter. Später in Niederbayern lernte ich den anderen Verwandten der Gassner Brüder kennen und die hatten einen Sohn Marcel. Marcel war ein sehr begabter Klavierspieler und gab selbst Unterricht. Aber es passierte etwas, was sein Leben zerstörte. Zum einen passierte etwas in seinen Klavierunterricht, was kein Jugendlicher erleben sollte. Der blonde und blauäugige Junge war an eine Art polnische **Schandi-Frau** geraten. Seinen Eltern erzählte er nie etwas davon. Seine leibliche Mutter war so sensibel wie er, aber eigentlich nicht labil. Jedoch nahm sie Drogen in Rauchform. Vielleicht wollte Marcel seine Eltern schonen, aber jedenfalls wurde er von dieser polnischen **Schandi-Frau** nicht nur zunächst mit Zärtlichkeiten überschüttet und so zu einem abhängigen Jugendlichen zu machen. Diese Frau machte ihm zunächst Geschenke und schlief mehrmals mit ihm. Erst war es ein Sex mit einen gewissen Zärtlichkeitspotenzial. Der Junge schwebte im Siebten Himmel und ging zunächst gerne zu seiner Klavierlehrerin und verbrachte immer mehr Zeit bei ihr. Sie gab ihm sogar Geld für das Rauchhasch seiner Mutter. Dadurch wurde eine gewisse Abhängigkeit suggeriert, die sich in den Gedanken des Jungen festsetzen sollte. Was auch geschah. Die **Schandi-Frau** trennte sich äußerst rabiat von Marcel und machte Schluss mit ihm. Beide stritten sich und Marcel kehrte reumütig zurück. Die polnische **Schandi-Frau** machte daraufhin Marcel den Vorschlag, weil sie mehr Freiheit bräuchte, wie sie es nannte, dass er doch mit anderen Frauen aus ihrem Bekanntenkreis schlafen könne. Er willigte ein und prostituierte sich. Weil er mit dieser Absprache kreuzunglücklich war, nahm er mehr Drogen und geriet er an stärkere Drogen mit Spritzeneinnahme. Er kam so sehr in Bedrängnis, dass er in Geldnot kam und mehrfach eingesperrt wurde ins Gefängnis. Diese Anzeigen wurden von Jupp Joachimski initialisiert und im Gefängnis ließ Jupp Joachimski diesen Jugendlichen vergewaltigen und zu einer **Schandi-Hure** machen, wie er das absichtliche Einschüchtern und Vergewaltigen von Personen nannte (egal ob Frau oder Mann), die später so gebrochen sich freiwillig prostituierten. Bei Marcel war es eine Art Ende der eigenen Belastbarkeit. Denn Jupp Joachimski ließ ihn zusätzlich noch als IT sprich Intensivtäter einschätzen, was eine zusätzliche Härte für seine Gefängnisaufenthalte bedeutete. Marcel ging nach seinen zweiten Haftaufenthalt auch auf den Männerstrich und Jupp Joachimski baute ihn den kleinen hochbegabten Klavierschüler Marcel in seinen Stricherring in Deutschland von Tschechien ein. Marcel sollte später im Auftrag von Jupp Joachimski einen GI umbringen, der angeblich schwul war und auf die Schienen fesseln und überfahren zu lassen. Ich holte den GI von den Schienen, aber für Marcel war es zu spät er wurde erschossen und ich sah ihn zuvor nur noch über die Böschung flüchten. Die Familie Gassner verzieh mir nicht, dass ich zu genau arbeitete, denn Jupp Joachimski veränderte meine Akten nachträglich und ließ Belege und Blätter verschwinden. Im Nachhinein dachte ich mir auch, dass es wahrscheinlich Jupp Joachimski oder ein Verbündeter von ihm war, der Marcel auf der anderen Seite des Eisenbahnwalles erschoss. Ich wunderte mich eigentlich nur, warum keine Patronen zu finden waren und warum Mike Krettek einer der Ersten an der Fundstelle war, obwohl er doch eigentlich im Urlaub war. Ich war auch einmal Marcel bis zum Münchner Hauptbahnhof gefolgt und sah ihn nur in einen Wagen steigen, der aussah wie eine Staatskarosserie. Das verwunderte mich eigentlich nicht, aber die Kennzeichenabfrage wurde nie beantwortet. Nach diesen Vorfällen drohte mir die Familie Gassner und ich flog mit meiner Tochter wieder zurück in die USA, weil ich meine eigene Sicherheit nicht mehr gesichert sah.

Im Grunde war alles nichts Neues, aber diese Leute von Jupp Joachimski und Gunther Schmid noch Jahrzehnte später in sehr hohen Positionen und Staatspositionen zu sehen, erschreckte mich und meine Leute sehr.

B.5. Vergleich der verschiedenen Lebensläufe Barbara Nowak und Sabine Nitzsche alias Maria Bogosyan

Barbara Nowak alias Salmen alias Mayinger alias Weiss Jahrgang 1947

- Ausbildung in der landwirtschaftlichen Schule Nordrhein-Westphalen und in Niedersachsen
- Späte Heirat mit 25 Jahren und eine Schwester Marianne
- Keine Kinder
- Späteinstieg bei der Stasi mit 30 Jahren 1985 nachdem sie keinen Ausweg mehr sah wegen ihrer toten Schwester Marianne und der Sippenhaft verordnet von den Behörden in Niedersachsen
- Vorher Mitglied der Auditorien und in den Betten der Corpsjungen in Niedersachsen bei Franz Mayinger und Hans Lauter
- Schnittmenge zu Sabine Nitzsche war die nationalsozialistische Grundeinstellung und die Minderwertigkeitskomplexe

Sabine Nitzsche alias Maria Bogosyan alias Mayinger Jahrgang 1948

- Ausbildung in der DDR als Stasiagentin und im übriggebliebenen Nazimilieu in Niedersachsen
- Frühe Heirat mit 17 Jahren Peter Meier in der DDR und eine Tochter Gunda Nitzsche und 12 Geschwister aus Ostdeutschland
- Große Familie die selbst aus Nazikreisen stammte und immer noch den 3. Weltkrieg entgegen fieberten
- War selbst Mörderin und wurde später zu einer tragenden Figur im internen Kampf der geheimdienstlichen Familien in Gesamtdeutschland

Es erschreckte auch, dass Deutschland als politische Einheit zu sehen und deren komplette Abkehrung von staatsrechtlichen wahren Rechtsformen und Rechtsgrundsätzen. Nichts in der danach folgenden Politik wurde jemals wieder richtig und echt diskutiert. Auch die angebliche drauf gesetzte Transparenzoffensive von Gunther Schmid brachte richtigerweise kein Vertrauen in die Politik zurück. Es war ein Moloch und eine Ausgeburt an Ungerechtigkeit in Deutschland seit diesen Vorkommnissen.

In diesen Jahren in den 90ziger Jahren waren die Nutzung von Entführungen für Erlangung von politischen Zwecken noch sehr modern. So wurde die Filmstudios von Tanja Mayinger und Katharina Petrussek und Sara Bogosyan und Janine Schmitz und Caroline Beil und Carolin Winkler und Janine Bogosyan und Gunda Nitzsche auf ihren Filmdrehtagen mit mehreren Filmbussen auf, die mehrere Funktionen für die Durchführung von Entführungen beinhalteten. So wurde immer eine rollende Kantine mitgenommen und diese wurde als rollende Küche mit frisch gekochten leckeren Essen ausgestattet. Diese Kantine wurde meistens dann auch nur so zum Schein für Obdachlose genutzt. Denn manche Essen wurden einfach an Obdachlose ausgegeben, aber mit schrecklichen Hintergedanken. In dem Essen waren meistens Schlafmittel, die sofort wirkten und dann wurde der Entführte in ein anderes Mobil verfrachtet und dort gefangen gehalten und abtransportiert. In manchen Fällen waren auch Schauspieler die Opfer, die man loshaben wollte, weil sie meistens noch aus der Zeit der DDR stammte, in der Jupp Joachimski und Gunther Schmid überall Feinde witterten, die ihnen in der Neuzeit gefährlich werden konnten. Manchmal wurde noch um die geschaffene Kulisse mehrere Ablenkungsmanöver und Vertuschungsszenarien installiert. So ließen Stephan Gleißner und Mike Krettek und Tanja Mayinger und Andreas Schmitz unter ihrer geheimdienstlichen Polizeimarke noch scheinbare englischsprechende Künstler an der jeweiligen Ampelanlage auftreten, um eine angenehme Atmosphäre zu schaffen und eine Vertrauensbasis auf US-amerikanischen Lebensart vorzutäuschen. Was keiner wusste, war dass die meistens Jonglierkünstler sogenannte Signalstäbe benutzten, um gleichzeitig eine militärische Aktion der US Army vorzutäuschen. Da die Filmmobile sogar in dieser Zeit des angeblichen **Assessment Center** innerhalb der Stadt kreuz und quer parkten, fiel das alles erst nicht auf. Aber die Leute waren plötzlich verschwunden und tauchten auch nicht mehr auf. Ebenso erlebte ich mehrfach mit, wie Gunther Schmid und Jupp Joachimski der in der Zeit den Namen Joachim Stein trug, wie diese Leute aus den deutschen und osteuropäischen Geheimdiensten versuchten, Leute aus meinem nächsten Umfeld zu betäuben und zu verschleppen und zu entführen. Als ich in einen Supermarkt war, trat ein Pole mit einen falschen US Army Marke an mich heran und verfolgte meine Familie, wie wir durch die Regale gingen. Parallel dazu traf er sich mit einem indischen Botschaftsangestellten, der befreundet war mit Gunther Schmid und beide Kriminelle hatten sich Plastikhandschuhe vom Gemüsestand drübergezogen. Und hatten in der Tasche eine Spritze und wollte diese wieder in den Hals von meinen Leuten spritzen. Als zusätzliche Sicherung wurde eine osteuropäische Verwandte von Janine Bogosyan an der Kasse von Aldi gesetzt. Eine blonde niedersächsische Polizeibeamtin saß auch maskiert an der Aldi-Kasse. Als ich sie auf ihre Pläne ansprach, wurden diese wie immer unverschämt und sagten, dass ich sie beleidigt hätte. Ich sagte daraufhin, dass sie mich bedroht haben und ich das nicht zulasse. Sie wussten sofort, wer ich war und der kleine fette Pole, der auch der Verwandte von Susanne Schüßler war zog den Kopf ein. Man muss dazu wissen, dass dieser fette Pole aus der polnischen Schwiegerfamilie Wlaczik auch bereits bei den angeblichen historischen Nazifilmen von 1985 dabei waren als der Nationalsozialist Heinrich Himmler der Großvater ihrer Schwiegerfamilie Thomas Wlaczik in Zusammenspiel mit Charlie Petrussek als Adolf Hitler dabei. Karl Mayinger spielte und tat auch alles real unter dem Namen Friedrich Paulus. Er tötete real vor der Kamera und spielte vor der Kamera. Alle wussten wer ich war und wer ich bin und hatten genau gewusst, dass ich bei einen ihrer dreisten Entführungsversuche schreien würde und ein Riesengebrüll auf sie losgehen würde. Alle vier hatten damit das mörderische System von Janine Bogosyan in der damaligen Bar und im Edeka einfach nur weitergeführt. Als ich einmal jemand fragte, warum sie das alles täten, diese kriminellen und strafrechtlichen Sachen, sagten alle übereinstimmend die Lügen von Janine Bogosyan wären der Ausgangspunkt. Das schlimmste Problem war, dass Gunther Schmid und die Familie Franz Mayinger über die Jahrzehnte auch kumulativer perfider Weise unterschiedliche Gerüchte und Lügen streuten. Meist vermischten sie Tatsachen und streuten konträre und vermischte Tatsachen, um dem Sprichwort „Wenn Zwei sich streiten freut sich Dritte!". Später versuchte auch Katja in dieses Entführungssystem einzusteigen und verfeinerte das **Schandi-System** so, dass sie auch noch die Gefangenen nicht nur foltern ließ in Osteuropa, sondern auch noch diese vergewaltigte und Kinder zeugte. Das war eigentlich das Perfide an dem Konstrukt, denn Katja selbst blond und blauäugig und laut ihrem Streit mit Janine Bogosyan von dieser als Gendefekt bezeichnet, glaubte an die **nationalsozialistische Umvolkungs-Theorie** und Umsiedlungs-Theorie von Franz Mayinger präferierte eine genaue Aussuchung von blonden und blauäugigen Männern, die mit genetischer Sicherheit blonde und blauäugige und hellhäutige Kinder zeugten. Laut eigener Aussage wollte sie die blonde Rasse vor der Vernichtung bewahren. Bei Katja waren es vor allem ältere Männer, die sie nach Osteuropa lockte oder entführen ließ, um sie als geheimdienstliche Bienenkönigin zu vergewaltigen und gefangen zu halten. Bienenkönigin wurde sie genannt, weil sie sich als fleißiges und emsiges Bienchen präsentierte, aber in Wahrheit die geheimdienstliche Bienenkönigin war, die nur Kinder zeugte. Indem oder nachdem sie die Alten weichgekocht hatte und indem sie sich als Pflegerin deklarierte und indem sie ihnen jede Hoffnung genommen hatte. Manchmal kettete sie diese Alten an, dass sie nicht weglaufen konnten und nahm ihnen alle Dokumente. Oder sie gab ihnen Psychopharmaka damit sie ruhiggestellt waren. In der gleichen Zeit wie Janine Bogosyan nahm sie sogar deutsche Staatskarosserien und sauste damit und ihrem Gefolge der Fickfotzenschlampenhurentussen aus ihrer Familie Meier und Schmitz über die vorher informierten Grenzübergänge und verschleppte damit alle möglichen Personen. Dieser bösartige Begriff fiel mir ein, als ich mir überlegte, wie ich einerseits 1. dem Spielen mit meinem Namen aus dem Weg gehen könnte und 2. eine einfache und kurze Erklärung geben könnte, warum ich das Gesagte und Gehörte ablehnte und 3. einfach zum Ausdruck meine komplette Ablehnung und Empörung und komplette Abschreckung über diese Art von Prostitutionssystem zum Ausdruck bringen könnte. Es war auch so, dass sie Sex und die intimsten Bereiche des Lebens schamlos als Waffe benutzten. Je nach Reihenfolge der Wörter waren bestimmte Vorgehensweisen dieser Stasi-Julia gemeint. Manchmal nahm sie auch junge Männer mit, die ihr aufgefallen waren und mit denen sie Spaß haben wollte. Meist waren es verheiratete Ehemänner und diese dachten gar nicht daran mit Katja Pritz alias Melzer wegzufahren, aber sie wurden eben verschleppt. Karin Schmitz, die auch zu ihren Familienangehörigen gehörte, brachte manche der Männer zunächst in ihren tschechischen Saunaclub an der Niederbayerischen Grenze unter bevor sie die Männer folterten und vergewaltigten und als Sklaven hielten. Die alten KSK Leute von Gerd Schmitz waren auch dabei und argumentierten, wenn einer der entführten Männer die auch Polizistenwaren, zurückfand und entkommen konnte, dass die Leute doch nur zu einem Intensivtraining im **Assessment Center** abgeholt worden seien. Echte Belege für diese Argumentation von den alten KSK Leuten fehlten meistens. Zudem drangen diese Leute unberechtigt Weise nachts und auch über Tags unberechtigt in fremde und bewohnte Wohnungen ein. Sie gaben sich zumeist als Polizisten aus und machten den Leuten Angst. Man muss dazu wissen, dass Karin Schmitz in der Zeit als ich in Niederbayern war, einen Saunaclub zur tschechischen Grenze betrieb mit den dazugehörigen Sexdienstleistungen. Sie ging selbst anschaffen und hatte den Saunaclub von mir gestohlen, weil ich ihn mit dem Club in München gekauft hatte, als Barbara mit Freddie einen richtigen, aber ganz guten ehrlichen Zuhälter zusammen war 1980. Karin Schmitz hatte mich damals betäubt und ich war gerade aus Oberitalien gekommen, wo ich vor Jupp Joachimski und Gunther Schmid davonlief, weil sie nicht nur den damaligen Papst umgebracht hatten in der alten Klosterresidenz, sondern auch meine Zigeuner, die mich begleiteten. Karin Schmitz betäubte mich und brachte mich damals mit Gerd Schmitz und Joey Schmid in den Saunaclub der manchmal zu Swinger-Events genutzt wurde und vergewaltigte mich mit ihm. Später erfuhr ich, dass alle Töchter und Söhne der Familie Schmitz Peter Meier leibliche Kinder aus Rumänien waren, wo er vorher bereits mehrere Jahre als Stasiagent eingesetzt war Meine Entführungen und meine späteren Folterungen hatte er auch in Auftrag gegeben.

3. Kapitel: Die Abenteuer

Ich war damals 8 Jahre alt und Karin Schmitz die älteste Tochter von Peter Meier schimpfte mich Hure, weil ich angeblich die Tochter der größten Hure von Stasideutschland sei. Barbara Nowak. Karin Schmitz war damals als **Schandi-Frau** in Niederbayern für die Anfütterung von Jungen wie Mädchen zuständig. Ihre Gangarten, wie man das in der Branche nannte waren Blümchensex mit Jungen, wie mit Mädchen und ihre späteren Spezialgebiete waren auf politischen Events zu denen sie Gerd Schmitz mitnahm die schnellen Sexnummern auf den Toiletten oder irgendwelchen Nebenräumen. Sie kam so an Informationen heran und hielt manche Kontakte über Jahrzehnte. Ebenso war sie in der Filmbranche bekannt und ihre Cousinen Caroline Beil und Janine Schmitz verkehrten dort regelmäßig. Ihre Cousine Janine Schmitz lernte ich auf einen Filmdreh in Köln kennen, wo ich beruflich nach meinen Flugtraining bei der Lufthansa in Bremen war. Es war die Filmserie „Heldt", wo ich bei einer Sendung zu einen gehackten und damit falsch ferngesteuerten Flugsimulator mitspielte. In der Sendung wurde die Filmcrew in dem Flugsimulator ferngesteuert eingesperrt und Stück für Stück umgebracht. Ich arbeitete am Empfang und rief den Haustechniker der Anlage und danach wurden die echten gehackten Flugtürenschneisen geöffnet. Janine Schmitz alias Kuhne alias Kühne nannte mich danach Misses Rockefeller und ich sagte nur, dass ich das sehr unpassend fände. Ich jobbte dort eine kurze Zeit im Filmgeschäft und in der Unterhaltungsbranche und setzte meine Polizeizeit fort in NRW. Janine Schmitz war heillos in den Darsteller Heldt verschossen und kämpfte wie eine Geisteskranke um seine Aufmerksamkeit. Ich machte mir eigentlich nichts daraus, weil ich mir dachte, dass das ein ehrliches Verliebtsein war, aber mir wurde klar, dass es etwas anderes war, was diese Familie noch zu diesem Zeitpunkt bewegte. Sie waren allesamt Rumänen und hatten weder eine Aufenthaltsgenehmigung für Deutschland noch für Europa. So riet Jupp Joachimski allen rumänischen Verwandten der Familie Schmitz und Winkler und Kornberger möglichst schnell zu heiraten, um eine Aufenthaltsgenehmigung zu erhalten. So trieben sich vor allem die Frauen in den damaligen Clubs und auf den roten Teppichen und bei den Karnevalaktivitäten herum. Caroline Beil jedenfalls ging eine Zeit lang nach Bayern und lebte als Zweitfrau von einen **Corps**studenten in München und bekam einen Sohn mit ihm. Lange behauptete sie, dass ihr schwarzhaariger und braunäugige Freund der wie Adolf Hitler in jungen Jahren aussah ein anderer Mann wäre, um so den Hass wegen des Parallelfamilienlebens zu vermeiden. Aber lange konnte sie das Ferienhaus am See wo sie untergebracht worden war, nicht geheim halten. Die vierte Cousine Samantha Schmitz war in den USA den von Franz Mayinger zugeordneten deutschen Spionageringe platziert worden. Ihr folgte eine tschechische Cousine Delphine Krantz alias Delphine Hubka alias Prinzessin von Sachsen Coburg und Gotha alias Delphine von Sachsen-Coburg und Gotha, die sich in den USA widerrechtlich Prinzessin nannte. In Deutschland entwickelte sich parallel eine osteuropäische und deutsche Spionageerweiterung. Später kam Sven Dorn als Polizist zu deren mit Sex angeworbenen Männern hinzu. Karin Schmitz übernahm Sven Dorn als Polizisten, den sie dirigieren konnte, wie sie wollte, weil sie sonst mit Gerd Schmitz und Joey Schmid drohte, die die Ausbilder von Sven Dorn und seinen Bruder Brodski waren. Aber die Zeit in Köln war auch begleitet durch die ersten geheimdienstlichen Vorgänge mit Unterstützung von Mike Krettek. In der Zeit war er Polizist in Köln und hatte seine ersten Kontakte in das kalte Milieu, wie es in meinen Kreisen genannt wurde. Das kalte Milieu wurde eine abgrundtiefe schlechte kriminelle Stufe der Straße genannt, die sich an Geheimdiensten orientierte. Dieses Level dieses absoluten regellosen und gezügelten brutalen und stillosen Milieus war selbst uns zu hart und war uns ein Graus. Ich hasste deren enormen Verdienstmöglichkeiten und den damit perversen Sogeffekt für ein bestimmtes Arbeiterklientel. Nichts war besonders sauber bei diesen Leuten nur ihre rücksichtslose und keine Spuren hinterlassende Arbeitsweise. Ich hatte einen Fall eines ermordeten Türken mit einem versenkten Auto im Rhein. Ich ließ damals das Auto einen PKW bergen. Was auffiel, war eine sehr aufgelöste Leiche mit extrem vielen Verwesungsspuren. Das Auto hingegen war nahezu neu. Zudem als die Leiche in der Pathologie lag, wurden Gefrierbrandwunden festgestellt, was das Lagern der Leiche in einen Gefrierraum über einen längeren Zeitraum annehmen ließ. Ich habe noch nie so eine stinkende und dreckige und zerfledderte Leiche gesehen, wie diesen toten Mann. Und danach auch nie wieder. Die Leiche sah aus, wie aus einen Film Der Herr der Ringe entsprungen. Die Kleidungsreste waren Fetzen. Und die Haut war nicht mehr vorhanden, sondern nur noch ein Knochengerüst. Mir war klar, dass irgendetwas wieder gedreht worden war, weil die Polizisten von Mike Krettek die die Fundstelle am Rhein absicherten, ließen den Wagen wieder ins Wasser. Sie taten das als alle weg waren und es schummrig wurde. Mir war es eigentlich im ersten Moment egal und ich sagte nichts weiter. Aber es ließ mich nicht los und ich fuhr nach Dienstschluss wieder an die Stelle. Da passierte es und ich traute meinen Augen nicht. Es war dunkel, aber Sommer und so fiel ein Restlichtstrahl auf den Rhein. Dieselben Polizisten, die am Nachmittag den Wagen wieder versenkt hatten im Rhein holten ihn raus und setzten eine Person hinein. Ich glaubte meinen Augen überhaupt nicht, aber es war wahr. Zudem war der am Vormittag gemeldete verunglückte Wagen, der die eigentliche Ursache für die Suchaktion war, immer noch im Rhein und die Polizisten weigerten sich am Nachmittag weiter nach ihm zu suchen. Es handelte sich um einen Familienvater mit angeblichen Suizidgedanken. Das Ufer des Rheines war westlich und später wurde an dieser Stelle eine Fahrradbrücke gebaut vom Westufer zum Ostufer. Der Wagen des Kölner Familienvaters wurde nie geborgen. Aber dafür nutzten die Polizisten weiter als Mörder für Gunther Schmid und zur Leichenbeseitigung diesen immer wieder versenkten Wagen. Zudem deklarierte später die Polizei diesen Wagen als angeblichen Anschauungswagen für Ausbildungszwecke und somit wurde diese Stelle nicht nur perfider und zynischer Weise geschützt und gesperrt, sondern die Verbrechen gingen weiter und Gunther Schmid und Jupp Joachimski hielten das Rhein-Main-Gebiet mit Morddrohungen und Erpressungen in Schach. Unter Mithilfe der örtlichen Polizei! Später wohnte Jessica Traue dort mit einen ihrer Ehemänner dort, der sich als Polizist Andreas Schmitz in die Reihe der korrupten Polizisten einreihte. Jessica Traue arbeitete dann immer als Diakonissin mit ihren Stiefvater Jupp Joachimski vor Ort und predigte ihre Mordaufträge von der Kanzel. Der Polizist bekam 5 Kinder mit ihr und parallel dazu war sie mit Tom Pau alias Köhler in München verheiratet und fuhr jedes Wochenende nach Bayern. Jessica Traue benutzte immer noch ihre Legende, dass man wegen ihrer Straftaten Respekt vor ihr haben müsste.

Aber mir ging sie immer aus dem Weg, da sie wusste, dass ich den Haftbefehl aus den USA und anderen Ländern gegen sie in meiner Tasche hatte. Jessica Traue ging sogar so weit, dass sie mit einen anderen Abgeordnetenbekannten, der später Sicherheitsberater im bayerischen Landtag wurde eine Beziehung einging, um an Informationen heranzukommen, die er auch freigiebig rausgab. Jessica Traue musste genauso wie ihre Cousine Sara Bogosyan und ihre andere Cousine Gunda Nitzsche ihre Legende mit angeblichen Beziehungen zum Mossad aufrechterhalten. Aber das war eine volle Bauchlandung, weil sie wusste, dass auch der Mossad enormen Respekt hatte vor mir und aus diesem Grund ging sie wie ein dummes Schaf wieder zurück in die Psychiatrie, denn sie war nicht mal Psychiaterin. Ihren Namen als Diakonissin Greher nutzte sie oft in NRW und so versuchte sie auch später wieder in die USA zu gelangen.

In diesen Zeiten waren immer totale Chaostage und Chaoswochen in Deutschland. Es war immer wie eine anhaltende Idiotie, die sich auch in den deutschen Staatsinstitutionen und deren Mitarbeiter breit machte. Das Schlimmste war, wenn man erklären musste, was in friedliches und freies gesellschaftliches normales Zusammenleben in normalen Ländern ausmachte. Dabei war der Begriff Demokratie nur ein Randaspekt. Diesen Randaspekt nutzte Gunther Schmid später für ein anderes geheimdienstliches Programm, welches er „Demos" nannte und mit der Baufirma Demos verband und damit ein Umsiedlungsprojekt nach Deutschland startete. Zunächst waren es, wie gesagt die Familienmitglieder der Kalten Krieger und deren Vorfahren den Nazis aus den Ostgebieten, die er in Neubauten dieser Firma wohnen ließ. Später baute er das geheimdienstliche Projekt aus und kaufte Bestandsimmobilien hinzu, um alte Leute und Alteingesessene zu vertreiben. Er nutzte dabei einen Wohnpreisverdrängungseffekt. In Zusammenspiel mit der Stadt München machte Gunther Schmid sich dabei ein sehr großer Affekt und Effekt der Umzüge bemerkbar und in Zusammenspiel mit den Vermietungen über den Konzern wurden sogenannte Kettenverträge abgeschlossen. Entgegen der Vermutung und der Anweisungen und Vorgaben der Bundestagsbeschlüsse in Bonn, die Berlin als Hauptstadt deklarierten und damit auch der vollständige Umzug des BND von Pullach nach Berlin beschlossen. Jedoch machte Gunther Schmid entgegen seiner eigens in Bonn beschlossenen Staatsverträge eine interne geheim gehaltene Kehrwende und ließ den BND vordergründig umziehen, aber im Geheimen in Pullach und auch die anderen deutschen Geheimdienste, aber hintergründig an den jeweiligen Standorten in Deutschland beließ. Zudem machte er eine andere Strukturierung innerhalb seiner Zirkel. Er ließ seine Zirkel bereinigen. Das hatte zur Folge, dass Gunther Schmid und Jupp Joachimski alle Leute, die sie als illoyal oder als irgendwie störend sprich normal denkend und normal analysierend empfanden, nahezu zur Gänze aus ihren Kreisen entfernten. Entweder lebendig oder tot. Tanja Mayinger war in der Zeit für die Versicherungsaltfälle zuständig, wie sie diese Datenbereinigung nannten und löschte alle Leute, die sich privat abgesichert hatten über die Versicherung. Diese Entwicklung fand in den Jahren 1990 ihren Anfang und wurde dann verstärkt umgesetzt in den Jahren 1995. Parallel dazu wurde in Berlin viel umgebaut und viel für die geheimdienstliche Nutzung umgenutzt worden. Zudem versuchte Gunther Schmid die gesamte Welt zu spalten und vor allem die USA, da sie ihn zu mächtig erschien und seine Pläne zunichte gemacht hätte. Da er es fast zur Gänze mit der Bombardierung von New York schaffte, griff ich zu dem Trick um den Gunther Schmid als Zerreibe-Technik sprich Zerrieb-Technik bezeichnete, entgegen zu wirken. Früher war es so, dass Gunther Schmid und Jupp Joachimski in der sogenannten strategischen und taktischen militärischen Feldarbeit, immer interne konträre Konfliktlagen schaffte und so eine nicht handlungsgestörte und handlungsgestoppte Einheit schaffte. Weil ich aber, beide Seiten des bezahlten zersetzenden deutschen Spionageringes in den USA herauslöste und so eine Wiederzusammenführung der US Army hatte, konnte mit der sogenannten wiedererstarkenden erwünschten denkenden Unterschiedlichkeit mit einer größeren Freiheit und größeren Individualität herausgeformt werden. Dadurch folgte eine bessere und natürlichere Umsetzung erfolgen und die Einheiten mehr umgestaltet werden anhand doch **zwei unterschiedlicher Konzepte**, die aber nicht mehr gegen einander standen. Denn in den USA hatte Jupp Joachimski versuchte über die unterschiedlichen Bevölkerungsschichten durch Entstehung von sogenannten gesellschaftlichen Interruptionen, einen Einfluss in die verschiedendsten Bereiche zu erhalten. Maßgeblich für diese Entwicklungen sollte die rumänische Familie Samantha Schmitz und Familie Julia Walter aus der Familie Janine Bogosyan zusammen auf der evangelikalen Schiene Jessica Traue zusammen mit Tom Pau alias Köhler. Die Kommunikation erfolgte dabei zumeist immer per Facebook und es bildeten sich die soziologisch von Janine Bogosyan für Gunther Schmid in Leipzig geschriebene Bachelorarbeit, eine erwünschte Sogwirkung und ein daraus erfolgender aggressiver Flashmob. Das Zusammentreffen aller Leute führte regelmäßig zu Schlägereien mit der Polizei oder mit anderen Leuten, die von der anderen Seite der Familie dorthin bestellt worden waren. Diese Flashmobs fanden in Deutschland wie in USA statt und beide Länder waren Betroffene von diesen organisierten Personenaufläufen. Es war schrecklich das zu sehen. Ausführer und Aufrührer war immer Gerd Schmitz. Ebenso waren immer seinen früheren Ex-KSK-Kollegen dabei und sie zerlegten in Absprache mit Gunther Schmid alles in Schutt und Asche in Bayern. Sie hatten keinen Respekt und behaupteten weiter, dass Delphine Krantz alias Delphine Hubka alias Prinzessin von Sachsen Coburg und Gotha Prinzessin sei, weil sie die Schwägerin von Gerd Schmitz war.

In Wahrheit war sie Tschechin und hatte aufgrund der Stasifreundschaft zwischen ihren Onkel Karrell Hubka in Tschechien und ihren Vater Dieter Hubka den Stasiagenten in der Bayerischen Staatskanzlei auch Verbindungen zu Tanja Mayinger und die behauptete, dass meine leibliche Großmutter aus den USA ihre gewesen sei und sie Tanja Mayinger deswegen meine adelige Familienzuordnung hätte und anhand dieser mittels Rudi Carrell, der auch ein Verwandter der Hubka Brüder aus Tschechien war und später auch in die Stasikreise einstieg, eine angebliche belgische und französische Verwandtschaft deklarieren konnte, die aber nie bestand. Delphine Krantz alias Delphine Hubka alias Prinzessin von Sachsen Coburg und Gotha war auch nie in Paris bei der Ermordung des französischen Königshauses dabei gewesen und auch nicht bei dem dortigen Wohnungsbrand in der Pariser Wohnung und deswegen war es wieder eine Tarnungslüge in der Lüge. Eine sogenannte Verkapselungstechnik in verbaler Kommunikation. Später wurde Delphine den belgischen König vorgestellt und behauptete die rechtmäßige Erbin zu sein von meiner leiblichen Großmutter und die verschollene Prinzessin. Parallel dazu war sie aber wegen ihrer Mordtaten eine verurteilte Mörderin, die per Haftbefehl gesucht wurde. Sie versuchte auch noch mittels ihres Ehemannes Erich Johann Kornberger sich vor den Strafverfolgungsbehörden eine Zeit lang in Texas versteckte. Erich Johann Kornberger selbst wie sein Cousin Gerd Schmitz Spion aus Rumänien behauptete in Texas, dass er Jet Pilot sei. Zur gleichen Zeit war seine Cousine Samantha Schmitz in den USA und arbeitete weiter an der geheimdienstlichen Umstülpungsarbeit in den USA. Man muss dazu wissen, dass ich aufgrund der Ermordung meiner Großmutter ein Musikvideo gedreht wurde mit Heintje und Rudi Carrell in einem dortigen Lokal und auch ein Video mit Heintje und mir in einen Kinderspielzug im Erzgebirge und in den Niederlanden. Dieses Video entstand 1985 als ich nach Europa entführt wurde und die Stasileute um mich herum, um Geld zu erpressen immer wieder solche Fotos und Videobelege an offizielle Stellen der USA direkt sandten als Erpressung und als Beleg oder diese Belege in den Medien sprich Fernsehen und Radio und Zeitungen veröffentlichten. Meine Großmutter holte mich 1985 das letzte Mal lebend ab mittels eines Schiffes aus den Niederlanden. Später wurde sie gemäß dem Ausspruch von Walter Winkler: „Es soll dort enden wo es begonnen hat!" dort in den Niederlanden ermordet. Ich hasste diesen Mann Walter Winkler und seine Tanja Mayinger, die das mitmachte dafür. Rudi Carrell war der Künstlername, den der tschechische Spion annahm und der die Familie Franz Mayinger unterstützte, als er sich in den Niederlanden niederließ. Der Künstlername war ein deklaratorischer und gleichzeitig ein Interpretativer. Rudi stand für die Abkürzung des Namen Rudolph oder Rudolf eines Mitarbeiters der Stadtwerke München, der zusammen mit Karl Mayinger und mit allen Namen Sigmund Mayinger und Albert Blumoser und Norbert Wieberneit und Bernd Traue bei den Stadtwerke München zusammenarbeitete und später wegen einer strafrechtlichen Verurteilung durch Jupp Joachimski in die Stasiautobranche wechselte. Carrell war die Verbindung zum einen zur Familie Schmitz den rumänischen Teil der tschechischen Familie aufgrund der Cousine Caroline Beil. Die andere Deklaration war mein zweiter Vorname Caroline und der stand aber für das C für Charlie wie im NATO-Alphabet und wurde aber nur als Erpressungsmoment gemeint und erwähnt und als sogenannte Trophäendeklaration. Somit sollte es nur eine Anlehnung an mich sein. Die wahre Bedeutung sollte die italienische tschechische Stasinaziverbindung zu Dieter Hubka Bruder sein den Tschechen Karrell und dessen Bruder Dieter Hubka in Tschechien und Bayern, der Julia Walter in Italien ermordet hatte. Um die direkte Verbindung zu verschleiern wurde auch noch die Legende von Karrell Gott, den Sänger aus Tschechien und Mittäter der Stasi geschaffen. Um Katja, die Bienenkönigin und Biene Maja noch zu Ehren, schrieb er das Lied Biene Maja. Karrell Gott konnte so ganz frei auf angeblicher Berufsebene mit den anderen Künstler Rudi Carrell kommunizieren. Wobei Kunstthemen wohl eher Nebensache waren. Das Originalkind Heintje aus Hamburg wurde bei den damaligen Videodreh im Erzgebirge ermordet. Diese Marchenstraße, die während der DDR-Zeit und des Eisernen Vorhanges als Transitstraße für Spione genutzt wurde, wurde nach dem Fall der Mauer zu einer Besichtigungstour ausgebaut. Später veröffentlichte Gunda Nitzsche noch ein erfundenes Märchenbuch zu dieser Märchenstraße und machte so die literarische Propaganda zu diesen Stasiaffront gegenüber den Westen. Barbara Nowak fuhr mit mir nach der Ermordung meines Großvaters in Tschechien diese Straße entlang mit Walter Winkler und erzählte nur Märchen auf dieser Fahrt. Sie war vergnügt und es war ihr egal, dass mein Großvater tot war. Ich heulte die gesamte Strecke. Sie sagte wie ein Zombie zu mir, dass das alles so sein müsste und ich es nicht so tragisch nehmen solle und alles nicht so schlimm sei. Ich dachte nur, wie geisteskrank ist diese Frau eigentlich. Barbara sagte, dass mich das härter machen würde und ich fragte sie, ob ihr Vater tot sei und sie sagte ja, obwohl das nicht stimmte und später sie diese Lüge als geheimdienstliche Stasilegende für sich nutzte. Als wir in NRW Zwischenstopp machten war sie vergnügt und erzählte etwas von einer langen Fahrt. Mich das heulende Kind erklärte sie nicht. Sie sagte nur etwas von Depression und von einem sehr negativen Verstand. Ich schaute sie nur fassungslos an und sie zerrte mich in ein Nebenzimmer des alten Mühlhauses und drohte mir. Sie zischte mir zu indem sie mich hart an meinem dünnen Arm packte:" Wenn du jetzt etwas sagst, gebe ich dir so eine Ohrfeige, dass sie nicht vergisst!". Später wurden diese Geschehnisse genutzt von Barbara Psychiatern der Familie Schmitz und Familie Winkler, um ihr einen Strick daraus zu drehen. Obwohl diese Psychiater es auch nur für sich nutzten und nicht für mich geschweige denn für meinen Schutz machten. Die Psychiater Hans Lauter und Hein waren die Exlover von Karin Schmitz aus Rumänien und Karin Schmitz war eben die rumänische Tante von Carolin Winkler, die sowieso nur Hass in sich trug und Barbara nur auslöschen wollte. Das erklärt auch, warum das Lehel zu einen schweigenden Nachbarschaftsort wurde, wie auch die sonstigen Wohnorte der **Stasi-Schandi** auch in Moosach in der Siedlung.

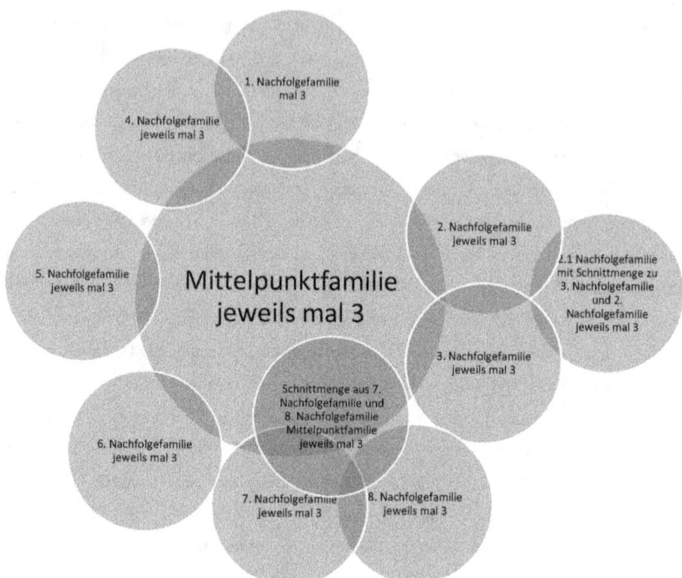

Zudem muss man das System der Stasi-Spione in diesen Kontext verstehen. 1. Zunächst siedelte ein Zielobjekt mit ein paar vereinzelten Verbindungspersonen in diesen Ort. In dem Fall von Walter Winkler waren es Verwandte der zweiten Reihe von der einstigen Nachbarschaft in Berlin und in der Yorckstraße in München. Diese Leute bereiteten die Ankunft der Durchsetzung und der Durchseuchung der nächsten Kolonne, wie sie ihre zweite Reihe nannten, vor. 2. Mit dem Zuzug der weiteren Verbindungspersonen, die unterteilt wurden in aktiv und passive Spione, wurden außerhalb geheimdienstlicher Aktionen geplant und organisiert und durchgeführt. Parallel dazu wurde dann angestrebt, dass auch dieser Ort wieder verlassen wird, wie in einen alles Leben umfassenden **Prilblumen-Konzept** verblühende Mittelpunkte und wieder andern Orts aufgehende Blumen bildend. Das bedeutete nicht, dass der verlassene Ort unterging oder wirklich verlassen wurde. Nein ganz im Gegenteil. Es war nur eine mehr Zusammenverknüpfung von Tätern. Auch wurde die geheimdienstliche Ebene nie verlassen.

Zudem muss man wissen, dass die Kinder, die natürlich gezeugt wurden und geboren wurden, alles Belegkinder und alles Kinder, die laut der Philosophie von Jupp Joachimski, nur in Schande geboren werden konnte, weil man den Fehler, wie in der Nazizeit vermeiden wollte, dass man ohne Nachkommenschaft weiterlebe und ohne Weiterführung des verpflanzten Unrechtssystem. Die Grundstrukturen und Hinterlegungsstrukturen wurden nie geändert in deren Leben. Es war eine ständige wiederkehrende Wiederholung. Diese Belegkinder waren Kinder, die während oder nach oder vor einer Straftat gezeugt wurden. Ansonsten war den Spionen eigentlich die Zeugung von Kindern verboten und nicht erwünscht. Es war auch so, dass diese Form der Lebensweise ohne Sex auch innerhalb des Kalten Krieges sehr deutlich auffiel. Als Erster machte mich ein Regisseur in den USA in den Nazidorf in der Nähe des Indianerdorfes darauf aufmerksam. Eigentlich waren die Kinder, die sie umgaben immer 1. Entweder geraubt oder 2. Entführt oder 3. Druckmittel oder 4. Ausgeliehene Kinder aus der eigenen Familie oder Freundeskreis. Niemals waren es die eigenen Kinder. Zumeist wurden Kinder bereits im Babyalter jemand anderen anvertraut, um das Überleben zu gewährleisten. Zumeist waren es eigene Familienmitglieder, denen die Kinder anvertraut wurden. Hingegen die Belegkinder, wurden diese Kinder als fünftes Rad am Wagen angesehen. So war es auch mit dem Kind Elisabeth von Gunda Nitzsche und Stephan Gleißner. Sie deckten sich gegen seitig und sagten, dass sie aus Versehen ein Dienstvergehen begangen hätten und Sex auf der Schaltzentrale der Lenkraketen und Schalthebeln der Lenkraketen und Bomben hatten und aus Versehen eine Zielrakete gerichtet auf den Irak losging. Ich war zu der Zeit im Irak mit meiner Tochter Samira und von Versehen konnte keine Rede sein. Denn es wurde der gesamte Palast von Samira's Familie einfach weg gesprengt. Als Resultat wurde deren Tochter Elisabeth gezeugt, den sie einfach mal eben dreist nach den Namen meiner leiblichen Großmutter benannten. Ich schaute später deren Kind, was sie mir schenken wollten in ihren kranken Nazigedankengängen nicht mal mit meiner Rückseite an. Ich hasste es, wenn diese Stasifamilie dreist ihr Belegkind mir vorführte und mich daran erinnerte, wie meine Tochter ihre gesamte Verwandtschaft verlor und sie auch noch dieses Kind als eine Verwandte vorstellen wollten. Das waren die perfidesten Tricks der Stasi, die ich damals erlebte in den Zeiten des Kalten Krieges.

Neben dem **Prilblumen-Konzept** der Stasifamilien existierte noch ein **zweites Konzept**. Es war das **Konzept der Spinnenkolonien**, die wie Sebastian Wieberneit in Kolonien lebten. Sie lockten ihre Opfer mit klebrigen Fäden an und jagten gemeinsam. Zudem beherrschten sie die unterschiedlichen Jagdtechniken, wie gemeinsam in eine Ecke treiben und dann einschüchtern und dann das Einwickeln der Opfer und dann hängen lassen und aussaugen. Sebastian Wieberneit wurde trotz seines nicht vorhandenen Schulausbildung Mitarbeiter des Verfassungsschutzes und hatte aufgrund seiner sehr naziideologischen Anschauungen eine sehr große Streuung mit seiner Mitgliedschaft in der rechtsradikalen Partei Afd sprich Alternative für Deutschland genannt. Er traf sich regelmäßig ab 1999 mit Gunther Schmid und glaubte an seine Berufung als Spion. Seine Straftaten wurden vorher gedeckt von Gunther Schmid und von Jupp Joachimski. Später jedoch wurden die Morde von Sebastian Wieberneit zu offensichtlich und auch die Fassade der Ehe mit Gunda Nitzsche fing an zu bröckeln.

Ein weiteres **Konzept** der geheimdienstlichen **FamilienKonzept** war das Wolfsrudel, welchen Stephan Gleißner angehörte und die in Horden jagten und im Rudel teilten. Die eine interne Rangordnung hatten und die nach dem Tod des Leittieres ein neues wählten mit Kämpfen. Zudem wurden die jungen Alphatiere weggebissen und aber treu zu ihrem Rudel standen. Der Rudelgeruch prägte die Zugehörigkeit und jemand der anderes redete und sich anders verhielt, wurde als Feind und als Gegner angesehen. Das Rudel wurde als Familie angesehen und alle anderen hatten eine ganz niedrigere Rangstufe. Meist führte das Alphatier an. Die bekannteste Familie war Stephan Gleißner, die dieses **Konzept** führte. Er prägte auch diesen Wolfsbegriff auch bei seiner rumänischen Schwiegerfamilie Karin Schmitz und Gerd Schmitz.

Ein weiteres **FamilienKonzept** war das **BienenKonzept**, was sich anhand eines Bienenstockes orientierte und organisierte. So trennten sich die Arbeiter von der Königin und innerhalb der Arbeiterschaft wurde nochmal in verschiedene Funktionsträger unterschieden. Wenn die Königin in Gefahr war, stellten sich die Arbeiter um sie herum. Gemäß dem Nachnamen war dieses jeweilige **TierlebensKonzept** als Lebens**Konzept**-Programm. So wie auch bei den Namen Igel und Fuchs und Hase und Reh und Gans und Hirsch und Maus und Löwe. Alle Nachnamen waren geheimdienstlich hinterlegt und orientierten sich an der biologischen Forschung und deren Erkenntnisse. Susanne Schüßler machte genau diese schmutzige Arbeit auf institutioneller Ebene für ihren Vater Jupp Joachimski in einer bezahlten Funktion des Vogelnaturschutzbundes sprich des NABU. Jupp Joachimski ließ diesen eingetragenen Verein unberechtigter Weise den WWF zu ordnen und versuchte so an meine normalen WWF Projekte heranzukommen. Es war über die Jahre ersichtlich, dass sich eine komplette Parallelstruktur auf geheimdienstlicher Ebene herauslösen musste ohne meine normale und echte Ebene auszusaugen. Das geschah bereits im Jahr 2000, wo sich der Crash der Versicherungsagentur von Gunther Schmid das erste Mal bis auf die **GrundKonzepte** auflöste. Man muss dazu wissen, dass innerhalb des echten Zweiten Weltkrieges 1945 alle Juden mit Zwangsnamen sprich verdeutschten Namen ausgestattet wurden, was in der Zeit 1980 zu einer sehr perfiden Vermischung führte. Niemand sollte laut der DDR-Führung wissen, dass osteuropäische Zwangsarbeiter und Juden und Zigeuner bis zum Fall der Mauer in Bergwerken in Osteuropa als Arbeitssklaven gehalten wurden und dort starben. Und auch das Zahngold der jüdischen Bevölkerung n der Schweiz lagerte dort im Auftrag der DDR und stammte von diesen Toten. Viele Juden wurden in den Flüchtlingstrecks alle ohne Papiere und manche wurden vor ihrer Rettung noch in Polen in einer Schlucht erschossen. Auch in der damaligen Tschechoslowakei und in Rumänien und in Ungarn wurden diese Flüchtlingstrecks manchmal gestoppt und manche erschossen und verscharrt. Sogar bereits sie schon in Jugoslawien angekommen waren. Manche wurden ohne Namen verscharrt. Später wurde dieses schlimme System beibehalten und einfach so übernommen und eingegliedert in den VW Konzern. Die meisten Autoproduktionsfabriken in Osteuropa wurden in der Nähe dieser Bergwerke angesiedelt und fußten auf die Rohstoffe dieser Bergwerke. Dazu muss man wissen, dass der heutige VW Konzern nicht auf deutsche Eigenproduktion fußte, sondern ein erzwungenes Zugeständnis meines Konzernes Ford war. Denn in Deutschland gab es nur im Ruhrgebiet Autoproduktionsstätten und die waren nur in den Händen meiner Familie. Das Elsass und das Ruhrgebiet stand unter dem Protektorat der internationalen Staatengemeinschaft und lediglich die marktwirtschaftliche Autoproduktion konnte die Mobilität der deutschen Bevölkerung sichern. In Wahrheit wollte ich nur ein Auto zum Transport meiner leiblichen Mutter haben, aber Barbara krallte sich wieder den ersten VW Käfer und ich war wütend. Mit Barbara Nowak musste ich nach Niedersachsen und mit einen VW Käfer nach dem schrecklichen Frankreichurlaub ein Roulette mit großen Bällen organisieren. Es war die Einweihung des ersten VW Werkes in Niedersachsen. In dem zuvorigen Frankreichurlaub musste ich ein Auto genannt Ente von der damaligen Firma Peugeot aufgrund seiner Auffälligkeit in einen Prototypen Käfer umbauen. Zum einen wurden die Achsen verlängert um jeweils 10 Centimeter an beiden Achsseiten. Dann wurde das Dach abhoben und mit Zusatzplatten verlängert und erhöht. Die Fenster wurden abgerundet und die Autodecke verrundet. Die Spiegel blieben dieselben und die Türen wurden etwas ausgerundet. Die gekanteten eckigen Strukturen wurden alle ausgebeult und von innen nach außen gerundet. Dieser Prototyp des VW Käfer kam über die Spanische und Französische und Schweizer Grenze und war damit eine Art zynische Deklaration. Entgegen meines Bestrebens machte Karl Mayinger diese Verbindung weiter zu seiner geheimdienstlichen Benutzung besiegelte die untrennbare und unheilige Allianz zwischen sich und Gunther Schmid mit der Hochzeit von dessen Sohn Florian Haas und seiner geheimdienstlichen Tochter Tanja Mayinger. Nichts ist wirklich ein Zufall gewesen, aber Glück fanden die Beiden nie. Für mich bedeutete der Name Käfer nur Schmerz. Ich hatte an Muttertag im deutschen Kindergarten ein Geschenk für meine leibliche Mutter gemacht. Es war ein kleiner Stein der mit Marienkäfer Farben angemalt worden war und auf einen größeren Stein geklebt. Auf den größeren Stein standen folgende Worte: Alles Liebe zum Muttertag. Ich wollte ihn versteckt halten und für meine eigene Mutter aufheben. Aber Barbara sah den Stein und sagte zunächst, dass sie sich sehr freue. Dann ging ich auch verbal auf sie zu und umarmte sie. Dann sagte sie zu mir, wie ausgewechselt, dass ich sie nicht anfassen solle und dass sie solche Geschenke nicht akzeptiere. Sie sei schließlich jemand hochwohlgeborenes. Ich weinte danach in meine Kissen. Der Muttertag war schon vor den Zeiten vor Samira ein Trauertag auch für mich. Wie sehr, dachte ich manchmal, dass Barbara es nicht schaffte ihre angebliche Mutterschaft in Bezug auf mich als etwas Schönes zu verpacken. Manchmal verriet Barbara sich selbst, wenn sie mich wie einen Hund in bestimmte Richtungen dirigieren wollte. So war es auch in London. Als ich das erste Mal mit Barbara in London war, sprach Walter Winkler immer wieder von seinen Reisen, die er mit Barbara Nowak gemacht hätte. Es war das zweite Mal als Walter Winkler mich abholte und etwas von einem schwulen Reiseführer redete, der auf ihn stand. Das bedeutete nur Alarmstufe Rot in meinem Kopf und das bedeutete, dass er diesen Mann wahrscheinlich getötet hatte, was er dann auch tat und danach sich als echter Mann zu brüsten, der sich alles erlaube könne. Den Reiseführer fand man ein paar Tage später in einen Viertel für Stricher und hatte nach einer angeblichen Überdosis Stricher-Sex und wurde von diesem Stricher umgebracht. Jupp Joachimski strickte daraus die Legende des Jack the Ripper und erzählte etwas von einem Kampf zwischen einer Hure und einen Stricher an der Uferstraße der Themse. Franz Mayinger muss ihn wohl geholfen haben, da Franz Mayinger von verschiedenen Personen erkannt worden war und als der bereits bekannte Mörder Franz Mayinger identifiziert worden war. Ich war damals noch im Kindergartenalter und wurde damals später mit Walter Winkler über NRW mittels einer Klosterschwester nach München gebracht.

In den späteren Jahren als sich die Saat, wie Franz Mayinger zynischer Weise seine Langzeitpläne nannte, aufging, hatte sich immer noch kein **GegenKonzept** gebildet, um normale Leute zu schützen. Denn diese Leute aus diesen Familien Mayinger hatten, weder den Zusammenhang erklärt, noch wurden dieses meist sehr geballten Szenarien vorher kommuniziert. Danach war klar, dass die normale Bevölkerung mit nichts geschützt werden konnte, weil die Grundstrukturen komplett bis in das Privatleben und das intimste Leben normaler Menschen hineinwirkten. Als es mit den Vergewaltigungen von Barbara zu schlimm wurde, musste ich mit Jupp Joachimski reden. Das Schlimme war, dass ich mich als Jugendliche sprich mit 8 Jahren mit dem Thema Sex und Sexualität und Geschlechtsverkehre nicht nur rechtlich, sondern auch biologisch auseinandersetzen musste, als würde ich in diese Kreise der Spionage auf diesem Niveau einsteigen müssen. Nicht nur, dass ich mir erklären lassen musste, dass Barbara Nowak alias Weiss und Walter Winkler ihre Vergewaltigungen und ihre körperlichen Auseinandersetzungen in eine Art „Liebesspiel" verpackten, nein es ging sogar soweit, dass ich mir erklären lassen musste, dass ich auch zu einer Art geheimdienstlichen Venusfliegenfalle ausgebildet werden würde. Ich war nur schockiert und auch meine echten Ausbilder der US-Army nannten es bei dem Begriff, der die Lage deutlich schilderte Pädophilie. Es war auch so, dass ich für Leute, die im erwachsenen Alter waren und eben auch durch diese raue und instinktive sprich primitive Art und Weise der Spionage selbst körperlich betroffen waren und verletzt wurden, vertreten musste und in diesen Fällen übersetzen musste. Auch war es so, dass ich von diesen beiden Primitivlingen Barbara Nowak alias Weiss und Walter Winkler selbst Leuten angeboten wurde zum Vernaschen, wie sie es nannten. Dadurch entstand eine groteske Situation für mich selbst. Einerseits sollte ich stark sein für die Leute, die betroffen waren von diesen beiden Stasileuten und deren Anhänger und andererseits bedrohten diese Stasinazileute mich die gesamte Zeit mit meiner eigenen Sicherheit und mit meinem Leben. Auch, dass ich Barbara Nowak alias Weiss in die Position einer Betroffenen immer zusehen musste, weil Frauen damals noch als weniger aggressiv und körperlich unterlegen und schützenswerter und gleichzeitig als weniger wert betrachtet wurden, die mir so nicht wirklich schmeckte. Da diese Einschätzung eben nur ein Teilstück der Realität war und die Gesamtkonstellation mit ihren verschiedensten Erpressungsmomenten nicht korrekt widerspiegelte. Da auch Barbara erpresste und dass eben auch mit Körperlichkeit und mit Sex. Ich versuchte mich damals sachlich und fachlich mit diesem Thema auseinander zu setzen, ohne allzu sehr selbst hineingezogen zu werden und ohne den Geschädigten nicht ohne Belege gegenüber zu treten. Sobald innerhalb deren eigenen Zirkel geschädigt wurde, war es egal. Aber aufgrund der kreisförmigen Wasserfallabflusssogwirkung, die man unterteilen konnte in rechtliche Hebelwirkungen und in sogenannte rechtliche Kippbewegungen, musste letzteres verhindert werden, weil diese unbeteiligten Personen hineingezogen hätten und das gesamte globale politische Gefüge in einen toxischen rotierenden und immer brennenden Kometen verwandelt hätte, der sich und alles was darauf wäre, selbst verbrannt hätte. Die graduellen rechtlichen übergriffigen Randerscheinungen, wie ich diese Kippbewegungen nannte, versuchte ich immer zunächst schnell gleich selbst zu lösen. Die anderen Dinge löste ich mit einer Art rechtlichen Rückwärtsdrehung. Indem ich nicht nur die **Grundmuster** von den Rechtsanwälten erstmal aufdecken ließ, sondern sie als Richtigstellungsgrundlage benutzen ließ. Wobei zunächst die Unrechtmäßigkeit der Grundstrukturen auch offengelegt werden mussten, um diese illegalen Grundstrukturen rückgängig zu machen. Zudem mussten vor Prozessbeginn immer die Interpretationstiefen und die Rahmenbedingungen festgelegt und festgesetzt werden, um auch eine Rechtssicherheit vor und innerhalb und nach den Prozessen zu gewährleisten. Vor allem bei solchen hochemotionalen Verfahren und Prozessen mit Sexualdelikten waren die Emotionslagen sehr klar und verworren gleichzeitig und sehr emotional geladen. Über die Jahrzehnte in denen ich diese osteuropäische deutsche geheimdienstliche

Mischstruktur miterlebte und begleiten musste, musste ich parallel zu deren Leben auch Forschungssträngе auf eben dem biologischen und dem soziologischen und dem chemischen Gebiet mitbegleiten, damit solche Rechtsrichtigstellungen erst möglich wurden. Auf der soziologischen Ebene musste ich die Entwicklungen der Frauen in Ost und Westdeutschland betrachten und auch deren gesellschaftlichen Bedeutung, um eine reale Einschätzung der Alltagsabläufe zu gewinnen, aber auch um später in den Verfahren genau Rechtssituationsschilderungen und Einschätzungen in den Prozessen miteinfließen zu lassen. Diese Idee war begründet auf dem Gedankengang, dass gesellschaftliche Strömungen direkt auf das Rechtssystem des jeweiligen Landes wirkten. Dadurch entwickelten sich auch sogenannte Rechtsansichten und sogenannte Rechtsphilosophien. Im soziologischen Sinn wurden wirklich gesellschaftliche Strömungen und Entwicklungen auch anhand des Rechtssystems abgezeichnet. Auch und vor allem das sich wandelnde Männerbild eines immer starken und beschützenden Heldenepos zu einem normalen männlichen Menschen, der auch seine Angriffsflächen hatte und hat. Durch diese Beobachtungen wurde es auch erst möglich Vergewaltigungen von Männern zu entstigmatisieren und zu enttabuisieren und auch in der Öffentlichkeit und eben auch vor Gerichten zur Sprache zu bringen. Denn diese Vergewaltigungen durften eben auf der männlichen Seite wie auch auf der weiblichen Seite nicht zu einer Minderschätzung desjenigen oder derjenigen betroffenen Person führen. In Geheimdienstkreisen sprach man früher in den 90ziger Jahren von einer Vergewaltigung mit den Worten Vergewohltätigung und auch mit einer abfälligen und sehr großen Geringschätzung. Man nannte eine Vergewaltigung nicht beim Namen und redete nicht über die seelischen Wunden, sondern man nahm das hin. Man besprach auch gemäß des falsch verstandenen Heroischen Status, den diese Halbwelt genoss eben nicht darüber und auch manche Leute gingen daran zu Grunde. Als Montgomery mein Bodyguard wurde, wurde er das erste Mal bei den Dreharbeiten des James Bond Filmes Sag niemals nie und in Feuerball! Und musste eine reale Sexfilmszene mit einer Stasischauspielerin drehen. Um seiner Empörung danach Ausdruck zu verleihen, sagte er noch dazu, dass er es für Krone und Vaterland gemacht hätte und dass die Filmpartnerin es nur für sich täte. Ich war schockiert als ich die Szene in dem vermeintlichen Kurhotel sah. Es war schrecklich. Später als ich älter wurde musste ich noch mehr Vergewaltigungen durch Männer am eigenen Leib erfahren und durch Frauen mit ansehen. So waren es nicht nur einmal Gunda Nitzsche und Dunja Hathout und Katja Pritz alias Melzer und Karin Schmitz und Anna Sorovkin und Sara Bogosyan und Janine Bogosyan, die ich in ihren Wahn sehen musste und das war die 2. Generation, also die Nachfolgegeneration der ersten von Barbara Nowak alias Weiss und Walter Winkler, die dieses System in Deutschland auch und vor allem in Westdeutschland manifestierten und begründeten. Aber eben diese Form der Handlungen waren in der neuangedachten Spionagewelt von den Wiedervereinigten Deutschland bereits mit den Ansätzen von 1983 hinterlegt. Rein sachlich betrachtete ich auf wissenschaftlichem Gebiet, eben nicht nur die soziologischen und juristischen Aspekte, sondern hinterlegte auch Daten mit biologischen Ergebnissen und Studien. Denn der Aspekt der unbeabsichtigten Kinderzeugung konnte in einer Welt ohne Vernetzung ausgeblendet werden, aber in einer immer mehr kommunizierenden Welt garantiert nicht. Zudem mussten auch die Zielsetzungen endlich wieder differenziert werden, da ansonsten der gesamte Globus zerbersten würde. Nicht nur finanziell, sondern auch auf juristischer Ebene. Mit dem Aspekt der Schadensersatzprozesse und der darauffolgenden Gerichtsprozesse, ließ ich in mehreren Studien folgende Fragen betrachten: 1. Wie lange muss ein Koitus anhalten damit Kinder gezeugt werden können oder muss ein Koitus überhaupt vorhanden sein! Daraus resultierend war die Dauer der geschlechtlichen Begegnung berechnet und die Wahrscheinlichkeit! 2. Dann musste abgeklärt werden ob Männer die beschnitten wurden und damit keine Vorhaut haben, ob bei denen die Zeugungskraft größer sei! 3. Dann wurde abgeklärt was eine Vergewaltigung ist und ob die vorherige Gabe von Herzmedikamenten eine zusätzliche Vergewaltigung oder eine zusätzliche Folter ist! 4. Dann wurde abgeklärt was eine ausgeführte und eine halbe Vergewaltigung auch in analer Weise ist! 5. Dann wurde abgeklärt wie lange ein durchschnittliches erigiertes männliches Glied ist! Dann wurde nachgefragt ob ein Mann mit einer Infektionskrankheit oder eine Frau mit einer Infektionskrankheit gleichzeitig Körperverletzung begeht bei einem Geschlechtsakt, wenn er/sie zum Sex gezwungen wird! Und wie lange ein Geschlechtsakt dauert der garantiert zu einer infektiösen Übertragung führt! Dann wurden die Einzel DNA-Stämme von Infektionsviren untersucht! Und noch einige Sachen mehr. Zudem nahm ich das Filmmaterial aus den beiden Filmen „Familie 2000" und „Viel lieben", welche beide perverser Weise von der Stasi als Belegfilme gedreht worden waren mit mir als Mitwirkende. Der erste Film zeigte auch noch meine leibliche Mutter, die sie kurzerhand zu einen Pin Up Girl von Joey Bogosyan in diesem Film deklarierten. Es kostete mich eine enorme Überwindung diese Filme nach allen Jahren anzusehen, denn es war meine eigene Vergangenheit, die mit einer Art Indoktrinierung meiner intimsten Sexualität durch die Stasi beginnen sollte. Ich musste als Dreijährige ohne Badeanzug am Strand laufen, weil Barbara das so wollte und weil sie sich über mich als kleines Kind so freute. Früher war es aber in meinen Kreisen verpönt, sich nackt zu zeigen und schon gar als kleines Kind in der Öffentlichkeit an einem Strandbad der DDR. Fotografiert wurde von der Stasi und Barbara tat so, als wäre sie die Frau, die mir eine gewisse Freikörperkultur beibrachte. Auch diese gesellschaftliche Bezeichnung der FFK sprich Freikörperkultur wurde in der Stasizeit und DDR-Zeit als gesellschaftliche Eigenströmung bezeichnet. Später musste ich mit Barbara, als ich 5 Jahre alt war und mich weigerte meine Hosen auszuziehen und nackt baden zu gehen und ich angeblich zu unentspannt war, auf einen Hippiehof ziehen. Auf diesen Hippiehof der in der Nähe von Rosenheim lag, sollte ich entspannt meine Sexualität entdecken. Ich war nur entsetzt und sah diese gleichen Versuche der Verhaltensweisen-Veränderung und Beeinflussung bei meinen Kindern. Denn was diese Stasileute einfach lapidar als neue Lebensweise deklarierten, war in Wahrheit ein Abstumpfen der eigenen Persönlichkeit und der eigenen Selbstverleugnung. Später sah ich, wie Leute so eingeschüchtert waren von diesen **Schandi-Frauen** und **Schandi-Männern**, dass sie ihren eigenen Stolz über Bord warfen und damit ihre eigenen Bedürfnisse nach Individualität und nach persönlicher Freiheit. Es gab Frauen und Männer, die sich freiwillig nackt ins Bett legten, um ihren **Schandi-Aufsehern** zur Verfügung zu stehen. In späteren Prozessen, die ich führen musste in Kriegsverbrechen, war genau diese Schwelle auch rechtliche Einordnung auch ein Thema. Ebenso der Aspekt der Freiwilligkeit und der Selbstbestimmung tauchte immer wieder in diesen Verfahren auf. Manchmal war es sehr schwierig zu verstehen, warum diese Stasinazileute immer weiter provozierten und nicht endlich aufhörten. In den Gerichtsverfahren drehten sie manchmal Sachverhalte so um, dass man dachte, dass man sich in einem Karussell befände. Ich lehnte regelmäßig Prozesse ab, da sie alle zu keiner wahren Rechtsgültigkeit führen konnten und durften und auch der Rechtsfrieden und die Rechtssicherheit in keinerlei Hinsicht gewährleistet waren. Um mir eines Auszuwischen legte Jupp Joachimski meistens eine sogenannte Sperrklausel sprich eine Art Sperrvermerk und Geheimhaltungsstufe über die Verfahren und versuchte diese auf die institutionelle und bundesrechtliche und öffentliche Ebene zu ziehen. Ebenso wurde über die Jahrzehnte auch immer wieder die Frage der Systemhaftung und der systemischen Schuldfrage beleuchtet. Die Frage war später auch auf politischer Ebene, wie man mit möglichst ohne viel Nebengeräusche und sogenanntes Grundknirschen, diese beide Systeme der geheimdienstlichen Leben verbinden könnte. Was sich später nicht nur als Nebengeräusche und als Grundknirschen herausbildete, war die Tatsache, dass eine gemeinsame Kultur und ein gemeinsames Verständnis und Verstehen komplett fehlten. Die Aspekte, die Gunther Schmid in seinen damaligen Studien herausarbeitete und als logische Konsequenzen auch in seinen Texten vorhersehen wollte, waren nicht genau genug und auf der anderen Seite nicht freiheitsbetont und ohne komplette Rechtswirkung herausgearbeitet. Der Aspekt der finanziellen Absicherung über seine Versicherung war eine komplette Fehleinschätzung, wenn nicht sogar eine lebensgefährliche Schluddrigkeit. Auch die Auflösung des dreifach ausgefertigten Systems und der Aktenhinterlegung fand bei den damaligen Machtzentren Jupp Joachimski und Gunther Schmid und Walter Winkler und Karl Mayinger und Franz Mayinger eine gefährliche Syntax der falschen Auflösung und falschen Hinzumischung von normalen Personen. Durch die Wirkung auf die normalen Leute wurden die Nachfolgegenerationen dieser grauen Herren zu einer Art Selbstläufer, der Rechtssicherheit und die Menschensicherheit in sich selbst negierte und gefährdete. Es war sogar so extrem, dass manchmal Leute auf Leute losgingen ohne ersichtlichen Grund und wenn man sie fragte, dann zumeist der Aspekt eines Gerichtsverfahrens auf den Tisch kam, welches von beiden Seiten verloren worden war. Beide Seien gaben sich aber gegenseitig die Schuld und in Wahrheit freute sich der Dritte. Der Teufel Jupp Joachimski.

Seine Mittäter belobigte Jupp Joachimski indem er ihnen finanziell unter die Arme griff und so war es auch so, dass er sich um mich zu verspotten die Pseudowissenschaften zu Mithelfern für sich den Mephisto machte. Seine Stieftochter Jessica Traue war in der Zeit bei ihren leiblichen Vater Bernd Traue in der Wasserbranche beschäftigt. Beide, Vater wie Stieftochter hatten die Wichtigkeit und Lebensnotwendigkeit des Element Wasser erkannt. Es war so, dass sie daraus einen Handel machten, der im Nachhinein betrachtet nicht schrecklich sein hätte können und zu noch mehr Unfrieden, auch international gesehen beitrug. Es war auch so, dass mit diesen Vermischungen und Verdrehungen die Jupp Joachimski auf der rechtlichen Ebene anstrebte und durchführte, es zu einer Situation kam die sich in zwei gegenläufige Zeitspiralen widerspiegelten. Die Schüler und auszubildenden Personen bekamen keine echte Grundsystematik vermittelt, sondern nur die bereits falsch eingeführten **Grundmuster** und darauf setzten sich ihre Berufsbildungen und Studien fort. Jupp Joachimski hatte damit eine fachlich substanzlose Bevölkerungsschicht geschaffen in Deutschland aber auch aufgrund seiner Reichweite über den gesamten Globus verteilt, die keine Aussicht hatte, sich in die Zukunft oder aus ihrer Vergangenheit heraus zu bewegen, weil ihnen die damalige Erfahrung und Bildung fehlte um die Situationen richtig einzuschätzen. Normalerweise mussten zunächst die echten und richtigen und unverrückbaren Lehrinhalte den Schülern vermittelt werden und dann daraus aufsetzend Spieltaktiken vermittelt werden. Es war eine sogenanntes Spezialwissen, was die Stasi damals niederträchtiger Weise und arroganter Weise für sich deklarierte. Bei Jupp Joachimski fußte, aber die Ausbildung bereits auf den in Unordnung gebrachten Weltanschauungen, die dazu führte, dass er sich unterschwellig zum Guru dieser menschlichen Bevölkerungsmasse machte ohne dass diese etwas davon merkte. Bei der rückwärtssehenden Aufarbeitung bei den damaligen Geschehnissen war es genau anders herum. Deshalb musste man bei den Gerichtsprozessen von den bereits verdrehten Realsituationen ausgehend, die vergangenen Situationen rückwärts auseinander drehen. Somit war dann die temporale Komponente mitberücksichtigt und ein in sich ruhender legaler Zustand erreicht sprich der normale Rechtsfrieden wiederhergestellt. So war es vor allem mit dem **WasserKonzept**. Die Schnittstelle zwischen der osteuropäischen Familie und der orientalischen Stasiaktionen bildete Jupp Joachimski und seine bulgarische Filmcrew, die aus Bekannten von Franz Mayinger bestand und später in der Tätigkeit von Tanja Mayinger seine Fortsetzung fand. Das **WasserKonzept** für den Vorderen Orient sollte zunächst angepriesen werden für das Königreich von Samira's Eltern. Was eigentlich komplett sinnlos war, denn das Königreich Assyrien hatte ein altes und historisches Wasserleitungssystem, welches aber sehr gut funktionierte. Das Königreich dehnte sich bis in das heutige Jordanien und in die Berge Anatoliens aus. In den zwei Wochen, als ich dort war, verhandelte der Vater von Samira mit mir eine Art Abkommen aus, da er sah, wie bedroht die Juden waren. Als Bedingung für deren Landzugeständnisse sprich deren Erwerbung der Juden von der assyrischen Nationalität, sagte Samira's Vater, dass die Juden unter Beweis stellen sollen, dass sie in diesem orientalischen Land zurechtkämen und es bewirtschaften könnten. Der König wollte die Fläche, welche er den Juden als freie Stadt zur Verfügung stellen wollte, aber innerhalb der eigenen Staatsgrenzen, zunächst als versteckte Felsenstadt aufbauen lassen. Als Beweis für die handwerklichen Fertigkeiten wurde von uns in der Zeit die Stadt Petra entworfen, aber Walter Winkler und Barbara und Jupp Joachimski und die rumänischen Leute von Gerd Schmitz, die als Sondereinheit dabei waren, angeblich zu unserem Schutz, wollten nicht, dass wir fertig wurden mit dem Beweis der Fähigkeiten und zum anderen, dass sich ein friedliches Miteinander zwischen Juden und Arabern entwickelte. In der Felsenstadt waren bereits unterschiedliche Bauten vorhanden und auch große Verzweigungen des bereits vorhandenen in Felsen gehaue Wasserleitungssystem. Später wollte der König noch, dass man ein mögliches Aufstauungssystem in den Felsen installieren könnte. Ich berechnete die tragende Stauwand und die Möglichkeit der Auffüllmenge und der Auslastung bezüglich Regenzeit und anderer Zuspeisungs-Quellen. Zudem fuhren wir weiter Richtung Mittelmeer und besuchten dort in einem Tal den Sommerpalast der Königsfamilie. Wir fuhren weiter in eine einstige Palaststätten und gruben dort eine alte Römerstadt aus. Der König war grundsätzlich zwar konservativ, aber ließ neue Techniken für sein Königreich zu, sobald sie der Bevölkerung und der Wirtschaft Wohlstand brachten und Sicherheit zusicherten. Auf der über dem Tal liegenden Hügelkette, hatte sich Barbara in der Zeit als Hure in einem Badehaus eingerichtet und bediente jeden Tag Kunden aus dem Könighofstaat. Das Badehaus bestand aus drei Räumen mit verschiedenen Saunaräumen und einen Ruheraum mit drei im Halbkreis angeordneten Sitzreihen. Das Badehaus hatte einen Vorraum indem keine Fenster waren und die weißen leichten Vorhänge im Wind wehten. Das Gebäude an sich war mit weißem Tuff verkleidet und die Rundbögen waren in griechischen klassischen Stil gehalten. An den Wänden waren alte Buntmalereien. Das Wasser wurde durch ein altes Pumpsystem aus dem Tal, wie in dem Wasserkraftwerk in Kochel am See zuerst hochgepumpt und dann nach unten geleitet. Das Königreich Assyrien hatte in seiner Ausprägung ein gemischtes und sehr stabiles und friedliches Umfeld geschaffen. Der Stabilitätsfaktor in der Region war deswegen so groß, weil Assyrien auch die Schutzmacht für Jerusalem war und als die Wiege des Judentums galt, wo Euphrat und Tigris entspringen. Aber eben war die dortige Religion der Islam und Samira's Mutter eine ägyptische Drusin, die in dieses Königshaus eingeheiratet hatte. Diese uralte friedliche und sehr wissensfundierte Kultur war genau das Element, was die unterschiedlichen Religionen in den Hintergrund rücken ließ und die Region stabilisierte. Man muss auch dazu wissen, dass das Königreich noch nicht in dieser Zeit Rohstoffintensiv erschlossen war und ein riesengroßes Gas- und Ölfeld unter einem nördlich gelegenen Tal gefunden worden war.

B.7 Abbildung von Barbara Nowak alias Salmen alias Mayinger alias Christ leiblicher Familienzusammensetzung

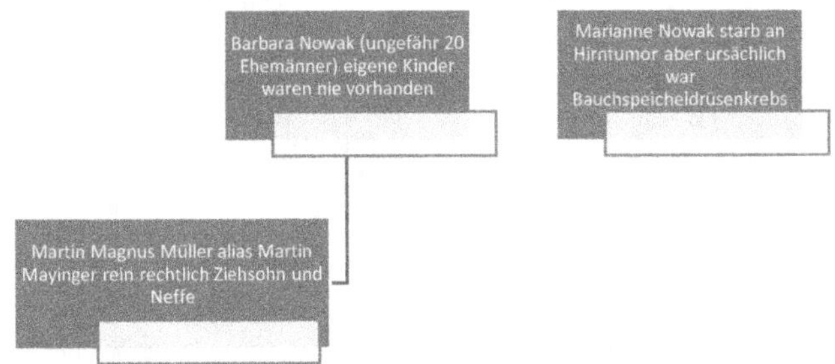

3.1 Die Wurzeln in Osteuropa während des Kalten Krieges

Das **WasserKonzept** war eine Mischform aus einer neuartigen mechanischen Betonstauwand und einen natürlichen Rohrsystem, welches eigentlich beibehalten werden sollte, wobei zweiteres in die Landschaft eingepasst werden sollte. Aber Karl Mayinger und Walter Winkler waren komplett irre und wollten sich gegenseitig übertrumpfen und setzten einen inflexiblen in Inhalt und Nutzung Betonklotz in die Wüste und deren Steinhänge. Die römischen Rohrleitungen wollten sie dabei komplett zerstören. Bernd Traue, der eigentlich Sonderpädagoge war, gab sich als Installateur und als Mathematiker aus. Sie vergaßen die Staumauerrohrleitungen und die Abflüsse. Sie stauten das Wasser des Tigris bis die Traglast der Mauer überschritten war und die Mauer brach. Dazu muss man wissen, dass die Quellen zwar einzeln klein waren, aber 1. Unterschiedliche Stärken und Wassermengen hatten zu Tages- und Nachtzeit und zu 2. Unterschiedlichen Jahreszeit. Später zerbarst die Staumauer und das Wasser ergoss sich auf die Ausgrabungsstätte in der Ebene, wo wir nicht nur die Reste eines alten Palastes ausgruben, sondern ein erhaltener Palast noch als Sommerresidenz genutzt wurde. Wir legten ein Swimmingpool an und hatten enorm viel Spaß. Aber dann kam die Fluten nach einem Regenschauer in den Bergen und begruben manche Arbeiter unter sich. Rein klimatisch war die Klimazone subtropisch, jedoch fingen die Berge die Regenwolken ab und so entluden sich die Wolken über den Gebirgen und von den Gebirgen flossen sie jeweils links, aber auch rechts in Richtung Mosul ab. In den Felsen waren noch zusätzliche Reservoirs, die die Wasserversorgung sicherten. Mit dem Wasserversorgungssystem, welches dem König von Assyrien versprochen worden war, wurde es nichts. Jedoch wurde das Geld von Assyrien abgezogen und in München wurden dadurch die Stadtwerke München ausgebaut und auch die verschiedenen Rohstoffversorgungen wie auch durch einen Teil meiner Zulieferölfirmen gedeckt. Gleichzeitig entwickelten sich noch verschiedene Verbände, die als eingetragene Vereine geführt wurden und auch als Wasservereine, die Aufträge rund ums Wasser annahmen. So verkauften sie das Wasser zu den Nachwendezeiten innerhalb ostdeutscher Kommunen an Privatunternehmen. Dadurch stieg nicht nur der kommunale Wasserpreis, sondern auch die Nutzungskosten der Kommune. Damit wurden Leute, die in der ostdeutschen Provinz lebten und nicht genügend Geld hatten, nicht nur zu Schuldnern wurden, sondern auch keine Wasserversorgung mehr hatten. Damit wurde das Leitungswasser und auch die Qualität in Frage gestellt und abgekoppelt von den Prüfstellen. Bernd Traue und Jessica Traue ließen auch unappetitliche Studien über die jeweilige Dauer des Toilettenvorganges und die jeweilige Konsistenz erstellen. Zudem berechneten und hatten sie die verbrauchte Wassermenge abgemessen und die jeweilige Zeitdauer. Nicht dass, es sich dabei um einen realen Wissensmehrwert handelte, sondern um überflüssiges Wissen, was keine Annehmlichkeiten für die normalen Menschen brachte, sondern nur eine perfide Strategie, um mehrere Zielsetzungen zu erfüllen. 1. Toiletten kostenpflichtig zu vermieten: a) an Autobahnen und b) als Stelltoiletten auf Baustellen und c) als mobile Toiletten und d) an anderen Örtlichkeiten wie Bahnhöfen. Zudem ließen sie Privattoiletten in Privatimmobilien gegen Entgelt benutzen. Sie verdienten an allen mit und auch bei der Konstruktion von Klärwerken waren sie beteiligt. Was aber den lukrativsten Part der Wasserforschung ausmachte, war der Wasserverbrauch und dessen Vertuschung von **Schandi-Wohnungen** und **Schandi-Immobilien**. So wurden manche **Schandi-Wohnungen** als Wohngemeinschaften ausgegeben und damit das Vorhandensein von gefangenen und eingeschüchterten Personen verschleierten. Alle Leute aus der Wohngemeinschaft waren Mittäter der **Schandi** bis auf die einzelnen Personen, die gefangen gehalten wurden. Jessica Traue beauftragte immer, wenn es um Installationen innerhalb dieser **Schandi-Wohnungen** ging, immer bestimmte Mittäter, die sie darüber informierte, dass sie Beauftragte sei, für diese Wohnungen sei und in Vertretung die Wohnung öffnen ließ. Zumeist lächelte sie zynisch nett und redete in widerlichen lügenden Worten über die wahren Bewohner, die meist körperlich geschädigt und eingeschüchtert in ihren Zimmern still verharrten. Vorher wurden sie geschlagen und eingeschüchtert, damit sie das Zimmer nicht verließen. Es war auffallend, dass alle Männer wie Frauen aus den Zeiten von 1983 und deren Nachfolgegenerationen genau das gleiche Schema fuhren und sich alle gleich verhielten. Mir machte es nichts aus, wenn mich diese **Schandi-Idioten** einschüchtern wollten, denn sie waren mir egal und vor allem Familie Traue wurde mit Haftbefehl schon gesucht. Denn Familie Traue und Familie Pau hatten im Lehel in der Rosenbuschstraße das System von damals mit Barbara Nowak alias Weiss einfach weitergeführt und begriffen nicht, dass sie schon längst und auch ihr Kopf Hans Lauter aufgeflogen waren. Zudem behielten die Familien Pau/Bogosyan die Wohnungen in Hausnummer 6 in der Rosenbuschstraße und Familie Nitzsche in der Hausnummer 3 und Tanja Mayinger in Hausnummer 1 und Hans Lauter in der Reitmorstraße in der Ecke auf der gegenüberliegenden Seite. Sie hielten sich auch immer über Tags in der Siedlung Hausnummer 21 auf. Es war schlimm zu sehen, wie sie behaupteten von den USA zu sein und in Wahrheit nicht mal beim Mossad waren, sondern nur kleine fehlgesteuerten und irre Leute, die sich etwas anmaßten, was sie nie durften.

Zudem war auch auffällig, dass in dieser Zeit, als diese Leute von Gunther Schmid und Franz Mayinger und Jupp Joachimski und Sebastian Wieberneit in Bayern ihr Unwesen trieben, die **normalen SicherheitsKonzepte** aufgrund der kompletten Durchsetzung von deutschen Staatlichen Institutionen nicht mehr griffen. So war es so, dass die Leute erst in diesen Momenten entdeckten, dass sie sich eigentlich nie wirklich profunde verstanden hatten, weder rein beruflich noch menschlich noch privat noch bekanntschaftlich. Es war so, als wäre die Trennung zwischen Menschen und Zombies sein komplett aufgelöst und auf die deutschen Amtsträger nicht nur kein Verlass war, sondern auch belegbar alle von diesen nur zu diesen Zwecken der Einschüchterung und der Erniedrigung eingestellt worden waren. Man sich als Vermieter nicht mehr darauf verlassen, dass die hinterlegten Zweitschlüssel lediglich für Notfälle von den amtlichen Stellen genutzt werden, sondern man musste darauf Verlass haben, dass sich die Nachbarn um die Nachbarn kümmerten in normaler Absicht ohne, dass ein gesamter Sicherheitsservice für die zusätzliche Sicherheit noch sorgen musste, um Ruhe und Frieden wiederherzustellen. Es war schlimm zu sehen, wie manche Leute nichts machen wollten, um nichts falsch zu machen und andere wieder sich wehrten als ginge es um ihr eigenes Leben und dabei aber Unschuldige mitschädigten. In der Zeit gab es auch nur falsche Staatsbeamten in Feuerwehruniform und in Polizeiuniform und in Bundeswehruniform und in THW Uniform und bei den Pflege- und Krankenwagen- und Ärzteteams. Es war ein einfach schrecklich. Immer wenn das passierte wurde von Gunther Schmid argumentiert, dass das der Selbstschutz des Staates gewesen sei und notwendig, da das alles ein **Assessment Center** war. Die nicht genehmigten Sonderkommandoeinsätze von Gerd Schmitz Leuten taten ihr Übriges dazu, komplettes Chaos zu produzieren in München, aber auch anderswo. In den meisten Problemfällen, die in diesen Situationen entstanden fielen folgende Punkte sehr evident ins Auge: 1. Zum einen konnten die Beamten nicht mehr unterscheiden in die verschiedenen Temporalschienen und die damit jeweilige verbundene Zielsetzung. So kam es vor, dass nicht mehr in vergangenheitsbezogenen Perspektiven gedacht wurde und auch nicht der Aufklärung folgend, sondern zu sehr auf die Gegenwart und dem Hier und Jetzt geachtet wurde. Damit zog sich aber die Stasinazispirale weiter ohne wirklich aufgeklärt und aufgearbeitet worden zu sein. Bis in die Tiefe der Hinterlegung der falschen Grundstrukturen und Ausgangsverbrechen, wurde meist nicht nachvollzogen. Denn die Durchführungen der Ausgangsverbrechen bildeten gleichzeitig die hinterlegten kriminellen Grundstrukturen, die später einen institutionellen Charakter erhielten und sich meist auch in der Namensgebung wiederfanden. 2. Des Weiteren wurde in der Gegenwartsperspektive die Grundbedürfnisse von normalen Menschen den geheimdienstlichen Aspekten untergeordnet und so eine Armutsspirale für normale Menschen in Gang gebracht, die die lebendigen Leute betraf, die laut Gunther Schmid und Jupp Joachimski perversen Spielchen als minderwertig und dumm und faul galten. Beide argumentierten, dass die normalen Menschen zu schwach seien, weil sie sich an Verbrechen nicht beteiligten. Somit waren alle caritativen Einrichtungen in der Zeit besonders frequentiert und belegt. Waren zuerst meine Obdachlosenprojekte in München, als Schrott zynischer Weise von genau diesen Jupp Joachimski und Gunther Schmid verschrien, versuchten sie an meine Obdachlosenheime heran zu kommen. Sie gliederten mehrere meiner Obdachlosenheime widerrechtlich in ihre Kirche ein und besetzten das Personal neu und funktionierten sie manchmal sogar um in Verwaltungsgebäude. Für mich als normale Person war es ein Graus das mitansehen zu müssen. Ich führte in der Zeit immer und immer wieder die Diskussionen über die Würde des Menschen und der Praktizierung. Einen Obdachlosen aus München entführten sie sogar im geheimdienstlichen Wahn von Janine Bogosyan nach Berlin und folterten ihn in einem Keller und schnitten in mehrere Finger ab. Ich ließ ihn wieder nach Bayern bringen und selbst dort ließen sie ihn nicht in Ruhe. Diese Situationen zeigten sich aber erst in den Jahren 1995 sehr offensiv und waren auch deutlicher als eskalierend festzustellen. Denn es war schon zu viel aufgeflogen von deren vorherigen Straftaten.

Damals in der Kalte Kriegszeit in Jordanien war die Paranoia von Bernd Traue und Karl Mayinger und Sepp Schüßler und Gerd Schmitz noch nicht so ausgeprägt und wir fuhren wieder zu Samira's Palast zurück. An dem Abend fand ein Fest statt und es war klar, dass irgendetwas Schlimmes passieren würde. Denn alle Alarmzeichen standen auf Rot und die Familie von Samira wollte die Königin sprich Samira's Mutter wiederhaben, die laut Aussage von Jupp Joachimski sich noch ausruhte in der DDR. In Wahrheit wurde sie gefangen gehalten und auch die Lüge über die Einladung und Entsendung von Samira's Mutter dieser DDR-Stasispione war schon aufgedeckt. Weder gab es ein schriftliches und unterschriebenes Einladungsschreiben, noch gab es eine schriftliche Beauftragung. Nachdem wir die Überschwemmung in Jordanien überstanden hatten, fuhren wir wie gesagt zu diesem Palast zurück und Samira's Vater hatte Meldung geben lassen und nach seiner Frau suchen lassen. Er hatte auch keine Haupt- und Nebenfrauen, wie das immer als Stasibegründung ins Feld gezogen wurde. Er liebte nur seine Frau und die gehörte gleichberechtigt zu seiner Herrscherzeit. Nachdem der Palast von der Tanzgruppe erstürmt und besetzt worden war an diesen Abend, flohen wir Richtung Mosul. Dort verschanzten wir uns in einem anderen Palast und als auch dort ferngesteuerte Bomben flogen, gingen wir in die Tunnel unter den Palast. Samira hatte ich die gesamte Zeit im Arm. Ihre Ammen und Tanten waren alle bei dem Bombenangriff ums Leben gekommen. Später erfuhr ich, dass die Bomben „versehentlich" von der Kommandozentrale in Ostdeutschland von einen gewissen Stephan Gleißner während eines sexuellen Stelldichein mit einer Gunda Nitzsche auf den Steuerungshebeln für die Fernlenkraketen, losgegangen waren. Alles war nur eine Ausrede, aber deren war entstanden und wurde auch noch vertuscht. Ihr Königreich, dass später Jupp Joachimski als Assyrien umbenannte, wäre eigentlich korrekter Weise Kathrakeer genannt worden und eine gleichbleibende Weiterführung des historischen Volksbegriff. Aber Jupp Joachimski war wie ein paralysierter Zombie und bezeichnete zunächst das Volk Katraker und ordnete später diese Bevölkerungsbegriff illegaler Weise der Historie Bulgarien und Jugoslawien zu. Das Königreich lag zwischen Iran und Irak und Türkei du Russland. Später ließ Jupp Joachimski die Landmasse unter allen vier benachbarten Ländern unberechtigter Weise aufteilen. Dann nannte er später das einstige Königreich Assyrien. Zudem produzierte Jupp Joachimski Negativpresse und Schmäherzählungen über die Königsfamilie von Samira und faselte seine geheimdienstlichen Legenden, wie dass Samira das Produkt einer Paarung zwischen einem Stier und einen Menschen Europa gewesen sei und spielte somit wieder auf einen real nicht vorhandenen nicht gezügelten Sextriebes innerhalb der Königsfamilie wegen Barbara's angefertigten Stasiprotokolle über ihre Sexdienste innerhalb und außerhalb der Palastmauern in Assyrien. Zudem erzählte er etwas von Griechenland, wo aber Samira nie gewesen war und wo auch nie eine Fahrt hinführte. Es war auch so, dass Jupp Joachimski und Gunther Schmid später zur Tarnung Tanja Mayinger als Tarnung hinschickten nach Griechenland, um eine zusätzliche geheimdienstliche Legende zu erfinden und mit falschen und manipulierten Fotos zu belegen. Zudem versuchte Jupp Joachimski meine Tochter und ihren Namen zynischer Weise in einen arischen sprich naziideologischen keltischen Namenskreis zuordnen. Aber das war sinnlos, denn ich hatte ihren Namen schon damals deuten lassen und auch namens patenschaftlich hinterlegt. Denn damit war auch die Zeugen der Namensbenennung vorhanden und Samira nicht nur irgendeine unbekannte Person. Dieselbe Reaktionsweise bezüglich des Namens beobachtete ich später auch bei meiner türkischen Tochter Selma, deren Name eigentlich arabisch Friede heißt und sehr schön zu ihr passte ohne sie als emotionsloses Kind zu prägen. Jupp Joachimski versuchte daraus eine zynische denglische Bedeutung zu machen und versuchte die Geburtsurkunde in Sell = verkaufen und ma = Mama umschreiben zu lassen. Meine Kleine regte sich sehr darüber auf! Zu Recht wie ich fand. Aber das erste Mal sah ich diese komischen Umdeutungsversuche in diesen Royal Mommie Programm, welches Jupp Joachimski später auch so spezifisch benannte. Zudem versuchte Jupp Joachimski Samira noch zu nutzen für seinen eigenen Ambitionen und sie als US-amerikanischen Abkömmling zu bezeichnen, um sich selbst wieder in den USA ein Gesicht zu verleihen. Als Mittel wurde der Stier Menos und die Verpaarung mit der Prinzessin Europa gewählt und als Resultat wurde der Minotaurus gefangen im Labyrinth auf Kreta. Zudem musste daraus für Jupp Joachimski noch ein Beweis geführt werden, ob und wie groß ein Schädel von diesem Stier der diesen Minotaurus gezeugt hätte sein müssen. In Wahrheit war es eine Verarschung und Verhöhnung von Jupp Joachimski, ob ich mich nach allen überlebten Mordversuchen an mir, mich an alles erinnern könnte oder ob ich alles vergessen würde. Zudem wurde im Reagenzglas sprich Petri-Schale ein nicht überlebensfähiger Stier gezüchtet mit einem überladenen und zu großen Kopf mit dem dazugehörigen Gehörn. Das arme Vieh wurde nach seiner Heranzüchtung auf Kreta in dem Labyrinth erschossen. Jupp Joachimski war wie im Wahn und sagte mir mit einer Zweifingergeste, dass er Ernst daraus machen würde. Ich ließ mich trotzdem nicht einschüchtern und blieb bei Samira. Später ließ Jupp Joachimski mit dem Goldschatz von Samira's Volk noch einen Teil der Einlagen für den Euro von Deutschland finanzieren und ein anderer Teil wurde als Kunstschatz von Bulgarien ausgegeben, damit Jupp Joachimski Janine Bogosyan Erpressungen nachkam. In Westdeutschland hatte ich auch eine Zeitlang angedacht, dass sich die Familie in Franken in einen meiner Schlösser ein Domizil schaffen könnte. Aber das wurde durchkreuzt von Jupp Joachimski und der Familie Karl Mayinger. Es gab ein Bankett im Schloss Ansbach, welches gerade frisch renoviert worden war und ich hatte die Familie von Samira als Ehrengäste einladen lassen. Karl May alias Karl Mayinger alias Friedrich Paulus stellte nicht nur den König in gespielter besoffener Eifersucht bloß und prostete dreiste und beleidigende Trinksprüche, sondern er schoss auch mit einer Walter PPK und löste damit einen Großeinsatz der Polizei und der Military Police der US Army aus. Wir flüchteten in die Kapelle im Innenhof des Schlosses wodurch wir dann nach draußen gelangten. Ich fuhr mit der US Army und der Military Police in einem Konvoi raus zu der US Army Kaserne. Der König flüchtete in ein Flugzeug Richtung Vorderen Orient. Karl Mayinger erzählte etwas von Terroristen und machte sich so sympathisch mit den deutschen Polizisten, die fasziniert an seinen Lügenlippen hingen. Ich hatte Samira im Arm und musste ich versprechen, dass wir wieder zu ihren Eltern fahren würden. Die Mutter von Samira wurde auch entführt und Karl Mayinger behauptete weiter mit liiert zu sein und wie im Liebeswahn diese Verfluchungen gegen ihren angeblich brutalen und sexgierigen Ehegatten ausgestoßen zu haben. In Wahrheit war es wieder ein fein inszeniertes Theater und eine Verleumdungskampagne dieser Mayinger Familie, die Widerstand nicht duldeten genauso wenig wie sie Toleranz und Rücksicht üben konnten in Bezug auf andere Leute. Jupp Joachimski bot sich an diesen ungezügelten König zu verweichlichen, damit er nicht mehr so sehr seine eigene Ehefrau liebe und respektiere. Es war schlimm, wie diese absolut dreisten und unberechtigten Idioten, andere ihnen fremde Leute demütigten und nachdem wir in Mosul im Irak nach unserer Flucht angelangt waren, musste ich genau an diese Szene denken. Wie verzweifelt und um Contenance ringend der König seine Frau ansah und diese ihn flehenden Blickes ansah und sagte auf aramäisch, dass das nicht stimme. Ihre schlanke und hochgewachsene Gestalt war in ein mit Diamanten besetzten Abendkleid gehüllt und ihr Diadem war in silbergrau mit Brillianten gehalten, wie es jeder von Prinzessin Diana kannte. Sie wollte aufspringen und gehen und man sah beiden an, dass sie zwischen öffentlicher Etikette und privaten Zugehörigkeiten gefangen waren. In einem Moment der Ruhe sah ich mir Samira an und dachte mir, dass sie bestimmt mal genauso stolz und ungebrochen werden würde, wie ihre Mutter. Bevor wir in den Tunnel unter den Palast in Mosul gekrochen waren, hatten wir ein Wasserreservoir von der Region besucht. Es war ein unterkellertes Reservoir im Boden. Die Wände waren gemauert mit Backstein und stammte noch aus der Römerzeit. Die Säulen waren verziert und auf den Säulen waren Medusa Köpfe mit allen vier Elementen zu sehen. Die Schlangengöttin war in dem Königreich eine Heilige und stand für Fruchtbarkeit und für den Schutz der Bevölkerung und des Könighauses. Alle vier Medusa-Köpfe-Steine waren gemäß den vier Himmelsrichtungen ausgerichtet gewesen und ein Stein hatte eine zusätzliche Einkerbung, die ein Grenzstein und ein Gründungsstein für das Königreich darstellte. Samira weinte vor Wut und vor Angst und beruhigte sich gar nicht mehr. Ich nahm sie in dem Arm und baute mit ihr eine umgedrehte Säule aus den Medusa-Köpfen. Unter den untersten Stein begrub ich den Grenzstein und damit auch den Beleg, den Jupp Joachimski unbedingt für seinen Vernichtungskampf brauchte und seine Aussage, dass das Königreich nie existiert hätte. Samira baute fleißig mit, aber ich war eigentlich nur froh, dass sie nicht mehr bis zur Entkräftung schrie und weinte. Es war einfach alles zu viel und Samira war gerade 3 Jahre alt. In dem Tunnelsystem waren ihre Tanten und Zofen und Ammen umgebracht worden von den deutschen rumänischen Leuten um Walter Winkler und Samira sah noch alte Zeichnungen von Gefangenen, die dort gefangen gehalten worden waren, aber schon längst nicht mehr dort waren. Diese Tatsache nutzte Jupp Joachimski um ihr zu sagen, dass ihre Eltern böse Tyrannen seien und sie als Tochter sich nun befreit hätte von der Erblast und Erbschuld. Ich brauchte Monate um diese schlimmen Erfahrungen halbwegs in eine normale verarbeitbare Erfahrung und Erinnerung zu bringen. In dem Gang und Tunnel zerkratzte ich noch die Zeichnungen von den Gräbern damit Samira anfing dieses Lebenskapitel in ihren Leben nicht mit Götzenanbetung zu verbringen. Manche Bilder waren zu pornografischen Zeichnungen als Spott umgeformt worden und Jupp Joachimski schleppte Samira zu jeder Wand und erklärte ihr alle Zeichnungen falsch, als wäre sie die Täterin, die selbst diese Zeichnungen angefertigt hatte. Er war wie im Wahn. Die Urnen mit den echten menschlichen Überresten ließ ich im Tunnel und Samira zeichnete eine Zeit lang im Sand Kreise mit mir. Ich sagte ihr, dass der Kreis um sie herum wie ein Hexenzauber wirke und niemand den Kreis übertreten durfte und konnte. Die Zofen hatten teilweise die Königsfamilie verraten und deswegen zerkratzte ich ihre Zeichnungen an der Tunnelwand. Später ließ ich den Tunnel und den Grenzstein im Wasserreservoir bergen, um wenigstens etwas von dem Königreich meiner Tochter belegen zu können.

Später zerrte uns Jupp Joachimski aus dem Tunnel und demütigte uns und sperrte uns auch in eine Tiertoilette sprich Urin- und Dungloch, welches er gleich ausprobierte mit einer Kuh. Er ließ das Vieh durch dieses Loch scheißen und direkt auf unsere Köpfe. Wir stanken nach Urin und Dung und durften uns erst am nächsten Tag waschen. Zu Trinken bekamen wir nichts in der Mittagshitze und Jupp Joachimski schrie und lachte vor Vergnügen. Samira weinte und ich versuchte verzweifelt irgendwie diesen Urin aufzufangen, um Flüssigkeit zu erhalten. Ich machte es dann so, dass ich Samira's Kopf schützte und wir uns unter den Strahl stellten, damit wir ein bisschen Flüssigkeit abbekamen. Als Gefängniswärter postierte Jupp Joachimski und Walter Winkler bewaffnete Beduinen vor dem Loch. In der Nacht schliefen diese ein und ich kroch mit Samira raus. Wir schlossen uns einer Karawane an und ich schnitt Samira ihre Haare. Sie bekam einen Turban auf und bekam einen Gesichtsschutz. Wir ritten auf den Kamelen Richtung Ägypten. Die Eierköpfe, wie ich sie nannte, waren eine heilige Bruderschaft, die in Samira's Königreich für den Schutz der Königsfamilie sorgten. Unsere erste Haltestelle war der See Genezareth und später die Oase im heutigen Israel. In der Nacht musste ich Geschichten erzählen am Lagerfeuer und Tee kochen und Wunden versorgen. Am Tag ließ ich Samira auf den Kamelen mitreiten. Denn ihr passierte dort nichts und sie konnte noch ihre Sprache. Wir wanderten am See Genezareth entlang und entlang der Küste. Als wir nach Ägypten kamen, fuhren wir geradewegs nach Kairo.

Samira's Mutter war in der Zeit gefangen gehalten worden in London im Veterinäramt durch Professor Hans Lauter. Er hatte Samira's Mutter an Eisenketten gefesselt und in der Mitte eines Podestes innerhalb eines Foyer-Raumes in einem der oberen Stockwerke angebunden. Sie schäumte vor Wut und ihr Kampf- und Überlebenswillen war ungebrochen. Sie wollten sie in eine **Schandi-Beziehung** zwingen und sie lehnte jedes Mal ab. Sie kratzte und spukte die **Schandi-Romeos** und **Schandi-Julias** an. Der Professor Hans Lauter behauptete, dass sie eine Gefahr sei und wie ein wildes Tier. Hans Lauter ließ sich mit Julia Walter und **Corps**-Freunde aus Niedersachsen bei der englischen Regierung die Erlaubnis holen, dass er Samira's Mutter umbringen dürfte zu Experimentierzwecken und dass er nur der Tierquälerei angezeigt werden dürfte, weil Samira's Mutter nur ein Muttertier sei und keine echte Königsmutter. Ich heulte, als ich das erfuhr und Barbara sagte mir, dass das notwendig sei, weil sie selbst eine echte und feine Königsmutter sei und Samira's Mutter nur eine Wilde. Ich ließ eine Depesche an die US Army schicken, aber auch die konnten nichts machen, da Barbara und Walter Winkler wieder ihre Lügen verbreiteten und die schrecklichen Realitäten mit ihrer Schönfärberei übertünchten. So kam es, dass ich zum Nichtstun verdonnert wurde und mit Samira und den unverschämten **Corps**studenten aus Niedersachsen und Katja Familie und mit meiner kleinen Samira in diesem Foyer stand um dieses Podest. Geladen wurde von der königlichen Akademie der Veterinärwissenschaft und alles war eine geschlossene Gesellschaft. Es wurden Schnittchen und Champagner gereicht. Samira's Mutter hatten sie ein Blei- und Quecksilbergemisch direkt in die Blutbahnen an den Armen und Beinen gespritzt. Der Königin wurde kalt und Barbara stellt sich provokativ vor sie hin und nahm Samira in den Arm so lange, wie sie die Kraft hatte, um ihre Tochter zu flehen und um eine Zärtlichkeit von ihrer Tochter. Aber Barbara war unerbittlich und sagte Samira, dass ihre Mutter es nicht wert sei. Danach schimpfte und schrie Samira's Mutter aus Verzweiflung und aus Schmerz. Ich setzte mich neben sie und wartete bis sie auf dem Podest weggedämmert war in eine Art Koma bis ihre Atmung aussetzte und legte meine Hand auf ihren Arm bis sie starb. Danach stand ich auf und ging durch die Straßen und wollte in den Palast um Bescheid zu geben und Alarm zu geben. Barbara hatte Samira genommen und war bereits vorher weggegangen. Die Leiche von Samira's Mutter war danach nach Ägypten gebracht worden. Als wir eintrafen in Kairo von der anderen Seite, war die Leiche der Königin bereits dort. Wir gingen zu den ägyptischen Adelsverwandten von Samira und sollten einen Sarg anfertigen lassen. Ich hatte diesen Sarkophag bestellt und bekam einen Rosenquarzsarkophag. Parallel dazu bestellte ich ein Schiff, um nach Nordeuropa übersetzen zu können. Als zusätzliche Strafe erhielt ich einen schäbigen, aber sehr teuren Kahn. Der Sarkophag war fertig und parallel dazu ließ ich eine Statue von Samira's Vater anfertigen. Ich erhielt auch noch ein günstige 15 Hektar großes Gebiet in der Innenstadt in Kairo und wollte dort eine Siedlung für die Familie von Samira erstellen lassen. Aber dazu reichte die Zeit und das Geld nicht. So ließ ich die Fläche frei und vergrub die Statuen der assyrischen Königsfamilie. Zudem hatte sich die Nachricht über Samira's Ankunft in Kairo wie ein Lauffeuer und weckte nicht nur normale Schaulustige, sondern auch gefährliche Verfolger. Zudem erweckte ihre Herkunft Begehrlichkeiten, die für ein kleines Kind wie Samira leicht zu viel werden konnten. Wir fuhren zusammen noch zu dem Sommerpalast im heutigen Tal der Könige bei Luxor. Wir hielten dort eine kurze Zeit inne. Aber nur einen Tag und eine Nacht und als ich mit Samira und einen Verwandten beim Wasser holen an einen Brunnen weiter entfernt von dem Felsenmassiv, wo auch der Palast davor gebaut war. Von weitem sahen wir Rauchwolken und ein Geschrei. Wir ahnten schreckliches und rannten davon. Später erfuhren wir, dass die Stasi den Palast überfallen hatte und nach ihrem Überfall auch diese Bauten den Erdboden gleich machte. Danach packte ich Samira und nahm den Verwandten von Samira und einen italienischen Diplomaten und bestieg das sehr alte und beladene Schiff Richtung Nordeuropa. In Jugoslawien wollten wir noch ein Teil des evakuierten Schatzes von Samira's Königreich an Bord nehmen. Die Schätze waren über die Nordroute aus Assyrien über den Balkan nach Jugoslawien gebracht worden. Aber die Mengen waren zu groß und zu schwer für den Kahn.

So dass ich wählen musste, welche Belegstücke ich nach Europa mitnahm. Mein eigentliches Ziel war London, wo ich eigentlich mit Samira zu meiner adeligen Verwandtschaft ziehen wollte. Später ließ ich noch als Beleg für die Existenz von Samira's Königreich vier Säulen aus Assyrien per Hapag Lloyd Schiff nach München bringen. Die vier Säulen wurden hinter den Marstallmuseum in München aufgestellt und von Jupp Joachimski erzwungenermaßen in einer nicht bedeutungsvollen Ecke aufgestellt. Aber damals im Hafen von Dubrovnik, konnten nur bestimmte Besitzgegenstände von Samira und ihrer Familie mitkommen. Ich ließ die Sachen einlagern und wollte sie sobald ich konnte nachholen lassen. Es waren vor allem Goldgegenstände und weitere Kunstgegenstände. Die wichtigsten Dokumente nahm ich mit. Zudem kaufte ich die Überfahrt in den britischen Seegewässer. Heute würde man dazu Zoll sagen, aber damals wurden die Versteuerung, da es noch keine EU gab und außerdem der Kalte Krieg herrschte mit sogenannte Sondertransport mit Verplombung versehen. Diese Marken nahm ich mit. Wir fuhren geradewegs aus dem Mittelmeer an Gibraltar vorbei die Küste des Atlantiks hinauf Richtung London und die Themse. Entgegen meiner Annahme der Ruhe, hatte sich dort das Ekelpaket Barbara mit ihren Walter Winkler und ihrer Stasimittätern bequem gemacht in meinen Immobilien. Wir wurden, als wir dort ankamen, geradewegs rausgeschmissen und fuhren mit dem Kahn die Themse wieder abwärts in Richtung Deutschland. Es war ein Sturm und sehr stürmisches Wetter. Es war Herbst in Nordeuropa und so waren die Winde sehr unbeherrscht. Zudem hatte uns der MI 5 und der MI 6 eine falsche und doppelbedruckte Fahrkarte in das Navigationssystem des Kahn eingelegt. Dazu muss man wissen, dass die damaligen Wasserkarten und Fahrrinnenpläne in bedruckten Glasplatten sich auf einen mittels Dioden leuchtenden Untergrundplatte gelegt wurden und danach gefahren wurde. Aber die darauf gelegte Karte, war nicht nur doppelt in einer Ruß-Technik bedruckt, sondern auch noch falsch mit einer horizontalen und vertikalen Gegendrehung gedreht. Dadurch passte weder die X-Achse noch die Y-Achse. Die heutigen dreidimensionalen Karten waren damals noch nicht erfunden. Ein zusätzliches Sonar hatte ich vorher noch einbauen lassen, aber es war auch gegen die aufpeitschende See machtlos. Wir steuerten die Elbmündung an, um nach Hamburg zu kommen. Aber liefen auf der Höhe der Nordfriesischen Inseln auf Grund und wurden aufgrund eines eingeleiteten Notrufes von Seiten der Insel Sylt per Helikopter gerettet. Der Rosenquarzsarkophag versank und der Kahn auch. Beinahe hätte ich den Kapitän und die Mannschaft verloren. Aber es ging gut. Samira und alle anderen ließ ich per Schiffbrüchigen-Recht und internationalen Seerecht als Eingebürgerte anmelden. Alle hatten damit international gültige Papiere, denn auch gemäß dänischen Recht hatten sie eine Einbürgerungsurkunde und damit hatten alle die deutsche Staatsangehörigkeit. Ich legte die Sinkstelle auf die internationale Gewässergrenze und somit war auch diese Rechtsunsicherheit nicht mehr vorhanden. Denn später wollte genau diese Grenze Jupp Joachimski nutzen, um Samira und ihren Vertrauten einen Strick daraus zu drehen und sie aus Deutschland ausweisen. Wir mussten noch zwei Wochen in Quarantäne auf die nordfriesischen Halligen, wie es damals üblich war in dem westdeutschen Einwanderungssystem. Als eigentliche überflüssige zusätzliche Gegenleistung musste ich noch die Marke Sansibar auf Sylt schaffen lassen, um an Samira's Reise zu erinnern. Ich versuchte noch einen Bergungstrupp loszuschicken, aber zunächst fanden sie den gesunkenen Kahn samt seiner Ladung nicht. Erst Jahre später. Parallel dazu ließ ich eine italienische wissenschaftlergruppe in das alte Kernland von Samira Königreich schicken und nicht nur das Land kartografieren, sondern auch die übrig gebliebenen Monumente abzeichnen und vermessen. Diese Expertengruppe bestand aus Geologen und aus Kartografen und veröffentlichten später die Zeichnungen und Ergebnisse in einer Ausstellung in der Münchner Residenz. Barbara wollte Samira bis in die 90ziger Jahre als ihre Lebensversicherung und als Druckmittel in ihren Wirkungskreis belassen. Sie erpresste mich mit Samira's Leben und Sicherheit. Barbara wollte später Samira nicht nur vergiften, sondern sie zu einen in sich seelisch gebrochenen Zombie machen. Barbara wollte, dass Samira ihre Herkunft vergisst und dass sie Barbara als einzige Bezugsperson sieht und ängstlich durch die Welt läuft. Normale Bildung und Förderung wollte sie ihr auch verweigern. Aber ich war wirklich stolz auf Samira, als ich sah, wie sie sich alle Jahre durchbiss. Barbara behauptete auch bei Samira, dass sie für den britischen Geheimdienst arbeiten würde und dass sie Samira ausbilden würde. Es war ihre gängige Masche, die ich mehrfach miterleben musste und wo ich auch nicht mitspielte, sondern meistens wegging, um nicht als Lockvogel zu gelten oder sonstige Mittäterin. Auch die Verbindung zur britischen Krone existierte nie. Barbara hatte das einfach alles erfunden und sich einfach als Betrügerin unter der **Identität** meiner leiblichen Mutter Verbindungen erschlichen, die ohne ihre Lügen nie zustande gekommen wären. Jupp Joachimski 's Plan war so perfide, dass er auch die Erinnerung an Samira's Königreich vergessen machen wollte und alle Belege eliminieren wollte und auch die Zeugen dieser damaligen Ereignisse dazu. Er hatte bereits Folgeverträge in Deutschland bezüglich der Rohstoffe und der Förderrechte ausgehandelt und hatte sogenannte politische Versorgungspläne und Stromversorgung und Gasversorgung und Industriebelieferungen angestrebt. So hatte er bereits die Ausschaltung von Atomkraft politisch beschließen lassen und wollte komplett auf die Rohstofflieferungen aus dem Gebiet von Samira's Königreich umsteigen. Ebenso handelte er alle Verträge mit den Stadt Werken München aus und lieferte seine Mittäter als neue angestellte gleich mit. Als Krönung seiner Zersetzung und sein angestrebtes Vergessen wollte er die Nabucco Pipeline über Syrien verlegen. Ohne Samira jemals gefragt zu haben. Auf der religiösen Ebene stellte Jupp Joachimski auch noch einiges an, damit Samira und auch ihr Volk komplett verschwinden sollte vom Globus. Ich ließ damals mit einem Trick das Gebiet des Kosovo für die muslimische Bevölkerung von Samira's Volk kaufen und als eigenen Staat anerkennen. Vor allem war es deswegen, weil das größte Geheimnis von Jupp Joachimski und Gunther Schmid und Karl Mayinger und Sepp Schüßler und Walter Winkler noch nicht aufgedeckt worden war. Denn sie hatten bei dem damaligen **Markgrafschen Filmdreh** nicht nur den Berghof gedreht und ihre verdrehten manipulierten Nazifilme und ihre gefälschten deutschen und österreichischen Kaiserzeitfilme, sondern auch eine Film-Dokumentation über die scheinbare Befreiung von Mussolini auf seiner verschanzten Bergfestung, sondern auch seine Ermordung. Die Ermordung des Duces, wie Mussolini genannt wurde, war innerhalb derer Straftats-Akten ein kleines Ereignis, jedoch war der Hall erbarmungslos und sehr weitreichend. Denn Jupp Joachimski ließ Mussolini aus der Festung rausschaffen, um ihn in den Bergen erschießen zu lassen. Jupp Joachimski nannte Mussolini einen Verräter und drehte seine Ermordung in schwarz-weiß. Später nutzte er dieses Ereignis, um diese Legende über den ersten Weltkrieg und die Kriegsschuld von Italien aufrecht zu erhalten. In Wahrheit war Mussolini abgetreten und hatte Italien seiner eigenen Ordnungsmacht und eigenen Bevölkerung zurückgegeben. Aber genau diese Kriegsschuldfrage Italiens war es letzten Endes, die die Kriegszahlungsleistungen von Deutschland auf Italien übertrug. Vor allem war diese Argumentation auch der geheimdienstlichen Schuldfrage geschuldet und hatte mit Realitätsschilderungen und realen Rechtslagen nicht wirklich etwas zu tun. Somit spiegelte ich auch die Ansprüche von Jupp Joachimski an Italien wieder zurück an ihn, da ich auch die Ermordung von Julia Walter als Puppe in Italien gesehen hatte und die Ermordung von Alexander Paul in Italien, als Straftaten der eigenen Familie belegen konnte und somit die sinnlose Folgekette durchbrach.

Meine leibliche Mutter war damals aus Assyrien sofort von der Stasi wieder inhaftiert worden und an einen widerlichen sommersprossigen bulgarischen Verwandten von Janine Bogosyan ausgeliefert worden. Er wurde später in den Filmdokumentationen Josef Stalin der Sommersprossige genannt. Meine leibliche Mutter ließ er zu Strafe ihrer Courage bezüglich Samira zu mir zu schicken ihre schöne klassische Stubsnase zu einer Pinocchio-Nase um operieren und sie in ein russisches Arbeitslager inhaftieren lassen. Dort bekam sie kaum zu essen und hatte Schwielen an den Händen. Sie hatte wegen des trockenen und immer wieder angefeuchteten Brotes eine Magenschleimhautentzündung und später eine Blinddarmentzündung. Sie schrie vor Schmerzen und starb an einen Blinddarmdurchbruch. Ich wollte ihr noch Morphium bringen, aber die Stasi verbot es mir. Sie starb unter ihren russischen Namen Nadesha und wurde als Stalins Frau beerdigt. Später wurde der Leichnam von der Stasi nach Ostdeutschland gebracht und auf den Acker vergraben. Zu zynischen Ehren wurde eine Militärparade in Moskau abgehalten und ich konnte vor Weinen gar nicht zu sehen. In der Zwischenzeit war Jupp Joachimski nicht untätig gewesen und hatte bereits angefangen auf religiösem Gebiet weitere Veränderungen und Gestaltungen, wie er religionsgeschichtliche Fälschungen nannte, voran zu treiben. In meinem Sinne sollte Samira frei aufwachsen und ich wollte, dass sie alle Religionen kennen lernte ohne ihre eigenen zu verleugnen. Aber Jupp Joachimski ließ mehrere Bibeln aus Schlössern von mir entfernen und vor allem eine wertvolle alte Guttenberg Bibel. Um den Zynismus perfekt zu machen nannte er die Leute, denen er zunächst einen Adelstitel verlieh und dann als Nachfolger des Adeligen von Guttenberg bezeichnete. Als Vornamen wählte Jupp Joachimski noch zynischer Weise den Namen von Samira's Vater Enoch. In dieser Zeit gab es noch genau 5 Exemplare der Guttenberg Bibel und alle hatten bestimmte Merkmale. Dann gab er noch Janine Bogosyan bulgarischen Verwandten den Namen Xhaka, der der zweite Vorname von Samira' s ermordeten größeren Bruder Ilanit. Diese Guttenberg Bibel gab er dann noch als einziges Exemplar aus und veränderte in einer Neubindung und späteren Kommentierung religionsspezifische katholische und evangelische Passagen, die er dann in seiner Funktion als Rechtsassessor der katholischen Kirche und Mitglied der Ökumene nutzte zu seinen Verschleierungstechniken und zu seinen Dienstlichungen. Dazu muss man wissen, dass Gunther Schmid und Jupp Joachimski Schwager waren. Ebenso ließ Jupp Joachimski zwei Papyrusrollen aus Ägypten beschreiben, um so eine neue Religionslegende für die 10 Gebote zu deklarieren. Um diese Fundstücke groß anzuzeigen, ließ Franz Mayinger in sämtlichen Zeitungen die Funde in Ägypten in großen Anzeigen schalten und machte so den Verbreitungseffekt immer größer. Auch wenn es ein Betrug an der Geschichte und an der Bevölkerung war.

In den Phasen, in denen sie sogenannte **Assessment Center** durchgeführt wurden, waren die Eskalationsszenarien real. Das bedeutete, dass Gunther Schmid es komplett egal war, welche Wahrnehmung man in den jeweiligen Szenarien, annahm oder wie die Szenarien bewertet wurden. Denn im Grunde war die einzige Prämisse zu überleben. Das ist der Grund, warum regelmäßig Gunther Schmid und seinen Leuten die Kontrolle der Szenarien entglitten. Wenn das der Fall war, passierte etwas was ich Chaos nenne. Es war so, dass die drei Zeitachsen und deren jeweiligen Zielsetzungen immerzu von den Jupp Joachimski und Gunther Schmid vermischt wurden. Hinzu kamen Leute, die sich innerhalb der Masse von Gunther Schmid und Jupp Joachimski bewegten die Zombies genannt wurden. Sie waren die sogenannten Reinschläger und bestand aus Stasileuten und aus einstigen Schlägern aus Osteuropa. Danach standen nie mehr Überlegungen, wie Zielsetzungen der Gespräche und wurden vermischt und noch verschoben und verdreht. Gunther Schmid konnte nicht nur mehr sagen, welche Zielsetzungen seine Maßnahmen hatte, sondern begriff den Unterschied nicht mal mehr selbst. So vermischte er folgende Aspekte, die absichtlich zu regelmäßigen Vermischungen führten: 1. Vergangenheitsbezogen ist die Aufklärung von Verbrechen und die Aufklärung von falschen Grundstrukturen! 2. Gegenwartsbezogen sind die lebendigen Leute und die müssen auch ihre Grundbedürfnisse erfüllen um bestehen zu können! Parallel dazu sind aber Planungen ganz normal! Besprechungen bezüglich Vergangenheit und Zukunft aber eben aufgrund der physikalischen Beschaffung eben in einer jetzigen Zeit! (Ansonsten wäre es dummes Rumphilosophieren) 3. Zukunftsbezogen, wenn Verbrechen mit der Zugrundelegung von den Vergangenheitsbezogenen falschen Grundstrukturen zu planen! Die geheimdienstliche Auslegung der jeweiligen Perspektiven wurden dann wie folgt falsch gespielt: a) geheimdienstliches Vorspielen als Nahtloses Anknüpfen zu Planungen von geheimdienstlichen Straftaten nutzt und nicht aufklärt! b) Warum deren geheimdienstliches Nachspielen so viel bedeutet wie eine Racheaktion durchzuführen und nicht als ehrliches Aufklären über die vergangenheitsbezogenen Straftaten und deren Geständnisse gleichzeitig als Drohungen verpackt wurden! c) Deshalb deren dauernd erklärt wurde, dass sie beweisen wollten wie hart sie seien! Es war ein komplettes Chaos. Was auch auffiel, war dass, wenn sie sich in die Ecke gedrängt fühlten ein mehrfaches Szenario mit unterschiedlichen Einnahmequellen abspielen ließen und organisiert hatten. So kam es regelmäßig zu organisierten Schlägereien mit der Polizei und zuvor zwei bis vier unterschiedlichen aggressive Personengruppen an einen bestimmten Punkt bestellt. Zuvor passierte folgendes: 1. Gunther Schmid erhöht wie von Geisterhand die Unfallversicherungsrückleistungen und Beamtenkrankenversicherungen der Staatsbeamten. 2. Janine Bogosyan organisierte Livewetten im Internet und vorherige Wettsetzung per Bitcoin. Zudem wurde eine Drohne mit Kameras organisiert und über das Schlachtfeld oder Kampffeld gesteuert. 3. Gerd Schmitz beorderte seine Jungs verschiedene Gruppen als Schläger und Streiter zu organisieren. Damit wurden verschiedene inoffizielle Geldquellen gefüllt. Tanja Mayinger war die Versicherungsagentin und zahlte später die Versicherungen aus. Sie hatte vorher mit ihrem Schwiegervater Gunther Schmid genau ausgerechnet, welche Beamten sie mit Geld und Auszahlungen zum Schweigen zu bringen hatte und welche zu viel wussten von ihr und ihrer Familie. Sie wusste genau welche Beamten ihr zu gefährlich werden konnten und ihr Ehemann Florian Haas, auch Polizist, hatte die Dienstpläne für die Einsätze der Polizisten geschrieben. 4. Zudem informierte Gunther Schmid über Jupp Joachimski die Bundeswehr über die Showschlacht. So füllten sie zum einen die Staatskassen und organisierten zumeist auch noch medizinische Aufträge, die eigentlich unnötig gewesen wären. Aber zumeist in verschiedener Hinsicht genutzt wurden: a) zu hohe Kostenabrechnungen oder b) medizinische Versorgung anhand Notfallmedizin oder c) Weglocken von wahren Tatorten. Denn die Kapazität der Polizei war begrenzt und gebündelt auf dem punktuellen Schlachtfeld. In den späteren Jahren wurden die einstigen Wegbegleiter der Familie Bogosyan untereinander verheiratet und Freunde von Katja und Anna begriffen nicht, dass sie in die sehr kriminelle Cousinen-Familie von Janine Bogosyan und ihrer Schwägerin Jessica Traue verheiratet wurden. Ich kapselte mich komplett davon ab und hielt alle meine Leute komplett raus. Es war ein Machtgefüge, welches jeden Moment explodieren konnte und nicht in einem ruhenden Gleichgewicht waren. Es dominierten zumeist die Familien Bogosyan-Pau-Traue und die anderen Seiten der Familien mussten sich unterordnen. Es fiel auch auf, dass die Familie von Barbara Nowak und Peter Meier und Maria Bogosyan geborene Nitzsche nicht über lange Zeit diesen Druck standhalten konnten. Ich wurde dann meist gerufen, wenn die Kacke mal wieder am Dampfen war und ich musste dann auch Jupp Joachimski und Gunther Schmid wieder als das einordnen was sie waren. Alte Alkoholiker! So schlimm es sich anhören mag, aber diese beiden Personen gaben immerhin vor, zum einen Exbundeskanzleramtschef zu sein und Jupp Joachimski zum anderen Expräsident des Bayerischen Gerichtes zu sein. Die dazugehörigen geheimdienstlichen Legenden dazu musste ich auch jedes Mal erzählen und sah dann in teilweise erleichterte und teilweise besorgte Gesichter.

Grundsätzlich musste man sagen, dass es innerhalb der deutschen Geheimdienste drei Arten von Rechtsbezügen gab: 1. Wirkliche, die auch schriftlich und dokumentarisch nachzuweisen waren. 2. Scheinbare, die nur verbal kommuniziert wurden und sich in anderen fachlichen Deutungsebenen abspielten und dort aber wieder zu realen Zusammenhängen wurden. 3. Gar keine Rechtszusammenhänge, die sich als Ablenkungsmanöver entpuppten. So kam es zustande, dass auch sogenannte Konstrukte ihren Niederschlag bezüglich der Rechtsdefinition des Begriffes Scheinbar fanden. Als Beispiel kann man vielleicht die Autoproduktion des Trabants sprich des Trabbis nennen, die mehrfache Nutzungsprinzipien unterworfen waren. In der DDR war zumeist die Autoproduktion mit einen mehrfachen noch zusätzlichen Nutzengewinn für die Stasi verbunden. Es lag somit keine einlinige Reinform eines Produktionsprozesses vor, wie dass ein Auto produziert wurde und die einzelnen Arbeitsschritte nicht weiter untersucht werden musste. Aber in der DDR war der Grundprozess bereits falsch. Denn als Karosserie wurden sogenannten gepresste Spahn-Platte und gepresstes Zeitungspapier und verleimte Dokumente und Akten von der Stasi benutzt. Ebenso wurde bei den DDR-Stasibautrupps Bitumen aus Steinen vermischt mit Beton und Stasiakten angerührt, um so die Straßen zu pflastern. Im Grunde waren nur wieder Vertuschungsaufträge und Grundstrukturen. Später wurde dieses System der Belegvernichtung als sogenanntes großorganisiertes Recyclingprojekte auf Gesamteuropa ausgeweitet. Die falschen hinterlegten und kriminellen Prozesse wurden einfach übernommen und noch als **neuartiges Konzept** verkauft. Bei den Recyclingprozess handelte es sich grundsätzlich um Belegvernichtung in verschiedenen Abfallformen. So wurden Leichen in verschiedenen Zustandsformen entsorgt und auch Tatgegenstände und Belegdokumente. Daraus wurde dann wieder neue Nutzmaterialien hergestellt und der immer wiederkehrende Kreislauf wie im Carmina Burana, den Jupp Joachimski schon damals erschaffen hatte, neu belebt. Die mehrfachen Mordtaten und deren Durchführung während des Kalten Krieges dienten als **Grundmuster** und wurden später eben auch in größerer Struktur und in scheinbarer harmloser Pauschalierung umgesetzt. Dazu muss man wissen, dass inzwischen sogar die Müllabfuhr von der Stadt München und private Abfallunternehmen von Leuten von Jupp Joachimski und Gerhard Igel besetzt waren und so auch die illegalen Entsorgungsvorgänge leichter durchgesetzt werden konnten. Die Abfallwirtschaft war damals involviert als eine Eröffnung meines Café Flora am Mittleren Ring stattfinden sollte und Maria Bogosyan geborene

Nitzsche auch dazu angemeldet war und Karl Mayinger ebenfalls. Maria Bogosyan war eine Zeit lang mit Karl Mayinger in einer **Schandi-Beziehung** und fühlte sich, wie früher Barbara Nowak als eine sehr attraktive berufene Frau, die im erfahrenen Alter einen sehr interessanten Lover abbekommen hatte. Aber Karl Mayinger hatte eine andere jüngere Frau dabei und Maria Bogosyan fühlte sich enttäuscht und verletzt und versetzt. Es war sowieso eine komische Annahme von Maria Bogosyan, die sieben Jahre in der geschlossenen Abteilung der Psychiatrie in der Lindwurmstraße saß und ebenso Mörderin war, wie auch ihre Tochter Gunda Nitzsche, dass sie zu einer Art neuen ersten Frau avancierte. Aber Maria Bogosyan erwischte Karl Mayinger beim Sex auf der Toilette mit Christl Paul und Barbara Nowak später mit Sex auf der Toilette mit Walter Winkler und Karl Mayinger auch und Maria Bogosyan wurde wahnsinnig. Sie war so depressiv, dass sie sich am liebsten von der Brüstung am Mittleren Ring stürzen wollte und auch mittels eines Schubser von Karl Mayinger auch tat. Sie lag schwer verletzt auf der Fahrbahn und der Krankenwagen aus Pullach brauchte Ewigkeiten bis er ankam. In dem Krankenwagen saßen Janine Bogosyan und Markus Wildgruber. Die behandelten Maria Bogosyan, wie man einen Staatsfeind behandelt trotz verwandtschaftlicher Verhältnisse. Maria Bogosyan war 2 Minuten ohne Sauerstoff und konnten sich nach dem Aufwachen an nichts mehr erinnern. Sie wurde erst mit dem zweiten Krankenwagen abtransportiert, denn in diesem ersten Krankenwagen lag eine andere rumänische Leiche. Denn parallel hatten die Familie Traue und Karl Mayinger und Walter Winkler einen Rumänen auch auf die Fahrbahn geschmissen, der Maria Bogosyan zu Hilfe kommen wollte und der wurde tödlich verletzt und starb. Seine rumänischen Verwandten kamen ihm zu Hilfe und es gab eine Prügelei, die einen Polizeieinsatz auslöste. Es wurden noch zwei Rumänen ermordet und ein übrig gebliebener, der nicht schweigen wollte, wurde ein paar Tage darauf mundtot gemacht. Die Szenen spielten sich im Westend ab. Man muss dazu wissen, dass folgende Dinge von diesen Leuten um Walter Winkler und auch der Stadt München und Gunther Schmid via Pullach eingeleitet worden waren: An diesem Tattag! 1. Der Krankenwagen war als Notfallversorgung, obwohl es sich um das Westend im Inneren Münchens handelte nach Pullach und Fürstenried umgeleitet worden. Beide Rote Kreuz Stationen waren mit ausgebildeten Leuten von Hans Lauter besetzt. Keiner der Notfallsanitäter hatte eine echte Ausbildung. 2. Die Ampelschaltungen waren komplett auf Verlangsamung geschaltet, da nur die Feuerwehr und die Polizei damals eine Notdurchfahrt hatten und die Zentrale Leitstelle mit Feuerwehrleuten von Jupp Joachimski und der Stasifamilie Huber besetzt war! 3. Karl Mayinger und Christl Paul und Tanja Mayinger hatten ihre **Schandi-Wohnung** im Westend zwei Wochen zuvor bezogen und hatten die Arbeit in einem Taxiunternehmen und Autohandel aufgenommen und Christl bei den Münchner Verkehrsbetrieben. 4. Gisela Traue und Bernd Traue waren kurz zuvor aus der Yorckstraße ausgezogen und hatten immer noch Kontakt zu dem französischen Spion „Le Canard" der Nina Lamprechts Vater war und der sich zu der Zeit im Westend aufhielt. Da Barbara Nowak als tote Frau galt. Seine Nachbarn war die Polizistenfamilie Cornelia Maier und die informierte er wie zufällig über den „Unfall"! Durch die Mengenkonstellation und Vorarbeiten klappte das Vertuschen sehr gut und die Polizei bekam von den anderen Leichen nichts mit. Es gab auch noch eine Prügelei mit der Polizei und nicht nur unter den Rumänen und Polen und Bulgaren. Wovon letztere sich als biedere deutsche Leute ausgaben mit geheimdienstlichen Pässen und Ausweispapieren. Maria Bogosyan kam wieder in die Lindwurmstraße und hatte Riesengroße Angst. Denn sie hatte etwas zuvorgetan, was sie nicht hätte tun dürfen. Zu lügen! In der Zeit war die Überprüfung von Gunther Schmid bezüglich der zwei Schwiegertöchter von Franz Mayinger Barbara Nowak und Maria Bogosyan geborene Nitzsche in vollem Gange und dabei sehr blind geschehen. Gunther Schmid glaubte seiner späteren Schwiegertochter Tanja Mayinger und sagte, dass Tanja Mayinger eine Prinzessin sei und dass die beiden Schwiegertöchter von Franz Mayinger meine leiblichen Mütter seien. Was bereits genetisch gar nicht stimmte. So teilte Gunther Schmid Barbara Nowak als meine angebliche Leibliche Mutter ein und Maria Bogosyan geborene Nitzsche als meine Ziehmutter oder Amme, damit sein Weltbild und das Weltbild seiner Finanzbudgets wieder stimmten. Richtiger und wahrer wurden die Gemengen-Lage und seine Einschätzungen und seinen Aussagen und die vertuschten Tatsachen nicht. Ganz im Gegenteil! Es brodelte. Denn Gunther Schmid initiierte immer mehr sinnlose Gegenüberstellungen durch normale Zwangseingewiesene Personen in den Psychiatrien. In geschützter Atmosphäre wie er sagte.

Zudem liess er die Zirkus Krone Tochter der Zirkusdynastie und Zirkusdirektorin und Ehefrau von Soli in die Psychiatrie in Haar kbo und in die Lindwurmstraße einweisen. Dort waren zur selben Zeit Maria Bogosyan und Barbara Nowak untergebracht. Aber die Zirkusdirektorin kannte keine von beide und beide logen, dass sie Barbara Mayinger heißen würden und Barbara Salmen geboren wären. In Wahrheit hatte Franz Mayinger ihnen das vorher mit ihnen abgesprochen und ihnen dann eben angeboten, wenn sie den Druck standhielten, dass sie so wie es dann geschah Maria Bogosyan wieder in mein Privathaus in Moosach einziehen dürfte. Die Zirkus Krone-Tochter, die gleichzeitig die Schwester von Mary Kürzinger war und eine sehr lebenslustige Person und sehr schön, weil sie eben ein so sonniges Gemüt hatte und sich einen Scheißdreck um Gerede scherte, wurde danach nicht nur eingeschüchtert und als labil dargestellt, sondern auch noch als verrückt tituliert und durch Horrorprofessor Hans Lauter lobodomiert. Mit sogenannten eingespritzten Venenmittel in das Vorderhirn und damit wurden nicht nur ihre Gesichtsmuskeln halbseitig gelähmt, sondern auch eine künstliche Hormondurchleitungssperre eingebaut, die auch zu Lähmungen in den anderen Körper- und Gliedmaßen führte. Als seine Frau nach Hause kam, erkannte Soli nicht mal im Ansatz seine einstige lebenslustige Frau wieder. Der Einzige der sein radikales Ziel erreicht hatte, war Gunther Schmid und Janine Bogosyan und Tanja Mayinger, die damit ihre Zukunft finanziell gesichert sahen. Soli's Frau war ein Pflegefall und wurde von Hans Lauter, als Anträge an die Pflegekassen und Rentenkassen und Krankenkassen gestellt wurden, systematisch blockiert und abgeschmettert. Zudem sagte er, dass es nie eine solchen Vorfall gegeben hätte. Und dass es sich wohl um eine Verwechselung handele, denn Soli Frau wurde wegen Besenreißern sprich Krampfadern behandelt und diese würden immer mit Venenmittel behandelt werden. Ich kochte vor Wut und kaufte den Zirkus zähneknirschend auf! Nicht dass der Zirkus nichts bedeutet hätte, aber ich hätte mir gewünscht, dass Soli's Frau einfach ihre Arbeit hätte weiter machen können. Zudem war sie in der Reaktionsweise geschädigt und verlangsamt und das herzliche Lachen von früher war nicht mehr zu hören. Später wurde alles noch zynischer! Denn Hans Lauter gab keine Ruhe und dockte genau mit seiner ausgetauschten Julia Walter, die Janine Bogosyan Familie angehörte, an diesem Vorfall an und umzingelte die Familie förmlich und bewegte manche von ihnen, wenn er die jeweiligen Leute in die Enge getrieben hatte zum Mitmachen. Aber es gab auch Leute, die widerstanden. Was auffiel bereits in den Jahren 1992 und 1993 war, dass dieses System der Schablonen sprich vorgefertigten Gussformen aus den Kalten Krieg bereits in der Zweiten und sogar in der dritten Gebrauchsform waren. Das bedeutete, dass die realen und wahren Personen aus den zuvorigen Kalten Kriegsjahren bereits tot waren oder verschwunden oder untergetaucht waren und nun von Leuten, die diesen Namen geheimdienstlich trugen mit schauspielerischer Zeitweiligen Besetzung ausfüllten. Konkret sah das so aus, dass diese Leute nur zu bestimmten Zeiten unter den bestimmten Namen zu bestimmten Örtlichkeiten auftauchten. Ansonsten führten sie ein komplett anderes Leben, als das das sie vorgaben. Wenn sie unter den vorgegebenen Namen auftauchten mussten sie gemäß den rechtlich und vertraglich vorgegebenen Gussformen von Gunther Schmid ihre Rollen demensprechend ausfüllen und führen. Sie sollten mit den realen Personen noch reden und geheimdienstlich aus sicherer Distanz spielen. Manche dieser Schauspieler wurden von ihrem eigenen Auftrag und Auftraggeber überrollt. Denn es war klar, dass diese Verflechtung des **Prilblumensystem** ein zusätzlicher Unsicherheitsfaktor darstellte. So war es auch, dass die Ausreden beim Auffliegen deren Systems immer gleich waren: 1. Dass sie angeblich einen bestimmten Bodyguard-Status hätten und Schutz wären. 2. Dann, dass sie ermitteln würden und das verdeckt und 3. Dass sie Freunde und Vertreter wären und eigentlich die Leute die finanziell zu diesen Leuten die sie eigentlich belästigten gehören würden.

3.2 Die Anfänge der Umkippung des westlichen Bildungssystem

Zudem war über die Jahre auch innerhalb der Siedlung das **Prilblumensystem** erweitert worden und die rumänische Familie Klupper und Detzer, die beide Cousinen waren, verbanden sich über ihren Onkel und gleichzeitig ihren Psychiater Günther Schmidt und dessen Sohn Martin Schmidt familiär wie auch geheimdienstlich. Sie gehörten alle den Nachfolgern der Securitate an und waren in Deutschland von Gunther Schmid geduldet und auch versicherungstechnisch abgesichert. Der Sohn wurde als Fußballspieler Mario Götze bekannt und berühmt und musste als Deal mit Peter Meier Tochter Kathrin Meier eine Zeit lang zusammen sein. Martin Erika Wichnalek war über die rumänische Seite mit der Familie Schmitz in Nordrhein-Westphalen verbunden und berief sich auch, so wie alle, auf die irre Barbara Nowak in den Osteuropa Institut in Bogenhausen. Martina war auch verbunden mit Tanja Mayinger und dessen Schwiegervater Gunther Schmid über die CSU verbunden. Ihre anderen Bekannten waren die Brüder von Gerd Schmitz Erich Johann Kornberger und Carolin Winkler rumänische Tanten. Die rumänischen Tanten waren Karin Schmitz und Janine Schmitz und Caroline Beil. Die niedersächsischen Tanten waren Katja und Anna Sorovkin und Maria Bogosyan geborene Nitzsche und die Onkel waren Peter Meier und Uwe/Udo Walter und Gerhard Nitzsche und Karl Mayinger und Charlie Petrussek und Sigmund Mayinger und Sepp Schüßler. Die scheinbar zufällig Bekannte Martina Erika Wichnalek aus meiner Zeit in der Studienzeit in Augsburg entpuppte sich auch als rumänische Verwandte dieser Familie und die Familie Traue lebte in dieser Zeit auch in Augsburg. Dazu muss man wissen, dass alle dieser Leute an meinen zweimaligen Entführungen und Folterungen aus Bayern nach Rumänien beteiligt waren und das auch offen und angeberisch in den jeweiligen **Corps** und gesellschaftlichen Kreisen kommunizierten. Es war immer so, dass mich diese Leute dazu zwingen wollten, wie sie zu leben und wie sie zu handeln. Geschweige denn so zu denken. Das war genau das gefährliche an diesen Konstellationen, denn man musste sekundenschnell begreifen, wie man etwas bewertet ohne dabei falsch zu handeln für sich und für andere. Man muss dazu wissen, dass alle diese Leute von dieser eigentlich lediglich kriminellen Familie bestimmte gleichstrukturierte psychologische Merkmale aufwiesen. Ihnen gleich war der Neid gegenüber anderen Leuten und ihre gleichzeitige Trotzigkeit das eigene Falschhandeln und Versagen in bestimmten Situationen sich einzugestehen. Gleichzeitig war ihnen gemeinsam sich innerhalb ihrer selbstgewählten Familie sich ständig miteinander messen zu müssen ohne wirklich anerkannt zu sein geschweige denn individuell wahrgenommen zu werden. Das war die Schnittmenge, die erst durch die Jahre hindurch ersichtlich wurde. Erklärte aber auch ein Grundschema ihres Handelns. Wenn ich mit diesen Familien Mayinger individuell redete, wurde klar, dass sie aufmerksam begierig in das Gespräch gingen, denn sie wurden als Individuen wahrgenommen. Aber auch dabei musste man vorsichtig sein, denn man konnte von ihnen einfach ausgenutzt werden und selbst ausgesaugt werden, wenn sie denjenigen oder diejenige als schwächer deklarierten. Denn es war so, dass diese Stasinazifamilie den Staat als ihren Unterhalter und Infrastrukturversorger und als Arbeitgeber ansahen, egal in welcher konkreten Anstellungsverhältnis sie sich befanden oder nicht befanden. Sie bezeichneten sich alle als Diener des Staates und als Geheimagenten. Es war auch so, dass wenn sie nachts nach Hause gingen, keine feste Bleibe hatten oder feste Wohnsitze. Nein sie gingen jede Nacht mit anderen Leuten, die sie allesamt als Kollegen bezeichneten und als Freunde und als Verwandte in deren Unterkünfte. Manchmal war es sogar so krass, dass sie eine Familie an der S-Bahnstation beispielsweise einen Mann mit zwei Kindern trafen, den sie bis nach Hause begleiteten und dann wie selbstverständlich sich zu ihm nach Hause begaben. Dieses System der Rudel- und Schwarmlebens war so extrem und so weit verbreitet, dass Eifersuchtsdramen tagtäglich stattfanden. In vielen Fällen mit tödlichem Ausgang. Denn dieses System der Wechselübernachtung wurde auch ausgenutzt. So konnte es durchaus passieren, dass es eine Falle war für die Männer oder Frauen, die sich mit diesen getroffenen Familien in deren Zuhause absetzten. Zumeist lebten diese Familien auch in sogenannten festen nachbarschaftlichen Geheimdienstsiedlungen und somit war dieses Übernachten auch ein hohes Risiko für die übernachtenden Leute. Zumeist waren die Kinder meist in der Nacht abgeholt worden und es wurde eine Legende erfunden, dass man geschieden sei und das Wochenende für den geschiedenen Partner und die Kinder sei und derjenige oder diejenige allein sei. Manchmal wurden die Übernachtenden auch vor Ort umgebracht und die Leichen beseitigt. In späteren Jahren nutzte Gunther Schmid das durchaus gängige Vertrauenssystem und ließ so sehr unabhängige und ausländische Fachkräfte so umzubringen und manche seiner Feinde schutzlos zu stellen. An diesem Tag 1992 kam so dieser französische Agent „Le Canard", der sich Luc Lamprecht nannte, genau mit diesem Schema nach München. Die Tochter Nina Lamprecht, die auch in der Maria Ward Schule als Klassenkameradin von Katja und Janine Bogosyan war, kam aus der DDR und die Mutter arbeitete unter der **Tarnidentität** alleinerziehende Mutter und in einer Sekretärinnen-Funktion für die Stasi im Westend. Überwacht wurde die Stasispione Familie Lamprecht von Cornelia Maier Vater, der als Polizist im Westend gemeldet war. Später zog er wegen Janine Bogosyan, die auch für die Stasi tätig war und im Hasenbergl wohnte, in das Olympiagelände. Cornelia Maier war auch in die Schulklasse von Katja und Janine Bogosyan in die Maria Ward Schule eingeschult und stellte so die gemischte und verdrehte Nachfolgegeneration von Gunther Schmid und Jupp Joachimski aus Niedersachsen in Bayern dar. Als ich es laut aussprach und meine Bedenken äußerte, wurde ich angesehen als hätte ich ein sehr wohlbehütetes Geheimnis ausgeplaudert und hätte meine Schuldigkeit nicht begriffen. Ich jedenfalls hatte diese Diskussion der illegalen Vermischung von Polizeiarbeit und Geheimdienstarbeit bereits 1987 mit Jupp Joachimski geführt und er fertigte mich mit einer unverschämten Bemerkung einfach ab. Gunther Schmid sah es auch nicht ein, sich zu distanzieren und einen neutralen und vernünftigen Arbeitsrhythmus zu suchen und zu finden. Er hatte nie sich innerhalb seiner Position Gedanken gemacht, ob er jemals einen legalen Lebensweg eingeschlagen hatte. Es war ihm auch völlig egal, dass er einen Kollegen und Freund von Franz Mayinger Donald Trump, der der leibliche Vater von Andreas Scheuer aus der Oberpfalz war, als politische Kraft in den USA mit meinem Geld puschte und unterstützte. Für Gunther Schmid war auch auf dieser Parkbank 1987 in Hannover seine Machtposition am Wichtigsten. Das Risiko war ihm egal genauso wie meine Berichte, dass alles zu heiß sei und dass alles eine Form angenommen hatte, die nicht mehr deckelbar geschweige denn unter Kontrolle zu halten war. Gunther Schmid war fasziniert von Barbara Nowak und glaubte ihren schönen Worten und ihren beruhigenden Stories. Das Trösten bei Barbara musste ich dann immer übernehmen und das Ausbaden ihres sehr risikoreichen Lebens. Ich bezahlte ihre Rechnungen und wenn ich mich weigerte wurde ich mit illegalen Rechtsmaßgaben von Jupp Joachimski gezwungen. Barbara Nowak hatte nicht mal den Anstand als sie Anna Sorovkin und Katja vorgestellt wurde, endlich die Wahrheit zu sagen und diese beiden als ihre leiblichen Verwandten zu deklarieren und dass sie selbst keine Kinder hatte. Katja und Anna Sorovkin waren beide blond und blauäugig und sommersprossig. Katja war and er Maria -Ward-Schule in derselben Klasse, wie Janine Bogosyan und Sandra Detzer und hatte Verwandtschaft in Nordrhein-Westphalen. Anna Meier alias Schmitz alias Sorovkin war mit ihrer leiblichen Mutter in Russland in einem Grenzdorf aufgewachsen und ihre Schwester Katja war mit ihrer Vater Arnulf Melzer von Niedersachsen nach Bayern gezogen und sich in das Netzwerk von Franz Mayinger eingegliedert. Die Lügen von bei Maria Bogosyan geborene Nitzsche waren ebenso dramatisch für mich. Sie telefonierte regelmäßig mit Gunda Nitzsche und hatte aber Sorge dabei mich als ihre Tochter zu bezeichnen. Wenn sie jemand fragte, warum sie das mache und sie auf die nachweislichen Fehler in der realen Darstellung hinwies, log Maria Bogosyan geborene Sabine Nitzsche, dass das immer so gemacht werde und dass ich ein Stasikind sei, dass dieses erzwungene Gemeinschaftsleben von Geburt an praktiziere. Sie überwachte mich ständig und jedes Mal, wenn ich Freunde traf, ließ sie Stasiagenten meine Freunde und meine Freundinnen ausforschen. Peter Meier hatte auch in Russland gearbeitet und schwerwiegende Probleme geschaffen. Auch politisch! Anna Sorovkin lebte mit ihrer leiblichen Mutter in einen sogenannten russischen Direktiven-Dorf. Diese Art von Dörfern hatten das Privileg der Passdokumentenausstellung und der Personenstandsregisterführung. Anna's Sorovkin Mutter und ihr Ziehvater Peter Meier nutzten genau diese Privilegien und manipulierten diese Dokumente vielartig, indem sie nicht nur Scheinpersonen hinzufügten, sondern auch andere Personen einfach rausstrichen, um sie belegartig sterben zu lassen. Dann fälschten sie Geburts- und Sterbedaten und auch die Kirchenbücher der Orthodoxen Kirche, die sie dort lagerten. Das kleine Dorf wurde später zum angeblichen Rettungspunkt in Russland für Juden und es wurde dort auch ein Museum der jüdischen Auswanderung aus Russland. Später wurde Peter Meier auch der Schindler Russlands genannt, weil er angeblich manche Juden Pässe mit griechischer-orthodoxer Religionszugehörigkeit ausgestattet hatte. Anna war eigentlich auch die leibliche Tochter von Arnulf Melzer und die ältere Schwester von Katja. Die Familienkonstellation mit Peter Meier war eine zweite Kalte Kriegs

Spionagenotlösung. Anna zog nach Nordrhein-Westphalen in Ruhrgebiet, wo sie von Bochum eine neue Geburtsurkunde ausgestellt bekam und sich in der Nähe von Peter Meier Familie einnistet. Peter Meier erzählte Anna, dass er LKW-Fahrer sei und deswegen sooft weg sei.

In Wahrheit war auch er Spion und setzte nur die Projekte von Arnulf Melzer in Russland fort. Arnulf Melzer arbeitete später als Professor unter Franz Mayinger an der Technischen Universität München. Er war genauso hochgewachsen wie Gunther Schmid und ein Exkollege aus Pullach. Er war von Geburt an Pole und hatte einen Bruder der Rechtsanwalt in Niedersachsen war. Sein Bruder heiratete eine viel jüngere Exmitschülerin von Katja und beriet unter den Namen Schröder den Exbundeskanzler Gerhard Schröder. Sie stellten die Verbindung zu der polnischen Handwerkerfamilie Thomas Wlaczik und der geheimdienstlichen polnisch-deutschen Familie Netsch sprich ausführende geheimdienstliche Stasinazifamilie zu Susanne Schüßler und ihren Vater Jupp Joachimski dar. Diese polnische Familie war ein leiblicher und ein geheimdienstlicher Familienzweig der Familie Karl Mayinger und hatte auch eine leibliche und polizeiliche Verbindung zu Katja und ihrer Polizeifamilie in Niedersachsen. Die rumänische Stasinazifamilienzweig wurde über die geheimdienstliche Stasinazikonstellationsfamilie Schmitz geleitet. Dieser osteuropäische Familienzweig stellte nicht nur die Sondereinheiten in Deutschland, sondern auch noch politische Positionen, die durch die Benesch Dekrete noch unterstrichen wurden. Aber diese Familie hatte lediglich eine Absicherung für ihre Straftaten und ihre Aufenthaltstitel und ihre deutschen Ausweispapiere nur unter der Auflage der geheimdienstlichen Hochzeit 1992 zwischen einen deutschen Schauspieler Tom aus Köln, der später als der Polizist Heldt bekannt wurde, und Janine Schmitz einer Schwester von Karin Schmitz. Tanja Mayinger und Gunther Schmid setzten nicht nur einen Ehevertrag auf für diese scheinbar zufällige Verbindung, sondern übernahmen auch das rechtliche Versicherungskonstrukt dahinter. Zudem wurde Gerd Schmitz, der rumänische Ehemann von Karin Schmitz als SEK Leiter in Bonn eingestellt und später als KSK Leiter, obwohl ich mit 15 Jahren bereits ihn auch in den Qualifikationen übertrumpft hatte und weiterhin als indirekte Absicherung dienen sollte. Janine Schmitz erhielt meinen Schauspielarbeitsvertrag und hatte nie eigene Daten geschweige denn Qualifikationen. Caroline Beil wurde eine Zeitlang illegaler Weise unter meinen Modellvertrag geführt, obwohl auch diese Arbeitgeber eigentlich nur mich sehen wollten. Meinen Saunaclub in Niederbayern und meinen Club und die Spielhalle in der Münchner Innenstadt wollte Carolin Winkler führen und behauptete, dass sie berechtigt sei, obwohl sie nur der Entführerfamilie Walter Winkler und Barbara Nowak angehörte. Auch diese Sachen erhielt ich später alle wieder zurück, denn nichts war legal von deren Finanzverstrebungen und Finanzhandeln. Denn Carolin Winkler war die Nichte dieser Familie Schmitz. Ihre andere Tante Samantha Schmitz übernahm die späteren Verbindungen aus den USA nach Europa und spionierte in den USA für Franz Mayinger weiter. Samantha Schmitz hielt die Verbindung nach Nordrhein-Westphalen über Katja und Anna Sorovkin und direkt über Samantha Müller. Sie war die Nichte von Stephan Gleißner und die Cousine von Samantha Schmitz. Stephan Gleißner hatte zwei Schwestern. Zum einen Sandra Müller und des Weiteren Sonja Müller. Beide Schwestern hatten beide langes rotblondes lockiges Haar und blaue Augen. Ihre Haut war vom Rauchen sehr fahl geworden und hatte eine sommersprossige Marmorierung. Ihre angeheiratete Tante Dagmar war die Einzige, die ihnen wohl wirklich Halt gab, weil sie sich von Stephan Gleißner ihren Schwiegersohn Gelabber nicht einschüchtern ließ. Dazu muss man wissen, dass diese Leute sehr penetrant und sehr eklatant drohten und auch vor Gewalt und Körperverletzungen nicht zurückschreckten. Sie waren ebenso die Nachbarn von Sepp Schüßler in der Oberpfalz gewesen und bildeten allesamt eine Art Netz, welches sie aber später nicht mehr aufrechterhalten konnte. Karin Schmitz und Gerd Schmitz hatten mich in meiner Zeit in Niederbayern in dem Saunaclub vergewaltigt und so Freddie, der mich beschützte und zusehen musste unter vorgehaltener Waffe, vergewaltigt. So stahl Karin Schmitz von mir den Saunaclub und ich mochte Freddie lieber lebend als tot und von Gerd Schmitz eingeschüchtert. Später als ich eine Zeitlang in dem Club gearbeitet hatte, kam Gunther Schmid mit einer Staatskarosse eine schwarzen großen Mercedes Benz mit verdunkelten Scheiben nachts um 2 Uhr und drohte und wollte mich einschüchtern. Er sagte, dass er es nicht akzeptieren werde, dass ich dort sei und dass er nicht akzeptiere, dass ich ihn mittels Nachweise als Stasimörder in Osteuropa angezeigt hatte. Er hatte keine Bodyguards im Club dabei und hatte alle Waffen abgegeben. Ich knickte nicht ein und verschob ihn den Kehlkopf mit der Zweifingertechnik. Dann lag er röchelnd am Boden und ich schob nach einer gewissen Zeit den Kehlkopf wieder richtig. Danach stand er auf und zog sein Sakko zurecht und ging wortlos. Man muss dazu wissen, dass Barbara Nowak zu der Leiterin der osteuropäischen Abteilung avancierte damals in München, als sie in Bogenhausen gefangen gehalten wurde. Durch ihre Tätigkeit in dem osteuropäischen Institut am Isarufer neben der Mauerkirchner Straße sollte sie die Verquickungen der osteuropäischen Familien vorantreiben. Der bulgarische Familienzweig wurde von der Familie Bogosyan und Pau angeführt und das vor allem in geheimdienstlicher Hinsicht. Der tschechische Zweig wurde angeführt von Barbara Nowak damals selbst. Ihre leiblichen tschechischen Verwandten der Familie Eva Maria Reisch alias Eva Kasper und eben der Großmutter Maria Reisch waren später die Nachfolger der geheimdienstlichen Verstrickungen und Spione zusammen mit der Familie Hubka. Die ungarischen geheimdienstlichen Verbindungen bildete die Familie Wolfram Menzl und später Tené Keller. Es war dasselbe Netz der Osteuropäer, welches damals von Barbara Nowak gegründet worden war und später mit den Namenshüllen Julia Walter I und II und deren tschechischen und polnischen Zuordnung ihre Fortsetzung fanden. Gunda Nitzsche hatte ihre direkte Zuordnung zur Nachfolgegeneration der Stasinazifamilie Franz Mayinger und der Roten Armee Fraktion. Dabei muss man wissen, dass Jupp Joachimski die osteuropäischen Bevölkerungen, die auch Bevölkerungsgruppen umfassten wie Zigeuner und Juden, eklatant damit schädigte. Denn die Zigeuner ließ Jupp Joachimski unterteilen in Sinti und Roma. Letztere Bevölkerungsgruppe ließ er extra für einen erzwungenen Schutz von Susanne Schüßler seiner drogensüchtigen Tochter gründen. Er versuchte die Roma auf das Leben seiner Tochter zu schwören und drohte, wenn die Roma sich weigerten Susanne Schüßler zu verstecken, wenn sie wieder per staatsanwaltschaftlichen oder internationalen Haftbefehl gesucht wurde. Einen Teil meiner befreundeten Zigeuner, denen ich vertraute und die ich kannte und die mich beschützten, ließ er auf einen Bergkamm, als Jupp Joachimski den Papst umgebracht hatte, erschießen. Mich hatten die Zigeuner unter einen Wäschehaufen versteckt und ich überlebte. Ich begrub alle Leichen auf dem Bergkamm und lief zu Weiteren adeligen Freunde in das Tal. Susanne Schüßler sollte das Pfand werden und zersetzen in Osteuropa. Später ließ ich die Tochter von Jupp Joachimski auffliegen, denn sie hatte mich wieder verpflichten wollen, ihren klinischen Drogenentzug zu begleiten. Ich hatte mittlerweile meine medizinische Ausbildung beendet und war einer der besten Chirurgen der westlichen Welt. Die osteuropäischen Juden und Zwangsarbeiter betrogen die Nazistasifamilie dadurch, dass sie diesen Leuten eine Existenz mit der Holocaust-Leugnung und mit der Diaspora-Leugnung absprachen. Es gab genau einen jüdischen Track aus Osteuropa, den ich mit US-amerikanischen vorläufigen Dokumenten ausstatten konnte. Jedoch versuchte auch dabei die Stasi diese Dokumente zu stehlen.

B.8 Abbildung der Tarnnamenkategorisierung

1. Tarnnamen mit einmaliger Nutzung
- meist für einmalige Aktionen danach galten die Namen als verbrannt - Aufwand der Namensgebung zumeist gering da nur ein Namensschild und sonst kein anderes Event

2. Tarnnamen mit Langzeitidentität
- finanzielle Hinterlegung anhand von Versicherungspolicen und deren Endauszahlungen - je nach Kostenaufwand für die Erschaffung und Erfindung des Namens samt Identität Mehrfachnutzung auch möglich (manchmal auch sogenannte Ablenkungsmanöver bei unerwünschten Auffliegen durch mehr Personen um die Identität nicht zu verbrennen)

3. Tarnnamen mit Berufsanbindung
- Meist nur für den Arbeitsplatz genutzt und das meist als Auftragszweitjob und mit bestimmten Ablaufdatum - meist in den Kontext der 5 jährigen Laufzeit gesetzt - finanziell auch durch Versicherungen abgesichert

4. Ewigkeitsnamen in Form eines Namenspool oder Umwandelung von einsitgen realen Namen in Prititutionennamen
- meist ein sehr lange genutzter Name aufgrund von schwerwiegenden Legenden und sehr nutzvollen Namen die mit vielen Hinterlegungsmuster verbunden waren - finanzielle Absicherung auch über Versicherungspolicen

Tanja Mayinger in Deutschland war mittlerweile zum Mitläufer ihres Schwiegervater Gunther Schmid geworden. Die Zigeuner zogen sich komplett raus aus diesen Spionagekreisen, weil sie auch wussten, wie ich darüber dachte. Die Sinti waren komplett genervt von den sinnlosen Versprechen von Gunther Schmid und hatten von Jupp Joachimski eine Provokation nach der anderen Provokation erlebt in Berlin. Ich ließ die Sinti später in den Wiedergutmachungsfond für Nazigeschädigte einordnen, damit sie wenigstens etwas Schadensersatz erhielten. In der Zwischenzeit wurde mein Onkel Manfred, der die Verbindung zu dem fahrenden Volk in Nordrhein-Westphalen war, ermordet und ich heulte mir die Augen aus. Er tauchte später nach 1992 als Leiche im Rhein auf und war schrecklich gefoltert worden. Ich heulte mir die Augen aus dem Kopf und schimpfte auf Barbara Nowak und ihre geheimdienstliche Stasinazifamilie, die niemand wirklich leiden konnte geschweige denn aushalten. Der slowakische Familienzweig stellte die Familie Stephan-Leiacker dar, die slowakische Schwiegertöchter Magdalena und Edeltraut hatten und verwandt mit der tschechischen-polnischen Seitenfamilienzweig Charlie Petrussek. Von vornherein war klar, dass Gunther Schmid dieses Netzwerk und Netzkonstrukt als **Namenshülsen** ewig leben lassen würde. Das bedeutete von der anderen Seite erklärt, dass die Namen, die vorher durch echte Personen gefüllt waren und von echten Personen getragen und von echten Personen genutzt wurden, nach dem Versterben dieser echten Personen weiter genutzt wurden, als **Namenshülsen** mit den Hinterlegungsmuster, die in den damals realen Leben entstanden waren durch die damaligen stattgefundenen Ereignisse. Diese Ewigkeitsnamen waren später dann in Tarnnamen umgewandelt worden. Dies erklärte auch von Gunther Schmid sogenannte ewige Versicherungsbestandsdaten, die er Tanja Mayinger, die er als Mitarbeiterin und als Schwiegertochter als Grunddaten und Grundeinlagen führten. Dieses Netzwerk war das geheimdienstliche Werk, dass Gunther Schmid und Jupp Joachimski die Malingnon-Linie im Osten nannte. So war diese Vorkommnisse am Münchner Mittleren Ring eigentlich genau betrachtet und rechtlich korrekt betrachtet eine Familienangelegenheit der unterschiedlichen Familien von Franz Mayinger.

B.9 Ewigkeitsprinzip anhand einer Zeitleiste und anhand von ähnlichem Aussehen und anhand von Beispielsnamen

Ursprüngliche Ereignisse	Erste Personenersetzung	Zweite Personenersetzung	Dritte Personenersetzung	Vierte Personenersetzung	Fünfte Personenersetzung
Julia Walter	Julia Walter I				
Karl Mayinger	Karl Mayinger I	Karl Mayinger II			
Sara Bogosyan	Sara Bogosyan I				
Barbara Nowak alias Salmen alias Mayinger	Sabine Göring alias Barbara Salmen alias Barbara Mayinger alias Sabine Nitzsche alias Maria Bogosyan				
Alexander Mayinger	Tobias Bogosyan alias Alexander Mayinger I				
Zeitpunkt 0 sprich Anfangspunkt	*Unterschiedlich aber meistens mit dem Tod/ Ermordung der ersten Person / Meistens keine zeitliche Parallelaustausch der Personen in einem Personenkreis*	*Unterschiedlich aber meistens mit dem Tod/ Ermordung der vorherigen Person*	*Unterschiedlich aber meistens mit dem Tod/ Ermordung der vorherigen Person*	*Unterschiedlich aber meistens mit dem Tod/ Ermordung der vorherigen Person*	*Unterschiedlich aber meistens mit dem Tod/ Ermordung der vorherigen Person*

In diesem Jahr 1992 am Tattag am Mittleren Ring führten die Stasi und die westdeutschen Geheimdienste noch mehrere Vorkehrungen durch. Zum einen war die Ampelschaltung von Pullach ins Westend genau gesteuert per Hand. Des Weiteren waren die Müllkippe in der Westendstraße und die Zulassungsstelle in der Eichstätter Straße geöffnet. So wurde Maria Bogosyan und Barbara Nowak mittels anderer Autos weggebracht und die anderen Leichen zu Müll verarbeitet. Die Eröffnung des Flora Café wurde komplett abgebrochen und nichts blieb übrig von der Neueröffnung und dem von mir angestrebten Ausbau. Karl Mayinger, der sich auch Karl May nannte und die Bücher Karl May in seiner Haftzeit zusammen mit Charlie Petrussek in Landsberg am Lech schrieb, flüchtete aufgrund seiner Bekanntheit nach Jugoslawien. Der Verlag, der diese Bücher druckte war in Gilching und wurde von Stephan Gleißner persönlich befreundet mittels seiner Tarnehefrau Marion Staab in Auftrag gegeben. Nichts daran war wirklich echt. Vor allem da der echte Karl bereits tot war und nie etwas mit Spionage zu tun hatte und damit war der Neue im Gefängnis sitzende Karl auch wieder nur eine **Namenshülse** mit dementsprechender beauftragter Gussform. Tanja Mayinger und Christl Paul alias Mayinger bemerkten nie etwas von diesem Austausch nach der Ermordung von dem ersten geheimdienstlichen Karl und waren noch so dreist, als sich die Familie Karl Mayinger Senior aufgeflogen war und die realen sprich leibliche Zusammensetzung bekannt war und auch die Festsetzung, dass alles mein Privatvermögen ist, sich als Erben der Verstorbenen Geheimagenten auszugeben. Sie hatten mir alles zurück zu geben und flogen vor Gericht komplett mit allen leiblichen Verwandten dieser Karl Mayinger Familie auf die Nase. Jupp Joachimski hatte ihnen allen versprochen, ein sogenanntes Versickerungsprinzip an meinem Privatvermögen anzuwenden, was so viel hieß, dass mein Opferstatus als entführtes Kind und meine ermordeten Eltern und ermordeten Großeltern nicht berücksichtigt würde und die bereits gestohlene Vermögensmasse in einer Art Gießkannenprinzip an ihre geheimdienstlichen und leiblichen Angehörigen weiterzugeben und mich zu übergehen. Dazu muss man wirklich verstehen, dass diese Leute sich zumeist bei der Weiterbildung des **Prilblumen-Modells** aus sich selbst herausbildeten. Ein wirklicher Mehrwert und wirkliche Produktivität entstanden nie und wenn man zu wenig zu Essen hatte, aß man sich gegenseitig. Es war wie eine Art Kannibalismus und jeder der sich wehrte, war unbrauchbar in deren Augen.

Nach dem Tattag wurden ausgiebige Säuberungsarbeiten in der Villa Flora und um das Gebäude herum und auf den Straßen und in den Akten durchgeführt. Ein türkischer Müllarbeiter wollte nicht schweigen und dieser wurde aufgrund der Beobachtungen von Bernd Traue und seiner geheimdienstlichen Kontrollfunktion eingeschüchtert und in die Enge getrieben und gekündigt. Danach wurde der Türke bei den Stadtwerken München angestellt, um noch mehr unter der Kontrolle und dem Einfluss von Bernd Traue und Walter Winkler und Jupp Joachimski zu stehen. Man muss auch verstehen, dass die Doppelzüngigkeit und die Schizophrenie innerhalb des Selbstverständnisses der Stasi und dieses folgenden Gesamtdeutschen Geheimdienstes größer nicht hätte sein können. Denn die Stasi der DDR hatte, obwohl sich Teile von ihr auf das Nazireich als Entstehungshistorie beriefen, immer die Prämisse, dass sie die guten Nazis seien und sogar die schlimmen Nazis jagen würden. In Wahrheit war es ein fließender Übergang innerhalb der Stasi, der nicht wirklich durch eine Aufarbeitungsphase und Selbsteinsicht unterbrochen war. In Westdeutschland jedoch wurde dieses Kapitel nach dem Zweiten Weltkrieg ab 1949 konsequent aufgearbeitet. Auch die Abkürzung Stasi für den Begriff Staatssicherheit war bewusst gewählt worden, denn laut neugedrehten Nazi-Film mit Charlie Petrussek alias Adolf Hitler eigentlich Vorname Ortfried und Gabriele Schmidt alias Eva Braun auf den Berghof besaßen sie zwei schwarze Zwergschnauzer und einer davon trug den Namen Stasi. Damit hatte auch diese Legende der Stasi einen Knicks bekommen und auch die Versuche sich als neuartiger Friedensdienst zu deklarieren, war auch kläglich gescheitert, denn dazu wurden zu viele Leichen der Stasi gefunden. Auch die Erklärungen, dass die neugegründete Kirche sprich Sekte der Neuapostolischen Kirche, die die religionsfundierte Friedensgrundlage zu bilden, genügten nach meiner Zugfahrt mit dem US-Richter durch Berlin und unseren Beobachtungen nicht mehr. Ich musste zusehen, wie die Stasi einen eigenen Grenzer und eine Gruppe von Flüchtlingen erschossen. Jupp Joachimski wollte noch innerhalb der DDR-Zeit eine sogenannte Staatskirche gründen. Diese Neuapostolische Sekte sollte extra durch Jupp Joachimski gefälschte und erfundene Historiendokumente untermauert werden. Der US-Richter sagte zu mir, dass ich nicht hinsehen sollte. Aber ich tat es trotzdem. Ich war verzweifelt. Ich saß im sicheren Zug und rauschte durch Berlin und dann sah ich wie diese Leute Menschen abschossen, wie Hühner auf der Stange. Dazu muss man wissen, dass es in der DDR, wie in allen Staaten eine sogenannte ehrliche friedliche Friedensverhaltensabkommen existierte. In Westdeutschland hieß, diese Verhaltensweise und die Rechtsgrundlage humanitäres Handeln. Bei der deutsch-deutschen Grenze hieß das, dass ein sogenannter DDR-Grenzer sprich NVA Soldat mit einem weißen Tuch gebunden an die Spitze des Gewehres und der Schutzsuchenden hinter sich ein freies Geleit bekommen hätte! Normalerweise! Diese Restriktive war vorher bereits über das Politbüro bekannt gegeben worden und war auch an alle ausländischen Vertretungen in Berlin gesandt worden. Man muss wissen, dass gemäß, dieser rechtlichen Informationen und Rechtsmaßgaben, die ausländischen und aber auch inländischen Bürger und Menschen rechtlich beraten wurden. Damit wurde mit jeder Falschinformation durch solche versandten Informationen und damit gegenläufige bei manchen Grenzern, es zu solchen Katastrophen absichtlich eskalierend geschaffen wurden. Unser Zug wurde zwar auch beschossen, aber es drang keine Kugel durch. Diese Grenzopfer, wie sie nach dem Mauerfall genannt wurden, wurden von der DDR nie zugegeben. Was sich sehr als richtig erwies in der DDR war, dass es keine Rechtssicherheit gab und auch für keinen Menschen, der sich dort aufhielt. So war es nahezu grotesk, dass deren Kinder wie Anna Müller sich später als jüdischer Abkömmling ausgab, weil auch sie sich anhand von Barbara Nowak orientierte. War es doch gerade Anna Müller, die einen jüdischen Security bedrohen und umbringen ließ. Zudem behauptete sie weiter, dass Barbara Nowak eine Jüdin gewesen sei und diese auch mit einen israelischen US-amerikanischen Rabbi Friedman verheiratet gewesen sei und von diesem Rabbi auch noch vergewaltigt worden sei. Als ich das hörte, entschied ich mich kaputt zu lachen, denn dieser Rabbi wollte diese belästigende Klette Barbara Nowak nicht nur endlich loswerden, sondern hatte erkannt, wie psychisch krank und paralysiert diese Frau war. Zudem war es die gängige Masche, dass Barbara behauptete von Männern vergewaltigt worden zu sein, wenn sie sich ertappt fühlte und wenn sie wieder Walter Winkler gefallen wollte. Zudem interessiert Barbara fachlich und inhaltlich eigentlich gar nichts wirklich. Denn bei ihr ging es nur um schnellen Profit mit möglichst wenig Arbeits- und Kostenaufwand für sich selbst und unter Benutzung aller möglichen Mitteln. Auch der Spruch: Das tut man nicht! Bot ihr keinen Rahmen und auch keinen Einhalt in Bezug auf ihr strafrechtliches Verhalten. Barbara Nowak war in New York die geheimdienstliche Ziehmutter von Sara Bogosyan und fand mit ihren Lügen fruchtbaren Boden bei Sara. Denn Sara brachte mit Barbara Nowak den Rabbi Friedman um, nachdem er von beiden ein Schlafmittel in seinen Tee erhalten hatte, den er immer nach seinen Jugendstunden trank. Barbara hatte ihm den Tee persönlich in sein Arbeitszimmer gebracht. Er legte sich hinter einen abgetrennten Bereich und dort erstach Barbara zusammen mit Sara den Rabbi. Danach liefen sie aus dem Haus und ich blieb, nicht weil ich es mitgemacht hätte, sondern weil ich immer die Polizei rief. Zunächst hatte ich noch einen Krankenwagen gerufen, aber die konnten nur den Tod feststellen. Danach landete ich auf der Polizeiwache und wer kam dreist anmarschiert? Natürlich Barbara! Als könnte sie kein Wässerchen trüben. Ab diesem Zeitpunkt demütigte Barbara nur noch mehr und beschimpfte mich als schwaches und dummes Ding und als unnütz. Ich blieb in New York und ging auch bei dem nächsten Rabbi in die Schule, aber es war wie immer. Barbara und ihre Stasileute ließen mich nicht in Ruhe. Sara kam eines Tages in die Synagoge während der synagogischen Gebete und erschoss nach Beendigung den neuen Rabbi Weiszman mit einer Waffe, die sie von Karl Mayinger hatte, im Hinterzimmer der Synagoge. Die Wut gegen Juden war ungebremst, die von dieser osteuropäischen Stasinazifamilie ausging. Auch damals war ich die erste die das Opfer sah und rief wieder die Polizei. Sara Bogosyan hatte zudem, wie bei Rabbi Friedman sich auch bei Rabbi Weiszman als obdachlose

Herumtreiberin eingeschlichen und übernachtete manchmal in dem Haus. Die Mordserie dieser Nazistasifamilie ging in Deutschland weiter. Zunächst mittels Katharina Petrussek. Sie gab sich als Lebenspartnerin eines jüdischen Religionsschüler und gleichzeitig Sohn des Rabbiners der Synagoge in München aus. In Wahrheit wollte dieser junge Mann nichts von Katharina Petrussek und als er sie auch verbal wegstieß und ihren Annäherungsversuchen auswich und seine Belästigung durch Katharina Petrussek öffentlich machte, wurde Katharina Petrussek handgreiflich und beleidigend und verleumderisch. Sie behauptete, dass sie gefangen gehalten werde in der Synagoge, wo sie sich ungebetener Weise und unerlaubter Weise aufhielt. Zudem wurde sie auch aus dem jüdischen Religionsunterricht innerhalb der Synagoge geschmissen. Aber sie behauptete weiter, dass sie die Verlobte des Sohnes sei und sich auf die Hochzeit vorbereite. Alles Lüge! Aber diese Aussagen schlugen künstlich manipulierte Wellen. Als geheimdienstliche List erschien ein angeblich verletzter und zynisch wütender Charlie Petrussek in der Synagoge und behauptete, dass er Katharina Petrussek rausholen wöllte. In Wahrheit hatte Charlie vorher abgesprochen, dass Katharina Petrussek sich mit dem Sohn zu einem angeblich versöhnlichen Gespräch auf dem Dach der Synagoge treffen sollte. Was der Sohn auch Dank der manipulativen geheimdienstlichen Redetaktik von Katharina Petrussek tat. Charlie hatte die deutsche Polizei informiert und behauptet einen Sexualstraftäter verhaften lassen zu wollen in der Synagoge. Der Sohn des Rabbiners war erschrocken und Charlie Petrussek schrie wie ein Wahnsinniger in den Riesengroßen Vorraum und gleichzeitigen Treppenhaus der Synagoge. Er schrie: Komm raus du Perversling und stelle dich der Polizei. Jakob stürzte erschrocken von der Dachterrasse in den Innenraum der Synagoge und traf dort auf Charlie Petrussek, der am unteren Ende der Treppe frenetisch schreiend stand. Hinter Charlie Petrussek stürzte die Polizei hinein und Charlie deutete mit dem Finger auf Jakob. Hinter ihm am oberen Ende der Treppe stand Katharina Petrussek und stürzte Jakob über die Brüstung in der Mitte der Treppe. Danach war Jakob tot und Katharina Petrussek stürzte weinend und angeblich erleichtert diesen angeblichen Straftäter entkommen zu sein in die Arme ihres Nazivaters Charlie Petrussek. Die Polizei trug in die Akte nur den Vermerk, wie es ihnen Gunther Schmid befohlen hatte: Keine besonderen Vorkommnisse und ohne besondere Vorkommnisse! Die Familie des Rabbiners verlor ihren ältesten Sohn und die Polizei in Deutschland log.

Den letzten Vorfall, den ich in München mitbekam, war eine Ermordung eines jüdischen Sportstudenten Arved, der in seiner Freizeit Fahrradrennen fuhr. Er war sehr erfolgreich und fuhr alle halbe Jahre, wie es damals und heute auch noch üblich war und ist, nach Israel um den militärischen Übungsdienst abzuleisten. Er hatte keine Haare mehr und hatte eine schöne gebräunte Haut. Seine braunen Augen waren die sanftesten, die ich jemals gesehen hatte. Er bewegte sich wie eine Katze und war der hellste Kopf in dieser Zeit, mit dem ich mich unterhielt. Die Deutschen und vor allem Gunther Schmid hatten ihm alle Möglichkeiten eines geregelten Lebensunterhaltes und geregelten Lebens verwehrt und er musste sich mit einem selbstgebauten Zelt im Westpark im Unterholz zurechtfinden. Über die Zeit beschaffte ich einen Generator, um wenigstens die Wärme und die Energieversorgung zu sichern. Ich war schwanger und er sollte auf mich aufpassen. An den Wochenenden musste ich mit zu den Radrennen. Erst fing es an, mit Schrecken in der Nacht, wo uns die deutsche Polizei aufstöberte und uns im Auftrag von Peter Meier und Barbara Nowak und Walter Winkler belästigte. Danach wurde mehrfach am Generator manipuliert und es drang Gas in das Zelt, was uns mehrfach vergiftete. Arved war geschwächt und die Familie Mayinger zwang mich in die Yorckstraße zurück zu kehren und wollte mir meine Papiere nicht geben. Das letzte Radrennen war ein absolutes Desaster. Jessica Traue reichte Arved eine scheinbare normale Wasserflasche. Doch es war eine Wasserflasche gefüllt mit Destillierten Wasser. Arved trank an diesem heißen Sommertag und brach sofort zusammen. Seine Lunge war auf den Röntgenbildern Matsche und alle Lungengefäße hatten sich aufgelöst. Er war innerlich verblutet. Meldung an die Israelis und an die jüdischen Vertretungen, wurde nie gemacht. Als angebliche Nachkommen wurde das Kind von Gisela Traue und Jupp Joachimski Hanna Traue angegeben und diese erhielten auch noch perfider Weise Überweisungen von Israelis und vom israelischen Staat für dieses angebliche Belegkind. Denn Gisela Traue hatte das destillierte Wasser aus einer Autowerkstatt von Karl May alias Karl Mayinger alias Friedrich Paulus alias Karl Paul besorgt. Mit dem hatte sie ein Kind gezeugt. Es hieß Hanna Traue. Denn mit Destillierten Wasser wurden die damaligen Kühler betrieben und die waren nur im Mercedes Benz vorhanden und sie bezahlte immer in Naturalien, wenn sie sogenannte Mordfreundschaftsdienste forderte und wollte. In allen vier Fällen war ich auch als Vertretung von den US-Richter, der bereits tot war, nach den Vorfällen vor Ort in München. Solche Vorfälle, in denen Juden von dieser Stasinazideutschen Familie ermordet wurden, fanden schon zu DDR-Zeiten statt.

Ben Gurion war Friedensrichter in Jerusalem und kam 1985 als jüdischer Verhandler der jüdischen Bewegung nach Berlin. Er war Gast in dem DDR-Politbüro und diskutierte mit Erich Honecker an einen runden internationalen Tisch. Er wollte mit der DDR einen Staatsgründungs- und einen Staatsanerkennungsvertrag aushandeln für eine Fläche irgendwo im Vorderen Orient. Es war ein Café Trinken in Berlin in der Normannenstraße und ich war als Gast geladen. Ben Gurion wusste nicht, dass Samira's Vater den Juden etwas rechtlich korrektes und absolut normales Land unter dem Schutz seines Königreiches angeboten hatte. Ben Gurion war ein osteuropäischer Jude und fiel leider auf die widerlichen Lügen der DDR rein. Er hatte sich mit dem polnischen Juden, der mit mir und Barbara Nowak per Zug in die Schweiz gefahren war, getroffen und besprochen, wie man Juden schützen könnte unter Mitsprache der verrückten Barbara Nowak. Auf jedenfalls war Ben Gurions rein staatsrechtlich nicht erlaubt, weil er damit das Gefüge der westlichen Welt umging und sich mit dem Kommunistischen System gemein machte, was ihn letzten Endes finanziell auch ins Genick schlug. Ben Gurion ließ sich von der DDR-Staatsführung ein Gebiet im Vorderen Orient geben, was bereits vergeben war. Seine Ehefrau war mit bei diesen Treffen und es war schlimm diese ungebildeten und sehr dummen und wütenden Gestalten zu sehen. Sie waren nicht wie ich. Sie waren einstigen Bauern in einer russischen Kolchose gewesen. Sie waren ungebildet und sehr dick. Die Dickheit kam von den sogenannten Kriegshunger, wie man die dicken Hungerbäuche aus Kriegszeiten nannte. Ben Gurion war Bauer in Russland gewesen und hatte nie wirklich normales und modernes Staatsrecht gelernt. Er war durch Anna Stasinazivater Peter Meier aus Russland nach Berlin gekommen. Seine **Konzepte** waren an Chaos nicht zu überbieten. Seine vertragsrechtlichen Bestrebungen waren mit nichts abgedeckt und auch die darauffolgenden Parallel- sprich Mehrfachverhandlungen bei der UNO mit Verbindung und sinnlosen Hebelwirkungen bezüglich anderer internationaler Belange waren nicht koscher. Das Gegenstück war der westlich geprägte Itzhak Rabbin, der sich mit den USA über friedlichere Bestrebungen und Vorgänge verständigte. Er kam in die USA geflogen und wollte mich als Minderjährige abholen. Als wir uns am Flughafen trafen, kam gleichzeitig einer der Onkel von Gunda als Kriegsgefangener auf den Flughafen und sollte in ein Gefängnis in Tel Aviv überführt werden. Ich war in der Zeit beim Secret Service dabei und wir waren bei diesem geheimen Treffen auf einen Flughafen, der außerhalb Philadelphias lag, auf einer Militär Base. Der äußerst aggressive Onkel Hans Göring alias Nitzsche von Gunda Nitzsche, zog beim obligatorischen Handshake mit Itzhak Rabbin ein Messer und stach zu. Später sagte man es wäre eine Feile gewesen. Ich sah es als Messer und die Stickwunden waren auch zu glatt. Wir waren überrascht von diesem Angriff und wie zur Bestätigung seiner Absicht bekam er auch noch eine Pistole auf dem Halfter eines anwesenden Polizisten in die Hand. Mit der schoss er auf Rabbin. Er wurde noch in ein Krankenhaus transportiert, aber der westliche Vertreter der Juden war damit tot und auch die Hoffnung, dass Israel ein Staat aller Juden werden würde und die Hoffnung, dass sich Israel an das westliche System angleichen würde und den eingeschlagenen kommunistischen und äußerst Stasifreundlichen Pfad von Ben Gurion verlassen würde. Man muss dazu wissen, dass ich auch in Frankfurt am Main bei den Prozessen zu angeblich straffälligen Juden beigesessen hatte und dort die gleichen Nazi- und Stasirichter, aber auch richterliches Personal mit genau denselben Ideologien beobachten konnte und diese waren sehr gut befreundet mit Jupp Joachimski und Gunther Schmid. Ein jüdischer Rechtsanwalt wurde von einer Meute dieser niedersächsischen **Corps**-Jungen von Jupp Joachimski und Hans Lauter und Gunther Schmid das Treppenhaus im Frankfurter Amtsgericht gestoßen. Seine Leiche lag eine halbe Stunde als Mahnung auf den Mosaikboden und alle anderen mussten sich das Ansehen zur Einschüchterung. Mich wollten sie auch runterwerfen, aber ich biss und kratzte und schlug um mich und lief weg. Einen Staatsanwalt erkannte ich, als Nazibruder von Hermann Göring den einstigen Reichsminister unter den echten Adolf Hitler und auch Bekannter von dem Schauspieler Adolf Hitler den Charlie Petrussek. Aber nicht nur das waren schreckliche Bilder.

Die schrecklichsten Mordtaten musste ich in den USA durchgeführt von Franz Mayinger mitansehen und miterleben. Alle drei Mordtaten fanden in stillgelegten U-Bahnschächten und dessen Nebengänge und in einem alten Fabrikgebäude statt. Franz Mayinger brachte nicht nur dort in den USA in New York unter den Namen Ulrich Grigull eine Polizistin um und hängte sie nicht nur mit dem Vordergesicht an einen Maschendrahtzaun mit geöffneten Rückenfleisch auf und hatte ihre Handgelenke in Eisenfesseln legen lassen. Nein er hatte sie auch noch langsam dort unten in dem New Yorker Schacht nach ihrer Entführung verdursten und ausbluten lassen. Ihre blonden Haare hingen offen von ihrem gesenkten Kopf runter und zuvor war sie laut Franz Mayinger auch noch in einer sehr schmerzhaften Hängeposition aufgehängt gefesselt gewesen. Franz Mayinger genoss die Schmerzen anderer. Er ergötzte sich förmlich daran. Ich war das einzige Wesen, was ihm emotional nahekommen durfte, warum auch immer. Er sagte mir aufgrund meines sehr hellen und blonden Haares, dass ich in die falsche Familie geboren worden sei und dass seine neue Enkeltochter sei nachdem er klar für sich vor dem Spiegel in seinem kleinen Haus außerhalb von Oakland, dass ich nicht Gunda Nitzsche seine Enkeltochter sei und seine stolzen Vorfahren Mutter wie Vater (beide waren zwar schon tot! Aber er sprach trotzdem mit ihnen als wären sie noch lebendig!) mich ihm gesandt hätten, um sein Spion-Leben zu einem würdevollen und aufrechten Sieg der Deutschen gegen deren 2. Weltkriegsfeinde bescheren würde. Die Polizistin Angela Fisher war ihren damaligen Mentor bei der New Yorker Polizei, als der Franz Mayinger zynischer Weise arbeitete, zu nahegekommen. Sie sah ihn eines Tages im Schlachtviertel von New York und er bot scheinbare Rinderhälften an. Nur dass diese Rinderhälften bereits Hackfleisch waren und eigentlich laut Einfuhrkontrollgesetz in den USA nicht eingeführt werden durften, da es eine undefinierbare Masse war. So wollte New York seine Bevölkerung vor vergifteter und ungenießbarer Nahrung und Lebensmittel schützen. Später kam Polizistin Fischer kam darauf und konnte es nachweisen, dass es Menschenfleisch war und das war der Kipppunkt zwischen Mentor und angeblichen Schützling. Sie verstanden sich nicht mehr und Franz Mayinger bedrängte Angela Fischer immer mehr und tauchte auch bei ihr in ihrer Privatwohnung auf. Er schüchterte sie ein und kippte ihr sämtliche Giftsachen in den Kaffee. Einmal brach sie überhitzt auf der Straße zusammen und kollabierte und wurde in ein normales Krankenhaus gebracht. Danach behauptete Franz Mayinger, dass Angela labil sei und versuchte sie einzuweisen in eine Psychiatrie. Aber sie brach nicht! Auch nicht innerlich und dann endete das Kapitel zwischen den Beiden in diesen U-Bahnschacht. Aber das war nicht der einzige Mord, den Franz Mayinger beging. Es war ein anderer Polizeipsychiater in New York der mich befragte und ich sagte immer die Wahrheit. Ich war auch selbst in diesem Alter sehr unbeeindruckt von diesen alten Herren, der mich nur nervte und immer wollte, dass ich ihn Opa nannte. Eines Tages nahm Franz Mayinger diesen Polizeipsychiater gefangen und der verschwand einfach ungesehen nach seinem Dienst im NYPD. Mich fing Franz Mayinger von meiner Schule ab und nahm mich an der Hand und führte mich in diesen Schacht. Ich war in der Vorschule und hatte immer meinen Teddybären dabei. Es ging in einen stillgelegten Schacht in die New Yorker U-Bahn. Es war ein Nebeneingang und da saß der Polizeipsychiater gefesselt und verletzt. Nur mit einem Schlafanzug bekleidet. Später erzählte Franz Mayinger, dass dieser Mann schlaf gewandelt hätte und irgendeine schreckliche New Yorker Gang ihn gefangen genommen hätte, was aber nachweislich nicht stimmte. Dann nahm er den Psychiater und band ihm selbst mit Handschuhen bekleidet einen NATO-Draht um die Hände am Rücken und eine sogenannte Kopfspange in die er seine Zunge einspannte, die er mit vier Zangenähnlichen Klemmen am Kopf des Psychiaters befestigte. Diese Instrumentarien hatte er von seinen Freund Hans Lauter aus der Irrenanstalt und einen befreundeten Bauern, der selber die Grundlage für das Gericht Saure Zunge produzierte. Dabei schnitt man den Kühen und Rindern die Zunge aus dem Maul. Dann nahm er einen Hocker und stellte ihn auf die Gleise. Über den Gleisen waren Rohre befestigt, die zur damaligen Zeit schwere sehr stabile Metallrohre waren. Dadurch zog er eine Metallkette und hängte alles auf. Dann las er diesen Psychiater seine angeblichen Sünden vor und ging! Sein letzter Satz war: „Lebe oder sterbe!". Danach fuhr ein Zug über den Mann und Franz Mayinger sagte zu mir, dass ich jetzt etwas für das Leben gelernt hätte. Er war mit mir in den Kontrollraum dieser Zugstrecke gegangen und zwang mich alles anzusehen. Danach verlies Franz Mayinger mit mir diesen Kontrollraum und führte mich zu meiner Großmutter zurück als wäre nie etwas gewesen. Meine Großmutter schlief bereits und Franz Mayinger sagte, dass ich nun ins Bett wie ein braves Mädchen müsste. Danach hatte ich nur noch Panikattacken und ich erzählte es meiner Großmutter, die mich nicht mal beruhigen konnte. Aber sie sagte der Polizei, dass sie das geahnt hatte, als sie mich nicht finden konnte bei meiner Vorschule. Ich konnte danach eine Woche nicht essen und kam mit mir selbst nicht zurecht und dann wurde noch gesagt, dass ich lügen würde und mich nie jemand aus der Vorschule entführt hätte. Ich durfte nie etwas sagen. Als der Schulpsychologe zu mir kam, musste ich mit ihm deutsch reden und er kam direkt aus Deutschland von Gunther Schmid und Hans Lauter. Er bezichtigte mich der Lüge und erklärte mir, dass es keinen bösen Mann gäbe der nachts mich ins Bett geschickt hätte. Ich musste diesen Psychologen aufmalen, was ich gesehen hatte und er sagte, dass ich mir das beim Schlafwandeln im Fernsehen im Wohnzimmer bei meiner Großmutter angesehen hätte. Ich sagte NEIN und er schrie mich erst an und sagte: „Doch!". Dann legte er sich den ausgestreckten Zeigefinger auf die Lippen und sagte, wenn du etwas jemanden jemals sagst bringe ich dich um! Alle US-Amerikaner um mich herum verstanden kein Wort und ich war erschrocken und der Psychiater machte nur eine verächtliche Handbewegung, dass er mich netter Weise mitnehmen würde nach Deutschland, da ich ja schon eine labile Mutter hätte namens Barbara, die die Lieblingsschwiegertochter ihres Schwiegervaters Franz Mayinger sei. Für mich brach eine Welt zusammen. Barbara kam wie eine strenge Mutter auf das Revier angeschossen und entschuldigte sich für ihre angeblich so ungezogene Tochter und schlug mir mit der Hand vor den Polizisten ins Gesicht. Dann sagte sie, dass sie zwar keineswegs labil sei, aber eben mit so einer verrückten Art ihres Kindes manchmal ein wenig überfordert. Ich saß auf dem Stuhl und sah diese kranke Person vor mir, wie sie die Polizisten anlog und sich schon auf den nächsten Auftragserfüllung für die Stasi freute und auf den nächsten Fick mit Walter Winkler. Sie saß dort und sagte dann wieder etwas davon, dass sie eigentlich die Schwester meiner leiblichen Mutter sei, obwohl meine leibliche Mutter Einzelkind war und dass sie eine sehr arbeitssame und zielstrebige Person sei. Als Beleg legte sie die **Identitätskarten** meiner leiblichen Mutter vor. Ich wurde immer kleiner und wusste, dass sie mich umbringen würden, wenn ich nach Deutschland zurückkehren würde. Barbara behauptete ihre Lügen immer so perfekt, dass selbst der misstrauischste Mensch auf Erden erstmal gedacht hätte, dass sie eine sehr sympathische und sehr glaubwürdige Person sei. Wenn sie gestresst war sprich Angst vor dem Auffliegen hatte, brach sie regelmäßig in falsche Tränen aus oder tat beleidigt. Sie fragte sich zumeist nie, ob sie Falsches tat oder ob sie mordete. Es war ihr egal!

Sie tat es und danach kam in der Anfangszeit nicht mal ein Bedauern. Sie war in den Situationen sehr zielstrebig und sehr konzentriert. Sie war in der ersten Phase ihres Stasischaffens eine sehr lustige Frau, die aber nie begriff, wie sie benutzt wurde und wie sie im Gegenzug benutzte. Maria Bogosyan geborene Nitzsche hingegen hatte dieselbe Fahrigkeit in ihren Handlungen, wie Barbara immer wieder nach den Einschüchterungen in der Psychiatrie. Maria Bogosyan war von kleiner Statur und hatte ein sehr breites Becken. Sie hatte auch die typische sommersprossige Haut und blaue Augen. Ihre Grundhaarfarbe war dunkelbrauner als die von Barbara Nowak. Maria Bogosyan geborene Nitzsche hatte sich nie für etwas Besonderes gehalten und entgegen der sehr egomanischen Barbara hatte sie ein eher geringes Selbstbewusstsein. Ich musste erst mit ihr als sie 1991 nach München kam und aus der Psychiatrie entlassen worden war, arbeiten wie mit einer jungen Frau, die sich selbst aufgegeben hatte. Gunda Nitzsche ihre Tochter hatte sich hingegen zu einer Art Domina entwickelt, die ihre Unsicherheit übertünchte mit noch mehr Gewalt.

Es war schlimm zu sehen, wie die negativen Spiralen sprich die falschen Interpretationen von Situationen und von Themen und die falschen Situationseinschätzungen daraus resultierenden falschen Reaktions- und Agitationsweisen sich nicht nur innerhalb der Generation auf die nächste Generation übertrugen und weiter drehten und nicht nur noch größere Auswirkungen gegen andere unschuldige Personen hatten, sondern auch eine enorme perfide und diffuse Macht freisetzte, die die falschen Leute bestrafte und die falschen Leute zu Unschuldigen und zu Führungskräften erklärten. Die Verstrebungen und die Durchsetzungen und Durchseuchungen und die damit verbundenen Schäden wurden immer größer je länger diese Nazistasifamilie sich weiter geheimdienstlich entwickelte und fortpflanzte. Man muss diese Einschätzungen so verstehen, wie sie damals und auch heute noch rechtlich gelagert sind. Diese Leute waren im Kalten Krieg und schon vorher als Kriegsverbrecher eingestuft worden und zwar als Führer und Verantwortliche für Euthanasiemorde und für Massenmorde. Sie waren also bereits verurteilt und das auch nach dem damaligen Kriegsrecht in den Jahren nach dem Zweiten Weltkrieg. Diese Leute waren nach dem Zweiten Weltkrieg untergetaucht und entzogen sich der Justiz und normalen Kriegstribunalen. Es hatte sich ein Parallelkosmos gebildet, der sich als sogenannte Zwischenpartei gebildet wurde oder auch Zwischenwand mit Verstrebungen genannt, die eine sehr aggressive und sehr abgeschlossene Welt darstellte. Der verbale Syntaxsprachmodus war von Grund aufgewachsen und nur unter den eigeweihten Familien geteilt worden. Diese Entwicklung war aber nur in einer Schnittmenge mit dem sich selbst beweihräuchernden System der Stasi. Die Stasi war, wie ich später erfuhr aus einer Art Bruderzwist hervorgegangen. Zu der Gründung der DDR im Jahr 1961 war ein Bruderzwist zwischen den beiden Großzwillingsgroßonkel von Gunda Nitzsche. Beide waren blond und hatten einen Haarkranz und blaue Augen. Ihre Gesichter waren rund und sie hatten beide eine kleine Statur. Der Eine hatte in Ostdeutschland Fuß gefasst und hieß Erich Honecker. Er arbeitete nicht nur für Stasi, sondern gründete sie. Der Andere hatte fasste in Niedersachsen Fuß und wurde Lehrer. Er wurde ein Bekannter von Gunther Schmid und knüpfte Kontakte zu Franz Mayinger. Er war auch der Mann, der Itzhak Rabin auf dem US-amerikanischen Flughafen tötete. Später ließ er sich nach Israel freipressen und flog in den Nahen Osten aus. Fälschlicherweise wurde mein adeliger Buchhalter der Firma Helmut aus unseren Rohstoffkonzern verdächtigt, dass er mit diesen beiden Brüdern zu tun hätte. Beide Brüder waren gesuchte Kriegsverbrecher und die DDR-Führung und deren Mitglieder waren mit der Nichtanerkennung durch die internationalen Länder auch zu Personen Non Grata erklärt. Aber was noch schlimmer war, war die Tatsache, dass beide auch noch später in den 90ziger Jahren als Mörder gesucht wurden. Sie hatten eine Eigenschaft, die jeden nervte. Sie redeten nicht nur in sinnlosen Stasideutschen Kettensätzen, sondern sie waren auch sehr penible und sehr formalistische Intriganten. In den späten Jahren, wie ich die DDR-Führung und das Politbüro kennen lernte, war Erich Honecker ein Mann ohne Volk und ohne wirklichen Rückhalt. Er traf vor allem ausländische Staatsgäste und dachte, wie auch die anderen, dass ich Gunda Nitzsche sei. Als ich ihm sagte, wer ich wirklich war, schaute er mich unglaubwürdig an und trank mit mir Schnaps. Dann frage er mich nochmal und ich bestätigte es ihm nochmal. Dann schlug er mir auf die Schultern in seinem Büro in der Normannenstraße, wo wir allein waren und sagte: "Dann gehe in die Freiheit! Für mich ist es zu spät! Aber du hasttest gute Ideen!". Später erfuhr ich, dass er noch in dieser Nacht liquidiert wurde. Eine Zeit lang schlüpfte sein Zwillingsbruder in seine Rolle, um das politische Vakuum und das staatsrechtliche Vakuum zu füllen. Er wurde danach inhaftiert, weil er auch normale Leute umbrachte. Er konnte es nie verwinden, wie auch Joe Bogosyan, dass er ab diesen Zeitpunkt als er sich als Betrüger für die Stasi und als Handlanger für deren Straftaten anbot und einsetzen ließ, seine Seele sich auflöste und ein Stück seines Lebens der Stasi gehörte. Auch dass die damalige Kalte Kriegssituation viele solcher Handlanger und solche Bediensteten hervorbrachte, die dann nicht mehr einen Sonderstatus hatten. Sobald sie den Schalter auf Stillstand zurücklegten und umlegten, wurde der gesamte Apparat auf sie gehetzt und irgendwie schafften es die Oberen immer wieder ein paar Blöde zu finden, die nicht nur für einen Hungerlohn arbeiteten und fristeten, sondern auch noch ihre Treue einer illegalen Lebensweise schworen. Aufgrund der verstärkten Ausbreitung des Repressalien-System 10 Jahre vor dem Fall der Mauer und bis in die Mitte der 90ziger Jahre, wurde eine kollektive Grundsystematik begründet, die zu einer fehlenden rechtlichen Grundlage führte. Aufgrund der Finanzverstrickungen bezüglich ihrer hinterlegten geheimdienstlichen Aktionen waren die deutschen Dienste hochverschuldet und auch die Umstellung der Versicherungen von in der Vergangenheit bezahlten Beiträge in eine Zukunft berechnete und in der Zukunft erst finanziell gedeckte Wertigkeit verwandelt. Der Druck auf die deutschen Dienste war enorm. Im Nachhinein hört es sich lächerlich an, aber ich musste damals in Berlin einen Vertrag unterzeichnen, der für Deutschland eine Art Marshall Plan vorsah. Ich wollte das Programm nicht, denn es war zu kostenintensiv und es sollte mit meinem Privatvermögen gezahlt werden. Aber es wurde teilweise Geld von mir abgezweigt illegaler Weise von deutschen Behörden und deutschen Geheimdiensten, um sich finanzieren zu können. Ich ließ später mit meinen Geldern lediglich legale und normale US-Einrichtungen unterstützen, um nicht in deren illegalen Aktionen hineingezogen zu werden. Zudem wollte ich kein Risiko eingehen und konnte alle Verträge zurückziehen und damit auf internationaler Ebene revidieren. Es war ein Milliardenprojekt, welches glücklicherweise wieder zurückgezogen werden konnte. Es war damals in Potsdam und alle vier Staatsführer der Besatzungsmächte waren anwesend. Mit an Bord natürlich die verrückte Barbara und deren verschiedenen Walter Winkler Verwandte. Und so sollte mein alleiniges Familienvermögen zu einer Tatwaffe für diese Leute der Stasinazi gemacht werden. Ich lehnte die Unterschriften von Walter Winkler kategorisch ab und so war es denn auch, dass alle Staatsverträge nicht gültig waren, denn sie wurden von allen mit deren Stasitarnnamen unterzeichnet. Walter Winkler unterzeichnete mit den Tarnnamen Sigmund Mayinger. Auch wurde dieses Treffen in Potsdam in den Anlagen von Schloss Sans Soucis und den dazugehörigen Bauernhof Cäcilienhof. Mit am Tisch war der Stasivater von Stephan Lunze, der mit seinen Brüdern und seinen Onkel Hans Lauter die Psychiatrische Abteilung der Charité übernommen hatte und auch die „Behandlung" von Geheimagenten, was regelmäßig in Toten und in Wahnvorstellungen und in Köperbehinderten und in internationalen Verstrickungen endete. Meine leibliche Mutter folterte er und sie überlebte zwar, aber war eine eingeschüchterte Frau. Dieser Hans Lauter war selbst in einen Lebensborn geboren worden und war Sohn eines deutschen Reichsministers, den man der Familie Göring zuordnete. Später wurde jedenfalls bekannt, dass Hans Lauter weder Lauter hieß und auch nicht aus Hessen stammte und auch keinen Adelstitel trug. Er soll auch, wie sein Vater beteiligt gewesen sein, an den **Zwillingsprojekt** en, die in den Stasiwaisenhäusern weitergeführt wurden. Das bekannteste Beispiel dieser politischen Steuerung waren die beiden Zwillingsbrüder Sebastian Jörg Wieberneit und Sebastian Norbert Wieberneit. Beide waren in zwei verschiedenen Familien aufgewachsen, jedoch wurden ihnen beide von Jupp Joachimski die Gewehre und Pistolen in die Hände gedrückt und beide drückten ab.

Es war schlimm zu sehen, wie sich alle Muster wiederholten und auch die Denkmuster waren alle gleich. So war es zum Beispiel so, dass Franz Mayinger als nach Europa 1987 kam und sich im Austausch ein gewisser Donald Trump aus Tschechien mit seinen Sohn Andreas Scheuer anbot und über eine **Zwischenidentität** in Bayern genauer gesagt in Franken in die USA ausfliegen ließ. Als er in den USA war, versuchte er sich gleich durch Jupp Joachimski als Geschäftsführer meines elterlichen Konzerns an die Spitze zu setzen. Womit ich widerwillig mitmachte und die Konzernstruktur erhielt, aber mit einem abwählbaren Vorsitzenden. Sein Sohn Andreas Scheuer war als Austauschschüler in den USA und hatte sich durch Jupp Joachimski eine deutsche Geburtsurkunde aus Franken ausstellen lassen, obwohl er noch zu UDSSR Zeiten geboren wurde in Tschechien und eben genau genommen Russe war. Andreas Scheuer wurde später aktiver Politiker und Bundesverkehrsminister. Er war auf ein paar Fahrten meiner beruflichen Reisen dabei ohne wirklich Bedeutung zu haben. Meine Bodyguards, die alle aus US-Marines bestanden und ich selbst einer war, begleiteten mich und halfen mir bei meinen Hilfsprojekten. In Asien war ich eine Zeit lang in Indien und Pakistan und wohnte dort in einem eigenen Appartement. Ich arbeitete für die UNO und war ständig in den Botschaften und in den US-amerikanischen Firmen und auf den Straßen von Neu-Dehli unterwegs. Zunächst wollte ich eine Pizzeria mit echten Steinofen eröffnen, indem man Brot und Pizza gleichzeitig backen konnte. Es lief alles gut und wir wollten weitermachen und dann kam Barbara Nowak mit Katja's Familie und sagte so wie immer:"Huuuuuuuuuuuuuuuuuuuuuuuuuuuhuuuuuuuuuuuuuuuuuuu wir sind es! Wir wollten nur mal sehen, wie es dir geht!". Es war schrecklich! Barbara Nowak und Walter Winkler mieteten ein Bungalow in einen Hotelressort und liefen die gesamte Zeit nackt oder in Stringtanga rum. Walter Winkler zeigte sein Gehänge und ich schämte mich regelmäßig. Es war eine so primitive Konzentration auf den körperlichen Akt und die Konkurrenz nur auf diesem Gebiet, dass ich mich fragte ob die Steinzeit immer noch in Europa herrsche. Barbara Nowak war noch stolz auf ihren nackten und mageren und hageren Körper, der keinerlei Fettreserven hatte und sehr ausgezerrt aussah. Ich entzog mich diesen Konkurrenzgehabe regelmäßig. Nicht weil ich Angst hatte vor dem Versagen, sondern weil es einfach mir zu stupide du zu krank erschien. Ich baute mit meinen US-Soldaten einen Wasserauffangtrichter und einen Wasserbehältnis dazu. Es funktionierte wie zu groß geratener Trichter und dann wurde Regenwasser eingefangen und gefiltert und in ein Behältnis geleitet. Aber 1992 Barbara Nowak hörte nicht auf und nahm Kontakt zu Spionen aus DDR-Zeiten auf und behauptete wieder von sich MI 5 und MI 6 Agentin zu sein. Es brach die Hölle aus und dann behauptete sie wieder, dass ich die Agentin sei und nur in Ausbildung bei ihr. Ich kotzte gleich vor so viel Dreistigkeit und kam wieder in Teufelsküche. Als ich wieder zu einem Autowerk von Ford war und eine normale Besprechung besuchen wollte, befand ich mich plötzlich in einem abgeschlossenen Raum und die Gesprächsthemen waren dann plötzlich wieder in Richtung Geheimdienst und Terror. Es explodierte eine Bombe und einer meiner Bodyguards war tot. Komischerweise war es Karl Mayinger, der sich als Sicherheitchef der Botschaft ausgegeben hatte und später wieder lebendig in Europa auftauchte. Ich saß dann in der Botschaft, in der ich vorher auf Sicherheitsbedenken hingewiesen hatte und dort von einem Bombenanschlag berichtete, der geplant worden war in meiner Anwesenheit Barbara Nowak und Walter Winkler. Es war schlimm, denn weder der Botschaft, der angeblich Gunther Schmid war noch der Sicherheitchef Karl Mayinger glaubten mir. Im Nachhinein glaubte ich, dass Karl Mayinger einfach Barbara Nowak und Walter Winkler nicht belasten wollte, weil sie mit ihm verwandt waren und er wieder in den Untergrund gehen wollte. Katja war zudem die Schwiegertochter von Gunther Schmid in der Zeit durch ihren Mann Stefan Schultze. Es war typisch für deren Reaktionen und ich lag in meinem Appartement und arbeitete noch Akten durch und dann klingelte es nachts an der Tür. Davor stand Karl Mayinger und brachte mir eine Geburtstagstorte im August. Ich sagte, dass ich nicht Geburtstag hätte und dann sagte er, dass das nur so sei. Es war eine kleine Schwarzwälder Kirschtorte mitten in Asien. Bis heute weiß ich nicht, was das bedeuten sollte. Denn ich hatte nicht Geburtstag und geheimdienstliche Geburtstage feierte ich nicht, weil ich nie geheimdienstlich lebte. Am nächsten Tag wurde mir von Gunther Schmid eröffnet, dass ich beim BND angestellt sei und nun meine geheimdienstliche **Identität** verbrannt sei. Ich schaute ihn nur an und fragte mich, wovon er redete. Dazu muss man wissen, dass bereits in den USA diese Masche von dieser Franz Mayinger Familie angewandt wurde, um mich illegaler Weise sich geheimdienstlich an zu banzen. Die Folge war immer, dass ich des Landes verwiesen wurde und keinen Namen, der immer mein gleicher war, hatte. Aber diese Masche des Anbanzen wiederholten sie immer und immer wieder, obwohl ich nie mitmachte. Sprich mir etwas anzukleben und die eigenen Straftaten einfach abzuscheuern und einfach abzureiben und anderen Leuten wie mir anzukleben. Dieser Begriff Anbanzen fand später in der historischen politischen Nutzung des Kloster Banz in Franken seinen zynischen Ausdruck mit dementsprechenden formalen Ablaufmustern und dementsprechender geheimdienstlicher Nutzung. Es wurde 1992 auf Geheiß von Jupp Joachimski dementsprechend saniert und renoviert. In der Politik fanden sich die Osteuropäer separat in sogenannten Vertriebenenausschuss und in Spätaussiedlerausschuss und in sogenannten osteuropäischen Traditionsvereinen. Andreas Scheuer war zusammen mit Edmund Stoiber in diesen Vertriebenenausschuss in der CSU. Einen Großteil machten die Sudetendeutschen aus. In Augsburg war der Mittelpunkt der schwäbischen und Donau schwäbischen Bewegung. Als ich Pakistan per Flugzeug verließ, wurde mir gedroht. Ich war schwanger von meinem Mann und freute mich auf mein Kind. In einem Video von meinen Emails auf meinen PC wurde mir gesagt, dass sie mir mein Kind rausschneiden werden. Was sie denn dann auch taten. Es war auch so, dass mir alles manchmal wie in einen schlechten Film vorkam. Ich war manchmal irgendwie die komplette Fehlbesetzung.

So war es denn auch als ich aus dem Zug in Kroatien auf das Dach flüchtete und von der Brücke in die Tiefe sprang. Ich überlebte auch das, aber ich war nie Barbara Nowak oder Maria Bogosyan geborene Nitzsche oder wie die anderen oder wie die Nachfolgegenerationen. Ich war 1. Viel ruhiger und stiller als alle andere und 2. Machte ich mir erst Gedanken bevor ich etwas tat und 3. Versuchte ich möglichst vielen Interessen gerecht zu werden und 4. Ich war nie aufgeregt vor diesen Geschehnissen die sich anbahnten und vor allem nicht positiv gestimmt und ich fand alles sehr überflüssig und so sinnlos. Jedes Mal, wenn ich mir die Situationen durchdachte, kam ich zu dem Schluss, dass ich 1. Überleben musste und 2. Dass ich niemand töten wollte. Ich hatte auch keine Lust auf die Regularien, die bis zur Selbstaufgabe einen absolut stupiden Lebensentwurf vorsahen. Es war auch immer so, dass ich jedes Mal von dieser Horrorwolke, wie ich sie nannte, wenn sie im Rudel auf mich losgingen, ich immer wieder gedemütigt und immer wieder eingeschüchtert wurde. Nie war es so, dass sie mich wirklich in Ruhe ließen. Es war eine Art Dauerbelagerungszustand, der nicht enden wollte. Es war wie ein langsames Sterben, wenn man das sehen und verstehen wollten. Jupp Joachimski und Gunther Schmid führten meist noch um zusätzlichen Repressalien zu installieren verdrehte und vermischte Gerichtsprozesse mit Kafka-Intention. Der Beklagte hatte zumeist keine Chance ohne vorher sich komplett lächerlich und komplett als verrückt von Jupp Joachimski bezeichnen zu lassen. Jedoch besserte sich diese von Jupp Joachimski illegal installiertes System von Strafen und Rächen und Strafen und Rächen, als das Grundmodell der doppelverdrehten Wendeltreppe bekannt wurden. In den frühen Jahren der Auflösung dieser kumulativen Wolke von Straftaten, baute ich nur ein einfaches Grundmodell ein. Ich vertrat auf einer Nordseehallig und auf Nordseeinseln in einer autistischen Manier Beklagte und hatte deswegen Erfolg, weil ich komplett klar eine Einlinigkeit in der Prozessführung durchsetzte, die keine unzulässige **Tiefeninterpretation** zu ließ. Da ich alle Prozesse gewann ließ Julia Walter I und Jupp Joachimski einen Film über eine autistische Rechtsanwältin drehen, die an einem Asperger-Syndrom litt. Aber ich machte mir nichts daraus und sagte mir, dass irgendwann dieses Gespotte aufhören würde. Aber es war nicht so. Es wurde noch schlimmer! Die divergierenden Lebensweisen und Begründungsweisen und Rechtsauffassungen führten dazu, dass sich nach den Jahren 1987 konsequent zwei unterschiedliche System entwickelten. Zum einen setzte sich die geheimdienstliche illegale tiefeninterpretative Formalität durch, die mit einen Kafka Prozess fortsetzte. Diese Prozesse wurden aufgebauscht und auch zu illegalen Racheaktionen von Gunther Schmid genutzt. Zum anderen verfeinerte ich das Auflösungssystem dieser verdrehten Prozesse und stellte sie wieder richtig. Indem ich zunächst Situationsbetrachtungen durchführen ließ. Innerhalb eines Analyseblattes mit 5 Spalten mit den Begriffen: 1. Emotional und gefühlte Situation und 2. Wahrgenommene Situation und 3. Reale Situation und 4. Mögliche Hintergründe und Rechtliche Bewertung auflösen ließ. Dadurch wurde die Einlinigkeit gewahrt und die sogenannte Rechtssicherheit gewährleistet. Zudem wurden **Grundmuster** herausgearbeitet und nicht nur eine Vermischung vermieden, sondern auch die Differenzierung in normale und private Menschen und in öffentlich Personen und in geheimdienstliche Personen. Danach wurde auch klargestellt, dass die Menschlichkeit und die Individualität gewahrt wurde. Zu Zeiten von Barbara Nowak alias Weiss gab es diese Möglichkeiten nicht. Somit gab es unlösbare Gordische Knoten, die sich vor allem in Rechtsprozessen und unaufgelösten Finanzprozesse, die sich zu Boomerang formten und immer wieder aufbrachen. Bei dem Aufbrechen war immer wieder die Schwierigkeit normale Finanzen von geheimdienstlichen zu trennen und aufzulösen. Barbara Nowak beispielsweise erklärte sich damals aufgrund ihrer Gefangenschaft in Bogenhausen zu der Leiterin des osteuropäischen Instituts und gleichzeitig zur damit geheimdienstlichen Abteilungsleiterin der neuen osteuropäischen Abteilung. Alle Osteuropäer waren in meiner Siedlung und auch in meiner Maria Ward Klasse unter ihren echten osteuropäischen Namen. Sie hatten sich auf verschiedenste Weise die Einbürgerung und Eindeutschung erschlichen. Aber eines war allen gemein! Sie waren alle mit Gunther Schmid und Jupp Joachimski und mit dem BND und der Stasi verbunden. Auch Trump kam mit verschiedenen Nationalitätsbürgschaften in die USA. Zum einen war es eine angebliche deutsche in Franken aufgrund seiner angeblichen Vorfahren in Deutschland. Das Einbürgerungsrecht in Deutschland und in den USA wurde aus diesen Gründen zum Zwecke der Unterwanderung mehrfach geändert. Aber die Verbindungen waren noch mehr tragischer als man dachte. In den USA kamen mehrfach nächtliche Vergewaltigungen vor und zumeist von verheirateten Frauen. Die Ehemänner glaubten zumeist ihren Ehefrauen nicht und glaubten, dass sie ihnen fremd gegangen wären. Die Frauen waren zuvor nach bestimmten Schemen ausgesucht worden. Meist entsprachen sie den Nazistasiideal und wurden von genau den aus den aus Osteuropa über Deutschland eingewanderten Gynäkologen behandelt. Diese Gynäkologen arbeiteten für die Stasi und sollten eine sogenannte Umvolkungsideologie und sogenannte Vertreibungspolitik und -strategie umsetzen. Die Gynäkologen waren dazu da, die US-amerikanische Bevölkerung zu benutzen und auch genetisch umzuformen. Andere Frauen wiederum wurden von den Ärzten so behandelt, dass sie nicht schwanger wurden. Ebenso war es bei Urologen und bei verheirateten Männern. Auch war es in den USA so, dass die sogenannten Verpaarungsstrategie der Stasi und Nazis auf den Ideologien des Dritten Reiches und des Lebensbornes fußte. Verstärkt wurden auch die Kinderzeugung an die Nationalität geknüpft und die damit verbundenen Aufenthaltsgenehmigungen und Arbeitsberechtigungen. In Osteuropa wurden diese Form der Versuche genau wie in den USA durch Hans Lauter und Franz Mayinger begleitet und initiiert und geplant und organisiert. Es gab beispielweise ein Dorf in Rumänien und auch in den USA, wo mir die Nazis voller Stolz eine Frau mit zwei Augenfarben zeigten. Sie sei ein genetisches Wunder und dabei ging es nur darum, dass ihr Genpool innerhalb der gleichen Befruchtungsphase gezeugt wurde. Was so viel bedeutete, dass zwei Männer die Samengeber waren. Dass sie vergewaltigt wurde von dem einen Mann wurde verschwiegen. Aber es ging noch weiter! Es gab sogenannte Männersamenkämpfe. Dabei war die gar nicht verheiratet oder zusammen weder mit dem einen noch dem anderen. Sie wurde vergewaltigt und es wurde gesagt, dass der stärkere Samen gewinnt. In der Naziideologie hieß das „Kampf der Gebärmutter". In diesem Kontext kamen auch die Begriff Samenraub und erzwungene Leihmutterschaft und die Theorien der Zeugung in kirchlicher wie in biologischer Hinsicht. Damit verbunden waren dann auch die Diskussionen über das sogenannte Abtreibungsrecht. Das nannte man in dem Volksmund dieser Nazis „Raub der Braut". Zudem wurden auch in Osteuropa unter den unterschiedlichen Volksstämmen damals hinter dem Eisernen Vorhang Wettkämpfe abgehalten. Sie nannten das zynisch „Wettkämpfe der Clans". Sie hatten dadurch wieder eine scheinbar rechtliche traditionsrechtliche und historische Bindung an das schottische Highland, was aber in Schottland nur als Kräftemessen galt, endete in Osteuropa in Brutalität. Jupp Joachimski bot diesen Leuten ein Einfalltor zum Westen über England. Er wurde auch als Richter später ein sogenannter Händler von Nationalitäten und ein Schleuser. Um seine **Identität** und seine wahren Tätigkeiten zu verdecken, hatte er auch noch mehrere falsche Ausweisdokumente. Genauso wie Gunther Schmid.

Man muss auch sagen, dass der Begriff Pazifismus geprägt wurde in der DDR. Es war angeblich die Friedenspolitik mittels des Mittel Liebe. Unter den Mittel Liebe wurde auch verstanden, dass man Stasi-Julia und **Stasi-Romeo** ausbildete und sie mittels sexueller Dienstleistungen nicht nur dafür von dem Geheimdienst aus bezahlte wurde, sondern auch noch zu Beziehungshaltung und Verpaarung angehalten wurden. Im Schlimmsten Fällen wurde westdeutsche Polizisten durchwirkt und mussten auf der Privatebene für die Straftaten und Aktionen der Stasi-Julia bürgen. Bei Jessica Traue und ihren Polizistenehemann Andreas Schmitz war es so schlimm, dass er sich 5 Kinder von ihr anhängen ließ und auch noch betrogen wurde von ihr und dann auch noch als ein Teilnehmer des landwirtschaftlichen Programmes „Bulle ohne Hörner" dastand. Sprich ein Polizist ohne Rückgrat und ohne Moral und ohne Ehrauffassung. Dieser Begriff wurde geprägt durch die wissenschaftliche Erkenntnis, dass Kinder nicht nur als emotionaler Bindestoff zwischen diesen installierten und stasimäßig zusammengeführten Ehepartner galten, sondern dass die Risikobereitschaft bei den Männern sank und dass einer Form von Weichmacher dienten sprich Untauglichkeit bezüglich der Berufsausführung einsetzte. Dasa hing mit dem Hormonhaushalt des Mannes zusammen, der nach der Geburt der Kinder eine größere Weiblichkeitshormonausschüttung hatte und dadurch auch eine Verhaltensänderung einher ging. In Wirklichkeit war es ein vorher durchdachtes und inszeniertes Hinter seinen eigenen Möglichkeiten zurückbleiben und es wurden daraus Schoßhündchen gemacht. Die normale Mitte bezüglich der Berufsbalance und Berufsausübung wurde nie gefunden. Dadurch wurden diese Männer regelrecht entmannt. Diese sogenannte hormonelle indirekte Steuerung der männlichen persönlichen Einstellung und die komplette Ignoranz der persönlichen Zukunftspläne wurde von Hans Lauter persönlich in Auftrag gegeben mit der Umgestaltung der öffentlichen Dienstausbildungen und der psychiatrischen Bewegungs- und Beobachtungsmuster, die Hans Lauter und seine Psychiater illegaler Weise anlegen ließen. Dazu muss man wissen, dass Jessica Traue und Julia Walter sich selbst als Psychiaterinnen ausgaben. Der Begriff Liebe beinhaltete aber auch in der Stasi den anderen Begriff Vergewaltigung und Schädigung auf sexuellem Gebiet, wie auch alle anderen Schädigungen, die zusammen hingen mit den Geschlechtsorganen. Bezüglich der Geburten führten sie regelmäßige Geburtenstatistiken ein, die sie als Grundlage für ihre Versicherungsmodell mit sogenannten Kopfgeldprämien oder mit Zusatzzahlungen Mütterrente oder mit Geburtenprämien oder mit sonstigen Prämien und anderen Auszahlungen dienten. Sie behaupteten auch bis heute von sich, dass sie Herrenmenschen und Arier seien und die anderen unterprivilegierte Idioten die keine Kinder bekommen sollten. Dreh- und Angelpunkt dieser finanziellen wie rechtlichen Strategie und Ausführung, war auch in diesem Punkt Gunther Schmid und seine Schwiegertochter Tanja Mayinger mit ihrer Versicherung. So wurde beispielsweise in DDR als Mahnung an die Afrikanischen Völker die Speise der eingelegten getrockneten Tomaten als Hilfslieferung gesandt. Welches Grundprinzip dahinter stand? Wenn man es sich ansah, begriff man es sofort. Es waren die abgeschnittenen Vorderlippen der Klitoris bei Frauen. Und wie hing das zusammen mit Barbara Nowak? Ganz einfach ein afrikanisches Volk hatte sich vorgestellt als sie wieder mal vergewaltigt worden war und das gesammelte Volk wurde anhand der Frauen erpresst. Zuerst wurden sie entführt und an die Küste an dem Wüstenende gefahren. Dann mussten sie unter vorgehaltenen Waffen kleine Hütten bauen, die nicht mal so groß waren, wie ein Kind. Darein musste sie kriechen und ausharren ohne Wasser. Sie wollten nicht widerrufen und sagten, dass der Judaismus die einzige wahre Religion ist. Danach schnitten sie wegen der falschen Jüdin Barbara den Frauen und jungen Mädchen die Klitoris ab und legten die Hautlappen in Einmachgläser ein und ließen sie verschiffen, als medizinische abartige Belegmaterialien. Als perversen Dauerbeleg erschufen diese Stasinazileute das Essen eingelegte Auberginen für gesamte entfernte Gebärmütter und Eierstöcke und eingelegte getrocknete Tomaten für abgeschnittene Klitoris. Ebenso schufen sie die Lebensmittelmarken Bürger, um jemanden beim Kochen zum Verbürgen in finanzieller und rechtlicher Hinsicht zu verpflichten. Sie kochten mit Knoblauch, um Juden zu meinen und zu bezichtigen und zu schädigen.

Nichts war Zufall und das Schlimmste war, sie selbst stellten ihren Lebensunterhalt und ihre Existenzrecht nie in Frage, aber bei den Anderen sehr wohl. Es gab keine normale Auslegung von den Grundbedürfnissen von Menschen. Es war in deren Welt immer mit einer zynischen Hinterlegung befrachtet und überfrachtet. Zudem gab es ein ständiges Kräftemessen und Vergleichen, was nie aufhörte. Auch dass unbeteiligte dritte Leute an diesen geheimdienstlichen regulativen Lebensstil, den die unbeteiligten Dritten nicht einzuhalten hatten und nicht sich in diese Welt begeben hatten und sich auch nicht hineinmischen wollten und auch nicht begeben wollten. Aber sie wurden in einen verbalen Kontext hingezogen, denen die sehr diffizilen Lügen dieser Personen und Personengruppen zugrunde lagen und so diese Stasileute auch nochmals artikulierten bei den für sie ausführenden Idioten. Es war auch so, dass die Taktik über Dritte zu spielen sprich Aktionen weit verbreitet war im Geheimdienst. Es orientierte sich viel an militärischen Grundstrukturen und eben auch Taktikführung. Diese Taktik wurde auch „über Bande spielen" genannt, wobei die Taktik noch verfeinert wurde, indem eine Band sprich Musikgruppe aufgetreten wurden lassen oder Billard spielen lassen oder eine Bande sprich eine Gruppe an Leuten installiert wurde und angestiftet wurde. Das Stiften wiederum wurde durch folgende Aktionen gemacht. Entweder durch sogenanntes kirchliches Messestiften oder Spendengelder stiften oder Banken stiften oder sonstige Sachen und Andenken stiften. Als Endpunkt sollte zumeist ein Auftragsmord oder ein sehr gefährlicher Denkzettel stehen. So wurde der Vorgang zumeist als ein angeblicher nicht nachvollziehbarer Akt gesehen und angelegt sprich organisiert. Durch die verschiedenen Menschenschnittmengen wurden auch immer größer werdende Massen bewegt. Man nannte diese Leute, die diese Vorgänge und geplanten Aktionen in Bewegung setzte und anstieß Läufer oder auch Motivator. Die Reduzierung der gesamten Aktionen auf wenige Anschubser nannte man auch Steinwerfer, wie wenn man Steine in einen See wirft und immer größer werdende Wellen daraus werden.

Zudem muss man auch sagen, dass in dem Kontext dieser Zusammenführungsstrategie verstanden werden muss, dass die Nazis oder besser gesagt Charlie Petrussek persönlich den Begriff prägte, dass hässliche Frauen nie jemand weglaufen würden und treuer sein würden. Deswegen rate er ein jeden seiner Schauspielkollegen eine hässliche Frau zu wählen. Die sogenannten Anbahnungen von diesen geheimdienstlichen Zusammenführungen wurden in sogenannter Kaltakquise gemacht. Das heißt es musste ein außergewöhnlicher Zustand bei diesen rausgesuchten zuzuführenden Personen, männlich oder weiblich war egal, herbeigeführt werden. Spruch sie mussten auf die emotionale Ebene geführt werden und gebracht werden, damit sie eine Liaison mit demjenigen oder derjenigen eingingen und genügend Bindungskraft zu diesen sonst nicht in das Beuteschema passenden Partner aufzubauen. Diese unegalen Partnerschaften wurden als sogenannte Haltepartnerschaften sprich Vertrauenspartnerschaften zu dem Zweck mit erhöhten Informationsgewinnungswert angebahnt. So war es auch bei den restlichen Tschechen und Osteuropäern, die wie ein niemals endender Strom nach Westeuropa strömten und diese Anbahnungsbeziehungen eingingen. Damals zum einen aufgrund von Nationalitätsanerkennungsdokumente zu erhalten und dann auch um die Spionageaufträge zu erfüllen. Als ich in der DDR war traf ich Susanne Albrecht und sie nahm mich mit in einen Trabant über Ungarn nach München. Susanne Albrecht hatte lange blonde Haare und blaue Augen. Sie war eine sehr sensible und sehr feinfühlige und doch sehr aufrechte und sehr moralische Person. Sie spielte im DDR-Orchester und sie lachte mit kleinen Seitengrübchen. Ihre Ohrläppchen waren mit Ohrsteckern geschmückt. Manchmal trug sie auch auf Partys große Ohrkorollen. Sie mochte die Farbe Gold und ging gerne auf die Faschingspartys. Sie fuhr mit dem DDR-Orchester rund in die kommunistischen Länder. Sie fuhr einen kleinen gelben Trabant und später eine gelbe Peugeot Ente. Sie hatte eine französische Austauschschülerin namens Anne Schultze Berge und half ihr manchmal aus der DDR zu kommen und war eine Freundschaft, die nie zerbrechen konnte, aber auf eine sehr harte Probe gestellt wurde, als sie Barbara Nowak und Maria Bogosyan geborene Nitzsche kennenlernten. Barbara Nowak war mit ihren anderen **Schandi-Psychiatrieprofessor** Hans Lauter ins Theater in Berlin gegangen, wo Barbara Nowak sich natürlich auch im Theatergraben bei den Musikern aufhalten durfte, weil Barbara angeblich eine Prinzessin war. Susanne Albrecht spielte Geige und liebte auch ihre Harfe und ihren Kontrabass. Anne spielte Blasinstrumente. Susanne war nicht das klassische Püppchen, sondern ein bisschen korpulenter, aber es stand ihr. Sie arbeitete als Hauswirtschafterin in DDR-Krankenhäusern. Barbara Nowak lullte beide ein und wollte, dass sie mich, die in der Zeit in Bayern und im Süden der DDR aufhielt, dass sie mich holten in die DDR und wieder zurückfuhr. Ich war Susanne unendlich dankbar, aber im Nachhinein wurde mir klar, was Barbara Nowak dieser Familie angetan hatte und was sie nicht erwähnte. Barbara Nowak ließ unerwähnt, dass sie für die Stasi arbeitete und ließ auch unerwähnt, dass sie mit Hans Lauter den Psychiatrieteufel der Stasi auf Susanne und deren Familie gehetzt hatte. Susanne Albrecht brachte Barbara Nowak später nach Münster und stellte sie ihrer Mutter vor. Ihre Mutter war die Folternonne meiner leiblichen Mutter und war die Großmutter meiner Tochter. Ich weinte, als ich mit Barbara Münster erreichte. Aus mehreren Gründen: 1. Dass Barbara Nowak es wieder geschafft hatte nicht die Wahrheit zu sagen und nicht differenziert hatte die Situationen darzustellen und 2. Dass ich nun von zwei Seiten umklammert war und 3. Dass Barbara Nowak wieder gutgläubige Leute gefunden hatte, die ihr ihre Opferrolle abkauften und glaubten. Dazu muss man wissen, dass Barbara Nowak in Paderborn bekannt war, da mein Großvater zusammen mit mir und meiner leiblichen Mutter in Salzkotten war und Barbara sich als die Aufpasserin meiner leiblichen Mutter ausgab, die nichts mehr sagen wollte, aufgrund deren erniedrigenden Lügentheater. Meine leibliche Mutter war schwerst eingeschüchtert und gefoltert worden, als wir zu Dritt in Salzkotten auftauchten. Die Bewohner in dem Dorf hatten sich als Juden ausgegeben und als angeblich deutsche Verwandte. In Wahrheit war es eine Falle, da meine Mutter zu schwach war nach meinem leiblichen Vater Alexander zu suchen und mein Großvater Jodokus einen Tipp bekommen hatte, dass mein Vater in Tschechien gefangen gehalten werden würde und dorthin entführt worden sei. Für die Versorgung meiner leiblichen Mutter, die er später abholen wollte, damit wir alle zurück in die USA kehren sollten, hinterlegte er nicht nur ein Bankkonto, sondern auch eine Versorgungssumme. Aber die Deutschen waren aber absolut falsch und verprassten das Geld allein und schickten meine leibliche Mutter wieder in ihr Stasigefängnis in Berlin. Die Leute in Salzkotten waren sogar so perfide, dass sie noch eine Vertuschungsfamilie Salmen und Christ gründeten. Alles mit der einzigen Unterschrift meines leiblichen Großvaters von damals. Sie erfanden 12 erwachsene Kinder meines Großvaters, die eigentlich aus der Familie Nitzsche und aus Folternonnen gemischt bestanden und teilten das Geld widerrechtlich unter sich auf. Ich hatte auf einmal eine zusammengelogene Familie, die sich zusammensetzte aus 1. Leuten die meine leibliche Mutter gefoltert hatten und 2. Kinder die entführt worden waren von Barbara Nowak und 3. Aus Geschwistern und Familienangehörigen der Familie Maria Bogosyan geborene Nitzsche und eben Franz Mayinger an der Spitze! Mein Großvater kam nicht mehr lebend aus Tschechien zurück. Denn er wurde dort erschossen von einem Bruder der Familie Mayinger. Vorher gingen wir in ein Theater, wo Charlie Petrussek als Pantomime Charlie Chaplin auftrat. Danach eilten wir durch Prag und dort wurden ich und mein Großvater gefangen genommen und in einen Keller gebracht. Mein Großvater wurde ohne weitere Erklärungen als angeblicher Kalte Kriegsfeind der Tschechen und der UDSSR erschossen. Ich kam nach NRW zurück über die Märchenstraße mit Barbara Nowak und Walter Nowak. Es war eine schreckliche Fahrt. Ich heulte die gesamte Zeit und fragte mich warum diese Agenten nur logen und ungenau sprachen und nur alles nie richtig sagten. Ich kam damit nicht zurecht. Als beispielsweise Barbara Nowak mir sagte, dass ich ein Eis bestellen wollte, tat ich das und bestellte wie immer Stracciatella! Meine Lieblingssorte. Sie aber zeigte mit dem Finger auf die Erdbeersorte und sagte, dass ich diese Stracciatella Sorte doch so gerne äße. Ich sah sie an und sagte, dass ich aber das richtige Stracciatella haben wollte. Zum Schluss nach langen Debatten gab ich entnervt auf und nahm das Erdbeereis und marschierte schnurstracks zum Mülleimer. Barbara Nowak war so aggressiv, dass ihr falscher Deal mit dem Eisverkäufer nicht funktionierte, dass sie mir eine Ohrfeige gab. Ich fragte sie ob sie als meine Nichtmutter noch alle Tassen im Schrank hätte und dann wurde sie kleinlaut und sagte, dass wir jetzt gehen müssten.

Ich wusste, dass Barbara Nowak langsam begriff, was sie sich selbst mit ihren Lügen angetan hatte. Denn als wir einmal in Münster waren, hörte ich sie nachts reden mit einer einstigen Folternonne und ihrer Vertrauten. Sie sagte, dass sie sich das alles nicht verzeihen könne und dass sie einen Riesenfehler begangen hätte und töricht gewesen sei zu glauben, jemals lebend aus diesem Schlamassel rauszukommen. Sie weinte und es war klar, dass sie sich verschätzt hatte. Sie sagte, dass sie Verwandtschaft in Niedersachsen hätte und dass sie glaube, dass man sie jetzt umbringen werde. Diese Folternonne, die ihr eigenes Geheimnis nie preisgab und eigentlich zur Aufklärung hätte beitragen können, schwieg. Sie hatte eine Absprache mit Jupp Joachimski, dass er, wenn sie schweigen würde über den Foltermord in Deutschland/Russland an meiner leiblichen adeligen und jüdischen Mutter aus den USA, ihrer eigenen Tochter Susanne Albrecht nichts passieren würde. Zum Preis dazu musste diese Folternonne nicht nur Kinder von Ermordeten aufnehmen und andere Leute pflegen, sondern auch medizinische geheimdienstliche Dienstleistungen erbringen und erhielt auch noch Rente dafür. Sie selbst stammte aus Ostdeutschland und galt zu DDR-Zeiten als Ausreisewillige sprich Systemverräter für die Stasi. Sie hatte einen Deal auch mit Barbara Nowak. Barbara Nowak organisierte illegaler Weise mit meinem Geld deren Ausreisen aus der DDR und deren falsche **Identitäten**. Diese Gruppe hieß Wolfsrudel und setzte sich aus Nachbarn in dem Hochhausblock in DDR, wo ich eine Zeit lang gewohnt hatte zusammen. Die Familien hießen Blumoser und Bauer und Albrecht und Schmidt und Müller und Traue und Keller und Netsch. Man muss dazu wissen, dass diese Familien aus zwei Konstellationen bestanden: 1. Die einen stammten aus der DDR oder Osteuropa und arbeiteten für die Stasi und wurden von den eigenen Leuten an der Ausreise gehindert! Und 2. Die anderen stammten aus der DDR oder Osteuropa und arbeiteten nicht für die Stasi und wollten nur aus der Diktatur. Barbara Nowak unterschied nicht. Es war ihr eigentlich egal, womit sie ihr Geld verdiente, aber sie tat alles um ihren Sonderstatus zu erhalten und möglichst viel Geld einzuspielen oder zu erpressen. Das war der zweite Deal sprich eigentlich zeitlich der vorherige Deal. Denn das war Barbara Nowak's Anfangsverbrechen, denn sie begann, so wie es ihr vorgegeben war, die Fronten zu vermischen. In spätere Zeit zeigte sich, dass ihre perfide

Strategie und die ihres Politbüros aufging. Denn es gingen viele Morde auf die Konten, der damals als Stasiflüchtlinge getarnte Stasiagenten. Diese Form der Filterung, wie sie dieses System nannten, gewährleistete der Stasi, dass 1. Keine wichtige Person ungehindert und unerkannt flüchten konnte und 2. Dass der Kenntnisstand über die Diktatur DDR möglichst gering blieb. Zudem machte später Barbara Nowak noch weitere Aktionen, die einen Vertuschungseffekt hatten. So fuhren wir einmal in einer Nacht und Nebelaktion von München in die DDR. Dann trafen wir uns in einen alten evangelischen Pastorenhaus und gingen in den Keller, wo ein Tunnel ausgehoben war. Man muss dazu wissen, dass es das Jahr 1986 war und die Leute, die dabei waren auch und vor allem Stasiagenten und Stasispitzel waren. Was war geschehen, dass diese Leute so panisch werden ließ? Ganz einfach es war eine Postkarte von einen in Osteuropa gefangengehaltenen Juden in die USA gelangt und dort wurde die Bevölkerung hellhörig. Denn niemand im Westen ahnte von diesen Millionen gefangen gehaltenen Juden und Zwangsarbeiter auf der osteuropäischen Malignonlinie. Auf dieser Karte war Kohlestaub und sogenannte leichte Spuren von Mineralienabrieb. Um diese Tatsache und deren finanzielle Verstrickung nicht auffliegen zu lassen und auch die Bedeutung für die Wirtschaftlichkeit der DDR und den gesamten Ostblock nicht zu zeigen, gruben diese Stasileute diesen unterirdischen Tunnel und machten noch Dokumentationsfotos. Diese versandten sie dann an westdeutsche Behörden und meldeten sich, obwohl alle bereits in Westdeutschland angemeldet waren und bereits Ausweispapiere hatten, offiziell an und erhielten damit sogar offizielle Zweitpapiere mit anderen Namen. Das Schicksal der Juden in Osteuropa war egal. Als Beleg für deren Ankunft wurde die sogenannte Waldschmidt Siedlung in Waldperlach gebaut. Zum einen das Haus der Familie Peter Schmidt und Familie Mayinger-Paul. Aber das war nicht nur das einzige Mal der Vertuschung. So war auch eine spektakuläre Flucht mit einem Heißluftballon inszeniert worden. Warum? Ganz einfach! Denn es waren die Riesenflugwerften mit ihren überwachsenen Hallen aufgefallen auf der Höhe von Rumänien und später in der DDR im sogenannten Industriedreieck. In diesen Hallen wurden Zeppeline gebaut. Sogenannte Kampfzeppeline. Diese Zeppeline kamen unter anderem auch in den Nazifilmen vor, wo sie als Propagandafilm bezeichnet wurden, damit das internationale Echo nicht zu hohe Wellen schlug, nachdem Fehler in den Dokumentationsfilmen aufgetaucht waren und neuartige für die Neuzeit sprich 90ziger typische Laternen aufgefallen waren. Trotz Schwarz-Weiß Film. Diese Forschung in der Luftfahrt war weiter betrieben worden und wie zum Beleg für deren damalige Existenz, wurden diese Hallen auch später nachgebaut in dem wiedervereinigten Deutschland und später in Tropical Island umgewandelt. Zudem wurden dann auch die Mauertoten verschwiegen, denn es wurde gesagt, dass jeder intelligente Bürger der DDR von allein über die Grenze käme. Mit einem dieser Zeppelin sollte ich von einen blonden Stasiagenten einen tschechischen Verwandten von Andreas Scheuer auf der Golden Gate Bridge entführt werden. Dabei muss man wissen, dass ich damals circa 30 Kilo wog und sehr schlank war. Er hatte mir eine Spritze in den Hals verpasst während mein leiblicher Vater Alexander und mein Bodyguard auf der Golden Gate Bridge in Manhattan in einem Auto im Stau standen. Sie zerrten mich aus dem Auto und schleppten mich in den Zeppelin über die Rohre die auf beiden Seiten wie Geländer Seile gespannt waren in die Höhe. Ich hing wie ein nasser Sack über die Schulter geworfen runter. Ich hatte Stöckelschuhe an und verlor einen dabei. Als ich aufwachte, kratzte und biss ich bis er mich losließ dieser blonde Rüpel. Es war fast wie im James-Bond-Film nur, dass ich eben vorher nicht im Zeppelin saß, sondern damit eigentlich verschleppt werden sollte. Ich entkam diesen Trottel, wie alle von mir. Die Leute wurden inhaftiert und abgefangen. Ansonsten muss man wissen, dass die Stasi sehr oft diese Kampfzeppeline nutzte, weil sie geräuschlos und sehr energiesparend waren und unter den Radar durchfliegen konnten. Die damalige Stasinazi nutzten eine Technik die sich mit den Begriff Mit den Wolken fliegen betitelte. Dabei gab es zwei Ausführungsmuster: 1. Entweder sie stellten die Wolken selber her mit Chemikalien, die sie aussprühen ließen über sogenannte düsen auf der Oberflächenkappe des Zeppelins und auf der Unterseite und auf dem Mittelstück der Fahrkabine. Es war dann wie eine künstliche Wolke, die aber die Dichtigkeit einer undurchmessbaren realen Unwetterwolke hatte. Oder 2. Sie flogen mit bereits vorhandenen Wolken und nutzten das Wetter. Manchmal schossen sie auch Chemikalien in die Stratosphäre umso günstige Wetterbewegungen zu schaffen. Heutzutage ist das gesamte bekannter in der Landwirtschaft und in Entwicklungsländern mit wenig Niederschlag. Aber immer musste man als normaler Mensch, die Schlechtigkeit dieser Aktionen verstehen, denn nichts war umsonst, wie Jupp Joachimski sagte. Und der Folgesatz war dann: „Nur der Tod und auch der kostet das Leben!".

Auch in der Unterhaltungsindustrie setzten die Stasinazis alles daran im Jahr 1985 alle Leute, die sie ablehnten oder ihnen im Wege standen oder sie ignorierten oder sie fern hielten von sich, so wie ich in Gänze, zu demütigen. Am Schlimmsten war es mit den sogenannten ersten „Kino" in München. Dazu muss man wissen hatte ich einen Flüchtlingstreck über Rosenheim geführt. Die befreiten jüdischen Zwangsarbeiter waren entkräftet und konnte, so zynisch das klingen mag, aber das wird in der Medizin Hungerübersättigung genannt, nichts zu sich nehmen. Es war der einzige Flüchtlingstreck, der US-amerikanische Papiere erhalten hatte. Ich hatte extra eine Druckplatte und einen Druckblock anschaffen lassen. Ebenso Farbe und Setzschrift. Wir nahmen das US-Wappen und stempelten alle Papiere mit deren Namen. Sie kamen direkt aus Tschechien. Als Identifikation wurde auch noch ihre Häftlingsnummer, die sie alle auf dem Arm trugen in die Papiere eingetragen. Wir gingen über Tschechien nach Österreich und von da kamen wir in Rosenheim an. Für diese eine Nacht konnte ich ein Pflegeheim in der Nähe von Rosenheim organisieren. Ich hielt Nachtwache und es überlebten alle. Ich wollte sie allesamt aufpäppeln lassen, bis sie wieder zu Kräften gekommen wären, dachte ich mir, wären parallel dazu auch ihre Krankheiten ausgeheilt. Es kam teilweise leider anders. Es brach obwohl regelmäßig geputzt worden war, eine Diphterie und Cholera aus. Trotz meiner Putzfrauen und Pflegepersonal was ich hinschickte, bekamen die Leute es dort nicht in den Griff. Ich musste handeln und ein paar in Kurheime verlegen. Einige starben und wurden in Rosenheim beerdigt. Ich werde es mir bis zum heutigen Tag nicht verzeihen, dass ich Katharina Petrussek und Julia Walter und Jessica Traue einige Nachtwachen übernehmen ließ. Sie waren überfordert und fühlten sich wie Gott. Kathrin Leiacker alias Stephan war dieselbe und ich konnte ihre wütenden Schweißausbrüche manchmal förmlich riechen. Nach einer Woche ließ ich die US Army regelmäßig von Garmisch-Partenkirchen nach Rosenheim fahren und Alle auf den Laufenden halten. Sie versorgten die Leute sehr gut. Parallel dazu musste ich in die Irrenanstalt nach Rosenheim zu Barbara Nowak, die von Gisela traue und Ingrid Wolf alias Blumoser gepflegt wurde und enorme Angst hatte, weil sie einen Stasimord an Gerhard Igel Sohn mitbekam den beide zusammen mit ihren Töchtern Jessica Traue und Birgit Wolf alias Blumoser in der Zeit verübten. Ich ahnte auch nie, dass Kathrin Leiacker und ihr Bruder Stefan Leiacker Tschechen waren und auch in Eva Maria Reisch alias Eva Kasper und Gassner und Fechner und Kranz und Hubka Nachbarschaft gelebt hatten. Aber es vervollständigte sich langsam das Bild und zeigte auch das Ausmaß der Jahrzehnte langen Überwachung und Kontrolle und Beobachtung durch die Stasi. Delphine Krantz alias Delphine Hubka alias Prinzessin von Sachsen Coburg und Gotha hatte zu ihren illegalen geheimdienstlichen Namen Prinzessin von Sachsen Coburg und Gotha einen Deal mit den Elysée Palast gemacht und ließ den aufrechten und normalen Soldaten Francois Mitterrand, wie er hieß opfern und ermorden. Dafür erhielt der Verräter an Mitterrands Seite der Stasi Benoît Duprès den angeblichen Vaterschaftstitel für Delphine und wurde als Held in Belgien gefeiert, da er seine uneheliche Tochter Delphine, die in Wahrheit die leibliche Tochter von Dieter Hubka ist und war. Dazu muss man wissen, dass Benoit Dupres im Auftrag von den Stasitschechen Dieter Hubka meine Angehörigen ermordete und ermorden ließ und auch noch die Sache mit dem Prinzen des Bourbonischen Adelshaus in Paris einfädelte. Benoit selbst gab sich als treusorgender Stiefvater von Delphine Krantz alias Delphine Hubka alias Prinzessin von Sachsen Coburg und Gotha aus und als illegaler Deal erhielt er eine Apanage aus dem erstohlenen Prinzessinnentitel und eine Auszahlung und eine Rente aus dem Erbe meiner Familie. Ebenso bekam sie als Deal illegaler Weise die Chemie- und Ölfirma L'Aquitaine und Kosmetikfirma und Medizinfirma Roche und die Wassermarke Evitan und Anteile von Boeing. Man kann wirklich sagen, dass die Sache in Paris auch zu dem Programme **Royal Mommies** hinzugerechnet werden kann und dass nichts aus Zufall geschah. Benoit war auch der Drahtzieher der Mordversuche an mir in Australien und in Thailand, als ich schlafend in dem Bug einer Segelyacht schlummerte. Als ich das hört war ich komplett schockiert. Aber es wurde noch besser. Sobald ich diesen Zusammenhang spitzbekam und offiziell Beschwerde einlegte, wurde mir von der deutschen Justiz erklärt, dass ich mich doch nicht so haben sollte und diese Leute mich bestimmt in Ruhe ließen, wenn ich ihnen noch mehr Geld und Vermögen in den Rachen werfen würde. Ich schäumte! Auch diese damit verbundene Vermögenswerte aus diesem Deal erhielt ich später zurück. Eine Nutznießerin war auch Katharina Petrussek und die hatte bereits mit ihrer Tat dem getöteten Adeligen in der Ritterrüstung im Burggraben, zusammen mit ihrer Mutter Barbara Petrussek, bewiesen, wie nah sie dem Programm **Royal Mommies** und was anscheinend auch Vätermorde und Onkelmorde beinhaltete, stand!

Es war auch so, dass beispielsweise die Stasi sich zielgerichtet auf irgendwelchem Gebiet herausstechenden Personen absichtlich raussuchten und diese umzingelten. So war es auch bei den Romanows, die von der Stasi auf den Ufersteg zu ihrem damaligen Dampfer am Rande des Schwarzen Meeres. Sie waren die letzten Nachfahren des russischen Königshauses und wurden zunächst jahrelang gefangen gehalten in einen Gulag. Danach ließ man sie zynischer Weise trügerisch frei und behauptete sie könnten das Land verlassen und dann wurden sie auf dem Weg in die Freiheit erschossen. Die Pressemeldung gelangte nie in den Westen und niemand hatte auch nur einen Hauch einer Ahnung. Ich musste mich als Anweisung hinter einen Gebirgszug verstecken und sollte mit einem Feldstecher berichten. Ebenso schufen diese Stasileute neue Königshäuser in und aus Osteuropa, die nie existiert hatten. Sie fälschten Belege dazu und erfanden Privilegien. Nichts war ihnen wirklich heilig. Manchmal ließen die Stasileute noch zur Strafe und sich zu rächen für ihre Unterprivilegiertheit die echten Adeligen sehr schwere Arbeit verrichten. In meinem Fall war es das Flachsspinnen mit ungeschützten Händen und da ich mich weigerte. Erfanden sie daraus die Geschichte und die Legende des historischen polnischen Weberaufstandes. Auch die Legende über den 30-jährigen Krieg in München und die Schweden, die sich rächen wollten, war eigentlich eine verdrehte Tarnlegende zu den Ereignissen der schwedischen Soldaten in Osteuropa. Es war so, dass die schwedischen Soldaten teilweise ihr Leben ließen, blieb unerwähnt. Auch dass ein schwedischer Soldat ihnen Rache geschworen hatte, weil diese Stasileute ihm seine Familie, die er mitgenommen hatte nach Osteuropa nicht nur unterwandert hatten, sondern zerstört. Sie hatten diesen schwedischen Soldaten, verwundet auf einer kleinen Felseninsel in einen bulgarischen See inhaftiert und unversorgt liegen gelassen. Ich bat darum zu ihm gebracht zu werden und nahm seine Tochter Hanna mit. Karl Mayinger und Walter Winkler fuhren uns mit einem Schnellboot dorthin. Als der Vater seine Tochter Hanna sah war er glücklich aber sehr entkräftet und erschrocken. Die US Army sollte uns per Hubschrauber von der Insel im See anholen. Aber es war eine Falle. Die US Army kam und die Stasileute hatten bereits gewartet. Sie warfen von ihrem am Uferrand versteckten Schnellboot ein Drahtseil mit einem dranhängenden Anker zuerst in die Steuerungsrotoren am Heck des Hubschraubers und dann ein weiteres in den Hauptrotor. Erst verfing sich die Hubschrauber und drehte in der Luft. Er hatte die Steuerfähigkeit verloren. Dann flogen Funken und dann stürzte er ins Wasser. Ich stand schockiert mit einem weinenden Kind und einen toten Vater zurück. Sie ließen uns dann von der Insel abholen und ich musste irgendwie anders aus dem Land kommen. Wir flogen dann mit dem Flugzeug über Bukarest und mit dem tschechischen Horst Teltschik als Flugbegleitung. Aber ich musste eine Zeit lang wieder mit den Stasileuten übernachten und dabei sein und ich hasste es. Aber ich tat es Hanna zu liebe. Barbara Nowak war auch dabei. Barbara Nowak und Maria Bogosyan teilten sich zusammen ein Ausweispapier von der Stadt München auf den Namen Barbara Mayinger. So musste Barbara in der Zeit über die Landroute sprich Griechenland nach Westeuropa gelangen. Maria Bogosyan geborene Nitzsche war in der Zeit in München und in Berlin. Da zu dem Ereignis in der Villa Flora diese Doppelnutzung aufflog, wurde zur Tarnung ein zweifacher Termin zur Führerscheinausstellung vereinbart. Ein Führerschein mit Karl Mayinger Junior und Barbara Nowak wurde auf den Namen Barbara Mayinger ausgestellt und ein zweiter Führerschein mit Peter Meier und Maria Bogosyan geborene Nitzsche wurde auf den Namen Barbara Salmen ausgestellt. Die Adresse wurde beide Male zunächst die Adresse Yorckstraße angegeben. Danach wurde die eine Person Barbara Nowak nach Ibbenbüren umgemeldet und Maria Bogosyan geborene Nitzsche nach Moosach. Um die Reisezeit zwischen München und Bulgarien zu vertuschen, wurde Lydia Stein alias Klein alias Wagner als angeblich geflüchtete Ehefrau vor ihren brutalen Ehemann der eigentlich ihr Bruder Peter Meier war, zusammen mit Tanja Mayinger nach Griechenland geschickt. Sie machten dort Urlaub und später fuhr Tanja Mayinger als Animateurin immer wieder in den Robinson Club, um ihre Tarnungslügen und Vertuschungslügen zu verhandeln und auszubauen und zu verfeinern. Ebenso half ihr Barbara Nowak dabei und gab sich als lesbische Geliebte aus. Auch hatte Barbara später eine lesbische Freundin Camela, die Barbara auch verriet. Das war eigentlich immer in diesem Milieu so, dass jede Aktion für fremde Menschen mit Deals für sich selbst zum eigenen Nutzen verbunden war. Nie war irgendetwas einlinig oder akkurat oder direkt oder normal. Beispielsweise war Barbara in ihrer direkten aktiven Zeit sehr egomanisch und sehr rücksichtslos. Es war auch so, dass Karin Schmitz später **dieselben Aktionsmuster und hinterlegten Straftatsmuster** aufwies. Zum einen stieg sie aktiv in das Entführungsmuster der Kinder von den Eltern ein und zog so Chiara und Anna Müller auf.

3.4 Die Abenteuer in Asien

Man muss dazu wissen, dass Karin Schmitz als Grundschullehrerin sich in das Rahmenprogramm und in die neue allgemeine Bildungsreform, welche von Jupp Joachimski und seiner Familie, die aus Lehrern bestand angestrebt worden war, fügte. Diese sogenannte harmlos wirkenden und angeblich Verbesserungsreform daherkommende Verwaltungsreform mit evidenten Streichungen und absolut nicht lerngerächten Inhalten und auch Umsetzungsformen und auch Schulungsformen daherkam. Das bedeutete, dass die Reformation des kompletten Bildungssystem ein Puzzlestück in der kompletten Umformung und Umbildung des deutschen Staates war. Früher war das Bildungssystem In Deutschland klar strukturiert vor dem Fall der Mauer auf der westdeutschen Seite in drei Ausbildungswege und der erste Weg war das Abitur, welches vom Kindergarten über die Grundschule ins Gymnasium überging und mit einem normalen Studium an einer normalen Universität fortgesetzt wurde oder mit dem Abitur der Allgemeinen Hochschulreife endete und in einer Berufsausbildung fortgesetzt wurde. Der zweite Bildungsweg war vom Kindergarten über die Grundschule dann die Hauptschule und nach zwei Jahren in der Hauptschule in die Realschule und dann nach dem Erhalten des Realschulabschluss folgte die Erwerbung auf der Fachoberschule kurz FOS genannt das Fachabitur, dass nur zum Studium befugte von der vorher gewählten Fachrichtung. Es gab drei Fachrichtungen: Soziales, Technisches und Wirtschaftliches. Zudem wurden die Studiengänge nur an Fachhochschulen angeboten und die erworbenen Titel durften nur mit dem Kürzel FH getragen werden. Der dritte Bildungsweg war vom Kindergarten über die Grundschule hin zur Hauptschule und dann mit Ende der Hauptschule eine Berufsausbildung. Diese Regelung bestand vor dem Fall der Mauer auf der westdeutschen Seite. Vor dem Fall der Mauer bestand auf der ostdeutschen Seite ein sogenanntes Gesamtschulen-System. Das wurde polytechnische Schulbildung genannt. Das Studium wurde nicht nach Leistung vergeben, sondern nach Parteizugehörigkeit. Dadurch wurde die Bildung vieler Leute verhindert. Ebenso wurde die die Bildung durch sogenannte systemische DDR- Stasitechnische Behinderungen sprich Barrikaden behindert. So wurden Leute nicht zu Schulen zugelassen oder vorher inhaftiert.

B.9 Abbildung des allumfassenden dreigliedrigen Stasitechnischen Begriff des geheimdienstlichen Spielens und deren Zeitdimension

Nach dem Fall der Mauer wurde das polytechnische System als veränderte Halbform der neuen Bildungspolitik integriert. Danach wurden die Mischformen und die Ausformungen der Bildungsmöglichkeiten in Deutschland komplett erweitert. Dadurch entstand nicht nur eine Unübersichtlichkeit in der Bildungslandschaft, sondern eine Form der Desorientierung. Aber das passte in das System der Stasileute, denn es war eine Art Volksverdummung, die in der Bologna Reform gipfelte. Durch diese Reform wurde das Bildungsniveau nach unten angepasst und auch die Zugangsvoraussetzungen wurden nur an die Fähigkeiten dieser Familien Mayinger angepasst. So komisch das klingen mag, aber es war wirklich so, denn Tanja Mayinger machte ein Schulpraktikum in der Zeit im Kultusministerium und ließ unbefugter Weise mehrere Gesetzesentwürfe über ihren Tisch wandern und ließ die unterzeichnen von den Staatssekretären. Sie wurden weitergeleitet nach Berlin und dort beschlossen. Franz Mayinger gestaltete die Studienordnungen mit und Arnulf Melzer kreierte über die Hochschulrektorenkonferenz die Universitäten. Durch die Einführung von Kindertagesstätten auch KITA sprich Kindertagesstätte genannt für die kleinsten Babys wurde zuletzt das DDR-Bildungssystem vollkommen übernommen. Vor den KITA waren noch die Schulhorte eingeführt worden und davor die Ganztagsbetreuung. Zudem wurden Mittelschulen gegründet und auch die Lehrinhalte wurden gekürzt und umbenannt und mit einer komplett desaströsen Allgemeinbildung und auch ohne die Möglichkeit des selbstständigen Denkens ausgestattet. Jupp Joachimski war einer der rechtlichen sprich in staatliche Regularien Umsetzer und selbst als angeblicher Kirchenlehrer mit seiner Ziehtochter Kathrin Traue und seinen anderen Mittäterinnen wie Steffi Gänse und Eva Maria Reisch alias Eva Kasper und Claudia Höfer- Weichselbaumer und Gunda Nitzsche, die sich allesamt als unterschiedlichste Lehrerinnen deklarierten und in der Bildungskommission im Bundestag und im Bundesrat Anträge einreichten. Man muss wissen, dass bei diesen Lehrerinnen immer 1. ein Klima der Abhängigkeit herrschte und 2. zumeist bestimmte zu unterrichtende Klassen aufgrund bestimmter nutzbarer Stasinazimerkmale herausgesucht wurden und 3. die Verhaltensweisen in den Unterrichtsstunden exakt stasikonform antrainiert wurden ohne die wirklichen Unterschiedlichkeiten zu erklären. Es war nämlich vor der Bildungsreform ein deeskalierendes **LernKonzept** in den jeweiligen Bildungszweigen durchgesetzt worden. Konkurrenzkampf war auch vorhanden, aber nur auf den normalen und fachlichen Ebenen. Aber aufgrund genau dieser Form des Auslösens der sogenannten Klassenkämpfe in stasideutsch, was die eigentliche Hinterlegungsform dieser Bildungsumgestaltung war, wurde eine ständige Rotation und ständige Unruhe in die Klassenzimmer und noch darüber hinaus transportiert. Es wurden damit Schüler zu Täter erzogen, da das Bildungssystem schon mit dem Ziel des **Klassenkampfes im Klassenzimmer** anfing. Die damit transportierte Botschaft auch nach der Schullaufbahn hinaus, war eine Zerklüftung und Zerspaltung der jüngeren Generation und damit der Gesellschaft. Psychologisch betrachtet, wurden verschiedene Ausbildungsmodelle divergent in den verschiedenen Jahrzehnten gefahren. So wurde das generelle Schwarz-Weiß-Muster grundsätzlich geprägt. Was beinhaltete das? Ein Mensch macht im Laufe seines Lebens verschiedene Erfahrungen und daraus resultieren verschiedene psychologische Erfahrungswerte sprich Denk- und Verhaltensmuster. Bei den Plänen dieser Stasinazifamilie wurde ein sogenanntes A-B-System sprich Gegensystem von Jahrgangsstufe zu Jahrgangsstufe angewandt. So wurden der ersten Jahrgangsstufe ein positives besetztes Muster für bestimmte Situationen gegeben und der darauffolgenden ein negativ besetztes Muster in den von der vorherigen Klassenstufe positiv besetzten Situationen. Dadurch entstand ein ständiger Reibeffekt und eben ein **sozialistischer Klassenkampf.** Später wenn die Schüler erwachsen waren setzte sich dieses Muster des Kampfes und des Vergleichens fort ohne jemals zum Stillstand zu kommen. So wurde von Jupp Joachimski und Gunther Schmid und Franz Mayinger ein System geschaffen, was alle psychologischen Prägemuster abdeckte und damit allumfassend manipulativ bei weiterer Förderung dieser damaligen Personen zu einem Netz auf sehr hohen Ebenen Deutschlands ausgebildet. Es war damit eine unsichtbare Glasdecke, die kein Durchkommen für Außenstehende zuließ. Das bewirkte, dass die Zerklüftung der Gesellschaft an den Einzelnen damals ausgebildeten Schülern hing und nur Franz Mayinger und Jupp Joachimski sich selbst als Mediatoren sprich als Kit dieser Bevölkerungsgruppen deklarierten und nur sich befugt sahen zu schlichten. Das hatte das Problem wiederum, dass den Familienoberhäuptern der Nazistasifamilie noch eine übergeordnete Vertrauensstellung gegeben wurde ohne in freien Wahlen bestehen zu müssen. Dadurch wurde ein unheimliches Machtpotential über die gläserne Decke geschaffen. Ein ständiges Kräftemessen und Vergleichen war Pflicht. Freundschaft und normale Geisteshaltungen wurden komplett ignoriert und als dumm dargestellt, da es als langweilig bezeichnet wurde. Im sozialpolitischen nennt man diese Leute jedoch, die eine normale und ruhige Geisteshaltung pflegen den Kit sprich Verbindestoff der Gesellschaft und aufgrund des antrainierten Fehlens dieser humanistischen Geisteshaltung konnten dieser Zerfall von verschiedenen Gesellschaften erst passieren. Man muss sich auch vorstellen, dass diese Art und Weise der Bildung nicht nur in der DDR und später in Gesamtdeutschland durchgeführt wurde, sondern auch im Ausland. Man muss auch verstehen, dass in diesem neuen System auch keine wirklichen Entwicklungsmöglichkeiten mehr vorhanden waren.

Die Schüler hatten nur die Wahl entweder die Heilslehre zu schlucken und zu lernen oder aus der Schule und aus Deutschland zu fliehen. Es war dieselbe und geplante Entwicklung bei der Maria-Ward-Schule zu sehen und ich sah diese Entwicklung mit Grausen. Man muss verstehen, dass Freiheiten in den Unterrichtsstunden nicht geduldet wurden. So wurde die Polizeiausbildung auf Konfrontation ausgerichtet und später wurde sogar in den USA eine Art Klassenkampf weiße Bevölkerung gegen schwarze Bevölkerung allein durch diese osteuropäischen Familien Traue und Bogosyan und Schüßler und Mayinger und deren Ausläufern ausgelöst. Es war schrecklich zu sehen, wie diese osteuropäischen Leute ihren Hass über die USA ausschütteten, weil sie den Dritten Weltkrieg, wie sie den Kalten Krieg und die Zeit danach nannten, gewinnen wollten. Zudem muss man wissen, dass jede Klassenstufe in Deutschland mindestens eine Tote oder einen Toten aufzuweisen hatten. Es war Terror von diesen osteuropäischen und deutschen Stasinazifamilien auf der primitivsten Stufe und es fing mit Psychoterror und verbalen Verletzungen an. Diese Primitivität und diese Gewaltausübung war Pflicht in der Schule und niemand aus der zivilisierten westlichen Welt kam damit wirklich zurecht. In den USA mussten sogenannte Police-Officer angestellt werden, um die fälschlicherweise einreisenden Osteuropäer und ihre Aggressionen einzufangen. Durch die Zerstörung der alten Ordnung wurde auch laut diesen Stasinazifamilien eine neue Weltordnung und eine neue Zeit ausgerufen. Als ich meine Tochter Clara von Australien auf einen Zwischenstopp mit Barbara Nowak und Walter Winkler nach Berlin mitnehmen musste, war ich beispielsweise nur schockiert. Nicht nur, dass sie Clara die damals 3 Jahre alt war, in ein Schwarzwälder Kostümchen pressten, dass auch aussah wie ein Funkenmariechen Kostüm und bei dem Stasiprogramm 100 Kinder für die Welt auftrat, machte mich das so wütend. Weil Clara's Mutter, die sie bis zu diesem Zeitpunkt sehr liebevoll aufgezogen hatte und ihr wirklich alle Bildung zukommen hatte lassen, war aufgrund von Walter Winkler Lügen verleumdet worden und ermordet worden. In Australien. Clara wusste nicht wirklich, was geschehen war und befand sich zu diesem Zeitpunkt in der Wohnung an Land von ihrer leiblichen Mutter. Barbara Nowak in ihrer „Großmütigkeit" ließ sie holen und sagte, dass sie sich als Adelige, um das „arme Waisenkind", obwohl sie der Ursprung dieses Waisendasein war, kümmern. Die Wohnung war klein aber ordentlich und sauber. Clara war Kontakt zu Fremden gewohnt, weil innerhalb der British Army viele Kollegen ihrer Mutter auf sie aufgepasst hatten. Was sofort auffiel, war der Korbgeflochtene Trennvorhang. Barbara Nowak ließ diesen Durchgangsvorhang gleich mitgehen und hing ihn in der Wohnung in der Yorckstraße auf. Clara wurde also einfach nach Berlin ausgeflogen und wurde dort nicht nur geschminkt, sondern auch in dieses Kostümchen gesteckt. Sie war ein absolut liebes und wunderschönes Kind! Mit blauen Augen und einem Lächeln mit Grübchen, das hatte ich vorher noch nie gesehen. Sie hatte gar nicht begriffen, dass ihre Mutter ermordet worden war und genau die Leute, die ihre Mutter ermordet hatten, nach Deutschland brachten. Ich sollte eigentlich von Berlin aus mit Clara in die USA fliegen. Aber es kam anders. Wie so oft bei Barbara's perfiden Plänen. Barbara ließ Clara in dieses Kostüm stecken. Und Jupp Joachimski bestimmt, dass Clara an vorderster Stelle am Zug der Kinder, wie er es nannte mitmarschieren sollte. Weil Clara so gut Englisch konnte und so klar sprach und sang. Parallel dazu hatte Barbara den britischen Botschafter von Berlin kontaktiert und ihm gesagt, dass sie eine „Überraschung" für ihn hätte. Ich wollte es noch verhindern, indem ich eifersüchtig spielte und Clara auch noch einen Bommel aus diesem lächerlichen Kostüm in grün und weiß rausschnitt. Einen Bommel an dem Kostüm selbst und einen auf den Hut, der Bommel und Federn zugleich trug. Sie sollte Robin Hood sein, wie ihr gesagt wurde und sie sollte das A-B-C Lernlied, welches britische Militärkinder zum Erlernen des NATO-ABC und die dazugehörigen Schutzmaßnahmen beigebracht bekamen, aufsagen und singen. Jupp Joachimski besprach es mit ihr vorher und sie sang aus voller Kehle. Der britische Botschafter wusste sofort, was das bedeutete und stellte auf stur. Es war eine Erpressung mit einem Kinderleben nämlich Clara's auf Kosten der britischen Armee. Es war eine Kampfansage und der britische Botschafter wusste das. Ich sah mit Schrecken, wie Barbara an den Lippen eines Adjutanten von ihm hing und mit ihm rumknutschte. Als der Botschafter nur einen Platz und ein paar Ausreisedokumente für die USA ausstellte und ich mit Barbara Nowak in Berlin bleiben musste, stimmte ich schweren

Herzens zu und schickte Clara mit ihren neuen Zieheltern in die USA. Es war nichts Neues wie Barbara Nowak und Walter Winkler agierten. Ich denke, dass Barbara Nowak alles auch immer mit Walter Winkler absprach. Denn sie sagte mir einmal als sie mir ein Messer an den Hals hielt, dass sie doch freundlich sei und dass ich ihr vergeben solle und dass sie das nicht gewollt hätte und das alles nur eine Reaktion auf den Druck der auf ihr laste sei. Dann befreite ich mich meistens aus ihrem Würgegriff und knallte die Türen zu. Danach stand sie wie eine narkotisierte Irre an meiner Zimmertür und sagte:" Sind wir wieder gut?". Ich hasste sie und ich wusste, dass sie mich genauso hasste. Es war eine Form der gegenseitigen Belauerung. Sogar für die Strafaktionen ihrer eigenen Leute machte sie mich verantwortlich. Ich fragte mich manchmal, ob Barbara Nowak jemals begriffen hatte, was sie tat und wie sie es tat und warum sie es tat und warum ihr die Leute sauer waren. Ich holte einmal Post aus dem Briefkasten in dem Wohnhaus und öffnete den Briefkasten mit dem Schlüssel. Der Briefkasten war übergequollen mit Zeitungen und Zeitschriften und Rechnungen für bestellte Waren aus einem Katalog und eine Nachricht aus Berlin via Postkarte. Es war zum Schreien. Später erfuhr ich, dass Barbara Nowak ihre Funktion in der DDR aufgeben wollte und auf die Abschussliste gesetzt wurde. Noch schlimmer war, dass sie als Doppelagentin eingestuft worden war und so eine Art Matahari war. Sie freute sich naiv, wie ein Kind über diese Postkarte ihrer besten Freundin Erika aus Berlin. Erika war die Tante von Thomas Georg Wenninger und auch eine leibliche Tante von Martin Magnus Müller alias Martin Mayinger und war eine entfernte Verwandte der Familie Peter Meier. Im Nachhinein wurde mir klar, dass 1. die Postkarte von der Stasi abgefangen worden war und 2. verändert worden war oder gesamt ausgetauscht! Auch von der Stasi! und 3. Dass das Verfahren was ich bezüglich Barbara Nowak Außerdienststellung geführt hatte, um meine leibliche Mutter und meine Familie und mein Vermögen rauszubekommen, gestellt hatte, zwar erfolgreich für Barbara Nowak, aber eine Katastrophe für mich selbst darstellte, denn Barbara hielt sich an keine Absprachen. Sie warf mir auch immer vor, dass ich sie in den Schatten stellen würde und dass ich sie entzaubern würde. Einmal lag sie in meinen Armen als ich 5 Jahre alt war und heulte sich aus, dass sie nie so hübsch und schön und intelligent sein werde wie ich. Nur zum Verständnis sie war 33 Jahre alt und ich war 5 Jahre alt. Barbara war so schizophren, dass sie mich dauernd als ihren dunklen Engel bezeichnete, aber ich war blond und ich war weder Engel noch Teufel.

Auch waren Kinder in den Augen dieser Stasinazileute keine Kinder, die 1. ein Recht auf ein eigenes und freies Leben hatten und 2. ein Recht auf Bildung und freies und schönes Erwachsenwerden hatten und 3. auch kein Recht auf Versorgung. Man muss sich vorstellen, dass der Begriff persönliche Freiheit bei diesen Leuten aus Osteuropa und der Stasi kongruent zu einem Begriff der gleichzeitigen Verpflichtung und gleichzeitigen Verantwortlichkeiten wie Erwachsene sprich Menschen war. Dadurch wurden diese Leute nicht nur zu Mittätern, sondern deswegen wurde die Pflicht der Eltern in den 90ziger Jahre in das deutsche Justizsystem aufgenommen. Nur gab es einen erheblichen Unterschied zwischen ausgebildeten Stasikindern, die aufsässig und manipulativ bereits in diesem Alter waren und den normalen Kindern, die keine Anreizung sprich keine eigene Tatausführung geheim halten mussten und doch besprachen mit den angeblichen Eltern. Diese Stasikinder blieben so überagiert und konnten sich nie in die Gesellschaft einfügen. Sie hatten immer die sogenannten Übersprungshandlungen. Ich hatte erwachsene Soldaten, die nach ihrer Ankunft in den USA noch immer von den traumatischen Erlebnissen erzählten, die sie in Bezug auf diese deutschen hellhäutigen Stasinazikinder gemacht hatten. Einmal wurde ein Soldat von genauso ein Kind mit einer Kalaschnikow auf offener Straße in Berlin dahin gemäht. Der kleine Junge ging wie ein ganz normaler Knirps auf den Soldaten zu und zückte das Gewehr und der Soldat hatte nichts geahnt und wurde erschossen. Dazu muss man wissen, dass wir das Jahr 1987 schrieben und auch Spielzeugpistolen und Wasserspritzgewehre bereits bekannt und genutzt wurden. Aber es war eine völlige Fehleinschätzung der Situation. Später schaffte Jupp Joachimski als Verhöhnung von erwachsenen Soldaten den Regenschirm der Marke Knirps. Dadurch wurde klar, dass alle Neuerungen aus diesen Jahren mit **bösartigen und kriminellen Grundmustern** hinterlegt waren, die ein schuldhaftes System schafften. Eine andere Kinderexperiment machte die Stasi in Afrika, wo diese Kinder sie Kindersoldaten nannte und so auch eine internationale zynische Beachtung erwirkte. Es war auch zu beobachten, dass diese Verstrickungen und auch **Grundmuster** beibehalten wurden. Egal, wenn ich Jupp Joachimski und Gunther Schmid und Franz Mayinger Straftaten ansah, wurde das Schema F angewandt sprich es war bereits ein **Grundmuster** hinterlegt und Abweichungen und Neuauflagen wurden verhindert. Diese Standardisierung war eine zynische Deklaration von Jupp Joachimski, dass jeder Mensch in Deutschland und rund um den Globus eine systemische Mitschuld trage an Jupp Joachimski Straftaten und an seinen Erfolg und an seiner vorherigen Verkennung seines Genies, wie er sich selbst bezeichnete. Im Grunde nach, würde jeder sagen, dass der Mann Jupp Joachimski in der Psychiatrie hätte bleiben sollen, aber genau das verhinderte die deutsche Staatsregierung. Genauso wie alles andere verhindert wurde, was diese straffälligen und Kriminellen ihrer gerechten Strafe zugeführt hätte. Es war immer wieder die Frage, ob diese Volksumtauschung, die Jupp Joachimski in diesem Vorgang auch deklarierte, um Deutschland eben durch Osteuropäer auszutauschen, bereits damals mit den regierenden Leuten in Deutschland angestrebt worden war. Denn wenn ich die Osteuropäer fragte, ob sie verstanden was ich sagte, schaute ich immer in fragende Gesichter. Jupp Joachimski nannte das eine Vernichtung eines bereits gestorbenen Volkes. Als ich das hörte dachte ich mir, was mit den damaligen ermordeten normalen Ausländern in Deutschland passiert war, hatte bestimmt nichts mit deren angeblicher Schuld an dem verlorenen Zweiten Weltkrieg der Deutschen zu tun. Ich versuchte damals noch die wirren Aussagen von Jupp

Joachimski in Worte und in logische Erklärungen zu fassen. Aber es war sinnlos. Denn ich kam immer zu dem Schluss, dass nicht nur alles illegal war und mein Privatvermögen betraf und hineinmischte und mich sinnloser Weise schädigte, sondern es war auch noch eine illegale staatliche deutsche Aktion, weil diese Terroristen auch noch später in Staatsämter gelangten, die sie nie erhalten hätten dürfen. Ich hatte aufgrund der unterschiedlichen rechtlichen Maßgaben das Problem, dass ich auch meinen Namen Sandra Caroline Mayinger nie geheimdienstlich nutzen durfte und auch das nie tat. Die anderen Mayinger Familien und deren Freunde und deren andere Verwandte um mich herum hingegen schon. Jeder benutzte den Namen Mayinger lediglich um geheimdienstliche Aktionen zu machen und immer, wenn ich nach Hause kam, waren fremde wütende Menschen in meiner Nähe, die mich und meinen Namen hineinmischten aufgrund deren geheimdienstlichen Aktionen. Meistens tauchten sie dann bei mir auf, da sich wieder Rechnungen von den anderen stapelten oder dass die Anderen wieder meine Gelder nicht an mich weitergeleitet hatten oder weil sie sich gegenseitig wieder angezeigt hatten sinnloser Weise, weil, jeder war von Geheimdiensten von ihnen war und die Polizei war auch dort sehr vorsichtig, um nicht als normaler Polizist zur Zielscheibe zu werden. Meistens waren es Delikte wie **Identitätsdiebstahl** oder Körperverletzung oder auch geheimdienstliche Aktionen mit meinen Namen und meinen Vermögen. Es war zum Schreien, denn mir wurde von Gunther Schmid auch verboten meinen Namen Sandra Caroline Mayinger abzulegen und wieder meinen alten Geburtsnamen zu benutzen. Auch wenn diese Leute, die geheimdienstlich eingestuft waren, anfingen Anzeigen gegeneinander zu schreiben, nutzten sie frecher Weise meine Adresse und behaupteten eine rechtliche oder familiäre Verbindung zu mir zu haben. Es war zum Schreien. Mit 14 Jahren saß ich im Sozialbürgerhaus in Moosach und musste den Beamten erklären, dass ich nicht für Peter Meier endlos Anzeigen, die die Anzahl von 40 bereits überschritten hatte, verantwortlich sei und ich auch gar nicht wüsste, was in den Anzeigen stünde. Erschwerend kam hinzu, dass er Expolizist war und seine Lügen bei seinen Exkollegen mehr Gewicht hatten. Auch wenn ich beteuerte, dass er weder mit mir verwandt sei und dass er nur ein **Schandi** von Barbara Nowak sei, Jupp Joachimski der ebenfalls mit diesen breit gesichtigen Dummkopf unter einer Decke steckte, glaubte diesen Sonderschüler. Einmal schlug er mich, wie früher Barbara Nowak grün und blau, weil ich mit einem Polizisten auf der Straße scherzte. Ich hatte den Polizisten getroffen und dachte mir nichts dabei. Er saß in seinem Auto und beobachtete mich, wie ein Geisteskranker. Er stellte mich zur Rede und erklärte mir, dass ich nie wirklich nie wieder mit der Polizei reden dürfte, weil er von einer viel stärkeren und viel geheimeren Stelle käme. Ich ließ mich zwar nicht beeindrucken und als das zweite Mal meine Schädeldecke brach und ich ausgeflogen wurde in die USA, drohte er mir mit dem Tod und rief in seinen Wahn im Pentagon an. Er schrie, dass seine Tochter, die ich zwar nie war, zu ihm gehöre und dass ich gefälligst keinen Staatsverrat an meinem eigenen Vater begehen sollte. Er hatte mir den Schädel in die Wintergartentür eingequetscht und presste die Schiebetür von beiden Seiten gegen meine Schläfen. Ich kniete am Boden und kam nicht raus. Der Polizei erzählte er später, dass das ein Härtetraining gewesen sei und dass ich mich nicht so haben sollte, da ich doch mich für die Special Forces beweisen sollte. Ich nannte ihn seitdem nur geisteskrank und bekam immer wieder zur Rückkehr enorm starke Beruhigungsmittel damit ich mich nicht aufrege. Ich bekam auch immer eine Art Psychotherapie in den USA, damit ich diese Erfahrungen möglichst schnell vergesse und weiter machen kann und zurück in diese Scheißhaufenfamilie zurückkäme. Mir wurde immer gesagt, dass ich, weil Peter Meier so viel gelogen hatte, die deutsche Polizei und sämtliche deutsche Sicherheitsbehörden mir nie glauben würden. Gerhard Nitzsche schmiss mich mal noch zu DDR Zeiten aus dem Zug aus dem offenen Fenster. So ging es ständig. Manchmal passten sie mich auf dem Schulweg ab oder auf dem Heimweg ab und fuhren mich mit dem Auto an oder mit dem Fahrrad oder hauten mich ohne Grund. Nachher erfuhr ich, dass jedes Mal sie Geld erhielten für ihre Straftaten und ich kam mit gebrochenen Knochen nach Hause und durfte nicht ins Krankenhaus gehen, weil Peter Meier oder Sigmund Mayinger oder Barbara Nowak oder Maria Bogosyan etwas von Elitekämpferin brabbelten, obwohl ich nur meine Ruhe haben wollte und eigentlich nur meine Wunden versorgt wissen wollte. Einmal ließ er mich auch bewusstlos auf der Straße liegen nachdem er mich angefahren hatte. Und wenn ich so rum hörte in meiner Klasse damals in der Maria-Ward-Schule gab es nicht eine einzige Schülerin in der Klasse, die nicht wusste wie mich diese Stasiarschlöcher behandelten und sogar deren Eltern machten mit. Sei es dass sie Barbara Nowak einluden und mich als Trottel darstellten oder dass sie mich so wie es Barbara Nowak ihnen sagte, als Luder und als Bastard bezeichneten und mich in dementsprechende Situationen stubsen wollten. Maria Bogosyan ging nie in die schule zu Schulsprechabenden. Es war auch unwichtig, denn auch sie interessierte sich eigentlich einen Dreck für mich. Sie wollte im Grunde nur ein warmes Bett und Essen und Schlafen in Freiheit und nicht in der Psychiatrie. Peter Meier alias Sigmund Mayinger versuchte zwar Maria Bogosyan als meine leibliche Mutter darzustellen und als psychisch Kranke, die mit mir verwandt sei, aber jeder wusste, dass auch das eine Lüge war. Ich tastete mich an Maria Bogosyan heran, aber da ich sie bereits aus der Zeit in den Vorwendejahren kannte, hatte ich auch bei ihr immer eine innerliche Abwehr. Sie war noch stupider als Barbara Nowak und hatte so etwas bäuerliches und etwas sehr Rigides. Das Rigide bezog sich auf ihre Denkstruktur und ihre Inflexibilität in der Möglichkeit der ruhigen Handlung. Die beiden Peter Meier und Maria Bogosyan waren wie geschaffen für ein sehr rigides Leben im Untergrund. Mehr als Barbara Nowak vorher, war Maria Bogosyan eine sehr robuste Frau und sehr bedacht darauf Geld für sich zu behalten. Maria Bogosyan war anders als Barbara Nowak. Sie war verschlossener und sie hielt sich zurück. Sie war auch später immer wieder in verschiedenen Krankenhäusern und hatte zumeist Verletzungsspuren. Sie war auch bissiger in ihren Kommentaren und deswegen war sie auch aber sehr gefährdet. Peter Meier hatte eine Zeit lang seinen Namen mit Gerhard Nitzsche getauscht, um so in Nordrhein-Westphalen unbeobachtet leben zu können. Im Grunde die schlechteste Idee, die die beiden hätten haben können, denn grundsätzlich funktionierte das westdeutsche Spionagesystem bezüglich der Partnerstrukturen ähnlich. Nur war der Geschlechtsverkehr in diesen dienstlichen Beziehungen verpönt und zwar auch innerhalb des Dienstes an sich. Aufgrund der neuen „Gepflogenheiten" und Unarten dieser osteuropäischen Leute wurde auch diese Vertrauenseben komplett zerstört. Es war sogar so schlimm, dass die verheirateten westliche Frauen anfingen, ihren Ehemännern, wie es ihnen Tanja Mayinger in ihren Kamasutra Unterricht in Niedersachsen beigebracht hatte sogenannte Tücherkeuschheitsgürtel umzulegen. Damit auch wirklich nichts passierte. Diese Situationen und mehrfach Belastungen bekamen in den normalen leiblichen Familien vor allem die Kinder mit. Viele Kinder von damals wurden aufgrund dieser neuen halb inoffiziell und halb offiziell Strukturen in eine damals noch gängige Umerziehungspsychotherapie gesteckt. aber leider war es keine Therapie die für die Leute oder in dem Fall für die Kinder war, sondern es war eine Art Schlucktherapie. Direkt gesagt, wie sich die alten Familienmodelle und alten Familienstrukturen möglichst geräuschlos in die neuen Gegebenheiten einfügten. Krux daran war nur, dass das Problem und die Problematik nicht gelöst waren, sondern weiter gärte. Manchmal kam es, dass Jahre nach dieser Familienphase sogenannte Parallelfamilien und uneheliche Kinder auftauchten und ihre Pfründe und ihre Väter oder Mütter forderten. Einmal war ich auf einen Cocktailempfang in Windhoek und mir wurde gesagt, dass der deutsche Dienst als ein am horizontalsten verbreiteten Dienst anzusehen sei und man in jeder Zweigstelle ortsansässige Familienangehörige von denen aus Pullach träfe. Ich war schockiert. Aber es stimmte! Es war auch so, dass ich eigentlich dachte, dass diese Abschaffung des alten Bildungssystems was die Agenten in Pullach fachlich höher qualifizierte eine heimliche Rache von Gunther Schmid und seinen gescheiterten Rektorenversuchen war. Denn merkwürdig war schon, dass sobald oder besser gesagt genau 1990 eine Zusammenlegung der Systeme auch in der Bildungssparte beschlossen wurde und viele Bildungszuschüsse aus Pullach nicht nur nach Berlin einfach abflossen, sondern einfach Schulen und Bildungseinrichtungen schlossen. Die weitere Entwicklung dieser Generation war schrecklich mitanzusehen. Denn aus diesen Kindern entwickelten sich nur Hilfsarbeiter. Die Bildungselite und Bildungsspitze waren komplett weggebrochen und später als Pullach nach Berlin umzog wurde es nur noch schlimmer. Die Bildungsgelder wurden nun zu 70% in Berlin verwaltet und die Möglichkeit der Erlangung war nahezu unmöglich. Die Maria-Ward-Schule wandelte sich auch zu einer sogenannten Musikschule und nichts in der Ausbildung war wirklich mehr erstrebenswert. Um die Drastigkeit der gesamten Aktionen zu begreifen, muss man wissen, dass in der Zeit 1995 ein schreiendes alleingelassenes Baby in einem Haus in Pullach gefunden wurde. Ich hörte es und ließ es abholen durch einen Krankenwagen und nach einem Krankenhausaufenthalt zum medizinischen Check ein Waisenhaus bringen. Ich fragte mich sehr, was das zu bedeuten hatte, denn 1. lassen Eltern nie ein Kind allein und schon gar nicht als Säugling! und 2. warum sollte ausgerechnet in Pullach ein Säugling in einem leeren Haus wohnen? und 3. wieso hatte Gunther Schmid nach diesem Säugling suchen lassen. So ganz schlau wurde ich nicht aus dieser Konstellation, aber später erfuhr ich, dass das Baby von einem Feind von Gunther Schmid war und seine Eltern in der Nacht entführt worden waren. Sie tauchten nie mehr auf. Diese Vorfälle gab es häufiger in Pullach. Aber erst verstärkt in den Jahren 1988 bis 1995. aber Menschenleben zählte sowieso nicht viel. Gunther Schmid hingegen wedelte sofort mit Versicherungspolicen vor meinem Gesicht und bot mir an das Baby in seine Versicherungsgesellschaft als Einzahler und als baldiger toter Nutznießer aufzunehmen. Ich lehnte ab und er sagte mir auch sehr direkt, dass Geheimdienstkinder nichts wert sind und eben mit dem Lebensrisiko leben müssten. Mir wurde bereits früh klar, dass eben genau wegen dieser Geisteshaltung das hässliche System und die Zusammenhänge nie wirklich offen ausgesprochen wurden. Kinder waren nichts wert, dass begriff ich sofort.

Als Beleg für diese Geisteshaltung erinnerte ich mich an meine Narben und Verletzungen seelisch wie physiologisch in meiner Kindheit. Neben meinen Füssen, die sie mir absägten, nahm mich Peter Meier mit nach Tschernobyl in das Atomkraftwerk, wo er mich in der Nähe der Brennstäbe einsperrte. Ich saß dort 4 Stunden und Peter Meier war gegangen und hatte Marschflugkörper angefordert, die mich mit der Kraftwerksanlage in die Luft sprengen sollten. Mich befreite ein US-amerikanischer Soldat bevor die Raketen auf die Anlage niederprasselten. Mir ging es schlecht und ich war käsebleich. Mich transportierte ein Gemüsebauer für gekühlten Spinat im Anhänger über die Grenze, denn sonst wäre ich nicht rübergekommen. Die Spinatpflanze absorbierte nicht nur ein Teil der Strahlung, sondern kühlte mich auch. Ich wurde mit atomaren Strahlenschäden nach Hamburg eingeliefert per Hubschrauber und kam dann auf die Isolierstation. Peter Meier stellte es später als Arbeitsunfall dar, weil er doch als angeblicher Ingenieur in die Kraftwerke zur Überprüfung musste. Er setzte sogar die angebliche Auslandsreise als Dienstreise ab und behauptete dann ein trauernder Vater zu sein und seine Tochter nämlich mich verloren zu haben. Dazu muss man wissen, dass Peter Meier sogar noch sogenannte Liquidatoren sprich Auftragsmörder hinter mir herschickte um sicher zu gehen, dass noch Überreste von mir zu suchen. Danach ließ er sich reichlich entlohnen, da er als trauernder Bodyguard von meinem Tod berichtete. Ich war schlapp, wie ein kleiner dummer Schmetterling, der nass geworden war. Ich saß in der Isolierstation und hatte einen Arzt dessen Künste ich einfach fasziniert zusah. Danach wurde mir langweilig von zu viel liegen und ich fing an zu putzen und zu kochen und zu laufen um die Betten. Danach kam ich nach Nordrhein-Westphalen und ging dort eine Zeit lang in die dortige Schule und freite mich mit den Klassenkameradinnen. Aber dann setzte wieder die Reisebetriebsamkeit von Barbara Nowak ein und ich musste mit. Ich kam mir vor wie im Reisezirkus. Sie war rastlos wie eh und je und nichts konnte sie positiv stimulieren. Es war immer höher und schneller und innere Ruhe war ihr fremd. Ich ging in Ibbenbüren in die Schule. Etwas 3 Monate. Danach war ich wieder in Bayern und der erste „Besuch" zur Information und Auskunftssuche ging zum Schloss Neuschwanstein. Ich war schockiert und hatte immer wieder eine Art Schüttelfrost, der aber aufgrund meiner Anspannung und Muskelzuckungen rein nervlich bedingt war. Jedenfalls diesmal. Wir lebten zu der Zeit zur Tarnung in der Guardini-Straße in Großhadern. Ich hatte Bauchweh und wollte nie aus der Wohnung, weil ich Angst hatte, dass Barbara wieder mitten im Straßenverkehr oder sonst wo in öffentlicher Szenerie jemand schädigte oder umbrachte oder ich wieder als Kind einer Verrückten dastehe. Jedenfalls kam es natürlich wie es kommen musste. Ich rief die deutsche Polizei und die glaubte Barbara. Danach war nicht nur Schloss Neuschwanstein Schrott oder besser gesagt nicht mehr vorhanden in der alten Bauweise, sondern auch der echte König von Bayern verschwunden und dann tot. Ich zitterte die gesamte Heimfahrt von Schloss Neuschwanstein nach München. Barbara hatte noch in ihren Wahn, damit sie Jupp Joachimski gefallen würde und Jupp Joachimski ihre Rache zum Geschenk machte ein Foto von mir auf der Brücke, welche über den Wasserfall führte, gemacht. Darauf waren meiner sehr hellen blonden langen Haare zu sehen und es sollte ein Beleg für Barbara Gefolgschaft bezüglich Jupp Joachimski sein. Ich war sehr dünn, weil Barbara das Essen zu zubereiten vergessen hatte in der Zeit als ich bei ihr war. Nach der Zerstörung von Schloss Neuschwanstein zogen wir wieder in die Yorckstraße und dann fing Barbara wieder mit ihren neuen Auftragsabarbeitung an. Ich hasste Barbara für ihre Zerstörungswut und ihre Falschheit in ihrer gesamten Person.

So war es auch mit ihrer angeblichen Freundschaft zu dem tschechischen Zweig der Familie Nowak und zu dem rumänischen Zweig der Familie Schmitz. Barbara hatte damals mich bereits als Grund für ihr Leiden bezeichnet und hatte behauptet, dass Peter Meier alias Sigmund Mayinger alias Sigmund May alias Siegfried Mayinger befugt sei mich zu überwachen und mich weiter zu kontrollieren. Barbara behauptete auch, dass sie befugt sei, dass bereits illegale und nie verschriftliche Mandat von Walter Winkler als König ihrer Organisation auf Peter Meier zu übertragen. Somit war laut ihrer Vorstellung Frieden gestaltet worden, obwohl sie komplett alle sinnlos Geschädigten ausblendete. Auch blendete sie aus, dass sie nie befugt war mein Vermögen zu verwalten und zu benutzen. Sie war auch nie befugt gewesen dieses Vermögen zu benutzen oder jeweilig umzuwandeln. Dadurch entstand die Krux, dass Peter Meier etwas erbte in der Funktion als **Schandi**, was ihm aber nicht zustand. Denn man muss verstehen, dass geheimdienstliches Erben eigentlich nur deutsche Staatsgelder beinhaltete und nicht Privatgelder. Zudem wurde in der neueren Zeit zumeist keine Beerdigungszeremonie sprich Sargbeerdigung mehr abgehalten und nur zu einen abgekürzten Verwaltungsvorgang umgewandelt. Wenn wirklich mal ein Geheimagent im aktiven Dienst starb, wurde dieser in privatem Kreis wirklich beigesetzt. wobei man auch sagen muss, dass manche Geheimagenten diese Möglichkeit des Abtauchens auch nutzten. Durch diese illegalen Vermischungen wurden die Vorgänge, die Tanja Mayinger und Gunther Schmid mit ihren Lebensversicherungen und Versicherungen im Allgemeinen noch geschmackloser als sie sowieso bereits waren. Auch war es so, dass diese Familie Franz Mayinger ihr Unternehmen und ihre Familie und damit ihre kriminellen Aktivitäten um ein Bestattungsunternehmen erweitert hatten, um so nicht nur ihre Opfer zu beseitigen, sondern auch ihre eigenen Sterbefälle Regeln zu können. Zudem hatte sie damit auch Zugang zu Verstorbenen-Wohnungen und hielten manche **Identitäten** der Verstorbenen als **Tarnidentitäten** aufrecht. Sie waren auch für die Räumungen von alleinstehenden verstorbenen Personen zuständig und räumten diese Wohnungen unter Mitnahme ihrer eigenen Interessen aus. So räumten sie auch die Wohnung der Familie Huber nach der Ermordung der beiden Eltern von Martin Huber in Baden-Württemberg aus und nahmen auch militärische Schlüssel und Unterlagen aus dem Arbeitszimmer mit. Da der Vater von Martin Huber ein NATO-General gewesen war, wurde der Sepp Schüßler als Stasiagent beauftragt sich mit dessen Kenntnisstand in Brüssel bei dem Hauptquartier einzuschleichen und Schaden zugunsten der Stasi anzurichten. Martin Huber selbst erfuhr nie etwas von der Ermordung seiner Eltern in Deutschland. Alle Post wurde vorher innerhalb Deutschlands abgefangen und nie zugestellt. Martin Huber war ein erfolgreicher Footballspieler in den USA und zwar nicht sehr bekannt aber ein Mittelfeldspieler. Er war jung und brach nach einem vorherigen Footballzweikampf zusammen in der Kabine. Er wurde zum Pflegefall und die ostdeutsche angebliche Verwandtschaft Huber Bernhard und Gertrude Huber verweigerten ihm jegliche medizinische Versorgung. Sie nahmen die Erbsachen von den Eltern an sich und ließen Martin Huber per Telefon über Dritte allein in den USA zurück. Ich ließ noch den etwas umständlichen Film über Footballer in den USA drehen, um zu beweisen, dass die Sorgfaltspflicht vom Footballclub erfüllt worden war, aber auch diese Versicherungen beanspruchte Gunther Schmid und Tanja Mayinger für sich. Die einzige Möglichkeit war also das US-Army Rehabilitationszentrum und dort brachte ich ihn unter. Aber selbst dort ließ diese widerliche Familie niemand in Ruhe! Susanne Schüßler gab sich als Exfreundin und Freundin von Martin Huber aus und beanspruchte noch das US-amerikanische Erbe von Martin Huber, obwohl Martin Huber gar nicht tot war für sich allein. Sie nahm alles und ich musste eine Sozialversicherung der US-Army auf ihn abschließen. Zum Schluss als er wegen seines Hirnschaden noch beamtet wurde, wollten sie seine Organe verkaufen, um noch mehr zu erhalten. Aber das konnte ich verhindern, indem ich ihn obwohl ich es ablehnte und es mir zutiefst widerstrebte, ihn als Eigentum der US-Army erklären ließ. Er kam daraufhin in ein Sterbehospiz und musste vorher noch ein deutsches Ärzteteam gestellt von der deutschen Regierung über sich ergehen lassen. Martin Huber hatte einen irreparablen Hirnschaden und der aufgrund eines beidseitigen Druckes auf die Hirnschale zustande. Also von außen wie von innen. Als er dann einschlief hatte er wenigstens Menschen um sich die normal waren und das war glücklicherweise etwas was mich und alle die geholfen hatten ein bisschen zufriedener stimmte! Es war auch so, dass Bernhard und Gerdi Huber nach dem Anruf aus den USA zu der Information von Martin Huber Unfall sie nur sagten, dass sie das Geld haben möchten und das Erbe anträten, aber für die Kosten nicht aufkämen. Ich war verzweifelt und dachte mir nur, dass das nicht wahr sein darf, aber es war leider so.

3.5 Die historisch gedrehten Filme in den späten 80ziger und 90ziger Jahren über die Nazizeit!

Das Schlimme an Deutschland oder besser gesagt an dessen Repräsentanten war, dass die Stasinazifamilie bis in die Politik vertreten war und auch im Privaten für diese Leute sorgten. als Gisela Traue mit Jupp Joachimski verheiratet war, führte Gisela Traue ein Stasiprogramm namens „Damenprogramm und Herrenprogramm" ein. Der Begriff kam aus dem Bereich der Burschenschaften und Studenten**Corps**-Milieu. Gisela Traue, die verstärkt in dieser Zeit auf den **Corps**-Treffen zu finden war und in diesen Gesellschaftsevents samt ihren Töchtern und ihres Sohnes erschien, nannte noch zu ihrer eigenen zusätzlichen Akzeptanz und ihrer eigenen Versuche einen besonderen Glaubwürdigkeitsstatus in dieser Gesellschaftsschicht zu erhalten, den Begriff Rundum-Wohlfühl-Service. Sie organisierte wie eine brave und attraktive Hausfrau Sommerpartys in Schrebergärten und soziale Events in Berlin in irgendwelchen Lokalitätshinterzimmern. Als ich in Ostdeutschland und in England auf Pferderennen war und dort meine Verwandten und adeligen Bekannten traf, tauchte plötzlich Jessica Traue in einen aberwitzigen schwarzen glänzenden Bunny-Kostüm auf. Es war gerade in Wales auf einer Cocktailparty meiner Familie auf. Ich war schockiert und jeder lachte sich schlapp. Später behauptete Jessica Traue alias Greher alias Pau alias Köhler alias Schmitz, dass sie die Kleiderordnung falsch gelesen hätte. Ich schämte mich in Grund und Boden. Auch dass es die Einweihungsfeier. eines neuen Rover-Werkes in England war, interessierte diese unverschämte desaströse und impertinente Person nicht. Später kam raus, dass sie gar nicht eingeladen war. Nicht nur, dass ich später das Landgutshaus wieder neu renovieren musste, wie das bei den anderen Immobilien nach den „Besuchen" dieser Stasinazileute immer üblich war, halbe Ruinen hinterließen. Ich kam mir vor, wie eine Reparaturwerkstatt. es war schlimm. auch nahm Jupp Joachimski schizophrene und widerrechtliche Schnittmengenaufträge an, die beispielsweise so krass waren, dass der Polizist und Exfreund von Tanja Mayinger Gerhard Schick zum einen als Bischof Schick in Köln auftrat und auch noch als Steuerberater und als Rechtsanwalt. Als mir das auf Fotos gezeigt wurde, bekam ich so eine Wut über diese hinterfotzige Art und dieses widerliche geheimdienstliche Einwirken auf meine Kosten, dass ich mir dachte, dass dieser Gerhard Schick doch bestimmt Mitwisser hatte und ich fand sie. Es war Mike Krettek der korrupte Bulle, der in Köln für Gunther Schmid alle Fälle falsch bearbeitete. Ebenso fand ich heraus, dass Kardinal Marx einfach nur der Bruder aus Soest von einem Nachbarn von mir Rudolf Rohrbeck war, der mich auch stalkte und mich behandelte als sei ich Luft als ich in der Kirche vor ihm stand. Ebenso behauptete Kardinal Marx jahrzehntelang, dass Janine Bogosyan ich sei und sie die echte Prinzessin und meine Karrieren hätte. Abgesprochen waren diese an Wahnhaftigkeit nicht zu überbietende Aktion mit Peter Meier. Rudolph Rohrbeck war auch die Verbindung zu BMW zusammen mit einem anderen Nachbarn, dessen Sohn mit der Tochter von Peter Meier Kathrin Meier zusammen war. Der Bruder des Generalvikar Franz Josef Beer war Florian Stephan und der war eigentlich einer der Ehemänner von Gunda Nitzsche der zweiten Tochter von Peter Meier. sie war auch die Bekannte von Tom Pau alias Köhler, der ebenfalls wie der Polizist Andreas Schmitz mit Jessica Traue alias Greher verheiratet war. Tom Pau alias Köhler war auch mit Heidi Köhler in Soest. Die anderen Nachbarn aus Baden-Württemberg Beatrix Kantenwein alias Bridget Jones alias Barbara Meier waren die Bekannten von Susanne Schüßler und Janine Bogosyan aus der Berliner Zeit in der Schule. Katharina Petrussek, die Tochter von Charlie Petrussek waren ebenfalls Nachbarn und kamen aus Berlin und kannten aus ihrer aktiven Stasinazizeit in Berlin Familie Karl Mayinger und Sepp Schüßler und Jupp Joachimski. Die Familie Günther Schmidt und Dr. Gunther Schmidt waren über die Familie Klupper mit Sandra Detzer verbunden und stellten ihren Arzt und Psychiater. Auch war Tanja Mayinger und die Niedersachsen in anderer Hinsicht in der Siedlung seit 1990 vertreten. Denn die Familie Gerner waren die Exfreunde von Tanja Mayinger und Katja und waren zudem Bekannte des Polizisten Stefan Schultze, den Exmann von Katja. Die Polizistenfamilie war Verwandte eines Sugar Daddy von Sebastian Wieberneit und hatte ihm die Story des alleinigen Opfers geglaubt. Sebastian Wieberneit war damals in Niedersachsen und kroch überall unter, wo er nur ein Bett fand nachdem er auf der Flucht war. Eine Zeit lang reiste Sebastian Wieberneit auf Kosten dieses einen Sugar Daddys mit ihm nach Südamerika und in andere ferne Länder. Sie waren bekannte allesamt von Barbara Nowak. Zudem lebte Carolin Winkler auch in der Siedlung und verheimlichte ihre familiäre Verstrickung zu Tom Pau alias Köhler. Ebenso waren die Nachbarn Wiedl von Tom Pau alias Köhler mit der Familie Ettengruber bekannt, die mich nicht nur aufgrund deren Absprachen auf dem Oktoberfest anstellten, sondern auch noch ein wertvolles Bild einen Carl Spitzweg erpresste. andere neue Nachbarn waren Filmregisseure und nicht nur Bekannte von Tanja Mayinger und Katharina Petrussek, sondern auch von Janine Bogosyan und Sara Bogosyan. Ebenso war der einstige Chef in der Staatskanzlei von Tanja Mayinger Dieter Hubka in meine Siedlung gezogen und war immer noch für Gunther Schmid aktiv in tschechischen Geheimdienstkreisen und in Politikkreisen. Ebenso waren die Lehrerkreise von Jupp Joachimski in Form der Familien Stieglbauer und Hilbig vertreten. In der anderen Siedlung in das Haus der Familie Huber zog dann auch noch Gerd Schmitz und Karin Schmitz. Eine andere gesamte Häuserzeile war zudem besetzt von jugoslawischen Verwandten und Bekannten von Janine Bogosyan. Als ich und mein privates Umfeld aus der Siedlung, die immer unheimlicher wurde, wegziehen wollte, wurde es mir verweigert, weil Peter Meier mich auf seine politischen und sonstigen geheimdienstlichen Verträge mich nicht nur verpflichten wollte, sondern mir auch noch verweigern wollte, meine Milliarden zurückzuerhalten. Zudem hatte Peter Meier in den absoluten Hochphasen seiner Wahnhaftigkeit ein nicht zu überbietendes Stalking-Theater installiert. Nicht nur, dass er wie auch bereits in der Vergangenheit sich erdreistete sich als Bevollmächtigter meiner Konten auszugeben, sondern dass er auch sämtliche Stellen informiert hatte und mich dort nicht nur verleumdet und beleidigt hatte, sondern wie in seinen vorangegangenen **Schandi-Funktionen** agierte, wie ein Gefängniswärter. Diese Verhaltensweisen, die mich an eine komplette Paranoia erinnerte und die ich auch so bezeichnete, war aber leider mehr in das Programm Anbanzen zu sehen. Es war ein Umfangen der gezielten Person bis diese erstickte oder aufgab sich zu wehren. Ich machte nichts von beiden. Ich schlug zurück! Denn ich ließ mir diese Dreistigkeit aus Lügen und Verdrehungen und Behauptungen und Unterstellungen nie bieten. Zudem informierte Peter Meier alle Stasinazigedrehte Polizisten, die familiär verbunden mit ihm waren und stellte sich als harmloses Opfer dar. Peter Meier war im Grunde nach, ein sadistisches Schwein, genauso wie die anderen Gerd Schmitz Leute und diesen Stasinazimilieu. Bis ich 30 Jahre alt war, weigerten sie sich konsequent zu sagen, wer ich überhaupt bin und woher ich überhaupt stamme. Es war ihnen auch egal, denn sie wollten mich nur benutzen, wie es in diesem Milieu normal war. Sie konnten aufgrund ihrer nicht vorhandenen Empathie nichts anderes als Wut und Hass und Aggressivität empfinden und deren eigene Kenntnis ihrer Trostlosigkeit war meist dann am Größte, wenn sie alt wurden. Im Grunde war es zwar nicht vorgesehen, aber sie machten es einfach im Stillen und Heimlichen alles wie auch in ihren Berufsleben. Es war auch klar, dass sie immer wieder bei mir auftauchen würden und die Wohnsiedlung als eine Art Miniaturland für ihre geheimdienstliches Spielen sahen und nutzten. Es wurde auch über die Jahre klar, dass die Wohnsiedlung einen sehr offensichtlichen Pferdefuß hatten und alles nur eine von Generation zu Generation weiterwachsende **Prilblumen-Konzept** ohne wirklich neue Eindrücke war. es waren alte Strukturen, die wenn sie klar kommuniziert werden würden, alles zum Einstürzen bringen würden. Ebenso war mit der Kommunikation Florian Haas als persönlicher Referent von Florian Stephan Bruder den Generalvikar Franz Peter Beer im Ordinariat in München und Stefan Leiacker als sein Schwager und gleichzeitig einer der Freunde des Freundeskreises von Julia Walter I und II, die aus Osteuropa stammten, war, dass diese Leute nie zu ihren Taten in der Vergangenheit standen und nie Klartext sprechen würden. Ebenso war Stephan Gleißner der Lebenspartner in der Zeit von Tanja Mayinger, die mit Florian Haas verheiratet war, in Windach und alle beide arbeiteten im Ordinariat in München. Tanja Mayinger war mit Florian Haas als Ehemann gleichzeitig die Schwiegertochter von Gunther Schmid und die Nichte von Jupp Joachimski und die Cousine von Susanne Schüßler. Peter Meier war auch genauso wie Uwe/Udo Walter alias Voigt ein Onkel von Tanja Mayinger und waren gleichzeitig die Leute von Gerd Schmitz und von Karin Schmitz aus Rumänien. Außerdem waren die politischen Verstrickungen bereits so weit fortgeschritten, dass diese Leute nahezu jedes Mal über die **Corps**-Treffen verbunden waren und auch Burschenschaften in Österreich. Die Folgegenerationen waren also auch wieder über ihren Freundeskreis verbunden und auch obwohl ich nie Teil ihrer Verbünde war, versuchten sie mich wie einen Feind zu umzingeln und zu bedrohen und zu je nach Tageslaune zu umgarnen. Als ich im Ordinariat als Angestellte von Jupp Joachimski zynischer Weise arbeiten musste, weil sie wieder ein Szenario 2014 gestartet hatten illegaler Weise, platzte mir der Kragen. Ich musste wieder wie bereits die zwei Male davor auf Florian Haas als persönlicher Referent und Franz Peter Beer als Generalvikar und Kardinal Marx als Bischof und Jupp Joachimski als Datenschutzleiter und Stephan Gleißner als direkten Kollegen und Steffen Pau als Leiter des Datenschutzes von NRW ertragen, die sowieso alles installierte Darsteller waren und nach einen von Tanja Mayinger vorgegebenen Drehbuch handelten und nichts an ihnen ehrlich war, geschweige denn sie selbst etwas arbeiteten in dieser Zeit, sondern mich als Arbeitssklaven betrachteten, den sie noch demütigen wollten. Alle Drei überwachten mich sowieso und in meiner Nähe in der Nachbarschaft über Dritte herumlungerten und eigentlich die widerlichen Bewacher der von mir gestohlenen Pfründe der Familie Karl Mayinger waren und mich nur als Arbeitssklaven und Opfer benutzen wollten, ließ ich sie komplett abblitzen. Ich hatte sowieso vorher ziemlich wenig Respekt vor den Deutschen, weil ich sie hasste und immer noch hasse aufgrund ihrer rückgratlosen Art und ihrer Parasitären Daseinsform, die auf internationaler Ebene sehr deutlich zu sehen ist und die daran mitangehängten Osteuropäer verachtete ich und bis heute kann ich sie nicht ausstehen, da auch sie das Drehbuch abspielten. Zudem hatte Kardinal Reinhard Marx Steffen Pau und Janine Bogosyan zynischer Weise getraut als Ehepaar und Absprachen gemäß des Opus Die Eides. Sie waren damit direkt an die osteuropäische religiöse Malingnon-Linie angeschlossen worden und wurden mit den Segen Kardinal Reinhard Marx zu sogenannten Heiligen Kriegern im Namen des dreifaltigen Gottes erhoben. Wie illegal das alles war, begriff man erst, wenn man erfuhr, dass diese Leute mehrfach heirateten und Liebe zu einem Gebot in seiner Allumfassenden Wesen erhoben. Sprich gemäß der Stasi Friedenspolitik durch Liebe. Aber eben mit denselben Folgen und der Prämisse des Verbotes der Abtreibung. In der Neuapostolischen Sekte, die in den Übergangsjahre 1989 bis 1992 kurzzeitig zur DDR-Einheitskirche erhoben und deklariert worden war, war die Abtreibung auch verboten, aber der Fokus der Allumfänglichen Liebe war auf alle Altersklassen bezogen und schloss auch Minderjährige mit ein. In der verfassten katholischen Kirche galt, wie heute das Keuschheitsgebot und so gab es auch unterschiedliche Zusammenlebensformen. So waren beispielweise die Jesuiten, die sogenannten kleinste Keimzelle der Familien, die aber eben organisatorisch außerhalb der Kirche angesiedelt waren, genauso wie Opus Die. Die Neuapostolische Sekte hingegen nahm sich das Recht der Totalen Kontrolle über alle Kirchenangehörigen heraus. Der geheimdienstlichen Nutzung der einzelnen Glaubensrichtungen tat diese Differenzierung keinen Abbruch. So wurde die geheimdienstliche Nutzung zu einer Ausnutzung der jeweiligen Richtung. Was bei allen Glaubensrichtungen gleich war und wahrscheinlich das Wichtigste an deren Vergleiche war, war, dass alle Steuergelder in direkter Form erhielten. Dadurch war eine gewisse Sicherheit gewährleistet, die eine niemals versiegende Geldquelle darstellte und nur durch jeweilige Kirchenaustritte geschmälert werden. Jessica Traue als sie 15 Jahre war zynischer Weise noch als Diakonissin in der Evangelischen Kirche angestellt und legte vor allem einen Schwerpunkt auf die Freikirchen und die Evangelische Kirche. Somit deckte diese osteuropäische und deutsche Stasinazifamilie die gesamte Bandbreite sämtlicher Glaubensrichtungen ab und benutzte sie geheimdienstlich.

Man muss dazu wissen, dass dieser Punkt der Glaubensrichtung noch zusätzliche Aspekte in sich trug, die aber erst im Laufe der Jahre ihre Wirkung entfalteten. Der Glaube wurde als Fundament sprich das psychologische und soziale Standing einer Person angesehen. Die dadurch auch Denkweisen-Prägung und Handlungsprägung wurde als kohärentes System in die geheimdienstlichen Agitationsmuster von Gunther Schmid und Jupp Joachimski in die Arbeitsstellen und deren Ausgestaltung im deutschen Staatsdienst eingebaut. Rein rechtlich gesehen, wurde das logischer Weise von einer rigiden Arbeitsvertragsgestaltung ummantelt. Mit den vorherigen Mantelverträgen und auch noch sogenannte zusätzlichen Arbeitsvorschriften wurden die Arbeitsabläufe standardisiert, aber nicht nur die Arbeitsabläufe, sondern auch die inhaltliche und atmosphärische Ausgestaltung. Sprich es wurde der Mitarbeiter als austauschbarer Roboter angesehen und das auch vertraglich so festgehalten. Die Motivation sollte gegeben werden durch ein Gemeinschaftsgefühl in deren Heilslehre sprich deren benutzten Glaubensrichtungen. Es gab bei Jupp Joachimski so groteske Szenen, wie dass er Jupp Joachimski als angeblicher Friedensrichter stasimäßig zusammengeführte Paare traute und so sich einen Zutritt in Privatleben verschaffte und weitere neu gepflanzte Terrorzellen im deutschen Staatsdienst bildete. Man muss dazu wissen, dass bei Jupp Joachimski die Bereiche Privatleben und Berufsleben komplett und absichtlich und zynischer Weise vermischt wurden. Er spielte gerne den netten Berater und den väterlichen Freund und hatte dabei immer nur seine Unterordnungsstrategie sprich Dominanzgehabe im Sinn. Diese Denkweise war Jupp Joachimski typisch. Jupp Joachimski ging auch so weit, dass er sämtliche Freiheiten von Angestellten aber ihm untergeordneten Personen beschneiden ließ und sie zu Verdingpersonen sprich historischer Arbeiterbegriff, der keine Rechte hatte und mit Leibeigenschaft und Sklaventum gleichgesetzt werden konnte. Etwas vertrauensseligere Personen fielen gerne auf ihn herein. Ich lachte nur darüber, weil ich diesen Betrüger bereits besoffen am Boden liegen sah mit einer Brotstulle in der Hand sprich Sandwich welches Jupp Joachimski sich in den Mund stopfte und dazu lallte. Und auch als ich ihm erzählte, wie es mir bei Peter Meier als von ihm deklariertes Verdingkind auf dem niedersächsischen und tschechischen Bauernhof ging, lachte er nur. Somit musste ich mich auch nicht weiter um ihn kümmern, da Jupp Joachimski damit sowieso nur ein rückgratloser Stasiagent war ohne Anstand. Um zu zeigen, was ich als Verdingkind von Peter Meier durchmachen musste bei den Ernten in den Sommerferien, ließ ich den Film Herbstmilch drehen. weil ich trotz allem aber nicht besonders dick war und eher zierlich, war ich nicht die Beste im Heuballen drehen und im Heuschippen.

Als einzige zynische Möglichkeit sagte damals Peter Meier als ich 8 Jahre alt war, dass ich hübsch genug sei um geheiratet zu werden. Am besten zu einem reichen Bauern, denn der könne dann mir Essen und ein Dach über den Kopf bieten. Ich war in Peter Meier Augen nur eine Ware, die er als Kriegsbeute wie seine gesamte Familie deklarierte. Sein gängigster Spruch war, dass ich, wenn ich so schlank sei nicht so viel essen würde und dann eine gute Partie sei. Ich sagte ihm, dass ich gar keine gute Partie sein wollte und er lachte nur zynisch. Peter Meier behauptete, dass ich auch kein Mensch und kein Individuum sei und auch keine Rechte hatte. Immer wenn es ihm nutzte, wie vor ihm Walter Winkler nahm mich auch Peter Meier zu manchen Treffen mit seinen Leuten mit und bot mich immer als Karotte vor den Eseln an. Dieses als Karotten-Prinzip bekanntes Handeln und Denken, war in vielerlei Hinsicht ein **Grundmuster**, was sich auch in dem **Assessment Center** erste Phasen wiederfand. Dieses Anreizsystem und Versprechen von Dinge oder wie im Fall von mir mich als Person in einer Beziehung, war die gängige Masche dieser Leute. Später wurde dieses System der Stasinazifamilie noch verstärkt indem der Stock sprich die Peitsche gemäß dem russischen Motto Zuckerbrot und Peitsch zu noch mehr Druckaufbau und noch mehr Motivationsreizen, wenn auch negativen Sinn eingesetzt wurde. Der blinde Gehorsam der zumeist aufgrund des übermäßigen Druckes folgte, stürzte zumeist die Gefolgsleute von Jupp Joachimski und der osteuropäischen deutschen Stasinazifamilien Mayinger zusätzlich ins Verderben und so war dieses System ein ständiges unruhiges Hin- und Her-Wippen. Einen ausgeglichenen Ruhezustand erhielten die meisten Personen nie. Im russischen war das Prinzip des Zuckerbrotes und Peitsche meist im Zusammenhang mit Frauen bekannt. Der Ausspruch, wenn du zum Weibe gehst vergiss die Peitsche nicht, war in der Mentalität vor allem der bulgarischen und tschechischen Stasiagenten sehr ausgeprägt. Und sie taten es wirklich egal, wie sehr die Frauen schrien. Es war nicht nur eine Metapher, sondern damalige im Kalten Krieg grausame Realität.

Später nannte er mich Verdingkind und spielte immer mit dem Begriff als würde ihm etwas nicht einfallen und sagte, dann immer Ding. Alle anderen die das nicht verstanden wie perfide und bösartig intelligent er war, lachten und ich weinte, weil diese Leute so blöd und so stupide waren. Am Schrecklichsten war es, wenn er sich mit Hochrangigen Politikern traf und anderen Akademikern, die er über das Ohr haute und später sagte, dass er so etwas nie gesagt hätte. Die meisten sah ich untergehen und niemand von ihnen begriff warum. Mir sprachen Peter Meier und seine gesamte Familie meine Individualrechte ab und sagten das auch in größerer Runde ganz öffentlich. Da war ich 5 Jahre alt. Er sagte, dass ich ein Scheißerlein sei und dass er mich als große Bürde für Deutschland sehe. Dass dieses Scheißerlein kein normales Waisenkind war und dass diese Scheißerlein ihn auch nicht als Vaterfigur sah und auch nicht mit ihm verwandt war und dass Peter Meier und seine Tätigkeiten der Grund für diese Lage waren, verschwieg er fein säuberlich. Es hätte sowieso niemand geglaubt, wenn es jemand offen gesagt hätte, waren doch Konsum und Ablenkung viel wichtiger als die Realitäten. Alle Kinder, die in der Zeit entführt wurden ließ ich dann als Verdingkinder einstufen. Das wurde nötig, da ein Verdingkind existierte und nicht einfach eine Wegwerfsache war, wie Jupp Joachimski diese Kinder vorher bezeichnete. Zynisch aber wahr! Auch aus dem Begriff Scheißerlein setzte ich einfach in sogenannte Abwasserklärwerke, um einen Beleg zu haben und einen allgemein Nützlichen dazu. es war interessant zu sehen, wie diese Leute sich um ihre eigene Verantwortung drückten und nie zugaben, was sie 1. getan hatten und 2., dass sie alles für sich selbst gemacht hatten und niemand anderen und 3. dass es gar kein hehres Ziel gab, was sie erreichen wollten, sondern nur ihr eigenes Luxusleben sichern. Jedes Mal, wenn sie in den Luxusurlaube starteten, war ich nie dabei und musste meinen Pass ausleihen. Manchmal fragte sie auch gar nicht und nahmen ihn sich einfach sprich stahlen ihn von mir. Denn Gunther Schmid behauptete noch, dass meine Daten nicht mir gehören würde und später im Jahr 1991 öffnete Jupp Joachimski in der Stellung des Datenschutzbeauftragten und meiner Stellung als Praktikantin bei ihm mit seiner sehr eigenwilligen Auslegung von Eigentumsrechten auf meine Personenstandsdaten Tor und Tür für den weiteren Betrug an mir mit der Einordnung meines Namens Sandra Caroline Mayinger als angeblich allgemein verfügbares Personendatum. Ich war schockiert, aber Jupp Joachimski und seine korrupten Richterfreunde gaben ihm Recht ohne die Folgen für mich sehen zu wollen.

Grundsätzlich war es auch so, dass wenn ein paar eingeschaltete Freunde von Jupp Joachimski auf mich gehetzt wurden, jedes Mal verschiedene Tricks nutzte, um mich als verfolgungswürdig einschätzen zu lassen. Die Tricks waren allesamt bekannt und nichts Neues aber sehr perfide und effizient. Immer behauptete Jupp Joachimski behauptete, dass ich eine öffentliche Person sei und aus diesem Grund Bilder von anderen Frauen nutzte, die eine gewisse Ähnlichkeit zu mir aufwiesen, aber nicht ich waren und eine gewisse Öffentlichkeitswirksamkeit hatten. So verknüpfte er deren Tätigkeiten alle mit mir, indem er vermischte Berichte von ihm angefertigt und geschrieben anfertigen ließ. Danach verknüpfte er meine realen, aber eben harmlosen Tätigkeiten als straffällige Resultats-Präsentation bei seinen befreundeten und angestellten Juristen. Laut Jupp Joachimski hatte ich dann immer eine Tatdurchführung begangen, obwohl in meinem normalen Kontext nie eine Straftat vorgekommen war und nie stattgefunden hatte. Ich war nicht die einzige Person, der es so ging. Er wandte dieses Durchführungsschema, welches er unter den Titel Schizophrenie laufen ließ sehr häufig an und ließ es immer nach dem Schema F und mittels möglichst kleinen Drehschrauben sprich Aufwand durchführen. Es war ein sogenanntes punktuelles Programm, welches er als geheimdienstliches Spontanprogramm laufen ließ, wenn er jemanden einschüchtern wollte. Wenn man Geheimagent war spielte man dieses Namensspiel und Namensvertausch-Spiel auch bis in die letzte Konsequenz mit, wenn man aber wie ich nicht mitspielte und immer seinen echten Namen nutzte, war es aufgrund der Widerlichkeit dieser Geheimagentinnen und Geheimagenten möglich, dass sie normales erwirtschaftetes Geld, wie im Falle von mir widerrechtlich erhielten. Es war ein gegenläufiges geheimdienstliches Programm zum **Assessment Center** und beruhte nur auf Einschüchterung und auf Repressalien. Das perfide an der Strategie war, dass sich die betroffenen Personen sich meist gar nicht rechtfertigen konnten, weil sie anderen Personen nicht mal kannten. Nur Jupp Joachimski kannte meist alle Beteiligten. Bei mir waren es zumeist die Personen Janine Bogosyan und Magdalena Wlaczik alias Anna Schulze eine Cousine von Susanne Schüßler und Gunda Nitzsche, die gemäß Jupp Joachimski mit meinem Lebenslauf und meinen normalen Dingen vermischt wurden. Wahlweise wurde auch noch wegen der Ähnlichkeit Sara Bogosyan reingemischt. Solche punktuellen Programme dienten meist sogenannten Bekämpfung von Notsituationen und konnten kurzfristig meist mit einer Budgetsumme von 10.000 DM damals noch abgewickelt werden. Solche Notprogramme waren meist zur Vertuschung von eigenen Aktionen oder zur Zerstörung oder Störung allgemein eines Gegners gedacht. Wobei Gegner bei der Stasi auch immer die eigene Bevölkerung oder wie bei Franz Mayinger die eigene Familie sein konnte.

Innerhalb eines Agentenlebens oder wie im Fall dieser osteuropäischen und stasinazideutschen Leute, die sich als undefinierbar deklarierten, war es üblich seine Vita anhand seiner verschiedenen Namen zu deklarieren. Diese jeweiligen Namensphasen waren eben nach den Regularien gemäß 1. Umzug und 1.a. neue Arbeitsstelle und dann 2. Hochzeit und dann 3. ausgeliehen Kinder und 4. meistens dann Wegzug und Beendigung des geheimdienstlichen Auftrages mit der Begründung des zu kleinen Wohnraumes. Wenn man sich jetzt vorstellt, dass dieses Namensleben mit Politikern und mit anderen Elitenbekanntschaften ablief, dann weiß man welche katastrophalen Auswirkungen dieses scheinbare andere Leben auf Dritte haben konnte, die diese Geheimagenten meist als scheinbar normale und zufällige Bekanntschaften trafen. In Kombination mit den Programmen 1. Das All-Inklusive sprich Rund-um-Service sprich Rund-um-Wohlfühlprogramm und 2. Zersetzungsprogramme wurde die Wirkungsweise und die Sprengkraft dieser perfiden Programme verständlich und sichtbar. Als punktuelle geheimdienstliche Kurzzeitprogramme wurden meist solche von Jupp Joachimski Programme wie a) illegale Hausdurchsuchungen und b) illegale Verhaftungen aufgrund von Hören und Sagen durchgeführt. Jupp Joachimski machte das Gesamte um den Druck und die Bedrängung auf die Personen, die Jupp Joachimski nicht passten, zu erhöhen. Diese organisierten Aktionen lagen zumeist auf einer Budgetlinie um 10.000 Euro.

In den Phasen, in denen diese osteuropäischer und stasinazideutscher Clan Franz Mayinger aufzufliegen drohte, fingen die drei Frauen der Familie Mayinger Maria Reisch und Christl Paul und Tanja Mayinger an ihre **Schandi-Masche** nach Osteuropa in Tschechien und in Bulgarien zu verlagern. aber diesmal taten sie es mit Ausländern und Flüchtlingen, die sie in Tschechien gefangen hielten. Sie widmeten sich der Einschüchterung und der Trimmung, wie sie diesen Vorgang nannten, den sie auch Schur nannten. Was sie damit meinten, war der Vorgang der Demütigungen den man in manchen Kulturen mit dem Abschneiden der Haare verband. Später spielten sie diesen geheimdienstlichen Vorgang mit der Hundehaltung und Haustierhaltung allgemein und dem Scheren des Felles und des Ausbürstens des Felles. Nichts in deren Leben war wirklich mit Herz und Verstand gemacht. Deswegen lebte ich mein Leben bereits in den jungen Jahren komplett außerhalb deren Szenarien. Es war auch so, dass die Gruppe von Jupp Joachimski auch in Afrika zur Einschüchterung im Allgemeinen, den angeblichen Geheimbund die schwarze Axt in zynischem Gedenken an die Barbara Nowak alias Weiss. Diese erfundenen Geheimbünde, die die Leute von Gunther Schmid und Walter Winkler und Barbara Nowak in fremden Ländern gegründet hatten, nannten sie Bastionen und Filialen. Diese Geheimbünde, die sie wiederbelebten oder gründeten, waren auch nur Mittel zum Zweck. Ebenso erschufen sie die Freimaurer Logen in Deutschland und vor allem Ostdeutschland neu. Auch die Erweiterungen und Neubelebungen der Opus Dei in Polen nach dem Kalten Krieg und in den Nachwendejahren wurden von Jupp Joachimski und Gunther Schmid begründet als Maßnahme gegen einen ungeordneten Zerfall der Sowjetunion und deren Satellitenstaaten. Alle drei Frauen nutzten diese Verbindungen und Maria Reisch die Großmutter ließ sich als Madame anreden. Eine Madame war eine **Schandi-Frau** oder einfach gesagt Zuhälterin. diese Verbindung nutzten die drei Frauen auch, um den Großvater Karl May alias Karl Mayinger Senior mittels einer russischen Prostituierten Natascha eine zusätzliche leibliche Tochter anzuhängen und so an einen Teil meines Vermögens zu kommen. Sie zahlten Natascha aus und erhielten so für ihre Rolle vor Gericht ihren erschlichenen Anteil. Diese Vermischungen und Betrügereien auf Privatvermögen anderer waren bei diesen Leuten immer vorhanden. In Bulgarien konnte man diesen Vorgang sehr klar sehen an der sogenannten Messspiegel der Grund und Boden Eigentumsverteilung in einen zeitlichen Verlauf gesetzt. In den Jahren 1992 war nahezu 90% der Gesamtfläche in der Hand von der Familie Karl Mayinger über verschiedene Zweige mit der Familie Franz Mayinger verbunden und aufgekauft worden. Es war nahezu eine Staatsbesetzung. die Problematik verschärfte sich noch, da Albanien mittels einer rechtlichen Depesche von Jupp Joachimski vom Schwarzen Meer territorial auf den Balkan verlegt wurde und Moldawien gegründet worden war an dessen Stelle und Bulgarien um ca. 20.000 Hektar Grenzland erweitert worden war. Alles lief zunächst auf der rechtlichen internationalen Ebene ab und wurde dann von Jupp Joachimski in rechtliche Maßgaben und rechtliche Regularien zunächst auf internationaler Ebene und dann darunter auf nationaler Ebene umgesetzt. Die normale Bevölkerung der jeweiligen Länder wurde vertrieben. In der Presse tauchte es nur als lapidare Bezeichnung des Landraubes vor, aber auch die dadurch ausgelöste und einsetzende Völkerwanderung wie Jupp Joachimski seine Aktionen zynisch und spöttisch nannte, waren in Zahlen belegbar. Manche Vertriebenen machten eine Kehrtwende und gingen gen Osten anstatt gen Westen und machten damit genau das Richtige! Denn diese Leute um Jupp Joachimski gaben nie Ruhe und manche Vertriebenen kamen nie an, sondern wurden von Jupp Joachimski rechtlich aussortiert, wie zuvor die Juden. Aussortiert bedeutete so viel, wie arbeitsunwillig oder arbeitsunfähig. Beides wurde nach den Maßgaben der Nazirassenlehre und Nazimedizin spezifiziert. Aber man muss auch sagen, dass wenn man nicht arbeitete in deren System zwar nichts kaputt machen konnte sprich auch keine systemische Mitschuld haben konnte, aber auch konnte man nichts zum Positiven wenden.

Ich entschied mich in Deutschland für die Rente, da ich auch nicht in deren System mitmachen wollte. Für die systemische Richtigstellung war es innerhalb des Kalten Krieges noch zu früh und auch die Wendejahre waren eine aufgeheizte Zeit. Mit 8 Jahren war ich mit einer adeligen Freundin Sophie in der LMU Schule. Sophie hatte immer schöne braune glatte Ohr langen Haare. Ihre Haare waren immer mit einer Haarklammer aus der Stirn gehalten. Sophie war im Westen aufgewachsen und hatte eine Hochbegabung in Musik. Sie spielte Geige und hatte das Pech, dass sie aufgrund ihres absolut schönen Geigenspiels nicht nur in ein Konservatorium kam, sondern auch dass Hans Lauter auf sie aufmerksam wurde. Man muss dazu wissen, dass Hans Lauter nicht nur eine Art Doktor Mengele war, sondern auch Psychiater für Geheimagenten und für deren Gegner und für versuchte Angeworbene und für sogenannte außerordentliche Personen, wie eben Sophie. Hans Lauter ging zu diesem Zweck immer in die Oper und zu sämtlichen Kulturveranstaltungen und auch Vernissagen und eben in jeden Kulturbereich. Er hatte für die Stasi die westdeutschen Kulturprogramme und die dazugehörigen Ausbildungsprogramme und dazugehörigen Zersetzungsprogramme übernommen. Zu dem damaligen Zeitpunkt war Hans Lauter geheimdienstliches Hauptprojekt eine Art Verschlüsselungstechnik anhand von Musiknoten und eine Trainierung auf eine sofortige Entschlüssungs-Technik mittels sogenannter Soloinstrumente. Das Soloinstrument sollte dann, gemäß des Auditoriums als Empfänger dienen und als Informanten im größeren und weiter Verbreiterungssinne. Das sogenannte verschlüsselten Denken anhand von Musiknoten sollte dann zu einer einzigen Dienstbarkeit genutzt werden. Es war keine Freiheit gewünscht, sondern nur als Arbeitssklave. Als Grundvoraussetzung für diese Tätigkeit war somit nicht nur die Beherrschung des Soloinstrumentes, sondern auch die gleichzeitige und zeitnahe Umsetzung und Interpretation des Gehörten in gespielte Musiknoten. Die Verschlüsselung sprich Codierung der Botschaften sollten, gemäß der Codierungsmaschine des Zweiten Weltkriege Enigma in drei tiefeninterpretative Stufen erfolgen. So war das größere Ziel die Verkleinerung der verständigen Zuhörerschaft der Kulturbesucher auf eine Zuspitzung des gewünschten Auditoriums als letzte Stufe des Verständnisses. Der Knackpunkt an diesem Projekt war, dass diese Interpretationen keine mechanische rigide Grundeinzelbotschaft und die darauf gesetzten ineinandergreifenden dreifach Verschlüsselungen gab, die in allen drei Stufen der Verschlüsselungen keinen Sinn ergaben, sondern dass es sich um punktuelle und im Moment stattfindenden Verschlüsselungen handelte. Damit mussten um die Verständigkeit der Zuhörerschaft zu finden, bei der Zuhörerschaft eigentlich mehr Wissen vorhanden sein, um eine richtige Interpretation zu erlangen und auch Fachwissen an sich. Somit musste die 1. Wissen über das gespielte Kulturstück und Musikstück sprich auf den Fachgebieten in a) Historie und b) Entwicklung und c) Spielart und d) Interpretationsformen vorweisen können. Zudem musste der 2. Inszenierungsplan im Zuhörerwissen vorhanden sein, um einschätzen zu können, was neu war und was alt und wie man zwischen den Zeilen lesen konnte. Auch die 3. Stilmittel des musikalischen Spielens mussten richtig interpretativ nicht nur gespielt werden, sondern als Zuhörer auch richtig verstanden werden. Sophie jedenfalls war sehr eigenwillig und sehr gefestigt in ihrem freiheitlichen Denken. Sie spielte Geige in einem westdeutschen Jugendorchester und in dieser Verbindung traf sie Babara Nowak und Hans Lauter bei einem Opernbesuch in Berlin. So hatte Barbara Nowak und Hans Lauter bereits Susanne Albrecht in Ostdeutschland kennen gelernt. Sophie war auch im Ballett sehr begabt und traf auch in der Beschäftigung Barbara Nowak und Julia Walter und Hans Lauter. In der Schule hatte Sophie nie Probleme und engagierte sich in ihrer Naturschutz-Vorstellungen und verteilte in dieser Funktion auch Flugblätter. Ebenso hatte sie eine feste Stellung in ihrer katholischen Pfarrei und verteilte auch für diese Flugblätter. Einmal nahm sie mich mit in das Hauptgebäude der Ludwig-Maximilian-Universität München und wir sollten dort Flugblätter verteilen. Mit dabei waren Jessica Traue und Kathrin Traue und ich. Die Prämisse war, dass wir gemäß der Hausordnung die 1. Flugblätter austeilten direkt in die Hände von den Studenten oder 2. die Informationsblätter hinlegten. Doch dann ging Sophie eine kurze Zeit weg und die beiden anderen eifersüchtigen Mädchen und gleichzeitig Stieftöchter von Jupp Joachimski dem Richter nahmen den Stapel an Flugblätter und schmissen sie von der Empore auf die Mosaik-Kompassrose des Foyers. Die Stimmung war komisch und überlagert und gedämpft. Sophie wurde festgenommen und niemand verstand warum. Dass Jessica Traue und Kathrin Traue die Aktion mit ihren Stiefvater Jupp Joachimski abgesprochen hatten, wurde erst später klar. Auch, dass Sophie Jupp Joachimski aufgefallen war und dass ihre wachen Augen ihr nicht behagten und eben seinen Schwager Hans Lauter gesehen hatte, wurde erst später klar. Auch dass Hans Lauter den Vater von Sophie schädigen wollte, wurde erst später zugegeben. Denn der Vater von Sophie war ein aufrechter Jurist und Rechtsanwalt, der auch noch zu allem Überfluss, gemäß der Risikoeinschätzung von Hans Lauter aus Adelskreisen kam und aus Niedersachsen und ostdeutschen Adelsgebiet stammte. Sophie wurde festgenommen in dem LMU Foyer. Ich besuchte sie in der Haft, aber es war zum Verzweifeln, denn Jupp Joachimski spielte ein zynisches und doppelzüngiges Spiel. Als es zu dem Prozessauftakt kam, wurden Sophie Vater und ihre Mutter aus dem Tagungssaal geschmissen, wegen angeblicher Störung des Prozesses. Als der Vater noch etwas in den Prozesssaal in dem heutigen bayerischen Justizministerium wegen der ungerechten Behandlung seiner Tochter Sophie rief, wurde er festgenommen. Ihr Vater wurde im Gefängnis in der Ettstraße inhaftiert und dort wurde er auf Geheiß von Jupp Joachimski, der auch zynischer Weise Richter bei dem Prozess von Sophie war, von treudoofen Stasipolizisten in der Nacht erschossen. Ich hatte Sophie bereits vor dem Prozess in Haft besucht und wollte ihr ein bisschen Mut machen. Aber auch zu diesem Zeitpunkt war alles sehr schrecklich bereits von den Berlinern um Gunther Schmid und Jupp Joachimski und Hans Lauter abgesprochen worden mit einem theatralischen Höhepunkt – der Ermordung des vermeintlichen Vaters des Verrates den Vater von Sophie. Ich ließ mich einschleusen, aber der Vater war bereits erschossen in der Polizeistation in der Ettstraße auf den Befehl von Jupp Joachimski und seinen korrupten Polizisten. Sophie konnte ich nur mit einem zynischen Kompromiss herausbekommen. Es wurde ihr eine Psychotherapie bei Hans Lauter aufgebürdet und Barbara Nowak war später laut Jupp Joachimski, wie bei mir angeblich ihre Ausbilderin. Sophie war laut Hans Lauter zu labil und zu schwach und hätte angeblich eine genetische psychologische Krankheitsvorprägung. alles stimmte nicht. Denn man musste wirklich schon ein Elefant sein, wie ich auch manchmal von meinen deutschen adeligen Verwandten hinter vorgehaltener Hand genannt wurde, nötig um diese Meute an Verleumdungen und Beleidigungen oder Schlimmeres auszuhalten. Aber selbst mir mit einer Elefantenhaut ging es manchmal schon sehr nahe. Diese Nazistasigruppe hingegen machte weiter bis wie bevor. Später ließ sich Hans Lauter alles, was er mit Sophie und ihrer Familie angestellt hatte, erstatten als Teil des **Stasinaziprogrammes Royal Mommies**! Später konnte sie dann sich langsam, als sie nicht mehr so interessant war, wieder aus dem Gesamten entfernen. Aber der Psychodruck und die ständigen Repressalien hatten sie leiser werden lassen. Ich war froh, dass sie ihre eigenen Sachen machte, aber andererseits vermisste ich ihren sprühenden Charme und ihren absolut eigenständigen Kopf. aber es ging ihr gut und das war wichtig. Ich kannte die Repressalien und den Psychodruck und erlitt ihn weiterhin unter Peter Meier und der Familie Mayinger. Leiser wurde ich nie, aber ich machte einfach meine Sachen ohne weiter mit diesen Leuten darüber zu diskutieren. Es war sehr schwierig, denn diese Leute der Stasinazi entsprachen nie meiner eigenen Lebenseinstellung. Das war wahrscheinlich mein Glück.

Man muss dazu auch wissen, dass die sogenannte Windrose in Mosaikform im Foyer der Ludwigs-Maximilians-Universität (LMU) nicht nur eine schöne Verzierung war, sondern hatte eine tiefere Bedeutung. Die Kompass-Rose sprich Windrose war ein Symbol für den inneren Kompass und die Bildung des eigenen inneren Kompasses sollte in der freien Entfaltung der Universitätsbildung geschehen. Diese freiheitliche Idee sollte Jessica Traue und Kathrin Traue gemäß ihres Stiefvaters Jupp Joachimski kaputt machen und mittels Abschreckung sprich Inhaftierung die Erinnerung an die Freiheit zerstören und die Leute, die frei denken konnten, zerstören. Zwei Jahre zuvor hatte Charlie Petrussek und Peter Meier in abwechselnden Rollenbesetzungen des Adolf Hitler auf dem damaligen Balkon der heutigen Wirtschaftsfakultät der LMU ihren Anhängern zugewunken, die an eine Wiederauferstehung des Adolf Hitler aus dem Zweiten Weltkrieg glaubten. Es war eine komische Zeit und ich fühlte mich meistens nie wohl. Aber das was mit Sophie passierte, fand ich so krass, dass sogar die späteren Einschüchterungsversuche durch Sebastian Wieberneit und Peter Meier, die beide über die Familie sprachen, bei mir ein sehr großes Unwohlgefühl auslöste.

Ebenso existierten in der Kalten Kriegszeit bei Jupp Joachimski in seiner Funktion als Richter sogenannte gekaufte Häftlinge. Das waren Leute, die zumeist nichts zu verlieren hatten und sich aber im Eintausch gegen ihre Freiheit für andere Leute einsperren ließen und diesen Handel, aber immer wieder sich auch von Jupp Joachimski als Richter entlohnen ließen. Diese Deals wurden aber meistens zu einem sehr schrecklichen Reinfall, denn die unschuldigen Leute, die sich durch Handel mit einem Deal gemacht hatten und damit Geld erhalten hatten, wurden zu weiteren Deals gezwungen und für immer in einer Art Kreislauf gehalten. Zumeist zahlte nicht mal Jupp Joachimski die versprochene Entlohnung für die falsche Inhaftierung. Auch war es so, dass Jupp Joachimski und seine Leute wirklich dachten und glaubten und auch so verbal äußerten, dass sie sich an keine Regularien zu halten hätten. Sie waren sogar so dreist, dass andere Geheimdienste diese deutschen osteuropäischen undefinierbaren Trottel von Gunther Schmid nur noch als Schwachsinnige und Unzuverlässige Leute bezeichneten, was in Geheimdienstkreisen einem Arbeitsverbot gleichkommt. Auch war es so, dass in den 90zigern keine Vertraulichkeit mehr vorhanden waren. Das gleiche galt beim Mossad, der sich rein strukturell wie eine Horde wilder Idioten aufstellte und sich selbst auch rein diplomatisch in den Abgrund führte und in der Szene disqualifizierte. Ich sollte im Jahr 1995 ein neues **SicherheitsKonzept** auflegen für den Mossad. Aber ich stieß immer an Verständigungsgrenzen, weil eine gemeinsame Grundlage fehlte. Man könnte fast sagen, dass es zwei widerstrebende Richtungen innerhalb der globalen Systeme, die eine produktive und ruhige und normale Entwicklung hemmten. Auf der einen Seite die sehr nervösen politischen Systeme, die sich in ständiger Agitation übten und rein emotional handelten und eine sehr unstrukturierte Handlungsweise und Organisationsweise hatten und auf der anderen Seite eine sehr durchstrukturierte und fast schon überregulierte und sehr starre Handlungsweise und Organisationsweise aufwiesen, die aber zu einer Uniformiertheit führten. Dadurch war aber auch das Denken in Situationen und damit situationsangepasstes Handeln in Situationen auch nicht vorhanden. Denn die eingeübten rigiden Verhaltensformen forderten ihren Tribut durch überkopftes Denken. Dieses überkopftes Denken kam aufgrund der **Tiefeninterpretation** zustande. Als Leiter von Gruppen würde man dazu sagen, dass der Sinn und Verstand im eigentlichen Handeln vermisst wurde und damit die Reaktionszeit zu langen wurde und auch die eigenen Handlungen und deren Sinnhaftigkeit gegen Null geführt wurden. An einem Beispiel konnte man das ganz gut beobachten. Die zwei Formen der Interpretationen gab es in das eine extrem zu genau und zu schlampig. Beides konnte man in einen sogenannten vertikalen Drei-Schichtenmodell sehr gut darstellen. Lediglich die Handlungsweisen und Verhaltensweisen, die sich in der Mitte zwischen beiden Formen verhielten kamen zum Erfolg. Auszurechnen war diese Gegenstrategie anhand einer Wahrscheinlichkeitsrechnung für die Tragbarkeit bei Schiffen. Auf diesem Modell aufsetzend, musste ich in dieser Phase der osteuropäischen und Stasinazideutschen Aggressionsausprägung immer wieder den Springing-Poiting-Ball spielen. Das hieß ich musste in die echten und wirklichen Gefahrensituationen ohne Waffen und ohne Absicherung hinein, beispielsweise wenn etwas kesselte und musste wie ein schreiender Anweiser punktuell klarstellen, was nicht passte und dann wieder in den Ruhemodus sprich in den eigentlichen Nullpunkt sprich Leerlaufphase ohne Kommentar und ohne in Dauerschlaf zu verfallen, kommen. Gleichzeitig könnte man das auch als umgedrehte ins Positive Spinnennetztaktik springende Verquerung, sprich immer in die Spinnennetzmitte zurückkehren, bezeichnen, denn es mussten dabei Stimme und Tonart und Kontext und Inhalt passen und die Prämisse waren immer maximal 2 Minuten Sprechzeit Milieu angepasst. Das war aber bereits im Jahr 2000 sehr extrem, denn Jupp Joachimski hatte das Innenministerium in Niedersachsen falsch informiert und das in Berlin und in Nordrhein-Westphalen auch. Dadurch wurde ich auf die Abschussliste gesetzt, was ich nicht sehr prickelnd fand. Einmal schlug eine Granate neben mir ein, als ich dasselbe in Moskau machen musste. Auch in München und in London schickten mir Jupp Joachimski und Gunther Schmid Scharfschützen hinterher, aber nicht um mich zu schützen, sondern um mich zu erschießen und umbringen zu lassen. Im Jahr 1995 hatte Jupp Joachimski die Prämisse ausgerufen, dass es keine alten Juden mit gutem und ehrlichem Wissen über die jüdische Vergangenheit mehr gäben dürfte und alle umgebracht werden müssten. Er ließ die als Geheimdepesche verpackte Botschaft mit diesem brisanten Inhalt an alle arabischen und muslimischen diplomatischen Abordnungen in Deutschland schicken und hatte bereits ein **Konzept über eine angebliche Anti-Terroreinheit** zynischer Weise gegen Juden in seiner Schublade. Sara Bogosyan ließ er als mich auftreten und präsentieren und ihre Schwester Janine Bogosyan ließ er als angebliche neue Leiterin der Anti-Terroreinheit, die nicht mal genehmigt war vorstellen. Janine Bogosyan hatte er Jahre zuvor als angebliche Managerin bei

UPS vorgestellt, obwohl es mein Unternehmen war. Ich sollte mir dieses Theater ansehen und dachte mir nur, warum ich eigentlich es mir bieten lassen sollte, dass eine kleine bulgarische ungebildete Stasinazifamilienangehörige meinen Platz einnahm und sich als mich mit meinen Qualifikationen ausgab. Es war nicht nur dreist, sondern sehr zielgerichtet gegen mich. Ich fragte mich sowieso, wie ich diese Leute endlich wieder loswerden konnte. Die Mayinger Familie verfeinerte ihre Lügen über mich immer mehr und immer, wenn ich woanders hinfuhr und mich allein bewegte klebten sie wie Pickel an meinem Hintern. Man muss es wirklich so sagen, denn nie konnte ich allein sein mit Leuten die mir wichtig waren. In der Zeit fungierte Janine Bogosyan bei UPS für zwei Funktionen für Jupp Joachimski. Zum einen sollte sie vertuschen, dass ich die berechtigte Angestellte bei UPS gewesen bin und die Lüge, dass Susanne Schüßler für US-Army Postal Service gearbeitet hätte, vergessen machen. Denn diese Postbotin im damaligen US-Army Postamt in den USA war ich und nicht Susanne Schüßler. Zudem sollte Janine Bogosyan in dieser Position Post und Briefe für US-Army und von der US-Army und US-amerikanischen offiziellen Stellen abfangen und vernichten. Susanne Schüßler tat es später parallel mit Janine Bogosyan in einem noch größeren Netzwerk bei DHL und bei der Deutschen Post. Sie wollten damit nicht nur ein Verwirrspiel machen und sich als etwas Besseres ausgeben, was sie jemals waren, sondern sie wollten wirklich schädigend und ganz dreist handeln, wie sie mit Jupp Joachimski abgesprochen hatten. Er hatte ihnen dafür im Gegenzug meine Ansprüche versprochen.

Manchmal traten mir diese Leute, die sich in der Zeit als meine Familie bezeichneten, aber allesamt für den deutschen Geheimdienst arbeiteten und eigentlich Gunther Schmid und Jupp Joachimski unterstellt waren, mir mit offenkundiger Feindschaft und manchmal mit absoluten rücksichtslosen Hass entgegen. Es war zu sehen, wie sie immer, wenn sie mich sahen innerlich sträubten zuzugeben, was sie in der Vergangenheit bereits gegen mich getan hatten. Die Wohnsituationen waren immer dieselben und immer waren Schergen von der Mayinger Familien in meiner Nachbarschaft. Es waren nur Einzelpersonen, die wirklich ehrlich waren und denen ich vertraute. So kam es auch raus, dass in meiner Nachbarschaft in Moosach alle Leute aus diesen Jahren in der Yorckstraße und den Zeiten des Oktoberfestumzuges in meiner Nachbarschaft wohnten und sich abwechselnd und abgesprochen mit Peter Meier überwachen ließen. Am Schlimmsten war die Erkenntnis, dass die Julia Walter I Kopie immer noch Kontakt hielt zu der Familie Stephan Leiacker, die in Niedersachsen unter dem Schwiegervater Franz Mayinger geheiratet hatten und diese Verbindung und diese geheimdienstliche Verbindung mit dem illegalen Tarnnamen Mayinger und Tanja Mayinger und Karl Mayinger aufrechterhielten und damit indirekt zu mir, weil sie sich weigerten den Namen Mayinger als illegalen geheimdienstlichen Tarnnamen aufzugeben und mir endlich meinen ursprünglichen Geburtsnamen zurückzugeben. Auf der anderen Seite meiner Nachbarschaft lebten zum einen Beatrix Kantenwein alias Bridget Jones alias Barbara Meier, die mich in Italien gekreuzigt hatte und ein paar Häuser weiter Tom Pau alias Köhler, der mir mein Kind im Siebten Monat aus dem Bauch schneiden ließ und mich aus den USA nach Deutschland verschleppte und mir zwei Liter Blut abzapfte, was er dann trank. Die andere Seite war besetzt mit dem Bruder von Karell Hubka Dieter Hubka und er provozierte mich andauernd mit seiner Tochter Delphine Krantz alias Delphine Hubka alias Prinzessin von Sachsen Coburg und Gotha, die er weiterhin als Prinzessin Delphine von Sachsen Coburg und Gotha ausgab und seinen damit zusammenhängenden belgischen Deal, nervte. Die Familie Leiacker waren Tschechen und der Sohn Stefan heiratete Coco alias Edeltraud Wlaczik eine angeheiratete Cousine von Susanne Schüßler, die den polnischen Cousin Thomas Wlaczik geheiratet hatte und die osteuropäische Seite geheimdienstlich abdeckte. Kathrin Leiacker war eigentlich nicht mit Florian Stephan verheiratet, der als Ingenieur mit Tom Pau alias Köhler bereits in Niedersachsen zusammen gearbeitet hatte bei Franz Mayinger an der Universität. Tom Pau alias Köhler verkuppelte der Großvater Franz Mayinger mit seiner abartigen und absolut mörderischen Enkeltochter Jessica Traue. Jessica Traue wiederum heiratete, später parallel aus zweckdienlichen Gründen Andreas Schmitz einen Polizisten aus NRW und bekam, wie gesagt 5 Kinder mit ihm. Die Schwester der Schwiegertochter von der Familie Leiacker hieß Magdalena und arbeitete für Jupp Joachimski gemäß ihres Opus Die Gelöbnis für ihn in der katholischen Kirche. Sie hatte Adam geheiratet gemäß des Opus Die Ritus und war damit eine heilige Verbindung eingegangen, die nie geschieden werden konnte. Zur Folge hatte das, dass auch das Erbrecht und die Vermögensrechte an die Sekte Opus Die übergingen. Sie gehörten alle zu der geheimdienstlichen von Jupp Joachimski und Gunther Schmid geschaffenen Parallelwelt. Jupp Joachimski hatte mehr die Ideologieschiene übernommen mit der Führung der einzelnen Glaubensrichtungen und Gunther Schmid mehr die politische Ebene. Es war auch so, dass innerhalb der Maria-Ward-Klasse eine radikale Zweiteilung stattfand, die bereits in der Unterstufe begann. Die einen waren in das Extrem des Nonnendasein gepresst, weil sie einen sogenannten Keuschheitsorden beitraten, so wie das Tanja Trumm tat. Später taten das auch Anja Meier und Sandra Detzer. Wobei letztere es wohl eher unfreiwillig tat, weil sie keine beruflichen und finanziellen Zukunftschance aufgrund ihrer Lobodomie durch Franz Mayinger mehr sah. Das andere Extrem war die Prämisse eine aktive und attraktive Geheimagentin mit der absolut widerlichen Hinterlegung eine Edelprostituierte auch zu sein. Die meisten, die diese Variante wählten, wählten ihren eigenen Tod. Es war eine Wahl zwischen Schwarz und Weiss und dazwischen gab es nichts. auch hatte Franz Mayinger genau dieses Zukünftige Entwicklungsschema für die nachfolgenden Mädchenklassen vorgesehen. Er hatte in den nachfolgenden Jahren als ich auf der Schule war das Bildungsniveau auf ein Minimum gedrückt und niemand von diesen Leuten konnte wirklich in der realen Welt bestehen. Nur in wirklich abgeschirmten Mikro-Kosmen, die extra von

Gunther Schmid und Jupp Joachimski geschaffen wurden. Man muss sich vorstellen, dass es zu diesem Zeitpunkt als diese Form des geheimdienstlichen Systems aufgelegt sprich verbreitet wurde, es keine rechtliche Fundierung und keine finanzielle Hinterlegung gab. Jupp Joachimski nannte diesen Zustand eine Art des „Zwischen den Zeilen Wandeln". Was so viel bedeutete, nichts ist illegal, so lange man es begründen kann mit Rechtstexten und wenn es noch inhaltlich so schief und misstönig sei. Für die Rechtswelt war Jupp Joachimski eine absolute Katastrophe und nichts war wie vorher. Selbst die sogenannten rechtlichen Überbrückungsversuche konnten nicht darüber hinwegtäuschen, dass sich in der juristischen Welt etwas evident verschoben hatte und das zum Schlechteren. Es konnte auch nicht mehr darüber hinweggetäuscht werden, dass auch auf internationaler Ebene nicht nur der Ton rauer wurde, sondern auch feindseliger. Das internationale Parkett war betrogen worden und zwar auf ganzer Linie! Es war nicht nur eine kleine Randbemerkung in irgendeiner Akte oder in irgendeinem Protokoll – Nein es zog sich wie ein roter Faden durch alle Akten und alle Unterlagen. Als ich das erste Mal in der UNO Vollversammlung war, war ich 8 Jahre und gerade dabei afrikanische Kriegsverbrechen aufzuarbeiten. Es waren alle großen Führer aus Afrika an den Tisch gekommen unter anderem auch der libysche Muhamar Ghaddafi, der sein Zelt auf dem Vorplatz in New York vor der UNO Zentrale aufgebaut hatte. Seine ausschließlich weibliche Leibgarde war auch gekommen und die Frauen trugen Leopardenfelle als Umhänge. es ging um die Neuordnung der Welt nach dem Fall der Mauer und nach dem Fall des Eisernen Vorhanges. Ich durfte in der fünften Reihe im Plenarsaal sitzen und rutschte dann auf die erste Reihe vor an einer Außenecke. ich blieb nicht bis zum Schluss und musste danach wieder hin, aber die Schrecken von den Schilderungen des Vorgefallen und von den damaligen sehr präsenten Gräueltaten blieben. Eine vollständige und akkurate Aufarbeitung und Richtigstellung erfolgte nie und blieb bis in das 21. Jahrhundert aus. Ich reiste mit meinem eigenen Privatjet und ansonsten sahen mich die meisten und sagte das auch ganz offen, als eine verzogene und reiche und überdrüssige Göre. Ohne zu ahnen, was hinter meiner Fassade bebte und tobte. Als ich 16 Jahre alt war, fuhr ich nach Frankfurt und bestellte mir mit meinem eigenen Geld und mit meinem US-amerikanischen Führerschein ein Mercedes Cabriolet. Das war zwar Jahre später aber immer noch ging die verbal von Peter Meier und der Mayinger Familie aufgesetzte Eigenschaften als fremde Schilderungen von mir ab. Sie klebten wie hässliche ätzende Lügen an mir und zu ihren Problemen wurde ich aber dann immer gerufen, denn sie fanden keinen besseren Trottel. Man muss sich vorstellen, dass ich nie etwas wirklich mit diesem Geheimdienstmilieu zu tun hatte, denn es interessierte mich einfach nie. Ich war einfach aufgrund politischer und deutscher Interessen darin gefangen und musste als Kind ein sehr sadistisches bis teilweise schon krankhaftes Gewirr an Emotionen ertragen. Ich konnte dann mit 12 Jahren zu den Special Forces und hatte eine Zeit lang meine Ruhe. So dachte ich! Aber als ich mit 15 Jahren eine Leitungsfunktion in Bonn übernehmen sollte auf der deutschen Seite der Spezialkräfte, wurde ich dreist zur Seite geschoben und meine Daten bis zur heutigen Zeit von der Familie Schmitz fremdverwendet. Ich war damals nach Europa zurückgekehrt, weil meine Tochter Samira aus unserem gemeinsamen Haus in Beverly Hill entführt worden war, während ich an meiner Arbeitsstelle im Krankenhaus über meinen PC mit ihr chattete. Ich kochte vor Wut und meine Informanten in Europa sagten mir, dass Samira in Osteuropa sei. Ich flog nach Europa und brach wieder alle Brücken hinter mir ab. Ich befürchtete schon das Schlimmste und dem war auch so. Es war eine Falle und die Deutschen um Gunther Schmid und Jupp Joachimski und die alten Feindesfamilie Mayinger wollten mich in Osteuropa hinrichten lassen. Ich entkam nur knapp und wurde mehrfach in der Zeit nach Rumänien und nach Polen und nach Tschechien verschleppt. Später musste Dieter Hubka zugeben, dass das alles während seiner aktiven Spionagezeit in der Bayerischen Staatskanzlei war und er ein Freund von Erich Johann Kornberger war, der wiederum der Ehemann von Delphine Krantz alias Delphine Hubka alias Prinzessin von Sachsen Coburg und Gotha seiner Tochter war. Sie hatten alle Verschleppungen von mir nach Osteuropa eingefädelt und in Auftrag gegeben. In dieser Zeit musste ich in Moosach leben, wo eben auch alle seine Späher wohnten und immer noch wohnen.

3.6 Die Hassspiralen nach dem Auffliegen von Tanja Mayinger geheimdienstlichen Privatverbindungen!

In der weiteren Nachbarschaft siedelte sich auch noch die Verwandten von Walter Winkler an und seine leibliche Tochter Carolin Winkler lebte in direkter Nachbarschaft zu mir und stalkte mittels ihrer Verbindungen zur Stadt München mich in der Zeit und jedes Mal, wenn Jupp Joachimski und Gunther Schmid ihr Exschwiegervater sie darum bat mit ihrem städtischen Personal und ließ mich bedrohen. Verstärkt fingen diese Szenerien im Jahr 1994 als Carolin Winkler begriff, dass ich nicht zu ihrer Familie gehörte und sie eine komplette Fremde war und sie sich damit abfinden musste, dass sie mit Tanja Mayinger und Florian Haas und Jessica Traue und Sebastian Wieberneit und seinen Zwillingsbruder und seiner Gunda Nitzsche und Susanne Schüßler und Thoma Georg Wenninger und Janine Bogosyan und Sara Bogosyan und Katja und Karin Schmitz und Katharina Petrussek und Peter Meier in direkter genetischer verwandt war und nie auf die Füße kommen würde wenn sie mir nicht meine Sachen zurück geben würde. Sie hatte sich auch wie der Rest der Familie als Prinzessin ausgegeben und galt in Gunther Schmid Kosmos als Rückendeckung für diese Delphine Krantz alias Delphine Hubka alias Prinzessin von Sachsen Coburg und Gotha. Katharina Petrussek wohnte eine Zeit lang im direkten Nachbarhaus und weigerte sich bis ins Jahr 2000 sich zu erinnern, was damals alles geschehen war in Berlin und in NRW. Janine Bogosyan kam immer abwechselnd zu Besuch zu Tom Pau alias Köhler und zu Familie Stephan Leiacker. Ihre Cousinen waren mit einer Lehrerfamilie von der Familie Stiglbauer verheiratet und liiert. Eine gesamte Häuserzeile in der Siedlung war mit jugoslawischer Verwandtschaft von Janine Bogosyan besetzt und die Familie Hilbig waren Trauzeugen bei der Hochzeit Tanja Mayinger und Florian Haas. Katja und ihre Schwester Anna Sorovkin waren mit der Patchworkfamilie ihres Vaters Arnulf Melzer mit der polnischen Verwandtschaft von Susanne Schüßler verwandt und hatten aufgrund der polnischen Schauspielerin Joana Radko Mintzlaff mit ihrer größten Rolle als angebliche polnische Jüdin in Auschwitz, die den Bruder von Stephan Gleißner einen Schreiner namens Andreas geheiratet hatte, auch mit den geheimdienstlichen Familien in Pullach und in Grünwald verwandt. Die tschechischen Schwestern Eva Maria Reisch alias Eva Kasper und Steffi Gänse waren nicht nur Nachbarn des Stiefelterlichen Hauses in der Häuserzeile von Jessica Traue und Kathrin Traue und Susanne Schüßler und Hanna Traue und Tim Traue im Spatzenwinkel in Gröbenzell seit 1991, sondern waren auch in meiner Nachbarschaft über die Familie Wiedl direkt verbunden mit dem steuerrechtlichen und finanzamtlichen Zweig von Gunther Schmid und Jupp Joachimski undefinierbaren Organisation. Zynischer Weise war diese Familie Wiedl direkt befreundet und familiär verbunden mit der Familie Ettengruber, die mich damals zwangen zusammen mit Jupp Joachimski ihnen meinen Carl Spitzweg ein sehr wertvolles Gemälde aus meinen zwischen gelagerten Beständen in dem Seitenflügel der einstigen Münchner Residenz an der Prinzregentenstraße zu geben im Jahr 1992. Sie weigerten sich immer wieder meine Steuernummer richtig zu stellen und waren über die fas GmbH eine Fachakademie für steuerrechtliche und rechtsberatenden Berufe mit sämtlichen Finanzämtern und Steuerberatern und Finanzministerien innerhalb Deutschlands verbunden. Ihr Steuertricks und ihre illegalen Aneignungen mittels Jupp Joachimski falschen Urteilen waren bekannt. In der Steuerkanzlei der Familie Graf, die damals Mittäter in den USA waren, arbeiteten auch Eva Maria Reisch alias Eva Kasper und Steffi Gänse ihre Schwester und auch Tanja Mayinger und später Christl Paul alias Mayinger. die Frau Monica Ettengruber arbeitete auch in einer Steuerkanzlei und war die Schwägerin von Mary Kürzinger, die damals sehr geschädigt wurde aufgrund des Verwirrspieles von Barbara Nowak und Maria Bogosyan. Das Programm Roter Spatz wurde damals von Jupp Joachimski als neues Ausbildungsprogramm und Lockmittel in Russland angepriesen. Gemäß diesem Programm waren unmenschliche und abartige Prüfungen vorgesehen, die auch seine eigens deswegen geschaffene Straßennamenstaufe Spatzenwinkel begründeten. Dieses Ausbildungsprogramm sah vor, dass es eine nicht begrenzte Zeit lief und auch nicht regional begrenzt war. Es sollte ein Globus umspannendes Netzwerk genutzt werden und eingenommen werden von den Gunther Schmid Leuten und dann später als sogenannte harte Survival Camps während eines **Assessment Center** zu nutzen. Das **Assessment Center** selbst sollte nicht nur alle Gefängnisse der Welt miteinschließen als eventuelle Realszenarien, sondern auch Psychiatrien und Geheimgefängnisse, so wie kriminelle Organisationsverstecke und Örtlichkeiten. Die Schwierigkeit war zusätzlich, dass keine Außensicherung war und eigentlich man dieses Programm auch Nirvana bezeichnen hätte können. Denn die Unstrukturiertheit und Ungesichertheit hatte System. Anders als in vorherigen Ausbildungsprogrammen sollte sogar die kleinste Absicherung des Kandidaten wegfallen und aus dem Bewerber einen nackten Menschen machen, der es entweder wieder in ein normales Leben schaffte und darin wieder gestärkt Fuß fasste oder eben in der Gosse liegen blieb und so weit wie nie zuvor von dem gewünschten Ziel Geheimagent war. Es war auch so, dass die aus der Bundeswehr und aus der Polizei angeworbenen Leute meist nicht mal mehr einsatzfähig für ihre erlernten Berufe. Niemand war wirklich mehr der er oder der sie war. Die Diffusität der Auswirkungen auf jeden einzelnen Menschen waren durchaus unterschiedlich, aber die Anfangsphasen und später die Folgephasen schilderten alle in gleichen Grundstrukturen. Auch die körperlichen Grundschädigungen waren alle gleich und ähnelten sich auch, gemäß der Altersgruppen. Aber wie gesagt bis in den Anfang der 90ziger war nicht mal bekannt, was dieses **Assessment Center** und die Ausbildungsphasen umfasste und wie sie ausgestaltet waren und warum sie überhaupt abgehalten wurden. Jeder der sogenannten Kreisläufe begannen immer mit einem Mord den die sogenannten Kandidatinnen und Kandidaten von Jupp Joachimski und Gunther Schmid begehen sollten. Die eigenen Kinder wuchsen mit ihren Kindheitsmorden in die Kreise hinein.

Es war auch so, dass diese Familie Mayinger, die als komplette Geheimdienstfamilie gesehen werden kann und mit leiblichen, wie auch mit hinzugefügten fremden Leuten ausgestattet war. Es war auch so, dass diese immer vergrößerte Geheimdienstfamilie mit neuen Leuten eine sogenannte Kipp Hebel Wirkung zur Einführung in diese Menschenfressende deutsche und osteuropäische Geheimdienstfamilie zu verbinden und einzubinden. Dazu wurde demjenigen und derjenigen alles genommen, um die Bindekraft zu erhöhen und so die Einbildung des neuen Familienmitgliedes zu erhöhen, dass diese Familie hinter ihm oder ihr stünde und jeder andere wertlos sei. Es war so, dass niemand begriff, dass dieses Element des gemeinsamen Mordens und Körperverletzens, allen außer mir und meiner Familie gemein war. Uns wurde es sehr unangenehm über die Jahrzehnte zu sehen, wie die Nachbarschaft immer und immer wieder gestraft wurde und zu sehen, wie sie, die offengründigen Zusammenhänge leugneten und mit logen von den Leuten von damals. Es war auch so, dass Tom Pau alias Köhler im Lehel genauso wie Jessica Traue und Kathrin Traue und Tanja Mayinger und Gunda Nitzsche mit Sebastian Wieberneit und Hans Lauter und Gunther Schmid und Susanne Schüßler du ihr als Geheimagent deklarierter polnische Freund Smith jeweils eine Wohnung im Lehel hatten und diese Konstellation, die allen bekannt war, nutzten mit den **Grundmustern**, die entstanden waren in der Zeit von Barbara Nowak. Dazu muss man wissen, dass dieser Mister Smith McDonald's Leiter am Rotkreuzplatz gewesen war und dort Jessica Traue und ihren damaligen polnischen

Freund Adam einstellte und zuvor von Jupp Joachimski beauftragt wurde seine Stieftochter Jessica Traue einzustellen. Die Ehefrau von Smith Finkeldey alias Gickelhorn war mit mir in einem Recreation Center der US Army in den USA und sollte dort eine psychologische Therapie erhalten. Mit ihr zusammen war Barbara Nowak in Therapie, die sich dann beide scheinbar als Geheimagentinnen anfreundeten. Innerhalb eines abschließenden Gespräches antwortete Finkeldey alias Gickelhorn, dass sie nie Geheimagentin sein wollte und immer der Verfassung der USA dienen wollte als normaler Bürger. Ich war wegen meiner schrecklichen Erlebnisse und der PTS dort in diesem Recreation Center. Aber Barbara Nowak gab sich als Opfer aus und behauptete vor der Finkeldey alias Gickelhorn, dass sie Geheimagentin sei und nun wieder aufgebaut werden müsste von ihrem Arbeitgeber. Beide kamen aus Niedersachsen und die Mutter von der Finkeldey alias Gickelhorn wurde später Politikerin der SPD in Niedersachsen. Ebenso wurde eine Cousine von der Finkeldey alias Gickelhorn später die Vermieterin von Sven Dorn in Schwabing und damit blieb die Informationskette zwischen Arnulf Melzer alias Pritz und Katja Pritz alias Melzer und Jessica Traue alias Greher alias Schmitz alias Heuer erhalten. Das zynische an der Situation war, dass die Finkeldey alias Gickelhorn später vor dem US-Senat schwor und ihr Ehemann Smith ebenfalls, dass ich eine Doppelagentin sei und dass ich überhaupt eine Agentin sei. Die Finkeldey beleidigte mich später im Lehel als ich kurze Zeit dort wohnte enorm. Martin Huber war mit hinterhergefahren und hatte sich in meiner Wohnung eingenistet. Er fand das alles irgendwie lustig. Als er mich verprügelte und arbeitslos war und ich das zigste Mal die Polizei rief, dass sie ihn mitnehmen sollten und sich weigerte zu gehen, ging ich für immer aus der Wohnung. Er hatte ein Verhältnis mit der Finkeldey alias Smith alias Gickelhorn angefangen und mit Barbara Nowak auch. Ebenso hatte Tom Pau alias Bogosyan alias Traue alias Köhler und Andreas Strobl alias Scheuer ein Verhältnis mit beiden angefangen. Mir war es eigentlich egal, denn ich hatte mit Martin Huber nichts und ich wurde ihn aber nicht los. Er war arbeitslos und konnte nichts tun. Jessica Traue und Janine Bogosyan und Magdalena Wlaczik alias Himmler alias Salmen alias Romanescu vögelten mit dem Ehemann von der Finkeldey Smith und ich hielt dieses ständige hinterfotzige Anlügen im Hausflur nicht aus. Sie beschimpfte mich auf dem Hausflur, dass Martin Huber es viel besser mit ihr im Bett hätte und ich nur eine billige Nutte sei. In Wahrheit war ich von Anfang an US-Soldatin und sie selbst wurde mit ihrem Ehemann bei Gunther Schmid und Jupp Joachimski eingestellt. Aus dieser Verbindung Jupp Joachimski und öffentliche Events in München stammte auch die geheimdienstliche deutsche Namensvergabe Gickelhorn. Der Name Gickelhorn wurde verknüpft mit dem deutschen Geheimdienst in Pullach und später in Berlin und Jupp Joachimski bürgte ebenso wie Gunther Schmid persönlich. Jupp Joachimski kannte Smith nicht aus den USA, sondern hatte ihn als polnischen Agenten in den USA angestellt. Jupp Joachimski verschwieg zusammen mit Gunther Schmid ihre Absprachen, aber sie behaupteten, dass sie ein Recht hätten, weil Julia Walter I sich mittels den letzteren beiden für mich ausgab. Dieser McDonald's Leiter hielt auch auf die Absprachen mit Jupp Joachimski und Gunther Schmid den Kontakt zum Edeka am Rotkreuzplatz, wo sich Janine Bogosyan als geheimdienstliche Filialleiterin aufhielt. Ebenso beschäftigte sie Ingrid Wolf alias Blumoser und ihre Stasinazitöchter Birgit Wolf alias Blumoser alias Dr. Isabella Walchshofer Fischer und Martina Wolf alias Blumoser als Springerinnen und Einräumer und Drecksarbeitsausführer. In dem Edeka arbeitete auch Adam eine Zeit lang als Filialleiter und war der Ehemann von einer Polin Magdalena einer Cousine Susanne Schüßler. Man muss verstehen, dass diese Leute alle Kapitalverbrechen auf dem Gewissen hatten und immer weitermachten und keine Einsicht geschweige denn Reue zeigten. Sie waren sogar so dreist, dass sie die früheren Verbrechen 20 Jahre zuvor unter den Teppich kehren wollten und sich immer noch nicht stellen wollten, aber Gunther Schmid und Jupp Joachimski und Tanja Mayinger nicht genügend Geld hatten um für neue **Identitäten** aufzukommen. Das Schlimme daran war, dass alle über die Jahre sich zusammengegluckt hatten und ihre Taten einfach weitermachten. Ebenso ging die Familie Reisch von Eva Maria Reisch alias Eva Kasper und Steffi Gänse alias Graf und die Familie Wieberneit und Familie Petrussek ein und aus in den Mietshäusern im Lehel und beriefen sich in ihrem Handeln auf die Gefangenschaft und Sexdienste von Barbara Nowak in der Kellerwohnung. Parallel dazu verbrachten ihre Fickfotzenhurenschlampentussen Janine Bogosyan und Katja und Karin Schmitz ihre Sexdienste. Man muss dazu wissen, dass Katja und Karin Schmitz und Janine Bogosyan ihre Stammkunden teilten und auch sich gegenseitig zu schusterten.

Karin Schmitz hörte laut eigenen Aussagen im Jahr 2000 endgültig auf als Edelhure zu arbeiten und verteilte ihre Stammkundschaft auf Katja Pritz und Janine Bogosyan. Katja hatte ein Vertuschungsproblem, da eine Leiche eines ihres ermordeten Freiers im bayerischen Oberland aufgetaucht war. Es war in einer ländlichen Gegend am Rand der Alpen. Es ermittelten Stefan Schultze und Mike Krettek und die Leiche des Freiers lag in dem Bedienungsbett. Über eine angebliche Absicherungsschaltung wurde das Zimmer in dem Bauernhof gefilmt und ein Kabel lief über eine Hängeleitung in das andere Gebäude. So war Katja bei ihren Diensten gefilmt worden. Aber aufgrund der beiden Polizisten Mike Krettek und Stefan Schultze, die Beiden zu Katja hielten wurde nicht weiter ermittelt und der Mord wurde zu den Akten gelegt. Für ihre Prostituiertendienste wurden die Arbeitszimmer immer geteilt und getauscht und mehrfach belegt. Zudem wurden die Räumlichkeiten auch anderweitig genutzt und als Gefängnis und als Folterstube genutzt. Sebastian Wieberneit Schwager war ein afrikanischer Jude des Mossad und gab sich immer, wenn Jupp Joachimski und Gunther Schmid es wollten, als irgendjemand Bekanntes aus. er war laut eigenen Erklärungen dem Mossad an und tat für den deutschen Verfassungsschutz, der vertreten war durch den Cousin von Sebastian Wieberneit Alexander Wieberneit, alles und auch die Drecksarbeit. Parallel dazu war diesen Mann erklärt worden, dass Jessica Traue auch beim Mossad arbeiten würde, obwohl das nicht stimmte. Ich hatte im Jahr 1995 das **SicherheitsKonzept** des Mossad aufgestellt und aus diesem Grund war alles was diese Leute sagten und behaupteten über den Mossad in meinen Ohren nur Drehwürmer. Jessica Traue war auch diejenige die damals meine leiblichen Eltern an den Mossad verraten hatte und sich als Jüdin ausgab, wie später auch ihre andere Cousine Sara Bogosyan. Man muss dazu wissen, dass diese Stasinazifamilie sich immer gegenseitig heiratete und dazu auch über genetische Grenzen hinwegsprangen. Normalerweise war es so, dass die Geheimagenten eine echte Familie hatten mit Kindern und Frau und eine zweite Arbeitsfamilie. Aber diese grundständige Konstellation änderte sich sehr, wenn es sich um Auslandsaufträge handelte. Denn je nachdem wie lang dieser Einsatz dauerte, kamen noch echte Tarnfamilien mit Kindern hinzu. In den Zeiten vor dem Mauerfall kamen diese Familienbeziehungen meist nicht in die Öffentlichkeit und verschwanden hinter dem Eisernen Vorhang und wurde meist verschwiegen. Ich muss dazu sagen, dass ich mit 11 Jahren in ein Kriegsgefangenenlager nach Sibirien geschafft wurde mittels eines Zuges. Wir waren circa 50 Jugendliche, die von Jupp Joachimski verurteilt worden waren vor einem Berliner Jugendgericht als Schwererziehbar und als Asoziale Individuen. Wir bekamen Fellmützen vor der Abfahrt geschenkt und saßen in einem Viehwagen, um nach Sibirien zu gelangen. Nahezu 90% der Verurteilten von uns hatten nichts getan außer frech zu sein und sich verbal zu wehren gegen Jupp Joachimski Unverschämtheiten und Versuche uns zu geheimdienstlicher Tätigkeit zu zwingen. Ich war ganze zwei Wochen in dem Arbeitslager. Es war bereits Winter im Oktober und die Schneedecke reichte über die Knie. Ich hatte mir noch Pelzmäntel besorgt um zu überleben. Die Tundra war erst mit Heidekraut besetzt und mit goldenen Birken. Einmal lief ein Wolfshund neben unserem Zug und ich schmiss ihm ein bisschen Brot hin. Ich hatte im Lager ein bisschen Glück, weil ich für den Lagerarzt arbeiten durfte und vieles schon konnte. Meine Füße froren und zu essen gab es wenig. Lediglich im Feldlazarett gab es etwas Suppe und etwas warme Mahlzeiten. Ich schmuggelte immer etwas in die Holzbarracken, in denen wir in Dreier Stockbetten schlafen mussten und gab es den Anderen. Magdalena Wlaczik die angeheiratete Cousine von Susanne Schüßler war auch Krankenschwester, aber sie stand auf der Nazistasiseite. Sie war eine stupide Frau mit Sommersprossen und braunen Augen. Ihr Gesicht war typisch schlesisch und war später in den Psychiatrien in Deutschland als Patientin bekannt.

Magdalena Wlaczik sah mir sehr ähnlich, aber ich war eine komplett andere Person. Magdalena war Polin wie ihre in Tschechien aufgewachsene Schwester Edeltraut Wlaczik genannt wurde sie nach ihrer Hochzeit mit Stefan Leiacker Coco Leiacker. Magdalena war auch die Cousine von Anna Sorovkin und deren Schwester Katja Pritz. Diese Beiden hatten auch Sommersprossen, jedoch blaue Augen. Zusammen mit ihrer polnische Schauspielerfreundin Joana Radko Mintzlaff war diese polnische Fünferclique komplett. Joana Radko Mintzlaff alias Scheuer und Magdalena Himmler alias Walczik alias Wlaczik spielten später in dem Ausschwitz Film von Julia Walter, gemäß dem **Markgrafschen Prinzip**, mit. Darin wurde laut Filmdrehbuch nur gespielte Folterszenen gezeigt. Aber die Szenen waren real gespielt und waren laut dem **Markgrafen von Nitzsch** somit echter und mitfühlender. Am Schlimmsten waren die realen Menschenversuche und Folteroperationen, die echt waren mit echten Juden. Viele jüdische Schauspieler aus dem Warschauer Ghetto die halb freiwillig halb unfreiwillig mit Essen gelockt als Schauspieler nach Auschwitz 1991 kamen und dort wieder die Rolle als Opfer einnehmen mussten. Es war schlimm diese Freundesclique ohne Gnade zu sehen. Voller unheiligem Hass auf Juden und voller Abscheu vor Leuten, die sich nicht wehrten und den friedlichen Weg Mahatma Ghandi vorzogen. In dem Ghetto machten sie die Nazistasiarbeit und später im Kriegsgefangenenlager in Russland machten sie es auch. Magdalena machte die Schmutzarbeit für die Naziwärter und schlief mit den vor Ort Ärzten. Meine Füße waren wund und ich hatte harte Holzschuhe an, denn meine alten Turnschuhe waren kaputt. Ich verband meine Füße mit Tüchern und konnte so die Beulen in meinen Sohlen kaschieren und die Schmerzen so geringhalten, wie es nur ging. Ich klaute mir im Feldlazarett Lederfellstiefel und nach zwei Wochen fasste ich den Entschluss zu flüchten und zu türmen. Es war mitten im Winter und das Wetter wechselte zwischen Sturm und leichten Schneeflocken. Über Tags musste ich in der Mine schuften und danach die alten in dem Feldlazarett versorgen. Eine kleine Minenbahn führte aus der Mine über die davorliegende Kiesgrube auf einen Abladeplatz in der Tundra. Auf der Bahnstrecke war ein kleiner Wagon befestigt in den ich kroch und das erste Mal entdeckt wurde. Der Wagon blieb an der Schranke hängen und ich wurde von dem Soldaten in dem Wachturm entdeckt und rausgezerrt. Danach wurde ich verprügelt und halb totgeschlagen. Ich kam dann diesmal als Patientin in das Feldlazarett. Mein rechtes Auge war rot unterlaufen und meine linke Augenbraue war blutig aufgeplatzt. Ich musste trotz nahe an der Bewusstlosigkeit immer wieder aufstehen um zu heizen im Krankenlazarett, damit ich nicht erfror bei -40 Grad. Danach war mein Wille nur noch stärker und ungebrochen. Ich flüchtete ein zweites Mal und rannte immer gen Norden. Niemand folgte mir und kam auch nicht hinter mir her. Ich sollte Selbstgespräche führen, um vor Einsamkeit und erbitterter Wetterlage nicht verrückt zu werden. Ich lief Richtung Küste und erreichte sie und den dortigen Marinehafen Dickson. Ich lief nahezu 800 Kilometer und brauchte ein halbes Jahr bis zu der Küste. Ich ernährte mich von Birkensaft und von Gräsern und von Äpfeln, die es dort in der Tundra gab. Manchmal traf ich auf Daggias mit Imkern oder Jägern, die mir etwas zu essen anboten. Ich nahm dankbar an und arbeitete ein paar Tage dort, um das Essen abzuarbeiten und lief weiter. Manchmal traf ich auf Soldaten mit denen ich ein paar Kilometer marschierte. Manchmal traf ich in kleinen Dörfern auf Jahrmärkte und wurde sehr berührt von dem schrecklichen Schicksal der dortigen Tanzbären. Einmal bekam ich ein Gewehr geschenkt und jagte Hasen, die ich dann briet über dem Feuer. Einmal musste ich vor einem wilden Braunbären auf einen Baum klettern und war überrascht aber auch fasziniert von dessen Größe und Stärke. Danach sah ich den Grund und es war eine Bärenmutter und ihr Junges war ganz in der Nähe versteckt. Es war klein und sehr putzig, aber ich fasste es nicht an. Einmal traf ich auf eine Truppe Treckreisender, die eine Maultierkarawane hatten und lief ein Stück mit. An der Nordgrenze der Tundra in Russland war bereits damals eine Art Naturschutzgebiet. IN diesem Naturschutzgebiet hatte ich eine Strafanzeige früher wegen illegaler Robbenjagd von Jupp Joachimski erhalten. Die Story war eigentlich ganz einfach und legal. Es war der dritte Treck aus Sibirien von den hintersten russischen Gefangenenstraflagern. Es gab nichts zu essen und als einzige Hilfsmittel hatte ich einen alten englischen Oldtimer als Treck-Anführer-Wagen erhalten. Dann hatte ich noch zwei alte Militärfahrzeuge Jeeps erhalten, die den langen Treck in zwei Abschnitte unterteilten. Ich hatte darauf geachtet, dass die Motoren auch mit normalem Speiseöl und mit Rapsöl betrieben werden konnten. Damals nannten sie das in Russland Industrie-Öl sprich eine Art Diesel. Als ich selbst in einem Strafgefangenenlager saß machte ich mich, wie gesagt selbst auf die Flucht in dem frühen Winter. Währenddessen schloss ich mich noch einer Gruppe Jäger an und kam dann in dem Marinehafen auf ein russisches Militärschiff, was in Richtung Murmansk in See stach. In Murmansk stieg ich aus und musste wieder mich allein durchschlagen. ich bekam noch eine kurze Mitfahrgelegenheit mit einem russischen Containerschiff, aber danach musste ich wirklich zu Fuß weiter. Leider brachte ich das erste Mal aus Russland eine undefinierbare Lungenkrankheit mit nach Deutschland, die mir niemand erklären konnte. Später wurde mir gesagt, dass der Begriff der Krankheit Mukoviszidose sei und auch damals weigerte sich die Familie Mayinger diese chronische Krankheit in meine echte Krankenakte einzutragen. Nicht weil sie ihnen peinlich gewesen wäre. Nein! Sie wollten diese meine Krankheit nutzen, um für sich selbst eine Rente zu beantragen, obwohl sie gesund waren. Als ich dann ein zweites Mal in Russland war flog ich einfach mit einer MIG einem russischen militärischen Jet mit und landete in Niedersachsen. Es war schnell und sicher und ich war so happy, dass ich nicht wieder Umwege wegen meiner fehlenden Papiere nehmen musste. Ich war eigentlich von allen Ländern in denen ich war sehr fasziniert. Eine Zeitlang musste ich auf den Broadway in New York auf der Straße als Künstlerin Limbo Tanzen und auch das machte mich glücklich, vielleicht weil ich alles was kam auch mit einem Augenzwinkern nahm egal wie schwer es mir wirklich fiel. Später wurde der Limbo-Tanz berühmt und eine Tanzlehrerin von mir wurde zu einem Internethit! Meine Tätigkeiten wurden von der Familie Mayinger totgeschwiegen wie meine Erfolge auch und beides nutzte sie zu ihrem eigenen Vorteil. Ich empfand alles als sehr abschreckend und mit 1992 kristallisierte sich immer mehr heraus, dass die Familien Franz Mayinger und auch die Familie Karl Mayinger sich nie dazu bekennen würden, was sie getan hatten. Auch über die Jahre hinweg bis 1999 ließen jeden Anstand vermissen, sich überhaupt jemals zu äußern in welchem Verhältnis diese Familien zu mir überhaupt standen. Im Jahr 1992 fand gleichzeitig die Gefangennahme von Barbara in der Kellerwohnung in der Rosenbuschstraße statt und später wiederholte sich dieses geheimdienstliche kriminelle Muster, welches damals begründet wurde, alle 5 Jahre. Immer beteiligt war der jüdische Schwager von Sebastian Wieberneit, obwohl mir bis zum Schluss verborgen blieb, ob der Schwager wirklich wusste, wie er benutzt und hinters Licht geführt worden war.

Dazu kam er in die Wohnung im Lehel von Smith und Gickelhorn und arbeitete mit den Nachbarn und seinen Familienangehörigen Jessica Traue und Tom Pau alias Köhler und Gunda Nitzsche und Sebastian Wieberneit und Hans Lauter und Tanja Mayinger und Susanne Schüßler und Kathrin Traue und Karl Mayinger und Charlie Petrussek und Katja Pritz und Karin Schmitz und Gerd Schmitz verbunden war und in klarer Abstimmung zusammen diese Taten begingen. Sie hielten unschuldige Leute in gemeinsamer Nachbarschaft gefangen und vergewaltigten und folterten und die Nachbarschaft hielt dicht und hatte nicht mal Rückgrat es der Polizei zu sagen. Tom Pau alias Köhler lebte im Lehel in der Rosenbuschstraße 6 parallel zu der Reihenhaussiedlung in Hausnummer 21! Zudem war Martina Erika Wichnalek mit einen rumänischen Agentenverwandten von Karin Schmitz verheiratet und sein Bruder aus Augsburg arbeitete in einem Augsburger Sicherheitsdienst um den Menschenhandel und die Schleusungen zu organisieren. Jessica Traue und Susanne Schüßler nahmen sich der verursachten Flüchtlingswaisen an, wenn sie die Eltern fachgerecht ermordet und verarbeitet hatten. Die Familie Smith Gickelhorn kannte nur Barbara Nowak als sie im Lehel hauste und übernahm die **Grundmuster** und arbeitete als Doppelagent für Osteuropa und für Gunther Schmid. Diese Art der Immobiliennutzung war nur eine Skala. Im Grunde nach kam jegliche erdenkliche Nutzung von Immobilien in Betracht nur eben mit negativem Hintergrund. Jupp Joachimski hatte dieses ganze im negativen Sinn hinterlegte geheimdienstliche in das geheimdienstliche Programm „Flüchtlingshilfe" mit einer Art Rundumservice gepackt und durchorganisiert und mit Zielprämissen belegt. Dass manche Flüchtlinge dabei verschwanden und seine gesamte Familie in diesen Kontext und mit diesem negativen Hintergrund eingebunden war, verschwieg er. Auch dass er nicht mehr weitermachen konnte, als ein Stasinaziversteck in Rosenheim aufflog und ein abgestellter Laster mit Leichen darin gefunden wurde, hinderte ihn nicht daran weiterzumachen. Man muss auch verstehen, dass die vordergründige Sinnlosigkeit bei deren Gespräche, weil man selbst in alten und normalen Mustern dachte bei den Gesprächen mit diesen Leuten keinen Sinn machte. Deren Verhaltensmuster und deren angelernten radikalen Erhaltungstrieb aus der Kindheit in Osteuropa war erhalten geblieben und die Prägemuster waren alle gleich. Da die Gespräche doppelt gesprochen wurden und Plattformen gewählt wurden, konnte es mal vorkommen, dass die Polizisten ein scheinbar harmloses Gespräch über das Wetter wirklich in diese Kategorie einordneten. Es war so, dass offensichtlich versteckte Relationen im

Gesprächsgefüge übersehen wurden. Aber niemand interessierte das Kettengliedgeflecht. Und so war es so, dass sich die alten Leute aus der Familien Franz Mayinger und Karl Mayinger zwar inhaltlich verstanden, aber wirklich die Bedeutung begriffen, taten es nur wenige. Als Beispiel kann man das sehr ungerechte Schicksal eines Soldaten, der sich um Arbeit zu erhalten in eine kaiserliche Uniform hineingezwängt hatte für den historischen Film des verrückten **Markgrafen** Gerhard von Nitsch in Berlin. Er hatte die kaiserliche Uniform an und war sehr vergnügt und sehr fröhlich und sagte dann als Jupp Joachimski sagte, dass er Berlin in die Luft sprengen werde, dass er sich ein Bein abschneiden würde und Jupp Joachimski die Aussage nicht glauben würde. Jupp Joachimski sah ihn mit bitterer und versteinerter Miene an. Dann wies Jupp Joachimski seine Stasimittäter an und ließ den Soldaten mit den Beinen voraus auf den Asphalt aus einem Fenster eines Berliner Mietshauses werfen. Beide Unterschenkel waren zertrümmert und danach war er arbeitsunfähig und arbeitslos und nicht krankenversichert. Er musste sich als Krüppel auf die Straße in Berlin setzen und vegetierte vor sich hin. Jupp Joachimski verweigerte diesen Soldaten die Rente und zu Lachen war diesen Soldaten nicht mehr zu Mute. Er hatte zertrümmerte Unterschenkel und diese wurden ihm amputiert. Er saß den gesamten Tag danach vor den Türen des Krankenhauses und bettelte für Prothesen. Es war im Jahr 1987! Jupp Joachimski verpackte den Vorfall noch höhnisch als Historienfilm und zeigte alles in schwarz – weiß. Die Formen der ernsten und sehr krassen und kriminellen Auslegungen von Aussagen Fremder war grundsätzlich zur Abschreckung und zur Respektverschaffung immer vorhanden in den Kreisen der Stasinazifamilien Mayinger.

So war es auch als ich mit Barbara Nowak aus der Mauerkirchner Straße und ihrem Gefängnis flüchten wollte. Wir trafen auf Boris Becker den Tennisspieler und seine damalige Freundin Babsi Feltus. Sie schienen freundlich zu sein und riefen die Polizei, weil ich kein Handy dabeihatte. Aber es war eine Falle. Später wurde mir mitgeteilt, dass Barbara Feltus eigentlich Tschechin ist und eine Tante von Katharina Petrussek und Eva Kasper. Auch ihr Name Feltus, der US-amerikanisch klang, war nur gelogen. Aber dieses Ereignis wurde nicht nur beobachtet von den Stasiaufsehern, die Barbara Nowak verfolgten aus dem Haus in der Mauerkirchner Straße, sondern auch eklatant beeinflusst. Die Polizei kam und stufte so wie es Peter Meier immer veranlasst hatte als psychisch krank ein und transportierte sie wieder in das Stasigefängnis in das scheinbare Privathaus in der Mauerkirchner Straße. Ich weinte und musste auch noch ertragen, dass Barbara Nowak später in der Schneiderei dem eigenen Schneideratelier von Karstadt Galeria Kaufhof eingestellt wurde. Sie war stolz wie Bolle und zeigte mir das erste Mal ihre eigene Arbeit, die sie sehr gut machte. Sie legte ihre neuen Papierschnitte die mit Schnittmustern bereits nachgezeichnet waren auf den Schneidertisch und lief zu jemanden der sie rief. Als sie zurück kam waren diese Schnitte weg. Katharina Petrussek hatte die aktuellen Schnitte der neuen Saison gestohlen und steckte sie in ihre Tasche. Sie nutzte diese Schnitte dann in einem eigenen Schneideratelier und setzte sie dort um. Ihrer Tante Barbara Feltus stellte Katharina Petrussek diese Schneiderstücke zur Verfügung und behauptete später, dass es die Entlohnung gewesen sei, dass Barbara eine kurze Zeit auf freien Fuß kam und dass Katharina Petrussek diese Schweigegeldentlohnung ausgemacht hatte. Als Barbara Nowak damals den Diebstahl der Schnitte bemerkte, gab es einen Riesenärger und der Designer beschimpfte sie als unnütz und Barbara Nowak kam in die Psychiatrie in der Möhlstraße. Es war die Strafe für ihr Entkommen. Mich fingen kurz daraufhin, als ich noch einmal in dem Gefängnishaus war, um Fotos zu holen und in die bayerische Staatskanzlei zu bringen, die Rumänen in dem Tunnel in einen Minivan gegenüber des US-amerikanischen Konsulates ab. Ich saß dort in auf einen Stuhl in einem Kerker und hatte nur eine schwingende Sternkugel um mich herum. Ich war sowieso fast ohne Bewusstsein und wurde irgendwann auf die Straße geworfen. Die Bilder fanden sie nicht und ich schickte sie dann mit der Post. Bis heute weiß ich sowieso nicht, was aus ihnen geworden ist, weil Dieter Hubka sowieso an der Quelle saß und der war bekanntlich Topspion aus Tschechien in der bayerischen Staatskanzlei. Irgendwann brachten sie mich mit einem Rumänen wieder nach Deutschland zurück. Der mir dann wie eine Zecke am Hintern klebte und mich dauernd heiraten wollte. So lustig wie sich das anhörte, war es leider gar nicht, denn er war ein cholerischer Idiot und versuchte sich als ständiger Begleiter mich mir anzudienen. In Wahrheit war seine Ausreise nur ein Deal und ich sollte nur die Bezahlmaus sein. Ein halbes Jahr später nach diesen Vorkommnissen eröffnete ich in Köln in einer verlassenen Fabrik ein Modeatelier mit Nähstudio und lebte in meiner darin befindlichen Penthouse-Wohnung. Ich hatte eine große weiße gusseiserne Badewanne mit goldenen Füßen. Ich schneiderte so vor mich hin und jettete so um den Globus. Ich modelte parallel dazu in Boutiquen in Köln und in Bonn und in Düsseldorf. Meine Marke Esprit war ein voller Erfolg.

In München hingegen war die Tschechin Barbara Feltus in die Kreise von Gunther Schmid inhaliert worden und wuchs immer mehr als Teil in das Gunther Schmid System. Sie war mit Boris Becker verheiratet und lebte laut Aussage von Gunther Schmid in Grünwald bei seiner polnischen Verwandtschaft in nächster Nachbarschaft. Später erfuhr ich, dass Barbara Feltus nur ein Deal war und ihre Namensvergabe Becker sich mit den Tarnnamensystem von den deutschen BND deckte. Dazu muss man wissen, dass die Tante von Gunda Nitzsche Verena Becker die Stasiterroristin war und ist, die eine Schwester von Maria Bogosyan ist. Verena Becker lebte ihr Leben lang zwischen den Zeilen und unter verschiedenen **Identitäten**. Sie hatte bis zu ihrem 45. Lebensjahr keine eigenen Dokumente und keine eigenen Daten und keine eigenen Versicherungen. Verena Becker war die Schwester von Maria Bogosyan geborene Nitzsche und lieh ihr regelmäßig die Krankenversicherung, die ihr zugesichert worden war aufgrund ihrer vielen Psychiatrieaufenthalte, ihrer Schwester Verena Becker. IN der späteren Zeit ab 1987 erhielt Maria Bogosyan eine Erwerbsunfähigkeitsrente und daraus speiste sich dann eine zusätzliche Krankenversicherung. Diese Rente teilte sie sich noch mit Barbara Nowak und aus der Zusammensetzung dieser verschiedenen Datensätze wurde ein Bezug auf die Namensvergabe Barbara Becker hergestellt. Gemäß dem **Prilblumen-Konzept** und des daraus wachsen und damit verbundenen Datentechnischen Verknüpfungen wurde aus dem Namenspool Barbara verschiedene Personen gespeist und versorgt. Barbara Nowak als angebliche Mutter von mir. Maria Bogosyan geborene Nitzsche als zweite angebliche Mutter von mir und Barbara Petrussek als gleicher Vorname bezüglich Barbara Nowak und Barbara Becker als Vertuschung für diese Begegnung in Bogenhausen. Barbara Feltus fing an, nach ihrem Boutiquenende, in einen neuen Zweig des bösartigen und so ungerechten Systems abzudecken. Es war das Pflegesystem. Aus dieser Tätigkeit erhielt sie den Namen Feltus und gab sich als Tochter ihres **Pflege-Schandi-Opfer** aus. Gunther Schmid bezahlte ihr nicht nur einen Pflegepauschale aus, sondern ließ sie auch noch tatenlos zusehen, wie ihrem vermeintlichen Vater beide Beine abgenommen wurden. Kontakte zu der echten US-amerikanischen Feltus wurden seitens des Gunther Schmid unterbunden. Der eigentliche US-Soldat Feltus war eigentlich über die US Army gut versorgt, aber Barbara Feltus hielt alles ab und erhielt noch über das Budget des Bundesinnenministerium und verschiedene Sportstiftungen der Sportpolizisten und Sportsoldaten zusätzliche Auszahlungen. Feltus war mit seiner Gehbehinderung komplett eingeschränkt und wie auch sein Bekannter Vater Fisher und ebenfalls US-Amerikaner durch sogenannte Stasi-Schadoperationen schwer beeinträchtigt. Gunther Schmid begründete beide Pfusch- und Schädigungsoperationen damit, dass sie beide Spione seien und eingeschränkt werden müssten in ihrem Handeln und Bewegen, weil sie so aggressiv seien. In Wahrheit war Gunther Schmid und Jupp Joachimski nur wahnhafte und paranoide Arschlöcher, die sich einfach über die Freiheit anderer Leute, die dazu unschuldig waren, hinwegsetzten. Manche Fehleroperationen konnte ich durch spätere Korrekturen wieder beheben, aber je mehr mir Franz Mayinger, der meine Hände aufgrund ihrer Gelenkigkeit, die man als Operateur braucht, als Zauberhände bezeichnete, brach, wurden meine Hände immer steifer und unbeweglicher. Er sagte mir einmal ins Gesicht, dass ich ihm zwar aufgrund meiner Schönheit entkommen sei, aber dass er auch mein medizinisches Talent zerstören würde. Ich hatte manchmal Operationen allein durchgeführt und operierte allein ohne Assistenz, aber nachdem mir der Mittelhandknochen einmal gebrochen wurde, war es damit vorbei. Das Erbe der Familie Feltus ging fälschlicherweise an die Familie Barbara Becker, obwohl sie nie verwandt waren. Meine Immobilien auf Long Island weigerte sich Katharina Petrussek noch rauszugeben und die Lebertransplantation, die ich bei Verena Becker durchführte musste ich doppelt und dreifach überprüfen, um nichts falsch zu machen und auch an keinem Organhandel teilgenommen zu haben. Die Zeit im Lehel als Barbara Nowak dort als Krüppel in der Gefängniswohnung gefangen gehalten wurde, bekam sie anscheinend nie mit. Diese Leute im Lehel waren sogar so ekelig zu Barbara Nowak, dass ich sie als gehbehinderte Frau und ohne Arme und ohne Beine auf einer Palette mit einem Gabelstapler aus einem türkischen Gemüseladen mit einen Gemüsekastenwagen abholen musste und in mein Privathaus in Moosach fahren ließ. Das war das erste und letzte Mal, dass Barbara Nowak in meinem Privathaus in Moosach war. Für eine Entschuldigung seitens der Familie Winkler an Barbara Nowak war es längst zu spät, denn Carolin Winkler beschimpfte ihre Tante Barbara Nowak als wäre sie ein Stück Scheiße und verleumdete, wo sie nur konnte. Sie hatte nie begriffen, dass Barbara Nowak in der letzten Zeit in der Kellerwohnung ohne Wasser und ohne Trinken und ohne Essen gehaust hatte. Zudem hatte sie keine Arme und Beine mehr und robbte wie ein Tier durch die Wohnung. Ihre Freier befriedigte sie, indem sie Fäkal-Sex mit ihnen hatte, um den Durst zu stillen. Aber Geld erhielt sie trotzdem nicht. Als ich aus den USA kam und wusste wo sie war holte ich sie eben an diesem Tag aus der Wohnung, aber ich war so angeekelt von diesen Leuten, die sie immer noch hassten und die nicht aufhörten. Ich wusch sie und gab ihr ein bisschen Würde zurück. Auf der Straße im Lehel marodierte auch noch zynischer und grotesker und sinnloser Weise der Mob von Janine Bogosyan und Katja Pritz, die auch mit Barbara Nowak verwandt waren und Freundinnen von Carolin Winkler. Ob ich mehr Mitleid für Barbara Nowak oder Carolin Winkler empfand? Ich weiß es bis heute nicht. Ich weiß nur, dass ich diesen Hass aus meinem Leben strich und sah wie beide und alle Leute von damals untergingen in ihrem Hass und in ihrem Schrecken über ihre eigenen Taten. Ich sah auch, wie die Leute Jahrzehnte später im Jahr 2003 immer noch sich wie Ertrinkende an ihr System klammerten und immer nach Gunther Schmid riefen, wenn ihnen das Geld ausging oder die Rechtsjustiz zu nahekam.

Parallel hatte Gunther Schmid noch ein anderes Gefüge geschaffen für seine Sandra Detzer aus der Maria Ward Klasse. Dieses System kann man sich vorstellen, wie eine Pflugschar mit mehreren Rotationsblättern. Sandra Detzer war auch eine Enkeltochter von Franz Mayinger und hatte nie mehr die Füße auf den Boden bekommen. Nachdem sie erfahren hatte, dass sie eine adoptierte Rumänin war und nur wegen ihrer dunklen Farbe adoptiert worden war. Sie war bereits damit vertraut, dass ihre Cousine Orphelia, die bei italienischen Stiefeltern in den USA lebte, ständig in der Psychiatrie untergebracht war. Orphelia war, wie ihre Cousine Sandra ein sehr aggressiver und sehr gefährlicher Mensch, wenn sie in ihre Angstmuster verfiel. Nur bei Orphelia wurde es versucht seit frühester Kindheit behandelt zu werden. Sie kam aus einem Waisenhaus in Bukarest und gehörte zu den 100 Kindern aus Berlin. Sandra Detzer nannte sich später Prinzessin auf das Geheiß von Gunther Schmid den Exbundeskanzleramtschef bei dem sie bereits in der Maria Ward Schule auch, wie die gesamte Klasse einen Verpflichtungsvertrag abgeschlossen hatte und sie als Rumänin witterte die große Chance für sich. Sandra Detzer gab sich Geheimagentin im Auftrag für Gunther Schmid in den Clubs der Stadt aus. Sie wurde in Berlin in der Agentenschule ausgebildet und wurde mit 17 Jahren innerhalb des Strafsystem lobodomiert. Zynischer Weise noch durch die Hände von Franz Mayinger ihren Großvater. Sie gab vor in den USA gewesen zu sein und behauptete Britney Spears zu sein. In späteren Jahren war sie die Psychiatriepatientin von Dr. Psychiater Gunther Schmidt, der auch den Exbundeskanzleramtschef Dr. Gunther Schmid kannte. Außerdem war noch ein gewisser Dr. Günther Schmid für ihre Doktorarbeit zuständig, die sie angeblich für den deutschen Geheimdienst geschrieben hatten und welche sie auch trotz Lobodomie absolviert haben sollte und ihre Politikkarriere bei den Grünen begründete. In Wahrheit war Sandra Detzer, die sich auf ihren Chrysanthemen Ball Maja von Hohenzollern nannte und behauptete ein fleißiges geheimdienstliches Bienchen und später ein geheimdienstliches Eichhörnchen zu sein, aber leider denkunfähig seit ihrer Lobodomie denkunfähig und mogelte sich so durch ihr Leben und musste aber in späteren Jahren die harte Realität der deutschen Geheimdienste und die ihr zugedacht Rolle kennen lernen. Diese Parallelwelt von Sandra Detzer war sehr geheimdienstlich durchsetzt und diese Welt war abgrundtief schlecht. Niemand erklärte ihr nach der Lobodomie bei der sie nahezu alles vergessen hatte, was sie zwei Jahre in der Agentenschule gelernt hatte und warum sie sich plötzlich anders verhielt und warum das auffiel und warum sie plötzlich von ihren einstigen Kolleginnen und Umfeld abgestoßen wurde, wie eine giftige Tomate. Sie war damals als sie 14 Jahre alt war, nicht nur eine kurze Zeit in England und lernte dort das konfuse System von Barbara Nowak kennen, sondern sie bekam Sachen wie Benutzung eines fotografierenden Lippenstiftes und Passkontrollen zu umgehen und Reisedokumente fälschen beigebracht. Sie erhielt auch mehrere **Identitäten** und mehrere Dokumente. Laut Aussage späterer Zeugen hatte Sandra Detzer bereits in diesem Alter viele Menschenleben auf dem Gewissen. Sie war nicht nur eine Mitläuferin, sondern war eine echte Täterin. Sie wurde zu einer Stilikone eines gesamten Berlins und hatte dieselbe Bekanntheit wie Barbara Nowak. Die auch, wie es der Zufall wollte, ihre leibliche Tante war. Sandra Detzer war mittelgroß und hatte mittleres braunes Haar, was sie mehrfach änderte in Blond oder Schwarz oder geflochten mit Afrozöpfen oder Kurzhaarschnitt oder lange Haare mit Extensions. Sie hatte einen zierlichen Körperbau, aber das lag an ihrer durchbrochenen Wirbelsäule, was mich bis zum Schluss stutzig machte, denn ich kannte sie nur als sportliche und gelenkige Person. Sie war auch die gesamte Zeit auf der politischen Bühne Berlins und hatte nie einen Hehl um ihre sozialistischen Anschauungen gemacht. Ihr Doktorvater, der von Gunther Schmid bezahlt worden war für den Doktortitel von Sandra Detzer und mit einer Position im Baden-Württembergischen Finanzministerium belohnt worden war unter der Prämisse den Kontakt zu Sandra Detzer aufrecht zu erhalten. Diese Parallelspirale war dazu da, damit sich Gunther Schmid sich selbst tarnen konnte und außerdem sein Doppelspiel aufrecht zu erhalten. Man muss dazu wissen, dass Gunther Schmid nicht wirklich ein unauffälliger Mann war. Er war besonders groß und immer, wenn er reiste fiel das nicht nur an seiner Statur auf, sondern auch aufgrund seiner wirklich nervtötenden Art. Ich hatte in meiner Jugend als persönliche Assistentin bei mehreren Leuten gearbeitet. Aber bei Jupp Joachimski und bei Gunther Schmid hätte ich mich nie als persönliche Assistentin anstellen lassen. Sie waren schrecklich und cholerisch und so furchtbar ungenau in ihren Sichtweisen und in ihrem Handeln. Ich bekam regelmäßig einen Koller, wenn ich ihre verbalen Formulierungsvorschläge auf den Tisch bekam. Auch die dauernden Diskussionen, ob man nicht doch aus einer normalen Privatangelegenheit eine halbstaatliche Deklaration machen könnte, waren einfach immer zu viel und zu unpassend. Kurz gesagt könnte man sagen, dass sie und ich weder die gleichen Zielrichtungen verfolgten noch die gleichen Grundeinstellungen hatten, um überhaupt fachlich zu diskutieren. Aber Sandra Detzer liebte dieses Diskutieren. Endlosschleifen die zu keiner wirklichen Prämisse führten. Sandra Detzer fuhr mit einem Cabriolet nach Paris und auch den Luxus der deutschen Geheimdienste genoss und nutzte. Sogar einige Versicherungen von diesen deutschen Institutionen hatte und auch ihren Führerschein. Für normale Leute würde so etwas, wie eine Dauerbetreuung auf den Keks gehen, aber Sandra Detzer mochte das. Sie war nie allein und wenn mal Erinnerungen und Gedanken kamen, kam auch bereits die nächste Ablenkung um die Ecke gebogen. Das Komische war, dass Sandra Detzer nach ihrer Lobodomie sich nie mehr erinnerte und nie mehr die Alte von vorher wurde. Auch wenn ihre einstigen Angstauftragskiller neben ihr standen, wurde sie nicht unruhig und fing sogar an mit denen zu plaudern. Sie hatte nie wirklich begriffen, dass ihre Politikmodelle komplett unnütz waren und dass sie nur noch zu einer vordergründigen Marionette benutzt wurde. Das Schlimme war, dass sie behauptete, dass ihr alle politischen und geheimdienstlichen Geschenke gehören würden! Aber dem war nicht so. Sie musste regelmäßig oder besser gesagt alle 5 Jahre ihre erworbenen Gegenstände gemäß ihrer 5 Jahresverträge bei den deutschen Diensten zurückgeben, wie auch die anderen Klassenkameradinnen aus der Maria Ward Klasse. Ein immer sich wiederholender Kreislauf ohne wirkliche Sinnsetzung für den Einzelnen oder die Einzelne. Auch ihre Schadoperation Lobodomie war innerhalb ihres Lebens mit ihrem Besuch auf den Berliner 100 Kinderfest bereits vorherbestimmt.

Manche guten Programme und durchdachten Programme von mir konterkarierten diese Leute auf das Negativste und Schändlichste. Ich hatte ein größeres **EntwicklungsKonzept** für die UNO entworfen. Darin kamen verschiedene Aufbauphasen vor und auch wie und welche Leistungen verschiedene ausgeliehene Fachkräfte mit Ausbildungsgenehmigungen erbringen sollten und ab wann eine weitere höher ausgebildete Fachgruppe das Entwicklungsland anreisen sollte. So hatten meine Entwicklungsprogramme drei Phase: 1. Bauern mit ihren Technologien und ihren einfachen aber wirkungsvollen Methoden zur Selbstversorgung der heimischen Bevölkerung. 2. Die Handwerker und die einfachen Betriebe, die aber eine Fortschreibung der Wirtschaftsentwicklung in dem Land brachten. 3. Die sehr hoch entwickelten Technologien, die eine heimische Infrastruktur schaffen sollten. Alles war sehr durchdacht und sehr strukturiert. Aber Gunther Schmid und Franz Mayinger und Arnulf Melzer setzten perverser Weise in der Phase 2. an und bildeten daraus einen sehr zerstörerischen eigenen geheimdienstlichen Entwicklungskreislauf. Sie nutzten dazu ihre Universitätsanbindung. So wurden wie in der DDR ausländische Bauern zunächst auf Besuch nach München eingeladen und ihnen wurde auch der Schäfflertanz als Traditionskulturgut gezeigt. Damit sollte aber parallel von München und Deutschland aus eine sogenannte Parallelschleife eingeleitet werden. Die Schäffler waren bekanntlich die Leute des Handwerks und unverheiratet und keine Meister. Sie wurden jeweils einer besonderen Zunft zu geordnet und sie waren nach dem Verschwinden der Pest zum Hervorlocken der Leute aus den Häusern zuständig. Das Problem war, dass Gunther Schmid alles negativ besetzt hatte und sehr inhaltlich wie rechtlich verwirkt darstellen ließ. So war es so, dass mit Pest die Albert Camus'sche Alliteration und Symbolik der jüdischen und muslimischen Menschen gemeint waren und die Vertreibung dieser Pest mit ein paar Mordtaten an Menschen sprich diesen Ratten und der Pest selbst endete. Die Figuren des Schäfflertanzes ließ er für diese Aufführung auch umformen in einen Art Narrentanz und sogenannten Geisteskrankentanz. Normalerweise wurde der uralte Schäfflertanz nach bestimmten historischen Figuren getanzt und nicht nach neuen Mustern. Dazu wurde dann gesagt, dass man Gott preisen wollte aufgrund der neuen wieder sprießenden Ernte und verband den Schäfflertanz mit einer katholischen Religionsauffassung. Es war ein Affront an die Besucher, die meist muslimisch waren. Genau für diese Aufführung wurde noch etwas anderes eingeführt. Ein lebendes Schwein sprich eine Sau, welche mit den Stöcken von den Schäfflern durch die Menge getrieben wurde, wie in einen Spießrutenlauf. Gemeint war eigentlich, dass man einen normalen Menschen, der diesen geplanten Mord-Wahn nicht mitmachte, auf mieseste Maschen und intriganteste Art und Weise demütigen und bestrafen wollte. Um die Umsetzung zu installieren wurden auch noch die Namen Täter und Planer in **Grundmuster** umbenannt. Die Namen waren Melzer und Müller und Meier und sämtliche andere Handwerkshinterlegten Namen. So war es der Melzer, der nicht nur Brauer war und das Bier braute mit Hopfen und Malz. Sondern er war auch der, der den Sud vergor zu Alkohol. Dieses **Grundmuster** war bereits in der DDR verankert in Form des dortigen Liedermachers und Sänger Biermann. Dazu muss man wissen, dass in Tschechien eine der ältesten Brauereien stand und immer wieder der alte Grundspruch: Was der Herr uns gibt müssen wir entlohnen! galt. Dadurch wurde wieder das puritanische Prinzip, aber eben in seiner negativen Belegung deutlich. Eine sogenannte Sonderbiermarke wurde immer verbunden mit einem Mord sprich einen Gottesopfer gebraut und verbunden. Bei den Tarnnamen Müller war es die Mühle, die sinnbildlich für das Zermahlen von Getreide stand und eben auch als Mühlstein um den Hals in die widerliche Tatsachenbelegung miteinfloss. Zynischer Weise waren auch die Geschehnisse in Prag mit den Lehrer Gordon mit einer Mühle und den dazu geleiteten Fluss verbunden, wo er rausgefischt wurde. Später 1992 erhielt er ein perverses Implantat und war eine wandelnde Leiche. Diese damaligen Geschehnisse, die vor der Hinterlegung in München passierten 1998 und man diesen gesamten Vorgang als zynischen Entwicklungsstruktur verstehen kann. Auch die damit verbundenen Belegmuster in den Büchern „Der Fänger im Roggen" einen geheimdienstlichen Roman und die Firma das Müller Brot, welche von der Elterngeneration der Maria Ward Klasse geleitet und geführt wurde, waren für den Laien zu übersehen. Man muss dazu wissen, dass Susanne Schüßler eben deswegen mit ihrem Hintergrund als Stasinazimörderin dort bei Müller Brot eingestellt wurde. Auch wurde Janine Bogosyan und Katja Pritz von der Universität als Fremdenführerinnen für diesen Zweck beauftragt und sollten für die historischen Schilderungen, die geheimdienstlichen Muster zweckdienlich hinterlegen oder eben nicht. Jupp Joachimski war zu diesem Zweck auch eine Zeitlang Fremdenführer und führte die hochrangigen Gäste aus der bayerischen Staatskanzlei von Dieter Hubka diesbezüglich in seine eigenen geheimdienstlichen Thematiken ein und in induzierte und indoktrinierte als geheimdienstlicher Lehrer die Leute. Seine eigene Bezeichnung Lehrer führte Jupp Joachimski auch auf eben diese Geschehnisse in Prag zurück. Er hatte somit den Lehrertitel von Gordon geklaut. In Baden-Württemberg stahl Jupp Joachimski aus diesem Beleggrund ein altes Mühlenhaus und in NRW setzte er den gleichen perversen geheimdienstlichen Kreislaufanfang mit der Mühle 1987 in Salzkotten. Zynischer Weise setzte später Jupp Joachimski noch einen Gerd Müller auf einen Entwicklungsministerposten in Deutschland und verband zusätzlich die Familie Schmitz namentlich Gerd Schmitz und seine brutale illegale deutsche Sondereinheitsschlägertruppe mit diesen Ebenen. Einmal brachen sie auf Geheiß von Gunther Schmid bei einem afrikanischen Bauern und Logistiker ein und drohten ihm und seiner Familie und verschleppten ihn. Es ging darum, dass er sich geweigert hatte Leute zu verraten und die Lebensmittel, die angekommen waren zu verbrennen. Der Name Peter Meier stand für eine Zusammensetzung von Peter im Deutschen sprich negativ Schwarzer Peter sprich der unschuldige Sündenbock und eine andere Auslegung einen afrikanischen Prügelknaben der durch eine Peter, was im Deutschen für Polizei steht geschlagen und geschädigt wird. Das **Grundmuster des Tarnnamens** Meier stand für die historische Meierei. Diese Meierei stellte Käse und andere Lebensmittel aus Milch her indem diese Milch verquoren wurde. Damit war laut der sorbischen Deutung die Grundmaterie Milch nicht mehr vorhanden sprich eine organische Substanz wurde in einen anderen Aggregatszustand gebracht. Im puritanischen Sinn bedeutete das, dass eine Seele, die in allen Dingen lebte, starb. Sprich ein Mensch musste auch für diese Gabe geopfert werden. Dieses hinterlegte **Grundmuster** war auch im Schäfflertanz hinterlegt und wurde so dargestellt. Auch der Tarnname Bäcker oder Becker war mit diesem Handwerk verbunden. Bei diesem Handwerk waren die Vorkommnisse in Indien und Pakistan verbunden, wo ich eigentlich eine Brückenschule gründete für Straßenkinder und ein Regenwassersammelbecken bauen ließ und einen Brot- und Pizzaofen zu meinem neu erbauten Laden bestellte. Letzteres wurde von dieser

Familie Karl Mayinger und Jupp Joachimski mit einen osteuropäischen geheimdienstlichen Hinterlegungsmuster verbunden. Dazu muss man wissen, dass in der Zeit auch Gunther Schmid in Asien als angebliche geheimdienstliche Sicherheitsberater und Sicherheitsangestellte in der deutschen Botschaft tätig waren. Der Steinofen wurde aus Rumänien geliefert und funktionierte absolut gut. Aber gemäß dem geheimdienstlichen hinterlegten Muster wurde daraus gemäß den Märchen von Hänsel und Greten von Gebrüdern Grimm eine Mordmaschine für eine Hexe. Und meine Straßenkinder und Schüler sollten die Opfer sein. Es lief mir eiskalt den Rücken runter, als ich erfuhr, Karl Mayinger einiger meiner Schüler für Lauf- und Botendienste in Bombay nutzte. Die beiden Straßenkinder wurden nach mehreren Attentaten in der Zeit in der Stadt nicht mal mehr gegrüßt, weil sie sich mit diesen Deutschen Karl Mayinger unterhielten und für ihn etwas taten. Auch mein UN-Chauffeur Tariq wurde hineingezogen und er könnte genau erkennen und ging diesen Situationen wie jede andere Person zunächst aufgrund der Überlagerungen aus dem Weg und mied diese Situationen. Er konnte die Situationen, weil diese so vielseitig rechtlich deutbar und hinterlegt worden waren, auch nicht alles schildern. Aber ich nahm ihn mit nach Deutschland und versprach für ihn aufzukommen. Tanja Mayinger machte daraus fälschlicherweise einen Film, indem Tariq als Geheimdienstmitarbeiter dargestellt wurde. Ich brachte Tariq über den Landweg nach Deutschland und zog ihn aus der Flüchtlingsmeute in Griechenland und aus dem Geheimdienstmilieu. Tanja Mayinger behauptete, dass er vom Geheimdienst angeworben worden sei, aber ich blieb einfach bei Tariq im Flüchtlingscamp und fuhr dann zunächst weiter in ein Schweizer Bordell, wo ich den Laden kaufte. Tariq und meine Wege verliefen sich etwas, aber nie ganz. Den Backofen ließ ich in Bombay zurück und ließ weiterhin frisches Brot backen. Nach deutschen Brotrezept. Die Hinterlegung schrieb ich auf und machte sie bereits damals öffentlich. Aber Gunther Schmid ließ Indien nie ganz in Ruhe. Auch nicht geheimdienstlich. Er schädigte und provozierte die Inder, wo er nur konnte. Nach dem Vorfall in Bombay nannte er mich eine Unberührbare, was die unterste Kaste bedeutete. An dem Tag des Anschlages in Neu Deli, war es meine befreundeten Diplomaten aus anderen Vertretungen, die mich rausholten. Ich fuhr mit dem malaysischen Botschafter und flog dann außer Landes. Als ich nach dem Vorfall mit Gunther Schmid nochmals redete, faselte er etwas von verbrannten Agenten und ich saß vor ihm und dachte nur, warum er mich immer wieder den deutschen Geheimdiensten zuordnete. Einen Tag vor dem Anschlag hatte ich Gunther Schmid und Karl Mayinger von den Anschlagsplänen von Barbara Nowak und Walter Winkler erzählt. Sie glaubten mir nicht und ich hatte keinen eigenen Kontakt zu unseren US-amerikanischen Sicherheitsleuten. Meine Bodyguards machten Urlaub auf Goa und die Diplomatensaison sprich das Diplomatenjahr war eigentlich vorüber. Mein Handy hatte Gunther Schmid konfisziert und mein Internetanschluss funktionierte nicht. Ich schlich mich noch als letzten Ausweg in mein einstiges Büro in der Botschaft und schickte eine Nachricht an meine Kontakte in Europa und in Russland und in USA. Aber es half nichts. Sebastian Wieberneit hatte mich bei seinen Lover Jupp Joachimski aus Eifersucht als Terroristen dargestellt und damit eine unaufhaltsame Kettenreaktion ausgelöst. Es war nicht das erste Mal, dass er sein Handeln nicht einschätzen konnte geschweige denn die Folgen. Jupp Joachimski und Gunther Schmid hatten den Raketenangriff auf Bombay abgesprochen und der angeblich terroristische Anschlag war eigentlich eine Abfeuerung von Raketen von einem durch Sepp Schüßler informierten Bundeswehrflotte. Es gab auch keine Taliban und auch keine inländischen Terroristen. Es war ein Eifersuchtstheater eines dummen idiotischen Jungen, der die Aufmerksamkeit und die „Zuneigung" seines sehr impulsiven Lovers haben wollte. Ein zweites Mal beging Sebastian Wieberneit diese Art und Weise des Schädigens in China und daraufhin wurde ich dort in ein Foltergefängnis geschmissen. Ich kam abgemagert und ziemlich lädiert mit meinem Bodyguard per Hubschrauber wieder nach Hause. Später wurde noch zu allem Überfluss ein Spionagefilm darüber gedreht mit dem Titel Spy Game 2001. Die letzte Szene zeigte mich und meinen Bodyguard beim Ausflug aus dem chinesischen Gefängnis. In China wurden wir zusammengeschlagen und gefoltert und wir wurden immer wieder als Spione bezeichnet, so wie Sebastian Wieberneit das behauptet hatte. Ich war weit entfernt auch inhaltlich von seinen infamen Unterstellungen, aber Sebastian Wieberneit war zusammen mit seinem Zwillingsbruder gefangen in sich selbst und auch in seinen eigenen Teufelskreis, den beide mit sich selbst ausmachen mussten. Wir entfernten uns auch räumlich und geografisch und auch sehr scharf verbal davon, um endlich einen klaren Schnitt zu machen. das 1997. Aber Alles half nichts, weil die deutsche Regierung mit der Sebastian Wieberneit nachts sein Bett teilte, einfach nichts sehen wollte und auch nichts an deren Image kratzen ließ. Es war als wäre eine Wand des Schweigens aufgebaut und wir hätten diese zu ertragen. Ich versuchte dann einfach einen Strich darunter zu machen, indem ich untertauchte. Aber in München ging das Glauben an diese Familie weiter. Sogar vor den Augen der Polizei begingen sie Straftaten und die Polizei bekam auch noch die Order diesen osteuropäischen und deutschen Stasinaziidioten zu zusehen. Überflüssiger Weise drohte mir noch Sigmund May und der Mayinger aus Tschechien noch durch die Ferne und spürten mich dann auf. Es war üblich, dass nach solchen Folterungen, wie ich sie in China erlebt hatte, gebrochene Menschen hervorkamen. Ich hatte ein paar Operationen, damit ein paar meiner gebrochenen Knochen wieder repariert wurden. Aber auch das ging vorüber. So schmerzhaft es sich anfühlte.

Dieses System der Schadoperationen war gängig in dem sogenannten neu eingeführten Strafsystem der Stasinazifamilie. Sie dienten zur Einschüchterung und Strafe. In den früheren polnischen Konzentrationslagern waren die **Grundmuster** in widerlichen öffentlichen real durchgeführten Filmszenen bereits durchgeführte worden an unschuldigen Opfern. Viele unter den Opfern waren Juden oder einfach

Personen, die dem ostdeutschen Regime nicht passten und die das westdeutsche System nicht interessiert, weil sie einfach in den offiziellen Kriegsgefangenenstatistiken nicht vorkamen und was nicht dokumentiert ist existiert nicht. So war der gängige Ausspruch dieser geheimdienstlichen Stasinazitäter. Daraus folgten regelmäßige Weigerungen die Taten bei ihren echten und richtigen und korrekten Namen zu nennen. Dies wiederum führte dazu, dass es keine Einklassifizierung gab für diese absolut überbordenden Straftaten. Ich musste mich damals durch Krankenhausgesetze und Diagnosetechniken und Arztrezepte kämpfen, um diese später durchgeführten Schadoperationen nachzuweisen und im Vornhinein zu verhindern. Es war immer wie ein Wettlauf gegen die Zeit. Auch war es so, dass ich den dauernden Psychoterror dieser Leute, der sich meistens in Mobbing installiert sah nicht lange aushielt. Meine maximale Durchhaltedauer war meistens ein halbes Jahr. Wenn der Psychoterror verstärkt wurde mittels körperlicher Schädigung wurde ich meistens ausgeflogen.

11. Anhang: Rechtliche Unterlagenmodelle und Ergänzungen zu dem Roman

5.1. Grundmodell: Die doppelte Helixtreppe als Darstellung eines Vermischungsmodelles!

Diese Treppe trug verschiedene Namen und wurde auch Barmante Treppe und Da Vinci Treppe genannt. Sie fand sich unter anderem im Loire Schloss Chambord und im Vatikan und im Münchner Rathaus und in anderen Bauwerken. Sie stand auch als Sinnbild des Aufbaus eines Szenarios für sogenannte Schattenwände. Auch wurde behauptet, dass Frankreich den ersten Geheimdienst der Welt gründete mit seinen in Europaweit arbeitenden Staatssekretär Tilly!

5.2. Bildlich dargestellte Rechtsmodelle der alles verschlingenden Stasi:
Dieses Modell der alles verschlingenden Stasi wurde später durch sogenannte Rechtsmodelle nach diesem Schema verdeutlicht. Später wurde dieses Modell noch verfeinert indem sogenannte Seitenstrudel eingebaut wurden und eine sogenannte Kreisform in einer Art Fallrohr rechtlich nachempfunden wurde. Das Interessante war an diesem Modell, dass man es nicht nur rein technisch, sondern auch mathematisch und rechtlich auflösen konnte.

Modell des in sich gedrehten Wasserstrudel! Ähnelt dem Rechtsmodell der gedrehten Treppe! Manchmal wurde noch ein sogenannter rechtlicher Filter der Stasi eingebaut sprich die verbalen Aussprüche deckten sich nicht mit den real stattgefundenen Vorkommnissen!

5.3. Vermischungen und rechtliche Verknüpfungen in einen Flechtmodell
Die Vermischungen wurden durch sogenannte ineinander geschlungene Zöpfe dargestellt. Die Schlimmste Bedeutung hatten die sogenannten Erfindungen und Weiterentwicklungen wie beispielsweise die Darstellung in einer Dornenkrone. Oder solche geheimdienstlichen Darstellungen als umschlingende Liane die einen Wirtsbaum aussaugt und von ihm lebt. Dabei handelte es sich um eine Aussage zu einer grundsätzlichen Umsetzungsform, die von Anfang an auf einer sogenannten strukturierten Chaostheorie fusste. Das Ziel war meistens die Grundstrukturen zu verschleiern, um die ein normales Auflösen und damit eine Durchschlagung des geheimdienstlichen gordischen Knoten zu verhindern. Der Begriff für die Vertuschung wurde Nebelwände und Schattenwände und Blinden Wänden genannt. Man kann sich das wie ein Erblinden eines Menschen nennen sprich dessen normale Instinkte und gute Menschenkenntnis vernebelt wurden.

5.4. Umzingelungstaktik gemäß der Spinnennetztaktik verbunden mit dem Mühlespieltaktik
Die Umzingelungstaktik wurde gemäß eines Spinnennetztes. A) Zum einen ging man vor, wie eine Spinne die jagt mittels ihres Spinnennetztes, welches aus klebrigen Lockwickelfäden besteht. Zuerst wurde die Beute sprich das Opfer des Geheimdienstes mit Duftstoffen und Lockstoffen angelockt und im Geheimdienst nennt man das Anfüttern. B) Dann wurden die Opfer gemäß einer illegalen Unterstellung von Straftaten sprich in Verwickelung und Ankleben von erfundenen und unterstellten Straftaten angeklagt. B.1.) Dazwischen geschaltet war meistens die sogenannte Mühlespieltaktik und Spielezügevorgänge. Sprich es waren verschiedene Spieler von Schwarz und Weiß auf einem Spielfeld in einer abgesprochenen Örtlichkeit und eine dritte Partei war das Opfer, ohne dass die beiden grundsätzlichen Gegner Weiß und Schwarz sich selbst geopfert hätten. C) Diese unterstellten Vorwürfe an das Opfer, die allesamt Unterstellungen und Behauptungen und Verleumdungen darstellten, wurden dann in falsche Gerichtsprozesse gepackt und absichtlich verdreht dargestellt. Damit waren die Verurteilungen auch jedes Mal nur nicht nur ungerecht und illegal, sondern auch eine Darstellung an die Illegalität des gesamten Justizsystems in Deutschland. Daraus folgte immer wieder die Infragestellung auch auf internationaler Ebene Berechtigung der deutschen Justiz und die Rechtmäßigkeit der deutschen Justiz. Man muss dazu wissen, dass diese geheimdienstliche Spielvariante aus der Zeit stammte, als Susanne Schüßler mit Barbara Nowak alias Weisz alias Weiss zusammen in der Psychiatrie in der Eifel saß und dort den gesamten Tag Mühle spielte und wie ein menschliches Wrack auch noch Mühlecomputer entwarf und Susanne Schüßler illegaler Weise einen historischen Stein mit einen

römischen Steinmühlespiel geschenkt bekommen hat aus Pompeji von ihren Stasirichtervater Jupp Joachimski, als Warnung und Einschüchterung an Barbara Nowak alias Weisz alias Weiss. Zur Überspitzung und Reizung der Russen zeigten Sepp Schüßler und Jupp Joachimski später dann zusammen mit ihrer dummen Barbara Nowak alias Weisz alias Weiss dann eine Roboterspinne die einen aufblasbaren Spielball mit den russischen Nationalfarben verziert vom Boden aufhob. Sie drohten den Russen damit, dass sie nie zugeben sollten, dass meine leibliche Mutter in Russland durch die perverse Hand eines Janine Bogosyan Verwandten aus Bulgarien unter den Namen Nadesha umgekommen war.

Diese Spieltaktiken hatten noch mehrere Varianten und Variationen. Je nach Mühlespiel. Später gab es dazu noch geheimdienstliche Namenshinterlegungen im Münchner Stadtinstitutionen sprich den Leiter der Stadtwerke Mühlhäuser. Zudem kamen noch Vertuschungslügen von Jupp Joachimski und Walter Winkler hinzu mittels des Namens Miller, was Müller auf Englisch heisst und noch der erfundenen Familiennamen von Peter Meier Müller und damit seine eigene komplette Abhängigkeit von diesen geheimdienstlichen Vorgängen, die damals Jupp Joachimski und Gunther Schmid durchführen ließen bezüglich Barbara Nowak alias Weisz alias Weiss. So wurden auch die echte (namenstechnisch) Nachbarsfamilie von Julia Walter Miller in München Nymphenburg aus den USA und Kanada in diese Sache gezogen.

5.4.1 Verschiedene Mühlespiele

    a) Sonnenmühle:

    b) Normale Mühle

    c) Die Pentagon Mühle aber eigentlich Hexagon Mühle wie Frankreich genannt wird und nicht wie das Verteidigungsministerium der USA genannt wird!

5.5.   Familienentwicklungsgeschichtliche reale Zusammensetzungen

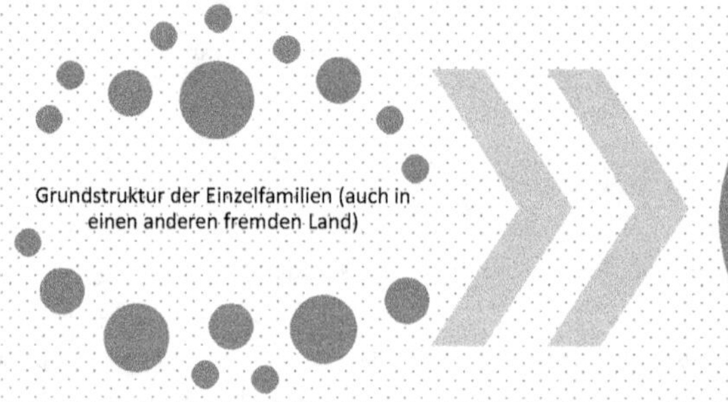

Quelle: Eigene Darstellung

5.6 Vita von Geheimagenten in aktiven Dienst

Das Leben eines Geheimagenten muss man sich als sehr unstet vorstellen. Ich würde Chaos sagen, aber das ist nur meine Ausdrucksweise. Wenn man sich einmal verpflichtet hatte, war man in jeder Situation ein Staatssubjekt, egal wie dreckig oder wie gut es einem ging. Das hieß aber auch dass alles nach dem deutschen Formalismus abgesegnet sein musste. Alles musste genehmigt werden und privat war nichts. So konnte es vorkommen, dass der Nachbar der für den einen Geheimdienst arbeitete, aber eigentlich die Funktion der Überwachung des anderen Nachbarn, der wiederum bei einem anderen Dienst oder nur in einer anderen Abteilung angestellt worden war, sich gegenseitig anmachten und aufeinander losgingen. Ich musste einmal einen sogenannten „Dienststreit" wie sie es nannten in Adlershorst schlichten und ich kam selbst mit ein paar blauen Flecken davon. Diese bedrohliche Situation entstand deswegen, weil mit dem sozialistischen Stasidienst der DDR eine Tiefenüberinterpretation entstand, die freies Leben nicht mehr zuließ. Ich musste regelmäßig in der Zeit die Diskussionen mit Jupp Joachimski führen, ob ein Mensch eine Würde besitzen würde. Einfachste Sachen und tägliche Dinge wurden zum Problem. Auch bei Verhaftungen von Agenten. Jedes Mal musste ich Schließ**Konzept**e anlegen und überprüfen, dass es nicht zu Mord und Todschlag in den Gefängnissen kam. Einmal durfte sich der eine eskalierende Häftling nicht mit dem anderen provozierenden Häftling treffen und so wurden verschiedene Gruppen angelegt. Einmal war es besonders schlimm. Ich ließ einen westdeutschen Agenten verteidigen. Der eigentlich nicht wirklich ein Agent war, sondern ein aufbrausender provozierender Naivling. Er glaubte an Gunther Schmid System. Ich sagte ihm nicht, dass Gunther Schmid gelogen hatte und er eigentlich nie bei einen der deutschen Geheimdienste angestellt gewesen war. Ich wollte nicht, dass er komplett in sich zusammensackte. Nach der ersten Nacht im Berliner Gefängnis war er nur noch ein Häufchen seiner selbst. Andere Häftlinge und Wärter hatten ihn zusammengeschlagen und er war nur noch eine zahnlose und humpelnde Gestalt. Danach wollte er alles zugeben, nur um wieder aus dem Gefängnis zu kommen. Aber Gunther Schmid hatte ihn, obwohl er diesen Mann laut eigenen Aussagen angestellt hatte, wegen Rufschädigung und Verleumdung anzeigen lassen. Der Häftling verstand die Welt nicht mehr. Als dieser Mann nach einer Zeit aus dem Gefängnis kam war er impotent und schwer psychisch geschädigt. Später wurde ihm die Rente verweigert, weil er geheimdienstlich impotent sei sprich geheimdienstlich ohne Macht. Nach diesen mehrfachen Erlebnissen legte ich immer die Tiefe der Interpretation fest und auch die Rahmensetzung.

a) Lebenslang Dienst:

Diese Leute lebten meist von Anfang an und auch schon familiär in diesen sogenannten Mehrfachgedeuteten Zugsystemen. Als Zug wurde geheimdienstlich die geheimdienstlichen Spielzüge bezeichnet. Diese Personen hatten einen lebenslangen Eid geschoren und lebten das System von der Wiege bis zur Barre! Ihr gesamtes Leben war in guten und schlechten Zeiten verbunden mit dem Dienst und jeweiligen Aufgaben- und Funktionszuweisungen. Vertrauen gab es nie!

b) Dienst mit echten Brüchen:

Manche Leute schafften es aus diesen das eigene Leben gesamtumspannende System oder besser gesagt Spinnennetz, was nach dem Fall der Mauer gespannt und gesponnen worden war, auszubrechen. Dies ging aber mit harten echten Brüchen sprich Einschnitten des jeweiligen Lebens einher. Diese Leute mussten zumeist alle Benefits fallen lassen und sich auch zu Schweigepflichtserklärungen bekennen mussten und zu weiteren Absicherungen. Vor allem rechtlicher Natur! Diese Leute waren dann später in der Privatwirtschaft tätig oder davor und kamen meist nie mehr mit dem normalen Leben klar.

c) Nur private Ebene:

Diese Form der Dienstzugehörigkeit erwuchs aus den eigenen Familienstrukturen und allerdings wurden auch in diesen Situationen geheimdienstliche Aktionen mit Interpretationswirkung durchgeführt. So wurde beispielsweise der Begriff Verführen als Einleitung des geheimdienstlichen Versuches der Umwerbung deklariert. Meist wurden auch diese Leute in der Privatwirtschaft als Unterstützer oder geheimdienstliche Randgruppe bezeichnet.

5.7 Zeitliche Dimension der Familienentwicklungsgeschichte einer Geheimdienstfamilie mit Parallelfamilien!

Zumeist waren die Parallelfamilien nicht miteinander verbunden mit anderen Parallelfamilien. Wenn die Parallelfamilien in diesem verknüpften System aufgewachsen waren, hatten diese Parallelfamilien auch Parallelfamilien in Blütenblätterform. Meist waren die einzelnen Parallelfamilien mit deren Langzeitaufträge in der Mitte stehenden Stasiagenten verbunden! Dieses Modell wurde das **Prilblumen-Modell** genannt! Auch das **Schandi-Modell** kam als mancher Multiplikator in diesen Strukturen als sogenannter Zusatznutzen zum Tragen!)! Manchmal aber nur in seltenen Fällen wurden bei realen Todesfällen alle Parallelfamilien informiert. Abgesichert waren diese Parallelfamilien nie! Ein Stasiagent namens Peter Meier hatte sogar 5 Parallelfamilien bis nach Russland und hatte auch mit jeder Frau Kinder. Diese Kinder hielten wie treudoofe Soldaten zu ihrem Vater und bemerkten nicht mal wie unglücklich ihre Mütter waren.

Quelle: Eigene Darstellung

5.8 **Assessment Center** Aufbau in Deutschland

1. <u>Auspionieren des Kandidaten auf allen Ebenen!</u> Zu diesem Zeitpunkt muss sich diese Person nicht mal beworben haben für einen Job! Die mehreren Ebenen der Überwachung und Ausforschung führten dazu, dass eine geheimdienstliche Abwägung stattfand. A) Zum einen ob man diese Person zu einer Bewerbung treiben sollte oder B) diese Person als Feindobjekt einstufen sollte und mit dem gesammelten Wissen fertig machen sollte oder C) diese Person als Randkreatur dulden sollte. In vielerlei Hinsicht wurde dadurch verschiedene Personenkreise verunsichert.

2. <u>Mittelbare Verunsicherung der vorher beobachten und überwachten Personen in einen vielschichtigen Stressszenario!</u> Das führte dazu, dass viele Personenkreise verunsichert wurden und wenn sie nicht stressresistent waren, zusätzlich allgemein stressverursachende Entscheidungen fällte. Die Stressszenarien begannen von finanzieller und sozialer Unsicherheit und führten über Zukunftsangst und allgemeine Hoffnungslosigkeit bis hin zu körperlicher Verunsicherung sprich körperlicher Attacken und absoluter Existenzieller Überlebensangst. In diesen Phasen oder bereits vorher, kamen verstärkt körperliche Schädigungen auf. Auch und das war das schlimme auf psychologischer und auch physiologischer neuralgischer Ebene. In diesen Stressszenarien war es sehr wichtig immer auf seine eigene Unversehrtheit und Sicherheit zu achten und auch gleichzeitig seine Sensibilität und Empathiefähigkeit zu erhalten, um situativ richtig zu handeln. Das Wichtigste, was jeder verstehen musste, war dass, in dieser Phase die Menschen am angreifbarsten waren und jeder der von Anfang an nicht wusste auf was er sich eingelassen hatte, wurde in dieser Phase richtig fertig gemacht. Rein rechtlich gesehen, war das alles illegal. Aber Julia Walter gestaltete diese Programme und war in späteren Aktionen gegen Leute, die sich nicht in das darauffolgende Angstsystem fügten, sich unterordneten. Dadurch entstand, ein ständiges anwachsendes Netz und Gefüge an zwischen Erpressung und Abmachung und auf Illegalität basierendes und motiviertes Netz, was sich auch bis in das Private des jeweiligen erstreckte. Am Schlimmsten traf es das Bundesland Niedersachsen und Berlin, wo auch die reguläre Polizei von der Stasi extrem zersetzt worden war.

3. <u>Entweder Einstellung oder andere Klassifizierung!</u> Diese Phase ist eine der schlimmsten Phasen denn viele Personen hatten die Lust auf die Arbeit verloren. Auch war es so, dass sie meistens als sogenannte Geheimnisträger klassifiziert wurden und

den rauhen und absolut menschenfeindlichen Wind des damaligen neugeschaffenen Geheimdienstes mit osteuropäischem Einschlag und Härte nicht begriffen und nicht durchschauten und auch einfach nicht wahrhaben wollten, weil die Erfahrungen einfach so frappierend waren. Die damalige Bonner Zeit kannte noch bestimmte Regeln und auch die Arbeitsvorschriften wurden auch auf allen Ebenen eingehalten. Nach der Wendezeit jedoch änderte sich viel und ein Auffang**Konzept** für die außer Dienst gestellten Agenten existierte nicht.

5.9 Aufbau des neuen Geheimdienstes und Vereinigung nach der Wendezeit!

5.9.1 Personal:

a) **Die konstitutionelle Ebene:** Ein verfasster Rumpfbau des alten westdeutschen dreigliedrigen Geheimdienstes blieb erhalten und wurde um Neueinstellungen aus der Ostseite erweitert und so mit sehr laxer Überprüfung durchsetzt! Was dazu führte, dass eine Mobbingkampagne und Hetze gegen westdeutsche Agenten stattfanden. Dadurch wurde in dem sonst so gut funktionierenden Getriebe der westdeutschen Dienste eine Art Sand gestreut und es kam zu Verwerfungen auf höchster Ebene. Folge war, dass es eine Verrückung in der internen Zielsetzung und Sichtweise gab. Dadurch wurde auch eine politische Kehrtwende und gleichzeitig ein Stillstand auf der westdeutschen Seite herbeigeführt. Nach der Wendezeit war nie ein Tag an dem nicht eine Horrormeldung über tote westdeutsche Agenten eingetrudelt kam. Ich vermutete damals, dass durch die Neueinstellungen gleichzeitig die Prägekräfte des eigenen Dienstes überschätzt wurden und es dadurch zu diesen „situationsbereinigenden" Vorkommnissen kam. Was ich nicht ahnte war, dass Barbara einen erheblichen Anteil mit ihrer naiven und sozialistischen Sichtweise trug, da sie eine manövrierbare Puppe war, wie alle anderen Stasiagentinnen die sich für die sozialistische Friedensarbeit einsetzten.

b) **Die funktionellen Randgruppen:** Das waren Leute, die den Geheimdiensten zugetan waren und mit ihnen arbeiteten, aber auch der Ideologie verpflichtet waren und sich als Teil des Systems sahen und danach agierten. Sie funktionierten in regelmäßigen Abständen als Informanten und als Tippgeber oder in sonstigen Funktionen. Dadurch wurde der Zirkel des sonst geschlossenen Zirkels im Institutionellen System durchlässiger und brüchiger. Damit war aber auch klar, dass ein System des eigenen Implodierens geschaffen wurde, denn der Kreis, der sich um das institutionelle System zog wurde aufgeweicht und auch noch zersetzt. Es war wie ein System der Wellenbewegung nach dem Wurf eines Steines in Wasser.

c) **Die anderen funktionellen Randgruppen:** Diese Randgruppen wurden nur bei Bedarf hinzugezogen und waren meist für sogenannte Fremdaufträge und unwichtige Aufträge zuständig. Dadurch wurde eine Form der Umsetzung und des Eindrucks bei den Opfern der sogenannten Klapperschlangen Theorie verstärkt. Diese besagte, dass sich diese Leute wie schlafende und sich sonnende Personen verhielten und dann auch nur zubissen. Diese Form des Aufweckens und Schlafen wie es genannt wurde, waren sogenannte Taktiken, die Leuten nicht nur in einen immer wiederkehrenden Unruhezustand beließen, sondern auch in immer wiederkehrenden Schleifen versuchten auf die Leute Einfluss zu nehmen um sie so zu agitieren. Meistens wurde eine sogenannte Verschiebungstaktik durchgeführt um die angehäuften Schulden für sogenannte schief gelaufenen Aktionen auf andere Personen oder Institutionen zu verschieben. Dadurch wurde ein zusätzlicher Zweck erreicht nämlich nicht nur die Nichtbezahlung von Schulden sondern auch die Schädigung von Konkurrenten oder Feinden. So wurde auch eine Schonung des Budgets erreicht.

d) **Das Budget:**

   1. **Das steuerliche festgelegte durch die Haushaltsplanung in Zentralkommitee und im Bundestag:** Dadurch wurden die Kernsubstanz finanziert und auch die institutionellen Ebenen. Zum Teil wurden immer wieder die anderen Personalebenen und deren Aktionen bezahlt.

   2. **Unternehmensbeteiligungen:** Diese wurden auch für Aktionsdurchführungen genutzt. Indem man die Logos und Dienstkleidung und Immobilien und sonstiges Inventar nutzte. Daraus resultierten sogenannte Aktiengewinne, die in manchen Fällen zu Profiten führten. Ebenso konnten durch diesen Aktienbesitz die Firmen gezwungen werden mitzumachen.

3. <u>Unabhängiger Dienstleister für Dritte</u>: Diese Form der Auftragserfüllung konnte in verschiedenen Varianten ablaufen. Entweder Geheimdienste und fremde Geheimdienste oder Geheimdienste und fremde Regierungen oder Geheimdienste und Firmen oder Geheimdienste und Privatpersonen. Dadurch wurde nicht nur frisches Geld generiert, sondern auch Marketing in der Branche gemacht. Zudem wenn der Auftrag zur Zufriedenheit erfüllt wurde, stieg damit auch das Ansehen und das Vertrauen und der Respekt in der Branche. So war es auch, dass die Kontakte zumeist gehalten wurden.

4. <u>Spezifika der kommunistischen Geheimdienste</u>: Privatkapital wurde meistens ablehnt und damit ging das Budget meistens auf die Staatskosten. Nur dass in den Staatsetat es meistens nicht angelegt war. So wurde der Geheimdienst meist mit illegalen Aufträgen gefüllt. In Budgetrecht würde das aussehen als wären die westlichen Geheimdienste das Ying und die kommunistischen Geheimdienste das Yang. Dadurch ist eine gegenseitige schizophrene Bedingung verpflichtend und wenn man Crashs verhindern wollte, musste man diese Hebelwirkung verstehen.

e) <u>Örtlichkeiten</u>: In den westlichen Geheimdiensten wurden meist Ansprechadressen genannt. In den ostdeutschen Geheimdienst war es eben nicht vorhanden. Es führte dazu, dass in letzteren eine ständige Bedrohungslage und Anspannungslage vorherrschte. Was wiederum dazu führte, dass die Bevölkerung verunsichert wurde und eingeschüchtert wurde und immer sich in einen öffentlichen Fokus wähnend.

5.10 Familienregeln von verschiedenen Familienkonstellationen:

Die erste Grundregel im Zusammenleben war, dass die Rationalität oberste Priorität hatte und es keine Liebe und keine Zuneigung vorhanden waren. Damit wurden die grundsätzlichen Regeln von normalen Beziehungen beruhend auf Vertrauen und Liebe und Treue und Gegenseitiger Respekt von vorn herein ausgeschlossen und auch klar umdefiniert. Dadurch wurden die rein rationale Prämissen von Anfang an in den Vordergrund gestellt. Auch basierte die familiäre Bindung nur auf kostenpflichtigen Vereinbarungen, die zumeist als Teilzeitjobs vergeben wurden und werden und zur Finanzierung der Parallelfamilien und Familien genutzt wurden. Die echten Agenten bei der Stasi erhielten jeweils ein zugewiesenes Budget für die jeweilige Tarnfamilie und parallel dazu die Zusicherung der Einstellung des Agenten so lange ein Auftrag erfüllt werden sollte. Wenn Kinder dabei entstanden hatten diese von Anfang an keine Rechte und wurden später meist in Waisenhäuser abgeschoben. In späteren Jahren der DDR war die Stasi pleite und eine Budgetzuweisung bei Parallelfamilien war nicht mehr vorhanden und die Stasiagenten konnten gar nicht mehr genug arbeiten, um genügend Geld zu erwirtschaften. So kam es zu zwei Effekten a) eine illegale Ausweitung des **Schandi-Systems** und b) das pervertierte System des DDR-Rechtes ein Recht für Männer wie Frauen auf Arbeit zu besitzen auch auszuweiten und damit die Frauen zu Alleinversorgern zu machen und die Stasiagenten zu Hausmännern. Diese Formen der Finanzierung waren aber bald auch erschöpft und so glitten viele Stasiagenten in noch stärkeres kriminell motiviertes Milieu ab. Das hörte sich im ersten Moment an, als relativ harmlos an. Jedoch muss man aber wissen, dass sogenannte asoziale Familien, wie nach dem DDR-System sogenannte unterschiedliche Bevölkerungsgruppen, wie Saisonarbeiter aus anderen sozialistischen Staaten und Austauschkräfte und Zigeuner und kommunistisch fremden Personen genannt wurden, in dieser in der DDR geschaffenen ideologischen Hierarchie verharrten. Und genau diese Hierarchie, die den Stasiagenten sehr bekannt waren und deren gewohntes System war, wurde genutzt, um eine erpressbare Geldquelle aufrecht zu erhalten.

5.9.2 Abstufungen der Rechtevergabe in den Familienkonstellationen

a) Eine zeitliche Verlaufshistorie in einer Zeitleiste

a.a) Normale Konstellation wären unterschiedliche Familienkreise mit abgeschlossenen Beendigungsdaten und vorher klar geregelten Rechten

a.b) Gemischte Konstellationen wären unterschiedliche Familienkreise mit teilweise zeitlichen Überschneidungsdaten mit flexiblen Grundlegungsursachen

a.c) Eindeutige Parallelfamilienkonstellationen ohne bestimmbares Ende und auch die Rechtsverträge waren zumeist lediglich erpresst und illegal

b) Parallelfamilien mit unterschiedlichen vertraglichen Laufzeiten

b.a) Lediglich um zu lehrende Zweckbeziehungen und zumeist zwischen alten versierten und jüngeren Agenten

b.b) Lediglich ausgebildete Zweckbeziehungen um konkrete Aufträge durchzuführen zwischen zwei gleichberechtigten Agenten auch internationale Konstellation vorhanden

b.c) Lediglich ruhende Zweckbeziehung die zumeist in der Rente geführt wurde um eine Art Auffangnetz für altgediente Stasiagenten zu bieten und gleichzeitig Wissensabfluss in Risiko komplett zu verhindern

5.9.3 Rechtevergabe in Einzelfamilien

a)   starre Rechtsstrukturen aufgrund vorher festgelegten Regeln vorallem im Inland

b)   flexiblere Rechtsstrukturen aufgrund vorher festgelegter Regeln im Ausland und zumeist gemischte Zweckbeziehungen

c)   bei Parallelfamilien im Zeitmodus aufgrund von Verheimlichungen keine klaren Absprachen und damit zumeist illegale Regulierung

d)   Problematik bei Auffliegen der Lebensideologie auch bezüglich möglicher Kinder sehr problematisch

5.9.4 Konfliktsituationen in Geheimdienstfamilien

a)   Oft sehr schnell eskalierende Situationen

b)   Zumeist keine Schlichtungsstelle

c)   Auch sogenannte illegale Mobbingkampagnen gegen einzelne Beziehungspartner von den Geheimdienstkollegen des anderen Beziehungspartner um eine Destabilisierung dieses Geheimagenten herbeizuführen und eine Kontrollfunktion zu deklarieren über diesen Stasiagenten

5.10 Entwicklungsgeschichte der verschiedenen hinzugefügten Tarnfamilien Mayinger im Ursprung Franz Mayinger in den USA

Die Familie Mayinger war in allen ihren Konstellationen lediglich eine Funktionsfamilie ohne Privatheit – aber Gemeinschaft, die aber aufgrund ihrer Bedrohungslage und fehlenden Privatheit immer wieder in Eskalationen bewirkte und andere Leute hineinwickelte. Dadurch wurde eine Privatkonstellation in die Politik und in die zeitgeschichtlichen Entwicklungen gehoben, die wenn diese Sachen früher bekämpft worden wären nie diese Auswüchse und Bedrohungslagen angenommen hätten. Pro Kontinent und pro Aktion und pro Zeitverlauf waren die Personengruppen die der Familie zugehörig waren verändert und zweckmäßig verbunden. Eine Person war immer dieselbe und war bei Kindern, die sogenannte Bezugsperson und bildete gleichzeitig die Scharnierfunktion, die wie im Fall Barbara bildete und eine Funktion der Weichzeichnung und der Schönfärbung übernahm. Dadurch wurde eine Form der Blindstellung und der Desensibilisierung erwirkt bei unbeteiligten Dritten, die man im gängigen Sprachgebrauch als ein absichtliches Herbeiführen in Situationen von einem „Übersehen" gesprochen wurde.

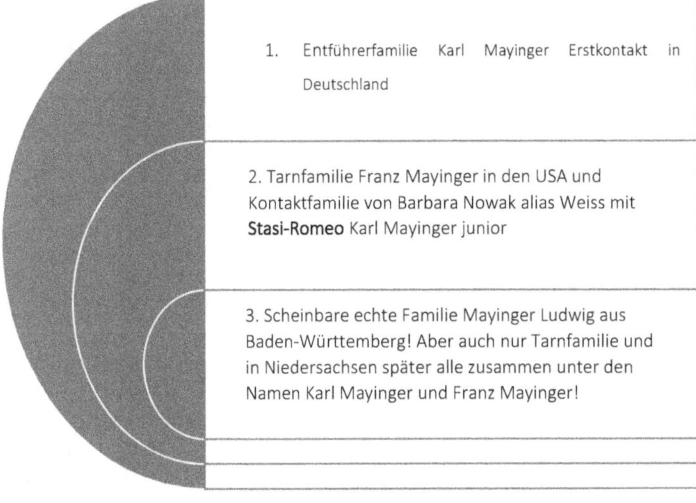

Keine wirkliche rechtliche korrekte Familienkonstellation. Nur die erste Familienkonstellation, aufgrund der emotionalen Bindungskraft. Je nach Hinzufügung neuer Familien immer weniger Vertrauensebene und immer weniger normale Partnerschaftliche Beziehungen.